PAPERBACK

ANTHONY RYAN

DAS LIED DES BLUTES

RABENSCHATTEN 1

AUS DEM ENGLISCHEN ÜBERSETZT
VON SARA & HANNES RIFFEL

KLETT-COTTA

Hobbit Presse Paperback
www.hobbitpresse.de
Die Originalausgabe erschien unter dem Titel
»Blood Song. A Raven's Shadow Novel« im Verlag ACE Books,
The Penguin Group (USA) Inc., New York 2013
© 2011 by Anthony Ryan
Für die deutsche Ausgabe
© 2014, 2016 by J. G. Cotta'sche Buchhandlung
Nachfolger GmbH, gegr. 1659, Stuttgart
Alle deutschsprachigen Rechte vorbehalten
Printed in Germany
Umschlag: © Birgit Gitschier, Augsburg; Illustration © Federico Musetti
Gesetzt von Dörlemann Satz, Lemförde
Gedruckt und gebunden von C. H. Beck, Nördlingen
ISBN 978-3-608-94971-1

Dritte Auflage, 2017

Für meinen Vater,
der mich nie hat aufgeben lassen

Inhalt

ERSTER TEIL

❖ ❖ ❖

Des Raben Schatten
streicht über mein Herz hinweg
und lässt meiner Tränen Strom gefrieren.

— Seordahnisches Gedicht, anonym —

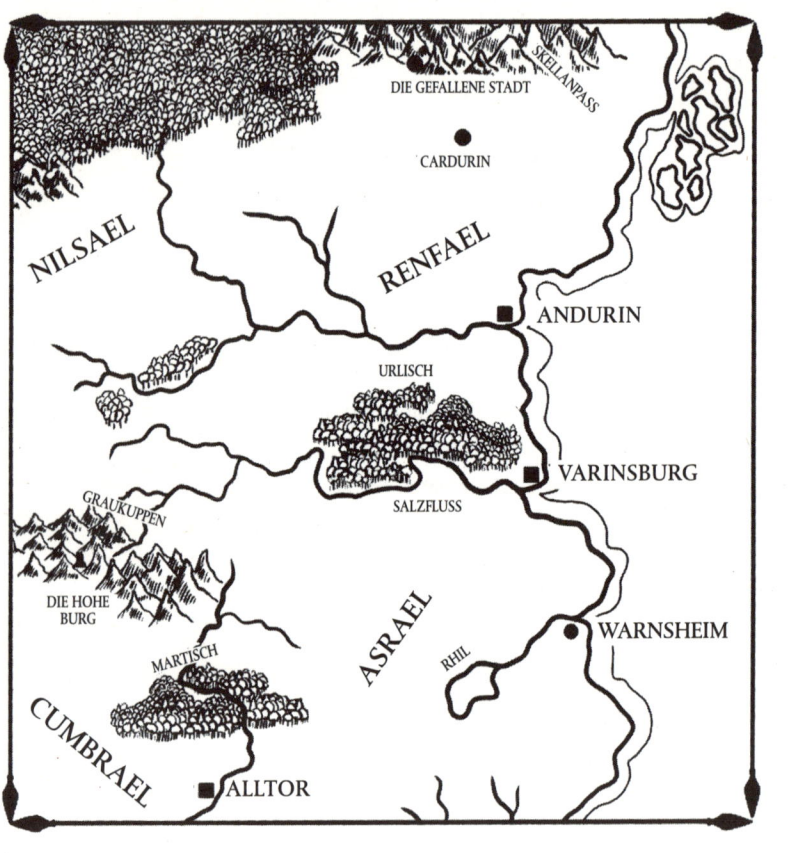

VERNIERS' BERICHT

Er besaß viele Namen. *Das dreißigste Lebensjahr hatte er noch nicht erreicht, und doch war er im Lauf der Geschichte mit Titeln bereits reich beschenkt worden: Das Schwert des Königs hieß er für den wahnsinnigen Herrscher, der ihn als Geißel zu uns sandte; der junge Falke für die Männer, die ihm in die Wirrnisse des Krieges folgten; Dunkelklinge für seine cumbraelischen Feinde und, wie ich viel später herausfinden sollte, Beral Shak Ur für die geheimnisvollen Stämme des großen Nordwaldes – der Rabenschatten.*

Bei meinem Volk war er nur unter einem Namen bekannt, und dieser hallte an jenem Morgen, als man ihn zum Hafen brachte, unablässig in meinem Kopf wider: Hoffnungstöter. Bald wirst du sterben, und ich werde Zeuge sein. Hoffnungstöter.

Obwohl er die meisten Männer tatsächlich um einiges überragte, stellte ich zu meiner Überraschung fest, dass er – entgegen den Geschichten, die ich gehört hatte – kein Riese war. Seine Gesichtszüge waren markant, aber als gutaussehend konnte man ihn kaum bezeichnen. Und obwohl er recht kräftig war, wies sein Leib nicht die gewaltigen Muskelberge auf, wie sie von den Geschichtenerzählern so lebhaft beschrieben wurden. Das Einzige, was an seiner Erscheinung den Legenden entsprach, waren seine Augen: kohlrabenschwarz und durchdringend wie die eines Falken. Es hieß, er könne damit in die Seele eines Menschen schauen; kein Geheimnis bleibe seinem Blick verborgen. Ich hatte nie daran geglaubt, doch als ich ihn nun sah, begriff ich, warum andere es taten.

Der Gefangene wurde von einer ganzen Kompanie kaiserlicher Gardisten begleitet, die mit erhobenen Speeren dicht neben ihm ritten und die Menge der Schaulustigen im Auge behielten. Die Menge jedoch war still. Die Menschen blieben stehen, um ihn zu betrachten, doch niemand rief Beleidigungen, niemand warf etwas nach ihm. Ich entsann mich, dass die Menschen hier ihn kannten; er hatte kurzzeitig ihre Stadt regiert und in ihren Mauern ein fremdländisches Heer befehligt, und dennoch sah ich keinen Hass in ihren Gesichtern, keine Rachegelüste. Sie wirkten vor allem neugierig. Weshalb war er hier? Warum war er überhaupt noch am Leben?

Am Kai hielt die Kompanie an, der Gefangene stieg vom Pferd und wurde zu dem wartenden Schiff gebracht. Ich steckte meine Notizen weg, erhob mich von meinem Sitz auf einem Gewürzfass und nickte dem Hauptmann zu. »Meine Hochachtung, Sir.«

Der Hauptmann, ein Veteran der kaiserlichen Garde mit einer blassen Narbe am Kinn und der tiefschwarzen Hautfarbe des südlichen Kaiserreichs, erwiderte das Nicken mit geübter Förmlichkeit. »Lord Verniers.«

»Ich hoffe, Ihr hattet eine gute Reise?«

Der Hauptmann zuckte mit den Achseln. »Ein paar Auseinandersetzungen hier und dort. In Jesseria mussten wir etwas härter durchgreifen, weil die Stadtbewohner den Hoffnungstöter an der Turmspitze ihres Tempels aufknüpfen wollten.«

Dergleichen Ungehorsam ergrimmte mich. Der Erlass des Kaisers war in allen Städten, durch die der Gefangene reisen würde, ausgerufen worden, und sein Inhalt war eindeutig: Dem Hoffnungstöter durfte unterwegs nichts zustoßen. »Der Kaiser wird davon erfahren«, sagte ich.

»Wie Ihr wünscht, aber es war nur eine Kleinigkeit.« Er machte eine Geste in Richtung des Gefangenen. »Lord Verniers, darf ich vorstellen? Der kaiserliche Gefangene Vaelin Al Sorna.«

Ich nickte dem hochgewachsenen Mann höflich zu, während sein Name in meinem Kopf widerhallte: Hoffnungstöter, Hoffnungstöter … »Meine Hochachtung, Sir«, presste ich hervor.

Seine schwarzen Augen begegneten einen Moment lang den meinen, durchdringend, forschend. Ich fragte mich, ob die sonderbaren Geschichten über ihn der Wahrheit entsprachen, ob im Blick dieses Wilden tatsächlich

Magie lag. Konnte er wirklich in die Seele eines Menschen schauen? Seit dem Krieg waren zahllose Geschichten über die geheimnisvollen Kräfte des Hoffnungstöters im Umlauf. Er konnte mit Tieren sprechen, verfügte über die Namenlosen und gebot über das Wetter. Seine Klinge war im Blut gefallener Feinde gehärtet worden und würde im Kampf nie zerbrechen. Und am allerschlimmsten: Er und sein Volk waren Anhänger eines Totenkults und führten Zwiesprache mit den Schatten ihrer Vorfahren, um alle möglichen Übel heraufzubeschwören. Auf derlei Torheiten gab ich nicht viel. Wenn die Magie der Nordmänner wirklich so mächtig war, wie kam es dann, dass wir sie so vernichtend geschlagen hatten?

»Euer Lordschaft.« Vaelin Al Sornas Stimme klang rauh, und er sprach mit einem starken Akzent. Er hatte sein Alpiranisch im Kerker gelernt, und das jahrelange Übertönen von Waffengeklirr und den Schreien der Gefallenen im Kampf hatte seine Stimmbänder angegriffen. Hundert Schlachten hatte er siegreich geschlagen – eine davon hatte mich meinen engsten Freund und dem Kaiserreich die Zukunft gekostet.

Ich wandte mich an den Hauptmann. »Warum ist er gefesselt? Der Kaiser hat angeordnet, ihn mit Respekt zu behandeln.«

»Dem Volk hat es nicht gefallen, ihn ungefesselt reiten zu sehen«, erklärte der Hauptmann. »Der Gefangene hat deshalb vorgeschlagen, ihm Ketten anzulegen, um Schwierigkeiten zu vermeiden.« Er ging zu Al Sorna und nahm ihm die Fesseln ab. Der große Mann rieb sich mit den narbenübersäten Händen die Handgelenke.

»Lord Al Sorna!« Ein Ruf aus der Menge. Ich drehte mich um und sah einen beleibten Mann in einem weißen Gewand auf uns zueilen, das Gesicht von der ungewohnten Anstrengung schweißüberströmt. »Einen Augenblick, bitte!«

Die Hand des Hauptmanns zuckte zu seinem Säbel, aber Al Sorna lächelte unbekümmert. »Statthalter Aruan.«

Der dicke Mann blieb stehen und wischte sich mit einem Spitzentüchlein den Schweiß vom Gesicht. In der Linken trug er ein langes, in Leinen gewickeltes Bündel. Er nickte dem Hauptmann und mir zu, wandte sich dann aber an den Gefangenen: »Ich hätte nie erwartet, Euch lebend wiederzusehen, Herr. Geht es Euch gut?«

»Ja, Statthalter. Und Euch?«

Der Mann spreizte die rechte Hand – das Spitzentüchlein hing von seinem

Daumen herab, und an seinen Fingern glänzten zahllose Ringe. »Statthalter bin ich nicht mehr. Nur noch ein armer Kaufmann. Der Handel ist nicht, was er früher war, aber wir schlagen uns durch.«

»Lord Verniers.« Vaelin Al Sorna machte eine Geste in meine Richtung. »Dies ist Holus Nester Aruan, der ehemalige Statthalter von Linesch.«

»Meine Hochachtung.« Aruan grüßte mich mit einer knappen Verbeugung.

»Die Ehre liegt ganz auf meiner Seite«, entgegnete ich förmlich. Das war also der Mann, der sich vom Hoffnungstöter die Stadt hatte abnehmen lassen. Dass Aruan sich wegen dieser Schmach nicht selbst das Leben genommen hatte, war nach dem Krieg auf einige Empörung gestoßen, aber der Kaiser (die Götter mögen ihn in seiner Weisheit und Gnade bewahren) hatte aufgrund der außergewöhnlichen Umstände der Besetzung durch den Hoffnungstöter Nachsicht walten lassen. Sein Statthalteramt hatte Aruan selbstverständlich trotzdem niederlegen müssen.

Aruan wandte sich wieder Al Sorna zu. »Es freut mich, Euch wohlauf zu sehen. Ich habe an den Kaiser geschrieben und ihn in Eurem Namen um Gnade gebeten.«

»Ich weiß. Euer Brief wurde bei meiner Verurteilung verlesen.«

Aus den Gerichtsaufzeichnungen wusste ich, dass Aruans Brief, den dieser unter nicht unbeträchtlicher Gefahr für sein eigenes Leben verfasst hatte, zu jenen Beweismitteln gehörte, die dem Hoffnungstöter merkwürdig uncharakteristische Akte der Großzügigkeit und Barmherzigkeit während des Krieges bescheinigten. Der Kaiser hatte sich alles geduldig angehört, bevor er darauf hingewiesen hatte, dass der Gefangene wegen seiner Verbrechen und nicht wegen seiner Tugenden vor Gericht stehe.

»Wie geht es Eurer Tochter?«, fragte der Gefangene Aruan.

»Sehr gut, sie wird in diesem Sommer heiraten. Den nichtsnutzigen Sohn eines Schiffsbauers, aber was kann ein armer Vater tun? Dank Euch ist sie immerhin am Leben, um mir das Herz zu brechen.«

»Das freut mich sehr. Ich meine die Hochzeit, nicht Euer gebrochenes Herz. Mit einem Geschenk kann ich leider nicht aufwarten, nur mit meinen besten Wünschen.«

»Wie es sich ergibt, Herr, habe ich stattdessen ein Geschenk für Euch.«

Aruan hob das lange, in Leinen gewickelte Bündel mit beiden Händen hoch und hielt es dem Hoffnungstöter mit sonderbar ernstem Gesichtsausdruck hin. »Ich hörte, dass Ihr es bald wieder brauchen werdet.«

Der Nordmann zögerte merklich, bevor er das Bündel entgegennahm und die Schnur darum mit seinen vernarbten Händen löste. Unter dem Leinen kam ein Schwert von einer mir unvertrauten Machart zum Vorschein. Die in einer Scheide steckende Klinge maß etwa drei Ellen in der Länge und war, im Gegensatz zu den Krummsäbeln der alpiranischen Soldaten, ganz gerade. Um das Heft wand sich ein einzelner Dorn, der den Handschutz bildete, und der einzige Schmuck der Waffe war ein einfacher Stahlknauf. Heft und Scheide wiesen zahlreiche Kerben und Kratzer auf, die von jahrelanger starker Beanspruchung zeugten. Dies war keine Zeremonialwaffe, und mir wurde fast übel, als mir bewusst wurde, dass es sein Schwert war. Das Schwert, das er an unsere Küsten gebracht hatte. Das Schwert, das ihn zum Hoffnungstöter gemacht hatte.

»Ihr habt das aufbewahrt?«, fragte ich Aruan entgeistert.

Der Gesichtsausdruck des beleibten Mannes wurde eisig, als er sich mir zuwandte. »Meine Ehre verlangte nichts Geringeres, Herr.«

»Ich danke Euch«, sagte Al Sorna, bevor ich meiner Empörung weiter Luft machen konnte. Er hob das Schwert, und ich sah, wie der Hauptmann der Garde erstarrte, als Al Sorna die Klinge ein Stück weit aus der Scheide zog und mit dem Daumen darüber fuhr. »Noch immer scharf.«

»Es hat eine gute Pflege genossen, wurde regelmäßig geölt und geschärft. Außerdem habe ich hier noch ein kleines Geschenk für Euch.« Aruan streckte die Hand aus. Auf seiner Handfläche lag ein einzelner Rubin, ein schön geschliffener Stein mittlerer Größe; vermutlich einer der wertvollsten Edelsteine im Besitz der Familie. Ich kannte die Hintergründe von Aruans Dankbarkeit, aber die offensichtliche Hochachtung, die er diesem Wilden entgegenbrachte, und die unerträgliche Gegenwart des Schwertes ärgerten mich dennoch gewaltig.

Al Sorna wirkte verlegen und schüttelte den Kopf. »Statthalter, das kann ich nicht …«

Ich trat einen Schritt näher und sagte leise: »Er lässt Euch eine größere Ehre zuteil werden, als Ihr es verdient habt, Nordmann. Sein Geschenk abzulehnen, würde ihn beleidigen und Euch entehren.«

Er sah mich kurz mit seinen dunklen Augen an, bevor er Aruan zulächelte. »Eine solche Großzügigkeit kann ich nicht ablehnen.« Er nahm den Edelstein entgegen. »Ich werde ihn bis an mein Lebensende aufbewahren.«

»Das hoffe ich nicht«, erwiderte Aruan mit einem Lachen. »Ein Mann behält einen Edelstein nur, wenn er keinen Grund hat, ihn zu verkaufen.«

»Ihr da!«, ertönte eine Stimme von dem Schiff, das ein Stück den Kai hinunter festgemacht war – eine stattliche meldeneische Galeere, deren zahllose Ruder und breiter Rumpf sie als Frachtschiff auswiesen und nicht als eines der sagenumwobenen Kriegsschiffe dieses Volkes. Ein stämmiger Mann mit einem üppigen schwarzen Bart, der an seinem roten Kopftuch als Kapitän des Schiffes zu erkennen war, winkte vom Bug her. »Bringt den Hoffnungstöter an Bord, ihr alpiranischen Hunde!«, schrie er mit typisch meldeneischer Höflichkeit. »Wenn ihr noch länger hier rumpalavert, verpassen wir die Flut.«

»Unsere Passage zu den Inseln wartet«, sagte ich zu dem Gefangenen und ergriff mein Reisegepäck. »Wir sollten lieber nicht den Zorn des Kapitäns auf uns ziehen.«

»Es ist also wahr?«, sagte Aruan. »Ihr fahrt zu den Inseln, um für die edle Dame zu kämpfen?« Sein Tonfall missfiel mir – er hatte etwas unangenehm Ehrfürchtiges an sich.

»Es ist wahr.«

Al Sorna drückte kurz Aruans Hände und nickte dem Hauptmann der Garde zu, bevor er sich mir zuwandte. »Lord Verniers. Sollen wir?«

◆ ◆ ◆

»Vermutlich bist du einer der verdienstvollsten Speichellecker des Kaisers, Schreiberling« – der Kapitän tippte mir mit dem Finger gegen die Brust –, »aber dieses Schiff ist mein Königreich. Du wirst hier in dieser Koje schlafen, oder ich lasse dich während der gesamten Reise an den Hauptmast binden.«

Er hatte uns unser Quartier gezeigt, einen abgeteilten Bereich des Frachtraums nahe dem Bug. Es stank dort nach Salzwasser, Kieljauche und den vielfältigsten Gerüchen der Fracht – eine süßliche, Übelkeit erregende Mischung aus Obst, Stockfisch und den zahllosen Gewürzen, für die das Kaiserreich berühmt war. Ich musste ein Würgen unterdrücken.

»Ich bin Lord Verniers Alishe Someren, kaiserlicher Geschichtsschreiber, Erster der Gelehrten und ehrwürdiger Diener des Kaisers«, erwiderte ich. Meine Worte klangen durch das Taschentuch vor meinem Mund ein wenig gedämpft. »Ich bin ein Abgesandter der Schiffsherren und offizielle Eskorte des kaiserlichen Gefangenen. Du wirst mich mit Respekt behandeln, Pirat, oder ich hole auf der Stelle zwanzig Gardisten an Bord und lasse dich vor den Augen deiner Mannschaft auspeitschen.«

Der Kapitän beugte sich zu mir; unglaublicherweise roch sein Atem noch schlimmer als der Frachtraum. »Dann hätte ich einundzwanzig Leichen, die ich an die Schwertwale verfüttern kann, sobald wir den Hafen verlassen haben, Schreiberling.«

Al Sorna trat mit dem Fuß gegen einen der Schlafsäcke auf dem Deck und warf einen kurzen Blick in die Runde. »Das wird genügen. Wir brauchen noch Essen und Wasser.«

»Ihr habt ernsthaft vor, in diesem Rattenloch zu schlafen?«, empörte ich mich. »Das ist widerlich.«

»Ihr solltet mal in einem Kerker übernachten. Dort gibt es wirklich Ratten zuhauf.« Er wandte sich dem Kapitän zu. »Das Wasserfass befindet sich auf dem Vorderdeck?«

Der Kapitän fuhr sich mit den dicken Fingern durch seinen üppigen Bart und musterte den hochgewachsenen Mann abschätzend. Vermutlich fragte er sich, ob Al Sorna sich über ihn lustig machte und ob er ihn, wenn nötig, im Kampf besiegen könnte. An der Nordküste des alpiranischen Reiches gab es ein Sprichwort: Einer Kobra wende den Rücken zu, niemals aber einem Meldeneer. »Du bist also der Kerl, der mit dem Schild die Klingen kreuzen wird? In Ildera wetten sie zwanzig zu eins gegen dich. Glaubst du, ich sollte eine Kupfermünze riskieren und auf dich setzen? Der Schild ist der kühnste Schwertkämpfer der Inseln. Er kann mit einem Säbel eine Fliege entzweischlagen.«

»Sein Ruhm gereicht ihm zur Ehre.« Vaelin Al Sorna lächelte. »Das Wasserfass?«

»Auf dem Vorderdeck. Ihr dürft jeden Tag eine Kalebasse füllen, mehr nicht. Meine Mannschaft soll wegen euch keinen Mangel leiden. Essen gibt es in der Kombüse, wenn es euch nichts ausmacht, gemeinsam mit Abschaum wie uns zu speisen.«

»Ich habe zweifellos schon in schlimmerer Gesellschaft gespeist. Wenn Ihr noch einen Mann an den Rudern braucht, stehe ich zu Eurer Verfügung.«

»Hast du schon mal gerudert?«

»Einmal.«

Der Kapitän knurrte. »Wir kommen zurecht.« Er wandte sich ab und brummte im Weggehen: »Wir legen noch in dieser Stunde ab. Geht uns aus dem Weg, bis wir den Hafen verlassen haben.«

»Inselbarbar!«, schimpfte ich, während ich mein Bündel auspackte und meine Schreibutensilien bereitlegte. Bevor ich auf meinem Schlafsack Platz nahm, um einen Brief an den Kaiser zu verfassen, vergewisserte ich mich, dass sich darunter keine Ratten versteckt hatten. Ich beabsichtigte, den Kaiser über das ganze Ausmaß dieser Beleidigung in Kenntnis zu setzen. »Dieser Mann wird in keinem alpiranischen Hafen mehr anlegen, das versichere ich Euch.«

Vaelin Al Sorna setzte sich und lehnte sich mit dem Rücken gegen die Schiffshülle. »Sprecht Ihr meine Sprache?«, fragte er auf Nordländisch.

»Ich habe Sprachen studiert«, erwiderte ich in seinem Idiom. »Ich spreche die sieben wichtigsten Sprachen des Kaiserreiches fließend und kann mich in fünf weiteren verständlich machen.«

»Beeindruckend. Beherrscht Ihr Seordahnisch?«

Ich blickte von meinem Pergament auf. »Seordahnisch?«

»Die Seordah Sil des großen Nordwaldes. Habt Ihr von ihnen schon einmal gehört?«

»Meine Kenntnisse über die Wilden des Nordens sind höchst unvollständig. Bislang sah ich keinen Grund, mich näher mit ihnen zu befassen.«

»Für einen Gelehrten scheint Ihr erstaunlich zufrieden mit Eurer Unwissenheit.«

»Ich spreche wohl für mein ganzes Land, wenn ich mir wünsche, uns wäre das Wissen um Eure Existenz erspart geblieben.«

Er neigte den Kopf und betrachtete mich. »Ich höre Hass in Eurer Stimme.«

Ich antwortete nicht. Mein Federkiel bewegte sich rasch über das Pergament und schrieb die förmliche Anrede eines kaiserlichen Briefes.

»Ihr kanntet ihn, nicht wahr?«, fuhr Vaelin Al Sorna fort.

Mein Federkiel hielt inne. Ich weigerte mich, Al Sorna anzuschauen.

»Ihr kanntet die Hoffnung des Reiches.«

Ich legte den Federkiel beiseite und stand auf. Plötzlich waren mir der Gestank des Frachtraums und die Nähe dieses Wilden unerträglich. »Ja, ich kannte ihn«, krächzte ich. »Ich kannte ihn als den Besten von uns allen. Ich wusste, dass er der größte Kaiser werden würde, den dieses Land jemals gesehen hat. Aber das ist nicht der Grund für meinen Hass, Nordmann. Ich hasse Euch, weil die Hoffnung des Reiches mein Freund war und weil Ihr ihn umgebracht habt.«

Ich wandte mich ab, stieg die Stufen zum Hauptdeck hinauf und wünschte mir zum ersten Mal in meinen Leben, ein Krieger zu sein. Ich wünschte mir, muskulöse Arme und ein Herz aus Stein zu haben, damit ich ein Schwert führen und blutige Rache nehmen könnte. Doch das war mir nicht vergönnt. Mein Körper war schlank, aber nicht kräftig, mein Verstand wach, aber nicht unbarmherzig. Ich war kein Krieger. Ich würde keine Rache nehmen können. Es gab nur eines, was ich für meinen Freund tun konnte: Ich konnte zuschauen, wie sein Mörder starb, und, meinem Kaiser und der ewigen Wahrheit unserer Archive zuliebe, das offizielle Ende seiner Geschichte festhalten.

◆ ◆ ◆

Mehrere Stunden blieb ich an Deck und sah gegen die Reling gelehnt zu, wie das grünliche Wasser der nordalpiranischen Küste in das Blau der Erineischen See überging, während der Bootsmann des Schiffes die Trommel für die Rojer schlug und unsere Reise begann. Als wir die Küste hinter uns gelassen hatten, gab der Kapitän den Befehl, das Hauptsegel zu setzen, und wir nahmen Fahrt auf; der spitze Bug des Schiffes durchschnitt die sanften Wogen, und die Galionsfigur, eine nach traditionell meldeneischer Art geschnitzte geflügelte Schlange – einer der unzähligen Meeresgötter dieses Volkes –, tauchte ihren zahnbewehrten Schädel in die schäumende Gischt. Die Rojer ruderten zwei Stunden lang, bis der Bootsmann eine Ruhepause anordnete. Die Ruder wurden eingezogen, und die Männer strömten zur Kombüse. Die Tageswache blieb an Deck, behielt die Segel im Auge und kümmerte sich um all die anderen, niemals endenden Arbeiten an Bord eines Schiffes. Einige wenige warfen mir flüchtige Blicke zu, doch niemand versuchte, ein Gespräch mit mir anzufangen, wofür ich dankbar war.

Wir waren mehrere Stunden von der Küste entfernt, als sie in Sicht kamen: schwarze Finnen, welche die Wogen teilten, angekündigt von einem fröhlichen Ruf aus dem Mastkorb: »Schwertwale!«

Ich konnte nicht feststellen, wie viele es waren; sie bewegten sich unter Wasser zu schnell und wendig, wobei sie gelegentlich die Oberfläche durchbrachen und Dampfwolken ausstießen, bevor sie wieder untertauchten. Erst als sie näher kamen, konnte ich ihre wahre Größe ermessen, mehr als zwanzig Fuß von der Nase bis zur Schwanzspitze. Ich hatte im Südmeer bereits Delphine gesehen, silbrige, verspielte Geschöpfe, denen man einfache Kunststücke beibringen konnte. Die Schwertwale waren anders – ihre Größe und die dunklen, flackernden Schatten, die sie im Wasser hinter sich herzogen, waren mir unheimlich; bedrohliche Abbilder der gleichgültigen Grausamkeit der Natur.

Meine Schiffsgenossen sahen das offenbar anders; sie riefen den Tieren aus der Takelage Grüße zu, als seien sie alten Freunden begegnet. Selbst die grimmige Miene des Kapitäns schien ein wenig freundlicher geworden zu sein.

Einer der Schwertwale durchbrach in einer atemberaubenden Schaumfontäne die Wasseroberfläche und vollführte eine Drehung in der Luft, bevor er mit einem Aufprall, der das ganze Schiff erzittern ließ, wieder auf die Wellen klatschte. Die Meldeneer brüllten begeistert. O Seliesen, dachte ich. Zu welch einem Gedicht hätte dich dieser Anblick wohl inspiriert?

»Sie gelten ihnen als heilig.« Ich drehte mich um und sah den Hoffnungstöter neben mir an der Reling stehen.

»Es heißt, wenn ein Meldeneer auf See stirbt, tragen die Schwertwale seine Seele zu dem endlosen Ozean hinter dem Rand der Welt.«

»Aberglaube«, schnaubte ich.

»Euer Volk hat auch seine Götter, nicht wahr?«

»Das Volk ja, ich nicht. Die Götter sind ein Mythos, ein trostvolles Märchen.«

»In meinem Heimatland würdet Ihr mit solchen Worten auf Zustimmung stoßen.«

»Wir befinden uns aber nicht in Eurem Heimatland, Nordmann. Und ich verspüre auch keinen Wunsch, es je zu besuchen.«

Ein weiterer Schwertwal stieg aus dem Meer auf und sprang ganze zehn Fuß in die Luft, bevor er wieder hinabstürzte. »Merkwürdig«, grübelte Al Sorna. »Als wir mit unseren Schiffen dieses Meer überquerten, haben wir keine Schwertwale gesehen. Sie zeigen sich nur den Meldeneern. Vielleicht teilen sie denselben Glauben.«

»Vielleicht«, sagte ich. »Oder sie wissen eine kostenlose Mahlzeit zu schätzen.« Ich nickte zum Bug, wo der Kapitän Lachse ins Meer warf; die Schwertwale stürzten sich so schnell darauf, dass ich mit den Blicken kaum folgen konnte.

»Weswegen seid Ihr hier, Lord Verniers?«, fragte Al Sorna. »Warum hat der Kaiser Euch geschickt? Ihr seid kein Gefängniswärter.«

»Der Kaiser hat mir gnädigerweise erlaubt, Euer bevorstehendes Duell mitanzusehen. Und natürlich, Lady Emeren nach Hause zu begleiten.«

»Ihr seid hier, um mich sterben zu sehen.«

»Ich bin hier, um für das kaiserliche Archiv einen Bericht über dieses Ereignis zu verfassen. Schließlich bin ich der kaiserliche Geschichtsschreiber.«

»Davon habe ich gehört. Gerish, der meine Zelle bewachte, war ein großer Bewunderer der Geschichte, die Ihr über den Krieg mit meinem Volk verfasst habt. Er hielt sie für eines der herausragendsten Werke der alpiranischen Literatur. Für einen Mann, der sein Leben in einem Kerker verbringt, war er äußerst gelehrt. Stundenlang saß er vor meiner Zelle und hat mir Seite um Seite vorgelesen. Besonders die Schlachtenszenen haben ihm gefallen.«

»Genaue Nachforschungen sind der Schlüssel zur Kunst des Geschichtsschreibers.«

»Dann ist es umso mehr eine Schande, dass Euch so viele Fehler unterlaufen sind.«

Erneut wünschte ich mir die Kraft eines Kriegers. »Fehler?«

»Ja.«

»Aha. Wenn Ihr Euer Barbarenhirn ein wenig bemühen würdet, könntet Ihr mir vielleicht auch sagen, an welchen Stellen mir so viele Fehler unterlaufen sein sollen?«

»Nun ja, die nebensächlichen Dinge habt Ihr weitgehend richtig wiedergegeben. Außer dass Ihr schreibt, meine Einheit hätte den Titel Wolfslegion getragen. In Wahrheit war das fünfunddreißigste Fußregiment im königlichen Heer als Wolfsläufer bekannt.«

»Ich werde gleich nach meiner Rückkehr zur Hauptstadt dafür Sorge tragen, dass eine berichtigte Version veröffentlicht wird«, sagte ich trocken.

Er schloss die Augen und erinnerte sich. »›König Janus' Einmarsch an der Nordküste war nur der erste Schritt auf dem Weg zu einem weitaus ehrgeizigeren Ziel: der Eroberung des gesamten Kaiserreichs.‹«

Es war ein wortgetreues Zitat. Seine Erinnerungsgabe beeindruckte mich, aber ich sollte verflucht sein, wenn ich mir das anmerken ließe. »Eine schlichte Wiedergabe von Tatsachen. Ihr kamt hierher, um das Kaiserreich zu erobern. Janus war verrückt zu glauben, dass ihm das gelingen könnte.«

Al Sorna schüttelte den Kopf. »Uns ging es lediglich um die nördlichen Hafenstädte. Janus hatte es auf die Handelsrouten durch die Erineische See abgesehen. Und er war nicht verrückt. Er war alt und verzweifelt, aber verrückt war er nicht.«

Das Mitgefühl in seiner Stimme überraschte mich; schließlich war Janus der große Verräter. Das war alles Teil der Legende des Hoffnungstöters. »Und woher wisst Ihr so genau, was er vorhatte?«

»Er hat es mir gesagt.«

»Ach, tatsächlich?« Ich lachte. »Ich habe Tausende Briefe an sämtliche Botschafter und Amtsträger der Königslande geschickt, die mir einfielen. Die wenigen, die sich die Mühe machten, mir zu antworten, waren sich über eine Sache einig: Janus hat niemandem seine Pläne anvertraut, nicht einmal seiner eigenen Familie.«

»Und dennoch behauptet Ihr, er hätte Euer gesamtes Kaiserreich erobern wollen.«

»Eine logische Schlussfolgerung aus den vorhandenen Beweisen.«

»Logisch vielleicht, aber falsch. Janus besaß das Herz eines Königs, hart und kalt, wenn es sein musste. Aber er war nicht habgierig, und er war kein Träumer. Er wusste, dass die Königslande niemals die nötigen Mittel und Soldaten aufbringen könnten, um Euer Kaiserreich zu erobern. Wir wollten lediglich die Hafenstädte einnehmen. Er sagte, das sei die einzige Möglichkeit, unsere Zukunft zu sichern.«

»Weshalb hätte er Euch ein solches Wissen anvertrauen sollen?«

»Wir haben … ein Abkommen geschlossen. Er erzählte mir vieles, was er sonst niemandem verraten hätte. Einige seiner Befehle bedurften einer Erklärung, bevor ich sie ausführen konnte. Aber manchmal glaube ich auch, dass er einfach mit jemandem reden wollte. Selbst Könige sind mitunter einsam.«

Ich empfand eine seltsame Versuchung; der Nordmann wusste, dass ich nach dem Wissen dürstete, das er mir schenken konnte. Mein Respekt vor ihm wuchs in gleichem Maße wie meine Abscheu. Er benutzte mich; er wollte, dass ich die Geschichte aufschrieb, die er zu erzählen hatte. Und ich hatte nicht die geringste Ahnung, weshalb. Ich wusste, dass es etwas mit Janus zu tun hatte und mit dem Duell, das Al Sorna auf den Inseln ausfechten würde. Vielleicht wollte er vor seinem Ende noch einmal jemandem sein Herz ausschütten, ein Vermächtnis der Wahrheit hinterlassen, damit er nicht nur als Hoffnungstöter in die Geschichte eingehen würde. Vielleicht war es ein letzter Versuch, seine Seele und die seines toten Königs reinzuwaschen.

Das Schweigen zog sich in die Länge, während ich den Schwertwalen dabei zusah, wie sie sich satt fraßen und irgendwann in Richtung Osten davonschwammen. Während sich die Sonne dem Horizont zuneigte und die Schatten länger wurden, sagte ich schließlich: »Also gut, erzählt mir Eure Geschichte.«

Erstes Kapitel

An jenem Morgen, als Vaelins Vater ihn zum Haus des sechsten Ordens brachte, lag der Nebel in dichten Schwaden über dem Land. Vaelin saß vergnügt vorne im Sattel und hielt sich am Knauf fest. Sein Vater nahm ihn nur selten auf einen Ausritt mit.

»Wohin reiten wir, Herr?«, hatte er gefragt, als sein Vater ihn zum Stall führte.

Der hochgewachsene Mann hatte ihm keine Antwort gegeben, doch er hatte einen Augenblick gezögert, bevor er eines seiner Streitrosse sattelte. Dass Vaelins Vater auf eine Frage hin schwieg, war nichts Ungewöhnliches, und der Junge hatte sich nichts weiter dabei gedacht.

Sie ritten fort vom Haus; die Hufeisen des Streitrosses klapperten über das Kopfsteinpflaster. Nach einer Weile durchquerten sie das Nordtor, wo die Leichen in Käfigen von der Stadtmauer herabhingen und üblen Verwesungsgestank verbreiteten. Vaelin hatte gelernt, nicht danach zu fragen, was die nun Toten einst getan hatten, um eine solche Strafe verdient zu haben; es war eine der wenigen Fragen, auf die sein Vater stets bereitwillig antwortete. Und die Geschichten, die er erzählte, ließen Vaelin nachts wach liegen und bei jedem Geräusch vor dem Fenster leise wimmern, aus Furcht vor Dieben, Aufständischen oder Leugnern, die vom Dunklen besessen waren.

Das Kopfsteinpflaster ging alsbald in die Wiesen jenseits der Stadtmauer über. Sein Vater trieb das Streitross zum Trab und schließlich zum Galopp an, und Vaelin lachte vor Aufregung. Einen Moment lang schämte er sich seiner Freude. Seine Mutter war vor zwei Monaten gestorben, und die Trauer seines Vaters lag wie eine dunkle Wolke über dem gesamten Haus, flößte den Dienern Angst ein und hielt Besucher fern. Aber Vaelin war erst zehn Jahre alt und betrachtete den Tod mit den Augen eines Kindes: Natürlich vermisste er seine Mutter, aber ihr Fortgehen war für ihn ein Rätsel, das eigentliche Geheimnis der Erwachsenenwelt. Obwohl auch er manchmal weinte, wusste er im Grunde gar nicht so recht, weshalb, und weiterhin stahl er dem Koch Pasteten und spielte mit seinen Holzschwertern im Hof wie eh und je.

Sie galoppierten ein Stück, bis sein Vater das Pferd zügelte. Vaelin war ein wenig enttäuscht – er hätte noch ewig so weiterreiten können. Sie hielten vor einem großen Eisentor an. Die Gitterstäbe des Tors besaßen dreifache Mannesgröße und endeten in spitzen Zacken. Oben auf dem Torbogen erhob sich eine eiserne Figur, ein Krieger, der das Schwert mit der Spitze nach unten vor der Brust hielt, sein Gesicht war das eines eingefallenen Totenschädels. Die Mauern zu beiden Seiten waren beinahe so hoch wie das Tor. Linker Hand hing an einem hölzernen Balken eine Messingglocke.

Vaelins Vater stieg ab und hob den Jungen aus dem Sattel.

»Was ist das für ein Ort?«, fragte Vaelin. Seine Stimme klang unwirklich laut, obwohl er im Flüsterton sprach. Die Stille und der Nebel waren ihm unheimlich; das Tor und die Figur darauf gefielen ihm nicht. Mit kindlicher Gewissheit wusste er, dass die leeren Augenhöhlen nur eine Täuschung waren. Die Figur beobachtete sie abwartend.

Sein Vater antwortete nicht, sondern ging zu der Glocke, zog seinen Dolch aus dem Gürtel und schlug mit dem Knauf dagegen. Das Läuten der Glocke durchbrach schrill die Stille. Vaelin legte sich die Hände auf die Ohren, bis das Geräusch verklungen war. Als er hochschaute, sah er seinen Vater über sich aufragen.

»Vaelin«, sagte dieser mit der rauhen Stimme eines Kriegers. »Erinnerst du dich noch an den Leitspruch, den ich dich gelehrt habe? Den Grundsatz unserer Familie?«

»Ja, Vater.«

»Wie lautet er?«

»Loyalität ist unsere Stärke.«

»Ja. Loyalität ist unsere Stärke. Denk immer daran, dass du mein Sohn bist und auf meinen Wunsch hier weilst. An diesem Ort wirst du viele Dinge lernen, du wirst ein Bruder des sechsten Ordens werden. Aber du wirst immer mein Sohn bleiben und meinen Weisungen folgen.«

Hinter dem Tor war ein Knirschen zu hören, und Vaelin erschrak, als er auf der anderen Seite des Gitters eine hochgewachsene, in einen Umhang gehüllte Gestalt bemerkte. Der Mann hatte auf sie gewartet. Sein Gesicht blieb im Nebel verborgen, doch Vaelin hatte das unangenehme Gefühl, eingehend gemustert zu werden. Er schaute zu seinem Vater hoch und sah einen großen Mann mit markanten Zügen, einem angegrauten Bart und tiefen Falten im Gesicht. In seiner Miene lag etwas, das Vaelin noch nie zuvor gesehen hatte und das er nicht benennen konnte. In späteren Jahren würde er es in den Gesichtern Tausender Männer sehen, und es würde ihm nur allzu vertraut werden: Furcht. Ihm fiel auf, dass die Augen seines Vaters ungewöhnlich dunkel waren, viel dunkler als die seiner Mutter. Sein ganzes Leben lang sollte er ihn so in Erinnerung behalten. Für andere war er der Kriegsherr, das erste Schwert des Königs, der Held von Beltrian, Retter des Königs und Vater eines berühmten Sohnes. Für Vaelin würde er immer jener von Furcht erfüllte Mann sein, der seinen Sohn am Tor des Hauses des sechsten Ordens abgab.

Er spürte die große Hand seines Vaters in seinem Rücken. »Geh jetzt, Vaelin. Geh zu ihm. Er wird dir nichts tun.«

Lügner!, dachte Vaelin wütend. Seine Füße schlurften über den Boden, während sein Vater ihn auf das Tor zuschob. Das Gesicht der verhüllten Gestalt löste sich aus dem Nebel; sie besaß lange, hagere Züge mit dünnen Lippen und blassblauen Augen. Vaelin konnte den Blick nicht von diesen Augen abwenden. Und der Mann mit dem hageren Gesicht erwiderte seinen Blick, ohne seinen Vater anzusehen.

»Wie lautet dein Name, Junge?« Der Mann sprach leise, wie ein Seufzen im Nebel.

Warum Vaelins eigene Stimme so ruhig klang, sollte ihm auf ewig ein Rätsel bleiben. »Vaelin, Euer Lordschaft. Vaelin Al Sorna.«

Die dünnen Lippen verzogen sich zu einem Lächeln. »Ich bin kein Lord, Junge. Ich bin Gainyl Arlyn, Aspekt des sechsten Ordens.«

Vaelin entsann sich der vielen Anstandsregeln, die seine Mutter ihm beigebracht hatte. »Verzeihung, Aspekt.«

Hinter sich hörte er ein Schnauben. Vaelin drehte sich um und sah seinen Vater davonreiten; sein Streitross wurde rasch vom Nebel verschluckt, das Trommeln der Hufe auf der weichen Erde verklang.

»Er wird nicht zurückkehren, Vaelin«, sagte der Mann mit dem langen Gesicht, der Aspekt. Sein Lächeln war verschwunden. »Weißt du, warum er dich hierhergebracht hat?«

»Um viele Dinge zu lernen und ein Bruder des sechsten Ordens zu werden.«

»Ja. Aber niemand tritt dem Orden gegen seinen Willen bei, sei er nun ein Junge oder ein erwachsener Mann.«

Vaelin verspürte den plötzlichen Drang zu fliehen, in den Nebel zu entkommen. Er würde davonlaufen und sich einer Bande Gesetzloser anschließen; er würde im Wald wohnen, die tollsten Abenteuer erleben und vorgeben, ein Waisenjunge zu sein … *Loyalität ist unsere Stärke.*

Der Aspekt musterte ihn mit ausdruckslosem Blick, aber Vaelin wusste, dass er jeden Gedanken in seinem Kopf lesen konnte. Später würde er sich fragen, wie viele Jungen, die von verräterischen Vätern hierhergebracht worden waren, tatsächlich weggelaufen waren, und ob sie es jemals bereut hatten. *Loyalität ist unsere Stärke.*

»Ich möchte beitreten«, sagte er dem Aspekt. In seinen Augen standen Tränen, aber er blinzelte sie fort. »Ich möchte viele Dinge lernen.«

Der Aspekt streckte die Hand aus, um das Tor zu entriegeln. Vaelin bemerkte, dass seine Hände von Narben übersät waren. Als das Tor aufschwang, winkte er Vaelin hinein. »Komm, kleiner Falke. Du bist jetzt unser Bruder.«

◆ ◆ ◆

Vaelin wurde schnell klar, dass das Haus des sechsten Ordens weniger ein Haus als vielmehr eine Festung war. Granitmauern ragten wie Klippen über ihm auf, während der Aspekt ihn zum Haupttor führte. Dunkle Gestalten patrouillierten, Langbögen in den Händen haltend, auf den Mauerzinnen und blickten mit leeren, nebelverschleierten Augen zu ihm hinab. Der Eingang war ein gewölbter Torbogen. Das Fallgitter war für sie hochgezogen worden, und die beiden Speerträger, die davor Wache hielten – fortgeschrittene Schüler von etwa siebzehn Jahren –, verbeugten sich ehrerbietig, als der Aspekt an ihnen vorbeiging. Er würdigte sie kaum eines Blickes und führte Vaelin über den Innenhof, wo andere Schüler das Stroh von den Pflastersteinen fegten und aus einer Schmiedewerkstatt das Klirren von Hämmern auf Metall ertönte. Burgen waren für Vaelin nichts Neues – seine Eltern hatten ihn einst in den Palast des Königs mitgenommen, wo er, angetan mit seinen besten Kleidern und zappelnd vor Langeweile, einer endlosen Rede des Aspekten des ersten Ordens über die Großherzigkeit des Königs gelauscht hatte. Doch der Palast war ein hell erleuchtetes Labyrinth gewesen, voller Statuen, Wandbehänge, sauber poliertem Marmor und Soldaten mit Brustharnischen, in denen man sich spiegeln konnte. Im Königspalast roch es nicht nach Mist und Rauch. Dort gab es keine schattigen Durchgänge, die dunkle Geheimnisse bargen, von denen ein Junge nichts wissen sollte.

»Erzähle mir, was du über unseren Orden weißt, Vaelin«, wies der Aspekt ihn an, während er ihn zum Burgfried führte.

Vaelin gab wieder, was er von seiner Mutter gelernt hatte: »Der sechste Orden führt das Schwert der Gerechtigkeit und zerschmettert die Feinde des Glaubens und der Königslande.«

»Sehr gut.« Der Aspekt klang überrascht. »Du hast eine ausgezeichnete Bildung genossen. Aber was tun wir, was die anderen Orden nicht tun?«

Vaelin dachte fieberhaft nach, bis sie den Burgfried erreicht hatten und er zwei etwa zwölfjährige Jungen sah, die mit Eschenholzschwertern aufeinander einschlugen – eine rasche Abfolge von Stößen, Paraden und Hieben. Die Jungen kämpften in einem weißen Kreidekreis, und jedes Mal, wenn sie zu nah an den Rand des Kreises gerieten, schlug ihr Lehrer, ein dürrer Mann, der einen Rabenschädel hatte, mit einem Rohrstock nach ihnen. Sie waren so sehr in ihren Wettkampf versunken, dass sie die Schläge kaum bemerkten. Einer der Jungen machte einen zu weiten Ausfallschritt und musste einen Schlag gegen den Kopf einstecken. Heftig blutend taumelte er nach hinten und fiel über die Kreislinie, was ihm einen weiteren Schlag mit dem Rohrstock einbrachte.

»Ihr kämpft«, erwiderte Vaelin – beim Anblick der Gewalt und des Blutes hämmerte ihm das Herz in der Brust.

»Ja.« Der Aspekt blieb stehen und sah auf ihn herab. »Wir kämpfen. Wir töten. Wir stürmen Festungsmauern und trotzen Pfeilen und Feuer. Wir stellen uns Pferden und Lanzen entgegen. Wir bahnen uns einen Weg durch Wälder aus Spießen und Speeren, um die Standarte unseres Gegners zu erobern. Der sechste Orden kämpft, aber wofür kämpft er?«

»Für die Königslande.«

Der Aspekt ging in die Hocke, um Vaelin in die Augen zu blicken. »Ja, die Königslande, aber was zählt noch mehr als die Königslande?«

»Der Glaube?«

»Du klingst unsicher, kleiner Falke. Vielleicht hast du doch keine so ausgezeichnete Bildung genossen.«

Hinter ihm zog der Lehrer den gestürzten Jungen unter einem Schwall Beschimpfungen wieder auf die Beine. »Du ungeschickter Bauerntölpel! Rein mit dir in den Kreis. Wenn du noch einmal hinfällst, sorge ich dafür, dass du nie wieder aufstehst.«

»Der Glaube ist aus unserer Geschichte und unserem Geist hervorgegangen««, betete Vaelin herunter. »Wenn wir ins Jenseits eingehen, werden wir eins mit den Seelen der Verstorbenen, die uns im Diesseits lenken. Zum Dank verehren wir sie mit unserem Glauben.‹«

Der Aspekt hob eine Augenbraue. »Du kennst den Katechismus gut.«

»Ja, Herr. Meine Mutter hat mich gründlich unterrichtet.«

Die Miene des Aspekten verdunkelte sich. »Deine Mutter ...« Er hielt inne, und sein Gesicht verwandelte sich wieder in eine ausdruckslose Maske. »Über deine Mutter sollst du nicht mehr sprechen. Und auch nicht über deinen Vater oder andere Familienmitglieder. Du hast jetzt keine Familie mehr außer dem Orden. Du gehörst dem Orden. Hast du mich verstanden?«

Der Junge mit der Schnittwunde am Kopf war erneut hingefallen und wurde nun von seinem Lehrer verprügelt. Der Rohrstock hob und senkte sich in gleichmäßigem Rhythmus, und die hagere Miene des Lehrers verriet dabei keinerlei Gefühlsregung. Vaelin hatte denselben

Gesichtsausdruck bei seinem Vater gesehen, wenn er einen seiner Jagdhunde schlug.

Du gehörst dem Orden. Zu seiner Überraschung hatte sich sein Herzschlag verlangsamt, und seine Stimme zitterte nicht, als er dem Aspekten antwortete: »Ich verstehe.«

◆ ◆ ◆

Der Name des Lehrers war Sollis. Er hatte ein schmales, wettergegerbtes Gesicht und die Augen einer Ziege: grau, kalt und starr. Er warf einen Blick auf Vaelin und fragte dann: »Weißt du, was Aas ist?«

»Nein, Sir.«

Meister Sollis trat bedrohlich näher. Vaelins Herz wollte immer noch nicht schneller schlagen. Die Erinnerung daran, wie der Lehrer mit dem hageren Gesicht seinen Rohrstock auf den am Boden liegenden Jungen hatte niedersausen lassen, hatte seine Furcht in eine brodelnde Wut verwandelt.

»Totes Fleisch, mein Junge«, sagte Meister Sollis. »Das Fleisch, das auf den Schlachtfeldern zurückbleibt und von den Krähen und Ratten gefressen wird. Das ist es, was dich erwartet. Totes Fleisch.«

Vaelin sagte nichts. Sollis' Ziegenaugen bohrten sich in ihn hinein, aber er wusste, dass sie keine Furcht sahen. Vaelin war wütend, Angst hatte er nicht.

Mit zehn anderen Jungen teilte er sich ein Zimmer im Obergeschoss des Nordturms. Sie waren alle ungefähr in seinem Alter. Einige weinten heimlich vor Heimweh, andere grinsten ständig vor Aufregung.

Später ließ sie Sollis im Zimmer in Reih und Glied antreten und schlug mit dem Rohrstock nach einem dicken Jungen, der sich zu langsam bewegte. »Schneller, du Fettsack.«

Er musterte jeden Einzelnen und trat bei einigen näher heran, um sie zu beschimpfen. »Name?«, fragte er einen großen blonden Jungen.

»Nortah Al Sendahl, Herr.«

»Es heißt Meister, nicht Herr, du Dummkopf.« Er ging weiter die Reihe entlang. »Name?«

»Barkus Jeshua, Meister«, erwiderte der dicke Junge, den er zuvor mit dem Rohrstock geschlagen hatte.

»Wie ich sehe, werden in Nilsael immer noch Brauereipferde gezüchtet.«

Und so ging es immer weiter, bis jeder sein Fett abbekommen hatte. Schließlich trat er zurück und hielt eine kurze Ansprache: »Eure Familien hatten ihre Gründe, warum sie euch hierhergebracht haben«, sagte Sollis. »Sie wollen euch in Helden verwandeln, damit ihr dem Familiennamen Ehre macht und sie sich in den Tavernen und Hurenhäusern eurer rühmen können. Vielleicht wollten sie sich aber auch nur ein unliebsames Balg vom Hals schaffen. Wie dem auch sei, vergesst sie! Wenn ihnen etwas an euch läge, wärt ihr nicht hier. Ihr gehört jetzt uns, dem Orden. Ihr werdet lernen zu kämpfen und bis an euer Lebensende die Feinde der Königslande und des Glaubens töten. Das ist alles, was zählt. Das ist alles, was für euch wichtig ist. Ihr habt keine Familie mehr, keine Träume und keine Ziele jenseits des Ordens.«

Er befahl ihnen, die groben Baumwollsäcke von ihren Betten zu nehmen und die zahllosen Stufen des Turms hinunterzulaufen, über den Innenhof zum Stall, wo sie sie unter Rohrstockschlägen mit Stroh füllten. Vaelin war sich sicher, dass ihn der Rohrstock öfter traf als die anderen, und er hatte den Eindruck, dass Sollis ihn absichtlich zum älteren und feuchteren Stroh hinscheuchte. Als die Säcke voll waren, wurden die Jungen den Turm wieder hinaufgeprügelt, wo sie sie auf die hölzernen Gestelle legten, die ihnen als Betten dienen würden. Danach wurden sie in die Gewölbe unter dem Burgfried gebracht. Sollis ließ sie wieder in einer Reihe antreten. Ihr Atem stand in der kühlen Luft vor ihren Gesichtern, und ihr Keuchen hallte laut von den Wänden wider. Die Gewölbe wirkten riesig. Gemauerte Gänge führten in alle Richtungen in die Dunkelheit. Vaelin spürte Furcht in sich aufsteigen, als er in die unergründlichen Schatten starrte, die wer weiß was für Bedrohungen bergen mochten.

»Augen nach vorn!« Sollis' Rohrstock hinterließ einen Striemen auf seinem Arm, und er musste ein schmerzvolles Schluchzen unterdrücken.

»Frischfleisch, Meister Sollis?«, erkundigte sich eine fröhliche Stimme. Aus der Dunkelheit war ein gewaltiger Mann aufgetaucht, in dessen Faust von der Größe eines Schinkens eine Öllampe flackerte. Vaelin hatte noch nie zuvor einen Menschen gesehen, der breiter als hoch zu

sein schien. Sein Leibesumfang war von einem wallenden Gewand ver-
hüllt, das dunkelblau war wie die der anderen Lehrer, auf der Brust jedoch von einer einzelnen roten Rose geziert wurde. Meister Sollis' Gewand war dagegen vollkommen schmucklos.

»Eine neue Kehrschaufel Dung, Meister Grealin«, sagte Sollis mit einem Anflug von Schicksalsergebenheit zu dem großen Mann.

Auf Grealins fleischigem Gesicht erschien ein flüchtiges Lächeln.
»Nun, welch Glück, dass die Jungen Euch als Lehrer haben.«

Einen Moment lang herrschte Stille, und Vaelin spürte die Spannung zwischen den beiden Männern. Ihm entging nicht, dass Sollis als
Erster weitersprach. »Sie brauchen Ausrüstung.«

»Natürlich.« Grealin kam näher, um die Jungen in Augenschein zu
nehmen. Für seine Körpergröße bewegte er sich erstaunlich leichtfü-
ßig – beinahe schien er über die Steinplatten zu schweben. »Kleine Krieger müssen für die ihnen bevorstehenden Schlachten gerüstet sein.« Er
lächelte immer noch, aber Vaelin fiel auf, dass das Lächeln seine Augen
nicht erreichte. Wieder musste er an seinen Vater denken und daran,
wie dieser auf den Messen der Pferdehändler Streitrosse begutachtet
hatte. Er war um die Tiere herumgegangen und hatte Vaelin erklärt,
woran man ein gutes Streitross erkennen konnte, was die Form der
Muskeln darüber verriet, wie stark es im Nahkampf war. Die besten
Pferde, hatte er gesagt, waren jene, denen nach dem Zureiten noch ein
Quentchen Temperament verblieb. »Die Augen, Vaelin«, hatte er erklärt.
»Ein gutes Pferd hat einen Funken Feuer in den Augen.«

War es das, wonach Meister Grealin jetzt suchte? Nach dem Feuer
in ihren Augen? Etwas, woran zu erkennen wäre, wer von ihnen durchhalten würde und wie sie sich bei einem Angriff oder im Nahkampf
schlagen würden?

Grealin blieb neben einem schmächtigen Jungen namens Caenis
stehen, der bislang die schlimmsten Beleidigungen durch Sollis hatte
erdulden müssen. Grealin betrachtete ihn aufmerksam, und der Junge
verlagerte unter seinem prüfenden Blick unbehaglich das Gewicht.
»Wie lautet dein Name, kleiner Krieger?«, fragte Grealin ihn.

Caenis musste schlucken, bevor er antworten konnte. »Caenis Al
Nysa, Meister.«

»Al Nysa.« Grealin wirkte nachdenklich. »Eine Adelsfamilie mit beachtlichem Vermögen, wenn ich mich recht entsinne. Ländereien im Süden, durch Heirat mit Haus Hurnisch verbunden. Du bist hier weit von der Heimat.«

»Jawohl, Meister.«

»Nun, gräme dich nicht. Du hast im Orden eine neue Heimat gefunden.« Er klopfte Caenis auf die Schulter, was diesen zusammenzucken ließ. Nachdem Sollis ihn mit seinem Rohrstock traktiert hatte, fürchtete er jetzt die sanfteste Berührung. Grealin schritt die Reihe entlang, stellte den Jungen Fragen und sprach aufmunternde Worte, während Meister Sollis ungeduldig mit dem Rohrstock gegen seinen Stiefelschaft schlug. *Tack, tack, tack,* hallte es durch das Gewölbe.

»Ich glaube, deinen Namen kenne ich schon, kleiner Krieger.« Grealins gewaltiger Leib ragte vor Vaelin auf. »Al Sorna. Dein Vater und ich haben gemeinsam im Meldeneischen Krieg gekämpft. Ein großer Mann. Du siehst ihm sehr ähnlich.«

Vaelin sah die Falle und zögerte nicht. »Ich habe keine Familie, Meister. Nur den Orden.«

»Ah, der Orden ist eine Familie, kleiner Krieger.« Grealin kicherte, während er weiterging. »Und Meister Sollis und ich sind deine Onkel.« Darauf musste er noch lauter lachen. Vaelin sah zu Sollis hinüber, der Grealin nun mit unverhohlenem Hass anstarrte.

»Folgt mir, ihr furchtlosen kleinen Männer!«, rief Grealin, die Lampe über den Kopf erhoben, während er tiefer in das Gewölbe hineinschritt. »Bleibt schön beisammen. Die Ratten mögen keine Besucher, und manche von ihnen sind größer als ihr.« Er kicherte erneut. Neben Vaelin stieß Caenis ein Wimmern aus und blickte mit angsterfüllten Augen in die unergründliche Schwärze.

»Achte nicht auf ihn«, flüsterte Vaelin. »Hier unten gibt es keine Ratten. Es ist viel zu sauber. Die würden gar nichts zu fressen finden.« Er war sich nicht ganz sicher, ob das stimmte, aber es klang zumindest ermutigend.

»Mund halten, Sorna!« Sollis' Rohrstock pfiff über ihm durch die Luft. »Los, Bewegung!«

Sie folgten Meister Grealins Lampe in die schwarze Leere des Gewölbes; Schritte und das Lachen des dicken Mannes hallten von den Wänden wider und wurden gelegentlich vom Klatschen von Sollis'

Rohrstock unterbrochen. Caenis' Blicke huschten ständig hin und her, zweifellos auf der Suche nach Riesenratten. Eine Ewigkeit schien vergangen zu sein, als sie schließlich bei einer massiven Eichenholztür ankamen. Grealin gebot ihnen zu warten, während er ein Schlüsselbund vom Gürtel nahm und die Tür aufschloss.

»Nun, ihr kleinen Männer«, sagte er und schwang die Tür auf. »Dann wollen wir euch mal für die bevorstehenden Schlachten rüsten.«

Hinter der Tür befand sich ein höhlenartiger Raum mit endlosen Reihen von Gestellen, in denen Schwerter, Speere, Bögen und Hunderte andere Waffen funkelten. An den Wänden stapelten sich Fässer und zahllose Säcke mit Mehl und Getreide. »Mein kleines Reich«, sagte Grealin. »Ich bin der Gewölbemeister und der Hüter der Waffenkammer. In diesem Lager gibt es nicht eine Bohne oder Pfeilspitze, die ich nicht abgezählt habe – und das zweimal. Wenn ihr irgendetwas braucht, wendet euch an mich. Und vor mir müsst ihr euch auch verantworten, wenn ihr etwas verloren habt.« Vaelin fiel auf, dass sein Lächeln verschwunden war.

Sie stellten sich in einer Reihe vor dem Lagerraum auf, während Grealin ihre Bündel holte, zehn graue Musselinsäcke, in die verschiedene Gegenstände gepackt waren. »Dies sind die Gaben des Ordens an euch, kleine Männer«, erklärte Grealin mit fröhlicher Stimme und ging die Reihe entlang, um vor jedem Jungen ein Säckchen abzulegen. »In euren Bündeln werdet ihr Folgendes finden: ein Holzschwert nach asraelischer Machart, ein Jagdmesser, zwölf Zoll lang, ein Paar Stiefel, ein Paar Hosen, zwei Baumwollhemden, einen Mantel, eine Gewandklammer, eine Geldbörse, leer natürlich, und eines von diesen hier …« Meister Grealin hielt etwas Funkelndes an einer Kette ins Lampenlicht hoch. Es war ein Medaillon, ein silberner Kreis, in den die Figur eingeprägt war, die Vaelin auf dem Tor des Ordenshauses gesehen hatte: der Krieger mit dem Totenschädel. »Dies ist das Siegel unseres Ordens«, fuhr Meister Grealin fort. »Es zeigt Saltroth Al Jenrial, den ersten Aspekten des Ordens. Ihr sollt es stets tragen, beim Schlafen, beim Waschen, immer. Meister Sollis hat sicherlich eine Menge Strafen in petto, sollte einer von euch einmal vergessen, es anzulegen.«

Sollis schwieg – der Rohrstock, der gegen seinen Stiefel schlug, war beredt genug.

»Darüber hinaus möchte ich euch noch ein paar Ratschläge geben«, sagte Meister Grealin. »Das Leben im Orden ist hart und oft kurz. Viele von euch wird man noch vor der Abschlussprüfung hinauswerfen, vielleicht sogar euch alle. Und diejenigen, die sich das Recht erwerben, bei uns zu bleiben, werden an fernen Grenzen patrouillieren und endlose Kämpfe gegen Wilde, Banditen oder Ketzer ausfechten und womöglich im Kampf sterben, wenn sie Glück haben, oder, wenn sie Pech haben, dabei verstümmelt werden. Die wenigen, die nach fünfzehn Jahren Dienst immer noch am Leben sind, wird man zu Kommandanten ernennen oder sie werden hierher zurückkehren, um ihre Nachfolger zu unterrichten. Dies ist das Leben, das eure Familien euch zugedacht haben. Es ist eine Ehre, auch wenn es euch nicht so vorkommen mag. Lernt es zu schätzen, hört auf eure Meister, auf das, was sie euch beibringen wollen, und bleibt stark im Glauben. Merkt euch, was ich gesagt habe, und ihr werdet euch im Orden gut zurechtfinden.« Er lächelte erneut und breitete die feisten Hände aus. »Das ist alles, was ich euch mitgeben kann, kleine Krieger. Und jetzt lauft! Zweifellos werde ich euch alle schon bald wiedersehen, wenn ihr die wertvollen Sachen, die ihr bekommt, verloren habt.« Er kicherte und verschwand im Lagerraum. Der Widerhall seines Gelächters folgte ihnen durch das Gewölbe, während sie von Sollis' Rohrstock hinausgetrieben wurden.

◆ ◆ ◆

Der Pfosten war sechs Fuß hoch; oben rot angestrichen, in der Mitte blau und unten grün. Etwa zwanzig davon waren überall auf dem Übungsplatz verteilt – stumme Zeugen ihrer Qual. Sollis befahl ihnen, sich vor einen der Pfosten zu stellen und mit den Holzschwertern nach der Farbe zu schlagen, die er ihnen gerade zurief.

»Grün! Rot! Grün! Blau! Rot! Blau! Rot! Grün! Grün …«

Schon nach kurzer Zeit begann Vaelins Arm zu schmerzen, aber er schwang das Holzschwert dennoch weiter, so fest er konnte. Barkus, der nach ein paar Schlägen kurz den Arm gesenkt hatte, hatte sich eine Tracht Prügel mit dem Rohrstock eingefangen, die ihm sein übliches Lächeln vom Gesicht gewischt und einen blutigen Striemen auf seiner Stirn hinterlassen hatte.

»Rot! Rot! Blau! Grün! Rot! Blau! Blau …«

Vaelin stellte fest, dass er – wenn er sich nicht den Arm verstauchen wollte – das Schwert im letzten Moment anwinkeln musste, damit die Klinge über den Pfosten glitt, anstatt dagegen zu schlagen. Sollis trat hinter ihn, und Vaelins Rücken juckte in Erwartung der Schläge. Aber Sollis sah nur einen Moment lang zu und ging dann mit einem zufriedenen Knurren weiter zu Nortah, den er dafür bestrafte, dass er statt des roten den blauen Streifen getroffen hatte. »Mach die Augen auf, du Geck!« Nortah bekam einen Hieb in den Nacken ab und blinzelte die Tränen fort, während er weiter auf den Pfosten einschlug.

Stundenlang ließ Sollis sie so üben; das Pfeifen seines Rohrstocks bildete die Begleitmusik zu dem dumpfen Knallen ihrer Schwerter. Nach einer Weile wurden sie angewiesen, die Hand zu wechseln. »Ein Bruder des Ordens kann mit beiden Händen gleich gut kämpfen«, sagte Sollis. »Einen Arm zu verlieren, ist keine Entschuldigung für Feigheit.«

Nach einer weiteren endlosen Stunde befahl er ihnen schließlich aufzuhören, ließ sie in einer Reihe antreten und tauschte den Rohrstock gegen ein Holzschwert ein. Wie die ihren war auch seines asraelischer Machart: eine gerade Klinge mit einem etwas mehr als handbreiten Heft, um das sich ein dünner Metalldorn wand, der die Finger des Kämpfers schützen sollte. Vaelin kannte sich mit Schwertern aus. Sein Vater hatte einige im Esszimmer über dem Kamin hängen, die den Jungen stets verlockt hatten, auch wenn er es nie gewagt hatte, sie anzufassen. Natürlich waren sie größer gewesen als diese Holzspielzeuge. Ihre Klingen maßen drei Ellen oder mehr in der Länge und wirkten ziemlich abgenutzt. Sie wurden regelmäßig geschärft, und ihnen war anzusehen, wo der Schleifstein des Schmieds die Kerben und Dellen entfernt hatte, die sie auf dem Schlachtfeld davongetragen hatten. Eines der Schwerter hatte ihn besonders fasziniert. Es hing weit oben, außerhalb seiner Reichweite, und seine Spitze zeigte direkt auf Vaelins Nase. Es hatte eine einfache Form und war wenig kunstvoll geschmiedet – doch im Gegensatz zu den anderen Klingen war diese nicht abgeschliffen worden. Sie war gut geschärft, aber der Stahl war von zahlreichen Kratzern, Kerben und Dellen verunziert. Vaelin wagte nicht, seinen Vater danach zu fragen, und wandte sich deshalb an seine Mutter, allerdings kaum weniger zaghaft, weil er wusste, dass sie die Schwerter seines

Vaters hasste. Er fand sie im Salon, wo sie, wie so oft, in ein Buch vertieft war. Es war in der Anfangszeit ihrer Krankheit, und ihr Gesicht wirkte so verhärmt, dass Vaelin sie ganz erschrocken anstarrte. Sie lächelte, als er hereingeschlichen kam, und klopfte auf den Stuhl neben sich. Sie zeigte ihm gern ihre Bücher, und er schaute sich die Bilder an, während sie ihm Geschichten über den Glauben und die Königslande erzählte. Geduldig lauschte er der Legende von Kerlis dem Ketzer, der zum wahren Tod verdammt war, weil er sich geweigert hatte, den Ratschlag der Ahnen anzunehmen. Und als seine Mutter kurz verstummte, fragte er rasch: »Mutter, warum lässt Vater sein Schwert nicht abschleifen?«

Sie hielt inne, ohne ihn anzusehen. Das Schweigen zog sich in die Länge, und er glaubte schon, sie würde sich ein Beispiel an seinem Vater nehmen und seine Frage einfach übergehen. Gerade wollte er sich entschuldigen und darum bitten, hinausgehen zu dürfen, als seine Mutter antwortete: »Das ist das Schwert, das dein Vater bei seinem Eintritt in die Armee des Königs erhalten hat. In der Gründungszeit der Königslande hat er jahrelang damit gekämpft, und als der Krieg vorbei war, wurde er zum Schwert des Königs ernannt, weshalb du den Namen Al Sorna trägst. Die Kerben auf der Klinge erzählen die Geschichte, wie dein Vater zu dem wurde, was er heute ist. Deshalb lässt er sie nicht abschleifen.«

»Aufwachen, Sorna!« Sollis' Bellen holte ihn mit einem Ruck in die Wirklichkeit zurück.

»Du fängst an, Rattengesicht«, sagte der Meister zu Caenis und bedeutete dem schmächtigen Jungen, sich ein paar Schritte vor ihm hinzustellen. »Ich greife an, du wehrst ab. Das machen wir so lange, bis einer von euch es schafft, meinen Angriff zu parieren.«

Seine nächste Bewegung war so schnell, dass Vaelin ihr mit den Augen nicht folgen konnte. Sollis' Schwert zuckte vor und traf Caenis an der Brust, bevor dieser auch nur seine Klinge heben konnte. Der Junge stürzte zu Boden.

»Erbärmlich, Nysa«, sagte Sollis schroff. »Der Nächste. Wie war doch gleich dein Name? Dentos.«

Dentos besaß ein spitzes Kinn, dünne Haare und lange, ungelenke Gliedmaßen. Er sprach mit einem starken westrenfaelischen Akzent, den Sollis nicht ausstehen konnte. »Du kämpfst genauso miserabel, wie du sprichst«, kommentierte der Meister, nachdem die Eschenholzklinge seines Schwertes Dentos in die Rippen getroffen und ihn nach Luft japsend zu Boden geschickt hatte. »Jeshua, du bist dran.«

Barkus gelang es, dem ersten blitzschnellen Angriff auszuweichen, aber seine Riposte verfehlte das Schwert des Meisters, und er ging unter einem Schlag zu Boden, der ihm die Beine unter dem Körper wegriss.

Die nächsten beiden Jungen wurden ebenso rasch gefällt, und Nortah erging es nicht anders, obwohl es ihm fast gelungen wäre, dem Angriff des Meisters seitlich auszuweichen, was diesen jedoch nicht weiter beeindruckte. »Da musst du dir schon was Besseres einfallen lassen.« Sollis wandte sich Vaelin zu. »Dann wollen wir es mal hinter uns bringen, Sorna.«

Vaelin nahm vor Sollis Aufstellung und wartete. Der kalte Blick des Meisters begegnete dem seinen, seine blassen Augen fixierten ihn … Vaelin reagierte einfach, ohne nachzudenken. Er machte einen Schritt zur Seite, hob sein Schwert und ließ Sollis' Klinge mit einem lauten Krachen abprallen.

Er trat zurück und hob das Schwert, bereit für den nächsten Schlag. Dabei gab er sich Mühe, nicht auf das staunende Schweigen der anderen zu achten und sich stattdessen auf Sollis' nächsten Angriff zu konzentrieren. Der würde sicher von der Wut der Demütigung angeheizt sein. Doch es erfolgte kein Angriff. Meister Sollis packte lediglich sein Holzschwert ein und befahl ihnen, ihre Sachen zusammenzusammeln und ihm zum Speisesaal zu folgen. Vaelin beobachtete Sollis genau, während sie über den Übungsplatz zum Innenhof gingen, und suchte nach Anzeichen dafür, dass der Rohrstock des Meisters gleich auf ihn niedersausen würde, aber Sollis' mürrische Miene blieb unverändert. Vaelin konnte sich nicht vorstellen, dass der Meister die Beleidigung einfach so hinnehmen würde, und beschloss, weiter auf der Hut zu sein, damit ihn die unvermeidliche Strafe nicht unvorbereitet träfe.

◆ ◆ ◆

Beim Essen erwartete sie eine Überraschung. Der Saal war bereits vom Stimmengewirr zahlloser Jungen erfüllt, die miteinander schwatzten und scherzten. Die Sitzordnung folgte dem Alter – die Jüngsten saßen in der Nähe der Türen, wo es am stärksten zog, und die Ältesten am anderen Ende der Tafel, in der Nähe des Lehrertisches. Insgesamt schien es etwa dreißig Lehrer zu geben, die meisten von ihnen waren schweigsam und maßen ihre Umgebung mit strengen Blicken. Viele waren von Narben entstellt; einige wiesen dunkle Brandmale auf. Einem der Männer, der an der Stirnseite des Tisches saß und schweigend einen Teller Brot mit Käse verzehrte, schien die gesamte Kopfhaut weggebrannt zu sein. Nur Meister Grealin wirkte fröhlich und lachte laut, einen Hühnerschenkel in der fleischigen Faust. Die anderen Lehrer schenkten ihm entweder keine Beachtung oder nahmen seine Witze lediglich mit einem höflichen Nicken zur Kenntnis.

Meister Sollis führte sie zu dem Tisch, der der Tür am nächsten war, und gebot ihnen, sich zu setzen. Am Tisch saßen bereits einige andere Jungen, die ungefähr in ihrem Alter waren. Sie waren einige Wochen früher im Ordenshaus eingetroffen und wurden von anderen Lehrern unterrichtet. Vaelin bemerkte die spöttischen und herablassenden Blicke, die manche ihnen zuwarfen, und sie gefielen ihm gar nicht.

»Ihr dürft euch frei unterhalten«, sagte Sollis. »Aber werft nicht mit dem Essen herum. Ihr habt eine Stunde Zeit.« Er beugte sich vor und raunte Vaelin zu: »Wenn du dich prügelst, brich niemandem die Knochen.« Damit ging er zum Lehrertisch hinüber.

Auf der Tafel der Jungen standen zahllose Teller mit gebratenem Huhn, Pasteten, Obst, Brot, Käse und sogar Kuchen – ein wahrer Festschmaus, der in starkem Widerspruch zu der nüchternen Strenge lag, die Vaelin bislang im Ordenshaus erfahren hatte. In seinem Leben hatte er bis dahin nur einmal ein solch üppiges Mahl gesehen, und zwar im Palast des Königs, und damals hatte er nicht viel davon genießen dürfen. Einen Moment lang saßen die Jungen schweigend da, teils aus Ehrfurcht vor der großen Fülle, teils aus Unbehagen, weil sie einander schließlich kaum kannten.

»Wie hast du das geschafft?«

Vaelin blickte auf und sah, dass die Frage von Barkus kam, dem kräftigen Burschen aus Nilsael. »Was meinst du?«

»Wie hast du seinen Angriff pariert?«

Die anderen Jungen betrachteten ihn interessiert. Nortah tupfte sich mit einer Serviette die blutige Lippe ab, die Sollis ihm beigebracht hatte. Vaelin konnte nicht feststellen, ob die Jungen neidisch oder verärgert waren. »Seine Augen«, sagte er, während er nach einem Krug griff und sich ein wenig Wasser in den einfachen Zinnbecher goss, der neben seinem Teller stand.

»Was ist mit seinen Augen?«, fragte Dentos. Er hatte sich ein Brötchen genommen und stopfte sich nun Stücke davon in den Mund. Beim Sprechen spuckte er Krümel. »Willst du etwa sagen, der Meister hätte die dunkle Gabe benutzt?«

Nortah lachte, und ebenso Barkus, aber die anderen Jungen schauderte es offenbar bei der Vorstellung. Caenis war der Einzige, der gar nicht an dem Gespräch teilnahm und sich stattdessen einer bescheidenen Portion Hühnchen und Kartoffeln widmete.

Vaelin rutschte auf seinem Stuhl hin und her. Er mochte es nicht, im Mittelpunkt der Aufmerksamkeit zu stehen. »Er fixiert einen mit seinem Blick«, erklärte er. »Wenn er einem in die Augen schaut, ist man wie gebannt. Dann greift er einen an, und man kann nicht schnell genug reagieren. Schaut ihm nicht in die Augen, sondern auf seine Füße oder sein Schwert.«

Barkus biss in einen Apfel und knurrte. »Er hat recht, wisst ihr. Ich hatte auch das Gefühl, dass er mich hypnotisieren will.«

»Was heißt ›hypnotisieren‹?«, fragte Dentos.

»Das sieht aus wie Magie, ist aber nur ein einfacher Trick«, erwiderte Barkus. »Auf dem letzten Sommerjahrmarkt war ein Mann, der den Leuten eingegeben hat, sie seien Schweine. Sie haben gegrunzt, im Boden gewühlt und sich im Dreck gewälzt.«

»Wie hat er das gemacht?«

»Ich weiß nicht. Mit irgendeinem Trick. Er hat eine Kugel vor ihren Augen geschwenkt und leise mit ihnen geredet. Und danach haben sie jeden seiner Befehle befolgt.«

»Denkst du, Meister Sollis ist zu so etwas in der Lage?«, fragte Jennis, den Sollis einen Esel geschimpft hatte.

»Bei den Ahnen, wer weiß das schon? Ich habe gehört, dass viele Ordensmeister über die dunkle Gabe verfügen, besonders die des sechsten.« Barkus betrachtete genüsslich einen Hähnchenschenkel, bevor er hineinbiss. »Und offenbar verstehen sie sich auch aufs Kochen.

Sie lassen uns auf Stroh schlafen und prügeln uns den lieben langen Tag, aber zumindest bekommen wir was Anständiges zu essen.«

»Ja«, stimmte Dentos zu. »Genau wie der Hund von meinem Onkel Sim.«

Es herrschte verblüfftes Schweigen. »Der Hund von deinem Onkel Sim?«, hakte Nortah nach.

Dentos nickte und kaute munter an einem Stück Pastete. »Brutus. Der beste Kampfhund der Westlande. Hat zehn Siege eingeheimst, bevor ihm im letzten Winter ein Gegner die Kehle rausgerissen hat. Onkel Sim hat diesen Hund geliebt. Er hatte vier Kinder von drei verschiedenen Frauen, aber der Hund war sein Ein und Alles. Er wurde gefüttert, noch bevor die Kinder zu essen bekamen. Und immer nur vom Allerfeinsten. Die Kinder mussten sich mit Haferschleim zufriedengeben, während der Hund Rindersteaks gefressen hat.« Er kicherte trocken. »Der alte Fiesling.«

Nortah wirkte immer noch verwirrt. »Was spielt es für eine Rolle, womit irgendein renfaelischer Bauer seinen Hund füttert?«

»Es geht darum, dass er dann besser kämpft«, sagte Vaelin. »Um starke Muskeln aufzubauen, braucht es gutes Futter. Deshalb werden Schlachtrösser mit dem besten Getreide und Hafer gefüttert, statt nur auf der Weide zu grasen.« Er nickte in Richtung des Essens auf der Tafel. »Je besser sie uns ernähren, desto besser können wir kämpfen.« Er blickte Nortah in die Augen. »Und ich glaube nicht, dass du ihn einen Bauern schimpfen solltest. Wir sind hier alle Bauern.«

Nortah erwiderte ungerührt seinen Blick. »Und du bist nicht unser Anführer, Al Sorna. Nur weil du der Sohn des Kriegsherrn bist …«

»Ich bin niemandes Sohn und du genauso wenig.« Vaelin nahm sich ein Brötchen; ihm knurrte der Magen. »Nicht mehr.«

Darauf herrschte Schweigen, und alle beugten sich über ihre Teller. Etwas später kam es an einem der anderen Tische zu einer Auseinandersetzung – Fäuste wurden geschwungen, und Teller und Essen flogen umher. Einige Jungen stürzten sich mit in den Kampf, andere standen daneben und feuerten die Kämpfenden an, die meisten jedoch blieben an ihren Tischen sitzen, ohne auch nur aufzublicken. Der Faustkampf tobte eine Weile, bis einer der Lehrer – der große Mann mit der verbrannten Kopfhaut – herkam, um die Streithähne voneinander zu trennen. Er schwang seinen mächtigen Stock mit grimmiger Entschlossenheit. Die Jungen, die an dem Kampf beteiligt gewesen waren, wurden auf Verletzungen untersucht; das Blut wurde ihnen von Nasen und Lippen gewischt, und schließlich wurden sie wieder an ihren Tisch zurückgeschickt. Einer der Jungen war bewusstlos, und zwei andere sollten ihn in die Krankenstube bringen. Nach einer Weile gingen die Gespräche im Saal weiter, als wäre nichts geschehen.

»Wie viele Schlachten wir wohl schlagen werden?«, fragte Barkus.

»Eine ganze Menge«, erwiderte Dentos. »Du hast ja gehört, was der dicke Meister gesagt hat.«

»Es heißt, in den Königslanden gibt es keine Kriege mehr«, sagte Caenis. Er sprach zum ersten Mal, und seine Stimme klang zögernd. »Vielleicht müssen wir gar keine Schlachten schlagen.«

»Irgendeinen Krieg gibt es immer«, wandte Vaelin ein. Das hatte seine Mutter einmal gesagt – oder vielmehr hatte sie es seinem Vater im Streit an den Kopf geworfen. Als dieser zum letzten Mal fortgegangen war, bevor Vaelins Mutter krank geworden war. Früh am Morgen war der Bote des Königs mit einem versiegelten Brief eingetroffen. Sein Vater hatte ihn gelesen und begonnen, seine Waffen zusammenzupacken. Dem Stallburschen trug er auf, sein bestes Streitross zu satteln. Vaelins Mutter hatte geweint, und sie waren in den Salon gegangen, wo Vaelin sie nicht hören konnte. Die Worte seines Vaters konnte er nicht verstehen, denn dieser sprach leise und besänftigend. Seine Mutter zeigte dagegen weniger Zurückhaltung. »Komm ja nicht mehr in mein Bett, wenn du zurückkehrst!«, schrie sie. »Dein Blutgestank widert mich an.«

Sein Vater sagte noch etwas in seinem beruhigenden Tonfall.

»Das hast du beim letzten Mal auch behauptet. Und davor«, erwiderte seine Mutter. »Und du wirst es wieder sagen. Irgendeinen Krieg gibt es immer.«

Nach einer Weile fing sie erneut an zu weinen, und es herrschte Stille im Haus, bis Vaelins Vater schließlich herauskam, dem Jungen kurz über den Kopf strich und zu seinem wartenden Ross ging. Als er vier Monate später zurückgekehrt war, schliefen Vaelins Eltern in getrennten Zimmern.

Nach dem Essen wurde eine Andacht abgehalten. Die Teller wurden abgeräumt, und sie saßen schweigend da, während der Aspekt mit lauter, klarer Stimme, die den gesamten Saal erfüllte, die Glaubensgrundsätze deklamierte. Trotz seiner düsteren Stimmung fand Vaelin die Worte des Aspekten seltsam tröstlich – sie erinnerten ihn an seine Mutter und die Stärke ihres Glaubens, den sie trotz ihrer langen Krankheit nie verloren hatte. Er fragte sich kurz, ob sein Vater ihn wohl hierhergeschickt hätte, wenn sie noch am Leben gewesen wäre, und wusste mit absoluter Gewissheit, dass sie es niemals zugelassen hätte.

Nachdem der Aspekt seinen Vortrag beendet hatte, gewährte er ihnen einen Moment der inneren Einkehr, damit sie sich bei ihren Ahnen bedanken konnten. Mit Tränen in den Augen sandte Vaelin seiner Mutter in Gedanken seine Liebe und bat sie um Beistand bei den Bewährungsproben, die vor ihm lagen.

◆ ◆ ◆

Das erste Gesetz des Ordens schien zu sein, dass die Jüngsten die unangenehmsten Pflichten erfüllen mussten. Entsprechend trieb Sollis sie nach der Andacht zu den Ställen, wo sie mehrere Stunden damit zubrachten, die Pferdeboxen auszumisten. Den Dung karrten sie danach zu den Misthaufen in Meister Smentils Gärten. Smentil war ein großgewachsener Mann, der offenbar nicht sprechen konnte und sie mit hektischen Gesten seiner mit Erde beschmierten Hände und merkwürdig kehligen Lauten, an deren Tonhöhe zu erkennen war, ob sie etwas falsch oder richtig gemacht hatten, hin und her schickte. Seine Unterhaltung mit Sollis sah anders aus und wurde mit Hilfe komplizierter Handbewegungen geführt, die der Meister ohne Schwierigkeiten zu verstehen schien. Die Gärten waren groß und umfassten mindestens zwei Morgen Land außerhalb der Mauern des Ordenshauses. In langen, ordentlichen Reihen wuchsen dort Kohlköpfe, Rüben und anderes Gemüse. Auch einen kleinen Obstgarten gab es, der von einer Steinmauer umgeben war. Da der Winter sich dem Ende zuneigte, war der Meister damit beschäftigt, die Obstbäume zu schneiden, und eine ihrer Aufgaben bestand darin, die abgesägten Äste, die verbrannt werden sollten, wegzuschaffen.

Während sie die Körbe mit Feuerholz zum Burgfried zurücktrugen, wagte Vaelin, Meister Sollis eine Frage zu stellen. »Warum kann Meister Smentil nicht sprechen?«

Er machte sich schon auf ein paar Schläge mit dem Rohrstock gefasst, aber Sollis begnügte sich mit einem tadelnden Blick. Eine Weile stapften sie schweigend weiter, bis Sollis schließlich murmelte: »Die Lonaker haben ihm die Zunge herausgeschnitten.«

Vaelin erschauerte unwillkürlich. Von den Lonakern hatte er schon gehört, so wie sie alle. Mindestens ein Schwert aus der Sammlung seines Vaters war bei einem Feldzug gegen die Lonaker zum Einsatz gekommen. Sie waren ein wildes Bergvolk hoch im Norden, das die Bauernhöfe und und Dörfer Renfaels überfiel und mit großer Begeisterung raubte, vergewaltigte und mordete. Von manchen wurden sie auch Wolfsmenschen genannt, weil sie angeblich ein Fell und Reißzähne besaßen und das Fleisch ihrer Gegner aßen.

»Wie kommt es, dass er noch am Leben ist, Meister?«, erkundigte sich Dentos. »Mein Onkel Tam hat gegen die Lonaker gekämpft. Er hat gesagt, dass sie alle Gefangenen umbringen.«

Der Blick, den Sollis Dentos zuwarf, war deutlich schärfer als der, mit dem er Vaelin gemustert hatte. »Er ist entkommen. Er ist ein mutiger und schlauer Mann, der seinem Orden Ehre macht. Aber jetzt genug geredet.« Er schlug Nortah mit dem Rohrstock gegen die Beine. »Schneller, Sendahl.«

Nachdem sie ihre Pflichten erfüllt hatten, ging es mit Schwertübungen weiter. Dieses Mal führte Sollis ihnen eine Reihe von Bewegungsabläufen vor, die sie nachahmen sollten. Wenn einer von ihnen einen Fehler machte, musste er eine Runde in vollem Tempo um den Übungsplatz laufen. Anfangs schienen sie ständig etwas falsch zu machen und mussten viel rennen, aber nach einer Weile lernten sie offenbar dazu.

Als der Himmel langsam dunkelte, erklärte Sollis die Übungen für beendet, und sie kehrten zum Abendessen in den Speisesaal zurück, das aus Brot und Milch bestand. Es wurde wenig geredet; sie waren alle zu müde. Barkus riss ein paar Witze, und Dentos erzählte eine Geschichte über einen weiteren seiner Onkel, aber kaum jemand hörte zu. Nach dem Essen scheuchte Sollis sie die Treppen zu ihrem Schlafsaal hinauf und ließ sie erschöpft und schwer atmend in einer Reihe antreten.

»Euer erster Tag im Orden liegt hinter euch«, sagte Sollis. »Nach dem Gesetz des Ordens dürft ihr morgen früh das Ordenshaus verlassen, wenn dies euer Wunsch ist. Von jetzt an wird es nur noch schwerer werden, also überlegt es euch gut.«

Er ließ sie keuchend im Kerzenlicht zurück, ihre Gedanken auf den nächsten Morgen gerichtet.

»Denkt ihr, dass es zum Frühstück Eier geben wird?«, grübelte Dentos.

Später wälzte Vaelin sich in seinem Strohbett hin und her – trotz seiner Erschöpfung konnte er nicht einschlafen. Barkus schnarchte, aber das war es nicht, was ihn wachhielt. Er konnte noch immer nicht fassen, wie sehr sich sein Leben innerhalb nur eines Tages verändert hatte. Sein Vater hatte ihn weggegeben und ihn an diesen Ort gebracht, wo er geschlagen wurde und das Töten lernte. Offenbar hasste sein Vater ihn, weil er ihn an seine Frau erinnerte, die gestorben war, und er wollte ihn deshalb nicht mehr unter den Augen haben. Nun, auch Vaelin konnte hassen; Hass war leicht, er würde ihm Kraft geben, wenn die Liebe seiner Mutter nicht ausreichte. *Loyalität ist unsere Stärke.* Er schnaubte verächtlich. *Soll die Loyalität deine Stärke sein, Vater. Mein Hass auf dich wird die meine sein.*

In der Dunkelheit weinte jemand. War es Nortah? Oder Dentos? Caenis? Das war schwer zu sagen. Die Schluchzer bildeten eine traurige Begleitmusik zu Barkus' lautem Schnarchen. Am liebsten hätte Vaelin auch geweint und sich dem Selbstmitleid überlassen, aber es kamen keine Tränen. Ruhelos lag er da, und sein Herz pochte laut vor Hass und Wut. Die Angst ließ es nur noch schneller schlagen; Schweiß sammelte sich auf seiner Stirn und Brust. Es war schrecklich, unerträglich! Er musste hier weg, weg von diesem Ort …

»Vaelin.«

Eine Stimme in der Finsternis, klar und deutlich. Sein Herzschlag verlangsamte sich sofort, während er sich aufsetzte und mit Blicken den dunklen Raum absuchte. Er fürchtete sich nicht, denn er kannte die Stimme. Es war die Stimme seiner Mutter. Ihr Geist war zu ihm gekommen, um ihm Trost zu spenden und ihn zu retten.

Mehr sagte sie jedoch nicht; so sehr er seine Ohren auch anstrengte, er konnte keinen Laut mehr vernehmen. Aber er wusste, dass er sie gehört hatte. Sie war gekommen.

Er legte sich wieder auf die harte Matratze, und schließlich über-mannte ihn die Müdigkeit. Das Schluchzen hatte aufgehört, und auch Barkus' Schnarchen schien leiser geworden zu sein. Er sank in einen tiefen, traumlosen Schlaf.

ZWEITES KAPITEL

Vaelin war etwa ein Jahr beim Orden, als er zum ersten Mal einen Menschen tötete. Ein Jahr der unbarmherzigen Lektionen, von unbarmherzigen Lehrern vermittelt; ein Jahr der Strafen und ewig gleichen Tagesabläufe. Sie wachten in der fünften Stunde auf und begannen mit Schwertübungen. Stundenlang schlugen sie mit ihren Holzschwertern auf die Pfosten des Übungsplatzes ein, versuchten Meister Sollis' Angriffe abzuwehren und die zunehmend schwierigeren Bewegungsabläufe nachzuahmen, die er ihnen beibrachte. Vaelin parierte auch weiterhin Sollis' Angriffe am geschicktesten, aber der Meister fand trotzdem immer wieder Mittel und Wege, seine Deckung zu durchbrechen und ihn von Schmerzen geplagt und entmutigt zu Boden zu schicken. Die Lektion, sich nicht von Sollis' Blick bannen zu lassen, hatte er gelernt, aber der Meister kannte noch viele andere Tricks.

Der Feldrian war ganz dem Schwertkampf gewidmet, aber Ildrian war der Tag des Bogens. Dann ließ Meister Checkrin, ein muskulöser Nilsaeler mit leiser Stimme, sie Zielübungen mit ihren kleinen Langbögen machen. »Rhythmus, Jungs. Auf den Rhythmus kommt es an«, erklärte er ihnen. »Einlegen, ausziehen, schießen ... Einlegen, ausziehen, schießen ...«

Vaelin fand es schwierig, den Bogen zu meistern. Die Waffe war nicht einfach zu ziehen, und das Zielen fiel ihm schwer. Seine Fingerspitzen wurden von der Bogensehne wund, und seine Arme schmerzten vom Wachsen der Muskeln. Häufig trafen seine Pfeile nur den Rand der Zielscheibe oder verfehlten sie gänzlich. Ihm graute schon vor dem Tag, an dem er die Bogenprüfung würde ablegen müssen – aus zwanzig Schritt Entfernung vier Pfeile in die Mitte der Zielscheibe schießen, und zwar in der Zeit, die ein fallendes Tuch brauchte, um zu Boden zu flattern. Das schien ihm gänzlich unmöglich.

Dentos erwies sich rasch als der beste Schütze unter ihnen. Seine Pfeile verfehlten nur selten die Mitte der Zielscheibe. »Du hast wohl schon Erfahrung, was, Junge?«, fragte Meister Checkrin ihn.

»Ja, Meister. Mein Onkel Drelt hat es mir beigebracht. Er hat unter den Rehen des Erzfürsten gewildert, bis man ihm die Finger abgeschnitten hat.«

Zu Vaelins Verdruss war Nortah der Zweitbeste von ihnen. Seine Pfeile fanden mit schöner Regelmäßigkeit ihr Ziel. Die Spannungen zwischen ihnen hatten sich seit dem ersten gemeinsamen Essen nur noch verstärkt, angeheizt durch die Überheblichkeit des blonden Jungen. Er machte sich über die Schwächen der anderen lustig – meist hinter ihrem Rücken – und sprach als Einziger ständig von seiner Familie. Er redete von den Ländereien und den vielen Anwesen, die sie besaß, und prahlte damit, wie oft er mit seinem Vater – angeblich dem ersten Minister des Königs – reiten und jagen gewesen war. Sein Vater hatte ihm auch das Bogenschießen beigebracht, mit einem Eibenholzbogen, wie ihn die Cumbraeler benutzten. Nortah hielt den Eibenholzbogen ihren Übungsbögen aus Horn und Eschenholz für weit überlegen – sein Vater schwor auf ihn. Nortahs Vater schien ein Mann mit vielen Überzeugungen zu sein.

Oprian war der Tag des Stabs, der von Meister Haunlin unterrichtet wurde – der Mann mit den schlimmen Verbrennungen, den Vaelin bei ihrem ersten Essen im Speisesaal gesehen hatte. Zunächst kämpften sie mit etwa vier Fuß langen Holzstäben, die später durch die fünf Fuß langen Streitäxte ersetzt werden würden, die vom Orden in Schlachten verwendet wurden. Haunlin war ein fröhlicher Mann, der oft lächelte und gerne sang. Während der Übungen stimmte er meist ein Lied an –

Soldatenlieder oder auch Liebesballaden. Und er sang mit einer seltsam klaren Stimme, die Vaelin an den Hofsänger im Palast des Königs erinnerte.

Mit dem Stab kam Vaelin sehr gut zurecht; ihm gefiel es, wie dieser sich in seine Hände schmiegte und beim Schwingen durch die Luft pfiff. Manchmal mochte er ihn sogar lieber als das Schwert, weil er einfacher zu handhaben und irgendwie massiver war. Seine Begeisterung für den Stab verstärkte sich noch, als deutlich wurde, dass Nortah damit überhaupt nicht umgehen konnte. Ihm wurde der Stab immerzu von seinem Gegner aus der Hand geschlagen, und er lutschte ständig an seinen tauben Fingern.

Kigrian war der Tag, der ihnen allen bald am meisten zuwider war, weil sie dann in den Ställen im Einsatz waren, stundenlang Dung schaufelten, eisenbeschlagenen Hufen und scharfen Zähnen auswichen und die unzähligen Sättel und Zaumzeuge reinigten, die an den Wänden hingen. Über die Ställe wachte Meister Rensial, dessen Vorliebe für den Rohrstock selbst Meister Sollis noch in den Schatten stellte. »Du sollst das sauber machen, nicht damit herumspielen, Schwachkopf!«, schrie er Caenis an, und sein Rohrstock brannte rote Striemen in den Nacken des Jungen, der damit beschäftigt war, einen Steigbügel zu polieren. So grob Rensial die Jungen behandelte, so sanft war er zu den Pferden, sprach mit ihnen in leisem Flüsterton und strich ihnen liebevoll über das Fell. Dennoch brachte Vaelin es nicht über sich, ihn zu hassen, denn er hatte die Leere in seinen Augen gesehen. Meister Rensial mochte Pferde lieber als Menschen; seine Hände zuckten ständig, und er hielt häufig mitten in einer Schimpftirade inne und ging leise murmelnd davon. Sein Blick sagte alles: Meister Rensial war verrückt.

Die meisten Jungen mochten den Retrian am liebsten, denn an diesem Tag führte Meister Hutril sie in die Gesetze der Wildnis ein. Sie unternahmen lange Märsche durch die Wälder und über Hügel und lernten, welche Pflanzen man gefahrlos essen und welche man als Pfeilgift benutzen konnte. Sie erfuhren, wie man ohne Zündstein ein Feuer anfachte und wie man Kaninchen und Hasen fing. Stundenlang lagen sie im Gestrüpp und versteckten sich vor Hutril, der sie für gewöhnlich innerhalb kürzester Zeit fand. Vaelin wurde oft als Zweitletzter entdeckt, während Caenis am längsten verborgen blieb. Er fand sich unter ihnen – sogar unter den Jungen, die auf dem Land aufgewachsen waren – in der Wildnis am besten zurecht und konnte besonders gut Fährten lesen. Manchmal blieben sie über Nacht im Wald, und es war immer Caenis, der die erste Mahlzeit brachte.

Meister Hutril war einer der wenigen Lehrer, die nie den Rohrstock benutzten, aber seine Strafen waren dennoch hart. Einmal ließ er Nortah und Vaelin mit nacktem Hinterteil durch ein Brennnesselgestrüpp laufen, weil sie sich darüber gestritten hatten, wo sie eine Falle aufstellen sollten. Er sprach mit ruhigem Selbstvertrauen und machte nur selten mehr Worte als nötig. Er schien die Zeichensprache zu bevorzugen, die manche der Lehrer verwendeten. Sie war den Gesten ähnlich, mit denen sich Meister Smentil mit Meister Sollis verständigte, war aber weniger kompliziert und wurde benutzt, wenn Feinde oder Beutetiere in der Nähe waren. Vaelin lernte sie schnell, genau wie Barkus, aber Caenis schien geradezu für sie geboren zu sein; seine schlanken Finger formten die schwierigen Gesten mit verblüffender Genauigkeit.

Obwohl Caenis sich bei den Übungen in der Wildnis unter ihnen am meisten hervortat, blieb Meister Hutril ihm gegenüber kühl und lobte ihn nur selten. Manchmal, wenn sie bei ihren nächtlichen Ausflügen am Lagerfeuer saßen, beobachtete Vaelin, wie Hutril Caenis mit merkwürdigem Gesichtsausdruck anstarrte.

Der Heldrian war der anstrengendste Tag – stundenlang rannten sie mit schweren Steinen in den Händen um den Übungsplatz, schwammen im eiskalten Fluss und wurden von Meister Intris, einem gedrungenen, aber blitzschnellen Mann mit einer gebrochenen Nase, dem mehrere Zähne fehlten, im unbewaffneten Zweikampf unterrichtet. Er lehrte sie die Geheimnisse des Tretens und Schlagens, wie man die Faust im letzten Moment drehen und erst das Knie anheben und dann das Bein zu einem Tritt vorschnellen lassen musste, wie man einen Schlag abwehrte, einen Gegner zu Fall brachte oder ihn über die Schulter warf. Die wenigsten von ihnen mochten den Heldrian – am Abend waren sie meist viel zu erschöpft und geschunden, um die Mahlzeit zu genießen. Nur Barkus hatte seinen Spaß daran; sein kräftiger Körper konnte eine Menge Schläge einstecken, und er schien kaum Schmerzen zu empfinden. Als Partner beim Ringkampf war er deshalb ziemlich unbeliebt.

Der Eltrian sollte eigentlich ein Tag der Ruhe und Andacht sein, aber für die Jüngsten bedeutete er lästiges Schuften in der Wäscherei oder der Küche. Wenn sie Glück hatten, durften sie Meister Smentil in den Gärten helfen, wo sie zumindest gelegentlich einen Apfel stibitzen konnten. Am Tag des Glaubens wurde abends eine längere Andacht abgehalten, gefolgt von einer Stunde innerer Versenkung, während derer sie mit gesenkten Köpfen dasaßen und ihren Gedanken nachhingen oder von der Müdigkeit überwältigt einschliefen. Was jedoch gefährlich war, denn wer beim Schlafen erwischt wurde, handelte sich Prügel ein und musste eine Nacht lang ohne Umhang auf den Mauern patrouillieren.

Am liebsten mochte Vaelin die Stunde, bevor die Lichter gelöscht wurden. Dann durften sie ungestört miteinander reden, raufen und scherzen. Dentos gab Geschichten über seine Onkel zum Besten, Barkus brachte sie mit seinen Witzen oder dem Nachahmen eines ihrer Lehrer zum Lachen, Caenis, der normalerweise eher schweigsam war, erzählte eine der unzähligen alten Legenden, die er kannte, während sie die Zeichensprache oder Schwertschläge übten. Vaelin verbrachte besonders viel Zeit mit Caenis – die Verschlossenheit und Klugheit des schmächtigen Jungen erinnerten ihn an seine Mutter. Caenis schien seinerseits überrascht, aber froh über seine Gesellschaft zu sein. Vermutlich war sein Leben vor dem Orden recht einsam gewesen, denn Caenis war es eindeutig nicht gewohnt, mit anderen Jungen zusammen zu sein. Doch sie redeten nicht über ihr früheres Leben – ganz im Gegensatz zu Nortah, der diese Gewohnheit trotz der wütenden Reaktionen der anderen Jungen und der gelegentlichen Strafen durch die Lehrer nie abgelegt hatte. *Du hast jetzt keine Familie mehr außer dem Orden.* Inzwischen wusste Vaelin, was der Aspekt mit diesen Worten gemeint hatte. Sie wurden langsam eine Familie, denn sie hatten nur noch einander.

◆ ◆ ◆

Ihre erste Prüfung mussten sie im Monat Sunterin ablegen, etwa ein Jahr, nachdem Vaelin am Tor des Ordenshauses abgegeben worden war: die Laufprüfung. Sie hatten nur wenig darüber erfahren, was diese Prüfung umfasste, außer dass sie zu mehr Rauswürfen führte als jede andere. Sie wurden auf den Innenhof des Ordenshauses gebracht, zusammen mit den anderen Jungen in ihrem Alter, etwa zweihundert an der Zahl. Sie sollten ihre Bögen mitbringen, einen Köcher mit Pfeilen, ihr Jagdmesser, eine Wasserflasche – sonst nichts.

Gemeinsam mit dem Aspekten sprachen sie den Katechismus des Glaubens, bevor er ihnen mitteilte, was von ihnen erwartet wurde: »Bei der Laufprüfung zeigt sich, wer von euch wahrhaft in der Lage ist, dem Orden zu dienen. Ihr habt das Privileg genossen, ein Jahr lang nach dem Glauben zu leben, aber im sechsten Orden muss man sich seine Privilegien verdienen. Ein Boot wird euch den Fluss hinaufbringen und euch an verschiedenen Stellen am Ufer absetzen. Bis morgen um Mitternacht müsst ihr wieder hier sein. Wer nicht rechtzeitig eintrifft, darf seine Waffen behalten und bekommt drei Goldmünzen ausbezahlt.«

Er nickte den Lehrern zu und ging. Vaelin spürte die Furcht und Unsicherheit, die um ihn herum herrschte, doch er teilte sie nicht. Er würde die Prüfung bestehen – das musste er, denn sonst konnte er nirgendwohin gehen.

»Zum Flussufer, im Laufschritt, Marsch!«, bellte Sollis. »Nicht rumtrödeln! Heb die Füße, Sendahl, wir sind hier nicht beim Tanzen.«

Am Landeplatz am Flussufer warteten drei Kähne, große, flache Boote mit schwarz gestrichenem Rumpf und roten Segeln. An der Mündung des Corvien waren sie ein vertrauter Anblick; sie brachten Kohle von den Minen im Süden zur Küste, um die unzähligen Schornsteine von Varinsburg zu füttern. Die Kahnführer waren ein ganz eigener Menschenschlag; sie trugen schwarze Tücher am Hals und ein Silberband im linken Ohr, und sie waren berüchtigte Trinker und Raufbolde, wenn sie nicht gerade ihrem Handwerk nachgingen. So manche asraelische Mutter warnte ihre ungeratene Tochter: »Sei brav, oder du wirst einen Kahnführer heiraten müssen.«

Sollis wechselte ein paar Worte mit dem Kapitän ihres Kahns, einem drahtigen Mann, der die Jungen argwöhnisch musterte. Dann reichte Sollis ihm einen Beutel voll Münzen und befahl den Jungen, an Bord zu gehen und sich mittschiffs zu sammeln. »Und fasst ja nichts an, ihr Hohlköpfe!«

»Ich war noch nie auf See«, sagte Dentos, als sie sich auf die harten Deckplanken setzten.

»Das ist auch keine See«, berichtigte Nortah ihn. »Das ist ein Fluss.«

»Mein Onkel Jimnos ist zur See gefahren«, fuhr Dentos fort, ohne auf Nortah zu achten, was den meisten von ihnen inzwischen zur Gewohnheit geworden war. »Er ist nie zurückgekehrt. Meine Mama hat gesagt, er sei von einem Wal gefressen worden.«

»Was ist ein Wal?«, fragte Mikehl, ein pummeliger renfaelischer Junge, dem es trotz des monatelangen Drills gelungen war, sein Übergewicht zu halten.

»Das ist ein großes Tier, das im Meer lebt«, erwiderte Caenis, der die meisten Fragen beantworten konnte. Er stieß Dentos an. »Und es frisst keine Menschen. Dein Onkel wurde wahrscheinlich von einem Hai gefressen. Manche von denen werden so groß wie Wale.«

»Woher weißt du das?«, entgegnete Nortah höhnisch, wie so oft, wenn Caenis etwas sagte. »Hast du schon mal einen gesehen?«

»Ja.«

Nortah wurde rot und verstummte. Er kratzte mit seinem Messer einen losen Splitter von den Deckplanken.

»Wann, Caenis?«, hakte Vaelin nach. »Wann hast du einen Hai gesehen?«

Caenis lächelte ein wenig, was bei ihm eher selten vorkam. »Vor etwa einem Jahr, auf der Erineischen See. Mein … Ich bin einmal mit einem Schiff gefahren. Im Wasser leben viele Tiere – Robben und Schwertwale und mehr Fische, als man zählen kann. Und Haie auch. Einer davon kam in die Nähe unseres Schiffs. Er maß mehr als dreißig Fuß von der Schnauze bis zur Schwanzspitze. Einer der Seemänner sagte, die Haie würden sich von Schwertwalen ernähren und auch von Menschen, wenn man das Pech hat, im Wasser zu sein, wenn einer von ihnen vorbeikommt. Es heißt, sie würden sogar Schiffe rammen, um sie zu versenken und die Besatzung zu fressen.«

Nortah schnaubte verächtlich, aber die anderen Jungen lauschten gebannt.

»Hast du auch Piraten gesehen?«, fragte Dentos eifrig. »In der Erineischen See soll es angeblich von ihnen wimmeln.«

Caenis schüttelte den Kopf. »Nein, keine Piraten. Seit dem Krieg lassen sie die Schiffe der Königslande in Frieden.«

»Welchen Krieg meinst du?«, fragte Barkus.

»Den meldeneischen, über den Meister Grealin ständig redet. Der König hat eine Flotte geschickt, um die Hauptstadt der Meldeneer niederzubrennen. Die Piraten in der Erineischen See sind allesamt Meldeneer, und sie haben gelernt, uns in Ruhe zu lassen.«

»Wäre es nicht sinnvoller, ihre Flotte niederzubrennen?«, fragte Barkus. »Dann gäbe es gar keine Piraten mehr.«

»Neue Schiffe können sie immer bauen«, sagte Vaelin. »Aber eine niedergebrannte Stadt hinterlässt eine Erinnerung, die von Generation zu Generation weitergegeben wird. So werden sie uns garantiert nicht vergessen.«

»Man hätte sie auch alle töten können«, wandte Nortah trotzig ein. »Keine Piraten, keine Überfälle.«

Urplötzlich kam Meister Sollis' Rohrstock niedergesaust und traf Nortah auf die Hand, der daraufhin sein Messer losließ, das in den Deckplanken stecken blieb. »Ich habe gesagt, nichts anfassen, Sendahl.« Der Blick des Meisters richtete sich auf Caenis. »Du bist wohl viel herumgekommen, Nysa?«

Caenis neigte den Kopf. »Nur das eine Mal, Meister.«

»Tatsächlich? Und wohin hat dich dieses Abenteuer geführt?«

»Auf die Insel Wensel. Mein … ähm, einer der Passagiere hatte dort etwas zu erledigen.«

Mit einem Knurren zog Sollis Nortahs Messer aus der Deckplanke und warf es ihm zu. »Steck's wieder ein, du Geck. Ein scharfes Messer wirst du bald brauchen.«

»Wart Ihr dabei, Meister?«, fragte Vaelin. Er war der Einzige, der es wagte, Sollis Fragen zu stellen, wobei er in Kauf nahm, dass er sich ein paar Schläge mit dem Rohrstock einhandelte. Manchmal wurde Sollis wütend, aber mitunter antwortete er auch bereitwillig. Es war unmöglich vorauszusagen, wie er reagieren würde. »Wart Ihr dabei, als die Stadt der Meldeneer niedergebrannt wurde?«

Sollis' Blick zuckte zu ihm hinüber, und seine blassen Augen bohrten sich in die seinen. Sein Blick wirkte neugierig, fragend. Zum ersten Mal wurde Vaelin bewusst, dass Sollis ihm ein weitaus größeres Wissen zutraute, als er in Wahrheit besaß. Vermutlich glaubte er, Vaelins Vater hätte ihm Geschichten über die vielen Schlachten erzählt, in denen er gekämpft hatte, und Vaelin würde sich mit seinen Fragen über Sollis lustig machen.

»Nein«, erwiderte Sollis. »Ich befand mich damals an der Nordgrenze. Meister Grealin wird euch sicherlich gerne alle Fragen beantworten, die ihr zu diesem Krieg habt.« Er wandte sich ab, um einem anderen Jungen eins überzuziehen, dessen Hand sich einer Seilrolle genähert hatte.

◆ ◆ ◆

Die Kähne segelten in Richtung Norden und folgten dem weiten Bogen des Flusses, was Vaelins Hoffnung zunichte machte, einfach am Flussufer entlang zum Ordenshaus zurücklaufen zu können – das wäre eine zu lange Reise. Wenn er rechtzeitig zurückkehren wollte, würde er durch den Wald marschieren müssen. Aufmerksam musterte er die dunklen Bäume. Obwohl Meister Hutril sie in seinen Lektionen mit der Wildnis vertraut gemacht hatte, war Vaelin von dem Gedanken, auf gut Glück einen Wald zu durchqueren, wenig begeistert. Er wusste, wie schnell man sich zwischen den Bäumen verlaufen konnte, um dann stundenlang im Kreis zu irren.

»Geh in Richtung Süden«, raunte Caenis ihm ins Ohr. »Weg vom Nordstern. Geh in Richtung Süden, bis du zum Flussufer kommst, dann am Ufer entlang bis zur Anlegestelle. Dort musst du schwimmen.«

Vaelin warf ihm einen Blick zu und sah, dass Caenis scheinbar unbekümmert zum Himmel hochschaute, so als hätte er gar nichts gesagt. An den gelangweilten Gesichtern seiner Kameraden erkannte Vaelin, dass sie Caenis' Ratschlag nicht gehört hatten. Der Junge half nur ihm und keinem anderen.

Nachdem sie etwa drei Stunden den Fluss hinaufgefahren waren, wurden die Jungen einer nach dem anderen abgesetzt. Das geschah ohne viel Aufhebens; Sollis suchte sich nach dem Zufallsprinzip einen Jungen aus und befahl ihm, über Bord zu springen und zum Ufer zu schwimmen. Dentos war der Erste aus ihrer Gruppe, der den Kahn verlassen musste.

»Wir sehen uns im Ordenshaus, Dentos«, sprach Vaelin ihm Mut zu.

Dentos blieb ihm ausnahmsweise eine Antwort schuldig und lächelte nur schwach, bevor er seinen Bogen schulterte und über die Reling in den Fluss sprang. Er schwamm rasch zum Ufer und hielt dort einen Moment lang inne, um sich das Wasser abzuschütteln, bevor er mit einem kurzen Winken zwischen den Bäumen verschwand. Barkus war der Nächste; er balancierte theatralisch auf der Reling, bevor er sich mit einem Rückwärtssalto ins Wasser fallen ließ. Einige der Jungen klatschten anerkennend. Danach kam der ängstlich zitternde Mikehl an die Reihe. »Ich bin nicht sicher, ob ich so weit schwimmen kann, Meister«, stammelte er, den Blick auf das dunkle Wasser des Flusses gerichtet.

»Dann versuch, leise zu ertrinken«, sagte Sollis und stieß ihn über die Reling. Mit einem lauten Klatschen traf Mikehl auf dem Wasser auf und schien eine Ewigkeit unter der Oberfläche zu bleiben, bis sie ihn schließlich zu ihrer Erleichterung in einiger Entfernung prustend und strampelnd auftauchen sahen. Kurz darauf hatte er sich wieder einigermaßen gefangen und begann, zum Ufer zu schwimmen.

Caenis war als Nächster dran; er nahm Vaelins gute Wünsche mit einem Nicken zur Kenntnis, bevor er wortlos über die Reling sprang. Bald danach folgte Nortah, der seine Furcht offenbar nur mit Mühe beherrschte und zu Sollis sagte: »Falls ich nicht zurückkehren sollte, Meister, möchte ich meinem Vater gerne ausrichten …«

»Du hast keinen Vater mehr, Sendahl. Raus mit dir!«

Nortah verkniff sich eine wütende Erwiderung, zog sich auf die Reling hoch und sprang nach einem Moment des Zögerns in den Fluss.

»Sorna, du bist an der Reihe.«

Vaelin fragte sich, ob es etwas zu bedeuten hatte, dass er der Letzte war, der von Bord ging und daher auch den weitesten Rückweg hatte. Er ging zur Reling und zog den Gurt an seinem Köcher fest, damit er ihn im Wasser nicht verlor. Mit beiden Händen packte er die Reling und wollte sich gerade hinüberschwingen, als Sollis ihn zurückhielt.

»Den anderen darf nicht geholfen werden, Sorna«, sagte der Meister. Etwas Derartiges hatte er sonst zu niemandem gesagt. »Sieh zu, dass du zum Ordenshaus zurückkehrst, und kümmere dich nicht um den Rest.«

Vaelin runzelte die Stirn. »Meister?«

»Du hast mich verstanden. Was immer mit ihnen geschieht, es ist ihr Schicksal, nicht deines.« Er nickte in Richtung Fluss. »Und jetzt los!«

Mehr wollte Sollis offenbar nicht sagen, deshalb packte Vaelin die Reling und zog sich hinüber. Er fiel mit den Füßen voran ins Wasser und wurde augenblicklich von eisiger Kälte umschlossen. Für einen Moment stieg Panik in ihm auf, als sein Kopf unter Wasser tauchte, aber dann schwamm er zur Oberfläche und holte tief Luft. Schließlich machte er sich auf den Weg zum Ufer, das mit einem Mal viel weiter entfernt zu sein schien. Als er endlich am Sandstrand ankam, waren die Kähne bereits an ihm vorbei- und weiter den Fluss hinaufgefahren. Er meinte zu sehen, wie Meister Sollis an der Reling stand und ihm hinterherblickte, ganz sicher war er sich aber nicht.

Er nahm den Bogen von der Schulter und zog die Sehne zwischen Zeigefinger und Daumen hindurch, um das Wasser auszuwringen. Meister Checkrin hatte gesagt, eine feuchte Bogensehne sei in etwa so nützlich wie ein Hund ohne Beine. Dann überprüfte er seine Pfeile, vergewisserte sich, dass das Wasser nicht in den Köcher aus gewachstem Leder eingedrungen war, und tastete nach dem Messer an seiner Hüfte. Während er den Blick über die Bäume gleiten ließ, schüttelte er sich das Wasser aus den Haaren; er sah nur eine Wand aus Schatten und Laub. Er wandte sich nach Süden, wusste aber, dass er sich nach Einbruch der Nacht recht schnell verlaufen würde. Wenn er Caenis' Ratschlag befolgen wollte, würde er hin und wieder auf einen Baum klettern müssen – was im Dunkeln nicht leicht war –, um den Nordstern zu finden.

Obwohl er dankbar dafür war, dass die Prüfung im Sommer stattfand, wurde ihm nach dem Schwimmen schon bald kalt. Meister Hutril hatte sie gelehrt, dass man – wenn man kein Feuer zur Verfügung hatte – am besten beim Laufen wieder trocken wurde. Die Körperhitze ließ die Feuchtigkeit verdampfen. Er schlug ein Dauerlauftempo an und gab sich Mühe, nicht zu schnell zu rennen, denn er wusste, dass er seine Energie in den nächsten Stunden brauchen würde. Bald war er von der kühlen Dunkelheit des Waldes eingehüllt, während sein Blick unwillkürlich die Schatten absuchte – eine Gewohnheit, die er sich in den vielen Stunden des Jagens und Versteckens im Wald angeeignet hatte. Meister Hutrils Worte kamen ihm in den Sinn: *Ein kluger Gegner bleibt in den Schatten und verhält sich still.* Vaelin unterdrückte ein Schaudern und lief weiter.

Er rannte eine volle Stunde lang in gleichmäßigem Tempo, ohne auf die zunehmenden Schmerzen in seinen Beinen zu achten. Statt in Flusswasser war er bald in Schweiß gebadet, und sein Frösteln ließ nach. Immer wieder orientierte er sich an der Sonne und kämpfte dabei gegen das Gefühl an, dass die Zeit viel schneller verging, als ihm lieb war. Die Vorstellung, mit einer Handvoll Münzen aus dem Ordenshaus ausgestoßen zu werden und nicht zu wissen, wohin er sich wenden sollte, war furchterregend und unbegreiflich. Einen Moment lang sah er sich mit den Münzen in der Hand an der Schwelle seines Elternhauses stehen und seinen Vater um Einlass bitten – eine ebenso albtraumhafte Vorstellung. Er schob die Bilder beiseite und rannte weiter.

Nachdem er etwa fünf Meilen gelaufen war, legte er eine Pause ein, setzte sich auf einen Baumstamm und nahm einen Schluck aus seiner Flasche, um zu Atem zu kommen. Wie es wohl seinen Kameraden erging? Rannten sie wie er durch den Wald, oder hatten sie sich schon verirrt? *Den anderen darf nicht geholfen werden.* War das eine Warnung oder eine Drohung gewesen? Natürlich gab es im Wald auch Gefahren, aber nichts, was die in monatelanger Ausbildung gestählten Jungen des Ordens ernsthaft bedrohen konnte.

Er überlegte eine Weile, fand jedoch keine Antwort, bis er schließlich seine Flasche wieder zustöpselte, einen prüfenden Blick auf seine Umgebung warf … und erstarrte.

In knapp zehn Metern Entfernung saß ein Wolf, der die hellgrünen Augen neugierig auf ihn gerichtet hatte. Er hatte ein silbergraues Fell und war ziemlich groß. Vaelin hatte noch nie einen Wolf aus der Nähe gesehen. Bisher waren ihm nur vorbeihuschende Schatten im Morgennebel begegnet – ein seltener Anblick so nahe bei der Stadt. Die Größe des Tiers und die kräftigen Muskeln unter seinem Fell flößten ihm Ehrfurcht ein. Der Wolf neigte den Kopf, während Vaelin ihm in die Augen blickte. Er verspürte keine Angst; Meister Hutril hatte ihnen gesagt, dass die Geschichten von Wölfen, die Säuglinge stehlen oder Hirtenjungen überfallen, Märchen waren. *Der Wolf wird euch in Ruhe lassen, wenn ihr ihn in Ruhe lasst,* hatte er gesagt. Aber dennoch, der Wolf war riesig, und seine Augen …

Das Tier saß still da; ein Lufthauch fuhr durch sein silbergraues Fell, und Vaelin spürte, wie sich in seinem Herzen etwas regte. »Du bist wunderschön«, flüsterte er dem Wolf zu.

Im nächsten Moment war das Tier verschwunden. Es drehte sich um und sprang ins Unterholz, schneller als Vaelin ihm mit den Augen folgen konnte. Dabei verursachte es kaum ein Geräusch.

Ein seltenes Lächeln stahl sich auf Vaelins Lippen. Er wusste, dass er seine Begegnung mit dem Wolf nie vergessen würde.

◆ ◆ ◆

Der Wald wurde Urlisch genannt – es handelte sich um einen zwanzig Meilen breiten und über einhundert Meilen langen Grünstreifen, der sich von den Nordmauern von Varinsburg bis zu den Gebirgsausläufern an der renfaelischen Grenze erstreckte. Es hieß, der König bringe diesem Wald, der seine Seele berührt habe, eine besondere Liebe entgegen. Ohne königliche Erlaubnis durfte im Urlisch kein Baum gefällt werden, und nur Familien, die bereits seit mindestens drei Generationen im Wald lebten, durften darin wohnen. Von seinen spärlichen Kenntnissen über die Geschichte der Königslande wusste Vaelin, dass hier einmal ein Krieg getobt hatte – einen Tag und eine Nacht lang war unter den Bäumen eine große Schlacht zwischen Renfaelern und Asraelern geschlagen worden. Die Asraeler hatten gewonnen, und der Herrscher Renfaels hatte vor König Janus das Knie beugen müssen, weshalb seine Nachfahren nun Erzfürsten genannt wurden und dem König Geld und Soldaten geben mussten, wenn dieser es verlangte. Diese Geschichte hatte seine Mutter ihm erzählt, als sie seinen Bitten nachgegeben hatte, ihm mehr über die Heldentaten seines Vaters zu berichten. In diesem Wald hatte sein Vater die Gunst des Herrschers erworben und war zum Schwert des Königs ernannt worden. Vaelins Mutter hatte ihm keine Einzelheiten genannt, sondern lediglich gesagt, dass sein Vater ein großer Krieger mit außergewöhnlichem Mut sei.

Während des Laufens schweifte sein Blick ständig über den Waldboden, in der Hoffnung, auf ein metallisches Glitzern zu stoßen, das auf ein Überbleibsel der Schlacht hindeutete – eine Pfeilspitze oder ein Dolch vielleicht, oder sogar ein Schwert. Ob Sollis ihn ein solches Andenken wohl behalten ließe? Höchstwahrscheinlich nicht. Er überlegte, wo im Ordenshaus ein gutes Versteck wäre …

Zing!

Er duckte sich, rollte sich ab und kam auf die Füße, um hinter einem Eichenstamm Deckung zu suchen. Ein Pfeil war flüsternd durch das Farnkraut gezischt. Das Sirren der Bogensehne war für einen Jungen wie ihn eine unmissverständliche Warnung. Mit Mühe beruhigte er sein pochendes Herz und lauschte auf weitere Geräusche.

War es ein Jäger? Womöglich hatte er ihn für ein Reh gehalten. Er verwarf den Gedanken sogleich wieder. Vaelin war kein Reh, und ein Jäger würde den Unterschied erkennen. Jemand hatte versucht, ihn zu töten. Ihm wurde bewusst, dass er unwillkürlich seinen eigenen Bogen von der Schulter genommen und einen Pfeil eingelegt hatte. Er lehnte sich mit dem Rücken gegen den Baumstamm und wartete, lauschte auf den Wald, um von ihm zu erfahren, wer ihn verfolgte. *Die Natur hat eine Stimme,* waren Hutrils Worte gewesen. *Lernt, sie wahrzunehmen, und ihr werdet euch nie verirren, und niemand wird sich je unbemerkt an euch anschleichen können.*

Er öffnete seine Ohren für die Stimme des Waldes, das Seufzen des Windes, das Rascheln der Blätter, das Knarren der Äste. Kein Vogelgezwitscher. Das bedeutete, jemand war ganz in der Nähe. Es konnte ein Mensch sein oder auch mehrere. Er wartete auf das verräterische Knacken von Zweigen oder das Knirschen von Stiefelleder, aber nichts war zu hören. Wenn sein Gegner sich bewegte, dann war er darauf bedacht, keine Geräusche zu machen. Aber Vaelin besaß auch noch andere Sinne, und der Wald konnte ihm viele Dinge verraten. Er schloss die Augen und atmete leise durch die Nase ein. *Schnauf nicht wie ein Schwein am Futtertrog,* hatte Hutril ihn einmal ermahnt. *Lass deiner Nase Zeit, die einzelnen Gerüche zu unterscheiden. Sei geduldig.*

Er konzentrierte sich ganz auf seine Nase, nahm die Gerüche von blühenden Glockenblumen wahr, von verrottenden Pflanzen, von Tierdung … und von Schweiß. Menschlichem Schweiß. Der Wind kam von links und trug den Geruch zu ihm herüber. Es ließ sich nicht feststellen, ob der Schütze sich bewegte oder abwartete.

Nur das leiseste Geräusch war zu hören, wenig mehr als ein Rascheln von Stoff, aber für Vaelin war es so laut wie ein Schrei. Er sprang hinter der Eiche hervor, spannte in einer fließenden Bewegung den Bogen und ließ den Pfeil von der Sehne schnellen, um sofort wieder Deckung zu suchen. Er wurde mit einem überraschten und schmerzerfüllten Knurren belohnt.

Einen Moment lang zögerte er. *Sollte er bleiben oder weglaufen?* Der Drang zu fliehen war stark, die dunkle Umarmung des Waldes erschien ihm plötzlich wie ein willkommener Zufluchtsort. Aber er wusste, dass er das nicht tun konnte. *Ein Ordensbruder flieht nicht,* hatte Sollis gesagt.

Er schaute hinter der Eiche hervor und entdeckte sofort, wonach er gesucht hatte: Der befiederte Schaft seines Pfeils ragte in etwa fünfzehn Schritt Entfernung aufrecht aus dem Farnteppich. Er legte einen weiteren Pfeil ein und näherte sich der Stelle geduckt, wobei er die Umgebung mit den Blicken nach weiteren Gegnern absuchte. Seine Ohren lauschten der Stimme des Waldes, seine Nase zuckte.

Der Mann trug schmutziggrüne Hosen und eine Tunika. Er hatte einen Eschenholzbogen in der Hand, in den ein mit Krähenfedern befiederter Pfeil eingelegt war. Über den Rücken hatte er ein Schwert geschnallt, und in seinem Stiefel steckte ein Messer. Vaelins Pfeil ragte aus seiner Kehle. Er war tot. Aus der Nähe sah Vaelin die Blutlache, die sich unter dem Hals des Mannes gebildet hatte. Eine Menge Blut. *Ich habe die Hauptschlagader getroffen,* wurde Vaelin da bewusst. *Und ich habe mich immer für einen schlechten Schützen gehalten.*

Er lachte hoch und schrill, beugte sich dann vor und übergab sich. Er sank auf alle viere und konnte gar nicht mehr aufhören zu würgen.

Es dauerte einen Moment, bis Entsetzen und Übelkeit so weit nachgelassen hatten, dass er einen klaren Gedanken fassen konnte. Der Mann, der Tote, hatte versucht, ihn umzubringen. *Warum?* Er war ihm noch nie zuvor begegnet. War der Mann ein Gesetzloser? Ein heimatloser Räuber, der in dem Jungen ein leichtes Ziel gewittert hatte?

Vaelin zwang sich, den Toten noch einmal genauer zu betrachten, die Beschaffenheit seiner Stiefel, die Machart seiner Kleider. Nach kurzem Zögern hob er die rechte Hand des Toten an, die schlaff auf der Bogensehne lag. Es war die Hand eines Bogenschützen: die Handfläche war rauh, mit Schwielen an den Spitzen von Zeige- und Mittelfinger. Dieser Mann lebte vom Bogenschießen. Vaelin bezweifelte, dass ein

Gesetzloser so erfahren mit dem Bogen war oder so gute Kleidung trug. Plötzlich zuckte ein unangenehmer Gedanke durch seinen Kopf: *Ist das womöglich Teil der Prüfung?*

Für einen Moment war er beinahe überzeugt davon. Wie ließe sich besser die Spreu vom Weizen trennen? Man musste nur einige Meuchelmörder im Wald verteilen und schauen, wer überlebte. *So ließen sich eine Menge Goldmünzen sparen.* Aber irgendwie konnte er es doch nicht recht glauben. Der Orden war grausam, aber er mordete nicht. Warum also?

Er schüttelte den Kopf. Er würde das Rätsel nicht lösen können, indem er hierblieb. Wo ein Mörder war, konnten noch mehr sein. Er würde ins Ordenshaus zurückkehren und Meister Sollis um Rat fragen … wenn er überlebte. Zitternd kam er auf die Beine und spuckte noch einmal aus, um den üblen Geschmack im Mund loszuwerden. Er warf einen letzten Blick auf den Toten und überlegte, ob er dessen Schwert oder Messer mitnehmen sollte, entschied sich dann aber dagegen. Aus irgendeinem Grund glaubte er, dass er später vielleicht würde abstreiten müssen, etwas über den Mord zu wissen. Er dachte auch kurz darüber nach, den Pfeil aus dem Hals des Mannes zu ziehen, brachte es jedoch nicht über sich. Deshalb begnügte er sich damit, mit seinem Jagdmesser die Befiederung abzuschneiden – die Möwenfedern waren ein deutlicher Hinweis darauf, dass der Mann von einem Ordensbruder getötet worden war. Das feuchte, schmatzende Geräusch, das der Pfeil in der Wunde am Hals des Toten machte, als Vaelin mit dem Messer den Schaft durchtrennte, ließ erneut Übelkeit in ihm aufsteigen. Es war schnell erledigt, schien jedoch eine Ewigkeit zu dauern.

Er steckte die Befiederung ein und trat von der Leiche zurück, wobei er mit den Stiefeln über den Boden scharrte, um seine Spuren zu verwischen. Schließlich wandte er sich um und lief weiter. Seine Beine waren schwer wie Blei, und er stolperte mehrere Male, bevor er wieder in den gleichmäßigen Trott zurückfand, den er sich in den Monaten auf dem Übungsplatz angeeignet hatte. Die schlaffen, leblosen Gesichtszüge des Toten tauchten immer wieder vor seinem geistigen Auge auf, aber er schüttelte das Bild ab, unterdrückte es mitleidlos. *Er hat versucht, mich umzubringen. Ich werde nicht um einen Mann trauern, der einen Jungen töten wollte.* Doch immer wieder hörte er im Geiste die Worte, die seine

Mutter einst seinem Vater an den Kopf geworfen hatte: *Dein Blutgestank widert mich an.*

◆ ◆ ◆

Die Nacht schien viel zu schnell hereinzubrechen – vermutlich weil er sich genau davor fürchtete. In den Schatten sah er überall Bogenschützen lauern, und mehr als einmal sprang er vor einem Mordgesellen in Deckung, der sich bei näherer Betrachtung als Gebüsch oder Baumstumpf erwies. Seit seiner Begegnung mit dem Angreifer hatte er nur einmal kurz angehalten, um hinter dem breiten Stamm einer Buche hastig einen Schluck Wasser zu trinken, wobei seine Augen unablässig die Umgebung abgesucht hatten. Zu laufen erschien ihm sicherer; ein sich bewegendes Ziel war schwerer zu treffen. Doch dieses vage Gefühl von Sicherheit verschwand, als die Dunkelheit hereinbrach. Es war so, als würde er durch eine finstere Leere laufen – jeden Moment konnte er schmerzhaft zu Boden stürzen. Zweimal stolperte er und fiel hin, bevor er einsah, dass er von nun an würde langsamer laufen müssen.

Hin und wieder fand er eine Lichtung oder kletterte auf einen Baum, um sich am Nordstern zu orientieren. Er war noch immer in Richtung Süden unterwegs, aber eine wie große Wegstrecke er schon zurückgelegt hatte und wie viel noch vor ihm lag, konnte er nicht feststellen. Mit wachsender Verzweiflung hoffte er, bald das silbrige Schimmern des Flusses durch die Bäume ausmachen zu können. Das Feuer entdeckte er, als er erneut anhielt, um die Richtung zu bestimmen – ein flackernder, orangefarbener Lichtschein in der schwarzblauen Finsternis des Waldes.

Lauf weiter. Beinahe wäre er dem Befehl gefolgt, der seinen Kopf durchzuckte. Er hatte sich schon abgewandt und einen weiteren Schritt Richtung Süden gemacht, doch dann hielt er inne. Die Ordensjungen würden im Wald kein Feuer entfachen; ihnen blieb schlicht keine Zeit dazu. Es mochte ein Zufall sein; ein paar königliche Förster, die hier ihr Nachtlager aufgeschlagen hatten. Irgendwie zweifelte er jedoch daran. Eine Stimme in seinem Geist flüsterte ihm zu, dass da etwas nicht stimmte.

Er drehte sich um, nahm den Bogen von der Schulter und legte einen Pfeil ein, bevor er sich dem Feuerschein vorsichtig näherte. Er wusste, dass es ein Wagnis war, der Sache auf den Grund zu gehen. Nicht nur wegen dem, was er finden mochte, sondern auch, weil er sich eigentlich keine weiteren Verzögerungen leisten konnte, wenn er rechtzeitig im Ordenshaus eintreffen wollte. Aber er brauchte Gewissheit.

Der Lichtschein verwandelte sich langsam in ein Feuer, das in der unendlichen Schwärze rotgolden flackerte. Er blieb stehen und öffnete sich wieder dem Lied des Waldes, lauschte den nächtlichen Geräuschen, bis er schließlich Stimmen wahrnahm. Zwei erwachsene Männer, die sich stritten.

Er schlich näher heran und wandte dabei den Jägergang an, den Meister Hutril ihnen beigebracht hatte; seinen Fuß hob er nur um Haaresbreite vom Boden, ließ ihn seitlich nach vorn gleiten und tastete nach verräterischen Zweigen oder Ästen, bevor er ihn leise absetzte. Die Stimmen wurden deutlicher, je näher er dem Lager kam, und bestätigten seinen Verdacht. Zwei Männer, die sich heftig stritten.

»... blutet immer noch!« Ein wehleidiges Jammern, dessen Urheber noch nicht zu sehen war. »Schau doch, das Blut spritzt raus wie bei einem abgestochenen Schwein ...«

»Dann hör auf, daran herumzufummeln, du Schwachkopf!« Ein wütendes Zischen, das von einem stämmigen Mann stammte, der rechts neben dem Feuer saß. Beim Anblick des Schwertes auf seinem Rücken und des Bogens, der griffbereit neben ihm lag, lief Vaelin ein eisiger Schauer über den Rücken. *Das ist kein Zufall.* Der Mann hatte einen offenen Sack zwischen den Füßen und begutachtete den Inhalt, wobei er seinen Kameraden weiter müde beschimpfte.

»Mistbalg!«, fuhr der unsichtbare Mann mit der weinerlichen Stimme fort, ohne auf die Flüche seines stämmigen Gefährten zu achten. »Hat sich tot gestellt, das gerissene kleine Mistbalg.«

»Man hat uns gewarnt, dass sie zäh sind«, sagte der stämmige Mann. »Hättest ihm eben noch einen Pfeil reinjagen sollen, bevor du so nahe an ihn rangegangen bist.«

»Aber ich habe ihn doch in den Hals getroffen, oder nicht? Das hätte ausreichen müssen. Ich habe erwachsene Männer gesehen, die nach einem solchen Treffer wie ein Sack Kartoffeln zu Boden gegangen sind. Der kleine Scheißer nicht. Ich wünschte, wir hätten ihn noch eine Weile am Leben gelassen ...«

»Du krankes Schwein.« Die Worte des Mannes klangen jedoch eher beiläufig. Er war damit beschäftigt, den Inhalt des Sacks zu untersuchen, und eine Falte bildete sich auf seiner breiten Stirn. »Weißt du, ich bin immer noch nicht sicher, ob es wirklich der Richtige ist.«

Vaelin achtete darauf, dass sein Herzschlag sich nicht beschleunigte, und betrachtete den Sack genauer. Er schien einen rundlichen Gegenstand zu enthalten, und auf seiner Unterseite befand sich ein dunkler, feuchter Fleck. Mit eiskalter Gewissheit wurde Vaelin klar, was das bedeutete, und der Wald um ihn herum geriet ins Schwanken, als ihm einen Moment lang schwindelig wurde. Er musste ein entsetztes Keuchen unterdrücken – welches ein rasches Ende hätte bedeuten können.

»Lass mich mal sehen«, sagte der Mann mit der weinerlichen Stimme und trat zum ersten Mal in Vaelins Blickfeld. Er war klein und drahtig, mit spitzem Gesicht und Bartflaum auf dem knochigen Kinn. Den linken Arm hielt er an die Brust gedrückt, und von einem durchweichten Verband lief unablässig Blut über seine dünnen Finger. »Das ist er bestimmt. Er muss es sein.« Der Mann klang verzweifelt. »Du hast ja gehört, was der andere gesagt hat.«

Der andere? Vaelin spitzte die Ohren. Ihm war immer noch übel, aber in seinem Herzen regte sich Wut.

»Der hat mir einen ziemlichen Schreck eingejagt«, erwiderte der stämmige Mann mit einem Schaudern. »Dem hätte ich nicht mal über den Weg getraut, wenn er behauptet hätte, der Himmel sei blau.« Er schaute erneut in den Sack und holte dann den Inhalt heraus: ein triefender Kopf, den er an den Haaren hochhielt und hin und her drehte, um die schlaffen, verzerrten Gesichtszüge zu betrachten. Vaelin hätte sich ein weiteres Mal übergeben, wäre sein Magen nicht schon leer gewesen. *Mikehl! Sie haben Mikehl umgebracht.*

»Er könnte es schon sein«, grübelte der stämmige Mann. »Ein Gesicht verändert sich im Tod. Ich seh nur nicht viel Familienähnlichkeit.«

»Brak wird es wissen. Er hat gesagt, dass er den Jungen schon mal gesehen hat.« Der Jammerlappen trat wieder außer Sicht. »Wo bleibt er eigentlich? Er hätte doch längst hier sein müssen.«

»Ja«, stimmte der stämmige Mann zu und steckte die Trophäe wieder in den Sack zurück. »Glaube nicht, dass er noch auftauchen wird.«

Der Jammerlappen schwieg einen Moment, bevor er murmelte: »Scheiß Ordensbälger.«

Brak ... Er hatte also einen Namen. Vaelin fragte sich kurz, ob wohl jemand ein Trauermedaillon für Brak tragen würde, ob seine Witwe, seine Mutter oder sein Bruder ein Dankesgebet sprechen würden für all die Güte und Weisheit, die er im Leben verbreitet hatte. Aber da Brak ein Meuchelmörder gewesen war, der im Wald kleinen Kindern auflauerte, bezweifelte er es. Niemand würde um Brak trauern ... und um diese beiden sicherlich auch nicht. Seine Faust schloss sich um seinen Bogen. Er hob ihn und zielte auf die Kehle des stämmigen Mannes. Ihn würde er töten und den anderen verwunden – ein Pfeil ins Bein oder in den Bauch sollte genügen. Dann würde er ihn zum Reden bringen und ihn anschließend ebenfalls umbringen. *Für Mikehl.*

Irgendwo in der Dunkelheit ertönte ein gefährliches Knurren.

Vaelin wirbelte herum und hob den Bogen – zu spät. Er wurde von einem aus harten Muskeln bestehenden Körper zu Boden gerissen. Der Bogen fiel ihm aus der Hand. Er tastete nach seinem Messer und trat dabei wild um sich, ohne etwas zu treffen. Als er auf die Beine kam, hörte er Schreie der Furcht und des Schmerzes. Etwas Feuchtes tropfte auf sein Gesicht, etwas, das ihm in den Augen brannte. Er taumelte rückwärts und nahm dabei den beißenden Eisengeschmack von Blut auf der Zunge wahr. Hektisch wischte er sich über die Augen. Als er schließlich wieder etwas sehen konnte, gewahrte er auf dem jetzt stillen Lagerplatz zwei gelbe Augen, die über einer rotbefleckten Schnauze im Feuerschein funkelten. Die Augen bohrten sich in die seinen, blinzelten kurz, dann war der Wolf verschwunden.

Zusammenhanglose Gedankenfetzen wirbelten ihm durch den Kopf. *Er ist mir gefolgt ... Du bist wunderschön ... Er ist mir gefolgt, um die Männer zu töten ... Schöner Wolf ... Sie haben Mikehl umgebracht ... Keine Familienähnlichkeit ...*

HÖR AUF!

Er bezwang den Strom seiner Gedanken und holte tief Luft. Dann nahm er all seinen Mut zusammen und näherte sich dem Lager. Der stämmige Mann lag auf dem Rücken; seine Hände griffen nach einer Kehle, die nicht mehr vorhanden war. Auf seinem Gesicht lag ein Ausdruck von Furcht. Der Jammerlappen hatte es noch geschafft, ein paar

Schritte wegzulaufen, bevor auch ihn der Tod ereilt hatte. Sein Kopf war verdreht und stand in einem unnatürlichen Winkel zu seinen Schultern. Dem Gestank nach zu urteilen, der ihn umgab, hatte ihn am Ende ebenfalls die Furcht überwältigt. Von dem Wolf war nichts zu sehen. Vaelin hörte nur das Flüstern des Unterholzes, das sich im Wind bewegte.

Zögernd wandte er sich dem Sack zu, der noch immer zwischen den Füßen des stämmigen Mannes lag. *Was kann ich für Mikehl tun?*

◆ ◆ ◆

»Mikehl ist tot«, berichtete Vaelin Meister Sollis, während ihm das Wasser vom Gesicht troff. Auf den letzten Meilen hatte es angefangen zu regnen, und als er endlich den Hügel vor dem Tor erklommen hatte, war er völlig durchnässt gewesen. Das Entsetzen über das Geschehen im Wald steckte ihm noch in den Knochen, und er war so erschöpft, dass er nur wenige Worte über die Lippen brachte. »Meuchelmörder im Wald.«

Sollis streckte die Hand aus, um ihn zu stützen. Vaelin schwankte – er hatte plötzlich das Gefühl, dass seine Beine ihn nicht mehr zu tragen vermochten. »Wie viele?«

»Drei. Die ich gesehen habe, jedenfalls. Sie sind tot.« Er reichte Sollis die Befiederung, die er von seinem Pfeil abgeschnitten hatte.

Sollis bat Meister Hutril, am Tor zu wachen, und führte Vaelin ins Ordenshaus. Statt zum Schlafsaal der Jungen im Nordturm brachte er ihn in sein eigenes Quartier, einem kleinen Zimmer in der Bastion der Südmauer. Er legte Feuerholz auf, befahl Vaelin, seine nassen Kleider auszuziehen, und gab ihm eine warme Decke, während das Feuer im Kamin zu prasseln begann.

»Also gut«, sagte er und reichte Vaelin einen Becher warme Milch. »Berichte mir, was passiert ist. Alles, woran du dich erinnerst. Lass nichts aus.«

So erzählte Vaelin ihm von dem Wolf und dem Unbekannten, den er getötet hatte, von dem Jammerlappen und dem stämmigen Mann … und von Mikehl.

»Wo sind sie?«

»Wovon sprecht Ihr, Meister?«

»Mikehls … sterbliche Überreste.«

»Ich habe sie begraben.« Vaelin unterdrückte ein Schaudern und trank noch einen Schluck Milch; die Wärme brannte sich in ihn hinein. »Ich habe mit dem Messer ein Loch gegraben. Es war das Einzige, was mir einfiel.«

Meister Sollis nickte und betrachtete die Befiederung in seiner Hand; der Blick in seinen blassen Augen war nicht zu deuten. Vaelin schaute sich in dem Zimmer um, das weniger spartanisch eingerichtet war, als er vermutet hätte. An der Wand hingen mehrere Waffen: eine Streitaxt, ein langer Speer mit einer Eisenspitze, eine Art Knüppel mit einem steinernen Kopf sowie mehrere Dolche und Messer von verschiedener Machart. In einem Regal standen einige Bücher, auf denen kein Staub lag, was darauf hindeutete, dass sie nicht nur Zierde waren. Gegenüber hing ein Wandbehang – eine auf einen Holzrahmen gespannte Ziegenhaut, die mit bizarren Strichmännchen und Vaelin unbekannten Symbolen bemalt war.

»Eine lonakische Kriegsflagge«, sagte Sollis. Vaelin wandte den Blick ab; er kam sich vor wie ein Spion. Zu seiner Überraschung sprach Sollis weiter. »Männliche Kinder werden bei den Lonakern schon früh einer Kriegerschar zugeteilt. Jede Schar hat ihre eigene Flagge, und die Mitglieder leisten einen Blutschwur, sie mit ihrem Leben zu verteidigen.«

Vaelin wischte sich einen Wassertropfen von der Nase. »Was bedeuten die Symbole, Meister?«

»Das ist eine Auflistung der Schlachten, die die Schar geschlagen hat, der Zahl der abgeschlagenen Köpfe ihrer Gegner und der Ehren, die sie von ihrer Hohepriesterin erhalten haben. Die Lonaker legen viel Wert auf Geschichte. Kinder werden bestraft, wenn sie die Historie ihres Klans nicht wiedergeben können. Die Lonaker sollen eine der größten Bibliotheken der Welt besitzen, die jedoch kein Außenstehender je zu Gesicht bekommen hat. Sie lieben Geschichten und sitzen stundenlang am Lagerfeuer, um ihren Schamanen zuzuhören. Am liebsten mögen sie Heldenmärchen von Kriegerscharen, die trotz zahlenmäßig überlegener Gegner in einer Schlacht den Sieg davontragen, von mutigen, einsamen Kämpfern, die in den Eingeweiden der Erde nach verlorenen Talismanen suchen … oder von Jungen, die mit der Hilfe eines Wolfes Meuchelmörder im Wald töten.«

Vaelin warf ihm einen scharfen Blick zu. »Das ist kein Märchen, Meister.«

Sollis legte ein weiteres Holzscheit aufs Feuer; Funken sprühten. Mit einem Schürhaken stieß er die brennenden Scheite an und sprach weiter, ohne Vaelin anzusehen. »Die Lonaker kennen das Wort ›Geheimnis‹ nicht. Hast du das gewusst? Für sie ist alles bedeutsam. Alles muss niedergeschrieben, aufgezeichnet und immer wieder neu erzählt werden. Ein solcher Glaube ist unserem Orden fremd. Wir haben Schlachten gekämpft, die Hunderte von Menschen das Leben gekostet haben, und nicht ein Wort ist jemals darüber niedergeschrieben worden. Der Orden kämpft, aber häufig kämpft er im Verborgenen, ohne Ruhm oder Belohnung. Wir besitzen keine Flaggen.« Er warf die Befiederung von Vaelins Pfeil ins Feuer; die feuchten Federn zischten in den Flammen, rollten sich zusammen und vergingen. »Mikehl wurde von einem Bären getötet. Im Urlisch ein seltener Anblick, aber manche streifen noch in den Tiefen des Waldes umher. Du hast seine sterblichen Überreste gefunden und mir Bericht erstattet. Morgen wird Meister Hutril sie holen gehen, und wir werden unseren gefallenen Bruder dem Feuer überantworten und ihm für das Geschenk seines Lebens danken.«

Vaelin spürte weder Erschrecken noch Überraschung. Es war offensichtlich, dass es hier um mehr ging, als er begreifen konnte. »Warum habt Ihr mich davor gewarnt, den anderen zu helfen, Meister?«

Sollis starrte eine Weile lang ins Feuer, und Vaelin glaubte schon, dass er gar nicht antworten würde, als er schließlich sagte: »Wenn wir in den Orden eintreten, geben wir jede Verbindung zu unseren Familien auf. Für uns ist das selbstverständlich, für Außenstehende jedoch nicht. Manchmal bietet der Orden keinen Schutz gegen die Fehden, die außerhalb unserer Mauern herrschen. Wir können euch nicht immer behüten. Bei den anderen war es unwahrscheinlich, dass ihnen jemand nach dem Leben trachten würde.« Die Faust, mit der er den Schürhaken umklammert hielt, war weiß, und seine Wangenmuskeln zuckten vor unterdrücktem Zorn. »Ich habe mich geirrt. Und Mikehl hat den Preis dafür bezahlt.«

Mein Vater, dachte Vaelin. *Sie wollten mich töten, um ihn damit zu treffen. Wer immer sie sind, sie kennen meinen Vater schlecht.*

»Meister, was ist mit dem Wolf? Warum sollte ein Wolf mir helfen?«

Meister Sollis legte den Schürhaken beiseite und rieb sich nachdenklich das Kinn. »Das ist eine Sache, die ich nicht verstehe. Ich bin weit gereist und habe vieles gesehen, aber noch nie ist mir ein Wolf untergekommen, der Menschen tötet, noch dazu, ohne sich an ihnen gütlich zu tun.« Er schüttelte den Kopf. »Wölfe machen so etwas nicht. Da steckt etwas anderes dahinter. Etwas, das mit dem Dunklen zu tun hat.«

Vaelin erschauerte. *Das Dunkle.* Die Diener im Hause seines Vaters hatten gelegentlich davon gesprochen, meist im Flüsterton, wenn sie glaubten, niemand könne sie hören. Vom Dunklen redeten die Menschen, wenn Dinge geschahen, die eigentlich nicht geschehen sollten – Kinder, die mit dem Blutzeichen im Gesicht geboren wurden, Hunde, die Katzenwelpen auf die Welt brachten, Schiffe, die ohne Mannschaft auf See treibend entdeckt wurden. *Das Dunkle.*

»Zwei deiner Brüder sind schon vor dir eingetroffen«, sagte Sollis. »Du gehst jetzt besser und berichtest ihnen von Mikehls Tod.«

Die Befragung war eindeutig vorbei. Mehr würde Sollis ihm nicht erzählen. Es war beinahe traurig. Meister Sollis war ein sehr weiser Mann, der nicht nur wusste, wie man ein Schwert richtig hielt oder in welchem Winkel man einem Gegner die Klinge ins Auge stoßen musste, sondern der darüber hinaus auch viele Geschichten kannte. Aber Vaelin ahnte, dass diese nur selten jemand zu hören bekam. Liebend gern hätte er noch mehr über die Lonaker erfahren, über ihre Kriegerscharen und ihre Hohepriesterin. Er wollte mehr über das Dunkle wissen. Doch Sollis' Augen waren mit jenem entrückten Blick auf das Feuer gerichtet, den Vaelin von seinem Vater kannte. Deshalb stand er auf und sagte nur: »Ja, Meister.« Er trank die restliche Milch aus, zog die Decke fester um seinen Körper und nahm auf dem Weg zur Tür seine nassen Kleider mit.

»Erzähle niemandem davon, Sorna.« Sollis' Stimme klang herrisch; es war derselbe Tonfall wie der, bevor er seinen Rohrstock schwang. »Du darfst es niemandem verraten. Dieses Geheimnis könnte deinen Tod bedeuten.«

»Ja, Meister«, wiederholte Vaelin. Er ging in den kühlen Korridor hinaus und machte sich zitternd auf den Weg zum Nordturm; es war so schrecklich kalt, dass er schon fürchtete zusammenzubrechen, bevor er die Treppe erklommen hatte, aber die Milch, die Meister Sollis ihm gegeben hatte, spendete ihm genügend Wärme und Kraft, dass er es bis nach oben schaffte.

Als er durch die Tür in den Schlafsaal stolperte, sah er Dentos und Barkus auf ihren Betten liegen; ihre Gesichter waren von Erschöpfung gezeichnet. Seine Ankunft schien sie wieder etwas zu beleben. Sie standen beide auf, um ihn mit einem Klaps auf den Rücken und ein paar gezwungen wirkenden Witzen zu begrüßen.

»Hast wohl Schwierigkeiten, dich im Dunkeln zurechtzufinden, was?« Barkus lachte. »Ich hätte es als Erster geschafft, wenn mich nicht die Strömung erwischt hätte.«

»Was für eine Strömung?«, fragte Vaelin, ein wenig verwundert über die herzliche Begrüßung.

»Ich bin an der falschen Stelle in den Fluss gestiegen«, erklärte Barkus. »Dort, wo er sich verengt. Ich dachte, mein letztes Stündlein hätte geschlagen, das kann ich dir sagen. Bin direkt am Tor wieder rausgekommen, aber Dentos war vor mir da.«

Vaelin legte seine Kleider aufs Bett und ging zum Feuer, um sich aufzuwärmen. »Du warst Erster, Dentos?«

»Ja. Ich war mir sicher, dass Caenis der Erste sein würde, aber er ist bisher noch nicht aufgetaucht.«

Das überraschte auch Vaelin; Caenis kannte sich von ihnen allen im Wald am besten aus. Aber er besaß weder Barkus' Kraft noch Dentos' Schnelligkeit.

»Zumindest haben wir die anderen Trupps übertrumpft«, sagte Barkus und meinte damit die Jungen der anderen Gruppen. »Von denen ist bisher noch keiner hier angekommen, faule Hunde!«

»Ja«, stimmte Dentos zu. »Unterwegs sind mir ein paar von ihnen begegnet. Verloren wie Jungfrauen im Bordell.«

Vaelin runzelte die Stirn. »Was ist ein Bordell?«

Die anderen beiden tauschten belustigte Blicke aus, und Barkus wechselte das Thema. »Wir haben ein paar Äpfel aus der Küche geschmuggelt.« Er schlug seine Bettdecke zurück, um Vaelin ihre Beute zu zeigen. »Und dazu einige Pasteten. Wenn die anderen hier sind, lassen wir es uns richtig gut gehen.« Er biss herzhaft in einen Apfel. Das Stehlen war ihnen allen zur Gewohnheit geworden, und sie dachten sich gar nichts mehr dabei; alles, was auch nur den geringsten Wert besaß, konnte jederzeit verschwinden und musste sicher versteckt werden. Das Stroh in ihren Matratzen hatten sie schon längst durch gestohlene Stoff- und Lederfetzen ersetzt. Diebstahl wurde meist streng bestraft. Die Strafe wurde jedoch nicht von einer Moralpredigt begleitet, und so wurde ihnen schon bald klar, dass sie nicht für das Stehlen selbst bestraft wurden, sondern dafür, dass sie sich hatten erwischen lassen. Barkus war der beste Dieb von ihnen, besonders, wenn es um Essen ging, dicht gefolgt von Mikehl, der vor allem Kleidung stahl … *Mikehl.*

Vaelin starrte ins Feuer und biss sich auf die Lippe, während er überlegte, wie er die Lüge am besten in Worte fassen sollte. *Das ist keine schöne Sache,* dachte er. *Seine Freunde zu belügen ist nicht leicht.* »Mikehl ist tot«, sagte er schließlich. Ihm fielen keine besseren Worte ein, und das plötzliche Schweigen setzte ihm noch mehr zu. »Er … wurde von einem Bären getötet. Ich … ich habe seine Überreste gefunden.« Hinter sich hörte er, wie Barkus das Stück Apfel ausspuckte, auf dem er herumgekaut hatte. Dentos setzte sich mit einem Rascheln auf sein Bett. Vaelin biss die Zähne zusammen und sprach weiter: »Meister Hutril wird die Leiche morgen holen gehen, damit wir sie verbrennen können.« Im Kamin knackte ein Holzscheit. Die Kälte war fast vollständig aus seinem Körper gewichen, und die Hitze ließ seine Haut kribbeln. »Um uns für das Geschenk von Mikehls Leben zu bedanken.«

Die beiden anderen Jungen schwiegen. Vaelin glaubte, Dentos weinen zu hören, brachte es jedoch nicht übers Herz, sich umzudrehen und nach ihm zu sehen. Nach einer Weile trat er vom Feuer weg und ging zu seinem Bett, wo er seine Kleider zum Trocknen ausbreitete, den Bogen abspannte und seinen Köcher verstaute.

Die Tür ging auf, und Nortah kam herein, vom Regen durchnässt, aber triumphierend. »Vierter!«, jubelte er. »Ich war mir sicher, dass ich Letzter sein würde.« Vaelin hatte ihn noch nie so fröhlich gesehen. Die gedrückte Stimmung im Schlafsaal schien er gar nicht wahrzunehmen.

»Dabei habe ich mich sogar zweimal verlaufen.« Nortah lachte und ließ seine Ausrüstung aufs Bett fallen. »Außerdem habe ich einen Wolf gesehen.« Er ging zum Feuer und streckte die Hände aus, um sich aufzuwärmen. »Ich hatte solche Angst, dass ich förmlich zur Salzsäule erstarrt bin.«

»Du hast einen Wolf gesehen?«, fragte Vaelin.

»O ja. Ein Riesenvieh. Aber ich glaube, er hatte schon gefressen. An seiner Schnauze klebte Blut.«

»Was für ein Bär?«, fragte Dentos.

»Wie bitte?«

»War es ein schwarzer oder ein brauner? Die Braunen sind größer und angriffslustiger. Die Schwarzen halten sich meist von Menschen fern.«

»Kein Bär«, erwiderte Nortah verwirrt. »Ein Wolf, habe ich gesagt.«

»Ich weiß es nicht«, beantwortete Vaelin Dentos' Frage. »Ich habe ihn nicht gesehen.«

»Woher weißt du dann, dass es ein Bär war?«

»Mikehl wurde von einem Bären getötet«, klärte Barkus Nortah auf.

»Wegen der Klauenabdrücke«, sagte Vaelin. Lügen war noch schwieriger, als er gedacht hatte. »Außerdem waren nur noch … Reste von ihm übrig.«

»Reste?«, rief Nortah angewidert. »Von Mikehl waren bloß noch Reste übrig?!«

»Weil mein Onkel nämlich gesagt hat, dass es im Urlisch keine Braunbären gibt«, fuhr Dentos in schleppendem Tonfall fort. »Die leben nur im Norden.«

»Bestimmt war es der Wolf, den ich gesehen habe«, flüsterte Nortah erschrocken. »Der Wolf hat Mikehl gefressen. Und ich wäre sein nächstes Opfer gewesen, wenn er nicht schon satt gewesen wäre.«

»Wölfe fressen keine Menschen«, sagte Dentos.

»Vielleicht hatte er Tollwut.« Nortah ließ sich auf sein Bett sinken. »Ich wäre beinahe von einem tollwütigen Wolf gefressen worden!«

Und so ging es weiter. Nach und nach trafen die anderen Jungen ein, müde und durchnässt, aber erleichtert, weil sie die Prüfung bestanden hatten. Ihr Lächeln schwand jedoch, sobald sie die Neuigkeit erfuhren. Dentos und Nortah stritten sich über Wölfe und Bären, und Barkus verteilte seine magere Beute, die sie schweigend verzehrten. Vaelin wickelte sich in seine Decke und versuchte, den Anblick von Mikehls schlaffen, leblosen Gesichtszügen zu vergessen und wie sich die Haut des Toten durch den Stoff des Sacks angefühlt hatte, als er im Waldboden ein flaches Grab ausgehoben hatte …

Ein paar Stunden später erwachte er zitternd vor Kälte. Die letzten Überreste eines Traums verflüchtigten sich, während sich seine Augen an die Dunkelheit gewöhnten. Er war dankbar dafür, dass der Traum verflogen war – die wenigen Bilder, die in seinem Geist verblieben waren, deuteten darauf hin, dass es besser war, sich nicht an ihn zu erinnern. Die anderen Jungen schliefen, Barkus schnarchte ausnahmsweise einmal leise, und das Feuer im Kamin war fast erloschen. Vaelin stolperte aus dem Bett, um das Feuer neu zu entfachen; die Dunkelheit im Schlafsaal ängstigte ihn plötzlich mehr als die Finsternis des Waldes.

»Da sind keine Holzscheite mehr, Bruder.«

Er drehte sich um und sah Caenis auf seinem Bett sitzen. Er war noch angezogen; seine Kleider glänzten feucht im trüben Mondlicht, das durch die Fensterläden hereinfiel. Sein Gesicht war im Dunkeln nicht zu erkennen.

»Wann bist du zurückgekommen?«, fragte Vaelin und rieb seine Hände, um sie aufzuwärmen. Noch nie war ihm so kalt gewesen.

»Vor einer Weile.« Caenis' Stimme klang seltsam hohl und gefühllos.

»Hast du schon gehört, was mit Mikehl passiert ist?« Vaelin begann auf und ab zu laufen, um seine Muskeln zu bewegen.

»Ja«, erwiderte Caenis. »Nortah hat gesagt, es sei ein Wolf gewesen. Dentos hat von einem Bären gesprochen.«

Vaelin runzelte die Stirn. Die Stimme seines Bruders hatte beinahe belustigt geklungen. Er zuckte mit den Achseln. Jeder von ihnen hatte auf die Nachricht anders reagiert. Jennis, Mikehls engster Freund, hatte sogar lauthals gelacht, als sie ihm von Mikehls Tod berichtet hatten. Barkus hatte ihm eine Backpfeife versetzen müssen, damit er aufhörte.

»Es war ein Bär«, sagte Vaelin.

»Tatsächlich?« Vaelin war sich sicher, dass Caenis sich nicht bewegt hatte, aber er hatte das Gefühl, als hätte dieser fragend den Kopf schief gelegt. »Dentos hat gesagt, du hättest ihn gefunden. Das war bestimmt schlimm.«

Mikehls Blut war dickflüssig; es gerann im Sack, sickerte durch den Stoff und beschmierte seine Hände … »Ich hatte eigentlich damit gerechnet, dass du schon hier sein würdest, wenn ich eintreffe.« Vaelin zog sich die Decke fester um die Schultern. »Ich habe mit Barkus um einen Nachmittag im Garten gewettet, dass du als Erster hier auftauchen würdest.«

»Das wäre ich auch. Aber etwas hat mich aufgehalten. Ich habe im Wald etwas gefunden, das ich mir nicht erklären konnte. Vielleicht kannst du mir ja weiterhelfen? Dort lag ein Toter, dem ein Pfeil in der Kehle steckte. Ein Pfeil ohne Befiederung.«

Vaelins Zittern wurde so stark, dass ihm die Decke entglitt und auf den Boden fiel. »In den Wäldern wimmelt es nur so von Gesetzlosen, habe ich gehört«, stammelte er.

»Ja. So muss es sein, denn ich habe noch zwei weitere gefunden. Sie wurden nicht mit Pfeilen getötet, sondern vielleicht von einem Bären, genau wie Mikehl. Womöglich sogar von demselben Bären.«

»W-womöglich.« *Was ist das?* Vaelin hielt eine Hand hoch und betrachtete seine bebenden Finger. *Mein Zittern rührt doch nicht nur von der Kälte her. Es ist mehr als das …* Plötzlich verspürte er den unbändigen Drang, Caenis alles zu erzählen, ihm sein Herz auszuschütten, sich ihm anzuvertrauen. Schließlich war Caenis sein Freund. Sein bester Freund. Wem sollte er es sonst erzählen? Verfolgt von Meuchelmördern brauchte er einen Freund, der ihm den Rücken stärkte. Sie würden der Bedrohung gemeinsam entgegentreten …

Du darfst es niemandem verraten … Dieses Geheimnis könnte deinen Tod bedeuten. Sollis' Worte ließen ihn schweigen. Sein Entschluss war gefasst. Caenis war sein Freund, das schon, aber er konnte ihm die Wahrheit nicht sagen. Dieses Geheimnis war zu bedeutsam für ein geflüstertes Gespräch unter Jungen.

Er spürte, wie das Zittern nachließ. Eigentlich war es gar nicht so kalt. Die grauenhafte Nacht im Wald hatte Spuren in ihm hinterlassen, die vielleicht nie mehr vergehen würden, aber er würde sich seiner Furcht stellen und sie überwinden. Ihm blieb keine andere Wahl.

Er hob die Decke vom Boden auf und ging wieder ins Bett zurück. »Der Urlisch ist wahrlich nicht ungefährlich«, sagte er. »Zieh lieber deine Sachen aus, Bruder. Meister Sollis wird dich verprügeln, wenn du morgen zu durchgefroren bist, um zu üben.«

Caenis saß schweigend da, und ein leises Seufzen kam von seinen

Lippen. Nach einer Weile stand er auf, um sich auszuziehen, seine Kleider mit der üblichen Sorgfalt auszubreiten und seine Waffen zu verstauen, bevor er ins Bett schlüpfte.

Vaelin lag auf dem Rücken und hoffte trotz der schlimmen Träume, die ihn erwarteten, dass er bald einschlafen würde. Er wünschte sich, die Nacht wäre vorüber und die Wärme der Morgensonne würde all das Blut und die Furcht aus seiner Seele wegbrennen. *Ist dies das Los eines Kriegers?*, fragte er sich. *Sein Leben zitternd im Dunkeln zu verbringen?*

Caenis' Stimme war kaum mehr als ein Wispern, aber Vaelin hörte ihn dennoch sehr deutlich. »Ich bin froh, dass du am Leben bist, Bruder. Dass du es durch den Wald geschafft hast.«

Kameradschaft, dachte er. *Ebenfalls das Los eines Kriegers. Man teilt sein Leben mit denen, die für einen sterben würden.* Die Furcht und die Übelkeit in seinem Magen verschwanden dadurch nicht, aber die Trauer legte sich ein wenig. »Ich bin auch froh, dass du es geschafft hast, Caenis«, flüsterte er zurück. »Tut mir leid, dass ich dir bei deinem Rätsel nicht weiterhelfen konnte. Du solltest mit Meister Sollis reden.«

Er sollte nie erfahren, ob das, was Caenis als Nächstes über die Lippen kam, ein Lachen oder ein Seufzen war. Jahre später würde er sich fragen, wie viel Leid er sich selbst und anderen hätte ersparen können, wenn er nur genau zugehört hätte. In diesem Moment hielt er es für ein Seufzen und die Worte, die folgten, für eine einfache Feststellung von Tatsachen: »Oh, ich denke, dass uns in Zukunft noch einige Rätsel erwarten.«

◆ ◆ ◆

Sie errichteten den Scheiterhaufen auf dem Übungsplatz, fällten einige Bäume im Wald und stapelten die Holzstücke unter Meister Sollis' Anleitung auf. An diesem Tag waren sie von den Leibesübungen befreit, aber die Arbeit war auch so schwer genug. Nachdem sie stundenlang frisch gesägtes Holz auf den Wagen geladen hatten, um es zum Ordenshaus zu bringen, taten Vaelin sämtliche Muskeln weh, aber er widerstand der Versuchung, sich zu beschweren. Einen Tag Arbeit hatte Mikehl mindestens verdient. Meister Hutril kehrte am frühen Nachmittag mit einem Pony zurück, auf dessen Rücken ein fest verschnürtes Bündel lag. Die Jungen hielten kurz bei der Arbeit inne, als er auf dem Weg zum Tor an ihnen vorbeikam, und betrachteten die in Tuch gewickelte Leiche.

Es wird wieder geschehen, wurde Vaelin klar. *Mikehl war lediglich der Erste. Wen wird es als Nächsten treffen? Dentos? Caenis? Mich?*

»Wir hätten ihn fragen sollen«, sagte Nortah, nachdem Meister Hutril durch das Tor verschwunden war.

»Was hätten wir ihn fragen sollen?«, erkundigte sich Dentos.

»Ob es ein Wolf war oder ein Bä…« Er duckte sich und entging nur knapp dem Holzstück, das Barkus nach ihm geworfen hatte.

Die Lehrer legten die Leiche auf den Scheiterhaufen, als die Jungen am frühen Nachmittag auf den Übungsplatz marschierten. Es waren über vierhundert, die in einzelnen Trupps antraten. Nachdem Sollis und Hutril vom Scheiterhaufen zurückgetreten waren, ging der Aspekt mit einer brennenden Fackel in seiner knochigen, narbenübersäten Hand nach vorn. Er stand neben dem Scheiterhaufen und ließ den Blick über die versammelten Schüler schweifen, sein Gesicht wie immer völlig ausdruckslos. »Wir sind heute hier versammelt, um Zeuge zu werden, wie das Gefäß, das unseren Bruder einst durchs Leben trug, in den Flammen vergeht«, sagte er mit leiser Stimme, die dennoch über den ganzen Platz hallte.

»Wir sind hier, um ihm für seine guten Taten und seinen Mut zu danken und ihm alle Momente der Schwäche zu verzeihen. Er war unser Bruder und ist während des Dienstes im Orden gefallen – eine Ehre, die uns am Ende alle erwartet. Nun ist er in den Kreis der Ahnen eingegangen, und sein Geist wird sich ihnen anschließen, um uns zu lenken. Denkt jetzt an ihn, dankt ihm und vergebt ihm, erinnert euch an ihn, jetzt und für alle Zeit.«

Er senkte die Fackel zum Scheiterhaufen und hielt sie an die Apfelholzspäne, die die Jungen in die Lücken zwischen dem Holz gesteckt hatten. Bald begannen die Flammen zu lodern, und Rauch stieg auf; der süße Apfelholzgeruch wurde dabei vom Gestank brennenden Fleisches erstickt.

Während Vaelin die Flammen betrachtete, versuchte er sich an Mikehls mutige Taten zu erinnern, um diese für den Rest seines Lebens im

Gedächtnis zu behalten, doch ihm fiel nur ein, wie Mikehl einmal zusammen mit Barkus Pfeffer in die Futterbeutel in den Ställen getan hatte. Meister Rensial wäre von einem neu erworbenen Hengst beinahe zu Tode getrampelt worden, als er ihm einen der Beutel über das Maul gestülpt hatte. War das mutig gewesen? Mikehl war hart bestraft worden, wenngleich er und Barkus geschworen hatten, der Streich sei es wert gewesen. Und Meister Rensial hatte den Vorfall in seiner Verwirrtheit bald schon wieder vergessen gehabt.

Vaelin sah zu, wie die Flammen den verstümmelten Leib verzehrten, der einst sein Freund gewesen war, und dachte: *Es tut mir leid, Mikehl. Es tut mir leid, dass du wegen mir sterben musstest. Und dass ich nicht da war, um dich zu retten. Wenn ich kann, werde ich eines Tages herausfinden, wer diese Männer in den Wald geschickt hat, und sie werden für dein Leben bezahlen. Ich danke dir von Herzen.*

Er blickte sich um und sah, dass die meisten Jungen bereits zum Abendessen gegangen waren. Nur sein Trupp war noch da – selbst Nortah, der jedoch eher gelangweilt als traurig aussah. Jennis weinte leise, die Arme um den Leib geschlungen; die Tränen strömten ihm übers Gesicht.

Caenis legte Vaelin eine Hand auf die Schulter. »Wir sollten essen gehen. Unser Bruder ist fort.«

Vaelin nickte. »Ich musste an den Vorfall in den Ställen denken. Weißt du noch? Die Futterbeutel?«

Caenis grinste. »Ich erinnere mich. Ich war neidisch, dass mir das nicht eingefallen ist.« Sie gingen zum Speisesaal; Jennis, der immer noch weinte, wurde von Barkus mitgezogen. Die anderen tauschten Erinnerungen an Mikehl aus, während das Feuer hinter ihnen weiterbrannte und seinen Leib in Asche verwandelte. Am nächsten Morgen waren die Überreste des Scheiterhaufens bereits fortgeschafft, nur ein schwarzer Aschekreis blieb im Gras zurück. Und im Laufe der Monate und Jahre, die danach folgten, sollte selbst dieser verblassen.

DRITTES KAPITEL

Die Tage kamen und gingen; sie machten ihre Leibesübungen, lernten und kämpften. Aus Sommer wurde Herbst, und dann senkte sich der Winter mit Regenschauern und peitschendem Wind übers Land. Die Regengüsse wichen alsbald den Schneestürmen, wie sie im Monat Ollanasur in Asrael üblich waren. Nachdem nun Mikehls Leiche auf dem Scheiterhaufen verbrannt war, wurde sein Name kaum noch erwähnt; die Jungen vergaßen ihn zwar nicht, aber sie sprachen auch nicht über ihn. Er war fort. Als mit dem Wintereinbruch ein Schwung neuer Rekruten durch das Tor marschiert kam, erlebten sie das seltsame Gefühl, nicht mehr die Jüngsten zu sein. Die unangenehmsten Aufgaben im Ordensalltag würden von nun an andere erledigen. Beim Anblick der Neuankömmlinge fragte sich Vaelin, ob er auch einmal so jung und einsam ausgesehen hatte. Er war kein Kind mehr, das wusste er, und seine Kameraden waren es ebenso wenig. Sie hatten sich gewandelt. Sie waren nicht mehr wie andere Jungen. Und er hatte sich von ihnen allen am meisten verändert – er war ein Mörder geworden.

Seit jener Nacht im Wald schlief er unruhig und erwachte häufig schwitzend und zitternd in der Dunkelheit. In seinen Träumen sah er Mikehl mit seinem schlaffen, leblosen Gesicht vor sich. Sein Bruder fragte ihn, warum er ihn nicht gerettet hatte. Manchmal träumte er auch von dem Wolf, der ihn stumm anstarrte und sich das Blut von der Schnauze leckte. In seinen Augen lag eine Frage, die Vaelin nicht ganz begriff. Selbst die zerfetzten, blutigen Gesichter der Meuchelmörder verfolgten ihn im Schlaf und schrien ihm hasserfüllte Verwünschungen entgegen, die ihn mit trotzigen, reuelosen Worten auf den Lippen auffahren ließen: »Mörder! Abschaum! Mögen eure Leichen verrotten!«

»Vaelin?« Meist war es Caenis, der davon wach wurde, manchmal auch einer der anderen Jungen, aber meistens Caenis.

Für gewöhnlich log Vaelin und behauptete, er hätte von seiner Mutter geträumt, wobei er sich schuldig fühlte, weil er die Erinnerung an sie dazu benutzte, um die Wahrheit zu verschleiern. Dann redeten sie eine Weile, bis Vaelin sich wieder müde genug fühlte, um weiterschlafen zu können. Caenis erwies sich als unerschöpflicher Quell von Geschichten. Er kannte sämtliche Glaubenslegenden auswendig und darüber hinaus noch einige andere, insbesondere über den König.

»König Janus ist ein großer Mann«, beteuerte er stets. »Er hat mit Schwert und Glauben unser Land zusammengeschmiedet.« Immer wieder wollte Caenis die Geschichte von Vaelins Begegnung mit dem König hören, wie der große, rothaarige Mann Vaelin übers Haar gestrichen und mit einem tiefen Lachen gesagt hatte: »Ich hoffe, du hast den Arm deines Vaters geerbt, mein Junge.« In Wahrheit erinnerte Vaelin sich kaum noch an den König. Er war erst acht Jahre alt gewesen, als sein Vater ihn zu der Audienz im Palast mitgenommen hatte. Die Pracht des Palastes und die kostbaren Kleider der versammelten Edelleute waren ihm allerdings sehr genau im Gedächtnis geblieben. König Janus hatte einen Sohn und eine Tochter, einen ernst dreinblickenden Jungen von etwa siebzehn Jahren und ein Mädchen in Vaelins Alter, das ihm hinter dem langen, hermelingesäumten Umhang ihres Vaters hervor finstere Blicke zuwarf. Damals war der König bereits Witwer; die Königin war im vorangegangenen Sommer gestorben. Es hieß, des Königs Herz sei gebrochen, und er wolle keine andere mehr zur Frau nehmen. Vaelin erinnerte sich, dass das Mädchen – seine Mutter hatte sie Prinzessin genannt – stehen geblieben war, während der König schon zum nächsten Gast weitergeschritten war. Mit kaltem Blick hatte sie ihn gemustert. »Dich werde ich niemals heiraten«, hatte sie hochmütig gesagt. »Du bist schmutzig.« Damit war sie hinter ihrem Vater hergeeilt, ohne sich noch einmal umzudrehen. Vaelins Vater hatte gelacht, was bei ihm selten vorkam, und gesagt: »Keine Sorge, mein Junge. Ich werde dich nicht dazu zwingen, sie zur Frau zu nehmen.«

»Wie hat er ausgesehen?«, fragte Caenis neugierig. »War er fast zwei Meter groß, wie es immer heißt?«

Vaelin zuckte mit den Achseln. »Groß war er tatsächlich. Aber ich weiß nicht genau wie groß. Und er hatte ein paar merkwürdige rote Male am Hals, als hätte er sich dort verbrannt.«

»In seinem siebenten Jahr lag er mit der Roten Hand darnieder«, berichtete Caenis mit der Stimme eines Geschichtenerzählers. »Zehn Tage lang schwitzte er Blut und litt Qualen, die einen Erwachsenen umgebracht hätten, bis das Fieber nachließ und er sich wieder erholte. Die Rote Hand, die in jede Familie des Landes den Tod brachte, konnte Janus nichts anhaben. Schon als Kind war sein Wille so stark, dass er nicht zu brechen war.«

Vaelin vermutete, dass Caenis auch viele Geschichten über seinen Vater kannte; erst seit seinem Eintritt in den Orden war ihm das wahre Ausmaß des Ruhmes, den sein Vater als Kriegsherr genoss, richtig bewusst geworden. Aber er bat Caenis nie darum, ihm welche zu erzählen. Für Caenis war Vaelins Vater eine Legende, ein Held, der während der Vereinigungskriege an der Seite des Königs gekämpft hatte. Für Vaelin war er ein Reiter, der vor zwei Jahren im Nebel verschwunden war.

»Wie lauten die Namen der Königskinder?«, fragte Vaelin. Aus irgendeinem Grund hatten ihm seine Eltern nie viel über den Königshof erzählt.

»Der Sohn des Königs und Thronerbe heißt Prinz Malcius und soll ein gelehriger und pflichtbewusster junger Mann sein. Der Name der Tochter lautet Prinzessin Lyrna, und dem Vernehmen nach wird ihre Schönheit schon bald selbst die ihrer verstorbenen Mutter in den Schatten stellen.«

Das Leuchten, das in Caenis' Augen trat, wenn er über den König und seine Familie sprach, fand Vaelin manchmal ein wenig beunruhigend. Caenis' übliche grüblerische Miene verschwand in solchen Momenten gänzlich. Einen ähnlichen Ausdruck hatte Vaelin auf den Gesichtern von Menschen gesehen, die sich bei den Ahnen bedankten und dann wirkten, als seien sie aus sich selbst herausgetreten und nur noch von reinem Glauben beherrscht.

◆ ◆ ◆

Während der Winter weiter fortschritt und das Land mit Schnee bedeckte, begannen die Vorbereitungen für die Wildnisprüfung. Ihre Wanderungen mit Meister Hutril wurden ausgedehnter, seine Belehrungen ausführlicher und nachdrücklicher. Er ließ sie so lange durch den Schnee laufen, bis ihnen sämtliche Muskeln wehtaten. Nachlässigkeit und Unaufmerksamkeit wurden streng bestraft. Aber sie wussten nur zu gut, wie wichtig das Lernen war. Inzwischen waren sie lange genug beim Orden, dass die älteren Jungen sich gelegentlich dazu herabließen, ihnen Ratschläge zu geben; meist handelte es sich um Warnungen vor zukünftigen Gefahren, insbesondere was die Wildnisprüfung betraf: *Alle glaubten, er sei für immer verschwunden, doch im Frühjahr fand man seine Leiche, festgefroren an einem Baum … Er hat versucht, Feuerbeeren zu essen, und sich die Seele aus dem Leib gekotzt … Er hat sich in die Höhle einer Wildkatze verirrt, und als er wieder herauskam, trug er seine Gedärme im Arm …* Zweifellos waren die Geschichten übertrieben, doch sie enthielten einen wahren Kern: Jedes Jahr kamen bei der Wildnisprüfung einige Jungen ums Leben.

Als es so weit war, wurden sie im Laufe eines Monats in kleinen Grüppchen hinaus in die Wildnis gebracht. Damit sollte die Wahrscheinlichkeit verringert werden, dass sie einander begegneten und sich gegenseitig halfen. Diese Prüfung musste jeder für sich allein bestehen. Erst fuhren sie mit einem Frachtkahn ein kleines Stück den Fluss hinauf, dann folgte eine lange Reise mit dem Pferdekarren eine schneebedeckte Straße entlang, die in das nur leicht bewaldete Hügelland jenseits des Urlisch führte. Etwa alle zehn Meilen hielt Meister Hutril den Karren an und brachte einen der Jungen in den Wald, um kurz darauf zurückzukehren und erneut die Zügel aufzunehmen. Als Vaelin an der Reihe war, wurde er an einem kleinen Bach entlang zu einer Schlucht geführt.

»Hast du deinen Feuerstein?«, fragte Meister Hutril.

»Ja, Meister.«

»Schnur, eine frische Bogensehne und eine zusätzliche Decke?«

»Ja, Meister.«

Hutril nickte, dann verharrte er einen Moment, und sein Atem wölkte sich in der eisigen Luft. »Der Aspekt hat mir eine Nachricht an dich mitgegeben«, sagte er schließlich. Vaelin fand es merkwürdig, dass Hutril seinem Blick auswich. »Er sagt, dass wahrscheinlich Jagd auf dich gemacht werden wird, wann immer du den Schutz des Ordenshauses verlässt. Es steht dir deshalb frei, mit mir zurückzukehren und dich von der Prüfung ausnehmen zu lassen.«

Vaelin wusste nicht, was er sagen sollte. Das Angebot des Aspekten und die Tatsache, dass zum ersten Mal einer der Meister seine schrecklichen Erlebnisse von damals im Wald erwähnte, machten ihn sprachlos. Die Prüfungen waren nicht nur eine willkürliche Tortur, die sadistische Meister im Laufe der Jahre ersonnen hatten. Sie waren Teil des Ordens – vor vierhundert Jahren von den Gründern festgelegt und seither unverändert. Sie waren mehr als ein Vermächtnis, sie bildeten einen Glaubensgrundsatz. Eine der Prüfungen zu umgehen wäre nach Vaelins Empfinden nicht nur unehrlich und respektlos seinen Freunden gegenüber, sondern fast schon blasphemisch. In diesem Moment kam ihm ein weiterer Gedanke: *Und wenn er mich nun lediglich auf die Probe stellt? Womöglich will der Aspekt wissen, ob ich mich vor einer Prüfung drücken würde.* Doch als er in Meister Hutrils Augen sah, bemerkte er darin etwas, das auf die Echtheit der Botschaft schließen ließ: Verlegenheit. Hutril hielt das Angebot für eine Beleidigung.

»Ich widerspreche dem Aspekten nur ungern, Meister«, sagte Vaelin. »Aber nach meiner Ansicht ist es eher unwahrscheinlich, dass sich mitten im Winter ein Meuchelmörder in diese Hügel verirren würde.«

Hutril nickte erneut. Ein erleichtertes Seufzen entfuhr ihm, und seine Lippen wurden von einem leisen Lächeln umspielt – bei ihm ein seltener Anblick. »Unternimm keine allzu weiten Streifzüge, höre auf die Stimme des Waldes, folge nur frischen Spuren.« Damit schulterte er seinen Bogen und machte sich auf den langen Rückweg zum Karren.

Vaelin blickte ihm hinterher und fühlte sich plötzlich, trotz des herzhaften Frühstücks, das sie an diesem Morgen genossen hatten, hungrig. Er war froh, dass er vor ihrer Abreise noch etwas Brot aus der Küche hatte entwenden können.

Wie Hutril es ihnen beigebracht hatte, begann Vaelin augenblicklich damit, einen Unterschlupf zu bauen. Er suchte sich einen geeigneten Winkel zwischen zwei großen Steinen und fing an, Holz für das Dach zu sammeln. In der Umgebung waren einige herabgefallene Äste zu finden, die er verwenden konnte, doch bald musste er weitere Zweige von den umstehenden Bäumen abschneiden. Eine Seite der Behausung schloss er mit Schnee, den er, wie man es ihm gezeigt hatte, zu dicken Blöcken rollte. Als er damit fertig war, belohnte er sich mit einer Semmel und zwang sich dabei, sie trotz seines Hungers nicht hinunterzuschlingen, sondern kleine Bissen zu nehmen und sorgfältig zu kauen.

Als Nächstes musste er ein Feuer entzünden. Er legte ein paar Steine vor dem Eingang seines Unterschlupfs zu einem Kreis zusammen, entfernte den Schnee in der Mitte und schichtete stattdessen Reisig und kleine Ästen darin auf, die er vorbereitet hatte, indem er die schneefeuchte Rinde abgeschält und das trockene Holz darunter freigelegt hatte. Ein paar Funken von seinem Feuerstein, und bald schon wärmte er sich die Hände über einem recht ansehnlichen Feuer. *Nahrung, Unterkunft und Wärme*, hatte Meister Hutril ihnen gesagt. *Das braucht ein Mensch zum Überleben. Alles andere ist Luxus.*

Während der ersten Nacht in seinem Unterschlupf fand Vaelin wenig Schlaf, heimgesucht vom Heulen des Windes und der eisigen Kälte, vor der die Decke, die er vor den Eingang gehängt hatte, ihn nur unzureichend schützte. Er beschloss, am nächsten Tag eine festere Abdeckung zu bauen, und verbrachte die Nachtstunden damit, den Stimmen des Windes zu lauschen. Es hieß, der Wind würde bis ins Jenseits wehen und die Ahnen würden sich seiner bedienen, um Nachrichten an die Gläubigen zu senden. Manche Leute standen stundenlang auf Hügeln und warteten sehnsüchtig auf Worte der Weisheit und des Trostes von ihren verstorbenen Angehörigen. Vaelin hatte noch nie eine Stimme im Wind gehört und fragte sich, wer wohl zu ihm sprechen würde, wenn es doch einmal geschehen sollte. Seine Mutter vielleicht, obgleich sie ihn seit seiner ersten Nacht beim Orden nicht mehr besucht hatte. Vielleicht auch Mikehl oder womöglich die Meuchelmörder, die ihre hasserfüllten Worte in den Wind schrien. In dieser Nacht jedoch war nichts zu hören, und er sank frierend in einen unruhigen Schlaf.

Am nächsten Tag sammelte er dünne Äste, die er miteinander verflocht, um eine Tür für seine Behausung zu bauen. Es war eine langwierige, mühsame Arbeit, und bald schmerzten seine tauben Finger. Den Rest des Tages verbrachte er damit, zu jagen. Er hatte einen Pfeil in den Bogen eingelegt und suchte nach Spuren im Schnee. Offenbar hatte im Laufe der Nacht ein Reh die Schlucht durchquert, aber die Spuren waren zu schwach, um sie verfolgen zu können. Darüber hinaus entdeckte er eine frische Ziegenfährte, welche jedoch eine steile Anhöhe hinaufführte, die er vor Einbruch der Dunkelheit unmöglich würde erklimmen können. Am Ende musste er sich damit begnügen, ein paar Krähen zu erlegen, die sich gefährlich nahe bei seiner Behausung niedergelassen hatten, und einige Fallen aufzustellen, um unvorsichtige Kaninchen zu fangen.

Er rupfte die Krähen und behielt die Federn als Zündmaterial, dann spießte er die Vögel auf und briet sie über dem Feuer. Ihr Fleisch war trocken und zäh, und er sah sofort ein, weshalb Krähen nicht als Delikatesse galten. Als die Nacht hereinbrach, blieb ihm wenig zu tun, außer sich an sein Feuer zu setzen und abzuwarten, bis es niedergebrannt war, und sich dann in seinen Unterschlupf zurückzuziehen. Die Tür, die er gebaut hatte, erfüllte ihre Aufgabe besser als die Decke in der Nacht zuvor, aber dennoch kroch ihm die Kälte in die Knochen. Sein Magen knurrte laut, wurde jedoch vom Heulen des Windes übertönt, und noch immer hörte er keine Stimmen.

Am nächsten Morgen hatte er mehr Glück; es gelang ihm, einen Schneehasen zu erlegen. Er war stolz auf seine Beute – sein Pfeil hatte das Tier getroffen, als es zu seinem Bau gehuscht war. Innerhalb einer Stunde hatte er es gehäutet und ausgenommen und sah mit großem Vergnügen zu, wie es über dem Feuer briet und das Fett von der gebräunten Haut herabtropfte. *Eigentlich sollte es die Hungerprüfung heißen*, dachte er, als sein Magen erneut ein lautes Knurren hören ließ. Die Hälfte des Fleisches aß er sofort und verstaute den Rest in einem Astloch, das er als Versteck ausgewählt hatte. Es befand sich hoch über dem Boden, er musste hinaufklettern, um es zu erreichen, und der Baum war zu schlank, um das Gewicht eines Beute suchenden Bären auszuhalten. Er musste sich sehr zusammennehmen, um nicht alles Fleisch auf einmal zu verschlingen, doch er wusste, wenn er das tat, würde er am nächsten Tag womöglich gar nichts zu essen haben.

Den restlichen Tag verbrachte er erfolglos auf der Jagd, die Fallen blieben zu seiner Enttäuschung leer, und er musste sich damit bescheiden, ein paar Wurzeln unter dem Schnee auszugraben. Die Wurzeln, die er fand, waren kaum magenfüllend und nur nach langem Kochen überhaupt essbar, doch sie reichten aus, um den schlimmsten Hunger zu stillen. Allerdings hatte er Glück und entdeckte eine Yallinwurzel, die zwar ungenießbar war, dafür aber einen besonders übelriechenden Saft enthielt, mit dem er sein Essensversteck und seine Behausung vor streunenden Wölfen und Bären schützen konnte.

Gerade stapfte er nach einer weiteren erfolglosen Jagd zu seiner Unterkunft zurück, als es heftig zu schneien begann. Der Wind steigerte sich schon bald zu einem ausgewachsenen Schneesturm. Es gelang ihm noch, seine Behausung zu erreichen, bevor der Schnee so dicht wurde, dass er sich nicht mehr im Wald hätte orientieren können. Er verkeilte die Tür aus verflochtenen Zweigen fest im Eingang. Seine eiskalten Hände wärmte er mit dem Hasenfell, das er inzwischen als Schal benutzte. Während eines Schneesturms konnte er kein Feuer entzünden, und ihm blieb deshalb nichts weiter übrig, als zitternd abzuwarten, bis der Sturm sich gelegt hatte, und dabei seine Hände unter dem Fell beständig zu Fäusten zu ballen, damit die Finger nicht taub wurden.

Der Wind war lauter denn je, doch er trug keine Stimmen aus dem Jenseits mit sich, außer ... *Was war das?* Er richtete sich auf und lauschte mit angehaltenem Atem. Eine Stimme, eine Stimme im Wind. Schwach und klagend. Ganz still saß er da und wartete darauf, dass sie erneut zu hören sein würde. Das andauernde Heulen des Windes machte ihn wütend, jede Veränderung der Tonlage schien ein erneutes Rufen der geheimnisvollen Stimme zu verheißen. Leise atmend lauschte er, aber nichts war zu hören.

Er schüttelte den Kopf und legte sich hin, rollte sich unter der Decke zusammen und versuchte, sich so klein wie möglich zu machen ...

»... verflucht ...«

Augenblicklich schreckte er hoch. Diesmal hatte er sich nicht geirrt. Es war eine Stimme im Wind. Kurz darauf war sie wieder zu hören, auch wenn über dem Heulen des Windes nur wenige Worte zu verste-

hen waren.«... hört ihr? Verflucht sollt ihr sein! ... bereue nichts! Ich ...
nichts ...«

Die Stimme war leise, aber den Zorn darin vernahm er deutlich –
diese Seele hatte eine Botschaft des Hasses ins Diesseits gesandt. Galt
die Botschaft ihm? Er spürte, wie ihn kalte Furcht erfasste, der Faust
eines Riesen gleich. *Die Meuchelmörder, Brak und die anderen beiden.* Sein
Zittern verstärkte sich, jedoch nicht wegen der Kälte.

»... nichts!«, schrie die Stimme. »Nichts ... getan habt ... etwas!
Habt ihr verstanden?«

Vaelin hatte geglaubt, mit der Furcht vertraut zu sein. Er war der
Meinung gewesen, die Laufprüfung habe ihn so abgehärtet, dass ihn
nichts mehr schrecken konnte. Er hatte sich geirrt. Die Meister hatten
davon gesprochen, dass manche Menschen die Kontrolle über ihre Bla-
se verlieren, wenn die Furcht sie überwältigt. Er hatte nie daran geglaubt – bis jetzt.

»... ich werde meinen Hass ins Jenseits mitnehmen! Wenn ihr mich
zu Lebzeiten verflucht habt, werdet ihr mich nach meinem Tod noch
tausendmal mehr verfluchen ...«

Vaelins Zittern hörte augenblicklich auf. *Tod? Welcher Ahne sprach
denn vom Sterben?* Ihm kam ein Gedanke, der ihn wegen seiner Offen-
sichtlichkeit verlegen machte, und er war froh, dass ihn gerade niemand beobachtete: *Da ist jemand dort draußen im Sturm.*

Er musste sich aus seinem Unterschlupf hinausgraben, denn der
Sturm hatte eine fast einen Meter hohe Schneewehe vor seiner Tür auf-
getürmt. Kurze Zeit später stolperte er in den wütenden Sturm hinaus.
Der Wind war wie ein Messer, das seinen Umhang durchschnitt, als sei
er aus Papier; Schnee prasselte Nägeln gleich auf sein Gesicht ein, er
konnte fast nichts sehen.

»He ho!«, rief er und spürte, wie die Worte im Wind verschwanden,
sobald sie seine Lippen verlassen hatten. Er holte tief Luft, schluckte
Schnee und versuchte es noch einmal: »HO! WER DA?«

Etwas bewegte sich im Sturm, ein vager Umriss in der weißen
Wand. Er war verschwunden, bevor Vaelin ihn genauer erkennen konnte. Er atmete noch einmal ein und kämpfte sich dann auf die Stelle zu,
wo er den Umriss zu sehen geglaubt hatte. Seine Füße blieben in
Schneewehen stecken, und er stolperte einige Male, bevor er sie ent-

deckte – zwei aneinandergeklammerte Gestalten, eine große und eine kleinere, die halb von Schnee bedeckt auf dem Boden lagen.

»Steht auf!«, rief Vaelin und stieß die größere Gestalt mit dem Fuß an. Sie gab ein Stöhnen von sich und rollte herum. Schnee fiel aus dem mit Eis überzogenen Gesicht, und zwei blassblaue Augen blickten Vaelin entgegen. Vaelin trat einen Schritt zurück. Noch nie war ihm ein so stechender Blick begegnet. Nicht einmal Meister Sollis' Augen konnten so tief in die Seele eines Menschen schauen. Unwillkürlich schloss sich seine Hand um das Messer unter seinem Umhang. »Wenn Ihr hierbleibt, werdet Ihr augenblicklich erfrieren«, schrie er. »Ich habe einen Unterschlupf.« Er deutete in die Richtung, aus der er gekommen war. »Könnt Ihr laufen?«

Die Augen des Mannes starrten ihn noch immer an, und sein eisbedecktes Gesicht blieb reglos. *Was habe ich doch immer für ein Glück,* dachte Vaelin reumütig. *Nur mir kann es passieren, mitten in einem Schneesturm auf einen Wahnsinnigen zu treffen.*

»Ich kann laufen.« Die Stimme des Mannes war ein tiefes Knurren. Er nickte in Richtung der kleineren Gestalt. »Aber da kann jemand Hilfe gebrauchen.«

Vaelin ging zu der kleinen Gestalt hinüber und zog sie auf die Beine, worauf sie ein schmerzerfülltes Keuchen von sich gab. Als er sie aufrichtete, fiel die Kapuze ihres Umhangs zurück und enthüllte ein blasses, elfenhaftes Gesicht und rotbraunes Haar. Das Mädchen hielt sich nur einen Moment auf den Füßen, ehe es gegen ihn sank.

»Hier«, knurrte der Mann, ergriff einen der Arme des Mädchens und legte ihn sich um die Schulter. Vaelin nahm den anderen Arm, und gemeinsam kämpften sie sich zu seiner Behausung zurück. Es schien eine Ewigkeit zu dauern. Unglaublicherweise nahm der Sturm noch an Stärke zu, und Vaelin wusste, dass sie dem Tod geweiht waren, sollten sie auch nur einen Moment innehalten. Als sie seinen Unterschlupf erreicht hatten, kratzte er die Schneewehe fort, die sich erneut vor dem Eingang gebildet hatte, schob das Mädchen hinein und bedeutete dann dem Mann, ihm zu folgen. Dieser schüttelte jedoch den Kopf. »Du zuerst, Junge.«

An seinem Tonfall erkannte Vaelin, dass es sinnlos, womöglich sogar gefährlich wäre, mit ihm zu streiten. Deshalb fügte er sich, kroch in seine Behausung und schob den Körper des Mädchens an die hintere Wand, um Platz für den Mann zu schaffen. Dieser folgte ihm rasch, wobei seine massige Gestalt nur noch wenig Raum in der Hütte ließ. Er verkeilte Vaelins Tür im Eingang.

So lagen sie nun nebeneinander, und ihr Atem wölkte sich in dem engen Unterschlupf. Vaelins Lungen brannten von der Anstrengung, die es gekostet hatte, sich durch den Schnee zu kämpfen, und seine Hände zitterten unkontrolliert. Er steckte sie in seinen Umhang, um sie vor Erfrierungen zu schützen. Eine unwiderstehliche Müdigkeit erfasste ihn, und seine Umgebung verschwamm, während er in die Bewusstlosigkeit sank. Er erhaschte einen letzten Blick auf den Mann neben ihm, der durch einen Spalt in der Tür in den Sturm hinausspähte. Bevor ihn die Erschöpfung übermannte, hörte Vaelin ihn noch murmeln: »Noch eine Weile länger. Nur noch eine kleine Weile.«

◆ ◆ ◆

Er erwachte mit schrecklichen Kopfschmerzen. Ein dünner Sonnenstrahl fiel durch das Dach ihm direkt ins Auge und ließ ihn schmerzerfüllt aufschreien. Neben ihm regte sich das Mädchen im Schlaf, und ihr Stiefel trat ihm gegen das Schienbein. Der Mann befand sich nicht mehr in der Behausung, und ein äußerst appetitlicher Duft drang durch den Eingang. Vaelin beschloss, nach draußen zu gehen.

Vor der Hütte entdeckte er den Mann, der über einem Lagerfeuer in einer Eisenpfanne Haferfladen buk. Bei dem Duft verkrampfte sich Vaelins Magen. Befreit von Schnee und Eis war das Gesicht des Mannes schmal und von tiefen Falten durchzogen. Die Wut, die während des Sturms seinen Blick verschleiert hatte, war verschwunden und stattdessen einem freundlichen Wohlwollen gewichen, das Vaelin etwas verwunderte. Er schätzte das Alter des Mannes auf Mitte dreißig, doch er konnte sich auch irren. Der tiefe Ernst in den Augen des Mannes schien von einiger Lebenserfahrung zu künden. Vaelin blieb auf Abstand, denn er fürchtete, dass er sich nicht würde beherrschen können und nach den Fladen greifen würde, wenn er zu nah heranging.

»Ich habe unsere Ausrüstung geholt«, sagte der Mann und nickte in Richtung der beiden schneebedeckten Bündel, die unweit von ihm auf dem Boden lagen. »Wir mussten sie letzte Nacht liegen lassen. Sie war zu schwer.« Er nahm die Fladen vom Feuer und hielt Vaelin die Pfanne hin.

Vaelin lief das Wasser im Mund zusammen, aber er schüttelte den Kopf. »Ich darf nicht.«

»Bist wohl vom Orden, was?«

Vaelin nickte, stumm vor Verlangen.

»Weshalb sollte ein Junge sich sonst hier draußen aufhalten?« Der Mann schüttelte traurig den Kopf. »Sei's drum – wenn du nicht gewesen wärst, dann würden Sella und ich jetzt tot unter dem Schnee liegen.« Er stand auf und hielt Vaelin eine Hand hin. »Ich danke dir, junger Herr.«

Vaelin ergriff seine Hand und spürte die harten Schwielen auf der Handfläche des Mannes. *Ein Krieger?* Bei genauerer Betrachtung seines Gegenübers bezweifelte Vaelin dies. Die Meister hatten eine bestimmte Art, sich zu bewegen und zu sprechen, die sie von anderen Menschen abhob. Dieser Mann war anders. Er besaß die Stärke, aber nicht das Aussehen eines Kriegers.

»Erlin Ilnis«, stellte der Mann sich vor.

»Vaelin Al Sorna.«

Der Mann hob eine Augenbraue. »So heißt die Familie des Kriegsherrn.«

»Ja, davon habe ich gehört.«

Erlin Ilnis nickte und ließ das Thema fallen. »Wie viele Tage sind es noch?«

»Vier. Wenn ich nicht vorher verhungert bin.«

»Dann möchte ich mich dafür entschuldigen, dass wir dich während deiner Prüfung stören. Ich hoffe, dass sich für dich dadurch keine Nachteile ergeben.«

»Solange Ihr mir nicht helft, sollte es keine Rolle spielen.«

Der Mann ließ sich nieder, um zu frühstücken. Er schnitt die Fladen mit einem schmalen Messer in Stücke und führte sie zum Mund. Vaelin, der es nicht länger aushalten konnte, lief zu seinem Astlochversteck und holte das Hasenfleisch hervor, das er dort verstaut hatte. Er musste erst eine Menge Schnee beiseitekratzen, war jedoch schon bald mit seiner Beute zum Lager zurückgekehrt.

»Einen solchen Sturm habe ich schon seit Jahren nicht mehr erlebt«, sagte Erlin leise, während Vaelin das Fleisch über dem Feuer erwärmte. »Früher habe ich derartige Unwetter immer für ein schlechtes Omen gehalten. Nicht selten folgte kurz danach ein Krieg oder eine Seuche. Inzwischen ist es für mich einfach nur schlechtes Wetter.«

Vaelin spürte den Drang, sich zu unterhalten, um sich von seinem ewig knurrenden Magen abzulenken. »Eine Seuche? Ihr meint wohl die Rote Hand. Aber Ihr seid doch gewiss nicht alt genug, um sie erlebt zu haben.«

Der Mann lächelte schwach. »Ich bin … weit gereist. Seuchen suchen viele Länder heim, in vielerlei Gestalt.«

»Wie viele?«, presste Vaelin hervor. »Wie viele Länder habt Ihr besucht?«

Erlin strich über seinen angegrauten Stoppelbart, während er über die Frage nachdachte. »Das weiß ich ehrlich gesagt nicht genau. Ich habe die Pracht des alpiranischen Reiches gesehen und die Ruinen der leandrischen Tempel. Ich habe die dunklen Pfade des großen Nordwaldes beschritten und die endlosen Steppen durchwandert, wo die Eorhil Sil den großen Elch jagen. Städte, Inseln und Berge habe ich reichlich gesehen. Doch wohin ich auch gehe, immer wieder gerate ich unweigerlich in einen Sturm.«

»Ihr stammt nicht aus den Königslanden?« Vaelin war verwirrt. Der Mann hatte einen merkwürdigen Akzent, mit Vokalen, die in den Ohren wehtaten, doch er klang eindeutig asraelisch.

»Oh, ich wurde hier geboren. Ein paar Meilen südlich von Varinsburg gibt es ein Dorf, so klein, dass es nicht mal einen Namen hat. Dort leben meine Verwandten.«

»Warum habt Ihr Eure Heimat verlassen und seid auf Reisen gegangen?«

Der Mann zuckte mit den Achseln. »Ich hatte viel freie Zeit und wusste nicht, was ich sonst mit mir anfangen sollte.«

»Weshalb wart Ihr gestern so wütend?«

Erlin musterte ihn mit scharfem Blick. »Wie bitte?«

»Ich habe Euch gehört. Anfangs habe ich es für eine Stimme im Wind gehalten, eine Stimme der Ahnen. Ihr wart wütend, ich konnte es hören. So habe ich Euch gefunden.«

Erlins Gesicht nahm einen Ausdruck tiefer, fast schon schreckenerregender Trauer an. Bei dem Anblick fragte sich Vaelin erneut, ob er nicht womöglich einen Wahnsinnigen gerettet hatte.

»Im Angesicht des Todes sagt ein Mensch viele närrische Dinge«, erwiderte Erlin. »Wenn du erst ein richtiger Ordensbruder bist, wirst du Sterbende sicherlich allen möglichen Unfug reden hören.«

In diesem Moment trat das Mädchen aus Vaelins Behausung und blinzelte benommen ins Sonnenlicht, ein Tuch um die Schultern geschlungen. Als Vaelin sie nun zum ersten Mal im Hellen sah, fiel es ihm schwer, sie nicht offen anzustarren. Ihr Gesicht war ein makelloses, blasses Oval, das von rotbraunen Locken umrahmt wurde. Sie war ein paar Jahre älter als er und einige Zoll größer. Ihm wurde bewusst, dass er schon lange kein Mädchen mehr gesehen hatte, und er fühlte sich ein wenig unbehaglich.

»Sella«, begrüßte Erlin sie. »In meinem Bündel sind noch mehr Fladen, wenn du Hunger hast.«

Sie schenkte ihm ein kleines Lächeln und warf Vaelin dann einen argwöhnischen Blick zu.

»Das ist Vaelin Al Sorna«, erklärte Erlin. »Ein Novize des sechsten Ordens. Wir sind ihm zu Dank verpflichtet.«

Auch wenn sie es gut verbarg, bemerkte Vaelin, wie das Mädchen bei der Erwähnung des Ordens zusammenzuckte. Sie wandte sich Vaelin zu und bildete mit den Händen eine Reihe komplizierter Gesten, ein leeres Lächeln auf dem Gesicht. *Sie ist stumm*, wurde ihm bewusst.

»Sie sagt, dass wir von Glück reden können, mitten in der Wildnis auf eine solch mutige Seele zu treffen«, übersetzte Erlin.

Tatsächlich hatte sie ihm bedeutet: *Richte ihm meinen Dank aus, und dann lass uns von hier verschwinden.* Vaelin beschloss, seine Kenntnis der Zeichensprache vorerst lieber für sich zu behalten. »Gern geschehen«, antwortete er. Das Mädchen neigte den Kopf und ging zu den Bündeln hinüber.

Vaelin begann zu essen. Er schaufelte das Fleisch mit schmutzigen Fingern in sich hinein, und es war ihm gleichgültig, dass Meister Hutril sich bei diesem Anblick entsetzt hätte. Erlin und Sella unterhielten sich derweil in Zeichensprache. Sie bildeten ihre Gesten mit einer Schnelligkeit und Eleganz, die seine eigenen unbeholfenen Versuche, Meister Smentil nachzuahmen, weit in den Schatten stellten. Doch trotz des raschen Austausches konnte Vaelin den knappen, nervösen Bewegungen des Mädchens und den beschwichtigenden Gesten Erlins recht gut folgen.

Weiß er, wer wir sind?, fragte sie.

Nein, erwiderte Erlin. Er ist ein Kind. Mutig und schlau, aber dennoch ein Kind. Sie lernen zu kämpfen. Von anderen Glaubensrichtungen wird ihnen im Orden nichts beigebracht.

Das Mädchen warf einen vorsichtigen Blick in Vaelins Richtung. Er grinste sie an und leckte sich das Fett von den Fingern.

Wird er uns umbringen, wenn er es herausfindet?, fragte sie Erlin.

Er hat uns gerettet, vergiss das nicht. Erlin hielt inne, und Vaelin hatte den Eindruck, dass er sich Mühe geben musste, um nicht zu ihm hinüberzuschauen. *Außerdem ist er anders,* sagte er mit den Händen. *Anders als die anderen Brüder des sechsten Ordens.*

Inwiefern?

Es steckt mehr in ihm, mehr Gefühl. Spürst du es nicht?

Das Mädchen schüttelte den Kopf. *Nein. Ich spüre nur Gefahr. Das ist alles, was ich seit Tagen spüre.* Sie hielt einen Moment inne, und eine steile Falte bildete sich auf ihrer glatten Stirn. *Er trägt den Namen des Kriegsherrn.*

Ja. Ich glaube, er ist sein Sohn. Ich habe gehört, dass der Kriegsherr ihn nach dem Tod seiner Frau zum Orden gebracht hat.

Die Gesten des Mädchens wurden hektischer, drängender. *Wir müssen sofort von hier verschwinden!*

Erlin lächelte Vaelin etwas gezwungen an. *Beruhige dich, sonst wird er noch misstrauisch.*

Vaelin stand auf und ging zum Bach, um sich das Fett von den Händen zu waschen. *Flüchtlinge,* dachte er. *Aber wovor fliehen sie? Und was hat es mit diesem Gerede über andere Glaubensrichtungen auf sich?* Nicht zum ersten Mal wünschte er sich, einer der Meister wäre hier, damit er ihn um Rat fragen könnte. Sollis oder Hutril wüssten bestimmt, was zu tun war. Sollte er vielleicht versuchen, die beiden Flüchtlinge irgendwie festzuhalten? Sie überwältigen und fesseln? Er war sich nicht sicher, ob ihm das gelänge. Das Mädchen würde ihm keine Schwierigkeiten bereiten, aber Erlin war ein erwachsener, starker Mann. Und Vaelin argwöhnte, dass er kämpfen konnte, auch wenn er kein richtiger Krieger war. Ihm blieb nur, weiter ihre Gespräche zu verfolgen, um mehr über sie herauszufinden.

In diesem Moment wechselte der Wind die Richtung und trug einen Geruch zu ihm, schwach, aber unverkennbar: Pferdeschweiß. *Wenn ich es riechen kann, müssen die Reiter sehr nahe sein. Und es sind mehrere. Sie kommen von Süden.*

Eilig kletterte er die Südseite der Schlucht hinauf und ließ den Blick über die Hügel schweifen. Er entdeckte sie schnell – eine dunkle Gruppe etwa eine halbe Meile weiter südöstlich. Es waren fünf oder sechs, und sie hatten drei Jagdhunde dabei. Sie waren stehen geblieben. Aus der Ferne war schwer zu erkennen, was genau sie taten, aber Vaelin vermutete, dass sie warteten, bis die Hunde eine Fährte aufnahmen.

Er zwang sich, langsamen Schrittes zum Lager zurückzukehren, wo das Mädchen missmutig mit einem Stock im Feuer herumstocherte und Erlin gerade einen Riemen an seinem Bündel reparierte.

»Wir werden schon bald weiterziehen«, versicherte Erlin an Vaelin gewandt. »Wir haben dir genug Ungemach bereitet.«

»Seid Ihr in nördlicher Richtung unterwegs?«, fragte Vaelin.

»Ja. Zur renfaelischen Küste. Sellas Familie lebt dort.«

»Ihr gehört nicht zu ihrer Familie?«

»Ich bin nur ein Freund und Reisegefährte.«

Vaelin ging in seine Behausung und holte seinen Bogen. Er spürte die wachsende Beunruhigung, mit der das Mädchen zusah, wie er den Bogen spannte und sich den Köcher über die Schulter hängte. »Ich muss jagen gehen.«

»Natürlich. Ich wünschte, wir könnten dir etwas von unserem Essen abgeben.«

»Während der Prüfung ist es nicht erlaubt, Hilfe von anderen anzunehmen. Außerdem könnt Ihr es sicher selbst gut gebrauchen.«

Das Mädchen machte einige gereizte Gesten. *Da hat er recht.*

»Dann sollten wir uns jetzt wohl verabschieden«, sagte Erlin, ging zu Vaelin und reichte ihm die Hand. »Ich möchte dir noch einmal meinen Dank aussprechen, junger Herr. Einer so großzügigen Seele begegnet man nur selten. Glaub mir, ich weiß …«

Vaelin vollführte einige Gesten, die im Vergleich zu den ihren unbeholfen wirkten, deren Bedeutung jedoch klar zu verstehen war: *Reiter im Süden. Mit Hunden. Warum?*

Sella hob erschrocken die Hand an den Mund, ihr blasses Gesicht wurde vor Angst noch bleicher. Erlins Hand wanderte zu dem Messer mit der sichelförmigen Klinge an seinem Gürtel.

»Lasst das«, befahl ihm Vaelin. »Sagt mir nur, weshalb Ihr auf der Flucht seid. Und wer Euch verfolgt.«

Erlin und das Mädchen tauschten hektische Blicke aus. Sellas Hände zuckten, während sie offenbar gegen den Drang ankämpfte, etwas mitzuteilen. Erlin ergriff ihre Hand. Vaelin war sich nicht sicher, ob er sie beruhigen oder sie zum Schweigen bringen wollte.

»Man lehrt euch also die Zeichensprache«, sagte er in gelassenem Tonfall.

»Wir lernen im Orden viele Dinge.«

»Hat man euch auch etwas über die Leugner erzählt?«

Vaelin runzelte die Stirn und erinnerte sich an die seltenen Erklärungen seines Vaters. Damals hatte Vaelin das erste Mal das Stadttor und die verwesenden Leichen gesehen, die in Käfigen von der Mauer herabhingen. »Die Leugner sind Ungläubige und Ketzer. Sie leugnen die Wahrheit des Glaubens.«

»Und weißt du auch, was mit Leugnern geschieht, Vaelin?«

»Sie werden getötet und in Käfigen an den Stadtmauern aufgehängt.«

»Nein, man hängt sie bei lebendigem Leibe auf und lässt sie verhungern. Ihnen werden die Zungen herausgeschnitten, damit sie mit ihren Schreien nicht die Passanten belästigen. Und das alles nur, weil sie einen anderen Glauben haben.«

»Es gibt keinen anderen Glauben.«

»O doch, Vaelin, den gibt es sehr wohl!« Erlins Tonfall klang schneidend und unerbittlich. »Ich habe dir ja erzählt, dass ich die ganze Welt bereist habe. Die Zahl der Glaubensrichtungen ist ebenso unermesslich wie die der Götter selbst. Es existieren mehr Arten, dem Göttlichen zu huldigen, als Sterne am Himmel stehen.«

Vaelin schüttelte den Kopf, weil ihm dieser Streit sinnlos vorkam. »Seid Ihr das also? Leugner?«

»Nein. Ich besitze denselben Glauben wie du.« Erlin lachte bitter. »Was bleibt mir auch für eine Wahl? Mit Sella ist es jedoch etwas anderes. Ihr Glaube unterscheidet sich von dem unseren, und er hat dennoch genauso seine Berechtigung. Aber wenn die Männer, die uns verfolgen, Sella in die Hände bekommen, werden sie sie foltern und töten. Hältst du das etwa für gerecht? Denkst du, dass alle Leugner ein solches Schicksal verdient haben?«

Vaelin betrachtete Sella. Ihr Gesicht wurde von Furcht beherrscht, ihre Lippen zitterten, doch ihre Augen wirkten seltsam ruhig. Ihr Blick bohrte sich in ihn hinein, forschend und unwiderstehlich. Er musste an Meister Sollis während seiner ersten Lektion im Schwertkampf denken. »Spar dir deine Tricks«, sagte er zu ihr.

Sie holte tief Luft und befreite vorsichtig ihre Hände aus Erlins Griff. *Ich versuche nicht, dich auszutricksen,* bedeutete sie ihm. *Ich suche nach etwas.*

»Ach ja? Und wonach?«

Etwas, das ich zuvor nicht gesehen habe. Sie wandte sich Erlin zu. *Er wird uns helfen.*

Vaelin öffnete den Mund, um zu widersprechen, doch die Worte erstarben auf seinen Lippen. Sie hatte recht: Er würde ihnen tatsächlich helfen. Es war keine schwierige Entscheidung, denn er wusste, dass es das Richtige war. Er würde ihnen helfen, weil Erlin ein ehrlicher und tapferer Mann war und Sella ein hübsches Mädchen, das etwas in ihm gesehen hatte. Er würde ihnen helfen, weil er wusste, dass sie den Tod nicht verdient hatten.

Er ging in seinen Unterschlupf und kehrte mit der Yallinwurzel zurück. »Hier.« Er warf sie Erlin zu. »Schneidet sie durch und schmiert euch den Saft auf Hände und Füße. Wessen Fährte haben die Verfolger aufgenommen?«

Erlin roch unsicher an der Wurzel. »Was ist das?«

»Es wird euren Geruch überdecken. Wen von euch beiden verfolgen sie?«

Sella klopfte sich gegen die Brust. Vaelins Blick fiel auf das Seidentuch an ihrem Hals. Er zeigte darauf und bedeutete ihr, es ihm zu reichen.

Das hat meiner Mutter gehört, begehrte sie auf.

»Dann wäre sie sicher froh, dir damit das Leben gerettet zu haben.«

Nach einem Moment des Zögerns nahm Sella das Tuch ab und gab es ihm. Er band es sich um sein Handgelenk.

»Das riecht ziemlich widerlich!«, beschwerte sich Erlin und verzog das Gesicht, während er sich den Yallinsaft auf die Stiefel schmierte.

»Hunde sind derselben Meinung«, erwiderte Vaelin.

Nachdem auch Sella sich Stiefel und Hände mit dem Saft eingeschmiert hatte, führte Vaelin sie in den dichtesten Teil des sie umgebenden Waldes. Ein paar hundert Meter von seinem Lager entfernt befand sich eine kleine Vertiefung im Felsgestein. Sie war groß genug, dass sich zwei Menschen darin verstecken konnten, bot jedoch nur wenig Schutz vor einem geübten Blick. Vaelin hoffte, dass die Verfolger nicht nahe genug herankommen würden, um die beiden zu entdecken. Während Sella und Erlin sich in die Vertiefung kauerten, nahm Vaelin die Yallinwurzel wieder an sich und schmierte so viel Saft, wie er aus ihr herauspressen konnte, auf den Boden und die Pflanzen in der Umgebung.

»Bleibt hier und verhaltet euch still. Wenn ihr die Hunde hört, rührt euch nicht von der Stelle. Sollte ich in einer Stunde nicht zurückgekehrt sein, geht zwei Tage lang nach Süden und schlagt dann einen Bogen nach Westen, folgt der Küstenstraße in nördlicher Richtung und haltet euch von größeren Ansiedlungen fern.«

Er wollte sich gerade umwenden, als Sella eine Hand nach ihm ausstreckte. Sie schien es nicht zu wagen, ihn anzufassen. Ihr Blick begegnete dem seinen, doch diesmal lag kein Zweifel, sondern nur Dankbarkeit darin. Er antwortete ihr mit einem kleinen Lächeln, dann lief er davon, den Verfolgern entgegen. Der lichte Wald verschwamm um ihn herum, und sein Körper schmerzte von der Anstrengung. Er schob den Schmerz beiseite und lief weiter; das Tuch an seinem Handgelenk flatterte im Wind. Als er fünf Minuten gerannt war, hörte er bereits das hohe Jaulen der Hunde in der Ferne, das sich schon bald in ein lautes, bedrohliches Bellen verwandelte. Vaelin kauerte sich hinter den Stamm einer umgestürzten Birke, nahm das Tuch vom Handgelenk, band es sich um den Hals und schob es unter seine Kleidung. Er wartete, einen Pfeil in den Bogen eingelegt, die Sehne ausgezogen; sein Atem stand ihm vorm Gesicht, während er gegen das Zittern in seinen Gliedern ankämpfte.

Die Hunde waren schneller heran, als er gedacht hatte – drei dunkle Geschöpfe, die in zwanzig Schritt Entfernung aus dem Unterholz brachen und knurrend auf ihn zugepreßt kamen. Ihre gelben Augen blitzten, und der Schnee spritzte unter ihren Läufen auf. Der Anblick lähmte Vaelin einen Moment, denn die Hunde gehörten einer ihm unbekannten Rasse an. Sie waren größer, schneller und kräftiger als alle Jagdhunde, die er jemals gesehen hatte. Selbst die renfaelischen Spürhunde des Ordens wirkten im Vergleich zu ihnen wie Schoßhündchen. Das Schlimmste waren ihre Augen, die hasserfüllt zu leuchten schienen, während sie geifernd auf ihn zustürmten.

Sein Pfeil traf den ersten in die Kehle, der daraufhin mit einem überraschten, kläglichen Jaulen in den Schnee fiel. Vaelin griff nach dem nächsten Pfeil, doch da hatte der zweite Hund ihn schon erreicht. Das Tier sprang ihn an, und die Vorderpfoten mit den scharfen Krallen stießen gegen seine Brust, während aufblitzende Zähne nach seiner Kehle schnappten. Er wurde umgerissen und ließ den Bogen fallen, griff aber zugleich nach dem Messer in seinem Gürtel und rammte es dem Hund in den Leib. Der Schwung seines Sturzes trieb die Klinge tief in die Brust des Tieres, wo sie Rippen und Knorpel durchbrach und sich in sein Herz bohrte. Blut spritzte in einer dickflüssigen, schwarzen Fontäne aus dem Maul des Tiers. Vaelin kämpfte gegen Übelkeit an, während er den zuckenden Hundeleib von sich stieß, herumrollte und aufsprang, das Messer erhoben, um den Angriff des dritten Hundes abzuwehren.

Der jedoch erfolgte nicht.

Der Hund saß mit angelegten Ohren da, den Kopf zu Boden gesenkt und die Augen abgewandt. Winselnd kroch er ein Stück näher, um sich dann wieder hinzusetzen und Vaelin mit einem merkwürdig furchtsamen und zugleich erwartungsvollen Blick anzusehen.

»Ich hoffe, du bist reich, Junge«, sagte eine barsche, wütende Stimme. »Du schuldest mir drei Hunde.«

Mit erhobenem Messer wirbelte Vaelin herum und sah einen stämmigen Mann in abgerissener Kleidung aus dem Gebüsch treten. Er war ziemlich außer Atem. Offenbar war er den Hunden hinterhergerannt. Ein asraelisches Schwert war auf seinen Rücken geschnallt, und er trug einen fleckigen, dunkelblauen Umhang.

»Zwei«, sagte Vaelin.

Der Mann warf ihm einen finsteren Blick zu und spuckte auf den Boden. Dann zog er in einer fließenden, geübten Bewegung sein Schwert. »Das sind volarianische Sklavenhunde, du kleiner Hosenscheißer. Der dritte nützt mir jetzt nichts mehr.« Er kam näher; seine Füße tänzelten in einem vertrauten Muster über den Schnee, das Schwert hielt er tief, mit leicht angewinkeltem Arm.

Der Hund knurrte leise und bedrohlich. Vaelin riskierte einen kurzen Blick, in der Erwartung, dass das Tier sich ihm erneut nähern würde, doch stattdessen war der hasserfüllte Blick seiner gelben Augen auf den Mann mit dem Schwert gerichtet. Es hatte die Zähne gefletscht.

»Siehst du?«, schrie der Mann Vaelin an. »Siehst du, was du angerichtet hast? Vier Jahre dauert es, die Biester abzurichten. Alles vergeblich!«

Da durchflutete Vaelin plötzlich eine Erkenntnis, auf die er schon beim Auftauchen des Mannes hätte kommen können. Er hob langsam die linke Hand und zeigte seinem Gegenüber, dass sie leer war. Dann griff er in sein Hemd, holte sein Medaillon heraus und hielt es hoch. »Entschuldige, Bruder.«

Einen Moment lang spiegelte sich Verwirrung auf dem Gesicht des Mannes. Allerdings wurde Vaelin klar, dass nicht der Anblick des Medaillons ihn verblüffte, sondern er sich vielmehr fragte, ob er Vaelin trotzdem töten durfte, obwohl er zum Orden gehörte. Schließlich wurde dem Mann die Entscheidung abgenommen.

»Steckt Euer Schwert weg, Makril«, sagte eine schneidende, kultiviert klingende Stimme. Vaelin drehte sich um und sah einen Reiter auf einem Pferd zwischen den Bäumen auftauchen. Der Mann hatte ein spitzes Gesicht und nickte ihm grüßend zu, während er näher heranritt. Er saß auf einem grauen Jagdpferd aus Süd-Asrael, eine langbeinige Rasse, eher für ihre Ausdauer denn für ihre Kampfkraft bekannt. Ein paar Schritte entfernt zügelte der Mann sein Reittier und musterte ihn mit einem Blick, in dem eine Andeutung von echtem Wohlwollen lag. Vaelin fiel auf, dass er einen schwarzen Umhang anhatte, wie er von den Mitgliedern des vierten Ordens getragen wurde.

»Sei mir gegrüßt, kleiner Bruder«, sagte der Mann mit dem spitzen Gesicht.

Vaelin nickte ihm zu und steckte sein Messer weg. »Ihr ebenfalls, Meister.«

»Meister?« Der Mann lächelte schwach. »Wohl kaum.« Er warf einen Blick auf den noch lebenden Hund, der nun ihn anknurrte. »Ich fürchte, wir haben dir einen unerwünschten Gefährten beschert, kleiner Bruder.«

»Gefährten?«

»Volarianische Sklavenhunde sind eine ungewöhnliche Rasse. Auch wenn sie unglaublich wild sein können, ist die Rangfolge im Rudel streng hierarchisch. Du hast den Leithund dieses Tiers getötet und den, der in der Rangfolge nach ihm kam. Jetzt betrachtet er dich als Leithund. Er ist zu jung, um dich herauszufordern, deshalb wird er dir von nun an treu ergeben sein.«

Vaelin betrachtete den Hund – ein knurrender, geifernder Muskelberg mit spitzen Zähnen, einem böse von Narben gezeichneten Kopf und schmutzigem, verfilztem Fell. »Ich will ihn nicht«, sagte er.

»Dafür ist es jetzt zu spät, Mistbalg«, murmelte Makril hinter ihm.

»Ach, hört doch auf, Makril«, wies der Mann mit dem spitzen Gesicht ihn zurecht. »Das sind nicht die ersten Hunde, die Ihr verliert. Wir werden Euch neue besorgen.« Er beugte sich vor, um Vaelin die Hand zu reichen. »Tendris Al Forne, Bruder des vierten Ordens und Diener des Rates zur Verfolgung von Ketzerei.«

»Vaelin Al Sorna.« Vaelin schüttelte die Hand des Mannes. »Novize des sechsten Ordens.«

»Ja, natürlich.« Tendris lehnte sich im Sattel zurück. »Die Wildnisprüfung?«

»Jawohl, Bruder.«

»Um die Prüfungen, die du bei deinem Orden ablegen musst, beneide ich dich wahrlich nicht.« Tendris lächelte ihn mitfühlend an. »Erinnert Ihr Euch noch an Eure Prüfungen, Bruder?«, fragte er Makril.

»Nur in meinen Albträumen.« Mit zu Boden gerichtetem Blick schritt Makril die Lichtung ab. Hin und wieder beugte er sich vor, um eine Spur im Schnee genauer anzuschauen. Vaelin hatte Meister Hutril dasselbe tun sehen, jedoch mit erheblich mehr Eleganz. Hutril strahlte bei der Spurensuche eine ruhige Besinnlichkeit aus, während Makril das genaue Gegenteil war: ständig in Bewegung, fahrig und rastlos.

Das Knirschen von Hufen im Schnee kündigte die Ankunft dreier weiterer Brüder des vierten Ordens an. Auch sie ritten wie Tendris asraelische Jagdpferde und hatten das zähe, wettergegerbte Aussehen von Männern, die einen Großteil ihres Lebens auf der Pirsch verbringen. Sie hoben kurz die Hand zum Gruß, nachdem Tendris Vaelin vorgestellt hatte, und ritten gleich weiter, um die Umgebung abzusuchen. »Wahrscheinlich sind sie hier durchgekommen«, sagte Tendris zu seinen Gefährten. »Die Hunde müssen ihren Geruch aufgeschnappt haben. In unserem jungen Bruder hier haben die Biester offenbar eine leichte Mahlzeit gewittert.«

»Darf ich fragen, wonach Ihr sucht, Bruder?«, erkundigte sich Vaelin.

»Den Fluch unseres Reiches, Vaelin«, erwiderte Tendris traurig. »Die Ungläubigen. Das ist meine Aufgabe und die meiner Brüder. Wir jagen Menschen, die den Glauben leugnen. Die Existenz solcher Menschen mag dich überraschen, aber vertrau mir, es gibt sie wirklich.«

»Hier ist nichts«, sagte Makril. »Keine Spuren, nichts, woran die Hunde eine Witterung hätten aufnehmen können.« Er durchschritt eine hohe Schneewehe und blieb schließlich vor Vaelin stehen. »Nichts, außer dir, Bruder.«

Vaelin runzelte die Stirn. »Weshalb sollten Eure Hunde mich verfolgen?«

»Bist du während deiner Prüfung jemandem begegnet?«, fragte Tendris. »Einem Mann und einem Mädchen vielleicht?«

»Erlin und Sella?«

Makril und Tendris tauschten einen Blick. »Wann?«, verlangte Makril zu wissen.

»Vor zwei Nächten.« Vaelin war stolz darauf, wie leicht ihm die Lüge über die Lippen kam. Das Schwindeln bereitete ihm immer weniger Schwierigkeiten. »Es schneite stark, sie brauchten einen Unterschlupf. Deshalb habe ich sie in meiner Hütte übernachten lassen.« Er sah Tendris an. »Habe ich damit Unrecht getan, Bruder?«

»Güte und Großzügigkeit sind nie falsch, Vaelin.« Tendris lächelte. Der Umstand, dass das Lächeln aufrichtig wirkte, verwirrte Vaelin etwas. »Befinden sie sich noch in deinem Lager?«

»Nein, sie sind am nächsten Morgen aufgebrochen. Sie haben nur wenig gesprochen, das Mädchen hat sogar die ganze Zeit geschwiegen.«

Makril ließ ein freudloses Lachen hören. »Sie kann nicht sprechen, Junge.«

»Sie hat mir das hier gegeben.« Vaelin zog Sellas Seidentuch unter seinem Hemd hervor. »Als Dank, hat der Mann gesagt. Ich sah keinen Grund, es nicht anzunehmen. Es wärmt nicht besonders. Wenn Ihr die beiden jagt, haben die Hunde vielleicht das hier gerochen.«

Makril beugte sich vor und schnüffelte mit geblähten Nasenflügeln an dem Tuch, wobei er Vaelin direkt in die Augen sah. *Er glaubt mir kein Wort*, dachte Vaelin.

»Hat der Mann dir gesagt, wohin sie unterwegs sind?«, fragte Tendris.

»In Richtung Norden, nach Renfael. Er hat gesagt, das Mädchen hätte dort Familie.«

»Er hat gelogen«, sagte Makril. »Sie hat nirgendwo eine Familie.« Das Knurren des Hundes neben Vaelin wurde lauter. Makril trat vorsichtig einen Schritt zurück. *Was ist das für ein Hund, vor dem sich sein eigener Herr fürchtet?*, fragte sich Vaelin.

»Vaelin, das ist sehr wichtig«, sagte Tendris, beugte sich im Sattel vor und musterte den Jungen eindringlich. »Hat dich das Mädchen irgendwo berührt?«

»Wie meint Ihr das, Bruder?«

»Nun ja, hat sie dich irgendwo angefasst und wenn auch nur ganz kurz?«

Vaelin erinnerte sich an Sellas Zögern, als sie die Hand nach ihm ausgestreckt hatte, und ihm wurde bewusst, dass sie ihn tatsächlich nicht ein einziges Mal berührt hatte, obwohl der intensive Blick, mit dem sie ihn gemustert hatte, ihm beinahe wie eine Berührung vorgekommen war. »Nein, das hat sie nicht.«

Tendris lehnte sich im Sattel zurück und nickte zufrieden. »Dann hast du wahrlich Glück gehabt.«

»Wieso das?«

»Das Mädchen ist eine Hexe, Junge«, sagte Makril. Er hatte sich auf dem Birkenstamm niedergelassen und kaute nun auf einer Zuckerrohrstange herum, die in seiner wettergegerbten Faust aufgetaucht war. »Eine Berührung ihrer zarten Hand kann dir den Geist verdrehen.«

»Unser Bruder meint damit, dass das Mädchen besondere Kräfte besitzt«, erklärte Tendris. »Die dunkle Gabe. Die Ketzerei der Ungläubigen äußert sich manchmal in ungewöhnlicher Form.«

»Was für Kräfte sind das denn?«

»Mit den Einzelheiten wollen wir dich lieber nicht belasten.« Tendris lenkte sein Pferd zum Rand der Lichtung, um dort nach Spuren zu suchen. »Du sagtest, sie seien gestern Morgen weitergezogen?«

»Ja, Bruder.« Vaelin gab sich Mühe, nicht in Makrils Richtung zu blicken, denn er wusste, dass der stämmige Fährtenleser ihn sehr genau musterte. »Sie wollten nach Norden.«

»Hmm.« Tendris blickte Makril an. »Können wir ohne die Hunde ihre Spur weiter verfolgen?«

Makril zuckte mit den Achseln. »Vielleicht. Aber nach dem Sturm letzte Nacht wird es nicht leicht.« Er biss noch einmal von seiner Zuckerrohrstange ab und warf sie dann weg. »Ich werde das Gebiet nördlich der Hügel auskundschaften. Ihr und die anderen seht Euch im Westen und Osten um. Womöglich sind sie wieder zurückgelaufen, um ihre Spur zu verwischen.« Er warf Vaelin einen letzten feindseligen Blick zu, bevor er loslief und zwischen den Bäumen verschwand.

»Zeit, mich zu verabschieden, Bruder«, sagte Tendris. »Wir werden uns sicher wiedersehen, wenn du all deine Prüfungen bestanden hast. Wer weiß, vielleicht gibt es in meiner Kompanie ja einen Platz für einen jungen Bruder mit einem mutigen Herzen und einem scharfen Auge.«

Vaelin betrachtete die beiden leblosen Hunde, deren Blut den weißen Schnee befleckte. *Sie hätten mich getötet. Zu diesem Zweck werden sie gezüchtet. Nicht nur für die Spurensuche. Wenn sie Sella und Erlin gefunden hätten ...* »Wer weiß, auf welchen Pfad der Glaube uns führen wird, Bruder«, sagte er in gleichmütigem Tonfall zu Tendris. Mehr wollte ihm nicht über die Lippen.

»Gut gesprochen«, erwiderte Tendris mit einem Nicken. »Nun, jedenfalls wünsche ich dir Glück.«

Vor lauter Verwunderung darüber, dass seine List tatsächlich gewirkt hatte, kam Vaelin erst, als Tendris schon fast im Wald verschwunden war, in den Sinn, dass er eine wichtige Frage vergessen hatte.

»Bruder! Was mache ich jetzt mit dem Hund?«

Tendris blickte noch einmal über die Schulter zurück, während er sein Reittier antrieb. »Töte ihn, wenn du klug bist. Wenn du mutig bist, behalte ihn.« Lachend hob er die Hand, während sein Pferd lospreschte. Der aufgewirbelte Schnee glitzerte in der Wintersonne.

Vaelin sah zu dem Hund hinab. Dieser blickte seinerseits mit ergebenem Blick zu ihm hoch; seine lange, rosafarbene Zunge hing ihm aus dem sabbernden Maul. Wieder fielen Vaelin die vielen bösen Kopfnarben auf, die sich bis über die Schnauze zogen. Obwohl das Tier noch sehr jung war, hatte es offenbar bisher kein leichtes Leben gehabt. »Bosko«, sagte Vaelin. »Ich werde dich Bosko nennen.«

◆ ◆ ◆

Das Hundefleisch erwies sich als zäh und sehnig, aber Vaelin war beim Essen längst nicht mehr wählerisch. Bosko hatte unablässig gejault, während Vaelin den Kadaver des größeren Hundes auf der Lichtung zerlegt und eine Hinterkeule abgetrennt hatte. Aus sicherem Abstand hatte sein neuer Begleiter zugeschaut, wie der Junge seine Beute zum Lager zurückgetragen, das Fleisch vom Knochen geschnitten und über dem Feuer geröstet hatte. Erst als das Fleisch verzehrt war und Vaelin den Rest in seinem Versteck im Astloch verstaut hatte, wagte der Hund sich wieder näher heran und schnüffelte ergeben an Vaelins Füßen. Volarianische Sklavenhunde mochten wild sein, Kannibalismus gehörte aber offenbar nicht zu ihren Wesenszügen.

»Keine Ahnung, womit ich dich füttern soll, wenn du deine Artgenossen nicht fressen willst«, grübelte Vaelin und strich Bosko ein wenig unbeholfen über den Kopf. Anscheinend war der Hund es nicht gewöhnt, gestreichelt zu werden, jedenfalls wich er misstrauisch zurück.

Vaelin war bereits eine gute Stunde in seinem Lager. Er hatte ein Feuer angefacht, das Hundefleisch gebraten und den Schnee aus seinem Unterschlupf geschaufelt. Dabei hatte er der Versuchung widerstanden nachzusehen, ob Erlin und Sella noch in ihrem Versteck kauerten. Nachdem Tendris weitergeritten war, hatte Vaelin ein ungutes Gefühl beschlichen – der Verdacht, dass der Bruder des vierten Ordens seine Worte ein wenig zu schnell akzeptiert hatte. Natürlich konnte er sich irren. Tendris kam ihm wie jemand vor, dessen Glaube allumfassend und unerschütterlich war. Wenn das stimmte, dann wäre es für Tendris völlig unvorstellbar, dass ein Ordensbruder log, noch dazu, um eine Leugnerin zu decken. Konnte ein Mann, der sein Leben damit verbrachte, die Königslande nach Ketzern abzusuchen, allerdings völlig frei von Zynismus sein?

Solange dies unbeantwortet blieb, konnte Vaelin es nicht wagen, nach den Flüchtlingen zu schauen. Der Wind trug keine verräterischen Gerüche zu ihm herüber, und das Lied der Wildnis war unverändert. Nichts deutete auf eine Falle hin. Dennoch harrte er im Lager aus, aß das Hundefleisch und dachte darüber nach, was er mit dem Geschenk anfangen sollte, das ihm so unverhofft zuteil geworden war. Bosko wirkte erstaunlich friedfertig dafür, dass er eigentlich darauf abgerichtet war, Menschen zu jagen und zu töten. Er streunte durch das Lager, spielte mit Stöckchen oder Knochen, die er aus dem Schnee ausgegraben hatte, und brachte sie Vaelin, der versuchte, sie ihm wieder abzunehmen, und dabei nur allzu rasch feststellte, dass es ein unnütz kräftezehrendes Unterfangen war. Er war sich nicht einmal sicher, ob er den Hund bei seiner Rückkehr zum Orden behalten durfte. Meister Chekril, der Hüter des Hundezwingers, würde ein derartiges Tier sicherlich nicht in der Nähe seiner geliebten Jagdhunde dulden. Aller Wahrscheinlichkeit nach würde man ihm die Gurgel durchschneiden, sobald es am Tor auftauchte.

Am Nachmittag gingen sie auf die Jagd, und Vaelin machte sich schon auf eine weitere erfolglose Suche gefasst, doch es dauerte nicht lange, bis Bosko eine Witterung aufnahm. Mit kurzem Bellen stürmte er durch den Schnee davon, während Vaelin Mühe hatte, ihm zu folgen. Bald schon fand er, was den Hund in solche Aufregung versetzt hatte: den gefrorenen Kadaver eines kleinen Rehs, das anscheinend vom Sturm der vergangenen Nacht überrascht worden war. Erstaunlicherweise war es vollkommen unversehrt; Bosko saß geduldig daneben und beäugte Vaelin misstrauisch, während dieser näher kam. Vaelin schlitzte den Kadaver auf und warf Bosko die Eingeweide hin, wobei ihn dessen freudige Reaktion überraschte. Der Hund bellte glücklich und schlang dann gierig das Fleisch hinunter. Vaelin schleppte das Reh zu seinem Lager zurück und dachte über die merkwürdige Veränderung seiner Lage nach. War er gestern noch kurz vor dem Verhungern gewesen, besaß er heute so viel zu essen, dass er vermutlich nicht einmal schaffen würde, alles zu verzehren, bevor Meister Hutril eintraf, um ihn zum Ordenshaus zurückzubringen. Wenig später brach die Dämmerung herein; das Licht des Mondes am wolkenlosen Himmel ließ die Schneewehen blausilbern leuchten, während sich über Vaelin ein gewaltiges Sternenpanorama ausbreitete. Wäre Caenis hier gewesen, hätte er sicher sämtliche Sternbilder benennen können; Vaelin hingegen kannte nur ein paar der einfacheren: das Schwert, den Hirsch und die Jungfrau. Caenis hatte ihm einmal eine Legende erzählt, wonach die Ersten der Ahnen die Sterne als Geschenk für kommende Generationen aus dem Jenseits an den Himmel geworfen hatten. Sie hatten sie zu Mustern angeordnet, damit die Menschen sich auf dem Pfad des Lebens danach richten konnten. Auf Marktplätzen und Jahrmärkten fanden sich häufig Wahrsager, die behaupteten, die Botschaften am Himmel lesen zu können, und die für eine Handvoll Kupfermünzen ihre Dienste anboten.

Gerade dachte Vaelin darüber nach, was es wohl bedeuten mochte, dass das Schwert nach Süden wies, als sich das ungute Gefühl in seinem Inneren zu kalter Gewissheit verfestigte. Bosko erstarrte und hob leicht den Kopf. Es war nichts zu hören oder zu riechen. Alles schien ruhig, und doch stimmte etwas nicht.

Vaelin drehte sich um und ließ den Blick über die reglosen Büsche hinter sich schweifen. *So lautlos*, dachte er voller Ehrfurcht. *Kein Meuchelmörder ist derart geschickt.*

»Wenn Ihr Hunger habt, Bruder«, rief er, »ich habe noch jede Menge Fleisch übrig.« Er wandte sich wieder dem Feuer zu und legte ein paar Holzscheite auf, um die Flammen am Leben zu halten. Kurze Zeit später knirschten Stiefel im Schnee, und Makril ging an ihm vorbei, um sich ihm gegenüber niederzukauern und die Hände über das Feuer zu halten. Er sah Vaelin nicht an, sondern musterte stattdessen Bosko mit finsterem Blick.

»Ich hätte das Mistvieh töten sollen«, murmelte er.

Vaelin ging zu seinem Unterschlupf und holte eine Portion Fleisch hervor. »Reh«, sagte er und warf es Makril zu.

Der stämmige Mann spießte das Fleisch mit dem Messer auf und errichtete einen Steinhaufen neben dem Feuer, in den er das Messer steckte. Dann rollte er seinen Schlafsack aus und setzte sich darauf.

»Eine schöne Nacht heute, Bruder«, sagte Vaelin.

Makril knurrte nur und schnürte seine Stiefel auf, um sich die Füße zu reiben. Der Geruch ließ Bosko aufstehen und davontrotten.

»Ich finde es sehr bedauerlich, dass Bruder Tendris mein Wort nicht vertrauenswürdig fand«, fuhr Vaelin fort.

»Oh, *er* hat dir vertraut.« Makril pulte etwas zwischen seinen Zehen hervor und warf es ins Feuer, wo es zischend verging. »Er ist ein aufrechter Mann des Glaubens. Ich dagegen bin ein misstrauischer Schweinehund, der in der Gosse geboren wurde. Deswegen hat er mich dabei. Versteh mich nicht falsch – Tendris ist ein fähiger Mann, der beste Reiter, den ich kenne. Er bringt einen Leugner schneller zum Reden, als du dir die Nase putzen kannst. Doch in mancher Hinsicht ist er zu naiv. Er vertraut den Gläubigen. Für ihn haben alle Gläubigen dieselbe Religion, nämlich die seine.«

»Die Ihr nicht teilt?«

Makril stellte seine Stiefel zum Trocknen neben das Feuer. »Ich bin ein Jäger. Spuren, Zeichen, Fährten, ein Geruch im Wind, der Blutrausch des Tötens. Das ist meine Religion. Und wie steht's mit dir, Junge?«

Vaelin zuckte mit den Achseln. In Makrils Offenheit witterte er eine Falle, die ihn dazu verführen sollte, Dinge einzugestehen, die er lieber für sich behalten sollte. »Ich folge dem Glauben«, erwiderte er und zwang sich, überzeugt zu klingen. »Ich bin ein Bruder des sechsten Ordens.«

»Der Orden hat viele Brüder, und jeder von ihnen ist anders, jeder muss seinen eigenen Weg im Glauben finden. Bild dir bloß nicht ein, dass der Orden nur aus tugendhaften Männern besteht, die in jeder freien Minute vor den Ahnen im Staub kriechen. Wir sind Soldaten, Junge. Das Leben eines Soldaten ist hart. Es bietet nur wenige Freuden und dafür umso mehr Leid.«

»Der Aspekt sagt, es gibt einen Unterschied zwischen Soldaten und Kriegern. Ein Soldat kämpft für seinen Sold oder aus Pflichttreue. Wir dagegen kämpfen für den Glauben. Krieg ist unsere Art, die Ahnen zu ehren.«

Makrils Gesicht nahm einen finsteren Ausdruck an, eine zerfurchte Maske im gelben Feuerschein. Sein Blick war in die Ferne gerichtet, und er schien irgendwelchen dunklen Erinnerungen nachzuhängen. »Krieg? Krieg ist Blut und Schmutz. Männer, die wahnsinnig vor Schmerzen nach ihren Müttern rufen, während sie verbluten. Im Krieg liegt keine Ehre, Junge.« Er wandte sich Vaelin zu und blickte ihm direkt in die Augen. »Das wirst du alles noch selbst herausfinden, fürchte ich.«

Vaelin war plötzlich unbehaglich, und er legte noch einen Scheit aufs Feuer. »Warum habt Ihr dieses Mädchen verfolgt?«

»Sie ist eine Leugnerin. Eine von der schlimmsten Sorte, denn sie besitzt die Macht, tugendhaften Männern den Geist zu verdrehen.« Er stieß ein kurzes, spöttisches Lachen aus. »Mir könnte sie also nichts anhaben, wenn ich ihr begegnen sollte.«

»Was ist das für eine Fähigkeit, die sie besitzt?«

Makril prüfte mit den Fingern das Fleisch und begann schließlich zu essen. Er biss kleine Stücke ab und kaute sorgsam, bevor er sie hinunterschluckte. Es war das aus langer Gewohnheit erwachsene, unbewusste Verhalten eines Mannes, für den Essen kein Genuss ist, sondern reine Nahrungsaufnahme. »Das ist eine finstere Geschichte, Junge«, sagte er mit vollem Mund. »Du könntest Albträume davon bekommen.«

»Die habe ich ohnehin schon.«

Makril hob eine buschige Augenbraue, sagte jedoch nichts. Stattdessen aß er sein Fleisch auf und holte eine kleine Lederflasche aus seinem Bündel. »Bruderfreund«, erklärte er und nahm einen Schluck. »Cumbraelischer Brandy, vermischt mit Rotblüte. Hält den Bauch warm, wenn man auf einem Wall an der Nordgrenze patrouilliert und darauf wartet, dass einem lonakische Wilde die Kehle durchschneiden.« Er bot Vaelin die Flasche an, dieser schüttelte jedoch den Kopf. Im Orden war Alkohol zwar nicht verboten, bei den strengeren Meistern aber nicht gern gesehen. Alles, was die Sinne vernebelte, war dem Glauben nicht förderlich, hieß es. Je weniger Erinnerungen ein Mann an sein Leben hatte, desto weniger konnte er ins Jenseits mitnehmen. Bruder Makril teilte diese Ansicht offenbar nicht.

»Du willst also mehr über die Hexe erfahren.« Makril lehnte sich mit dem Rücken gegen einen Stein, trank noch ein paar Schlucke aus seiner Flasche und machte es sich gemütlich. »Sie wurde auf Befehl des Rates hin verhaftet, nachdem es Berichte über ketzerische Machenschaften gegeben hatte. Meistens sind solche Berichte nichts als Unfug. Die Leute behaupten, die Beschuldigten hätten Stimmen vernommen, die nicht den Ahnen gehörten, sie hätten Kranke geheilt, sich mit Tieren unterhalten oder dergleichen mehr. In der Regel handelt es sich lediglich um verängstigte Bauern, die sich gegenseitig die Schuld für ihr Unglück geben. Aber hin und wieder stößt man tatsächlich auf jemanden wie dieses Mädchen. In ihrem Dorf hatte es Schwierigkeiten gegeben. Sie und ihr Vater waren Außenseiter, aus Renfael. Sie blieben unter sich, der Vater verdiente sein Geld als Schreiber. Einer der Landbesitzer des Dorfes wollte, dass er ein paar Urkunden für ihn fälschte. Es ging um irgendwelche Erbstreitigkeiten wegen eines Stücks Weideland. Der Schreiber weigerte sich und wurde ein paar Tage später mit einer Axt im Rücken aufgefunden. Der Landbesitzer war ein Vetter des Dorfrichters, deshalb wurde keine Anklage erhoben. Kurz darauf spazierte er jedoch in die Dorfschänke, beichtete sein Verbrechen und schlitzte sich selbst die Kehle auf.«

»Und dem Mädchen wurde die Schuld daran gegeben?«

»Offenbar wurden die beiden vorher zusammen gesehen, was merkwürdig war, weil sie sich eigentlich schon vor dem Tod des Vaters nicht ausstehen konnten. Es heißt, sie hätte ihn berührt, ihm kurz auf den Arm geklopft. Dass sie eine Außenseiterin war und nicht sprechen konnte, war nicht unbedingt hilfreich. Außerdem war sie ein bisschen zu hübsch und ein bisschen zu klug. Irgendetwas an ihr sei seltsam gewesen, wurde berichtet. Aber das sagen die Leute immer.«

»Ihr habt sie also verhaftet?«

»O nein. Tendris und ich, wir jagen nur diejenigen, die zu entkommen versuchen. Brüder des zweiten Ordens haben ihr Haus durchsucht und Beweise für ketzerische Machenschaften gefunden. Verbotene Bücher, Götterbildnisse, Kräuter und Kerzen – das Übliche. Offenbar gehörten sie und ihr Vater zu einer kleinen Sekte, den Jüngern der Sonne und des Mondes. Die sind in der Regel harmlos, weil sie niemanden zu ihrer Ketzerei zu bekehren versuchen, aber ein Leugner ist ein Leugner. Das Mädchen wurde zur Schwarzfeste gebracht. In der folgenden Nacht gelang ihr die Flucht.«

»Sie ist aus der Schwarzfeste entkommen?« Vaelin fragte sich, ob Makril ihn auf den Arm nehmen wollte. Die Schwarzfeste war eine gedrungene, hässliche Festung im Herzen der Hauptstadt, deren Steine vom Ruß der nahegelegenen Gießereien schwarz gefärbt waren. Niemand, der sie einmal betreten hatte, hatte sie – so erzählte man es sich – je wieder verlassen, es sei denn, um den Weg zum Galgen anzutreten. Wenn die Leute hörten, dass einer ihrer Nachbarn zur Schwarzfeste gebracht worden war, fragten sie sich nicht länger, wann er wohl zurückkehren würde. Sie redeten überhaupt nicht mehr über ihn. Aus der Schwarzfeste entkam niemand.

»Wie ist so etwas möglich?«, fragte Vaelin.

Makril nahm einen großen Schluck aus seiner Flasche, bevor er weiterredete. »Hast du schon mal von Bruder Shasta gehört?«

Vaelin erinnerte sich an eine der reißerischen Kriegsgeschichten der älteren Ordensbrüder. »Shasta die Axt?«

»Genau der. Eine Legende des Ordens, ein Hüne von einem Mann mit Armen wie Baumstämmen und Fäusten so groß wie Schinken. Er soll über hundert Menschen getötet haben, bevor er in die Schwarzfeste versetzt wurde. Ein wahrer Held … und der größte Dummkopf, dem ich je begegnet bin. Und hinterhältig noch dazu, besonders wenn er getrunken hatte. Er war der Wärter des Mädchens.«

»Ich habe gehört, er sei ein großer Krieger gewesen, der dem Orden gute Dienste geleistet hat«, sagte Vaelin.

Makril schnaubte. »Die Schwarzfeste ist das Altenteil des Ordens, Junge. Dorthin kommen all jene, die ihre fünfzehn Jahre überlebt haben, aber zu dumm oder zu verrückt sind, um Meister oder Feldherren zu werden. Sie werden in die Schwarzfeste geschickt, um dort den Rest ihres Lebens auf eingekerkerte Ketzer aufzupassen, selbst wenn sie dafür gar nicht geeignet sind. Ich habe viele Shastas gesehen, große, hässliche, gewalttätige Schwachköpfe, die an nichts anderes denken können als an die nächste Schlacht oder den nächsten Krug Bier. In der Regel überleben sie nicht so lange, dass sie Schwierigkeiten machen könnten, aber wenn sie sehr groß und stark sind, dann halten sie sich manchmal, wie ein übler Gestank. Shasta hat lange genug überlebt, um in die Schwarzfeste versetzt zu werden, die Ahnen mögen uns beistehen.«

»Also«, hakte Vaelin vorsichtig nach, »dieser Dummkopf hat ihre Zellentür offen gelassen, und sie ist rausspaziert?«

Makril lachte. Ein hartes, unangenehmes Geräusch. »Nicht ganz. Er hat ihr die Schlüssel für das Haupttor gegeben, dann hat er seine Axt von der Wand seines Quartiers genommen und angefangen, die anderen Brüder der Wache zu töten. Zehn Männer hat er erschlagen, bevor einer der Bogenschützen ihn mit genügend Pfeilen gespickt hatte, um ihn aufzuhalten. Selbst dann ist es ihm noch gelungen, zwei weitere Männer zu töten, ehe sie ihn zur Strecke bringen konnten. Das Seltsamste war, dass er mit einem Lächeln auf den Lippen starb und mit den Worten: ›Sie hat mich berührt‹.«

Vaelin wurde bewusst, dass seine Finger mit dem dünnen Stoff von Sellas Tuch spielten. »Sie hat ihn berührt?«, fragte er und sah im Geiste das elfenhafte Gesicht des Mädchens mit den rotbraunen Locken vor sich.

Makril nahm einen weiteren Schluck aus seiner Flasche. »So wird es berichtet. Er kannte die Natur ihrer dunklen Fähigkeiten nicht, verstehst du? Wenn sie einen Menschen berührt, ist er ihr für immer hörig.«

Fieberhaft ging Vaelin seine ganze Begegnung mit Sella durch. *Ich habe sie in meinen Unterschlupf gebracht, habe ich sie da angefasst? Nein, nur ihre Kleidung … Am nächsten Tag hat sie die Hand nach mir ausgestreckt … und ich habe sie in meinem Kopf gespürt. War das ihre Berührung? Ist das der Grund, warum ich ihr helfe?* Er wollte Makril gern um mehr Einzelheiten bitten, aber er wusste, dass es töricht wäre. Der Fährtenleser war auch so schon argwöhnisch genug. In seinem betrunkenen Zustand war es unklug, ihn noch weiter auszufragen.

»Seither sind Tendris und ich auf der Suche nach ihr«, fuhr Makril fort. »Schon seit vier Wochen. Es ist das erste Mal, dass wir ihr so nahe gekommen sind. Das liegt an dem Mistkerl, der sie begleitet. Ich schwöre dir, wenn ich den in die Finger bekomme, werde ich ihn ordentlich leiden lassen, bevor ich ihn töte.« Er kicherte und trank noch einen Schluck.

Vaelin bemerkte, dass seine Hand zu seinem Messer gewandert war. Bruder Makril erfüllte ihn mit immer größerer Abscheu; zu sehr erinnerte er ihn an die Meuchelmörder im Wald. Und wer wusste schon, zu welchen Schlüssen Makril gelangt war? »Er sagte, sein Name sei Erlin«, warf Vaelin ein.

»Erlin, Rellis, Hetril – er hat hundert Namen.«

»Also, wer ist er wirklich?«

Makril zuckte übertrieben mit den Achseln. »Wer weiß? Er hilft Leugnern bei der Flucht. Hat er dir von seinen Reisen erzählt? Vom alpiranischen Reich bis zu den leandrischen Tempeln.«

Vaelins Finger umklammerten den Griff seines Messers. »Ja, das hat er.«

»Und, warst du beeindruckt?« Makril rülpste laut. »Ich bin auch verdammt viel herumgekommen, weißt du. Die meldeneischen Inseln, Cumbrael, Renfael. Überall in diesem großen Land habe ich Aufständische, Ketzer und Gesetzlose getötet. Männer, Frauen und Kinder …«

Vaelins Messer war nun halb aus der Scheide. *Er ist betrunken. Es wäre nicht allzu schwierig.*

»Einmal haben Tendris und ich eine ganze Sekte ausgerottet – mehrere Familien, die in einer Scheune im Martisch zu einem der Ketzergötter gebetet haben. Tendris wurde wütend, und in solchen Momenten sollte man sich lieber nicht mit ihm anlegen. Er hat uns befohlen, die Türen zu verriegeln und die Scheune mit Lampenöl zu übergießen. Dann hat er sie angezündet … ich hätte nicht gedacht, dass Kinder so laut schreien können.«

Das Messer war schon fast ganz aus der Scheide, als Vaelin etwas sah, das ihn innehalten ließ: In Makrils Bart glänzten silberne Tropfen. Er weinte.

»Sie wollten gar nicht mehr aufhören zu schreien.« Er hob die Flasche zum Mund, stellte jedoch fest, dass sie leer war. »Verflucht!« Schwankend kam er auf die Beine und stolperte, vor sich hin murmelnd, in die Dunkelheit davon. Kurze Zeit später war das Geräusch von Pisse zu hören, die zischend auf den Schnee traf.

Vaelin wusste: Wenn er es tun wollte, wäre jetzt der richtige Zeitpunkt dafür. *Schneid dem Mistkerl beim Pinkeln die Kehle durch.* Ein passendes Ende für einen solch abscheulichen Mann. *Wie viele Kinder wird er noch umbringen, wenn ich ihn am Leben lasse?* Aber die Tränen gaben ihm zu denken. Die Tränen bedeuteten, dass Makril ein Mann war, der seine Arbeit hasste. Außerdem war er ein Ordensbruder. Es erschien Vaelin falsch, jemanden zu töten, dessen Schicksal er in naher Zukunft womöglich teilen würde. Ein plötzlicher Entschluss reifte in ihm heran: *Ich werde kämpfen, aber nicht morden. Ich werde Männer töten, die mir im Kampf gegenübertreten, aber ich werde mein Schwert nicht gegen Unschuldige erheben. Ich werde keine Kinder umbringen.*

»Ist Hutril noch beim Orden?«, lallte Makril, als er zurückgestolpert kam und sich auf seinen Schlafsack fallen ließ. »Bringt er euch Hosenscheißern immer noch das Fährtenlesen bei?«

»Er ist noch da. Wir sind dankbar für seine Weisheit.«

»Scheiß auf seine Weisheit. Eigentlich hätte das meine Aufgabe sein sollen, weißt du. Kommandant Lilden hat gesagt, ich sei der beste Fährtenleser des Ordens. Wenn er Aspekt würde, wollte er mich als Meister der Wildnis ins Ordenshaus holen. Dann hat der dämliche Mistkerl einen meldeneischen Säbel in den Bauch abbekommen, und stattdessen wurde Arlyn erwählt. Und der hat mich nie gemocht, der frömmlerische Schwachkopf. Er hat sich für Hutril entschieden, den legendären schweigsamen Jäger aus dem Martisch. Und mich hat er stattdessen mit Tendris auf Ketzerjagd geschickt.« Er ließ sich auf den Rücken fallen, die Augen halb geschlossen, die Stimme nur noch ein leises Flüstern. »Das hier habe ich nie gewollt. Ich wollte doch bloß Fährten lesen lernen ... wie mein Vater ... bloß Fährten lesen ...«

Vaelin sah zu, wie er einschlief, und legte noch mehr Holz aufs Feuer. Bosko kam ins Lager zurückgeschlichen und ließ sich mit einem misstrauischen Blick in Makrils Richtung neben Vaelin nieder. Vaelin kraulte ihn hinter den Ohren. Ihm graute davor, schlafen zu gehen, denn er wusste, seine Träume würden voller brennender Scheunen und schreiender Kinder sein. Obwohl er nicht mehr den Wunsch verspürte, Makril umzubringen, fand er es immer noch unangenehm, mit dem Mann das Lager zu teilen.

Eine weitere Stunde saß er nur da, Bosko neben sich, und betrachtete die Sterne. Auf der anderen Seite des Feuers lag Makril ganz still und schlief seinen Rausch aus. Es war seltsam, dass der Fährtenleser so wenig Geräusche machte. Kein Schnarchen oder Grunzen war zu hören; selbst sein Atem ging leise. Vaelin fragte sich, ob das eine Fähigkeit war, die man erlernen konnte, oder ob es ein Instinkt war, den alle Brüder nach Jahren des Dienstes im Orden entwickelten. Leise zu schlafen war zweifellos etwas, das das Leben eines Mannes verlängern konnte. Als Vaelin vor Müdigkeit die Augenlider zufielen, zog er sich schließlich doch in seinen Unterschlupf zurück. Er wickelte sich in seine Decke und wies Bosko einen Platz zwischen sich und dem Eingang zu. Anscheinend war Makril nicht gekommen, um Vaelin zu töten, aber ein wenig Vorsicht konnte nicht schaden. Der Fährtenleser würde höchstwahrscheinlich keinen Überfall wagen, wenn er dabei an dem Hund vorbei musste.

Vaelin rückte so nah wie möglich an das Tier heran, um sich an ihm zu wärmen. Er war froh, dass er es behalten hatte. Es konnte Schlimmeres für einen Jungen geben, als einen Sklavenhund zum Freund zu haben ...

◆ ◆ ◆

Am Morgen war Makril verschwunden. Vaelin suchte die Umgebung gründlich ab, fand jedoch keinerlei Hinweise darauf, dass sich der Fährtenleser je in der Nähe aufgehalten hatte. Wie erwartet war die Felsvertiefung, wo Vaelin Sella und Erlin zurückgelassen hatte, leer. Er nahm Sellas Tuch vom Hals und betrachtete die komplizierten Muster, die in die Seide gewebt waren – Goldfäden, die verschiedene Symbole bildeten. Manche waren klar erkennbar – ein Halbmond, eine Sonne, ein Vogel –, andere dagegen völlig fremdartig. Vermutlich waren es Zeichen ihres ketzerischen Glaubens. Eigentlich sollte er das Tuch fortwerfen. Wenn einer der Meister es bei ihm fand, würde er hart bestraft werden; mit einer Tracht Prügel wäre es da vermutlich nicht getan. Aber das Tuch war wunderschön, so fein gewoben, und der Goldfaden glänzte wie neu. Er wusste, dass Sella seinen Verlust furchtbar betrauern würde. Schließlich hatte es ihrer Mutter gehört.

Mit einem Seufzen steckte Vaelin sich das Tuch in den Ärmel und sandte ein stummes Gebet zu den Ahnen, dass Sella und Erlin ihr Ziel sicher erreichen würden. In Gedanken versunken kehrte er zu seinem Lager zurück. Er musste darüber nachdenken, was er Meister Hutril berichten wollte, und er brauchte Zeit, um sich die passenden Lügen zurechtzulegen. Bosko lief vor ihm her und schnappte fröhlich nach dem Schnee.

♦ ♦ ♦

Die Rückfahrt mit Meister Hutril verlief schweigend; Vaelin war der einzige Junge im Karren. Beim Einsteigen erkundigte er sich nach den anderen und erhielt nur eine mürrische Antwort: »Schlechtes Jahr, der Sturm.« Vaelin schauderte und unterdrückte die besorgten Gedanken an seine Kameraden, die in ihm aufsteigen wollten. Hutril fuhr los, und Bosko lief in den tiefen Spuren, die der Karren im Schnee hinterließ, hinter ihnen her. Schweigend hörte Meister Hutril sich Vaelins teilweise erfundene Geschichte an und warf Bosko dabei immer wieder ausdruckslose Blicke zu. Vaelin hielt sich größtenteils an das, was er auch Tendris erzählt hatte, ließ jedoch Makrils Besuch in der vorangegangenen Nacht aus. Hutril zeigte keinerlei Regung, hob nur einmal die Augenbraue, als Vaelin den Namen des Fährtenlesers erwähnte.

Sonst sagte er kein Wort, sondern fuhr lediglich schweigend weiter, als Vaelin geendet hatte.

»Ähm, ich würde vorschlagen, dass wir den Hund ins Ordenshaus mitnehmen, Meister«, sagte Vaelin. »Womöglich hat Meister Jeklin eine Verwendung für ihn.«

»Der Aspekt wird darüber entscheiden«, sagte Hutril.

Anfangs schien es, als hätte der Aspekt noch weniger zu Vaelins Geschichte zu sagen als Meister Hutril. Mit gefalteten Händen saß er hinter seinem großen Eichentisch und starrte Vaelin wortlos an, während dieser erneut seinen Bericht herunterbetete und dabei inständig hoffte, dass er sich an alle Einzelheiten richtig erinnerte. Meister Sollis' Anwesenheit, der in einer Ecke des Zimmers saß, verstärkte Vaelins Unbehagen noch. Vaelin hatte die Gemächer des Aspekten bisher erst einmal betreten – damals, um ihm Pergament zu bringen –, und er stellte fest, dass die Berge von Büchern und Papieren, die sich überall auftürmten, in der Zwischenzeit noch höher geworden waren. Es mussten Hunderte von Büchern sein, die sich in dem Raum stapelten. Die Regale reichten vom Boden bis zur Decke. Und dazwischen lagen noch unzählige Schriftrollen und gebündelte Schriftstücke. Im Vergleich dazu hatte die Bibliothek von Vaelins Mutter geradezu armselig gewirkt.

Vaelin überraschte es, dass sich die Meister kaum für Bosko interessierten. Sie wirkten nachdenklich; allerdings waren sie auch unter gewöhnlichen Umständen nur schwer aus der Fassung zu bringen. Sollis hatte Vaelin auf dem Hof in Empfang genommen, als er vom Karren gestiegen war. Er hatte Bosko lediglich einen kurzen, angewiderten Blick zugeworfen, bevor er gesagt hatte: »Nysa und Dentos sind schon zurückgekehrt, die anderen werden morgen erwartet. Lass deine Ausrüstung hier und folge mir zu den Gemächern des Aspekten. Er möchte dich sprechen.«

Da Vaelin annahm, dass der Aspekt eine Erklärung von ihm erwartete, weshalb er mit einem großen, wilden Tier im Schlepptau aus dem Wald zurückkehrte, wiederholte er vor ihm noch einmal seine Geschichte.

»Du siehst gut genährt aus«, stellte der Aspekt fest. »Für gewöhnlich sind die Jungen bei ihrer Rückkehr dünner und schwächer.«

»Ich habe Glück gehabt, Aspekt. Bosk… der Hund hat mir geholfen.

Er hat ein Reh aufgespürt, das während des Sturms umgekommen war. Ich war der Meinung, damit nicht gegen die Prüfungsbedingungen zu verstoßen, weil wir ja Werkzeuge benutzen dürfen, die wir in der Wildnis finden.«

»Ja.« Der Aspekt verschränkte seine langen Finger und legte die Hände auf den Tisch. »Sehr schlau von dir. Bedauerlich, dass du Bruder Tendris bei seiner Suche nicht helfen konntest. Er ist einer der wertvollsten Diener des Glaubens.«

Vaelin dachte an brennende Kinder und zwang sich zu einem ernsten Nicken. »In der Tat, Aspekt. Seine Hingabe hat mich sehr beeindruckt.«

Vaelin hörte, wie Sollis hinter ihm ein leises Geräusch ausstieß, konnte jedoch nicht feststellen, ob es Lachen oder verächtliches Schnauben war.

Der Aspekt lächelte – ein merkwürdiger Anblick in einem solch hageren Gesicht –, doch es war ein bedauerndes Lächeln. »Seit Beginn eurer Prüfung haben sich außerhalb unserer Mauern gewisse … Dinge ereignet«, sagte er. »Deshalb habe ich dich hierhergerufen. Der Kriegsherr hat sich aus dem Dienst des Königs zurückgezogen. Dadurch ist es im Land zu Unruhen gekommen, denn der Kriegsherr war beim einfachen Volk sehr beliebt. Deswegen, und als Anerkennung für seine Dienste, hat der König ihm eine Gunst gewährt. Weißt du, was das heißt?«

»Es ist ein Geschenk, Aspekt.«

»Ja, das Geschenk eines Königs. Dein Vater darf jeden Wunsch äußern, solange es in der Macht des Königs liegt, ihn zu erfüllen. Der Kriegsherr hat seinen Wunsch geäußert, und nun bittet der König uns, diesen zu erfüllen. Doch der Orden untersteht nicht dem Befehl des Königs. Wir verteidigen die Königslande, aber wir dienen dem Glauben, und der steht noch über den Belangen des Landes. Dennoch hat der König sich mit einer Bitte an uns gewandt, und diese sollte man ihm nicht leichtfertig abschlagen.«

Vaelin trat unruhig von einem Fuß auf den anderen. Der Aspekt schien etwas von ihm zu erwarten, und er hatte keine Ahnung, was. Als er das Schweigen nicht mehr länger aushielt, sagte er: »Ich verstehe, Aspekt.«

Der Aspekt wechselte einen kurzen Blick mit Meister Sollis. »Verstehst du es wirklich, Vaelin? Weißt du, was das bedeutet?«

Ich bin nicht länger der Sohn des Kriegsherrn, dachte Vaelin. Er wusste nicht recht, was er davon halten sollte oder ob es überhaupt eine Rolle für ihn spielte. »Ich bin ein Bruder des Ordens, Aspekt«, sagte er. »Ereignisse, die außerhalb dieser Mauern stattfinden, betreffen mich erst, wenn ich die Schwertprüfung bestanden habe und ausgeschickt werde, um den Glauben zu verteidigen.«

»Deine Anwesenheit hier war ein Zeichen der Treue des Kriegsherrn gegenüber dem Glauben und den Königslanden«, erklärte der Aspekt. »Doch nun ist er kein Kriegsherr mehr, und er wünscht, seinen Sohn zurückzuerhalten.«

Erstaunlicherweise verspürte Vaelin weder Freude noch Überraschung. Sein Herz machte keinen Hüpfer, und ihm wurde auch nicht flau im Magen. Er nahm nur eine taube Verwunderung wahr. *Der Kriegsherr wünscht, seinen Sohn zurückzuerhalten.* Er erinnerte sich an das Trommeln von Hufen auf feuchtem Gras, das im Morgennebel verklang, und den strengen Befehlston in den Worten seines Vaters: *Loyalität ist unsere Stärke.*

Er zwang sich, dem Aspekten in die Augen zu sehen. »Ihr würdet mich wegschicken, Aspekt?«

»Meine Wünsche sind hier nicht von Belang. Und auch nicht die von Meister Sollis, obwohl ich dir versichern kann, dass er sie mehr als deutlich zum Ausdruck gebracht hat. Nein, diese Entscheidung liegt bei dir, Vaelin. Da wir nicht dem Befehl des Königs unterstehen und es einer der wichtigsten Grundsätze unseres Ordens ist, keinen unserer Schüler zu zwingen, den Orden zu verlassen, es sei denn, er versagt bei einer Prüfung oder verstößt gegen den Glauben, hat der König die Entscheidung dir überlassen.«

Vaelin unterdrückte ein bitteres Lachen. *Entscheidung? Mein Vater hat einst eine Entscheidung getroffen. Und nun werde ich dasselbe tun.* »Der Kriegsherr hat keinen Sohn«, erklärte er dem Aspekten. »Und ich habe keinen Vater. Ich bin ein Bruder des sechsten Ordens. Mein Platz ist hier.«

Der Aspekt sah auf den Tisch nieder und wirkte plötzlich älter denn je. *Wie alt ist er?* Das war schwer zu sagen. Seine Bewegungen waren genauso geschmeidig wie die der anderen Meister, doch sein langes Gesicht wirkte hager und vom Wetter gegerbt und seine Augen alt und schwer von Erfahrung. Trauer lag in seinem Blick und Bedauern, während er über Vaelins Worte nachdachte.

»Aspekt«, sagte Meister Sollis. »Der Junge muss sich ausruhen.«

Der Aspekt schaute hoch und sah Vaelin mit seinen müden Augen an. »Wenn das dein letztes Wort ist?«

»Jawohl, Aspekt.«

Der Aspekt lächelte, doch es wirkte gezwungen. »Du erfreust mein Herz, junger Bruder. Bring deinen Hund zu Meister Chekril. Seine Begeisterung wird größer sein, als du vielleicht vermutest.«

»Danke, Aspekt.«

»Ich danke *dir*, Vaelin. Du darfst gehen.«

◆ ◆ ◆

»Ein volarianischer Sklavenhund.« Meister Chekril sog ehrfürchtig die Luft ein, während Bosko verwirrt zu ihm hochschaute, den narbenüberzogenen Kopf schiefgelegt. »So einen habe ich ja schon seit über zwanzig Jahren nicht mehr gesehen.«

Meister Chekril war ein fröhlicher, drahtiger Mann mittleren Alters. Seine Bewegungen waren etwas fahriger und weniger fließend als die der anderen Meister und glichen denen der Jagdhunde, um die er sich so hingebungsvoll kümmerte. Sein Gewand war das schmutzigste, das Vaelin je gesehen hatte. Heuhalme hatten sich darin verfangen, und es war mit einer Mischung aus Erde, Urin und Hundekot befleckt. Der Gestank, den er verbreitete, war bemerkenswert, doch er schien ihn gar nicht wahrzunehmen und sich auch nicht im Geringsten darum zu scheren, ob er andere damit belästigte.

»Du sagtest, du hättest seine Rudelgefährten getötet?«, fragte er Vaelin.

»Ja, Meister. Bruder Makril sagte, dass er nun mich als Rudelführer betrachtet.«

»O ja. Damit hat er recht. Hunde sind Wölfe, Vaelin. Sie leben in Rudeln, doch sie werden nicht mehr so stark vom Instinkt bestimmt wie ihre Vorfahren. Ihr Rudelzusammenhalt ist schwach; sie vergessen schnell wieder, wer ihr Anführer ist. Sklavenhunde sind da anders. Sie haben noch genügend Wolfsblut in den Adern, um sich an die Rangordnung im Rudel zu halten. Zugleich sind sie aber auch bösartiger als jeder Wolf, denn so wurden sie vor Jahrhunderten gezüchtet. Nur die angriffslustigsten Welpen wurden für die Zucht verwendet. Es heißt sogar, das Dunkle hätte dabei eine Rolle gespielt. Die Tiere wurden verwandelt, sodass sie zwar die Eigenschaften von Wölfen und Hunden in sich tragen, dabei aber eine ganz eigene Art bilden. Als du das Leittier des Rudels getötet hast, hat der Hund einen stärkeren, würdigeren Anführer in dir gesehen und sich dir untergeordnet. Das gelingt allerdings nicht immer. Du hast auf jeden Fall Glück gehabt, junger Mann.«

Meister Chekril nahm ein kleines Stück Trockenfleisch aus dem Beutel an seinem Gürtel, ging in die Hocke und hielt es Bosko hin. Vaelin fiel auf, wie vorsichtig er sich bewegte. *Er hat Angst*, wurde ihm überraschend bewusst. *Er fürchtet sich vor Bosko.*

Der Hund schnüffelte argwöhnisch an dem Fleisch und warf dann Vaelin einen unsicheren Blick zu.

»Siehst du?«, sagte Chekril. »Von mir nimmt er es nicht an. Hier.« Er warf Vaelin das Fleischstück zu. »Versuch du es.«

Vaelin hielt Bosko das Fleisch hin, der es sich augenblicklich schnappte und verschlang.

»Was bedeutet die Bezeichnung Sklavenhund, Meister?«, fragte Vaelin.

»Die Volarianer halten sich viele Sklaven. Wenn einer von ihnen flieht, holen sie ihn wieder zurück und schneiden ihm an beiden Händen den kleinen Finger ab. Sollte er einen weiteren Fluchtversuch wagen, hetzen sie die Sklavenhunde auf ihn. Und die bringen ihn höchstens in ihren Mägen wieder zurück. Für einen Hund ist es nicht leicht, einen Menschen zu töten. Menschen sind stärker, als man denkt, und schlauer als jeder Fuchs. Ein Hund, der Menschen töten soll, muss stark und schnell sein, aber auch schlau und bösartig, sehr bösartig.« Bosko ließ sich zu Vaelins Füßen nieder und legte den Kopf auf seine Stiefel. Sein Schwanz klopfte träge auf den Steinfußboden. »Er wirkt eigentlich recht friedlich.«

»Ja, dir gegenüber. Aber vergiss niemals, dass er ein Mörder ist. Das liegt ihm im Blut.«

Meister Chekril ging zum anderen Ende des großen steinernen Lagerraums, der ihm als Hundezwinger diente, und öffnete einen Pferch. »Ich werde ihn hier unterbringen«, sagte er über die Schulter. »Aber du wirst ihn hineinführen müssen, sonst wird er sicher nicht bleiben wollen.« Bosko folgte Vaelin gehorsam zu dem Pferch und ging hinein. Er drehte kurz eine Runde um einen Haufen Stroh, bevor er sich darauflegte.

»Du wirst ihn auch füttern und den Pferch reinigen müssen«, sagte Chekril. »Zweimal täglich.«

»Natürlich, Meister.«

»Außerdem wird er eine Menge Auslauf brauchen. Ich kann ihn nicht mit den anderen Hunden ausführen, weil er sie töten würde.«

»Ich werde mich darum kümmern, Meister.« Vaelin ging in den Pferch und tätschelte Boskos Kopf, worauf dieser aufsprang und ihm begeistert das Gesicht ableckte. Die Wucht seines Ansturms riss Vaelin zu Boden. Lachend rappelte er sich wieder auf und wischte sich den Speichel ab. »Ich war mir nicht ganz sicher, wie Ihr auf ihn reagieren würdet, Meister«, sagte er zu Chekril. »Ich dachte, dass Ihr ihn vielleicht würdet töten wollen.«

»Ihn töten? Bei den Ahnen, nein! Würde ein Schmied ein gut gefertigtes Schwert wegwerfen? Er wird den Anfang einer neuen Blutlinie bilden. Er wird viele Welpen zeugen, die hoffentlich genauso stark sein werden wie er, aber einfacher zu kontrollieren.«

Vaelin blieb noch eine Stunde im Hundezwinger, fütterte Bosko und vergewisserte sich, dass er sich in seiner neuen Umgebung wohlfühlte. Als es Zeit wurde, sich zu verabschieden, stieß der Hund ein herzzerreißendes Jaulen aus, aber Meister Chekril sagte, dass Vaelin den Hund daran gewöhnen musste, allein gelassen zu werden. Deshalb drehte er sich nicht noch einmal um, nachdem er die Tür des Pferchs geschlossen hatte. Bosko fing augenblicklich an zu heulen, als er außer Sichtweite war.

◆ ◆ ◆

Die Stimmung am Abend war eher gedämpft, eine spürbare Spannung lag in der Luft. Vaelin tauschte mit den anderen Jungen Geschichten über Hunger und Entbehrungen aus. Caenis, der wie Vaelin besser genährt aussah als bei ihrer Abreise, hatte im hohlen Stamm einer alten Eiche Unterschlupf gesucht, und er wurde dabei von einem wütenden Uhu angegriffen. Dentos, der nie besonders dick gewesen war, jetzt aber geradezu ausgemergelt wirkte, hatte eine Woche lang gegen den Hunger gekämpft und sich mit Wurzeln, ein paar Vögeln und Eichhörnchen über Wasser gehalten. Wie die Meister zeigten auch die Jungen kaum eine Reaktion auf Vaelins Geschichte. Es war, als würde Not Gleichgültigkeit gebären.

»Was ist ein Sklavenhund?«, fragte Caenis matt.

»Die werden von den Volarianern gezüchtet«, murmelte Dentos. »Fiese Biester. Für den Kampf ungeeignet, weil sie häufig ihre Herren anfallen.« Er wandte sich Vaelin zu, und mit einem Mal kam etwas Leben in seinen Blick. »Hast du zufällig was zu essen dabei?«

Sie verbrachten die Nacht in einem erschöpften Dämmerzustand. Caenis schärfte sein Jagdmesser mit einem Schleifstein, und Dentos knabberte an dem Stück getrocknetem Hirschfleisch, das Vaelin in seinem Umhang versteckt hatte. Er biss immer nur kleine Stücke ab, wie es bei einem leeren Magen das Beste ist. Das Essen hinunterzuschlingen würde nur zu Übelkeit führen, wie sie alle wussten.

»Ich dachte, es würde nie vorbeigehen«, sagte Dentos schließlich. »Ich hatte mich schon damit abgefunden, dort draußen zu krepieren.«

»Von den Brüdern, die mit mir im Karren gesessen haben, ist keiner zurückgekehrt«, warf Vaelin ein. »Meister Hutril hat gesagt, es hätte am Sturm gelegen.«

»Langsam begreife ich, warum der Orden nur so wenige Brüder hat.«

Der nächste Tag war vermutlich der erholsamste, den sie im Orden je erlebt hatten. Vaelin hatte erwartet, dass sie sogleich zu ihrem anstrengenden Alltag zurückkehren würden, doch stattdessen gab ihnen Meister Sollis am Vormittag nur ein wenig Unterricht in Zeichensprache. Vaelin stellte fest, dass sich seine eher dürftigen Fähigkeiten nach dem Zusammentreffen mit Sella und Erlin ein wenig verbessert hatten. Caenis konnte er allerdings noch immer nicht das Wasser reichen. Am Nachmittag folgten einige Lektionen im Schwertkampf. Meister Sollis führte eine neue Übung ein, bei der er blitzschnell mit gammeligem Obst und Gemüse nach ihnen warf, während sie die faulig en Geschosse mit ihren Holzschwertern abwehren mussten. Der Geruch war etwas unangenehm, aber davon abgesehen machte die Übung Spaß. Es war fast wie ein Spiel, und man lief nicht Gefahr, sich blaue Flecken oder eine blutige Nase zu holen.

Ihr Abendessen nahmen sie in unbehaglichem Schweigen ein. Im Speisesaal war es deutlich ruhiger als sonst; die vielen leeren Plätze schienen jedes Gespräch im Keim zu ersticken. Die älteren Jungen warfen ihnen mitfühlende Blick zu oder lächelten grimmig, doch niemand verlor ein Wort über die Vielen, die fehlten. Es war ein wenig wie nach Mikehls Tod. Von einigen Jungen wusste man bereits, dass sie nicht zurückkehren würden, bei anderen stand die Heimkehr noch aus, und die Sorge um ihr Wohlergehen beherrschte die Tische. Vaelin und die anderen tauschten ein paar leise Bemerkungen darüber aus, dass sie nach den Übungen am Nachmittag stanken wie die Schweine, aber richtige Fröhlichkeit wollte nicht aufkommen. Sie versteckten ein paar Äpfel und Brötchen in ihren Umhängen und gingen dann in ihren Schlafsaal im Turm.

Es wurde dunkel, und noch immer war keiner der Fehlenden zurückgekehrt. Vaelin begann schon zu befürchten, dass sie die einzigen Jungen ihres Trupps waren, die die Prüfung überlebt hatten. Kein Barkus mehr, der sie zum Lachen brachte, kein Nortah, der sie mit den klugen Sprüchen seines Vaters langweilte. Eine wahrhaft triste Vorstellung.

Sie wollten gerade zu Bett gehen, als auf der Steintreppe draußen Schritte zu hören waren, die sie erwartungsvoll innehalten ließen.

»Ich wette zwei Äpfel darauf, dass es Barkus ist«, sagte Dentos.

»Die Wette gilt«, erwiderte Caenis.

»Hallo, Jungs!«, begrüßte Nortah sie fröhlich und trat ein, um seine Ausrüstung aufs Bett zu werfen. Er war dünner als Caenis und Vaelin, aber nicht ganz so abgemagert wie Dentos, und seine Augen waren rot vor Erschöpfung. Trotzdem wirkte er heiter, ja geradezu triumphierend.

»Ist Barkus schon hier?«, fragte er, während er sich die Kleider auszog.

»Nein«, sagte Caenis und schenkte Dentos ein Lächeln, der schmollend den Mund verzog.

Als Nortah sich das Hemd über den Kopf zog, entdeckte Vaelin an seinem Hals etwas, das wie eine Kette aus langgezogenen Perlen aussah. »Hast du das gefunden?«, fragte er und deutete auf die Kette.

Ein Ausdruck von Selbstzufriedenheit trat auf Nortahs Züge, eine Mischung aus Triumphgefühl und Vorfreude. »Das sind Bärenkrallen«, sagte er. Vaelin bewunderte seinen beiläufigen Tonfall und fragte sich, wie lange Nortah wohl dafür geübt hatte. Er beschloss, zu schweigen und Nortah zu zwingen, die Geschichte von selbst zu erzählen, doch Dentos machte ihm einen Strich durch die Rechnung.

»Du hast also eine Kette aus Bärenkrallen gefunden«, sagte er. »Na und? Wahrscheinlich hast du sie irgendeinem armen Wicht abgenommen, der im Sturm umgekommen ist, oder?«

»Nein, ich habe sie selbst aus den Krallen des Bären gebastelt, den ich getötet habe.«

Nortah zog sich weiter aus und tat so, als sei ihm ihre Reaktion völlig gleichgültig, doch Vaelin sah deutlich, wie sehr er diesen Augenblick genoss.

»Du hast einen Bär erlegt? Das glaubst du doch selbst nicht!«, sagte Dentos verächtlich.

Nortah zuckte mit den Achseln. »Glaubt, was ihr wollt, es spielt keine Rolle.«

Sie verfielen in Schweigen. Dentos und Caenis hatten offenbar nicht vor, die naheliegende Frage zu stellen, obwohl sie ganz offensichtlich neugierig waren. Der Moment zog sich in die Länge, und Vaelin kam zu dem Schluss, dass er zu müde war, um die Spannung weiter auszudehnen.

»Bitte, Bruder«, sagte er. »Erzähle uns, wie du den Bär getötet hast.«

»Ich habe ihm einen Pfeil ins Auge gejagt. Er hatte Gefallen an einem Reh gefunden, das ich erbeutet hatte. Und das konnte ich nicht zulassen. Wenn euch einer erzählt, dass Bären im Winter schlafen, dann lügt er.«

»Meister Hutril sagt, sie wachen nur auf, wenn sie dazu gezwungen sind. Offenbar bist du auf einen recht ungewöhnlichen Bären gestoßen, Bruder.«

Nortah warf Vaelin einen merkwürdigen Blick zu, der wie üblich kalt und überlegen wirkte, aber auch wissend, was ganz und gar untypisch für ihn war. »Ich muss sagen, dass es mich überrascht, dich hier anzutreffen, Bruder. Ich bin in der Wildnis einem Fallensteller begegnet, einem derben Burschen, der noch dazu gerne mal einen über den Durst trinkt, wie ich glaube. Er hatte einiges darüber zu berichten, was sich in der Welt draußen gerade abspielt.«

Vaelin sagte nichts. Eigentlich hatte er den anderen gar nichts über die Gunst erzählen wollen, die der König seinem Vater gewährt hatte, doch Nortah schien ihm keine andere Wahl zu lassen.

»Der Kriegsherr ist aus dem Dienst des Königs ausgetreten«, sagte Caenis. »Ja, davon haben wir gehört.«

»Es heißt, er habe den König darum gebeten, seinen Sohn aus dem Orden zu entlassen«, warf Dentos ein. »Aber da der Kriegsherr keinen Sohn hat, ist das eine unsinnige Bitte, nicht wahr?«

Sie wussten es, wurde Vaelin klar. *Sie wussten es seit meiner Ankunft. Deshalb sind sie so still gewesen. Sie haben sich gefragt, wann ich sie verlassen würde. Offenbar hat Meister Sollis ihnen heute mitgeteilt, dass ich beim Orden bleiben werde. Ob es im Orden überhaupt möglich war, ein Geheimnis zu wahren?*

»Aber vielleicht wäre der Sohn des Kriegsherrn, wenn er denn einen hätte, auch dankbar für die Gelegenheit, den Orden zu verlassen und in den Kreis seiner Familie zurückzukehren«, sagte Nortah. »Eine solche Möglichkeit wird sich uns anderen gewiss niemals bieten.«

Wieder herrschte Schweigen. Dentos und Nortah funkelten einander finster an, und Caenis wirkte peinlich berührt. Schließlich sagte Vaelin: »Es war sicher nicht leicht, einen Bären im Auge zu treffen, Bruder. Hat er dich angegriffen?«

Nortah biss die Zähne zusammen und bezwang seine Wut. »Ja.«

»Dann spricht es für dich, dass du die Ruhe bewahrt hast.«

»Danke, Bruder. Hast du denn irgendwelche Geschichten zu erzählen?«

»Ich bin zwei flüchtigen Ketzern begegnet, von denen einer die Fähigkeit besaß, den Geist eines Menschen zu beeinflussen. Ich habe zwei volarianische Sklavenhunde getötet und einen weiteren mit ins Ordenshaus gebracht. Ach ja, und ich habe Bruder Tendris und Bruder Makril getroffen, die Jagd auf Leugner machen.«

Nortah warf sein Hemd aufs Bett und stand mit ausdrucksloser Miene da, die Hände in die Hüften gestützt. Seine Selbstbeherrschung war bewundernswert. Die Enttäuschung, die er sicherlich empfand, verbarg er gut, aber Vaelin bemerkte sie dennoch. Dies hätte sein großer Moment sein sollen – er hatte einen Bär getötet, und Vaelin verließ den Orden. Der süßeste Augenblick seines jungen Lebens. So hatte er es sich wahrscheinlich ausgemalt. Stattdessen hatte Vaelin das Angebot, den Orden zu verlassen, ausgeschlagen – ein Angebot, für das Nortah alles gegeben hätte. Und darüber hinaus stellten Vaelins Abenteuer Nortahs auch noch weit in den Schatten. Als er Nortah jetzt so betrachtete, staunte er über dessen Körperbau. Obwohl der Junge erst dreizehn war, besaß er bereits die Gestalt des Mannes, der er einmal werden würde: wohlgeformte Muskeln und ein schmales, ansehnliches Gesicht. Ein Sohn, auf den sein Vater, der Minister des Königs, stolz sein könnte. Hätte er ein Leben außerhalb des Ordens führen können, wäre es eines voller Romantik und Abenteuer gewesen, unter den bewundernden Blicken des Hofes. Stattdessen war er zu einem Dasein voller Elend, Leid und Entbehrungen im Dienste des Glaubens verdammt. Einem Dasein, das er nicht selbst gewählt hatte.

»Hast du ihm den Pelz abgenommen?«, fragte Vaelin.

Nortah runzelte verwirrt die Stirn. »Was?«

»Dem Bären. Hast du ihn gehäutet?«

»Nein. Der Sturm zog auf, und ich konnte ihn nicht zu meinem Unterschlupf schleppen. Deshalb habe ich ihm nur eine Klaue abgehackt.«

»Kluge Entscheidung, Bruder. Und eine beeindruckende Geschichte.«

»Ich weiß nicht«, sagte Dentos. »Ich fand Caenis' Uhu-Abenteuer auch ganz unterhaltsam.«

»Uhu, pah!«, sagte Vaelin. »*Ich* habe einen Sklavenhund mitgebracht.«

Eine Weile lang witzelten sie so weiter, und selbst Nortah fiel mit ein und machte bissige Bemerkungen über Dentos' abgemagerten Zustand. Sie waren wieder eine Familie, doch noch waren nicht alle beisammen. Sie gingen später als sonst ins Bett, weil sie gerne noch den nächsten Heimkehrer begrüßt hätten, aber die Müdigkeit überwältigte sie. Vaelin schlief ausnahmsweise einmal, ohne zu träumen, und als er aufwachte, schreckte er mit einem Schrei hoch, und seine Hände tasteten unwillkürlich nach seinem Jagdmesser. Er hielt inne, als er die massige Gestalt gewahrte, die auf dem Bett neben ihm saß.

»Barkus?«, fragte er schlaftrunken.

Ein leises Knurren war zu hören, doch die Gestalt in der Dunkelheit rührte sich nicht.

»Wann bist du zurückgekehrt?«

Keine Antwort. Barkus saß still da, und sein Schweigen beunruhigte Vaelin. Er setzte sich auf und kämpfte gegen den inneren Drang an, sich wieder unter seine Decke zu kuscheln. »Geht es dir gut?«, fragte er.

Immer noch Schweigen. Vaelin fragte sich schon, ob er Meister Sollis rufen sollte, als Barkus schließlich sagte: »Jennis ist tot.« Seine Stimme klang furchtbar ausdruckslos. Eigentlich war Barkus ein Junge, dem man seine Empfindungen – Freude, Ärger oder Überraschung – stets deutlich an Gesicht oder Stimme anmerkte. Jetzt lag jedoch nichts darin außer kalter Gewissheit. »Ich habe ihn gefunden, festgefroren an einem Baum. Er hatte seinen Umhang nicht an. Ich glaube, er wollte es so. Seit Mikehls Tod ist er nicht mehr derselbe gewesen.«

Mikehl, Jennis … Wie viele noch? Würde am Ende überhaupt irgendeiner von ihnen übrig bleiben? *Eigentlich müsste ich wütend sein,* dachte Vaelin. *Wir sind noch Kinder, und diese Prüfungen bringen uns um.* Doch statt Wut empfand er nur Erschöpfung und Trauer. *Warum kann ich sie nicht hassen? Warum verabscheue ich den Orden nicht?*

»Geh ins Bett, Barkus«, sagte er zu seinem Freund. »Morgen früh bedanken wir uns für das Leben unseres Bruders.«

Barkus erschauerte und schlang die Arme fester um sich. »Ich habe Angst vor dem, was ich im Schlaf sehen werde.«

»Ich auch. Aber wir gehören zum Orden und dienen dem Glauben. Die Ahnen wollen uns nichts Böses. Sie schicken uns Träume, um uns zu lenken, nicht um uns zu schaden.«

»Ich hatte Hunger, Vaelin.« Tränen glitzerten in Barkus' Augen. »Ich hatte Hunger, und ich habe gar nicht darüber nachgedacht, dass der arme Jennis tot ist und wir ihn vermissen werden. Ich habe nur seine Kleider nach etwas Essbarem durchsucht. Er hatte nichts bei sich, deshalb habe ich ihn verflucht. Ich habe meinen toten Bruder verflucht.«

Vaelin wusste nicht, was er darauf erwidern sollte, und konnte nur mitansehen, wie Barkus in der Dunkelheit weinte. *Die Wildnisprüfung,* dachte er. *Eher eine Prüfung von Herz und Seele. Der Hunger stellt uns in vieler Hinsicht auf die Probe.* »Du hast Jennis nicht umgebracht«, sagte er schließlich. »Eine Seele, die bereits bei den Ahnen weilt, kann man nicht verfluchen. Selbst wenn dein Bruder dich gehört hat, wird er angesichts der Schwere der Prüfung sicher Verständnis zeigen.«

Es kostete noch einiges an gutem Zureden, bis Barkus eine Stunde später endlich ins Bett ging. Der Junge konnte sich vor Müdigkeit kaum noch auf den Beinen halten. Auch Vaelin legte sich wieder hin, doch er wusste, dass er kein Auge mehr zutun und am nächsten Tag übermüdet und fahrig sein würde. *Morgen wird Meister Sollis den Rohrstock wieder hervorholen.* Er lag wach und dachte über die Prüfung nach, über seinen toten Freund, über Sella und Erlin und über Makril, der wie Barkus geweint hatte. War im Orden Platz für solche Überlegungen? Ganz plötzlich blitzte ein Gedanke in seinem Geist auf, der ihn zutiefst beunruhigte: *Wenn du zu deinem Vater zurückkehrst, kannst du denken, was du willst.*

Er warf sich im Bett hin und her. Woher war dieser Gedanke gekommen? *Zu meinem Vater zurückkehren?* »Ich habe keinen Vater.« Ihm wurde erst bewusst, dass er die Worte laut ausgesprochen hatte, als Barkus ein Stöhnen von sich gab und sich unruhig umdrehte. Auch Caenis auf der anderen Seite des Schlafsaals seufzte schwer und zog sich die Decke über den Kopf.

Trostsuchend kuschelte sich Vaelin tiefer in sein Bett und zwang sich dazu, wieder einzuschlafen. Dabei klammerte er sich an einen Gedanken: *Ich habe keinen Vater.*

VIERTES KAPITEL

Der Frühling hielt Einzug, und der schneebedeckte Übungsplatz verwandelte sich, während sie sich unter Meister Sollis' Anleitung abmühten, in eine saftig grüne Wiese. Ihre Fähigkeiten wuchsen mit jedem Tag und ebenso die Zahl ihrer Blutergüsse. Am Ende des Monats Onasur kam ein neues Ausbildungsfach hinzu: Meister Grealin begann, sie auf die Wissensprüfung vorzubereiten.

Jeden Tag marschierten sie in Reih und Glied in den riesigen Keller des Ordenshauses, wo sie sich niederließen und seinen Erzählungen über die Geschichte des Ordens lauschten. Er war ein guter Redner, ein geborener Geschichtenerzähler, der Bilder von großen Taten, Heldentum und Gerechtigkeit heraufbeschwor, welche die meisten von ihnen völlig in ihren Bann schlugen. Auch Vaelin gefielen seine Geschichten – ihn störte lediglich ein wenig, dass es darin immer nur um verwegene Heldentaten oder große Schlachten ging und niemals um Leugner, die quer durchs Land gejagt oder in der Schwarzfeste eingekerkert wurden. Am Ende jeder Unterrichtsstunde stellte Grealin ihnen Fragen über das, was sie soeben gehört hatten. Wer sie richtig beantworten konnte, wurde mit Süßigkeiten belohnt. Wer die Antwort nicht wusste, erntete ein trauriges Kopfschütteln oder eine enttäuschte Bemerkung. Meister Grealin war von allen Meistern am wenigsten streng. Er schlug sie nie mit dem Rohrstock, sondern bestrafte sie nur mit Worten und Gesten, und er fluchte und schimpfte nicht, wie es sonst alle Meister taten, selbst der stumme Meister Smentil, der mit den Händen die wüstesten Flüche bilden konnte.

»Vaelin«, sagte Grealin, nachdem er die Geschichte der Belagerung von Burg Baslen während des ersten Vereinigungskrieges erzählt hatte. »Wer hat die Brücke gehalten, damit die Brüder das Tor schließen konnten?«

»Bruder Nolnen, Meister.«

»Sehr gut, Vaelin. Du darfst dir ein Malzbonbon nehmen.«

Vaelin war auch aufgefallen, dass Meister Grealin sich, wenn er ihnen Süßigkeiten gab, zugleich jedes Mal selbst belohnte. »Also gut«, sagte der Meister, und seine Hängebacken zitterten, während er an seinem Malzbonbon lutschte. »Wie heißt der Anführer des cumbraelischen Heeres?« Er ließ den Blick auf der Suche nach einem Opfer über sie hinweggleiten. »Dentos?«

»Ähm, Verlig, Meister.«

»O weh.« Meister Grealin hob ein Stück Karamellkonfekt hoch und schüttelte traurig den Kopf. »Keine Belohnung für Dentos. Das heißt, hilf mir mal auf die Sprünge, kleiner Bruder: Wie viele Belohnungen hast du diese Woche erhalten?«

»Keine«, murmelte Dentos.

»Wie bitte, Dentos? Was hast du gesagt?«

»Keine, Meister«, sagte Dentos laut, und seine Stimme hallte von den Gewölbewänden wider.

»Ja. Richtig. Keine. Und wenn ich mich recht entsinne, hast du auch letzte Woche keine erhalten. Stimmt's?«

Dentos sah aus, als würde er gerade lieber unter Meister Sollis' Rohrstock leiden. »Ja, Meister.«

»Hmmm.« Grealin schob sich das Stück Karamellkonfekt in den Mund, und sein Doppelkinn hüpfte auf und ab, während er genüsslich kaute. »Schade. Dieses Konfekt ist wirklich ganz ausgezeichnet. Caenis, vielleicht kannst du uns ja aufklären.«

»Der Anführer der cumbraelischen Truppen bei der Belagerung von Burg Baslen hieß Verulin, Meister.« Caenis antwortete stets zügig und richtig. Vaelin vermutete manchmal, dass er mindestens ebenso viel über die Geschichte des Ordens wusste wie Meister Grealin, wenn nicht gar noch mehr.

»Ganz recht. Nimm dir eine kandierte Walnuss.«

»Dieser Schweinehund!«, wütete Dentos später beim Abendessen im Speisesaal. »Dieser fette, rechthaberische Schweinehund. Wen kümmert es, was irgendein Armleuchter vor zweihundert Jahren gemacht hat? Was spielt das heute noch für eine Rolle?«

»Die Lektionen der Vergangenheit bestimmen unsere Gegenwart«, zitierte Caenis. »Das Wissen über unsere Vorfahren stärkt unseren Glauben.«

Dentos warf ihm über den Tisch hinweg einen finsteren Blick zu. »Ach, halt die Klappe. Nur weil die dicke Speckschwarte dich so mag. ›Ja, Meister Grealin‹«, sagte er und lieferte dabei eine erstaunlich getreue Nachahmung von Caenis' sanfter Stimme, »»die Schlacht in der Scheißhausbucht dauerte zwei Tage und hat tausend arme Wichte wie uns das Leben gekostet. Darf ich eine Zuckerrohrstange haben? Ich wische Euch auch den Arsch dafür ab.‹«

Neben Dentos kicherte Nortah gehässig.

»Pass auf, was du sagst, Dentos«, warnte ihn Caenis.

»Oder was? Langweilst du mich dann mit einer weiteren Geschichte über den König und seine Bälger zu Tode …?«

Blitzschnell setzte Caenis über den Tisch hinweg. Seine Stiefel trafen Dentos im Gesicht, und das Blut spritzte, während Dentos' Kopf nach hinten flog und beide Jungen auf dem Boden landeten. Der Kampf war kurz, aber blutig. Ihre mühevoll erworbenen Fähigkeiten machten dergleichen gefährlich, und für gewöhnlich bemühten sie sich, dem selbst bei einem heftigen Streit aus dem Weg zu gehen. Als die Jungen schließlich voneinander getrennt wurden, hatte Caenis einen abgebrochenen Zahn und einen ausgekugelten Finger vorzuweisen. Dentos ging es nicht viel besser – seine Nase war gebrochen und mehrere Rippen waren geprellt.

Sie wurden beide zu Meister Henthal gebracht, dem Heiler des Ordens, der ihre Wunden versorgte, während sie sich auf zwei Krankenliegen gegenübersaßen und einander finstere Blicke zuwarfen.

»Was ist passiert?«, verlangte Meister Sollis von Vaelin zu wissen, der mit den anderen Jungen draußen wartete.

»Eine Meinungsverschiedenheit unter Brüdern, Meister«, erwiderte Nortah. Die übliche Erklärung in solchen Situationen.

»Dich habe ich nicht gefragt, Sendahl«, fauchte Sollis. »Geh in den Speisesaal zurück. Und du auch, Jeshua.«

Barkus und Nortah gingen rasch davon, nachdem sie Vaelin verwirrte Blicke zugeworfen hatten. In der Regel kümmerten sich die Meister nicht um die Streitigkeiten ihrer Schützlinge. Sie waren Jungen, und Jungen stritten nun mal.

»Also?«, sagte Sollis, als die anderen fort waren.

Vaelin wollte sich schon eine Lüge überlegen, doch die kalte Wut in Meister Sollis' Blick sagte ihm, dass das wenig ratsam wäre. »Es geht um die Prüfung, Meister. Caenis wird sie ganz sicher bestehen, Dentos nicht.«

»Und was wirst du deswegen unternehmen?«

»Ich, Meister?«

»Jedem von uns fällt im Orden eine eigene Rolle zu. Die meisten von uns kämpfen, manche jagen Ketzer, andere verrichten ihre Arbeit im Geheimen, wiederum andere sind Lehrer, und einige wenige – sehr, sehr wenige – sind Anführer.«

»Ihr ... wollt, dass ich die anderen anführe?«

»Der Aspekt scheint zu glauben, dass das deine Bestimmung ist, und er irrt sich nur selten.« Sollis blickte über die Schulter in Meister Henthals Krankenstube. »Anführen lernt man nicht, indem man zuschaut, wie die eigenen Brüder sich gegenseitig die Nasen blutig schlagen. Und auch nicht, indem man sie durch die Prüfungen fallen lässt. Also, überleg dir was.«

Er drehte sich um und ging ohne ein weiteres Wort davon. Vaelin lehnte sich mit der Stirn gegen die Steinmauer und seufzte schwer. *Anführen. Ist mein Leben nicht schon schwer genug?*

»Ihr Jungs werdet mit jedem Jahr gefährlicher«, sagte Meister Henthal fröhlich, als Vaelin eintrat. »Früher haben sich die Kerle im dritten Jahr höchstens ein paar blaue Flecke zugefügt. Ihr werdet von uns eindeutig zu gut unterrichtet.«

»Wir sind dankbar für Eure Weisheit, Meister«, versicherte ihm Vaelin. »Darf ich mit meinen Brüdern sprechen?«

»Wie du wünschst.« Henthal drückte einen Baumwollbausch gegen

Dentos' Nase. »Halt das fest, bis die Blutung aufhört. Schluck das Blut nicht hinunter, sondern spuck es aus. Und zwar in die Schüssel. Wehe, es tropft was auf den Fußboden! Dann wirst du dir wünschen, dein Bruder hätte dich umgebracht.« Er ließ die schweigenden Jungen allein.

»Wie geht es deiner Nase?«, fragte Vaelin Dentos.

Dieser konnte nur noch nuscheln. »Ischt gebrochen.«

Vaelin drehte sich zu Caenis um, der sich die bandagierte Hand hielt. »Und was ist mit dir?«

Caenis blickte auf seine verbundenen Finger. »Meister Henthal hat den Finger wieder eingerenkt. Er hat gesagt, es wird noch eine Weile wehtun. Ich werde ungefähr eine Woche lang kein Schwert halten können.« Er hielt inne, hustete und spuckte Blut in eine Schüssel neben seiner Liege. »Den Rest meines Zahns musste er ziehen. Er hat Baumwolle draufgetan und mir etwas Rotblüte gegen die Schmerzen gegeben.«

»Und, wirkt es?«

Caenis verzog das Gesicht. »Nicht so richtig.«

»Gut. Du hast es verdient.«

Caenis' Gesicht lief vor Zorn rot an. »Du hast gehört, was Dentos gesagt hat …«

»Ja, das habe ich. Und ich habe auch gehört, was du davor gesagt hast. Du weißt, dass er Schwierigkeiten hat, und dennoch hast du ihm gegenüber diesen belehrenden Ton angeschlagen.« Er wandte sich Dentos zu. »Und du solltest es besser wissen, als Caenis zu provozieren. Auf dem Übungsplatz haben wir genug Gelegenheit, uns gegenseitig zu verdreschen. Macht es dort, wenn es sein muss.«

»Er macht misch wütend«, rief Dentos. »Immer scho verdammt schlau.«

»Dann solltest du vielleicht von ihm lernen. Er verfügt über das Wissen, das dir fehlt. Also, warum fragst du ihn nicht?« Er setzte sich neben Dentos. »Du weißt doch, wenn du diese Prüfung nicht bestehst, wirst du den Orden verlassen müssen. Willst du das wirklich? Nach Nilsael zurückkehren, deinem Onkel bei den Hundekämpfen helfen und den Betrunkenen in der Taverne erzählen, wie du es beinahe in den sechsten Orden geschafft hättest? Die wären sicher sehr beeindruckt.«

»Masch's Maul zu, Vaelin.« Dentos beugte sich vor und ließ einen großen Tropfen Blut aus seiner Nase in die Schüssel zu seinen Füßen fallen.

»Ihr wisst beide, dass ich den Orden hätte verlassen können«, sagte Vaelin. »Soll ich euch sagen, warum ich hiergeblieben bin?«

»Weil du deinen Vater hasst«, sagte Caenis, der in diesem Moment offenbar allen Anstand vergessen hatte.

Vaelin, dem nicht bewusst gewesen war, dass seine Gefühle so offensichtlich waren, verkniff sich eine scharfe Erwiderung. »Ich konnte den Orden nicht verlassen. Ich konnte nicht weggehen und außerhalb des Ordens leben, um vielleicht eines Tages zu erfahren, dass euch etwas passiert ist, und mich dann ewig zu fragen, ob ich es hätte verhindern können, wenn ich geblieben wäre. Wir haben Mikehl verloren, und Jennis. Wir dürfen nicht noch mehr von uns verlieren.« Er stand auf und ging zur Tür. »Wir sind keine kleinen Kinder mehr. Ich kann euch zu nichts zwingen. Es liegt ganz bei euch.«

»Es tut mir leid«, sagte Caenis, und Vaelin blieb stehen. »Was ich über deinen Vater gesagt habe.«

»Ich habe keinen Vater«, erinnerte Vaelin ihn.

Caenis lachte, und dickflüssiges Blut tropfte ihm von der Unterlippe. »Ich auch nicht.« Er drehte sich um und warf sein blutiges Tuch nach Dentos. »Wie steht's mit dir, Bruder? Hast du einen Vater?«

Dentos lachte so lange, bis sein Gesicht rot anlief. »Ich würde den Schwachkopf nicht mal erkennen, wenn er mir ein Pfund Gold schenken würde!«

Sie lachten zusammen. Der Schmerz war schon fast vergessen. Sie lachten und sprachen nicht mehr darüber, wie sehr es wehtat.

◆ ◆ ◆

Gemeinsam machten sie sich daran, Dentos Nachhilfe zu geben. Er konnte sich während Meister Grealins Unterricht weiterhin so gut wie nichts merken, deshalb erzählten sie sich jeden Abend vor dem Zubettgehen eine Begebenheit aus der Geschichte des Ordens und ließen sie von ihm so lange wiederholen, bis er sie auswendig konnte. Es war ein mühsames Unterfangen, und das, nachdem sie schon den ganzen Tag mit Leibesübungen verbracht hatten und eigentlich nur noch schlafen wollten, doch sie hielten mit grimmiger Entschlossenheit daran fest. Da Caenis unter ihnen der Kenntnisreichste war, hatte er einen Großteil der Last zu tragen, und er erwies sich als gewissenhafter, wenn auch ungeduldiger Lehrer. Seine eher friedfertige Natur wurde von Dentos' Unfähigkeit, sich mehr als ein paar Fakten gleichzeitig zu merken, auf eine harte Probe gestellt. Barkus, dessen Wissen über die Geschichte des Ordens recht solide, wenn auch nicht allumfassend war, hielt sich an die unterhaltsameren Legenden, wie zum Beispiel die über Bruder Yelna, der, all seiner Waffen beraubt, einen Gegner allein mit den bemerkenswert giftigen Gasen aus seinen Eingeweiden betäubt hatte.

»Sie werden ihn sicher nicht zu dem furzenden Bruder befragen«, sagte Caenis angewidert.

»Vielleicht ja doch«, erwiderte Barkus. »Das gehört schließlich zur Geschichte des Ordens, oder etwa nicht?«

Überraschenderweise erwies sich Nortah als der beste Lehrer. Seine Methodik als Geschichtenerzähler war einfach, aber wirkungsvoll. Aus irgendeinem Grund nahm Dentos aus seinen Erzählungen das meiste mit. Anstatt eine Geschichte einfach nur herunterzuerzählen und sie von Dentos Wort für Wort wiederholen zu lassen, hielt Nortah häufig inne und stellte Fragen, um Dentos zu ermuntern, über den Sinn der Legende nachzudenken. Dabei vergaß er sogar seinen üblichen Hang zum Spott und verzichtete darauf, sich über die Unwissenheit seines Schülers lustig zu machen. Für gewöhnlich hatte Vaelin an Nortah vieles auszusetzen, doch er musste zugeben, dass dem Jungen offenbar ebenso viel daran lag, ihren kleinen Trupp zusammenzuhalten, wie den anderen. Das Leben im Orden war schwer genug; ohne Freunde wäre es gänzlich unerträglich. Wenngleich Nortahs Methode Früchte trug, war seine Auswahl an Geschichten recht begrenzt. Während Barkus am liebsten lustige Geschichten erzählte und Caenis Gleichnisse mochte, die die Vorzüge des Glaubens verdeutlichten, hatte Nortah einen Hang zu Tragödien. Er genoss es, von den Niederlagen des Ordens zu berichten, dem Fall der Zitadelle von Ulnar, dem Tod des großen Lesander, der häufig als der beste Krieger bezeichnet wurde, der dem Orden je gedient hatte, jedoch heimlich in eine Frau verliebt gewesen war, die ihn an seine Feinde verriet. Nortahs Vorrat an traurigen Geschichten schien nahezu unerschöpflich. Manche davon waren

Vaelin unbekannt, und gelegentlich fragte er sich, ob der blonde Bruder sie sich nicht womöglich einfach nur ausgedacht hatte.

Da Vaelin auch noch jeden Abend in den Hundezwinger gehen und sich um Bosko kümmern musste, übernahm er die Aufgabe, am Ende der Woche Dentos' neuerworbenes Wissen abzufragen. Er stellte ihm in rascher Abfolge Fragen; das Ergebnis war jedoch oft niederschmetternd. Zwar wuchs Dentos' Kenntnisstand stetig, doch was waren ein paar Wochen Anstrengung gegen Jahre glückseliger Unwissenheit? Trotzdem gelang es Dentos hin und wieder, eine Belohnung von Meister Grealin zu erhalten, der seine Überraschung jedoch höchstens mit einer hochgezogenen Augenbraue zum Ausdruck brachte.

Als der Monat Prensur begann, blieben ihnen bis zur Prüfung nur noch wenige Tage, und Meister Grealin teilte ihnen mit, dass der Unterricht nun beendet sei.

»Wissen ist, was uns formt, kleine Brüder«, sagte er, ausnahmsweise einmal ohne sein übliches Lächeln, sondern in ernstem Tonfall. »Es macht uns zu dem, was wir sind. Unser Wissen bestimmt unser ganzes Handeln und jede unserer Entscheidungen. Ich möchte, dass ihr in den nächsten Tagen über das nachdenkt, was ihr hier gelernt habt, nicht nur über Namen und Daten, sondern über den Zusammenhang, über die Bedeutung des Ganzen. Aus dem, was ich euch erzählt habe, könnt ihr das Wesen des Ordens ableiten, seinen Sinn und Zweck. Die Wissensprüfung wird für viele von euch die schwierigste überhaupt sein. Keine andere Prüfung legt derart die Seele eines Jungen bloß.« Er lächelte ernst, um danach zu seiner üblichen humorvollen Art zurückzukehren. »Also, eine letzte Belohnung für meine kleinen Krieger.« Er holte einen großen Sack Süßigkeiten hervor, um damit ihre Reihe entlangzuschreiten und jedem von ihnen ein paar davon in die hohle Hand zu legen. »Genießt es, meine Lieben. Das Leben eines Bruders hat nur wenige süße Seiten.« Mit einem schweren Seufzen drehte er sich um, watschelte langsam zur Vorratskammer und schloss leise die Tür hinter sich.

»Was hatte das denn zu bedeuten?«, fragte Nortah.

»Bruder Grealin ist ein äußerst seltsamer Mann«, sagte Caenis mit einem Schulterzucken. »Tauschst du ein Honigbonbon gegen eine Zuckerbohne?«

Nortah schnaubte verächtlich. »Eine Zuckerbohne ist mindestens drei Honigbonbons wert …«

Vaelin widerstand der Versuchung, seine Süßigkeiten einzutauschen, und nahm sie stattdessen mit in den Hundezwinger, wo er sie Bosko gab, der sie unter begeistertem Gebell aus der Luft schnappte. Er verfehlte nicht eine einzige.

◆ ◆ ◆

Die Prüfung begann an einem Feldrianmorgen, zwei Tage vor der Sommersonnenwende. Diejenigen, die sie bestanden, wurden nicht nur damit belohnt, dass sie im Orden bleiben durften, sie würden auch zu dem großen Jahrmarkt in Varinsburg fahren, der jedes Jahr zu dieser Zeit stattfand. Es wäre das erste Mal seit dem Tag ihrer Ankunft, dass sie die Obhut des Ordens verlassen durften. Wer bei der Prüfung versagte, würde seine Goldmünzen erhalten und aus dem Orden entlassen werden. Zum ersten Mal hatten die älteren Jungen keine schaurigen Warnungen oder spöttischen Bemerkungen parat. Vaelin fiel auf, dass sie lediglich mit finsteren Blicken und harten Knüffen reagierten, wenn die Wissensprüfung erwähnt wurde. Was sie wohl so ungehalten machte? Es waren doch nur ein paar Fragen.

»Der einzige Bruder, der jemals den großen Nordwald durchquert hat?«, fragte er Dentos auf dem Weg zum Speisesaal.

»Lesander«, erwiderte Dentos selbstgefällig. »Das war viel zu einfach.«

»Der dritte Aspekt des Ordens?«

Dentos blieb stehen und durchforstete mit gerunzelter Stirn sein Gedächtnis nach der Antwort. »Kinlial?«

»Ist das eine Frage oder eine Antwort?«

»Eine Antwort.«

»Gut. Das ist richtig.« Vaelin schlug ihm auf den Rücken, während sie über den Hof liefen. »Dentos, mein Bruder. Ich glaube, du wirst die Prüfung heute bestehen.«

Am Nachmittag wurden sie zu einem Gemach in der Südmauer gerufen, vor dem sie sich in einer Reihe aufstellen sollten. Meister Sollis ermahnte sie, sich zu benehmen, und teilte Barkus mit, dass er der Erste sei. Barkus sah aus, als wolle er einen Witz reißen, doch Sollis' ernste Miene hielt ihn davon ab. Er verbeugte sich nur kurz und betrat dann das Gemach. Sollis schloss die Tür hinter ihm.

»Wartet hier«, befahl er den Jungen. »Wenn ihr fertig seid, geht in den Speisesaal.« Er marschierte davon und ließ sie vor der massiven Eichentür stehen.

»Ich dachte, er nimmt die Prüfung ab«, sagte Dentos ein wenig unsicher.

»Tja, sieht nicht so aus, oder?«, sagte Nortah. Er ging zur Tür, beugte sich vor und legte sein Ohr an das Holz.

»Hörst du was?«, flüsterte Dentos.

Nortah schüttelte den Kopf und richtete sich wieder auf. »Nur Gemurmel. Die Tür ist zu dick.« Er griff in seinen Umhang und holte ein etwa einen Fuß breites Kiefernholzbrett hervor, dessen Oberfläche eine Vielzahl von Kerben und in der Mitte einen Kreis aus schwarzer Farbe aufwies. »Hat jemand Lust, Messerwerfen zu spielen?«

Messerwerfen war in den vergangenen Monaten ihr Lieblingsspiel geworden – ein einfacher Wettbewerb, bei dem sie abwechselnd versuchten, mit dem Wurfmesser die Mitte des Brettes zu treffen. Der Gewinner behielt alle anderen Messer im Brett. Es gab verschiedene Varianten des Spiels – manchmal wurde das Brett gegen eine Wand gelehnt, manchmal mit einem Seil an einem Dachbalken aufgehängt, sodass man es treffen musste, während es hin und her schwang. Mitunter wurde es auch in die Luft geworfen oder wie ein Kreisel zum Drehen gebracht. Wurfmesser stellten im Orden eine Art Ersatzwährung dar; man konnte sie gegen Essen oder Gefälligkeiten eintauschen, und das Ansehen eines Bruders stieg immens, wenn es ihm gelang, möglichst viele davon zu sammeln. Die Waffen selbst waren relativ einfach und billig hergestellt – dreieckige Klingen mit einem dicken Griff, kaum größer als eine Pfeilspitze. Meister Grealin hatte sie zu Beginn ihres dritten Jahres ausgeteilt. Jeder Junge hatte zehn erhalten, und der Vorrat wurde alle sechs Monate erneuert. Sie waren nicht darin unterwiesen worden, wie die Messer benutzt wurden, sondern sahen einfach den älteren Jungen zu und lernten beim Spielen. Wie zu erwarten, waren die besten Bogenschützen auch die erfolgreichsten Spieler, weshalb Dentos und Nortah die größte Messersammlung hatten, während Caenis ganz knapp an dritter Stelle stand. Vaelin gewann nur eins von zehn Spielen, aber er wusste, dass er immer besser wurde – ganz im Gegensatz zu Barkus, der bisher nicht ein einziges Spiel gewonnen hatte und deshalb seine Messer sorgsam hütete, auch wenn es ihm stets gelang, mit der Beute seiner zahllosen Diebeszüge neue Messer einzutauschen.

»Blödes Ding!«, wütete Dentos, als sein Messer die Mauer hinter dem Brett traf. Offenbar ließen ihn seine Nerven gerade ein wenig im Stich.

»Du bist draußen«, teilte Nortah ihm mit. Wenn ein Spieler das Brett verfehlte, schied er aus dem Spiel aus und hatte sein Messer verloren.

Vaelin war als Nächster dran und versenkte sein Messer am Außenrand des Kreises – ein besserer Wurf als sonst. Caenis' Messer traf ein Stück weiter zur Mitte hin, doch Nortah gewann das Spiel, nachdem seine Klinge nur einen Fingerbreit von der Mitte stecken geblieben war.

»Ich bin einfach zu gut«, stellte er fest, während er die Messer aus dem Brett zog. »Ich sollte aufhören zu spielen. Es ist nicht fair euch anderen gegenüber.«

»Ach, halt doch den Mund!«, fauchte Dentos. »Ich hab dich schon hundertmal besiegt.«

»Nur, weil ich dich hab gewinnen lassen«, erwiderte Nortah liebenswürdig. »Wenn ich das nicht tun würde, würdest du nicht mehr mitspielen wollen.«

»Ja, klar.« Dentos nahm ein Messer aus dem Gürtel und warf es in einer fließenden Bewegung aufs Brett. Es war der vermutlich beste Wurf, den Vaelin je gesehen hatte; das Messer bohrte sich genau in der Mitte bis zum Heft ins Brett. »Versuch das mal zu übertreffen, Goldjunge«, sagte Dentos zu Nortah.

Dieser hob eine Augenbraue. »Das Glück ist dir heute hold, Bruder.«

»Glück? Dass ich nicht lache. Also, wirfst du nun oder nicht?«

Nortah zuckte mit den Achseln, ergriff sein Messer und nahm das Brett ins Visier. Er ließ den Arm so rasch vorschnellen, dass die Bewegung seiner Hand kaum zu sehen war. Das Messer funkelte silbern, und ein metallisches Klirren war zu hören, als es vom Griff von Dentos' Messer abprallte und ein paar Fuß entfernt auf dem Boden landete.

»Nun ja.« Nortah ging sein Messer holen, dessen Klinge an der Spitze verbogen war. »Das gehört wohl dir«, sagte er und hielt es Dentos hin.

»Einigen wir uns auf ein Unentschieden. Du hättest die Mitte getroffen, wenn meine Klinge nicht im Weg gewesen wäre.«

»Aber sie war im Weg, Bruder. Und ich habe die Mitte nicht getroffen.« Er hielt Dentos das Messer hin, bis dieser es schließlich annahm.

»Das werde ich nicht eintauschen«, sagte Dentos. »Ich werde es als Glücksbringer behalten. So wie das Seidentuch, das Vaelin mit sich herumträgt, in der Meinung, wir hätten es noch nicht bemerkt.«

Vaelin schnaubte entrüstet. »Kann man vor euch denn gar nichts geheim halten?«

Sie vertrieben sich die restliche Zeit mit einer Variante des Spiels: Vaelin warf das Brett in die Luft, und die anderen versuchten, es mit den Messern zu treffen. Diesmal hatte Caenis die Nase vorn, und als Barkus schließlich aus der Tür trat, hatte er fünf Messer gewonnen.

»Wir dachten schon, du würdest gar nicht mehr rauskommen«, sagte Dentos.

Barkus wirkte niedergeschlagen und schenkte ihnen lediglich ein flüchtiges Lächeln, bevor er sich abwandte und rasch davonging.

»Mist«, flüsterte Dentos, und sein neugewonnenes Selbstvertrauen fiel sichtlich in sich zusammen.

»Nur Mut, Bruder.« Vaelin klopfte ihm auf die Schulter. »Es wird bald vorbei sein.« In Wahrheit verspürte er jedoch echte Sorge. Barkus' Verhalten gab ihm zu denken und erinnerte ihn an das mürrische Schweigen der älteren Jungen, wann immer das Gespräch auf die Wissensprüfung kam. Meister Grealins Worte fielen ihm wieder ein: *Keine andere Prüfung legt derart die Seele eines Jungen bloß.*

Er wappnete sich innerlich, während er auf die Tür zuging. Hundert mögliche Fragen gingen ihm durch den Kopf. *Denk daran,* ermahnte er sich, *Carlist war der fünfte Aspekt in der Geschichte des Ordens, nicht der vierte. Ein weit verbreiteter Fehler, da der vorherige Amtsinhaber nur zwei Tage nach Amtsantritt ermordet wurde.* Er holte tief Luft und zwang sich, die Hand ruhig zu halten, während er den schweren Messingtürknauf herumdrehte und hineinging.

Er befand sich in einem kleinen, schmucklosen Zimmer mit einer niedrigen, gewölbten Decke und einem einzelnen schmalen Fenster. Überall im Raum waren Kerzen aufgestellt, die jedoch die bedrückende Finsternis nur wenig aufhellten. Hinter einem massiven Eichentisch saßen drei Gestalten, die verschiedenfarbige Gewänder trugen. Keines der Gewänder war dunkelblau wie sein eigenes, was bedeutete, dass die drei nicht zum sechsten Orden gehörten. Vaelins Beklemmung wuchs, und er konnte ein Schaudern nicht unterdrücken. *Was ist das für eine Prüfung?*

»Vaelin«, sagte einer der Fremden; eine blonde Frau in einem grauen Gewand. Sie lächelte freundlich und deutete auf den leeren Stuhl auf der anderen Seite des Tisches. »Bitte setz dich.«

Er fasste sich und ging auf den Stuhl zu. Die drei Fremden musterten ihn schweigend und gaben ihm Gelegenheit, dasselbe zu tun. Der Mann in dem grünen Gewand war dick und kahlköpfig, und sein schmaler Bart rahmte Kinn und Mund ein. Allerdings ließ sich seine Leibesfülle nicht mit der von Meister Grealin vergleichen, denn er strahlte nicht die innere Stärke des Bruders aus. Sein rosafarbenes, rundes Gesicht glänzte von Schweiß, und seine Hängebacken wackelten beim Kauen. Eine Schüssel Kirschen stand auf dem Tisch neben seiner linken Hand, und seine roten Lippen zeugten davon, dass er sich schon reichlich daraus bedient hatte. Er betrachtete Vaelin mit einer Mischung aus Neugierde und offensichtlicher Verachtung. Im Gegensatz dazu war der Mann in dem schwarzen Gewand so dünn, dass er fast schon ausgemergelt wirkte. Auch er war kahlköpfig. Sein Gesichtsausdruck dagegen war weitaus beunruhigender als der des dicken Mannes; es war dieselbe Maske aus blinder Hingabe, die Vaelin auch auf dem Gesicht von Bruder Tendris gesehen hatte.

Vaelins Blicke wurden jedoch vor allem von der Frau in Grau gefesselt. Sie schien etwa dreißig Jahre alt zu sein, und ihr kantiges, von schulterlangem goldblondem Haar eingerahmtes Gesicht war hübsch und schien ihm vage vertraut. Ihre Augen faszinierten ihn am meisten; sie strahlten Wärme und Mitgefühl aus. Sie erinnerten ihn an Sellas blasses Gesicht und die Freundlichkeit, die er gesehen hatte, als sie ihre Hand zurückgezogen hatte, um ihn nicht zu berühren. Aber Sella war von Furcht erfüllt gewesen. Und er konnte sich kaum vorstellen, dass die Frau vor ihm jemals eine solche Schwäche zeigen würde. Sie verfügte über eine innere Kraft, wie er sie nur von Aspekt Arlyn und von Meister Sollis kannte. Ihm fiel es schwer, den Blick von ihr abzuwenden.

»Vaelin«, sagte sie. »Weißt du, wer wir sind?«

Er hielt es für wenig sinnvoll zu raten. »Nein, Herrin.«

Der dicke Mann grunzte und steckte sich eine Kirsche in den Mund. »Wieder so ein ahnungsloser Welpe«, sagte er und kaute geräuschvoll. »Bringen sie euch kleinen Wilden denn außer der Kunst des Mordens gar nichts bei?«

»Sie bringen uns bei, den Glauben und die Königslande zu verteidigen, Sir.«

Der Dicke hörte auf zu kauen, und seine Verachtung schlug unerwartet in Wut um. »Wir werden sehen, was du über den Glauben weißt, junger Mann«, sagte er mit tonloser Stimme.

»Ich bin Elera Al Mendah«, sagte die blonde Frau. »Aspektin des fünften Ordens. Dies sind meine Brüder, die Aspekten Dendrish Hendrahl vom dritten Orden«, sie deutete auf den dicken Mann in dem grünen Gewand, »und Corlin Al Sentis vom vierten.« Der dünne Mann in Schwarz nickte ernst.

Vaelin war überrascht, sich in solch illustrer Gesellschaft zu befinden. Drei Aspekte in einem Raum, die alle mit ihm sprechen wollten. Eigentlich sollte er sich geehrt fühlen, doch stattdessen verspürte er nur Unsicherheit. Was konnten drei Aspekte anderer Orden über die Geschichte seines eigenen wissen wollen?

»Du fragst dich, weshalb du dir so mühevoll all das Wissen über die faszinierende Geschichte des sechsten Ordens und seine unzähligen Blutbäder angeeignet hast, nicht wahr?« Dendrish Hendrahl, der dicke Mann, spuckte einen Kirschkern in ein fein besticktes Taschentuch. »Deine Meister haben dich in die Irre geführt, Junge. Wir werden dir keine Fragen über längst verstorbene Helden oder Schlachten stellen, die besser der Vergessenheit anheimfallen sollten. Das ist nicht das Wissen, nach dem wir suchen.«

Elera Al Mendah wandte sich mit einem Lächeln dem Aspekten zu. »Ich glaube, wir sollten die Prüfung noch etwas genauer erklären, lieber Bruder.«

Dendrish Hendrahls Augen verengten sich ein wenig, doch er antwortete nicht, sondern griff stattdessen nach einer weiteren Kirsche.

»Die Wissensprüfung«, fuhr Elera, nun wieder an Vaelin gewandt, fort, »ist insofern einzigartig, als alle auszubildenden Brüder und Schwestern sämtlicher Orden sie ablegen müssen. Es ist keine Prüfung, bei der Kraft, Geschicklichkeit oder Erinnerungsvermögen verlangt sind. Stattdessen geht es um Wissen – Wissen über dich selbst. Um deinem Orden zu dienen, brauchst du mehr als die Fähigkeit, mit Waffen umzugehen, so wie es für die Diener meines Ordens nicht reicht, nur die Heilkunst zu beherrschen. Deine Seele ist es, die dich zu dem macht, was du bist, und die deinen Dienst am Glauben bestimmt. In dieser Prüfung werden wir, und du, feststellen, wie gut du deine Seele kennst.«

»Und mach dir gar nicht erst die Mühe zu lügen«, wies Dendrish Hendrahl ihn an. »Wir werden dich durchschauen, und wenn du es versuchst, bist du gleich durchgefallen.«

Vaelins Beklemmung verstärkte sich noch. Die Lügen, die er zu erzählen gewohnt war, bedeuteten für ihn Sicherheit. Sie waren ihm überlebenswichtig geworden. Erlin und Sella, der Wolf im Wald und der Meuchelmörder, den er getötet hatte. So viele Geheimnisse. Er kämpfte gegen die Furcht an, die in ihm aufsteigen wollte, und zwang sich zu nicken. »Ich verstehe, Aspekt.«

»Nein, tust du nicht, Junge. Du machst dir vor Angst in die Hosen. Ich kann es beinahe riechen.«

Aspektin Eleras Mundwinkel sanken ein wenig herab, doch sie hielt den Blick weiter auf Vaelin gerichtet. »Fürchtest du dich, Vaelin?«

»Gehört das schon zur Prüfung, Aspektin?«

»Die Prüfung hat in dem Moment begonnen, als du diesen Raum betreten hast. Also antworte mir bitte.«

Du darfst nicht lügen. »Ich … mache mir Sorgen. Ich weiß nicht, was mich erwartet. Ich will den Orden nicht verlassen.«

Dendrish Hendrahl schnaubte verächtlich. »Wahrscheinlich hast du eher Angst, deinem Vater gegenüberzutreten. Denkst du, dass er sich freuen wird, dich wiederzusehen?«

»Ich weiß es nicht«, erwiderte Vaelin aufrichtig.

»Dein Vater wollte, dass du zu ihm zurückkehrst«, sagte Elera. »Heißt das denn nicht, dass du ihm etwas bedeutest?«

Vaelin rutschte unbehaglich auf dem Stuhl hin und her. Er war den Erinnerungen an seinen Vater so lange aus dem Weg gegangen, dass diese Fragen ihn unvorbereitet trafen. »Ich habe keine Ahnung. Ich … kannte ihn kaum, bevor ich hierhergekommen bin. Er war oft fort, hat in den Kriegen des Königs gekämpft, und wenn er nach Hause kam, hat er nur wenig mit mir gesprochen.«

»Du hasst ihn also?«, erkundigte sich Dendrish Hendrahl. »Das kann ich auf jeden Fall verstehen.«

»Ich hasse ihn nicht. Ich kenne ihn gar nicht. Er gehört nicht zu meiner Familie. Meine Familie ist hier, beim Orden.«

In diesem Moment meldete sich zum ersten Mal der dünne Mann, Corlin Al Sentis, zu Wort. Seine Stimme klang rauh und krächzend. »Während der Laufprüfung hast du einen Mann getötet«, sagte er und sah Vaelin mit grimmigem Blick direkt in die Augen. »Hat dir das Spaß gemacht?«

Vaelin war bestürzt. *Sie wissen Bescheid! Wie viel wissen sie sonst noch über mich?*

»Aspekte tauschen sich untereinander aus, Junge«, erklärte ihm Dendrish Hendrahl. »Nur so kann unser Glaube fortbestehen. Ein gemeinsames Ziel und wechselseitiges Vertrauen. Das ist der Leitspruch unseres Landes. Und das solltest du nicht vergessen. Keine Sorge, deine schmutzigen Geheimnisse sind bei uns sicher. Beantworte die Frage, die Aspekt Sentis dir gestellt hat.«

Vaelin holte tief Luft und versuchte, sein heftig klopfendes Herz zu beruhigen. Er erinnerte sich an die Laufprüfung, das Sirren der Bogensehne, das ihn vor dem Pfeil des Meuchelmörders gewarnt hatte, das schlaffe, leblose Gesicht des Toten, und wie sich ihm der Magen umgedreht hatte, als er die Befiederung mit dem Messer abgeschnitten hatte ... »Nein. Nein, es hat mir keinen Spaß gemacht.«

»Bedauerst du es?«, hakte Corlin Al Sentis nach.

»Der Mann hat versucht, mich zu töten. Ich hatte keine Wahl. Ich kann nicht bedauern, überlebt zu haben.«

»Ist das also das Einzige, was dir etwas bedeutet?«, fragte Dendrish Hendrahl. »Am Leben zu bleiben?«

»Meine Brüder bedeuten mir etwas, und ebenso der Glaube und die Königslande ...« *Und Sella, die Hexe, und Erlin, der ihr bei der Flucht geholfen hat. Ihr hingegen könnt mir getrost gestohlen bleiben, Aspekt.*

Er erstarrte und wartete darauf, dass er getadelt oder bestraft werden würde, doch die drei Aspekte sagten nichts, sondern tauschten nur schwer deutbare Blicke aus. *Sie können wahrnehmen, wenn jemand lügt,* wurde ihm klar. *Aber sie können keine Gedanken lesen.* Er konnte Dinge vor ihnen verbergen, ohne lügen zu müssen. Das Schweigen würde sein Schutzschild sein.

Aspektin Elera meldete sich als Nächste zu Wort, und ihre Frage war die, die ihn bislang am meisten aus der Fassung brachte. »Erinnerst du dich an deine Mutter?«

Unvermittelt trat Ärger an die Stelle von Vaelins Unbehagen. »Wir lassen unsere Familien zurück, wenn wir in dieses Haus eintreten …«

»Werd nicht unverschämt, Junge!«, fauchte Aspekt Hendrahl. »Wir fragen, du antwortest. So läuft das hier.«

Vaelins Kiefer schmerzte, so sehr musste er sich zusammennehmen, um keine scharfe Erwiderung zu geben. Um Beherrschung ringend presste er hervor: »Natürlich erinnere ich mich an meine Mutter.«

»Ich ebenfalls«, sagte Aspektin Elera. »Sie war eine gute Frau, die viel geopfert hat, als sie deinen Vater heiratete und dich auf die Welt brachte. Wie du hatte sie ein Leben im Dienste des Glaubens gewählt. Sie war eine Schwester des fünften Ordens, deren Kenntnis der Heilkunst ihr große Anerkennung brachte. Sie sollte eine Meisterin unseres Hauses werden, vielleicht wäre sie irgendwann sogar Aspektin geworden. Auf Befehl des Königs begleitete sie sein Heer, als er gegen den ersten cumbraelischen Aufstand zu Felde zog. Deinen Vater lernte sie kennen, nachdem er sich in der Schlacht der Heiligen verletzt hatte. Während sie sich um seine Wunden kümmerte, verliebten sie sich ineinander, und sie verließ den Orden, um ihn zu heiraten. Hast du das gewusst?«

Ganz taub vor Überraschung konnte Vaelin nur den Kopf schütteln. Die Erinnerungen an seine Kindheit außerhalb des Ordens waren mit der Zeit verblasst, auch deshalb, weil er sich bewusst Mühe gegeben hatte, sie zu vergessen. Doch ihm fiel wieder ein, dass er sich gelegentlich über die ungleiche Herkunft seiner Eltern gewundert hatte. Ihre Art und Weise zu sprechen hatte sich sehr unterschieden; die kurzen Vokale seines Vaters und seine vielen Grammatikfehler hatten im starken Gegensatz zu der geradlinigen, klaren Aussprache seiner Mutter gestanden. Außerdem hatte sein Vater nur wenig Ahnung von Tischsitten gehabt und häufig mit den Händen gegessen, anstatt Messer und Gabel zu benutzen. Die sanften Zurechtweisungen seiner Mutter – »Bitte, Liebster. Wir sind hier nicht in der Kaserne« – hatten ihn ernsthaft verwirrt. Vaelin wäre jedoch im Traum nicht darauf gekommen, dass auch seine Mutter einmal dem Glauben gedient hatte.

»Wäre sie noch am Leben«, holte ihn die Stimme von Aspektin Elera in die Wirklichkeit zurück, »hätte sie dann zugelassen, dass du dein Leben dem Orden widmest?«

Die Verlockung zu lügen war beinahe überwältigend. Er wusste, was seine Mutter dazu gesagt, wie sie darüber gedacht hätte, ihn in diesem Gewand zu sehen, Hände und Gesicht mit Blutergüssen übersät – wie sehr es sie geschmerzt hätte. Wenn er es jedoch aussprach, dann wurde es Wirklichkeit, und er würde sich nicht mehr davor verstecken können. Er wusste, dass es eine Falle war. *Sie wollen, dass ich lüge*, wurde ihm klar. *Sie wollen, dass ich versage.*

»Nein«, sagte er. »Sie hat den Krieg gehasst.« Damit war es also heraus. Er führte ein Leben, das seine Mutter niemals gutgeheißen hätte. Er befleckte ihr Andenken.

»Hat sie dir das gesagt?«

»Nein, aber meinem Vater. Sie wollte nicht, dass er gegen die Meldeneer in den Krieg zog. Sie sagte, der Gestank von Blut widere sie an. Dieses Leben hätte sie nicht für mich gewollt.«

»Und wie fühlst du dich damit?«, hakte Elera nach.

Er sprach, ohne nachzudenken. »Schuldig.«

»Und dennoch bist du geblieben, obwohl du Gelegenheit hattest, den Orden zu verlassen.«

»Ich hatte das Gefühl, hierher zu gehören. Ich wollte bei meinen Brüdern bleiben. Ich wollte lernen, was der Orden mir beibringen kann.«

»Warum?«

»Ich … ich glaube, dass das meine Bestimmung ist. Dass der Glaube genau das von mir verlangt. Ich kenne das Schwert und den Stab, so wie der Schmied Hammer und Amboss kennt. Ich bin stark und schnell und schlau und …« Er zögerte, doch er wusste, dass er die Worte aussprechen musste, auch wenn es ihm schwer fiel. »Und ich kann töten«, sagte er und blickte der Aspektin in die Augen. »Ich kann töten, ohne zu zögern. Es ist meine Bestimmung, ein Krieger zu werden.«

Im Raum herrschte Stille, bis auf das leise Schmatzen von Aspekt Hendrahl, der sich eine weitere Kirsche in den Mund geschoben hatte.

Vaelin blickte von einem zum anderen, überrascht darüber, dass keiner der Aspekte ihm in die Augen schauen wollte. Elera Al Mendahs Reaktion entsetzte ihn am meisten; sie betrachtete ihre gefalteten Hände auf dem Tisch und sah aus, als würde sie jeden Moment in Tränen ausbrechen.

Schließlich durchbrach Dendrish Hendrahl das Schweigen. »Das genügt, Junge. Du kannst gehen. Sprich nicht mit deinen Freunden auf dem Weg nach draußen.«

Vaelin erhob sich unsicher. »Ist die Prüfung vorbei, Aspekt?«

»Ja. Du hast bestanden. Meinen Glückwunsch. Ich bin sicher, dass du dem sechsten Orden Ehre machen wirst.« Sein säuerlicher Tonfall deutete darauf hin, dass er das nicht als Kompliment meinte.

Vaelin ging auf die Tür zu, erleichtert darüber, der bedrückenden Stimmung und den bohrenden Blicken der Aspekten entfliehen zu können.

»Bruder Vaelin.« Corlin Al Sentis' kalte, rauhe Stimme ließ ihn innehalten, als er gerade nach dem Türknauf griff.

Vaelin unterdrückte ein verzweifeltes Seufzen und wandte sich widerwillig um. Corlin Al Sentis' fanatischer Blick war auf ihn gerichtet. Aspektin Elera hingegen sah zu Boden, und Dendrish Hendrahl musterte ihn nur noch flüchtig und desinteressiert.

»Ja, Aspekt?«

»Hat sie dich berührt?«

Vaelin wusste natürlich, von wem er sprach. Es war närrisch von ihm gewesen zu glauben, dass er die Prüfung beenden konnte, ohne sich dieser Frage stellen zu müssen. »Ihr meint Sella, Aspekt?«

»Ja, Sella, die Mörderin, Leugnerin und Adeptin des Dunklen. Du hast ihr und dem Verräter in der Wildnis geholfen, nicht wahr?«

»Ich habe erst später erfahren, wer sie sind, Aspekt.« Die Wahrheit, hinter der sich eine Lüge verbarg. Er spürte, wie ihm der Schweiß ausbrach, und hoffte, dass es seinem Gesicht nicht anzumerken war. »Sie waren Fremde, die in einen Sturm geraten waren. Der Katechismus der Barmherzigkeit lehrt uns, einen Fremden wie einen Bruder zu behandeln.«

Corlin Al Sentis hob leicht den Kopf, und sein starrer Blick nahm etwas Berechnendes an. »Ich wusste nicht, dass in diesem Haus der Katechismus der Barmherzigkeit überhaupt gelehrt wird.«

»Das wird er auch nicht, Aspekt. Meine … Mutter hat mir sämtliche Katechismen beigebracht.«

»Ja. Sie war eine Dame von großer Barmherzigkeit. Du hast meine Frage nicht beantwortet.«

Hierbei musste er nicht lügen. »Nein, sie hat mich nicht berührt, Aspekt.«

»Kennst du die Kraft ihrer Berührung? Was sie in der Seele eines Menschen anrichten kann?«

»Bruder Makril hat es mir gesagt. Ich habe wahrhaftig Glück gehabt, dass mir ein solches Schicksal erspart geblieben ist.«

»Ja, wahrhaftig.« Der Blick des Aspekten wurde ein klein wenig weicher. »Diese Prüfung ist dir bestimmt nicht leicht gefallen, aber die Dinge, die dich in Zukunft erwarten, werden noch weitaus schwieriger sein. Das Leben in deinem Orden ist nicht einfach. Viele deiner Brüder werden verstümmelt werden oder dem Wahnsinn anheimfallen, ehe die Ahnen sie zu sich rufen. Das weißt du doch sicher, oder?«

Vaelin nickte. »Ja, Aspekt.«

»Es spricht für dich, dass du beschlossen hast zu bleiben, obwohl du den Orden ohne jeden Ehrverlust hättest verlassen können. Mit deiner Treue gegenüber dem Glauben wirst du in die Geschichte eingehen.«

Aus irgendeinem Grund kamen Vaelin die Worte des Aspekten wie eine Drohung vor – eine, derer sich der Aspekt nicht einmal bewusst war. Doch er zwang sich zu erwidern: »Ich danke Euch, Aspekt.«

Draußen schloss er leise die Tür hinter sich, lehnte sich mit dem Rücken dagegen und stieß erleichtert den Atem aus. Einen Moment lang bemerkte er die Blicke der anderen gar nicht. Sie wirkten besorgt, besonders Dentos.

»Mögen die Ahnen mir beistehen«, flüsterte Dentos, ganz offensichtlich entsetzt über Vaelins Gesichtsausdruck.

Vaelin straffte den Rücken, setzte ein schwaches Lächeln auf und ging davon, wobei er sich zusammennehmen musste, um nicht zu rennen.

◆ ◆ ◆

Mit Ausnahme von Dentos ließ die Wissensprüfung sie alle in düsterer Stimmung zurück. Caenis schwieg, Barkus gab nur einsilbige Antworten, Nortah war wütend und streitsüchtig und Vaelin so sehr mit den Erinnerungen an seine Mutter beschäftigt, dass er den Rest des Tages in einem elenden Dämmerzustand verbrachte. Er fütterte Bosko und wehrte seine Spielversuche ab, bevor er sich den anderen anschloss, die sich auf dem Übungsplatz zu einer halbherzigen Partie Messerwerfen getroffen hatten.

»Die ganze Prüfung war ein Haufen Bockmist«, sagte Dentos – der offenbar als Einziger seinen Humor nicht verloren hatte –, während er sein Messer hochwarf, um das Brett zu treffen, das Barkus in die Luft geschleudert hatte. Sein Frohsinn war umso ärgerlicher, weil er die Stimmung seiner Kameraden gar nicht zu bemerken schien. »Ich meine, sie haben mir keine einzige Frage zum Orden gestellt, nur über meine Mutter und meine Herkunft. Diese Aspektin, Elera Irgendwas, hat mich gefragt, ob ich Heimweh hätte. Heimweh? Als ob ich je in dieses Drecksloch zurückkehren wollte.«

Er nahm das Brett, zog sein Messer heraus und schleuderte es für Nortah erneut in die Höhe. Nortahs Messer verfehlte das Brett jedoch um Längen und hätte sogar beinahe Dentos am Kopf getroffen.

»He, Vorsicht!«

»Hör auf, über die Prüfung zu reden«, sagte Nortah in drohendem Tonfall.

»Was ist denn?« Dentos lachte, ehrlich verwirrt. »Ich meine, wir haben sie doch alle bestanden, oder? Wir sind immer noch beim Orden, und wir werden zum Jahrmarkt fahren dürfen.«

Vaelin fragte sich, warum ihm eigentlich noch gar nicht bewusst geworden war, dass sie die Prüfung tatsächlich alle bestanden hatten. *Weil es dir nicht wie ein Erfolg vorkommt*, dachte er.

»Wir wollen einfach nicht darüber reden, Dentos«, sagte er. »Für uns war es nicht ganz so leicht wie für dich. Am besten wir vergessen das Ganze.«

Insgesamt fielen sechs Jungen aus anderen Trupps durch die Prüfung und mussten den Orden verlassen. Am nächsten Morgen sahen Vaelin und die anderen bei der Verabschiedung zu: Dunkle, gebeugte Gestalten gingen schweigend durch das Tor und verschwanden im Nebel, auf dem Rücken das Bündel mit den wenigen Habseligkeiten, die sie hatten behalten dürfen. Ihr Schluchzen hallte auf dem ganzen Hof wider. Es war unmöglich festzustellen, ob es nur einer der Jungen war, der weinte, oder ob sie alle Tränen vergossen. Selbst nachdem sie schon außer Sichtweite waren, war das Schluchzen noch zu hören.

»Ich würde keine Tränen vergießen, so viel steht fest«, sagte Nortah. In ihre Umhänge gehüllt standen sie auf der Mauer und warteten darauf, dass die Sonne den Nebel wegbrannte und im Speisesaal das Frühstück aufgetischt wurde.

»Ich frage mich, wohin sie gehen werden«, sagte Barkus. »Ob es für sie überhaupt irgendein Ziel gibt.«

»Zum königlichen Heer«, erwiderte Nortah. »Das ist voller Männer, die vom Orden ausgestoßen wurden. Vielleicht hassen sie uns deshalb so sehr.«

»Scheiß drauf«, knurrte Dentos. »Ich wüsste, wohin ich gehen würde. Direkt zum Hafen. Ich würde mir eine Koje auf einem der großen Handelsschiffe mieten. Mein Onkel Fantis ist mit einem solchen Schiff in den Fernen Westen gefahren und stinkreich zurückgekehrt. Seide und Arzneien. Der einzige reiche Mann in der Geschichte unseres Dorfes. Allerdings hat es ihm nicht viel genützt: Ein Jahr nach seiner Rückkehr ist er gestorben. Hatte sich bei einer Hafenhure den schwarzen Schanker eingefangen.«

»Das Schiffsleben ist ein Hundeleben, soweit ich gehört habe«, sagte Barkus. »Schlechtes Essen, Prügel, Schuften von morgens bis abends. Genau wie im Orden, na ja, bis auf das Essen. Ich würde wahrscheinlich in den Wald gehen und ein berühmter Bandit werden. Ich würde eine Bande Halsabschneider um mich versammeln, aber wir würden niemandem wirklich die Kehle durchschneiden, bloß Gold und Juwelen stehlen. Und auch das nur den Reichen. Die Armen haben ja nichts, was es zu stehlen lohnt.«

»Du scheinst alles schon genau durchdacht zu haben, Bruder«, entgegnete Nortah trocken.

»Man muss doch wissen, was man im Leben will. Und was ist mit dir? Wohin würdest du gehen?«

Nortah wandte sich wieder dem Tor zu, das noch in Morgennebel gehüllt war, und auf seinem Gesicht spiegelte sich eine Sehnsucht, wie Vaelin sie bei ihm noch nie zuvor gesehen hatte. »Nach Hause«, sagte Nortah leise. »Ich würde einfach nach Hause gehen.«

FÜNFTES KAPITEL

E twa eine Woche nach der Wissensprüfung brachte Meister Sollis
sie in eine riesige Werkstatt, die direkt neben dem Innenhof lag und
die von Hitze und dem Gestank von Rauch und Metall erfüllt war. Dort
erwartete sie Meister Jestin, der Erste Schmied des Ordens, der sonst
nur selten in Erscheinung trat. Jestin war ein großgewachsener Mann,
der Stärke und Selbstvertrauen ausstrahlte. Die kräftigen Arme hatte
er vor der Brust verschränkt, und sein stark behaarter Körper war mit
unzähligen rosafarbenen Narben überzogen, die von Spritzern geschmolzenen Metalls herrührten. So kräftig, wie er war, fragte sich
Vaelin, ob er die Verletzungen überhaupt gespürt hatte.

»Meister Jestin wird eure Schwerter für euch schmieden«, teilte Sollis ihnen mit. »In den nächsten zwei Wochen werdet ihr ihm bei der
Arbeit zur Hand gehen. Wenn ihr die Schmiede wieder verlasst, wird
jeder von euch ein Schwert besitzen, das ihr während eurer Jahre beim
Orden tragen werdet. Denkt daran, dass Meister Jestin bei Weitem
nicht so großzügig und nachsichtig ist wie ich, also haltet euch an seine
Anweisungen.«

Kurz darauf waren sie mit dem Schmied allein und standen schweigend da, während dieser sie mit seinen leuchtend blauen Augen einzeln
musterte.

»Du da.« Er deutete mit einem dicken, rußgeschwärzten Finger auf Barkus, der gerade einen Stapel frisch geschmiedeter Streitäxte betrachtete. »Du warst schon mal in einer Schmiede?«

Barkus zögerte. »Mein V… Ich bin in Nilsael in der Nähe einer Schmiede aufgewachsen, Meister.«

Vaelin warf Caenis einen Blick zu und zog eine Augenbraue hoch. Barkus hielt sich immer strikt an die Regeln und hatte bisher nur wenig über seine Herkunft durchblicken lassen. Es war deshalb eine Überraschung zu erfahren, dass sein Vater Handwerker war. Söhne von Handwerkern verschlug es nur selten in den Orden. Wenn ein Junge eine Zukunft hatte, warum sollte er sein Glück woanders suchen?

»Hast du schon mal beim Schmieden eines Schwertes zugeschaut?«, fragte Meister Jestin.

»Nein, Meister. Nur bei Messern, Pflugscharen, jede Menge Hufeisen und ein oder zwei Windfahnen.« Er lachte kurz. Meister Jestin jedoch blieb vollkommen ernst.

»Windfahnen sind nicht leicht herzustellen«, sagte er. »Das kann nicht jeder Schmied. Nur Meisterschmiede dürfen so etwas. Das ist Gesetz der Gilde. Metall so zu formen, dass es das Lied des Windes deuten kann, ist eine seltene Kunst. Wusstest du das?«

Barkus wandte den Blick ab, und Vaelin wurde klar, dass er wegen irgendetwas zurechtgewiesen wurde. Zwischen Barkus und dem Schmied war etwas vorgefallen, das Vaelin und die anderen nicht nachvollziehen konnten. Es hatte etwas mit diesem Ort zu tun und der Kunst, die hier ausgeübt wurde, aber Vaelin wusste, dass Barkus nicht darüber reden würde. Auf seine Art hatte er genauso viele Geheimnisse wie sie alle. »Nein, Meister«, war alles, was Barkus erwiderte.

»Diese Werkstatt«, sagte Meister Jestin und breitete die Arme aus. »Diese Werkstatt gehört zwar zum Orden, aber sie ist mein Reich. Hier bin ich König, Aspekt, Kommandant, Herr und Meister. Und es ist kein Ort für Schabernack und Spielereien, sondern ein Ort der Arbeit und des Lernens. Der Orden verlangt von euch, dass ihr die Kunst der Metallbearbeitung erlernt. Um eine Waffe wirklich geschickt führen zu können, müsst ihr wissen, wie sie hergestellt wurde. Ihr müsst bei ihrer Erschaffung selbst Hand anlegen. Die Schwerter, die ihr hier schmieden werdet, werden euch in den nächsten Jahren beim Kampf für den

Glauben am Leben erhalten. Also gebt euch Mühe, und ihr werdet ein Schwert haben, auf das ihr euch verlassen könnt. Eine starke Klinge, mit einer Schneide, die scharf genug ist, um Stahlplatten zu durchtrennen. Schludert ihr bei der Arbeit, wird euer Schwert in der ersten Schlacht zerbrechen, und ihr werdet sterben.«

Erneut sah er Barkus an, und in seinem kalten Blick lag eine Frage. »Der Glaube ist die Quelle all unserer Stärke, doch unser Dienst am Glauben erfordert Stahl. Mit Stahl ehren wir den Glauben. Stahl und Blut – das ist eure Zukunft. Habt ihr verstanden?«

Sie murmelten alle zustimmend, doch Vaelin wusste, dass die Frage eigentlich an Barkus gerichtet war.

Den Rest des Tages verbrachten sie damit, Koks in die Esse zu schaufeln und von einem schwer beladenen Karren auf dem Hof Eisenstangen in die Schmiede zu tragen. Meister Jestin arbeitete derweil am Amboss, wo sein Hammer funkensprühend auf Metall einschlug. Hin und wieder blickte er auf und gab ihnen ein paar Anweisungen. Vaelin fand die Arbeit trostlos und eintönig; seine Kehle war vom Rauch rauh, und seine Ohren dröhnten vom endlosen Lärmen des Hammers.

»Ich kann verstehen, warum du dein Leben nicht als Schmied verbringen wolltest, Barkus«, sagte er, als sie sich am Abend erschöpft zum Schlafsaal zurückschleppten.

»Ich muss schon sagen«, stimmte Dentos mit ein und rieb seinen rechten Arm, »da übe ich doch lieber einen Tag lang Bogenschießen.«

Barkus erwiderte nichts, sondern schwieg den Rest des Abends, während sie müde vor sich hin grummelten. Wahrscheinlich hörte er sie gar nicht, sondern war immer noch mit Meister Jestins Fragen beschäftigt, den ausgesprochenen und den unausgesprochenen.

◆ ◆ ◆

Am nächsten Tag kehrten sie in die Schmiede zurück und trugen erneut Säcke voll Koks in die große Kammer, die als Lagerraum für Feuerungsmaterial diente. Meister Jestin sprach nur wenig. Er war damit beschäftigt, die Eisenstangen, die sie am Vortag in die Schmiede gebracht hatten, einzeln in Augenschein zu nehmen. Er hielt sie hoch ins Licht, fuhr mit dem Finger darüber und gab entweder ein zufriedenes Knurren von sich und legte sie zurück auf den Stapel oder schüttelte ärgerlich den Kopf und warf sie auf einen kleinen, aber stetig wachsenden Haufen mit Ausschuss.

»Wonach schaut er denn da?«, fragte Vaelin, während er stöhnend einen weiteren schweren Sack im Lagerraum absetzte. »Ist denn nicht ein Stück Eisen so gut wie das andere?«

»Er sucht nach Unreinheiten«, antwortete Barkus und sah zu Meister Jestin hinüber. »Die Stangen wurden von einem anderen Schmied hergestellt, höchstwahrscheinlich einem, dessen Fähigkeiten nicht an die unseres Meisters heranreichen. Er überprüft, ob der andere Schmied womöglich zu viel minderwertiges Eisen in die Legierung getan hat.«

»Wie findet er das heraus?«

»Hauptsächlich durch Abtasten. Die Stangen bestehen aus mehreren Schichten Eisen, die zusammengehämmert und dann verdrillt und abgeflacht wurden. Während des Schmiedens entsteht eine Maserung im Metall. Anhand dieser Maserung kann ein guter Schmied hochwertige Stangen von schlechten unterscheiden. Ich habe Geschichten über Schmiede gehört, die die Qualität sogar am Geruch erkennen können.«

»Könntest du das? Ich meine nicht das Riechen, sondern das Abtasten?«

Barkus lachte, doch es klang leicht verbittert. »Im Leben nicht.«

Zur Mittagszeit erschien Meister Sollis und befahl ihnen, sich für ein paar Lektionen im Schwertkampf auf dem Übungsplatz einzufinden, damit ihre Fähigkeiten nicht einrosteten. Sie waren erschöpft von der schweren Arbeit in der Schmiede, und Sollis' Rohrstock sauste öfter herab als sonst. Allerdings schmerzten seine Schläge nicht mehr so stark wie früher, und Vaelin fragte sich, ob Meister Sollis wohl weniger hart zuschlug. Doch er verwarf den Gedanken sogleich wieder. Nicht Meister Sollis wurde nachgiebiger, sie selbst waren inzwischen abgehärteter. *Er hat uns in Form geschlagen*, dachte Vaelin. *Er ist unser Schmied.*

◆ ◆ ◆

»Zeit, die Esse anzuheizen«, sagte Meister Jestin, als sie nach einem hastig eingenommenen Mittagessen in die Schmiede zurückkehrten. »Bei der Esse gibt es nur eines zu beachten.« Er hielt seine muskulösen Arme hoch und zeigte ihnen die zahllosen Narben, die seine Haut überzogen. »Sie ist heiß.«

Er befahl ihnen, mehrere Säcke Koks in den Steinkreis zu schütten, der die Esse bildete. Dann sollte Caenis den Koks anzünden, wozu er mit einer brennenden Wachskerze in der Hand unter den Ofen kriechen und die Eichenholzspäne in Brand setzen musste, die als Zunder dienten. Vaelin wäre davor zurückgeschreckt, doch Caenis erfüllte seine Aufgabe ohne zu zögern. Kurz darauf tauchte er wieder auf, rußgeschwärzt, aber unverletzt. »Scheint gut zu brennen, Meister«, meldete er.

Meister Jestin beachtete ihn gar nicht, sondern kauerte sich nieder, um die wachsenden Flammen zu begutachten. »Du da!« Er nickte Vaelin zu. Er nannte sie nie beim Namen – offenbar war es ihm zu mühselig, sie sich zu merken. »An den Blasebalg. Du auch.« Er schnippte mit dem Finger in Nortahs Richtung. Barkus, Dentos und Caenis sollten sich dagegen bereithalten und seine Befehle abwarten.

Den schweren Hammer in der Hand nahm Meister Jestin eine der Eisenstangen von dem Stapel neben dem Amboss. »Eine Schwertklinge nach asraelischer Machart wird aus drei Eisenstangen hergestellt«, erklärte er ihnen. »Eine dicke Mittelstange und zwei dünnere für die Schneiden. Das hier«, er hielt die Eisenstange hoch, »ist eine Randstange. Sie muss erst noch geformt werden, bevor sie mit den anderen verschmolzen werden kann. Die Schneide ist bei einem Schwert am schwierigsten zu schmieden. Sie muss dünn sein, aber gleichzeitig robust. Sie muss scharf sein, aber auch den Schlag einer anderen Klinge aushalten. Schaut euch das Metall genau an.« Er hielt jedem von ihnen die Stange hin. Seine rauhe, krächzende Stimme wirkte seltsam beschwörend. »Seht ihr die schwarzen Flecken hier?«

Vaelin betrachtete die Stange und entdeckte im Dunkelgrau des Eisens einige kleine schwarze Punkte.

»Das wird Sternensilber genannt, denn es leuchtet heller als der Himmel, wenn man es ins Feuer hält«, fuhr Jestin fort. »Aber es ist kein Silber, sondern ein besonders seltenes Eisen, das aus der Erde stammt wie alle Metalle. Es hat nichts Dunkles an sich. Doch es ist das Sternensilber, das die Schwerter des Ordens robuster macht als andere. Damit werden eure Klingen Schlägen standhalten, unter denen andere zerbrechen würden, und wenn ihr sie richtig handhabt, werden sie sogar Kettenpanzer und Rüstungen durchschlagen können. Das ist unser Geheimnis. Hütet es gut.«

Er bedeutete Vaelin und Nortah, dass sie anfangen sollten, den Blasebalg zu bedienen. Und schon bald wurden ihre Mühen damit belohnt, dass der Kokshaufen orangerot zu glühen begann. »Also«, sagte Meister Jestin und hob den Hammer auf die Schulter. »Schaut genau zu und merkt euch, wie es gemacht wird.«

Vaelin und Nortah kamen kräftig ins Schwitzen, während sie den schweren Holzgriff des Blasebalgs betätigten. Die Hitze in der Schmiede stieg mit jedem Luftzug, den sie in die Esse bliesen. Der Rauch schien immer dichter zu werden, und das Atmen fiel ihnen zunehmend schwer.

Bei den Ahnen, nun mach schon, stöhnte Vaelin innerlich. Seine schweißbedeckten Arme schmerzten, und Meister Jestin wartete … und wartete.

Schließlich war es der Schmied zufrieden. Mit einer Eisenzange nahm er die Stange auf und schob sie in die Esse. Er wartete, bis das orangerote Glühen ins Metall geflossen war, dann nahm er es heraus und legte es auf den Amboss. Der erste Schlag war leicht, kaum mehr als ein Klopfen. Danach begann der Meister richtig zu arbeiten; der Hammer hob und senkte sich mit der Regelmäßigkeit eines Trommelschlags. Funken stoben auf. Manchmal sauste der Hammer so schnell nieder, dass Vaelin der Bewegung kaum folgen konnte. Seltsamerweise schien sich die glühende Stange anfangs kaum zu verändern, obwohl sie ein wenig länger wirkte, als Meister Jestin sie erneut in die Esse schob. Dabei bedeutete er Vaelin und Nortah verärgert, dass sie stärker pumpen sollten.

So ging es nun weiter. Vaelin kam es wie eine Stunde vor, obwohl höchstens zehn Minuten vorüber waren. Meister Jestin hämmerte auf die Stange ein, schob sie wieder in die Esse und hämmerte erneut auf ihr herum. Vaelin begann, sich nach dem Drill auf dem Übungsplatz zu sehnen. Selbst Nahkampf auf gefrorenem Boden war besser als das hier. Als Meister Jestin ihnen zu verstehen gab, dass sie aufhören durften, stolperten sie vom Blasebalg weg und steckten die Köpfe zur Tür hinaus, um die süße, saubere Luft einzuatmen.

»Der Schweinehund will uns umbringen«, keuchte Nortah.

»Kommt wieder rein«, knurrte Meister Jestin, und sie gingen zurück in die Werkstatt. »Ihr müsst euch an richtige Arbeit gewöhnen. Schaut her.« Er hielt die Stange hoch, die nun nicht mehr walzenförmig war, sondern drei Kanten hatte. »Das ist eine Schneide. Im Moment wirkt sie noch unfertig, aber mit ihren Brüdern verschweißt, wird sie ihre wahre Bestimmung zeigen.«

Nun sollten Dentos und Caenis den Blasebalg übernehmen, und Meister Jestin machte sich daran, die zweite Schneide herzustellen. Das Schlagen des Hammers wechselte sich mit dem Keuchen der Jungen ab, während sie den Griff des Blasebalgs bedienten. Als die zweite Schneide fertig war, nahm Meister Jestin sich die dicke Mittelstange vor. Seine Schläge wurden härter und schneller. Er streckte die Stange, sodass sie mit der Länge der Schneiden übereinstimmte. Nach dem Anlassen des Stahls war schließlich ein leicht erhobenes Mittelteil entstanden. Als er damit fertig war, standen Caenis und Dentos kurz vor dem Zusammenbruch, und Barkus übernahm mit Vaelin den Blasebalg. Mit Hilfe einer Klammer fügte der Schmied die drei Stahlstangen am unteren Ende zusammen und ging daran, sie miteinander zu verschweißen.

»Beim Verschweißen zeigt sich, wer ein guter Schwertschmied ist«, erklärte er den Jungen. »Das ist am schwierigsten zu lernen. Schlägt man zu hart zu, verdirbt die Klinge, schlägt man zu sanft zu, verbinden sich die Stangen nicht richtig miteinander.« Er sah zu Vaelin und Barkus hinüber. »Immer kräftig weiterpumpen, damit das Feuer heiß bleibt. Nicht nachlassen.«

Vaelin betete darum, dass es bald vorbei sein möge. Doch während der Arbeit fiel sein Blick auf Barkus, der mit faszinierter Miene beobachtete, wie Meister Jestin am Amboss seine Arbeit verrichtete. Barkus' Arme hoben und senkten sich pausenlos, und er schien keinerlei Schmerzen zu spüren. Anfangs fragte sich Vaelin, was ihn am Anblick des Meisters wohl so fesseln mochte – ein Mann, der mit einem Hammer auf ein Stück Metall einschlug, mehr war es schließlich nicht. Er sah darin nichts Aufregendes oder Geheimnisvolles. Doch nach einer Weile zog auch ihn die langsam entstehende Klinge immer mehr in ihren Bann. Die Eisenstangen verbanden sich unter den Hammerschlägen zu einem Ganzen. Mitunter blitzten die Flecken aus Sternensilber in den Schneiden auf, wenn Meister Jestin die Klinge aus der Esse nahm, und sie blendeten Vaelin. Der Schmied hatte gesagt, dass Sternensilber nur ein einfaches Metall war, und Vaelin glaubte ihm; dennoch war es beunruhigend.

»Du da!« Meister Jestin hatte die Spitze ausgeschmiedet und nickte nun Nortah zu. »Hol den Eimer.«

Gehorsam schleppte Nortah den schweren Holzeimer heran, der fast bis zum Rand mit Wasser gefüllt war. Das Wasser schwappte ihm auf die Füße, als er den Eimer abstellte. »Das ist Salzwasser«, erklärte Jestin. »Eine in Sole abgeschreckte Klinge wird immer robuster sein als eine, die in Süßwasser getaucht wurde. Tretet zurück, gleich kocht es hoch.«

Meister Jestin packte die Klinge an der Angel und tauchte sie in den Eimer. Zischend stieg der Dampf auf, als die Hitze ins Wasser überging. Der Meister ließ die Klinge so lange im Eimer, bis das Blubbern aufgehört hatte, dann zog er sie heraus und hielt das dampfende Metall hoch, um es zu begutachten. Es war schwarz von Ruß, doch Meister Jestin wirkte zufrieden. Die Ränder waren glatt, die Spitze symmetrisch.

»Jetzt fängt die eigentliche Arbeit an«, sagte er. »Du da!«, rief er Caenis zu. »Weil du die Esse angezündet hast, bekommst du das hier.«

»Ähm, danke, Meister«, sagte Caenis, der offenbar überlegte, ob das eine Ehre oder eine Strafe war.

Jestin trug die Klinge zum anderen Ende der Schmiede und legte sie dort auf eine Werkbank, neben einem großen, mit einem Pedal angetriebenen Schleifstein. »Eine frisch geschmiedete Klinge ist nur halbfertig«, erklärte er ihnen. »Sie muss geschärft, geschliffen und poliert werden.« Er ließ Caenis an den Schleifstein treten, setzte diesen mit Hilfe des Pedals in Bewegung und zeigte ihnen, wie man einen guten Rhythmus entwickelte, indem man »eins, zwei, eins, zwei« zählte. Dann befahl er Caenis, die Drehgeschwindigkeit zu erhöhen und die Klinge an den Stein zu halten. Die dabei hochsprühenden Funken ließen Caenis erschrocken zurückfahren, doch Jestin forderte ihn auf weiterzumachen. Er führte seine Hände, damit die Klinge den richtigen Winkel hatte, und zeigte ihm dann, wie er sie über den Stein schieben musste, damit die gesamte Länge geschliffen wurde. »Genau so«, knurrte er, als Caenis genügend Selbstvertrauen gewonnen hatte, dass er die Klinge selbst über den Schleifstein ziehen konnte. »Zehn Minuten auf jeder Seite, dann zeigst du mir, was du vollbracht hast. Ihr anderen zurück an die Esse. Du da und du da zum Blasebalg ...«

Und so arbeiteten sie schwitzend weiter – sieben lange Tage bedienten sie den Blasebalg, schliffen Kanten und arbeiteten Poliermittel in die Klinge ein, damit der Ruß verschwand und sie wie Silber glänzte. Keiner von ihnen kam ganz ohne Blessuren davon. Vaelin zog sich eine rote Narbe auf dem Handrücken zu, wo ihn ein Spritzer geschmolzenen Metalls getroffen hatte. Der Schmerz und der Geruch seiner verbrannten Haut verursachten ihm Übelkeit. Die anderen erlitten ähnliche Verletzungen. Am schlimmsten traf es Dentos, der in einem unbedachten Moment am Schleifstein ein paar Funken in die Augen bekam. Sie hinterließen schwarze Narben an seinem linken Auge; sein Sehvermögen war davon aber zum Glück nicht betroffen.

Trotz der Erschöpfung, der Gefahr, sich schwere Verletzungen zuzuziehen, und der eintönigen Arbeit konnte Vaelin sich einer gewissen Faszination nicht entziehen. Es hatte etwas seltsam Schönes: das langsame Entstehen der Klinge unter Meister Jestins Hammerschlägen, das Schärfen am Schleifstein, die Maserung, die beim Polieren hervortrat, dunkle Wirbel im Blaugrau des Stahls – als seien die Flammen der Esse im Metall erstarrt.

»Das kommt vom Verschweißen der Stangen«, erklärte Barkus. »Wenn verschiedene Metalllegierungen miteinander verbunden werden, hinterlässt das Spuren. Und durch das Sternensilber ist das bei den Ordensschwertern noch deutlicher zu sehen.«

»Das gefällt mir«, sagte Vaelin und hielt die halb fertigpolierte Klinge ins Licht hoch. »Es sieht ... interessant aus.«

»Ist doch nur Metall.« Barkus seufzte und wandte sich wieder dem Schleifstein zu, wo er gerade die Schneide seines Schwertes bearbeitete. »Man erhitzt es und schlägt es in Form. Das ist das ganze Geheimnis.«

Vaelin sah zu, wie sein Freund den Schleifstein bediente. Seine Hände bewegten sich gekonnt, und er bearbeitete die Schneide mit messerscharfer Präzision. Als Barkus an der Reihe gewesen war, hatte Meister Jestin sich nicht einmal die Mühe gemacht, ihm zu zeigen, wie der Schleifstein bedient wurde. Er hatte ihm die Klinge gereicht und sich abgewandt. Irgendwie wusste der Schmied, was er Barkus zutrauen konnte, dabei hatten sie nur wenig miteinander gesprochen und lediglich hier und da ein paar Bemerkungen ausgetauscht. Dennoch war es so, als würden sie schon jahrelang zusammenarbeiten. Aber Barkus zeigte keine Freude an der Arbeit, keine Zufriedenheit. Er war mit großem Ernst bei der Sache, und an Geschick konnte es keiner von ihnen mit ihm aufnehmen, aber sobald sie die Schmiede betraten, verwandelte sich sein Gesicht in eine Maske grimmigen Erduldens, wie sie es von ihm gar nicht kannten. Und erst wenn sie hinausgingen auf den Übungsplatz oder in den Speisesaal, hellte sich seine Miene wieder auf.

Am nächsten Tag wurde das Heft an der Klinge angebracht. Die Hefte waren vorgefertigt und nahezu identisch. Meister Jestin befestigte sie mit drei Eisennägeln, die in die Angel geschlagen wurden, auf der das Heft steckte. Als Nächstes sollten sie die Nagelköpfe zurechtfeilen, damit sie nicht aus dem Eichenholzgriff herausragten.

»Damit seid ihr fertig«, sagte Jestin ihnen am Abend dieses Tages. »Die Schwerter gehören euch. Macht guten Gebrauch von ihnen.« Es war das erste Mal, dass er wie die anderen Meister klang. Dann wandte er sich ohne ein weiteres Wort wieder der Esse zu. Unsicher standen sie da, die Schwerter in den Händen, und fragten sich, ob sie irgendetwas erwidern sollten.

»Ähm«, räusperte sich Caenis schließlich. »Wir danken Euch für Eure Weisheit, Meister.«

Jestin legte eine unvollendete Speerspitze auf den Amboss und begann, den Blasebalg zu bedienen.

»Unsere Zeit hier war sehr …«, wollte Caenis fortfahren, aber Vaelin stieß ihn an und deutete auf die Tür.

Als sie schon fast draußen waren, sagte Jestin: »Barkus Jeshua.«

Sie blieben stehen, und Barkus wandte sich mit argwöhnischem Blick um. »Ja, Meister?«

»Diese Tür steht für dich jederzeit offen«, sagte Jestin, ohne von seiner Arbeit aufzublicken. »Ich könnte deine Hilfe gebrauchen.«

»Es tut mir leid, Meister«, erwiderte Barkus mit tonloser Stimme, »aber ich fürchte, dass mir meine Ausbildung nur wenig Zeit lässt.«

Jestin ließ den Blasebalg los und schob die Speerspitze in die Esse.

»Ich werde hier sein, und die Esse auch. Wenn du einmal genug haben solltest vom Blutvergießen, bist du uns gerne willkommen.«

◆ ◆ ◆

Barkus erschien nicht zum Abendessen, was noch nie vorgekommen war. Vaelin fand ihn, nachdem er Bosko im Hundezwinger besucht hatte, auf der Festungsmauer. »Hab dir ein paar Reste mitgebracht.« Vaelin reichte ihm einen Beutel mit einem Stück Pastete und einigen Äpfeln.

Barkus bedankte sich mit einem Nicken, doch sein Blick blieb auf den Fluss gerichtet, wo ein Kahn gerade stromaufwärts nach Varinsburg fuhr.

»Du willst es wissen«, sagte Barkus nach einer Weile. In seiner Stimme lag keine Spur seiner üblichen Fröhlichkeit, stattdessen entdeckte Vaelin zu seinem Erschrecken etwas Furcht darin.

»Wenn du es mir erzählen willst«, erwiderte er. »Wir alle haben unsere Geheimnisse, Bruder.«

»Zum Beispiel, warum du dieses Tuch mit dir herumträgst.« Barkus deutete auf Sellas Tuch an Vaelins Hals. Vaelin steckte es unter sein Hemd und klopfte Barkus auf die Schulter, bevor er sich zum Gehen wandte.

»Das erste Mal ist es passiert, als ich zehn Jahre alt war«, sagte Barkus.

Vaelin blieb stehen und wartete darauf, dass er weitersprach. Manchmal war Barkus genauso verschlossen wie die anderen Jungen, dann half auch keine Überredungskunst.

»Von Kindesbeinen an habe ich in der Schmiede meines Vaters gearbeitet«, fuhr Barkus nach einer Weile fort. »Ich habe ihm immer gerne dabei zugeschaut, wie er das Metall bearbeitete und es in der Esse zum Glühen brachte. Für die meisten ist die Arbeit eines Schmieds ein Buch mit sieben Siegeln. Mir erschien es so einfach, so selbstverständlich. Ich habe alles verstanden. Mein Vater musste mir kaum etwas beibringen, ich wusste von selbst, was ich tun musste. Noch bevor der Hammer sich senkte, wusste ich, welche Form das Metall annehmen würde. Ich sah auf den ersten Blick, ob eine Pflugschar etwas taugte oder ob ein Hufeisen halten würde. Mein Vater war stolz auf mich, dessen war ich mir sicher. Er redete nie besonders viel. Nicht so wie ich – das habe ich von meiner Mutter. Aber ich wusste, dass er stolz auf mich war, und ich wollte ihn noch stolzer machen. Ich hatte Formen von Messern, Schwertern und Äxten im Kopf, die nur darauf warteten, geschmiedet zu werden. Ich wusste genau, wie ich sie herstellen und welche Metalllegierungen ich verwenden musste. Also habe ich mich eines Nachts in die Schmiede geschlichen, um ein Jagdmesser anzufertigen. Nichts Besonderes. Nur ein kleines Geschenk für meinen Vater zum Wintereinbruch.«

Er hielt inne und blickte in die Nacht hinaus, wo der Kahn weiter den Fluss hinauffuhr. Im trüben Licht der Buglaterne erschienen die Gestalten der Kahnführer schemenhaft und unwirklich.

»Du hast also ein Messer geschmiedet«, hakte Vaelin nach. »Und dein Vater war … wütend?«

»Nein, wütend war er nicht.« Barkus klang verbittert. »Eher verängstigt. Der Stahl der Klinge war mehrfach gefaltet, um ihn robuster zu machen, die Schneide so scharf, dass man damit Seide durchtrennen oder eine Rüstung hätte durchstechen können, und so glänzend wie ein Spiegel.« Das kleine Lächeln auf seinen Lippen erstarb. »Er hat das Messer in den Fluss geworfen und mir befohlen, niemandem je davon zu erzählen.«

Vaelin war verwirrt. »Er hätte doch stolz sein müssen. Warum hat ihm das Angst gemacht?«

»Mein Vater ist in seinem Leben viel herumgekommen. Er ist mit der Heerschar des Kriegsherrn gereist, hat auf einem Handelsschiff im Ostmeer gedient, doch nie zuvor hatte er erlebt, dass jemand in einer Schmiede, deren Esse kalt war, ein Messer herstellen konnte.«

Vaelins Verwirrung nahm noch zu. »Aber wie hast du dann …?« Etwas in Barkus' Gesicht ließ ihn verstummen.

»Die Nilsaeler sind ein wunderbares Volk«, sagte Barkus. »Zäh, warmherzig und gastfreundlich. Doch sie eint die Furcht vor der dunklen Gabe. In meinem Dorf soll es einmal eine alte Frau gegeben haben, die allein durch Berührung heilen konnte. Die Leute achteten sie wegen ihrer Arbeit, aber sie fürchteten sich auch vor ihr. Als die Rote Hand ins Dorf kam, war sie dagegen machtlos. Dutzende starben, jede Familie im Dorf verlor jemanden, nur die alte Frau steckte sich nicht an. Daraufhin sperrten sie sie in ihrem Haus ein und zündeten es an. Die Ruine steht immer noch. Niemand hat es je gewagt, an der Stelle ein neues Haus zu errichten.«

»Wie hast du das Messer geschmiedet, Barkus?«

»Ich bin mir bis heute nicht sicher. Ich erinnere mich, dass ich das Metall mit dem Hammer auf dem Amboss zurechtgeschlagen habe. Und danach habe ich den Griff befestigt. Aber ich kann mich beim besten Willen nicht entsinnen, die Esse angeheizt zu haben. Es war, als sei ich bei der Arbeit nicht mehr Herr meines Verstandes gewesen. Als hätte ich mich in ein Werkzeug verwandelt, so wie der Hammer … und etwas anderes hätte sich meiner bedient.« Er schüttelte den Kopf. Die Erinnerung schien ihm zuzusetzen. »Danach ließ mein Vater mich nicht mehr in die Schmiede. Er brachte mich zum alten Kalus, dem Pferdezüchter, und sagte ihm, dass er sich alle Mühe gegeben habe, mir das Schmiedehandwerk beizubringen, aber dass ich dafür einfach nicht geschaffen sei. Er zahlte ihm fünf Kupfermünzen im Monat, damit er mir die Grundlagen des Pferdehandels beibrachte.«

»Er wollte dich beschützen«, sagte Vaelin.

»Ich weiß. Aber damals habe ich das anders gesehen. Ich dachte … die Güte meiner Arbeit hätte ihm Angst eingejagt und in ihm die Befürchtung geweckt, ich könnte ihn überflügeln. Ich dachte, er sei eifersüchtig. Deshalb beschloss ich, ihm zu beweisen, wozu ich fähig war. Ich wartete, bis er an der Sommersonnenwende zum Jahrmarkt aufbrach, um seine Waren zu verkaufen, und kehrte heimlich in die Schmiede zurück. Es war nicht viel Brauchbares übrig, nur ein paar alte Hufeisen und Nägel. Die meisten seiner Waren hatte er zum Jahrmarkt mitgenommen. Doch ich nahm, was ich finden konnte, und schuf daraus etwas … etwas ganz Besonderes.«

»Was denn?«, fragte Vaelin, der im Geiste mächtige Schwerter und glänzende Äxte vor sich sah.

»Eine Sonnenfahne.«

Vaelin runzelte die Stirn. »Eine *was*?«

»Wie eine Windfahne, nur dass sie statt der Windrichtung den Stand der Sonne angibt. Selbst bei bedecktem Himmel konnte man mit ihr ausloten, welche Tageszeit es war. Und wenn die Sonne untergegangen war, folgte sie ihrem Lauf durch die Erde hindurch. Ich hab mir mit der Verzierung viel Mühe gegeben, Flammen, die aus dem Schaft schießen, und so weiter.«

Vaelin konnte nur raten, was ein solcher Gegenstand wert war und welchen Aufruhr er in einem Dorf verursachen würde, das sich vor der dunklen Gabe fürchtete. »Was ist damit geschehen?«

»Ich weiß es nicht. Wahrscheinlich hat mein Vater sie eingeschmolzen. Als er vom Jahrmarkt zurückkam, zeigte ich ihm stolz, was ich geschaffen hatte. Er befahl mir, meine Sachen zu packen. Meine Mutter war bei meiner Tante zu Besuch, so musste er ihr nichts erklären. Die Ahnen allein wissen, was er ihr gesagt hat, als sie zurückkehrte und mein Verschwinden bemerkte. Drei Tage verbrachten wir auf der Straße, dann nahmen wir ein Schiff nach Varinsburg und kamen hierher. Mein Vater sprach eine Weile mit dem Aspekten und ließ mich dann am Tor zurück. Er sagte, wenn ich jemals irgendjemandem von meinen Fähigkeiten erzählen würde, wäre das mein Ende. Er behauptete, hier sei ich sicher.« Barkus lachte kurz auf. »Schwer zu glauben, dass er tatsächlich der Meinung war, mir einen Gefallen zu tun. Manchmal denke ich, er hat sich einfach auf dem Weg zum Haus des fünften Ordens verirrt.«

Vaelin musste an das Klappern der Hufe im Nebel denken und schob die Erinnerung von sich. Dann kam ihm Sellas Geschichte wieder in den Sinn, und er sagte: »Er hatte recht, Barkus. Du solltest das niemandem erzählen. Wahrscheinlich hättest du es auch mir nicht erzählen sollen.«

»Wieso, wirst du mich jetzt umbringen?«

Vaelin lächelte düster. »Na, jedenfalls nicht heute.«

Schweigend standen sie auf der Mauer und sahen dem großen Kahn hinterher, bis dieser hinter der Flussbiegung verschwunden war.

»Ich glaube, er wusste es«, sagte Barkus. »Meister Jestin. Ich glaube, er konnte spüren, über welche Fähigkeiten ich verfüge.«

»Wie konnte er das wissen?«

»Weil ich dasselbe in ihm gespürt habe.«

SECHSTES KAPITEL

Am nächsten Tag übten sie zum ersten Mal mit ihren neuen Schwertern. Vaelin hatte das Gefühl, dass sie die Hälfte der Übungsstunde allein damit verbrachten zu lernen, wie man das Schwert richtig auf den Rücken schnallte, damit es sich über die Schulter herausziehen ließ.

»Fester, Nysa.« Sollis zog unsanft an Caenis' Gurtband, und dieser stieß ein schmerzerfülltes Stöhnen aus. »Wenn du das Ding in der Schlacht verlierst, wirst du's schon merken. Wie willst du einen Gegner töten, wenn du über deinen eigenen Schwertgurt stolperst?« Darauf übten sie eine Stunde lang, das Schwert in einer schnellen, geschmeidigen Bewegung aus der Scheide zu ziehen. Das war schwieriger, als es bei Meister Sollis aussah. Der Lederstreifen, der das Schwert in der Scheide hielt, musste mit dem Daumen beiseitegeschoben werden, und dann musste man die Klinge herausziehen, ohne dass sie stecken blieb oder man sich selbst mit ihr verletzte. Bei den ersten Versuchen stellten sie sich so ungeschickt an, dass Sollis sie zweimal in vollem Tempo um den Übungsplatz rennen ließ, wobei ihnen das ungewohnte Gewicht der Schwerter zu schaffen machte.

»Schneller, Sorna!« Sollis schlug mit dem Rohrstock nach Vaelin, als er stolperte. »Du auch, Sendahl. Hebt die Füße!«

Er befahl ihnen, es noch einmal zu versuchen. »Und diesmal macht ihr es richtig. Je schneller das Schwert in eurer Hand liegt, desto unwahrscheinlicher ist es, dass irgendein Schweinehund euch den Bauch aufschlitzt.«

Sie mussten noch mehrere Runden laufen und zahllose Stockhiebe ertragen, ehe Sollis der Meinung war, dass sie Fortschritte machten. Aus irgendeinem Grund hatte er es an diesem Tag besonders auf Vaelin und Nortah abgesehen, die den Rohrstock viel häufiger zu spüren bekamen als die anderen. Möglicherweise war dies eine Strafe für irgendetwas, das sie längst vergessen hatten. So war Sollis manchmal; mitunter brauchte es Wochen oder Monaten, bis ihm ein Vergehen wieder einfiel und er sie dafür züchtigte.

Nachdem der Unterricht beendet war, ließ er sie in Reih und Glied antreten, um eine Ankündigung zu machen. »Morgen werdet ihr Burschen auf dem Jahrmarkt von der Leine gelassen. Es kann sein, dass Jungs aus der Stadt euch in Kämpfe verwickeln wollen, um sich selbst zu beweisen. Versucht, keinen von ihnen umzubringen. Und die Mädchen sehen in euch möglicherweise eine ganz andere Art von Herausforderung. Geht ihnen aus dem Weg. Sendahl und Sorna, ihr bleibt hier, als Strafe dafür, dass ihr heute so getrödelt habt.«

Vor lauter Enttäuschung und Empörung über diese Ungerechtigkeit blieb Vaelin der Mund offen stehen. Nortah dagegen hatte keine Schwierigkeiten, seine Gefühle in Worte zu fassen.

»Das ist doch wohl ein verdammter Scherz!«, schrie er. »Die anderen waren genauso schlecht wie wir. Warum müssen *wir* hierbleiben?«

Als Nortah später auf seinem Bett saß und sich das geschwollene Kinn rieb, war seine Wut immer noch nicht verraucht. »Dieses Schwein hat mich schon immer mehr gehasst als euch.«

»Er hasst jeden«, sagte Barkus. »Vaelin und du, ihr habt heute bloß Pech gehabt.«

»Nein, es liegt daran, dass mein Vater der Erste Minister des Königs ist. Ich bin mir ganz sicher.«

»Wenn dein Vater ein so hohes Tier ist, warum holt er dich dann nicht hier raus?«, fragte Dentos. »Ich meine, du hasst den Orden.«

»Woher soll ich das wissen?«, fauchte Nortah. »Ich habe nicht darum gebeten, in dieses Drecksloch geschickt zu werden. Ich habe nicht darum gebeten, ständig zu frieren und mit einem Bein im Grab zu stehen, jeden Tag geschlagen zu werden und mir mit Bauern das Lager teilen zu müssen ...« Er verstummte missmutig, rollte sich auf dem Bett zusammen und vergrub den Kopf im Kissen. »Ich dachte, dass sie mich nach der Wissensprüfung gehen lassen würden«, sagte er mehr zu sich selbst. Seine Stimme klang durch das Kissen gedämpft. »Nachdem sie in mein Herz geblickt hatten. Aber diese verdammte Frau sagte, ich würde mich genau an dem Ort befinden, wo die Ahnen mich haben wollten. Ich habe sogar absichtlich gelogen, doch sie haben mich trotzdem nicht durchfallen lassen. Hendrahl, dieses Schwein, hat gesagt, dass der Orden davon profitieren würde, jemanden mit meiner Herkunft in seinen Reihen zu haben.«

Er verstummte, den Kopf immer noch in das Kissen gepresst. Barkus wollte ihm auf die Schulter klopfen, doch Vaelin bedeutete ihm mit einem Kopfschütteln, es bleiben zu lassen. Er zog die kleine Eichenschatulle unter seinem Bett hervor, die er vom Karren eines Händlers entwendet hatte, den dieser unbeaufsichtigt am Eingangstor hatte stehen lassen – neben Sellas Tuch sein wertvollster Besitz. Er schloss sie auf und nahm ein Ledersäckchen heraus, das sämtliche Münzen enthielt, die er im Laufe der Jahre gefunden, gewonnen oder gestohlen hatte. Er warf das Säckchen Caenis zu. »Hier! Bring mir ein bisschen Karamell-Konfekt mit. Und ein neues Paar Lederstiefel, wenn du welche finden kannst, die mir passen.«

◆ ◆ ◆

Am Morgen war es neblig. Ein schwerer blauer Dunst hing über den Feldern der Umgebung und wartete darauf, von der Sommersonne weggebrannt zu werden. Vaelin und Nortah nahmen das Frühstück in missmutigem Schweigen ein, während die anderen sich Mühe gaben, nicht zu aufgeregt zu wirken.

»Denkt ihr, dass es da Bären geben wird?«, fragte Dentos beiläufig.

»Bestimmt«, sagte Caenis. »Auf dem Jahrmarkt gibt es immer Bären. Betrunkene kämpfen mit ihnen für Geld. Und da gibt es noch viele andere Dinge. Als ich mal dort war, hat ein Magier aus dem alpiranischen Reich nur mit einer Flöte eine Schlange tanzen lassen.«

Bevor Vaelins Vater ihn zum Orden gebracht hatte, war er jedes Jahr zum Jahrmarkt gefahren, und er hatte viele lebhafte Erinnerungen an Tänzer, Jongleure, Händler, Akrobaten und tausend andere Wunder. Ganz zu schweigen von der Flut von Geräuschen und Gerüchen. Ihm war gar nicht klar gewesen, wie sehr er sich gewünscht hatte, das alles wiederzusehen, einen Teil seiner Kindheit wiederaufleben zu lassen und zu schauen, ob es immer noch so bunt und fröhlich war wie damals.

»Der König wird dort sein«, sagte er zu Caenis und entsann sich des Anblicks des königlichen Pavillons, wo Janus und seine Familie den vielen Wettkämpfen auf dem Turnierplatz beiwohnten. Es gab Pferderennen, Ring- und Faustkämpfe und Wettbewerbe im Bogenschießen, und die Sieger erhielten aus der Hand des Königs ein rotes Band. Vaelin war es wie eine karge Belohnung für all die Mühen erschienen, doch die Gewinner hatten stets glücklich ausgesehen.

»Vielleicht kommst du ja nahe genug an ihn heran, dass er dich als Fußabtreter benutzen kann«, sagte Nortah. »Das würde dir gefallen, oder?«

Caenis blieb gelassen. »Es ist nicht meine Schuld, dass du nicht mitfahren darfst, Bruder«, erwiderte er leise.

Nortah sah aus, als wollte er eine weitere Beleidigung ausstoßen, doch stattdessen schob er nur seinen Teller beiseite, stand auf und verließ mit wütendem Gesicht den Speisesaal.

»Die ganze Sache geht ihm ziemlich an die Nieren«, stellte Barkus fest.

Nach dem Essen verabschiedete sich Vaelin auf dem Hof von seinen Kameraden, die bemüht waren, ihre Vorfreude zu verbergen.

»Ich …«, setzte Caenis widerwillig an. »Wenn du willst, bleibe ich hier.«

Sein Angebot rührte Vaelin; er wusste, wie gern Caenis den König sehen wollte. »Wie soll ich dann zu neuen Stiefeln kommen?«, sagte er deshalb nur. Er schüttelte seinen Kameraden die Hände und winkte ihnen hinterher, als sie auf das Tor zugingen.

Danach ging er Bosko besuchen und erfuhr zu seiner Freude, dass der Sklavenhund sich mit einer asraelischen Wolfshündin angefreundet hatte, die beinahe so groß war wie er, wenn auch nicht annähernd so kräftig.

»Vor ein paar Nächten ist sie in seinen Pferch eingedrungen«, sagte ihm Meister Jeklin. »Die Ahnen allein wissen, wie ihr das gelungen ist. Es hat mich überrascht, dass er sie nicht auf der Stelle getötet hat. Wahrscheinlich war er froh, Gesellschaft zu haben. Ich denke, ich werde die beiden zusammen lassen. Vielleicht gibt es in ein paar Monaten ja Nachwuchs.« Bosko war so fröhlich und ausgelassen wie eh und je, als er Vaelin sah; die Hündin wirkte anfangs etwas misstrauisch, auch wenn sie Boskos freudiger Empfang zu beruhigen schien. Vaelin warf ihnen Fleischstücke zu, und ihm fiel auf, dass die Hündin erst fraß, nachdem Bosko sich gütlich getan hatte.

»Sie hat Angst vor ihm«, stellte er fest.

»Mit gutem Grund«, erwiderte Meister Jeklin heiter. »Aber sie kann sich trotzdem nicht von ihm fernhalten. So sind Hündinnen manchmal. Sie wählen einen Gefährten aus und bleiben bei ihm, egal, was er macht. Typisch Frauen, was?« Er lachte. Vaelin hatte keine Ahnung, was er damit meinte, aber er stimmte höflich in das Lachen mit ein.

»Du bist also nicht zum Jahrmarkt mitgefahren?«, erkundigte sich Jeklin und ging zum anderen Ende des Hundezwingers, um die drei nilsaelischen Terrier zu füttern, die dort untergebracht waren. Ihr niedliches Aussehen mit der kurzen, spitzen Schnauze und den großen braunen Augen war trügerisch. Sie würden jeden beißen, der ihnen zu nahe kam. Meister Jeklin hielt sie für die Jagd auf Hasen und Kaninchen, wofür sie hervorragend geeignet waren.

»Meister Sollis war der Meinung, ich hätte mich bei den Schwertübungen nicht genug angestrengt«, erklärte Vaelin.

Jeklin schnalzte missbilligend mit der Zunge. »Wenn du dich nicht anstrengst, wirst du es nie zu einem vollwertigen Mitglied des Ordens bringen. Zu meiner Zeit wurden wir noch ausgepeitscht, wenn wir uns gehen ließen. Zehn Schläge für das erste Vergehen, jeweils zehn weitere für alle, die danach kamen. Damals haben wir im Jahr allein zehn bis zwölf Brüder durch das Auspeitschen verloren.« Er stieß einen wehmütigen Seufzer aus. »Aber schade, dass du nicht auf dem Jahrmarkt sein wirst. Da gibt's eine Menge guter Hunde zu kaufen. Ich werde selbst hinfahren, wenn ich hier fertig bin. Allerdings wird es wegen der Hinrichtung diesmal wohl ziemlich voll werden. Hier, fresst, ihr kleinen Ungeheuer.« Er warf etwas Fleisch in den Terrierkäfig, und die Tiere begannen, jaulend und knurrend darum zu streiten. Meister Jeklin kicherte bei dem Anblick.

»Was für eine Hinrichtung, Meister?«, fragte Vaelin.

»Wie? Ach so, der König lässt seinen Ersten Minister aufknüpfen. Verrat und Bestechung, das Übliche. Das wird sicher eine Menge Leute anziehen. Jeder im Land hasst den Mistkerl. Wegen der Steuern, du weißt schon.«

Vaelin spürte, wie sein Mund trocken wurde und ihm der Magen in die Kniekehlen sank. *Nortahs Vater. Sie werden Nortahs Vater hinrichten. Deshalb hat Sollis uns verboten, auf den Jahrmarkt zu gehen. Mich hat er hier behalten, damit niemand Verdacht schöpft … und damit ich hier bin, wenn die Neuigkeit sich herumspricht.* Er warf Meister Jeklin einen Blick zu.

»Hat Meister Sollis Euch heute Morgen besucht?«, fragte er.

Jeklin sah ihn nicht an, sondern betrachtete lächelnd seine Hunde. »Meister Sollis ist ein weiser Mann. Du solltest mehr Dankbarkeit zeigen.«

»*Ich* soll es Nortah sagen?«, presste Vaelin zwischen den Zähnen hervor.

Jeklin erwiderte nichts, sondern hielt ein Stück Schinken durch die Gitterstäbe und lachte, wenn die Terrier hochsprangen, um danach zu schnappen.

»Ähm.« Vaelin wusste nicht, was er sagen sollte. Er räusperte sich und wich dann zur Tür zurück. »Wenn Ihr mich entschuldigen würdet, Meister.«

Ohne sich umzudrehen hob Jeklin kichernd eine Hand zum Abschied, während die Terrier sich weiter um das Fleisch zankten. »Ihr kleinen Ungeheuer.«

Als Vaelin über den Hof lief, hatte er das Gefühl, unter der Last der Verantwortung in die Knie zu gehen. In diesem Moment hasste er Sollis und den Aspekten. *Führerschaft?*, dachte er bitter. *Die könnt ihr behalten.*

Doch dann kam ihm ein anderer Gedanke, eine Vorahnung, die immer stärker wurde. Während er die Wendeltreppe zu ihrem Schlafraum hinaufstieg, sah er wieder Nortahs Gesichtsausdruck vor sich, als dieser am Morgen den Speisesaal verlassen hatte. Zu dem Zeitpunkt hatte Vaelin nur Wut darin gesehen, doch nun wurde ihm klar, dass noch mehr darin gelegen hatte, eine gewisse Entschlossenheit …

Er blieb stehen, als ihm ein Licht aufging. *O bei den Ahnen, bitte nicht!*

Die restlichen Stufen erklomm er im Laufschritt. Er stürmte in den Raum und schrie angstvoll: »NORTAH!«

Der Raum war verlassen. *Vielleicht ist er in den Ställen. Er liebt Pferde …*

Dann sah er das offene Fenster und bemerkte, dass die Laken und Decken auf ihren Betten fehlten. Er beugte sich aus dem Fenster. Das zusammengeknotete Bettzeug reichte etwa sechs Meter in die Tiefe. Von dort waren es viereinhalb Meter bis zum Dach des nördlichen Torhauses und dann noch einmal drei Meter bis zum Boden. Für Nortah – wie für die meisten von ihnen – keine große Herausforderung. Der anhaltende Morgennebel hätte ihn vor den Blicken der Brüder auf der Mauer verborgen, die vermutlich in Gedanken längst beim Frühstück waren.

Einen kurzen Moment überlegte Vaelin, ob er nach Meister Sollis oder dem Aspekten suchen sollte, verwarf den Gedanken jedoch gleich wieder. Nortah würde schwer bestraft werden, und er hatte bereits mindestens eine halbe Stunde Vorsprung. Außerdem wusste Vaelin nicht einmal, ob Sollis und der Aspekt im Ordenshaus waren. Womöglich befanden auch sie sich auf dem Jahrmarkt. Und es gab noch eine weitere Möglichkeit, die ihm laut im Kopf widerhallte: *Und wenn er nun als Erster dort ankommt? Wenn er es mit ansieht?*

Vaelin suchte sich rasch eine Wasserflasche und ein paar Messer zusammen und schnallte sich das Schwert auf den Rücken. Er ging zum Fenster, packte Nortahs Seil und machte sich an den Abstieg. Wie erwartet, war es nicht weiter schwierig. Da sich der Nebel inzwischen fast aufgelöst hatte, musste er allerdings aufpassen, nicht gesehen zu werden. Er drückte sich gegen die Mauer und wartete, bis der Wächter auf der Zinne über ihm, ein gelangweilt aussehender Junge von etwa siebzehn Jahren, weitergelaufen war. Dann sprintete er in Richtung der Bäume. Auf dem Übungsplatz wäre es eine kurze Strecke gewesen, kaum zweihundert Schritt bis zum Waldrand, doch mit der Mauer im Rücken kam es ihm wie eine Meile oder mehr vor. Jeden Moment rechnete er damit, einen Alarmruf oder gar das Zischen eines Pfeils zu hören. Auf diese Entfernung würde ihn kaum ein Bruder verfehlen. Als er den kühlen Schatten der Bäume erreicht hatte, fiel die Angst von ihm ab und verringerte ein wenig seine Geschwindigkeit, obwohl er immer noch schneller lief, als bequem war, aber er durfte keine Zeit verlieren. Etwa eine halbe Meile lang blieb er zwischen den Bäumen, dann wechselte er auf die Straße.

Noch nie hatte er die Straße so voll gesehen: Bauern, die ihre Erzeugnisse auf Karren zum Jahrmarkt fuhren, Familien, die ihren alljährlichen Ausflug unternahmen, um sich die Wettkämpfe und die vielen Spektakel anzusehen. In diesem Jahr war die Aussicht auf die Hinrichtung des Ersten Ministers für viele sicher noch ein zusätzlicher Anreiz. Keiner der Reisenden schien sich davor zu fürchten. Vaelin sah überall nur fröhliche, lachende Gesichter. Er kam sogar an einem Karren mit Männern vorbei – ihren Äxten nach zu urteilen Holzfäller –, die mit heiseren Stimmen ein Spottlied über das bevorstehende Ereignis sangen:

Sein Name war Artis Sendahl,
er bekam nie voll den Kropf,
da sprach der König ein Machtwort
und trennte vom Leib ihm den Kopf.

»Brauchst nicht so schnell zu rennen, Ordensjunge!«, rief einer der Holzfäller ihm hinterher und hob schwankend eine Steingutflasche. »Sie können den Mistkerl nicht hängen, ehe wir nicht eingetroffen sind. Jemand muss schließlich das Feuerholz hacken.« Die anderen Holzfäller brüllten vor Lachen, während Vaelin weiterrannte. Wie ein Betrunkener wohl mit gebrochenen Fingern Holz hacken würde? Er schob den Gedanken beiseite.

Er hörte es, bevor er es sah: ein dumpfes Getöse hinter dem nächsten Hügel, das Geräusch Tausender Stimmen, die durcheinanderriefen. Als Kind hatte er geglaubt, das Geräusch rühre von einem Ungeheuer her, und er hatte sich ängstlich in die Arme seiner Mutter geschmiegt. »Schhh«, hatte sie gesagt und ihm übers Haar gestrichen. Sanft hatte sie seinen Kopf gehoben, als sie die Anhöhe erklommen hatten. »Schau doch, Vaelin. Schau dir die vielen Menschen an.«

Als kleiner Junge hatte er den Eindruck gehabt, jeder einzelne Bewohner der Königslande sei zu der gewaltigen Ebene vor den Mauern von Varinsburg gereist, um den Sommer zu feiern – eine riesige Menschenmenge, die mehrere Morgen Land bedeckte. Jetzt musste er zu seiner Überraschung feststellen, dass die Menge sogar noch größer war, als er sie in Erinnerung hatte. Sie erstreckte sich entlang der gesamten Westmauer der Stadt, und darüber hing ein Schleier aus Ausdünstungen und Holzrauch. Aus dem Teppich aus Menschenleibern erhoben sich Zelte und grellbunte Markisen. Für einen Jungen, der die letzten vier Jahre eingesperrt in der engen Festung des Ordenshauses verbracht hatte, war der Anblick beinahe überwältigend.

Wie soll ich ihn hier finden?, fragte er sich. Hinter ihm war wieder das Spottlied der betrunkenen Holzfäller zu hören, als ihn der Karren einholte. *Ich muss nicht nach ihm suchen*, wurde ihm klar, *sondern nach dem Galgen. Dort wird er sein.*

◆ ◆ ◆

Es war ein seltsames Gefühl, in die Menschenmenge einzutauchen, berauschend und beklemmend zugleich. Er war umgeben von einer Unmenge sich bewegender Menschenleiber und von fremdartigen Gerüchen. Überall waren Händler, deren Rufe über dem allgemeinen Lärm kaum zu hören waren und die alles Mögliche verkauften, von Zuckerwerk bis hin zu Töpferwaren. Hier und da hatte sich eine Gruppe Schaulustige um Mimen oder Artisten versammelt – Jongleure, Akrobaten und Magier, die für Beifall und Hurrarufe oder für höhnisches Gelächter sorgten. Vaelin gab sich alle Mühe, sich nicht ablenken zu lassen, trotzdem blieb er bei einigen der spektakuläreren Darbietungen unwillkürlich stehen. Er sah einen unglaublich muskulösen Mann, der Feuer atmen konnte, und einen Dunkelhäutigen in Seidengewändern, der aus den Ohren der Umstehenden alle möglichen Kinkerlitzchen hervorzog. Vaelin schaute einen Moment lang zu, bis ihm seine Mission wieder einfiel und er mit beschämter Miene weiterlief. Als er einmal beim Anblick einer halbnackten Akrobatin erstaunt stehen blieb, spürte er plötzlich eine Hand in seinem Umhang. Sie war sehr geschickt, beinahe hätte er sie gar nicht bemerkt. Er packte den Besitzer der Hand mit der Linken am Handgelenk und zog ihn nach vorn, wobei er ihm ein Bein stellte.

Der Dieb stürzte zu Boden und stieß ein schmerzerfülltes Stöhnen aus. Es war ein kleiner, dünner, in Lumpen gehüllter Junge. Er blickte zu Vaelin hoch und stieß ein Knurren aus. Zugleich schlug er mit der freien Hand nach ihm und versuchte verzweifelt, sich loszureißen.

»Ha, du Dieb!« Ein Mann in der Menge lachte gehässig. »Solltest es besser wissen, als dich mit einem Ordensbruder anzulegen.«

Bei der Erwähnung des Ordens verdoppelte der Junge seine Anstrengungen, sich zu befreien. Er kratzte und biss Vaelin in die Hand.

»Töte ihn, Bruder«, riet ihm ein anderer Mann im Vorbeigehen. »Ein Dieb weniger in der Stadt wäre kein großer Verlust.«

Vaelin achtete nicht auf ihn, sondern hob den Taschendieb von den Füßen. Das war nicht weiter schwer, denn der Junge bestand nur aus Haut und Knochen. »Du brauchst wohl noch ein bisschen Übung«, sagte er zu ihm.

»Drauf geschissen«, schrie der Junge und zappelte wild. »Du bist gar kein richtiger Bruder, sondern nur einer von diesen Ordensjungs. Du bist nicht besser als ich.«

»Der kleine Schreihals kann eine Tracht Prügel vertragen«, sagte ein Mann und trat näher heran, um dem Jungen eine Kopfnuss zu verpassen.

»Verschwindet«, herrschte Vaelin ihn an. Der Mann, ein dicker Kerl mit einem von Bierschaum verschmierten Vollbart und unstetem Blick, musterte Vaelin kurz und machte sich dann schnell davon. Mit vierzehn war Vaelin bereits größer als viele andere Männer, und dank der Leibesübungen im Orden war er schlank und hatte breite Schultern. Er ließ den Blick betont langsam über die anderen Leute schweifen, die stehen geblieben waren, um das kleine Schauspiel mitanzusehen. Sie gingen alle rasch ihrer Wege. *Es liegt nicht nur an mir*, vermutete Vaelin. *Sie fürchten den Orden.*

»Lass mich los, du Hurensohn«, sagte der Junge angsterfüllt und wütend zugleich. Er hatte es aufgegeben, sich zu wehren, und hing nun in Vaelins Griff, das Gesicht zu einer rußgeschwärzten Maske hilfloser Wut verzerrt. »Ich habe Freunde, weißt du. Leute, mit denen du dich ganz bestimmt nicht anlegen willst ...«

»Ich habe auch Freunde«, sagte Vaelin. »Gegenwärtig suche ich einen davon. Wo steht der Galgen?«

Der Junge verzog verwirrt das Gesicht. »Hä?«

»Der Galgen, wo der Minister des Königs gehängt werden soll. Wo steht der?«

Ein berechnender Ausdruck erschien auf der Miene des Jungen. »Was springt für mich dabei raus?«

Vaelin verstärkte seinen Griff. »Ein gebrochenes Handgelenk.«

»Elender Ordenshund«, murmelte der Junge finster. »Dann brich mir doch das Handgelenk. Brich mir am besten gleich den verdammten Arm. Was spielt das noch für eine Rolle?«

Vaelin begegnete seinem Blick und sah die Wut und Furcht darin, aber auch noch etwas anderes, das ihn seinen Griff lockern ließ: Trotz. Der Junge besaß genügend Stolz, um sich nicht von seiner Furcht überwältigen zu lassen. Nun erst sah Vaelin, wie zerfetzt und fadenscheinig die Kleider des Jungen waren und wie schmutzig seine nackten Füße. *Vielleicht ist Stolz alles, was ihm geblieben ist.*

»Ich werde dich jetzt runterlassen«, sagte er zu dem Jungen. »Wenn du versuchst wegzulaufen, werde ich dich wieder einfangen.« Er hob ihn noch ein Stückchen höher, bis er ihm direkt in die Augen blicken konnte. »Hast du verstanden?«

Der Junge schrak ein wenig zurück, nickte jedoch. »Hm.«

Vaelin setzte ihn auf dem Boden ab und ließ sein Handgelenk los. Er sah, wie der Junge gegen den unwillkürlichen Drang ankämpfte davonzurennen. Gleichzeitig rieb er sich das Handgelenk und trat einen Schritt von Vaelin zurück. »Wie heißt du?«, fragte Vaelin ihn.

»Frentis«, erwiderte der Junge argwöhnisch. »Und du?«

»Vaelin Al Sorna.« Einen Moment lang leuchtete Erkennen im Blick des Jungen auf. Selbst er, der in der Hierarchie der Stadt auf der allerniedrigsten Stufe stand, hatte schon vom Kriegsherrn gehört. »Hier.« Vaelin fischte ein Wurfmesser aus seiner Tasche und warf es dem Jungen zu. »Das ist alles, was ich dir zum Tausch anbieten kann. Du bekommst noch zwei weitere, wenn du mir den Galgen zeigst.«

Der Junge betrachtete neugierig das Messer. »Was ist das?«

»Ein Messer, zum Werfen.«

»Kann man damit jemanden umbringen?«

»Nur, wenn man sehr lange damit übt.«

Der Junge berührte die Spitze des Messers, schnalzte vor Schmerz mit der Zunge und leckte sich den blutigen Finger ab, als er feststellte, dass es schärfer war, als es aussah. »Bring es mir bei«, murmelte er. »Bring mir bei, wie man es wirft, und ich zeige dir den Galgen.«

»Hinterher«, sagte Vaelin. Als er den misstrauischen Blick des Jungen sah, fügte er hinzu: »Ich gebe dir mein Wort.«

Das Wort eines Ordensbruders schien bei Frentis einiges Gewicht zu haben, und sein Misstrauen ließ nach, auch wenn es nicht ganz verschwand. »Hier entlang«, sagte er, drehte sich um und mischte sich unter die Menge. »Bleib dicht hinter mir.«

Vaelin folgte dem Jungen durch das Gedränge. Manchmal verlor er ihn aus den Augen, nur um ihn ein paar Schritte weiter wiederzufinden, wo er ungeduldig auf ihn wartete und ihn antrieb, schneller zu laufen.

»Anscheinend bringen sie euch im Orden nicht bei, jemanden zu verfolgen, was?«, sagte er, während sie sich durch eine besonders dichte Menge von Schaulustigen kämpften, die einem tanzenden Bären zusahen.

»Sie bringen uns das Kämpfen bei«, erwiderte Vaelin. »An so viele Menschen bin ich nicht gewöhnt. Ich bin vier Jahre nicht mehr in der Stadt gewesen.«

»Glückspilz. Ich würde beide Eier dafür hergeben, aus diesem Drecksloch zu entkommen.«

»Bist du noch nie woanders gewesen?«

Frentis musterte ihn mit einem Blick, der ihm klarmachte, wie dumm seine Frage gewesen war. »Klar, weißt du, ich hab mein eigenes Boot. Kann hinfahren, wo ich will.«

Sie schienen schon eine Ewigkeit unterwegs zu sein, als Frentis schließlich stehen blieb und auf ein Holzgerüst deutete, das sich in etwa hundert Metern Entfernung aus der Menschenmenge erhob. »Na bitte. Da haben wir den Galgen, an dem sie den armen Kerl aufknüpfen werden. Weswegen wird er eigentlich hingerichtet?«

»Keine Ahnung«, sagte Vaelin. Er reichte dem Jungen die beiden Messer, die er ihm versprochen hatte. »Komm am Eltrianabend zum Ordenshaus, und ich bringe dir bei, wie man sie benutzt. Warte am Nordtor, ich werde dich dann finden.«

Frentis nickte, und die Messer verschwanden blitzschnell in seinen Lumpen. »Wirst du sie dir ansehen? Die Hinrichtung?«

Vaelin hatte sich bereits abgewandt und ließ den Blick über die Umstehenden schweifen. »Ich hoffe, das wird nicht nötig sein.«

Eine gute Viertelstunde suchte er die Menge ab, schaute in jedes einzelne Gesicht, doch nirgendwo konnte er Nortah entdecken. Eigentlich nicht weiter überraschend; sie alle kannten Möglichkeiten, sich vor suchenden Blicken zu verbergen, einfache Tricks, sich unkenntlich zu machen und mit einer Menschenmenge zu verschmelzen. Vaelins Blick blieb bei einem Puppentheater hängen, und wachsende Besorgnis machte sich in ihm breit. *Wo ist er?*

»Oh, ihr heiligen Seelen der Ahnen«, sagte der Puppenspieler in betont tragischem Tonfall. Seine Hände zogen gekonnt an den Fäden, und die Holzpuppe auf der Bühne nahm eine verzweifelte Haltung ein. »Nie bin ich gläubig gewesen, doch selbst ein Halunke wie ich hat ein solches Schicksal nicht verdient.«

Kerlis der Ungläubige. Vaelin kannte die Geschichte, seine Mutter hatte sie ihm oft erzählt. Kerlis leugnete den Glauben und wurde dazu verflucht, ewig zu leben, bis zu dem Tag, da die Ahnen ihm Einlass ins Jenseits gewährten. Es hieß, er wandere immer noch durchs Land, auf der Suche nach dem Glauben, ohne ihn jedoch jemals zu finden.

»Du hast dein Schicksal selbst gewählt, Ungläubiger«, verkündete der Puppenspieler, und die Puppen, die die versammelten Ahnen darstellen sollten, nickten mit den hölzernen Köpfen. »Wir richten nicht über dich. Du richtest über dich selbst. Finde zum Glauben, und wir werden dich willkommen heißen …«

Vaelin, der sich einen Moment lang von den Fähigkeiten des Puppenspielers und den mit großer Kunstfertigkeit hergestellten Puppen hatte ablenken lassen, zwang sich, den Blick wieder auf die Menge zu richten. *Schau hin*, befahl er sich. *Konzentrier dich. Er ist hier. Er muss hier sein.*

Plötzlich blieb sein Blick an einem Gesicht in der Menge hängen – ein Mann, etwa dreißig Jahre alt, mit schmalen, kräftigen Zügen und einem traurigen Blick. *Einem vertrauten Blick. Erlin!* Vaelin musterte ihn überrascht. *Er ist hierher zurückgekehrt. Ist er verrückt?*

Erlin schien völlig in das Puppenspiel versunken. Vaelin überlegte, was er tun sollte. Ihn ansprechen? Oder ihn nicht weiter beachten? … Ihn umbringen? Düstere, angsterfüllte Gedanken schossen ihm durch den Kopf. *Ich habe ihm und dem Mädchen geholfen. Wenn er gefangen genommen wird* … Doch dann sah er Sellas Gesicht vor sich und spürte ihr Tuch an seinem Hals, und das brachte ihn wieder zur Vernunft. *Geh einfach weiter,* beschloss er. *Es ist besser, wenn du ihn nie gesehen hast …*

Aber in diesem Moment schaute Erlin hoch, und sein Blick begegnete dem von Vaelin. Seine Augen weiteten sich vor Schreck, als er ihn erkannte. Er sah noch einmal zum Puppenspiel zurück, und auf seiner Miene spiegelte sich eine Vielzahl von Gefühlen, dann drehte er sich um und verschwand in der Menge. Im ersten Moment verspürte Vaelin den Drang, ihm zu folgen, um herauszufinden, ob es Sella gut ging, doch als er sich in Bewegung setzte, ertönte hinter ihm plötzlich lautes Rufen, gefolgt vom Klirren aufeinandertreffender Schwerter. Der Lärm kam aus etwa fünfzig Metern Entfernung, vom Galgen her.

Eine Menschenmenge hatte sich um den Unruheherd gebildet, und Vaelin musste sich gewaltsam einen Weg bahnen, begleitet vom Stöhnen und den Beschimpfungen derjenigen, die er beiseitestieß.

»Was hat er getan?«, fragte jemand in der Menge.

»Er hat versucht, durch die Absperrung zu gelangen«, antwortete eine andere Stimme. »Seltsame Sache. Nicht eben das, was man von einem Bruder erwarten würde.«

»Denkt Ihr, dass sie ihn auch hängen werden?«

Schließlich hatte Vaelin sich durch die Menge gekämpft und erstarrte angesichts dessen, was er vor sich sah. Es waren fünf Soldaten – den schwarzen Federn an ihren Waffenröcken nach zu urteilen Angehörige der siebenundzwanzigsten Kavallerie, die oft auch nur »schwarze Falken« genannt wurde. Wegen ihres Einsatzes während der Vereinigungskriege standen sie angeblich besonders hoch in der Gunst des Königs und erhielten deshalb häufig die Ehre, bei öffentlichen Festen oder Zeremonien als Ordnungskräfte zu dienen. Einer von ihnen, der größte, hatte einen muskulösen Arm um Nortahs Kehle geschlungen, während zwei seiner Kameraden versuchten, ihn zu fesseln. Ein vierter Mann stand mit kampfbereit erhobenem Schwert ein paar Schritte entfernt. »Haltet den Mistkerl fest, verdammt nochmal!«, brüllte er. Die Männer waren von Blutergüssen und Schnittwunden gezeichnet. Offenbar hatte Nortah sich nicht kampflos ergeben. Ein fünfter Mann kauerte in der Nähe am Boden und hielt sich eine blutende Wunde am Arm. Sein Gesicht war grau vor Schmerz und Wut. »Bringt die Missgeburt um!«, knurrte er. »Er hat mich zum Krüppel gemacht!«

Als Vaelin sah, wie der Mann mit dem Schwert weiterhin den Arm gehoben hielt, handelte er, ohne nachzudenken. Sein letztes verbliebenes Wurfmesser flog von seiner Hand, bevor ihm überhaupt bewusst wurde, dass er es gezogen hatte. Es war der beste Wurf, der ihm je gelungen war; die Klinge traf den Schwertkämpfer genau unterhalb des Handgelenks. Augenblicklich fiel das Schwert zu Boden, während sein Besitzer mit entsetztem Blick das glänzende Stück Metall anstarrte, das in seinem Arm steckte.

Vaelin hatte sich bereits in Bewegung gesetzt; sein Schwert glitt aus der Scheide auf seinem Rücken. Als er zum Angriff überging, ließ einer der Männer, die Nortah gepackt hatten, den Arm des Jungen los, um an seinem Gürtel nach seinem eigenen Schwert zu tasten. Nortah ergriff die Gelegenheit und rammte dem Soldaten einen Ellbogen ins Gesicht, sodass er nach vorn stolperte, genau in Vaelins Fußtritt hinein. Der Soldat taumelte noch ein paar Schritte weiter – Blut lief ihm aus Mund und Nase –, bevor er zu Boden stürzte.

Nortah zog ein Wurfmesser aus seinem Gürtel und rammte die Klinge tief in den Oberschenkel des Mannes, der seinen Hals umklammert hielt, worauf dieser ihn sofort losließ. Vaelin sprang herbei und versetzte dem Mann einen Schlag mit dem Schwertknauf gegen die Schläfe, der ihn zu Boden schickte. Der einzig übrige Falke hatte Nortah losgelassen und wich mit gezogenem Schwert vor ihnen zurück; die Spitze der Klinge zuckte zwischen ihnen hin und her.

»Ihr …«, stammelte er. »Ihr habt den königlichen Frieden gebrochen. Ihr seid verhaf…«

Nortah schoss blitzschnell vor, duckte sich unter dem Schwert des Mannes hindurch und rammte ihm die Faust ins Gesicht. Zwei weitere Schläge, und der Mann war außer Gefecht gesetzt.

»Falken?« Nortah spuckte auf den bewusstlosen Soldaten. »Wohl eher Schafe.« Er wandte sich Vaelin zu, und hysterische Verzweiflung glänzte in seinen Augen. »Ich danke dir, Bruder. Komm.« Er drehte sich fahrig um. »Wir müssen meinen Vater ret…«

Vaelins Schlag traf ihn unter dem Ohr – eine Technik, die sie nach langwieriger, schmerzhafter Anleitung von Meister Intris gelernt hatten. Sie machte das Opfer bewusstlos, ohne bleibende Schäden zu verursachen.

Vaelin kniete sich neben seinen Freund und tastete am Hals nach seinem Pulsschlag. »Es tut mir leid, Bruder«, flüsterte er, bevor er sein Schwert wegsteckte und sich Nortahs bewusstlosen Körper mit einiger Mühe über die Schulter hievte. Vaelin war größer als Nortah; dennoch lastete das Gewicht seines Bruders schwer auf ihm, während er auf den Kreis der Schaulustigen zutrat. Keiner von ihnen sagte ein Wort, als er ihnen bedeutete, Platz zu machen.

»Halt! Stehen bleiben!« Der Befehlsschrei ließ die Stille wie Glas zerbrechen, und das staunende Schweigen der Menge wurde von verständnislosem und verwundertem Getuschel abgelöst.

»Haben fünf Schwarze Falken erledigt, die beiden …«

»Sowas hab ich noch nie gesehen …«

»Einen Soldat anzugreifen verstößt gegen das Gesetz des Königs. Das kommt Hochverrat gleich …«

»STEHEN BLEIBEN!«, rief die Stimme noch einmal über den Lärm hinweg. Vaelin blickte sich um und entdeckte eine berittene Gestalt, die sich durch die Menschenmenge drängte und ab und zu mit der Reitgerte um sich schlug, um sich Platz zu schaffen. »Lasst mich durch!«, befahl der Mann. »Ich handle im Auftrag des Königs. Tretet beiseite!«

Als er die Menge durchquert hatte und sein Pferd zügelte, konnte Vaelin ihn zum ersten Mal richtig betrachten. Es war ein großgewachsener Mann auf einem schwarzen Schlachtross, ein Vollblüter renfaelischer Herkunft. Der Mann trug eine Paradeuniform mit einer schwarzen Feder am Waffenrock und einen Offiziershelm mit kurzem Federbusch. Das schmale, glatt rasierte Gesicht unter dem Visier war wutverzerrt. Der einzelne vierzackige Stern auf seinem Brustharnisch zeigte seinen Rang an: Oberhauptmann des königlichen Heers. Hinter dem Berittenen tauchte ein Trupp Fußsoldaten der Schwarzen Falken auf, schwärmte mit gezogenen Schwertern aus und drängte die Menschenmenge mit ein paar Tritten und Schlägen zurück. Ein paar von ihnen kümmerten sich um ihre verletzten Kameraden und warfen Vaelin dabei hasserfüllte Blicke zu. Der Mann, dem Vaelins Wurfmesser im Arm steckte, weinte unverhohlen vor Schmerzen.

Da Vaelin keinen Fluchtweg mehr sah, legte er Nortah vorsichtig auf der Erde ab und trat einen Schritt von ihm weg, wobei er jedoch darauf achtete, zwischen ihm und den Berittenen zu stehen.

»Was geht hier vor?«, verlangte der Oberhauptmann zu wissen.

»Ich bin nur dem Orden Rechenschaft schuldig«, erwiderte Vaelin.

»Du wirst mir antworten, Ordenswelpe, oder ich lass dich an deinen Eingeweiden am nächsten Baum aufknüpfen.«

Vaelin kämpfte gegen den Drang an, sein Schwert zu ziehen, als einige der Schwarzen Falken näher kamen. Er wusste, dass er nicht gegen sie alle kämpfen konnte, jedenfalls nicht, ohne ein paar von ihnen zu töten, und damit tat er Nortah gewiss keinen Gefallen.

»Darf ich Euren Namen erfahren, Herr?«, erkundigte er sich, um Zeit zu gewinnen, und hoffte dabei, dass seine Stimme nicht zitterte.

»Erst nennst du mir deinen, Welpe.«

»Vaelin Al Sorna. Bruder des sechsten Ordens im Aufnahmeverfahren.«

Der Name ging wie eine Welle durch die Menge. »Sorna ...«

»Der Sohn des Kriegsherrn ...«

»Ich hätt's gleich wissen müssen. Er ist ihm wie aus dem Gesicht geschnitten ...«

Die Augen des Reiters verengten sich, doch seine wütende Miene blieb unverändert. »Lakrhil Al Hestian«, sagte er. »Oberhauptmann des siebenundzwanzigsten Regiments aus Reitern und Schwertkämpfern.« Er ritt näher heran und betrachtete Nortahs reglose Gestalt. »Und wer ist er?«

»Bruder Nortah«, sagte Vaelin.

»Ich habe gehört, er hätte versucht, den Verräter zu befreien. Warum sollte ein Ordensbruder so etwas tun, frage ich mich?«

Er weiß es, wurde Vaelin bewusst. *Er weiß, wer Nortah ist.* »Das kann ich Euch nicht sagen, Oberhauptmann«, erwiderte er. »Ich sah lediglich, dass mein Bruder ermordet werden sollte, und habe ihn gerettet.«

»Ermordet, das ich nicht lache!« Einer der Schwarzen Falken spuckte mit vor Wut gerötetem Gesicht aus. »Er hat sich einer gesetzlichen Festnahme widersetzt.«

»Er ist ein Ordensbruder«, sagte Vaelin an Al Hestian gewandt. »Genau wie ich. Wir sind allein dem Orden Rechenschaft schuldig. Wenn

Ihr glaubt, dass wir gegen geltendes Recht verstoßen haben, müsst Ihr Euch an unseren Aspekten wenden.«

»Wir alle unterstehen dem Gesetz des Königs, Junge«, erwiderte Al Hestian mit tonloser Stimme. »Ordensbrüder und Soldaten ebenso wie Kriegsherren.« Er blickte Vaelin unverwandt in die Augen. »Und du und dein Bruder, ihr werdet euch vor diesem Gesetz verantworten.« Er gab seinen Männern ein Zeichen. »Hände weg von den Waffen, Junge, oder du wirst demnächst mit den Ahnen Bekanntschaft machen.«

Vaelin griff nach seinem Schwert, während die Schwarzen Falken weiter vorrückten. Wenn er ein paar von ihnen verwundete, könnte er damit vielleicht genügend Verwirrung stiften, um mit Nortah in der Menge zu verschwinden. Allerdings würden sie danach nicht zum Orden zurückkehren können. Ein Mann, der Soldaten des königlichen Heers angriff, war beim Orden nicht mehr willkommen. *Ein Leben als Ausgestoßener*, dachte Vaelin. *So schlimm kann das auch nicht sein.*

»Ganz ruhig, Junge«, warnte ihn einer der Schwarzen Falken, ein erfahrener Feldwebel mit wettergegerbtem Gesicht. Er kam langsam näher, mit tief gehaltenem Schwert und einem Dolch in der Linken. Den Bewegungen seiner Füße und seiner Haltung nach zu urteilen, war er der gefährlichste von Vaelins Gegnern. »Lass das Schwert stecken«, fuhr der Feldwebel fort. »Kein Grund, noch mehr Blut zu vergießen. Wenn du dich festnehmen lässt, können wir das alles auf nette und zivilisierte Weise klären.«

Die wütenden Mienen der anderen Falken überzeugten Vaelin jedoch davon, dass sie ihn und Nortah alles andere als zivilisiert behandeln würden.

»Ich verspüre nicht den Wunsch, noch mehr Blut zu vergießen«, erwiderte er und zog sein Schwert. »Aber ich werde es tun, wenn Ihr mich dazu zwingt.«

»Die Stunde schreitet immer weiter voran, Feldwebel«, knurrte Al Hestian und beugte sich im Sattel vor. »Bringt die Sache zu Ende …«

»Na, wenn das kein hübscher Anblick ist!«, ertönte eine laute Stimme aus der Menge, die sich unter wütenden Rufen teilte, als drei Gestalten sich hindurchdrängten.

Vaelin verspürte ein Ziehen im Herzen. Es war Barkus, flankiert von Caenis und Dentos. Barkus lächelte die Falken freundlich an – im Gegensatz zu Caenis und Dentos, die die finsteren, kampfbereiten Mienen zur Schau stellten, die sie sich in langen Jahren der Ausbildung angeeignet hatten. Alle drei hatten ihre Schwerter gezogen.

»Wahrlich ein hübscher Anblick!«, wiederholte Barkus, während die drei neben Vaelin Aufstellung bezogen. »Ein Schwarm Falken, der darauf wartet, gerupft zu werden.«

»Verschwinde, Junge!«, fauchte Al Hestian. »Das geht dich nichts an.«

»Wir sind auf den Tumult aufmerksam geworden«, sagte Barkus zu Vaelin, ohne auf den Oberhauptmann zu achten. Er betrachtete Nortahs bewusstlose Gestalt. »Hat sich rausgeschlichen, was?«

»Ja. Sein Vater soll hingerichtet werden.«

»Davon haben wir gehört«, sagte Caenis. »Schlimme Sache. Es heißt, er sei ein guter Mann gewesen. Aber der König ist gerecht und wird sicher seine Gründe haben.«

»Erzähl das Nortah«, sagte Dentos. »Der arme Kerl. Haben die ihm das angetan?«

»Nein«, sagte Vaelin. »Ich wusste nicht, wie ich ihn sonst aufhalten sollte.«

»Meister Sollis wird uns eine ganze Woche windelweich prügeln«, murrte Dentos.

Sie verstummten und richteten ihre Blicke auf die Schwarzen Falken, die sie ihrerseits mit wutverzerrten Gesichtern beobachteten, sich aber nicht näher heranwagten.

»Sie haben Angst«, stellte Caenis fest.

»Aus gutem Grund«, sagte Barkus.

Vaelin wagte einen Blick in Richtung des Oberhauptmanns. Dieser war es ganz eindeutig nicht gewöhnt, dass sich jemand seinen Befehlen widersetzte. Er zitterte förmlich vor Wut. »Du da!« Er deutete auf einen der Kavalleristen. »Such Hauptmann Hintil. Er soll seine Kompanie herbringen.«

»Eine ganze Kompanie!« Die Aussicht schien Barkus zu belustigen. »Ihr erweist uns eine hohe Ehre, Herr!«

Ein paar Leute in der Menge lachten, was Al Hestian erst recht zur Weißglut brachte. »Dafür wird man euch die Haut vom Leib ziehen!«, schrie er. »Der König wird euch sicher keinen leichten Tod gewähren!«

»Sprecht Ihr wieder für meinen Vater, Oberhauptmann?«

Ein großgewachsener, rothaariger junger Mann war aus der Menge der Schaulustigen getreten. Seine Kleider waren schlicht, aber sehr gut gefertigt, und die Art, wie die Menge sich vor ihm teilte, hatte etwas Seltsames an sich. Die Menschen senkten die Blicke und neigten die Köpfe, manche gingen gar auf die Knie. Vaelin war überrascht, als Caenis und die Falken dasselbe taten.

»Kniet nieder, Brüder!«, zischte Caenis. »Erweist dem Prinz die Ehre.«

Prinz? Als Vaelin den großgewachsenen Mann erneut betrachtete, fiel ihm der ernste Junge wieder ein, den er vor so vielen Jahren im Palast des Königs gesehen hatte. Inzwischen war Prinz Malcius beinahe so groß und breitschultrig wie sein Vater. Vaelin suchte nach Soldaten der königlichen Leibwache, die den Prinzen begleiteten, konnte jedoch keine entdecken. *Ein Prinz, der sich allein unter sein Volk mischt*, dachte er verwundert.

»Vaelin!«, flüsterte Caenis drängend.

Als Vaelin das Knie beugen wollte, hob der Prinz die Hand. »Nicht nötig, Bruder. Bitte erhebt euch alle wieder.« Er lächelte. »Der Boden ist schmutzig. Also, Oberhauptmann.« Er wandte sich Al Hestian zu. »Was geht hier vor?«

»Verräterischer Frevel, Hoheit«, sagte Al Hestian mit Nachdruck und erhob sich. Sein linkes Knie war mit Lehm beschmiert. »Diese Jungen haben meine Männer angegriffen, um den Gefangenen zu befreien.«

»Elender Lügner!«, brüllte Barkus. »Wir sind lediglich unseren Brüdern zu Hilfe geeilt, die angegriffen wurden …« Er verstummte, als der Prinz eine Hand hob. Malcius ließ den Blick in die Runde schweifen und musterte die verwundeten Falken und Nortahs bewusstlose Gestalt.

»Du, Bruder«, sagte er zu Vaelin. »Bist du ein Verräter, wie es der Oberhauptmann behauptet?« Vaelin bemerkte, dass der Blick des Prinzen immer noch auf Nortah ruhte.

»Ich bin kein Verräter, Hoheit«, erwiderte Vaelin und gab sich Mühe, weder ängstlich noch wütend zu klingen. »Und ebenso wenig sind es meine Brüder. Sie sind nur hier, um mich zu verteidigen. Wenn jemand sich für das hier Geschehene verantworten muss, dann ich allein.«

»Und dein bewusstloser Bruder?« Prinz Malcius trat näher und musterte Nortah mit merkwürdig aufmerksamem Blick. »Muss er sich auch verantworten?«

»Er hat … aus Trauer gehandelt«, erwiderte Vaelin zögerlich.« Er wird unserem Aspekten Rede und Antwort stehen müssen.«

»Ist er schwer verletzt?«

»Ein Schlag gegen den Kopf, Hoheit. In etwa einer Stunde wird er wieder aufwachen.«

Der Prinz betrachtete Nortah ein letztes Mal, ehe er den Blick abwandte und leise sagte: »Wenn er aufwacht, sag ihm, dass ich mit ihm trauere.«

Er ging davon, um mit Al Hestian zu reden. »Das ist eine ernste Sache, Oberhauptmann. Sehr ernst.«

»In der Tat, Hoheit.«

»So ernst, dass die Hinrichtung verschoben werden müsste, wollten wir sie hier zur Gänze klären. Und das würde ich nur ungern dem König mitteilen. Es sei denn, Ihr besteht darauf.«

Al Hestian sah dem Prinzen kurz in die Augen, und die gegenseitige Feindschaft war nur allzu offensichtlich. »Ich würde des Königs Zeit nicht unnötig verschwenden wollen«, presste der Oberhauptmann zwischen zusammengebissenen Zähnen hervor.

»Danke, dass Ihr ein Einsehen habt.« Prinz Malcius wandte sich den Falken zu. »Bringt die Verwundeten in den königlichen Pavillon. Der Leibarzt des Königs wird sich um sie kümmern. Oberhauptmann, wie ich gehört habe, randalieren am Westtor ein paar Betrunkene, denen dringend Einhalt geboten werden muss. Ich will Euch nicht länger aufhalten.«

Al Hestian verbeugte sich, saß auf und lenkte sein Pferd an Vaelin und den anderen vorbei, wobei er ihnen hasserfüllte Blicke zuwarf. »Aus dem Weg!«, schrie er und schlug mit der Reitgerte nach den Umstehenden, um sie auseinanderzutreiben.

»Bringt euren Bruder zum Orden zurück«, sagte Prinz Malcius zu Vaelin. »Sorgt dafür, dass euer Aspekt erfährt, was hier vorgefallen ist, bevor er es aus anderem Munde vernimmt.«

»Das werden wir, Hoheit«, versicherte ihm Vaelin und verbeugte sich, so tief er konnte.

In hundert Metern Entfernung ertönte ein gleichmäßiger Trommelschlag, und die Menge verstummte, während das Trommeln an Lautstärke zunahm. Vaelin sah eine Reihe Speerspitzen aus dem Gedränge auftauchen, die sich im Rhythmus der Trommeln bewegten und sich dem dunklen Umriss des Galgens näherten.

»Bringt ihn weg!«, befahl der Prinz. »Auch wenn er bewusstlos ist: Er sollte nicht hier sein.«

Noch während sich die Jungen einen Weg durch die schweigende Menge bahnten – Vaelin und Caenis trugen Nortah, Dentos und Barkus liefen voraus, um ihnen Platz zu schaffen –, hörte das Trommeln unvermittelt auf. Die folgende Stille lastete so schwer auf dem Platz, dass Vaelin das Gefühl hatte, ein großes Gewicht würde ihn zu Boden drücken. Ein fernes Klappern war zu hören und dann lautes Jubeln. Tausende Fäuste wurden in den Himmel gereckt, und auf vielen Gesichtern spiegelte sich ekstatische Freude.

Caenis musterte die johlende Menge mit kaum verhohlenem Ekel. Seine Lippen formten ein Wort, und auch wenn Vaelin es nicht verstehen konnte, erkannte er es doch deutlich an der Mundbewegung: »Abschaum«.

◆ ◆ ◆

Sobald sie sich wieder im Ordenshaus befanden, nahmen sich die Meister Nortahs an. An den verhaltenen Blicken der anderen Jungen und den finsteren Mienen der Meister war deutlich zu erkennen, dass die Kunde von ihrem Abenteuer ihnen bereits vorausgeeilt war.

»Wir werden uns um ihn kümmern«, sagte Meister Chekrin und hob Nortahs bewusstlose Gestalt mühelos auf seine muskulösen Arme. »Geht ihr in euren Schlafraum und kommt erst wieder heraus, wenn es euch befohlen wird. Und sprecht mit niemandem.«

Um sicherzustellen, dass sie die Befehle befolgten, begleitete Meister Haunlin sie zum Nordturm. Aufgrund der Umstände war dem Mann mit den schweren Brandwunden offenbar sogar das Singen vergangen. Als die Tür zum Schlafraum zuschlug, war Vaelin sich sicher, dass Haunlin davor Aufstellung bezog. *Sind wir jetzt Gefangene?*, fragte er sich.

Im Schlafraum legten sie ihre Ausrüstung ab und warteten.

»Hast du die Stiefel für mich kaufen können?«, fragte Vaelin Caenis.

»Tut mir leid. Ich bin noch nicht dazu gekommen.«

Vaelin zuckte mit den Achseln. Die Stille zog sich hin.

»Barkus hätte es hinter dem Bierzelt beinahe mit einer Hure getrieben«, platzte Dentos heraus. Er hatte Stille noch nie lange ertragen können. »So ein richtig kesses Weibsstück. Mit Titten wie Melonen. Nicht wahr, Bruder?«

Barkus warf seinem Bruder quer durch den Raum einen finsteren Blick zu. »Halt die Klappe«, sagte er tonlos.

Wieder herrschte Schweigen.

»Du weißt, dass du dir deine Münzen abholen kannst, wenn sie dich dabei erwischen«, sagte Vaelin zu Barkus. Gelegentlich tauchten Mädchen aus Varinsburg und den umliegenden Dörfern mit runden Bäuchen oder schreienden Säuglingen am Tor auf. Der verantwortliche Bruder wurde in einer eiligen Trauzeremonie vom Aspekten mit dem Mädchen verheiratet und erhielt seine Münzen und zusätzlich zwei weitere, eine für das Mädchen und eine für das Kind. Seltsamerweise wirkten manche Brüder sogar froh, den Orden auf diese Weise zu verlassen, andere beteuerten dagegen ihre Unschuld. Eine Überprüfung durch den zweiten Orden brachte in diesem Falle meist rasch die Wahrheit ans Licht.

»Ich habe gar nichts getan«, stotterte Barkus.

»Du hast ihr die Zunge in den Hals gesteckt«, sagte Dentos lachend.

»Ich hatte ein paar Bier intus. Außerdem war Caenis derjenige, der alle Aufmerksamkeit auf sich gezogen hat.«

Vaelin wandte sich Caenis zu und sah, wie dieser rot wurde. »Tatsächlich?«

»Na klar. Die haben sich förmlich auf ihn gestürzt: ›Ach, ist der nicht hübsch?‹«

Vaelin musste ein Lachen unterdrücken, als Caenis noch röter wurde. »Ich bin sicher, er hat mannhaft widerstanden.«

»Weiß nicht«, sagte Dentos. »Noch ein Weilchen länger, und in neun Monaten wäre wahrscheinlich eine ganze Schar Mädchen mit hübschen Bälgern am Tor aufgetaucht. Zum Glück kam irgendein Betrunkener herein und rief etwas über einen Kampf zwischen den Falken und dem Orden.«

Daraufhin verstummte das Gespräch. Bis Barkus schließlich sagte: »Sie werden ihn doch nicht hinrichten, oder?«

✦ ✦ ✦

Im Schlafraum hatte sich bereits Dunkelheit breitgemacht, als die Tür aufging und Meister Sollis mit wutverzerrter Miene in den Raum geschritten kam. »Sorna«, presste er hervor. »Komm mit. Ihr anderen holt euch aus der Küche was zu essen und geht ins Bett.«

Vaelin verspürte den starken Wunsch, sich nach Nortah zu erkundigen, doch Sollis' finsterer Gesichtsausdruck hielt ihn davon ab. Vaelin folgte dem Meister die Treppe hinunter und über den Hof zur Westmauer, wobei er ständig damit rechnete, dass Sollis seinen Rohrstock hervorholen würde. Er erwartete, dass der Meister ihn zu den Gemächern des Aspekten führen würde, doch stattdessen gingen sie zur Krankenstube, wo Meister Henthal sich um Nortah kümmerte. Er lag mit ausdrucksloser Miene und halb geschlossenen Augenlidern im Bett, und sein Blick wirkte trübe und verschleiert. Vaelin kannte diesen Blick; manchmal brauchten Jungen mit schweren Verletzungen stärkere Medizin, die ihnen die Schmerzen nahm, sie jedoch zugleich in einen Dämmerzustand versetzte.

»Rotblüte und Schattenkerze«, erklärte Meister Henthal, als Vaelin und Sollis eintraten. »Er verfiel nach dem Aufwachen in Raserei. Hat dem Aspekten einen kräftigen Schlag versetzt, bevor wir ihn überwältigen konnten.«

Vaelin ging zum Bett, und beim Anblick seines Bruders wurde ihm ganz schwer ums Herz. *Er wirkt so verletzlich …*

»Wird er sich wieder erholen, Meister?«, fragte er.

»Dieses Toben und um sich Schlagen sehe ich nicht zum ersten Mal. Für gewöhnlich bei Männern, die eine Schlacht zu viel erlebt haben. Er wird bald einschlafen. Und wenn er aufwacht, wird er noch etwas schwach auf den Beinen sein, aber wieder ganz der Alte.«

Vaelin wandte sich Sollis zu. »Hat der Aspekt bereits sein Urteil gefällt, Meister?«

Sollis warf Meister Henthal einen Blick zu. Dieser nickte und verließ den Raum. »Ein Urteil muss nicht vollstreckt werden«, erwiderte Sollis.

»Aber wir haben die Soldaten des Königs verletzt …«

»Ja. Und wenn ihr in meinem Unterricht besser aufgepasst hättet, hättet ihr sie vermutlich sogar getötet.«

»Der Oberhauptmann …«

»Hat hier nicht das Sagen. Nortah hat Befehle missachtet, wofür er eigentlich bestraft werden müsste. Allerdings ist der Aspekt der Meinung, dass er bereits genügend bestraft wurde. Und was dich betrifft, so hast du nur gegen die Anweisungen verstoßen, um deinen Bruder zu retten. Du musst also nicht bestraft werden.«

Meister Sollis ging zum Bett und legte Nortah eine Hand auf die Stirn. »Sein Fieber wird sinken, sobald die Wirkung der Rotblüte nachlässt. Allerdings wird er den Schmerz spüren wie ein Messer, das sich in seine Eingeweide bohrt. Ein solcher Schmerz kann einen Jungen in ein Ungeheuer verwandeln. Meiner Ansicht nach hat der Orden schon genug Ungeheuer gesehen.«

Da begriff Vaelin, weshalb Sollis so wütend war. *Nicht wegen uns,* wurde ihm klar, *sondern wegen dem, was der König Nortahs Vater und damit Nortah selbst angetan hat. Wir sind seine Schwerter. Er hat uns in Form geschlagen. Und jetzt hat ihm der König eine seiner Klingen verdorben.*

»Meine Brüder und ich, wir werden uns um ihn kümmern«, sagte Vaelin. »Wir werden den Schmerz mit ihm teilen und ihm helfen, ihn besser zu ertragen.«

»Das will ich hoffen.« Sollis sah ihm tief in die Augen. »Wenn ein Bruder den Verstand verliert, dann gibt es nur eine Art, damit umzugehen. Und Brüder sollten nicht ihre eigenen Brüder töten müssen.«

◆ ◆ ◆

Nortah kam am nächsten Morgen wieder zu sich. Sein Stöhnen weckte Vaelin, der die Nacht über an seinem Lager gewacht hatte.

»Was …?« Nortah sah sich mit verschlafenem Blick um. »Was ist passiert?« Als er Vaelin entdeckte, verstummte er. Seine Hand wanderte zu der Beule an seinem Hinterkopf, in seinen Augen stand Begreifen. »Du hast mich niedergeschlagen«, sagte er. Vaelin sah, wie die grauenvollen Erinnerungen ihn durchströmten. Alle Farbe wich aus Nortahs Gesicht, die Last seiner Trauer ließ ihn ins Kissen zurücksinken.

»Es tut mir leid, Nortah«, sagte Vaelin. Mehr fiel ihm nicht ein.

»Warum hast du mich aufgehalten?«, flüsterte Nortah unter Tränen.

»Sie hätten dich umgebracht.«

»Dann hätten sie mir damit einen Gefallen getan.«

»Rede nicht so. Ich bezweifle, dass die Seele deines Vaters im Jenseits Frieden finden würde, wenn du ihm so bald dorthin gefolgt wärst.«

Eine Weile lang weinte Nortah schweigend, und Vaelin sah zu. Hundert leere Beileidsbekundungen erstarben auf seinen Lippen. *Ich weiß einfach nicht die richtigen Worte. Für so etwas gibt es keine Worte.*

»Hast du es mit angesehen?«, fragte Nortah schließlich. »Hat er gelitten?«

Vaelin erinnerte sich an das Klappern der Falltür und die Jubelrufe der Menge. *Wie schrecklich muss es sein, ein solches Wissen mit ins Jenseits zu nehmen? Dass so viele Menschen den eigenen Tod bejubeln?* »Es ist schnell gegangen.«

»Er soll den König bestohlen haben. Mein Vater hätte so etwas niemals getan. Er hat den König sehr verehrt und ihm stets treu gedient.«

Vaelin klammerte sich an den einzigen Trost, den er Nortah bieten konnte. »Ich soll dir von Prinz Malcius ausrichten, dass er mit dir trauert.«

»Malcius? Der Prinz war auch dort?«

»Er hat uns geholfen und die Falken dazu gebracht, uns gehen zu lassen. Ich glaube, er hat dich erkannt.«

Nortahs Gesichtsausdruck wurde ein wenig sanfter, und sein Blick ging in die Ferne. »In meiner Kindheit sind wir oft zusammen ausgeritten. Mein Vater war Malcius' Lehrer, und er ist deshalb häufig zu uns nach Hause gekommen. Viele Adelssöhne wurden von meinem Vater unterrichtet. Seine Kenntnis der Staatskunst und Diplomatie war weithin berühmt.« Nortah tastete nach einem Tuch, das auf dem Tisch neben dem Bett lag, und wischte sich die Tränen ab. »Wie lautet das Urteil des Aspekten?«

»Er ist der Meinung, dass du schon genug bestraft wurdest.«

»Das heißt also, mir wird nicht einmal die Gnade zuteil, aus dem Orden entlassen zu werden?«

»Wir sind beide auf Geheiß unserer Väter hier. Ich habe den Willen meines Vaters geachtet, indem ich hiergeblieben bin, obwohl ich nicht einmal weiß, warum er mich dem Orden übergeben hat. Dein Vater hatte wahrscheinlich ebenfalls gute Gründe dafür, dass er dich hergeschickt hat. Es war sein Wunsch zu Lebzeiten, und daran wird sich gewiss nichts geändert haben, nun, da er bei den Ahnen weilt. Vielleicht solltest auch du seinen Wunsch achten.«

»Ich soll also hier schmachten, während meine Familie die Ländereien meines Vaters verliert und in bittere Armut fällt?«

»Wären die Deinen weniger arm, wenn du bei ihnen wärst? Verfügst du etwa über Reichtümer, die ihnen helfen könnten? Überleg doch nur, was für ein Leben du außerhalb des Ordens führen würdest. Du wärst der Sohn eines Verräters, an dem die Soldaten des Königs Rache nehmen wollen. Deine Familie wird auch ohne dich genug Schwierigkeiten haben. Der Orden ist für dich nicht länger ein Gefängnis, sondern eine Zuflucht.«

Nortah sank zurück aufs Bett und starrte an die Decke. Auf seinem Gesicht spiegelten sich Erschöpfung und Trauer. »Bitte, Bruder. Ich möchte eine Weile allein sein.«

Vaelin erhob sich und ging zur Tür. »Denk dran, du bist nicht allein. Deine Brüder werden nicht zulassen, dass die Trauer dich überwältigt.« Draußen blieb Vaelin noch einen Moment vor der Tür stehen und lauschte Nortahs Schluchzen. *So viel Schmerz.* Wenn Vaelins Vater hingerichtet worden wäre, hätte er dann ebenfalls darum gekämpft, ihn zu retten? *Hätte ich auch nur eine Träne vergossen?*

◆ ◆ ◆

An diesem Abend holte er Bosko aus dem Hundezwinger und ging mit ihm zum Nordtor, wo er einen Ball für ihn warf und auf den Jungen Frentis wartete, um ihm den Umgang mit dem Messer beizubringen. Bosko schien mit jedem Tag schneller und kräftiger zu werden. Dank Meister Jeklins Futter – eine Mischung aus gehacktem Fleisch, Knochenmark und püriertem Obst – hatte er ordentlich zugenommen, und der regelmäßige Auslauf mit Vaelin hatte seine Muskeln gestärkt. Doch trotz seines gefährlichen Aussehens und der beunruhigenden Größe sprang er immer noch so fröhlich und ausgelassen herum wie ein überdimensionierter Welpe.

»Gehst du sonst nicht immer mit ihm in den Wald?« Es war Caenis, der aus dem Schatten des Torhauses trat. Vaelin ärgerte sich, weil er die Anwesenheit seines Bruders nicht schon früher bemerkt hatte, doch Caenis war besonders begabt darin, sich unsichtbar zu machen, und es bereitete ihm eine diebische Freude, seine Brüder zu erschrecken.

»Muss das sein?«, fragte Vaelin.

»Ich übe meine Fähigkeiten.« Bosko kam mit dem Ball im Maul angelaufen, ließ ihn vor Vaelins Füße fallen und schnüffelte zur Begrüßung an Caenis' Stiefeln. Caenis tätschelte ihm vorsichtig den Kopf. Wie die anderen Brüder hatte auch er seine Angst vor dem Tier nie ganz abgelegt.

»Schläft Nortah noch?«, fragte Caenis.

Vaelin schüttelte den Kopf. Er wollte nicht über Nortah reden. Es hatte ihm in der Seele weh getan, seinen Bruder weinen zu sehen.

»Die kommenden Monate werden nicht leicht«, fuhr Caenis mit einem Seufzen fort.

»Leicht war es doch noch nie, oder?« Vaelin warf den Ball in Richtung Fluss, und Bosko stürmte mit begeistertem Bellen hinterher. »Es tut mir leid, dass du den König nicht zu Gesicht bekommen hast.«

»Aber dafür habe ich den Prinzen gesehen. Das war doch auch etwas. Er wird einmal ein großer Mann werden.«

Vaelin warf Caenis einen Blick zu und sah das vertraute Leuchten in seinen Augen. Die blinde Begeisterung seines Freundes für die Königsfamilie hatte er nie ganz nachvollziehen können. »Er war ... sehr imposant. Er wird sicher einen guten König abgeben.«

»Ja, er wird uns zu neuem Ruhm führen.«

»Neuem Ruhm, Bruder?«

»Natürlich. Der König hat Ziele. Er will die Königslande noch größer machen, vielleicht so groß wie das alpiranische Reich. Es wird Schlachten geben, Vaelin. Gewaltige, glorreiche Schlachten. Und wir werden sie miterleben, werden in ihnen kämpfen.«

Krieg ist Blut und Schmutz... Im Krieg liegt keine Ehre. Das waren Makrils Worte gewesen. Caenis würde das nicht verstehen, das wusste Vaelin. Sein Freund war gebildet und oft erschreckend klug, aber er war ein Träumer. Er kannte Tausende Geschichten und schien sie alle für bare Münze zu nehmen. Helden, Bösewichte, Prinzessinnen, die auf

Rettung harrten, Ungeheuer und magische Schwerter. All das schwirrte in Caenis' Kopf herum und erschien ihm so echt wie seine eigenen Erinnerungen.

»Ich glaube, wir haben unterschiedliche Vorstellungen von Ruhm, Bruder«, sagte Vaelin, als Bosko mit dem Ball in der Schnauze zurückgerannt kam.

Sie warteten noch eine Stunde, aber der Junge tauchte nicht auf.

»Wahrscheinlich hat er die Messer verkauft«, sagte Caenis, als Vaelin ihm erzählte, weshalb er am Nordtor ausharrte. »Sicher hat er sich mit dem Geld volllaufen lassen oder es verspielt. Du wirst ihn bestimmt nie wiedersehen.«

Sie gingen zu den Ställen zurück, wobei Vaelin den Ball immer wieder in die Luft schleuderte, damit Bosko ihn fangen konnte. »Ich hoffe eher, dass er sich damit ein Paar Schuhe gekauft hat«, sagte er und warf noch einen letzten Blick zurück zum Tor.

Zweiter Teil

◆ ◆ ◆

Was ist der Leib?
Der Leib ist eine Hülle, die Wiege der Seele.
Was ist der Leib ohne die Seele?
Verdorbenes Fleisch, mehr nicht. Stirbt ein geliebter Mensch,
dann übergebt seine Hülle dem Feuer.
Was ist der Tod?
Der Tod ist das Tor zum Jenseits, wo die Ahnen euch erwarten.
Er ist Ende und Anfang zugleich.
Fürchtet ihn und heißt ihn willkommen.

—Der Katechismus des Glaubens—

VERNIERS' BERICHT

»Das war Blutrose, nicht wahr?«, fragte ich. »Der Oberhauptmann auf dem Jahrmarkt zur Sommersonnenwende?«

»Al Hestian? Ja«, erwiderte der Hoffnungstöter. »Auch wenn er diesen Namen erst im Krieg erhalten hat.«

Ich zog einen Strich unter den Absatz, den ich soeben niedergeschrieben hatte, und stellte fest, dass ich kaum noch Tinte hatte. »Einen Augenblick«, sagte ich und stand auf, um meine Truhe zu öffnen und ein weiteres Tintenfässchen und etwas Pergament herauszuholen. Mehrere Bögen hatte ich bereits vollgeschrieben und fürchtete, dass mein Vorrat bald zur Neige gehen würde. Ich zögerte einen Moment, bevor ich die Truhe öffnete, denn sein verhasstes Schwert lehnte dagegen. Als er mein Unbehagen bemerkte, nahm er die Waffe und legte sie sich auf die Knie.

»Bei den Lonakern herrscht der Aberglaube vor, dass einer Waffe die Seelen derjenigen innewohnen, die damit getötet wurden«, sagte er. »Sie geben ihren Keulen und Messern Namen, weil sie in ihrer Vorstellung vom Dunklen besessen sind. Mein Volk pflegt keine solchen Illusionen. Ein Schwert ist einfach ein Schwert. Es ist der Mensch, der tötet, nicht die Klinge.«

Weshalb erzählte er mir das? Wollte er, dass ich ihn noch mehr hasste? Der Anblick seiner kräftigen, von Narben bedeckten Hand auf dem Schwertgriff erinnerte mich daran, wie Seliesen, nachdem der Kaiser ihn offiziell zur

Hoffnung des Reiches ernannt hatte, sich monatelangem Drill durch die kaiserliche Garde unterzogen hatte, um den Umgang mit Säbel und Lanze zu erlernen. »Die Hoffnung des Reiches muss ein Krieger sein«, hatte er mir erklärt. »Die Götter und die Menschen erwarten das von mir.« Die kaiserliche Garde hatte ihn mit Freuden aufgenommen, und in dem Sommer vor Janus' Einmarsch an unseren Küsten war er mit den Gardisten gegen die Volarianer geritten – ein Kriegszug, der ihm zu großer Ehre gereichte. Im Kampf gegen den Hoffnungstöter aber hatte ihm das nichts genützt. Ich wusste, dass nun bald der Augenblick kommen würde, an dem der Nordmann mir erzählte, was sich an jenem schrecklichen Tag zugetragen hatte. Und wenn ich auch viele Berichte über das Ereignis gehört hatte, war die Aussicht, es aus dem Munde Al Sornas selbst zu vernehmen, furchterregend und verführerisch zugleich.

Ich setzte mich wieder und öffnete das Tintenfass, tauchte die Feder ein und legte einen frischen Bogen Pergament aufs Deck. »Das Dunkle«, sagte ich, »was ist das?«

»Euer Volk nennt es Magie, wie ich gehört habe.«

»Schon möglich. Ich nenne es Aberglaube. Seid Ihr von der Existenz solcher Dinge überzeugt?«

Er schwieg einen Moment, und ich hatte den Eindruck, dass er seine Worte sorgfältig wählte. »Diese Welt hat viele unbekannte Facetten.«

»Es gibt Geschichten über den Krieg, in denen den Nordmännern allgemein und Euch im Besonderen eine starke Magie zugeschrieben wird. Manch einer behauptet, Ihr hättet am Blutberg den Verstand unserer Soldaten mit Magie vernebelt und die Mauern von Linesch durch Zauberei überwunden.«

Sein Mund zuckte belustigt. »Die Schlacht am Blutberg hatte nichts mit Magie zu tun. Dort sind Männer blindwütig dem sicheren Tod in die Arme gelaufen. Und was Linesch anbelangt: Ein stinkendes Abflussrohr im Hafen kann wohl kaum als Zauberei gelten. Ein Offizier des königlichen Heeres, der den Einsatz der dunklen Gabe auch nur in Erwägung ziehen würde, hätte vermutlich nicht lange zu leben. Seine eigenen Männer würden ihn am nächsten Baum aufknüpfen. Die dunkle Gabe wird mit dem Glauben der Leugner in Verbindung gebracht.«

Er hielt erneut inne und betrachtete das Schwert auf seinem Schoß. »Es gibt da eine Geschichte, wenn es Euch interessiert. Eine Geschichte, die wir unseren Kindern erzählen, um sie vor den Gefahren des Dunklen zu warnen.«

Er sah mich mit hochgezogenen Brauen an. Ich verstehe mich als Geschichtsschreiber und nicht als Sammler von Mythen und Märchen, trotzdem werfen solche Erzählungen häufig ein Licht auf den tatsächlichen Ablauf gewisser Ereignisse, und wenn auch nur, um uns die Trugbilder vor Augen zu führen, die viele für die Wahrheit halten. »Erzählt sie mir«, sagte ich mit einem Schulterzucken.

Als er weitersprach, hatte seine Stimme einen anderen Tonfall angenommen, ernst, aber zugleich fesselnd – die Stimme eines Geschichtenerzählers. »Rückt zusammen und lauscht der Geschichte des Hexenbalgs. Dies ist keine Mär für schwache Nerven und schwache Blasen. Es ist eine furchtbare, eine grauenerregende Geschichte, und wenn ich fertig bin, werdet ihr vielleicht meinen Namen verfluchen, weil ich sie euch zu Gehör gebracht habe.

Im dunkelsten Teil des dunkelsten Waldes im alten Renfael, lange vor der Geburt der Königslande, gab es einmal ein Dorf. Und in diesem Dorf lebte eine Hexe, die zwar recht hübsch anzusehen war, jedoch ein Herz besaß, das schwärzer war als die schwärzeste Nacht. Lieblich und freundlich war das Gesicht, das sie dem Dorf zeigte, doch niederträchtig und voll Neid war die Seele, die sich dahinter verbarg. Denn diese Frau wurde allein von ihren Begierden beherrscht – von Fleischeslust, der Lust auf Gold und der Lust am Töten. Das Dunkle hatte sich ihrer schon in jungen Jahren bemächtigt, und sie hatte sich ihm freiwillig hingegeben und dem Glauben abgeschworen, um Macht zu erlangen – die Macht, andere Menschen zu beeinflussen, ihre Begierden zu wecken und sie dazu zu bringen, auf ihr Geheiß hin grauenhafte Taten zu begehen.

Der Erste, der ihrem Zauber verfiel, war der Kaufmann des Dorfes, ein guter und freundlicher Mann, der durch harte Arbeit und Sparsamkeit reich geworden war; reich genug, um der Hexe ins Auge zu fallen. Jeden Tag ging sie an seinem Laden vorbei, stellte sich vor ihm auf raffinierte Art zur Schau und heizte die Flammen seiner Leidenschaft an, bis sie zu einem lodernden Feuer geworden waren, das alle Vernunft wegbrannte und ihn für das Vorhaben empfänglich machte, das sie ihm mit Hilfe der dunklen Gabe einflüsterte: Töte dein Eheweib und nimm mich statt ihrer zur Frau. Und so tröpfelte er an einem schicksalhaften Abend ein Gift namens Jägerbrand in das Essen seiner Frau, und am nächsten Morgen atmete sie nicht mehr.

Da die Frau bereits in mittlerem Alter und häufig krank gewesen war, weckte ihr Ableben bei den Dorfbewohnern keinen Argwohn. Allein die Hexe wusste es besser und verbarg ihr Entzücken hinter Tränen, als die arme Ermordete dem Feuer überantwortet wurde. Derweil flüsterte sie dem Kaufmann mit der dunklen Gabe ein: »Überschütte mich mit Geschenken, und ich werde dein sein.« Und das tat er dann auch. Er gab ihr ein schönes Pferd, Juwelen und Gold und Silber, doch die Hexe war schlau und lehnte seine Geschenke alle ab. Lautstark empörte sie sich darüber, wie ungehörig es von einem Mann sei, einer so viel jüngeren Frau den Hof zu machen, und das auch noch so rasch nach dem Tod seiner Ehegattin. Lange Zeit quälte sie ihn so, rief nach ihm und wies ihn zugleich zurück. Es dauerte nicht lange, da verlor er ob ihrer Grausamkeit gänzlich den Verstand. Um der dunklen Knechtschaft ihrer Begierde zu entkommen, schlich er sich in den Wald und erhängte sich am Ast einer hohen Eiche. Er hinterließ ein geschriebenes Geständnis seiner bösen Tat, in dem er die Hexe beschuldigte, ihn in den Wahnsinn getrieben zu haben.

Natürlich glaubten die Dorfbewohner ihm nicht, schließlich war sie so hübsch und so freundlich. Den Kaufmann hatte lediglich seine eingebildete Liebe zu einer jüngeren Frau um den Verstand gebracht. Sie übergaben ihn dem Feuer und beschlossen, die schrecklichen Ereignisse zu vergessen. Doch damit war die Hexe natürlich längst nicht zufrieden, denn sie hatte ein Auge auf den Schmied des Dorfes geworfen – einen großgewachsenen, stattlichen Burschen mit starken Armen und einem aufrechten Herzen. Aber selbst sein Herz war gegen die dunkle Gabe nicht gefeit.

Die Hexe hatte sich in einer Hütte etwas abseits des Dorfes niedergelassen, um ihre abscheulichen Künste im Geheimen zu praktizieren. Sie besaß nicht nur Macht über die Herzen der Menschen, sondern auch über den Wind. Und als der Schmied einmal im Wald Holzkohle herstellte, rief sie einen Nordwind herbei, der Schnee aus den Bergen mit sich trug, wodurch der Mann gezwungen war, Schutz unter ihrem Dach zu suchen. Und obwohl er sich nach Kräften wehrte, brachte sie ihn dazu, mit ihr das Lager zu teilen – eine üble Vereinigung, aus der das grauenhafte Balg der Hexe entsprang.

Es war Scham, die den Zauber der Hexe brach – das Schamgefühl eines braven Mannes, der gezwungen wurde, seine Ehefrau zu betrügen, Scham, die ihn am nächsten Morgen ihren süßen Verlockungen und wütenden Drohungen gegenüber taub machte. Er floh ins Dorf zurück, wo er jedoch törichterweise niemandem erzählte, was sich zugetragen hatte.

Und die Hexe wartete. Der dunkle Samen reifte in ihrem Bauch heran, und sie wartete. Winter ging in Frühling über, und das Getreide wuchs hoch auf den Feldern, und immer noch wartete sie. Und dann, als die Sensen für die Ernte geschärft wurden und ihre schändliche Schöpfung aus ihrem Leib gekrochen kam, da handelte sie.

Es war ein Sturm, wie man ihn noch nie erlebt hatte, angekündigt von aschgrauen Wolken, die den gesamten Himmel von Nord nach Süd und von Ost nach West bedeckten und Wind und Regen in schrecklichem Überfluss mit sich brachten. Drei Wochen lang regnete und stürmte es, und die Dorfbewohner kauerten furchtsam in ihren Hütten, bis sie schließlich, nachdem der Sturm vorübergezogen war, auf die Felder hinausgingen und sahen, dass ihr gesamtes Getreide vernichtet war. In diesem Jahr sollten sie nur Hunger ernten.

Sie gingen in den Wald, um Wild zu jagen, doch das dunkle Flüstern der Hexe hatte alle Tiere vertrieben. Die Kinder weinten vor Hunger, die Alten wurden krank und gingen einer nach dem anderen ins Jenseits hinüber. Und die ganze Zeit wohnte die Hexe in ihrer kleinen Hütte im Wald. Sie und ihr Balg hatten stets genug zu essen, denn dank der dunklen Gabe fiel es ihr nicht schwer, ahnungslose Tiere herbeizulocken.

Erst der Tod seiner geliebten Mutter entlockte dem Schmied schließlich die Wahrheit. Vor den versammelten Dorfbewohnern legte er ein Geständnis ab, erzählte ihnen von den üblen Machenschaften der Hexe und wie sie ihn verzaubert hatte, damit er mit ihr das wohlgenährte Balg zeugte, das sie nun durch den Wald trug und das mit seinem fröhlichen Lachen ihre eigenen darbenden Kinder verspottete. Die Dorfbewohner waren sich einig: Die Hexe musste vertrieben werden.

Anfangs setzte die Frau ihre Gabe ein, um die Dorfbewohner zu besänftigen, verbreitete Lügen über den Schmied und bezichtigte ihn eines furchtbaren Verbrechens: Er habe sie missbraucht. Doch ihre Gabe zeigte keine Wirkung, nun, da die Leute die Wahrheit kannten und das Gift wahrnahmen, das ihre Lügen färbte, das böse Funkeln in ihren Augen, das ihnen verriet, was sich hinter ihrem hübschen Gesicht wirklich verbarg. Und so trieben sie sie mit lodernden Fackeln aus ihrer Hütte und brannten diese in rechtschaffenem Zorn nieder. Die Hexe aber floh in den Wald, ihr abscheuliches Balg an die Brust gedrückt. Alle Heuchelei fiel von ihr ab, als sie sie verfluchte … und Rache schwor.

Während die Dorfbewohner zu ihren Hütten zurückkehrten und Mühe hatten, den kommenden Winter zu überleben, suchte die Hexe sich ein Versteck in den dunklen Winkeln des Waldes, einen Ort, an den niemand jemals einen Fuß gesetzt hatte. Dort begann sie, ihren Spross in der dunklen Kunst zu unterweisen.

Jahre vergingen; das Dorf begrub seine Toten und klammerte sich ans Leben. Jahre vergingen, und die Erinnerung an die Hexe verblasste allmählich, wurde zu nichts als einer Mär, die man in kalten Nächten erzählte, um die Kinder zu erschrecken. Das Getreide gedieh, die Jahreszeiten wechselten sich ab, und die Welt schien wieder im Lot zu sein. Wie blind sie waren, wie unge-schützt angesichts des bevorstehenden Sturms! Denn die Hexe hatte ihr Balg zu einem Ungeheuer herangezogen. Nach außen hin nur ein dürrer, zerlump-ter Junge, der im Walde hauste, besaß er in Wahrheit so viel von der dunklen Gabe, wie sie ihm hatte einflößen können – zunächst mit der vergifteten Milch aus ihrer Brust, dann durch die geflüsterten Unterweisungen in ihrer stinken-den Zuflucht und schließlich mit ihrem eigenen Blut. Sie opferte sich, die Hexe, diese hasserfüllte Frau. Als ihr Sohn alt genug war, schnitt sie sich mit dem Messer die Pulsadern auf und befahl ihm, ihr Blut zu trinken. Und das tat er auch. Er trank in tiefen Zügen, bis von der Hexe nur noch eine leere Hülle übrig war. Sie war in das Nichts eingegangen, das die Ungläubigen erwartet, zufrieden in dem Wissen, dass ihr Sohn Rache für sie üben würde.

Er begann mit den Tieren – geliebte Haustiere, die mitten in der Nacht verschwanden und am nächsten Morgen zu Tode gequält aufgefunden wurden. Als Nächstes stahl er Kälber und Schweine, und die Dorfbewohner entdeckten ihre abgeschlagenen Köpfe im Dorf auf Zaunpfosten aufgespießt. Furchtsam und ohne die wahre Gefahr zu ahnen, die über ihnen schwebte, stellten die Dorfbewohner, wenn die Dunkelheit kam, Wachen auf, entzündeten Fackeln und legten Waffen bereit. Doch vergebens.

Nach den Tieren waren die Kinder an der Reihe. Er stahl Kleinkinder und Säuglinge aus den Wiegen, und schaurig war ihr Schicksal. Erzürnt be-gannen die Dorfbewohner den Wald zu durchkämmen. Jäger verfolgten Spu-ren, jedes bekannte Versteck wurde durchsucht, Fallen wurden aufgestellt, um das unbekannte Ungeheuer zu fangen. Doch sie entdeckten nichts. Und so ging es weiter, den ganzen Herbst hindurch – bis weit in den Winter hinein forderte jede Nacht ihren Tribut an Schmerz und Tod. Und dann, als die schlimmste Eiseskälte einsetzte, zeigte er den Dorfbewohnern endlich sein Gesicht, spazierte einfach zur Mittagszeit ins Dorf hinein. Doch da war die Furcht vor ihm bereits so groß, dass niemand es wagte, die Hand gegen ihn zu erheben. Stattdessen flehten die Dorfbewohner um ihr Leben und um das ihrer Kinder. Sie boten ihm ihr gesamtes Hab und Gut, wenn er sie dafür nur in Frieden ließ.

Das Hexenbalg lachte. Es war kein Lachen, wie man es gewöhnlich von einem Kind oder überhaupt aus einer menschlichen Kehle vernahm. Und mit diesem Lachen wussten die Dorfbewohner, dass sie dem Untergang geweiht waren.

Er rief Blitze vom Himmel herab, und das Dorf ging in Flammen auf. Die Menschen flohen zum Fluss, doch er ließ diesen von Regen anschwellen und über die Ufer treten, sodass sie mit den Fluten fortgerissen wurden. Und noch immer war sein Rachedurst nicht gestillt. Er rief einen Sturmwind aus dem hohen Norden herab und hüllte die verbliebenen Dorfbewohner in Eis. Dann ging er zwischen ihnen umher, bis er das Gesicht seines Vaters, des Schmieds, gefunden hatte, auf Ewigkeit in Furcht erstarrt.

Niemand weiß, was aus dem Hexenbalg geworden ist, obwohl es heißt, dass man in einer kalten Nacht an jenem Ort, wo einst ein Dorf gestanden hat, Gelächter aus dem Wald hallen hört. Denn so ist das Schicksal all jener, die sich dem Dunklen verschreiben: Sie werden niemals vom Leben erlöst, und das Jenseits bleibt ihnen auf alle Zeit verschlossen.«

Al Sorna verstummte, und sein nachdenklicher Blick richtete sich auf das Schwert auf seinem Schoß. Ich hatte den Eindruck, dass er dieser reißerischen Geschichte irgendeine tiefere Bedeutung beimaß. Der Ernst, mit der er sie mir erzählt hatte, sprach dafür, dass sie einen Sinn besaß, der sich mir entzog. »Glaubt Ihr diese Geschichte?«, fragte ich.

»Es heißt, jeder Mythos enthält ein Körnchen Wahrheit. Vielleicht kann ein gelehrter Mann wie Ihr irgendwann herausfinden, wie viel von dieser Geschichte wahr ist.«

»Märchenforschung ist nicht mein Gebiet.« Ich legte das Pergament beiseite, auf dem ich die Geschichte des Hexenbalgs festgehalten hatte. Es sollte mehrere Jahre dauern, bis ich sie ein weiteres Mal las, und zu jener Zeit hatte ich bereits guten Grund, bitterlich zu bedauern, seiner Anregung nicht gefolgt zu sein.

Ich griff nach neuen Bögen und sah ihn erwartungsvoll an.

Er lächelte. »Nun gut. Ich will Euch erzählen, wie ich zum ersten Mal König Janus begegnet bin.«

ERSTES KAPITEL

Mit dem Reiten begannen sie am Ende des Monats Prensur. Ihre Pferde waren alles Hengste, und keiner davon war älter als zwei Jahre – junge Reittiere für junge Reiter. Sie wurden ihnen von Meister Rensial zugewiesen, der an diesem Tag ausnahmsweise mal kein auffälliges Verhalten an den Tag legte, außer dass er die ganze Zeit vor sich hin murmelte, während er sie zu ihren Rössern brachte.

»Ja, groß, ja«, sagte er zu Barkus und musterte ihn von Kopf bis Fuß. »Brauchst ein kräftiges.« Er zog Barkus am Ärmel mit sich und führte ihn zum größten der Pferde, einem stattlichen Fuchs, mindestens siebzehn Hand hoch. »Bürste sein Fell und überprüfe die Hufeisen.«

Caenis erhielt einen flink aussehenden dunkelbraunen Hengst und Dentos eine stämmige graue Schecke. Nortahs Pferd war fast völlig schwarz, mit einer weißen Blesse auf der Stirn. »Schnell«, murmelte Meister Rensial. »Schneller Reiter, schnelles Pferd.« Nortah betrachtete sein Ross schweigend. Seit seiner Rückkehr aus der Krankenstube konnte nichts ihm irgendeine Reaktion entlocken. Ihre beständigen Versuche, ihn in ein Gespräch zu verwickeln, quittierte er lediglich mit Schulterzucken und Gleichgültigkeit. Nur auf dem Übungsplatz schien er zum Leben zu erwachen. Dann schlug er so wild mit Schwert oder Streitaxt um sich, dass sie alle Schnittwunden und Blutergüsse davontrugen.

Vaelins Reittier war ein kräftiger, rostroter Hengst mit einigen Narben auf den Flanken. »Gezähmt«, sagte Meister Rensial, »nicht gezüchtet. Ein Wildpferd aus den Nordlanden. Hat noch ordentlich Feuer, braucht Führung.«

Vaelins Pferd bleckte bei seinem Anblick die Zähne und wieherte laut. Eine Speichelfontäne sprühte ihm entgegen, sodass er zurückwich. Er war, seit er das Haus seines Vaters verlassen hatte, nicht mehr auf einem Pferd geritten und fand die Vorstellung seltsam beängstigend.

»Kümmert euch heute um sie, dann werdet ihr sie morgen reiten«, sagte Meister Rensial. »Gewinnt ihr Vertrauen, und sie werden euch durch Schlachten tragen. Ohne ihr Vertrauen seid ihr dem Tod geweiht.« Er verstummte, und da sie an seinem unsteten Blick erkannten, dass gleich weiteres Gebrabbel oder ein Gewaltausbruch folgen würde, führten sie ihre Reittiere rasch zu den Ställen, um ihr Fell zu bürsten.

Am nächsten Morgen begannen sie mit dem Reitunterricht, der die folgenden vier Wochen dauern sollte. Nortah, der bereits von Kindesbeinen an geritten war, erwies sich als bei Weitem der Beste unter ihnen. Er gewann jedes Rennen und meisterte selbst die schwierigsten Hindernisstrecken, die Meister Rensial für sie ersann, ohne große Mühen. Nur Dentos, dem das Reiten im Blut lag, konnte es mit ihm aufnehmen. »Früher habe ich im Sommer jeden Monat an Rennen teilgenommen«, erklärte er. »Meine Mutter hat stets auf mich gewettet und ganz gut dabei verdient. Sie hat gesagt, ich könnte selbst noch mit einem Packgaul ein Rennen gewinnen.«

Caenis und Vaelin waren gute, wenn auch nicht herausragende Reiter, und auch Barkus lernte schnell, obwohl ihm der Unterricht ganz offensichtlich keinen Spaß machte. »Mein Hintern fühlt sich an, als hätten tausend Hämmer draufgehaun«, stöhnte er an einem Abend und ließ sich mit dem Gesicht nach unten aufs Bett fallen.

Die anderen bauten schon bald eine enge Bindung zu ihren Pferden auf, gaben ihnen Namen und lernten ihre Eigenarten kennen. Vaelin nannte sein Pferd Speier, weil ihn, wann immer er versuchte, sein Vertrauen zu gewinnen, eine weitere Speichelfontäne traf. Speier hatte beständig schlechte Laune und neigte dazu, unerwartet mit den Hufen auszuschlagen oder mit dem Kopf zu stoßen. Versuche, ihn mit Zuckerrohrstangen oder Äpfeln gnädig zu stimmen, waren meist zum

Scheitern verurteilt. Der einzige Trost für Vaelin war, dass Speier sich den anderen Jungen gegenüber noch unmöglicher benahm. Doch trotz seiner Charakterfehler war das Pferd schnell im Galopp und furchtlos bei den Übungen. Wenn sie einander angriffen, schnappte es nach den anderen Pferden und scheute selbst vor dem größten Getümmel nicht zurück.

Ihre Unterweisungen im berittenen Zweikampf erwiesen sich als äußerst zermürbend. Ziel war es, sich gegenseitig mit Lanze oder Schwert aus dem Sattel zu werfen, und Nortahs Fähigkeiten als Reiter und sein neugewonnener Kampfeifer hatten für die anderen Jungen häufige Stürze und nicht selten schmerzhafte Verletzungen zur Folge. Darüber hinaus wurden sie in die schwierige Kunst des Bogenreitens eingeführt – ein wichtiger Bestandteil der Reitprüfung, die sie in knapp einem Jahr würden ablegen müssen. Vaelin fand den Bogen auch so schon schwer zu meistern; auf dem Pferderücken aus zwanzig Metern Entfernung einen Pfeil auf einen Heuballen zu schießen, erwies sich für ihn als nahezu unmöglich. Nortah dagegen traf gleich beim ersten Versuch und schoss auch danach nicht ein einziges Mal daneben.

»Kannst du es mir nicht beibringen?«, fragte Vaelin ihn verdrossen nach einer weiteren fruchtlosen Übungsstunde. »Meister Rensials Anleitungen verstehe ich einfach nicht.«

Nortah musterte ihn mit dem leeren Blick, den sie inzwischen von ihm gewohnt waren. »Das liegt daran, dass er ein brabbelnder Irrer ist«, erwiderte er.

»Er ist in der Tat nicht ganz richtig im Kopf«, stimmte Vaelin mit einem Lächeln zu. Nortah sagte nichts. »Also, wenn du mir irgendwie helfen kannst ...«

Nortah zuckte mit den Achseln. »Von mir aus.«

Wie sich herausstellte, gab es beim Bogenreiten keinen besonderen Trick. Man brauchte lediglich Übung. Jeden Tag verbrachten sie nach dem Abendessen eine Stunde oder länger auf dem Reitplatz. Vaelin verfehlte weiterhin beharrlich sein Ziel, und Nortah gab ihm Hinweise. »Geh nicht so weit aus dem Sattel, bevor du die Sehne löst ... Pass auf, dass du die Sehne bis zum Kinn ausziehst ... Erst lösen, wenn du das Gefühl hast, die Hufe deines Pferdes verlassen den Boden ... Nicht so tief zielen ...« Es dauerte fünf Tage, bis Vaelin einen Pfeil im Heuballen versenken konnte, und drei weitere, bis er gut genug zielte, um bei beinahe jedem Versuch die Zielscheibe zu treffen.

»Ich danke dir, Bruder«, sagte er eines Abends zu Nortah, als sie ihre Pferde zu den Ställen zurückbrachten. »Ohne deine Hilfe hätte ich das bestimmt nicht geschafft.«

Nortah warf ihm einen schwer deutbaren Blick zu. »Ich stand schließlich in deiner Schuld, nicht wahr?«

»Wir sind Brüder. Schuld bedeutet zwischen uns nichts.«

»Sag mal, glaubst du eigentlich den ganzen Unfug, den du ständig von dir gibst?« Nortahs Tonfall klang nicht gehässig, sondern eher neugierig. »Wir nennen uns Brüder, aber wir sind nicht vom selben Blut. Der Orden hat uns zufällig zusammengebracht. Hast du dich schon mal gefragt, wie es gewesen wäre, wenn wir uns außerhalb des Ordens begegnet wären? Wären wir Freunde geworden oder Feinde? Unsere Väter waren Feinde, wusstest du das?«

In der Hoffnung, dass Schweigen dem Gespräch ein Ende setzen würde, schüttelte Vaelin nur den Kopf.

»Jawohl. Als ich noch jünger war, hatte ich im Haus meines Vaters ein Geheimversteck, von dem aus ich die Gespräche in seinem Arbeitszimmer belauschen konnte. Er hat oft von deinem Vater gesprochen, und nie besonders freundlich. Er nannte ihn einen Emporkömmling, einen anmaßenden Bauern, der nicht mehr Grips im Kopf hätte als eine Axtklinge. Seiner Meinung nach gehörte Sorna irgendwo weggesperrt, bis der nächste Krieg anstand. Er konnte nicht begreifen, wieso der König auf den Rat eines solchen Einfaltspinsels hörte.«

Sie waren stehen geblieben und blickten einander an. In Nortahs Augen leuchtete wohlvertraute Kampflust. Speier, der die Spannung spürte, warf den Kopf hoch und wieherte erwartungsvoll.

»Du willst mich ärgern, Bruder«, sagte Vaelin und tätschelte den Hals seines Pferdes, um es zu beruhigen. »Aber du vergisst, dass ich keinen Vater habe. Deine Worte bedeuten mir also nichts. Warum findest du gerade nur am Kampf Gefallen? Weshalb verlangt es dich so sehr danach? Hilft es dir zu vergessen? Lindert es deinen Schmerz?«

Nortah zog an den Zügeln seines Pferdes und ging weiter in Richtung der Ställe. »Es lindert gar nichts. Aber zumindest kann ich dabei eine Zeit lang vergessen.«

Vaelin saß auf und trieb Speier zum Trab an. »Vielleicht hilft dir ja ein Wettrennen beim Vergessen.« Er ging zum Galopp über und hielt auf das Haupttor zu. Natürlich schlug Nortah ihn um Längen, aber er hatte zumindest hinterher ein Lächeln auf den Lippen.

◆ ◆ ◆

Am Ende des Monats Jenislasur, eine Woche nach Vaelins fünfzehntem Geburtstag, den niemand feierte, wurde er in die Gemächer des Aspekten gerufen.

»Was hat das zu bedeuten?«, fragte Dentos. Sie saßen bei der Morgenmahlzeit, und Dentos spuckte beim Sprechen Brotkrümel über den Tisch. Das Erlernen von Tischsitten überstieg einfach seinen Horizont. »Der muss dich ja wirklich mögen, so oft, wie er dich zu sich ruft.«

»Vaelin ist der Liebling des Aspekten«, stichelte Barkus. »Das weiß doch jeder. Irgendwann wird er selbst Aspekt sein, das sage ich euch.«

»Ach, haltet die Klappe, ihr beiden«, erwiderte Vaelin und biss in einen Apfel, während er vom Tisch aufstand. Er hatte keine Ahnung, warum er zum Aspekten gerufen wurde. Wahrscheinlich ging es um eine weitere heikle Angelegenheit, die seinen Vater betraf, oder eine neue Gefahr für sein Leben. Es überraschte ihn oft, dass ihm diese Dinge inzwischen keinerlei Angst mehr einjagten. In den vergangenen Monaten hatten die Albträume nachgelassen, und er konnte an die düsteren Vorkommnisse während der Laufprüfung zurückdenken, ohne sich davor zu fürchten, auch wenn er ihre Bedeutung immer noch nicht entschlüsselt hatte.

Als er die Tür zu den Gemächern des Aspekten erreicht hatte, war der Apfel fast aufgegessen, und er versteckte den Rest in seinem Umhang, bevor er klopfte. Er würde den Apfelrest später Speier bringen und zweifellos mit einer weiteren Speichelfontäne aus seinem Maul belohnt werden.

»Komm herein, Bruder«, ertönte die Stimme des Aspekten durch die Tür.

Drinnen sah er Arlyn neben dem kleinen Fenster stehen, das auf den Fluss hinausging. Auf seinem Gesicht lag wie üblich ein angedeutetes Lächeln. Vaelin erstarrte jedoch jäh in der Verneigung, als er bemerkte, dass sich noch jemand im Raum befand: ein dürrer, in Lumpen gehüllter Junge mit nackten, schlammverschmierten Füßen, die über den Rand des Stuhls hingen, auf dem er etwas unglücklich hockte.

»Das ist er!«, rief Frentis und sprang auf. »Das ist der Bruder, der mich in-inspiritiert hat! Der Sohn des Kriegsherrn.«

»Er ist niemandes Sohn, Junge«, sagte der Aspekt zu ihm.

Vaelin fluchte innerlich, als er die Tür schloss. *Einem Straßenjungen Messer zu schenken – was habe ich mir nur dabei gedacht? Nicht gerade das, was man von einem Bruder erwarten würde …*

»Kennst du diesen Jungen, Bruder?«, erkundigte sich der Aspekt.

Vaelin musterte Frentis und sah den Eifer in seinem schmutzigen Gesicht. »Ja, Aspekt. Er ist mir vor Kurzem in einer … schwierigen Situation behilflich gewesen.«

»Seht Ihr?«, sagte Frentis triumphierend zum Aspekten. »Ich hab's Euch ja gesagt, dass er mich kennt!«

»Dieser Junge hat um Aufnahme in den Orden gebeten«, fuhr der Aspekt fort. »Würdest du dich für ihn verbürgen?«

Überrascht und entsetzt starrte Vaelin Frentis an. »Du willst in den Orden eintreten?«

»Ja!«, sagte Frentis aufgeregt. »Ich will eintreten und ein Bruder werden.«

»Bist du …?« Beinahe hätte Vaelin »verrückt« gesagt, doch er konnte noch gerade so an sich halten. Er holte tief Luft und wandte sich an den Aspekten: »Ich soll mich für ihn verbürgen, Aspekt?«

»Der Junge hat keine Familie, niemand, der sich für ihn einsetzen oder ihn offiziell in die Obhut des Ordens übergeben könnte. Unsere Gesetze schreiben vor, dass jeder, der in den Orden eintritt, einen Bürgen braucht – Mutter oder Vater, oder im Falle eines Waisen einen Menschen von anerkannt gutem Charakter. Der Junge hat dich als Bürgen genannt.«

Bürgen? Davon hatte er noch nie gehört. »Hat sich damals jemand für mich verbürgt, Aspekt?«

»Natürlich.«

Mein Vater hat mit dem Orden gesprochen, bevor er mich hierherbrachte. Wie viele Tage oder Wochen vorher hatte er die ganze Sache schon eingefädelt? Wie lange hat er es gewusst, ohne mir etwas zu verraten?

»Sag ihm, dass ich ein Bruder werden kann«, drängte Frentis. »Erzähl ihm, wie ich dir geholfen habe.«

Vaelin holte tief Luft und sah in Frentis' von fieberhafter Verzweiflung erfüllte Augen. »Darf ich mich kurz allein mit dem Jungen unterhalten, Aspekt?«

»Wenn du möchtest. Ihr findet mich im Burgfried.«

Nachdem er gegangen war, begann Frentis von Neuem: »Du musst es ihm sagen. Sag ihm, dass ich ein Bruder werden kann …«

»Hältst du das für ein Spiel?«, unterbrach Vaelin ihn. Er packte Frentis an seinem zerlumpten Hemd und zog ihn dicht zu sich heran. »Was suchst du hier? Sicherheit, Essen, Unterkunft? Weißt du denn nicht, was dieses Haus ist?«

Frentis riss vor Furcht die Augen auf und erwiderte kleinlaut: »Hier werden die Brüder ausgebildet.«

»Ja, hier werden wir ausgebildet. Wir werden geschlagen, wir müssen jeden Tag gegeneinander kämpfen und Prüfungen bestehen, die uns das Leben kosten können. Ich bin fünfzehn Jahre alt und habe mehr Narben am Körper als ein erfahrener Soldat des königlichen Heers. Als ich hier angefangen habe, gehörten zehn Jungen zu meinem Trupp, jetzt sind es nur noch fünf. Worum bittest du mich? Dass ich dein Todesurteil ausspreche?« Er ließ Frentis los und wandte sich zur Tür. »Das werde ich nicht tun. Geh zurück in die Stadt. Dort lebst du länger.«

»Wenn ich dorthin zurückgehe, werde ich bei Einbruch der Dunkelheit tot sein!«, rief Frentis mit ängstlicher Stimme. Er sank auf den Stuhl und schluchzte laut. »Ich kann nirgendwo sonst hin. Wenn du mich wegschickst, werde ich sterben. Hunsils Burschen werden mich ganz sicher erwischen.«

Vaelins Hand verharrte auf dem Türgriff. »Hunsil?«

»Der Bandenführer in meinem Viertel. Alle Diebe, Huren und Messerstecher müssen ihm Tribut zahlen, fünf Kupfermünzen im Monat. Letzten Monat habe ich das Geld nicht zusammengekriegt, deshalb haben seine Jungs mich verprügelt.«

»Und wenn du diesen Monat auch nicht zahlen kannst, wird er dich umbringen?«

»Dafür ist es schon zu spät. Es geht nicht mehr nur ums Geld, sondern um sein Auge.«

»Sein Auge?«

»Ja, das rechte. Es ist hin.«

Mit einem schweren Seufzen wandte Vaelin sich von der Tür ab. »Die Messer, die ich dir gegeben habe.«

»Ja. Ich wollte nicht warten, bis du mir das Werfen beibringst. Deshalb habe ich selber schon zu üben angefangen. Und hab's richtig gut hingekriegt. Ich dachte, ich probier's mal an Hunsil aus und hab ihm in der Gasse vor seiner Taverne aufgelauert.«

»Gar kein schlechter Wurf, wenn du sein Auge getroffen hast.«

Frentis lächelte schwach.

»Ich hab auf seine Kehle gezielt.«

»Und er weiß, dass du es gewesen bist?«

»Klar, weiß er das. Der Schweinehund weiß alles.«

»Ich habe ein bisschen Geld. Nicht viel, aber meine Brüder würden bestimmt auch noch was drauflegen. Wir könnten eine Koje auf einem Handelsschiff für dich mieten. Du könntest als Schiffsjunge anheuern. Auf einem Schiff wärst du jedenfalls sicherer, als du es hier jemals sein könntest.«

»Hab ich auch schon dran gedacht, aber ich will nicht. Schiffe mag ich nicht. Mir wird schon bei einer Fährfahrt auf dem Fluss übel. Außerdem habe ich gehört, dass sich Matrosen öfter mal an Schiffsjungen vergreifen.«

»Sie würden dich gewiss in Ruhe lassen, wenn wir dich unter unseren Schutz stellen.«

»Aber ich will ein Bruder werden. Ich hab gesehen, was ihr mit diesen Falken gemacht habt. Du und der andere. Sowas hab ich noch nie erlebt. Das will ich auch können. Ich will werden wie du.«

»Warum?«

»Weil ich dann endlich auch jemand bin. In den Tavernen reden sie immer noch darüber, weißt du, wie der Sohn des Kriegsherrn den Schwarzen Falken eins aufs Maul gegeben hat. Du bist fast so berühmt wie dein alter Herr.«

»Und das ist es, was du willst? Berühmt sein?«

Frentis rutschte unruhig auf dem Stuhl herum. Offenbar wurde er nur selten von jemandem um seine Meinung gebeten, und Vaelins Fragen bereiteten ihm Unbehagen. »Weiß nicht. Ich will auch jemand sein, nicht bloß ein kleiner Taschendieb. Das kann ich schließlich nicht mein ganzes Leben lang machen.«

»In diesem Haus erwartet dich mit großer Wahrscheinlichkeit ein früher Tod.«

Als Frentis antwortete, sah er nicht mehr aus wie ein kleiner Junge. Stattdessen wirkte er so alt und erfahren, dass Vaelin sich in seiner Gegenwart selbst wie ein kleiner Junge fühlte. »Etwas anderes hat mich sowieso noch nie erwartet.«

Kann ich das auf mich nehmen?, fragte sich Vaelin. *Kann ich ihn zu diesem Leben verdammen?* Augenblicklich kam ihm die Antwort in den Sinn. *Zumindest hatte er die Wahl. Er hat sich freiwillig dafür entschieden hierherzukommen. Und wozu verdamme ich ihn, wenn ich ihn abweise?*

»Was weißt du über den Glauben?«, fragte Vaelin.

»Da geht es um das, was nach dem Tod passiert.«

»Und was passiert nach dem Tod?«

»Man kommt zu den Ahnen, und die, na ja, die helfen uns dann.«

Nicht gerade eine wörtliche Wiedergabe des Katechismus des Glaubens, aber immerhin nicht falsch. »Glaubst du daran?«

Frentis zuckte mit den Achseln. »Denke schon.«

Vaelin beugte sich vor und sah ihm in die Augen. »Wenn der Aspekt dich fragt, dann musst du dir sicher sein. Der Orden kämpft in erster Linie für den Glauben. Das Land kommt erst an zweiter Stelle.« Er richtete sich auf. »Dann wollen wir mal den Aspekten suchen gehen.«

»Du wirst ihm sagen, dass er mich aufnehmen soll?«

Mag die Seele meiner Mutter mir vergeben. »Ja.«

»Wunderbar!« Frentis sprang auf und rannte zur Tür. »Danke …«

»Danke mir nicht«, sagte Vaelin zu ihm. »Niemals.«

Frentis musterte ihn fragend. »Na gut. Und wann kriege ich mein eigenes Schwert?«

◆ ◆ ◆

Es würde noch drei Monate dauern, bis die nächsten Rekruten in den Orden aufgenommen wurden, deshalb wurde Frentis so lange für verschiedene Arbeiten eingeteilt. Er unternahm Botengänge, half in der Küche oder im Garten und fegte die Ställe. Er erhielt ein Bett im Schlafraum von Vaelins Trupp im Nordturm. Der Aspekt wollte nicht, dass er in einem der anderen Räume alleine schlafen musste. Was wäre das schließlich für eine Begrüßung im Orden?

»Das ist Frentis«, stellte Vaelin den Jungen den anderen vor. »Ein neuer Novize. Er wird bis zum Jahreswechsel bei uns im Zimmer schlafen.«

»Ist er denn überhaupt schon alt genug?«, fragte Barkus und musterte Frentis von Kopf bis Fuß. »Der besteht ja nur aus Haut und Knochen.«

»Halt die Klappe, Fettsack!«, knurrte Frentis und wich einen Schritt zurück.

»Wie bezaubernd«, stellte Nortah fest. »Ein waschechter Straßenjunge.«

»Warum schläft er bei uns?«, erkundigte sich Dentos.

»Weil der Aspekt es so angeordnet hat, und weil ich ihm etwas schuldig bin. Und du ebenfalls, Bruder«, sagte er zu Nortah. »Wenn er mir nicht geholfen hätte, würdest du jetzt in einem Käfig von der Stadtmauer herabhängen.«

Nortah neigte den Kopf, sagte jedoch nichts weiter.

»Das ist der, den du kaltgestellt hast«, sagte Frentis und deutete auf Nortah. »Der dem Falken das Messer ins Bein gerammt hat. Kluger Schachzug war das! Heißt das also, dass wir die Soldaten des königlichen Heers abstechen dürfen?«

»Nein!« Vaelin zog ihn zu seinem Bett hinüber, Mikehls ehemaliger Liege, die in den Jahren seit seinem Tod ungenutzt geblieben war. »Hier wirst du schlafen. Laken und Decken erhältst du bei Meister Grealin im Keller, zu dem ich dich gleich hinbringe.«

»Bekomme ich von ihm auch ein Schwert?«

Die anderen lachten. »Klar, kriegst du ein Schwert«, sagte Dentos. »Eins aus gutem Eschenholz.«

»Ich will aber ein richtiges Schwert!«, erwiderte Frentis trotzig.

»Das wirst du dir verdienen müssen«, sagte Vaelin. »So wie wir auch. Aber jetzt will ich mit dir noch übers Stehlen reden.«

»Ich werde nichts mehr stehlen. Damit bin ich fertig, das schwöre ich.«

Noch mehr Gelächter von den anderen. »Na, der wird ja einen guten Bruder abgeben«, sagte Barkus.

»Das Stehlen ist hier …«, Vaelin suchte nach den richtigen Worten, »erlaubt, aber es gibt Regeln. Du stiehlst niemals von uns und niemals von den Meistern.«

Frentis musterte ihn argwöhnisch. »Ist das eine von diesen Prüfungen?«

Vaelin biss die Zähne zusammen. Er verstand langsam, warum Meister Sollis den Rohrstock so sehr schätzte. »Nein. Du darfst andere im Orden bestehlen, solange es sich nicht um einen Meister oder jemanden aus deinem Trupp handelt.«

»Was? Und das kümmert niemanden?«

»Doch. Du handelst dir eine ordentliche Tracht Prügel ein, wenn du erwischt wirst, aber die Strafe ist fürs Erwischenlassen und nicht fürs Stehlen an sich.«

Ein kleines Lächeln erschien auf Frentis' Lippen. »Bisher bin ich nur einmal erwischt worden. Und das wird nicht wieder vorkommen.«

◆ ◆ ◆

Falls Vaelin erwartet hatte, dass Frentis vom harten Ordensleben schon nach kurzer Zeit enttäuscht sein würde, dann hatte er sich geirrt. Der Junge erfüllte fröhlich jede Aufgabe, die ihm gestellt wurde, flitzte wie ein Blitz durchs Haus, sah ihnen beim Unterricht zu und bettelte darum, beigebracht zu bekommen, was sie schon gelernt hatten. Meistens taten sie ihm den Gefallen, unterrichteten ihn im Schwertkampf und im unbewaffneten Zweikampf. Beim Messerwerfen brauchte er keinerlei Anleitung und machte beim Spiel schon bald Dentos und Nortah Konkurrenz. Die beiden witterten ihre Chance und riefen zu einem großen Wettbewerb auf, der ihnen eine beträchtliche Menge Messer einbrachte, die sie am Ende untereinander aufteilten.

»Wieso darf ich meine gewonnenen Messer eigentlich nicht behalten?«, beschwerte sich Frentis, als sie ihre Gewinne zählten.

»Weil du noch kein richtiger Bruder bist«, sagte Dentos. »Wenn du irgendwann einer bist, gehören deine Gewinne dir. Bis dahin teilen wir sie untereinander auf, als Bezahlung für den Unterricht, den wir dir netterweise geben.«

Am überraschendsten war die absolute Furchtlosigkeit, mit der

Frentis Bosko begegnete. Während die anderen Jungen sich dem Hund nur mit Vorsicht näherten, spielte Frentis oft mit ihm und kicherte, wenn dieser ihn beim Herumtollen zu Boden warf. Anfangs war Vaelin deswegen besorgt, doch er bemerkte, dass auch Bosko sich Mühe gab, vorsichtig zu sein. Frentis trug nie eine Bisswunde oder einen Kratzer davon.

»Der Hund betrachtet ihn als Welpen«, erklärte Meister Jeklin. »Wahrscheinlich hält er ihn für deinen Nachwuchs und sieht sich als älteren Bruder.«

Außerdem zeichnete Frentis sich dadurch aus, dass er als Einziger nie von Meister Rensial geschlagen wurde. Aus irgendeinem Grund erhob der Stallmeister nicht auch nur ein Mal die Hand gegen ihn. Er wies ihm lediglich seine Aufgaben zu und wartete schweigend, bis er sie erfüllt hatte. Sein Gesichtsausdruck war dabei noch seltsamer als sonst: eine Mischung aus Verwirrung und Bedauern. Vaelin schwor sich deshalb, Frentis möglichst von den Ställen fernzuhalten.

»Was stimmt eigentlich mit Meister Rensial nicht?«, fragte Frentis eines Abends, als Vaelin ihm gerade zeigte, was eine Parade beim Schwertkampf war. »Ist er verrückt im Kopf?«

»Ich weiß nicht viel über ihn«, erwiderte Vaelin. »Mit Pferden kennt er sich jedenfalls aus, so viel steht fest. Was seinen Kopf angeht: Offensichtlich kann das harte Ordensleben dem Geist eines Mannes Schaden zufügen.«

»Denkst du, dass das irgendwann auch mit dir passieren wird?«

Vaelin antwortete nicht, sondern führte mit dem Schwert einen Schlag gegen Frentis' Kopf, den dieser mit seiner Holzklinge noch gerade so abwehren konnte. »Aufpassen«, fauchte Vaelin. »Die Meister sind nicht so nachgiebig wie ich.«

Die Monate mit Frentis vergingen wie im Fluge. Seine Tatkraft und blinde Begeisterung ließen sie die Nöte ihres Alltags vergessen. Selbst Nortah schien aufgrund des Zusammenseins mit dem Jungen aufzuleben. Er hatte es auf sich genommen, ihn in die Grundlagen des Bogenschießens einzuführen. Wie damals, als er Dentos auf die Wissensprüfung vorbereitet hatte, fiel Vaelin auch diesmal wieder auf, dass Nortah eine besondere Begabung als Lehrer hatte. Machten die anderen Jungen – vor allem Barkus – häufig ihrer Verdrossenheit Luft, wenn Frentis etwas nicht begriff, so schien Nortah eine grenzenlose Geduld zu besitzen.

»Gut«, sagte er, als Frentis seinen Pfeil um etwa drei Ellen an der Zielscheibe vorbeischoss. »Versuch gegen das Holz zu drücken, während du die Sehne ausziehst, dann biegt sich der Bogen leichter.«

Dank Nortah war Frentis der einzige Junge, der bei Beginn seiner Unterweisungen im Orden schon in der ersten Unterrichtsstunde die Zielscheibe traf.

»Kann ich nicht bei euch bleiben?«, fragte Frentis an dem Abend, bevor er in den Raum umziehen sollte, den er sich mit seinem Trupp teilen würde.

»Du musst Teil eines Trupps sein«, sagte Vaelin. Sie befanden sich im Hundezwinger und beobachteten Bosko, der seine hochschwangere Hündin bewachte. Niemand durfte mehr seinen Pferch betreten. Der Zustand seiner Gefährtin löste einen Beschützerinstinkt in ihm aus, der ihn äußerst gefährlich machte. Selbst Meister Jeklin würde er anfallen, wenn er ihm zu nahe kam.

»Warum?«, fragte Frentis, wobei seine Stimme nicht mehr ganz so nörgelig klang wie zuvor.

»Weil wir dich nicht während deiner ganzen Ausbildung begleiten können«, sagte Vaelin. »Die Jungen, die du morgen kennenlernen wirst, werden deine Brüder sein. Ihr werdet euch gegenseitig helfen, die Prüfungen zu bestehen. So läuft das im Orden.«

»Und wenn sie mich nun nicht mögen?«

»Darauf kommt es nicht an. Die Brüder des Ordens verbindet mehr als nur Freundschaft.« Er stieß Frentis an. »Keine Sorge. Inzwischen weißt du schon deutlich mehr als sie. Sie werden dich um Rat fragen. Du darfst nur nicht mit deinem Wissen prahlen.«

»Du und die anderen Brüder, werdet ihr mir denn weiterhin Unterricht geben?«

Vaelin schüttelte den Kopf. »Du wirst unter Meister Haunlins Obhut gestellt. Er wird dich von jetzt an unterweisen. Da dürfen wir uns nicht einmischen. Er ist ein gerechter Mann, der nicht zu oft vom Rohrstock Gebrauch macht, es sei denn, man reizt ihn. Folge seinen Anordnungen.«

»Werde ich denn wenigstens weiter für euch stehlen dürfen?«

Darüber hatte Vaelin noch nicht nachgedacht. Frentis' Fähigkeit, Dinge von beachtlichem Wert zu beschaffen, würde ihnen fehlen. Dank ihm besaßen sie inzwischen im Überfluss Kleidung, Geld, Talismane, Messer und viele andere Dinge, die das Leben im Orden erträglicher machten. Getreu seinem Wort war er nie erwischt worden, obwohl die anderen Jungen recht schnell eine Verbindung gezogen hatten zwischen Frentis' Ankunft im Orden und dem zunehmenden Verschwinden von wertvollen Gegenständen. An einem Abend hatte das sogar zu einem ziemlich blutigen Kampf im Speisesaal geführt. Zum Glück verfügten sie jetzt aber auch über die Fähigkeit und Stärke, sich zu verteidigen – selbst gegen die älteren Jungen –, und das Vorkommnis wiederholte sich nicht. Dennoch gab Meister Sollis Vaelin den Rat, Frentis eine Weile lang an die Kandare zu nehmen.

»Von jetzt an wirst du für deinen eigenen Trupp stehlen müssen«, sagte Vaelin dem Jungen, nicht ohne Bedauern. »Aber du kannst mit uns einen Tauschhandel betreiben.«

»Ich dachte, ich darf dann gar nicht mehr mit euch sprechen.«

»Doch, sprechen dürfen wir immer noch. Was hältst du davon, wenn wir uns jeden Eltrianabend hier treffen?«

»Meinst du, Meister Jeklin lässt mich einen der Welpen haben?«

Vaelin betrachtete Bosko – die Feindseligkeit in seinem Blick und seine angespannte Körperhaltung. Selbst Vaelin würde sich einen Biss einhandeln, wollte er versuchen, den Pferch zu betreten. »Ich glaube nicht, dass Meister Jeklin darüber entscheidet.«

ZWEITES KAPITEL

Die Kampfprüfung folgte nach dem Fest zum Wintereinbruch in der Mitte des Monats Weslin. Sie mussten ihre Schwerter gegen Holzklingen eintauschen und wurden mit den etwa fünfzig anderen Jungen ihres Alters in zwei gleich große Kontingente aufgeteilt. Auf dem Übungsplatz war eine mit einem roten Wimpel geschmückte Lanze in den gefrorenen Boden gerammt worden. Zu seiner Überraschung sah Vaelin auch die anderen Meister am Rand des Übungsplatzes stehen, sogar Meister Jestin, der seine Schmiede sonst nur selten verließ.

»Der Krieg ist unser heiliger Auftrag«, sagte der Aspekt, als sie vor ihm angetreten waren. »Allein dafür existiert der Orden. Wir kämpfen, um den Glauben und das Land zu verteidigen. Heute werdet ihr eine Schlacht schlagen. Ein Kontingent wird versuchen, den Wimpel zu erobern, das andere wird ihn verteidigen. Die Meister werden dem Kampf zusehen. Sollte einer von euch es an Mut und Kampfgeschick missen lassen, wird er morgen den Orden verlassen. Strengt euch an und denkt an das, was ihr gelernt habt. Tödliche Schläge sind verboten.«

Während der Aspekt den Übungsplatz verließ, musterten die beiden Kontingente einander voller Aufregung und Beklommenheit. Sie wussten alle, was die Prüfung für sie bedeutete: Auch wenn sie nur mit

Holzschwertern kämpften und einander nicht umbringen durften, würde eine Menge Blut fließen.

Meister Sollis trat vor, reichte den Jungen in Vaelins Kontingent rote Armbänder und befahl ihnen, sie an ihrem linken Arm zu befestigen. Derweil verteilte Meister Haunlin weiße Bänder an ihre symbolischen Gegner. »Ihr werdet angreifen, die Weißen werden verteidigen«, sagte Sollis zu ihnen. »Die Schlacht ist vorbei, wenn einer von euch den Wimpel auf der Lanze in seinen Besitz gebracht hat.«

Während ihre Gegner mit den weißen Armbändern in einer lockeren Linie vor der Lanze Aufstellung bezogen, sah Vaelin, wie der Aspekt drei unbekannte Zuschauer begrüßte. Es waren zwei Männer, einer groß und breitschultrig, der andere schlank und drahtig, mit langen schwarzen Haaren, die im Wind wehten. Die dritte Gestalt war klein und in dicke Felle gehüllt und hielt sich an der Seite des großen Mannes.

»Wer ist das, Meister?«, fragte Vaelin, als Sollis ihm sein Armband reichte, aber offensichtlich war der Meister an diesem Tag nicht bereit, Fragen zu beantworten.

»Konzentrier dich auf die Prüfung, Junge!« Ärgerlich gab Sollis ihm eine Kopfnuss. »Wenn du dich ablenken lässt, kann das heute dein Ende bedeuten.« Als alle ihre Bänder angelegt hatten, standen sie da und musterten die Verteidiger in hundert Metern Entfernung. Irgendwie schien ihre Zahl gewachsen zu sein.

»Wie sollen wir vorgehen, Vaelin?«, fragte Dentos.

Vaelin wollte gerade mit den Schultern zucken, als ihm auffiel, dass nicht nur die Jungen aus seinem Trupp ihn erwartungsvoll ansahen, sondern alle Jungen des Kontingents. Nortah, der fröhlich sein Holzschwert in die Luft warf und es wieder auffing, war die einzige Ausnahme. Er wirkte eher gelangweilt. Vaelin dachte fieberhaft nach; sie wurden im Kampf unterrichtet, aber nicht in Taktik. Er hatte von Flankenmanövern und Frontalangriffen gehört, aber er hatte keine Ahnung, wie sie funktionierten. In den meisten Kriegsgeschichten, die er kannte, ging es um Brüder, die durch ihre heldenhaften Taten Siege errangen. In der Regel versuchten sie, Stadtmauern zu stürmen oder eine Brücke zu verteidigen. Von einer Lanze war da nie die Rede gewesen. *Die Lanze ... Welchen Wert hat sie?*

»Vaelin?«, hakte Caenis nach.

»Das hier ist keine echte Schlacht«, äußerte Vaelin seine Gedanken laut.

»Wie bitte?«

Eine Schlacht ist nicht vorbei, wenn eine Partei eine Lanze in ihren Besitz gebracht hat. Sie ist vorbei, wenn eine Armee die andere vernichtet hat. Deshalb heißt es Kampfprüfung. Sie wollen uns kämpfen sehen, mehr nicht. Die Lanze bedeutet nichts.

»Wir greifen direkt an«, sagte er und hob seine Stimme, um selbstsicher und entschlossen zu klingen. »Wir treffen sie in der Mitte ihrer Verteidigungslinie, hart und schnell. Wenn wir die aufbrechen, gehört die Lanze uns.«

»Keine sonderlich ausgefuchste Strategie, Bruder«, stellte Nortah fest.

»Möchtest du lieber der Anführer sein?«

Nortah schüttelte lächelnd den Kopf. »Das würde mir im Traum nicht einfallen. Ich bin sicher, dass dein Plan Hand und Fuß hat.«

»Formiert euch«, sagte Vaelin. »Bleibt dicht zusammen. Barkus, Nortah, ihr übernehmt mit mir zusammen die Spitze. Und ihr beiden auch.« Er deutete auf zwei kräftige Jungen, von denen er wusste, dass sie sehr angriffslustig waren. »Caenis, Dentos, haltet euch direkt hinter uns und gebt uns Deckung, wenn wir uns der Lanze nähern. Alle anderen: Ihr habt gehört, was der Aspekt gesagt hat. Wenn ihr nicht morgen eure Münzen erhalten wollt, stürzt euch in den Kampf, sucht euch einen Gegner und besiegt ihn, und danach gleich den nächsten.«

Zu seiner Überraschung stießen die Jungen daraufhin einen rauhen Schlachtruf aus und reckten ihre Holzschwerter in die Höhe. Er machte mit, schwenkte sein Schwert, brüllte und kam sich dabei reichlich albern vor. Unglaublicherweise schrien die anderen jedoch noch lauter; ein paar begannen sogar, seinen Namen zu rufen.

Die Rufe hielten an, während sie – zunächst langsam – vorzurücken begannen. Die hundert Meter bis zum Gegner schienen rasant zusammenzuschrumpfen.

»Vaelin! Vaelin!«

Er verfiel in einen lockeren Laufschritt, um so viel Kraft wie möglich für den Kampf aufzusparen.

»Vaelin! Vaelin!«

Ein paar der Jungen schrien jetzt aus voller Kehle, unter ihnen Caenis. Ihre Schritte beschleunigten sich, als sie mehr als die Hälfte der Entfernung bis zum Gegner zurückgelegt hatten. Offenbar war seine kleine Armee ganz erpicht darauf, ihrem Widersacher zu begegnen, manche der Jungen fingen gar an zu rennen.

»Langsam!«, rief Vaelin. »Bleibt zusammen!«

»Vaelin! Vaelin!« Er blickte sich um und sah wutverzerrte Gesichter. *Furcht*, dachte er. *Sie verbergen ihre Furcht hinter Wut.* Er selbst verspürte keine Wut. Seine größte Sorge war nur, dass er sich eine weitere Verletzung einhandeln könnte. Ihm waren gerade erst die Fäden an der letzten gezogen worden – ein tiefer Schnitt im Oberschenkel, der von einem Reitunfall herrührte.

»Vaelin! Vaelin!«

Jetzt rannten alle, und ihre Formation begann sich aufzulösen. Dentos befand sich, entgegen den Anweisungen, an der Spitze und schrie mit wilder Inbrunst.

Ach, verflucht! Auch Vaelin stürmte nun los und deutete mit dem Schwert auf die Mitte der Verteidigungslinie. »Angreifen! ANGREIFEN …«

Die beiden Truppen trafen rasselnd aufeinander. Vaelin hatte das Gefühl, mit der Schulter gegen einen Baum gerannt zu sein. Allerdings war es ihm gelungen, zwei Verteidiger umzureißen. Anfangs schien es, als würde die Wucht ihres Angriffs ihnen direkt einen Weg zur Lanze bahnen, nachdem fünf oder sechs Verteidiger unter ihrem vereinten Ansturm zu Boden gegangen waren. Barkus sprang schon über die am Boden Liegenden hinweg, um nach dem Wimpel zu greifen. Doch ihre Gegner erholten sich rasch von der Überraschung, und bald schlugen beide Seiten mit einer Verbissenheit aufeinander ein, wie sie sie noch nie gekannt hatten. Vaelin wurde von zwei Jungen gleichzeitig angegriffen, die ihre Eschenholzschwerter so wild schwangen, als hätten sie alles vergessen, was sie im Unterricht gelernt hatten. Er parierte einen Schlag, wich einem anderen aus und schlug dann nach den Beinen des einen Jungen, womit er diesen zu Fall brachte. Der andere stieß sein Schwert nach vorn, hatte jedoch zu viel Schwung, sodass es Vaelin gelang, seinen Schwertarm einzuklemmen und ihm einen Kopfstoß zu versetzen, der ihn zurücktaumeln ließ.

Das Getöse aus aufeinanderkrachendem Holz und Schmerzensschreien wurde immer lauter, während der Kampf andauerte, und Vaelin verlor zunehmend den Überblick. Der Zeitfluss schien zu zersplittern, und die Schlacht verwandelte sich in eine Abfolge einzelner, verwirrender Kämpfe. Nur hin und wieder erhaschte er einen Blick auf einen seiner Gefährten. Barkus teilte mit dem Schwert aus; seine beidhändig geführten Schläge landeten mit Übelkeit erregendem Krachen auf denen, die den Fehler machten, ihm zu nahe zu kommen. Dentos, mit blutiger Stirn, hatte sein Schwert verloren und war in einen Faustkampf mit einem Jungen verwickelt, der einen Fuß oder mehr größer war als er. Offenbar behielt er die Oberhand. Caenis sprang auf den Rücken eines Gegners und würgte ihn mit dem Schwert. Es gelang ihm, den anderen Jungen zu Boden zu zwingen, doch dann traf ihn der Stiefeltritt eines Verteidigers am Kopf, und er stürzte zur Seite. Vaelin kämpfte sich zu ihm durch, hackte sich durch die Menge der miteinander ringenden Jungen. Caenis lag auf dem Rücken und wehrte verzweifelt die Schläge des Jungen ab, den er gewürgt hatte. Vaelin trat den Jungen in den Bauch und hieb gleichzeitig sein Schwert gegen seine Schläfe. Der Junge fiel zu Boden, wo er den Rest der Schlacht blieb.

»Na, genießt du die ruhmreiche Schlacht, Bruder?«, fragte er Caenis, während er ihm eine Hand reichte, um ihm aufzuhelfen.

»Duck dich!«, schrie Caenis.

Vaelin ließ sich auf ein Knie fallen und spürte den Luftzug eines Schwertschlags, der seinen Kopf nur knapp verfehlte. Er wirbelte herum und schwang sein Bein, um den Angreifer von den Füßen zu holen. Noch im Fallen rammte er ihm das Schwert gegen die Nase. Danach kämpften Caenis und er gemeinsam, Rücken an Rücken, stolperten über bewusstlose oder verletzte Gefährten und Gegner, bis sie sich der Lanze auf wenige Meter genähert hatten. Einer der Verteidiger, der eine letzte Gelegenheit witterte, seinen Mut zu beweisen, stürzte sich mit einem wilden Schrei auf sie und hackte mit dem Schwert um sich. Caenis parierte seinen Angriff, und Vaelin schickte den Gegner mit einem Schlag gegen die Schulter zu Boden. Er zuckte zusammen, als er Knochen brechen hörte.

Dann war es vorbei, keine Gegner mehr, niemand, gegen den man kämpfen musste. Nur noch Jungen, die laut stöhnend umhertaumelten oder sich inmitten ihrer bewusstlosen Brüder am Boden wälzten. Nortah stand mit der Lanze in der Hand da; das Blut tropfte aus den Wunden an seinem Kopf und in seinem Gesicht. Er lächelte, als Vaelin näher kam. Aus einem Schnitt in seiner Lippe quoll ein großer roter Tropfen. »Das war ein guter Plan, Bruder.«

Vaelin stützte ihn, als er ins Schwanken geriet. Noch nie in seinem Leben war er so müde gewesen; seine Arme waren schwer wie Blei, und der Anblick der vielen Verletzten bereitete ihm Übelkeit. Er hatte keine Ahnung, wie lange der ganze Kampf gedauert hatte. Es konnte eine Stunde gewesen sein oder auch nur wenige Minuten. Er hatte das Gefühl, aus einem besonders schlimmen Albtraum erwacht zu sein. Zu seiner Erleichterung waren Barkus und Dentos unter den zehn Jungen, die sich noch auf den Beinen hielten, obwohl Dentos von Barkus gestützt werden musste. »Was hast du gesagt, Bruder?«, rief Barkus laut, damit die Meister ihn hörten, und beugte sich dicht an Dentos heran, obwohl dieser ganz offensichtlich nicht in der Lage war zu sprechen. »Ah, ja! Wahrhaftig, ein guter Kampf!«

»Die Prüfung ist beendet!« Meister Sollis schritt über den Übungsplatz. »Bringt die Verletzten in die Krankenstube. Die Bewusstlosen lasst ihr liegen. Um die werden sich die Meister kümmern.«

»Komm«, sagte Vaelin zu Nortah. »Dann wollen wir dich mal verarzten lassen.«

»Gerne«, sagte Nortah. »Aber ich bin mir nicht sicher, ob ich laufen kann.« Er schwankte erneut, und Vaelin musste ihn auffangen. Zusammen mit Caenis half er Nortah, der immer noch die Lanze umklammert hielt, vom Übungsplatz. Barkus folgte ihnen und schleppte Dentos mit sich.

»Bruder Vaelin.« Es war der Aspekt, der neben den drei Fremden stand.

Vaelin blieb stehen und hielt Nortah fest, damit er nicht zu Boden stürzte. »Aspekt?«

»Unsere Gäste würden dich gerne kennenlernen.« Der Aspekt deutete auf die drei Fremden. Jetzt sah Vaelin, dass die kleine Gestalt ein Mädchen war. Ebenso wie der große Mann, an dessen Arm sie sich klammerte, war sie in dicke schwarze Felle gehüllt. Sie war etwa in Vaelins Alter, aber kleiner, mit blasser Haut und schwarzem Haar ...

und äußerst hübsch. Allerdings schien sie ihn kaum wahrzunehmen, denn ihr Blick war auf Nortah gerichtet, der inzwischen kaum noch bei Bewusstsein war. Vaelin war sich nicht sicher, ob Bewunderung oder Furcht in ihren Augen lag.

»Bruder Vaelin, das ist Vanos Al Myrna«, sagte der Aspekt. Der große Mann trat vor und reichte ihm die Hand. Vaelin schüttelte sie etwas umständlich, wobei er Nortah beinahe fallen gelassen hätte. Als Caenis den Namen des Mannes hörte, erstarrte er, doch Vaelin bedeutete er wenig. Er entsann sich vage, dass sein Vater ihn einmal seiner Mutter gegenüber erwähnt hatte, kurz bevor er zum Kriegsherrn ernannt worden war, aber an den Zusammenhang des Gesprächs konnte Vaelin sich nicht erinnern.

»Ich kenne deinen Vater«, sagte Vanos Al Myrna zu Vaelin.

»Ich habe keinen Vater«, erwiderte Vaelin unwillkürlich.

»Zeig ein wenig mehr Respekt vor Lord Vanos, Vaelin«, sagte der Aspekt mit einem dünnen Lächeln. »Er ist ein Schwert des Königs und Turmherr der Nordlande. Er ehrt uns mit seiner Anwesenheit.«

Vaelin sah die Andeutung eines Lächelns auf Vanos Al Myrnas Zügen. »Du hast gut gekämpft«, sagte Al Myrna.

Vaelin nickte in Nortahs Richtung. »Mein Bruder war besser. Er hat die Lanze errungen.«

Al Myrna betrachtete Nortah einen Moment, und Vaelin wurde klar, dass er auch seinen Vater gekannt hatte. »Dieser Junge kämpft ohne Furcht. Nicht immer eine wünschenswerte Eigenschaft bei einem Soldaten.«

»Im Dienst des Glaubens sind wir alle furchtlose Kämpfer, Herr.« *Eine gute Antwort*, dachte er. *Ich wünschte, es wäre wahr.*

Der Turmherr drehte sich um und deutete auf den drahtigen, langhaarigen Mann. Mit seiner blassen Haut und dem dunklen Haar ähnelte er ein wenig dem Mädchen, doch sein Gesicht war anders. Er hatte hohe Wangenknochen und eine Adlernase. »Dies ist mein Freund Hera Drakil von den Seordah Sil.«

Ein Seordahner. Vaelin hätte niemals gedacht, dass er einmal mit eigenen Augen einen sehen würde. Die Seordah Sil waren ein rätselhaftes Volk, das, wie es hieß, niemals den Schutz des großen Nordwaldes verließ und stets unter sich blieb. Sie waren es, die den Wald für die

Bewohner der Königslande, die sich nur selten in ihn hineinwagten, zu einem Ort dunkler Geheimnisse machten. Es gab unzählige Geschichten über glücklose Reisende, die den Wald betreten hatten und niemals zurückgekehrt waren.

Hera Drakil nickte Vaelin zu; sein Gesichtsausdruck war nicht zu deuten.

»Und das hier« – Lord Vanos zog das Mädchen an seiner Seite ein Stück nach vorn, worauf dieses ein wenig verlegen lächelte – »ist meine Tochter Dahrena.«

Dahrena nickte Vaelin zu, der sich fragte, warum seine Handflächen plötzlich so feucht waren. »Bruder. Du scheinst der Einzige zu sein, der unverletzt ist.«

Vaelin wurde bewusst, dass sie recht hatte. Sein gesamter Körper schmerzte und würde am nächsten Tag wahrscheinlich noch viel mehr weh tun, aber er hatte nicht eine einzige Verletzung davongetragen. »Das Glück ist mir hold, meine Dame.«

Ihr Blick wanderte erneut zu Nortah, und ihr Gesicht nahm einen besorgten Ausdruck an. »Wird er sich wieder erholen?«

»Ihm geht es gut«, sagte Caenis, und sein Tonfall klang in Vaelins Ohren ein wenig barsch.

Nortahs Kopf hob sich. Mit trübem Blick betrachtete er das Mädchen und runzelte verwirrt die Stirn. »Eine Lonakerin«, sagte er und blickte Vaelin an. »Befinden wir uns im Norden?«

»Ganz ruhig, Bruder.« Vaelin klopfte Nortah auf die Schulter und war erleichtert, als sein Kopf wieder nach unten sank. »Mein Bruder ist gerade nicht ganz bei sich«, sagte er zu dem Mädchen. »Ich bitte um Verzeihung.«

»Wofür? Ich bin tatsächlich Lonakerin.« Sie wandte sich dem Aspekten zu. »Ich besitze einige bescheidene Fähigkeiten als Heilerin. Wenn ich Euch irgendwie behilflich sein kann ...«

»Der Orden verfügt über einen äußerst kundigen Arzt, meine Dame«, erwiderte der Aspekt. »Aber ich danke Euch für Eure Besorgnis. Jetzt sollten wir uns in meine Gemächer zurückziehen und diesen Brüdern gestatten, sich um ihre Kameraden zu kümmern.«

Er wandte sich um und schritt auf den Burgfried zu, gefolgt vom Turmherren. Die anderen beiden blieben jedoch noch einen Moment stehen. Hera Drakil musterte die Jungen schweigend; seine Augen wanderten von Dentos, der in Barkus' Armen hing, zu Caenis' blutverschmierter Nase und Nortahs schlaffer Gestalt. Auf seinem Gesicht war deutliche Abscheu zu lesen. »Il Lonakhim hearin mar durolin«, sagte er traurig und ging davon.

Dahrena, das Mädchen, schien von seinen Worten peinlich berührt und sah noch einmal kurz zu ihnen herüber, bevor auch sie sich umwandte.

»Was hat er gesagt?«, fragte Vaelin und ließ sie damit innehalten.

Sie zögerte, und Vaelin glaubte schon, sie würde behaupten, des Seordahnischen nicht mächtig zu sein, doch er wusste, dass sie die Worte verstanden hatte. »Er hat gesagt: ›Die Lonaker behandeln ihre Hunde besser.‹«

»Und, stimmt das?«

Sie presste die Lippen zusammen, und Vaelin sah, wie sie wütend die Stirn runzelte, bevor sie sich abwandte. »Ja, ich denke schon.«

Nortahs Kopf rollte nach hinten, und er grinste Vaelin an. »Sie ist hübsch«, sagte er, bevor er endgültig das Bewusstsein verlor.

◆ ◆ ◆

»Wie kommt es, dass der Turmherr der Nordlande eine Lonakerin zur Tochter hat?«, fragte Vaelin Caenis.

Sie patrouillierten gerade auf der Mauer; es war die Schicht nach Mitternacht. Einer der Nachteile ihres vierten Jahres beim Orden war, dass sie nun regelmäßig zum Wachdienst eingeteilt wurden. Die Mauer war in dieser Nacht nur spärlich bemannt, da so viele Jungen sich noch in der Krankenstube befanden oder zu schwer verletzt waren, um den Wachdienst übernehmen zu können, unter ihnen auch Barkus. Erst als sie zu ihrem Schlafraum zurückgekehrt waren, hatte sich herausgestellt, dass er eine tiefe Wunde am Rücken hatte.

»Ich glaube, da hat jemand einen Nagel durch sein Schwert getrieben«, stöhnte er.

Sie legten Nortah aufs Bett und säuberten seine Wunden so gut es ging. Zum Glück schien keine seiner Verletzungen so tief zu sein, dass sie genäht werden musste, und sie beschlossen deshalb, ihm einfach nur einen Verband um den Kopf zu legen und ihn schlafen zu lassen. Dentos war dagegen schlimmer dran; seine Nase war offenbar erneut gebrochen, und er war nur halb bei Bewusstsein. Vaelin entschied, dass er zusammen mit Barkus, dessen Wunde genäht werden musste, in die Krankenstube gehen sollte. Dentos wurde von dem schwer beschäftigten Meister Henthal auf eine Krankenliege verfrachtet, Barkus konnte hingegen wieder gehen, nachdem seine Verletzung genäht und mit Corrbaumöl eingeschmiert worden war – ein wirksamer, wenn auch furchtbar übelriechender Schutz vor Entzündung. Sie hatten ihn bei Nortah zurückgelassen, um ihren Wachdienst antreten zu können.

»Vanos Al Myrna ist kein ganz einfacher Mensch«, sagte Caenis. »Aber Treulosigkeit ist ohnehin schwer zu begreifen.«

»Treulosigkeit?«

»Er wurde vor zwölf Jahren in die Nordlande verbannt. Niemand weiß genau, weshalb, aber er soll angeblich des Königs Wort infrage gestellt haben. Damals war er Kriegsherr, und König Janus mag freundlich und gerecht sein, aber Treulosigkeit von einem so hochgestellten Mitglied des Hofstaats konnte er nicht dulden.«

»Und dennoch ist er jetzt hier.«

Caenis zuckte mit den Achseln. »Der König ist für seine versöhnliche Art bekannt. Und es hat Gerüchte über eine große Schlacht im Norden gegeben, jenseits des Waldes und der Ebenen. Al Myrna soll eine Armee Barbaren besiegt haben, die über das Eis kamen. Ich muss zugeben, dass mir die Geschichte wenig glaubwürdig erschien, aber vielleicht ist er ja hier, um dem König von seinem Sieg zu berichten.«

Er war vor meinem Vater Kriegsherr, wurde Vaelin klar. Jetzt fiel es ihm wieder ein, obwohl er damals noch sehr jung war. Sein Vater war nach Hause gekommen und hatte seiner Mutter erzählt, dass er zum Kriegsherrn ernannt werden würde. Daraufhin war sie in ihr Zimmer gegangen und hatte geweint.

»Und seine Tochter?«, fragte er und versuchte, die Erinnerung abzuschütteln.

»Ein lonakisches Findelkind, heißt es. Er hat sie allein im Wald gefunden. Offenbar lassen ihn die Seordahner unbehelligt durch den Wald ziehen.«

»Sie müssen ihm große Hochachtung entgegenbringen.«

Caenis schnaubte verächtlich. »Das Urteil von Wilden ist wenig wert, Bruder.«

»Der Seordahner in Al Myrnas Begleitung schien für unsere Sitten wenig Verständnis zu haben. Vielleicht sind wir für ihn ja Wilde.«

»Du misst seinen Worten zu viel Gewicht bei. Der Orden dient dem Glauben, und jemand wie er kann sich kein Urteil darüber erlauben. Obwohl ich zugeben muss, dass ich gerne wüsste, warum der Turmherr ihn hergebracht hat, damit er uns begaffen kann.«

»Ich glaube nicht, dass er deshalb gekommen ist. Ich denke eher, dass er etwas mit dem Aspekten besprechen will.«

Caenis warf ihm einen scharfen Blick zu. »Mit dem Aspekten? Was könnte er mit ihm wohl zu besprechen haben?«

»Dir kann doch sicher nicht entgangen sein, was sich derzeit außerhalb der Mauern abspielt, Caenis. Der Kriegsherr ist aus dem Dienst ausgetreten, der Minister des Königs wurde hingerichtet. Jetzt kommt der Turmherr in den Süden. Das alles muss eine Bedeutung haben.«

»In den Königslanden ist schon immer viel geschehen. Deshalb ist unsere Geschichte auch so reich an Legenden.«

Ja, Kriegslegenden, dachte Vaelin.

»Vielleicht«, fuhr Caenis fort, »hatte Al Myrna ja auch einen anderen Grund hierherzukommen. Einen persönlicheren Grund.«

»Zum Beispiel?«

»Er hat gesagt, dass er und der Kriegsherr Kameraden gewesen sind. Vielleicht wollte er sich ein Bild von deinen Fortschritten machen.«

Mein Vater soll ihn hierhergeschickt haben, um nach mir zu sehen? Warum? Um zu schauen, ob ich noch am Leben bin? Oder wie groß ich geworden bin? Um meine Narben zu zählen? Vaelin musste die vertraute Bitterkeit bezwingen, die in ihm aufsteigen wollte. *Warum einen Fremden hassen? Ich habe keinen Vater, den ich hassen könnte.*

DRITTES KAPITEL

Nur zwei Jungen erhielten am nächsten Morgen ihre Münzen, weil die Meister der Ansicht waren, dass sie sich im Kampf als feige oder unfähig erwiesen hatten. Das viele vergossene Blut und die gebrochenen Knochen schienen Vaelin kaum das Resultat der Prüfung wert zu sein, aber der Orden stellte niemals seine Rituale in Frage, denn sie waren Teil des Glaubens. Nortah erholte sich schnell, und ebenso Dentos; Barkus hingegen würde für den Rest seines Lebens eine tiefe Narbe auf dem Rücken zurückbehalten.

Während die Winterkälte zunahm, wurde ihre Ausbildung immer anstrengender. Meister Sollis' Schwertübungen wurden komplexer, und mit der Streitaxt mussten sie nun im Gleichschritt bestimmte Manöver ausführen. Ihnen wurde beigebracht, in Kompanien zu marschieren, und sie lernten die vielen Befehle kennen, die aus einer Gruppe von Einzelkämpfern ein diszipliniertes Heer machten. Manch einer von ihnen hatte damit seine Schwierigkeiten und bekam den Rohrstock zu spüren, weil er rechts und links verwechselte oder ständig aus dem Takt geriet. Es dauerte mehrere Monate, bis sie das Gefühl hatten, dass sie wussten, was sie taten, und noch ein paar Monate mehr, bis auch die Meister mit ihnen zufrieden waren. Währenddessen führten sie ihre Reitübungen fort, die sie vor allem abends vor Einbruch der

Dunkelheit absolvierten. Sie hatten sich selbst eine Rennstrecke gesucht, einen vier Meilen langen Pfad, der am Flussufer entlang und um die Außenmauer herumführte und genügend unebenes Gelände und Hindernisse barg, um Meister Rensials hohen Ansprüchen zu genügen. Es war während eines dieser abendlichen Rennen, dass Vaelin dem kleinen Mädchen begegnete.

Er hatte einen Sprung über den Stamm einer umgestürzten Birke falsch eingeschätzt, und Speier, übellaunig wie eh und je, hatte gescheut und ihn abgeworfen, sodass er schmerzhaft auf der gefrorenen Erde gelandet war. Er hörte die anderen lachen, während sie davongaloppierten.

»Elender Gaul!«, schimpfte Vaelin, erhob sich und rieb sich das schmerzende Hinterteil. »Ich sollte dich zum Abdecker bringen!«

Speier bleckte trotzig die Zähne und scharrte mit dem Huf über den Boden, bevor er davontrottete, um halbherzig an einem Busch zu knabbern. In einem seiner lichten Momente hatte Meister Rensial sie einmal davor gewarnt, einem Tier, dessen Hirn kaum größer war als ein Holzapfel, menschliche Gefühle zu unterstellen. »Pferde fühlen nur für ihre Artgenossen«, hatte er gesagt. »Ihre Wünsche und Sorgen werden wir nie verstehen können, genauso wenig wie sie unsere.« Beim Anblick von Speier, der ihm wie absichtlich sein Hinterteil zuwandte, fragte Vaelin sich allerdings, ob das stimmte. Sein Pferd schien jedenfalls die verblüffend menschliche Fähigkeit zu besitzen, ihm die kalte Schulter zu zeigen.

»Dein Pferd mag dich wohl nicht besonders.«

Seine Augen fanden das Mädchen rasch, während seine Hände unwillkürlich zu seiner Waffe wanderten. Sie war etwa zehn Jahre alt und wegen der Kälte in dicke Felle gehüllt. Ihr blasses Gesicht musterte ihn mit unverhohlener Neugier. Sie war hinter einer breiten Eiche hervorgetreten, und in den behandschuhten Händen hielt sie ein Sträußchen hellgelber Winterblumen. Die Blumen wuchsen in den Wäldern der Umgebung, und manchmal kamen Stadtbewohner, um sie zu pflücken. Vaelin begriff nicht recht, warum, denn Meister Hutril zufolge waren sie weder essbar noch als Arzneimittel zu gebrauchen.

»Ich glaube, er sehnt sich nach dem Leben auf den Ebenen zurück«, erwiderte Vaelin. Er ging zu dem Birkenstamm und setzte sich, um seinen Schwertgürtel zurechtzurücken.

Zu seiner Überraschung ließ sich das Mädchen neben ihm nieder. »Mein Name ist Alornis«, sagte sie. »Du bist Vaelin Al Sorna.«

»Richtig.« Seit dem Jahrmarkt zur Sommersonnenwende kam es häufig vor, dass er von jemandem erkannt wurde. Die Leute starrten ihn an oder deuteten mit dem Finger auf ihn, wenn er in der Nähe der Stadt unterwegs war.

»Mama hat gesagt, dass ich nicht mit dir reden soll«, fuhr Alornis fort.

»Ach so? Warum?«

»Ich weiß nicht. Wahrscheinlich würde es Papa nicht gefallen.«

»Dann solltest du es vielleicht auch nicht tun.«

»Oh, ich höre nicht immer auf das, was man mir sagt. Ich bin ein böses Mädchen. Ich mache nicht, was andere Mädchen so tun.«

Vaelin konnte sich eines Lächelns nicht erwehren. »Was denn zum Beispiel?«

»Ich nähe nicht, und ich mag keine Puppen. Ich bastle Dinge, die ich eigentlich nicht basteln soll, und male Bilder, die ich nicht malen soll. Ich bin viel schlauer als die Jungs und führe sie oft an der Nase herum.«

Vaelin wollte schon lachen, doch er sah, wie ernst ihr Blick war. Sie schien ihn eingehend zu mustern – ihre Augen wanderten über sein Gesicht. Eigentlich hätte es ihm unangenehm sein müssen, doch er fand es seltsam rührend. »Winterblumen«, sagte er und nickte in Richtung der Pflanzen. »Solltest du die pflücken?«

»Ja. Ich werde sie zeichnen und aufschreiben, wie sie heißen. Ich habe ein großes Buch voller Blumenbilder, die ich gemalt habe. Mein Papa hat mir ihre Namen beigebracht. Er weiß sehr viel über Blumen und Pflanzen. Kennst du dich auch damit aus?«

»Ein bisschen. Ich weiß, welche giftig sind und welche man essen oder zum Heilen benutzen kann.«

Das Mädchen runzelte die Stirn und betrachtete die Blumen in ihrer Hand. »Kann man die essen?«

Vaelin schüttelte den Kopf. »Nein, und als Heilmittel sind sie auch nicht geeignet. Eigentlich haben sie gar keinen richtigen Nutzen.«

»Sie sind Teil der Schönheit der Natur«, sagte Alornis, und eine kleine Falte erschien auf ihrer glatten Stirn. »Damit haben sie durchaus einen Nutzen.«

Diesmal konnte Vaelin ein Lachen nicht unterdrücken. »Da hast du wohl recht.« Er blickte sich nach den Eltern des Mädchens um. »Du bist doch nicht alleine hier, oder?«

»Mama ist im Wald. Ich habe mich hinter der Eiche versteckt, um euch beim Vorbeireiten zuzuschauen. Das war lustig, als du gestürzt bist.«

Vaelin sah zu Speier hinüber, der den Kopf mit Nachdruck in die andere Richtung schwang. »Mein Pferd fand das auch.«

»Wie heißt es denn?«

»Speier.«

»Das ist aber kein hübscher Name.«

»Es ist ja auch kein hübsches Pferd. Aber ich habe einen Hund, der noch hässlicher ist.«

»Von deinem Hund habe ich schon gehört. Er ist groß wie ein Pferd, und du hast ihn gezähmt, nachdem du während der Wildnisprüfung einen Tag und eine Nacht mit ihm gekämpft hast. Ich habe auch noch andere Geschichten gehört. Ich schreibe sie nieder, aber ich muss das Buch vor Mama und Papa verstecken. Es heißt, du hättest im Alleingang zehn Männer besiegt, und es sei jetzt schon klar, dass du der nächste Aspekt des sechsten Ordens wirst.«

Zehn Männer?, wunderte er sich. *Zuletzt waren es noch sieben. Wenn ich dreißig bin, werden es wahrscheinlich hundert sein.* »Es waren vier«, sagte er, »und ich war nicht allein. Und der nächste Aspekt kann erst gewählt werden, wenn der jetzige stirbt oder vom Amt zurücktritt. Außerdem ist mein Hund nicht so groß wie ein Pferd, und ich habe auch nicht einen Tag und eine Nacht mit ihm gekämpft. Selbst wenn ich nur fünf Minuten mit ihm kämpfen würde, hätte ich keine Chance.«

»Oh.« Sie wirkte ein wenig geknickt. »Dann werde ich mein Buch wohl umschreiben müssen.«

»Tut mir leid.«

Alornis zuckte mit den Schultern. »Als ich noch klein war, hat Mama gesagt, dass du bei uns leben und mein Bruder sein wirst, aber du bist nie gekommen. Papa war sehr traurig.«

Eine Welle der Verwirrung durchströmte ihn, die ihm Übelkeit bereitete. Einen Moment lang schien die Welt aus den Fugen zu geraten. »Was hast du gesagt?«

»ALORNIS!« Eine Frau kam aus dem Wald auf sie zugeeilt. Sie war sehr hübsch mit ihrem lockigen schwarzen Haar, und sie trug einen schlichten Wollmantel. »Alornis, komm her!«

Das Mädchen verzog ärgerlich den Mund. »Jetzt wird sie mich mitnehmen.«

»Verzeihung, Bruder«, sagte die Frau atemlos, als sie näher kam. Sie ergriff das Mädchen bei der Hand und zog es zu sich heran. Trotz ihrer offensichtlichen Aufregung bemerkte Vaelin, wie sanft sie mit dem Mädchen umging. Sie legte schützend beide Arme um Alornis. »Meine Tochter ist sehr neugierig. Ich hoffe, sie hat Euch nicht zu sehr belästigt.«

»Ihr Name ist Alornis?«, fragte Vaelin. Seine Verwirrung war einer eisigen Taubheit gewichen.

Die Arme der Frau schlossen sich fester um das Mädchen. »Ja.«

»Und wie lautet Euer Name, wenn ich fragen darf?«

»Hilla.« Die Frau zwang sich zu einem Lächeln. »Hilla Justil.«

Der Name sagte ihm nichts. *Ich kenne diese Frau nicht.* Er sah etwas in ihrer Miene, etwas, das über reine Besorgnis wegen ihrer Tochter hinausging. *Sie kennt mein Gesicht.* Er richtete den Blick auf das kleine Mädchen und musterte es sorgfältig. *Sie ist hübsch, wie ihre Mutter, dasselbe Kinn, dieselbe Nase ... aber andere Augen. Dunkle Augen.* Plötzlich durchfuhr ihn die Erkenntnis mit der Macht eines eisigen Sturms, vertrieb die Taubheit und an ihre Stelle trat etwas Kaltes, Hartes. »Wie alt bist du, Alornis?«, fragte er.

»Zehn Jahre und acht Monate«, erwiderte sie augenblicklich.

»Also fast elf. Ich war elf, als mein Vater mich hierherbrachte.« Ihm fiel auf, dass Alornis' Hände leer waren, und er sah, dass sie die Blumen fallen gelassen hatte. »Ich habe mich immer gefragt, warum er das getan hat.« Er hob die Winterblumen auf, wobei er darauf achtete, die Stiele nicht zu zerbrechen. Er ging zu Alornis und kauerte sich vor ihr nieder. »Vergiss die nicht«, sagte er und reichte ihr die Blumen. Er lächelte sie an, und sie erwiderte sein Lächeln. Dabei versuchte er, sich ihr Gesicht einzuprägen.

»Bruder ...«, setzte Hilla an.

»Ihr solltet hier nicht verweilen.« Er richtete sich auf, ging zu Speier hinüber und packte seine Zügel. Offenbar bemerkte das Pferd seine

Stimmung, denn es ließ ihn aufsitzen, ohne sich zu sträuben. »Diese Wälder sind im Winter gefährlich. In Zukunft solltet ihr lieber woanders Blumen pflücken gehen.«

Er sah, wie Hilla ihre Tochter an sich drückte und gegen ihre Furcht ankämpfte. Schließlich sagte sie: »Danke, Bruder. Das werden wir.«

Er gestattete sich einen letzten Blick auf Alornis, bevor er Speier zum Galopp antrieb. Diesmal setzte er ohne das geringste Zögern über den Baumstamm hinweg, und sie preschten in den Wald hinein und ließen das Mädchen und seine Mutter hinter sich.

Ich habe mich immer gefragt, warum er mich hierhergebracht hat … Jetzt weiß ich es.

◆ ◆ ◆

Die Monate vergingen, der winterliche Frost ging in das Tauwetter des Frühlings über, und in all der Zeit sprach Vaelin nur das Nötigste. Er machte seine Kampfübungen, sah bei der Geburt von Boskos Welpen zu, lauschte Frentis' fröhlichen Geschichten über das Ordensleben, ritt sein übellauniges Pferd und schwieg sich dabei aus. Die Kälte, die taube Leere, die nach seinem Zusammentreffen mit Alornis in ihn gefahren war, wollte einfach nicht mehr schwinden. Im Geiste sah er ihr Gesicht vor sich und ihre dunklen Augen. *Zehn Jahre und acht Monate …* Seine Mutter war vor knapp fünf Jahren gestorben. *Zehn Jahre und acht Monate.*

Caenis versuchte, ihn in eine Unterhaltung zu verstricken und mit einer seiner Geschichten aus der Reserve zu locken. Es ging um die Schlacht im Urlisch, wo die Heere Renfaels und Asraels einen Tag und eine Nacht lang in einem blutigen Kampf aufeinandergetroffen waren. Das war noch vor der Gründung der Königslande gewesen, als Janus ein Adliger und kein König gewesen war und die vier Erzlehen des Reiches gespalten waren und einander bis aufs Blut bekämpften. Doch Janus vereinte sie, mit der Weisheit seines Wortes, der Schärfe seiner Klinge und der Stärke seines Glaubens. Das erst ließ den sechsten Orden in den Kampf eintreten – die Vision eines Reiches, dessen König den Glauben über alles andere stellte. Der sechste Orden durchbrach die renfaelische Verteidigung und brachte den endgültigen Sieg. Vaelin lauschte der Geschichte, ohne etwas zu sagen. Er kannte das alles schon.

»… und als der renfaelische Herrscher Lord Theros verwundet und in Ketten vor den König gebracht wurde, spuckte er verächtlich aus und sagte, dass er lieber sterben würde, als das Knie vor einem jungen Emporkömmling zu beugen. König Janus überraschte alle, indem er lachend erwiderte: ›Ich erwarte nicht, dass du vor mir kniest, Bruder. Und auch nicht, dass du dein Leben lässt. Tot wirst du dem Reich kaum von Nutzen sein.‹ Und Lord Theros antwortete …«

»Euer Reich ist der Traum eines Wahnsinnigen«, fiel Vaelin ihm ins Wort. »Der König lachte erneut, und sie verbrachten einen Tag und eine Nacht im Streit, bis Lord Theros schließlich einsah, dass des Königs Vorhaben weise war. Seitdem ist er der treueste Vasall des Königs.«

Caenis blickte enttäuscht drein. »Ich habe dir die Geschichte schon mal erzählt.«

»Ein- oder zweimal.« Sie befanden sich in der Nähe des Flusses und sahen zu, wie Frentis und die anderen Jungen seines Trupps mit Boskos Welpen spielten. Die Hündin hatte insgesamt sechs Junge geworfen, vier Männchen und zwei Weibchen – scheinbar harmlose feuchte Fellbündel, als sie sie im Pferch abgeleckt hatte. Sie waren jedoch rasch herangewachsen und waren nun bereits halb so groß wie gewöhnliche Hunde, obwohl sie genauso herumtollten und über ihre eigenen Pfoten stolperten wie alle Welpen. Frentis hatte ihnen Namen geben dürfen, auch wenn er sich bei der Auswahl nicht unbedingt mit besonderem Einfallsreichtum hervorgetan hatte.

»Räuber!«, rief er seinen Lieblingshund, den größten von allen, und fuchtelte mit einem Stock. »Komm her!«

»Was ist los, Bruder?«, fragte Caenis Vaelin. »Weshalb bist du so schweigsam?«

Vaelin sah zu, wie Frentis von Räuber umgerannt wurde und sich kichernd von dem Welpen das Gesicht ablecken ließ. »Ihm gefällt es hier«, stellte er fest.

»Das Ordensleben hat ihm auf jeden Fall gutgetan«, stimmte Caenis zu. »Seit seiner Ankunft scheint er einen Fuß oder mehr gewachsen zu sein, und er lernt schnell. Die Meister mögen ihn, weil man ihm nie etwas zweimal sagen muss. Ich glaube nicht, dass er überhaupt schon Bekanntschaft mit dem Rohrstock gemacht hat.«

»Wie muss sein Leben vorher gewesen sein, wenn es ihm hier so gefällt? Er ist auf eigenen Wunsch hier. Nicht wie wir anderen. Er hat sich für den Orden entschieden und wurde nicht von lieblosen Eltern gezwungen, in ihn einzutreten.«

Caenis kam einen Schritt näher und senkte die Stimme. »Dein Vater wollte dich zurückholen, Vaelin. Vergiss das nicht. Wie Frentis hast auch du dich für ein Leben im Orden entschieden.«

Zehn Jahre und acht Monate … Mama hat gesagt, dass du bei uns leben und mein Bruder sein wirst … aber du bist nie gekommen … »Warum? Warum wollte er mich zurückholen?«

»Bedauern? Schuld? Die üblichen Gründe, warum jemand etwas tut.«

»Der Aspekt hat mir einmal gesagt, dass meine Anwesenheit hier ein Symbol für die Treue meines Vaters gegenüber dem Glauben und dem Land sei. Wenn er sich mit dem König überworfen hat, würde es vielleicht das Gegenteil bedeuten, mich aus dem Orden herauszuholen.«

Caenis' Gesichtsausdruck wurde ernst. »Du denkst zu schlecht über deinen Vater, Bruder. Auch wenn wir uns von unseren Familien loslösen sollen, ist es nicht gut, wenn ein Sohn seinen Vater hasst.«

Zehn Jahre und acht Monate … »Ich müsste ihn besser kennen, um ihn hassen zu können.«

VIERTES KAPITEL

Die Ankunft des Sommers brachte die traditionelle Woche des Austauschs mit den Brüdern und Schwestern anderer Orden. Sie durften sich den Orden aussuchen, wo sie ihre Zeit verbringen wollten. Für gewöhnlich tauschten Jungen des sechsten Ordens die Plätze mit Brüdern aus dem vierten, dem Orden, mit dem sie nach ihrer offiziellen Aufnahme am engsten zusammenarbeiten würden. Vaelin entschied sich stattdessen für den fünften.

»Den fünften?« Meister Sollis runzelte die Stirn. »Den Orden des Leibes und der Heilkunst? Dorthin willst du gehen?«

»Ja, Meister.«

»Was um Himmels willen glaubst du denn, dort lernen zu können? Und noch wichtiger: Was denkst du, dem Orden bieten zu können?« Er tippte mit dem Rohrstock auf Vaelins Handrücken, der von zahllosen Narben verunstaltet war, die von den Kampfübungen und dem Spritzer geschmolzenen Metalls herrührten, den er in Meister Jestins Schmiede abbekommen hatte. »Diese Hände sind nicht zum Heilen geschaffen.«

»Ich habe meine Gründe, Meister.« Er wusste, dass er einen Schlag mit dem Rohrstock riskierte, doch dieser hatte schon längst seinen Schrecken verloren.

Meister Sollis knurrte und ging weiter die Reihe entlang. »Was ist mit dir, Nysa? Willst du dich deinem Bruder anschließen und den Kranken und Gebrechlichen die Stirn abwischen?«

»Ich möchte gern in den dritten Orden, Meister.«

Sollis musterte ihn lange. »Schreiberlinge und Büchersammler.« Er schüttelte traurig den Kopf.

Barkus und Dentos entschieden sich für die altbewährte Lösung und wählten den vierten Orden, während Nortah mit fröhlicher Miene den zweiten Orden als Wunschziel verkündete. »Den Orden der Besinnlichkeit und Erleuchtung?«, sagte Sollis tonlos. »Du willst eine Woche im Orden der Besinnlichkeit und Erleuchtung verbringen?«

»Eine gewisse Zeit des Nachdenkens über die großen Geheimnisse des Lebens wird meiner Seele guttun, Meister«, erwiderte Nortah und entblößte seine makellosen Zähne in einem arglosen Lächeln. Zum ersten Mal seit Monaten war Vaelin nach Grinsen zumute.

»Du meinst, du willst eine Woche lang faul herumsitzen«, sagte Sollis.

»Geistige Versenkung erfordert für gewöhnlich eine sitzende Haltung, Meister.«

Nun konnte Vaelin ein Lachen nicht mehr unterdrücken. Als er drei Stunden später seine vierzigste Runde um den Übungsplatz vollendet hatte, kicherte er immer noch.

◆ ◆ ◆

»Bruder Vaelin?« Der graugewandete Mann am Tor war alt, dünn und kahlköpfig, doch Vaelin beeindruckten vor allem seine strahlend weißen Zähne, die ihn an Nortahs erinnerten, nur dass das Lächeln des Mannes aufrichtig war. Der Alte war allein und wischte mit einem Scheuerlappen über einen dunkelbraunen Fleck auf dem gepflasterten Hof.

»Ich soll mich bei der Aspektin melden«, sagte Vaelin.

»Ja, wir haben schon von deiner bevorstehenden Ankunft gehört.« Der Alte hob den Riegel des Tors an und öffnete es. »Brüder des sechsten Ordens kommen nicht sehr oft zu uns.«

»Seid Ihr allein, Bruder?«, fragte Vaelin und trat durch das Tor. »Ich hätte gedacht, dass an einem Ort wie diesem eine Wache vonnöten wäre.«

Im Gegensatz zum sechsten Orden befand sich das Haus des fünften innerhalb der Mauern der Hauptstadt. Es war ein großes, kreuzförmiges Gebäude in der Armensiedlung des Südviertels – seine geweißten Mauern leuchteten förmlich inmitten der tristen Ansammlung dicht beieinanderstehender, baufälliger Häuser, die sich um den Hafen drängten. Vaelin war noch nie im Südviertel gewesen, begriff jedoch schnell, warum es von wohlhabenden Bürgern eher gemieden wurde. Das Labyrinth aus dunklen Gassen und mit Unrat verstopften Straßen bot reichlich Gelegenheit für einen Überfall. Er hatte wegen des Unrats aufgepasst, um nicht mit schmutzigen Stiefeln beim fünften Orden vorzusprechen, war über Betrunkene hinweggestiegen, die den Rausch der letzten Nacht ausschliefen, und hatte das unverständliche Rufen anderer ignoriert, die zu viel oder zu wenig getrunken hatten. Hier und da hatten ihm ein paar Huren lustlose Blicke zugeworfen, allerdings ohne sich zu bemühen, ihn als Kunden zu gewinnen. Ordensjungen hatten schließlich kein Geld.

»Ach, uns behelligt niemand«, erwiderte der Alte. Als er das Tor zumachte, bemerkte Vaelin, dass es kein Schloss hatte. »Ich bewache dieses Haus nun schon seit zehn Jahren oder mehr, und es hat noch nie Schwierigkeiten gegeben.«

»Warum müsst Ihr das Tor dann überhaupt bewachen?«

Der Alte sah ihn verwirrt an. »Du bist hier beim Orden der Heilkunst, Bruder. Die Menschen kommen zu uns, weil sie Hilfe brauchen. Jemand muss sie doch in Empfang nehmen.«

»Ach so«, sagte Vaelin. »Natürlich.«

»Aber ich habe auch noch meine gute alte Bess.« Der Bruder ging in das Steinhäuschen, das als Wachhaus diente, und kehrte mit einem großen Eichenholzknüppel zurück. »Nur für alle Fälle.« Er reichte ihn Vaelin, als erwarte er eine fachkundige Meinung von ihm.

Vaelin nahm den Knüppel und schwang ihn kurz, bevor er ihn zurückreichte. »Ähm … eine gute Waffe, Bruder.«

Der Alte wirkte erfreut. »Hab ihn selbst geschnitzt, als die Aspektin mich zum Torwächter ernannt hat. Meine Hände waren zu steif geworden, um Knochen zu richten und Wunden zu nähen, weißt du?« Er wandte sich um und schritt rasch auf das Ordenshaus zu. »Komm, komm, ich bringe dich zur Aspektin.«

»Wie lange seid Ihr schon hier?«, fragte Vaelin, während er ihm folgte.

»Seit etwa fünfzehn Jahren, abgesehen von der Ausbildung. Den Großteil meines Lebens habe ich in den Hafenstädten des Südens verbracht. Ich sage dir – es gibt keine Krankheit oder Seuche, die Seemänner sich nicht einfangen.«

Anstatt ihn zu der großen Tür an der Vorderseite des Hauses zu bringen, führte der Alte ihn um das Gebäude herum zu einem Seiteneingang. Sie betraten einen langen, schmucklosen Korridor, in dem ein schwerer, süßsaurer Geruch hing.

»Essig und Lavendel«, sagte der Alte, als er sah, wie Vaelin die Nase rümpfte. »Hält schlechte Keime fern.«

Er führte Vaelin an zahllosen Räumen vorbei, in denen nur leere Betten zu stehen schienen, bis sie zu einem runden Saal kamen, der vom Boden bis zur Decke mit Porzellankacheln gefliest war. In der Mitte des Saals lag ein junger Mann nackt auf einem Tisch und wand sich. Zwei kräftige, graugewandete Brüder hielten ihn fest, während Aspektin Elera Al Mendah eine notdürftig verbundene Wunde an seinem Bauch untersuchte. Die Schreie des Mannes brachen jäh ab, als ihm ein Stück Leder in den Mund geschoben wurde. Die Wände des Saals waren von aufsteigenden Bankreihen gesäumt, auf denen sich eine Anzahl graugewandeter Brüder und Schwestern verschiedener Altersstufen versammelt hatte, um dem Spektakel zuzusehen. Ein Rascheln war zu hören, als sie sich zu Vaelin umdrehten.

»Aspektin«, sagte der Alte mit lauter Stimme, die im Saal widerhallte. »Bruder Vaelin Al Sorna vom sechsten Orden.«

Aspektin Elera blickte von der Wunde des jungen Mannes auf; ihr lächelndes Gesicht wurde von mehreren Blutspritzern auf ihrer Stirn verunziert. »Vaelin, wie groß du geworden bist.«

»Aspektin«, erwiderte Vaelin mit einer förmlichen Verbeugung. »Ich stehe Euch zu Diensten.«

Der junge Mann auf dem Tisch bäumte sich auf und stieß ein klagendes Wimmern aus.

»Gerade bin ich mit einem dringenden Fall beschäftigt«, sagte Aspektin Elera und nahm eine Schere von einem Beistelltisch, um den schmutzigen Verband durchzuschneiden, der die Wunde des jungen Mannes bedeckte. »Diesem Mann ist in den frühen Morgenstunden ein

Messer in den Leib gerammt worden. Offenbar wegen eines Streits um die Gunst einer jungen Dame. Da er schon so viel Alkohol und Rotblüte in seinen Adern hat, können wir ihm nicht noch mehr geben, weil er sonst womöglich stirbt. Deshalb müssen wir ihn bei vollem Bewusstsein behandeln.« Sie legte die Schere beiseite und streckte eine Hand aus. Eine junge Schwester reichte ihr ein Instrument mit langer Klinge. »Die Umstände werden dadurch noch verkompliziert«, fuhr Aspektin Elera fort, »dass die Spitze des Messers in seinem Bauch abgebrochen ist und entfernt werden muss.« Sie hob den Blick und wandte sich an die Zuschauer auf den Bänken. »Kann mir jemand sagen, weshalb?«

Die meisten der Zuschauer hoben die Hand, und die Aspektin nickte einem grauhaarigen Mann in der ersten Reihe zu. »Bruder Innis?«

»Wegen der Entzündungsgefahr, Aspektin«, sagte der Mann. »Die abgebrochene Klinge könnte die Wunde vergiften und sie eitern lassen. Außerdem sitzt sie womöglich in der Nähe eines Blutgefäßes oder Organs.«

»Sehr gut, Bruder. Deshalb müssen wir die Wunde untersuchen.« Sie beugte sich über den jungen Mann, zog die Ränder der Verletzung mit der linken Hand auseinander und schob mit der rechten das Instrument hinein. Der junge Mann spuckte den Knebel aus, und sein Schrei erfüllte den gesamten Saal. Aspektin Elera trat einen Schritt zurück. »Haltet ihn fest, Brüder«, sagte sie zu den beiden kräftigen Männern, die den Patienten an den Armen gepackt hatten.

Der junge Mann fing an, wild zu zappeln, und es gelang ihm, einen Arm zu befreien. Sein Kopf schlug auf den Tisch, und seine um sich tretenden Beine verfehlten nur knapp die Aspektin, die noch weiter zurücktreten musste.

Vaelin ging zum Tisch und legte eine Hand über den Mund des jungen Mannes. Er zwang den Kopf des Mannes auf den Tisch zurück, beugte sich über ihn und sah ihm tief in die Augen. »Schmerz«, sagte er, »ist eine Flamme.« Die Augen des Mannes füllten sich mit Furcht, als er Vaelin über sich sah. »Konzentriere dich. Der Schmerz ist eine Flamme in deinem Geist. Siehst du sie?« Der Atem des Mannes schlug heiß gegen Vaelins Handfläche, aber er hatte aufgehört, zu zappeln. »Die Flamme wird kleiner. Sie schrumpft zusammen. Sie brennt hell, aber sie ist klein. Siehst du sie?« Vaelin beugte sich noch tiefer herab. »Siehst du sie?«

Das Nicken des Mannes war kaum wahrnehmbar.

»Konzentriere dich darauf«, sagte Vaelin. »Sie ist ganz klein.«

Er hielt den Mann fest, sah ihm in die Augen und redete mit ihm, während Aspektin Elera sich an seiner Wunde zu schaffen machte. Der Mann wimmerte und wandte immer wieder den Blick ab, aber Vaelin holte ihn stets zurück, bis ein dumpfes Klirren von Metall zu hören war, das in eine Schüssel fiel, und Aspektin Elera sagte: »Nadel und Faden bitte, Schwester Sherin.«

◆ ◆ ◆

»Meister Sollis unterrichtet euch gut.«

Sie befanden sich in Aspektin Eleras Gemach, das noch weit mehr mit Büchern und Papieren vollgestopft war als das von Aspekt Arlyn. Doch während im Gemach des Aspekten des sechsten Ordens heilloses Chaos herrschte, war dieses hier ordentlich aufgeräumt und sauber. An den Wänden hingen mehrere Schaubilder; detailreiche, fast schon obszöne Darstellungen von Körpern ohne Haut oder Muskeln. Vaelins Blick wurde immer wieder von einem Bild an der Wand hinter dem Tisch der Aspektin angezogen, das einen Mann mit gespreizten Armen und Beinen zeigte, der vom Schritt bis zum Hals aufgeschnitten war. Die Hautlappen der Wunde waren beiseitegeklappt und enthüllten die inneren Organe, die sehr kunstvoll und mit vollkommener Klarheit dargestellt waren.

»Aspektin?«, fragte er und zwang sich, den Blick von dem Bild loszureißen.

»Die Technik zur Schmerzbeherrschung, die du da benutzt hast«, erklärte die Aspektin. »Sollis war stets mein bester Schüler.«

»Schüler, Aspektin?«

»Ja. Wir haben vor Jahren zusammen an der Nordostgrenze gedient. An ruhigen Tagen habe ich den Brüdern des sechsten Ordens Techniken zur Entspannung und Schmerzbeherrschung beigebracht. Damit haben wir uns die Zeit vertrieben. Bruder Sollis war stets der aufmerksamste unter meinen Schülern.«

Sie kannten einander, sie haben zusammen gedient. Selbst die Vorstellung, dass die beiden miteinander sprachen, war ihm kaum glaubhaft, aber eine Aspektin log nicht. »Ich bin dankbar für Meister Sollis' Weisheit, Aspektin.« Das erschien ihm die unverfänglichste Antwort.

Sein Blick wanderte wieder zu dem Gemälde, was der Aspektin nicht entging. »Eine erstaunliche Arbeit, nicht wahr? Ein Geschenk von Meister Benril Lenial vom dritten Orden. Er hat eine Woche hier verbracht und Kranke und frisch Verstorbene gemalt, um das Leiden der Seele im Bild festzuhalten, wie er sich ausdrückte. Es war als Vorbereitung für sein Freskogemälde im Andenken an die Rote Hand gedacht. Natürlich haben wir ihn gern bei uns aufgenommen, und als er fertig war, hat er seine Skizzen unserem Orden geschenkt. Ich verwende sie, um die Novizinnen und Novizen in die Mysterien des Leibes einzuweihen. Die Illustrationen in unseren älteren Büchern lassen es leider an Klarheit fehlen.«

Sie wandte sich wieder Vaelin zu. »Du hast dich heute Morgen gut geschlagen. Ich denke, die anderen Brüder und Schwestern konnten von deinem Beispiel lernen. Der Anblick von Blut macht dir demnach nichts aus? Verursacht dir keine Übelkeit oder Schwächegefühle?«

Meinte sie das ernst? »Ich bin an den Anblick von Blut gewöhnt, Aspektin.«

Ihr Blick trübte sich einen Moment, bevor ihr gewohntes Lächeln zurückkehrte. »Es freut mich sehr zu sehen, wie kräftig du geworden bist und dass deine Seele nicht ohne Mitgefühl ist. Aber ich muss wissen, weshalb du hierhergekommen bist.«

Er konnte nicht lügen, nicht ihr gegenüber. »Ich dachte, dass Ihr mir vielleicht Antworten auf meine Fragen geben könnt.«

»Und was für Fragen sind das?«

Es erschien ihm wenig sinnvoll abzuwarten, deshalb kam er gleich zur Sache. »Wann hat mein Vater ein uneheliches Kind gezeugt? Warum wurde ich zum sechsten Orden geschickt? Weshalb haben Meuchelmörder versucht, mich während der Laufprüfung umzubringen?«

Sie schloss die Augen, doch ihr Gesicht blieb ausdruckslos. Ihr Atem ging ruhig und gleichmäßig. So stand sie eine ganze Weile da, und Vaelin fragte sich schon, ob sie überhaupt noch weiter mit ihm sprechen würde. Doch dann sah er eine einzelne Träne, die ihr über die Wange lief. *Eine Technik zur Schmerzbeherrschung*, dachte er.

Sie öffnete die Augen und begegnete seinem Blick. »Es tut mir leid, aber ich kann dir deine Fragen nicht beantworten, Vaelin. Sei versichert, dass du uns hier willkommen bist. Ich denke, dass du viel lernen wirst. Melde dich bitte bei Schwester Sherin im Westflügel.«

◆ ◆ ◆

Schwester Sherin war die junge Frau, die der Aspektin in der gefliesten Kammer zur Hand gegangen war. Als er bei ihr vorsprach, legte sie dem Verwundeten gerade in einem Raum im Westflügel einen Verband an. Die Haut des Mannes hatte eine ungesunde graue Färbung und war mit einem Schweißfilm überzogen, aber er schien gleichmäßig zu atmen und keine Schmerzen zu haben.

»Wird er überleben?«, fragte Vaelin.

»Ich denke schon.« Schwester Sherin befestigte den Verband mit einer Klemme und wusch ihre Hände in einer Schüssel. »Wenngleich der Dienst in diesem Orden uns lehrt, dass der Tod oft überraschend kommt. Nimm die dort.« Sie nickte in Richtung eines Haufens blutbefleckter Kleidungsstücke in der Ecke. »Die müssen gereinigt werden. Er braucht etwas zum Anziehen, wenn er das Ordenshaus wieder verlässt. Die Wäscherei ist im Südflügel.«

»Wäscherei?«

»Ja.« Sie schenkte ihm ein kleines Lächeln. Gegen seinen Willen glitt Vaelins Blick über ihre Gestalt. Sie war schlank, und ihre lockigen schwarzen Haare waren zurückgebunden. Ihr Gesicht war jung und hübsch, doch in ihren Augen lag der Erfahrungsreichtum einer weit älteren Frau. Ihre Lippen formten die Worte mit äußerster Bestimmtheit. »Die Wäscherei.«

Ihre Gegenwart bereitete ihm Unbehagen. Wie von selbst nahm sein Blick die Wölbung ihrer Wangen und ihre vollen Lippen wahr. Ihre Augen strahlten hell und streitlustig. Rasch sammelte er die Kleider zusammen und begab sich auf die Suche nach der Wäscherei. Zu seiner Erleichterung wurde nicht von ihm erwartet, die Kleider selbst zu waschen, und nach Schwester Sherins kühlem Empfang überraschte ihn die Herzlichkeit, mit der er von den Brüdern und Schwestern in der von Dampf erfüllten Wäscherei willkommen geheißen wurde.

»Bruder Vaelin!«, rief ein großer Bär von einem Mann, dessen behaarte Brust von Schweiß bedeckt war. Er klopfte Vaelin auf den Rücken, was sich wie ein Hammerschlag anfühlte. »Zehn Jahre lang habe ich darauf gewartet, dass einmal ein Bruder aus dem sechsten Orden durch unsere Tore tritt, und nun ist es auch noch der berühmteste Sohn des Ordens.«

»Ich freue mich, hier zu sein, Bruder«, versicherte Vaelin ihm. »Ich muss diese Kleider waschen …«

»Ach, Unfug.« Die Kleidungsstücke wurden ihm aus der Hand gerissen und in eines der großen Steinbecken geworfen, wo die Wäschereiarbeiter sich zu schaffen machten. »Das erledigen wir. Komm, ich stelle dich den anderen vor.«

Der große Mann erwies sich als Meister, nicht als Bruder. Sein Name war Harin, und wenn er nicht gerade seinen Dienst in der Wäscherei versah, unterrichtete er die Novizen über die Eigenschaften von Knochen. »Knochen, Meister?«

»Ja, mein Junge. Knochen. Wie sie aufgebaut sind, wie sie zusammenpassen. Wie man gebrochene Knochen heilt. Ich weiß gar nicht, wie viele ausgekugelte Arme ich schon wieder ins Gelenk zurückbefördert habe. Da gibt es einen Trick. Ich zeige ihn dir, bevor du wieder zu deinem Orden zurückkehrst. Wenn ich dir nicht vorher den Arm breche, heißt das.« Er lachte, und sein Lachen erfüllte den gesamten höhlenartigen Raum.

Die anderen Brüder und Schwestern versammelten sich um Vaelin, und er sah sich einer Flut von Namen und Gesichtern gegenüber. Allesamt wirkten sie erstaunlich begeistert, ihn kennenzulernen, und bestürmten ihn mit einer Vielzahl von Fragen.

»Sag, Bruder«, erkundigte sich ein dünner Mann namens Curlis, »stimmt es, dass eure Schwerter aus Sternensilber geschmiedet sind?«

»Ein Mythos, Bruder«, erwiderte Vaelin, der sich an Meister Jestins Worte erinnerte, dass die Legierung ihrer Schwerter ein Geheimnis war. »Unsere Schwerter werden mit großer Kunstfertigkeit hergestellt, aber sie bestehen aus einfachem Stahl.«

»Müsst ihr wirklich in der Wildnis leben?«, fragte eine junge Schwester, ein fülliges Mädchen namens Henna.

»Nur für zehn Tage. Das ist eine unserer Prüfungen.«

»Und wenn einer durchfällt, muss er aus dem Orden austreten, nicht wahr?«

»Wenn er überhaupt so lange überlebt.« Die Worte stammten von Schwester Sherin, die mit verschränkten Armen in der Tür stand. »So ist es doch, oder, Bruder? Viele eurer Novizen sterben während der Prüfungen? Jungen, manchmal nicht älter als elf Jahre.«

»Ein hartes Leben erfordert eine harte Ausbildung«, erwiderte Vaelin. »Unsere Prüfungen bereiten uns auf unsere Rolle als Verteidiger des Glaubens und des Reiches vor.«

Schwester Sherin hob eine Augenbraue. »Wenn Meister Harin dich hier nicht länger braucht … der Lehrsaal müsste gewischt werden.«

Also wischte er den Lehrsaal und danach alle anderen Räume im Westflügel. Als er damit fertig war, ließ Schwester Sherin ihn eine Mischung aus Wasser und Alkohol aufkochen und die Metallinstrumente darin baden, welche die Aspektin benutzt hatte, um die Wunde des jungen Mannes zu behandeln. Sie sagte, dass dadurch Entzündungen vermieden wurden. Den Rest des Tages verbrachte er mit ähnlichen Aufgaben, wischte, reinigte und schrubbte. Seine Hände waren zwar recht robust, aber er musste bald feststellen, dass sie durch das viele Waschen und Schrubben rot und rissig wurden. Schließlich erlaubte Schwester Sherin ihm, seine Arbeit zu beenden und etwas essen zu gehen.

»Wann werde ich denn das Heilen lernen?«, fragte er. Schwester Sherin befand sich im Lehrsaal und legte verschiedene Instrumente auf einem weißen Tuch bereit. Vaelin hatte zwei Stunden damit zugebracht, sie zu reinigen, und nun glänzten sie hell im Licht, das durch ein hohes Fenster hereinfiel.

»Gar nicht«, erwiderte die Schwester, ohne aufzublicken. »Du wirst arbeiten. Und wenn du mir nicht im Weg herumstehst, darfst du auch gelegentlich dabei zusehen, wie ich einen Patienten behandle.«

Eine Reihe von Antworten gingen ihm durch den Sinn, manche schnippisch, andere schlau, aber keine, die ihn nicht wie ein trotziges Kind hätte klingen lassen. »Wie Ihr wünscht, Schwester. Wann soll ich morgen meinen Dienst antreten?«

»Wir beginnen hier zur fünften Stunde.« Sie sog vielsagend die Luft ein. »Und bevor du dich zur Arbeit meldest, solltest du dich gründlich waschen. Dann riechst du nicht mehr ganz so streng. Wäscht man sich denn beim sechsten Orden nicht?«

»Alle drei Tage schwimmen wir im Fluss. Er ist sehr kalt, selbst im Sommer.«

Die Schwester erwiderte nichts. Gerade legte sie ein seltsam aussehendes Instrument auf das Tuch: zwei parallel angeordnete Metallstreben, die durch eine Schraube zusammengehalten wurden.

»Was ist das?«, fragte Vaelin.

»Ein Rippenspreizer. Er gestattet Zugriff auf das Herz.«

»Das Herz?«

»Manchmal setzt bei einem Patienten der Herzschlag aus. Es kann durch sanfte Massage wieder angeregt werden.«

Vaelin betrachtete ihre Hände; schlanke Finger, die sich äußerst geschickt bewegten. »Vermögt Ihr, so etwas zu tun?«

Sie schüttelte den Kopf. »Nein, ich muss es erst noch lernen. Die Aspektin hingegen schon. Sie kann sehr vieles.«

»Irgendwann wird sie es Euch beibringen.«

Sie blickte hoch und musterte ihn argwöhnisch. »Du solltest essen gehen, Bruder.«

»Werdet Ihr denn nichts essen?«

»Ich nehme meine Mahlzeiten später ein als die anderen. Ich habe hier noch zu tun.«

»Dann werde ich bleiben. Wir können zusammen essen.«

Sie schrubbte gerade eine Stahlschüssel und hielt nur kurz in ihrer Tätigkeit inne. »Ich esse lieber alleine, danke.«

Er musste ein verzweifeltes Seufzen unterdrücken. »Wie Ihr wünscht.«

◆ ◆ ◆

Beim Essen wurde er mit so vielen neugierigen Fragen überschüttet, dass er sich schon fast nach Schwester Sherins Nichtachtung zurücksehnte. Im fünften Orden aßen die Meister gemeinsam mit ihren Schülern, und Vaelin saß mit Meister Harin und einer Gruppe von Novizen und Novizinnen an einem Tisch. Der große Altersunterschied zwischen den Novizen überraschte ihn; war die jüngste höchstens vierzehn, so zählte der älteste gewiss schon mehr als fünfzig Jahre.

»Viele Menschen treten erst in fortgeschrittenem Alter in den Orden ein«, erklärte Meister Harin. »Ich selbst bin mit zweiunddreißig hierhergekommen. Davor war ich beim königlichen Heer, dreißigstes Fußregiment, die ›Kampflustigen Keiler‹. Du hast bestimmt schon von ihnen gehört.«

»Sie machen ihrem Namen alle Ehre, Meister«, log Vaelin, dem in Wahrheit noch nie ein solches Regiment untergekommen war. »Wie lange ist Schwester Sherin schon beim Orden?«

»Sie ist als kleines Kind im Ordenshaus aufgenommen worden und hat lange Zeit in der Küche gearbeitet. Ihre Ausbildung hat sie erst mit vierzehn begonnen. Jüngere Novizen gibt es hier nicht. Anders als in deinem Orden, was?«

»Das ist nur einer von vielen Unterschieden, Meister.«

Harin lachte herzlich und biss ein großes Stück von einem Hühnerschenkel. Das Essen im fünften Orden unterschied sich nicht wesentlich von dem im sechsten, nur dass insgesamt weniger aufgetischt wurde. Vaelin fühlte sich ein wenig betreten, nachdem er in gewohnter Manier riesige Portionen in sich hineingeschaufelt und dadurch am Tisch erstaunte Blicke auf sich gezogen hatte. »Im sechsten Orden muss man schnell essen«, erklärte er. »Wenn man sich zu viel Zeit lässt, ist alles weg.«

»Ich habe gehört, dass sie euch als Strafe hungern lassen«, sagte Schwester Henna, das füllige Mädchen, das er in der Wäscherei kennengelernt hatte. Sie stellte von allen die meisten Fragen, und wann immer er hochblickte, schien sie ihn zu beobachten.

»Unsere Meister verfügen über praktischere Methoden, um uns zu bestrafen, Schwester«, sagte er.

»Wann müsst ihr euren ersten Kampf auf Leben und Tod führen?«, fragte der dünne Mann, Innis. Er klang so ernsthaft interessiert, dass Vaelin ihm seine Frage nicht übelnehmen konnte.

»Die Schwertprüfung steht im siebenten Jahr an. Es ist die letzte, die wir absolvieren müssen.«

»Ihr müsst auf Leben und Tod miteinander kämpfen?« Schwester Henna wirkte entsetzt.

Vaelin schüttelte den Kopf. »Nein, wir kämpfen gegen drei verurteilte Verbrecher. Mörder, Banditen und so weiter. Wenn sie uns besiegen, werden sie freigesprochen, weil die Ahnen sie offenbar noch nicht im Jenseits aufnehmen wollen. Gelingt hingegen uns der Sieg, haben wir uns die Ehre erworben, im Dienste des Ordens ein Schwert zu führen.«

»Brutal, aber einfach«, stellte Meister Harin fest und rülpste laut, um sich danach auf den Bauch zu klopfen. »Die Praktiken des sechsten Ordens mögen uns grausam vorkommen, meine Kinder, aber wir dürfen nicht vergessen, dass er allein zwischen unserem Glauben und denjenigen steht, die ihn vernichten wollen. Seit ewigen Zeiten kämpft der Orden für unsere Sicherheit. Wenn es ihn nicht gäbe, könnten wir nicht hier sein, um die Gläubigen zu heilen. Denkt darüber nach.«

Zustimmendes Gemurmel ertönte, und das Gespräch wandte sich endlich anderen Themen zu. Die Mitglieder des fünften Ordens schienen sich vor allem mit Verbänden, medizinischen Kräutern, verschiedenen Krankheiten und dem allseits beliebten Thema der Entzündungsgefahr zu beschäftigen. Vaelin fragte sich, ob ihn das Gespräch über die Schwertprüfung nicht stärker hätte aufwühlen müssen. Stattdessen verspürte er nur eine unbestimmte Besorgnis. Vom ersten Tag im Orden an hatte er gewusst, dass diese Prüfung irgendwann auf ihn zukam. Es war ein alljährliches Ereignis, bei dem auch viele Stadtbewohner zusahen. Und obwohl Novizen bei der Prüfung nicht zugegen sein durften, hatte er zahlreiche Geschichten über lange Kämpfe und über glücklose Brüder gehört, deren Fähigkeiten der letzten Prüfung nicht standgehalten hatten. Doch nach alldem, was er bisher erlebt hatte, war die Prüfung nur eine von vielen Gefahren, die noch vor ihm lagen. Vielleicht war das ja der Sinn der Prüfungen – sie sollten die Brüder gegenüber Gefahren abhärten und sie lehren, die Furcht als einen unvermeidlichen Teil ihres Lebens zu akzeptieren.

»Gibt es in Eurem Orden Prüfungen?«, fragte er Meister Harin.

»Nein, mein Junge. So etwas gibt es bei uns nicht. Novizen und Novizinnen bleiben fünf Jahre im Ordenshaus, wo sie in die Grundlagen der Heilkunst eingewiesen werden. Manche verlassen den Orden von sich aus oder werden entlassen, aber diejenigen, die bei uns bleiben, besitzen am Ende die Fähigkeit zu heilen und erhalten Aufgaben, die ihren Begabungen entsprechen. Ich zum Beispiel habe zwanzig Jahre in der cumbraelischen Hauptstadt zugebracht und mich dort um die

Bedürfnisse der kleinen Gemeinschaft von Gläubigen gekümmert. Ich sage dir, Bruder: Es ist nicht leicht, unter Leugnern zu leben.«

»Der Erlass des Königs besagt, dass die Cumbraeler unsere Brüder sind, solange sie ihren Glauben für sich behalten.«

»Pah!«, stieß Meister Harin verächtlich aus. »Die Cumbraeler mögen vom Schwert des Königs ins Reich gezwungen worden sein, aber sie sind ständig darauf aus, ihren ketzerischen Glauben weiterzuverbreiten. Viele Male bin ich von gottesgläubigen Priestern angesprochen worden, die mich bekehren wollten. Sie schicken sie gar über die Grenzen, um ihre Irrlehren unter den Gläubigen der Königslande zu verbreiten. Ich fürchte, dein Orden und der meine, wir werden in den nächsten Jahren einiges in Cumbrael zu tun bekommen.« Er schüttelte traurig den Kopf. »Eine Schande. Krieg ist schon immer etwas Schreckliches gewesen.«

Vaelin wurde eine Zelle im Südflügel zugewiesen, die außer einem Bett und einem einzelnen Stuhl vollkommen leer war. Er zog sich rasch aus, schlüpfte ins Bett und genoss das unvertraute, wenn auch herrliche Gefühl von frischem, sauberem Bettzeug auf der Haut. Trotz des bequemen Bettes fiel es ihm jedoch schwer einzuschlafen; Meister Harins Worte über Cumbrael hatten ihn beunruhigt. *Krieg ist schon immer etwas Schreckliches gewesen.* Und dennoch hatten die Augen des Meisters auf eine Weise gefunkelt, als würde er sich beinahe wünschen, dass dem ketzerischen Erzlehen der Krieg erklärt wurde.

Schwester Sherins abweisendes Verhalten bereitete Vaelin ebenfalls Kopfzerbrechen. Sie wollte offensichtlich nichts mit ihm zu tun haben, was ihm merkwürdigerweise einigen Verdruss bereitete. Außerdem konnte sie den sechsten Orden nicht leiden, was ihn allerdings weniger störte. Er beschloss, sich am nächsten Morgen stärker ins Zeug zu legen, um ihr Vertrauen zu gewinnen. Alle Aufgaben, die sie ihm stellte, würde er klaglos und zügig ausführen. Er hatte den Verdacht, dass sie nichts Geringeres von ihm erwartete.

Was ihn jedoch am längsten wachhielt, war Aspektin Eleras Weigerung, seine Fragen zu beantworten. Er war sich so sicher gewesen, von ihr Antworten zu erhalten, dass es ihm gar nicht in den Sinn gekommen war, sie könnte seine Bitte ablehnen. *Sie kennt die Antworten*, dachte er mit einiger Gewissheit. *Warum also will sie nicht mit mir reden?*

All diese Fragen wirbelten ihm durch den Kopf, als er schließlich doch einschlief, und auch in seinen Träumen fand er keine Antworten.

◆ ◆ ◆

Er zwang sich, mit dem ersten Licht des Morgens aufzustehen, wusch sich gründlich in einem Trog auf dem Hof und meldete sich einige Zeit vor Anbruch der fünften Stunde zum Dienst. Sherin war bereits vor ihm da. »Hol Verbände aus dem Lagerraum«, sagte sie. »Bald werden die ersten Kranken und Verletzten am Tor auftauchen.« Sie runzelte die Stirn, als er an ihr vorbeiging. »Zumindest ... riechst du besser als gestern.«

Er borgte sich einen Trick, den er von Nortah kannte, und schenkte ihr ein unechtes Lächeln. »Danke, Schwester.«

Der erste Patient war ein alter Mann mit steifen Gelenken, der endlose Geschichten über seine Zeit als Seefahrer erzählte. Schwester Sherin hörte ihm geduldig zu, während sie seine Gelenke mit Balsam einrieb und ihm am Ende ein Glas davon mitgab. Als Nächstes kam ein dünner junger Mann mit zitternden Händen und blutunterlaufenen Augen, der über starke Bauchschmerzen klagte. Schwester Sherin tastete seinen Bauch ab, fühlte seinen Puls und stellte ihm ein paar Fragen, worauf sie ihm mitteilte, dass der fünfte Orden keine Rotblüte an Süchtige ausgab.

»Du kannst mich mal, du Ordenshexe!«, fauchte der junge Mann.

»Hüte deine Zunge«, sagte Vaelin und trat einen Schritt vor, um den Mann hinauszuwerfen, aber Sherin gebot ihm mit einem wütenden Blick Einhalt. Gelassen stand sie da, während der Mann ihr eine ganze Salve von Flüchen an den Kopf warf, wobei er Vaelin argwöhnisch musterte. Schließlich stürmte der Mann hinaus, und sein Fluchen hallte im Korridor wider.

»Ich brauche niemanden, der mich beschützt«, sagte Sherin zu Vaelin. »Deine ›Fähigkeiten‹ sind hier nicht vonnöten.«

»Es tut mir leid«, presste er hervor, doch es gelang ihm nicht, ein weiteres unechtes Lächeln auf seine Lippen zu zwingen.

Kranke und Verletzte jeden Alters kamen durch das Tor geströmt – Männer und Frauen, Mütter mit Kindern, Schwestern und Brüder.

Sherin schien stets im Gefühl zu haben, was ihnen fehlte. Sie arbeitete ohne Pause und kümmerte sich um jeden Einzelnen mit derselben Gewissenhaftigkeit. Vaelin schaute zu, holte Verbandszeug oder Arzneimittel, wenn er dazu aufgefordert wurde, und versuchte zu lernen, doch er musste feststellen, dass er ständig von Sherins Anblick abgelenkt war. Der Ausdruck, der bei der Arbeit in ihr Gesicht trat, faszinierte ihn – aller Ernst und alle Reserviertheit verschwanden daraus und machten Mitgefühl und Frohsinn Platz. Sie lachte und scherzte mit ihren Patienten, von denen sie viele sehr gut zu kennen schien. *Deshalb kommen sie zu ihr*, wurde ihm klar. *Weil sie Anteil nimmt an ihrem Leid.*

Deshalb gab er sich die größte Mühe, Sherin behilflich zu sein; er ging ihr zur Hand, hielt unruhige oder ängstliche Patienten fest und sprach den Angehörigen von Verletzten oder Kranken mit unbeholfenen Worten Trost zu. Die meisten benötigten nur ein Arzneimittel oder hatten kleinere Wunden, die genäht werden mussten, andere hingegen – die, die Sherin so gut kannte – litten unter chronischen Erkrankungen. Ihre Behandlung dauerte am längsten; Sherin stellte ihnen zahllose Fragen und gab ihnen dann Ratschläge oder munterte sie mit Worten auf. Zweimal wurden Schwerverletzte gebracht. Der erste war ein Mann, der von einem Karren überfahren worden war. Schwester Sherin fühlte den Pulsschlag an seinem Hals, legte beide Fäuste auf sein Brustbein und begann, kräftig zu pumpen.

»Sein Herz ist stehen geblieben«, erklärte sie. Sie machte weiter, bis Blut aus dem Mund des Mannes zu fließen begann. »Er ist tot.« Sie trat vom Bett zurück. »Hol eine Bahre aus dem Lagerraum und bring ihn in die Leichenhalle im Südflügel. Und wisch ihm das Blut aus dem Gesicht. Das wollen wir der Familie lieber nicht zumuten.«

Vaelin hatte schon zahlreiche Tote gesehen, aber Sherins Gefühlskälte überraschte ihn dennoch. »Das ist alles? Mehr könnt Ihr nicht tun?«

»Ein Karren mit einem Gewicht von einer halben Tonne ist über seinen Bauch gefahren, hat seine Eingeweide zerquetscht und ihm die Wirbelsäule gebrochen. Es gibt nichts mehr, was ich für ihn tun könnte.«

Der zweite Schwerverletzte wurde am Abend von Soldaten des königlichen Heers gebracht, ein stämmiger Bursche, dem ein Armbrustbolzen in der Schulter steckte.

»Tut mir leid, Schwester«, entschuldigte sich der Feldwebel bei Sherin, während er und zwei andere Gardisten den Mann auf den Untersuchungstisch hievten. »Ich verschwende Eure Zeit nur ungern mit einem wie dem hier, aber wir bekommen Ärger mit dem Hauptmann, wenn wir ihm schon wieder eine Leiche bringen.« Er musterte Vaelin neugierig und betrachtete sein dunkelblaues Gewand. »Du bist wohl im falschen Haus gelandet, Bruder.«

»Bruder Vaelin ist hier, um die Heilkunst zu erlernen«, teilte Sherin ihm mit, während sie sich über den stämmigen Mann beugte, um seine Wunde zu begutachten. »Aus sechs Metern Entfernung?«, erkundigte sie sich.

»Eher neun Meter.« Einer der Gardisten schnaufte stolz und hob seine Armbrust. »Im Lauf erwischt.«

»Vaelin«, murmelte der Feldwebel, während er Vaelin von Kopf bis Fuß betrachtete. »Al Sorna, nicht wahr?«

»Das ist mein Name, ja.«

Die drei Gardisten lachten. Es war kein angenehmes Geräusch, und Vaelin bedauerte augenblicklich, sein Schwert am Morgen in seiner Zelle gelassen zu haben.

»Der junge Bruder, der im Alleingang zehn Falken besiegt hat«, sagte der jüngere Gardist. »Du bist größer, als es in den Geschichten heißt.«

»Es waren keine zehn …«, setzte Vaelin an.

»Das hätte ich gerne mit eigenen Augen gesehen«, unterbrach ihn der Feldwebel. »Diese verdammten Falken kann ich nicht ausstehen, stolzes Pack. Aber ich habe gehört, dass sie sich an dir rächen wollen. Du solltest vorsichtig sein.«

»Das bin ich immer.«

»Bruder«, mischte sich Sherin in das Gespräch. »Ich brauche Nadel und Faden, ein Skalpell und ein Sägemesser, Rotblüte und Corrbaumöl, das Gel, nicht den Saft. Ach ja, und eine weitere Wasserschüssel.«

Vaelin kam ihrer Aufforderung nach, dankbar dafür, den neugierigen Blicken der Gardisten entkommen zu können. Er ging in den Lagerraum, legte die gewünschten Dinge auf ein Tablett und kehrte in den Behandlungsraum zurück, in dem allerdings einiger Aufruhr herrschte. Der stämmige Mann war auf den Beinen und hatte sich in einer Ecke des Raums verschanzt. Mit seiner gewaltigen Faust hielt er Schwester Sherin an der Kehle gepackt. Einer der Gardisten lag am Boden; ein

Messer steckte in seinem Oberschenkel. Die anderen beiden hatten ihre Schwerter gezogen und stießen wütende Drohungen aus.

»Lasst mich sofort gehen!«, rief der stämmige Mann.

»Du gehst nirgendwo hin!«, bellte der Feldwebel zurück. »Lass sie los, und du wirst am Leben bleiben.«

»Wenn ich in den Knast wandere, wird Einauge mich erledigen. Macht Platz, oder ich dreh dem Weibsstück die Kehle um …«

Das Sägemesser, das Vaelin aus dem Lagerraum geholt hatte, war schwerer, als er es gewohnt war, aber es war dennoch kein schwieriger Wurf. Die Kehle des Mannes war zwar ungeschützt, doch er wollte nicht riskieren, dass er im Todeskrampf Schwester Sherin das Genick brach. Deshalb zielte Vaelin auf seinen Unterarm. Die Hand des Mannes öffnete sich unwillkürlich, als ihn die Klinge traf, und Sherin stürzte zu Boden. Vaelin ließ das Tablett fallen und setzte über den Behandlungstisch hinweg. Dann streckte er den stämmigen Mann mit ein paar gut gezielten Schlägen gegen die Nervenzentren in Gesicht und Brust nieder.

»Nein«, keuchte Sherin. »Bring ihn nicht um.«

Vaelin sah zu, wie der Mann mit leerem Blick zu Boden sank. »Warum sollte ich?«, sagte er und half ihr auf die Füße. »Seid Ihr verletzt?«

Sie schüttelte den Kopf und entzog sich seinem Griff. »Leg ihn wieder auf den Behandlungstisch«, befahl sie Vaelin mit rauher Stimme. »Feldwebel, wenn Ihr mir bitte helfen würdet, Euren Kameraden in den Nachbarraum zu bringen.«

»Du hättest dem Burschen einen Gefallen getan, wenn du ihn umgebracht hättest, Bruder«, knurrte der Feldwebel, während er und der andere Gardist ihrem verletzten Gefährten auf die Beine halfen. »Der wird schon morgen gehängt.«

Vaelin hatte seine Schwierigkeiten damit, den Mann hochzuhieven – er schien hauptsächlich aus Muskeln zu bestehen und war entsprechend schwer. Der Mann stöhnte vor Schmerz auf, als Vaelin ihn auf den Behandlungstisch fallen ließ, und seine Augenlider öffneten sich flatternd.

»Wenn du nicht noch irgendwo ein weiteres Messer versteckt hast, würde ich an deiner Stelle liegen bleiben«, sagte Vaelin.

Der Mann musterte ihn wütend, sagte jedoch nichts.

»Also, wer ist Einauge?«, fragte Vaelin. »Und warum will er dich umbringen?«

»Ich schulde ihm Geld«, sagte der Mann, das Gesicht von Schweiß bedeckt und schmerzverzerrt.

Vaelin musste an Frentis' Geschichten über seine Zeit als Straßenjunge denken und an das schlecht gezielte Wurfmesser, wegen dem der Junge Zuflucht beim Orden gesucht hatte. »Deine Abgabe?«

»Drei Goldmünzen. Ich bin im Verzug. Wir müssen alle zahlen. Und Einauge macht Jagd auf die, die nicht pünktlich sind.« Der Mann hustete und spuckte Blut. Vaelin goss Wasser in einen Becher und hielt ihn ihm an die Lippen.

»Ein Freund hat mir einmal von einem Jungen erzählt, der mit einem Wurfmesser einen Mann im Auge getroffen hat«, sagte Vaelin.

Der stämmige Mann trank, und sein Husten ließ nach. »Frentis. Wenn der kleine Lümmel den Schweinehund doch bloß getötet hätte. Einauge sagt, dass er ihm eigenhändig die Haut abziehen wird, sollte er ihn je in die Finger bekommen.«

Früher oder später würde Vaelin diesem Einauge wohl mal einen Besuch abstatten müssen. Er betrachtete den Armbrustbolzen, der in der Schulter des Mannes steckte. »Warum haben die Soldaten dir das angetan?«

»Sie haben mich dabei erwischt, wie ich einen Sack Gewürze aus einem Lagerhaus gestohlen habe. Gutes Zeug, hätte mir mindestens sechs Goldmünzen eingebracht.«

Er wird also für einen Sack Gewürze sterben, dachte Vaelin. *Und dafür, dass er einen Gardisten niedergestochen und Schwester Sherin gewürgt hat.* »Wie lautet dein Name?«

»Gallis. Gallis der Kletterer, werde ich genannt. Es gibt keine Mauer, die ich nicht erklimmen kann.« Mit schmerzerfüllter Miene hob er seinen Unterarm, in dem das Sägemesser steckte. »Wie es aussieht, ist es damit jetzt wohl vorbei.« Er lachte und krümmte sich dann vor Schmerzen. »Hast du ein bisschen Rotblüte für mich, Bruder?«

»Bereite eine Tinktur vor.« Schwester Sherin war mit dem Feldwebel im Schlepptau zurückgekehrt. »Ein Teil Rotblüte auf drei Teile Wasser.«

Vaelin betrachtete ihren Hals, der gerötet war und auf dem sich ein Bluterguss zeigte. »Ihr solltet das untersuchen lassen.«

Zorn blitzte in ihren Augen auf, und er sah, dass sie sich eine scharfe Erwiderung verbiss. War sie wütend, weil sie sich geirrt oder weil er ihr das Leben gerettet hatte? »Bitte bereite die Tinktur vor, Bruder«, sagte sie mit rauher Stimme.

Mehr als eine Stunde lang war Schwester Sherin mit Gallis beschäftigt. Sie verabreichte ihm die Rotblütentinktur und entfernte schließlich den Armbrustbolzen aus seiner Schulter. Erst schnitt sie den Schaft ab, erweiterte dann die Wunde und zog vorsichtig die mit Widerhaken versehene Spitze heraus. Gallis musste dabei auf einen Lederstreifen beißen, um sein Schreien zu unterdrücken. Als Nächstes wandte sich Sherin dem Messer in seinem Arm zu, was etwas schwieriger war, weil es sich in der Nähe einiger größerer Blutgefäße befand, doch nach etwa zehn Minuten hatte sie es schließlich herausgezogen. Am Ende nähte sie die Wunden und schmierte sie mit dem Corrbaumgel ein. Zu dieser Zeit hatte Gallis bereits das Bewusstsein verloren, und sein Gesicht war merklich blasser geworden.

»Er hat eine Menge Blut verloren«, sagte Sherin zu dem Feldwebel. »Er darf noch nicht bewegt werden.«

»Allzu lange können wir nicht warten, Schwester«, sagte der Feldwebel. »Morgen früh muss er vor dem Richter stehen.«

»Keine Aussicht auf Gnade?«, fragte Vaelin.

»Im Nachbarraum liegt einer meiner Männer mit einem Messer im Bein«, erwiderte der Feldwebel. »Außerdem hat der Mistkerl versucht, die Schwester umzubringen.«

»Daran kann ich mich gar nicht erinnern«, sagte Sherin, während sie sich die Hände wusch. »Du etwa, Bruder?«

Ist ein Sack Gewürze das Leben eines Mannes wert? »Nein, überhaupt nicht.«

Das Gesicht des Feldwebels lief vor Wut rot an. »Dieser Mann ist ein bekannter Dieb, Trunkenbold und Rotblütensüchtling. Er hätte uns alle umgebracht, um hier herauszukommen.«

»Bruder Vaelin«, sagte Sherin. »Wann ist es rechtens, zu töten?«

»Wenn man damit Leben retten kann«, erwiderte Vaelin augenblicklich. »Alles andere steht im Widerspruch zum Glauben.«

Der Feldwebel verzog angewidert den Mund. »Weichherziges Ordensgesindel«, murmelte er, bevor er den Raum verließ.

»Ihr wisst sicher, dass sie ihn trotzdem hängen werden?«, fragte Vaelin.

Sherin nahm die Hände aus dem blutroten Wasser, und er reichte ihr ein Handtuch. Zum ersten Mal an diesem Tag blickte sie ihm direkt in die Augen und sprach mit einer Bestimmtheit, die ihm einen Schauer über den Rücken jagte: »Wegen mir wird niemand sterben.«

◆ ◆ ◆

Er ging nicht zum Abendessen, denn er wusste, dass seine Taten an diesem Tag seinen Ruhm wohl nur noch vermehrt hatten, und er wollte sich nicht den vielen Fragen und bewundernden Blicken aussetzen. Deshalb verbarg er sich im Torhaus bei Bruder Sellin, dem alten Wächter, der ihn am vorangegangenen Morgen begrüßt hatte. Der Alte schien froh über die Gesellschaft. Er stellte ihm keine Fragen und erwähnte die Ereignisse des Tages auch sonst mit keiner Silbe, wofür Vaelin dankbar war. Stattdessen bat Vaelin ihn, ihm Geschichten über seinen Dienst im fünften Orden zu erzählen, und stellte schon bald fest, dass man kein Soldat sein musste, um viele Kriege zu erleben.

»Die habe ich mir an Bord der *Wellentrutz* geholt.« Sellin zeigte Vaelin eine seltsame, hufeisenförmige Narbe an seinem Unterarm. »Ich habe die Bauchwunde eines meldeneischen Piraten genäht, als dieser sich plötzlich aufgebäumt und mich gebissen hat. Fast bis auf den Knochen. Der Kriegsherr hatte gerade die Stadt der Meldeneer niedergebrannt, der Mann hatte also wohl guten Grund, wütend zu sein. Unsere Seeleute haben ihn ins Meer geworfen.« Er verzog das Gesicht. »Ich habe sie angefleht, es nicht zu tun, aber die Menschen begehen die schlimmsten Greueltaten, wenn sie aufgebracht sind.«

»Wie hat es Euch auf ein Kriegsschiff verschlagen?«, fragte Vaelin.

»Oh, ich war einige Jahre lang der persönliche Leibarzt von Flottenherr Merlish. Er mochte mich, seit ich ihn damals vom Schanker geheilt hatte. Er war ein braver alter Kapitän, der das Meer liebte wie seine eigene Mutter. Er liebte alle Seeleute und brachte sogar den Meldeneern Respekt entgegen. Die besten Seefahrer der Welt, hat er gesagt. Es hat ihm das Herz gebrochen, als der Kriegsherr ihre Stadt niederbrannte. Sie gerieten sehr in Streit deshalb, das kann ich dir sagen.«

»Sie haben sich gestritten?« Vaelin war neugierig. Bruder Sellin war von den Menschen, die er kannte, einer der wenigen, die von seinem Vater stets nur als dem Kriegsherrn sprachen. Es schien den Alten wenig zu kümmern, dass Vaelin Al Sornas Sohn war. Vermutlich war er schon so lange beim Orden, dass es ihm in Fleisch und Blut übergegangen war, die Diener des Glaubens von ihren Familien getrennt zu sehen.

»In der Tat«, sagte Sellin. »Flottenherr Merlish nannte Al Sorna einen fiesen Schlächter, einen Mörder von Unschuldigen. Er sagte, er hätte ewige Schande über die Königslande gebracht. Die Umstehenden glaubten schon, der Kriegsherr würde sein Schwert ziehen, doch er sagte nur: ›Loyalität ist meine Stärke, Lord Merlish.‹« Sellin seufzte und nahm einen Schluck aus einer Lederflasche, die, wie Vaelin argwöhnte, eine ganz ähnliche Mischung enthielt wie jene, die Bruder Makril als »Bruderfreund« bezeichnet hatte. »Armer alter Merlish. Er blieb den gesamten Heimweg über in seiner Kabine und weigerte sich nach dem Anlanden, dem König Bericht zu erstatten. Wenig später ist er auf einer Reise in den Fernen Westen an Herzversagen gestorben.«

»Wart Ihr dabei?«, fragte Vaelin. »Habt Ihr gesehen, wie die Stadt niedergebrannt wurde?«

»Ich habe es gesehen.« Bruder Sellin nahm einen großen Schluck aus seiner Flasche. »Ja, ich habe es gesehen. Der Himmel war mehrere Meilen im Umkreis hell erleuchtet. Aber es war nicht der Anblick, der einem zu schaffen machte, sondern der Lärm. Wir lagen eine gute Meile von der Küste entfernt vor Anker, und selbst da konnte man noch die Schreie hören. Tausende, Männer, Frauen und Kinder, die schreiend in den Flammen umkamen.« Er erschauerte und nahm einen weiteren Schluck.

»Entschuldigt, Bruder. Ich hätte nicht fragen sollen.«

Sellin zuckte mit den Achseln. »Was vorbei ist, ist vorbei, Bruder. Wir können nicht in der Vergangenheit leben. Wir können nur aus ihr lernen.« Er blickte in die tiefer werdende Dunkelheit hinaus. »Du solltest lieber in den Speisesaal gehen, sonst bekommst du heute nichts mehr zu essen.«

Im Speisesaal fand Vaelin Schwester Sherin vor, die dort alleine aß, wie es ihre Gewohnheit war. Er erwartete, dass sie ihn zurechtweisen oder gar fortschicken würde, als er ihr gegenüber Platz nahm, doch sie sagte kein Wort. Die Küchengehilfen hatten den Tisch reich gedeckt, aber Sherin schien mit einem kleinen Teller Brot und Obst zufrieden zu sein.

»Darf ich?«, fragte er und deutete auf das Essen.

Sherin zuckte mit den Achseln, also nahm er sich ein wenig Schinken und Huhn und verschlang es gierig, worauf ihm die Schwester einen angewiderten Blick zuwarf.

Er grinste und freute sich insgeheim, sie aus der Fassung gebracht zu haben. »Ich bin sehr hungrig.«

Ein Lächeln geisterte über ihre Züge, als sie den Blick abwandte.

»Im sechsten Orden isst niemand allein«, sagte er. »Jeder ist Teil eines Trupps. Wir leben zusammen, essen zusammen, kämpfen zusammen. Wir nennen uns aus gutem Grund Brüder. Hier scheint es etwas anders zuzugehen.«

»Meine Brüder und Schwestern lassen mir meinen Frieden«, sagte sie.

»Weil Ihr etwas Besonderes seid? Weil Ihr Dinge zu tun vermögt, zu denen sie nicht in der Lage sind?«

Sie biss in einen Apfel und antwortete nicht.

»Wie geht es dem Dieb?«, fragte er.

»Ganz gut. Er wurde ins obere Stockwerk verlegt. Der Feldwebel lässt sein Zimmer von zwei Männern bewachen.«

»Werdet Ihr bei der Anhörung für ihn aussagen?«

»Natürlich. Allerdings wäre es gewiss hilfreich, wenn du ebenfalls aussagen würdest. Ich glaube, dein Wort hätte noch etwas mehr Gewicht als meines.«

Er spülte den Schinken mit einem Schluck Wasser hinunter. »Wie kommt es, Schwester, dass das Schicksal dieses Mannes Euch so sehr kümmert?«

Ihre Miene verfinsterte sich. »Wie kommt es, dass es dich so wenig kümmert?«

Einen Moment lang herrschte Schweigen. Schließlich sagte er: »Wusstet Ihr, dass meine Mutter hier ausgebildet wurde? Sie war eine Schwester dieses Ordens, so wie Ihr. Sie hat den Orden verlassen, um meinen Vater zu heiraten. Von diesem Teil ihres Lebens hat sie mir nie etwas erzählt. Ich bin hierhergekommen, um Antworten zu suchen.

Ich wollte wissen, wer sie war, wer ich bin, wer mein Vater ist. Aber die Aspektin wollte nicht mit mir reden. Stattdessen hat sie mich Euch zugeteilt, und das ist wohl als Antwort zu verstehen.«

»Als Antwort worauf?«

»Auf die Frage, wer meine Mutter war. Und teilweise vielleicht auch auf die Frage, wer ich bin. Ich bin nicht wie Ihr, ich bin kein Heiler. Ich hätte diesen Mann heute ohne zu zögern umgebracht. Und er wäre nicht der Erste gewesen, den ich getötet habe. Ihr könntet niemals jemanden töten, und meine Mutter hätte das auch nicht fertiggebracht. Es entsprach nicht ihrem Wesen.«

»Und dein Vater?«

Tausende, Männer, Frauen und Kinder, die schreiend in den Flammen umkamen ... Loyalität ist meine Stärke. »Er hat einst eine ganze Stadt niedergebrannt, weil sein König es ihm befohlen hatte.« Er schob seinen Teller beiseite und stand vom Tisch auf. »Ich werde für Gallis vor Gericht aussagen. Wir sehen uns zur fünften Stunde.«

◆ ◆ ◆

Am Morgen erwies sich, dass ihre Anwesenheit vor Gericht gar nicht erforderlich sein würde, da Gallis im Laufe der Nacht die Flucht geglückt war. Die Wachen hatten das Zimmer im oberen Stockwerk leer vorgefunden, das Fenster offen. Bis zum Erdboden waren es beinahe neun Meter, und die Mauer bot nur wenig Halt.

Vaelin beugte sich hinaus, um in den Hof hinabzublicken. »Gallis der Kletterer«, murmelte er.

»Mit seinen Verletzungen hätte er kaum in der Lage sein können zu laufen.« Schwester Sherin trat zu ihm und betrachtete die Außenmauer. Vaelin fand ihre Nähe berauschend und unangenehm zugleich. Sherin dagegen wirkte völlig unbekümmert. »Ich kann mir nicht vorstellen, wie er das geschafft haben soll.«

»Meister Sollis sagt, man entdeckt seine wahre Stärke erst dann, wenn man um sein Leben fürchtet.«

»Der Feldwebel ist fest entschlossen, den Mann zur Strecke zu bringen, und wenn er ihn den Rest seines Lebens jagen muss.« Sie wandte sich ab, und Vaelin verspürte eine Mischung aus Bedauern und Erleichterung. »Und wahrscheinlich wird ihm das auch gelingen. Oder aber der Mann wird demnächst mit einer frischen Wunde hierhergebracht.«

»Wenn er klug ist, sucht er sich ein Schiff und ist bei Einbruch der Dunkelheit über alle Berge.«

Sherin schüttelte den Kopf. »Die Menschen verlassen diese Stadt nicht, Bruder. Ganz gleich, wie gefährlich es für sie ist, sie bleiben hier bis ans Ende ihrer Tage.«

Er drehte sich wieder zum Fenster. Das Südviertel erwachte inzwischen zum Leben; am blassen Morgenhimmel zeichnete sich Rauch aus unzähligen Schornsteinen ab, der bis zum Abend über den Dächern hängen würde. Die Morgendämmerung enthüllte Straßen, die mit Unrat und Exkrementen übersät waren. Hier und da waren die zusammengekauerten Gestalten von Betrunkenen, Drogensüchtigen und Obdachlosen zu sehen. Er hörte bereits wütendes und hasserfülltes Geschrei und fragte sich, wie viele Verletzte wohl an diesem Tag durch die Tore des Ordens kommen würden.

»Weshalb?«, fragte er »Weshalb bleiben die Menschen an einem Ort wie diesem?«

»Ich bin hiergeblieben«, sagte sie. »Warum also nicht auch andere?«

»Seid Ihr hier geboren?«

Sie nickte. »Ich hatte das Glück, meine Ausbildung in nur zwei Jahren absolvieren zu können. Die Aspektin hat mir bei der Wahl meines Einsatzortes freie Hand gelassen. Ich habe mich für das Ordenshaus entschieden.«

Das Zögern in ihrer Stimme verriet ihm, dass er vermutlich der Erste war, dem sie so viel über ihre Vergangenheit anvertraute. »Weil das hier ... Euer Zuhause ist?«, fragte er.

»Weil ich das Gefühl hatte, dass ich hier gebraucht werde.« Sie ging zur Tür. »Die Arbeit wartet auf uns, Bruder.«

◆ ◆ ◆

Die nächsten Tage waren nicht einfach, aber dennoch eine lohnenswerte Erfahrung, nicht zuletzt, weil er sich ständig in Schwester Sherins Gesellschaft befand. Der nie versiegende Strom von Kranken und Verletzten, der durch die Tore des Ordens hereinkam, bot ihm reichlich Gelegenheit, seine mageren Kenntnisse der Heilkunst zu erweitern. Sherin fing an, ihn ein wenig an ihrem Wissen teilhaben zu lassen, zeigte ihm, wie man am besten eine Wunde näht und welche Kräuter man mischen muss, um Bauch- oder Kopfschmerzen zu behandeln. Dennoch wurde schon bald offensichtlich, dass er ihr als Heiler nie würde das Wasser reichen können. Sie besaß ein solch unfehlbares Gespür dafür, was einem kranken Menschen fehlte, dass es ihn beinahe an seine eigene Fähigkeit im Schwertkampf erinnerte. Zum Glück bestand keine Notwendigkeit mehr für ihn, seine Talente unter Beweis zu stellen. Seit seinem ersten Tag beim Orden hatte die Gewaltbereitschaft unter den Patienten spürbar nachgelassen. Die Neuigkeit, dass ein Bruder des sechsten Ordens vor Ort war, hatte im Südviertel rasch die Runde gemacht, und wenn sich zwielichtige Gestalten im Ordenshaus einfanden, so hielten sie ihre Zungen im Zaum und benahmen sich anständig.

Das Einzige, was Vaelin in seiner Zeit beim fünften Orden zunehmend lästiger wurde, war die große Neugier der anderen Brüder und Schwestern. Er hatte es sich zur Gewohnheit gemacht, spät am Abend mit Schwester Sherin zu essen, und schon bald fanden sie sich von Novizen und Novizinnen umringt, die Geschichten aus Vaelins Leben beim sechsten Orden hören wollten oder ihn baten, noch einmal von der »Rettung Schwester Sherins« zu erzählen, wie sie es nannten. Diese Geschichte schien sich bereits innerhalb weniger Tage in eine kleine Legende verwandelt zu haben. Wie immer war Schwester Henna die Eifrigste unter den Zuhörern.

»Hattest du denn keine Angst, Bruder?«, fragte sie und blickte mit ihren großen braunen Augen zu ihm hoch. »Als der Wüstling Schwester Sherin umbringen wollte? Hast du dich da gar nicht gefürchtet?«

Neben ihm ließ Sherin, die die Störung ihrer Abendmahlzeit bis dahin in stoischer Ruhe hingenommen hatte, ihr Besteck geräuschvoll auf den Teller fallen.

»Ich … habe gelernt, meine Angst zu beherrschen«, erwiderte Vaelin und merkte dabei, wie hochnäsig das klang. »Aber nicht so gut wie Schwester Sherin«, fuhr er rasch fort. »Sie ist während des ganzen Vorfalls vollkommen ruhig geblieben.«

»Ach, sie kann nie etwas aus der Ruhe bringen.« Henna machte eine wegwerfende Handbewegung. »Also, warum hast du ihn nicht umgebracht?«

»Schwester!«, rief Bruder Curlis vorwurfsvoll.

Henna senkte den Blick, und ihre Wangen röteten sich. »Es tut mir leid«, murmelte sie.

»Schon gut, Schwester«, sagte Vaelin und tätschelte ungeschickt ihre Hand, worauf sie nur noch mehr zu erröten schien.

»Bruder Vaelin und ich, wir hatten einen langen Tag«, sagte Schwester Sherin. »Wir würden gern in Ruhe essen.«

Obwohl sie keine Meisterin war, besaß ihr Wort offenbar einiges Gewicht. Jedenfalls zerstreute sich ihr kleines Publikum daraufhin rasch, und die Novizen und Novizinnen verschwanden in ihren Zimmern.

»Sie achten Euch«, stellte Vaelin fest.

Sherin zuckte mit den Achseln. »Kann sein. Aber sie mögen mich nicht. Die meisten meiner Brüder und Schwestern bringen mir nur Neid und Abscheu entgegen. Die Aspektin hat mich davor gewarnt und mir gesagt, dass es dazu kommen könnte.« Ihr Tonfall klang wenig bekümmert, sie stellte lediglich Tatsachen fest.

»Vielleicht urteilt Ihr zu hart über sie. Wenn Ihr ein wenig mehr Zeit mit ihnen verbringen würdet …«

»Ich bin nicht wegen ihnen hier. Der fünfte Orden erlaubt mir, den Menschen zu helfen, die meine Hilfe nötig haben.«

»Habt Ihr denn gar keine Freunde? Jemanden, dem Ihr Euch anvertrauen könnt, der die Last des Alltags mit Euch trägt?«

Sie musterte ihn argwöhnisch. »Du hast es selbst gesagt, Bruder. Hier geht es etwas anders zu.«

»Nun, auch wenn es Euch vielleicht nicht willkommen ist, so seid dennoch versichert, dass Ihr in mir einen Freund gefunden habt.«

Schweigend saß sie da, den Blick auf den halbleeren Teller gerichtet. *Ist es so auch für meine Mutter gewesen?*, fragte er sich. *Haben ihre Fähigkeiten sie von anderen ausgegrenzt? Ist man auch ihr mit Abscheu begegnet?* Er fand das nur schwer vorstellbar, denn er erinnerte sich an eine freundliche und offenherzige Frau. Sie war bestimmt niemals so gefühllos gewesen wie Schwester Sherin. *Schwester Sherin wurde von ihrem*

Leben außerhalb der Ordensmauern geprägt. Draußen im Südquartier. Meine Mutter hatte eine ganz andere Kindheit. Da fiel ihm plötzlich etwas ein, worüber er noch nie nachgedacht hatte. *Wer war seine Mutter gewesen, bevor sie hierhergekommen war? Wie lautete ihr Familienname? Wer waren seine Großeltern?*

Nachdenklich stand er vom Tisch auf. »Schlaft gut, Schwester. Wir sehen uns morgen früh.«

»Morgen ist dein letzter Tag hier, nicht wahr?«, fragte sie und sah zu ihm hoch. Ein seltsamer Glanz stand in ihren Augen, fast so, als sei sie den Tränen nahe, aber die Vorstellung war absurd.

»Ja. Und ich hoffe, auch an meinem letzten Tag noch einiges lernen zu können.«

»Ja.« Sie wandte den Blick ab. »Ja, natürlich. Schlaf gut.«

»Ihr ebenfalls, Schwester.«

◆ ◆ ◆

Es wollte sich kein Schlaf einstellen, während er mit überkreuzten Beinen dasaß und darüber nachdachte, wie wenig er tatsächlich über die Vergangenheit seiner Mutter wusste. Sie war eine Schwester des fünften Ordens gewesen, sie hatte seinen Vater geheiratet, einen Sohn geboren, und dann war sie gestorben. Das war alles. Allerdings war sein Wissen über seinen Vater ähnlich beschränkt. Er war ein Soldat gewesen, der vom König für seinen Mut belohnt und zum Kriegsherrn ernannt worden war. Er hatte eine Stadt niedergebrannt und mit verschiedenen Frauen einen Sohn und eine Tochter gezeugt. Aber wer war er vorher gewesen? Vaelin wusste nicht, wo sein Vater geboren, ob sein Großvater ein Soldat, ein Bauer oder etwas ganz anderes gewesen war.

So viele Fragen, die in seinem Geist wie ein Sturm wüteten. Er schloss die Augen und machte die Atemübungen, die Meister Sollis ihm beigebracht hatte – und die dieser höchstwahrscheinlich von der Aspektin des fünften Ordens gelernt hatte, was wiederum neue Fragen aufwarf. *Konzentrier dich. Atme, langsam und gleichmäßig …*

Als eine Stunde später sein Herzschlag sich etwas beruhigt und der Sturm in seinem Geist sich gelegt hatte, wurde er von einem leisen, aber nachdrücklichen Klopfen an der Tür aufgeschreckt. Er zog sich rasch sein Hemd über und ging zur Tür. Schwester Henna stand davor, ein schüchternes Lächeln auf den Lippen.

»Bruder«, sagte sie im Flüsterton. »Habe ich dich geweckt?«

»Ich habe noch nicht geschlafen.« *Sie kann doch nicht etwa noch eine Geschichte hören wollen?* »Es ist spät, Schwester. Wenn ich etwas für Euch tun kann, hat es vielleicht auch noch bis morgen Zeit.«

»Etwas für mich tun?« Ihr Lächeln wurde ein wenig breiter, und bevor er sie aufhalten konnte, war sie schon an ihm vorbei in seine Zelle getreten. »Du könntest mir sagen, dass du mir meine gedankenlosen Worte von vorhin verzeihst.«

Vaelins Herzschlag beschleunigte sich wieder. »Ach, das ist doch nicht der Rede wert …«

»O doch, das ist es!«, flüsterte sie laut, ging auf ihn zu und zwang ihn dadurch, einen Schritt zurückzutreten, wodurch die Tür hinter ihm zugedrückt wurde. »Ich bin so dumm. Ich sage solch alberne, gedankenlose Dinge.« Sie kam noch näher und drückte sich an ihn. Bei dem Gefühl, wie ihr üppiger Busen sich an seine Brust schmiegte, brach ihm der Schweiß aus, und unangenehmerweise regte sich etwas in seinen Lenden. »Sag, dass du mir verzeihst«, flehte sie mit leisem Schluchzen und legte den Kopf an seine Brust. »Sag, dass du mich nicht hasst!«

»Ähm.« Fieberhaft suchte er nach einer passenden Antwort, aber das Leben im Orden hatte ihn auf solche Dinge nicht vorbereitet. »Natürlich hasse ich dich nicht.« Sanft legte er ihr die Hände auf die Schultern und schob sie von sich, wobei er sich zu einem Lächeln zwang. »Mach dir über eine solche Kleinigkeit keine Gedanken.«

»Aber das tue ich«, versicherte sie ihm atemlos. »Der Gedanke, gerade dich beleidigt zu haben.« Beschämt wandte sie den Blick ab. »Das könnte ich einfach nicht ertragen.«

»Du misst meiner Meinung zu viel Gewicht bei, Schwester.« Er griff hinter sich nach der Türklinke. »Du solltest jetzt gehen …«

Sie streckte die Hand aus und berührte seine Brust, fuhr mit dem Finger über die Muskeln unter seinem Hemd. »So fest«, murmelte sie. »So stark.«

»Schwester.« Er griff nach ihrer Hand. »Das ist nicht …«

In diesem Moment küsste sie ihn. Ehe er noch wusste, wie ihm geschah, drückte sie sich an ihn und legte ihre Lippen auf die seinen. Die

Empfindung war überwältigend, ein Sturzbach ungewohnter Gefühle durchströmte seinen Körper. *Das ist falsch,* dachte er, während ihre Zunge sich zwischen seine Lippen schob. *Ich sollte sie daran hindern. Jetzt sofort ... dem Ganzen ein Ende setzen ... auf der Stelle ...*

Was ihn rettete, war ein Geräusch, das durch das Fenster hereindrang, ein leises Heulen im Wind, das er anfangs beinahe überhört hätte, so sehr war er mit Schwester Hennas Lippen beschäftigt. Doch etwas daran kam ihm merkwürdig vertraut vor und ließ ihn innehalten.

»Bruder?«, fragte Schwester Henna. Der Hauch ihres Atems strich über seine Lippen.

»Hörst du das?«

Sie runzelte leicht die Stirn. »Ich höre nichts.« Mit einem Kichern drückte sie sich erneut an ihn. »Außer meinem Herzschlag und dem deinen ...«

Das Geräusch wurde lauter, ein unverkennbarer Klageruf.

»Wolfsgeheul«, sagte er.

»Ein Wolf in der Stadt?« Schwester Henna kicherte wieder. »Das ist nur der Wind oder ein Hund ...«

»Hunde heulen nicht so. Und es ist auch nicht der Wind. Es ist ein Wolf. Ich bin einmal im Wald einem Wolf begegnet.« *Kurz bevor ein Meuchelmörder versucht hat, mich umzubringen.*

Er hätte es leicht übersehen können, hätte er nicht jahrelang eingeübt, die Gesichter seiner Gegner auf dem Übungsplatz zu mustern und nach Anzeichen dafür zu suchen, ob gleich ein Angriff erfolgen würde. Und genau das sah er jetzt in Hennas Gesicht, ein kurzes Aufflackern von Entschlossenheit.

»Mach dir über solche Dinge keine Gedanken«, sagte sie und hob die Linke, um sein Gesicht zu streicheln. »Vergiss deine Sorgen, Bruder. Ich kann dir helfen ...«

Das Messer in ihrer Rechten tauchte blitzschnell aus ihrem Gewand auf, die Klinge funkelte, als sie damit nach seinem Hals stach. Es war eine geübte Bewegung, ausgeführt mit der Schnelligkeit und Genauigkeit von jemandem, der genau wusste, was er tat.

Vaelin drehte sich weg, und das Messer hinterließ einen kleinen Kratzer an seiner Schulter. Mit der rechten Hand stieß er sie von sich, sodass sie gegen die Zellenwand prallte. Sie rappelte sich jedoch rasch wieder auf und stürzte sich mit hasserfülltem Blick auf ihn. Schwungvoll trat sie mit dem Bein nach seinem Kopf und riss gleichzeitig das Messer hoch, um es ihm in den Bauch zu rammen. Er wich ihrem Tritt aus, packte ihr Handgelenk und drehte es herum. Als er das Knacken von brechenden Knochen hörte, musste er ein Erschauern unterdrücken. *Sie ist kein Mädchen, keine Schwester, sie ist ein Gegner.*

Mit der freien Hand versuchte sie, ihm ins Gesicht zu schlagen. Die Fingerknöchel ihrer geballten Faust zielten auf seine Nasenwurzel. Er kannte den Schlag aus Meister Intris' Unterricht – er hatte eine tödliche Wirkung. Vaelin drehte den Kopf weg, sodass ihre Faust ihn stattdessen schmerzhaft an der Stirn traf. Er schüttelte sich, packte sie dann am Hals und drückte sie gegen die Wand. Fauchend schlug sie um sich, und ihre Fingernägel zerkratzten ihm das Gesicht. Er bog ihren Kopf nach hinten und hob sie von den Füßen, um sie besser festhalten zu können. Knochen knackten in ihrem Hals.

»Du bist gut trainiert, Schwester«, stellte er fest.

Ein wütendes und schmerzerfülltes Knurren drang aus ihrer Kehle. Ihre Haut unter seiner Hand fühlte sich heiß an.

»Vielleicht möchtest du mir ja sagen, wo du solche Fähigkeiten gelernt hast und weshalb du es für nötig hältst, sie gegen mich einzusetzen.«

Ihre Augen, die in der roten Maske ihres Gesichts glänzten, zuckten zu dem Riss in seinem Hemd und der kleinen Schnittwunde darunter. Ein hässliches, bösartiges Lächeln trat auf ihre Lippen. »Fühlst du dich ... gut, Bruder?«, presste sie hervor. »Jetzt bleibt dir ... keine Zeit mehr ... sie zu retten.«

Da spürte er es, die Hitze in seiner Brust, den frischen Schweiß auf seiner Haut, ein graues Flackern am Rande seines Blickfeldes. *Gift! Gift auf der Klinge.*

Er beugte sich dicht an sie heran und begegnete ihrem hasserfüllten Blick. »Wen retten?«

Ihr schreckliches Lächeln wurde zu einem grotesken Lachen. »Es waren ... einmal ... sieben!«, sagte sie, und der Hass in ihren Augen leuchtete wie eine Laterne in der Dunkelheit.

Plötzlich riss sie den Kopf zurück, öffnete den Mund und biss dann hörbar die Zähne zusammen. Sie begann unter seinen Händen unkontrolliert zu zucken, Schaum trat ihr vor den Mund. Er ließ sie los, und sie stürzte zu Boden, wo sie wild mit Armen und Beinen zappelte, bis sie schließlich still dalag, die Augen weit geöffnet und leblos.

Vaelin starrte sie an. Schweiß sammelte sich auf seiner Stirn, und die Hitze in seiner Brust steigerte sich zu einem lodernden Feuer.

Gift auf der Klinge ... Jetzt bleibt dir keine Zeit mehr, sie zu retten ... Es waren einmal sieben ... Jetzt bleibt dir keine Zeit mehr, sie zu retten ... sie zu retten ... SIE ZU RETTEN!

Die Aspektin!

Er stürzte zu seinem Schwert, das an der Wand lehnte, zog es aus der Scheide und sprintete den Korridor entlang zur Treppe.

Gift auf der Klinge ... Wie viel Zeit blieb ihm? Er verscheuchte den Gedanken. *Noch genug!*, sagte er sich, während er die Treppe hinaufrannte und dabei immer drei Stufen auf einmal nahm. *Mir bleibt noch genug Zeit.*

Die Gemächer der Aspektin befanden sich im obersten Stockwerk. Innerhalb von Sekunden war er dort. Er rannte den Korridor entlang, sah ihre Tür vor sich, entdeckte kein Anzeichen von Bedrohung ...

Die Klinge war ein Lichtsplitter in der Dunkelheit, ein stählerner Halbmond, mit Schnelligkeit und Geschick geführt. Sie hätte ihm eigentlich den Kopf von den Schultern trennen müssen. Er duckte sich und rollte sich ab, spürte den Luftzug, als das Schwert über ihn hinwegsauste. Blitzschnell kam er auf die Füße und nahm noch im selben Moment eine Abwehrhaltung ein. Die Schwertklinge traf klirrend auf seine eigene. Er wirbelte herum, ging auf ein Knie und stieß den Schwertarm nach vorn. Er spürte einen Widerstand, als die Klinge sich in Fleisch bohrte. Dann hörte er einen erstickten Schmerzensschrei, und Blut spritzte auf die Bodenfliesen. Sein Angreifer trug schwarze Baumwollkleidung und eine Maske vor dem Gesicht. Augenbrauen und Lider waren mit Ruß beschmiert. Seine Augen funkelten Vaelin nicht so sehr wütend, sondern vielmehr überrascht an. Er lag auf dem Boden und hielt sich eine Wunde am Oberschenkel.

Vaelin tötete ihn, indem er ihm den Hals aufschlitzte, und ließ ihn zuckend in einer Blutpfütze liegen. Das Feuer in seiner Brust hatte sich in ein schmerzhaftes Inferno verwandelt. Seine Umgebung verschwamm, und er konnte die Tür zu den Gemächern der Aspektin in wenigen Schritten Entfernung nur noch undeutlich erkennen. Er stolperte darauf zu, stieß gegen eine Wand und zwang sich mit einem wütenden Knurren weiterzulaufen.

RETTE SIE!

Zwei weitere Klingen schimmerten in der Dunkelheit. Noch eine schwarz gekleidete Gestalt, die mit wirbelnden Klingen angriff, ein Schwert in jeder Hand. Vaelin parierte die ersten beiden Schläge und trat zurück, sodass die Klingen knapp an seinem Gesicht vorbeizischten. Dann machte er einen Schritt auf den Mann zu und tötete ihn mit einem Stich ins Brustbein, wobei er das Schwert unter den Rippen nach oben stieß und das Herz seines Gegners durchbohrte. Der Schwarzgekleidete wurde von Krämpfen geschüttelt, Blut spritzte ihm aus dem Mund. Dann fiel er wie eine leblose Puppe in sich zusammen und hing einem Lumpen gleich an Vaelins Klinge. Das Gewicht zog Vaelin nach vorn. Sein Schwert steckte bis zum Heft im Leib seines Gegners, sein Arm war von oben bis unten mit klebrigem Blut überzogen, und auf dem Boden hatte sich eine Lache gebildet. Der Geruch hätte ihm Übelkeit bereitet, hätte nicht das Gift in seinen Adern gewütet.

Müde ... Er sank auf die Leiche. Eine Erschöpfung, die stärker war als alles, was er je gespürt hatte, lastete auf ihm und drückte ihn nieder. Der Schmerz in seiner Brust ließ nach und wurde durch das überwältigende Bedürfnis nach Schlaf ersetzt. *So müde* ...

»Du siehst nicht gut aus, Bruder.«

Eine körperlose Stimme in der Dunkelheit. *Ein Traum?*, fragte er sich. *Ein Traum kurz vor dem Tod?*

»Wie ich sehe, hat sie dich gefunden«, fuhr die Stimme fort. Das leise Kratzen einer Klingenspitze auf Stein.

Das ist kein Traum. Vaelin biss die Zähne zusammen und packte sein Schwert fester. »Sie ist tot!«, rief er in die Finsternis.

»Zweifellos.« Die Stimme war sanft und besaß keinen Akzent. Auch schwang keinerlei Erkennen darin mit. Sie klang weder besonders kultiviert noch grobschlächtig. »Schade. In dieser Verkleidung hat sie mir immer am besten gefallen. Sie war so herrlich grausam. Hast du zuerst mit ihr geschlafen? Ich denke, das hätte ihr gefallen.«

Es lag nur ein Hauch von Anspannung in der Stimme, aber Vaelin spürte, dass der Unsichtbare sich bereit machte anzugreifen.

Zitternd vor Anstrengung rappelte Vaelin sich auf und zog sein Schwert aus der Leiche. *Er hat zu lange gewartet,* dachte er. *Er hätte mich töten sollen, als ich angreifbar war. Hofft er darauf, dass das Gift ihm die Arbeit abnimmt?*

»Du hast Angst«, knurrte Vaelin. »Du weißt, dass du mich nicht besiegen kannst.«

Dunkelheit und Stille, nur durchbrochen vom Tropfen des Blutes, das von der Spitze seines Schwertes auf den Boden rann. *Keine Zeit,* dachte er, während ihm schwarz vor Augen wurde und eine schreckliche, eisige Taubheit in seine Glieder kroch. *Keine Zeit zu warten.*

»Es waren einmal sieben«, sagte er, und seine Stimme klang so rauh, dass er die Worte laut hinausschreien musste.

Das Klappern eines Schlosses war zu hören, gefolgt vom Quietschen von Scharnieren, als die Tür der Aspektin hinter ihm geöffnet wurde und ihr hübsches, leicht verärgertes Gesicht auftauchte, eingerahmt von Kerzenschein.

»Was ist das hier für ein Lärm …«

Das Messer kam aus der Dunkelheit geschossen – ein präziser Wurf, der die Aspektin genau im Auge getroffen hätte.

Vaelins Schwertarm war schwer wie Blei, als er die Klinge in einem Bogen nach oben riss und das Messer damit ablenkte. Klirrend fiel es zu Boden. Er sah nicht, wie der Attentäter seinen Angriff fortsetzte, sondern spürte es eher. Seine Abwehr erfolgte unwillkürlich und ohne nachzudenken. Er wirbelte herum, beide Hände am Schwertgriff, und legte alle Kraft, die ihm noch verblieben war, in den Schlag. Er spürte nicht, wie die Klinge auf den Hals des Mannes traf, hörte nur, wie das Blut gegen Decke und Wände spritzte. Sehen konnte er nichts. Der kopflose Körper seines Gegners machte noch ein paar Schritte, bevor er zusammenbrach. Vaelin wurde von dem alles beherrschenden Bedürfnis nach Schlaf übermannt.

Die Bodenfliesen fühlten sich kühl an seiner Wange an, seine Brust hob und senkte sich in gleichmäßigem Rhythmus. Ob er wohl von Wölfen träumen würde?

»Vaelin!« Er wurde von starken Händen gepackt und geschüttelt. Zahllose Füße polterten über den Boden, Stimmengebrabbel wie das Gurgeln eines Flusses. Verärgert stöhnte er auf.

»Vaelin! Wach auf!« Etwas Hartes schlug ihm ins Gesicht und ließ ihn zusammenzucken. »Wach auf! Nicht einschlafen! Hörst du mich?« Noch mehr Stimmen, die durcheinanderriefen und sich zu einem kaum verständlichen Gezeter vermischten. »Holt sofort Schwester Sherin! … Bringt ihn in den Lehrsaal … Vergesst sie, die sind tot … Womit wurde er infiziert? … Sieht aus wie eine Messerwunde, wo ist die Klinge?«

»Sie wollte sich entschuldigen«, brachte Vaelin mühsam heraus. »Ist in mein Zimmer gekommen … Sie hätte mich erwischt, wenn der Wolf nicht gewesen wäre …«

»Seht in seinem Zimmer nach!« Sherins Stimme, überraschend schrill und angsterfüllt. »Sucht nach einem Messer, aber gebt acht, dass ihr die Klinge nicht anfasst.«

Weitere Stimmen, dann das Gefühl, hochgehoben zu werden. Die Kühle des Fußbodens wich der glatten Härte eines Behandlungstischs. Vaelin stöhnte; sein vernebelter Geist machte sich auf die Schmerzen gefasst, die ihn nun erwarteten.

»Tot?« Die Stimme der Aspektin. »Was meint Ihr mit tot?«

»Sieht nach Gift aus«, erwiderte die tiefe, grollende Stimme von Meister Harin. »Ein Kügelchen, verborgen in einem Zahn. Etwas Derartiges habe ich schon lange nicht mehr gesehen …«

Vaelin beschloss, die Augen aufzumachen, aber er sah nur eine trübe Ansammlung von Schatten. Er blinzelte, und sein Blickfeld klärte sich so weit, dass er Schwester Sherin erkennen konnte, die prüfend an Schwester Hennas Messer roch. »Jägerbrand«, sagte sie. »Wir brauchen Joffrilwurzel.«

»Das könnte ihn umbringen.« Eigentlich hätte die Besorgnis in der Stimme der Aspektin Vaelin erschrecken müssen, doch stattdessen ging ihm nur eine Frage durch den Kopf, die er unbedingt noch stellen wollte.

»Andernfalls wird er mit Sicherheit sterben!«, gab Sherin zurück, ihre Miene gequält und angstvoll, aber dennoch entschlossen. »Er ist jung und kräftig. Er wird es durchstehen.«

Eine Pause, dann ein tiefes, resigniertes Seufzen. »Holt die Wurzel und jede Menge Rotblüte …«

»Nein!«, ging Sherin dazwischen. »Nein, das verringert die Wirkung. Keine Rotblüte.«

»Bei den Ahnen, Schwester.« Meister Harins riesige Gestalt tauchte zum ersten Mal in Vaelins Blickfeld auf. »Wisst Ihr, was dieses Zeug mit einem Menschen macht?«

»Sie hat recht«, sagte die Aspektin mit angespannter Stimme.

»Aspektin?«, sagte Vaelin.

Sie ging zu ihm und ergriff seine Hand. Ihre Finger strichen ihm über die Stirn. »Vaelin, bitte lieg still. Wir müssen dir ein Mittel geben, um dich zu heilen. Es wird weh tun … Du musst stark sein.«

»Aspektin.« Er kämpfte darum, ihr in die Augen zu blicken. »Bitte. Wie lautet der Name meiner Mutter?«

◆ ◆ ◆

Vardrian.

Der Name hallte inmitten der rasenden Schmerzen in seinem Geist wider. *Vardrian.* Das war ihr Name. Ihr Familienname. Er war schweißgebadet, seine Brust glühte wie ein Schmelzofen, und Dunkelheit hüllte ihn ein, doch ihr Name gab ihm Halt, er war ein Anker in dieser Welt.

Schwester Sherin hatte ihm einen Lederriemen um den Arm gebunden und ihm die Tinktur aus Joffrilwurzel mit einer langen Nadel direkt in die Ader gespritzt. Die Schmerzen hatten beinahe sofort eingesetzt. Der Raum um ihn war zersplittert und verschwunden, die beruhigenden Worte der Aspektin verhallten. Sherins angsterfülltes Gesicht war nur noch ein bleicher Fleck in der herabsinkenden Dunkelheit.

Vardrian.

Das Merkwürdige an diesem Schmerz war, dass die Zeit sich endlos in die Länge zog. Die Qualen schienen kein Ende nehmen zu wollen. Er wusste, dass er den Rücken wie einen Bogen durchgedrückt hatte, dass starke Hände ihn auf dem Tisch festhielten, während er um sich schlug und unverständliche Laute von sich gab. Er wusste es, aber er spürte es nicht. Es war weit weg. Irgendwo jenseits des Schmerzes.

Ildera Vardrian. Seine Mutter. Ein einfacher Name, der weder zu einer Adelsfamilie gehörte, noch sonst irgendwie berühmt war. Ein Name, der von den Feldern oder aus den Straßen der Stadt stammte. Sie war wie sein Vater: Erst ihre Fähigkeiten hatten sie aus der Masse herausgehoben und zu etwas Besonderem gemacht. Plötzlich konnte er ihr Gesicht deutlich vor sich sehen. Die Dunkelheit wich vor dem Strahlen ihres Lächelns, dem Mitgefühl in ihren Augen. Sie war ein Leuchtfeuer inmitten des Schmerzes, auf das er all seinen Willen richten konnte: seinen Willen zu überleben.

Er wusste hinterher nicht, wie lange es gedauert hatte, bis er schließlich das Bewusstsein verlor. Später sagte man ihm, er habe mehrere der stärksten Brüder des fünften Ordens verletzt und sogar versucht, die Aspektin zu beißen. Außerdem habe er die unflätigsten und schrecklichsten Dinge geschrien, aber er konnte sich nicht daran erinnern. Sein Verstand wurde nur von einem Namen beherrscht. *Ildera Vardrian.*

Es rettete ihm das Leben.

FÜNFTES KAPITEL

In seinem Traum gab es keinen Schmerz. In seinem Traum strömte weiches, goldenes Licht durch das Fenster herein, und Schwester Sherin blickte mit einem strahlenden Lächeln zu ihm herab.

»Du hast überlebt«, sagte sie. »Ich wusste, dass du es schaffen würdest.«

Ein Traum ... im Traum darf man alles sagen. »Du bist so schön«, sagte er zu ihr.

Ihr Lächeln wandelte sich zu einem Lachen. »Du phantasierst, Bruder. Versuch zu schlafen. Du musst dich ausruhen. Draußen vor der Tür stehen ein paar ziemlich gefährlich aussehende junge Männer, die sehr wütend auf mich sein werden, wenn du nicht wieder gesund wirst.«

»Wir sollten zusammen fortgehen«, fuhr er unbekümmert fort. Es war wundervoll, im Traum frei zu sein! »Einfach allem entfliehen. Uns ein ruhiges Plätzchen suchen, wo du Menschen heilen kannst und ich lernen kann, etwas anderes zu sein als ein Mörder ...«

»Pssst!« Sie legte ihm einen Finger auf die Lippen; ihr Lächeln war verschwunden. »Bitte, Vaelin ...«

»Ich habe nichts gespürt, als ich diese Männer umgebracht habe. Gar nichts. Das ist nicht richtig ...«

»Du hast die Aspektin gerettet. Du hattest keine andere Wahl.«

Der Mann in Schwarz hielt sich die Wunde an seinem Bein, als Vaelins Schwert in seinen Hals schnitt. Ein schwaches, kindliches Wimmern drang aus seiner Kehle ... »Ich habe meiner Mutter Schande bereitet. Verglichen mit ihr bin ich nichts ...«

»Nein.« Ihre Hand strich über seine Stirn. Ihr Gesicht senkte sich zu ihm herab, und ein sanfter Kuss streifte seine Lippen. »Du beschützt die Menschen. Du bist ein Krieger, der die Hilflosen verteidigt. Du bist stark und gerecht. Denk immer daran. Und denk auch daran, dass ich immer für dich da sein werde, wenn du mich brauchen solltest. Wenn du nach mir rufst, werde ich kommen und dir mit dem, was ich vermag, zur Seite stehen.«

Der Traum begann zu verblassen. Die Erschöpfung zog ihn wieder in die Dunkelheit hinab. »Ich würde lieber mit dir fortgehen ...«

◆ ◆ ◆

Beim Erwachen verspürte er Schmerzen, nicht die Qualen der Joffrilwurzel, sondern den Schmerz von überlasteten Muskeln und einer ausgedörrten Kehle. Sein Bettzeug war mit seltsam geformten rotbraunen Flecken beschmutzt, und der Schnitt an seiner Schulter brannte noch immer. Die Augen fielen ihm bereits wieder zu, und er wollte sich schon in die lockende Traumwelt zurücksinken lassen ... als er bemerkte, dass er nicht allein war.

In einer Ecke des Raums saß Meister Sollis, die Arme vor der Brust verschränkt, das Schwert über die Knie gelegt. Seine geröteten Augen deuteten darauf hin, dass er in der vergangenen Nacht kaum geschlafen hatte. »Du hast dir mit dem Aufwachen Zeit gelassen«, sagte er.

»Tut mir leid, Meister«, krächzte Vaelin.

Meister Sollis erhob sich, ging zu einem Tisch neben dem Bett und goss aus einem großen Tonkrug etwas Wasser in einen Becher. »Hier.« Er hielt Vaelin den Becher an die Lippen. »Kleine Schlucke, nicht zu viel auf einmal.«

Noch nie hatte Wasser so gut geschmeckt. Es strömte in seinen Mund und befeuchtete seine Kehle. »Danke, Meister.«

»Schwester Sherin sagt, du sollst jede Stunde mindestens einen Becher voll trinken. Sie hat sehr strikte Anweisungen hinterlassen.«

Sherin … Wir sollten zusammen fortgehen … Ein neuer Schmerz blühte in seiner Brust auf. Er wünschte sich, den Traum niemals gehabt zu haben. Aufzuwachen und festzustellen, dass er sich alles nur eingebildet hatte, war ihm unerträglich.

Er betrachtete die Flecken auf seinem Bettzeug. »Mussten sie mich aufschneiden?« Mit unangenehmer Klarheit sah er den Rippenspreizer vor sich, der in seiner Brust versenkt wurde.

»Anscheinend bringt die Joffrilwurzel einen dazu, Blut zu schwitzen. Das ist Teil ihrer reinigenden Wirkung, habe ich mir sagen lassen.« Sollis holte seinen Stuhl und ließ sich neben Vaelins Bett nieder. »Ich muss wissen, was hier vorgefallen ist.«

Also erzählte Vaelin ihm alles, ohne etwas auszulassen. Sollis lauschte schweigend und zuckte kaum mit der Wimper, als er von Schwester Hennas Besuch in Vaelins Zelle hörte. Auch als Vaelin das Wolfsgeheul erwähnte, das ihn gerettet hatte, sagte er nichts. Erst Hennas Worte – *Es waren einmal sieben* – entlockten ihm eine Reaktion. Nur ein kurzes Blinzeln, aber es sprach Bände. *Er weiß Bescheid*, dachte Vaelin. *Er weiß, was diese Worte bedeuten, und ich würde einen Sack Gold darauf verwetten, dass er es mir nicht sagen wird.* Den Rest seiner Geschichte nahm Sollis völlig ungerührt zur Kenntnis und stellte nur hin und wieder ein paar Fragen. »Wie würdest du die Fähigkeiten der Attentäter einschätzen?«

»Sie wussten gut mit ihren Klingen umzugehen, hatten aber anscheinend wenig Ahnung von Taktik. Ich war geschwächt von dem Gift, sie hätten sich alle gemeinsam auf mich stürzen und mich überwältigen sollen. Stattdessen hat mich jeder von ihnen einzeln aus dem Hinterhalt heraus angegriffen.«

Meister Sollis saß schweigend da und dachte über seine Worte nach. Vaelin sehnte sich nach Schlaf, doch er zwang sich, wach zu bleiben. Novizen schliefen nicht in Anwesenheit ihres Meisters.

»Wird Schwester Sherin noch einmal wiederkommen?«, fragte Vaelin, in der Hoffnung, das Reden würde ihn wach halten. »Ich … ich wüsste gern, wie lange ich noch im Bett bleiben muss.«

»Sie kümmert sich um die Verletzten. Wahrscheinlich wird sie noch eine Weile beschäftigt sein. In den letzten zwei Tagen hat es in der Stadt einige Unruhen gegeben.«

Zwei Tage. Er hatte zwei Tage lang geträumt und Blut geschwitzt.

»Unruhen, Meister?«

»Es gab zahlreiche Krawalle. Als die Nachricht von den Angriffen die Runde machte, verbreitete sich das Gerücht, es würde sich um ein Komplott der Leugner handeln. Bald waren die Leute davon überzeugt, eine geheime Armee der Cumbraeler würde sich in den Abwasserkanälen verbergen, um uns alle im Schlaf zu ermorden.« Er schüttelte verärgert den Kopf. »Unwissende glauben alles, wenn sie sich fürchten.«

Vaelin war verwirrt. »Angriffe?«

»Elera Al Mendah war nicht die einzige Aspektin, die angegriffen wurde. Die Aspekte des zweiten und des vierten Ordens sind tot. Die anderen hatten das Glück zu überleben. Aspekt Hendrahl wurde schwer verletzt, aber anscheinend war das Messer nicht lang genug, um durch die Fettschichten zu seinem Herz vorzudringen.«

In Vaelins Kopf drehte sich alles. Zwei Aspekte getötet – das erschien ihm vollkommen unglaublich. An Aspekt Corlin Al Sentis erinnerte er sich von der Wissensprüfung her, der Mann mit dem ernsten Gesicht, der ihn zu den Ereignissen im Wald befragt hatte. Vaelin konnte nicht fassen, dass er einem vergifteten Dolch zum Opfer gefallen war. Schließlich kam ihm ein besorgniserregender Gedanke: »Wie geht es Aspekt Arlyn?«

»Er ist am Leben und bei guter Gesundheit. Sie haben drei Männer ausgesandt, um ihn zu töten. Die Angreifer sind durch das Gewölbe eingedrungen, wo sie jedoch auf Meister Grealin trafen. Es war schon immer ein Fehler, einen dicken Mann im Kampf zu unterschätzen.« Das klang fast nach einem Kompliment für Meister Grealin, wie es Meister Sollis nur selten über die Lippen kam.

»Ist er verletzt?«

»Bloß ein paar Blutergüsse. Auch wenn es ihm zu seinem Verdruss nicht gelungen ist, einen der Angreifer am Leben zu lassen, um ihn später befragen zu können.«

»Und was ist mit meinen Brüdern?«

»Ihnen geht es gut. Bruder Nortah ist nach nur zwei Tagen aus dem zweiten Orden hinausgeworfen worden. Und was die anderen betrifft: Bruder Caenis hat sich dadurch hervorgetan, dass er den Attentäter tötete, der Aspekt Hendrahl umbringen wollte. Die anderen schliefen offenbar nach dem Genuss eines Fasses Bier gerade ihren Rausch aus, als Aspekt Al Sentis das Zeitliche segnete. Die Hälfte der Novizen des sechsten Ordens lungerte im Haus des vierten herum, und dennoch gelang es Attentätern, dem Aspekten die Kehle durchzuschneiden und unbemerkt zu entkommen. Das hat einige schwere Strafen nach sich gezogen.«

Vaelin sank auf die Matratze zurück, plötzlich überwältigt von Müdigkeit. »Vergebt mir, Meister«, sagte er, »dass es mir nicht gelungen ist, einen der Angreifer lebend zu fangen. Das Gift hat mir die Sinne vernebelt …« Schlaf übermannte ihn, und er sah Meister Sollis' schmales, ausdrucksloses Gesicht in der Dunkelheit versinken.

◆ ◆ ◆

Barkus fluchte, Dentos riss Witze, Nortah lachte, und Caenis schwieg die meiste Zeit. Vaelin stellte fest, dass er sie alle furchtbar vermisst hatte.

»Das ist doch völlig verrückt«, sagte Barkus und runzelte verwirrt die Stirn. »Ich meine, was geht hier überhaupt vor sich?«

»Offensichtlich gibt es Feinde unter uns, Bruder«, sagte Caenis. »Wir müssen vorsichtig sein.«

»Aber warum? Welchem Zweck dient es, die Aspekte zu töten?«

Vaelin war müde. Die Schnittwunde an seiner Schulter hatte eine bläuliche Narbe gebildet, und die Schmerzen von der Behandlung mit der Joffrilwurzel steckten ihm immer noch in den Knochen. An diesem Morgen hatte er bereits mehrere Besucher gehabt. Meister Harin hatte ihn mit ungelenken Worten beglückwünscht und dabei gezwungen gelacht. Vaelins Überleben freute ihn offensichtlich, auch wenn ihm Schwester Hennas Verrat zu schaffen machte. Sie war eine seiner liebsten Novizinnen gewesen. Bruder Sellin blieb über eine Stunde. Mit seinen gichtigen Händen hielt er seinen Holzknüppel umklammert und wiederholte immer wieder, dass er die Angreifer damit kurz und klein geschlagen hätte, wenn sich ihm die Gelegenheit geboten hätte. Vaelin sah im Geiste einen alten Bruder mit durchgeschnittener Kehle im Torhaus liegen, erwiderte jedoch: »Es war klug von ihnen, einen großen

Bogen um Euch zu machen, Bruder.« Damit schien der Alte zufrieden zu sein und kündigte an, am nächsten Tag mit einem Heiltrank nach eigenem Rezept wiederkehren zu wollen. Es waren auch noch andere Besucher erschienen, lediglich Schwester Sherin hatte durch Abwesenheit geglänzt. Vaelin machte sich deswegen Sorgen. Hatte er im Schlaf womöglich peinliche Dinge gesagt?

»Wie geht es Frentis?«, fragte er.

»Er ist wütend«, sagte Nortah. »Und weiß nicht, wohin mit seiner Wut. Wir mussten ihn schon dreimal aus Prügeleien herausholen. Er hat den Aspekten gebeten, uns begleiten zu dürfen, stattdessen darf er nun einen Tag lang Ställe ausmisten.«

»Gebt auf ihn acht, wenn ihr zurückkehrt. Ich lasse ihn nur ungern mit Meister Rensial allein. Sagt ihm, dass ich bald wieder da sein werde. Und bittet ihn, jeden Tag nach Bosko zu sehen.«

Nortah nickte. Auch wenn nicht ausdrücklich darüber gesprochen wurde, war klar, dass er in Vaelins Abwesenheit der Anführer war. »Es heißt, du hättest vier von ihnen getötet«, sagte er. »Beeindruckend.«

»Drei. Da war ein Mädchen, das jahrelang vorgegeben hat, eine Schwester des Ordens zu sein. Sie hat sich selbst umgebracht, als es ihr nicht gelungen ist, mich zu töten.«

»Ein Mädchen?« Ein spöttisches Lächeln trat auf Nortahs Lippen, während er die Narbe an Vaelins Schulter betrachtete. »Wie nah hast du sie an dich herangelassen, Bruder?«

»Zu nah.« *Eine Lektion, die ich nicht vergessen werde.*

»Bruder Nillin war zwölf Jahre lang beim dritten Orden«, sagte Caenis. »Er war einer ihrer angesehensten Gelehrten, hatte drei Bücher über Sprachkunde verfasst und die Novizen in verschiedenen Sprachen unterrichtet. Und dabei hat er die ganze Zeit nur darauf gewartet, Aspekt Hendrahl umzubringen.«

»Der Fettsack verdankt dir sein Leben«, sagte Nortah. »Wie hast du eigentlich von dem Angriff Wind bekommen?«

»Gar nicht. Ich wollte ein Buch zurückbringen, das der Aspekt mir geliehen hatte. Als ich seine Schreie hörte, habe ich die Tür eingetreten.« Er hielt inne, und seine Miene verfinsterte sich noch mehr. »Für seine siebenundvierzig Jahre hat Bruder Nillin ziemlich starke Gegenwehr geleistet.«

»Wie hast du ihn ausgeschaltet?«, fragte Dentos.

»Ich hatte keine Waffe bei mir, weil ich im Haus des dritten Ordens keine Veranlassung sah, eine zu tragen. Ich musste meine Hände benutzen.«

»Das war bestimmt nicht leicht«, sagte Barkus. »Unbewaffnet gegen einen Mann mit einem Messer zu bestehen.«

»Der Mann war ein guter Kämpfer, aber …« Caenis zuckte mit den Achseln.

»Er war keiner von uns«, beendete Vaelin den Satz.

Caenis nickte. »Damit stellt sich die Frage, warum die Attentäter gewartet haben, bis die Novizen des sechsten Ordens auf die anderen Orden verteilt wurden, um dann erst ihren Angriff zu wagen.«

»Das ergibt alles keinen Sinn«, sagte Nortah gähnend. »Obwohl ich verstehen kann, dass jemand den Aspekten des zweiten Ordens umbringen wollte. Wenn ich das Geschwätz dieses alten Langweilers noch eine Minute länger hätte ertragen müssen, hätte ich ihn eigenhändig erwürgt.«

»Bist du deswegen hinausgeflogen?«, fragte Vaelin.

Dentos kicherte, und Nortahs Lächeln wirkte zum ersten Mal aufrichtig. »Es gab da ein Missverständnis mit einer der Schwestern. Offenbar gelten bei einer Entspannungsmassage gewisse Verbote. Jedenfalls hat sie etwas in der Art gesagt, bevor sie mir eine Ohrfeige verpasst hat und weggerannt ist.«

Vaelin ließ sie einen Moment lang lachen, bevor er sie unterbrach und ihnen nacheinander eindringlich in die Augen sah. »Ich weiß nicht, was hier geschehen ist, Brüder. Ich begreife es ebenso wenig wie ihr. Ich weiß jedoch, dass wir in gefährlichen Zeiten leben und dass wir nur uns gegenseitig vertrauen können. Hört auf Meister Sollis und den Aspekten und vor allem: Passt gut aufeinander auf.«

In diesem Moment wurde die Tür geöffnet, und Schwester Sherin kam mit einer Schüssel dampfenden Wassers herein. Es war das erste Mal, dass Vaelin sie an diesem Tag sah. »Raus mit euch!«, befahl sie. »Bruder Vaelin muss gewaschen werden, und ihr wart lange genug bei ihm.«

»Gewaschen werden, ja?« Nortah hob eine Augenbraue und beugte sich dicht an Sherin heran, während sie die Schüssel auf den Tisch stellte. Vaelin sah, wie er sie von Kopf bis Fuß musterte. »Ihr werdet doch sicher äußerst gründlich sein, Schwester, nicht wahr?«

Sherin bedachte Nortah mit demselben müden, gleichgültigen Blick, mit dem sie auch den Betrunkenen im Behandlungsraum begegnete, wenn diese mit ihr anbandeln wollten. »Solltest du nicht gerade irgendwo anders sein und mit deinem Schwert spielen, Bruder?«

Mit einem trockenen Lachen folgte Nortah den anderen aus dem Raum.

»Jemand sollte deinem Freund mal ein paar Manieren beibringen«, stellte Sherin fest, während sie die Schüssel zu Vaelins Bett trug. »Sein Verhalten ist für einen Bruder eher unschicklich.«

»In meinem Orden gibt es die verschiedensten Brüder, von denen sich manche mehr und manche weniger schicklich benehmen.«

Sie hob eine Augenbraue, sagte jedoch nichts. Stattdessen tauchte sie ein Tuch in die Wasserschüssel und wollte das Bettzeug zurückschlagen. »Ich bin inzwischen kräftig genug, um mich selbst waschen zu können, Schwester«, sagte Vaelin und hielt das Bettzeug fest.

Sie musterte ihn belustigt. »Glaub mir, Bruder, du hast nichts, was ich nicht schon gesehen hätte. Was meinst du, wer dich gewaschen hat, als du bewusstlos warst?«

Vaelin schob den unangenehmen Gedanken beiseite, hielt jedoch weiter das Bettzeug umklammert. »Trotzdem. Mir geht es schon viel besser.«

»Wie du willst.« Sie legte das Tuch in die Schüssel und trat zurück. »Wenn es dir so viel besser geht, kannst du dich ja heute noch mit der Aspektin treffen. Sie hat darum gebeten. Zur Mittagszeit im Garten. Ich werde dir helfen – falls du meine Hilfe annehmen möchtest, heißt das.«

Sie verließ das Zimmer, ohne noch einmal zurückzublicken. Etwas spät wurde Vaelin klar, dass er offenbar ihre Gefühle verletzt hatte.

◆ ◆ ◆

Der Garten des fünften Ordens war weitläufig und erstreckte sich über mehrere Morgen Land, auf denen die Brüder und Schwestern die zahllosen Kräuter und Arzneipflanzen zogen, die bei ihrer Arbeit eine so wichtige Rolle spielten. Größtenteils bestand der Garten nur aus Reihen von Quadraten, einem eintönigen Schachbrettmuster aus Grün und Braun, aber hier und da gab es auch ein paar Farbtupfer, die von kleinen Blumenbeeten oder blühenden Kirschbäumen zeugten.

»Bei uns im Orden haben wir auch einen Garten«, erzählte Vaelin Sherin, während sie ihm half, einen der Kieswege zwischen den Beeten entlangzuhumpeln. Beine und Brust schmerzten ihm immer noch, und er musste sich stärker auf Sherins Schulter stützen, als es ihm eigentlich lieb war, da er schließlich wusste, dass seine Nähe ihr Unbehagen bereitete. Sie hatte kein Wort gesprochen, als sie kurz vor Mittag erschienen war, um ihn zur Aspektin zu bringen, und war seinem Blick ausgewichen. »Er sieht etwas anders aus«, fuhr er fort, als Sherin nicht antwortete. »Meister Smentil kümmert sich darum. Er kann sich nur mit Zeichensprache verständigen, weil die Lonaker ihm die Zunge herausgeschnitten haben …« Er verstummte. Offensichtlich war Schwester Sherin nicht zum Reden aufgelegt.

Vor einer kleinen Reihe von Blumenbeeten blieben sie stehen. Inmitten der Blüten entdeckte er die schlanke Gestalt von Aspektin Elera.

»Die Aspektin wird dir auf dem Rückweg helfen«, sagte Sherin, trat einen Schritt beiseite und ließ seinen Arm von ihrer Schulter gleiten.

»Vielen Dank, Schwester.«

Sie nickte und wandte sich ab.

»Schwester«, sagte er und berührte ihr Handgelenk. »Einen Augenblick, bitte.«

Sie zog ihr Handgelenk weg, blieb jedoch mit argwöhnischem Blick stehen.

»Ich habe mich noch gar nicht bei Euch dafür bedankt, dass Ihr mir das Leben gerettet habt«, sagte er.

»Das ist meine Aufgabe, Bruder.«

»Während … während meiner Heilung hatte ich viele merkwürdige Träume. Möglicherweise habe ich da Dinge gesagt, die ich sonst niemals sagen würde. Falls ich irgendetwas … Anstößiges von mir gegeben habe …«

»Du hast nichts gesagt, Bruder.« Sie hob den Blick und sah ihm mit einem gezwungen wirkenden Lächeln in die Augen. »Jedenfalls nichts Anstößiges.« Sie verschränkte die Arme vor der Brust, und ihr Lächeln verschwand. »Du wirst bald wieder an diesen schrecklichen Ort zurückkehren und in furchtbaren Kriegen kämpfen. Wir … wir werden einander vielleicht niemals wiedersehen.«

Unwillkürlich trat er einen Schritt vor und ergriff ihre Hände. »Wir werden uns wiedersehen. Das verspreche ich.«

»Vaelin!« Aspektin Elera stand mit einer kleinen Gartenschere in der Hand am Rand der Blumenbeete und sah lächelnd zu ihnen herüber. »Du wirkst tatsächlich schon wieder viel kräftiger.«

»Dank Schwester Sherins Pflege, Aspektin.«

»Ja. Ihre Pflege ist äußerst wertvoll, genau wie ihre Zeit.«

»Verzeiht mir, Aspektin.« Sherin neigte den Kopf. »Ich sollte meine Zeit nicht verschwenden …«

»Das war kein Vorwurf, Schwester. Aber es herrschen immer noch Unruhen in der Stadt. Ich fürchte, Eure Fähigkeiten werden heute noch dringend gebraucht.«

Sherin nickte und sah Vaelin noch einmal mit einem traurigen Lächeln an, bevor sie seine Hände losließ und zum Ordenshaus zurückkehrte. Vaelin blickte ihr nach, bis sie außer Sichtweite war.

»Was weißt du über Blumen, Vaelin?«, fragte ihn Elera Al Mendah, während sie ihm ihren Arm anbot und ihn zwischen die Blumenbeete führte.

»Meister Hutril hat mir gezeigt, welche von ihnen giftig sind. Er sagt, sie ließen sich gut zerstoßen und auf Pfeilspitzen schmieren.« *Außerdem habe ich eine Schwester, die Winterblumen mag.*

»Das ist sicher sehr nützlich. Kennst du diese Blume?« Sie blieb neben einer Reihe violett blühender Pflanzen stehen, deren seltsam geschwungene Köpfe von vier langen Blütenblättern eingerahmt wurden.

»Nein, Aspektin.«

»Das sind marlianische Orchideen aus dem tiefen Süden des alpiranischen Reiches. Eigentlich sind es Züchtungen. Ich habe einige unserer heimischen Orchideen mit ihnen gekreuzt, um sie widerstandsfähiger zu machen, da unser Klima kühler ist als das, woran sie gewöhnt sind. So ist das oft mit Pflanzen. Nimmt man sie aus der Erde, in der sie herangewachsen sind, verwelken sie und sterben.«

Er hatte das Gefühl, dass ihm gerade eine Lektion erteilt wurde – eine, die er nicht hören wollte. »Ich verstehe, Aspektin.« Vermutlich war das die Antwort, die sie erwartete.

»Sherin ist etwas ganz Besonderes«, fuhr die Aspektin fort. »Sie hat sehr viel Mitgefühl, mehr als die meisten Menschen, selbst die Brüder und Schwestern dieses Ordens. Vielleicht stammen ihre Fähigkeiten daher. Und sie verfügt über erstaunliche Fähigkeiten, die jetzt schon meine eigenen in vielen Dingen übersteigen. Aber sag ihr das bitte nicht. Ihre Gabe schließt sie aus der Gemeinschaft aus. Kaum jemand bemüht sich, sie näher kennenzulernen und zu sehen, wie außergewöhnlich sie tatsächlich ist. Aber du hast es getan, wie ich es vermutet habe. Deshalb habe ich euch einander zugeteilt. Ich hätte jedoch nicht gedacht, dass eure Verbindung so stark werden könnte.«

»Freundschaft ist den Dienern des Glaubens nicht verboten.«

Aspektin Elera hob eine Augenbraue angesichts seiner Dreistigkeit, wies ihn jedoch nicht zurecht. »Eine Freundschaft ist etwas sehr Wertvolles. Sie darf aber die Rolle, die ihr in euren jeweiligen Orden zu spielen habt, nicht beeinträchtigen. Sherin ist für diesen Orden, was du für den deinen bist.«

»Und was wäre das?«

»Die Zukunft. Es ist wichtig, dass ihr beide das begreift. Deine Mutter hat es nicht verstanden oder wollte es nicht verstehen. So geht das oft mit der Liebe. Sie macht einen blind für den Pfad, den der Glaube einem vorgibt. Als deine Mutter ausgetreten ist, um deinen Vater zu heiraten, hat der fünfte Orden eine zukünftige Aspektin verloren.«

»Meine Mutter wusste sicher, was das Beste für sie ist.«

Sie zuckte ein wenig zusammen, als sie seinen bitteren Tonfall hörte. »Gewiss. Ich wollte ihre Entscheidung nicht infrage stellen, sondern lediglich mein Bedauern darüber äußern. Sie war meine engste Vertraute. Als ich in den Orden eingetreten bin, hat sie mich die Heilkunst gelehrt. Ohne sie wäre ich nie so weit gekommen.«

Bei einer kleinen Holzbank blieb sie stehen und bat ihn, sich hinzusetzen. Er war dankbar für die Verschnaufpause, denn er hatte das Gefühl, seine Beine würden jeden Moment unter ihm nachgeben.

»Wenn ich fragen darf, Aspektin: Habt Ihr irgendetwas über die Männer in Erfahrung bringen können, die Euch angegriffen haben?«

Sie schüttelte den Kopf. »Nur sehr wenig. Die Leichen wurden untersucht, aber es wurde nichts entdeckt, außer, dass sie alle Giftkügelchen in den Zähnen verborgen hatten wie Schwester Henna. Ihre Gesichter waren uns vollkommen unbekannt. Das königliche Heer und der vierte Orden haben die Ermittlungen aufgenommen. Sie werden sicher bald mehr herausfinden.«

Für eine Frau, die gerade erst dem Tod entronnen war, wirkte sie erstaunlich unbekümmert, was die Identität ihrer Angreifer betraf. »Habt Ihr denn keine Angst, dass es weiterer Angriffe geben könnte?«

Sie runzelte die Stirn, als sei ihr der Gedanke noch gar nicht gekommen. »Wenn, dann kann ich wohl nur wenig dagegen tun. Der Glaube lehrt uns, Dinge, die wir nicht ändern können, möglichst gelassen hinzunehmen.«

»Schwester Henna ist sehr lange hier gewesen. Ihr Verrat schmerzt doch bestimmt.«

»Verrat? Ich bezweifle, dass sie diesem Orden jemals wirklich treu ergeben war, also konnte sie ihn auch nicht verraten. Sie hat lediglich ihren Auftrag erfüllt. Obwohl ich schon sagen muss, dass mich ihre Hingabe wirklich beeindruckt. So lange das eigene wahre Wesen zu verbergen und sich dabei niemals zu verraten.«

»Vor ihrem Tod hat sie etwas gesagt: ›Es waren einmal sieben.‹ Wisst Ihr, was das bedeutet?«

Die Aspektin zeigte eine flüchtige Reaktion auf seine Worte, aber in ihren Zügen sah er nicht das gleiche Erkennen wie bei Meister Sollis, eher schon Furcht. »Du hast heute viele Fragen, Vaelin, was bei unseren Gesprächen häufig der Fall zu sein scheint.«

Auch sie wird mir nichts sagen. »Verzeiht, Aspektin.«

Mit einem Lachen ging sie über seine Entschuldigung hinweg. »Nach dem, was du für mich getan hast, glaube ich, dir zumindest eine Antwort schuldig zu sein. Also stell mir eine Frage, aber bitte nur eine.«

Nur eine Frage. Es wirkte beinahe grausam, so, als wolle sie mit ihm spielen. Ihn plagten Tausende Fragen, auf die er gern eine Antwort gehabt hätte, aber nachdem er einen Moment fieberhaft nachgedacht hatte, beschloss er schließlich, die eine Frage zu stellen, die ihn schon seit Monaten am meisten beschäftigte. »Was wisst Ihr über meine Schwester?«

»Ah.« Sie hielt kurz inne; Trauer lag in ihrem Gesicht. »Ich weiß, dass sie ein schlaues kleines Mädchen ist. Ich weiß, dass ihre Eltern sie sehr lieben. Und dass sie vor ungefähr zehn Jahren geboren wurde.«

»Als meine Mutter noch am Leben war.«

Die Aspektin seufzte schwer. »Vaelin, ich möchte dir nicht wehtun, aber du musst verstehen, dass nicht jede Ehe glücklich ist. Deine Mutter und dein Vater haben sich sehr geliebt, aber sie waren auch sehr verschieden. Deine Mutter hat den Krieg gehasst. Während ihrer Zeit beim Orden hat sie genug Kriege erlebt. Aber sie hat die Rolle deines Vaters als Kriegsherr dennoch akzeptiert, weil sie ihn liebte und weil er ein gerechter Mann war, der die Soldaten des königlichen Heers immer daran gehindert hat, schlimmere Greueltaten zu begehen. Doch als der dritte Meldeneische Krieg begann, konnte sie es einfach nicht länger ertragen. Sie wusste, was deinem Vater befohlen worden war, und sie bat ihn, es nicht zu tun. Aber er musste dem König gehorchen.«

»Die Stadt.« *Männer, Frauen und Kinder ... die schreiend in den Flammen umkamen.*

»Ja. Dieses Vorkommnis hat sie beide verfolgt und ihrer Ehe den Todesstoß versetzt. Deine Mutter hat sich von deinem Vater abgewandt. Deshalb war er auch nicht mehr so oft zu Hause. Wo genau er die Frau kennenlernte, die ihm später eine Tochter schenken sollte, weiß ich nicht. Aber nachdem deine Mutter gestorben war und du zum sechsten Orden gebracht wurdest, zogen die beiden in sein Haus ein. Er bat um Erlaubnis, erneut heiraten und das Mädchen zu seiner rechtmäßigen Tochter machen zu können, aber der König lehnte sein Ansinnen ab. Der Kriegsherr sollte als gutes Beispiel dienen, als Vorbild, dem die Menschen nacheifern können. Bald danach trat dein Vater aus dem Dienst des Königs aus.«

»Hat meine Mutter Bescheid gewusst? Über das Mädchen?«

»Ich bezweifle es. Etwa zur selben Zeit wurde sie kränklich. Sie machte sich vor allem Gedanken über deine Zukunft.« Sie streckte die Hand aus und strich ihm das Haar aus der Stirn. »Sie setzte große Hoffnungen in dich. Sie hatte so viel Gutes getan, so viele Menschen geheilt, aber du warst ihr größter Stolz im Leben.«

»Dann bin ich froh, dass sie nicht mehr miterlebt hat, was aus mir geworden ist.« Die Ohrfeige kam so unerwartet, dass Vaelin es nicht schaffte, sie abzuwehren.

»So etwas darfst du niemals sagen!« Ihre Stimme klang wütend, während er sich die schmerzende Wange rieb. »Willst du wissen, was aus dir geworden ist? Ein mutiger junger Mann, der mir das Leben gerettet hat. Ganz zu schweigen von Schwester Sherin. Ich bin sicher, dass die Seele deiner Mutter stolz auf dich ist.«

»Ich bin ein Mörder. Das ist alles, was ich gelernt habe.«

»Du bist ein Krieger im Dienst des Glaubens. Vergiss das nicht. Es mag dir jetzt noch nichts bedeuten, aber das wird es noch.«

»Meine Mutter hätte das nicht gewollt. Dass mein Vater mich an diesen Ort bringt, damit er seine Hure in ihr Haus holen kann ...«

»Es war nicht seine Entscheidung.«

»Dann also ein weiterer Befehl des Königs. Ein Beweis für seine Treue ...«

»Es war der letzte Wunsch deiner Mutter.«

Er hatte das Gefühl, erneut einen Schlag ins Gesicht bekommen zu haben, nur schlimmer diesmal. In seinem Kopf drehte sich alles. *LÜGE! Sie lügt! Meine Mutter hätte das niemals gewollt.*

»Vaelin?«

Er stand von der Bank auf und stolperte von ihr weg, erfüllt von Übelkeit und Verwirrung. Doch seine schwachen Beine trugen ihn nur ein paar Schritte weit, bevor er zusammenbrach und in das Beet mit den wertvollen Orchideen fiel. Seine Augen waren blind von Tränen.

»Vaelin.« Sie hielt ihn fest und wiegte ihn in ihren Armen, während er weinte. »Es tut mir leid, aber du musstest es erfahren.«

»Warum?«, flüsterte er an ihrer Brust. »Warum hat sie das getan?«

»Weil sie den Mut besaß, in dein Herz zu blicken, und weil sie dort gesehen hat, was für ein Mann du einmal werden würdest. Sie hatte zu den Ahnen gebetet, dass du ihre Gabe geerbt hättest und ein Heiler werden würdest, aber als du älter wurdest, stellte sie fest, dass es die Fähigkeiten deines Vaters waren, die dir im Blut liegen. Als Sohn deines Vaters hättest du ein ganz anderes Leben geführt, zwar auch kein freies, aber eines im Dienste des Königs, nicht im Dienste des Glaubens. Der König hatte bereits Pläne für dich, wusstest du das? Du wärest sehr nützlich für ihn gewesen. Deine Mutter hatte jedoch schon ihren Ehemann an den König und seine Pläne verloren, sie wollte ihren Sohn nicht auch noch verlieren. Als es um ihre Gesundheit zunehmend schlechter stand, wurde ihr klar, dass sie nicht mehr lange da sein würde, um dich zu beschützen. Dein Vater jedoch würde stets den Befehlen seines Königs folgen. Sie kannte Aspekt Arlyn aus ihrer Zeit in den cumbraelischen Kriegen und bat ihn, dich in seinen Orden aufzunehmen. Natürlich sagte er zu, obwohl er wusste, dass er dadurch in Konflikt mit der Krone geraten würde. Dein Vater war furchtbar wütend, als deine Mutter ihm davon erzählte, aber da lag sie bereits im Sterben. Sie nahm ihm den Schwur ab, ihr diesen letzten Wunsch zu erfüllen und dich nach ihrem Tod zum Orden zu bringen. Es war sein letzter Akt der Treue ihr gegenüber.« *Loyalität ist unsere Stärke … Loyalität gegenüber dem König … Treue gegenüber einer betrogenen Ehefrau …*

Seine Stimme war nur noch ein Flüstern; Geheimnisse, die tief aus seinem Inneren aufstiegen. »Ich habe sie einmal gehört. In meiner ersten Nacht beim Orden, als ich vor Angst zitternd im Bett lag. Ich habe gehört, wie sie meinen Namen rief.«

Die Aspektin umarmte ihn noch fester. »Sie hat dich sehr geliebt. Als ich dich ihr in die Arme gelegt habe, schien sie regelrecht zu strahlen.«

Ein wenig verwundert rückte er von ihr ab.

Sie lächelte und küsste ihn auf die Stirn. »Ich war bei deiner Geburt dabei, Vaelin Al Sorna. Was für ein schreiendes kleines Bündel du damals warst.«

Fragen. Immer noch so viele Fragen. Aber irgendwie machte es ihm im Augenblick nichts weiter aus, sie unbeantwortet zu lassen. Die Antworten, die sie ihm gegeben hatte, reichten fürs Erste. Die Aspektin hielt ihn noch eine Weile im Arm, bis seine Tränen getrocknet waren, und half ihm dann, zum Ordenshaus zurückzukehren. Zwei Tage später verließ er den fünften Orden und wurde von den Brüdern und Schwestern mit großer Herzlichkeit verabschiedet. Schwester Sherin war nicht anwesend. Die Aspektin hatte sie am Tag zuvor zur Südküste geschickt, wo neuerliche Unruhen viele Verletzte gefordert hatten. Fünf Jahre sollte es dauern, bis Vaelin sie wiedersehen würde.

SECHSTES KAPITEL

Innerhalb weniger Tage hatte er sich vollständig erholt, ohne dass etwas Gravierendes zurückblieb, außer einem leichten Husten in kalten Morgenstunden und einem lebenslangen Argwohn gegenüber allzu liebestollen Frauen, womit es ein Bruder des sechsten Ordens allerdings ohnehin nur selten zu tun bekam. Die Meister des Ordens begegneten ihm bei seiner Rückkehr mit betonter Gleichgültigkeit, was in krassem Gegensatz zu der fröhlichen Verabschiedung durch die Brüder und Schwestern des fünften Ordens stand. Die Brüder seines Trupps benahmen sich natürlich ganz anders, machten einen furchtbaren Wirbel um ihn, ließen ihn eine Woche lang strenge Bettruhe halten und zwangen ihn bei jeder Gelegenheit, etwas zu essen. Selbst Nortah machte dabei mit, auch wenn Vaelin ihm eine gewisse sadistische Freude anmerkte, wenn er das Bettzeug zurechtzog oder ihm einen Löffel Suppe an den Mund hielt. Frentis war am schlimmsten. Er verbrachte jede freie Minute bei Vaelin im Turmzimmer, wachte über ihn und regte sich bei dem kleinsten Husten oder Anzeichen von Krankheit furchtbar auf. Er handelte sich seine erste Tracht Prügel von Meister Sollis ein, weil er nicht zum Schwertunterricht erschienen war – er hatte sich so große Sorgen wegen eines leichten Fiebers gemacht, das Vaelin über Nacht bekommen hatte. Schließlich verbot der Aspekt ihm, den Schlafraum von Vaelins Trupp zu betreten, und drohte sogar damit, ihn aus dem Orden zu werfen.

Als Vaelin endlich kräftig genug war, um sein Bett ohne Hilfe verlassen zu können, galt sein erster Besuch dem Hundezwinger, wo Bosko ihn so stürmisch begrüßte, dass es Vaelin von den Füßen riss. Bosko leckte ihm mit seiner rauhen Zunge das Gesicht ab, während seine rasch heranwachsenden Welpen unter aufgeregtem Gebell um sie herumsprangen.

»Runter von mir, du schweres Vieh!«, knurrte Vaelin und schob unter Mühen den Hund von seiner Brust. Bosko jaulte ein wenig angesichts der Zurückweisung, legte Vaelin dann jedoch liebevoll den Kopf auf die Brust. »Ich weiß.« Vaelin kraulte ihn hinter den Ohren. »Ich habe dich auch vermisst.«

Als er die Ställe besuchte, hieß Speier ihn dort auf seine Weise willkommen. Es dauerte ganze zwei Minuten, und Meister Rensial schwor hinterher Stein und Bein, dass er noch nie ein Pferd so lange hatte furzen hören. »Elender Klepper«, murmelte Vaelin und hielt dem Hengst eine Möhre hin. »Die Reitprüfung steht kurz bevor. Lass mich nicht im Stich, hörst du?«

Caenis fand er auf dem Bogenschießplatz. Er übte gerade, in einer bestimmten Zeit so viele Pfeile wie möglich zu verschießen, was ein wichtiger Bestandteil der Bogenprüfung war. Nach Vaelins Dafürhalten brauchte Caenis eigentlich gar keine Übung mehr – seine Hände bewegten sich so schnell, dass er kaum mit den Augen folgen konnte, während Caenis Pfeil um Pfeil in der Zielscheibe versenkte, die dreißig Schritt entfernt war. Auch Vaelins Fähigkeiten im Bogenschießen hatten sich nach und nach verbessert, aber er wusste, dass er nie an Caenis heranreichen würde, und dieser wurde seinerseits noch von Dentos und Nortah übertrumpft.

»Du liegst ein wenig daneben«, sagte Vaelin, obwohl die Ungenauigkeit in Wahrheit kaum feststellbar war. »Deine letzten Pfeile sind ein Stück nach links gewandert.«

»Ja«, stimmte Caenis zu. »Nach etwa vierzig Pfeilen lässt meine Zielgenauigkeit nach.« Er zog die Sehne aus, und die wohlgeformten Muskeln in seinem Arm spannten sich, bevor er den Pfeil in die Mitte der Zielscheibe schoss. »Etwas besser.«

»Ich wollte dir ein paar Fragen zu dem Meuchelmörder stellen, den du getötet hast.«

Caenis' Miene verfinsterte sich. »Ich habe die Geschichte schon viele Male erzählt, dir, den anderen und den Meistern. So wie du deine sicher auch.«

»Hat er irgendetwas gesagt, bevor du ihn getötet hast?«, erkundigte sich Vaelin

»Ja, er hat gesagt: ›Verschwinde, Junge, oder ich schlitz dir den Bauch auf.‹ Nicht unbedingt Stoff für ein Heldenlied, oder? Ich frage mich, ob ich seine letzten Worte ändern soll, wenn ich die Geschichte niederschreibe.«

»Du willst sie niederschreiben?«

»Natürlich. Eines Tages werde ich die Geschichte unseres Dienstes am Glauben schriftlich festhalten. Meiner Ansicht nach ist unser Orden beim Aufzeichnen seiner Geschichte bisher viel zu nachlässig gewesen. Wusstest du, dass wir der einzige Orden sind, der keine eigene Bibliothek hat? Ich gedenke, eine neue Tradition ins Leben zu rufen.« Er schoss wieder einen Pfeil ab und danach in rascher Folge zwei weitere. Vaelin stellte fest, dass seine Zielgenauigkeit tatsächlich nachgelassen hatte.

Es ist nicht leicht, einen Mann zu töten, und ebenso wenig, darüber zu sprechen. »Hast du ihn gemocht, diesen Bruder Nillin?«

»Er war ein interessanter Mann, der viele Geschichten kannte. Allerdings ist mir erst später aufgefallen, dass seine Liebe vor allem den klassischen Legenden galt. Die alten Lieder, wie sie genannt werden, aus der Zeit, bevor der Glaube sich verbreitet hat. Legenden von Blut und Krieg und von der dunklen Gabe.«

Die dunkle Gabe … Ein Wolf im Wald, ein Wolf, der vor meinem Fenster heult. »Es waren einmal sieben. Weißt du, was das bedeutet?«

Caenis hatte erneut die Sehne ausgezogen, ließ den Bogen nun jedoch sinken. »Wo hast du das gehört?«

»Schwester Henna hat es gesagt, bevor sie das Gift geschluckt hat. Was bedeutet das, Bruder? Ich weiß, dass du es weißt.«

Caenis nahm den Pfeil vom Bogen, steckte ihn in den Köcher an seiner Hüfte zurück und legte den Bogen vorsichtig auf sein Bündel. »Es ist eine Geschichte. Eine Legende, wie die alten Lieder, nur dass es darin um den Glauben geht. Ehrlich gesagt habe ich sie nie für bare Münze genommen. Sie wird nur selten erzählt, und in den Archiven der Orden ist sie nirgendwo aufgezeichnet.«

»Worum geht es darin?«

»Heutzutage gibt es sechs Orden, die dem Glauben dienen. Aber es heißt, dass es einmal sieben gewesen sind. In der Anfangszeit des Glaubens, als die Orden gegründet und die ersten Aspekten gewählt wurden, soll es einen siebenten Orden gegeben haben. Jeder Orden sollte einem Grundaspekt des Glaubens dienen, weshalb die Anführer der einzelnen Orden auch Aspekte genannt werden. Der siebente Orden, so wird behauptet, war der Orden des Dunklen; seine Brüder und Schwester tauchten in die Geheimnisse der dunklen Gabe ein, auf der Suche nach Macht und Wissen, um damit dem Glauben zu dienen. Für gewöhnlich wird angenommen, dass nur die Leugner sich der dunklen Gabe bedienen, aber wenn diese Legende wahr ist, war sie einst ein Teil des Glaubens selbst. Hundert Jahre später soll es dann zu einer Auseinandersetzung gekommen sein. Der siebente Orden wurde immer mächtiger und benutzte seine Kenntnis der dunklen Gabe dazu, sich als Herrscher über die anderen Orden aufzuschwingen. Die Mitglieder des Ordens behaupteten, durch ihr Wissen den Ahnen näher zu sein, ihre Stimmen zu hören und sie damit auch besser deuten zu können als die anderen Orden. Sie hielten sich für die einzig wahren Diener des Glaubens und meinten, ihnen stehe damit das Recht zu, über die anderen zu gebieten. Natürlich durfte das nicht einfach hingenommen werden. Für den Glauben ist es wichtig, dass das Gleichgewicht zwischen den Orden gewahrt bleibt. Einer darf nicht über die anderen gestellt werden. Deshalb kam es zum Krieg unter den Gläubigen, und am Ende wurde der siebente Orden vernichtet. Mit großem Blutvergießen. Das durch diesen Krieg hervorgerufene Durcheinander war so gewaltig, dass das Land in vier Erzlehen zerbrach, die erst unter der Herrschaft unseres geliebten Königs Janus wieder vereint werden konnten. Ob diese Geschichte wahr ist, kann nicht bezeugt werden. Wenn ja, dann ist das alles vor über sechshundert Jahren geschehen, und in den wenigen Büchern, die uns aus jener Zeit erhalten geblieben sind, findet sich nichts darüber.«

»Und dennoch scheinst du die Geschichte sehr genau zu kennen.«

»Du weißt ja, wie ich bin, Bruder.« Caenis lächelte. »Geschichten haben mich schon immer fasziniert. Je phantasievoller, desto besser.«

»Aber du glaubst daran, nicht wahr?« Caenis' Lächeln und seine Bereitschaft, ihm diese Geschichte zu erzählen, weckten in Vaelin einen Verdacht. »Du hast es längst gewusst. Du hast gewusst, dass dieser siebente Orden hinter den Angriffen steckt.«

»Ich habe es vermutet. Es gibt Geschichten, kaum mehr als Legenden, in denen es heißt, der siebente Orden sei nie vollständig ausgelöscht worden. Er habe im Geheimen überlebt und warte nur darauf, irgendwann zurückzukehren und die Oberherrschaft an sich zu reißen, wie er es damals schon vorhatte.«

»Wir müssen zu Meister Sollis und dem Aspekten gehen und ihnen davon berichten.«

»Das habe ich schon getan, Bruder. Gleich nach meiner Rückkehr zum Orden. Ich hatte den Eindruck, dass ich ihnen nichts Neues erzählte.«

Vaelin erinnerte sich an Meister Sollis' Reaktion auf Schwester Hennas Worte und Aspektin Eleras Weigerung, darüber zu sprechen. *Sie wissen Bescheid*, wurde ihm da klar. *Sie wissen es alle. Ein Geheimnis, das die Aspekte jahrhundertelang gewahrt haben. Es waren einmal sieben. Und der siebente Orden lauert im Verborgenen und schmiedet dunkle Pläne. Sie wissen es.*

Plötzlich spürte er eisige Kälte in den Gliedern, obwohl es ein heller, sonniger Tag war. »Danke, dass du dein Wissen mit mir geteilt hast, Bruder«, sagte er und schlang fröstelnd die Arme um sich.

»Das werde ich immer tun, Vaelin«, erwiderte Caenis. »Du weißt, dass es keine Geheimnisse zwischen uns gibt.«

◆ ◆ ◆

Zwei Monate später stand die Reitprüfung an. Sie mussten eine etwa eine Meile lange Strecke durch den Wald und über unwegsames Gelände reiten und am Ende vom Sattel aus drei Pfeile in die Mitte dreier Zielscheiben schießen. Wie nicht anders zu erwarten, tat Nortah sich bei der Prüfung besonders hervor und stellte sogar einen neuen Rekord auf. Doch auch die anderen schlugen sich wacker, selbst Barkus, dessen

Reitkünste die Vaelins kaum übertrafen. Vaelin hatte von Anfang an zu kämpfen. Speier verhielt sich wie üblich äußerst widerspenstig und ging erst zum Galopp über, nachdem Vaelin eine Reihe wüster Drohungen ausgestoßen hatte. Auf der Reitstrecke erzielte er das schlechteste Ergebnis des Tages, und seine Fähigkeiten im Bogenreiten waren höchstens ausreichend, aber immerhin bestand er die Prüfung. Zum ersten Mal fiel auch von den anderen Brüdern niemand durch, und beim Abendessen wurde lautstark gefeiert. Jemand hatte Bier eingeschmuggelt, und es wurde reichlich mit Essen geworfen. Zur Strafe mussten sie am nächsten Morgen splitterfasernackt fünf Runden um den Übungsplatz drehen und im eisigen Fluss schwimmen. Doch sie waren sich alle einig, dass es das wert gewesen war.

Im Laufe der nächsten Wochen erreichten sie immer wieder neue Nachrichten über Unruhen und Krawalle jenseits der Mauern. Leugner, ob nun echte oder nur mutmaßliche, wurden von wütenden Menschenmengen angegriffen, Hunderte starben, und das königliche Heer hatte alle Hände voll zu tun, die öffentliche Ordnung zu wahren. Schließlich ging der Sommer in den Herbst über, und die Lage im Land beruhigte sich wieder etwas. Entgegen der allgemeinen Erwartung kam es zu keinen weiteren Attentaten, keine Armee von Cumbraelern fiel in die Hauptstadt ein – in dem ketzerischen Erzlehen war es sogar so ruhig wie schon seit über zehn Jahren nicht mehr. Der Feuersommer, wie er bald genannt werden sollte, fiel der Erinnerung anheim und ließ lediglich Leichen, Asche und Trauer zurück.

◆ ◆ ◆

Die beiden Aspektanwärter wurden in den Saal geführt – eine Frau Anfang dreißig und ein Mann mit spitzem Gesicht, den Vaelin bereits kannte. Die Frau wurde als Meisterin Liesa Ilnien aus dem zweiten Orden vorgestellt, eine schlichte, würdevolle Gestalt in einem graubraunen Gewand, die den Blicken der Anwesenden mit ruhiger Gelassenheit begegnete. Der schwarz gekleidete Tendris Al Forne aus dem vierten Orden war das genaue Gegenteil. Er musterte die Zuschauer mit einem grimmigen Blick, der fast schon aufsässig wirkte. Von dem merkwürdigen Frohsinn, den er bei seinem Zusammentreffen mit

Vaelin vor drei Jahren an den Tag gelegt hatte, war nichts mehr zu spüren, sein Fanatismus war jedoch geblieben. Er musterte die Anwesenden mit zusammengekniffenen Augen, und als er Vaelin sah, nickte er ihm kurz zu.

Zusammen mit Caenis war Vaelin dazu auserwählt worden, Aspekt Arlyn zu begleiten, offiziell als Wachen, da es dem Ordenshaus gegenwärtig an fertig ausgebildeten Brüdern mangelte, die wegen der angespannten Lage überall im Land im Einsatz waren. Aber Vaelin vermutete, dass der Aspekt ihnen auch etwas darüber beibringen wollte, wie die verschiedenen Orden über den Glauben geboten.

Das Konklave fand im Vortragssaal des Hauses des dritten Ordens statt, einem gewaltigen Raum mit hoher Decke, in dem lange Bänke aufgestellt waren. Neben den Aspekten waren auch viele der bedeutendsten Meister der einzelnen Orden anwesend und durften sich an der Abstimmung beteiligen. Caenis und Vaelin war jedoch vorher deutlich gemacht worden, dass ihre Meinung bei der Zusammenkunft nicht gefragt war.

»Ich hätte mir niemals träumen lassen, einmal hier sein zu dürfen, Bruder«, schwärmte Caenis im Flüsterton, als sie hinter Aspekt Arlyn Platz nahmen. Er zitterte beinahe vor Begeisterung. »Bei der Wahl zweier neuer Aspekten zugegen zu sein, ist wahrlich eine große Auszeichnung.«

Vaelin bemerkte, dass er mehrere Bögen Pergament und ein Stück Holzkohle mitgebracht hatte. »Hast du mit der *Legende des Bruder Caenis* etwa schon begonnen?«

»Eigentlich wollte ich es *Das Buch der fünf Brüder* nennen.«

»Es sind sechs, Frentis mitgerechnet.«

»Keine Sorge, über ihn wird genug berichtet werden.«

Aspekt Silla Colvis vom ersten Orden war ebenfalls anwesend, zusammen mit etwa zwanzig seiner weißgekleideten Meister. Es waren allesamt Männer um die sechzig oder noch älter, und ihre tief zerfurchten Gesichter waren in Andacht versunken – oder sie waren eingeschlafen. Aspektin Elera wurde lediglich von drei Brüdern und zwei Schwestern begleitet, und zu seiner Enttäuschung musste Vaelin feststellen, dass Sherin nicht darunter war.

Aspekt Dendrish Hendrahls Begegnung mit dem Tod hatte deutliche Spuren hinterlassen. War seine Haut früher rosig gewesen wie die eines Schweins, besaß sie nun einen bleichen, grauen Farbton. Seine Augen waren tief in sein feistes Gesicht eingesunken, wie zwei Steine, die in weichen Teig gedrückt worden waren. Er hatte von allen Aspekten die meisten Meister mitgebracht, über dreißig, vorwiegend Männer, die alle denselben Gesichtsausdruck zur Schau stellten und aussahen, als würden sie die Nase rümpfen. Als Aspekt Hendrahl Caenis bemerkte, wurden seine Augen groß, aber er ließ sich nicht dazu herab, seinen jungen Lebensretter zu begrüßen. Wenn überhaupt, schien er Unmut zu empfinden. *Wahrscheinlich war es für ihn nur schwer zu ertragen, von einem von uns gerettet zu werden*, dachte Vaelin.

»Diese beiden sind heute vor uns getreten, um in ihrem Amt bestätigt zu werden«, richtete Aspekt Silla das Wort an die versammelten Vertreter der Orden. »In Übereinstimmung mit dem Glauben haben wir uns zusammengefunden, um über ihre Wahl zu beraten. Nun dürfen Fragen gestellt werden.«

Aspekt Hendrahl war der Erste, der die Hand hob, um eine Frage an Liesa Ilnien zu richten. »Der verstorbene Aspekt, an dessen Stelle Ihr treten wollt«, begann er, bevor er innehielt, um laut in ein Spitzentaschentuch zu husten, »hat den zweiten Orden seit über zwanzig Jahren angeführt. Glaubt Ihr mit ebenso viel Erfahrung aufwarten zu können?«

Die Frau antwortete, ohne zu zögern, die Worte kamen ihr leicht über die Lippen, und sie sprach in ruhigem, bestimmtem Ton. »Ein Aspekt braucht keine Erfahrung. Ein Aspekt ist jemand, der die Werte seines oder ihres Ordens auf ideale Weise verkörpert.«

»Und Ihr erdreistet Euch, darüber zu urteilen, ob Ihr die ideale Verkörperung der Werte Eures Ordens seid?«, verlangte der Aspekt zu wissen. Sein Gesicht rötete sich etwas, aber auf Vaelin wirkte sein Ärger ein wenig gezwungen.

»Ich erdreiste mich, über mich selbst zu urteilen«, erwiderte Meisterin Liesa Ilnien. »Der Glaube lehrt uns die ständige Selbstbeobachtung, denn wer kennt das eigene Herz besser als man selbst?«

»Meisterin Liesa«, sagte Aspektin Elera, bevor Hendrahl noch etwas erwidern konnte. »Habt Ihr viel von unserem Land gesehen?«

»Ich habe alle vier Erzlehen besucht und ein Jahr auf Mission in den

Nordlanden verbracht, wo ich mich darum bemüht habe, die Reiterstämme der großen Ebenen zum Glauben zu bekehren.«

»Ein nobles Unterfangen. Hattet Ihr damit Erfolg?«

»Traurigerweise sind die Reitervölker Außenseitern gegenüber äußerst misstrauisch und halten standhaft an ihrem Irrglauben fest. Wenn es mir vergönnt sein sollte, Aspektin meines Ordens zu werden, habe ich die Hoffnung, weitere Missionen in den Norden schicken zu können. Der Glaube ist ein Segen, der über unsere Grenzen hinaus verbreitet werden sollte.«

»Ein solches Interesse an der Außenwelt scheint den Werten Eures Ordens zu widersprechen«, sagte Aspekt Silla. »Er war stets eine Bastion der geistigen Versenkung und des Nachdenkens, an der die vielen Stürme, die in diesem Land wüten, spurlos vorüberzogen. Würde Eure Arbeit nicht darunter leiden, wenn Ihr Euch stärker mit den rauhen Gegebenheiten der wirklichen Welt befasst?«

»Um sich in Nachdenken zu üben, muss man erst einmal etwas haben, worüber man nachdenken kann. Ein Leben ohne Erfahrung bietet keinen Stoff zum Nachdenken. Wer nicht gelebt hat, kann auch nicht die Geheimnisse des Lebens ergründen.«

Vaelin war beeindruckt von den durchdachten Worten der Frau, doch er bemerkte die Unruhe unter den versammelten Meistern. Ein leises Murmeln erhob sich in den Bankreihen. Caenis neben ihm kritzelte fleißig auf seinem Pergament.

Aspekt Arlyn hob eine Hand, und sofort kehrte Ruhe ein. »Meisterin Liesa, was glaubt Ihr, weshalb der Aspekt Eures Ordens ermordet wurde?«

Die Meisterin neigte einen Moment lang den Kopf, und ihr Gesicht wirkte traurig. »Es gibt Menschen, die unserem Glauben Schaden zufügen wollen«, sagte sie und hob den Kopf wieder, um Aspekt Arlyn in die Augen zu sehen. Ihre Stimme zitterte ein wenig. »Wer diese Menschen sind oder warum sie das getan haben, kann ich mir nicht vorstellen.«

Neben ihr meldete sich zum ersten Mal Bruder Tendris Al Forne zu Wort. »Wenn unsere Schwester sich nicht vorstellen kann, wer uns angreifen könnte, dann kann ich diese Frage vielleicht beantworten.«

»Ihr seid noch nicht an der Reihe«, stellte Aspekt Silla fest.

»Zeigt etwas mehr Respekt, junger Mann«, sagte Aspekt Hendrahl mit einem leisen Keuchen. Vaelin bemerkte, dass sein Taschentuch blutbefleckt war.

»Ich wollte nicht unhöflich sein«, erwiderte Al Forne. »Mir geht es um die Wahrheit. Eine Wahrheit, die einige von uns offenbar nicht auszusprechen wagen.«

»Und was für eine Wahrheit soll das sein?«, fragte Aspektin Elera.

Al Forne hielt inne und holte tief Luft, als wollte er seine Kräfte sammeln. Neben Vaelin verharrte Caenis' Holzkohlestück erwartungsvoll über dem Pergament. »Wir sind zu selbstgefällig geworden«, sagte Al Forne schließlich. »Und das hat uns geschwächt. Einst hat der sechste Orden ausschließlich gegen die Feinde des Glaubens gekämpft, jetzt bewacht er die Grenzen dieses Reiches und tanzt nach der Pfeife der Krone, während Sekten von Leugnern sich in großer Zahl zusammenrotten, ohne auf den geringsten Widerstand zu stoßen. Der fünfte Orden hat früher einmal nur Gläubige geheilt, inzwischen jedoch heißt er jeden willkommen, selbst die Ungläubigen. Und diese werden immer stärker und selbstbewusster, denn sie wissen, dass sie Komplotte gegen uns schmieden können und dennoch in den Genuss unserer Heilkunst kommen. Mein eigener Orden hat einst Aufzeichnungen über die Sekten und Praktiken der Leugner geführt, die Jahrhunderte zurückreichten. Doch vor weniger als drei Monaten wurden sie vernichtet, um noch mehr Platz für die königliche Historie zu schaffen, die wir heutzutage niederschreiben müssen. Ich weiß, dass meine Worte viele in diesem Raum verärgern oder bestürzen werden, aber glaubt mir, Brüder und Schwestern, wir haben den Glauben zu stark mit dem Land und der Krone verknüpft. Und deshalb wurden wir angegriffen. Denn unsere Feinde sehen unsere Schwäche, auch wenn wir selbst sie nicht bemerken.«

Die Stille war beinahe greifbar und wurde nur durch den erstickten Ausruf von Aspekt Dendrish durchbrochen: »Ihr tretet vor uns, um solch … solch ketzerische Reden zu schwingen, und erwartet, dass wir Euch dennoch zum Aspekten machen?«

»Ich bin vor Euch getreten, um die Wahrheit auszusprechen, in der Hoffnung, dass unser Glaube auf den rechten Pfad zurückfinden wird. Was Eure Anerkennung betrifft, so brauche ich sie nicht. Mein Orden hat mich erwählt. Es gab keine Gegenstimmen, und kein anderer Kandidat wird vor Euch treten. Die Grundsätze des Glaubens schreiben vor, dass Ihr vor meinem Amtsantritt zu Rate zu ziehen seid, das ist alles. Habe ich nicht recht, Aspekt Silla?«

Der grauhaarige Aspekt nickte steif, entweder zu bestürzt oder zu wütend, um zu sprechen.

»Dem ist hiermit Genüge getan, und ich danke Euch allen für Eure Aufmerksamkeit. Ich hoffe, dass Ihr meine Worte bedenken werdet. Jetzt muss ich zu meinem Orden zurückkehren, denn es gibt viel zu tun.« Er verneigte sich und verließ forschen Schrittes den Saal.

Im Konklave herrschte wütender Aufruhr. Die Versammelten sprangen von den Bänken auf und riefen Al Forne zornige Beschimpfungen hinterher, wobei die Worte »Ketzer« und »Verräter« am deutlichsten zu vernehmen waren. Al Forne verließ den Saal jedoch, ohne sich noch einmal umzublicken. Der Tumult hielt unvermindert an. Es wurden Rufe laut, dass etwas unternommen werden sollte. Einige Meister forderten Aspekt Arlyn auf, Al Forne festzunehmen und ihn in die Schwarzfeste zu bringen. Aspekt Arlyn blieb jedoch schweigend sitzen.

Vaelin bemerkte, dass Caenis seinen Vorrat an Pergament aufgebraucht hatte und in seinen Taschen fieberhaft nach Nachschub suchte. »Ist so etwas schon einmal vorgekommen?«, fragte Vaelin ihn, wobei er schreien musste, um den Lärm zu übertönen.

»Noch nie«, erwiderte Caenis. Er entdeckte ein weiteres Stück Pergament und hatte es im Nu vollgeschrieben. »In der gesamten Geschichte des Glaubens nicht.«

SIEBENTES KAPITEL

Der Herbst brachte die Bogenprüfung. Wieder gelang es allen Novizen, die Prüfung zu bestehen. Erwartungsgemäß schnitten Caenis, Nortah und Dentos am besten ab, während Barkus' und Vaelins Leistung nur ausreichend war, jedenfalls gemessen an den Normen des Ordens. Als Belohnung durften sie zum Jahrmarkt zur Sommersonnenwende fahren, der wegen der Unruhen um zwei Monate verschoben worden war.

Vaelin und Nortah blieben freiwillig im Ordenshaus. Es gab Gerüchte, dass die Falken noch immer einen Groll gegen sie hegten, und es hatte keinen Zweck, einen Racheakt am Ort ihrer einstigen Demütigung herauszufordern. Nortah war außerdem wenig erpicht darauf, ein Fest zu besuchen, das ihn an die Hinrichtung seines Vaters erinnerte. Stattdessen gingen sie mit Bosko im Wald jagen. Die Nase des Sklavenhundes führte sie rasch zu einem Reh. Nortah schoss dem Tier aus fünfzig Schritt Entfernung einen Pfeil durch den Hals. Anstatt den Kadaver zur Küche des Ordenshauses zu bringen, beschlossen sie, ihn an Ort und Stelle zu schlachten und über Nacht ein Lager aufzuschlagen. Es war ein angenehmer Abend im Wald; der frühe Herbst hatte den Waldboden in eine grünbraune Decke aus Blättern gehüllt, und Sonnenstrahlen fielen durch die kahler werdenden Äste.

»Es gibt eindeutig weniger schöne Orte«, stellte Vaelin fest und schnitt ein Stück von der Rehkeule ab, die an einem Spieß über ihrem Lagerfeuer briet.

»Es erinnert mich an meine Heimat«, sagte Nortah und warf Bosko ein Stück Fleisch hin.

Vaelin verbarg seine Überraschung. Seit der Hinrichtung seines Vaters hatte Nortah kaum noch von seinem Leben vor dem Orden gesprochen. »Wo ist das? Deine Heimat?«

»Im Süden, dreihundert Morgen Land, die an den Hebril grenzen. Das Haus meines Vaters steht am Ufer des Rihl-Sees. In seiner Jugend war es eine Burg gewesen, aber er hatte viele Veränderungen daran vorgenommen. Wir hatten über sechzig Zimmer und einen Stall für vierzig Pferde. Wenn er sich nicht gerade auf Geheiß des Königs in Varinsburg aufhielt, sind wir oft in den Wäldern reiten gegangen.«

»Hat er dir erzählt, was seine Aufgabe am Königshof war?«

»Er hat oft davon erzählt, denn er wollte, dass ich von ihm lerne. Er sagte, dass ich Prinz Malcius eines Tages so dienen werde wie er König Janus. Es war unserer Familie aufgegeben, die engsten Berater des Königs zu stellen.« Er lachte kurz und verbittert.

»Hat er dir je etwas vom Krieg gegen die Meldeneer erzählt?«

Nortah warf ihm einen Seitenblick zu. »Du meinst, als dein Vater die Stadt der Meldeneer niedergebrannt hat? Das hat er nur einmal erwähnt. Er sagte, dass die Meldeneer uns ohnehin schon hassten. Viel schlimmer konnte es eigentlich nicht mehr werden. Außerdem waren sie gewarnt worden, was passieren würde, wenn sie unsere Schiffe und unsere Küste nicht in Frieden ließen. Mein Vater war ein äußerst pragmatischer Mann. Das Niederbrennen der Stadt schien ihn nicht weiter zu bekümmern.«

»Er hat dir nicht gesagt, weshalb er dich hierhergebracht hat, oder?«

Nortah schüttelte den Kopf. Es war schon spät am Abend, und der Glanz des Feuers spiegelte sich hell in seinen Augen. Sein anziehendes Gesicht wirkte düster. »Er hat nur gesagt, dass es sein Wunsch sei, dass ich in den sechsten Orden eintrete. Ich erinnere mich, dass er sich in der Nacht zuvor mit meiner Mutter gestritten hatte, was ungewöhnlich war, weil sie sich eigentlich nie stritten und überhaupt nur wenig miteinander sprachen. Am Morgen erschien sie nicht zum Frühstück, und ich durfte mich auch nicht von ihr verabschieden, als der Karren kam, um mich abzuholen. Ich habe sie seither nicht mehr gesehen.«

Sie verfielen in Schweigen. Vaelin gingen Fragen im Kopf herum, die er lieber nicht stellen wollte.

»Ich weiß, was du denkst«, sagte Nortah.

»Ich habe gar nichts gedacht …«

»Doch, hast du. Und du hast recht. Mein Vater hat mich zum Orden geschickt, weil er wusste, dass dein Vater *dich* hierhergebracht hat. Ich habe dir gesagt, dass sie Rivalen waren, aber ich habe dir längst nicht alles erzählt. Mein Vater hat den Kriegsherrn zutiefst verabscheut. Eine Zeit lang redete er ständig nur darüber, wie seine Position bei Hofe von einem aus der Gosse stammenden Schlächter untergraben wurde. Es ärgerte ihn maßlos, dass dein Vater beim Volk so beliebt war, was meinem Vater nie vergönnt war. Durch seine adlige Herkunft war er nicht Teil des Volkes, aber dein Vater war ein gewöhnlicher Mann, der durch eigene Kraft aufgestiegen war. Als er dich zum Orden geschickt hat, war das ein starkes Symbol seiner Treue gegenüber dem Glauben und dem Land, ein öffentliches Opfer, mit dem man nur auf eine einzige Art mithalten konnte.«

»Es tut mir leid …«

»Du musst dich nicht entschuldigen. Du bist ebenso ein Opfer deines Vaters wie ich des meinen. Ich habe Jahre gebraucht, um zu begreifen, weshalb er das getan hat, und irgendwann ist es mir einfach wie Schuppen von den Augen gefallen. Er hat mich aufgegeben, um seine Stellung bei Hofe zu verbessern.« Er lächelte trocken und humorlos. »Wie es scheint, hat unser geliebter König wenig auf seine Geste gegeben.«

Ich bin nicht das Opfer meines Vaters, dachte Vaelin. *Meine Mutter hat mich hierhergesandt, um mich zu beschützen.* Er ließ den Gedanken unausgesprochen, denn er wollte Nortah damit nicht unnötig belasten.

»Irgendwie ist es doch paradox, nicht wahr?«, sagte Nortah nach einer Weile. »Wenn man uns nicht in den Orden gebracht hätte, wären wir wahrscheinlich Feinde geworden, wie unsere Väter. Und unsere Söhne wären Feinde geworden und vielleicht sogar ihre Söhne danach und immer so weiter. So endet es zumindest, bevor es anfangen konnte.«

»Du klingst beinahe zufrieden mit deinem Leben im Orden.«

»Zufrieden? Nein, aber ich habe inzwischen akzeptiert, dass das jetzt mein Leben ist. Wer kann sagen, was die Zukunft bringen wird?« Bosko gähnte, und seine Zähne blitzten im Feuerschein. Dann trottete er zu Vaelin und ließ sich an seiner Seite nieder, um sich schlafen zu legen. Vaelin streichelte seine Flanke und streckte sich auf seiner Decke aus. Er blickte zum Himmel empor und suchte nach Mustern in den Sternen, während er darauf wartete, dass sich der Schlaf einstellte.

»Ich ... habe das Gefühl, dass ich dir etwas schuldig bin«, sagte Nortah.

»Etwas schuldig?«

»Du hast mir das Leben gerettet.«

Vaelin wurde bewusst, dass Nortah auf seine Weise versuchte, sich bei ihm zu bedanken. Nicht zum ersten Mal fragte er sich, was Nortah für ein Mann geworden wäre, wenn sein Vater ihn nicht zum Orden geschickt hätte. Ein zukünftiger Erster Minister? Ein Schwert des Königs? Womöglich sogar ein Kriegsherr? Aber er bezweifelte, dass er jemand geworden wäre, der seinen eigenen Sohn weggab, nur um einen Rivalen zu übertrumpfen.

»Ich weiß nicht, was die Zukunft bringen wird«, sagte Vaelin schließlich. »Aber es wird sicher zahlreiche Gelegenheiten für dich geben, deine Schuld zu begleichen.«

◆ ◆ ◆

Es gehörte zur Eigenart des Lebens im Orden, dass ihre Ausbildung umso härter wurde, je älter sie wurden. Ihre Fähigkeiten wurden immer stärker – zurechtgeschliffen wie die Klinge eines Schwertes. Als der Herbst in den Winter überging, verbrachten sie doppelt und schließlich dreimal so viel Zeit mit Schwertübungen, bis sie kaum noch etwas anderes taten. Meister Sollis wurde ihr einziger Ausbilder, während die anderen Meister sich von nun an mit den jüngeren Novizen befassten. Das Schwert wurde ihr Leben. Der Grund dafür war kein großes Geheimnis: Im nächsten Jahr stand die Schwertprüfung an. Dann würden sie mit dem Schwert in der Hand drei Verurteilten gegenübertreten und entweder siegen oder sterben.

Sie begannen mit den Schwertübungen in der siebenten Stunde und machten den ganzen Tag weiter, nur unterbrochen von den kurzen Essenspausen oder Auffrischungsstunden im Bogenschießen oder Reiten. An jedem Morgen führte Meister Sollis ihnen eine Schwertkombination vor, ein kurzer Tanz aus Stößen, Schlägen und Paraden, und befahl ihnen dann, sie nachzumachen. Wenn es ihnen nicht gelang, sie genauestens zu wiederholen, mussten sie zur Strafe eine Runde um den Übungsplatz rennen. An den Nachmittagen tauschten sie ihre Schwerter gegen hölzerne Nachbildungen und gingen gegenseitig in Wettkämpfen, die ihnen zahllose blaue Flecke bescherten, aufeinander los.

Vaelin wusste, dass er der beste Schwertkämpfer unter ihnen war. Dentos war der Meister im Bogenschießen, Barkus im unbewaffneten Zweikampf. Nortah war der beste Reiter, und Caenis kannte sich in der Wildnis aus wie ein Wolf, aber das Schwert war Vaelins Stärke. Er konnte nicht erklären, was für ein Gefühl er dabei empfand. Die Klinge war ein Teil von ihm, eine Verlängerung seines Arms. Er sah die Bewegungen seines Gegners voraus, parierte Schläge, die anderen zum Verhängnis geworden wären, und durchbrach selbst die schwierigste Verteidigung. Es dauerte nicht lange, bis Meister Sollis ihn beiseitenahm.

»Du wirst von nun an gegen mich kämpfen«, sagte er zu Vaelin, während sie einander mit erhobenen Holzschwertern gegenüberstanden.

»Eine Ehre, Meister«, sagte Vaelin.

Sollis' Schwert schlug gegen sein Handgelenk, und das Holzschwert fiel ihm aus der Hand. Vaelin versuchte zurückzuspringen, aber Sollis war schneller. Seine Eschenholzklinge bohrte sich in Vaelins Magen und presste ihm die Luft aus den Lungen. Er sackte zu Boden.

»Man sollte einem Gegner stets mit Respekt begegnen«, sagte Sollis zu den anderen, während Vaelin darum rang, seinen Mageninhalt für sich zu behalten. »Aber nicht zu sehr.«

◆ ◆ ◆

Im Winter musste Frentis die Wildnisprüfung bestehen, und sie versammelten sich auf dem Hof, um ihn mit ein paar guten Ratschlägen zu verabschieden.

»Halte dich von Höhlen fern«, sagte Nortah.

»Töte und esse alles, was du finden kannst«, sagte Caenis.

»Verlier nicht deinen Feuerstein«, riet Dentos.

»Und wenn es einen Sturm gibt«, sagte Vaelin, »bleib in deinem Unterschlupf und höre nicht auf den Wind.«

Nur Barkus hatte nichts zu sagen. Die Erinnerung daran, wie er während der Prüfung Jennis' Leiche gefunden hatte, war noch zu frisch, und er begnügte sich deshalb damit, Frentis auf die Schulter zu klopfen.

»Ich freu mich schon drauf«, sagte Frentis fröhlich und nahm seinen Rucksack. »Fünf Tage außerhalb der Mauern. Keine Leibesübungen und keine Prügel. Ich kann es kaum erwarten.«

»Fünf Tage der Kälte und des Hungers«, erinnerte Nortah ihn.

Frentis zuckte mit den Achseln. »Ich habe auch früher schon gehungert. Und gefroren. Daran werde ich mich sicher schnell wieder gewöhnen.«

Vaelin war erstaunt, wie kräftig Frentis in den zwei Jahren seit seinem Ordenseintritt geworden war. Er war jetzt schon fast so groß wie Caenis, und seine Schultern schienen mit jedem Tag breiter zu werden. Und nicht nur körperlich hatte er sich verändert. Er klang nicht mehr so jammerig wie noch als kleiner Junge, und er stellte sich jeder Herausforderung mit blindem Vertrauen in seine eigenen Fähigkeiten. Es war wenig überraschend, dass er sich zum Anführer seines Trupps entwickelt hatte, auch wenn er auf Kritik nicht selten mit Wutausbrüchen und manchmal sogar mit Gewalt reagierte. Nun sahen sie zu, wie er zu den anderen Jungen auf den Karren stieg. Meister Hutril schnalzte mit den Zügeln und steuerte den Karren durch das Tor, und Frentis winkte ihnen grinsend zu.

»Er wird es schaffen«, versicherte Caenis Vaelin.

»Klar wird er das«, sagte Dentos. »Er wird einer von denen sein, die nach der Prüfung wohlgenährter sind als vorher.«

◆ ◆ ◆

Die Tage vergingen langsam, während sie übten und ihre Wunden pflegten. Und Vaelins Sorge um Frentis wuchs. Vier Tage nach der Abreise des Jungen hatte ihn eine merkwürdig düstere Vorahnung beschlichen, und bald schon konnte er an nichts anderes mehr denken.

Seine Fähigkeiten im Schwertkampf verschlechterten sich unterdessen, und er zog sich heftige Blutergüsse zu, was er jedoch kaum bemerkte. Er konnte einfach das Gefühl nicht loswerden, dass irgendetwas nicht stimmte. Dieses Gefühl war ihm inzwischen wohlvertraut, und er hatte gelernt, darauf zu hören, doch diesmal war es stärker. Es quälte ihn unablässig, wie eine Melodie, die ihm nicht mehr aus dem Kopf wollte.

Am Abend des fünften Tages fand er sich am Tor wieder, seinen Umhang um sich gezogen, und hielt in der tiefer werdenden Dunkelheit nach dem Karren Ausschau, der Frentis in die Sicherheit des Ordenshauses zurückbringen würde.

»Was tun wir hier eigentlich?«, fragte Nortah, dessen Gesicht in der eisigen Kälte der Winternacht einmal ausnahmsweise nicht anziehend wirkte. Die anderen befanden sich alle im Turmzimmer. Die Übungen waren heute schwierig gewesen – schwieriger noch, als sie es gewohnt waren –, und sie hatten vor dem Abendessen einige Schnittwunden zu versorgen.

»Ich warte auf Frentis«, erwiderte Vaelin. »Wenn dir kalt ist, dann geh doch rein.«

»Ich habe nicht gesagt, dass mir kalt ist«, murrte Nortah, blieb jedoch an Vaelins Seite.

Endlich, als schon die ersten Sterne am klaren Winterhimmel auftauchten, kam der Karren in Sicht. Meister Hutril fuhr auf das Tor zu. Auf der Ladefläche saßen vier Jungen, drei weniger, als er fünf Tage zuvor mit dem Karren hinausgefahren hatte. Noch bevor die Hufe des Zugpferdes über das Pflaster des Hofes klapperten, wusste Vaelin, dass Frentis nicht unter ihnen war.

»Wo ist er?«, fragte er Meister Hutril, als der Karren anhielt.

Der Meister sah über die Unhöflichkeit der Frage hinweg und musterte Vaelin mit ausdruckslosem Blick. »War nicht da«, sagte er und stieg vom Karren hinunter. »Ich muss mit dem Aspekten reden. Bleibt hier.« Damit stapfte er zu den Gemächern des Aspekten. Vaelin hielt es ganze zehn Sekunden aus, bevor er hinterherrannte.

Meister Hutril blieb einige Zeit in den Gemächern des Aspekten. Als er wieder herauskam, ging er an Vaelin vorbei, ohne ihn oder seine Fragen zu beachten. Die Tür des Aspekten blieb fest geschlossen, und Vaelin trat einen Schritt vor, um anzuklopfen.

»Nein!« Nortah packte ihn am Handgelenk. »Bist du verrückt?«

»Ich muss es wissen.«

»Du wirst abwarten müssen.«

»Abwarten? Worauf? Auf das Schweigen? Wie bei Mikehl oder Jennis? Wir zünden ein Feuer an, sagen ein paar Worte, und ein weiterer unserer Brüder ist tot und vergessen, so als wäre er nie da gewesen.«

»Die Wildnisprüfung ist hart, Bruder ...«

»Nicht für ihn! Für ihn war es ein Leichtes ...«

»Das weißt du nicht. Du weißt nicht, was jenseits der Mauern passiert ist.«

»Ich weiß, dass er sich niemals von Hunger oder Kälte hätte unterkriegen lassen. Dafür war er zu stark.«

»Trotz seiner Stärke war er noch ein Junge. So wie wir, als man uns in die Kälte und Dunkelheit hinausgeschickt hat.«

Vaelin befreite sich aus seiner Umklammerung und fuhr sich mit den Fingern verzweifelt durchs Haar. »Ich glaube nicht, dass er jemals ein Junge gewesen ist.«

Das Klappern von Stiefelabsätzen auf Stein ließ sie aufblicken, und sie sahen Meister Sollis auf sich zukommen. »Was macht ihr zwei hier?«, verlangte er zu wissen, als er vor der Tür des Aspekten stehen blieb.

»Wir warten auf Neuigkeiten über unseren Bruder, Meister«, erwiderte Vaelin ruhig.

Sollis' Gesicht wirkte einen Moment lang verärgert, aber schließlich griff er nach der Türklinke und sagte: »Dann wartet.« Damit ging er hinein.

Meister Sollis' Gespräch mit dem Aspekten dauerte höchstens fünf Minuten, aber Vaelin kam es wie eine Stunde vor. Irgendwann wurde die Tür abrupt geöffnet, und Meister Sollis bedeutete ihnen, dass sie eintreten sollten. Sie sahen den Aspekten hinter seinem Tisch, sein langes Gesicht so ausdruckslos wie eh und je, doch der Blick, mit dem er Vaelin musterte, wirkte berechnend, als würde das bevorstehende Gespräch mehr Bedeutung haben, als Vaelin ermessen konnte.

»Bruder Vaelin«, sagte der Aspekt. »Weißt du, ob Bruder Frentis außerhalb dieser Mauern Feinde hatte?«

Feinde ... Vaelin spürte, wie ihm das Herz in die Kniekehlen rutschte. *Er hat ihn gefunden. Ich konnte ihn nicht beschützen.* »Es gibt da einen

Mann, Aspekt«, erwiderte er niedergeschlagen. »Den Anführer der Verbrecher in Varinsburg. Bevor Bruder Frentis dem Orden beigetreten ist, hat er ihn mit einem Wurfmesser ins Auge getroffen. Wie ich hörte, hasst der Mann ihn dafür immer noch.«

Meister Sollis stieß ein verärgertes Schnauben aus, und Nortah schien erstaunlicherweise einmal nicht zu wissen, was er sagen sollte.

»Und es ist dir nicht in den Sinn gekommen, mir oder Meister Sollis davon zu erzählen?«, sagte der Aspekt.

Vaelin konnte nur schweigend den Kopf schütteln.

»Du arroganter Narr«, sagte Meister Sollis, wobei er jedes einzelne Wort betonte.

»Ja, Meister.«

»Was geschehen ist, ist geschehen«, sagte der Aspekt. »Hast du irgendeine Ahnung, wohin dieser Einäugige unseren Bruder bringen könnte?«

Vaelins Kopf ruckte hoch. »Er ist am Leben?«

»Meister Hutril hat eine Leiche gefunden, aber es war nicht die von Bruder Frentis, auch wenn dem Unglücklichen ein Jagdmesser des Ordens in der Brust steckte. Es gab Anzeichen eines heftigen Kampfes, mehrere Blutspuren, aber keinen Hinweis auf Bruder Frentis.«

Sie haben irgendwie in Erfahrung gebracht, wo er sein würde. Wie dumm von mir zu glauben, dass Einauges Komplizen ihn nicht finden würden. Wahrscheinlich sind sie dem Karren gefolgt und haben ihn im Wald geschnappt. Er erinnerte sich wieder an die Worte von Gallis dem Kletterer: *Einauge sagt, dass er ihm eigenhändig die Haut abziehen wird, sollte er ihn je in die Finger bekommen …*

»Ich werde ihn zurückholen«, sagte Vaelin zum Aspekten, seine Stimme kalt vor Entschlossenheit. »Ich werde seine Entführer töten und ihn zum Orden zurückbringen. Lebendig oder tot.«

Die Augen des Aspekten huschten zu Meister Sollis.

»Was brauchst du dafür?«, fragte Sollis.

»Einen halben Tag außerhalb der Mauern, meine Brüder und meinen Hund.«

◆ ◆ ◆

Bosko schien zu wissen, was von ihm erwartet wurde. Er schnüffelte an dem Socken, den sie unter Frentis' Bett gefunden hatten, und rannte mit kurzem Bellen los. Vaelin hatte ihn zu der Straße gebracht, die zum Nordtor von Varinsburg führte, bevor er den Socken hervorgeholt hatte. Die offensichtliche Freude des Sklavenhundes darüber, die Mauern des Ordenshauses verlassen zu können, wurde nur etwas von ihrer düsteren Stimmung gedämpft. Sie liefen hinter ihm her und mussten sich alle Mühe geben, ihn nicht aus den Augen zu verlieren. Der Sklavenhund legte ein ordentliches Tempo vor, während er einem gewundenen Pfad folgte, der von der Straße weg auf das Ufer des Salzflusses zuführte. Schließlich blieb er stehen und kratzte mit den Pfoten unsicher über einen Schlammstreifen in der Nähe einer seichten Stelle am Ufer. Ein klagendes Jaulen drang aus seiner Kehle, und mit der Nase stupste er etwas an, das im Fluss lag. Beim Anblick der in einen blauen Umhang gehüllten Leiche, die mit dem Gesicht nach unten im Wasser lag, packte Vaelin die Verzweiflung.

Er sprang in das flache Wasser, watete zu der Leiche und drehte sie mit Hilfe seiner Brüder auf den Rücken.

»Wer ist der Mistkerl?«, fragte Dentos.

Der Tote war klein, kaum größer als Frentis, mit einem pockennarbigen Gesicht, und er hatte eine frische Schnittwunde an der Wange.

»Die Leiche ist völlig ausgeblutet«, stellte Nortah angesichts der bleichen Gesichtsfarbe fest und riss sein Hemd auf. Eine weitere Stichwunde im Unterleib kam zum Vorschein. »Vielleicht das Werk unseres kleinen Bruders.«

Vaelin zog der Leiche den Umhang aus, und sie untersuchten sie auf Hinweise, die auf Frentis' Verbleib hindeuten könnten. Doch außer etwas durchweichtem Pfeifentabak fanden sie nichts.

»Ich würde sagen, es waren fünf Pferde«, sagte Caenis, der sich niedergekniet hatte, um die Spuren im Uferschlamm zu betrachten. »Der Mann ist während der Flussdurchquerung vom Pferd gefallen. Deshalb haben sie ihm alles Wertvolle abgenommen und ihn einfach hier liegen lassen.«

»Und ich habe die Gesetzlosen immer für so bewundernswert gehalten«, bemerkte Nortah.

»Bruder«, sagte Barkus, stieß Vaelin an und deutete auf Bosko, der eifrig das Gras am Ufer beschnüffelte. Nach einem Moment hob der Sklavenhund den Kopf und rannte davon. Er folgte dem Flusslauf, und die Jungen stürmten hinterdrein. Ein paar hundert Schritte von der Stadtmauer entfernt blieb Bosko schließlich erneut stehen und umrundete einige parallele Furchen in der Erde.

»Karrenräder«, sagte Caenis. »Sie haben ihn auf einem Karren versteckt, um ihn durchs Tor zu schmuggeln.« Bosko war schon wieder weitergerannt und lief auf das Nordtor zu. Die Stadtwachen winkten sie mit verwirrten Gesichtern durch, ohne sie zur Rede zu stellen. Dem Orden stellte man keine Fragen. Es überraschte Vaelin nicht, dass Bosko sie schnell ins Südviertel führte.

Die Straßen waren nahezu leer, abgesehen von ein paar Betrunkenen und Huren, die jedoch meist rasch das Weite suchten, wenn sie die fünf Ordensbrüder sahen, die hinter einem riesigen Hund herrannten. Irgendwann blieb Bosko stehen, seine Haltung angespannt. Seine Schnauze deutete auf eine Taverne, die in einer dunklen Gasse lag. Auf dem Schild über der Tür stand »Zum Schwarzen Eber«. Hinter den Fenstern leuchtete das trübe Licht einer Lampe, und sie hörten das heisere Lärmen betrunkener Stimmen. Bosko begann leise und gefährlich zu knurren.

Vaelin ging in die Hocke und streichelte sanft seinen Kopf. »Platz«, befahl er.

Der Hund gab ein klagendes Jaulen von sich, während sie auf die Schänke zugingen, blieb jedoch gehorsam sitzen.

»Was nun?«, fragte Dentos, als sie vor der Eingangstür stehen blieben.

»Ich dachte, wir fragen sie, wo Frentis ist«, erwiderte Vaelin. »Und dann werden wir sehen, ob wir alle wirklich so gut ausgebildet sind, wie wir meinen.«

Das fröhliche Johlen der Gäste erstarb augenblicklich, als sie ihrer ansichtig wurden. Ein ganzer Raum voll ungewaschener und vorzeitig gealterter Gesichter starrte ihnen mit einer Mischung aus Furcht und greifbarem Hass entgegen. Der Mann hinter der Theke war großgewachsen und kahlköpfig und eindeutig nicht besonders erfreut, sie zu sehen.

»Guten Abend, mein Herr!«, grüßte Nortah ihn und ging auf die Theke zu. »Ein hübsches Etablissement habt Ihr hier.«

»Ordensbrüder sind bei uns nicht willkommen«, sagte der Mann hinter der Theke. Vaelin bemerkte den dünnen Schweißfilm auf seiner Oberlippe. »Ihr hättet nicht herkommen sollen. Ihr habt hier nichts zu suchen.«

»Oh, keine Sorge, mein Bester.« Nortah klopfte dem Mann auf die Schulter. »Wir wollen keinen Ärger. Wir wollen nur unseren Bruder wiederhaben. Den, der vor ein paar Jahren deinem Boss ein Auge ausgestochen hat. Sei doch so nett und sag uns, wo wir ihn finden können, dann lassen wir dich und deine Gäste am Leben.«

Wütendes Gemurmel machte sich in der Menge breit, und der Mann hinter der Theke leckte sich über die Lippen. Sein kahler Schädel glänzte nun ebenfalls von Schweiß. Sein Blick huschte kurz nach rechts, bevor er wieder Nortah ansah. »Hier gibt es keine Brüder«, sagte er.

Nortah zeigte ihm sein strahlendstes Lächeln. »Oh, da bin ich anderer Meinung. Sag mir, wusstest du, dass ein Mensch noch mehrere Stunden überleben kann – unter schrecklichen Schmerzen natürlich –, nachdem ihm der Bauch aufgeschlitzt wurde?«

Vaelin betrachtete die Stelle, wohin der Blick des Mannes gewandert war, sah jedoch wenig außer den unruhigen Füßen der nervösen Gäste und dem staubigen Boden. Doch! Da, neben dem Kamin, befand sich eine saubere Stelle, etwa einen Quadratmeter groß. Als er darauf zuging, um sie sich genauer anzusehen, stand ein Mann von einem der Tische auf – ein muskulöser Kerl mit großen Fäusten und einer eingedrückten Nase, die an die eines Preisboxers erinnerte.

»Wo willst du hin …?«

Vaelin rammte ihm im Vorbeigehen die Faust in die Kehle, und er sackte keuchend auf den staubigen Boden. Stühle kratzten über die Dielen, als die anderen Gäste aufsprangen, und das wütende Gemurmel wurde lauter. Vaelin ging in die Hocke, um die staubfreie Stelle vor dem Kamin zu betrachten, die sich recht schnell als Falltür entpuppte. *Hervorragend eingepasst*, stellte er fest, als er mit den Fingern den Spalt entlangfuhr.

»Ihr habt kein Recht, meine Gäste anzugreifen und Drohungen auszustoßen«, schrie der Mann hinter der Theke, während Vaelin sich aufrichtete. »Kein Recht!«

Die Gäste der Schänke ließen zustimmende Rufe hören. Die meisten von ihnen waren inzwischen aufgestanden, und viele hielten Messer oder Knüppel in den Händen.

»Ordensgesindel«, fauchte einer von ihnen, der ein Messer mit breiter Klinge gezückt hatte. »Habt hier nichts verloren. Gehört zurechtgestutzt.«

In einer fließenden Bewegung hatte Nortah sein Schwert gezogen, und der Mann starrte auf die Stelle seiner Hand, wo die Finger abgetrennt waren, während das Messer klirrend zu Boden fiel.

»Kein Grund, unhöflich zu werden, mein Herr«, warnte Nortah ihn streng.

Die restlichen Gäste wichen ein wenig zurück, und Schweigen breitete sich aus. Nur das Wimmern des Mannes mit der verstümmelten Hand und die rasselnden Atemzüge des Preisboxers, den Vaelin niedergeschlagen hatte, waren zu hören. *Sie haben Angst*, dachte Vaelin, während er in die Gesichter der Gäste sah. *Aber nicht genug, um wegzulaufen. In der Menge fühlen sie sich stark.*

Er steckte zwei Finger in den Mund und stieß einen gellenden Pfiff aus. Er hätte erwartet, dass Bosko durch die Tür hereinkommen würde, doch offenbar sah der Sklavenhund in dem Fenster kein Hindernis. Die Glasscheibe zerbarst unter lautem Splittern, und der dunkle, muskelbepackte Leib des knurrenden Hundes landete mitten im Raum. Er schnappte wild nach den Gästen in seinem Umkreis.

Innerhalb kürzester Zeit hatte sich die Schänke geleert, bis auf die beiden verletzten Gäste und den Mann hinter der Theke, der einen klobigen Knüppel umklammert hielt und sie mit furchtsam geweiteten Augen ansah.

»Warum bist du noch hier?«, fragte Dentos ihn.

»Wenn ich einfach weglaufe, ohne Widerstand zu leisten, wird er mich umbringen«, antwortete der Kahlköpfige.

»Einauge wird diese Nacht nicht überleben«, versicherte Vaelin ihm. »Und jetzt verschwinde.«

Der Mann hinter der Theke musterte sie noch einmal nervös, bevor er den Knüppel fallen ließ und zur Hintertür rannte.

»Barkus«, sagte Vaelin. »Hilf mir mal.«

Sie schoben ihre Jagdmesser in den Spalt zwischen Fußboden und Falltür und hebelten sie auf. Das Loch, das darunter zum Vorschein kam, führte direkt in einen trübe erleuchteten Keller. In etwa zehn Fuß Tiefe sah Vaelin Feuerschein über Steinboden flackern. Er trat zurück, zog sein Schwert und wollte schon hinunterspringen, doch da hatte Bosko schon die neue Fährte aufgenommen und sah keinen Grund zur Zurückhaltung. Er hetzte an Vaelin vorbei und verschwand in dem Loch. Kurz darauf deuteten erschrockene und schmerzerfüllte Schreie, von Boskos lautem Knurren begleitet, darauf hin, dass er einige der Widersacher gefunden hatte.

»Ob er uns wohl noch ein paar übrig lässt?«, fragte Barkus und verzog das Gesicht.

Vaelin sprang durch das Loch, kam auf dem Steinboden auf und rollte sich ab, um sich mit erhobenem Schwert wieder aufzurichten. Seine Brüder folgten seinem Beispiel. Der Kellerraum war groß, mindestens zwanzig Fuß breit, und von Fackeln erleuchtet, die an den Wänden aufgesteckt waren. Zur Rechten ging ein Tunnel ab. Auf dem Kellerboden lagen die Leichen zweier Männer mit herausgerissener Kehle; Bosko hockte auf einem von ihnen und leckte sich die blutige Schnauze. Als er Vaelin sah, bellte er kurz und verschwand dann im Tunnel.

»Er folgt immer noch der Fährte.« Vaelin nahm eine Fackel von der Wand und rannte hinter dem Sklavenhund her.

Der Tunnel schien sich endlos hinzuziehen. Tatsächlich dauerte es aber nur wenige Minuten, bis sie eine große gewölbte Kammer erreichten. Sie war allem Anschein nach schon sehr alt; sorgsam verfugtes Mauerwerk strebte auf allen Seiten zu einer elegant geschwungenen Decke hinauf. Eine gefliese Treppe führte zu einem kreisförmigen Raum mit einem großen Eichenholztisch, auf dem verschiedenes Gold- und Silbergeschirr stand. An dem Tisch saßen sechs Männer und spielten Karten, einen Haufen Münzen vor sich. Sie starrten Vaelin und Bosko fassungslos an.

»Wer im Namen der Ahnen seid ihr?«, fragte einer von ihnen, ein großer Mann mit ausgemergeltem Gesicht. Vaelin bemerkte die geladene Armbrust auf dem Stuhl neben ihm. Die anderen fünf Männer hatten allesamt Schwerter oder Äxte in Reichweite.

»Wo ist mein Bruder?«, verlangte Vaelin zu wissen.

Der Mann, der gesprochen hatte, sah von Vaelin zu Bosko und entdeckte das Blut an der Schnauze des Hundes. Als er Barkus und die anderen aus dem Tunnel hinter Vaelin treten sah, erbleichte er sichtlich.

»Du bist hier falsch, Bruder«, sagte der Mann, und Vaelin bewunderte ihn dafür, wie gut es ihm gelang, das Zittern in seiner Stimme zu unterdrücken. »Einauge hat es nicht gern, wenn jemand ...« Seine Hand griff nach der Armbrust. Wie ein Blitz setzte Bosko über den Tisch hinweg und packte den Mann an der Kehle. Der Bolzen aus der Armbrust schlug in der Decke ein. Die anderen fünf Männer waren aufgesprungen und hielten nun ihre Waffen in den Händen. Sie wirkten ängstlich, machten aber keine Anstalten zu fliehen. Für Vaelin war die Unterhaltung damit beendet.

Der stämmige Mann, den er angriff, täuschte links an, um seine Axt unter Vaelins Deckung hochzureißen, doch er war viel zu langsam. Vaelin stach ihm, bevor er die Axt schwingen konnte, mit der Schwertspitze in die Kehle. Aufgespießt auf der Klinge glotzte der Mann Vaelin an, seine Augen quollen hervor, und das Blut rann ihm aus dem Mund. Vaelin zog seine Klinge zurück, und zuckend fiel der Mann zu Boden.

Als Vaelin sich umdrehte, sah er, dass seine Brüder bereits die anderen vier Gegner erledigt hatten. Barkus wischte mit grimmiger Miene seine Schwertklinge am Wams des Mannes ab, den er getötet hatte; eine Lache aus dickflüssigem Blut breitete sich auf den Fliesen aus. Dentos ging in die Hocke, um ein Wurfmesser aus der Brust seines Gegners zu ziehen. Vaelin meinte zu sehen, wie er dabei ein paar Tränen wegblinzelte. Nortah starrte auf den Mann hinab, den er umgebracht hatte; Blut tropfte von seinem gesenkten Schwert, sein Gesicht eine erstarrte Maske. Nur Caenis wirkte vollkommen unbekümmert, während er das Blut von seiner Klinge wischte und mit dem Fuß gegen den Leichnam vor sich trat, um sicherzugehen, dass der Mann auch wirklich tot war. Vaelin wusste, dass es nicht der erste Mensch war, den Caenis getötet hatte, dennoch fand er die Gleichgültigkeit seines Bruders beunruhigend. *Bin ich womöglich doch nicht der einzige geborene Mörder unter uns?* Ein letztes Mal zerrte Bosko an der Kehle des großen Mannes, und dessen Genick brach mit einem lauten Knacken. Nun ließ der Hund von der Leiche ab und streunte mit zuckender Nase durch die Kammer, auf der Suche nach Frentis' Geruch.

»Interessantes Gewölbe«, sagte Caenis, ging zu einer der Säulen, von denen die Decke gehalten wurde, und strich mit der Hand über die Mauersteine. »Mit großer Kunstfertigkeit errichtet. So etwas sieht man in der Stadt heute nicht mehr. Es muss sehr alt sein.«

»Ich dachte, es sei Teil der Kanalisation«, sagte Dentos. Er hatte dem Mann, den er getötet hatte, den Rücken zugekehrt und stand nun zitternd und mit verschränkten Armen da, als würde er frieren.

»O nein«, erwiderte Caenis. »Das hier ist etwas ganz anderes, da bin ich mir sicher. Schaut euch das Motiv an.« Er deutete auf ein merkwürdiges Steinrelief an der Säule. »Ein Buch und eine Schreibfeder. Das ist ein altes Wahrzeichen des Glaubens, das für den dritten Orden steht – ein Siegel, das schon lange nicht mehr benutzt wird. Dieses Gewölbe muss in der Gründungszeit der Stadt entstanden sein, als es den Glauben noch nicht lange gab.«

Vaelins Blick war auf Bosko gerichtet, doch Caenis' Worte fesselten ihn. Als er sich in der Kammer umsah, stellte er fest, dass es insgesamt sieben Säulen gab, die zur Decke emporstrebten und an deren Sockel sich jeweils ein anderes Relief mit einem Wahrzeichen befand. »Es waren einmal sieben«, murmelte er.

»Natürlich!«, rief Caenis begeistert und lief durch die Kammer, um sich jede Säule einzeln anzusehen. »Sieben Säulen. Das ist der Beweis, Bruder. Es waren einmal sieben.«

»Wovon schwafelt ihr da?«, wollte Nortah wissen, in dessen Wangen etwas Farbe zurückgekehrt war. Im Gegensatz zu Dentos schien er den Blick nicht von der Leiche seines getöteten Gegners abwenden zu können. Sein Schwert war immer noch blutverschmiert.

»Sieben Säulen, sieben Orden«, erwiderte Caenis. »Wir befinden uns in einem alten Tempel des Glaubens.« Er blieb neben einer Säule stehen, um das Wahrzeichen daran zu betrachten. »Eine Schlange und ein Kelch. Ich möchte wetten, das ist das Siegel des siebenten Ordens.«

»Siebenter Orden?« Nortah wandte endlich den Blick von dem Leichnam ab. »Es gibt keinen siebenten Orden.«

»Heute nicht mehr, nein«, erklärte Caenis. »Aber früher einmal …«

»Diese Geschichte kannst du uns ein andermal erzählen, Bruder«, unterbrach ihn Vaelin. Er drehte sich zu Nortah um: »Deine Klinge wird rosten, wenn du sie nicht saubermachst.«

Barkus begutachtete das wertvolle Geschirr auf dem Tisch und strich mit der Hand über das Gold und Silber. »Nicht übel«, sagte er bewundernd. »Wenn ich das gewusst hätte, hätte ich einen Sack mitgebracht.«

»Ich frage mich, wo sie das alles herhatten«, sagte Dentos und hob einen reich verzierten Silberteller hoch.

»Gestohlen«, sagte Vaelin. »Nehmt mit, was euch gefällt, aber nicht zu viel, wegen dem Gewicht.« Bosko ließ ein kurzes Bellen hören und stupste mit der Nase gegen einen massiven Teil der Wand zu Vaelins Linker. Barkus kam her, untersuchte die Wand und schlug ein paarmal mit der Faust dagegen. »Eine gewöhnliche Mauer.« Bosko lief jedoch weiter aufgeregt hin und her, schnüffelte am unteren Ende der Mauer und kratzte mit den Pfoten über den Mörtel.

»Vielleicht ein versteckter Durchgang.« Caenis tastete mit den Händen die Mauerränder ab. »Es könnte irgendwo einen Riegel oder Hebel geben.«

Vaelin nahm dem Mann, den er getötet hatte, die Axt aus der schlaffen Hand, ging damit zur Mauer und hieb sie gegen den Stein. Er schlug so lange auf die Mauersteine ein, bis er ein Loch hineingehackt hatte. Dabei fing Bosko wieder an zu bellen, aber Vaelin brauchte den Hund nicht, um zu wissen, was sich auf der anderen Seite befand. Er roch es deutlich genug: ein süßlicher, Übelkeit erregender Verwesungsgeruch.

Er tauschte einen Blick mit Caenis und fand Trost in den Augen des Freundes.

Frentis ... Ich möchte ein Bruder werden ... so wie du. Nun verdoppelte er seine Anstrengungen mit der Axt. Mauersteine und Mörtel brachen in einer rotgrauen Staubwolke aus der Wand, und seine Brüder nahmen sich, was an Werkzeugen greifbar war – Barkus ein kleines Beil von einem ihrer Gegner, Dentos ein abgebrochenes Stuhlbein –, und schlossen sich ihm an. Bald war der Wanddurchbruch groß genug, dass sie hindurchsteigen konnten.

Die Kammer dahinter war lang und schmal, und die Fackeln an den Wänden spendeten genügend Licht, um die albtraumhafte Szenerie zu enthüllen.

»Bei den Ahnen!«, stieß Barkus erschrocken hervor.

Von der Decke der Kammer hing eine Leiche herab, die Füße zusammengekettet, die Arme mit einem Lederband vor der Brust gefesselt.

Sie baumelte dort ganz offensichtlich schon ein paar Tage; das graue Fleisch hing schlaff von den Knochen herab. Eine klaffende Halswunde ließ keinen Zweifel daran, wie der Mann gestorben war. Unter seinem Leichnam stand eine Schüssel, die schwarz von getrocknetem Blut war. In der Kammer hingen noch fünf weitere Leichen, alle mit durchgeschnittenen Kehlen. Sie schwankten leicht in dem Luftzug, der durch die niedergerissene Mauer in die Kammer wehte. Der Gestank war überwältigend. Bosko verzog die Schnauze und hielt sich dicht an der Mauer, so weit wie möglich von den Leichen entfernt. Dentos übergab sich in einer Ecke, und Vaelin kämpfte gegen den Drang an, es ihm gleichzutun. Er ging von einer Leiche zur anderen und zwang sich, ihre Gesichter zu betrachten, doch die Toten waren ihm allesamt unbekannt.

»Was ist das?«, fragte Barkus angeekelt und erstaunt. »Du hast gesagt, dieser Mann sei ein einfacher Gesetzloser.«

»Anscheinend ein ziemlich ehrgeiziger Gesetzloser«, stellte Nortah fest.

»Hier geht es nicht um Diebstahl«, bemerkte Caenis leise und betrachtete eine der von der Decke herabhängenden Leichen. »Sondern um … etwas anderes.« Er musterte die von Blut schwarze Schüssel auf dem Boden. »Etwas ganz anderes.«

»Aber was …?«, begann Nortah, doch Vaelin hob eine Hand, um ihn zum Schweigen zu bringen.

»Hört mal!«, zischte er.

Ein schwaches Geräusch drang zu ihnen; der Singsang eines Mannes. Die Worte klangen unverständlich und fremd. Vaelin folgte dem Geräusch zu einer Mauernische, wo er eine angelehnte Tür fand. Mit der Stiefelspitze stieß er die Tür auf, das Schwert gesenkt. Dahinter befand sich eine weitere Kammer, diesmal grob aus dem Gestein gehauen. Sie war von rotem Feuerschein erfüllt, und tiefe Schatten flackerten über eine Szenerie, angesichts derer er einen entsetzten Aufschrei unterdrücken musste.

Frentis war vor einem flackernden Feuer an einem Holzrahmen festgebunden. In seinem Mund steckte ein Knebel. Er war nackt und sein Oberkörper von zahllosen Schnittwunden entstellt, die ein seltsames Muster auf seiner Haut bildeten. Über seinen ganzen Körper floß

Blut. Seine Augen waren weit aufgerissen und schmerzerfüllt. Bei Vaelins Anblick weiteten sie sich noch mehr.

Neben Frentis stand ein Mann mit freiem Oberkörper und einem Messer in der Hand – ein kräftiger Kerl, der muskelbepackte Arme, harte, kantige Gesichtszüge hatte und … nur ein Auge. In der leeren Augenhöhle steckte ein glatter schwarzer Stein, in dem sich der rote Feuerschein spiegelte, als er sich Vaelin zuwandte. »Ah«, sagte er. »Du bist wohl der Mentor.«

Vaelin hatte noch nie das Bedürfnis verspürt, jemanden umzubringen. Doch jetzt übermannte ihn der nackte Blutrausch – eine kalte Wut, die ihn jeder Vernunft beraubte. Seine Faust schloss sich um seinen Schwertgriff, und er trat vor, direkt in eine Falle …

Später wusste er nicht mehr, was geschehen war, begriff nicht, was für eine Lähmung das war, die von seinen Gliedern Besitz ergriffen hatte. Nur, dass er sich plötzlich auf dem Boden wiederfand. Die Luft wurde ihm aus den Lungen gepresst, und sein Schwert fiel klappernd auf die Fliesen. Seine Hände und Füße waren kalt wie Eis. Er versuchte aufzustehen, fand jedoch auf dem Boden keinen Halt und fuchtelte mit Armen und Beinen wie ein Betrunkener, während der Einäugige von Frentis wegtrat, sein Messer ein blutbefleckter gelber Zahn im Feuerschein.

»Hee da!«, schrie Barkus, als er mit den anderen hereingestürmt kam. »Zeit zu sterben, Einauge!«

Der Einäugige hob in einer fast beiläufigen Geste die Hand, und ein Vorhang aus Feuer loderte vor Vaelins Brüdern auf und ließ sie zurücktaumeln. Die Feuerwand zog sich durch die gesamte Kammer, vom Boden bis zur Decke, eine unüberwindbare Mauer aus zuckenden Flammen.

»Ich mag Feuer«, sagte der Einäugige und wandte sein kantiges Gesicht wieder Vaelin zu. »Wie es tanzt – schön, nicht wahr?«

Vaelin wollte nach dem Jagdmesser in seinem Umhang greifen, doch seine Hand zitterte unkontrolliert.

»Du bist stark«, stellte der Einäugige fest. »Die meisten können sich gar nicht mehr bewegen.« Er blickte zu Frentis hinüber, der mit aufgerissenen Augen und blutüberströmt an dem Holzrahmen hing und sich mit aller Kraft gegen seine Fesseln stemmte.

»Du bist wegen ihm hier«, fuhr der Einäugige fort. »Er hat gesagt, dass du kommen würdest, um mich zu töten. Al Sorna, Bezwinger der Schwarzen Falken, Mörder von Meuchelmördern, Sohn des Kriegsherrn. Ich habe von dir gehört. Hast du auch von mir gehört?« Er zeigte ihm ein freudloses Lächeln.

Zu seiner Überraschung stellte Vaelin fest, dass er noch ausspucken konnte. Sein Speichel landete auf den Stiefeln des Einäugigen. Das Lächeln verschwand. »Ah, ich bin dir also tatsächlich nicht unbekannt. Ich frage mich, was du wohl über mich gehört hast. Dass ich ein Gesetzloser bin? Der Anführer aller Gesetzlosen? Das stimmt, aber nur zum Teil. Sicher musstest du mehrere meiner Männer töten, um so weit zu kommen. Hast du dich nicht gefragt, warum sie nicht weggelaufen sind? Warum sie mehr Angst vor mir hatten als vor dir?«

Der Einäugige ging in die Hocke, beugte sich zu Vaelin hinab und zischte: »Du kommst hierher mit deinem Schwert und deinen Brüdern und deinem Hund und hast keine Ahnung, wie unbedeutend du bist.«

Er drehte sein Gesicht, um Vaelin den schwarzen Stein in seiner Augenhöhle zu zeigen. »Man könnte das hier für einen Fluch halten. Aber in Wahrheit ist es ein Geschenk, ein wunderbares Geschenk, wofür ich deinem jungen Bruder danken sollte. Er hat mir die Macht verliehen, mich zum Anführer des Abschaums dieser Stadt aufzuschwingen. Ich habe mich zum König der Diebe und Halsabschneider gemacht. Habe von silbernen Tellern gegessen und mich an den schönsten Huren ergötzt. Ich besitze alles, was sich ein Mann nur wünschen kann, aber es gibt eines, was ich nicht vergessen kann, was mich des Nachts wachhält …« Er stand auf und ging zu Frentis hinüber. »Die Schmerzen, die ich erlitten habe, als mir diese Gossenratte ein Auge ausgestochen hat.«

Frentis wand sich in seinen Fesseln, sein Gesicht von Wut und Hass verzerrt, und Vaelin hörte die gedämpften Verwünschungen, die er mit dem Knebel im Mund hinausschrie.

»Er wollte nicht reden, weißt du«, sagte der Einäugige über die Schulter hinweg zu Vaelin. »Du kannst stolz auf ihn sein. Er hat sich geweigert, die Geheimnisse eures Ordens auszuplaudern. Aber jetzt, da du hier bist, wird sich das sicher ändern.« Er setzte das Messer auf Frentis' Brust und zog es hinunter zum Rippenbogen. Frentis' weiße Zähne blitzten auf, als er gegen den Knebel anschrie.

Vaelin mühte sich, seine eiskalten Arme unter seine Brust zu schieben, um sich hochzustemmen.

»Du brauchst es gar nicht erst zu versuchen, Bruder«, sagte der Einäugige und drehte sich mit dem blutigen Messer in der Hand zu Vaelin um. »Deine Fesseln sind unbezwingbar.«

Mit zusammengebissenen Zähnen gelang es Vaelin, sich vom Steinboden aufzurichten, auch wenn sein ganzer Körper vor Anstrengung zitterte.

»Du bist tatsächlich sehr stark!«, sagte der Einäugige. »Aber das kann ich nicht zulassen.«

Wieder wurde Vaelin von einer eisigen Taubheit erfasst, die ihm in Arme und Beine kroch und sich bis in seine Brust und die Lendengegend ausbreitete, sodass er erschöpft zu Boden sank.

»Spürst du meine Macht?« Der Einäugige stand über ihm. »Anfangs hat es mir Angst eingejagt. Selbst jemanden wie mich packt das kalte Grausen, wenn er in einen Abgrund blickt. Aber mit der Zeit lässt die Furcht nach.« Er hob das Messer, das mit Frentis' Blut befleckt war. »Jetzt kenne ich das Geheimnis und weiß, wie ich mich gegen jeden Angriff schützen kann.« Er wischte mit dem Finger etwas Blut von der Messerschneide und steckte ihn sich in den Mund. »Wer hätte gedacht, dass es so einfach sein könnte? Um sich zum König aller Gesetzlosen aufzuschwingen, muss man lediglich eine Menge Blut vergießen. In den vergangenen Jahren habe ich darin gebadet und nach immer neuen Opfern gesucht, um meine Wut auf deinen jungen Bruder zu stillen. Und dabei habe ich festgestellt, dass meine Macht immer weiter wuchs. So lange, bis mich niemand mehr besiegen konnte, nicht einmal jemand, der so stark ist wie du. Wie ich gehört habe, liegt deine Bestimmung woan…«

In diesem Moment kam Caenis durch die Feuerwand gesprungen, das Schwert mit beiden Fäusten hoch erhoben. Er ließ es niedersausen, gerade als seine Füße auf dem Boden aufkamen, und die Klinge fuhr in die Schulter des Einäugigen und spaltete ihn bis hinunter zur Brust. Auf dem Gesicht des Mannes spiegelte sich äußerste Verwunderung.

»Feuer ohne Hitze ist kein richtiges Feuer«, sagte Caenis.

Vaelins Lähmung ließ nach, als die Leiche des Einäugigen zu Boden sackte, und die Feuerwand, die dieser errichtet hatte, verschwand

augenblicklich. Vaelin spürte, wie er hochgehoben wurde; seine Gliedmaßen waren immer noch taub, und er zitterte. Unterdessen hatten
Barkus und Nortah Frentis' Fesseln durchgeschnitten und nahmen ihm
den Knebel aus dem Mund. Endlich befreit verfiel der Junge in Raserei.
Er schrie hasserfüllte Verwünschungen in Richtung der leblosen Gestalt des Einäugigen, nahm dessen Messer vom Boden und stach damit
wieder und wieder auf die Leiche ein.

»Du stinkender Schweinehund!«, kreischte er. »Hast mich gefoltert,
du elende Drecksau!«

Vaelin winkte die anderen zurück und ließ Frentis auf die Leiche
einstechen, bis er schließlich blutüberströmt und erschöpft über ihr
zusammenbrach.

»Bruder«, sagte Vaelin und legte Frentis seinen Umhang um. »Deine
Wunden müssen versorgt werden.«

ACHTES KAPITEL

S chwester Sherin hält sich noch im Süden auf«, teilte Bruder Sellin Vaelin am Tor des fünften Ordens mit. Sein Blick wanderte zu Frentis, der verwundet und bewusstlos zwischen Barkus und Nortah hing. »Meister Harin hat ihre Aufgaben übernommen. Kommt herein, Brüder.« Er öffnete das Tor weit und bedeutete ihnen einzutreten. »Ich werde euch zu ihm bringen.«

Meister Harin verbrachte über eine Stunde damit, die Schnittwunden an Frentis' Körper zu nähen und zu verbinden, und er schickte sie alle aus dem Behandlungsraum, als ihm die ungebetenen Ratschläge und ständigen Fragen zu viel wurden. Vor der Tür wartete Aspektin Elera.

»Wie ich sehe, hattet ihr einen anstrengenden Tag, Brüder«, sagte sie. »Im Speisesaal könnt ihr etwas essen, wenn ihr mögt.«

Sie aßen schweigend, da die Anwesenheit der Mitglieder des fünften Ordens keine Unterhaltung aufkommen ließ. Die Heiler starrten die blaugewandeten Fremden mit den finsteren Mienen neugierig an. Vaelin wurde von ein paar bekannten Gesichtern gegrüßt, doch er antwortete nur mit einem knappen Nicken. Ihr Tisch war reich gedeckt, aber Vaelin stellte fest, dass er keinen Appetit hatte. Seine Hände zitterten immer noch leicht von dem, was der Einäugige ihm angetan hatte, und die Erinnerung daran, wie Frentis gefesselt und blutend an dem Holzrahmen gehangen hatte, war noch zu frisch.

Nach etwa einer Stunde gesellte sich Aspektin Elera zu ihnen. »Meister Harin sagt, dass euer Bruder sich wieder erholen wird. Allerdings wird er ein paar Tage bei uns bleiben müssen.«

»Ist er bei Bewusstsein, Aspektin?«, fragte Vaelin.

»Meister Harin hat ihm einen Schlaftrunk verabreicht. Morgen früh sollte er wieder wach sein. Dann könnt ihr ihn besuchen.«

»Ich danke Euch, Aspektin. Darf ich darum bitten, unserem Orden eine Botschaft zu übermitteln? Aspekt Arlyn wird meinen Bericht erwarten.«

Die Aspektin schickte Bruder Sellin zum Haus des sechsten Ordens und wies ihren Gästen ein Zimmer im Ostflügel zu. Vaelin bestand aber darauf, an Frentis' Bett zu wachen, und Caenis schloss sich ihm an, während die anderen schliefen. Um sich die Zeit zu vertreiben, reinigte Caenis seine Waffen, legte sein Schwert und die Messer auf den Boden und polierte das im Kerzenlicht schimmernde Metall sorgfältig mit einem Lappen. Bosko war in einem leeren Pferch in den Ställen untergebracht worden. Er weigerte sich zu fressen und jaulte unablässig; sein klagendes Heulen hallte durch die Mauern bis zu ihnen herein.

Vaelin betrachtete den Dolch mit der langen Klinge, den er Frentis abgenommen hatte – die Waffe, mit der der Einäugige ihm die Haut aufgeschlitzt hatte. Eigentlich stand sie Caenis zu, aber dieser hatte sich mit angewiderter Miene geweigert, sie anzunehmen. Aus einer Laune heraus hatte Vaelin beschlossen, sie zu behalten. Es war eine mit großer Kunstfertigkeit hergestellte Waffe einer ihm unbekannten Machart. Die Klinge war von Meisterhand geschmiedet und der Griff mit einem eleganten Silberknauf verziert. In den Handschutz waren fremdartige Buchstaben eingraviert. Es handelte sich eindeutig um eine Waffe aus Übersee. Einauge hatte offenbar über weitreichende Verbindungen verfügt.

»Das Feuer war nur ein Trugbild«, sagte Vaelin. Seine Stimme klang in seinen Ohren teilnahmslos und dumpf und erinnerte ihn an Bruder Makril und dessen Geschichten von Feuer und Massakern.

Caenis blickte von seinen Waffen hoch und nickte, wobei er mit dem Polieren fortfuhr.

»Die dunkle Gabe«, sagte Vaelin. »Das Blut hat ihm Macht verliehen. Dazu dienten auch die Leichen.«

Caenis nickte erneut, ohne in seiner Tätigkeit innezuhalten.

Vaelin spürte wieder das Zittern in seinen Händen, und bei der Erinnerung an seine Hilflosigkeit flammte Wut in ihm auf. Caenis dagegen war alles andere als hilflos gewesen. Er war durch ein mit der dunklen Gabe heraufbeschworenes Feuer gesprungen und hatte dessen Urheber niedergestreckt. *Du weißt so viel mehr, als du mir verrätst, Bruder*, dachte Vaelin. *So ist es schon immer gewesen.* »Zwischen uns gibt es keine Geheimnisse«, sagte er.

Caenis, der gerade mit dem Tuch über sein Schwert strich, hielt mitten in der Bewegung inne. Einen Moment lang schaute er Vaelin in die Augen, und in seinem Blick lag etwas anderes als die Zuneigung und der Respekt, die Vaelin sonst darin sah – etwas wie Bitterkeit.

In diesem Moment ging die Tür auf, und Meister Sollis trat mit Aspektin Elera herein. »Ihr beide solltet euch ausruhen«, sagte er knapp, ging zu Frentis' Bett und musterte die mit Blut befleckten Verbände an Brust und Armen des Jungen. »Wird er Narben davontragen, Aspektin?«

»Die Schnitte waren tief. Meister Harin ist ein erfahrener Heiler, aber …« Sie breitete die Hände aus. »Unseren Fähigkeiten sind Grenzen gesetzt. Zum Glück sind die Muskeln unverletzt. Er wird schon bald wieder auf den Beinen sein.«

»Der Mann, der das getan hat, ist tot?«, fragte Sollis Vaelin.

»Ja, Meister.« Vaelin deutete auf Caenis. »Mein Bruder hat ihn erschlagen.«

Sollis sah Caenis an. »War der Mann erfahren?«

»Nicht im Umgang mit Waffen, Meister.« Caenis sah unsicher zu Aspektin Elera hinüber.

»Du kannst frei sprechen«, wies Sollis ihn an.

Caenis erzählte Meister Sollis alles, was geschehen war, seit sie das Ordenshaus verlassen hatten – von der Schänke »Zum Schwarzen Eber« bis zu ihrer Begegnung mit dem Einäugigen unter der Stadt. »Der Mann war im Besitz der dunklen Gabe, Meister. Er konnte ein imaginäres Feuer heraufbeschwören und hat Bruder Vaelin allein mit seinem Willen gefesselt.«

»Aber dich nicht?«, fragte Sollis mit erhobener Augenbraue.

»Nein. Ich habe ihn wohl damit überrascht, dass ich sein Trugbild durchschaut habe.«

»Seid ihr sicher, dass ihr ihn getötet habt?«

»Er ist tot, Meister«, bestätigte Vaelin.

Meister Sollis und Aspektin Elera wechselten einen kurzen Blick.

»Wie ich höre, war die Aspektin so freundlich, euch ein Zimmer zu geben«, sagte Sollis und wandte sich wieder zu Frentis. »Sie wäre sicher beleidigt, wenn ihr es nicht nutzt.«

Der Wink war deutlich, und sie gingen zur Tür. »Erzählt sonst niemandem, was heute geschehen ist«, befahl Meister Sollis ihnen, bevor sie den Raum verließen. »Und sorgt dafür, dass dieser verdammte Hund endlich still ist!«

◆ ◆ ◆

Am nächsten Morgen befragte Meister Sollis sie noch einmal eingehend zu dem alten Tempel des Glaubens, den sie entdeckt hatten, und zu Einauges Kammer. Vaelin bot an, ihn dorthin zu führen, doch der Meister lehnte mit strenger Miene ab. Nachdem sie ihm alles ausführlich beschrieben hatten, befahl er ihnen schließlich, ins Ordenshaus zurückzukehren.

»Aber Bruder Frentis …«, begann Vaelin.

»Der wird auch ohne euch genesen. Ihr müsst euch auf eure Ausbildung konzentrieren. In weniger als acht Wochen steht die Schwertprüfung an, und ihr seid noch nicht richtig auf sie vorbereitet.«

Ohne Meister Sollis – er hatte ihnen noch einmal befohlen, äußerstes Stillschweigen zu bewahren, bevor er losgezogen war, um ihren Fund zu begutachten – gingen sie zum Ordenshaus zurück. Bosko hatte laut geheult, als sie ihn vom Haus des fünften Ordens wegführen wollten, und Vaelin hatte ihm erst gut zureden müssen, bevor er ihnen gefolgt war.

Vaelin hatte das Gefühl, das Turmzimmer wäre in ihrer Abwesenheit geschrumpft. Nach all den Ängsten, die sie in der vergangenen Nacht ausgestanden hatten, kam es ihm klein vor – eine Kinderstube –, obwohl er sich schon lange nicht mehr wie ein Kind gefühlt hatte.

Er verstaute seine Ausrüstung und streckte sich auf seinem schmalen Bett aus. Als er die Augen schloss, sah er erneut die Feuerwand vor sich, die der Einäugige heraufbeschworen hatte, und Frentis' blutüberströmte Gestalt. *Ich habe geglaubt, schon so viel gelernt zu haben*, dachte er. *Doch ich wusste nichts.*

◆ ◆ ◆

Die Jungen aus Frentis' Trupp kamen zu ihnen und stellten Fragen, aber Vaelin hielt sich an Meister Sollis' Anweisungen und erzählte ihnen, dass Frentis während der Wildnisprüfung von einem Berglöwen angefallen worden sei. Er erhole sich im Haus des fünften Ordens und werde in wenigen Tagen wieder bei ihnen sein.

Sollis selbst sprach bei seiner Rückkehr zum Orden kein Wort, und auch der Aspekt rief sie nicht zu sich. Frentis' Entführung war ein weiteres Ereignis in der Geschichte des Ordens, das nie stattgefunden hatte. *Der Orden kämpft, aber häufig kämpft er im Verborgenen.* Je älter Vaelin wurde, desto klarer wurde ihm, was Meister Sollis mit diesen Worten gemeint hatte.

Auch Frentis wahrte nach seiner Rückkehr Stillschweigen und setzte seine Ausbildung mit beunruhigendem Eifer fort – als wolle er die Verletzungen, die Einauge ihm zugefügt hatte, ungeschehen machen, indem er alle Schmerzen ignorierte. Auch sein Verhalten hatte sich verändert; er lachte nicht mehr so oft, war schweigsam und in sich gekehrt. Außerdem geriet er schneller in Wut, und die Meister mussten ihn ständig aus Prügeleien herausholen. Selbst die Jungen seines Trupps schienen Angst vor ihm zu haben. Nur wenn er mit Bosko und Vaelin zusammen war, wirkte er wieder ein wenig wie früher, und er beteiligte sich tatkräftig an der Erziehung der inzwischen erwachsenen Welpen. Doch selbst in Vaelins Gegenwart sprach er kein Wort über das, was er durchgemacht hatte, obwohl Vaelin ihn manchmal dabei ertappte, wie er mit den Fingern über das Muster der Narben fuhr, die der Einäugige ihm in die Haut geritzt hatte. Seine Miene wirkte dabei so, als versuche er, ihre Bedeutung zu entschlüsseln.

»Tut es noch weh?«, fragte Vaelin ihn einmal an einem Eltrianabend. Die Welpen waren erschöpft, da sie den ganzen Tag mit Meister Hutril im Wald auf Fährtensuche gewesen waren, und schnappten nur müde nach den Leckerbissen, die sie ihnen in die Pferche warfen.

Frentis ließ rasch die Hand sinken. »Ein bisschen. Inzwischen ist es deutlich besser geworden. Aspektin Elera hat mir eine Salbe gegeben, die ganz gut wirkt.«

»Es war meine Schuld …«

»Es ist vorbei.«

»Wenn ich dem Aspekten erzählt hätte …«

»Ich habe gesagt: Es ist vorbei!« Frentis' Gesicht war angespannt, während er in den Pferch starrte. Räuber, sein Lieblingswelpe, schien seine Stimmung zu spüren und kam angelaufen, um ihm mit einem besorgten Jaulen die Hand zu lecken. »Er ist tot«, sagte Frentis etwas ruhiger. »Und ich bin am Leben. Also, es ist vorbei. Ich kann ihn nicht ein zweites Mal umbringen.«

Sie gingen zusammen zurück, die Umhänge fest um sich gezogen. Es war immer noch sehr kalt, auch wenn der Winter in den letzten Zügen lag und die Bäume schon das frische Grün des Frühlings angenommen hatten.

»Nächsten Monat ist die Schwertprüfung«, sagte Frentis. »Machst du dir Sorgen?«

»Warum? Sollte ich?«

»Ich habe schon meine komplette Messersammlung darauf verwettet, dass du alle drei Gegner in weniger als zwei Minuten erledigen wirst. Ich meinte eher das, was danach kommt. Sie werden dich fortschicken, nicht wahr?«

»Ich denke schon.«

»Meinst du, wir werden zusammen dienen können, wenn ich in den Orden aufgenommen bin? Das wäre schön.«

»Ja, das wäre es. Aber ich glaube nicht, dass wir eine Wahl haben. Es wird sicher eine Weile dauern, bis wir einander wiedersehen.«

Sie blieben auf dem Hof, und Vaelin spürte, dass Frentis noch mehr sagen wollte. »Ich …«, begann Frentis und verstummte dann nervös. »Ich bin froh, dass du dich für mich eingesetzt hast, als ich damals hierhergekommen bin«, fuhr er schließlich fort. »Ich bin gern im Orden. Ich denke, dass ich hierher gehöre. Du musst also kein schlechtes Gewissen haben, falls mir irgendetwas zustoßen sollte, ja? Egal, was passiert.

Und du musst mich künftig auch nicht retten kommen, wenn ich in Schwierigkeiten geraten sollte.«

»Würdest du mir denn nicht zu Hilfe eilen, wenn ich in Not wäre?«

»Ja, aber das ist etwas anderes.«

»Nein, ist es nicht.« Er klopfte Frentis auf die Schulter. »Geh dich ausruhen, Bruder.«

Vaelin hatte sich schon ein paar Schritte entfernt, als Frentis etwas sagte, das ihn innehalten ließ. Seine Stimme war kaum mehr als ein Flüstern. »Der Wartende wird uns vernichten.«

Vaelin drehte sich um und sah Frentis in seinen Umhang gehüllt, die Arme fest um sich geschlungen, den Blick auf den Boden gerichtet.

»Wie bitte?«, fragte Vaelin.

»Das hat er zu mir gesagt.« Frentis verzog das Gesicht, und Vaelin wusste, dass er im Geiste erneut die Qualen durchlebte, die Einauge ihm zugefügt hatte. »Er wurde rasend vor Wut, als ich ihm nicht verriet, was er wissen wollte. Hat Fragen zu den Prüfungen gestellt und zu den Fähigkeiten, die wir lernen. Er schien zu glauben, dass wir auch in der dunklen Gabe unterwiesen werden. Blöder Drecksack! Habe ihm nichts gesagt. Deshalb hat er mich wieder mit dem Messer geschnitten, dann hat er gesagt: ›Der Wartende wird deinen kostbaren Orden vernichten, Junge.‹«

Der Wartende … »Hat er dir gesagt, was er damit gemeint hat?«

»Ich habe das Bewusstsein verloren, als er mich von Neuem mit dem Messer traktierte. Als ihr aufgetaucht seid, hatte er mich gerade erst wieder wach bekommen.«

»Hast du dem Aspekten davon erzählt?«

Frentis schüttelte den Kopf. »Ich weiß nicht, warum. Hatte das Gefühl, dass ich niemandem davon erzählen sollte. Außer dir.«

Vaelin spürte ein Schaudern, das nichts mit der zunehmenden Kälte zu tun hatte. Einen Moment lang befand er sich wieder im Wald während der Laufprüfung und lauschte, wie die Männer, die Mikehl getötet hatten, über die Identität ihres Opfers stritten. *Der andere … Du hast ja gehört, was der andere gesagt hat. Der hat mir einen ziemlichen Schreck eingejagt.*

»Sag niemandem etwas davon«, schärfte Vaelin Frentis ein. »Einauge hat nichts zu dir gesagt.« Er sah Frentis in seinem Umhang zittern und zwang sich zu einem Lächeln. »Der Mann war verrückt. Seine Worte sind ohne Sinn. Aber wir sollten das trotzdem für uns behalten. Wenn wir unseren Brüdern davon erzählen, gibt es nur albernes Gerede.«

Er sah, wie Frentis nickte und sich zum Gehen wandte, den Umhang immer noch fest um sich gezogen. Wahrscheinlich strich er wieder mit den Fingern über seine Narben. *Wird er heute Nacht davon träumen?*, fragte sich Vaelin und spürte einen Stich der Schuld und des Bedauerns. *Warum konnte es nicht ich sein, der Einauge getötet hat?*

Neuntes Kapitel

Am Morgen der Schwertprüfung ging ein heftiger Regenschauer nieder, der die Erde in Schlamm verwandelte und nicht gerade dazu beitrug, ihre Stimmung zu heben. Die Prüfung fand in einer Arena im Nordviertel von Varinsburg statt, einem uralten Bauwerk aus kunstvoll bearbeitetem Granit, der im Lauf der Zeit und unter dem Einfluss der Witterung schon ziemlich gelitten hatte. Das Bauwerk war als der Ring bekannt, und bisher hatte Vaelin noch niemand sagen können, wann oder zu welchem Zweck es errichtet worden war. Als er es jetzt betrachtete, bemerkte er eine gewisse Ähnlichkeit zu dem Tempel der sieben Orden, den sie unter der Stadt entdeckt hatten. Die Form der Tragsäulen, die die Sitzreihen stützten, erinnerte an die Eleganz des unterirdischen Bauwerks. Hier und da sah er Zierreliefs an den Mauern, deren komplizierte, wenn auch stark verwitterten Motive den besser erhaltenen im Tempel glichen. Er machte Caenis darauf aufmerksam, während Meister Sollis sie in den Schatten unter den Säulen führte, doch er bekam nur ein Brummen zur Antwort. An diesem Tag war selbst Caenis zu sehr mit der bevorstehenden Prüfung beschäftigt, als dass er an etwas anderes hätte denken können.

Vaelin sah die Furcht und Unsicherheit in den Gesichtern seiner Brüder, aber er konnte sie nicht nachvollziehen. Die Empfindungen, die

Dentos an diesem Morgen sein Frühstück wieder hatten hochwürgen lassen und die Nortah kalkbleich und schweigsam machten, kannte er einfach nicht. Er hatte keine Angst, auch wenn er es sich nicht erklären konnte. Er würde an diesem Tag drei Männern im bewaffneten Kampf gegenübertreten. Er würde sie töten oder von ihnen getötet werden. Die Aussicht auf seinen möglichen Tod hätte ihm eigentlich einen Schauer über den Rücken jagen müssen. Vielleicht war es auch die Klarheit der Verhältnisse, die keine Furcht in ihm aufkommen ließ. Hier gab es keine Fragen, keine Rätsel, keine Geheimnisse. Er würde leben oder sterben. Aber dennoch plagte ihn eine winzige Unsicherheit, eine hartnäckige Stimme in seinem Inneren, die Worte flüsterte, die er nicht hören wollte: *Womöglich hast du auch keine Angst vor der Prüfung, weil du insgeheim Gefallen daran findest.*

Unwillkürlich musste er an die Wissensprüfung denken, die schreckliche Wahrheit, die die Aspekten aus ihm herausgeholt hatten: *Ich kann töten. Ich kann töten, ohne zu zögern. Es ist meine Bestimmung, ein Krieger zu werden.* Einen Moment lang sah er die Männer vor sich, die er bereits getötet hatte: den Bogenschützen im Wald, die gesichtslosen Meuchelmörder im Haus des fünften Ordens, den Handlanger des Einäugigen. Er hatte sie tatsächlich getötet, ohne zu zögern, aber hatte es ihm Genuss bereitet?

»Ihr wartet hier drinnen.« Meister Sollis führte sie zu einer Kammer, die ein Stück vom Haupteingang entfernt war. Trotz der dicken Mauern konnten sie das Lärmen der Menschenmenge im Ring hören. Die Schwertprüfung war in der Stadt ein beliebtes Ereignis, aber nur Leute mit dem nötigen Kleingeld konnten sich eine Eintrittskarte leisten. In der Regel waren es deshalb die wohlhabenderen Bürger des Reiches, die sich das dreitägige Spektakel ansahen und nicht selten hohe Geldsummen auf den Ausgang der einzelnen Kämpfe wetteten. Die Gewinne des Tages wurden dem fünften Orden für die bessere Versorgung der Kranken gespendet. Vaelin musste über die Ironie der ganzen Sache lächeln.

»Was ist denn so lustig?«, erkundigte sich Nortah.

Vaelin schüttelte den Kopf und setzte sich zum Warten auf eine Steinbank. Vaelins Trupp bestand heute aus zwanzig Brüdern. Die restlichen fünfzig Brüder, die ihre Ausbildung im Alter von zehn oder elf Jahren gemeinsam begonnen hatten und von den dreihundert ursprünglichen Novizen übrig geblieben waren, waren bereits an den vorangegangenen beiden Tagen an der Reihe gewesen. Bis jetzt waren zehn getötet worden und weitere acht so schwer verstümmelt, dass sie dem Orden nicht mehr dienen konnten. Zahlreiche weitere hatten ernste Schnittwunden davongetragen, die erst nach Wochen verheilt sein würden. Der stete Strom aus verletzten und unter Schock stehenden Brüdern, die während der letzten zwei Tage ins Ordenshaus zurückgekehrt waren, hatte die Furcht bei den meisten noch vergrößert. Lediglich Vaelin und Barkus schienen sich keine Sorgen zu machen.

»Möchtest du eine Zuckerrohrstange?«, fragte Barkus Vaelin, als er sich neben ihn setzte.

»Danke, Bruder.« Die Stange war frisch, und eine leichte Säure mischte sich in ihren süßen Geschmack, aber dennoch bot sie eine willkommene Ablenkung von der düsteren Stimmung der anderen.

»Wer von uns wird wohl der Erste sein?«, sagte Barkus nach einer Weile. »Ich frage mich, wie sie das entscheiden.«

»Es wird ausgelost«, sagte Meister Sollis von der Tür her. »Nysa. Du bist der Erste. Also, los!«

Caenis nickte mit ausdrucksloser Miene und stand auf. Als er sprach, war seine Stimme kaum zu hören. »Brüder …«, setzte er an und hielt dann inne. »Ich …« Er stammelte noch ein paar Worte, bis Vaelin die Hand ausstreckte und seinen Unterarm ergriff.

»Wir wissen, was du sagen willst, Caenis. Wir werden uns bald wiedersehen.«

Sie standen alle auf und gaben sich die Hände – Dentos, Barkus, Nortah, Vaelin und Caenis. Vaelin erinnerte sich daran, wie sie als Jungen gewesen waren. Barkus bullig und ungeschickt. Caenis dünn und furchtsam. Dentos laut und voller Geschichten. Nortah mürrisch und verbittert. Heute sah er nur noch einen Schatten jener Jungen in den schlanken, ernst dreinblickenden jungen Männern, die ihn umgaben. Sie waren stark. Sie konnten töten. Sie waren, was der Orden aus ihnen gemacht hatte. *Hier geht heute etwas zu Ende,* dachte er. *Ob wir nun leben oder sterben werden, an diesem Tag wird sich alles ändern.*

»Es war ein langer Weg«, sagte Barkus. »Ich hätte nie gedacht, dass ich so weit kommen würde. Und das verdanke ich euch.«

»Ich bereue nichts«, sagte Dentos. »Jeden Tag danke ich den Ahnen dafür, dass sie mich zum Orden geführt haben.«

Nortahs Gesicht wirkte angespannt. Mit gerunzelter Stirn kämpfte er gegen seine Angst an. Vaelin glaubte schon, dass er gar nichts sagen würde, aber dann stotterte er:»Ich … ich hoffe, dass ihr es alle schaffen werdet.«

»Das werden wir.« Vaelin schüttelte ihnen allen die Hand. »Wir haben es bisher immer geschafft. Kämpft gut, meine Brüder.«

»Nysa«, sagte Meister Sollis von der Tür her. Er klang ungeduldig, und Vaelin war nun überrascht, dass er ihnen diesen kleinen Augenblick gegönnt hatte. »Los jetzt!«

◆ ◆ ◆

Darauf zu warten, ob die Freunde überleben würden, war – wie Vaelin feststellen musste – eine Qual, gegen die die Folgen der Joffrilwurzel wie ein Schluck Zitronentee gewesen waren. Einer nach dem anderen wurden seine Brüder von Meister Sollis hinausgerufen. Dann dauerte es einen Moment, bis das Jubeln der Menge einsetzte, dessen Lautstärke dem Auf und Ab des Kampfes folgte. Nach einer Weile stellte er fest, dass er den Verlauf eines Kampfes, wenn auch nicht seinen Ausgang, an der Reaktion der Menge abschätzen konnte. Manche waren schnell vorbei, oft innerhalb von Sekunden – Caenis' Kampf war offenbar besonders kurz gewesen. Vaelin wusste allerdings nicht, ob das ein gutes oder ein schlechtes Zeichen war. Andere dauerten länger; Barkus und Nortah mussten beide langwierige Kämpfe über mehrere Minuten durchstehen.

Dentos war der Letzte, der vor Vaelin hinausgerufen wurde. Er zwang sich zu einem Lächeln, packte seinen Schwertgriff fester und folgte Meister Sollis aus der Kammer, ohne sich noch einmal umzudrehen. Gemessen am Lärm der Menge war sein Kampf recht ereignisreich – auf heiseres Jubeln folgte gespanntes Schweigen und dann plötzlicher Applaus, und das mehrere Male hintereinander. Als die letzte Lärmwelle aufbrandete, hätte Vaelin nicht sagen können, ob Dentos überlebt hatte.

Viel Glück, Bruder, dachte er, inzwischen allein in der Kammer. *Vielleicht werde ich bald an deiner Seite sein.* Seine Hand schmerzte, so fest hatte er den Schwertgriff gepackt. Seine Fingerknöchel hoben sich weiß vom Leder ab. *Ist das jetzt Furcht? Oder nur Lampenfieber?*

»Sorna.« Meister Sollis stand in der Tür. Sein ruhiger Blick bohrte sich mit einer Intensität in Vaelins Augen, wie er es noch nie erlebt hatte. »Es ist so weit.«

Der Tunnel, der in die Arena führte, war viel länger, als Vaelin erwartet hätte. Die Zeit dehnte sich endlos, und er hätte nicht sagen können, ob es eine Minute oder eine Stunde dauerte, ihn entlangzulaufen. Währenddessen steigerte sich der Lärm der Menge immer weiter, bis er das Gefühl hatte, darin zu baden, als er endlich den Sandboden der Arena erreichte.

Von den ringsum aufsteigenden Sitzreihen dröhnte das Getöse der versammelten Zuschauer zu ihm herab, insgesamt waren es wohl mindestens zehntausend. Er konnte in der Menge keine einzelnen Gesichter erkennen; es war nur eine wogende, gestikulierende Masse. Der Regen, der immer noch vom Wind gepeitscht herabprasselte, schien die Leute nicht weiter zu stören. Auf dem Sand waren zahlreiche Blutpfützen verteilt, die zwar vom Regen verwässert waren, sich aber dennoch deutlich vom Gelbgrün des Arenabodens abhoben. Drei Männer warteten in der Arena auf ihn, jeder mit einem Schwert von asraelischer Machart.

»Zwei Mörder und ein Vergewaltiger«, sagte Meister Sollis. Dass seine Stimme zitterte, musste am Lärmen der Menge liegen. »Sie haben den Tod verdient. Zeige keine Gnade. Achte auf den Großen, der scheint mit einem Schwert umgehen zu können.«

Vaelins Augen fanden den Größten der drei, einen gut gebauten Mann Mitte dreißig mit kurz geschnittenem Haar und einem sicheren Stand; die Füße genau unter den Schultern, hielt er das Schwert gesenkt. *Ein ausgebildeter Kämpfer*, dachte Vaelin. »Ein Soldat.«

»Ob Soldat oder Heiler, er ist trotzdem ein Mörder.« Sollis hielt kurz inne. »Viel Glück, Bruder.«

»Danke, Meister.«

Er zog sein Schwert, reichte die Scheide Meister Sollis und schritt in die Arena. Die Rufe der Menge wurden noch lauter, als die Menschen ihn bemerkten, und hier und da schnappte er ein paar Worte auf: »Sorna! … Falkentöter! … Mach sie nieder, Junge! …«

Etwa zehn Schritt von den drei Männern entfernt blieb er stehen und musterte jeden Einzelnen von ihnen, während der Lärm der Menge gespannter Stille wich. *Zwei Mörder und ein Vergewaltiger.* Sie sahen nicht wie Verbrecher aus. Der auf der linken Seite wirkte einfach nur ängstlich – ein unrasierter Mann, der das Schwert in der zitternden Hand hielt, während der Regen auf ihn niederging und Zehntausend seinen Tod erwarteten. *Der Vergewaltiger,* dachte Vaelin. Der Mann auf der rechten Seite war stämmig und weniger furchtsam. Er verlagerte unablässig das Gewicht von einem Fuß auf den anderen und musterte Vaelin mit finsterem Blick, wobei er das Schwert in der rechten Hand kreisen ließ, sodass das Regenwasser von der Klinge spritzte. Er stieß einen Fluch oder eine Herausforderung aus, seine Worte gingen jedoch im Rauschen des Regens und des Windes unter. Wasser sprühte ihm von den Lippen. *Ein Mörder.* Der dritte Mann, der Soldat, zeigte keine Furcht und hatte es auch nicht nötig, sein Schwert kreisen zu lassen oder seine Angriffslust hinauszuschreien. Er wartete einfach nur in der Kampfhaltung, die Vaelin so vertraut war, und hielt den Blick unverwandt auf ihn gerichtet. *Auf jeden Fall ein Kämpfer. Aber ist er auch ein Mörder?*

Der Mann zur Rechten griff, wie Vaelin es erwartet hatte, als Erster an. Er stürzte sich mit einem geraden Schwertstoß auf Vaelin, den dieser mühelos ablenkte. Vaelin nutzte den Schwung der Parade, um die Klinge herumzureißen und nach dem Hals des Mannes zu schlagen. Der stämmige Gegner war jedoch flink und wich der Klinge aus, sodass er nur einen Schnitt an der Wange davontrug. Der Mann zur Linken sah, dass Vaelin gerade abgelenkt war, und rannte brüllend auf ihn zu. Er hob das Schwert über den Kopf und schlug damit nach Vaelins Schulter. Vaelin drehte sich, und die Klinge verfehlte ihn um weniger als einen Zentimeter, bevor sie in den Sand hieb. Vaelins Schwertspitze bohrte sich in den Hals des Mannes, direkt unter dem Kinn, stach durch Zunge und Knochen und drang zum Gehirn vor. Rasch zog er sie wieder heraus und trat einen Schritt zurück, er wusste, dass jetzt der Soldat angreifen würde.

Der Stoß des Mannes kam schnell und war gut gezielt, ein tödlicher Streich wider Vaelins Brust. Vaelins Klinge lenkte die Schwertspitze des Gegners nach oben ab, wodurch die Brust des Soldaten ungeschützt war. Sein Konter kam so schnell, dass er damit jeden seiner Brüder überrumpelt hätte, aber der große Mann parierte ihn scheinbar mühelos. Er trat zurück und nahm eine geduckte Haltung ein, das Schwert gesenkt, ohne Vaelin auch nur einen Moment aus den Augen zu lassen.

Der stämmige Mann, der sich mit einer Hand die verletzte Wange hielt, kam nun wieder auf Vaelin zugestolpert. Er schwang sein Schwert wild hin und her, und seine blutigen Lippen stießen unhörbare Flüche aus.

Vaelin tat so, als würde er den großen Mann angreifen, und schlug mit der Klinge nach dessen Beinen, um ihn zurückzutreiben. Dann stürzte er sich so schnell auf den stämmigen Mann, dass diesem keine Zeit blieb, sich zu verteidigen. Vaelin duckte sich unter dem Schwert seines Gegners hindurch und stieß ihm die Klinge in den Rücken. Seine Schwertspitze durchbohrte sein Herz und trat durch die Brust wieder aus. Vaelin stemmte den Fuß gegen den Rücken des Sterbenden, und es gelang ihm gerade noch rechtzeitig, die Klinge herauszuziehen, um einem Schlag des großen Mannes auszuweichen. Er glaubte zu sehen, wie die Klinge einen Regentropfen in der Luft entzweischnitt.

Sie zogen sich beide nun zurück und umkreisten einander mit gesenkten Schwertern, wobei sie sich mit Blicken maßen. Es dauerte eine Weile, bis der stämmige Mann gestorben war. Er lag zappelnd auf dem regennassen Sand zwischen ihnen und murmelte Flüche, bis ihm der Atem ausging und er leblos in sich zusammensackte.

Plötzlich überkam Vaelin erneut das Gefühl, dass etwas nicht stimmte, so wie damals im Wald und vor dem Angriff von Schwester Henna im Haus des fünften Ordens. Und wie an dem Abend, als er auf Frentis' Rückkehr von der Wildnisprüfung gewartet hatte. Etwas an seinem letzten Gegner – ob es an seinem selbstbewussten Blick lag, an seiner Haltung oder seiner ganzen Art – legte einen schrecklichen Schluss nahe: *Dieser Mann ist kein Verbrecher, kein Mörder!* Woher Vaelin das wusste, hätte er nicht sagen können. Aber das Gefühl war noch nie so stark gewesen, und er hatte keinen Zweifel daran, dass es die Wahrheit war.

Er blieb stehen und senkte das Schwert, während er sich aufrichtete. Seine Gesichtszüge entspannten sich. Zum ersten Mal spürte er den Regen, der ihm kalt auf die Haut prasselte. Der große Mann runzelte verwirrt die Stirn, als Vaelin seine Kampfhaltung aufgab. Der Regen wusch das Blut von seiner gesenkten Klinge. Vaelin hob die linke Hand zu einer Geste des Waffenstillstands.

»Wer seid …«

Blitzschnell griff der große Mann an; sein Schwert schoss gerade vor wie ein Pfeil und zielte direkt auf Vaelins Herz. Nicht einmal Meister Sollis hatte sich je so flink bewegt, und der Stoß hätte Vaelin töten müssen. Irgendwie gelang es ihm, sich rechtzeitig wegzudrehen, sodass die Schwertspitze nur sein Hemd aufriss und ihm die Schneide über die Brust fuhr.

Der Kopf des großen Mannes ruhte an Vaelins Schulter, als die grimmige Entschlossenheit aus seinem Blick wich. Seine Lippen öffneten sich zu einem leisen Keuchen, seine Haut verlor rasch an Farbe.

»Wer seid Ihr?«, fragte Vaelin im Flüsterton.

Der große Mann stolperte rückwärts, und mit einem Übelkeit erregenden Geräusch, das wie ein Reißen klang, zog Vaelin sein Schwert aus der Brust des Mannes. Sein Gegner sank langsam auf die Knie, wobei er sich nur mit seinem Schwert aufrecht hielt, das Kinn auf den Knauf gestützt. Vaelin sah, dass seine Lippen sich bewegten, und er ging neben ihm in die Hocke, um verstehen zu können, was er sagte.

»Meine … Frau …«, stammelte der Mann. Als wollte er Vaelin etwas erklären. Erneut sah er seinen Gegner an, und einen Moment lang wirkte sein Blick beinahe entschuldigend. Bedauernd.

Vaelin fing den Mann auf, als er zu Boden sank, und spürte, wie sein Körper ein letztes Mal erzitterte. Er hielt den toten Soldaten im Arm, während der Regen auf ihn niederströmte und die im Blutrausch brüllende Menge ihn mit ihrer Bewunderung überschüttete.

◆ ◆ ◆

Vaelin war noch nie in seinem Leben betrunken gewesen. Er empfand es als unangenehm, fast wie die Benommenheit, die er verspürte, wenn er bei den Übungen einen heftigen Schlag gegen den Kopf abbekam, nur dass es länger andauerte. Das Bier schmeckte bitter, und nach dem ersten Schluck hatte er angewidert das Gesicht verzogen.

»Wirst dich noch dran gewöhnen«, hatte Barkus ihm versichert.

Die Taverne befand sich nahe dem Westteil der Stadtmauer und wurde hauptsächlich von Soldaten des königlichen Heers besucht, die gerade außer Dienst waren, und von städtischen Händlern. Die meisten ließen die fünf Brüder in Frieden, nur hin und wieder rief jemand Vaelin einen Glückwunsch zu.

»Die beste Wette, die ich je gewonnen habe«, schrie ein alter Mann mit fröhlichem Gesicht und prostete Vaelin mit seinem Bierkrug zu. »Hast mir heute einen Batzen Geld eingebracht, Bruder. Die Quoten standen zehn zu eins, wie es so aussah, als würdest du ins Gras beißen …«

»Halt die Klappe!«, sagte Nortah mit ausdrucksloser Stimme. Sein linker Arm steckte in einer Schlinge, der Unterarm war dick mit Verbänden umwickelt, aber seine Miene wirkte bedrohlich genug, dass der Alte ganz blass wurde und sich ohne ein weiteres Wort wieder setzte.

Sie suchten sich einen leeren Tisch, und Barkus gab eine Runde aus. Wegen einer Schnittwunde am Unterschenkel humpelte er und verschüttete auf dem Rückweg zu ihrem Tisch einen guten Teil des Biers.

»Du Tolpatsch«, knurrte Dentos. »Beim nächsten Mal lässt du mich das Bier holen.« Er war der Einzige, der die Prüfung völlig unbeschadet überstanden hatte, auch wenn sein Blick merkwürdig furchtsam wirkte und er nur selten blinzelte, so als hätte er Angst vor dem, was er sehen könnte, wenn er die Augen schloss.

Caenis trank einen Schluck Bier und runzelte verwirrt die Stirn. »So verrückt wie die meisten Männer nach diesem Gesöff sind, hätte ich gedacht, dass es besser schmecken würde.« An seinem Kinn hatte er eine mit acht Stichen genähte Wunde. Der Bruder vom fünften Orden, der seine Verletzung versorgt hatte, hatte ihm versichert, dass er die Narbe für den Rest seines Lebens behalten würde.

»Tja«, sagte Nortah und hob seinen Bierkrug. »Immerhin sind wir alle hier.«

»Ja.« Dentos hob ebenfalls seinen Krug und stieß mit Nortah an. »Lasst uns darauf trinken … dass wir hier sind.«

Sie tranken, und Vaelin zwang sich, den Krug in einem Zug zu leeren.

»Langsam, Bruder«, warnte Barkus.

Er spürte, wie die anderen am Tisch besorgte Blicke austauschten, während er den Bodensatz in seinem Krug betrachtete. In dem Bau, der Ring genannt wurde, hatte es eine ungemütliche Szene mit Meister Sollis gegeben, als Vaelin von ihm hatte wissen wollen, wer der große Mann gewesen war, und der Meister nur barsch erwidert hatte: »Ein Mörder.«

»Das war kein Mörder«, hatte Vaelin gesagt, und seine wachsende Wut hatte ihn seine übliche Ehrerbietigkeit vergessen lassen. Das Gesicht des sterbenden Mannes stand ihm noch deutlich vor Augen. »Meister, wer war dieser Mann? Warum musste ich ihn töten?«

»Jedes Jahr liefert uns die Stadtwache eine Reihe von Verurteilten«, erwiderte Sollis, der mit seiner Geduld offenbar fast am Ende war. »Wir suchen die Stärksten und Kampferfahrensten von ihnen aus. Wer sie sind, kümmert uns nicht. Und es sollte auch dich nicht kümmern, Sorna.«

»Tut es aber!« Vaelin trat einen Schritt auf Sollis zu, und die Wut kochte in ihm hoch.

»Vaelin«, warnte ihn Caenis und legte ihm eine Hand auf den Arm.

»Ich habe heute einen Unschuldigen getötet«, schrie Vaelin Sollis an. Er schüttelte Caenis' Hand ab und ging weiter auf den Meister zu. »Und wofür? Um Euch zu zeigen, dass ich töten kann? Das wusstet Ihr schon vorher. Ihr habt ihn ausgewählt, nicht wahr? Ihr wusstet, dass er der Kampferprobteste von allen war. Ihr habt ihn mir absichtlich zugeteilt.«

»Eine Prüfung wäre keine richtige Prüfung, wenn sie zu einfach wäre, Bruder.«

»EINFACH?« Ein rötlicher Schleier trübte seinen Blick, und seine Hand wanderte zu seinem Schwert.

»Vaelin!« Dentos und Nortah traten zwischen ihn und Meister Sollis, und Barkus zerrte ihn zurück, während Caenis seine Schwerthand umklammert hielt.

»Schafft ihn hier raus!«, befahl Sollis wütend, und die anderen drängten Vaelin zum Ausgang. »Nehmt den Rest des Tages frei und helft eurem Bruder, wieder zur Vernunft zu kommen.«

Vaelin war sich nicht sicher, ob Biertrinken der beste Weg war, wieder zur Vernunft zu kommen. Seine Wut hatte kein bisschen nachgelassen – wenn überhaupt, dann hatte das Schwanken des Raums um ihn herum sie noch verstärkt.

»Mein Onkel Derv konnte mehr Bier wegschlucken als jeder andere Mann«, sagte Dentos nach seinem vierten Krug, wobei ihm der Kopf schon auf die Brust sank. »An jedem Jahrmarkt zur Sommersonnenwende gab's einen Wettbewerb. Die Leute kamen von überallher, um ihn herauszufordern. Nicht einer konnte ihn besiegen. Fünf Jahre lang war er Meister im Biertrinken. Und es wären noch sechs geworden, wenn er sich nicht eines Winters zu Tode gesoffen hätte.« Er hielt inne und rülpste laut. »Der alte Schwachkopf.«

»Soll das nicht irgendwie Spaß machen?«, fragte Caenis, der sich mit beiden Händen an der Tischkante festhielt, als hätte er Angst, umzukippen.

»Also, mir geht's richtig gut«, sagte Barkus und grinste fröhlich. Seine Hemdbrust war schon biergetränkt, und er schien gar nicht zu merken, dass bei jedem Schluck die Hälfte danebenging.

»Zwei Brüder …«, sagte Nortah. Er redete schon seit Stunden von seiner Prüfung. Soweit Vaelin es verstanden hatte, waren zwei der Männer, die Nortah getötet hatte, Brüder gewesen, offenbar beides verurteilte Verbrecher. »Zwillinge … glaube ich. Sie sahen genau gleich aus und haben sogar dasselbe Geräusch gemacht beim Sterben …«

Vaelins Magen regte sich plötzlich, und ihm wurde bewusst, dass er sich gleich würde übergeben müssen. »Ich geh mal kurz raus«, murmelte er und stolperte zur Tür, wobei er nicht mehr in der Lage zu sein schien, geradeaus zu laufen.

Die Luft draußen war kühl und frisch, und seine Übelkeit ließ ein wenig nach, aber er musste sich dennoch in den Rinnstein übergeben. Dann lehnte er sich mit dem Rücken gegen die Tavernenmauer und sank langsam zu Boden. Sein Atem stand ihm in Wolken vor dem Gesicht. *Meine Frau*, hatte der große Mann gesagt. Vielleicht hatte er nach ihr gerufen. Oder sich ein letztes Mal an sie erinnert, um das Bild ihres Gesichts mit ins Jenseits zu nehmen.

»Ein Mann, der so viele Feinde hat, sollte sich nicht so verwundbar zeigen.«

Der Mann, der über ihm stand, war mittelgroß, aber gut gebaut, mit einem schmalen, von Falten durchzogenen Gesicht und einem stechenden Blick.

»Erlin«, sagte Vaelin und ließ den Griff seines Messers los. »Du hast dich kein bisschen verändert.« Benommen sah er sich auf der leeren Straße um. »Habe ich das Bewusstsein verloren? Bist du wirklich hier?«

»Ich bin hier.« Erlin reichte ihm die Hand. »Und ich glaube, du hattest für heute Abend genug.«

Vaelin ergriff seine Hand und kam mit einigen Schwierigkeiten auf die Beine. Zu seiner Überraschung stellte er fest, dass er mindestens einen halben Fuß größer war als Erlin. Als sie sich das letzte Mal begegnet waren, hatte er ihm kaum bis zur Schulter gereicht.

»Ich dachte mir schon, dass du mal ziemlich groß wirst«, sagte Erlin.

»Sella?«, fragte Vaelin.

»Ging es gut, als ich sie zuletzt gesehen habe. Ich weiß, dass sie dir immer noch dankbar ist.«

Ich werde kämpfen, aber nicht morden. Sein einstiger Entschluss fiel ihm wieder ein, das Versprechen, das er sich selbst gegeben hatte, nachdem er Sella und Erlin im Wald gerettet hatte. *Ich werde Männer töten, die mir im Kampf gegenübertreten, aber ich werde mein Schwert nicht gegen Unschuldige erheben.* Jetzt kam es ihm so nichtssagend vor, so naiv. Er erinnerte sich, wie sehr ihn Bruder Makrils Geschichten über die ermordeten Leugner angewidert hatten, und er fragte sich, ob es inzwischen noch einen Unterschied zwischen ihm und Makril gab.

»Ich habe noch ihr Tuch«, sagte er und versuchte, seine Gedanken in eine angenehmere Richtung zu lenken. »Könnt Ihr es ihr bringen?« Er langte ungeschickt unter sein Hemd, um das Tuch hervorzuholen.

»Ich bin nicht sicher, ob ich sie finden könnte. Außerdem würde sie sicherlich wollen, dass du es behältst.« Er nahm Vaelin am Ellenbogen und führte ihn von der Taverne weg. »Geh ein Stück mit mir. Davon solltest du einen klareren Kopf bekommen. Und es gibt viel, was ich dir zu erzählen habe.«

Sie gingen durch die leeren Straßen des Westviertels, an Werkstätten vorbei, welche die Gegend als Handwerksbezirk auswiesen. Als sie den Fluss erreicht hatten, merkte Vaelin an dem Schmerz, der sich in seinem Hinterkopf breitmachte, und an seinem sichereren Gang, dass er langsam wieder nüchtern wurde. Sie blieben auf dem Treidelpfad neben dem Fluss stehen und sahen auf das Mondlicht, das sich in den Wellen spiegelte, welche die Oberfläche des tintenschwarzen Wassers kräuselten.

»Als ich das erste Mal in die Stadt kam«, sagte Erlin, »stank der Fluss so fürchterlich, dass man es nicht in seiner Nähe aushalten konnte. Vor dem Bau der Kanalisation wurden sämtliche Abwässer in ihn eingeleitet. Jetzt ist er so sauber, dass man daraus trinken kann.«

»Ich habe Euch gesehen«, sagte Vaelin. »Auf dem Jahrmarkt zur Sommersonnenwende, vor vier Jahren. Ihr habt Euch ein Puppenspiel angeschaut.«

»Ja. Ich war geschäftlich dort.« An seinem Tonfall war zu erkennen, dass er sich nicht weiter darüber auslassen würde, was für ein Geschäft das gewesen war.

»Hierherzukommen ist für Euch ein großes Risiko. Bruder Makril ist bestimmt noch auf der Suche nach Euch. Eine Verfolgung gibt er nicht so schnell auf.«

»Das stimmt. Er hat mich letzten Winter erwischt.«

»Aber wie …?«

»Das ist eine lange Geschichte. Kurz gesagt, hat er mich auf einem Berg in Renfael gestellt. Wir haben miteinander gekämpft, ich habe verloren, und er ließ mich gehen.«

»Er ließ Euch gehen?«

»Ja. Ich war auch ziemlich überrascht.«

»Hat er gesagt, warum?«

»Er hat nicht viel gesprochen. Er hat mich für die Nacht gefesselt, sich ans Feuer gesetzt und sich bewusstlos getrunken. Irgendwann bin ich dann auch ohnmächtig geworden – der Kampf hatte mich ziemlich mitgenommen. Als ich am Morgen aufwachte, war ich nicht mehr gefesselt, und er war verschwunden.«

Vaelin erinnerte sich an die Tränen in Makrils Augen. *Vielleicht ist er ein besserer Mann, als ich vermutet hätte.*

»Ich habe dich heute kämpfen gesehen«, sagte Erlin.

Vaelin spürte, wie die Schmerzen in seinem Schädel zunahmen. »Ihr müsst reich sein, um Euch eine Eintrittskarte leisten zu können.«

»Wohl kaum. Es gibt einen Zugang zum Ringbau, den nur wenige kennen, ein Durchgang unter den Mauern, von dem aus man eine gute Sicht auf die Arena hat.«

Das Schweigen zwischen ihnen hielt an. Vaelin wollte nicht über seine Prüfung sprechen und hatte außerdem das Gefühl, dass er sich gleich wieder würde übergeben müssen. »Ihr sagtet, dass Ihr mir etwas erzählen wollt«, keuchte er, vorwiegend in der Hoffnung, dass ihn die Unterhaltung von der zunehmenden Übelkeit ablenken würde.

»Einer der Männer, die du getötet hast, hatte eine Frau.«

»Ich weiß. Er hat es mir gesagt.« Er sah Erlin an und bemerkte den prüfenden Blick in seinen Augen. »Kanntet Ihr ihn?«

»Nicht sehr gut. Mit seiner Frau war ich bekannt. Sie hat mir in der Vergangenheit geholfen. Ich zähle sie zu meinen Freunden.«

»Sie ist eine Leugnerin?«

»So könnte man es nennen. Sie selbst bezeichnet sich als Suchende.«

»Und ihr Mann, teilte er ihren … Glauben?«

»Nein. Sein Name war Urlian Jurahl. Einst hatte er Bruder Urlian geheißen. Wie du war er ein Bruder des sechsten Ordens, aber er hat den Orden verlassen, um mit seiner Frau Illiah zusammmen zu sein.«

Kein Wunder, dass er so gut gekämpft hat. »Ich habe ihn für einen Soldaten gehalten.«

»Nachdem er den Orden verlassen hatte, hat er das Handwerk eines Schiffsbauers erlernt und es damit weit gebracht. Er hatte seine eigene Werkstatt und baute Frachtkähne – die besten auf dem ganzen Fluss, heißt es.«

Vaelin schüttelte traurig den Kopf. *Ich habe im Namen des Glaubens einen unschuldigen Schiffsbauer getötet.* »Was hatte er in der Arena zu suchen? Ich weiß, dass er kein Mörder war.«

»Es war während der Unruhen. Ein paar Nachbarn haben Wind von Illiahs Überzeugungen bekommen – wie genau, weiß ich nicht. Vielleicht hat ihr Sohn beim Spielen davon erzählt. Kinder sind manchmal zu vertrauensselig. Sie kamen, um sie zu holen, zehn Männer mit einem Strick. Urlian hat zwei von ihnen getötet und drei weitere verletzt. Die Restlichen sind weggelaufen, aber sie kehrten schon bald mit der Stadtwache im Schlepptau zurück. Urlian wurde überwältigt und zusammen mit seiner Frau in die Schwarzfeste gebracht.«

»Was ist mit ihrem Sohn?«

»Er hat sich auf Geheiß des Vaters während des Kampfes versteckt. Jetzt ist er in Sicherheit. Bei Freunden von mir.«

»Wenn Urlian seine Frau verteidigt hat, dann war es kein Mord. Der Richter hätte das doch sicher genauso gesehen.«

»Ja. Aber der Richter hatte ein paar reiche Freunde, die eine Gelegenheit witterten. Wusstest du, dass es sich kaum gelohnt hat, bei der Prüfung auf dein Ableben zu setzen, weil die Chancen dafür einfach zu schlecht standen? Mit Urlian in der Arena sah die Sache dagegen anders aus. Sie machten ihm ein Angebot: Er sollte sein Verbrechen gestehen und sich für die Prüfung auswählen lassen. Deine Meister würden seine Fähigkeiten natürlich schnell bemerken und ihn dir zuteilen. Hatte er dich erst getötet, würde man ihm und seiner Frau die Freiheit schenken.«

Vaelin stellte fest, dass ihn Erlins Enthüllungen wieder völlig nüchtern gemacht hatten. »Seine Frau ist noch in der Schwarzfeste?«

»Ja. Inzwischen hat sie wahrscheinlich vom Schicksal ihres Mannes erfahren. Mir graut vor dem, was sie in ihrer Trauer tun wird.«

»Dieser Richter und seine reichen Freunde, wisst Ihr die Namen?«

»Was würdest du tun, wenn ich sie dir nenne?«

Vaelin musterte ihn mit kaltem Blick. »Sie töten. Darum geht es Euch doch, oder? Mich dazu zu bringen, Rache zu nehmen? Nun, Ihr habt Euer Ziel erreicht. Verratet mir einfach ihre Namen.«

»Du verstehst mich falsch, Vaelin. Ich will keine Rache nehmen. Außerdem könntest du sie unmöglich alle töten. Reiche Männer aus adligen Familien haben viele Beschützer, viele Wachen. Vielleicht würde es dir gelingen, einen von ihnen umzubringen, aber nicht alle. Und Illiah würde immer noch in der Schwarzfeste auf ihr Schicksal warten, wenn du zur Strecke gebracht worden bist.«

»Warum erzählt Ihr mir dann das alles, wenn ich nichts tun kann, um das Unrecht zu sühnen?«

»Du kannst dich für Illiah einsetzen. Dein Wort hat einiges Gewicht. Wenn du zu deinem Aspekten gingest und ihm erklärtest …«

»Sie ist eine Leugnerin. Sie werden ihr nicht helfen, solange sie sich nicht von ihrem ketzerischen Glauben lossagt.«

»Das wird sie nicht tun. Ihre Seele ist stärker an ihre Überzeugungen gebunden, als du dir vorstellen kannst. Wahrscheinlich könnte sie sich nicht einmal davon lossagen, wenn sie es wollte. Ich weiß, dass der Aspekt deines Ordens ein mitfühlender Mann ist, Vaelin. Er wird sich für sie starkmachen.«

»Selbst wenn er das täte, so untersteht die Schwarzfeste seit dem letzten Konklave nicht mehr dem sechsten Orden, sondern dem vierten. Ich habe Aspekt Tendris kennengelernt. Einer Leugnerin, die keine Reue zeigt, wird er niemals helfen.« Missmutig drehte Vaelin sich wieder dem Fluss zu. Immer wieder sah er Urlians bleiches Gesicht vor sich, der nach seiner Frau fragte.

»Es gibt also nichts, was du tun kannst?«, erkundigte sich Erlin. Er klang niedergeschlagen, und Vaelin wusste, dass sein Kommen ein Akt der Verzweiflung gewesen war, für den er ein erhebliches Risiko auf sich genommen hatte.

»Ihr bringt mir sehr viel Vertrauen entgegen«, sagte Vaelin. »Dafür möchte ich Euch danken.«

»Ich bin erfahren genug, um einen Menschen einschätzen zu können.« Erlin trat einen Schritt zurück und reichte Vaelin die Hand. »Es tut mir leid, dass ich dich mit dieser Geschichte belastet habe. Ich werde dich jetzt in Frieden lassen.«

»Ich habe schon oft festgestellt, dass die Wahrheit keine Belastung ist, sondern ein Geschenk.« Vaelin schüttelte Erlins Hand. »Nennt mir die Namen dieser Männer.«

»Ich werde dich nicht in den sicheren Tod schicken.«

»Das werdet Ihr nicht. Vertraut mir. Mir ist etwas eingefallen, was ich tun kann.«

ZEHNTES KAPITEL

E r wählte das Tor in der Ostmauer, weil es dort wahrscheinlich am ruhigsten war. Trotz der späten Stunde war das Haupttor zum Palast sicher gut bewacht. Es würde zu viele Zeugen geben, die davon berichten konnten, wie Vaelin Al Sorna um eine Audienz beim König gebeten hatte.

»Verschwinde, Junge«, sagte der Feldwebel am Tor, ohne sich die Mühe zu machen, den Schutz seines Wachhauses zu verlassen. »Geh woanders hin, um deinen Rausch auszuschlafen.«

Vaelin wurde bewusst, dass er wahrscheinlich furchtbar nach Wirtshaus stank. »Mein Name ist Bruder Vaelin Al Sorna vom sechsten Orden«, sagte er und bemühte sich dabei, so selbstbewusst zu klingen, als hätte er jedes Recht, hier zu sein. »Ich bitte um eine Audienz bei König Janus.«

»Bei den Ahnen!« Der Feldwebel seufzte verärgert. Er kam heraus, um Vaelin streng zu mustern. »Du weißt, dass du dafür ausgepeitscht werden kannst, wenn du einem Offizier des königlichen Heers einen falschen Namen nennst?«

Ein jüngerer Wachmann tauchte hinter dem Feldwebel auf und betrachtete Vaelin mit beinahe ehrfürchtigem Gesichtsausdruck. »Äh, Feldwebel ...«

»Aber es ist spät, und ich bin heute guter Laune.« Der Feldwebel kam mit geballten Fäusten und finsterer Miene auf Vaelin zu. »Deshalb werde ich dir nur eine Kopfnuss verpassen und dich ziehen lassen.«

»Feldwebel!«, sagte der junge Mann noch einmal lauter und packte seinen Vorgesetzten am Arm. »Er ist es.«

Der Feldwebel sah den jungen Mann an und richtete seinen Blick dann wieder auf Vaelin, um ihn von Kopf bis Fuß zu mustern. »Bist du sicher?«

»Ich hatte doch heute früh Dienst im Ringbau. Er ist es wirklich.«

Der Feldwebel ließ die Fäuste sinken, aber er machte dabei keinen glücklicheren Eindruck. »Was hast du mit dem König zu tun?«

»Das geht nur ihn etwas an. Er wird mich empfangen, wenn er erfährt, dass ich hier bin. Und ich bin sicher, dass es ihm sehr missfallen wird, sollte er erfahren, dass man mich abgewiesen hat.« *Eine glaubhafte Lüge*, lobte er sich innerlich. In Wahrheit hatte er keine Ahnung, ob der König ihn empfangen würde.

Der Feldwebel dachte darüber nach. Seine Narben ließen auf einen langen, entbehrungsreichen Dienst beim königlichen Heer schließen. Zweifellos empfand er seinen gegenwärtigen Posten als angenehm, während er auf die Pensionierung wartete, und war ungehalten über jede Störung. »Geh den Hauptmann wecken und berichte ihm von unserem Besucher«, befahl der Feldwebel dem jüngeren Wachmann. »Und sag ihm, ich lasse ihn grüßen und bitte vielmals um Entschuldigung.«

Nachdem der Wachmann eilig eine kleine Tür in dem großen Eichenholztor aufgeschlossen hatte und verschwunden war, standen sich Vaelin und der Feldwebel gegenüber und betrachteten einander schweigend.

»Wie ich gehört habe, hast du in der Nacht des Aspekten-Massakers fünf ketzerische Meuchelmörder getötet«, knurrte der Feldwebel schließlich.

»Es waren fünfzig.«

Es schien eine Ewigkeit zu dauern, bis der Wachmann zurückkehrte, gefolgt von einem schlanken jungen Mann, der die makellose Uniform eines Hauptmanns der berittenen Garde des Königs trug. Er musterte Vaelin kurz, bevor er ihm die Hand reichte. »Bruder Vaelin«, sagte er mit einem leichten renfaelischen Akzent. »Hauptmann Nirka Smolen, zu Euren Diensten.«

»Es tut mir leid, Euch geweckt zu haben, Hauptmann«, sagte Vaelin, den das adrette Äußere des Mannes ziemlich irritierte. Von seinen glänzenden Stiefeln bis hin zu dem präzise gestutzten Bart zeugte alles an ihm von einer bemerkenswerten Liebe zum Detail. In keiner Weise machte er den Eindruck, gerade erst aus dem Bett geholt worden zu sein.

»Keine Ursache.« Hauptmann Smolen deutete auf die offene Tür. »Sollen wir?«

Vaelins Kindheitserinnerungen an die glänzende Pracht des Palastes fanden im Ostflügel des Bauwerks keine Entsprechung. Nachdem sie einen kleinen Hof überquert hatten, wurde er in ein Labyrinth aus Korridoren geführt, die mit einer Vielzahl eingestaubter Truhen und in Tücher gewickelter Gemälde vollgestellt waren.

»Dieser Flügel wird hauptsächlich als Aufbewahrungsort benutzt«, erklärte Hauptmann Smolen, als er seinen verwirrten Gesichtsausdruck bemerkte. »Der König erhält viele Geschenke.«

Vaelin folgte dem Hauptmann durch eine Reihe von Korridoren und Gemächern, bis sie zu einem großen Raum mit Mustern auf dem Boden und großen Gemälden an den Wänden kamen. Vaelins Aufmerksamkeit wurde augenblicklich von den Bildern angezogen, die mindestens zwei Meter maßen und eine Schlacht zeigten. Die dargestellte Szenerie war bei jedem Bild anders, im Mittelpunkt stand jedoch stets ein und dieselbe Figur: ein imposanter Mann mit feuerroten Haaren auf einem weißen Schlachtross, der, hoch über den Kopf erhoben, ein Schwert hielt. *König Janus.* Auch wenn Vaelin nur noch vage Erinnerungen an den König hatte, konnte er sich nicht entsinnen, dass sein Kinn so markant und seine Schultern so breit gewesen waren.

»Die sechs Schlachten, die das Land vereinten«, sagte Hauptmann Smolen. »Gemalt von Meister Benril Lenial. Er hat mehr als drei Jahre daran gearbeitet.«

Vaelin erinnerte sich an die Zeichnungen von Meister Benril in den Gemächern von Aspektin Elera, ihren Detailreichtum und die lebensechte Anmutung der aufgeschnittenen Eingeweide. Eine solche Klarheit konnte er hier nicht entdecken. Die Farben waren grell, aber sie leuchteten nicht, und die dargestellten Krieger waren zwar genauestens abgebildet, wirkten aber irgendwie gekünstelt, als würden sie nicht kämpfen, sondern nur posieren.

»Nicht seine beste Arbeit, was?«, bemerkte Hauptmann Smolen. »Er hat diese Bilder auf Befehl des Königs angefertigt, wisst Ihr. Ich habe den Verdacht, dass ihm das Thema nicht wirklich lag. Habt Ihr einmal sein Fresko im Andenken an die Opfer der Roten Hand in der Großen Bibliothek gesehen? Das ist wirklich atemberaubend.«

»In der Großen Bibliothek bin ich noch nie gewesen«, erwiderte Vaelin und dachte dabei, dass sich Hauptmann Smolen wahrscheinlich gut mit Caenis verstehen würde.

»Ihr solltet sie einmal besuchen. Sie ist ein wahres Schmuckstück des Reiches. Ich brauche dann bitte Eure Waffen.«

Vaelin legte seinen Umhang ab, in dem seine vier Wurfmesser steckten, schnallte sich das Schwert vom Rücken, nahm sein Jagdmesser aus dem Gürtel und zog den schmalen Dolch aus seinem linken Stiefel.

»Hübsch«, sagte Hauptmann Smolen und drehte den Dolch hin und her. »Aus dem alpiranischen Reich?«

»Ich weiß es nicht. Ich habe ihn einem Toten abgenommen.«

»Die Waffen werden hierbleiben, bis Ihr zurückkommt.« Smolen legte sie auf einen Tisch in der Nähe. »Niemand wird sie anrühren.« Damit ging er zu einem freien Teil der Wand und drückte dagegen, worauf sie nach innen aufschwang. Dahinter kam eine dunkle Treppe zum Vorschein. »Steigt die Stufen hinauf.«

»Dort oben ist er?«, fragte Vaelin. Er hatte eher erwartet, in einen Thronsaal oder ein Audienzzimmer geführt zu werden.

»Jawohl. Ihr solltet ihn besser nicht warten lassen.«

Vaelin dankte mit einem Nicken und ging zur Treppe. Öllampen an der Wand tauchten die Stufen in ein trübes Licht, und die Finsternis wurde noch vollkommener, als Smolen die Tür hinter ihm schloss. Wie befohlen stieg er die Treppe hinauf; das Stapfen seiner Stiefel auf den Steinstufen hallte in der engen Treppenflucht wider. Die Tür am Ende der Treppe stand einen Spalt weit offen, und durch den Spalt strömte helles Lampenlicht aus dem Raum dahinter. Die Tür quietschte laut, als Vaelin sie aufschob, aber der Mann, der vor ihm an einem Schreibtisch saß, blickte nicht auf. Er war über eine Rolle Pergament gebeugt, das er mit einer Schreibfeder beschrieb. Der Mann war alt, etwa um die sechzig, aber immer noch breitschultrig. Sein langes Haar hing ihm ins Gesicht; einst war es rot gewesen, und in das Grau mischte sich noch immer ein kupferfarbener Schimmer. Er trug ein einfaches Hemd aus weißem Leinen, dessen Ärmel mit Tintenflecken beschmiert waren. Sein einziger Schmuck war ein goldener Siegelring am Mittelfinger seiner rechten Hand, auf dem das Emblem eines sich aufbäumenden Pferdes prangte.

»Euer Hoheit ...«, setzte Vaelin an und sank auf ein Knie.

Der König hob die linke Hand und bedeutete ihm aufzustehen, dann wies er auf einen in der Nähe stehenden Stuhl. Dabei kratzte seine Schreibfeder weiter über das Pergament. Vaelin ging zu dem Stuhl, der mit Büchern und Schriftrollen vollgestapelt war. Er zögerte einen Moment und sammelte sie dann vorsichtig zusammen, um sie auf den Boden zu legen, bevor er sich setzte.

Er wartete.

Das einzige Geräusch im Raum war das Kratzen der Schreibfeder des Königs. Vaelin fragte sich, ob er erneut das Wort ergreifen sollte, aber etwas sagte ihm, dass es besser wäre zu schweigen. Stattdessen blickte er sich im Raum um. Er hatte sich nicht vorstellen können, dass man in einem Zimmer noch mehr Bücher unterbringen konnte, als dies in Aspektin Eleras Gemach der Fall gewesen war, aber das Zimmer des Königs schlug das ihre noch um Längen. An den Wänden drängten sich Regale, die bis unter die Decke reichten. Dazwischen standen Kisten mit Schriftrollen, von denen manche schon überaus alt und zerfleddert waren. Der einzige Schmuck war eine große Karte der Königslande über dem Kamin, die mit allerlei Bezeichnungen in einer krakeligen Handschrift versehen war. Merkwürdigerweise waren einige davon in roter Tinte geschrieben und andere in schwarzer. In einer Ecke der Karte befand sich eine Liste, deren Einträge in schwarzer Tinte gemacht und mit roter durchgestrichen waren. Es war eine lange Liste.

»Du hast das Gesicht deines Vaters, aber den aufmerksamen Blick deiner Mutter.«

Vaelin sah den König an. Er hatte die Schreibfeder beiseitegelegt und sich in seinem Stuhl zurückgelehnt. Seine grünen Augen leuchteten hell und scharfsinnig in seinem zerfurchten, wettergegerbten Gesicht. Vaelins Blick wanderte immer wieder zu den grellroten Narben am Hals des Königs – ein Überbleibsel der Roten Hand, die er sich in seiner Kindheit zugezogen hatte.

»Euer Hoheit?«, stammelte er.

»Dein Vater ist äußerst versiert in der Kriegsführung, aber ich muss sagen, dass er in anderer Hinsicht doch ziemlich beschränkt ist. Deine Mutter hingegen war in vielen Dingen bewandert. Du hattest ihren Blick, als du gerade meine Karte betrachtet hast.«

»Es hätte sie sicher gefreut, dass Ihr eine so hohe Meinung von ihr habt, Hoheit.«

Der König hob eine Augenbraue. »Spar dir die Schmeicheleien, Junge. Dafür habe ich meine Diener. Außerdem verstehst du dich nicht darauf. Zumindest darin ähnelst du deinem Vater.«

Vaelin spürte, wie er rot anlief, und musste sich eine Entschuldigung verkneifen. *Er hat recht, ich bin kein Höfling.* »Vergebt mir die späte Störung, Hoheit. Ich bin gekommen, um Euch um Hilfe zu bitten.«

»Die meisten Leute, die zu mir kommen, wollen mich um Hilfe bitten. Für gewöhnlich bringen sie allerdings exorbitant teure Geschenke und kriechen mindestens ein paar Stunden lang vor mir im Staub. Wirst du vor mir im Staub kriechen, junger Bruder?« Des Königs Mund hatte sich zu einem kleinen, freudlosen Lächeln verzogen.

»Nein.« Vaelin stellte fest, dass seine Beklommenheit sich rasch in kalte Wut verwandelte. »Nein, Hoheit, das werde ich nicht.«

»Und dennoch kommst du mitten in der Nacht zu mir und verlangst, dass ich dir einen Gefallen erweise.«

»Ich verlange gar nichts.«

»Aber du willst etwas von mir. Was wird es wohl sein? Geld? Wahrscheinlich nicht. Deinen Eltern hat es nichts bedeutet, und dir wird es sicher genauso wenig bedeuten. Vielleicht Hilfe bei einem Heiratsantrag? Du hast ein Auge auf ein Mädchen geworfen, aber sein Vater will keinen mittellosen Ordensjungen als Schwiegersohn?« Der König legte den Kopf schief und betrachtete Vaelin eingehend. »O nein, das bestimmt nicht. Also, worum geht es?«

»Gerechtigkeit«, sagte Vaelin. »Gerechtigkeit für einen ermordeten Mann und seine Familie.«

»Ermordet, sagst du? Von wem?«

»Von mir, Hoheit. Ich habe heute bei der Schwertprüfung einen Mann getötet. Er war unschuldig, das Opfer einer unrechtmäßigen Verurteilung, er wurde nur in die Arena gebracht, um mir bei der Prüfung als Gegner zugeteilt zu werden.«

Aller Spott verschwand aus der Miene des Königs, und sein Gesichtsausdruck wirkte stattdessen ernst, wenngleich undurchschaubar. »Erzähl mir mehr.«

Vaelin berichtete ihm, was vorgefallen war: Urlians Verhaftung, die Gefangenschaft seiner Frau in der Schwarzfeste und die Namen der Verantwortlichen: Jentil Al Hilsa, der Richter, der Urlian verurteilt hatte, und Mandril Al Unsa und Haris Estian, die beiden reichen Männer, die aus Vaelins Tod hatten Gewinn schlagen wollen.

»Und woher hast du dieses Wissen?«, fragte der König, als er geendet hatte.

»Ein Mann ist heute Nacht zu mir gekommen, ein Mann, dem ich vertraue.« Vaelin hielt inne und nahm all seinen Mut zusammen. Er wusste, dass es sich nicht vermeiden ließ, ein gewisses Risiko einzugehen. »Ein Mann, der weiß, mit welchen Widrigkeiten Leugner in diesem Land zu kämpfen haben.«

»Ah. Für ein Mitglied des Ordens hast du ungewöhnliche Freunde.«

»Der Glaube lehrt uns, offen für die Wahrheit zu sein, wo immer wir sie finden mögen.«

»Es scheint, dass du auch die Redegewandtheit deiner Mutter geerbt hast.« Der König nahm einen frischen Bogen Pergament von einem Stapel auf seinem Schreibtisch, tauchte seine Feder in ein Fässchen mit schwarzer Tinte und schrieb einen kurzen Absatz. Dann wischte er die Schreibfeder an seinem Hemdärmel ab, tauchte sie in ein Fässchen mit roter Tinte und schrieb eine Liste unter den schwarzen Text. Er beendete das Schriftstück mit einer geschwungenen Unterschrift und nahm dann eine Kerze und ein Stück Siegelwachs. Er hielt die Flamme an das Wachs, bis ein Tropfen davon auf den unteren Rand des Pergaments fiel. Schließlich blies er vorsichtig auf das Wachs und drückte seinen Siegelring hinein.

»Jedes Mal, wenn ich eines dieser Schriftstücke unterzeichne«, sagte er und legte seine Schreibfeder beiseite, »muss ich meine Karte umschreiben.« Vaelin betrachtete erneut die Karte an der Wand und die Liste darauf, schwarze Wörter, die mit roter Tinte durchgestrichen waren. *Namen*, dachte er. *Die Namen von Männern, die er getötet hat. Nortahs Vater muss auch darunter sein.*

»Ich werde diese Männer hinrichten lassen«, sagte der König. »Auf der Grundlage dessen, was du mir soeben erzählt hast. Es wird keine Gerichtsverhandlung geben, das Wort des Königs steht über dem Gesetz. Ihre Familien werden mich für das, was ich getan habe, hassen, aber da ich ihre Besitztümer beschlagnahmen und sie damit mittellos machen werde, spielt das keine Rolle.«

Vaelin sah dem König in die Augen und versuchte zu ergründen, ob seine Worte ernst gemeint waren, konnte jedoch kein Anzeichen von Unaufrichtigkeit entdecken. »Eine Familie sollte nicht für die Verbrechen eines ihrer Mitglieder bestraft werden.«

»Bei adligen Familien ist das notwendig. Lasse ich ihnen ihren Reichtum, werden sie ihn früher oder später gegen mich verwenden. Außerdem kenne ich diese Männer und ihre Familien. Sie sind ein gemeiner und habgieriger Haufen, allesamt. Ein Leben in der Gosse geschieht ihnen recht.«

»Ihr messt meinen Worten großes Gewicht bei, Hoheit. Womöglich habe ich gelogen …«

»Das hast du nicht. Ich bin seit dreißig Jahren König. Ich erkenne, wenn jemand lügt.«

Die Gerechtigkeit des Königs ist unerbittlich, dachte Vaelin. Konnte er damit leben? Als er die Entschlossenheit im Blick des Königs sah, wurde ihm klar, dass ihm keine andere Wahl blieb. Er hatte das Schicksal dieser Männer in dem Moment besiegelt, als er den Mund geöffnet hatte. »Und die Frau des Mannes?«

»Tja, da haben wir ein Problem. Sie ist eine Leugnerin, die keine Reue zeigt. Aspekt Tendris wird sie zweifellos in einem Käfig an die Stadtmauer hängen wollen. Das heißt, wenn sie nicht schon während des Verhörs stirbt.«

»Hoheit, Ihr seid der König dieses Reichs und Verteidiger des Glaubens. Es muss doch etwas geben, was Ihr tun könnt …«

»Tatsächlich?« Auf dem Gesicht des Königs spiegelte sich eine Mischung aus Zorn und Belustigung. »Ich habe heute Nacht meine Pflicht getan.« Er deutete auf das Todesurteil, das er geschrieben hatte. »Es ist die Pflicht eines Königs, Gerechtigkeit walten zu lassen, wo immer er kann. Ich werde diese Männer hinrichten lassen, weil sie die Gesetze dieses Reiches gebrochen und den Tod verdient haben. Was die Frau des Opfers betrifft, so fallen ihre Verbrechen nicht unter meine Gerichtsbarkeit. Es ist deshalb keine Frage der Pflicht, sondern eine Frage dessen, was ich tun könnte, wenn es mir einen Vorteil bringt. Also, Vaelin Al Sorna, erkläre mir, inwiefern es für mich von Vorteil ist, dieser Frau das Leben zu retten. Du hast deinen Namen benutzt, um zu mir vorgelassen zu werden – hast du mir noch mehr zu sagen?«

Vergib mir, Mutter. »Ich weiß, dass Euer Hoheit Pläne für mich hatten, bevor mein Vater mich zum Orden gebracht hat. Wenn es Euch beliebt, werde ich mich diesen Plänen fügen, solltet Ihr dafür sorgen, dass Urlians Frau freigelassen wird.«

Der König griff nach einer Kristallkaraffe auf dem Schreibtisch und goss sich etwas Rotwein in ein Glas. »Cumbraelischer Wein, zehn Jahre alt. Einer der Vorzüge des Königseins ist ein gut gefüllter Weinkeller.« Er bot die Karaffe Vaelin an. »Möchtest du?«

Vaelin hatte immer noch Kopfschmerzen von seinem Gelage in der Taverne. »Nein danke, Hoheit.«

»Dein Vater wollte auch nie mit mir trinken.« Der König nippte langsam an seinem Wein. »Aber er hat auch nie versucht, mit mir zu verhandeln. Ich habe ihm Befehle gegeben, und er hat sie befolgt.«

»Loyalität ist unsere Stärke.«

»Ja. Ein guter Leitspruch, einer meiner besten. Ich habe ihn für ihn gewählt, sogar der Falke im Wappen deiner Familie stammt von mir. Eigentlich war es eher scherzhaft gemeint. Dein Vater hasst die Falkenjagd, weil sie eine Beschäftigung der Adligen ist.« Er nahm einen weiteren Schluck Wein und wischte sich mit dem tintenfleckigen Ärmel den Mund ab. »Weißt du, warum er aus meinem Dienst ausgetreten ist?«

»Ich hörte, dass es ein Zerwürfnis zwischen ihm und Euer Majestät gegeben hat, weil er die Mutter meiner Schwester heiraten wollte.«

»Du weißt also von ihr, ja? Das war sicher ein Schock für dich. Es stimmt, dass ich den Wunsch deines Vaters, erneut zu heiraten, abgelehnt habe und er deswegen verärgert war. Aber in Wahrheit glaube ich, dass er in dem Moment beschlossen hat, meine Seite zu verlassen, als ich meinen Ersten Minister hinrichten lassen musste. Jahrelang hatten sie im Streit miteinander gelegen, doch als Al Sendahls Diebstahl ans Licht kam, war es dein Vater, der sich als Einziger für ihn einsetzte. Natürlich musste er trotzdem sterben, auch wenn es ein schmerzlicher Verlust war. Kaum jemand kannte sich im Finanzwesen so gut aus wie Artis Al Sendahl.«

»Ich diene seit Jahren gemeinsam mit seinem Sohn, Hoheit. Er wollte nie glauben, dass sein Vater Geld veruntreut haben soll.«

»Oh, Geld hat er nicht gestohlen, sondern Macht. Macht ist eine furchtbar verlockende Sache, Vaelin. Aber um sie richtig einzusetzen, muss man sie genauso sehr hassen, wie man sie liebt. Lord Artis hat das nie begriffen. Er wurde zu ehrgeizig und hat damit den Frieden des Reiches gefährdet, deshalb habe ich ihn getötet.«

»Und seiner Familie ihren Reichtum genommen?«

»Natürlich. Für seine Frau und seine Töchter habe ich aber gesorgt, so viel war ich ihnen schuldig. Turmherr Al Myrna war so freundlich, sie bei sich aufzunehmen. Er hat der Frau ein paar Ländereien in den Nordlanden gegeben, unter anderem Namen versteht sich. Sonst halten meine Adligen mich noch für weichherzig.«

»Es würde meinen Bruder sehr beruhigen, wenn ich ihm das erzählen könnte.«

»Gewiss. Aber das wirst du nicht tun.«

Der König stellte sein Weinglas ab und erhob sich. Stöhnend rieb er sich die steifen Beine und ging zu der Karte über dem Kamin. »Die Vereinigten Königslande«, sagte er. »Vier Erzlehen, die einst von Krieg und Hass getrennt wurden und nun durch ihre Treue zu mir vereint sind. Allerdings entspricht das nicht ganz der Wahrheit. Nilsael hat sich mir unterworfen, weil die Nilsaeler es satt hatten, dass sie jedes Jahr von Armeen überfallen wurden, die das Land ausraubten. Renfael hat die Hälfte seiner Ritter im Kampf verloren, und Lord Theros hat eingesehen, dass er auch noch die andere Hälfte verlieren würde, wenn er weiter gegen mich kämpfte. Cumbrael hasst mich ebenso sehr, wie es mich fürchtet, aber den Glauben fürchten sie dort noch mehr, weshalb sie mir treu bleiben werden, solange ich ihn von ihnen fernhalte. Das ist das Land, für dessen Gründung ich so viel Blut vergossen habe, und du wärst das Mittel gewesen, mit dem ich verhindert hätte, dass es nach meinem Tod wieder auseinanderfällt. Du hast recht, ich hatte große Pläne für dich. Der Sohn des Kriegsherrn und einer ehemaligen Meisterin des fünften Ordens, beide noch dazu von gewöhnlicher Herkunft. Mit deiner Hilfe hätte ich das gemeine Volk an meine Blutlinie binden können, nicht nur in Asrael, sondern in allen Erzlehen. Und wenn die Herzen des gemeinen Volkes für mich schlagen, können die Adligen noch so sehr nach Krieg schreien, sie werden nicht erhört werden. Ich hatte tatsächlich Pläne für dich, junger Falke.« Er betrachtete die Karte und seufzte bedauernd. »Aber deine Mutter hatte anderes mit dir vor. Als sie Aspekt Arlyn dazu überredete, dich in den sechsten Orden aufzunehmen, hat sie dich zu einem Bruder gemacht, der an den Glauben gebunden ist, nicht an mich.«

»Euer Hoheit, wenn es Euer Wunsch ist, dass ich den Orden verlasse ...«

»Dafür ist es jetzt zu spät. Jedem wäre klar, dass du dich auf meinen Befehl hin vom Glauben abgewendet hast. Dem Orden seinen berühmtesten Sohn zu stehlen, würde mir wenig Sympathien einbringen. Nein, meine Pläne für dich sind gescheitert.«

Vaelin dachte fieberhaft nach, was er sagen könnte, um den König doch noch davon zu überzeugen, ihm zu helfen. Der Gedanke, Urlians Frau der Folter und dem qualvollen Tod zu überlassen, war ihm unerträglich. Die verrücktesten Ideen kamen ihm in den Sinn, während die Verzweiflung in ihm wuchs. Er würde sich in die Schwarzfeste schleichen und sie retten. Seine Brüder würden ihm sicher helfen, auch wenn es sie alle das Leben kosten würde ...

»Ich war nicht der Erste, weißt du?«, sagte der König leise. Er betrachtete eine kurze Liste am oberen Rand der Karte. »Vor mir hat es noch fünf andere gegeben.« Der König tippte mit dem Finger auf die Namen der Liste. »Fünf Könige, seit Varin unser Volk in dieses Land geführt und die Seordah Sil in die Wälder und die Lonaker in die Berge vertrieben hat. Und in fünfhundert Jahren hat keine herrschende Familie das Land länger als eine Generation halten können.«

»Prinz Malcius ist ein guter Mann, Hoheit.«

»Mein Metzger ist auch ein guter Mann, Junge!«, fauchte der König, plötzlich wütend. »Und ebenso mein Stallmeister und der Bursche, der den Dung von meinem Hof fegt. Es stimmt, dass mein Sohn ein guter

Mann ist. Aber um König zu werden, braucht es mehr. Du hättest an seiner Seite sein sollen, wenn er den Thron besteigt, um zu tun, wozu er nicht fähig ist. Jetzt kann ich das Land nur noch so groß machen, dass diejenigen, die es auseinanderreißen wollen, sich davor fürchten, bei seinem Sturz zerschmettert zu werden.«

Er kehrte zu seinem Stuhl zurück und setzte sich steif hin. »Ich werde mir also einen neuen Plan ausdenken. Und du, Bruder Vaelin Al Sorna, wirst wieder meinen Zwecken dienen.« Er durchsuchte einen Papierstapel auf seinem Schreibtisch und zog ein Bündel Schriftstücke hervor, die mit schwarzem Wachs versiegelt waren. »Aspekt Tendris hält mich ordentlich auf Trab mit seinen wohlmeinenden Ratschlägen und bescheidenen Bitten, neue Maßnahmen einzuführen, um die Geißel des Ketzertums zu bekämpfen. Hier« – der König ergriff das oberste Schriftstück – »schlägt er vor, dass das königliche Heer jeden Bürger, der den Katechismus des Glaubens nicht auf Kommando aufsagen kann, mit Peitschenhieben bestrafen soll.«

»Aspekt Tendris ist ein zutiefst gläubiger Mensch, Hoheit.«

»Aspekt Tendris ist ein verblendeter Fanatiker. Aber selbst mit Fanatikern kann man verhandeln.« Der König hielt ein weiteres Schriftstück hoch und begann zu lesen: »Ich möchte Euer Hoheit in aller Demut an die regelmäßigen Berichte erinnern, wonach sich im Martisch in bislang beispielloser Zahl die Ungläubigen sammeln. Aus verlässlichen Quellen habe ich vernommen, dass es sich dabei um Anhänger des cumbraelischen Götterglaubens handelt, die ihr Ketzertum mit besonderer Inbrunst betreiben. Sie sind gut bewaffnet und, meinen Quellen zufolge, bereit, jedem Versuch ihrer Vertreibung mit äußerster Gewalt zu begegnen. Ich flehe Euer Hoheit untertänigst an, meinen Bitten, dieser Bedrohung mit Entschiedenheit entgegenzutreten, Gehör zu schenken.«

Der König warf das Pergament beiseite. »Was hältst du davon?«

»Der Aspekt wünscht, dass Ihr das königliche Heer in den Martisch schickt, um die Leugner aufzuspüren.«

»In der Tat. Als ob meine Soldaten nicht Besseres zu tun hätten, als monatelang durch den Wald zu rennen, wo hinter jedem Baum cumbraelische Langbogenschützen warten. O nein, das königliche Heer wird sich dem Martisch nicht auf zehn Meilen nähern. Aber du wirst das.«

»Ich, Hoheit?«

»Ja. Ich werde Aspekt Arlyn dazu bewegen, eine kleine Einheit von Brüdern in den Martisch zu schicken. Du wirst unter ihnen sein. Und ebenso ein junger Mann namens Linden Al Hestian. Kennst du diesen Namen?«

»Al Hestian.« Vaelin erinnerte sich an den wütenden Soldaten, der sich während des Jahrmarkts zur Sommersonnenwende, als Nortahs Vater hingerichtet worden war, mit der Peitsche einen Weg durch die Menge gebahnt hatte. »Ich bin einmal einem Oberhauptmann mit diesem Namen begegnet.«

»Lakrhil Al Hestian, Oberhauptmann meines siebenundzwanzigsten berittenen Regiments. Ein fähiger Offizier und einer der wohlhabendsten Adligen des Reiches. Wie mein ehemaliger Erster Minister ein Mann mit großem Ehrgeiz, besonders was seinen Sohn betrifft. Seinen ältesten Sohn, Linden.«

Vaelin spürte, wie sich Furcht in seinem Magen breitmachte. »Was ist mit seinem Sohn, Hoheit?«

»Er ist ein junger Mann mit vielen bewundernswerten Eigenschaften – Bescheidenheit und Klugheit gehören leider nicht dazu. Der Junge verfügt über einen großen Freundeskreis, einen Haufen Bewunderer und Speichellecker, könnte man sagen. Nichts verschafft einem mehr Freunde als Reichtum und Überheblichkeit. Gegenwärtig ist er der Liebling meines geschätzten Hofes, gewinnt Turniere, schläft sich durch die Betten der Damenwelt und duelliert sich. Die Geschichte ist durchaus nicht neu, fürchte ich. Ein Mann, der bereits in jungen Jahren zu Ruhm und Erfolg gelangt ist und nun an seine eigene Legende zu glauben beginnt, darüber hinaus noch verwöhnt von seinem ehrgeizigen Vater. Er ist bei Weitem der beliebteste junge Mann bei Hofe, beliebter noch als mein eigener Sohn, der sich nie auf die Kunst der Verstellung verstanden hat. Jeden Tag werden Bitten an mich herangetragen, dem jungen Al Hestian einen Auftrag zu geben, bei dem er sich beweisen und seinen Ruhm mehren kann. Also werde ich das tun. Ich werde ihn zum Schwert des Königs ernennen und ihm den Befehl erteilen, ein Regiment zusammenzustellen, mit dem er in den Martisch ziehen kann, um den Wald von Leugnern zu reinigen. Leider wird dies aber ein langer und gefahrvoller Feldzug werden und nach« – der König überlegte kurz – »sagen wir, sechs Monaten, wird er tragischerweise in einen Hinterhalt der Leugner geraten und das Leben verlieren.«

Ihre Blicke begegneten sich; Wut und Verzweiflung brodelten in Vaelin. *Ich bin ein Narr*, dachte er. *Eine Maus, die mit einer Eule ein Abkommen trifft.* »Und was ist mit Urlians Frau, Hoheit?«, brachte er zähneknirschend heraus.

»Oh, Aspekt Tendris wird sich sicher deutlich kompromissbereiter zeigen, wenn ich ihm von meinen Plänen berichte, Einheiten in den Martisch zu schicken. Besonders wenn *du* mit von der Partie bist. Er hält große Stücke auf dich, musst du wissen. Ich werde mich für die Frau verbürgen und ihm sagen, dass ich von ihrer Reue überzeugt bin. Solange sie selber nichts Gegenteiliges behauptet, wird sie morgen Abend frei sein.«

»Wenn ich Teil Eures Feldzugs sein soll, brauche ich eine Versicherung, dass für sie und ihren Sohn gesorgt werden wird.« Vaelin zwang sich, dem König in die Augen zu sehen.

»Turmherr Al Myrna wird sicher noch Platz für ein oder zwei weitere Verbannte finden. In den Nordlanden kümmert sich niemand darum, ob jemand gläubig ist oder nicht.« Der König wandte sich wieder seinem Schreibtisch zu, nahm seine Feder und glättete einen leeren Pergamentbogen vor sich. »Du wirst in den nächsten Tagen deine Befehle erhalten.« Erneut kratzte die Feder über das Pergament.

Es dauerte einen Moment, bis Vaelin klar wurde, dass er entlassen war. Als er aufstand, fühlte er sich seltsam benommen, ob vor Wut oder vor Trauer, konnte er nicht sagen. »Danke, dass Ihr mich empfangen habt, Hoheit«, presste er hervor und ging zur Tür.

»Denk daran, junger Falke«, sagte der König, ohne von seinem Pergament aufzublicken. »Das ist noch nicht alles, was ich mit dir vorhabe, sondern lediglich der Anfang. Ich erteile die Befehle, und du befolgst sie. Das ist das Abkommen, das wir heute Nacht getroffen haben.« Er sah hoch und blickte Vaelin noch einmal in die Augen. »Verstehst du das?«

»Ich verstehe es genau, Hoheit.«

Der König sah ihn noch einen Moment lang an und wandte sich dann wieder seinem Pergament zu, während Vaelin den Raum verließ.

◆ ◆ ◆

Hauptmann Smolen erwartete ihn, als er durch die Tür am unteren Ende der Treppe trat. »Ist Euer Besuch hier beendet, Bruder?«

Vaelin nickte, nahm seine Waffen vom Tisch und legte sie rasch wieder an. Plötzlich wollte er nur noch von diesem Ort verschwinden. Er brauchte Zeit, um in Ruhe nachzudenken. Das gewaltige Ausmaß seines Abkommens mit dem König ließ ihn schwindeln. Er folgte Smolen zurück durch die unzähligen Korridore, die mit vergessenen Geschenken vollgestellt waren, und in seinem Geiste hallten die letzten Worte des Königs wider: *Das ist noch nicht alles, was ich mit dir vorhabe, sondern lediglich der Anfang.*

»Verzeiht, dass ich Euch hier verlassen muss«, sagte Smolen, als sie den Korridor erreichten, der zum Osttor führte. »Ich muss mich um eine dringende Angelegenheit kümmern.«

Vaelin betrachtete das dunkle Ende des Korridors und wandte sich dann wieder Smolen zu, dessen Gesicht leichtes Unbehagen zeigte. »Eine dringende Angelegenheit, Hauptmann?«

»Ja.« Smolen hustete. »Äußerst dringend.« Er nickte Vaelin förmlich zu, drehte sich dann um und ging den Korridor zurück, den sie gekommen waren.

Vaelin warf einen weiteren Blick in den Gang vor ihm, und das Gefühl, dass etwas nicht stimmte, ließ sein Herz schneller schlagen. *Ein Hinterhalt,* dachte er. *Der König hat unzuverlässige Diener.* Er überlegte, ob er dem Hauptmann folgen und ihn zwingen sollte, ihn den Korridor hinunter zu begleiten, aber irgendwie konnte er den Willen dazu nicht aufbringen. Es war eine lange Nacht gewesen. Außerdem konnte er ihn auch später noch ausfindig machen. Er zog eines der Wurfmesser aus seinem Umhang hervor und ging den Korridor hinunter.

Er erwartete, dass der Angriff an der dunkelsten Stelle am Ende des Korridors erfolgen würde, aber nichts geschah. Keine schwarzgekleideten Männer mit Krummsäbeln sprangen aus der Dunkelheit, um ihn herauszufordern. Aber ein schwacher Duft lag in der Luft, süß, wie von Blumen an einem heißen Sommertag …

»Ich hörte, dass du sehr gutaussehend bist.«

Er wirbelte herum. Das Messer hatte schon fast seine Hand verlassen, als er sie entdeckte. Ein Mädchen, halb verborgen in der Dunkelheit. Es gelang ihm noch rechtzeitig, seine Hand so zu drehen, dass die

Klinge sie nicht treffen würde. Das Messer schlug zwei Zentimeter von ihrem Kopf entfernt in der Wand ein. Sie betrachtete es kurz, bevor sie ins Licht trat. Vaelin hatte schon einige schöne Frauen gesehen. Er hatte Aspektin Elera immer für die schönste Frau gehalten, die er wahrscheinlich in seinem Leben zu Gesicht bekommen würde, aber dieses Mädchen war anders. Alles an ihr, von ihrer makellosen porzellanweißen Haut, den weichen Rundungen ihres Gesichts bis hin zu dem schimmernden Rotgold ihres Haars, zeugte von einer völlig natürlichen Vollkommenheit.

»Gutaussehend bist du nicht«, sagte sie, kam näher heran und legte den Kopf schief, um ihn mit ihren hellgrünen Augen zu betrachten. »Aber du hast ein interessantes Gesicht.« Sie streckte die Hand nach seiner Wange aus.

Vaelin trat einen Schritt zurück, bevor sie sein Gesicht berühren konnte. Er sank auf ein Knie und verbeugte sich tief. »Euer Hoheit.«

»Bitte steh auf«, sagte Prinzessin Lyrna Al Nieren. »Wir können uns nicht vernünftig unterhalten, wenn du die ganze Zeit zu Boden blickst.«

Vaelin erhob sich. Er wartete und gab sich dabei Mühe, die Prinzessin nicht anzustarren.

»Es tut mir leid, dass ich dich überrascht habe«, entschuldigte sich die Prinzessin. »Hauptmann Smolen war so freundlich, mich von deinem Besuch in Kenntnis zu setzen. Ich dachte, wir sollten uns unterhalten.«

Vaelin sagte nichts. Er hatte immer noch ein ungutes Gefühl. Irgendetwas an diesem Zusammentreffen war gefährlich. Er wusste, dass er eine Entschuldigung finden und gehen sollte, aber ihm wollten nicht die richtigen Worte einfallen. Er wünschte sich nichts lieber, als mit ihr zu reden und in ihrer Nähe zu sein. Und dieser Drang machte ihn wütend.

»Ich hätte mir heute gerne deinen Kampf angesehen«, fuhr die Prinzessin fort. »Natürlich hat mein Vater das nicht zugelassen. Wie ich hörte, war es ein aufregender Wettkampf.«

Ihr Lächeln war betörend, und es wirkte in seiner Falschheit so aufrichtig, dass selbst Nortahs dagegen verblasste. *Sie erwartet, dass ich mich geschmeichelt fühle,* wurde ihm da klar. »Gibt es etwas, womit ich Euch dienen kann, Hoheit? Wie Hauptmann Smolen muss auch ich mich um dringende Angelegenheiten kümmern.«

»Ach, nimm dem Hauptmann die kleine Täuschung nicht übel. Er ist sonst ein so überaus korrekter Mensch. Ich fürchte, ich habe einen schlechten Einfluss auf ihn.« Sie drehte sich um, ging zu der Wand, in der sein Wurfmesser steckte, und zog es mit Mühe heraus. »Ich mag Plunder«, sagte sie, betrachtete die Klinge und fuhr mit einem zarten Finger darüber. »Ich erhalte ständig Geschenke von jungen Männern. Allerdings hat mir bisher noch niemand eine Waffe geschenkt.«

»Ihr dürft sie gern behalten«, sagte Vaelin. »Wenn Ihr mich jetzt entschuldigen würdet, Hoheit.« Er verneigte sich und wandte sich zum Gehen.

»Nein, das werde ich nicht«, sagte sie barsch. »Wir haben unser Gespräch noch nicht beendet. Komm.« Sie winkte ihm mit dem Messer und trat von der Wand weg. »Wir werden uns unter dem Sternenzelt unterhalten, du und ich. Wie in einem der alten Lieder.«

Ich könnte einfach gehen, dachte er. *Sie könnte mich nicht aufhalten … oder?* Nachdem er sich kurz vorgestellt hatte, wie er gegen Horden von Wachleuten kämpfte, die sie gerufen hatte, um ihn am Gehen zu hindern, folgte er ihr schließlich den Korridor entlang. Sie führte ihn zu einer Tür in einer unauffälligen Wandnische, öffnete sie und bedeutete ihm hinauszutreten. Der Garten dahinter war klein, aber selbst im Mondlicht war die Schönheit der Blumenbeete darin staunenswert. Die Vielfalt der verschiedenen Blüten übertraf die in Aspektin Eleras Garten um einiges.

»Bei Tageslicht ist er noch schöner«, sagte Prinzessin Lyrna, schloss die Tür und ging an ihm vorbei, um einen Rosenbusch zu begutachten. »Und es ist schon recht spät im Jahr. Viele meiner Lieblingsblumen haben bereits unter der Kälte gelitten.«

Mit ihren anmutig schwingenden Röcken ging sie zu einer niedrigen Steinbank in der Mitte des Gartens. Vaelin lenkte sich damit ab, dass er die Beete nach ihm bekannten Blumen absuchte, und entdeckte zu seiner Verwunderung unter einem kleinen Ahornbaum ein paar gelbe Blüten. »Winterblumen.«

»Du kennst dich mit Blumen aus?« Die Prinzessin klang überrascht. »Ich dachte immer, Brüder des sechsten Ordens seien lediglich in der Kampfkunst bewandert.«

»Man bringt uns viele Dinge bei.«

Sie setzte sich auf die Bank und deutete auf die Blumenbeete. »Und, wie gefällt dir mein Garten?«

»Er ist sehr schön, Hoheit.«

»In meiner Kindheit hat mein Vater mich einmal gefragt, was ich mir zum Wintereinbruch wünsche. In einem Palast aufzuwachsen bedeutet, dass man nie ganz allein ist. Es sind ständig Wachen, Zofen oder Lehrer zugegen. Deshalb habe ich mir einen Ort gewünscht, wo ich allein sein kann. Daraufhin hat er mir das hier gezeigt. Damals war es nur ein alter, leerer Innenhof, aber ich habe ihn in einen Garten verwandelt. Hier darf niemand hinein, und ich habe diesen Ort bisher auch noch nie jemandem gezeigt.« Sie musterte Vaelin prüfend und wartete auf seine Reaktion.

»Ich … fühle mich geehrt, Hoheit.«

»Das freut mich. Da ich dir nun die Ehre erwiesen habe, dich in mein Vertrauen zu ziehen, kannst du es mir vielleicht in gleicher Münze vergelten. Was hattest du heute mit meinem Vater zu bereden?«

Er war versucht, einfach zu schweigen, aber er wusste, dass er damit nicht durchkommen würde. Verschiedene Lügen gingen ihm durch den Kopf, doch er argwöhnte, dass die Prinzessin ebenso gut wie ihr Vater feststellen konnte, wenn jemand die Unwahrheit sagte. »König Janus würde sicher nicht wollen, dass ich darüber spreche«, antwortete er schließlich.

»Tatsächlich? Dann werde ich wohl raten müssen. Sag mir bitte, wie nahe ich der Wahrheit komme. Du hast herausgefunden, dass einer der Männer, die du heute getötet hast, zu dem Kampf gezwungen wurde. Du bist hergekommen, um meinen Vater um Gerechtigkeit zu bitten. Habe ich recht?«

»Ihr wisst viel, Hoheit.«

»Ja. Aber leider immer noch nicht genug. Hat mein Vater dir deine Bitte gewährt?«

»Er war so freundlich, Gerechtigkeit walten zu lassen.«

»Oh.« Ihre Stimme klang ein wenig mitleidig. »Der arme Lord Al Unsa. Er hat mich beim Ball zur Winterweihe mit seinen unbeholfenen Tanzversuchen oft zum Lachen gebracht.«

»Eure angenehmen Erinnerungen an ihn werden ihm sicher ein Trost sein, wenn er am Galgen hängt, Hoheit.«

Ihr Lächeln verschwand. »Du hältst mich für gefühllos? Vielleicht bin ich das tatsächlich. Ich habe über die Jahre viele Adlige kennengelernt. Freundlich lächelnde Herren, die mich mit Süßigkeiten und Geschenken überhäuft und meine Schönheit gerühmt haben, um die Gunst meines Vaters zu gewinnen. Einige hat er fortgeschickt, andere in seine Dienste genommen und manche getötet.«

Ihm wurde bewusst, dass sein eigener Vater auch unter diesen Adligen gewesen sein musste, und er fragte sich, ob sie ihn wohl genauso verwirrt hatte. »Hat mein Vater Euch Geschenke gemacht?«

»Das Einzige, was dein Vater mir jemals geschenkt hat, war ein finsterer Blick. Noch finsterer waren dagegen die Blicke deiner Mutter. Wahrscheinlich waren es die Pläne, die mein Vater für uns hatte, die sie so misstrauisch machten.«

»Für *uns*, Hoheit?«

Sie hob eine Augenbraue. »Wir sollten miteinander verheiratet werden. Wusstest du das nicht?«

Verheiratet? Das war absurd, lächerlich. Verheiratet mit einer Prinzessin? Mit *ihr*? Er erinnerte sich an das unhöfliche kleine Mädchen, dem er in seiner Kindheit im Palast begegnet war. *Dich werde ich niemals heiraten. Du bist schmutzig.* Hatte der König wirklich vorgehabt, ihn auf diese Weise an seine Blutlinie zu binden?

»Mir hat die Vorstellung auch nie gefallen«, sagte Prinzessin Lyrna, die seinen Gesichtsausdruck bemerkte. »Aber inzwischen weiß ich den eleganten Plan meines Vaters zu würdigen. Es dauert oft Jahre, bis deutlich wird, was er sich bei einer bestimmten Sache gedacht hat. In diesem Fall hatte er vorgehabt, dich meinem Bruder zur Seite zu stellen und meine Position bei Hofe zu verbessern. Zusammen hätten wir meinem Bruder beim Regieren geholfen.«

»Vielleicht braucht Euer Bruder ja gar keine Hilfe dabei.«

Sie hob ihr vollkommenes Gesicht zum Himmel und betrachtete die atemberaubende Sternenkulisse. »Das wird sich zeigen. Ich sollte öfter bei Nacht hierherkommen. Der Anblick ist wirklich bezaubernd.« Mit ernster Miene wandte sie sich ihm zu. »Was ist das für ein Gefühl, ein Leben zu nehmen?«, fragte sie.

Ihr Tonfall klang einfach nur neugierig. Entweder wusste sie nicht, dass sie ihn mit ihrer Frage vor den Kopf stieß, oder es kümmerte sie nicht. Seltsamerweise stellte er fest, dass er nicht beleidigt war. Bisher hatte ihn noch nie jemand so etwas gefragt. Auch wenn er die Antwort nur zu gut kannte.

»Man hat das Gefühl, die eigene Seele sei beschmutzt worden«, sagte er.

»Und dennoch machst du damit weiter.«

»Bis jetzt hat es sich stets als … notwendig erwiesen.«

»Du bist also zu meinem Vater gegangen, um deine Schuldgefühle loszuwerden. Ich frage mich, was er wohl im Gegenzug von dir verlangt hat? Vermutlich hat er dich in seine Dienste genommen. Ein Spion in den Reihen des sechsten Ordens wäre sicher äußerst wertvoll.«

Ein Spion? Wenn das bloß alles wäre. »Habt Ihr mich nur hierhergebracht, um mir Fragen zu stellen, auf die Ihr die Antworten bereits kennt, Hoheit?«

Zu seiner Überraschung lachte sie, und es klang melodisch und ehrlich. »Wie erfrischend du bist. Du schmeichelst mir nicht, singst mir keine Lieder vor und sagst keine Sonette auf. Es mangelt dir an Charme und jeglicher Berechnung.« Sie betrachtete das Wurfmesser in ihrer Hand. »Und du bist der Einzige, der mir jemals Angst eingejagt hat. Wieder einmal erstaunt mich die Voraussicht meines Vaters.« Ihr Blick war unangenehm direkt, und er musste sich zwingen, ihn zu erwidern.

»Was ich dir zu sagen habe, ist einfach«, fuhr sie fort. »Verlasse den Orden, diene meinem Vater bei Hofe und im Krieg. Nach einer Weile wird er dich zum Schwert des Königs machen, und wir können die Pläne, die er für uns hatte, doch noch verwirklichen.«

Vaelin suchte in ihrem Gesicht nach Anzeichen von Spott oder Hinterlist, doch sie wirkte ernst und aufrichtig. »Ihr möchtet mich heiraten, Hoheit?«

»Ich möchte die Wünsche meines Vaters erfüllen.«

»Euer Vater hält seine Pläne für gescheitert. Wenn ich den Orden jetzt verließe, wäre ich für ihn nicht mehr von Nutzen. Würde ich Eurem Befehl folgen, würde ich damit gegen seinen Wunsch handeln.«

»Ich werde mit ihm reden. Meistens hört er auf meinen Rat. Ich werde ihn sicher von meinem Vorhaben überzeugen können.« Da bemerkte er das leise Funkeln in ihren Augen. Ihm wurde bewusst, dass er das schon einmal gesehen hatte – in Schwester Hennas Blick, kurz bevor sie versucht hatte, ihn umzubringen. Es war kein bösartiges Funkeln, eher Berechnung, vermischt mit Begehren. Im Gegensatz zu Schwester Henna, die lediglich seinen Tod begehrt hatte, wollte die Prinzessin jedoch mehr, und er bezweifelte, dass es nur die angenehme Aussicht darauf war, seine Frau zu werden.

»Ihr erweist mir eine große Ehre, Prinzessin«, sagte er so förmlich wie möglich. »Aber Ihr versteht sicher, dass ich mein Leben dem Dienst am Glauben gewidmet habe. Ich bin ein Bruder des sechsten Ordens, und diese Zusammenkunft ist äußerst unschicklich. Ich wäre Euch dankbar, wenn Ihr mir gestatten würdet, mich zurückzuziehen.«

Sie blickte zu Boden, und ein spöttisches Lächeln umspielte ihre Mundwinkel. »Natürlich, Bruder. Bitte vergebt mir, dass ich so unhöflich war, Euch aufzuhalten.«

Er verneigte sich und wandte sich zum Gehen. Er hatte bereits die Tür erreicht, als sie noch einmal das Wort ergriff.

»Ich habe viel zu tun, Vaelin.« In ihrem Tonfall lag keine Spur von Spott oder Heuchelei. Sie klang vollkommen ernst. *Das ist ihre wahre Stimme*, dachte er.

Er blieb an der Tür stehen, ohne sich umzudrehen, und wartete.

»Was ich vorhabe, wäre mir leichter gefallen, hätte ich dich an meiner Seite gehabt. Aber ich werde es trotzdem tun, und ich werde jedes Hindernis aus dem Weg räumen. Glaub mir, es würde mich sehr bekümmern, wenn wir Feinde werden würden.«

Er sah zu ihr zurück. »Danke, dass Ihr mir Euren Garten gezeigt habt, Hoheit.«

Sie neigte den Kopf und blickte erneut zum Himmel hinauf. Er war entlassen. Die schönste Frau, die er je gesehen hatte, in Mondschein getaucht – ein wahrhaft überwältigender Anblick. Und dennoch wünschte er sich inbrünstig, sie nie wiedersehen zu müssen.

DRITTER TEIL

◆ ◆ ◆

*Mit Freuden berichte ich von den großartigen Fortschritten,
die Lord Al Hestians Feldzug in den letzten Monaten
gemacht hat. Unzählige Leugner sind für ihr
Ketzertum angemessen bestraft worden oder aus dem Wald
geflohen. Die Männer sind allesamt frohen Mutes.
Selten bin ich Soldaten begegnet, die von einer Sache
so beflügelt waren.*

— Bruder Yallin Heltis, vierter Orden, Brief an den
Aspekten Tendris Al Forne, während des Feldzugs im Martisch,
aus dem Archiv des vierten Ordens. —

VERNIERS' BERICHT

Er war verstummt, während meine Schreibfeder weiter fieberhaft über das Pergament wanderte. Neben mir lagen die zehn Schriftrollen, die ich bereits mit seiner Geschichte beschrieben hatte. Draußen war es Nacht geworden, und unsere einzige Lichtquelle war eine Laterne, die an einem Deckenbalken über unseren Köpfen hin- und herschwankte. Mein Handgelenk schmerzte vom stundenlangen Schreiben, und mein Rücken war steif von der gebeugten Haltung, die ich über dem Fass eingenommen hatte, auf dem das Pergament lag. Ich bemerkte es kaum.

»Und?«, hakte ich nach.

Sein Gesicht im trüben Licht der Laterne wirkte finster, sein Blick ging ins Leere. Ich musste ihn noch einmal ansprechen, bevor er reagierte.

»Ich habe Durst«, sagte er und griff nach der Flasche, die er mit Erlaubnis des Kapitäns am Wasserfass gefüllt hatte. »Seit fünf Jahren habe ich nicht mehr so lange am Stück geredet. Mir tut die Kehle weh.«

Ich legte die Schreibfeder weg und lehnte meinen schmerzenden Rücken gegen die Bordwand. »Habt Ihr sie noch einmal wiedergesehen?«, fragte ich. »Die Prinzessin?«

»Nein. Ich war ihr wohl nicht mehr nützlich, nachdem ich ihr Angebot abgelehnt hatte.« Er hob die Flasche an den Mund und nahm einen tiefen Schluck. »Aber ihr Nimbus wuchs über die Jahre. Die Legende von ihrer

Schönheit und Freundlichkeit verbreitete sich in alle Himmelsrichtungen. Sie wurde häufig in den ärmeren Vierteln der Hauptstadt und an anderen Orten des Reiches gesehen, wo sie Almosen an Bedürftige gab oder Geld für neue Schulen und die Krankenhäuser des fünften Ordens stiftete. Viele Adlige hielten um ihre Hand an, aber sie wies alle ab. Es hieß, der König sei verärgert, weil sie sich keinen Ehemann von angemessenem Stand suchte, aber sie widersetzte sich seinen Wünschen, auch wenn es ihr nicht leichtfiel.«

»Glaubt Ihr, dass sie immer noch auf Euch wartet?« Die Tragik der Situation rührte mein Schriftstellerherz. »Dass sie ihr gebrochenes Herz mit guten Taten besänftigt, weil sie weiß, dass sie allein dadurch Eure Anerkennung gewinnen kann? Allerdings hält sie Euch doch gewiss schon seit fünf Jahren für tot.«

Der Blick, den er mir zuwarf, war ungläubig und belustigt. Nach einem Moment begann er zu lachen. Er hatte ein tiefes, wohltönendes Lachen, das, zumindest in diesem Moment, gar nicht mehr aufhören wollte.

»Wenn Eure Götter Euch bestrafen wollen, Lord Verniers«, sagte er, als er sich wieder etwas beruhigt hatte, »werdet Ihr irgendwann Prinzessin Lyrnas Bekanntschaft machen. Sollte es dazu kommen, so rate ich Euch, schnellstmöglichst das Weite zu suchen. Sie würde Euch sonst allzu leicht das Herz brechen.«

Er warf mir die Wasserflasche zu. Ich trank rasch, um mir meine Wut nicht anmerken zu lassen. Was er mir über die Prinzessin erzählt hatte, ließ sie wie eine kluge und pflichtbewusste Frau erscheinen, die sich nichts sehnlicher wünschte, als ihren Vater zu ehren und ihrem Volk zu dienen. Mit einer solchen Frau würde ich mich sicherlich gut verstehen.

»Sie hat nicht geheiratet, weil ein Ehemann sie einschränken würde«, sagte Vaelin Al Sorna. »Und mit ihren guten Taten will sie sich vor allem beim gemeinen Volk einschmeicheln. Gewinnt sie die Herzen der Menschen, gewinnt sie Macht. Wenn sie tatsächlich ein Herz hat, dann wird es von Machtgier beherrscht, nicht von Leidenschaft.«

Im Stillen beschloss ich, meine eigenen Nachforschungen über Prinzessin Lyrna anzustellen. Je mehr der Nordmann mir erzählte, desto größer wurde mein Wunsch, sein Heimatland zu besuchen. Ich hatte den Eindruck, dass er die künstlerischen und geistigen Errungenschaften der Kultur, die er beschrieb, nicht wirklich zu würdigen wusste. Mich hingegen dürstete es danach. Ich wollte die Bücher in der Großen Bibliothek lesen und Meister Benril Lenials

Fresken der Opfer der Roten Hand betrachten. Ich wollte die alten Gemäuer des Rings bewundern, wo er das Blut dreier Männer vergossen hatte. Wir haben das Volk der Vereinigten Königslande stets für ungebildete Wilde gehalten, und tatsächlich lassen sich viele Krieger dieses Reiches kaum anders beschreiben. Doch inzwischen begriff ich, dass ihre Geschichte mehr zu bieten hatte als simple Barbarei und Kriegslust. In wenigen Stunden hatte ich mehr über Al Sornas Königreich erfahren als in all den Jahren, in denen ich für meine Geschichte des Krieges geforscht hatte. Er hatte etwas in mir entfacht, den Wunsch, eine weitere Historie zu verfassen, eine, die umfangreicher und großartiger sein würde als all meine vorangegangenen Werke. Eine Historie seines Heimatlandes.

»Hat der König sein Versprechen gehalten?«, fragte ich. »Hat er Gerechtigkeit walten lassen und diese Frau aus der Schwarzfeste befreit?«

»Die Männer, deren Namen ich ihm genannt hatte, wurden am nächsten Tag hingerichtet. Die Frau und ihr Sohn wurden noch in derselben Woche in die Nordlande geschickt.« Mit trauriger Miene hielt er inne. »Ich habe sie vor ihrer Abreise besucht. Erlin hat diese Zusammenkunft ermöglicht. Ich habe sie um Vergebung gebeten. Sie hat mich angespuckt und mich einen Mörder geheißen.«

Ich ergriff meine Feder und schrieb seine Worte nieder, wobei ich mir die Freiheit erlaubte, das Wort »angespuckt« durch »verflucht im Namen all ihrer ketzerischen Götter« zu ersetzen. Ich bemühe mich stets – wo möglich –, einer Geschichte mehr Farbe zu verleihen.

»Und Euer Teil des Abkommens?«, erkundigte ich mich. »Habt Ihr getan, was der König Euch befohlen hat? Habt Ihr Linden Al Hestian getötet?«

Er betrachtete seine Hände, die auf seinen Knien ruhten, und ballte sie zu Fäusten; die Adern und Sehnen traten deutlich inmitten der Narben hervor. Die Hände eines Mörders, dachte ich, wohl wissend, dass er mich damit ohne Weiteres erwürgen könnte.

»Ja«, sagte er. »Ich habe ihn getötet.«

ERSTES KAPITEL

Ein cumbraelischer Langbogen war ungespannt über fünf Fuß lang und aus dem Kernholz eines Eibenbaums gefertigt. Er konnte einen Pfeil über zweihundert Schritt weit durch die Luft befördern, in geübten Händen sogar fast dreihundert. Aus nächster Nähe ließen sich damit selbst Rüstungsplatten durchschlagen. Der, den Vaelin gerade in der Hand hielt, war ein wenig dicker als gewöhnlich, und seine glatte Oberfläche zeugte von häufiger Benutzung. Sein Besitzer hatte scharfe Augen gehabt und die stählerne Spitze seines Pfeils genau durch die gepanzerte Brust eines gewissen Martil Al Jelnek geschossen, eines leutseligen jungen Adligen mit einer Vorliebe für Lyrik und der etwas ermüdenden Neigung, ständig von seiner Verlobten zu erzählen, die seinen Beschreibungen zufolge die schönste und freundlichste Jungfrau in Asrael, wenn nicht gar der ganzen Welt war. Leider würde er sie nie wiedersehen. Seine Augen standen offen, waren jedoch völlig leblos. Sein Mund war mit Blut und Erbrochenem verschmiert – Anzeichen eines qualvollen Todes. Cumbraelische Bogenschützen tauchten ihre Pfeilspitzen für gewöhnlich in eine Mischung aus Joffrilwurzel und Otterngift. Der Besitzer des Bogens lag wenige Ellen entfernt. Aus einem Arm ragte Vaelins Pfeil, und sein Genick war nach dem Sturz von der Birke, in der er sich versteckt hatte, gebrochen.

»Nichts zu finden«, sagte Barkus, der, begleitet von Caenis und Dentos, durch den Schnee näher kam. »Wie es aussieht, war er der Einzige.« Er trat gegen den Kopf des toten Bogenschützen, der wegen des gebrochenen Genicks haltlos herumrollte. Dann ging Barkus in die Hocke und begann, den Toten nach Wertgegenständen zu durchsuchen.

»Wo sind die Soldaten hin?«, fragte Dentos.

»In alle Richtungen verstreut«, sagte Vaelin. »Wahrscheinlich werden wir die meisten im Lager wiedertreffen, wenn wir zurückkehren.«

»Feiges Pack.« Dentos sah auf Martil Al Jelnek hinab. »Mochten die ihn nicht? Ich fand ihn eigentlich immer ganz nett. Für einen Adligen.«

»Diese angeblichen Soldaten stammen aus den Kerkern von Varinsburg, Bruder«, erwiderte Caenis. »Die sind niemandem treu, außer sich selbst.«

»Habt ihr sein Pferd gefunden?«, fragte Vaelin. Er fand die Aussicht, den toten Adligen zum Lager zurücktragen zu müssen, wenig reizvoll.

»Nortah bringt es her«, sagte Barkus und richtete sich auf. In seiner Hand klapperten ein paar Kupfermünzen, die er in den Taschen des Bogenschützen gefunden hatte. Er warf Vaelin den Köcher des Cumbraelers zu. Die Pfeile, die noch darin steckten, waren schwarzgefärbt und mit Rabenfedern befiedert. Ihre Gegner hinterließen gern ein Erkennungszeichen bei ihren Opfern. »Willst du den behalten?«, fragte er und nickte in Richtung des Bogens. »In der Stadt könnte ich dafür zehn Silbermünzen bekommen.«

Vaelin behielt die Waffe in der Hand. »Ich will mich mal daran versuchen.«

»Viel Glück. Wie ich gehört habe, werden die Schweinehunde schon im Kindesalter ausgebildet. Ihr Erzfürst lässt sie jeden Tag üben.« Er betrachtete die wenigen Münzen in seiner Hand. »Allerdings scheint er ihnen nicht besonders viel zu zahlen.«

»Dieses Gesindel kämpft für seinen Gott, nicht für seinen Herrscher«, sagte Caenis. »Geld interessiert diese Männer nicht.«

Sie zogen Al Jelnek die Rüstung aus und hievten ihn auf den Rücken des Pferdes. Nortah schlug Barkus' Hand beiseite, als dieser nach der Geldbörse des Toten griff.

»Er wird es doch nicht mehr brauchen, oder?«

»Bei den Ahnen!«, fauchte Nortah. »Es ist sieben Monate her, dass wir das Ordenshaus verlassen haben. Du brauchst nicht mehr zu stehlen.«

Barkus zuckte mit den Achseln. »Ist so eine Gewohnheit von mir.«

Sieben Monate, dachte Vaelin, während sie zum Lager zurückkehrten. Sieben Monate jagten sie nun schon cumbraelische Leugner im Martisch, mehr oder weniger unterstützt von Linden Al Hestian und seinem frisch zusammengestellten Fußregiment. Linden Al Hestian, der nun schon einen ganzen Monat länger lebte, als der König es angeordnet hatte. Mit jedem Tag lastete das Abkommen, das Vaelin geschlossen hatte, schwerer auf ihm.

Seine Umgebung war seiner Laune nicht eben zuträglich. Der Martisch war nicht der Urlisch – er war finsterer und undurchdringlicher. An manchen Stellen standen die Bäume so dicht beieinander, dass kein Durchkommen war. Außerdem war der unebene Boden von zahlreichen Rinnen und Furchen durchzogen, die sich hervorragend für einen Hinterhalt eigneten. Sie hatten deshalb ihre Pferde zurücklassen müssen. Stattdessen schlichen sie zu Fuß durch den Wald, mit schussbereit erhobenen Bögen. Nur die Adligen ihres Kontingents ritten weiter auf Pferden und gaben damit leichte Ziele für die cumbraelischen Bogenschützen ab, die in den Bäumen lauerten. Von den fünfzehn jungen Adligen, die Linden Al Hestian in den Martisch begleitet hatten, waren bereits vier gestorben und drei weitere so schwer verletzt, dass sie aus dem Wald getragen werden mussten. Die Fußsoldaten hatten noch größere Verluste hinnehmen müssen. Sechshundert hatten sich für das Regiment gemeldet oder waren zum Dienst gezwungen worden, und über ein Drittel davon war bereits tot oder im Wald verlorengegangen – einige waren zweifellos desertiert, sobald sich die Gelegenheit dazu geboten hatte. Nicht selten entdeckten sie Männer, die schon seit Wochen vermisst wurden, erfroren im Schnee oder an einen Baum gebunden und zu Tode gequält. Ihre Gegner hatten keine Verwendung für Gefangene.

Trotz ihrer Verluste hatte das kleine Ordenskontingent auch einige Siege errungen. Vor einem Monat hatten sie unter Caenis' Führung eine Gruppe von zwanzig Cumbraelern einen Bach entlang verfolgt – ein schlauer Schachzug ihrer Gegner, der jedoch wenig nützte, da es Caenis war, der ihnen auf den Fersen war. Sie folgten ihren Kontrahenten mehrere Stunden lang, bis diese – wettergegerbte, in Leder und Zobelpelze gehüllte Männer, die ihre Langbögen nichtsahnend über der Schulter trugen – eine Verschnaufpause einlegten. Die erste Salve Pfeile streckte die Hälfte von ihnen nieder, die Restlichen machten kehrt und flohen den Bach entlang. Die Brüder zogen ihre Schwerter und nahmen die Verfolgung auf. Nicht einer der Cumbraeler überlebte, und nicht einer flehte um Gnade. Caenis hatte recht; ihre Feinde kämpften für ihren Gott und waren sogar bereit, für ihren Glauben zu sterben.

Nach wenigen Meilen kam ihr Lager in Sicht. In Wahrheit war es eher ein umzäunter Platz. Bei ihrer Ankunft hatten sie versucht, Hochstände für die Wachen zu errichten, doch diese hatten ihren Feinden lediglich Gelegenheit geboten, ihre Bogenschießkünste bei Nacht zu üben. Linden Al Hestian war gezwungen gewesen, ein paar Bäume fällen zu lassen, um auf einer der seltenen Lichtungen im Martisch einen einfachen Zaun aus angespitzten Stämmen in den Boden rammen zu lassen. Vaelin und die anderen Ordensbrüder mochten die feuchte, bedrückende Atmosphäre im Lager nicht und verbrachten die meiste Zeit im Wald, wo sie in kleinen Gruppen patrouillierten und ihre eigenen Lager aufschlugen, die sie jeden Tag an einen anderen Ort verlegten, während sie sich mit den Cumbraelern eine tödliche Verfolgungsjagd lieferten. Al Hestians Soldaten zogen es dagegen vor, in ihrem geschützten Lager zu bleiben. Der Vorstoß des unglückseligen Martil Al Jelnek war der erste seit Wochen gewesen, und die Männer unter seinem Kommando waren erst nach Androhung von Prügel zu dem Marsch aufgebrochen. Ein einziger Pfeil hatte sie in alle vier Himmelsrichtungen zerstreut.

Am Tor zum Lager wartete ein stämmiger Bruder mit buschigen, bereiften Augenbrauen und finsterer Miene. Neben ihm hockte ein riesiger Mischlingshund mit graugeflecktem Fell und einem Blick, der dem seines Herrn an Grimmigkeit in nichts nachstand.

»Bruder Makril.« Vaelin begrüßte ihn mit einer kurzen Verbeugung. Makril machte sich nichts aus Formalitäten, aber als Anführer ihres Kontingents verdiente er eine gewisse Ehrerbietung, besonders vor den Augen von Al Hestians Soldaten, von denen einige in der Nähe des Tors herumlungerten und mit furchtsamer Miene zwischen Al Jelneks Leiche und der dunklen Wand des Waldes hin und her schauten, als könnte jeden Moment ein cumbraelischer Pfeil aus der Finsternis herangezischt kommen.

Vaelin war es gelungen, seine Überraschung zu verbergen, als der Aspekt ihn in seine Gemächer gerufen und er Makril dort vorgefunden hatte, der nachdenklich auf das rote, rautenförmige Tuch in seiner Hand blickte.

»Ihr kennt euch bereits, wie ich hörte?«, sagte der Aspekt.

»Wir sind uns während der Wildnisprüfung begegnet, Aspekt.«

»Bruder Makril wurde zum Anführer unserer Expedition in den Martisch ernannt«, sagte der Aspekt. »Du wirst seinen Befehlen bedingungslos Folge leisten.«

Wie sich herausstellte, kannte kaum jemand den Martisch so gut wie Makril, mit Ausnahme von Meister Hutril, der jedoch im Ordenshaus gebraucht wurde. Ihr Kontingent bestand aus gerade einmal dreißig Brüdern, die meisten von ihnen erfahrene Männer von der Nordgrenze, die Makril – genau wie Vaelin – zunächst mit Skepsis begegneten. Er erwies sich aber als fähiger Taktiker, der lediglich zu etwas abrupten Entscheidungen neigte.

»Eine verdammte Stunde«, knurrte er. »Ihr solltet den Wald zwei Tage lang in südlicher Richtung durchkämmen.«

»Lord Al Jelneks Männer haben die Flucht ergriffen«, sagte Nortah. »Danach hatte es wenig Sinn weiterzumachen.«

»Habe ich dich gefragt, Grünschnabel?«, gab Makril zurück. Er hatte sofort eine Abneigung gegen sie alle entwickelt, am meisten jedoch musste Nortah einstecken. Reißzahn, der Mischlingshund, knurrte zustimmend. Vaelin hatte keine Ahnung, woher Makril das Tier hatte – offenbar hatte er nach seiner Erfahrung mit Bosko das Halten von Sklavenhunden aufgegeben und sich stattdessen für den größten und übellaunigsten Jagdhund entschieden, den er finden konnte, ohne sich um dessen Herkunft zu scheren. Nicht wenige Soldaten hatten die schmerzhafte Erfahrung machen müssen, dass Reißzahn nicht gerne gestreichelt wurde und es auch nicht mochte, wenn man ihm in die Augen sah.

Nortah erwiderte Makrils Blick mit ebenso tief empfundener Abneigung. Vaelin graute es vor dem, was geschehen mochte, wenn die beiden einmal miteinander alleine waren.

»Wir hielten es für das Beste, mit dem Leichnam zurückzukehren, Bruder«, sagte Vaelin. »Wir werden heute Abend selbst noch einmal auf Patrouille gehen.«

Makril heftete seinen finsteren Blick auf Vaelin. »Einige der Männer haben es ins Lager zurückgeschafft. Sie berichteten, es hätte dort draußen mindestens fünfzig von den Dreckskerlen gegeben.« Makril bezeichnete die Cumbraeler stets nur als »Dreckskerle«. »Wie viele habt ihr erwischt?«

Vaelin hob den Langbogen in die Höhe. »Einen.«

Makrils buschige Augenbrauen wanderten nach oben. »Einen von fünfzig?«

»Den einen, der dort war, Bruder.«

Makril seufzte schwer. »Dann wollen wir mal seiner Lordschaft Bericht erstatten. Er wird wieder einen Brief schreiben müssen.«

Lord Linden Al Hestian war groß und gutaussehend, lächelte viel und besaß einen mitreißenden Sinn für Humor. Er kämpfte mutig und wusste mit Schwert und Lanze umzugehen. Entgegen der Beschreibung des Königs war er außerdem ein kluger Kopf, und seine scheinbare Überheblichkeit war lediglich der Stolz eines jungen Mannes, der in seinem kurzen Leben schon viel erreicht hatte und wenig Grund sah, seine Selbstzufriedenheit zu verbergen. Zu seinem Bedauern stellte Vaelin fest, dass er den jungen Adligen mochte, auch wenn er zugeben musste, dass dieser ein furchtbar schlechter Anführer war. Es mangelte ihm einfach an Konsequenz. Er hatte den Soldaten schon viele Male Prügel angedroht, bisher aber noch nicht einen einzigen wirklich bestraft, obwohl seine Männer durch Feigheit und ständige Trunkenheit auffielen und im Lager die schlimmsten Zustände herrschten.

»Brüder!« Al Hestian, der vor seinem Zelt stand, begrüßte sie mit einem breiten Lächeln, das jedoch beim Anblick des Leichnams auf dem Pferd sofort verschwand. Offenbar hatte keiner der geflohenen Soldaten sich die Mühe gemacht, ihn von Al Jelneks Tod zu unterrichten.

»Mein Beileid, Herr«, sagte Vaelin. Er wusste, dass die beiden Männer seit ihrer Kindheit befreundet gewesen waren.

Mit trauriger Miene ging Linden Al Hestian zu dem Leichnam und strich sanft über das Haar seines toten Freundes. »Ist er im Kampf gestorben?«, fragte er nach einer Weile, seine Stimme von Gefühlen erstickt.

Vaelin sah, wie Nortah den Mund öffnete, und kam ihm rasch zuvor. In Lord Al Hestians Gegenwart neigte Nortah dazu, seinem grausamen Wesenszug nachzugeben und kaum verhohlene Beleidigungen und Kritik zu äußern. »Er war sehr tapfer, Herr.«

Martil Al Jelnek hatte wie ein Kind geweint, als ihn der Pfeil traf. Von Krämpfen geschüttelt hatte er sich an Vaelin festgehalten, während das Lebenslicht aus seinen Augen gewichen und ihm Schaum vor den Mund getreten war. Vaelin glaubte, dass er vor seinem Tod noch versucht hatte, etwas zu sagen, doch es war nur unverständliches Kauderwelsch gewesen. Vielleicht hatte er seiner Geliebten eine Nachricht hinterlassen wollen. Sie würden es nie erfahren.

»Tapfer«, wiederholte Al Hestian mit einem schwachen Lächeln. »Ja, das ist er immer gewesen.«

»Seine Männer sind geflohen«, sagte Nortah. »Ein Pfeil, und sie sind geflohen. Dieses Regiment, das Ihr befehligt, ist nichts als ein Haufen verbrecherischer Elemente.«

»Genug!«, bellte Bruder Makril.

Feldwebel Krelnik kam auf sie zu und nahm vor Al Hestian Haltung an. Er war ein kräftiger Mann von fast fünfzig Jahren mit einem stark vernarbten Gesicht, der den anderen Soldaten Angst einjagte. Da er einer der wenigen erfahrenen Soldaten des Regiments war, der bereits seit dem sechzehnten Lebensjahr im königlichen Heer diente, hatte Al Hestian ihn klugerweise zum Oberfeldwebel ernannt, der für die Disziplin im Lager verantwortlich war. Doch trotz seiner stärksten Bemühungen hatte Nortah recht – das Regiment war ein Pöbelhaufen.

»Ich werde einen Scheiterhaufen errichten lassen, Herr«, sagte Feldwebel Krelnik. »Wir sollten ihn noch heute Abend den Flammen übergeben.«

Al Hestian nickte und trat von dem Leichnam zurück. »Ja. Vielen Dank, Feldwebel. Und an Euch, Brüder, dass ihr ihn hergebracht habt.« Er kehrte zu seinem Zelt zurück. »Bruder Makril, Bruder Vaelin, kann ich einen Moment mit Euch sprechen?«

In Al Hestians Zelt fand sich kein Luxus, wie er die Quartiere der anderen Adligen schmückte; der verfügbare Platz wurde von seinen Waffen und seiner Rüstung eingenommen, die er selbst reinigte und pflegte. Die meisten anderen Adligen hatten ein oder zwei Diener mitgebracht, aber Lord Al Hestian war offenbar in der Lage, sich selbst um seine Bedürfnisse zu kümmern.

»Bitte, Brüder.« Er bedeutete ihnen, Platz zu nehmen, und ging zu dem kleinen, tragbaren Schreibtisch, wo er sich den zahllosen Verwaltungsangelegenheiten widmete, mit denen ein Regimentskommandant geschlagen war. »Ein königliches Schreiben«, sagte er und nahm einen geöffneten Umschlag vom Tisch. Vaelins Herz machte beim Anblick des königlichen Siegels unwillkürlich einen Satz.

»An Lord Linden Al Hestian, Kommandant des Fünfunddreißigsten Fußregiments, von seiner Majestät Janus Al Nieren«, las Al Hestian vor. »Euer Lordschaft, ich möchte Euch aufs Herzlichste dazu beglückwünschen, dass es Euch gelungen ist, über einen solch großen Zeitraum hinweg ein Regiment im Einsatz anzuführen. Weniger fähige Befehlshaber hätten zweifellos den naheliegenderen Weg gewählt, ihren Auftrag in der größtmöglichen Eile zu Ende zu bringen. Ihr hingegen habt Euch offenbar für eine weitaus raffiniertere Strategie entschieden – so raffiniert, dass es mir aus der Ferne ganz und gar unmöglich ist, ihren Sinn und Zweck zu erkennen. Ihr werdet Euch gewiss entsinnen, dass Aspekt Arlyn uns großzügigerweise ein Kontingent des sechsten Ordens zur Verfügung stellte – Brüder, die der Aspekt nun gern anderweitig einsetzen möchte. Wie ich hörte, ist der Sohn meines ehemaligen Kriegsherrn unter ihnen, und ich bin sicher, dass er es, wie sein Vater, zu schätzen weiß, wenn die Befehle seines Königs schnellstmöglichst ausgeführt werden. Vielleicht solltet Ihr Eure Pläne mit diesen Brüdern besprechen, die gnädig geneigt sein mögen, Euch mit ihrem Rat zur Seite zu stehen.«

Zu seinem Erschrecken, musste Vaelin feststellen, dass seine Hände zitterten, und er verbarg sie in seinem Umhang. Die anderen würden hoffentlich annehmen, dass es an der Kälte lag.

»Also, Brüder«, sagte Al Hestian und bedachte sie mit einem aufrichtig verzweifelten Blick. »Wie es scheint, brauche ich Euren Rat.«

»Ich habe Euch schon mehrmals meinen Rat gegeben, Herr«, sagte Makril. »Lasst ein paar Männer auspeitschen, schickt die Faulsten und

Feigsten ohne Waffen zum Tor hinaus und gestattet Feldwebel Krelnik, hart durchzugreifen.«

Al Hestian rieb sich die Schläfen. Er wirkte erschöpft. »Mit solchen Methoden werde ich wohl kaum die Herzen der Männer gewinnen können, Brüder.«

»Vergesst ihre Herzen. Kaum ein Befehlshaber kann die Liebe seiner Männer gewinnen. Die meisten herrschen durch Furcht. Wenn die Männer Euch fürchten, werden sie Euch respektieren. Und vielleicht werden sie dann auch endlich anfangen, Cumbraeler zu töten.«

»Aus dem Tonfall des Briefes seiner Majestät schließe ich, dass uns höchstens noch ein paar Wochen bleiben, um unseren Auftrag hier zu erledigen. Und entgegen der Annahme des Königs habe ich, wie ich zugeben muss, keine Strategie, wie wir den Schwarzen Pfeil und seine Anhänger besiegen können. Selbst wenn ich die Maßnahmen ergreife, die Ihr mir vorgeschlagen habt, wird uns nicht mehr genug Zeit bleiben, um in diesem vermaledeiten Wald einen Sieg zu erringen.«

Der Schwarze Pfeil. Den Namen hatte ihnen der einzige Gefangene verraten, den sie in sieben Monaten hatten machen können – ein Bogenschütze, den Nortah niedergeschossen hatte. Er hatte noch lange genug gelebt, um sie mit hasserfüllten Flüchen zu überschütten und seinen Gott anzurufen und ihn um Vergebung für sein Scheitern zu bitten. Über ihre Fragen hatte er nur gelacht – es gab wenig, womit man einem Sterbenden drohen konnte. Am Ende hatte Vaelin die anderen weggeschickt, sich neben den Mann gesetzt und ihm seine Wasserflasche angeboten.

»Möchtest du etwas trinken?«

Die Augen des Mannes leuchteten trotzig, aber der schreckliche Durst, den er empfinden musste, während er langsam verblutete, gewann schließlich die Oberhand. »Ich werde euch nichts erzählen.«

»Ich weiß.« Vaelin hielt dem Mann die Flasche an den Mund, und dieser trank einen Schluck. »Denkst du, er wird dir vergeben? Dein Gott?«

»Der Weltvater ist für seine Barmherzigkeit bekannt«, stieß der Sterbende aus. »Er wird meine Schwächen und meine Stärken erkennen und mich für beides lieben.«

Die Hände des Mannes umklammerten den Pfeil, der in seinem Brustkorb steckte, und ein leises Wimmern drang aus seinem Mund.

»Weshalb hasst ihr uns?«, fragte Vaelin. »Warum tötet ihr uns?«

Das Wimmern des Mannes wurde zu einem bitteren Lachen. »Warum tötet ihr *uns*, Bruder?«

»Eure Anwesenheit hier ist ein Verstoß gegen das Abkommen. Euer Anführer hat geschworen, dass ihr euren Glauben nicht in die anderen Erzlehen tragen werdet …«

»*Seine* Worte lassen sich nicht von Grenzen einschränken und auch nicht von den Dienern eines falschen Glaubens. Der Schwarze Pfeil hat uns hierhergeführt, um diejenigen zu verteidigen, die ihr sonst im Namen eurer ketzerischen Überzeugungen abschlachten würdet. Er wusste, dass das Friedensabkommen ein Verrat war, üble Gotteslästerung …« Ihm versagte die Stimme, und er bekam einen Hustenanfall. Vaelin versuchte, noch mehr aus ihm herauszuholen, aber der Mann gab bloß noch zusammenhangloses Gefasel über seinen Gott von sich, während seine Kräfte schwanden. Kurz darauf verlor er das Bewusstsein und hörte auf zu atmen. Aus irgendeinem Grund wünschte sich Vaelin, er hätte ihn nach seinem Namen gefragt.

»Und Ihr, Bruder Vaelin?« Al Hestians Frage holte ihn abrupt in die Gegenwart zurück. »Unser König scheint Vertrauen in Eure Urteilskraft zu haben. Könnt Ihr mir einen Rat geben, wie wir diesen Feldzug möglichst bald zu einem Abschluss bringen können?«

Erklärt diese verdammte Farce für beendet und geht nach Hause. Er sprach den Gedanken jedoch nicht aus. Al Hestian konnte den Wald erst verlassen, wenn er einen Sieg oder zumindest einen Teilsieg errungen hatte. *Und nach dem Willen des Königs soll er diesen Wald überhaupt nicht mehr verlassen,* erinnerte er sich. *Du hast eine Verpflichtung einzuhalten. Schließlich könnte seine Hoheit seinen Teil des Abkommens genauso gut wieder rückgängig machen.*

»Eure Männer werden von den Bogenschützen Eures Gegners gejagt, sobald sie dieses Lager verlassen«, sagte er. »Bei meinen Brüdern und mir ist es dagegen umgekehrt: Wir sind die Jäger, und die Cumbraeler fürchten uns. Eure Männer müssen auch zu Jägern werden. Zumindest diejenigen, die es lernen können.«

Makril schnaubte verächtlich. »Diesem Gesindel könnte man nicht mal beibringen, geradeaus zu pinkeln.«

»Es muss im Lager doch ein paar Männer geben, die man ausbilden könnte. Der Glaube lehrt uns, dass selbst der Nichtsnutzigste noch seinen Wert hat. Ich würde vorschlagen, wir suchen uns eine Handvoll Männer, etwa dreißig, und bilden sie aus. Sie werden unserem Befehl unterstehen. Dann bereiten wir einen Überfall vor, suchen uns eines der Lager des Schwarzen Pfeils und zerstören es. Wenn es uns gelungen ist, einen Sieg gegen die Cumbraeler zu erringen, werden die anderen Männer wieder Hoffnung schöpfen.« Er hielt inne und nahm all seine Kraft zusammen, um die nötigen Worte auszusprechen. »Außerdem würde es die Moral der Männer heben, wenn Ihr diesen Angriff persönlich anführt, Lord Al Hestian. Soldaten respektieren einen Anführer, der sich gemeinsam mit ihnen in Gefahr begibt.« *Und im Durcheinander eines Angriffs kann viel passieren. Wie leicht kann ein Pfeil sich verirren ...*

Al Hestian strich sich über die Bartstoppeln an seinem Kinn. »Bruder Makril, was haltet Ihr von diesem Vorschlag?«

Makril musterte Vaelin mit argwöhnisch gerunzelter Stirn. *Er ahnt, dass etwas nicht stimmt,* dachte Vaelin. *Er kann es riechen, wie ein Hund, der einen seltsamen Geruch auffängt.*

»Einen Versuch ist es wert«, sagte Makril schließlich. »Allerdings wird es nicht leicht, ihr Lager zu finden. Die Dreckskerle sind äußerst geschickt darin, ihre Spuren zu verwischen.«

»Die Brüder des sechsten Ordens gelten als die besten Fährtenleser des Reiches«, sagte Al Hestian. »Wenn das Lager der Cumbraeler gefunden werden kann, dann werdet Ihr es finden, dessen bin ich sicher.« Er schlug sich aufs Knie, offensichtlich erfreut darüber, einen Ausweg aus seiner vertrackten Lage gefunden zu haben. »Ich danke Euch, Brüder. Euer Plan wird sicher Erfolg haben.« Er erhob sich, nahm einen Wolfspelz von der Stuhllehne und legte ihn sich um die Schultern. »Dann lasst uns anfangen. Wir haben viel zu tun!«

❖ ❖ ❖

Keiner der Soldaten schien einen Nachnamen zu besitzen. Die meisten wurden lediglich mit den Spitznamen ihrer verbrecherischen Vergangenheit gerufen: Schlitzer, Rotes Messer, Schnelle Faust und so weiter. Um dreißig geeignete Männer auszuwählen, hatten sie eine einfache Methode angewandt: Sie hatten das gesamte Regiment mehrere Runden um das Lager rennen lassen und sich dann für diejenigen entschieden, die als Letzte zusammenbrachen. Danach ließen sie sie in drei Reihen zu jeweils zehn Mann antreten, und Makril erklärte den finster dreinblickenden Soldaten, was sie in der nächsten Zeit erwartete.

»Wer ohne Erlaubnis in trunkenem Zustand erwischt wird, erhält eine Prügelstrafe. Wer mehr als einmal durch Trunkenheit auffällt, wird aus dem Regiment entlassen. Und wenn ihr Schwachköpfe jetzt vielleicht denkt, dass ihr dann gemütlich nach Hause gehen könnt, habt ihr euch geschnitten. Entlassene Männer dürfen zu Fuß und ohne Waffen allein den Martisch durchqueren.« Makril hielt einen Moment inne, um die Bedeutung seiner Worte wirken zu lassen. Ein Mann, der allein und ohne Verteidigungsmittel durch den Martisch lief, würde innerhalb kürzester Zeit vom Gegner an einen Baum gefesselt und aufgeschlitzt werden.

»Damit das klar ist, ihr elenden Diebe und Halsabschneider«, knurrte Makril. »Lord Al Hestian hat dem sechsten Orden die Erlaubnis erteilt, euch nach unseren Methoden auszubilden. Ihr gehört jetzt uns.«

»Dafür habe ich mich aber nicht gemeldet«, murrte ein Mann mit bleichem Gesicht in der ersten Reihe. »Ich stehe in den Diensten des Kö…«

Makrils Faust traf das Kinn des Mannes und schickte ihn zu Boden. »Bruder Barkus!«, bellte er und stieg über den Soldaten hinweg. »Zehn Peitschenhiebe für diesen Kerl. Und eine Woche lang keinen Rum.« Mit finsterem Blick musterte er die übrigen Soldaten. »Will noch jemand über die Bedingungen seines Dienstes sprechen?«

◆ ◆ ◆

Caenis und Dentos schlichen sich am nächsten Tag in den Wald, um das Lager der Cumbraeler zu suchen, während die Soldaten ausgebildet wurden. Die Androhung von Prügel oder Tod bewirkte Wunder, was Disziplin und Moral der Männer betraf. Sie beeilten sich, jeden Befehl auszuführen, liefen meilenweit durch den Schnee, ertrugen schmerzhafte Lektionen im Schwertkampf und unbewaffneten Nahkampf und lauschten in respektvollem Schweigen, während Makril versuchte, ihnen die Grundlagen des Überlebens in der Natur beizubringen. Wenn überhaupt, dann wirkten sie zu ergeben, zu furchtsam – und Vaelin wusste, dass ängstliche Soldaten keine guten Soldaten waren.

»Keine Sorge«, sagte Makril. »Solange sie mehr Angst vor uns haben als vor den cumbraelischen Dreckskerlen, sollte es keine Schwierigkeiten geben.«

Vaelin übernahm den Schwertunterricht, während Barkus mit seinen rauhen Methoden beim unbewaffneten Nahkampf unter den Männern für Angst und Schrecken sorgte. Nortah hingegen gab seine Versuche, den Soldaten das Bogenschießen beizubringen, bald auf – keiner von ihnen besaß die nötige Körperkraft und Konzentrationsfähigkeit – und unterrichtete sie stattdessen im Umgang mit der Armbrust; eine Waffe, die selbst der ungeschickteste Tölpel in wenigen Tagen beherrschen konnte. Am Ende der ersten Woche lief ihre kleine Kompanie klaglos fünf Meilen am Stück. Außerdem fürchteten sich die Männer nicht mehr davor, außerhalb des Lagers zu übernachten, und die meisten waren in der Lage, aus zwanzig Schritt Entfernung ein Ziel mit der Armbrust zu treffen. Ihre Fähigkeiten im Schwertkampf und Nahkampf ließen immer noch zu wünschen übrig, aber Vaelin war der Meinung, dass sie zumindest genug gelernt hatten, um ein Zusammentreffen mit den Männern des Schwarzen Pfeils überleben zu können.

Wie üblich eilte die Legende von Vaelins Taten ihm voraus, und die Soldaten begegneten ihm mit einer Mischung aus Achtung und Furcht. Während sie mit Nortah oder Barkus gelegentlich ein Wort wechselten, herrschte in Vaelins Gegenwart striktes Schweigen, als könnte ein falsches Wort den Tod bedeuten. Vaelins düstere Stimmung verstärkte die Furcht der Männer noch. Er hatte nur wenig Geduld und teilte des Öfteren schmerzhafte Schläge mit dem hölzernen Knüttel aus, den er für den Schwertunterricht verwendete. Mitunter musste er feststellen, dass er wie Meister Sollis klang, was seine Laune nicht eben verbesserte.

Al Hestian hatte die Entscheidung getroffen, sich gemeinsam mit den Männern ausbilden zu lassen. Er lief mit ihnen und nahm an den qualvollen Unterrichtsstunden teil. Er erwies sich als erfahrener Schwertkämpfer und war groß und stark genug, um im unbewaffneten Nahkampf mit Barkus mithalten zu können. Dabei gab er sein Bestes, die Männer aufzumuntern, zog während der Läufe Soldaten, die zusammengebrochen waren, wieder auf die Beine und beglückwünschte sie für ihre bescheidenen Fortschritte im Schwertkampf. Vaelin bemerkte, dass die Achtung der Männer für den jungen Adligen wuchs. Hatten sie ihn früher hinter seinem Rücken als »dumpfbackigen Jungspund« bezeichnet, war er inzwischen nur noch »seine Lordschaft«. Die Stimmung der Männer war immer noch düster – für Vaelin und seine Brüder hatten sie nichts übrig –, aber Al Hestian war auf dem besten Weg, einer der Ihren zu werden. Wenn Vaelin sah, wie sich der junge Adlige mit seinen Männern im Zweikampf übte, fühlte er sich noch niedergeschlagener. *Mörder.*

Die Stimme in seinem Geist plagte ihn schon seit dem Tag, als sie mit der Ausbildung der Männer begonnen hatten – ein leises, wissendes Murmeln in seinem Hinterkopf, das ihm schreckliche Wahrheiten zuflüsterte. *Meuchelmörder. Du bist nicht besser als die Mistkerle, die Mikehl getötet haben. Der König hat dich zu seinem Werkzeug gemacht …*

»Was denkt Ihr, Bruder?« Al Hestian kam durch den Schnee auf ihn zugestapft, das Gesicht von der Anstrengung gerötet, aber dennoch strahlend vor Zuversicht. »Werden sie sich anständig schlagen?«

»Mindestens zehn weitere Tage, Herr«, erwiderte Vaelin. »Sie haben noch viel zu lernen.«

»Aber sie haben doch schon große Fortschritte gemacht, findet Ihr nicht? Zumindest kann man sie jetzt als Soldaten bezeichnen.«

Eher als Zielscheiben. Als Deckmantel für deine Täuschung, Köder für deine Falle. »In der Tat, Herr.«

»Schade, dass Bruder Yallin das nicht mehr erlebt hat, was?« Bruder Yallin war vom vierten Orden auf diese Expedition geschickt worden. Eigentlich hatte sein Auftrag gelautet, Aspekt Tendris über die Fortschritte des Feldzugs zu unterrichten. Er hatte sich jedoch geweigert, das Lager zu verlassen, um sich stattdessen der – aus seiner Sicht – wichtigeren Aufgabe zu widmen, den Männern den Katechismus der Andacht nahezubringen. Leider zog er sich bald nach ihrer Ankunft im Martisch einen schweren Durchfall zu, an dem er kurze Zeit später verstarb. Die Trauer der Soldaten über sein Ableben hielt sich in Grenzen.

»Merkwürdig, dass Aspekt Tendris nie einen Ersatz für Bruder Yallin geschickt hat«, erwiderte Vaelin.

Al Hestian zuckte mit den Achseln. »Vielleicht hielt er die Reise für zu gefährlich.«

»Vielleicht. Oder er hat bisher noch gar nichts von Bruder Yallins Tod erfahren. Man könnte fast vermuten, jemand schickt in Bruder Yallins Namen regelmäßig Berichte an Aspekt Tendris.«

»So etwas wäre wirklich undenkbar, Bruder.« Al Hestian lachte und ging davon, um eine Gruppe Männer anzufeuern, die in der Nähe miteinander rangen. *Warum könnt Ihr nicht hassenswerter sein?*, dachte Vaelin. *Warum könnt Ihr mir meine Aufgabe nicht leichter machen?* Und die Stimme in seinem Geist antwortete prompt: *Sollte ein Mord denn leicht sein?*

ZWEITES KAPITEL

Insgesamt etwa siebzig Männer«, sagte Dentos, während er an einem Stück Trockenfleisch kaute. »Zehn Meilen westlich von hier. Die Lage ist gut gewählt. Im Osten liegt eine tiefe Schlucht, im Süden eine hohe Felswand und im Norden und Westen ein steiler Abhang. Nur schwer unbemerkt zu erreichen.«

Caenis und Dentos waren nach vierzehn Tagen zurückgekehrt, und Caenis hatte eine Karte gezeichnet, auf welcher der Aufbau des cumbraelischen Lagers zu erkennen war. Sie hatten sich mit Al Hestian und Makril an ein Lagerfeuer gesetzt, um ihren Angriff zu planen.

»Siebzig Männer sind für unsere Soldaten ein harter Brocken«, sagte Barkus zu Makril. »Selbst unsere Brüder mit eingerechnet, sind die Gegner immer noch in der Überzahl.«

»Jeder unserer Brüder ist so gut wie drei von denen«, erwiderte Makril. »Außerdem ist ein überraschter Mann für gewöhnlich besiegt, bevor er sein Schwert ziehen kann.« Er betrachtete Caenis' Karte und fuhr mit dem Finger über die Schlucht am Ostrand des Lagers. »Wie gut wird diese Schlucht bewacht?«

»Drei Männer am Tage«, erwiderte Caenis. »Und fünf bei Nacht. Der Schwarze Pfeil scheint ein vorsichtiger Mann zu sein. Er weiß, dass am wahrscheinlichsten während der Nacht mit einem Angriff zu rechnen ist. Es gibt einen Weg ins Lager.« Er deutete auf die Felsen am Südrand. »Ich bin nahe genug an sie herangekommen, um ihren Pfeifenrauch riechen zu können. Aber dieser Weg eignet sich höchstens für einen einzelnen Mann. Mehr würden auffallen.«

»Fünf Männer, die den besten Zugang zum Lager bewachen, und nur einer, der uns die Tür öffnen kann«, grübelte Makril. »Wenn er unbemerkt das Lager durchqueren kann, heißt das.«

»Wir haben ein paar ihrer Kleider und Waffen behalten«, sagte Vaelin. »In der Dunkelheit könnten sie mich vielleicht für einen der Ihren halten.«

»Du meinst wohl mich, Bruder«, sagte Caenis.

»Fünf Männer auf einmal …«

»Wie Bruder Makril schon sagte – überraschte Gegner sind leichter zu töten. Außerdem bin ich der Einzige, der den Weg kennt.«

»Er hat recht«, sagte Makril. »Ich werde mit unseren Brüdern von der Schlucht aus angreifen. Euer Lordschaft« – er sah Al Hestian an –, »ich würde vorschlagen, dass Ihr Eure Kompanie zur Südseite führt, dort wartet, bis Ihr den Lärm unseres Angriffs hört, und dann ebenfalls das Lager stürmt. Wir werden einen Großteil ihrer Aufmerksamkeit auf uns gelenkt haben, sodass Ihr sie hoffentlich unvorbereitet trefft.«

Al Hestian nickte. »Ein guter Plan, Bruder.«

»Ich sollte Lord Al Hestian begleiten«, sagte Vaelin. »Die Wahrscheinlichkeit, dass die Männer beim Angriff zögern, ist geringer, wenn einer von uns bei ihnen ist.«

An Makrils zusammengekniffenen Augen erkannte er, dass dieser immer noch einen Verdacht hegte. *Er weiß es*, zischte die Stimme in seinem Geist. *Die anderen würden es niemals vermuten, aber er weiß es. Er riecht es an mir wie Blut.*

»Es wäre besser, wenn Sendahl oder Jeshua seine Lordschaft begleiten«, sagte Makril und musterte Vaelin argwöhnisch. »Dein Schwert wird bei unserem Angriff auf der Ostseite gebraucht werden.«

»Die Soldaten haben mehr Angst vor Vaelin als vor uns«, warf Barkus ein. »Wenn er bei ihnen ist, werden sie sicherlich nicht so schnell die Flucht ergreifen.«

»Und mir wäre es eine Ehre, an Bruder Vaelins Seite zu kämpfen!«, rief Al Hestian begeistert. »Ich halte das für eine sehr gute Idee.«

Makril wandte sich wieder langsam der Karte zu. »Wie Ihr wünscht, Herr.« Er deutete auf den Abhang nördlich des Lagers. »Wenn alles glatt läuft, werden sie den Hügel hinunter zum Fluss fliehen. Ein guter Ort, um ihnen eine Falle zu stellen. Sollten die Ahnen uns gnädig sein, müsste es uns gelingen, sie alle zu erwischen.« Er blickte auf, und seine Miene wirkte grimmig. »Dennoch wird es ein harter und blutiger Kampf. Die Dreckskerle betteln nicht um Gnade und sind selbst gnadenlos. Sagt den Männern, dass sie sie möglichst in Nahkämpfe mit dem Schwert verwickeln sollen, damit sie gar nicht erst Gelegenheit bekommen, ihre Bögen zu benutzen. Macht den Männern klar, dass eine Niederlage unser aller Tod bedeuten würde. Von diesem Ort gibt es kein Entkommen. Entweder wir töten sie, oder sie töten uns.«

Er rollte die Karte zusammen und stand auf. »Fünf Stunden Schlaf, dann rücken wir aus. Wir werden im Dunkeln marschieren, damit ihre Späher uns nicht entdecken. Zehn Meilen im Schnee sind eine ziemliche Strecke, wir werden also zügig laufen müssen. Jedem, der ohne Erlaubnis redet oder aus dem Marschschritt gerät, wird die Kehle durchgeschnitten. Bis zum Angriff wird kein Rum ausgeschenkt.« Er warf Caenis die Karte zu. »Bruder, du übernimmst die Führung.«

◆ ◆ ◆

Der Marsch war hart und forderte die Männer bis zum Äußersten, aber die Aussicht darauf, getötet zu werden, wenn man stehen blieb, ließ sie weiterlaufen. Die Ordensbrüder hielten sich an der Spitze der Kolonne. Sie hatten Pfeile in ihre Bögen eingelegt und hielten in der Dunkelheit nach cumbraelischen Spähern Ausschau. In der Vergangenheit hatten die Cumbraeler gerne einmal des Nachts brennende Pfeile ins Lager der Soldaten geschossen. Die nächtlichen Besuche hatten jedoch nachgelassen, als Caenis und Makril nach Sonnenuntergang im Umkreis des Lagers auf die Pirsch gegangen waren. Sie hatten in vier Nächten vier Bögen des Gegners erbeutet. Jetzt wagten sich die Cumbraeler nur noch selten an das Lager der Soldaten heran, und ihr Marsch wurde nicht unterbrochen.

Acht Stunden lang schritten sie in zügigem Tempo voran, bis sie den Rand einer Lichtung erreichten, von wo aus eine kleine Anhöhe zu dem Felsen führte, hinter dem die Cumbraeler ihr Lager aufgeschlagen hatten. Zur Rechten war der dunkle Schatten der Schlucht zu erkennen, durch die Makril das Ordenskontigent führen würde. Ohne große Vorrede wünschte Makril ihnen per Handzeichen viel Glück und bedeutete dann den achtzehn Brüdern, ihm in einer lockeren Gefechtsformation über die Lichtung zu folgen.

Brauchst du noch etwas?, fragte Vaelin Caenis in Zeichensprache.

Sein Bruder schüttelte den Kopf und zog die Schnur an seinem mit Zobelpelz besetzten Wams zu. In den erbeuteten Kleidern konnte man ihn tatsächlich für einen Cumbraeler halten. Er hatte seinen Bogen gegen einen cumbraelischen Langbogen ausgetauscht und sich eine kleine Axt in den Gürtel geschoben. Außerdem hatte er sich entschlossen, sein Schwert mitzunehmen – ihre Gegner hatten Al Hestians Soldaten viele asraelische Klingen abgenommen; es würde also vermutlich nicht weiter auffallen.

Viel Glück, Bruder, bedeutete ihm Vaelin und klopfte ihm auf die Schulter. Caenis grinste kurz, dann wandte er sich um und lief auf den Felsen zu. *Er wird es schaffen*, sagte sich Vaelin. Seit ihrer Ankunft im Martisch war seine Achtung vor Caenis' Fähigkeiten stetig gestiegen – aus dem dünnen Jungen, den Meister Grealins Geschichten von riesigen Ratten in Angst und Schrecken versetzt hatten, war inzwischen ein schlanker, gefährlicher Krieger geworden, der keinerlei Furcht zeigte und ohne zu zögern tötete.

Schnee knirschte, als Al Hestian neben ihm in die Hocke ging. »Was meint Ihr, wie lange es dauern wird, Bruder?«, flüsterte er.

Beim Anblick des ernsten Gesichts des jungen Adligen musste Vaelin aufkeimende Schuldgefühle unterdrücken. *Du hoffst, dass er nicht merken wird, dass du es warst*, sagte ihm die allgegenwärtige Stimme in seinem Geist. *Dass er ins Jenseits eingehen und dabei immer noch an die Lüge glauben wird, dass ihr Freunde seid …*

»Etwa eine Stunde, Herr«, gab er leise zurück. »Vielleicht weniger.«

»Dann können sich die Männer zumindest ein bisschen ausruhen.« Er ging davon, um nach den Soldaten zu sehen und ihnen aufmunternde Worte zuzuflüstern. Vaelin versuchte, nicht hinzuhören und sich stattdessen auf den trüben Umriss des Felsens vor ihm zu konzentrieren. Der Himmel war noch dunkel, hatte jedoch schon den blauen

Schimmer angenommen, der den herannahenden Tag ankündigte. Makril hatte sich für einen Angriff in der Morgendämmerung ausgesprochen, weil dann die Wachen an der Mündung der Schlucht müde von der langen Schicht waren.

Vaelin beruhigte seinen Atem, zählte die Sekunden und wartete auf den richtigen Moment, um sein Vorhaben in die Tat umzusetzen. Er unterdrückte jeden Gedanken, der ihn davon ablenken könnte. Seine Hand, mit der er seinen Bogen umklammert hielt, schmerzte bereits. Als er sicher war, dass mindestens eine halbe Stunde vergangen war, ging er zu Al Hestian und kauerte sich neben ihm nieder, um ihm ins Ohr flüstern zu können.

»Auf dem Felsen wird es sicher Wachen geben«, sagte er. »Mein Bruder wird sie am Leben gelassen haben, um kein Aufsehen zu erregen. Es werden nicht genug sein, um unseren Angriff aufzuhalten, aber sie würden mit ihren Bögen sicherlich unsere Reihen lichten.« Er hob seinen Bogen an. »Ich werde schon mal vorgehen, und wenn der Angriff beginnt, werde ich dafür sorgen, dass sie uns keinen Ärger machen.«

Al Hestian erhob sich. »Ich komme mit Euch.«

Vaelin packte ihn am Unterarm und hielt ihn zurück. »Ihr müsst die Männer anführen, Herr.«

Al Hestian ließ den Blick über die angespannten Gesichter der Soldaten gleiten und nickte widerwillig. »Natürlich.«

Vaelin zwang sich zu einem Lächeln. »Wir werden zusammen im Zelt des Schwarzen Pfeils frühstücken.« *Lügner!*

»Möge das Glück Euch hold sein, Bruder.«

Er konnte Al Hestian nicht in die Augen sehen. Stattdessen nickte er nur und lief auf den Felsen zu, wo er zwischen den riesigen Gesteinsbrocken, die wie schlafende Ungeheuer aus dem Schnee ragten, Deckung suchte. Er blickte sich rasch nach Wachposten um, konnte jedoch keine sehen. Aus dem Lager wehte der schwache Geruch von Holzrauch herüber, aber es waren keine Geräusche zu vernehmen. Offenbar hatte Caenis die Wachen an der Schlucht noch nicht ausgeschaltet. Vaelin griff in seinen Köcher und zog einen in Tuch gewickelten Gegenstand hervor. Unter dem Tuch kam ein schwarzgefärbter, mit Rabenfedern befiederter Pfeil zum Vorschein, einer von jenen, die sie dem cumbraelischen Bogenschützen abgenommen hatten, der den armen Lord Al Jelnek getötet hatte – Vaelins Mordwaffe. Ein einzelner Pfeil würde Lord Al Hestian niederstrecken, während er seine Männer heldenhaft zum Angriff gegen ein feindliches Lager führte. *Ein guter Tod*, sagte seine innere Stimme. *Sein Vater wird gewiss stolz auf ihn sein. Erinnerst du dich daran, was du dir geschworen hattest? Ich werde töten, aber ich werde nicht morden …*

Lass mich in Ruhe!, gab Vaelin im Geiste zurück. *Ich werde tun, was ich tun muss. Mir bleibt keine andere Wahl. Ich muss mein Abkommen mit dem König einhalten.*

Seine Hände zitterten, als er den Pfeil in den Bogen einlegte; das Herz hämmerte ihm in der Brust. *Genug!* Er ballte die Hände zu Fäusten, um das Zittern zu unterdrücken. *Ich werde tun, was ich tun muss. Ich töte nicht zum ersten Mal. Was ist ein Toter mehr?*

Hinter sich hörte er ein leises metallenes Klirren, gefolgt vom Sirren von Bogensehnen und dem plötzlichen Rufen von Stimmen. Schon bald hallten die Kampfgeräusche auch zu der Lichtung hinüber, und Vaelin sah, wie Al Hestians Trupp zwischen den Bäumen hervorstürmte und den Angriff begann. Der junge Adlige war leicht auszumachen. Mit wehendem Umhang und hoch erhobenem Langschwert lief er einige Schritte vor seinen Männern. Vaelin hörte die Rufe, mit denen er die Soldaten anfeuerte. Es erfüllte ihn mit einer seltsamen Befriedigung, dass die gesamte Kompanie Al Hestian gefolgt war. Er hatte erwartet, dass einige die Flucht ergreifen würden.

Vaelin holte tief Luft, die Kälte brannte sich ihm in die Lunge. Dann hob er den Bogen und zog die Sehne aus; die Rabenfedern strichen ihm über die Wange, die Spitze des Pfeils war auf Al Hestians rasch vorrückende Gestalt gerichtet. *Mord ist leicht*, dachte er und spürte den Druck der Bogensehne an seinen Fingern. *Als würde man eine Kerze ausblasen.*

Etwas knurrte in der Dunkelheit. Etwas verlagerte das Gewicht und scharrte im Schnee. Die Härchen in seinem Nacken richteten sich auf.

Wie ein Feuer breitete sich das vertraute Gefühl, dass etwas nicht stimmte, in seinem Inneren aus. Das Zittern kehrte in seine Hände zurück, und er senkte den Bogen und drehte sich um.

Der Wolf hatte die Zähne gefletscht, seine Augen leuchteten in der Finsternis. Sein silbernes Nackenfell war gesträubt. Als sich ihre Blicke begegneten, hörte er auf zu knurren und erhob sich aus der geduckten

Angriffshaltung, die er eingenommen hatte. Er musterte Vaelin mit demselben durchdringenden Blick wie damals, vor vielen Jahren, bei der Wildnisprüfung.

Der Moment schien nicht enden zu wollen. Vaelin war vom Blick des Tiers wie gebannt und konnte sich nicht mehr rühren. Ein Gedanke zuckte ihm durch den Kopf: *Was tue ich hier? Ich bin kein Mörder!*

Der Wolf blinzelte und drehte sich um. Wie ein silberner Blitz lief er durch den Schnee davon und war kurz darauf verschwunden.

Die näherkommenden Rufe von Al Hestians angreifenden Männern brachten Vaelin wieder zur Besinnung. Er drehte sich um und sah, dass sie den Felsen beinahe erreicht hatten. In weniger als zwanzig Schritt Entfernung erhob sich eine in Zobelpelze gehüllte Gestalt mit einem ausgezogenen Langbogen, dessen Pfeil direkt auf Al Hestians Brust zielte. Vaelins Pfeil traf den Bogenschützen in den Bauch. In Windeseile war er über ihm und stach mit seinem Dolch zu, um sicherzugehen, dass der Mann auch wirklich tot war.

»Danke, Bruder!«, rief Al Hestian und lief an ihm vorbei weiter auf das Lager zu. Vaelin folgte ihm, warf seinen Bogen beiseite und zog sein Schwert.

Im Lager herrschte ein Durcheinander aus Tod und Feuer. Im Umgang mit dem Bogen konnten es die Cumbraeler mit den Ordensbrüdern aufnehmen, aber beim Nahkampf waren sie ihnen hoffnungslos unterlegen. Zwischen den brennenden Zelten lagen überall Leichen im Schnee. Ein verwundeter Cumbraeler kam aus dem Rauch herausgewankt – ein Arm hing blutig und nutzlos herab, mit dem anderen schwang er eine Axt nach Al Hestian. Der Adlige wich dem Schlag mühelos aus und streckte den Mann mit seinem Langschwert nieder. Ein anderer stürzte sich auf Vaelin, die Augen vor Schrecken und Furcht weit aufgerissen. Mit einer Saufeder stieß er nach Vaelins Brust. Vaelin duckte sich unter der Waffe hindurch, packte den Schaft oberhalb der Spitze und zog den Besitzer des Speers in sein Schwert. Einer von Al Hestians Soldaten stürmte vor und rammte dem Cumbraeler sein Schwert in die Brust; sein jubelnder Wutschrei mischte sich mit den Rufen der anderen Männer, die Al Hestian folgten und jeden niedermachten, der sich ihnen in den Weg stellte.

Vaelin sah Al Hestian im Rauch verschwinden und eilte ihm nach, wobei er beobachtete, wie dieser kurz nacheinander zwei Männer tötete. Ein dritter sprang dem jungen Adligen auf den Rücken und schlang die Beine um seine Brust, einen Dolch hoch erhoben. Vaelins Wurfmesser traf den Cumbraeler in den Rücken. Al Hestian warf den sich vor Schmerzen windenden Mann ab und durchhieb ihm mit dem Langschwert die Brust. Dann hob er zum Dank kurz sein Schwert und lief weiter.

Das Blutbad wurde immer grausiger, während sich die Männer der Kompanie einen Weg durch das Lager bahnten und die wenigen Cumbraeler, die noch Widerstand leisteten, töteten und am Boden liegende Verwundete erstachen. Im Vorbeilaufen nahm Vaelin einige albtraumhafte Szenen wahr: Ein Soldat hielt sich das abgeschlagene Haupt eines Cumbraelers über den Kopf und ließ sich das Blut übers Gesicht laufen, drei Soldaten stachen abwechselnd auf einen Mann ein, der zuckend am Boden lag, andere sahen lachend zu, wie ein Cumbraeler versuchte, seine heraushängenden Eingeweide wieder in seinen aufgeschlitzten Bauch zu stopfen. Vaelin hatte schon viele Betrunkene gesehen, aber niemals Männer im Blutrausch. Nach Monaten der Furcht und des Elends kosteten Al Hestians Soldaten die Rache an ihren Peinigern nun maßlos aus.

Er holte Al Hestian ein, der mit unschlüssiger Miene über der knienden Gestalt eines jungen Cumbraelers von höchstens fünfzehn Jahren stand. Die Augen des Jungen waren geschlossen, und seine Lippen murmelten ein Gebet. Seine Waffen lagen auf dem Boden, und er hatte die Hände vor der Brust gefaltet.

Vaelin blieb stehen, atmete tief durch und wischte das Blut von seinem Schwert. Vom Fluss her hörte er das Klirren von Waffen und Kampfrufe, während seine Brüder die letzten der Männer des Schwarzen Pfeils zur Strecke brachten. Inzwischen hatte die Morgendämmerung eingesetzt und enthüllte den schrecklichen Anblick des Lagers. Überall lagen Gefallene, von denen sich manche noch vor Schmerzen krümmten, und der Schnee zwischen den brennenden Zelten war rot. Al Hestians Männer gingen inmitten der Zerstörung umher, nahmen den Toten ihre Wertsachen ab und töteten die Verwundeten.

»Was sollen wir mit ihm machen?«, fragte Al Hestian. Sein Gesicht war mit Asche beschmiert und schweißüberströmt, seine Miene grimmig. Der Blutrausch seiner Männer hatte ihn nicht erfasst, ganz offensichtlich tötete er nicht gern. Vaelin war sehr froh, dass er den Auftrag des Königs nicht erfüllt hatte.

Der König wird wütend sein, sagte ihm sein innerer Beobachter.

Dafür werde ich geradestehen, erwiderte er. *Er kann mein Leben haben, wenn er will. Zumindest werde ich nicht als Mörder sterben.*

Vaelin betrachtete den Jungen. Er schien ihre Worte und die Geräusche der Sterbenden um ihn herum gar nicht wahrzunehmen, so sehr war er in sein Gebet versunken. Er redete in einer Sprache, die Vaelin nicht kannte; das Gebet floss in weichem, beinahe melodiösem Ton über seine Lippen. Bat er seinen Gott, seine Seele in Empfang zu nehmen oder ihn vor dem bevorstehenden Tod zu retten?

»Wie es scheint, haben wir unseren ersten Gefangenen, Euer Lordschaft.« Vaelin stieß den Jungen mit dem Stiefel an. »Steh auf! Und hör auf zu jammern.«

Der Junge beachtete ihn nicht. Sein Gesichtsausdruck blieb unverändert, während er weiterbetete.

»Ich habe gesagt, steh auf!« Vaelin beugte sich vor, um den Jungen an seinem Pelzkragen zu packen. In diesem Moment spürte er einen Luftzug an seinem Hals, als etwas knapp an seinem Ohr vorbeiflog, gefolgt von dem dumpfen Schmatzen eines Pfeils, der sich in Fleisch bohrte. Er blickte auf und sah Al Hestian mit überraschter Miene einen schwarzen Schaft anstarren, der aus seiner Schulter ragte. »Bei den Ahnen«, keuchte der junge Adlige und sackte in den Schnee; seine Glieder begannen bereits zu zucken, als das Gift des Pfeils sich mit seinem Blut mischte.

Vaelin wirbelte herum und sah in einer nahegelegenen Baumgruppe Schnee aufstieben. Voller Wut rannte er hinter dem Bogenschützen her; ein rötlicher Schleier trübte seinen Blick. »Ihr da!«, rief er einigen Soldaten zu. »Kümmert euch um Lord Al Hestian! Er braucht einen Heiler.«

In vollem Tempo rannte er zwischen die Bäume, all seine Sinne auf das Lied des Waldes eingestimmt. Auf der Jagd. Zur Linken vernahm er das leise Knirschen von Schnee und lief in diese Richtung. Seine Nase fing den Geruch von Angstschweiß auf. Noch nie hatte er das Lied des Waldes so deutlich vernommen, noch nie so inbrünstig den Wunsch verspürt zu töten. Sein Mund war mit Speichel gefüllt, sein Geist nur noch vom Blutrausch beherrscht. Wie lange die Verfolgung dauerte, hätte er später nicht sagen können – es war ein Traum aus vorbeihuschenden Bäumen und halb erinnerten Gerüchen, während sein Gegner ihn immer tiefer in den Wald hineinführte. Er lief, ohne müde zu werden und ohne die Anstrengung zu spüren. Er kannte nur noch die Jagd und seine Beute.

Das Lied des Waldes veränderte sich, als er eine kleine Lichtung betrat. Das Gezwitscher, mit dem die Vögel die Morgendämmerung begrüßten, klang hier gedämpft, von einem unwillkommenen Gast zum Verstummen gebracht. Er blieb stehen und bemühte sich, ruhiger zu atmen, während er mit allen Sinnen nach einem Hinweis suchte. Die Lichtung wurde von der aufgehenden Sonne hell erleuchtet, und die Sonnenstrahlen tanzten über einen merkwürdig geformten Stein in ihrer Mitte. Etwas an diesem Stein zog Vaelins Aufmerksamkeit auf sich und ließ das Lied des Waldes in den Hintergrund treten. Er war etwa vier Fuß hoch und hatte einen schmalen Sockel, der nach oben hin in die Breite ging, was ihm ein vage pilzförmiges Aussehen verlieh. Kletterpflanzen rankten sich daran hoch. Bei genauerem Hinschauen bemerkte Vaelin, dass es sich nicht um ein natürliches Gebilde handelte, sondern um eine Form, die aus einem der vielen Granitblöcke des Martischs herausgeschlagen war.

Wären seine Sinne nicht so geschärft gewesen, hätte er das leise Zischen der Bogensehne sicher überhört. Er duckte sich, und der Pfeil schoss wie ein schwarzer Blitz über seinen Kopf hinweg. Der Bogenschütze sprang mit erhobener Axt aus dem Gebüsch, sein Kampfschrei schrill und wild. Vaelins Schwert schlug ins Handgelenk des Mannes, und die Axt flog mit der Hand davon. Vaelin zog das Schwert herum und schlitzte seinem Gegner, der erschrocken zurücktaumelte, damit die Kehle auf. Es dauerte nur wenige Augenblicke, bis der Mann verblutet war.

Vaelin sackte in sich zusammen. Die Jagd war vorbei, und die Strapazen des Kampfes und der Verfolgung des Bogenschützen machten sich in seinen Gliedern bemerkbar. Sein Herzschlag hämmerte ihm furchtbar laut in den Ohren, während er um Atem rang. Er stolperte zu dem Stein hinüber, lehnte sich dagegen und ließ sich zu Boden sinken. Er wünschte sich nichts sehnlicher, als schlafen zu können. Sein Blick wanderte zur Leiche des Bogenschützen. Die Falten in seinem leblosen Gesicht verrieten, dass er deutlich älter war als die meisten ihrer Gegner. *Der Schwarze Pfeil?*, überlegte Vaelin, aber er war zu erschöpft, um die Leiche nach Hinweisen auf die Identität des Mannes abzusuchen.

Das Lied des Waldes kehrte zurück, der Kopf sank ihm auf die Brust, während das Vogelgezwitscher um ihn herum lauter wurde. Eine plötzliche Wärme in seinen Gliedern ließ ihn hochfahren, und er stellte fest, dass die Lichtung in helles Sonnenlicht getaucht war. Seltsamerweise stand die Sonne nun hoch über ihm. Offenbar war er eingeschlafen. *Dummkopf!* Er rappelte sich auf und wollte sich den Schnee von seinem Umhang abklopfen … aber da war kein Schnee, weder auf seinem Umhang noch auf seinen Stiefeln. Und auch nicht am Boden oder auf den Bäumen. Stattdessen war der Boden mit saftig grünem Gras bedeckt, und die Bäume waren reich belaubt. In der Luft lag kein Frost mehr, und der Himmel, der durch das Blätterdach des Waldes schimmerte, hatte eine tiefblaue Farbe. *Sommer … es ist Sommer!*

Verwirrt blickte er sich um. Der Leichnam des Schwarzen Pfeils, wenn es sich denn tatsächlich um ihn gehandelt hatte, war verschwunden. Der seltsam geformte Stein, der beim Betreten der Lichtung Vaelins Blick auf sich gezogen hatte, war jetzt frei von Kletterpflanzen und erwies sich als fein gemeißelter Sockel aus grauem Granit. Die Oberseite war glatt und flach, bis auf eine runde Vertiefung in der Mitte. Er trat näher heran, um mit dem Finger über die Oberfläche zu fahren.

»Du solltest das nicht anfassen.«

Er wirbelte herum und hob unwillkürlich sein Schwert. Die Frau war von mittlerer Größe und trug ein einfaches, locker gewebtes Wollkleid, dessen Schnitt fremd auf ihn wirkte. Sie hatte langes, schwarzes Haar, das ihr über die Schultern fiel und ihr kantiges, blasses Gesicht umrahmte. Es waren ihre Augen, die ihn in ihren Bann zogen, oder vielmehr die Tatsache, dass sie keine besaß. Die Augäpfel waren milchigrosa und ohne Pupillen. Als sie näher kam, stellte er fest, dass das Gewebe mit einem feinen Aderngeflecht durchzogen war, wie zwei Kugeln aus rotem Marmor, die ihn über einem angedeuteten Lächeln anschauten. *War sie blind?* Aber wie konnte das sein? Er war sich sicher, dass sie ihn sah; schließlich hatte sie auch bemerkt, wie er die Hand nach dem Stein ausgestreckt hatte. Etwas an ihren Gesichtszügen rief eine Erinnerung in ihm wach, die Jahre zurücklag – ein ernster Mann mit einer Habichtsnase, der traurig den Kopf schüttelte und in einer Sprache redete, die Vaelin nicht kannte.

»Ihr seid Seordahnerin«, sagte er. »Ihr gehört zu den Seordah Sil.«

Ihr Lächeln wurde breiter. »Ja. Und du bist Beral Shak Ur von den Marelim Sil.« Sie hob die Arme und deutete auf die Lichtung. »Und dies ist der Ort und der Zeitpunkt unseres Zusammentreffens.«

»Mein … Name ist Vaelin Al Sorna«, sagte er und stolperte vor Verwunderung über die Worte. »Ich bin ein Bruder des sechsten Ordens.«

»Tatsächlich? Was ist das?«

Er starrte sie an. Die Seordah Sil waren dafür bekannt, dass sie unter sich blieben, aber wie konnte sie seine Sprache sprechen und trotzdem noch nie vom Orden gehört haben?

»Ich bin ein Krieger im Dienste des Glaubens«, erklärte er.

»Oh, das tust du also immer noch.« Mit gerunzelter Stirn kam sie näher, legte ihren Kopf schief und musterte ihn einen Moment lang mit ihren roten Marmoraugen. »Wie jung du noch bist. Ich dachte immer, dass du bei unserem ersten Treffen schon älter sein würdest. Es gibt viel für dich zu tun, Beral Shak Ur. Ich wünschte, ich könnte dir sagen, dass es ein einfacher Weg wird.«

»Ihr sprecht in Rätseln, verehrte Dame.« Er blickte sich auf der sonnenüberfluteten Lichtung um. »Dies ist ein Traum, nicht wahr? Ein Hirngespinst?«

»An diesem Ort gibt es keine Träume.« Sie ging an ihm vorbei zu dem Steinsockel und hielt eine Hand über die runde Vertiefung in der Mitte. »Hier gibt es nur Zeit und Erinnerung, die in diesem Stein gefangen sind, bis die Jahrhunderte ihn in Staub verwandeln werden.«

»Wer seid Ihr?«, verlangte Vaelin zu wissen. »Was wollt Ihr von mir? Habt Ihr mich hierhergebracht?«

»Du hast den Weg hierher selbst gefunden.« Sie zog die Hand zurück und wandte sich ihm wieder zu. »Was mich betrifft, mein Name ist Nersus Sil Nin. Und ich will viele Dinge – die du mir nie und nimmer geben kannst.«

Ihm fiel auf, dass er immer noch sein Schwert in der Hand hielt, und er steckte es peinlich berührt weg. »Der Mann, den ich getötet habe, wo ist er?«

»Du hast hier einen Mann getötet?« Sie schloss die Augen, und ein trauriger Ton trat in ihre Stimme. »Wie schwach sind wir geworden? Ich hatte gehofft, ich würde mich irren, dass meine Voraussicht mich getäuscht hätte. Aber wenn hier Blut vergossen werden kann, dann ist es alles längst geschehen.« Sie öffnete die Augen wieder. »Mein Volk ist in alle Himmelsrichtungen zerstreut, nicht wahr? Es versteckt sich in den Wäldern, während ihr es jagt und abschlachtet.«

»Ihr wisst nicht, wie es um Euer eigenes Volk bestellt ist?«

»Bitte. Sag es mir.«

»Die Seordah Sil leben im Großen Nordwald, den mein Volk meidet. Wir jagen die Seordahner nicht. Es heißt, sie werden sehr gefürchtet. Mehr noch als die Lonaker.«

»Die Lonaker? Dann haben sie also die Ankunft deines Volkes überlebt. Ich hätte mir denken können, dass die Hohepriesterin einen Weg finden würde.« Sie richtete wieder ihren leeren Blick auf ihn. Vaelin hatte das unangenehme Gefühl, eindringlich gemustert zu werden, und wieder flammte die Ahnung in ihm auf, dass etwas nicht stimmte, diesmal ganz anders, weniger eine Warnung vor einer Gefahr. Stattdessen war ihm schwindelig, als hätte er eine hohe Felswand erklommen und blicke nun ehrfürchtig in die Tiefe.

»Ah«, sagte Nersus Sil Nin mit schiefgelegtem Kopf. »Du kannst also das Lied des Blutes hören.«

»Das Lied des Blutes?«

»Das Gefühl, das du gerade verspürt hast. Du hast es schon öfter erlebt, oder?«

»Mehrere Male. Meistens, wenn ich mich in Gefahr befand. Es hat mich schon des Öfteren … gerettet.«

»Dann hast du Glück, dass du eine solche Gabe besitzt.«

»Eine Gabe?« Ihm gefiel der Tonfall nicht, mit dem sie dieses Wort aussprach. Es lag ein Ernst darin, der ihm Unbehagen bereitete. »Das ist reiner Überlebensinstinkt. Den haben alle Menschen.«

»Das ist wahr. Aber nicht alle Menschen nehmen ihn so deutlich wahr wie du. Und das Lied des Blutes ist mehr als nur eine Warnung vor Gefahren. Du wirst zur rechten Zeit seine Melodie verstehen lernen.«

Das Lied des Blutes? »Wollt Ihr damit sagen, dass ich die dunkle Gabe besitze?«

Ihre Mundwinkel zuckten belustigt. »Die dunkle Gabe? Ach ja, so bezeichnet dein Volk alles, was es fürchtet und nicht verstehen will. Das Lied des Blutes kann dunkel sein, Beral Shak Ur, aber es kann auch sehr hell leuchten.«

Beral Shak Ur ... »Warum nennt Ihr mich so? Ich habe einen Namen.«

»Männer wie du sammeln Namen wie Trophäen. Nicht alle Namen, die man dir geben wird, werden so nett sein.«

»Was bedeutet dieser Name?«

»Mein Volk hält den Raben für einen Vorboten der Veränderung. Wenn der Schatten eines Raben auf dein Herz fällt, wird sich dein Leben wandeln – ob zum Guten oder zum Schlechten, kann niemand sagen. Unser Wort für Rabe lautet Beral und das für Schatten Shak. Und du, Vaelin Al Sorna, Krieger im Dienste des Glaubens, bist der Rabenschatten.«

Die Empfindung – das Lied des Blutes, wie sie es genannt hatte – hallte immer noch in seinem Geist wider. Sie war sogar noch stärker geworden. Es war kein unangenehmes Gefühl, aber weckte trotzdem seinen Argwohn. »Und was bedeutet Euer Name?«

»Ich bin das Lied des Windes.«

»Mein Volk glaubt, dass der Wind die Stimmen der Verstorbenen aus dem Jenseits zu uns herüberträgt.«

»Dann weiß dein Volk mehr, als ich vermutet hätte.«

»Dies hier« – Vaelin deutete auf die Lichtung – »dies ist die Vergangenheit, nicht wahr?«

»In gewisser Weise. Es ist meine Erinnerung an diesen Ort, die im Stein gefangen ist. Ich habe sie hier hinterlassen, weil ich wusste, dass du eines Tages herkommen und den Stein berühren würdest und dass wir uns dann begegnen würden.«

»Wie lange ist das her?«

»Viele, viele Sommer vor deiner Zeit. Dieses Land gehört den Seordah Sil und den Lonakern. Bald wird dein Volk, die Marelim Sil, die Kinder des Meeres, an unsere Küsten kommen und uns alles wegnehmen. Und wir werden in den Wald zurückkehren. Ich habe es gesehen. Das Lied des Blutes ist deine Gabe – meine ist es, durch die Zeit zu blicken. Nur wenn ich meine Gabe benutze, können meine Augen sehen. Das ist der Preis, den ich bezahlen muss.«

»Ihr benutzt in diesem Moment Eure Gabe? Ich bin also ein …« Er suchte nach dem richtigen Wort. »… eine Vision?«

»So könnte man es nennen. Es war notwendig, dass wir uns treffen. Und das haben wir jetzt getan.« Sie drehte sich um und ging auf die Bäume zu.

»Wartet!« Er griff nach ihr, aber seine Hand bekam nichts zu fassen. Sie fuhr durch ihr Gewand wie durch Nebel. Verwirrt blickte er darauf.

»Dies ist meine Erinnerung, nicht die deine«, sagte ihm Nersus Sil Nin, ohne stehen zu bleiben. »Du hast hier keinen Einfluss.«

»Warum war es notwendig, dass wir uns treffen?« Das Lied des Blutes war inzwischen lauter geworden und zwang ihn, diese Fragen zu stellen. »Warum habt Ihr mich hierhergerufen?«

Als sie den Rand der Lichtung erreicht hatte, drehte sie sich um; ihr Gesichtsausdruck war ernst, aber nicht unfreundlich. »Du musstest deinen Namen erfahren.«

◆ ◆ ◆

»VAELIN!«

Er blinzelte, und alles war verschwunden – die Sonne, das saftige Gras unter seinen Stiefeln, Nersus Sil Nin und ihre rätselhaften Worte. Alles dahin. Nach der Wärme jenes Sommertages, der unzählige Jahre zurücklag, fühlte sich die Luft erschreckend kalt an. Der weiße Schnee blendete ihn, sodass er mit der Hand die Augen abschirmte.

»Vaelin?« Es war Nortah, der über ihm stand. Auf seinem Gesicht mischten sich Verwirrung und Sorge. »Bist du verletzt?«

Vaelin saß immer noch gegen den Steinsockel gelehnt, der nun wieder mit Kletterpflanzen überwuchert war. »Ich … musste mich nur ein wenig ausruhen.« Er ließ sich von Nortah auf die Beine helfen. Unweit von ihnen durchsuchte Barkus die Kleidung des alten Bogenschützen, den Vaelin getötet hatte.

»Ihr seid mir hierher gefolgt?«, fragte er Nortah.

»Es war nicht leicht, ohne Caenis. Du hinterlässt nicht gerade viele Spuren.«

»Caenis ist verletzt?«

»Er hat sich eine Schnittwunde am Arm zugezogen, als er die Wachposten getötet hat. Es ist nicht allzu schlimm, aber er wird eine Weile flachliegen.«

»Und der Kampf?«

»Ist vorbei. Wir haben fünfundsechzig cumbraelische Leichen gezählt. Bruder Sonril hat ein Auge verloren, und fünf von Al Hestians Männern sind ins Reich der Ahnen eingegangen.« In Nortahs Augen lag derselbe gequälte Ausdruck wie damals, als er bei ihrer Suche nach Frentis das erste Mal einen Menschen getötet hatte. Im Gegensatz zu Caenis und den anderen schien Nortah sich an das Töten nicht gewöhnen zu können. Er lachte freudlos. »Ein Sieg, Bruder.«

Vaelin erinnerte sich an das Geräusch des Pfeils, der an seinem Ohr vorbeigeflogen war und sich in Linden Al Hestians Schulter gebohrt hatte. *Ein Sieg … und dennoch kommt es mir vor wie die schlimmste Niederlage.*

»Hat er sich sehr gequält?«

Nortah runzelte die Stirn. »Wer?«

»Lord Al Hestian. Hat er lange leiden müssen?«

»Er leidet immer noch, der arme Kerl. Der Pfeil hat ihn nicht getötet. Aber Bruder Makril ist nicht sicher, ob er überleben wird. Er hat nach dir gefragt.«

Vaelin schauderte – sein schlechtes Gewissen drohte ihn zu überwältigen. Um sich abzulenken ging er zu Barkus hinüber, der den toten Bogenschützen nach Wertsachen absuchte. »Hat er irgendetwas bei sich, was uns verraten könnte, wer er ist?«

»Nicht viel.« Barkus steckte rasch einige Silbermünzen ein und zog aus der kleinen Ledertasche, die über die Schulter des Mannes geschlungen war, ein Bündel Papiere hervor. »Hab ein paar Briefe gefunden. Daraus kann man vielleicht etwas ableiten.«

Nortah nahm die Papiere entgegen und hob die Augenbrauen, nachdem er die ersten Zeilen gelesen hatte.

»Was ist es?«, fragte Vaelin.

Nortah faltete die Papiere sorgfältig wieder zusammen. »Etwas für die Augen des Aspekten. Aber ich fürchte, unser kleiner Krieg hier könnte sich schon bald über diesen Wald hinaus ausbreiten.«

◆ ◆ ◆

Lord Linden Al Hestian lag auf Wolfsfelle gebettet; sein Atem ging rasselnd, und seine Haut war grau und feucht von Schweiß. Bruder Makril hatte den Pfeil aus seiner Schulter entfernt und die Wunde mit einem Kräuterumschlag bedeckt, um das Gift herauszuziehen, doch das diente lediglich dazu, den Adligen zu beruhigen. Für ihn gab es keine Rettung mehr. Trotz seiner Einwände hatte man ihm Rotblüte eingeflößt, was seine Schmerzen etwas gelindert hatte, aber er musste dennoch furchtbare Qualen erdulden, während das Gift sich in seinen Adern ausbreitete. Die Männer hatten ein Zelt für ihn errichtet, und der Gestank im Inneren erinnerte Vaelin an seine eigene leidvolle Genesung von den Nachwirkungen der Joffrilwurzel.

»Euer Lordschaft?«, sagte er, als er sich neben dem jungen Adligen niederließ.

»Bruder.« Ein schwaches Lächeln huschte über Al Hestians Züge. »Ich habe gehört, dass Ihr den Schwarzen Pfeil verfolgt habt. Habt Ihr ihn erwischt?«

»Er … ist jetzt bei seinem Gott«, erwiderte Vaelin, obwohl er in Wahrheit immer noch nicht sicher wusste, wer der Mann gewesen war.

»Dann können wir also nach Hause gehen. Ich denke, der König wird zufrieden sein, nicht wahr?«

Vaelin blickte Al Hestian in die Augen und sah die Schmerzen und die Furcht darin – das Wissen, dass er nicht mehr nach Hause zurückkehren, sondern diese Welt bald verlassen würde. »Ja, das wird er.«

Al Hestian ließ sich auf die Felle zurücksinken. »Sie haben den Jungen umgebracht, wisst Ihr. Ich habe gesagt, sie sollen ihn am Leben lassen, aber sie haben ihn in Stücke gehackt. Er hat nicht einmal geschrien.«

»Die Männer waren wütend. Sie empfinden große Hochachtung vor Euch. Und ich ebenfalls.«

»Und dabei hat mein Vater mich noch vor Euch gewarnt.«

»Wie bitte, Herr?«

»Mein Vater und ich, wir haben viele Meinungsverschiedenheiten. Wir streiten uns oft. Ehrlich gesagt mag ich ihn nicht besonders. Auch wenn er mein Vater ist. Manchmal denke ich, er hasst mich dafür, dass mein Ehrgeiz nicht so groß ist wie der seine. Und ehrgeizige Männer sehen überall Feinde, besonders bei Hofe, wo es von Intrigen nur so wimmelt. Vor meiner Abreise hat er mich gewarnt, dass es Gerüchte gebe, eine verborgene Hand könnte sich gegen mich erheben. Allerdings hat er mir nicht gesagt, wessen Hand gemeint sein könnte. Er sagte nur, ich solle ein Auge auf Euch haben.«

Gerüchte von einer verborgenen Hand ... Die Prinzessin war offenbar nicht untätig.

»Ich habe keine Ahnung, warum Ihr mir etwas antun solltet«, fuhr Al Hestian keuchend fort. »Ihr werdet es ihm doch in meinem Namen ausrichten, nicht wahr? Dass wir Freunde gewesen sind?«

»Das werdet Ihr ihm selbst sagen können.«

Al Hestian lachte schwach. »Ihr braucht mir nichts vorzumachen, Bruder. In meinem Zelt im Lager befindet sich ein Brief. Ich habe ihn vor unserem Ausrücken geschrieben. Ich wäre Euch dankbar, wenn Ihr dafür sorgen könntet, dass er an die richtige Adresse gebracht wird. Er ist für ... eine Dame aus meiner Bekanntschaft.«

»Eine Dame, Herr?«

»Ja, Prinzessin Lyrna.« Er hielt inne und seufzte traurig. »Mit diesem Feldzug wollte ich endlich die Gunst des Königs erringen. Damit er unserer Verbindung seinen Segen gibt.«

Vaelin biss die Zähne zusammen, um einen Fluch zu unterdrücken. Wie dumm war er doch gewesen! Schon seit seiner ersten Begegnung mit Al Hestian hatte er gewusst, dass die Beschreibung, die der König ihm von dem jungen Adligen gegeben hatte, kaum der Wahrheit entsprach. Der eigentliche Grund für seinen Auftrag war ihm dennoch nicht aufgegangen. Er hatte der Prinzessin einen unpassenden Freier vom Leib schaffen sollen.

»Die Prinzessin hat es wahrscheinlich sehr bedauert, Euch zu einem so gefährlichen Unterfangen aufbrechen zu sehen«, sagte er.

»Sie ist eine Dame mit großer innerer Stärke. Sie hat gesagt, dass man bereit sein muss, für die Liebe alles aufs Spiel zu setzen.«

Ich habe viel zu tun, und ich werde jedes Hindernis aus dem Weg räumen ... Vaelin spürte, wie ihn Selbstverachtung überkam. *Prinzessin, gemeinsam haben wir einen guten Mann getötet.*

»Ich habe noch einen jüngeren Bruder mit Namen Alucius«, sagte Al Hestian. »Ich möchte, dass er mein Schwert bekommt. Sagt ihm ... sagt ihm, dass er es am besten in der Scheide stecken lässt. Ich stelle fest, dass der Krieg nicht nach meinem Geschmack ist …« Er hielt inne und verzog das Gesicht, als ihn ein schmerzhaftes Zittern überkam. »Lyrna … erzählt Ihr bitte nicht, wie es mit mir zu Ende gegangen …« Seine Stimme brach. Von Krämpfen geschüttelt würgte er Blut. Vaelin streckte die Hand aus, aber er konnte nur hilflos zusehen, wie Al Hestian sich auf seinen Fellen krümmte. Unfähig, den Anblick länger zu ertragen, flüchtete er aus dem Zelt. Er fand Bruder Makril am Lagerfeuer, der aus seiner Flasche trank.

»Gibt es denn gar keine Hoffnung?«, fragte Vaelin. »Nichts, was Ihr für ihn tun könnt?«

Makril würdigte ihn kaum eines Blickes. »Er hat so viel Rotblüte bekommen, wie wir ihm verabreichen können. Wenn wir ihn bewegen, stirbt er. Ein Heiler des fünften Ordens könnte ihm das Ableben erleichtern, aber helfen kann ihm niemand mehr.«

Vaelin zuckte zusammen, als aus dem Zelt hinter ihm ein Schmerzensschrei drang.

»Hier.« Makril hielt ihm die Flasche hin. »Dann kriegst du nicht mehr so viel mit.«

»Wir können ihn doch nicht so leiden lassen.«

Makril sah auf und begegnete seinem Blick. Sein Argwohn war immer noch da, das instinktive Wissen um Vaelins Schuld. Nach einem Moment sah er weg und erhob sich. »Ich werde mich darum kümmern.«

»Nein.« Vaelin wandte sich wieder dem Zelt zu. »Nein … es ist meine Pflicht.«

»Die Halsader. Das geht am schnellsten. Wahrscheinlich wird er den Schnitt nicht einmal mehr spüren.«

Vaelin nickte und ging auf tauben Beinen zum Zelt zurück. *Also hat mich der König doch noch zum Mörder gemacht …*

Al Hestians Blick war trübe und glasig, als Vaelin neben ihm in die Hocke ging. Er erwachte nur noch ein letztes Mal zum Leben, als er das Schimmern der Dolchklinge sah. Einen Moment lang stand Furcht in seinen Augen, doch dann seufzte er, ob aus Trauer oder Erleichterung hätte Vaelin nicht sagen können. Er sah Vaelin mit einem Lächeln an und nickte. Vaelin nahm seinen Kopf in den Arm und setzte die Klinge am Hals an.

Mit schmerzverzerrtem Gesicht presste Al Hestian einige letzte Worte hervor: »Ich … bin froh … dass du es bist … Bruder.«

DRITTES KAPITEL

U nd die Briefe wurden bei diesem Mann namens ›Schwarzer Pfeil‹ gefunden?« Die Hände des Aspekten ruhten wie zwei bleiche Spinnen auf den Briefen vor ihm, während er Vaelin und Makril eindringlich musterte. Wahrscheinlich boten sie einen schauderhaften Anblick, schmutzig und erschöpft, wie sie nach der zwölftägigen Heimreise aus dem Martisch waren, aber der Aspekt schien es gar nicht zu bemerken. Nachdem er sich ihren Bericht angehört hatte, hatte er sich die Briefe zeigen lassen und sie rasch überflogen.

»Wir glauben, dass es sich bei dem Mann um den Schwarzen Pfeil gehandelt haben könnte, Aspekt«, erwiderte Vaelin. »Sicher sind wir uns allerdings nicht.«

»Ja. Vielleicht solltest du deinen Gegner beim nächsten Mal nicht gar so schnell umbringen, Bruder.«

»Das war nachlässig von mir. Es tut mir leid, Aspekt.«

Der Aspekt nahm seine Entschuldigung mit einem kaum wahrnehmbaren Kopfschütteln zur Kenntnis. »Ihr wisst, was in den Briefen steht?«

»Sendahl hat sie uns vorgelesen«, sagte Makril.

»Hat jemand, der nicht zum Orden gehört, das mitbekommen?«

»Wir haben Al Hestians Männern in jener Nacht eine doppelte

Ration Rum gegeben. Ich glaube nicht, dass sie irgendetwas gehört haben.«

»Gut. Richtet euren Brüdern aus, dass sie mit niemandem über diese Briefe reden dürfen, auch nicht untereinander.« Der Aspekt sammelte die Briefe ein und legte sie in eine robuste Holzschatulle auf seinem Schreibtisch, die er mit einem schweren Schloss sicherte. »Ihr seid sicher müde, Brüder. Im Namen des Ordens danke ich euch für euren Dienst im Martisch. Bruder Makril, Ihr seid jetzt als Ordenskommandant bestätigt. Ihr werdet für den Augenblick hier bei uns bleiben. Meister Sollis befehligt derzeit eine Kompanie an der Südküste. Die dortigen Schmuggler wehren sich vehement gegen die Steuereintreiber des Königs. Ihr werdet seinen Unterricht für ihn übernehmen. Ihr wisst sicherlich noch genug über den Umgang mit dem Schwert, um Novizen darin unterrichten zu können, oder?«

»Natürlich, Aspekt.«

»Bruder Vaelin, du meldest dich morgen zur achten Stunde in den Ställen. Du wirst mich zum Palast begleiten.«

◆ ◆ ◆

»Gratulation, Bruder«, sagte Vaelin zu Makril, während sie zum Übungsplatz gingen, wo Al Hestians Regiment sein Lager aufgeschlagen hatte. Es gab für die Männer keinen Platz in der Kaserne, deshalb erlaubte der Aspekt ihnen, vorübergehend im Ordenshaus zu bleiben. Vaelin vermutete, dass man in der Stadt keine Vorkehrungen getroffen hatte, weil der König nicht mit ihrer Rückkehr gerechnet hatte.

Makril blieb stehen und musterte ihn stumm.

»Ordenskommandant und Meister«, fuhr Vaelin fort, verwirrt über das Schweigen des Fährtenlesers. »Eine beeindruckende Leistung.«

Makril trat dicht an ihn heran und sog mit geblähten Nüstern die Luft ein. Vaelin verspürte unwillkürlich den Drang, nach seinem Jagdmesser zu greifen.

»Ich habe deinen Geruch noch nie gemocht, Bruder«, sagte Makril. »Du hast irgendetwas Unnatürliches an dir. Und jetzt stinkst du auch noch nach Schuldgefühlen. Woran liegt das?« Ohne eine Antwort abzuwarten, drehte er sich um und ging davon – eine stämmige Gestalt in der Dunkelheit. Er stieß einen kurzen, schrillen Pfiff aus, und sein Hund tauchte aus der Finsternis auf, um sich ihm anzuschließen, während er auf den Burgfried zuging.

Das Turmzimmer, das Vaelin sich so viele Jahre mit den anderen Brüdern geteilt hatte, war inzwischen von einem neuen Trupp Novizen belegt, weshalb sie gezwungen waren, beim Regiment zu übernachten. Er fand seine Brüder um ein Lagerfeuer versammelt, wo sie Frentis mit Geschichten aus ihrer Zeit im Martisch unterhielten.

»… ging glatt durch zwei Männer hindurch«, sagte Dentos gerade. »Ein einzelner Pfeil, ich schwöre es. So etwas habe ich noch nie gesehen.«

Vaelin nahm neben Frentis Platz. Bosko, der zu Frentis' Füßen gelegen hatte, stand auf und trottete zu ihm her. Er stupste seine Hand an, um sich streicheln zu lassen. Vaelin kraulte ihn hinter den Ohren und stellte dabei fest, dass er den Sklavenhund sehr vermisst hatte. Allerdings bedauerte er es nicht, ihn zurückgelassen zu haben. Der Martisch wäre eine wunderbare Spielwiese für ihn gewesen, aber Vaelin war der Meinung, dass er schon genug menschliches Blut geschmeckt hatte.

»Der Aspekt dankt uns für unseren Dienst«, sagte er und streckte seine Hände in Richtung des Feuers aus. »Und über die Briefe, die wir gefunden haben, sollen wir nicht reden.«

»Was für Briefe?«, fragte Frentis. Barkus warf ein halb abgenagtes Hühnerbein nach ihm.

»Hat er gesagt, wohin wir als Nächstes geschickt werden?«, fragte Dentos und reichte Vaelin einen Becher Wein.

Vaelin schüttelte den Kopf. »Ich soll ihn morgen zum Palast begleiten.«

Nortah schnaubte verächtlich und trank einen tiefen Schluck. »Unsere Zukunft ist leicht vorauszusehen – dafür braucht es nicht mal die dunkle Gabe.« Seine Worte klangen laut und undeutlich; sein Kinn war mit Rotweinflecken beschmiert. »Nach Cumbrael wird es gehen!« Er sprang auf und hob seinen Weinbecher. »Erst der Wald, dann das Erzlehen. Wir werden die verdammten Leugner zum Glauben bekehren. Ob sie nun wollen oder nicht!«

»Nortah …« Caenis packte Nortah am Arm, aber dieser schüttelte ihn ab.

»Schließlich haben wir ja noch nicht genug Cumbraeler umgebracht, nicht wahr? Ich habe in dem verfluchten Wald lediglich zehn von ihnen getötet. Wie steht es mit dir, Bruder?« Schwankend wandte er sich Caenis zu. »Bei dir waren es sicher mehr, oder? Mindestens doppelt so viele, würde ich sagen.« Er drehte sich zu Frentis um. »Du hättest dabei sein sollen, mein Junge. Wir haben in mehr Blut gebadet als dein Freund Einauge.«

Frentis' Miene verfinsterte sich, und Vaelin legte ihm eine Hand auf die Schulter. »Trink noch einen Becher, Bruder«, sagte er zu Nortah. »Dann schläfst du besser.«

»Schlafen?« Nortah ließ sich wieder zu Boden sinken. »Geschlafen habe ich in letzter Zeit nicht viel.« Er hielt Caenis seinen Becher hin, damit dieser ihm Wein nachschenkte, und starrte missmutig ins Feuer.

Eine Weile lang saßen sie schweigend da, und als ein Soldat an einem Nachbarfeuer anfing, Mandoline zu spielen, war Vaelin dankbar für die Ablenkung. Der Mann war ein geübter Musikant; wahrscheinlich hatte er das Instrument einem der toten Cumbraeler im Wald abgenommen. Seine Melodie war klangvoll, aber traurig, und das ganze Lager verstummte, um zu lauschen. Bald hatte sich eine Traube Zuhörer um den Mann versammelt, und er begann ein Lied zu singen, das den Titel »Die Klage des Kriegers« trug:

So mancher Krieger hat dies Lied schon gesungen,
doch nicht selten ist zu schnell es verklungen.
Von Nächten der Einsamkeit handelt sein Klagen
Und von Freunden, die zu früh er zu Grabe getragen …

Die Männer spendeten laut Beifall, als er geendet hatte, und verlangten noch mehr zu hören. Vaelin bahnte sich einen Weg durch die kleine Menge. Der Sänger war ein Mann von etwa zwanzig Jahren mit einem schmalen Gesicht. Vaelin erkannte ihn als einen der dreißig Männer, die für ihre letzte Schlacht im Wald ausgewählt worden waren. Die genähte Wunde an seiner Stirn zeugte davon, dass er gekämpft hatte. Vaelin versuchte, sich an seinen Namen zu erinnern, doch zu seiner Schande musste er feststellen, dass er sich nicht die Mühe gemacht hatte, die Namen der Männer zu lernen, die sie ausgebildet hatten. Vielleicht war er, wie der König, davon ausgegangen, dass sie ohnehin nicht überleben würden.

»Du spielst sehr gut«, sagte er.

Der Mann antwortete ihm mit einem nervösen Lächeln. Die Soldaten hatten ihre Furcht vor Vaelin nie abgelegt, und nur wenige redeten mit ihm. Die meisten gaben sich Mühe, ihm aus dem Weg zu gehen.

»Ich bin bei einem Barden in die Lehre gegangen, Bruder«, sagte der Mann. Sein Akzent unterschied sich von dem seiner Kameraden. Er sprach sehr deutlich, beinahe kultiviert.

»Warum bist du dann Soldat geworden?«

Der Mann zuckte mit den Achseln. »Mein Meister hatte eine Tochter.«

Die versammelten Männer lachten wissend.

»Jedenfalls hast du bei ihm offenbar viel gelernt«, sagte Vaelin. »Wie lautet dein Name?«

»Janril, Bruder. Janril Norin.«

Vaelin entdeckte Feldwebel Krelnik in der Menge. »Wein für diese Männer, Feldwebel. Bruder Frentis wird Euch zu Meister Grealin ins Gewölbe führen. Sagt ihm, dass ich die Kosten übernehme, und achtet darauf, dass er Euch den guten Wein gibt.«

Dankbares Gemurmel breitete sich unter den Männern aus. Vaelin fischte ein paar Silbermünzen aus seiner Börse und gab sie Janril. »Spiel weiter, Janril Norin. Ein fröhliches Lied. Etwas, das zum Feiern einlädt.«

Janril runzelte die Stirn. »Was feiern wir denn, Bruder?«

Vaelin klopfte ihm auf die Schulter. »Dass wir am Leben sind, Mann!« Er hob seinen Becher und wandte sich den versammelten Männern zu. »Trinken wir auf das Leben!«

♦ ♦ ♦

Der Rat der Minister wurde vom König in einem großen Saal mit auf Hochglanz poliertem Marmorboden und einer kunstvoll mit goldenen Blättern und Stuck verzierten Decke zusammengerufen. Die Wände waren mit herrlichen Gemälden und Wandteppichen geschmückt. Soldaten der Königsgarde in makellosen Uniformen standen in einem weiten Kreis um den langen, rechteckigen Tisch herum, an dem die

Minister saßen. König Janus' Erscheinung erinnerte in keiner Weise mehr an die des alten Mannes in dem tintenfleckigen Hemd, mit dem Vaelin sein Abkommen geschlossen hatte. Der König saß in der Mitte des Tisches und trug einen hermelingesäumten Umhang um die Schultern und einen goldenen Reif auf der Stirn. Seine Minister hatten rechts und links von ihm Platz genommen – zehn Männer in Gewändern unterschiedlicher Pracht, die Vaelin eingehend musterten, während er, mit Aspekt Arlyn an seiner Seite, seinen Bericht beendete. An einem kleineren Tisch in der Nähe saßen zwei Schreiber, die jedes Wort aufzeichneten, das gesprochen wurde. Der König bestand darauf, dass die Ratssitzungen genauestens festgehalten wurden, und jedes Ratsmitglied hatte vor dem Platznehmen seinen Namen und sein Amt nennen müssen.

»Und der Mann, der diese Briefe bei sich trug?«, sagte der König. »Seine Identität ist immer noch unbekannt?«

»Es gab keine Gefangenen, die uns seinen Namen hätten nennen können, Hoheit«, erwiderte Vaelin. »Die Männer des Schwarzen Pfeils ließen sich nicht lebend fangen.«

»Lord Al Molnar.« Der König reichte die Briefe einem beleibten Mann zu seiner Linken, der sich als Lartek Al Molnar, Finanzminister, vorgestellt hatte. »Ihr kennt die Handschrift von Erzfürst Mustor genauso gut wie ich. Erkennt Ihr eine Ähnlichkeit?«

Lord Al Molnar begutachtete die Briefe einen Moment lang. »Hoheit, diese Handschrift scheint mir der von Lord Mustor so sehr zu gleichen, dass ich keine Unterschiede erkennen kann. Und nicht nur das. Auch die Art, wie die Briefe verfasst sind. Selbst ohne Unterschrift könnte ich Lord Mustor als Urheber ausmachen.«

»Aber weshalb?«, fragte Flottenherr Al Junril, ein großer, bärtiger Mann zur Rechten des Königs. »Die Ahnen wissen, dass ich für den Erzfürsten von Cumbrael nicht viel übrig habe, aber der Mann ist kein Dummkopf. Warum sollte er einem Fanatiker, der es darauf angelegt hat, unser Land zu spalten, in einem Brief freies Geleit gewähren?«

»Bruder Vaelin«, sagte Lord Al Molnar. »Ihr habt mehrere Monate lang gegen diese Ketzer gekämpft. Würdet Ihr sagen, dass sie gut genährt waren?«

»Sie schienen nicht von Hunger geschwächt, Herr.«

»Und ihre Waffen, waren die von guter Qualität?«

»Sie besaßen hervorragend gearbeitete Bögen und Schwerter, auch wenn manche ihrer Waffen von unseren gefallenen Soldaten stammten.«

»Sie waren also gut genährt und gut ausgerüstet, und das mitten im Winter, wenn das Wild im Martisch knapp ist. Ich würde davon ausgehen, Hoheit, dass dieser Schwarze Pfeil einige Unterstützung erhalten hat.«

»Und jetzt wissen wir auch, woher«, sagte ein dritter Minister, ein gewisser Kelden Al Telnar, Minister der königlichen Werke, der, neben dem König, am Tisch die prachtvollsten Kleider trug. »Erzfürst Mustor hat sich selbst überführt. Ich warne schon lange davor, dass sein friedvolles Gebaren nur eine Fassade ist, hinter der sich zukünftiger Verrat verbirgt. Wir dürfen nicht vergessen, dass die Cumbraeler erst durch eine blutige Niederlage dazu gezwungen wurden, den Königslanden beizutreten. Sie haben nie aufgehört, uns und unseren geliebten Glauben zu hassen. Jetzt haben die Ahnen Bruder Vaelin zur Wahrheit geführt. Euer Hoheit, ich flehe Euch an, Maßnahmen zu ergreifen …«

Der König hob eine Hand, um den Mann zum Schweigen zu bringen. »Lord Al Genril.« Er wandte sich einem graubärtigen Minister zu seiner Rechten zu. »Ihr seid mein Justizminister und Oberster Richter und vielleicht der weiseste Kopf dieses Rates. Sind diese Papiere als Beweis ausreichend für eine Gerichtsverhandlung oder müssen noch weitere Ermittlungen angestellt werden?«

Der Justizminister strich sich nachdenklich über seinen silbergrauen Bart. »Wenn es nur nach dem Gesetz geht, würde ich sagen, dass diese Briefe hinterfragt werden müssten, Euer Hoheit. Und die Anklage ist abhängig von den Antworten. Würde man mir einen Mann vorführen, der allein aufgrund dieser Beweise des Verrats bezichtigt wird, so könnte ich ihn nicht zum Galgen schicken.«

Lord Al Telnar wollte erneut etwas sagen, aber der König schnitt ihm mit einer Geste das Wort ab. »Inwiefern würdet Ihr die Briefe hinterfragen, Lord Genril?«

Der Justizminister nahm die Papiere und überflog sie rasch. »Diese Briefe gestatten dem Besitzer, die Grenzen Cumbraels zu überqueren, und verpflichten jeden Soldaten oder Beamten des Erzlehens dazu, ihm Unterstützung zu gewähren. Und wenn Unterschrift und Siegel echt sind, dann wurden sie tatsächlich vom Erzfürsten persönlich unterzeichnet. Sie sind jedoch nicht an eine bestimmte Person adressiert. Wir kennen ja nicht einmal den Namen des Mannes, der sie bei seinem Tod bei sich trug. Wenn der Erzfürst diese Briefe geschrieben hat, waren sie dann wirklich für den Schwarzen Pfeil bestimmt oder wurden sie womöglich gestohlen und zweckentfremdet?«

»Ihr seid also der Meinung, dass der Erzfürst verhört werden muss?«, fragte Lord Al Molnar.

Der Justizminister zögerte einen Moment mit der Antwort, und an seiner angespannten Miene erkannte Vaelin, dass ihm die Tragweite seiner Worte sehr wohl bewusst war. »Ja, ich glaube, dass ein Verhör angebracht ist.«

Die Tür des Saals wurde abrupt geöffnet, und Hauptmann Smolen trat ein, nahm Haltung an und salutierte knapp vor dem König.

»Ihr habt ihn also gefunden, ja?«, fragte der König.

»Jawohl, Euer Hoheit.«

»Im Bordell oder im Rotblütenpalast?«

Hauptmann Smolen war sein Unbehagen lediglich daran anzumerken, dass er zweimal blinzelte. »Ersteres, Euer Hoheit.«

»Ist er in einem redefähigen Zustand?«

»Er hat sich darum bemüht, nüchtern zu werden, Hoheit.«

Der König seufzte und rieb sich müde die Stirn. »Also gut. Bringt ihn herein.«

Hauptmann Smolen salutierte und marschierte aus dem Saal, um kurz darauf mit einem Mann in teuren, aber schmutzigen Kleidern zurückzukehren. Der Mann bewegte sich mit dem vorsichtigen Gang von jemand, der fürchtete, jeden Moment umzukippen, und seine geröteten Augen und die Blässe seines mit Bartstoppeln überzogenen Gesichts verrieten, dass er sich längeren Ausschweifungen hingegeben hatte. Er sah aus wie vierzig, aber Vaelin vermutete, dass er eigentlich jünger war und ihn nur die Genusssucht vorzeitig hatte altern lassen. Er blieb neben Aspekt Arlyn stehen und begrüßte ihn mit einem flüchtigen Nicken, bevor er eine tiefe, wenn auch leicht schwankende Verbeugung vor dem König machte. »Euer Hoheit. Wie immer fühle ich mich geehrt, von Euch gerufen zu werden.« Vaelin fiel der Akzent des Mannes auf, der ihn als Cumbraeler auswies.

Der König wandte sich seinen Schreibern zu. »Ich möchte in den Akten vermerkt wissen, dass Seine Ehrwürden, Lord Sentes Mustor, Erbe des Erzlehens von Cumbrael und offizieller Vertreter der cumbraelischen Interessen am Hof von König Janus nunmehr anwesend ist.« Er richtete seinen Blick auf den Cumbraeler. »Lord Mustor. Wie geht es Euch heute Morgen?«

Lord Al Telnar gab ein belustigtes Schnauben von sich.

»Sehr gut, Hoheit«, erwiderte Lord Mustor. »Eure Stadt hat viele Annehmlichkeiten zu bieten.«

»Das freut mich. Aspekt Arlyn kennt Ihr natürlich. Dieser junge Mann ist Bruder Vaelin Al Sorna, der kürzlich aus dem Martisch zurückgekehrt ist.«

Lord Mustor musterte Vaelin wachsam, während er ihm förmlich zunickte, sein Tonfall klang jedoch weiterhin betont fröhlich. »Ah, der Kämpfer, der mir bei der Schwertprüfung zehn Goldstücke eingebracht hat. Es freut mich, Euch kennenzulernen, mein junger Herr.«

Vaelin erwiderte sein Nicken, sagte jedoch nichts. Gespräche über die Schwertprüfung verdüsterten seine Stimmung.

»Bruder Vaelin hat uns einige Schriftstücke gebracht.« Der König nahm die Briefe von Lord Al Genril entgegen. »Schriftstücke, die Fragen aufwerfen. Mir wäre sehr daran gelegen, Eure Meinung zu ihrem Inhalt zu hören, um ihren Zweck erkennen zu können.« Vaelin fiel auf, dass Lord Mustor einen Moment lang zögerte, bevor er vortrat, um die Papiere entgegenzunehmen.

»Dies sind Briefe, die ihrem Besitzer freies Geleit gewähren«, sagte er, nachdem er die Seiten überflogen hatte.

»Und sie sind von Eurem Vater unterzeichnet, oder etwa nicht?«

»Es … scheint so, Hoheit.«

»Dann könnt Ihr uns vielleicht erklären, wie es sein kann, dass Bruder Vaelin sie am Leib eines cumbraelischen Ketzers im Martisch gefunden hat.«

Lord Mustors Blick wanderte zu Vaelin; seine geröteten Augen wirkten mit einem Mal furchtsam. Dann sah er wieder den König an. »Euer Hoheit, mein Vater würde derartige Schriftstücke niemals in die Hände eines Aufständischen geben. Ich kann mir nur vorstellen, dass sie gestohlen wurden. Oder gefälscht …«

»Vielleicht könnte Euer Vater uns das genauer erklären?«

»Z-zweifellos, Euer Hoheit. Wenn Ihr geneigt seid, ihm zu schreiben …«

»Das bin ich nicht. Er wird hierherkommen.«

Lord Mustor machte unwillkürlich einen Schritt rückwärts, seine Miene nun ganz offen von Furcht erfüllt. Vaelin konnte sehen, dass ihn die Situation überforderte – er wurde auf die Probe gestellt und war dabei zu versagen. »Euer Hoheit …«, stammelte er. »Mein Vater … Es ist nicht rechtens …«

Der König stieß ein verärgertes Seufzen aus. »Lord Mustor, ich habe zwei Kriege gegen Euren Großvater geführt und ihn als einen sehr tapferen und gerissenen Gegner kennengelernt. Ich habe ihn nie gemocht, aber ich habe Hochachtung vor ihm empfunden. Wahrscheinlich ist er dankbar, nicht mehr erleben zu müssen, wie sein Enkel betrunken vor sich hin stottert, während sein Erzlehen am Rande eines Krieges steht.«

Der König hob eine Hand, um Hauptmann Smolen herbeizurufen. »Lord Mustor wird bis auf Weiteres Gast im Palast sein«, sagte er zu ihm. »Bitte geleitet ihn zu einem passenden Quartier und sorgt dafür, dass er nicht von unerwünschten Besuchern behelligt wird.«

»Ihr wisst, dass mein Vater nicht hierherkommen wird«, sagte Lord Mustor geradeheraus. »Er wird sich keinem Verhör unterziehen. Ihr könnt mich gerne hier einsperren, aber das wird nichts ändern. Wer gibt schon seinen Lieblingssohn in die Hände seines Gegners?«

Der König hielt inne und musterte den cumbraelischen Adligen mit zusammengekniffenen Augen. *Er hat Euch überrascht*, dachte Vaelin. *Ihr hättet nicht gedacht, dass er den Mut aufbringen würde, offen zu sprechen.*

»Wir werden sehen, was Euer Vater tun wird«, sagte der König. Er nickte Hauptmann Smolen zu, und Lord Mustor wurde aus dem Saal geführt, dicht gefolgt von zwei Wachen.

Der König wandte sich einem seiner Schreiber zu. »Verfasst einen Brief an den Erzfürsten von Cumbrael und befehlt ihm, innerhalb von drei Wochen hierherzukommen.« Er schob seinen Stuhl zurück und erhob sich. »Diese Sitzung ist beendet. Aspekt Arlyn, Bruder Vaelin, bitte begleitet mich zu meinen Gemächern.«

◆ ◆ ◆

In den Gemächern des Königs zeugte alles von einem ausgeprägten Ordnungssinn, von der Anordnung der fein gewebten Teppiche auf dem gefliesten Marmorboden bis hin zu den Papieren auf dem großen Eichenschreibtisch. Die Gemächer waren nicht zu vergleichen mit dem verborgenen, mit Büchern und Schriftrollen vollgestopften Raum, in den Vaelin vor acht Monaten geführt worden war. *Das war sein tatsächlicher Arbeitsraum,* dachte er. *Dies sind die Räume, die den Anschein erwecken sollen, als würde er hier arbeiten.*

»Bitte setzt Euch, Brüder.« Der König deutete auf zwei Stühle, während er selbst hinter dem Schreibtisch Platz nahm. »Ich kann eine Erfrischung kommen lassen, wenn Ihr wünscht.«

»Nicht nötig, Hoheit«, antwortete Aspekt Arlyn in neutralem Tonfall. Er blieb stehen und zwang Vaelin damit, es ihm gleichzutun.

Der Blick des Königs ruhte einen Moment lang auf dem Aspekten, bevor er sich auf Vaelin richtete. Sein Mund unter dem Bart verzog sich zu einem Lächeln. »Merke dir diesen Tonfall, mein Junge. Weder Achtung noch Missachtung liegen darin. Den solltest du dir zu eigen machen. Ich vermute, dein Aspekt ist wütend auf mich. Was wohl der Grund dafür sein mag?«

Vaelin sah den Aspekten an, der mit ausdrucksloser Miene dastand und schwieg.

»Nun?«, hakte der König nach. »Sag mir, Bruder. Was kann den Zorn deines Aspekten erregt haben?«

»Ich kann nicht für meinen Aspekten sprechen, Hoheit. Der Aspekt spricht für mich.«

Der König lachte und schlug mit der Handfläche auf den Schreibtisch. »Habt Ihr das gehört, Arlyn? Die Stimme seiner Mutter. Ganz eindeutig. Findet Ihr das nicht auch manchmal erschreckend?«

Aspekt Arlyns Tonfall war unverändert. »Nein, Hoheit.«

»Nein.« Der König schüttelte kichernd den Kopf und griff nach dem Weinkrug auf dem Schreibtisch. »Nein, vermutlich nicht.« Er goss sich ein Glas Wein ein und lehnte sich dann wieder auf seinem Stuhl zurück. »Dein Aspekt ist wütend«, sagte er zu Vaelin, »weil er glaubt, dass ich das Land auf einen Krieg zuführe. Er ist der Meinung, und damit hat er sicher nicht ganz unrecht, dass der Erzfürst von Cumbrael eher zulassen wird, dass ich seinem betrunkenen Sohn den Kopf abschlage, als dass er die Grenzen seines Erzlehens verlassen wird. Worauf ich gezwungen sein werde, das königliche Heer in sein Erzlehen zu schicken, um ihn herbringen zu lassen. Schlachten und Blutvergießen werden die Folge sein, Städte und Dörfer werden brennen, viele Menschen werden sterben. Trotz seines kriegerischen Berufs, zu dem auch das Töten in all seinen verschiedenen Formen gehört, hält der Aspekt dies für eine bedauerliche Entscheidung. Und dennoch will er mir das nicht sagen. So ist er schon immer gewesen.«

Schweigen machte sich breit, während die beiden Männer einander mit Blicken maßen. Und Vaelin begriff: *Sie hassen einander. Der König und der Aspekt des sechsten Ordens können sich nicht ausstehen.*

»Sag mir, Bruder«, fuhr der König an Vaelin gewandt fort, wobei sein Blick auf den Aspekten gerichtet blieb. »Was meinst du, was der Erzfürst tun wird, wenn er erfährt, dass ich seinen Sohn gefangen genommen habe und ihm befehle, vor mir zu erscheinen?«

»Ich kenne den Mann nicht, Euer Hoheit …«

»Er ist kein besonders raffinierter Mensch, Vaelin. Stelle eine Vermutung an. Du hast sicher genug von der Klugheit deiner Mutter geerbt, um dazu in der Lage zu sein.«

Vaelin missfiel die Art, wie der König mit der Zunge schnalzte, wenn er von seiner Mutter sprach, aber er zwang sich zu einer Antwort. »Er … wird wütend sein. Er wird Euer Handeln als Bedrohung empfinden. Und deshalb wird er auf der Hut sein, seine Truppen sammeln und ein Auge auf seine Grenzen haben.«

»Gut. Was wird er noch tun?«

»Mir scheint, dass ihm nur zwei Möglichkeiten bleiben: entweder Eurem Befehl nachzukommen oder es nicht zu tun und einen Krieg in Kauf zu nehmen.«

»Falsch, ihm bleibt noch eine dritte Wahl: Er kann angreifen. Mit aller Macht. Glaubst du, dass er das tun wird?«

»Ich bezweifle, dass Cumbrael stark genug ist, um sich mit dem königlichen Heer zu messen, Hoheit.«

»Und damit hättest du recht. Cumbrael besitzt keine richtige Armee, abgesehen von ein paar hundert Wachen, die dem Erzfürsten treu sind. Allerdings verfügt das Erzlehen über Tausende Bauern, die mit dem Bogen umgehen können. Eine beachtliche Zahl, wie ich aus Erfahrung weiß, nachdem ich schon das eine oder andere Mal durch einen Pfeil-hagel geritten bin. Aber keine Kavallerie und keine schwere Infanterie. Sie sind damit nicht in der Lage, Asrael anzugreifen oder einen offenen Kampf mit dem königlichen Heer zu wagen. Der Erzfürst von Cum-brael ist alles andere als eine bewunderungswürdige Gestalt, aber er hat genug von der Klugheit seines Vaters, um zu begreifen, wenn er an sei-ne Schwäche erinnert wird.«

Der König lächelte erneut. Mit einer beschwichtigenden Geste wandte er den Blick von dem Aspekten ab. »Keine Sorge, Arlyn. In etwa zwei Wochen wird der Erzfürst einen Boten mit einer kriecherischen Entschuldigung schicken, warum er mir nicht persönlich seine Aufwar-tung machen kann, und eine plausible, wenn auch nicht restlos über-zeugende Erklärung für die Briefe liefern, vermutlich begleitet von einer Kiste Gold. Und mein weiser und friedliebender Sohn wird mich dazu überreden, meinen Befehl zurückzunehmen und den Trunkenbold frei-zulassen. Danach bezweifle ich, dass der Erzfürst weiterhin Geleitbriefe an ketzerische Fanatiker ausgeben wird. Und noch wichtiger, er wird daran erinnert sein, welche Stellung er in diesem Land einnimmt.«

»Ihr seid also davon überzeugt, Hoheit, dass der Erzfürst der Ur-heber dieser Briefe ist?«, fragte der Aspekt.

»Überzeugt? Nein. Aber es scheint wahrscheinlich. Der Mann ist vielleicht kein Fanatiker wie die Narren, die Bruder Vaelin im Martisch aus der Welt geschafft hat, aber er hat eine Schwäche für seinen Gott. Wahrscheinlich macht er sich nun, da er das fünfzigste Lebensjahr hin-ter sich gelassen hat, Sorgen über seinen Platz in den ewigen Gefilden. Aber ob die Briefe von ihm stammen oder nicht, ist unerheblich – ent-scheidend ist, dass sie überhaupt existieren. Nachdem sie ans Licht ka-men, blieb mir nichts anderes übrig, als zu handeln. Zumindest wird der Erzfürst so das Gefühl haben, meinem Sohn etwas schuldig zu sein, wenn dieser den Thron besteigt.«

Der König trank rasch den restlichen Wein aus und erhob sich hin-ter seinem Schreibtisch. »Aber genug der Staatsgeschäfte, es gibt noch etwas anderes, worüber ich mit Euch reden möchte, Brüder. Kommt.« Er bedeutete ihnen, ihm in einen kleineren Nachbarraum zu folgen, der kaum weniger prachtvoll eingerichtet war. Doch anstelle von Gemäl-den und Wandteppichen schmückten Schwerter die Wände – hundert oder mehr glänzende Klingen. Ein paar waren von asraelischer Machart, aber es gab viele andere, deren Form Vaelin gänzlich unbekannt war. Große Breitschwerter, die zweihändig geführt werden mussten und beinahe sechs Fuß in der Länge maßen. Sichelartige Säbel mit Klingen, die fast einen Halbkreis bildeten. Lange, nadelähnliche Degen, deren Klingen keine Schneide hatten und deren Handschutz die Form einer kleinen Schüssel besaß. Schwerter mit Klingen aus Gold oder Silber, die sich kaum als Waffen eigneten, da diese Metalle viel zu weich dafür waren.

»Hübsch, nicht wahr?«, sagte der König. »Ich sammle sie schon seit Jahren. Manche sind Geschenke, andere in Kriegen erbeutet. Einige habe ich gekauft, weil mir einfach ihre Form gefallen hat. Hin und wieder verschenke ich eines an einen jungen Mann wie dich, Bruder.« Er wandte sich Vaelin mit einem Lächeln zu.

Vaelin verspürte wieder dasselbe Unbehagen, das ihn schon bei seiner ersten Begegnung mit dem König befallen hatte. Das beunruhigende Wissen, Teil eines weitaus größeren, unüberschaubaren Plans zu sein. Das merkwürdige Gefühl, das Nersus Sil Nin als Lied des Blutes bezeichnet hatte, hallte ganz schwach in seinem Geist wider. *Wenn er mir ein Schwert gibt …*

»Ich bin ein Bruder des sechsten Ordens, Hoheit«, sagte er und versuchte, den neutralen Tonfall des Aspekten nachzuahmen. »Königliche Ehren stehen mir nicht zu.«

»Gerade jemandem wie dir stehen sie zu, mein junger Falke«, erwiderte der König. »Leider muss ich sie meistens an Männer verteilen, die sie gar nicht wirklich verdient haben. Deshalb wird heute eine willkommene Abwechslung sein.« Er deutete auf die Schwerter um sie herum. »Such dir eins aus.«

Vaelin wandte sich hilfesuchend dem Aspekten zu.

Aspekt Arlyn hatte die Augen leicht zusammengekniffen, sonst war sein Gesichtsausdruck aber unverändert. Er schwieg einen Moment, und als er das Wort ergriff, klang sein Tonfall genau wie vorher, frei von Achtung oder Missachtung. »Der König erweist dir eine große Ehre, Bruder. Und damit auch dem Orden. Du wirst sie annehmen.«

»Aber ist das denn rechtens, Aspekt? Kann ein Mann sowohl ein Bruder des Ordens als auch ein Schwert des Königs sein?«

»So etwas hat es schon gegeben. Vor vielen Jahren.« Der Blick des Aspekten wurde etwas sanfter, aber sein Tonfall duldete keine Widerrede. »Du wirst die Ehre des Königs annehmen, Bruder Vaelin.«

Ich will es nicht!, dachte Vaelin verbittert. *Es ist eine Entlohnung. Eine Entlohnung für einen Mord. Dieser durchtriebene alte Mann will mich noch stärker an sich binden.*

Aber er sah keinen Ausweg. Der Aspekt hatte es ihm befohlen. Der König hatte ihm eine Ehre erwiesen. Er musste das Schwert annehmen.

Er schluckte ein verzweifeltes Seufzen hinunter und schaute sich in dem Gemach um, ließ seinen Blick von einer Klinge zur nächsten wandern. Zunächst überlegte er, eines der goldenen Schwerter zu wählen. Das könnte er später immerhin verkaufen. Letzten Endes kam er aber zu dem Schluss, dass eine Waffe mit praktischem Nutzen die weiseste Entscheidung wäre. Er sah wenig Sinn darin, ein asraelisches Schwert zu wählen – es würde wohl kaum besser sein als seine eigene Klinge aus Sternensilber. Die exotischeren Waffen kamen ihm dagegen zu unhandlich vor. Schließlich fiel sein Blick auf ein Kurzschwert mit breiter Klinge, einem einfachen Handschutz aus Bronze und einem Holzgriff. Er nahm es von der Wand, ließ es ein paar Mal probeweise durch die Luft zischen und stellte dabei fest, dass es gut ausbalanciert war und ein angenehmes Gewicht hatte. Die Schneide war scharf und der Stahl glänzend und makellos.

»Eine volarianische Klinge«, sagte der König. »Nicht besonders hübsch, aber eine solide Waffe, nützlich im dichten Schlachtengetümmel, wenn man den Arm nicht heben kann. Eine gute Wahl.« Er streckte die Hand aus, und Vaelin reichte ihm das Schwert. »Eigentlich müssten wir jetzt eine Zeremonie abhalten. Du müsstest vor mir knien und eine Menge Schwüre leisten. Aber ich denke, darauf können wir verzichten. Vaelin Al Sorna, ich ernenne dich zum Schwert des Königs. Wirst du dein Schwert in den Dienst der Vereinigten Königslande stellen?«

»Ja, das werde ich, Hoheit.«

»Dann mach guten Gebrauch davon.« Der König reichte ihm das Schwert zurück. »Als Schwert des Königs muss ich dir ein Amt übertragen. Ich ernenne dich deshalb zum Kommandanten des fünfunddreißigsten Fußregiments. Da der Aspekt die Güte besessen hat, mein Regiment im Ordenshaus unterzubringen, finde ich es nur gerecht, dass der Orden den Oberbefehl darüber erhalten soll. Du wirst die Soldaten ausbilden und sie im Krieg befehligen, wenn die Zeit dafür gekommen ist.«

Vaelin sah zum Aspekten hinüber, doch dessen ausdruckslose Miene zeigte keine Regung.

»Verzeiht, Hoheit, aber wenn das Regiment vom Orden befehligt werden soll, dann wäre Bruder Makril gewiss eine bessere Wahl ...«

»Der berühmte Ketzerjäger? Wohl eher nicht. Schließlich kann ich ihm nicht auch noch ein Schwert geben, oder? Und nur jemand, der von der Krone geadelt wurde, kann ein Regiment des königlichen Heers befehligen. Wie lange wird es dauern, bis die Männer bereit sind, was meinst du?«

»Wir haben im Martisch schwere Verluste erlitten, Hoheit. Die Männer sind müde und haben seit Wochen keinen Sold erhalten.«

»Tatsächlich?« Der König musterte den Aspekten mit hochgezogenen Augenbrauen.

»Der Orden wird für die Kosten aufkommen«, sagte der Aspekt. »Wenn wir das Regiment befehligen, ist es auch unsere Verantwortung.«

»Sehr großzügig, Arlyn. Was die Verluste betrifft, so dürft ihr euch gerne in den Kerkern nach geeigneten Männern umsehen oder welche von der Straße rekrutieren. Ich will meinen, dass so mancher junge Mann sich darum reißen wird, in einem Regiment zu dienen, das von dem berühmten Bruder Vaelin befehligt wird.« Er kicherte reumütig. »Krieg ist stets ein Abenteuer für diejenigen, die nie einen erlebt haben.«

VIERTES KAPITEL

Keine Vergewaltiger, keine Mörder und keine Rotblütensüchtigen.«
Feldwebel Krelnik reichte dem Kerkermeister mit einer angedeuteten Verbeugung den Befehl des Königs. »Und auch keine Schwächlinge. Wir müssen aus dem Gesindel schließlich Soldaten machen.«

»Das Leben im Kerker ist der Kraft eines Mannes nicht eben zuträglich«, erwiderte der Kerkermeister, während er das Siegel des Königs überprüfte und den Inhalt des Befehls überflog. »Aber wir geben uns natürlich immer Mühe, die Wünsche seiner Hoheit zu erfüllen, besonders, wenn er den berühmtesten Krieger des Reiches zu uns schickt.« Er zeigte Vaelin ein Lächeln, das entweder einschmeichelnd oder spöttisch gemeint war – hinter dem verschmutzten Gesicht war das schwer zu erkennen. Wegen der einfachen Kleidung und seiner verdreckten Erscheinung hatte Vaelin den Kerkermeister anfänglich für einen Gefangenen gehalten, doch sein stattlicher Leibesumfang und das große Schlüsselbund an seinem Gürtel ließen keinen Zweifel an seinem Rang zu.

Das königliche Verlies befand sich in einigen alten, miteinander verbundenen Kastellen in der Nähe des Hafens, für die es nach der Errichtung der Stadtmauer vor zwei Jahrhunderten keine Verwendung mehr gegeben hatte. Seither hatten die Herrscher des Landes ihre geräumigen Gewölbe für die Unterbringung von Verbrechern genutzt, die in der Stadt festgenommen worden waren. Die genaue Zahl der Gefangenen war anscheinend unmöglich festzustellen. »Es sterben ständig welche, sodass man nur schwer den Überblick behält«, erklärte der Kerkermeister. »Die größten und gemeinsten überleben am längsten, weil sie sich im Kampf ums Essen durchsetzen.«

Vaelin spähte in die Dunkelheit jenseits des massiven Eisengitters, mit dem der Eingang zu den Gewölben gesichert war, und musste gegen den Drang ankämpfen, seinen Umhang übers Gesicht zu ziehen. Der Gestank war einfach atemberaubend. »Gebt Ihr viele Gefangene an das königliche Heer?«, fragte er.

»Kommt drauf an, wie unruhig die Zeiten sind. Während des meldeneischen Krieges war der Kerker so gut wie leer.« Das Schlüsselbund des Kerkermeisters rasselte, während er auf das Gitter zuging, um es zu entriegeln. Er bedeutete den vier kräftigen Wachen, die in der Nähe standen, ihm zu folgen. »Dann wollen wir doch mal sehen, wie das Angebot heute ist.« Das Angebot bestand aus weniger als hundert Männern in verschiedenen Stadien der Abmagerung, die in Lumpen gekleidet, völlig verschmutzt und mit Blut besudelt waren. Sie blinzelten im Sonnenlicht und warfen den Wachen auf den Mauern entlang des Innenhofs, die geladene Armbrüste auf die Gefangenen gerichtet hielten, argwöhnische Blicke zu.

»Mehr habt Ihr nicht zu bieten?«, fragte Feldwebel Krelnik den Kerkermeister zweifelnd.

»Gestern war Hinrichtungstag«, erwiderte der Mann mit einem Schulterzucken. »Wir können sie schließlich nicht ewig hierbehalten.«

Feldwebel Krelnik schüttelte angewidert den Kopf und begann dann damit, die Männer in Reih und Glied zu bringen. »Los, stellt euch auf, ihr Dreckskerle! Wenn ihr nicht aufrecht stehen könnt, nützt ihr dem königlichen Heer nichts.« Er fuhr fort, die Gefangenen zu beschimpfen, bis sie sich schließlich in zwei unregelmäßigen Reihen formiert hatten. Dann wandte er sich Vaelin zu und salutierte knapp. »Die Rekruten stehen zur Inspektion bereit, Herr.«

Herr. Der Titel klang merkwürdig in Vaelins Ohren. Er fühlte sich nicht wie ein Adliger, sondern immer noch wie ein Bruder des sechsten Ordens. Und genauso sah er auch aus. Er besaß keine Ländereien, keine

Diener, keinen Reichtum, und dennoch hatte der König ihn in den Adelsstand erhoben. Es kam ihm wie eine Lüge vor, eine von vielen.

Er nickte Feldwebel Krelnik zu und schritt die erste Reihe ab, wobei es ihm schwerfiel, den vielen angsterfüllten Blicken zu begegnen. Manche Männer standen aufrechter da als andere, manche waren sauberer, andere so dünn und ausgezehrt, dass es erstaunlich war, dass sie sich überhaupt noch auf den Beinen hielten. Und alle stanken sie – ein schwerer, süßlicher Geruch, den Vaelin nur zu gut kannte. Es war der Gestank des Todes, der die Männer umgab.

Er ging weiter die Reihe entlang, bis ihn etwas innehalten ließ, ein Augenpaar, das ihm nicht folgte, sondern starr zu Boden blickte. Er blieb stehen und trat näher an den Mann heran. Er war größer als die meisten Gefangenen und auch kräftiger; die schlaffe Haut an seiner Brust deutete darauf hin, dass er einst sehr muskulös gewesen und lediglich durch Mangelernährung geschwächt war. Unter dem Schmutz an seinem Unterarm war eine tiefe, schlecht verheilte Narbe zu erkennen.

»Na, kletterst du immer noch?«, fragte Vaelin den Mann.

Gallis schaute hoch und sah ihm widerstrebend in die Augen. »Gelegentlich, Bruder.«

»Was war es diesmal? Wieder ein Sack Gewürze?«

Ein Hauch von Belustigung trat auf Gallis' verhärmtes Gesicht. »Silber. Aus einem der großen Häuser. Ich hätte es auch geschafft, wenn mein Komplize nicht die Nerven verloren hätte.«

»Wie lange bist du schon hier?«

»Ein oder zwei Monate. In den Gewölben ist es nicht leicht, die Zeit zu messen. Eigentlich sollte ich gestern gehängt werden, aber der Karren war schon voll.«

Vaelin nickte in Richtung der Narbe an seinem Arm. »Macht die Schwierigkeiten?«

»In den Wintermonaten tut sie ein bisschen weh. Aber ich bin immer noch der beste Kletterer weit und breit. Keine Sorge.«

»Sehr schön. Einen guten Kletterer kann ich gebrauchen.« Vaelin trat einen Schritt näher und sah dem Mann in die Augen. »Aber du solltest wissen, dass ich dir nicht verziehen habe, was du damals mit Schwester Sherin machen wolltest. Also, wenn du versuchst zu fliehen ...«

»Daran würde ich im Traum nicht denken, Bruder. Ich mag ein Dieb sein, aber ich stehe zu meinem Wort.« Gallis gab sich Mühe, soldatisch dreinzuschauen, reckte die Brust und straffte die Schultern. »Es wäre mir eine Ehre, mit Euch zu marschieren …«

»Schon gut.« Vaelin winkte ab. Er trat zurück und hob seine Stimme, damit alle ihn hören konnten. »Mein Name ist Vaelin Al Sorna, Bruder des sechsten Ordens und vom König berufener Kommandant des fünfunddreißigsten Fußregiments. König Janus war so gnädig, eure Verurteilung aufzuheben und euch stattdessen zu gestatten, im königlichen Heer zu dienen. Zehn Jahre lang werdet ihr ihm dafür als Soldaten zur Verfügung stehen. Ihr werdet Essen und Sold erhalten und ohne zu zögern meinen Befehlen folgen. Wer durch Undiszipliniertheit oder Trunkenheit auffällt, wird ausgepeitscht. Deserteure werden hingerichtet.«

Er beobachtete die Gesichter der Männer, um zu sehen, welche Regungen seine Worte hervorrufen würden, doch in den meisten sah er nur schlichte Erleichterung. Selbst die Entbehrungen eines Soldatenlebens waren besser als das Dasein im Kerker. »Feldwebel Krelnik.«

»Ja, Herr?«

»Bringt die Männer ins Ordenshaus. Ich habe noch etwas in der Stadt zu erledigen.«

◆ ◆ ◆

Der Sitz der Familie Al Hestian lag im Nordviertel, dem reichsten Teil der Stadt. Es war eine beeindruckende Villa aus rotem Sandstein mit vielen Fenstern auf einem weitläufigen Anwesen, das von einer massiven, mit Eisendornen gespickten Mauer umgeben war. Der makellos livrierte Diener am Tor hörte sich Vaelins Anliegen mit geübter Gleichgültigkeit an, bevor er ihn aufforderte zu warten und im Haus verschwand. Kurze Zeit später kehrte er wieder zurück.

»Der junge Lord Al Hestian befindet sich im Garten hinter dem Haus, Herr. Er heißt Euch willkommen und bittet Euch, ihm Gesellschaft zu leisten.«

»Und der Oberhauptmann?«

»Lord Al Hestian wurde heute Morgen in den Palast gerufen. Er wird erst am Abend zurückerwartet.«

Im Stillen seufzte Vaelin erleichtert auf. Die vor ihm liegende Aufgabe wäre noch unangenehmer geworden, wenn er Vater und Bruder gleichzeitig hätte gegenübertreten müssen. Als er durch das Tor gegangen war, sah er eine Gruppe Soldaten vom königlichen Heer auf dem Rasen herumstehen. Einer von ihnen hielt die Zügel einer schönen weißen Stute. Vaelins Erleichterung verflüchtigte sich, während ihm die Bedeutung ihrer Anwesenheit klar wurde. Die Soldaten verneigten sich vor ihm, als er vorbeiging. Anscheinend hatte sich die Nachricht von seinem neuen Rang schnell herumgesprochen. Er erwiderte die Verneigung und eilte weiter. Er wollte diese Angelegenheit so schnell wie möglich hinter sich bringen und ins Ordenshaus zurückkehren, um sein Regiment auszubilden. *Sein Regiment.* Die Tatsache erstaunte ihn immer noch. Er war kaum neunzehn, und der König hatte ihm bereits den Oberbefehl über ein Regiment übertragen. Und obwohl Caenis ihm gleich eine ganze Liste von berühmten Kriegern aufgezählt hatte, die bereits in jungen Jahren in eine solche Stellung aufgestiegen waren, kam es Vaelin irgendwie widersinnig vor. Er hatte den Aspekten während ihrer Rückkehr zum Ordenshaus um eine Erklärung gebeten, doch dieser hatte lediglich erwidert, er solle seine Befehle befolgen. Die abwesende Miene des Aspekten hatte Vaelin jedoch verraten, dass die Maßnahmen des Königs ihm zu denken gegeben hatten.

Der Garten bestand aus einem langgezogenen Labyrinth von Heckenreihen und Beeten, auf denen Frühlingsblumen blühten. Er fand die beiden im Schatten eines Ahornbaums. Die Prinzessin war liebreizend wie immer. Sie lächelte strahlend und warf ihr rotgoldenes Haar über die Schulter, während sie dem ernsten jungen Mann neben sich lauschte, der ihr aus einem kleinen Buch vorlas. Vaelin sah in Alucius Al Hestian nur eine entfernte Ähnlichkeit zu seinem Bruder. Er war ein dünner Junge von vielleicht fünfzehn Jahren mit zarten, beinahe weiblichen Gesichtszügen, umrahmt von einer Mähne aus schwarzen Locken, die ihm über die Schultern fielen. Er trug ein schwarzes Trauergewand. Vaelin packte das in einer Scheide steckende Langschwert, das er trug, fester, holte tief Luft und schritt so selbstbewusst wie möglich weiter. Als er näher kam, hörte er die melodischen Worte des Jungen: »*Oh, weine nicht, Liebste. Den Tod betrübt kein sterblich Sehnen. Dein schönes Antlitz heb zum Himmel an, auf dass die Sonne trockne deine Tränen …*«

Er verstummte, als Vaelins Schatten auf ihn fiel.

»Lord Al Sorna!« Alucius stand auf und reichte ihm die Hand, ohne auf die Hofetikette zu achten, die Vaelin so lästig fand. »Welch große Ehre. Mein Bruder hat in seinen Briefen stets äußerst hochachtungsvoll von Euch gesprochen.«

Vaelins Selbstvertrauen wurde immer weniger und schließlich vom Wind fortgeweht. »Euer Bruder war manchmal zu großzügig, Lord Al Hestian.« Er schüttelte die Hand des Jungen und verbeugte sich kurz vor Prinzessin Lyrna. »Hoheit.«

Sie neigte den Kopf. »Freut mich, Euch wiederzusehen, Bruder. Oder sollte ich Euch jetzt lieber mit ›Euer Lordschaft‹ ansprechen?«

Er begegnete ihrem Blick, und Wut kochte in ihm hoch – Wut, die ihn in Gefahr brachte, unkluge Dinge zu sagen. »Was immer Euch beliebt, Hoheit.«

Gewollt nachdenklich strich sie sich über das Kinn. Ihre Nägel waren blassblau gefärbt und mit Edelsteinen verziert, die in der Sonne funkelten. »Ich glaube, ich werde bei ›Bruder‹ bleiben. Das erscheint mir … schicklicher.«

Ihre Stimme klang ein wenig schneidend. War sie immer noch wütend und verletzt wegen seiner Ablehnung? Oder machte sie sich lediglich über ihn lustig, weil sie ihn für einen Narren hielt, da er die Chance ausgeschlagen hatte, die Macht, nach der es sie verlangte, mit ihr zu teilen?

»Ein schöner Vers, Euer Lordschaft«, sagte er an Alucius gewandt, um dem Blick der Prinzessin zu entgehen. »Ein Klassiker?«

»Wohl kaum.« Der Junge wirkte peinlich berührt und legte rasch das Buch beiseite, das er in der Hand hielt. »Nur ein kleiner Zeitvertreib.«

»Ach, nicht so bescheiden, Alucius«, tadelte die Prinzessin ihn. »Bruder Vaelin, Euch ist die Ehre zuteil geworden, einer Lesung von einem der vielversprechendsten jungen Dichter des Reiches beizuwohnen. Ihr werdet Euch sicher in Zukunft noch oft damit brüsten können.«

Alucius zuckte verlegen mit den Achseln. »Lyrna schmeichelt mir.« Sein Blick fiel auf das Langschwert in Vaelins Hand, und Trauer hielt auf seiner Miene Einzug, als er es erkannte. »Ist das für mich?«

»Euer Bruder wollte, dass Ihr es bekommt.« Vaelin reichte ihm das

Schwert. »Er hat darum gebeten, dass Ihr es in der Scheide stecken lasst.«

Nach kurzem Zögern nahm der Junge das Schwert entgegen und packte mit plötzlich grimmiger Miene sein Heft. »Er war immer versöhnlicher als ich. Die ihn getötet haben, werden dafür bezahlen. Das schwöre ich.«

Die Worte eines Jungen, dachte Vaelin und kam sich mit einem Mal sehr alt vor. *Worte aus einer Legende oder einem Gedicht.* »Der Mann, der Euren Bruder umgebracht hat, ist tot, Euer Lordschaft. Ihr müsst keine Rache mehr nehmen.«

»Die Cumbraeler haben ihre Krieger in den Martisch gesandt, nicht wahr? Und sie verschwören sich immer noch gegen uns. Mein Vater hat davon gehört. Der Erzfürst der Cumbraeler hat die Ketzer geschickt, die Linden ermordet haben.«

Gerüchte aus dem Palast machen tatsächlich schnell die Runde. »Die Sache liegt in den Händen des Königs. Ich bin sicher, dass er das Land auf den richtigen Weg führen wird.«

»Der Weg des Krieges ist der einzige, dem ich folgen werde«, sagte der Junge in tiefstem Ernst; Tränen glänzten in seinen Augen.

»Alucius.« Prinzessin Lyrna legte ihm sanft eine Hand auf die Schulter und sprach beruhigend auf ihn ein. »Ich weiß, dass Linden niemals gewollt hätte, dass du dich in Hass ergehst. Höre auf Bruder Vaelin. Es gibt keinen Grund mehr, Rache zu nehmen. Ehre Lindens Andenken und lass sein Schwert in der Scheide, wie er es gewünscht hat.«

Ihre Sorge klang so aufrichtig, dass Vaelin beinahe seine Wut vergessen hätte, aber die lebhafte Erinnerung an Lindens kalkweißes Gesicht, als er das Messer gegen seinen Hals gedrückt hatte, brachte ihn wieder zur Besinnung. Ihre Worte schienen jedoch eine besänftigende Wirkung auf den Jungen zu haben. Seine Miene wirkte nicht mehr wütend, auch wenn er immer noch weinte.

»Verzeihung, Lord Al Sorna«, stammelte er. »Ich möchte jetzt gern allein sein. Ich … ich würde gerne irgendwann noch einmal mit Euch sprechen, über meinen Bruder und die Zeit, die Ihr mit ihm verbracht habt.«

»Ihr findet mich im Haus des sechsten Ordens, Lord Al Hestian. Ich beantworte gerne Eure Fragen.«

Alucius nickte, küsste die Prinzessin kurz auf die Wange und ging dann schluchzend zum Haus.

»Armer Alucius«, seufzte die Prinzessin. »Er ist immer schon so stürmisch gewesen, selbst in unserer Kindheit. Ist Euch bekannt, dass er um Aufnahme in Eurem Regiment bitten will?«

Vaelin wandte sich ihr zu. Ihr Lächeln war verschwunden, ihr makelloses Gesicht wirkte ernst und konzentriert. »Das wusste ich nicht.«

»Es heißt, dass es Krieg geben wird. Er träumt davon, Euch zur cumbraelischen Hauptstadt zu begleiten, wo Ihr gemeinsam den Erzfürsten zur Rechenschaft ziehen werdet. Ich wäre Euch sehr verbunden, wenn Ihr seine Bewerbung ablehnen würdet. Er ist nur ein Junge, und selbst als Mann würde er wohl nicht recht zum Soldaten taugen und höchstens eine hübsche Leiche abgeben.«

»Es gibt keine hübschen Leichen. Wenn er um Aufnahme bittet, werde ich ablehnen.«

Ihre Gesichtszüge wurde weicher, und ihre Lippen, die etwas von Rosenblüten hatten, verzogen sich zu einem Lächeln. »Ich danke Euch.«

»Ich könnte ihn auch gar nicht aufnehmen, selbst wenn ich es wollte. Mein Aspekt hat entschieden, dass alle höheren Ränge im Regiment mit Ordensbrüdern besetzt werden sollen.«

»Ich verstehe.« Ihr Lächeln wurde reumütig. Seine Weigerung, ihr eine Gefälligkeit zu erweisen, war ihr nicht entgangen. »Denkt Ihr, dass es zum Krieg mit den Cumbraelern kommen wird?«

»Der König bezweifelt es.«

»Was glaubt Ihr, Bruder?«

»Ich glaube, dass wir uns auf die Urteilskraft des Königs verlassen sollten.« Er verbeugte sich steif und wandte sich zum Gehen.

»Vor Kurzem hatte ich das Vergnügen, eine Bekannte von Euch kennenzulernen«, sagte die Prinzessin und ließ ihn innehalten. »Schwester Sherin, nicht wahr? Sie leitet ein Krankenhaus des fünften Ordens in Warnsheim. Ich bin dorthin gereist, um dem Haus im Namen meines Vaters ein Almosen zu überreichen. Ein nettes Mädchen, wenn auch sehr streng ihrer Aufgabe verschrieben. Ich erwähnte, dass wir miteinander befreundet sind, und sie bat mich, Euch an sie zu erinnern. Auch wenn sie der Meinung zu sein schien, dass Ihr sie höchstwahrscheinlich vergessen habt.«

Sag nichts, ermahnte er sich. *Vertrau ihr nichts an. Wissen ist ihre Waffe.* »Habt Ihr denn gar keine Antwort für sie?«, hakte sie nach. »Ich könnte sie mit einem königlichen Boten überbringen lassen. Ich finde es schrecklich, wenn Freundschaften grundlos enden.«

Das strahlende Lächeln, das sie ihm zeigte, war dasselbe wie damals bei dem Gespräch in ihrem geheimen Garten. Ein Lächeln, das von unerschütterlichem Selbstvertrauen und einer Klugheit sprach, die ihrem Alter weit voraus war. Ein Lächeln, das ihm verriet, dass sie ihn sehr genau zu kennen glaubte.

»Ich bin froh, dass uns das Schicksal erneut zusammengeführt hat«, fuhr die Prinzessin fort, als er nicht antwortete. »In letzter Zeit hat mich nämlich eine Frage beschäftigt, die Euch vielleicht interessieren könnte.«

Er sah ihr in die Augen, ohne etwas zu sagen. Was immer sie für ein Spiel spielte, er wollte nicht daran teilhaben.

»Ich habe eine Schwäche für Rätsel«, sagte sie. »Einmal habe ich eine mathematische Gleichung gelöst, die den dritten Orden seit über einem Jahrhundert beschäftigt hat. Natürlich habe ich nie jemandem davon erzählt. Es ziemt sich nicht für eine Prinzessin, so geistreiche Männer zu überflügeln.« Ihre Stimme hatte sich erneut verändert und klang nun verbittert.

»Eure Weisheit gereicht Euch zur Ehre, Hoheit«, sagte Vaelin.

Sie neigte den Kopf und gab vor, nicht zu bemerken, wie hohl das Kompliment war. »In letzter Zeit habe ich häufig über ein Ereignis nachdenken müssen, an dem Ihr unmittelbar beteiligt wart. Das Aspektenmassaker – auch wenn ich diese Bezeichnung nicht ganz passend finde, schließlich sind nur zwei Aspekte dabei gestorben.«

»Warum sollte ein solch unangenehmes Ereignis Euch Kopfzerbrechen bereiten, Hoheit?«

»Wegen der ungeklärten Fragen natürlich. Warum haben die Meuchelmörder die Aspekte gerade in dieser Nacht angegriffen, als in drei der Ordenshäuser Novizen des sechsten Ordens anwesend waren? Das erscheint mir keine besonders kluge Strategie.«

Gegen seinen Willen war sein Interesse geweckt. *Sie will mir etwas mitteilen. Aber warum? Was für einen Vorteil kann sie daraus gewinnen?* »Und zu welchem Schluss seid Ihr gekommen, Hoheit?«

»Es gibt ein alpiranisches Spiel namens *Keschet*, was in unserer Sprache ›Gerissenheit‹ bedeutet. Es ist äußerst kompliziert und wird mit fünfundzwanzig verschiedenen Spielfiguren auf einem Brett mit einhundert Feldern gespielt. Die Alpiraner entwerfen gerne Strategien, sowohl bei ihren Geschäften als auch im Krieg. Ich hoffe, dass mein Vater in Zukunft daran denken wird.«

»Hoheit?«

Sie winkte ab. »Schon gut. Eine Partie *Keschet* kann sich über Tage hinziehen, und es heißt, dass so mancher weise Mann sein ganzes Leben darauf verwendet hat, die Feinheiten dieses Spiels zu erlernen.«

»Eine Aufgabe, die Ihr zweifellos längst bewältigt habt, Hoheit.«

Sie zuckte mit den Achseln. »Gar so schwierig war es nicht. Es hängt alles von der Eröffnung ab. Es gibt nur etwa zweihundert Varianten, wobei der Lügnerangriff die erfolgreichste ist – eine Reihe von Spielzügen, die es so aussehen lassen, als würde man seine eigene Position verteidigen, während sie in Wahrheit ein Angriffsmanöver darstellen, das – wenn man es richtig anstellt – in nur zehn Zügen zum Sieg führt. Der Erfolg des Angriffs ist davon abhängig, ob es einem gelingt, die Aufmerksamkeit des Gegenspielers auf ein Ablenkungsmanöver in einer bestimmten Ecke des Spielfeldes zu lenken. Der Schlüssel ist die äußerst eng gefasste Zielsetzung des Angriffs: Es geht lediglich darum, den Gelehrten aus dem Spiel zu entfernen, der zwar nicht die wichtigste Spielfigur auf dem Brett, aber dennoch für eine erfolgreiche Verteidigung unerlässlich ist. Der Gegenspieler dagegen ist der Ansicht, es mit einem vielschichtigen Angriff an breiter Front zu tun zu haben.«

»Der Angriff auf die Aspekte war also ein Ablenkungsmanöver«, sagte Vaelin. »Es ging den Drahtziehern lediglich darum, einen von ihnen zu töten.«

»Oder vielleicht zwei. Wenn man die Theorie noch mehr ausweitet, könnte es sogar sein, dass Ihr das anvisierte Opfer wart und die Aspekte nur Ablenkung.«

»Seid Ihr davon überzeugt?«

Sie schüttelte den Kopf. »Alle Theorien erfordern eine Grundannahme, und in diesem Fall gehe ich davon aus, dass es den Drahtziehern des Angriffs darum ging, den Orden und dem Glauben Schaden zuzufügen. Das Töten der Aspekte allein hätte diesen Zweck schon erfüllt, aber natürlich können jederzeit neue Aspekte gewählt werden – wie beispielsweise Aspekt Tendris Al Forne. Und man kann mit einiger Gewissheit sagen, dass seine Wahl einen Keil zwischen die Orden getrieben hat. Es wurde also Schaden angerichtet.«

»Wollt Ihr damit sagen, dass es bei dem ganzen Angriff nur darum ging, Al Forne zum Aspekten des vierten Ordens zu machen?«

Sie hob das Gesicht gen Himmel, schloss die Augen und ließ sich von der Sonne die Haut wärmen. »Ja.«

»Solche Worte sind gefährlich, Hoheit.«

Sie lächelte mit geschlossenen Augen. »Weshalb ich sie auch nur Euch gegenüber ausspreche. Und ich wünschte wirklich, Ihr würdet mich Lyrna nennen.«

Das Versprechen von Macht hat nicht ausgereicht, dachte er. *Jetzt versucht sie, mich mit Wissen zu ködern.* »Wie hat Linden Euch genannt?«

Sie zögerte nur kurz, bevor sie die Augen öffnete und ihn ansah. »Er hat mich Lyrna genannt, wenn wir allein waren. Wir waren seit unserer Kindheit befreundet. Er hat mir aus dem Wald viele Briefe geschickt. Ich weiß deshalb, wie sehr er Euch bewundert hat. Ich war äußerst betrübt zu erfahren …«

»Man muss bereit sein, für die Liebe alles aufs Spiel zu setzen.« Ihm war bewusst, dass seine Stimme wütend klang und sein Gesicht einen finsteren Ausdruck angenommen hatte. Ihm war auch bewusst, dass sie nicht mehr lächelte. »Habt Ihr das nicht zu ihm gesagt?«

Er hatte das Gefühl, für einen Augenblick Bedauern auf ihren Zügen wahrzunehmen. Zum ersten Mal klang ihre Stimme unsicher. »Hat er sehr gelitten?«

»Das Gift in seinen Adern hat ihn vor Schmerzen schreien und Blut schwitzen lassen. Er hat gesagt, dass er Euch liebte. Dass er in den Martisch gezogen ist, um die Gunst Eures Vaters zu gewinnen, damit Ihr heiraten könnt. Bevor ich ihm die Kehle durchgeschnitten habe, hat er mich noch gebeten, Euch einen Brief zu überbringen. Ich habe ihn verbrannt, als wir seinen Leichnam den Flammen übergeben haben.«

Sie schloss einen Moment lang die Augen – ein Bild von Schönheit und Trauer. Doch als sie sie wieder öffnete, war es verschwunden, und in ihrer Stimme lag keinerlei Gefühlsregung: »Ich folge den Wünschen meines Vaters, Bruder. Genau wie Ihr.«

Die Wahrheit durchfuhr ihn wie ein Peitschenhieb. Sie waren beide schuldig an diesem Mord. Zwar hatte Vaelin nicht selbst den tödlichen Pfeil abgeschossen, aber er hatte dafür gesorgt, dass Linden in die Schussbahn dieses Pfeils geriet. Während die Prinzessin ihn überhaupt erst dazu gebracht hatte, in den Martisch zu ziehen. Womöglich war das von Anfang an der Plan des Königs gewesen: Sie zu Komplizen in einem Mord zu machen und durch Schuld aneinander zu binden.

Er erkannte, dass seine eigene Feindseligkeit Lyrna gegenüber nur ein Vorwand war, um sich seinen Schuldgefühlen nicht stellen zu müssen, aber er hielt dennoch daran fest. *Sie ist kaltherzig, hinterhältig und verräterisch.* Noch mehr verabscheute er jedoch die Macht, die sie über ihn besaß. Wie leicht war es ihr gelungen, sein Interesse zu wecken!

Etwas schimmerte in ihren Augen, als er sie mit finsterem Blick musterte. *Furcht*, dachte er. *Ich bin der einzige Mann, der ihr Angst einjagen kann.*

Er verbeugte sich erneut, wobei Schuldgefühl und Zufriedenheit sich in seiner Brust mischten. »Wenn Ihr mich dann entschuldigen würdet, Hoheit.«

◆ ◆ ◆

Schwester Gilma war füllig und freundlich. Sie lächelte oft, und ihre strahlend blauen Augen schienen ständig vor Heiterkeit zu funkeln. »Im Namen der Ahnen, macht doch nicht so ein trauriges Gesicht, Bruder!«, hatte sie bei ihrer ersten Begegnung gesagt und Vaelin scherzhaft ins Kinn gezwickt. »Ihr seht aus, als würden sämtliche Sorgen des Reiches auf Euren Schultern lasten. Man nennt Euch schon Bruder Griesgram.«

»Bist du wirklich sicher, dass du eine Heilerin im Regiment haben willst?«, hatte Nortah gefragt.

Schwester Gilma hatte gelacht. »Ah, ich sehe schon, dich werde ich mögen!«, hatte sie mit ihrem starken nilsaelischen Akzent zu Nortah gesagt und ihn scherzhaft gegen den Arm geboxt.

Vaelin hatte seine Enttäuschung darüber verbergen müssen, dass Aspektin Elera ihm auf seine Anfrage hin nicht Schwester Sherin geschickt hatte, auch wenn es ihn eigentlich nicht weiter überraschte. »Ihr werdet alles erhalten, was Ihr für Eure Arbeit benötigt, Schwester.« »Das will ich doch hoffen«, hatte sie lachend erwidert. In den Monaten seit ihrer Ankunft war ihm aufgefallen, dass sie immer dann lachte, wenn sie etwas ernst meinte, und einen humorlosen Ton anschlug, wenn sie ihrer Schwäche für kleine, aber wirksame Sticheleien nachgab.

»Zwei weitere gebrochene Arme heute«, sagte sie mit einem Kichern und spöttischen Kopfschütteln, als er das große Zelt betrat, das ihr als Behandlungsraum diente. Vier Männer mit Verbänden lagen in Betten und schliefen. Zwei weitere wurden von den Gehilfen behandelt, die Schwester Gilma sich unter den Männern gesucht hatte. Zu Vaelins Überraschung hatte sie zwei der Männer aus den Kerkern gewählt – schmächtige Gesellen, die eine rasche Auffassungsgabe und geschickte Hände besaßen, aber vermutlich ohnehin schlechte Soldaten abgegeben hätten.

»Wenn Ihr die Männer weiter so antreibt, werden in einem Monat keine mehr übrig sein, mit denen Ihr in die Schlacht ziehen könnt.« Sie lächelte strahlend, und ihre blauen Augen funkelten.

»Das Soldatenleben ist hart, Schwester. Sind wir zu nachlässig mit den Männern, werden aus ihnen keine guten Kämpfer, höchstens passable Leichen.«

Ihr Lächeln schwand ein wenig. »Steht denn eine Schlacht bevor? Wird es Krieg geben?«

Krieg. Die Frage beschäftigte jedermann. Vier Wochen war es her, seit der König den Erzfürsten von Cumbrael zu sich gerufen hatte, und bisher war keine Antwort eingetroffen. Die Soldaten des königlichen Heeres hatten keinen Ausgang und mussten in den Kasernen bleiben. Gerüchte verbreiteten sich mit beunruhigender Schnelligkeit. Cumbraeler sammelten sich angeblich an der Grenze. Im Urlisch seien cumbraelische Bogenschützen gesichtet worden, hieß es. Geheime Sekten von Leugnern schmiedeten alle möglichen grässlichen Komplotte. Überall lagen Erwartung und Unsicherheit in der Luft, weshalb Vaelin seine Männer so stark antrieb wie nur möglich. Wenn der Sturm losbrach, mussten sie bereit sein.

»Ich weiß nicht mehr als Ihr, Schwester«, versicherte er Gilma. »Noch mehr Fälle von Schanker?«

»Nicht seit meinem Besuch im Lager der Damen.«

Ein Ausbruch von Schwarzem Schanker unter den Männern war zu einigen geschäftstüchtigen Huren zurückverfolgt worden, die vor Kurzem in kaum zwei Meilen Entfernung im Wald ihr Lager aufgeschlagen hatten. Da es Vaelin vor der Reaktion des Aspekten graute, wenn dieser von der Existenz eines Hurennestes in der Nähe des Ordenshauses erfuhr, hatte er Feldwebel Krelnik den Befehl gegeben, einen Trupp aus einigermaßen zuverlässigen Männern zusammenzustellen und die Frauen in die Stadt zurückzujagen. Zu seiner Überraschung hatte der alte Soldat gezögert. »Seid Ihr sicher, Herr?«

»Ich habe hier zwanzig Männer, die am Schwarzen Schanker erkrankt sind und momentan nicht weiter ausgebildet werden können, Feldwebel. Dieses Regiment steht unter dem Befehl des Ordens. Ich kann nicht zulassen, dass die Männer sich fortschleichen und ihre … Wollust auf diese Weise befriedigen.«

Der Feldwebel blinzelte; sein faltiges, narbenzerfurchtes Gesicht blieb ausdruckslos, aber Vaelin hatte das Gefühl, dass er ein Grinsen unterdrücken musste. Wenn er mit dem Feldwebel sprach, fühlte er sich manchmal wie ein Kind, das seinem Großvater Befehle erteilte. »Ähm, mit Verlaub, Herr. Das Regiment mag dem Orden gehören, die Männer aber nicht. Sie sind keine Brüder, sondern Soldaten, und als solche erwarten sie, ab und an eine Frau besuchen zu dürfen. Beraubt man sie dieses … Vergnügens, könnte es Ärger geben. Ich will damit nicht sagen, dass die Männer Euch nicht achten, Herr. Das tun sie. Noch nie habe ich eine Truppe gesehen, die so viel Angst vor ihrem Kommandanten gehabt hätte. Aber diese Gesellen sind nicht gerade die erste Garde des Reiches, und wir haben ihnen in letzter Zeit ziemlich viel zugemutet. Nimmt man sie zu hart an die Kandare, suchen sie am Ende doch noch ihr Heil in der Flucht, selbst wenn ihnen dann die Hinrichtung droht.«

»Was ist mit dem Schanker?«

»Oh, der fünfte Orden besitzt zahlreiche Heilmittel dagegen. Schwester Gilma wird sich gewiss darum kümmern. Bittet sie, den Frauen einen Besuch abzustatten, und sie wird die Sache blitzschnell aus der Welt geschafft haben.«

Sie waren also zu Schwester Gilma gegangen, und Vaelin hatte stammelnd seine Bitte vorgetragen, während sie ihn mit eisiger Miene gemustert hatte.

»Ihr wollt, dass ich ein Lager voller Huren besuche, um sie vom Schwarzen Schanker zu heilen?«, fragte sie in kühlem Ton.

»Mit Begleitschutz natürlich, Schwester.«

Sie wandte den Blick ab und schloss die Augen, während Vaelin gegen den Drang ankämpfte, die Flucht zu ergreifen.

»Fünf Jahre Ausbildung im Ordenshaus«, sagte sie leise. »Vier weitere an der Nordgrenze, ständig bedroht von Wilden und Eisstürmen. Und was ist meine Belohnung? Ich lebe mit dem Bodensatz des Reiches zusammen und kümmere mich um seine Dirnen.« Sie schüttelte den Kopf. »Die Ahnen müssen mich wahrhaft verflucht haben.«

»Ich wollte Euch nicht beleidigen, Schwester!«

»Oh, gut!«, sagte sie und lächelte plötzlich strahlend. »Ich hole meine Tasche. Ein Begleitschutz wird nicht nötig sein, aber ich brauche jemanden, der mir den Weg zeigt.« Sie hob eine Augenbraue. »Ihr kennt ihn nicht zufällig, oder, Bruder?«

Wenn er an seine gestammelte Verneinung dachte, musste er immer noch das Gesicht verziehen. Feldwebel Krelnik behielt recht: Es kam zu keiner weiteren Ansteckung, und die Männer blieben zufrieden – zumindest so weit, wie sie es nach der wochenlangen harten Ausbildung durch Vaelins Brüder sein konnten. Er beschloss, dem Aspekten nichts von dem Vorfall zu erzählen, und unter den Brüdern herrschte eine stillschweigende Übereinkunft, nicht darüber zu sprechen.

»Gibt es irgendetwas, das Ihr braucht?«, fragte er Gilma. »Ich kann einen Karren zu Eurem Ordenshaus schicken, um für Nachschub zu sorgen.«

»Im Moment nicht, danke. Meister Smentils Kräutergarten hat sich als äußerst hilfreich erwiesen. Er ist so ein freundlicher Mann. Er hat mir die Zeichensprache beigebracht, schaut nur.« Mit ihren dicken, aber flinken Händen beschrieb sie eine Reihe von Gesten, die sich ungefähr mit *Ich bin eine aufdringliche alte Kuh* übersetzen ließen. »Das bedeutet: ›Mein Name ist Gilma‹.«

Vaelin nickte, ohne sich etwas anmerken zu lassen. »Meister Smentil ist ein guter Lehrer.«

Er ließ sie bei den Verwundeten zurück und ging nach draußen.

Überall wurden Männer ausgebildet; in kleinen Gruppen waren sie um Brüder versammelt, die sich redlich abmühten, ihnen Fertigkeiten, die sie im Laufe mehrerer Jahre erlernt hatten, innerhalb weniger Monate beizubringen – eine Aufgabe, die einen in die Verzweiflung treiben konnte. Die Rekruten wirkten so langsam und ungeschickt und kannten nicht einmal die grundlegendsten Regeln des Kampfes. Vaelins Brüder hatten sich deshalb bitter beschwert, als er ihnen verboten hatte, den Rohrstock zu benutzen. »Wie soll man einen Hund ausbilden, wenn man ihn nicht schlagen darf?«, hatte Dentos gefragt.

»Diese Männer sind keine Hunde«, hatte Vaelin erwidert. »Und auch keine Jungen, jedenfalls nur die wenigsten. Bestraft sie mit zusätzlichen Leibesübungen, oder lasst sie niedere Dienste verrichten. Wenn es sein muss, kürzt ihnen die Rumrationen. Aber keine Schläge!«

Das Regiment besaß nun wieder seine volle Stärke; die Männer, die sie aus dem Kerker mitgenommen hatten, und ein steter Strom neuer Rekruten, die – wie der König es vorhergesagt hatte – von Vaelins Ruhm angelockt worden waren und zum Teil sogar weite Strecken zurückgelegt hatten, um sich zu bewerben, hatten ihre Zahl anwachsen lassen.

»Nicht selten ist ein knurrender Magen der Grund dafür, dass ein Mann Soldat wird«, stellte Feldwebel Krelnik fest. »Aber diesen Haufen scheint es vor allem danach zu dürsten, unter dem jungen Falken zu dienen.«

Die Wochen vergingen, und die Ausbildung begann Wirkung zu zeigen. Die Männer wurden sichtlich stärker, was nicht zuletzt an der gesunden Kost lag, wie viele von ihnen sie noch nie in ihrem Leben genossen hatten. Sie standen aufrechter und bewegten sich schneller, waren geschickter im Umgang mit ihren Waffen, auch wenn sie immer noch viel zu lernen hatten. Gallis der Kletterer war körperlich schon bald wieder auf der Höhe, und die wiederholten Besuche im Lager der Huren besserten auch seine seelische Verfassung. Er entwickelte sich zum größten Spaßvogel des Regiments, der stets einen Witz auf Lager hatte, um seine Kameraden aufzuheitern, wiewohl er klug genug war, während der Ausbildungsstunden den Mund zu halten. Die Brüder durften zwar den Rohrstock nicht benutzen, aber sie kannten zahllose Möglichkeiten, einem Mann beim Ringkampf wehzutun. Die Disziplin unter den Männern war zu Vaelins Freude tadellos; es gab nur selten Streit, sämtliche Befehle wurden ohne zu zögern ausgeführt, und bislang hatte niemand einen Fluchtversuch gewagt. Er hatte noch keinen der Männer auspeitschen oder dem Galgen überantworten müssen; ihm graute vor dem Tag, an dem er einen solchen Befehl würde geben müssen. *Im Krieg wird sich erweisen, aus welchem Holz die Männer geschnitzt sind*, dachte er und musste an die elenden Monate im Martisch denken. Damals waren viele der Soldaten lieber in einen von Cumbraelern unsicher gemachten Wald geflohen, als einen weiteren Tag im Lager zu verbringen.

Er entdeckte Nortah, der gerade eine Gruppe der kräftigeren Rekruten im Bogenschießen unterrichtete. Alle neu aufgenommenen Soldaten waren an den Zielscheiben geprüft und die meisten als untauglich befunden worden. Diejenigen, die ein scharfes Auge besaßen, wurden zu einem Trupp Armbrustschützen zusammengestellt, aber lediglich einige wenige waren stark und fähig genug, dass sich eine weitere Ausbildung mit dem Bogen lohnte. Es waren nur ungefähr dreißig, aber selbst eine kleine Anzahl erfahrener Bogenschützen wäre für das Regiment wertvoll. Nortah erwies sich einmal mehr als guter Lehrer; alle seine Schüler waren inzwischen in der Lage, aus vierzig Schritt Entfernung einen Pfeil in die Mitte einer Zielscheibe zu versenken, und ein oder zwei von ihnen legten beim Schießen sogar eine Schnelligkeit an den Tag, wie sie sonst nur von Ordensbrüdern erreicht wurde.

»Nicht die Sehne küssen«, sagte Nortah gerade zu einem seiner Schüler, einem bulligen Gesellen, der aus dem Kerker stammte, wie Vaelin sich erinnerte. Sein Name war Drak oder Drax – ein berüchtigter Wilddieb, den die Förster des Königs dabei erwischt hatten, wie er im Urlisch ein frisch erlegtes Reh zerteilt hatte. »Zieh sie bis zum Ohr zurück.«

Drak oder Drax holte noch etwas mehr Kraft aus seinen Muskeln, bevor er die Sehne losließ, und der Pfeil schlug wenige Fingerbreit über der Mitte der Scheibe ein. »Nicht schlecht«, sagte Nortah. »Aber du lässt den Bogen nach dem Schießen immer noch ausschwingen. Denk daran, das ist ein Kriegsbogen. Du jagst kein Wild damit. Versuch, die Sehne so schnell wie möglich neu auszuziehen.« Er bemerkte Vaelins Näherkommen und klatschte in die Hände, um die Aufmerksamkeit der Männer zu sammeln. »Also gut. Schiebt die Zielscheiben nochmal zehn Schritt weiter nach hinten. Wer als Erster die Mitte trifft, bekommt heute Abend eine zusätzliche Ration Rum.«

Er wandte sich Vaelin zu und verneigte sich übertrieben, während die Männer zu den Zielscheiben gingen. »Seid gegrüßt, Herr.«

»Lass das.« Vaelin sah den Männern hinterher, die lachend und scherzend die Pfeile aus den Zielscheiben zogen. »Sie sind bester Stimmung.«

»Und mit gutem Grund. Es gibt genug zu essen, jeden Tag Rum und billige Huren in greifbarer Nähe. Das ist mehr, als die meisten von ihnen je vom Leben erwartet haben.«

Vaelin betrachtete seinen Bruder genauer und bemerkte den gequälten Blick, der seit der Zeit im Martisch häufig auf seinen Zügen lag. Wenn Nortah frei hatte, wirkte er müde und distanziert und schien sich ein wenig zu sehr für die Rumtränke zu begeistern, die die Männer abends zusammenmischten. Nicht zum ersten Mal war Vaelin nahe dran, ihm vom Schicksal seiner Familie zu erzählen, aber wie immer ließ ihn der Befehl des Königs schweigen. *Er wirkt so alt*, dachte Vaelin. *Kaum zwanzig, aber hat die Augen eines alten Mannes.*

»Wo ist Barkus?«, fragte Vaelin. »Er sollte doch eigentlich den Umgang mit der Streitaxt unterrichten.«

»Wieder mal in der Schmiede. In letzter Zeit ist er ständig dort.«

Nach ihrer Rückkehr aus dem Martisch hatte Barkus seine Abneigung gegenüber der Schmiedekunst überwunden und sich bei Meister Jestin gemeldet, um ihm bei der Herstellung der neuen Waffen für das Regiment zu helfen. Meister Grealins Rüstkammer war zwar groß, aber selbst die zahlreichen Waffen in den Gewölben reichten nicht aus, um sämtliche Soldaten auszurüsten und außerdem noch den Bedürfnissen des Ordens gerecht zu werden. Vaelin hatte nichts dagegen, dass Barkus wieder zum Hammer griff, besonders da es ihn so glücklich zu machen schien, doch dass er deswegen seine Pflichten im Regiment vernachlässigte, ärgerte ihn. Er würde mit ihm reden müssen, so wie er auch mit Nortah reden musste.

»Wie viel hast du letzte Nacht getrunken?«

Nortah zuckte mit den Achseln. »Nach dem sechsten Becher habe ich aufgehört zu zählen. Aber ich habe gut geschlafen.«

»Das glaube ich dir.« Er seufzte. Die Worte, die er nun aussprechen musste, fielen ihm nicht leicht. »Ich habe nichts gegen einen kleinen Schlaftrunk, Bruder, aber du bist ein Offizier dieses Regiments. Wenn du dich betrinken musst, dann tu es bitte an einem Ort, wo die Männer dich nicht sehen.«

»Aber die Männer mögen mich«, widersprach Nortah in gespielt aufrichtigem Tonfall. »›Komm, iss mit uns, Bruder‹, sagen sie. ›Du bist nicht wie der junge Falke. Wir machen uns nicht vor Angst in die Hosen, wenn wir dich sehen.‹ Sie haben mich sogar eingeladen, mit ihnen ein paar Huren vögeln zu gehen. Ich war sehr gerührt.« Als er Vaelins entsetzte Miene sah, lachte er. »Keine Sorge. Ganz so tief bin ich noch nicht gesunken. Außerdem, soweit ich gehört habe, holt man sich in dem Lager bloß die Krätze am Stengel.«

Vaelin beschloss, Nortah lieber nicht darüber aufzuklären, dass der Ausbruch des Schwarzen Schankers inzwischen eingedämmt war. Er nickte in Richtung der Bogenschützen. »Wie lange noch, bis sie bereit sind?«

»In etwa sieben Jahren werden sie genauso gut sein wie wir. Denkst du, die Cumbraeler lassen uns so viel Zeit?«

»Man kann nur hoffen. Ich meinte, sind sie kriegstauglich? Werden sie kämpfen?«

Nortah betrachtete seine Männer, und sein Blick ging in die Ferne. Wahrscheinlich stellte er sich vor, wie sie zerhackt und blutig auf dem Schlachtfeld lagen. »Kämpfen werden sie«, sagte er schließlich. »Die armen Kerle. Was bleibt ihnen anderes übrig?«

FÜNFTES KAPITEL

E r träumte vom Martisch. Als Frentis ihn wecken kam, befand er sich wieder auf der Lichtung und lauschte Nersus Sil Nins rätselhaften Worten. Das rote Marmormuster ihrer Augen war nun pechschwarz wie der Stein in der leeren Augenhöhle des Einäugigen. Die Sommersonne, die die Lichtung in warmen Glanz getaucht hatte, war verschwunden. Stattdessen bedeckte eine dicke Schneeschicht den Boden, und die Luft war eisig kalt. Und Nersus Sil Nins Worte waren ebenso rätselhaft wie grausam.

»Du wirst töten und töten, Beral Shak Ur«, sagte sie zu ihm mit einem Übelkeit erregenden Lächeln auf den Lippen. In den schwarzen Murmeln ihrer Augen funkelte Licht. »Du wirst unter einer blutroten Sonne der Ernte des Todes beiwohnen. Du wirst für deinen Glauben töten, für deinen König und für die Feuerkönigin, wenn sie sich erhebt. Deine Legende wird sich auf der ganzen Welt verbreiten, und es wird ein Lied des Blutes sein.«

Er kniete im Schnee, die Hände um den Griff seines Dolches geschlungen. Die Klinge war voller Blut, das im Mondschein dunkel glänzte. Hinter ihm lag ein Leichnam; er spürte seine Wärme, die langsam in den Schnee sickerte. Er kannte das Gesicht des Leichnams, wusste, dass es jemand war, den er liebte. Und er wusste auch, dass er ihn getötet hatte. »Ich habe nicht um dieses Leben gebeten«, sagte er. »Ich habe es nie gewollt.«

»Es geht nicht um das, was du willst. Dein Weg steht fest. Du bist ein Spielball des Schicksals, Beral Shak Ur.«

»*Ich* bestimme über mein Schicksal«, sagte er, aber seine Worte waren schwach und leer – die trotzige Erwiderung eines Kindes an eine gleichgültige Mutter.

Sie lachte spöttisch. »Der freie Wille ist eine Täuschung. Die größte Täuschung von allen.«

Ihre hasserfüllten Züge verblassten, als eine Hand ihn an der Schulter rüttelte. »Bruder!« Er schreckte hoch. Frentis' blasse, sorgenvolle Miene nahm Gestalt an. »Ein Bote ist eingetroffen«, sagte sein Bruder. »Vom Palast. Der Aspekt verlangt nach dir.«

Rasch zog er sich an und verscheuchte die Überreste des Albtraums aus seinem Geist, während er zum Burgfried eilte. Er fand den Aspekten in seinen Gemächern, wo er eine Schriftrolle las, die das Siegel des Königs trug. »Der Erzfürst von Cumbrael ist tot«, sagte der Aspekt ohne große Vorrede. »Offenbar hat sein Sohn, sein Zweitgeborener, ihn ermordet und die Herrschaft über das Erzlehen an sich gerissen. Er ruft alle treuen Cumbraeler und wahren Diener ihres Gottes dazu auf, sich unter seiner Führung zu versammeln und die Herrschaft ihres verhassten Unterdrückers, des Ketzers König Janus, abzuschütteln. Er befiehlt allen Anhängern unseres Glaubens, das Erzlehen zu verlassen, und droht ihnen mit Hinrichtung, falls sie sich weigern. Angeblich wurden sogar schon einige auf dem Scheiterhaufen verbrannt.« Der Aspekt hielt inne und musterte Vaelin. »Du weißt, was das bedeutet, Vaelin?«

Die Schlussfolgerung war ebenso klar wie entsetzlich. »Es wird Krieg geben.«

»Ja. Schlachten und Blutvergießen. Dörfer und Städte werden brennen.« Die Stimme des Aspekten klang verbittert, als er das Schreiben des Königs auf seinen Schreibtisch warf. »Seine Hoheit hat einen Aufmarsch des königlichen Heers angeordnet. Unser Regiment soll morgen Mittag am Nordtor sein.«

»Ich werde dafür sorgen, Aspekt.«

»Sind die Männer bereit?«

Vaelin erinnerte sich an Nortahs Worte und seine eigene Einschätzung ihrer Disziplin. »Sie werden kämpfen, Aspekt. Hätten wir mehr Zeit, würden sie sich besser schlagen, aber kämpfen werden sie.«

»Sehr gut. Bruder Makril wird einen Spähtrupp aus dreißig Brüdern anführen, der das Regiment begleiten und auf Erkundung gehen wird. Ich hätte gerne ein größeres Kontingent geschickt, aber unsere Einsatztrupps sind überall im Land verstreut, und es bleibt keine Zeit, genügend Männer zurückzurufen.«

Der Aspekt kam näher, und Vaelin hatte sein Gesicht noch nie so ernst gesehen. »Denk vor allem an eines: Das Regiment mag dem Befehl des Königs unterstehen, aber es ist Teil des Ordens, und der Orden ist das Schwert des Glaubens. Dieses darf nicht mit dem Blut von Unschuldigen besudelt werden. In Cumbrael wirst du viele furchtbare Dinge erleben. Die Cumbraeler sind ein Volk der Leugner, die einen falschen Gott anbeten, aber sie sind immer noch Untertanen dieses Reiches. Die Versuchung wird groß sein, deiner Wut nachzugeben und deinen Männern zu erlauben, sich an den Menschen Cumbraels zu vergehen. Aber du musst ihr widerstehen. Vergewaltiger, Diebe und alle anderen, die dem gemeinen Volk Schaden zufügen, sollen ausgepeitscht und gehängt werden. Sei den Menschen gegenüber freundlich. Zeige ihnen, dass die Anhänger des wahren Glaubens nicht rachsüchtig sind.«

»Das werde ich, Aspekt.«

Der Aspekt ging zu seinem Schreibtisch zurück und setzte sich, die Hände auf dem Schoß gefaltet, sein schmales Gesicht schien abgehärmt und müde, die Augen schwermütig. »Ich hatte gehofft, in meinem Leben nicht noch einmal mit ansehen zu müssen, wie dieses Land von Krieg zerrissen wird«, sagte er schließlich. »Deshalb haben wir uns ihm angeschlossen, verstehst du? Deshalb haben wir den Glauben mit der Krone verheiratet. Für den Frieden und« – ein schwaches Lächeln kräuselte seine Lippen – »für die Einheit.«

»Ich … bezweifle, dass es der Wunsch des Königs gewesen ist, diese Krise in einen Krieg münden zu lassen, Aspekt«, warf Vaelin ein.

Der Aspekt wandte sich abrupt zu ihm. Die Schwermut war aus seinen Zügen verschwunden und jener starren Miene gewichen, die Vaelin schon seit seiner Kindheit kannte. »Die Wünsche des Königs gehen uns nichts an. Vergiss nicht meine Anweisungen, Vaelin, und bleib dem Glauben treu. Die Ahnen mögen dich lenken.«

◆ ◆ ◆

Das Regiment marschierte unter einem schiefergrauen Himmel. Die Spätsommersonne war hinter dunklen Wolken verborgen, welche die finstere Stimmung der Männer widerzuspiegeln schienen. Es hatte länger gedauert, das Regiment abmarschbereit zu machen, als Vaelin erwartet hatte, und auf dem Weg zur Stadt ging seine schlechte Laune mehrfach mit ihm durch.

»Aufheben, du Schwachkopf!«, knurrte er einen Pechvogel an, der seine Streitaxt hatte fallen lassen. »Die ist mehr wert, als du es bist. Feldwebel, dieser Mann bekommt heute Abend keinen Rum.«

»Jawohl, Herr!« Feldwebel Krelnik war ständig an seiner Seite und musterte ihn mit misstrauischer Hochachtung. Vaelin vermutete, dass der Feldwebel die angeordneten Strafen nicht immer genau ausführte, was er bisher hatte durchgehen lassen. Heute allerdings stand ihm nicht der Sinn danach.

Eine Stunde vor Mittag trafen sie am Nordtor ein, und die Männer ließen sich am Straßenrand nieder, wobei sich manche über den straffen Marsch beschwerten – wenn auch nicht allzu laut.

»Wo sind sie alle?«, fragte Barkus und ließ den Blick über die leere Ebene schweifen. »Sollte nicht das gesamte königliche Heer hier versammelt sein?«

»Vielleicht haben sie sich verspätet«, sagte Dentos. »Wir sind so schnell marschiert, dass wir die Ersten sind.«

»Ordenskommandant Makril hat vielleicht eine Antwort darauf.« Caenis nickte in Richtung Tor, wo Makril aufgetaucht war, der mit seiner kleinen Truppe aus berittenen Spähern auf sie zugaloppiert kam.

»Das königliche Heer sammelt sich auf der Weststraße«, sagte Makril, nachdem er inmitten einer aufgewirbelten Staubwolke vor ihnen stehen geblieben war. »Der Kriegsherr hat uns befohlen, hier zu warten.«

»Kriegsherr?«, fragte Vaelin. Es hatte im Land keinen Kriegsherrn mehr gegeben, seit sein Vater aus dem Dienst des Königs ausgetreten war.

»Oberhauptmann Al Hestian ist vom König geehrt worden. Er führt das königliche Heer nach Cumbrael, mit dem Befehl, schnellstmöglich die Hauptstadt einzunehmen.«

Al Hestian … Der König hat sein Heer in die Hände von Lindens Vater gegeben. Vaelin wünschte sich jetzt, er hätte den Oberhauptmann getroffen, als er Lindens Bruder das Schwert überbracht hatte. Er hätte gern gewusst, was für ein Mann das war, ob es ihn nach Rache gelüstete. Wenn ja, dann wäre die Sorge des Aspekten um das unschuldige Volk Cumbraels durchaus berechtigt.

Er wandte sich an Feldwebel Krelnik. »Die Männer sollen sparsam mit dem Wasser umgehen. Und keine Lagerfeuer. Wir wissen nicht, wie lange wir hierbleiben werden.«

»Ja, Herr.«

Sie harrten unter dem bedrohlichen Himmel aus. Die Männer bildeten Grüppchen, um Würfel oder Messerwerfen zu spielen – das Ordensspiel erfreute sich auch unter den Männern des Regiments inzwischen großer Beliebtheit. Genau wie im Orden hatten sich Wurfmesser unter den Soldaten zu einer Art Währung und einem Statussymbol entwickelt, auch wenn Vaelin dafür gesorgt hatte, dass andere Ordenstraditionen, wie etwa das Stehlen oder die Schlägereien bei den Mahlzeiten, nicht vom Regiment übernommen worden waren.

»Bei den Ahnen, Barkus! Was ist das?«

Dentos starrte entgeistert einen Gegenstand an, den Barkus aus seiner Satteltasche geholt hatte. Er war etwa drei Ellen lang, besaß einen spiralförmigen Eisengriff und eine Doppelklinge, die im schwachen Tageslicht unnatürlich zu glänzen schien. »Eine Streitaxt«, erwiderte Barkus. »Meister Jestin hat mir beim Schmieden geholfen.«

Als Vaelin die Waffe betrachtete, spürte er kurz das Lied des Blutes in sich aufflackern, und sein Unbehagen wurde von seinem Wissen um Barkus' dunkle Gabe noch verstärkt.

»Ist da Sternensilber in den Klingen?«, fragte Nortah, während sie sich um Barkus drängten, um die Waffe zu begutachten.

»Natürlich, aber nur in den Schneiden. Der Griff ist hohl, damit sie nicht zu schwer wird.« Er warf die Axt in die Luft, wo sie einen Salto beschrieb, um dann wieder in seiner Hand zu landen. »Seht ihr? Damit könnte man einen fliegenden Spatz aus der Luft holen. Versucht es mal.«

Er reichte die Waffe Nortah, der sie probeweise hin und her schwang und anerkennend die Augenbrauen hob. »Es klingt, als würde sie singen. Hört mal.« Er schwang die Axt noch einmal, und ein schwaches, melodisches Sirren war zu hören. Vaelin spürte, wie das Lied des Blutes in seinem Inneren sich der Tonhöhe des Geräuschs anpasste, und trat unwillkürlich einen Schritt zurück. Er verspürte eine leichte Übelkeit in der Magengegend.

»Willst du sie mal ausprobieren, Bruder?« Nortah hielt ihm die Axt hin.

Vaelins Blick war ganz gebannt von der Doppelklinge, der glänzenden Sternensilberschneide und einer Inschrift, die sich in der Mitte der Klinge befand. »Du hast ihr einen Namen gegeben?«, fragte er Barkus, ohne die Axt entgegenzunehmen.

»Bendra. Nach meiner … einer Frau, die ich mal gekannt habe.«

Nortah betrachtete die Klinge genauer. »Ich kann es nicht lesen. Was für eine Sprache ist das?«

»Meister Jestin sagt, es sei Altvolarianisch. Das wird traditionellerweise von den Schmieden für Inschriften auf Klingen benutzt. Keine Ahnung, wieso.«

»Volarianische Schmiede gelten als die besten auf der ganzen Welt«, sagte Caenis. »Sie sollen das erste Volk gewesen sein, das gelernt hat, Eisen zu schmelzen. Die meisten Geheimnisse der Schmiedekunst gehen auf die Volarianer zurück.«

»Genug gespielt, Brüder«, sagte Vaelin, der den dringenden Wunsch verspürte, der Nähe der Waffe zu entkommen. »Kümmert euch um eure Kompanien. Vergewissert euch, dass die Männer auf dem Marsch nicht zufällig schwere Ausrüstung ›verloren‹ haben.«

Etwa eine Stunde verging, bis ein weiterer Trupp durch das Tor kam – zwanzig Soldaten der berittenen Königsgarde, die von einem großgewachsenen, rothaarigen jungen Mann auf einem beeindruckenden schwarzen Hengst angeführt wurden. Neben ihm erkannte Vaelin die makellos gekleidete Gestalt von Hauptmann Smolen.

»Lasst die Männer Aufstellung beziehen!«, bellte Vaelin Feldwebel Krelnik zu. »Und zwar hübsch ordentlich. Wir haben königlichen Besuch.«

Er ging auf die Neuankömmlinge zu, um den Prinzen zu begrüßen, während sich die Männer des Regiments rasch in Kompanien zusammenfanden und Haltung annahmen, wobei sie eine gewaltige Staubwolke aufwirbelten. Der Trupp des Prinzen zügelte seine Pferde, während Vaelin auf ein Knie sank und den Kopf neigte. »Hoheit.«

»Steht auf, Bruder«, sagte Prinz Malcius. »Wir haben keine Zeit für Förmlichkeiten. Hier.« Er warf Vaelin eine Schriftrolle mit dem Siegel des Königs zu. »Eure Befehle. Dieses Regiment soll bis auf Weiteres mir zur Verfügung stehen.« Er schaute über die Schulter, und Vaelins Blick fiel auf eine gebeugte Gestalt, die in der ersten Reihe des Trupps auf einem Pferd saß; ein Mann mit bleichem Gesicht, rotumrandeten Augen und breiten Brauen, dessen Züge verlebt wirkten. »Lord Mustor seid Ihr schon einmal begegnet, nehme ich an«, sagte Prinz Malcius.

»Ja. Mein Beileid zum Tod Eures Vaters, Euer Lordschaft.« Wenn der Erbe Cumbraels seine Worte gehört hatte, ließ er sich zumindest nichts anmerken. Stattdessen rutschte er nur unbehaglich im Sattel hin und her und gähnte.

»Lord Mustor wird uns begleiten«, teilte der Prinz Vaelin mit. Er ließ den Blick über die ordentlichen Reihen des Regiments schweifen. »Sind die Männer abmarschbereit?«

»Wir erwarten Eure Befehle, Hoheit.«

»Dann wollen wir keine weitere Zeit vertrödeln. Wir werden die Nordstraße nehmen und sollten bei Nachteinbruch die Brücke über den Salzfluss erreicht haben.«

Vaelin überschlug im Kopf die Entfernung. *Beinahe zwanzig Meilen, und auf der Nordstraße, abseits der Route des königlichen Heers.* Er schob alle Fragen, die ihn augenblicklich überkamen, beiseite und nickte förmlich. »Sehr wohl, Hoheit.«

»Ich werde vorausreiten und schon einmal ein Lager aufschlagen.« Der Prinz zeigte ihm ein schwaches Lächeln. »Wir werden uns heute Abend unterhalten. Sicher möchtet Ihr eine Erklärung für das alles.«

Er trieb sein Pferd an und galoppierte davon, dicht gefolgt von der Kompanie Gardisten. Als sie vorbeiritten, entdeckte Vaelin noch ein weiteres vertrautes Gesicht unter den Reitern – schmale, jugendliche Züge, die von einer Mähne aus schwarzen Locken umrahmt wurden. Der Blick des Jungen begegnete einen Moment lang Vaelins; er sah ihn ernst und um Anerkennung heischend an. *Alucius Al Hestian. Er wird also doch in den Krieg reiten.* Vaelin wandte sich ab und begann, Befehle zu rufen.

◆ ◆ ◆

Es wurde bereits Nacht, als das Regiment die Holzbrücke erreichte, die über den breiten Strom des Salzflusses führte. Vaelin gab Befehl, ein Lager aufzuschlagen und Wachposten aufzustellen. »Bis das hier vorbei ist, wird kein Rum ausgegeben«, sagte er zu Feldwebel Krelnik, während er von Speier absaß und sich den schmerzenden Rücken rieb. »Wir werden sicherlich noch einige Tage so weitermarschieren müssen. Ich will nicht, dass der Alkohol die Männer langsam macht. Wer sich darüber beschweren will, kann gerne zu mir kommen.«

»Es wird keine Beschwerden geben, Herr«, versicherte ihm Krelnik, bevor er davonging und mit seiner rauhen, barschen Stimme Befehle gab.

Vaelin ließ Speier in der Obhut eines Bruders aus Makrils Einheit und suchte den Trupp des Prinzen, der in der Nähe einer Weide unweit der Brücke sein Lager aufgeschlagen hatte. »Lord Vaelin«, begrüßte Hauptmann Smolen ihn förmlich und salutierte knapp. »Schön, Euch wiederzusehen.«

»Hauptmann.« Vaelin traute dem Hauptmann immer noch nicht recht über den Weg, nachdem dieser ihn damals zu Prinzessin Lyrna geführt hatte. Allerdings war es wohl kleinlich, ihm diese Angelegenheit zum Vorwurf zu machen. Die meisten Männer ließen sich von der Prinzessin nur allzu leicht um den Finger wickeln.

»Ich muss sagen, dass ich froh bin, endlich wieder Soldat sein zu können.« Hauptmann Smolen nickte in Richtung des Lagerfeuers, wo eine gebeugte, in einen Umhang gehüllte Gestalt kauerte, die in die Flammen starrte und hin und wieder einen Schluck aus einer Weinflasche nahm. »Den neuen Erzfürsten habe ich wahrlich lange genug bemuttert.«

»Ist er denn ein anstrengender Schützling?«

»Ganz und gar nicht. Meine Pflichten bestehen lediglich darin, ihn stetig mit Wein zu versorgen und mich zu weigern, ihm Huren zu beschaffen. Wenn er nicht gerade um das eine oder das andere bittet, hält er meist den Mund.« Der Hauptmann deutete auf ein Zelt, das in der Nähe errichtet worden war. »Seine Hoheit hat mir aufgetragen, Euch bei Eurer Ankunft sofort hineinzubitten.«

Vaelin fand den Prinzen über einen Tisch gebeugt vor, den Blick auf eine Karte gerichtet. Alucius Al Hestian, der in einer Ecke des Zeltes saß, sah von einem Pergament auf, das er gerade beschrieb.

»Bruder«, begrüßte der Prinz Vaelin herzlich und kam zu ihm, um seine Hand zu ergreifen. »Eure Männer sind schnell vorangekommen. Ich hatte Euch erst in ein oder zwei Stunden erwartet.«

»Das Regiment marschiert gut, Hoheit.«

»Das freut mich zu hören. Es liegen noch eine ganze Menge Meilen vor uns.« Er ging zum Tisch zurück und wandte sich an Alucius. »Etwas Wein für Bruder Vaelin bitte.«

»Danke, Hoheit, aber ich bevorzuge Wasser.«

»Wie Ihr wünscht.«

Der junge Dichter goss aus einer Flasche Wasser in einen Kelch und reichte ihn Vaelin. Er wirkte zurückhaltend, hoffte wohl aber immer noch auf Anerkennung. »Es freut mich, Euch wiederzusehen, Euer Lordschaft.«

»Ganz meinerseits, Lord Alucius.« Sein Tonfall klang gleichmütig, aber sein Gesicht musste seine Gedanken wohl verraten haben, denn Alucius trat einen Schritt zurück.

»Schaust du bitte nach den Pferden, Alucius?«, bat der Prinz. »Waldläufer bekommt schlechte Laune, wenn er nicht richtig abgebürstet wird.«

»Jawohl, Hoheit.« Alucius verneigte sich und ging hinaus, wobei er Vaelin einen weiteren verhaltenen Blick zuwarf.

»Er hat mich angefleht«, sagte Prinz Malcius. »Er hat gesagt, dass er uns folgen würde, selbst wenn ich ihm befehle, in der Hauptstadt zu bleiben. Ich habe ihn zu meinem Knappen gemacht. Was blieb mir anderes übrig?«

»Knappe, Hoheit?«

»Eine renfaelische Sitte. Jüngere Adlige gehen bei erfahrenen Rittern in die Lehre, um von ihnen das Kriegshandwerk zu lernen.« Er hielt inne, als er Vaelins Gesichtsausdruck bemerkte. »Wie ich sehe, haltet Ihr genauso wenig davon wie meine Schwester.«

»Sein Bruder hat nicht gewollt, dass er in den Krieg zieht. Es war sein letzter Wunsch auf dem Sterbebett.«

»Dann tut es mir leid. Ein Mann muss seinen eigenen Weg gehen.«

»Ein Mann ja. Aber er ist noch ein Junge. Alles, was er über den Krieg weiß, stammt aus Büchern.«

»Ich war kaum vierzehn Jahre alt, als ich unsere Flotte zu den meldeneischen Inseln begleitet habe. Damals habe ich den Krieg für ein aufregendes Abenteuer gehalten. Ich wurde bald eines Besseren belehrt. Und Alucius wird es nicht anders ergehen. Es sind die Dinge, die wir im Leben lernen, die aus Jungen Männer machen.«

»Hat er denn zumindest eine Ausbildung erhalten?«

»Sein Vater hat ihn im Schwertkampf unterrichten lassen, auch wenn er offenbar kein Talent dafür hat. Ich habe Hauptmann Smolen gebeten, ihm ein wenig Unterricht zu geben.«

»Hauptmann Smolen ist gewiss ein guter Offizier, Hoheit, aber ich würde mich geehrt fühlen, wenn ich den Jungen ausbilden dürfte.«

Prinz Malcius dachte einen Moment lang nach. »Eure Freundschaft zu dem einen Bruder schließt also auch den anderen mit ein?«

»Ich betrachte es eher als meine Verpflichtung.«

»Verpflichtung. Damit kenne ich mich aus. Also gut, bildet den Jungen aus, wenn das Euer Wunsch ist. Obwohl ich mir nicht vorstellen kann, wann Ihr die Zeit dafür finden wollt. Schaut her.« Er wandte sich wieder der Karte zu. »Unsere Mission wird nicht ganz leicht.«

Auf der Karte war eine äußerst detailgetreue Darstellung der Grenze zwischen Cumbrael und Asrael eingezeichnet, von der Südküste bis hin zu den Bergen, die die Nordgrenze zu Nilsael bildeten. »Momentan befinden wir uns hier.« Der Prinz deutete auf die Brücke am Westarm des Salzflusses. »Kriegsherr Al Hestian führt das königliche Heer über die Weststraße zu der Furt nördlich des Martisch. Von da aus wird er zur cumbraelischen Hauptstadt marschieren und dabei zweifellos überall Furcht und Schrecken verbreiten. Er wird die Hauptstadt höchstwahrscheinlich in zwanzig Tagen erreicht haben, vielleicht fünfundzwanzig, wenn es den Cumbraelern gelingt, ein ausreichend großes Heer zusammenzuziehen, um sich ihm entgegenzustellen. Wenn er nach Alltor kommt, wird die Stadt brennen, so viel steht fest. Und viele unschuldige Seelen werden in den Flammen sterben.« Prinz Malcius sah Vaelin fest in die Augen. »Würde der sechste Orden einen solchen Ausgang des Feldzuges begrüßen oder ihn verurteilen, Bruder? So viele Leugner, die brennen und uns keinen Ärger mehr machen werden.«

»Die wahrhaft Gläubigen werden es niemals begrüßen, wenn das Blut von Unschuldigen vergossen wird, Hoheit. Leugner oder nicht.«

»Dann würdet Ihr also zustimmen, dass wir jede Gelegenheit nutzen sollten, ein solches Blutbad, wenn möglich, zu verhindern?«

»Natürlich.«

»Gut!« Der Prinz schlug mit der Faust auf den Tisch und ging dann zum Zeltausgang. »Erzfürst Mustor! Wenn ich um Eure Aufmerksamkeit bitten dürfte.«

Es dauerte eine Weile, bis der Erzfürst von Cumbrael der Aufforderung nachkam. Sein unrasiertes Gesicht wirkte noch abgehärmter und verlebter, als Vaelin es in Erinnerung hatte. Der Mann war ganz offensichtlich betrunken, und Vaelin war überrascht, wie ruhig seine Stimme dennoch klang.

»Bruder Vaelin. Wie ich hörte, darf man Euch beglückwünschen.«

»Wozu, Euer Lordschaft?«

»Ihr wurdet zum Schwert des Königs ernannt, oder etwa nicht? Anscheinend seid Ihr zur selben Zeit im Rang aufgestiegen wie ich.« Sein Lachen klang spöttisch.

»Ich habe Bruder Vaelin gerade mit unserem Plan vertraut gemacht, Lord Mustor«, teilte Prinz Malcius ihm mit. »Er stimmt mit dem Ziel unserer Mission überein.«

»Das freut mich. Ich würde ungern ein Erzlehen erben, das nur noch aus Schutt und Asche besteht.«

»Ganz recht«, murmelte der Prinz und ging zurück zu der Karte. »Erzfürst Mustor war so gütig, uns den wahrscheinlichen Aufenthaltsort seines Bruders, des Thronräubers, zu verraten. Der Kriegsherr wird zweifellos erwarten, ihn in der cumbraelischen Hauptstadt vorzufinden. Lord Mustor ist dagegen der Ansicht, dass er sich mit großer Sicherheit hier befinden wird.« Sein Finger tippte auf einen Punkt im Norden, einen schmalen Pass in den Graukuppen, dem Gebirge, das die natürliche Grenze zwischen Cumbrael und Asrael bildete.

Vaelin betrachtete die Karte. »Aber dort ist nichts, Hoheit.«

Erzfürst Mustor gab ein verächtliches Schnauben von sich. »Das findet Ihr auf keiner Karte, Bruder. Dafür haben mein Vater und seine Vorväter gesorgt. Es wird die Hohe Burg genannt, und mit gutem Grund, das kann ich Euch versichern. Die unbezwingbarste Festung des Erzlehens, wenn nicht gar des ganzen Reiches. Hundert Fuß hohe Granitmauern, und eine weite Sicht über die Umgebung. Die Burg wurde noch nie eingenommen. Mein armer, verblendeter kleiner Bruder wird sich höchstwahrscheinlich dort befinden, umgeben von ein paar Hundert treuen Fanatikern. Vermutlich verbringen sie ihre Zeit damit, laut aus den Zehn Büchern vorzulesen und sich gegenseitig wegen unkeuscher Gedanken auszupeitschen.« Er hielt inne und blickte sich hoffnungsvoll im Zelt um. »Ihr habt nicht zufällig etwas zu trinken hier, Prinz Malcius? Meine Kehle ist furchtbar ausgedörrt.«

Vaelin sah, dass der Prinz sich eine verärgerte Erwiderung verbeißen musste, während er auf die Weinflasche auf einem Beistelltisch deutete. »Ah, sehr freundlich.«

»Verzeiht, Euer Lordschaft«, sagte Vaelin. »Aber wenn diese Burg so uneinnehmbar ist, wie sollen wir dann an den Thronräuber herankommen?«

»Mit Hilfe des bestgehütetsten Geheimnisses meiner Familie, Bruder.« Erzfürst Mustor schmatzte laut, nachdem er einen großen Schluck Wein genommen hatte. »Ah, ein guter Roter aus dem Werlischetal. Mein Kompliment zu Eurem Weinkeller, Hoheit.« Er nahm einen weiteren, noch größeren Schluck.

»Was für ein Geheimnis, Euer Lordschaft?«, hakte Vaelin nach.

Der Erzfürst runzelte einen Moment lang verwirrt die Stirn. »Ach so, die Burg. Ja, das Familiengeheimnis, das immer nur dem Erstgeborenen anvertraut wird. Die einzige Schwäche der Festung. Vor vielen Jahren, als die Burg noch der Hauptsitz unseres Hauses war, passierte es, dass einer meiner Vorfahren einmal Angst vor seinen Untertanen bekam. Er war überzeugt, die Hauswache sei mit Verschwörern im Bunde, die ihn zu Fall bringen wollten. Um sich für den Ernstfall einen Fluchtweg zu schaffen, ließ er einen Tunnel in den Berg schlagen – ein Geheimnis, das er lediglich seinem Erstgeborenen verriet, nachdem er die Bergleute, die den Tunnel gegraben hatten, unauffällig vergiftet hatte. Wie das Schicksal es wollte, war seine ständige Furcht vor Verschwörern nur ein Symptom des Schwarzen Schankers, der den Verstand eines Mannes ebenso in Mitleidenschaft ziehen kann wie sein Geschlechtsteil – wenige Monate später starb er.« Mustor leerte sein Weinglas. »Ein wirklich ausgezeichneter Jahrgang.«

»Der Erzfürst wird uns also zu dem Tunnel führen«, sagte Prinz Malcius. »Eure Männer werden die Burg stürmen, und der Thronräuber wird in Gewahrsam genommen und vom König verurteilt werden.«

»Sehr unwahrscheinlich, Hoheit«, sagte Lord Mustor und griff erneut nach der Flasche. »Mein Bruder wird sich gewiss alle Mühe geben, sich im Namen des Weltvaters zum Märtyrer zu machen. Trotzdem würde ich sagen, dass Bruder Vaelin und seine Bande Halsabschneider der Aufgabe mehr als gewachsen sein dürften.«

»Eines verstehe ich nicht, Lord Mustor«, sagte Vaelin. »Euer Bruder hat Euren Vater ermordet, um die Herrschaft über das Erzlehen an sich zu reißen, und dennoch versteckt er sich in einer entlegenen Burg, während das königliche Heer auf seine Hauptstadt zumarschiert?«

»Mein Bruder Hentes ist ein Fanatiker«, erwiderte Lord Mustor mit einem Schulterzucken. »Als klar wurde, dass mein Vater das Knie vor König Janus beugen würde, hat er ihn zu einer geheimen Besprechung gerufen und ihm im Namen des Weltvaters ein Schwert durchs Herz gebohrt. Die Strenggläubigsten unter den Priestern und unter seinen Anhängern werden diese Tat sicherlich begrüßt haben, aber Cumbrael ist kein Land, das einen Erzfürsten anerkennen kann, der seinen eigenen Vater ermordet hat, um auf den Thron zu gelangen. Ganz gleich, wie das gemeine Volk darüber denkt, die Vasallen meines Vaters werden Hentes keine Treue schwören. Sie werden gegen Eure Armee kämpfen. Was bleibt ihnen auch anderes übrig? Aber nur, um das Erzlehen zu verteidigen. Mein Bruder wird in der Burg sein, weil er nirgendwo anders hinkann.«

»Und wenn der Thronräuber ... entthront ist?«, fragte Vaelin Prinz Malcius.

»Dann wird es für diesen Krieg keinen Grund mehr geben. Aber es hängt alles vom richtigen Zeitpunkt ab.« Er wandte sich wieder der Karte zu und fuhr mit dem Finger die Strecke von der Brücke über den Salzfluss bis zu dem Pass entlang, wo sich die Hohe Burg befand. »Ich würde schätzen, dass der Pass etwa zweihundert Meilen entfernt ist.

Wenn wir unser Vorhaben in die Tat umsetzen wollen, müssen wir so früh dort eintreffen, dass der Kriegsherr noch rechtzeitig benachrichtigt werden kann.« Er griff nach einem versiegelten Pergament auf dem Tisch. »Der König hat, für den Fall, dass wir erfolgreich sind, bereits den Befehl erlassen, dass sein Heer nach Asrael zurückkehren soll.«

Vaelin überschlug kurz die Entfernung zwischen dem Pass und der cumbraelischen Hauptstadt. *Knapp einhundert Meilen, zwei Tagesritte auf einem schnellen Pferd. Für Nortah wäre das machbar, für Dentos vielleicht auch. Die Burg rechtzeitig zu erreichen, das wird das Schwierigste. Das Regiment wird mindestens zwanzig Meilen am Tag zurücklegen müssen.*

»Können wir das schaffen, Bruder?«, fragte der Prinz.

Vaelin ließ den Blick über die cumbraelischen Dörfer schweifen, die in sauberen Linien auf der Karte verzeichnet waren. Wie viele der Menschen in diesen Weilern entlang der Weststraße hatten wohl eine Ahnung von dem Sturm, der über sie hereinzubrechen drohte? Wenn dieser Krieg vorbei war, würde vielleicht eine neue Karte gezeichnet werden müssen. *In Cumbrael wirst du viele furchtbare Dinge erleben.* »Wir werden es schaffen, Hoheit«, sagte er mit ruhiger Gewissheit. *Wenn nötig, werde ich die Männer mit der Peitsche antreiben.*

Und so marschierten sie los, immer vier Stunden am Stück, zwölf Stunden am Tag. Sie marschierten. Durch das Grasland nördlich des Salzflusses, in die Hügel und Täler dahinter und in das Vorgebirge, das den Beginn des Grenzlandes markierte. Männer, die während des Marsches stürzten, wurden wieder auf die Beine gezogen und weitergetrieben, solche, die erschöpft zusammenbrachen, durften sich einen halben Tag auf einem Wagen ausruhen und mussten dann weiterlaufen. Vaelin hatte verfügt, dass nur Männer, die sich schon auf dem Weg ins Jenseits befanden, zurückgelassen werden durften, und baute darauf, dass die Furcht der Männer vor ihm sie auf den Beinen halten würde. Bis jetzt hatte es geklappt. Die Männer waren schlechter Stimmung, weil ihnen bis auf Weiteres die Rumrationen gestrichen worden waren, und das Gewicht der Waffen und des Proviants machte ihnen zu schaffen, aber sie hatten Angst, und sie marschierten weiter.

Jeden Abend ging Vaelin zu Alucius Al Hestian und gab ihm zwei Stunden Unterricht. Anfangs freute sich der Junge über die Aufmerksamkeit. »Ich fühle mich geehrt, Euer Lordschaft«, sagte er ernst und stand mit dem Langschwert da, als würde er einen Wischmopp halten. Vaelin schlug es ihm mit einer raschen Drehung seines Handgelenks aus der Hand.

»Ihr sollt Euch nicht geehrt fühlen, sondern aufpassen. Hebt das auf.«

Eine Stunde später war deutlich geworden, dass Alucius einen besseren Dichter als Schwertkämpfer abgab. »Steht auf«, sagte Vaelin, nachdem er ihn mit einem flachen Schlag gegen die Beine zu Fall gebracht hatte. Er hatte dieselbe Bewegung viermal wiederholt, und der Junge hatte das Muster immer noch nicht begriffen.

»Ich, ähm, brauche wohl noch etwas Übung …«, begann Alucius. Sein Gesicht war gerötet, und Tränen der Demütigung glänzten in seinen Augen.

»Euer Lordschaft, Ihr seid nicht zum Krieger geschaffen«, sagte Vaelin. »Ihr seid langsam, ungeschickt und macht Euch nichts aus dem Kämpfen. Wenn ich Euch einen Rat geben darf: Bittet Prinz Malcius, Euch aus seinem Dienst zu entlassen, und geht nach Hause.«

»*Sie* hat Euch darauf angesetzt, nicht wahr?« Zum ersten Mal lag Feindseligkeit in Alucius' Stimme. »Lyrna. Um mich zu beschützen. Aber ich will nicht beschützt werden, Euer Lordschaft. Der Tod meines Bruders muss gerächt werden, und genau das werde ich tun. Und wenn ich den ganzen Weg zur Burg des Thronräubers allein marschieren muss.«

Die Worte eines Jungen, wieder einmal. Aber dennoch lagen eine gewisse Stärke und Überzeugung darin. »Euer Mut gereicht Euch zur Ehre, Lord Alucius. Aber wenn Ihr weiter diesen Weg geht, werdet Ihr sterben …«

»Dann unterrichtet mich.«

»Ich habe es ja versucht …«

»Nein, das habt Ihr nicht! Ihr wolltet mich davon überzeugen, nach Hause zurückzukehren, mehr nicht. Gebt mir richtigen Unterricht, dann wird niemandem etwas vorzuwerfen sein.«

Er hatte natürlich recht. Vaelin hatte geglaubt, den Jungen nur ein oder zwei Stunden lang demütigen zu müssen, damit dieser die Segel strich. Konnte er ihm in der wenigen verbliebenen Zeit überhaupt genügend beibringen? Er sah, wie Alucius sein Schwert dicht am Körper hielt, um das Gewicht auszugleichen. »Das ist das Schwert Eures Bruders«, sagte er. Er erkannte den Knauf aus Blaustein.

»Ja. Ich dachte, ich würde ihm damit Ehre erweisen, wenn ich es in den Krieg mitnehme.«

»Er war größer und stärker als Ihr.« Vaelin dachte einen Moment lang nach, dann ging er zu seinem Zelt und kehrte mit dem volarianischen Kurzschwert zurück, das König Janus ihm gegeben hatte. »Hier.« Er warf Alucius die Waffe zu. »Ein Geschenk des Königs. Mal schauen, ob Ihr damit besser zurechtkommt.«

Alucius war noch immer ungeschickt und allzu leicht zu überlisten, aber zumindest war er jetzt schneller. Er parierte einige Schläge und schaffte sogar den einen oder anderen Gegenschlag.

»Das reicht für heute«, sagte Vaelin, der den Schweiß auf Al Hestians Stirn und seine raschen Atemzüge bemerkt hatte. »Am besten lasst Ihr das Schwert Eures Bruders von jetzt an in Eurer Satteltasche. Morgen steht Ihr früh auf und übt eine Stunde lang die Bewegungen, die ich Euch heute gezeigt habe. Wir sehen uns dann morgen Abend wieder zum Unterricht.«

Neun weitere Nächte lang übten sie; nach einem anstrengenden Tagesmarsch mühte Vaelin sich ab, aus einem Dichter einen Schwertkämpfer zu machen.

»Ihr sollt die Klinge nicht blocken, sondern ablenken«, sagte er zu Alucius, verärgert darüber, wie sehr seine Worte denen von Meister Sollis ähnelten. »Leitet die Wucht des Schlages um, anstatt sie abzufangen.«

Er täuschte einen Stich in Richtung von Alucius' Bauch an, schwang dann die Klinge herum und schlug nach seinen Beinen. Alucius sprang zurück, und die Klinge verfehlte ihn um wenige Zentimeter. Danach griff er selbst mit einem Ausfallschritt an. Die Bewegung war ungeschickt und leicht zu parieren, aber sie war schnell. Allen Bedenken zum Trotz war Vaelin beeindruckt.

»Also gut. Genug für heute. Schärft Eure Klinge und ruht Euch aus.«

»Das war besser, nicht wahr?«, sagte Alucius. »Ich werde besser?«

Vaelin schob sein Schwert in die Scheide und klopfte dem Jungen auf die Schulter. »Anscheinend steckt doch ein Krieger in Euch.«

◆ ◆ ◆

Am zehnten Tag berichtete einer von Bruder Makrils Spähern, dass der Pass weniger als einen halben Tagesmarsch vor ihnen lag. Vaelin gab Befehl, das Lager aufzuschlagen, und ritt mit Prinz Malcius und Lord Mustor voraus, um den Tunneleingang zu suchen. Makrils Trupp begleitete sie. Die grünen Hügel wichen schon bald mit Felsbrocken übersäten Abhängen, auf denen die Pferde nur wenig Halt fanden. Speier wurde widerspenstig, warf den Kopf hoch und schnaubte laut.

»Ein übellauniges Tier habt Ihr da, Bruder«, stellte Prinz Malcius fest.

»Ihm gefällt der Untergrund nicht.« Vaelin saß ab und nahm Köcher und Bogen vom Sattel. »Wir lassen die Pferde hier bei einem von Bruder Makrils Männern und gehen zu Fuß weiter.«

»Muss das sein?«, fragte Lord Mustor. »Es liegen noch einige Meilen vor uns.« Seinen schlaffen Gesichtszügen waren die Spuren einer weiteren durchzechten Nacht anzusehen, und Vaelin überraschte es, dass er sich überhaupt so lange im Sattel hatte halten können.

»Dann sollten wir besser keine Zeit verschwenden, Euer Lordschaft.«

Etwa eine weitere Stunde lang kämpften sie sich bergauf, während die Graukuppen in ihrer düsteren Erhabenheit vor ihnen aufragten. Die Gipfel schienen beständig in Dunst gehüllt, der die Sonne verbarg, und das trübe Licht tauchte die Landschaft in ein gleichförmiges Grau. Obwohl Spätsommer war, lagen eine unangenehme Kälte und Feuchtigkeit in der Luft, und ihre Kleider waren klamm.

»Beim Weltvater, ich hasse diesen Ort«, keuchte Lord Mustor, als sie zu einer Verschnaufpause anhielten. Er sackte gegen eine Felsnase und ließ sich zu Boden sinken, wobei er eine Flasche entkorkte. »Wasser«, sagte er, als er den missbilligenden Blick des Prinzen bemerkte. »Ehrlich gesagt, hatte ich gehofft, ganz Cumbrael nie wiedersehen zu müssen.«

»Ihr seid der Thronerbe dieses Landes«, wandte Vaelin ein. »Es überrascht mich, dass Ihr nicht hierher zurückkehren wolltet.«

»Oh, ich hätte eigentlich nie auf dem Thron sitzen sollen. Diese Ehre sollte Hentes zukommen, meinem mörderischen Bruder, den mein Vater abgöttisch geliebt hat. Wahrscheinlich hat es dem alten Hurenbock das Herz gebrochen, als er ihn an die Priester verloren hat. Er war in allem der Bessere, müsst Ihr wissen. Besser im Umgang mit Bogen und Schwert, klug, großgewachsen und gutaussehend. Mit fünfundzwanzig Jahren hatte er schon drei uneheliche Kinder gezeugt.«

»Das klingt nicht gerade nach einem frommen Mann«, stellte Prinz Malcius fest.

»Das war er auch nicht.« Lord Mustor nahm einen tiefen Schluck aus der Flasche, was in Vaelin den Argwohn weckte, dass sie doch mehr als nur Wasser enthielt. »Bis ihn während einer Auseinandersetzung mit ein paar Gesetzlosen ein Pfeil im Gesicht traf. Der Leibarzt meines Vaters hat die Pfeilspitze entfernt, aber mein Bruder bekam Fieber und war mehrere Tage lang dem Tode nahe. Es heißt, einmal hätte sein Herz sogar für kurze Zeit aufgehört zu schlagen. Doch der Weltvater hat ihn verschont, und als er wieder genesen war, hatte er sich verändert. Aus dem gut aussehenden, zechenden Krieger, der jedem Rock hinterherlief, wurde ein von Narben gezeichneter, frommer Anhänger der Zehn Bücher. ›Hentes Wahrklinge‹ wurde er genannt. Er sagte sich von seinen ehemaligen Freunden los und mied seine vielen Geliebten, um stattdessen die Gesellschaft der strenggläubigsten Priester zu suchen. Er begann zu predigen – leidenschaftliche Reden, in denen er die Visionen beschrieb, die ihm an der Schwelle zum Tod zuteil geworden waren. Er behauptete, der Weltvater hätte zu ihm gesprochen und ihm den ruhmreichen Pfad zur Erlösung gezeigt. Der läuft offenbar vor allem darauf hinaus, Euch fremdländische Heiden zu den Lehren der Zehn Bücher zu bekehren, notfalls mit Gewalt. Meinem Vater blieb keine andere Wahl, als ihn zusammen mit seiner ständig wachsenden Anhängerschar fortzuschicken.«

»Und er ist wirklich der Meinung, Euer Gott hätte ihm den Auftrag gegeben, Euren Vater zu ermorden?«, fragte der Prinz.

»Die Überzeugungen meines Bruders sind nicht immer leicht zu durchschauen, nicht einmal von seinen Anhängern. Aber allein die Vorstellung, der Erzfürst von Cumbrael könnte sich vor König Janus erniedrigen, wäre ihm sicherlich ein Greuel gewesen. Vor allem als Antwort auf – wie er es betrachten würde – Bruder Vaelins Verfolgung der heiligen Krieger im Martisch. Er hat meinen Vater deshalb zu einem Treffen eingeladen, unter dem Vorwand, über seine Rückkehr aus der Verbannung sprechen zu wollen. Und dort, als mein Vater ungeschützt war, hat er ihn getötet.«

Er hielt inne, um einen weiteren Schluck zu trinken, und sah Vaelin an. »Meinen Quellen zufolge ist Euer Name inzwischen in ganz Cumbrael bekannt, Bruder. Wird Hentes die Wahrklinge genannt, so seid Ihr die Schwarzklinge. Diese Titel stammen aus dem Fünften Buch, dem Buch der Prophezeiung. Vor vielen Jahrhunderten hat einmal ein Seher von einem nahezu unbesiegbaren Schwertkämpfer und Ketzer gesprochen: ›Er wird zerschlagen, was uns heilig ist, und die Diener des Weltvaters ermorden. An seiner Klinge werdet ihr ihn erkennen, denn sie ist in einem unnatürlichen Feuer geschmiedet und von der dunklen Gabe gelenkt.‹«

Schwarzklinge? Vaelin musste an das Lied des Blutes denken und daran, was Nersus Sil Nin ihm über seine Ursprünge erzählt hatte. *Vielleicht haben sie ja recht.* Er stand auf. »Wir sollten weitergehen.«

◆ ◆ ◆

»Na, das wird uns verdammt viel nützen!« Ordenskommandant Makril spuckte neben Lord Mustors Füßen auf den Boden.

Der Erzfürst trat einen Schritt zurück. Furcht glomm in seinen Augen auf. »Vor zehn Jahren war er noch offen«, sagte er kleinlaut.

Vaelin spähte in den Tunneleingang – einen schmalen Riss in einer windumtosten Felswand, der ihnen vermutlich nicht ins Auge gefallen wäre, wenn Lord Mustor sie nicht darauf aufmerksam gemacht hätte. In der Finsternis konnte er undeutlich den Grund für Makrils Verärgerung erkennen: eine Ansammlung riesiger Felsbrocken versiegelte den Eingang vom Boden bis zur Decke. Die Steine waren viel zu schwer, als dass man sie mit ihrer kleinen Heerschar aus dem Weg hätte räumen können. Makril hatte recht, der Tunnel war nutzlos.

»Ich verstehe das nicht«, sagte Lord Mustor. »Der Tunnel war äußerst stabil. Und außer meinem Vater und mir wusste niemand von seiner Existenz.«

Vaelin ging in den Tunneleingang und strich mit der Hand über einen der Felsbrocken. Die Oberfläche war an manchen Stellen rauh und an anderen glatt; seine Finger ertasteten harte Kanten, die auf eine Bearbeitung mit einem Meißel hindeuteten. »Dieser Stein ist aus dem Fels gebrochen worden. Und zwar erst vor Kurzem, soweit ich das beurteilen kann.«

»Anscheinend ist Euer großes Geheimnis verraten worden, Euer

Lordschaft«, stellte Prinz Malcius fest. »Wenn Euer Vater tatsächlich, wie Ihr sagt, Euren Bruder bevorzugt hat, dann hielt er es vielleicht für angebracht, das Geheimnis mit ihm zu teilen.«

»Und was machen wir jetzt?«, fragte Lord Mustor weinerlich. »Es gibt keinen anderen Weg in die Hohe Burg.«

»Außer einer Belagerung«, sagte der Prinz. »Aber dafür fehlen uns Zeit, Männer und Ausrüstung.«

Vaelin trat aus dem Tunnel. »Gibt es hier irgendwo einen Aussichtspunkt, von wo aus wir einen Blick auf die Burg werfen können, ohne selbst gesehen zu werden?«

◆ ◆ ◆

Es war ein gefährlicher Aufstieg über einen schmalen, mit Steinen übersäten Pfad, aber sie kamen dennoch rasch voran, auch wenn sich Lord Mustor unablässig über die Blasen an seinen Füßen beschwerte. Schließlich erreichten sie ein Sims, das im Windschatten eines großen Felsvorsprungs lag.

»Haltet Euch lieber geduckt«, riet ihnen Lord Mustor. »Ich bezweifle, dass die Augen der Wachposten scharf genug sind, um uns hier zu entdecken, aber wir sollten lieber kein Risiko eingehen.« Er kroch zum Rand des Felsvorsprungs und deutete nach vorn. »Dort ist sie. Kein sehr elegantes Bauwerk, was?«

Die Hohe Burg war schwer zu übersehen; ihre Mauern ragten wie eine stumpfe Speerspitze, die durch den Fels gestoßen worden war, aus der Umgebung auf. Lord Mustor hatte recht: Besonders elegant war sie nicht. Sie war vollkommen schmucklos, Statuen oder Minarette fehlten ganz. Die glatte Fläche der Mauern wurde lediglich von Pfeilschlitzen durchbrochen. Eine Fahne mit dem Zeichen der heiligen weißen Flamme des cumbraelischen Gottes flatterte an einer langen Lanze auf dem Bollwerk über dem Tor. Der einzige Zugang zur Burg war eine schmale Straße, die vom Grund des Passes steil bergauf führte. Sie befanden sich auf einer Höhe mit dem oberen Mauerrand, und Vaelin konnte auf der Mauer Wachposten ausmachen.

»Seht Ihr, Lord Vaelin?«, sagte Mustor. »Sie ist uneinnehmbar.«

Vaelin schob sich ein Stück vor, um die Grundfesten der Burg in

Augenschein zu nehmen – unregelmäßig geformtes Felsgestein, das in eine glatte Wand überging. *Die Felsen sind kein Problem, aber die Mauer?* »Wie hoch, sagtet Ihr, sind die Mauern, Lord Mustor?«

◆ ◆ ◆

»Bist du sicher, dass du das schaffen kannst?«

Gallis der Kletterer hängte sich die Seilrolle über die Schulter und blickte zu der Burg hoch. »Ich mag Herausforderungen, Euer Lordschaft.«

Vaelin schob seine Zweifel beiseite und reichte dem Mann einen Dolch. »Wenn du das für mich tust, vergesse ich vielleicht, dass ich wütend auf dich bin.«

»Ich würde mich auch schon mit der Weinflasche zufriedengeben, die Ihr mir versprochen habt.« Mit einem Grinsen schob Gallis den Dolch in seinen Stiefel und wandte sich der Felswand zu. Seine Hände tasteten den Granit geschickt nach Vorsprüngen ab, und kurz darauf begann er zu klettern. Sein Körper bewegte sich geschmeidig über die Felswand, und seine Hände und Füße schienen wie von selbst Halt zu finden. Als er sich etwa zehn Fuß über dem Boden befand, sah er mit einem breiten Grinsen zu Vaelin hinunter. »Viel leichter als ein Kaufmannshaus.«

Vaelin sah zu, wie er vom Felsgestein auf die Mauer stieg und immer kleiner wurde, bis er nur noch einer Ameise glich, die den Stamm eines großen Baumes hinaufkraxelt. Er hielt nicht ein einziges Mal inne und rutschte auch nicht ab. Nachdem Vaelin sich vergewissert hatte, dass er offenbar wirklich nicht hinunterfallen würde, wandte er sich den Brüdern und Soldaten zu, die um ihn herum in der Dunkelheit kauerten. Es war eine gemischte Truppe aus Nortahs besten Bogenschützen und Brüdern aus Makrils Einheit, insgesamt zwanzig Männer. Verglichen mit der Zahl der Wachen des Thronräubers war es nur eine kleine Schar, aber mehr Männer hätten die Gefahr der Entdeckung erhöht. Das übrige Regiment wartete am Anfang der langen Straße, die den Berg hinauf zum Burgtor führte. Bruder Makril hatte gegenwärtig das Kommando und würde gemeinsam mit Prinz Malcius einen berittenen Angriff anführen, sobald das Tor geöffnet war. Caenis würde mit dem Hauptteil des Regiments zu Fuß folgen. Es hatte vehementen Widerspruch dagegen gegeben, dass Vaelin den Angriff auf die Mauern leitete. Caenis hatte eingewandt, dass sein Platz bei den Männern sei.

»Ich bin hier, um den Thronräuber in Gewahrsam zu nehmen«, hatte Vaelin erwidert. »Und das werde ich auch tun, und zwar möglichst lebend. Außerdem würde ich gerne mit ihm reden. Er hat sicher viele interessante Dinge zu erzählen.«

»Du meinst, du willst dich mit ihm im Schwertkampf messen«, hatte Makril gesagt. »Lord Mustors Geschichten haben dir zu denken gegeben, nicht wahr? Du willst wissen, ob er dir tatsächlich das Wasser reichen kann.«

Stimmt das?, dachte Vaelin. Eigentlich verspürte er kein Verlangen, sich mit der Wahrklinge zu messen. Er zweifelte nicht daran, dass er den Mann besiegen könnte, wenn er ihn denn fand. Aber er wollte ihn zur Rede stellen, seine Stimme hören. Lord Mustors Geschichte hatte ihn in der Tat neugierig gemacht. Der Thronräuber glaubte, im Namen seines Gottes zu handeln, genau wie der Cumbraeler, den Vaelin im Martisch hatte sterben sehen. *Was treibt sie dazu, so etwas zu tun? Was bringt einen Mann dazu, für seinen Gott zu töten?* Aber da war noch mehr. Als er das erste Mal der Hohen Burg ansichtig geworden war, hatte er in seinem Inneren das Lied des Blutes vernommen. Leise zunächst, aber bei Nachteinbruch war es immer lauter geworden. Es war keine Warnung vor einer Gefahr gewesen, sondern eher ein zwingender Druck, der Drang zu erforschen, was sich in der Festung verbarg.

Er winkte Nortah und Dentos zu sich und sprach flüsternd mit ihnen, wobei sich sein Atem in der kühlen Bergluft wölbte. »Nortah, du gehst mit deinen Männern die Festungsmauer entlang. Tötet die Wachposten und gebt unseren Männern im Innenhof Deckung. Dentos, du läufst mit den Brüdern zum Torhaus und sorgst dafür, dass das Tor hochgezogen wird. Haltet es, bis das Regiment eintrifft.«

»Und du, Bruder?«, fragte Nortah mit hochgezogener Augenbraue.

»Ich werde mich im Inneren der Burg umsehen.« Er sah zu Gallis' immer kleiner werdender Gestalt hoch. »Nortah, sag deinen Männern, dass sie auf keinen Fall schreien dürfen, wenn sie den Halt verlieren sollten. Feiglinge sind den Ahnen nicht willkommen. Viel Glück, Brüder.«

◆ ◆ ◆

Er folgte Gallis als Erster das Seil hinauf. Der Wind war ein unsichtbares, heulendes Ungeheuer, das ihn ständig von der Mauer zu reißen versuchte. Seine Arme brannten von der Anstrengung, und als er Gallis endlich erreicht hatte, waren seine Finger kalt und taub. Der ehemalige Dieb hing knapp unterhalb des Zinnenrandes, die Fingerspitzen an der Steinkante, die Beine gegen die Mauer gestemmt. Vaelin konnte die Kraft, die nötig war, um so lange in einer solchen Haltung zu verharren, nur bewundern. Als Vaelin den eisernen Wurfhaken erreicht hatte, der an der Mauerzinne verankert war, nickte Gallis ihm zu. Das »Euer Lordschaft«, das er ihm zur Begrüßung zurief, wurde vom Wind davongetragen. Vaelin hielt sich mit einer Hand am Haken fest und ballte die andere zur Faust, damit wieder etwas Gefühl darin zurückkehrte. Mit fragendem Blick wandte er sich Gallis zu.

»Einer«, flüsterte Gallis und nickte in Richtung der Mauerzinne. »Sieht gelangweilt aus.«

Vaelin zog sich hoch, um einen kurzen Blick über die Mauer zu werfen. Der Wachposten war ein paar Schritt entfernt und drückte sich mit fest um sich gezogenem Umhang in den Schutz einer kleinen Mauernische. Eine brennende Fackel flackerte über seinem Kopf im Wind und versprühte Funken in die dunkle Leere. Speer und Bogen des Wachpostens lehnten an der Mauer, während er sich kräftig die Hände rieb, der Atem stand ihm vor dem Gesicht. Vaelin griff über die Schulter, um sein Schwert zu ziehen, holte dann tief Luft und setzte in einer fließenden Bewegung über die Mauer hinweg. Er hatte darauf gehofft, dass dem Wachposten vor lauter Überraschung der Atem stocken würde, doch dass dieser nicht einmal nach seinen Waffen greifen würde, hätte er nicht gedacht. Er stand einfach nur starr vor Schreck da, während die Sternensilberklinge ihm die Kehle aufschlitzte.

Vaelin ließ die Leiche auf den Boden der Festungsmauer fallen und gab Gallis ein Zeichen. »Hier«, flüsterte er, zog dem toten Wachmann seinen blutdurchtränkten Umhang aus und warf ihn dem Kletterer zu. »Leg dir den um und lauf ein bisschen auf und ab. Versuch, wie ein Cumbraeler auszusehen. Wenn dich einer der anderen Wachposten anspricht, töte ihn.«

Gallis verzog ein wenig die Miene wegen des Blutes, das von dem Umhang tropfte, legte ihn sich jedoch ohne Widerspruch um die

Schultern und zog sich die Kapuze über den Kopf, um sein Gesicht zu verbergen. Gemächlichen Schrittes verließ er die Mauernische und ging die Festungsmauer entlang, wobei er sich unter dem Umhang die Hände rieb und sich alle Mühe gab, wie ein gelangweilter Wachposten auszusehen, der in einer kalten Nacht auf der Mauer patrouillierte.

Vaelin ging zum Wurfhaken und zog einmal kräftig am Seil, dann noch einmal. Es dauerte eine Ewigkeit, bis Nortahs Kopf über der Mauer auftauchte, und noch länger, bis die anderen Männer folgten. Dentos war der Letzte; er kämpfte sich über die Zinne und ließ sich dann erschöpft zu Boden sinken. Das Zittern in seinen Händen war nicht nur auf die Kälte zurückzuführen – er hatte fürchterliche Höhenangst.

Vaelin zählte im Geiste die Männer durch und brummte dann zufrieden. Offenbar war niemand abgestürzt. »Keine Zeit zum Ausruhen, Bruder«, flüsterte er Dentos zu und zog ihn auf die Beine. »Du weißt, was zu tun ist. Seid so leise wie möglich.«

Die beiden Trupps trennten sich, um ihre Missionen zu erfüllen. Nortah führte seine Schützen mit schussbereit gespannten Bögen nach links die Festungsmauer entlang, Dentos ging mit den Brüdern in die andere Richtung zum Torhaus. Bald war das leise Schnalzen von Bogensehnen zu hören, als Nortahs Männer die Wachposten erledigten. Ein paar erstickte Rufe erklangen, aber keine lauten Schreie und kein Aufruhr in der Burg. Vaelin fand die Treppe zum Innenhof und eilte sie hinunter. Lord Mustors Beschreibung der Burg war recht vage gewesen, da er sich nur schlecht an Einzelheiten erinnern konnte, aber über eines war er sich sicher gewesen: Sein Bruder würde sich im Herrschersaal befinden, dem Mittelpunkt der Hohen Burg, zu dem man durch eine Tür gelangte, die sich direkt gegenüber des Haupttors befand.

Vaelin hastete weiter. Das Lied des Blutes war nun lauter und hatte einen warnenden Unterton angenommen: *Finde ihn.* Als er die Tür öffnete, sah er sich zwei Männern gegenüber – kräftigen Kerlen, die an einem kleinen Tisch saßen und sich gerade mit einer Kerze ihre Pfeifen anzündeten. Vor ihnen stand eine halb leere Flasche Branntwein, und auf dem Tisch lag ein aufgeschlagenes Buch. Der erste starb, als er aufsprang – Vaelins Schwert zuckte wie ein silberner Blitz vor und schlitzte ihm die Brust auf. Dem zweiten gelang es immerhin noch, einen Dolch aus dem Gürtel zu ziehen, ehe Vaelin ihn mit einem Schlag gegen den Hals niederstreckte. Es war kein sauberer Schnitt gewesen, und der Mann hielt sich noch einen Moment lang auf den Beinen. Aus seiner aufgeschlitzten Kehle wollte ein Schrei dringen. Vaelin legte ihm eine Hand auf den Mund, um das Geräusch zu ersticken. Das Blut spritzte ihm zwischen den Fingern hindurch, während er dem Mann das Schwert in den Bauch rammte. Er hielt seinen zuckenden Gegner auf dem Boden fest und sah zu, wie das Leben aus seinen Augen wich.

Dann wischte er sich die blutige Hand am Wams des Mannes ab und blickte sich um. Er befand sich in einem kleinen Raum, von dem ein Korridor in die Burg hineinführte. Zur Linken ging eine Treppe davon ab. Lord Mustor hatte ihm gesagt, dass sich der Herrschersaal im Erdgeschoss befand, deshalb nahm er den Korridor. Er bewegte sich jetzt langsamer vorwärts; hinter jeder schattigen Ecke mochte Gefahr lauern. Bald langte er an einer großen Eichentür an, die ein Stück offen stand. Durch den Spalt fiel etwas Licht aus dem mit Fackeln erleuchteten Raum in den Korridor.

Wie viele Wachen wird er bei sich haben?, fragte er sich, während er die Hand ausstreckte, um die Tür aufzustoßen. *Das ist unklug. Ich sollte auf die anderen warten …* Aber das Lied des Blutes klang laut in seinen Ohren und drängte ihn weiterzugehen. *FINDE IHN!*

Es gab keine Wachen, nur einen großen, leeren Saal, dessen Wände hinter den sechs Steinsäulen, welche die Decke stützten, im Schatten lagen. Der Mann, der am anderen Ende des Saals auf einem Podest saß, war groß und breitschultrig. Sein ansehnliches Gesicht wurde von einer tiefen Narbe auf der linken Wange entstellt. Auf seinen Knien lag ein blankes Schwert, eine einfache Waffe mit einer schmalen Klinge, die Vaelin aufgrund des fehlenden Handschutzes als renfaelischen Ursprungs erkannte. Die Cumbraeler waren für ihre Bögen berühmt, vom Schmiedehandwerk verstanden sie jedoch angeblich nur wenig. Der Mann sagte nichts, als Vaelin eintrat. Er blieb sitzen und musterte ihn lediglich schweigend, wobei sein Blick keinerlei Furcht verriet.

Nun, da Vaelin sich seinem Kontrahenten gegenübersah, klang das Lied des Blutes weniger schrill in seinem Geist und verwandelte sich in ein leises, stetes Murmeln. *Bin ich an dem Ort angekommen, wo es mich haben wollte?*, dachte er. *An dem Ort, wo ich sein muss?* Jedenfalls sah er keinen Grund, lange Reden zu schwingen.

»Hentes Mustor!«, sagte er und ging auf den Podest zu. »Der König ruft Euch zu sich, damit Ihr Euch der Anklage wegen Verrat und Mordes stellen könnt. Legt Euer Schwert beiseite und lasst Euch Fesseln anlegen.«

Hentes Mustor blieb weiterhin sitzen, während Vaelin sich ihm näherte. Er antwortete nicht und griff auch nicht nach seiner Waffe. Erst als Vaelin nur noch wenige Schritt entfernt war, bemerkte er, dass um Mustors linkes Handgelenk eine Eisenkette geschlungen war, die in die Schatten zwischen den Säulen hineinführte. Mustor machte eine rasche Handbewegung, und die Kette knallte wie eine Peitsche und schlug Funken auf den Bodenfliesen. Eine Gestalt wurde aus der Dunkelheit hervorgezerrt. Es war eine schlanke Frau mit einem Knebel im Mund und gefesselten Handgelenken. Sie taumelte und fiel vor Mustor auf die Knie, und Vaelin blieb gerade noch Zeit, ihr graues Gewand und die langen schwarzen Haare zu bemerken, bevor der Thronräuber auch schon aufgesprungen war und ihr das Schwert an die Kehle hielt.

»Bruder«, sagte er mit leiser, beinahe trauriger Stimme. »Ich glaube, diese junge Frau ist Euch bekannt.«

Ihre Augen leuchteten furchtsam und flehend. Der Knebel dämpfte ihre Schreie, aber ihr vehementes Kopfschütteln machte ihre Bedeutung mehr als klar. Ihr Blick bohrte sich in den seinen, und er konnte darin lesen wie in einem Buch. *Opfere dich nicht für mich!* Der Knebel und die Jahre, die vergangen waren, spielten keine Rolle. Er hätte sie immer und überall erkannt. *Sherin!*

SECHSTES KAPITEL

E uer Schwert, Bruder«, sagte Hentes Mustor mit seiner leisen
Stimme.

Eigentlich hätte Vaelin Wut verspüren müssen, einen verzweifelten,
nach Blut lechzenden Zorn und das Bedürfnis, Mustor ein Wurfmesser
in den Arm zu werfen und das Schwert auf seinen Nacken niedersausen zu lassen. Aber irgendetwas unterdrückte den Zorn, noch während
er in seiner Brust aufkeimen wollte. Es war nicht nur Vorsicht – auch
wenn der Mann schnell war, viel schneller als Gallis der Kletterer damals –, sondern noch etwas anderes. Einen Moment lang war Vaelin
verwirrt, bis er erkannte, was es war: Das Lied des Blutes war unverändert geblieben. Kein warnender Unterton hatte sich in die Melodie geschlichen. Sie war immer noch ein leises, stetes Murmeln in seinem
Kopf.

Sein Schwert landete zu Mustors Füßen, und das Klirren mischte
sich mit Sherins ersticktem Aufschluchzen.

»Und so offenbart sich ein weiteres Mal die Wahrheit Seines Wortes«, sagte Mustor in ehrfürchtigem Tonfall, während er das Schwert
mit dem Fuß wegtrat. Sein Blick richtete sich auf Vaelin. »Eure anderen
Waffen auch. Legt sie ab, und zwar langsam.«

Vaelin tat, wie ihm geheißen. Er zog seine Messer hervor sowie den

Dolch aus seinem Stiefel und warf sie von sich. »Jetzt bin ich unbewaffnet«, sagte er. »Gibt es einen Grund, meine Schwester so zu bedrohen?«

Mustor blickte auf Sherins gerötetes Gesicht hinab, als wäre ihm gerade erst wieder eingefallen, dass es sie gab. »Eure Schwester? Er hat mir gesagt, dass Ihr ganz anders über sie denkt. Sie ist Eure Geliebte, nicht wahr? Der Schlüssel, mit dem Euer Glaube gebrochen werden kann.«

»Mein Glaube kann nicht gebrochen werden, Lord Mustor. Ich habe Euch mein Schwert gegeben. Mehr nicht.«

»Ja.« Mustor nickte, seine Stimme ausdruckslos, so sehr war er von seiner Sache überzeugt. »Genau wie Er es vorausgesagt hat.«

Ist er wahnsinnig?, fragte sich Vaelin. Der Mann war ganz offensichtlich ein Fanatiker, aber machte ihn das zu einem Verrückten? Vaelin erinnerte sich an die Geschichte, die Sentes Mustor über die Bekehrung seines Bruders erzählt hatte. *Er behauptete, der Weltvater hätte zu ihm gesprochen ...* »Euer Gott? Er hat Euch gesagt, dass ich hierherkommen würde?«

»Er ist nicht *mein* Gott! Er ist der Weltvater, der alles erschaffen hat und in Seiner Liebe über alles Bescheid weiß, selbst über Ketzer wie Euch. Ich bin damit gesegnet, Seine Stimme zu hören. Er hat mich davor gewarnt, dass Ihr hierherkommen und mich mit Eurer dunklen Gabe und dem Schwert besiegen würdet, wenngleich ich mir in meinem sündigen Stolz gewünscht habe, Euch ohne solche Scharlatanerie gegenübertreten zu können. Er hat mich zu der Mission geführt, wo sich diese Frau aufhielt. Und alles war genauso, wie Er es prophezeit hat.«

»Hat er auch prophezeit, dass Ihr Euren Vater ermorden würdet?«

»Meinen Vater ...« Die Gewissheit wich aus Mustors Blick, und er blinzelte mit argwöhnischer Miene. »Mein Vater ist vom rechten Weg abgekommen. Er hat sich von der Liebe des Weltvaters abgewandt.«

»Aber von Euch hat er sich nicht abgewandt. Er hat Euch diese Burg überlassen, nicht wahr? Und Euch Geleitbriefe gegeben, damit Ihr ungehindert hierherkommen könnt. Er hat Euch sogar das am strengsten gehütete Geheimnis Eurer Familie verraten: den geheimen Tunnel durch den Berg. All das hat er getan, um für Eure Sicherheit zu sorgen. Man könnte Euch beneiden für die Liebe, die er Euch entgegengebracht hat. Und zum Dank dafür habt Ihr ihm eine Klinge ins Herz gebohrt.«

»Er hat gegen das Gesetz der Zehn Bücher verstoßen. Seine Duldung Eurer ketzerischen Herrschaft konnte nicht ewig hingenommen werden. Mir blieb keine andere Wahl, ich musste handeln ...«

»Ein seltsamer Gott, der Euch so sehr liebt, dass er Euch eingibt, Euren eigenen Vater zu töten.«

»SCHWEIGT!«, schrie Mustor in einem Tonfall, der beinahe ein Schluchzen war. Er stieß Sherin beiseite und schritt mit erhobenem Schwert auf Vaelin zu. »Haltet den Mund! Ich weiß, was Ihr seid. Denkt nicht, dass Er es mir nicht gesagt hat. Ihr bedient Euch der dunklen Gabe. Ihr verwehrt Euch der Liebe des Weltvaters. Ihr wisst *nichts*.«

Das Lied des Blutes hatte sich noch immer nicht gewandelt, selbst als die Klinge des Thronräubers nur noch eine Handbreit von seiner Brust entfernt war. »Seid Ihr bereit?«, fragte Mustor. »Seid Ihr bereit zu sterben, Schwarzklinge?«

Vaelin sah die Spitze von Mustors Schwert zittern. Seine Augen waren rot umrandet und seine Zähne fest zusammengebissen. »Seid *Ihr* bereit, mich zu töten?«

»Ich werde tun, was getan werden muss.« Seine Stimme klang gepresst. Sein ganzer Körper bebte, und er atmete schwer, ganz so, als würde er mit sich selbst kämpfen. Die Schwertspitze schwankte, bewegte sich jedoch weder vor noch zurück.

»Vergebt mir, Lord Mustor«, sagte Vaelin. »Aber ich glaube nicht, dass Ihr es über Euch bringen werdet, noch einen Menschen zu töten.«

»Nur noch einen«, flüsterte Mustor. »Nur noch einen weiteren. Er hat es mir gesagt. Dann kann ich endlich Frieden finden. Die ewigen Gefilde, die mir bisher verwehrt waren, werden mir offen stehen.«

Durch die Tür drangen die ersten Kampfgeräusche herein – erschrockene Ausrufe, die alsbald im Klappern von beschlagenen Hufen und dem Klirren von Stahl untergingen.

»Was?« Mustor wirkte verblüfft, und sein Blick zuckte zwischen Vaelin und der Tür hin und her. »Was ist das? Wollt Ihr mich mit einer dunklen Täuschung blenden?«

Vaelin schüttelte den Kopf. »Meine Männer stürmen die Burg.«

»Eure Männer?« Mustors Gesichtsausdruck spiegelte äußerste Verwirrung. »Aber Ihr seid doch allein gekommen. Er hat gesagt, dass Ihr allein kommen würdet.« Er ließ das Schwert sinken und stolperte ein paar Schritte zurück, sein Blick in die Ferne gerichtet. »Er hat es so gesagt …«

Töte ihn!, schrie eine Stimme in Vaelins Geist, die er seit seiner Zeit im Martisch nicht mehr vernommen hatte – dieselbe Stimme, die unablässig seine Vorbereitungen für die Ermordung Al Hestians verhöhnt hatte. *Er ist in Reichweite. Nimm ihm das Schwert ab und brich ihm das Genick!*

Die Stimme hatte recht. Es wäre nicht schwer, Mustor zu töten. Der Wahnsinn oder die Sinnestäuschung, die seinen Verstand vernebelt hatte, machte ihn wehrlos. Aber das Lied des Blutes klang unverändert … und Mustors Worte hatten so viele Fragen aufgeworfen.

»Ihr seid getäuscht worden, Lord Mustor«, sagte Vaelin leise. »Was immer das für eine Stimme ist, die da zu Euch spricht, sie hat Euch belogen. Ich bin mit einem kompletten Fußregiment und einem Trupp berittener Brüder hierhergekommen. Und ich bezweifle, dass Ihr Euch einen Platz im Jenseits erkaufen könnt, indem Ihr mich oder irgendeinen anderen Menschen umbringt.«

Mustor taumelte und wäre beinahe zu Boden gestürzt. Für einen Moment erstarrte er und stand vollkommen reglos da, als würde er aus Eis bestehen. Als er sich wieder bewegte, war die Verblüffung aus seinen Zügen verschwunden, und sein Gesicht war das eines Mannes, der im Vollbesitz seiner geistigen Kräfte stand. Er hatte eine Braue belustigt hochgezogen, aber in seinen Augen leuchtete kalter Hass. Und seine Stimme hatte wieder den vertrauten Ton ruhiger Gewissheit angenommen. »Ihr habt es erneut geschafft, mich zu überraschen, Bruder. Aber dadurch ändert sich nichts.«

Im nächsten Moment jedoch spiegelte sich dieselbe Verwirrung in Mustors Gesicht wie zuvor. Vaelin begriff, dass der Thronräuber nicht wusste, was sich soeben zugetragen hatte. *Etwas lebt in seinem Kopf*, dachte er. *Etwas, das mit seiner Stimme sprechen kann. Und er hat keine Ahnung.*

»Hentes Mustor«, sagte er. »Der König ruft Euch zu sich, damit Ihr Euch der Anklage wegen Verrat und Mordes stellen könnt.« Er streckte die Hand aus. »Euer Schwert bitte.«

Mustor blickte auf das Schwert in seiner Hand und drehte die Klinge, sodass sie im Fackelschein glänzte. »Ich habe es gewaschen und gewaschen. Die Klinge stundenlang mit einem Schleifstein bearbeitet. Aber ich kann es immer noch sehen, das Blut …«

»Euer Schwert bitte«, wiederholte Vaelin und trat mit ausgestreckter Hand vor.

»Ja …«, sagte Mustor schwach. »Ja. Es ist wohl besser, wenn Ihr es nehmt …« Er drehte das Schwert herum und reichte es Vaelin mit dem Griff voran.

Ein Geräusch war zu hören, ein Geräusch wie das Schlagen eines Falkenflügels. Etwas zischte dicht an Vaelins Wange vorbei – aufblitzender Stahl, der durch die Luft wirbelte. Plötzlich tönte das Lied des Blutes laut und warnend in seinem Kopf, sodass er erschrocken einen Schritt zurücktaumelte. Unwillkürlich tastete er nach der leeren Schwertscheide auf seinem Rücken und sah hilflos zu, wie Hentes Mustor von einer Axt in der Brust getroffen wurde. Der Aufprall riss den Thronräuber von den Beinen, und er landete mit ausgebreiteten Armen auf dem Saalboden.

»Hab ich ihn erwischt, den Hurensohn!«, rief Barkus, der aus den Schatten trat. »Ein guter Wurf, möchte ich meinen …«

Vaelins Faustschlag traf ihn am Kinn und schickte ihn zu Boden. »Er hatte die Waffen gestreckt!« Wut kochte in ihm hoch, angestachelt vom Lied des Blutes, und er wünschte sich sein Schwert herbei. »Er wollte sich gerade ergeben, du verfluchter Dummkopf!«

»Aber ich dachte …« Barkus spuckte Blut auf den Boden. »Ich dachte, er wollte dich umbringen … Er hatte ein Schwert, du nicht … Und die Schwester lag da auf dem Boden. Ich wusste das nicht.« Er wirkte eher erschrocken als wütend.

Die furchtbare Erkenntnis, dass Vaelin in diesem Augenblick nur zu bereit gewesen war, Barkus zu töten, ließ seinen Ärger verrauchen. Er beugte sich vor und reichte ihm die Hand. »Hier.«

Barkus blickte einen Moment lang zu ihm auf, während sich an seinem Kinn bereits eine rote Schwellung bildete. »Das hat ziemlich wehgetan, weißt du.«

»Es tut mir leid.«

Barkus ergriff seine Hand und ließ sich hochziehen. Vaelin blickte zu Mustors Leiche hinüber und zu der Blutlache, die sich unter ihm ausbreitete. »Kümmere dich bitte um unsere Schwester«, sagte er zu Barkus und ging zu dem leblosen Körper, in dessen Brust Barkus' verhasste Axt steckte. *Ist das der Grund, weshalb ich sie nicht anrühren konnte? Hat das Lied des Blutes gewusst, wofür sie verwendet werden würde?*

Er hatte gehofft, ein letzter Lebensfunke würde noch in Mustors Brust verblieben sein, genug Atemluft, um ihm eine letzte Erklärung für das Geheimnis seines mörderischen und betrügerischen Gottes zu geben. Aber das Licht in Mustors Augen war erloschen, seine Gesichtszüge waren schlaff und reglos. Barkus' Axt hatte allzu gründliche Arbeit getan.

Er kniete sich neben der Leiche nieder und erinnerte sich an die fiebrigen Worte des Mannes. *Die ewigen Gefilde, die mir bisher verwehrt waren, werden mir offen stehen.* Er legte eine Hand auf Mustors Brust und sprach leise vor sich hin: »Was ist der Tod? Der Tod ist das Tor zum Jenseits. Er ist Ende und Anfang zugleich. Fürchtet ihn und heißt ihn willkommen.«

»Das ist wohl kaum passend.« Sentes Mustor, der neue Erzfürst von Cumbrael, blickte mit einer Mischung aus Zorn und Abscheu auf den Leichnam seines Bruders hinab. Ein blankes, sauberes Schwert lag in seiner Hand, und sein Atem ging schwer von der ungewohnten Anstrengung. Vaelin war beeindruckt, dass er so schnell hierhergefunden hatte – anscheinend, indem er das Kämpfen einfach den anderen überlassen hatte. »Er hätte sich das Abschiedsgebet aus dem Zehnten Buch gewünscht«, sagte Lord Mustor. »Die Worte des Weltvaters …«

»Götter sind Trugbilder«, zitierte Vaelin barsch. Er stand auf und verneigte sich knapp vor dem Erzfürsten. »Ich glaube, Euer Bruder hat das gewusst.«

◆ ◆ ◆

»Wie viele?«

»Insgesamt neunundachtzig.« Caenis nickte in Richtung der Leichen im Burghof unter ihnen. »Keiner von ihnen hat um Gnade gefleht. Genau wie damals im Martisch.« Mit finsterer Miene wandte er sich Vaelin zu. »Wir haben neun Männer verloren. Weitere zehn sind verletzt. Schwester Gilma kümmert sich um sie.«

»Beeindruckend«, sagte Prinz Malcius. Er hatte sich den pelzbesetzten Umhang fest um die Schultern gezogen, und sein rotes Haar flatterte in dem eisigen Wind, der über die Festungsmauer hinwegfegte. »Gegen eine solche Überzahl nur so wenige Männer zu verlieren.«

»Unseren Streitäxten und Bruder Nortahs Bogenschützen auf den Mauern hatten sie nur wenig entgegenzusetzen, Hoheit …« Caenis zuckte mit den Achseln.

»Hat der Erzfürst Anweisungen gegeben, wie mit den cumbraelischen Toten zu verfahren ist?«, fragte Vaelin den Prinzen. Lord Mustor glänzte seit dem Ende des Kampfes durch Abwesenheit. Offenbar war er mit einer genaueren Inspektion des Weinkellers der Burg befasst.

»Verbrennt sie oder werft sie von den Mauern. Ich bezweifle, dass er nüchtern genug ist, um sich darum zu scheren.« An diesem Morgen lag ein scharfer Unterton in der Stimme des Prinzen. Vaelin wusste, dass er den Angriff durch das Tor angeführt hatte, dicht gefolgt von Alucius Al Hestian. Der Burghof war für kurze Zeit von etwa zwanzig Anhängern des Thronräubers verbissen verteidigt worden, und Alucius war vom Pferd gestürzt und im Kampfgetümmel verschwunden. Nach der Schlacht hatte man ihn unter einem Berg Leichen hervorgezogen, bewusstlos, aber am Leben. Sein kurzes Schwert war mit getrocknetem Blut beschmiert gewesen, und er hatte eine große Beule am Kopf. Inzwischen befand er sich in der Obhut von Schwester Gilma. Er war jedoch noch immer nicht aufgewacht.

Da habe ich ihn zehn Tage lang mit einem Schwert spielen lassen und ihm vorgegaukelt, er wäre ein Krieger, dachte Vaelin schwermütig. *Stattdessen hätte ich ihn gleich am ersten Tag an seinem Sattel festbinden und das Pferd in die Stadt zurückschicken sollen.* Vaelin schob die Schuldgefühle beiseite und wandte sich Caenis zu.

»Weißt du irgendetwas darüber, was die Cumbraeler mit ihren Toten machen?«

»Für gewöhnlich werden sie begraben. Sünder werden zerstückelt und der Verwesung preisgegeben.«

»Klingt gerecht«, knurrte Prinz Malcius.

»Stell einen Trupp Männer zusammen«, sagte Vaelin zu Caenis. »Schafft die Leichen vom Berg runter und begrabt sie. Auf der Karte ist fünf Meilen südlich des Passes ein Dorf zu sehen. Schick einen Reiter dorthin und lass den Dorfpriester holen. Er kann die nötigen Gebete sprechen.«

Caenis warf dem Prinzen einen unsicheren Blick zu. »Den Thronräuber auch?«

»Ja, ihn auch.«

»Den Männern wird das nicht gefallen …«

»Das ist mir verflucht nochmal egal!« Vaelin lief rot an und kämpfte die Wut nieder, die von seinem schlechten Gewissen wegen Alucius herrührte. »Bitte um Freiwillige«, sagte er seufzend zu Caenis. »Die ersten zwanzig, die sich melden, bekommen eine doppelte Ration Rum und eine Silbermünze.« Er verbeugte sich vor Prinz Malcius. »Mit Eurer Erlaubnis, Hoheit. Ich muss mich noch um einiges kümmern …«

»Ihr habt Eure besten Reiter losgeschickt, will ich hoffen?«, fragte der Prinz.

»Bruder Nortah und Bruder Dentos. Wenn der Wind günstig steht, sollte der Kriegsherr den Befehl des Königs innerhalb von zwei Tagen in den Händen halten.«

»Gut. Es wäre eine Schande, wenn der ganze Aufwand umsonst gewesen wäre.«

Vaelin musste an Alucius' ernstes Gesicht denken und daran, wie es nach einer weiteren Stunde ungeschickter Schwertübungen gerötet gewesen war. »Ganz meine Meinung.«

◆ ◆ ◆

Seine Haut war blass und fühlte sich kalt an, sein schwarzes Haar klebte ihm an der schweißfeuchten Kopfhaut. Das ruhige, regelmäßige Heben und Senken seines Brustkorbs konnte Vaelins Schuldgefühle nicht besänftigen.

»Ihm wird es bald wieder besser gehen.« Schwester Sherin legte Alucius eine Hand auf die Stirn. »Das Fieber hat rasch nachgelassen, und die Beule an seiner Stirn ist schon fast verschwunden. Und sieh mal.« Sie deutete auf Alucius' geschlossene Augen, und Vaelin bemerkte, dass die Pupillen unter den Lidern sich rasch bewegten.

»Was bedeutet das?«

»Er träumt. Sein Gehirn ist also wahrscheinlich unverletzt. In ein paar Stunden wird er aufwachen und sich furchtbar fühlen. Aber er wird aufwachen.« Sie blickte ihm in die Augen, und ihr Lächeln war strahlend und herzlich. »Es ist sehr schön, dich wiederzusehen, Vaelin.«

»Und dich ebenfalls, Schwester.«

»Du scheinst dazu verdammt, auf ewig mein Retter zu sein.«

»Wenn ich nicht gewesen wäre, wärst du nie in Gefahr geraten.« Er schaute sich in dem Speisesaal um, den Schwester Gilma in ein notdürftiges Krankenlager verwandelt hatte. Die Schwester stand neben dem Kamin und lachte herzlich, während Janril Norin, der ehemalige Barde, an dessen Arm sie gerade eine Wunde nähte, einen deftigen Knittelvers zum Besten gab.

»Können wir uns unterhalten?«, fragte Vaelin Sherin. »Ich würde gerne mehr über deine Gefangenschaft erfahren.«

Ihr Lächeln verblasste ein wenig, aber sie nickte. »Natürlich.«

Er führte sie auf die Festungsmauer, fernab von neugierigen Zuhörern. Auf dem Burghof unter ihnen luden einige Männer die cumbraelischen Leichen auf Karren und tauschten dabei grimmige Scherze aus. Dem schwankenden Gang nach zu urteilen, den manche von ihnen an den Tag legten, war Caenis beim Ausschenken der zusätzlichen Rumration bereits recht großzügig gewesen.

»Ihr begrabt sie?«, fragte Sherin. Es überraschte ihn, dass weder Erschrecken noch Abscheu in ihrer Stimme lagen, aber dann fiel ihm ein, dass sie als Heilerin an den Anblick von Toten gewiss gewöhnt war.

»Das schien uns das Beste zu sein.«

»Wahrscheinlich würden nicht einmal ihre eigenen Landsmänner das tun. Sie haben sich gegen ihren Gott versündigt, nicht wahr?«

»Sie selber waren anderer Meinung.« Er zuckte mit den Achseln. »Außerdem tun wir es nicht ihnen zuliebe. Die Nachricht darüber, was sich hier zugetragen hat, wird sich schnell im ganzen Erzlehen verbreiten. Viele cumbraelische Fanatiker werden es ein Massaker nennen wollen. Wenn bekannt wird, dass wir im Umgang mit den Toten ihre Traditionen gewahrt haben, könnte das den Hass dämpfen, den diese Leute schüren wollen.«

»Du klingst fast wie ein Aspekt.« Ihr Lächeln war so strahlend und offen, dass sich ein alter, vertrauter Schmerz in seiner Brust bemerkbar machte. Sie hatte sich verändert – aus dem zurückhaltenden, ernsten

Mädchen, das er vor fast fünf Jahren kennengelernt hatte, war eine selbstbewusste junge Frau geworden. Aber im Herzen war sie dieselbe geblieben, das hatte er erkannt, als sie die Hand auf Alucius' Stirn gelegt hatte, und an dem verzweifelten, von dem Knebel in ihrem Mund erstickten Flehen, als sie geglaubt hatte, dass er sein Leben für sie geben wollte. Wie einst wurde sie von tiefem Mitgefühl beherrscht.

»Irgendwie scheinen wir uns immer an verschiedenen Enden des Reiches aufzuhalten«, fuhr Sherin fort. »Im vergangenen Jahr hatte ich das Glück, Prinzessin Lyrna kennenzulernen. Sie hat gesagt, dass ihr Freunde seid. Ich habe sie gebeten, dir meine Grüße auszurichten.«

Freunde. Die Frau lügt, wenn sie nur den Mund aufmacht. »Das hat sie getan.« Ihm wurde klar, dass Sherin tatsächlich ahnungslos war. Aspektin Elera hatte ihr nie den Grund dafür genannt, warum sie beide immer so weit voneinander entfernt waren. Und er beschloss, dass sie es auch besser nicht erfahren sollte.

»Hat er dir wehgetan?«, fragte er. »Mustor? Hat er …?«

»Ein paar blaue Flecke hier und dort, als ich gefangen genommen wurde.« Sie zeigte ihm die Abdrücke der Fesseln an ihren Handgelenken. »Aber sonst bin ich unverletzt.«

»Wann hat er dich gefangen genommen?«

»Vor sieben oder acht Wochen. Vielleicht ist es auch noch länger her. In der Burg war es schwer, die Zeit abzuschätzen. Ich war endlich von Warnsheim ins Ordenshaus zurückgerufen worden und freute mich schon darauf, meine alte Stelle wieder einzunehmen, aber dann hat Aspektin Elera mir den Auftrag gegeben, neue Heilmittel zu erforschen. Eine schrecklich langweilige Aufgabe. Man zerreibt Unmengen von Kräutern und rührt oft ziemlich furchtbar riechende Mischungen an. Ich habe mich sogar bei der Aspektin darüber beklagt, aber sie sagte, ich müsste noch mehr über die Arbeit des Ordens lernen. Jedenfalls war ich regelrecht froh, als ein Bote von meiner ehemaligen Mission eintraf, der Kunde von einem Ausbruch der Roten Hand brachte. Ich hatte an einem Präparat gearbeitet, das möglicherweise eine Heilung oder zumindest eine Linderung der Symptome dieser Krankheit versprach. Deshalb hatte der Vorsteher der Mission nach mir geschickt.«

Die Rote Hand. Die Seuche, welche die vier Erzlehen heimgesucht hatte, bevor der König sie zu einem Reich zusammengeschmiedet hatte, und die in den zwei höllischen Jahren ihres Wütens Tausende Menschen das Leben gekostet hatte. Keine Familie war ungeschoren davongekommen, und keine Krankheit wurde mehr gefürchtet. Allerdings hatte es seit beinahe fünfzig Jahren im Land keinen Ausbruch mehr gegeben.

»Es war eine Falle«, sagte er.

Sie nickte. »Ich bin allein gereist, aus Angst, die Krankheit könnte bereits um sich gegriffen haben. Aber es gab in der Mission keine Krankheit, nur Tod. Im Haus war alles still. Ich hielt es zunächst für verlassen. Doch es war voller Leichen, die allerdings nicht der Roten Hand zum Opfer gefallen waren. Alle waren erschlagen worden, sogar die Kranken in ihren Betten. Mustors Anhänger warteten schon auf mich, und sie hatten niemanden verschont. Ich habe versucht zu fliehen, aber natürlich haben sie mich eingefangen. Ich wurde gefesselt und hierhergebracht.«

»Es tut mir leid.«

»Dich trifft keine Schuld. Es würde mir wehtun, wenn du so darüber denkst.«

Sie sahen einander erneut in die Augen, und der Schmerz in seiner Brust meldete sich zurück. »Hat Mustor etwas zu dir gesagt? Irgendetwas, das sein Handeln erklären würde?«

»Er ist beinahe jeden Tag in meine Zelle gekommen. Anfangs schien er sich um mein Wohlergehen zu sorgen und vergewisserte sich, dass ich auch genügend Essen und Wasser bekam. Er hat mir sogar ein paar Bücher und Pergamente gebracht, als ich darum gebeten habe. Und dabei hat er die ganze Zeit geredet, wie aus einem inneren Zwang heraus, wenngleich seine Worte nur wenig Sinn ergaben. Er sprach unablässig über seinen Gott und zitierte ganze Passagen aus den Zehn Büchern, die die Cumbraeler so verehren. Zunächst glaubte ich, er wolle mich bekehren, doch darum ging es ihm nicht. Er redete gar nicht wirklich mit mir, meine Meinung kümmerte ihn nicht. Er brauchte lediglich jemanden, dem er anvertrauen konnte, was er seinen Anhängern gegenüber nicht aussprechen durfte.«

»Was denn?«

»Seine Zweifel. Hentes Mustor zweifelte an seinem Gott. Nicht an seiner Existenz, aber an seinen Absichten und Zielen. Damals wusste ich noch nicht, dass er – auf Geheiß seines Gottes, wie er glaubte – seinen Vater ermordet hatte. Vielleicht hat ihn sein schlechtes Gewissen in den Wahnsinn getrieben. Das habe ich ihm auch gesagt. Ich habe ihm gesagt, dass er wahnsinnig sei, wenn er glaube, mich dazu benutzen zu können, dich zu besiegen. Und dass du ihn augenblicklich töten würdest. Anscheinend habe ich mich geirrt.« Sie sah ihn mit durchdringendem Blick an. »War er tatsächlich verrückt, Vaelin? War das sein Beweggrund? Oder gab es da … noch etwas anderes? Ich habe das Gefühl, dass du mehr darüber weißt, als du mir bisher verraten hast.«

Er wollte ihr alles erzählen und verspürte den starken Drang, sein Herz auszuschütten, all seine Erlebnisse zu teilen. Der Wolf im Urlisch und dann im Martisch, seine Begegnung mit Nersus Sil Nin, der Wartende, und die Stimme, dieselbe Stimme, die er von den Lippen zweier toter Männer vernommen hatte. Aber etwas hielt ihn zurück, und zwar nicht das Lied des Blutes, sondern etwas, das leichter zu begreifen war. *Ein solches Wissen ist gefährlich. Und sie ist wegen mir schon genug in Gefahr geraten.*

»Ich bin nur ein Bruder mit einem Schwert, Schwester«, sagte er ihr. »Je älter ich werde, desto stärker wird mir bewusst, wie wenig ich weiß.«

»Du wusstest genug, um mir das Leben zu retten. Du wusstest, dass Mustor das Töten satt hatte. Ich war mir so sicher, dass du ihn erschlagen würdest, wenn du erfährst, dass er mich in seiner Gewalt hatte … Ich war stolz auf dich, stolz, dass du es nicht getan hast. Er mag ein verrückter Mörder gewesen sein, aber ich spürte nichts Böses in ihm. Nur Trauer und Schuldgefühle.«

Unter ihnen waren Geräusche einer Auseinandersetzung zu hören. Vaelin blickte hinab und sah den Erzfürsten auf Caenis einschimpfen. Er hatte eine Flasche in der Hand und verspritzte Wein auf das Pflaster des Hofes. Mustor war zerzaust und unrasiert und seinen lallenden Worten nach zu urteilen betrunkener als sonst. »Lascht sie verrotten! Hascht du gehört, Brudder? Sünder werden in Cumbrael nischt begraben, o nein! Hackt ihnen die Köppe ab und werft sie den Krähen zum Fraß vor …« Er rutschte auf einer Blutlache aus und stürzte auf die Pflastersteine, wobei er sich mit Wein besudelte. Er fluchte laut und schlug Caenis' Hände beiseite, der ihm hochhelfen wollte. »Lascht diese Sünder verrotten, sage ich! Das ist meine Burg. Prinz Malschius? Lord Vaelin? Das ischt meine Burg!«

»Wer ist dieser Mann?«, fragte Sherin. »Er wirkt … aufgebracht.«

»Der rechtmäßige Erzfürst der Cumbraeler, die Ahnen mögen ihnen beistehen.« Er schenkte ihr ein entschuldigendes Lächeln. »Ich sollte gehen. Mein Regiment wird hierbleiben, bis Befehle vom König eingetroffen sind. Ich werde Ordenskommandant Makril bitten, dir eine Eskorte zur Verfügung zu stellen, die dich zu deinem Ordenshaus zurückbringt.«

»Ich würde lieber noch eine Weile hierbleiben. Ich glaube, Schwester Gilma würde sich über die Hilfe freuen. Außerdem haben wir noch kaum Zeit gehabt, Neuigkeiten auszutauschen. Ich habe dir viel zu erzählen.«

Dasselbe offene Lächeln, derselbe Schmerz in seiner Brust. *Schick sie weg*, befahl seine innere Stimme. *Wenn du sie hier behältst, wird es dir nur noch mehr wehtun.*

»Lord Vaelin!« Der Ruf des Erzfürsten lenkte seine Aufmerksamkeit wieder auf den Burghof. »Wo … wo seid Ihr? Gebietet dieschen Männern Einhalt!«

»Ich habe dir auch viel zu erzählen«, sagte er, bevor er sich abwandte.

◆ ◆ ◆

Anfangs war der Erzfürst wütend, weil Vaelin sich weigerte, seinem Wunsch, die Leichen nicht zu begraben, nachzugeben. Lautstark wiederholte er, dass er der Herr der Burg und Herrscher des ganzen Landes sei. Als Vaelin ihm entgegenhielt, dass er als Diener des Glaubens nicht an das Wort eines Erzfürsten gebunden sei, verfiel Mustor in beleidigtes Schmollen. Und als sein Einspruch bei Prinz Malcius von diesem nur mit einem missbilligenden Blick quittiert wurde, zog er sich in das Quartier seines toten Bruders zurück, wo er einen beträchtlichen Vorrat an Weinflaschen aus dem Keller der Burg zusammengetragen hatte.

Sie blieben noch acht weitere Tage in der Hohen Burg und warteten voller Sorge auf die Nachricht vom Ende des Krieges. Vaelin beschäftigte die Männer mit ständigem Unterricht und Patrouillengängen in den Bergen. Aber es kamen kaum Beschwerden, die Moral der Truppe war nach dem erfolgreichen Ende des Feldzuges und dem Verteilen von Raubgut aus den Beständen der Burg und den Habseligkeiten der Toten, das zwar eher bescheiden ausfiel, aber dennoch den Wunsch der Soldaten nach Kriegsbeute erfüllte, ganz hervorragend. »Gebt ihnen genügend Siege, Gold in den Taschen und hin und wieder ein paar Frauen, und sie werden Euch überallhin folgen«, hatte Feldwebel Krelnik an einem Abend zu Vaelin gesagt.

Wie Schwester Sherin versprochen hatte, erholte Alucius Al Hestian sich schnell. Am dritten Tag wachte er auf, und sämtliche Untersuchungen, ob sein Gehirn Schaden genommen hatte, fielen zufriedenstellend aus, auch wenn er sich an die Schlacht selbst oder an den Ursprung seiner Verletzung nicht erinnern konnte.

»Er ist also tot?«, fragte er Vaelin. Sie befanden sich im Burghof und sahen den Männern bei den abendlichen Übungen zu. »Der Thronräuber?«

»Ja.«

»Glaubt Ihr, dass er dem Schwarzen Pfeil die Geleitbriefe gegeben hat?«

»Ich wüsste nicht, wie sie sonst in seine Hände geraten sein sollten. Anscheinend hat sich der alte Erzfürst große Mühe gegeben, seinen Sohn zu beschützen.«

Alucius zog sich seinen Umhang fester um die Schultern. Seine tiefliegenden Augen wirkten wie die eines alten Mannes im Gesicht eines Jungen. »So viel Blut, das wegen ein paar Briefen vergossen wurde.« Er schüttelte den Kopf. »Linden hätte es die Tränen in die Augen getrieben.« Er griff unter seinen Umhang und zog Vaelins Kurzschwert aus seinem Gürtel. »Hier«, sagte er und reichte es ihm. »Ich werde es nicht mehr brauchen.«

»Behaltet es. Als Geschenk von mir. Ein Andenken an Eure Zeit als Soldat.«

»Das kann ich nicht annehmen. Der König hat es Euch gegeben …«

»Und nun schenke ich es Euch.«

»Das ist nicht … Jemand wie ich hat ein solches Schwert nicht verdient.«

Als Vaelin das Zittern in den Händen des Jungen bemerkte, erinnerte er sich daran, dass die Klinge blutverschmiert gewesen war, als man ihn unter einem Haufen Leichen unweit des Tors entdeckt hatte. *Das Antlitz des Krieges ist stets hässlich, wenn man es zum ersten Mal erblickt.* »Wem sollte ich es schenken, wenn nicht Euch?«, sagte er, legte eine Hand auf den Schwertgriff und schob ihn sanft von sich. »Hängt es Euch an die Wand, wenn Ihr nach Hause zurückgekehrt seid, und lasst es dort. Ich werde es nicht zurücknehmen.«

Der Junge wollte noch etwas erwidern, überlegte es sich dann aber anders und steckte das Schwert wieder in seinen Gürtel. »Wie Ihr wünscht, Lord Vaelin.«

»Werdet Ihr über diesen Feldzug schreiben? Lässt sich ein Gedicht daraus machen?«

»Es ließen sich gewiss hundert Gedichte darüber schreiben, aber ich werde wohl nicht in der Lage dazu sein. Seit ich wieder aufgewacht bin, fließen mir die Worte nicht mehr so leicht aus der Feder wie früher. Ich habe es versucht, mich mit Pergament und Tinte hingesetzt, aber mir wollte nichts einfallen.«

»Es dauert eine Weile, bis man sich von einer solchen Verletzung erholt. Ruht Euch aus und esst gut. Dann wird Eure Gabe sicherlich zurückkehren.«

»Das hoffe ich.« Der Junge lächelte schwach. »Vielleicht sollte ich an Lyrna schreiben. Für sie werde ich bestimmt ein paar Worte finden können.«

Vaelin, dem selbst genügend Worte für die Prinzessin in den Sinn kamen, nickte und wandte sich wieder den Übungen zu. Seinen plötzlich aufkeimenden Zorn ließ er an einem Mann in der Verteidigungslinie aus, der seine Streitaxt zu hoch hielt. »Tiefer, du Schwachkopf! Wie willst du ein Pferd erschlagen, wenn du deine Waffe so hoch hältst? Feldwebel, eine zusätzliche Übungsstunde für diesen Mann.«

Die Abende verbrachte Vaelin in Sherins Gesellschaft. Sie saßen meist im Herrschersaal und erzählten sich Geschichten über ihre Erlebnisse in den vergangenen Jahren. Er erfuhr, dass sie viel weiter herumgekommen war als er und Missionen des fünften Ordens in allen vier Erzlehen des Reiches besucht hatte. Sie war sogar mit einem Schiff zu der Enklave in den Nordlanden gereist, wo Turmherr Vanos Al Myrna im Namen des Königs herrschte.

»Ein pulsierender Ort, trotz der Kälte«, erzählte sie ihm. »Dort sind unglaublich viele verschiedene Völker zu Hause. Ein Großteil der Land-bevölkerung sind Flüchtlinge aus dem Süden des alpiranischen Rei-ches. Großgewachsene, gutaussehende Menschen mit dunkler Haut-farbe. Es heißt, sie hätten den Zorn des Kaisers auf sich gezogen und deshalb fliehen müssen, um ihr Leben zu retten. Sie leben nun schon seit fünfzig Jahren in den Nordlanden. Das Heer des Turmherrn be-steht fast nur aus ihnen und ist sehr gefürchtet.«

»Dem Turmherrn und seiner Tochter bin ich schon einmal begegnet. Ich glaube, die Tochter mochte mich nicht besonders.«

»Das berühmte lonakische Findelkind? Als ich dort zu Besuch war, befand sie sich gerade auf Reisen, irgendwo im Wald der Seordah Sil. Dieses Volk scheint sie und ihren Vater sehr zu verehren. Es hat etwas mit der großen Schlacht gegen die Eishorde zu tun.«

Er erzählte ihr von seinen Monaten im Martisch und der schmerz-haften Erinnerung an Al Hestians Tod. Dabei fühlte er sich wie ein Feig-ling und Lügner, weil er seine Mordpläne unerwähnt ließ.

»Du hast ihm einen Gefallen getan, Vaelin«, sagte sie und ergriff sei-ne Hand, weil sie die Schuldgefühle in seinem Gesicht sah. »Es wäre falsch gewesen, ihn leiden zu lassen. Das hätte dem Glauben wider-sprochen.«

»Ich habe viel im Namen des Glaubens getan.« Er betrachtete seine vernarbte Hand und die makellose, glatte Haut der ihren. *Die Hände eines Mörders und die einer Heilerin. Bei den Ahnen, warum ist ihre Hand nur so warm?*

»Wir können uns lediglich fragen, ob wir im Namen des Glaubens Unrecht getan haben«, sagte Sherin. »Hast du das, Vaelin?«

»Ich habe Männer getötet, Männer, die ich nicht einmal kannte. Manche waren Verbrecher oder Meuchelmörder, kriminelles Gesindel. Aber manche, wie die verblendeten Fanatiker in dieser Burg hier, waren Männer, die einfach nur einem anderen Glauben folgten. Und die viel-leicht meine Freunde hätten sein können, wenn wir uns unter anderen Umständen begegnet wären.«

»Die Männer in dieser Burg waren Mörder. Sie haben eine ganze Mission meines Ordens niedergemetzelt, um mich gefangen zu neh-men. Könntest du jemals so etwas tun?«

Sie sieht ihn einfach nicht, dachte er. *Den Mörder in mir.* »Nein«, sagte er, wobei er sich aus irgendeinem Grund wieder wie ein Lügner vorkam. »Nein. Das könnte ich nicht.«

◆ ◆ ◆

Die Tage vergingen, und er gab sich mehr und mehr dem Traum hin, dass der König und der Orden ihnen vielleicht gestatten würden, in der Burg zu bleiben – eine dauerhafte Garnison auf cumbraelischem Boden. Er würde über die Burg herrschen, um die cumbraelischen Fanatiker daran zu erinnern, was ihnen ein Aufstand einbringen würde. Sherin könnte eine Mission einrichten und sich um die Kranken in dieser abgelegenen und lebensfeindlichen Gegend kümmern. Gemeinsam würden sie in glücklicher Abgeschiedenheit jahrelang dem Glauben und dem Land dienen. Obwohl er wusste, dass es unmöglich war, träumte er diesen Traum, der ihn mit einer verlockenden Hoffnung erfüllte, je mehr er sich ihm hingab. Caenis würde die Bibliothek der Burg übernehmen und eine Schule für die Kinder der Gegend einrichten, ihnen Lesen und Schreiben beibringen und die Wahrheit des Glaubens verbreiten. Barkus würde die Schmiede leiten und Nortah die Ställe, und Dentos würde Jagdmeister werden. Vaelin würde Bosko und Frentis aus dem Ordenshaus nachkommen lassen, damit sie bei ihnen wohnen konnten. Er wusste, dass es ein Wunschbild war, eine Lüge, die er sich selbst nach jedem Abend in Sherins Gesellschaft erzählte, weil er nicht wollte, dass es irgendwann vorbei war. Weil er den Frieden, den er in ihrer Gegenwart spürte, so lange wie möglich bewahren wollte. Im Geiste begann er sogar schon, einen entsprechenden Vorschlag an Aspekt Arlyn zu verfassen, den er ständig umformulierte. Doch er brachte es nicht fertig, Caenis darum zu bitten, ihn tatsächlich niederzuschreiben. Seine Gedanken laut auszusprechen, würde ihre Widersinnigkeit offenbaren, und er wollte an seinem Traum festhalten.

Am Morgen des neunten Tages wurde endgültig deutlich, wie wenig seine Traumvorstellungen mit der Wirklichkeit zu tun hatten. Er war früh aufgewacht und sah kurz bei den Wachen am Tor und auf der Festungsmauer vorbei, bevor er zum Frühstück gehen wollte. Die Wachposten waren durchgefroren, aber fröhlicher Stimmung, was in ihm den Argwohn weckte, dass sie sich während ihrer Schicht den einen oder anderen Schluck Bruderfreund genehmigt hatten. Er blieb noch einen Moment stehen, um den Blick über die düstere Erhabenheit der Landschaft schweifen zu lassen. *Kein besonders schöner Ort, um hier den Rest des Lebens zu verbringen. Aber friedlich, so herrlich friedlich.*

Noch Jahre später würde er sich daran erinnern, wie die Morgensonne den frischen Schnee auf den umgebenden Berggipfeln blausilbern hatte erstrahlen lassen, wie klar der Himmel und wie schneidend der Wind gewesen war. Er sollte ihn nie vergessen, den Augenblick, bevor alles anders wurde.

Gerade wollte er sich abwenden, als sein Blick auf die lange, schmale Straße fiel, die vom Talboden zur Burg hinaufführte. Ein Reiter näherte sich dort in raschem Tempo. Selbst aus der Ferne konnte er die helle Dampfwolke vor dem Maul des Pferdes sehen, während es sich im Galopp die Straße hinaufquälte. *Dentos*, erkannte er, als der Reiter herangeritten kam. *Dentos ohne Nortah.*

Dentos' Gesicht war grau vor Müdigkeit, als er im Burghof absaß, und ein dunkler Bluterguss zierte seine Wange. »Bruder.« Er begrüßte Vaelin mit einer Stimme, in der Trauer und Erschöpfung lagen. »Ich muss mit dir sprechen.«

Er taumelte ein wenig, und Vaelin streckte eine Hand aus, um ihn zu stützen.

»Was ist los?«, verlangte Vaelin zu wissen. »Wo ist Nortah?«

Dentos zeigte ihm ein bitteres Grinsen. »Vermutlich viele Meilen weit weg.« Seine Miene verfinsterte sich, und er sah zu Boden, als fürchte er sich davor, Vaelins Blick zu begegnen. »Unser Bruder hat versucht, den Kriegsherrn zu töten. Er ist jetzt auf der Flucht, und die Hälfte des königlichen Heers ist ihm auf den Fersen.«

◆ ◆ ◆

»Es hat eine Schlacht gegeben«, sagte Dentos, einen Becher mit warmer Milch in der Hand, in die ein Schuss Brandy gegeben war. Sie saßen im Speisesaal am Feuer; Vaelin hatte noch Barkus, Caenis, Prinz Malcius und Schwester Sherin hinzugerufen, die Dentos' Bluterguss mit einer Salbe behandelt hatte. »Die Cumbraeler hatten etwa fünftausend Männer zusammengezogen, die sich dem königlichen Heer an der Grünwasserfurt entgegenstellten. Keine allzu große Streitmacht gegen die Überzahl des Heeres, aber vermutlich ging es ihnen in erster Linie darum, Zeit zu gewinnen, damit die Stadt ihre Befestigung verstärken konnte. Wahrscheinlich hätten sie viele unserer Gardisten bei der Flussüberquerung getötet, aber der Kriegsherr wandte eine List an. Er versammelte seine gesamte Kavallerie am Südufer, um die Aufmerksamkeit des Gegners darauf zu lenken, und schickte dann die Hälfte seiner Infanterie den Fluss hinunter, wo sie ihn in den frühen Morgenstunden im tiefen Wasser überquerten. Die Strömung hat fünfzig Männern das Leben gekostet, aber der Rest kam ans andere Ufer. Sie sind den Cumbraelern in die rechte Flanke gefallen, als diese noch damit beschäftigt waren, ihre Pfeile auszupacken. Als Nortah und ich dort ankamen, war der Kampf schon so gut wie vorbei. Es sah aus wie in einem Schlachthaus, das Wasser des Flusses war rot gefärbt.«

Dentos hielt inne und trank einen Schluck von seiner Milch. So ernst hatte Vaelin ihn noch nie gesehen. »Am Ende nahmen sie ein paar Hundert Cumbraeler gefangen«, fuhr er fort. »Als wir eintrafen, sprach der Kriegsherr gerade das Todesurteil über sie. Ich glaube nicht, dass er über unsere Neuigkeiten sehr erfreut war.«

»Ihr habt ihm den unterschriebenen Befehl des Königs überreicht?«, fragte Prinz Malcius.

»Jawohl, Hoheit. Er warf einen Blick auf das Siegel und forderte uns dann auf, ihn in sein Zelt zu begleiten. Als er den Befehl gelesen hatte, wollte er von uns wissen, ob wir die Leiche des Thronräubers mit eigenen Augen gesehen hätten und sicher seien, dass er tot sei, und so weiter. Nortah bestätigte ihm, dass das in der Tat der Fall sei, aber der Kriegsherr schnitt ihm das Wort ab. ›Was der Sohn eines Verräters zu mir sagt, schert mich einen feuchten Kehricht‹, erwiderte er.«

»Und deswegen hat Nortah versucht, ihn zu töten?«, fragte Barkus.

Dentos schüttelte den Kopf. »Natürlich war Nortah wütend. Er sah aus, als wollte er den Dreckskerl auf der Stelle umbringen, aber er hat es nicht getan. Hat nur die Zähne zusammengebissen und gesagt: ›Ich bin niemandes Sohn, Lord Al Hestian. Der König setzt Euch darüber in Kenntnis, dass dieser Krieg vorbei ist. Werdet Ihr seinem Befehl folgen?‹« Dentos verstummte, und sein Blick ging in die Ferne.

»Bruder?«, hakte Caenis nach. »Was ist?«

»Der Kriegsherr antwortete, dass er keinen Rat darüber bräuchte, wie er dem König am besten zu dienen hätte. Und bevor er das königliche Heer durch dieses Land voller Ungläubiger wieder in die Heimat führe, wolle er denjenigen, die sich gegen die Krone erhoben hätten, noch ihre gerechte Strafe zuteil werden lassen.«

»Er wollte die Hinrichtung der Gefangenen trotzdem durchführen«, sagte Vaelin. Er erinnerte sich an Nortahs Gemütszustand nach ihrer Rückkehr aus dem Martisch, die müde Verzweiflung in seinen Augen, während er sich betrank, um den Schmerz in seinem Herzen zu betäuben. *Wir werden die verdammten Leugner zum Glauben bekehren. Ob sie nun wollen oder nicht.*

»Ja.« Dentos seufzte. »Nortah sagte ihm, dass er das nicht tun könne. Dass es gegen den Befehl des Königs verstoße. Der Kriegsherr lachte und erwiderte, dass in der Nachricht des Königs nichts darüber stünde, wie mit gefangenem ketzerischen Gesindel zu verfahren sei. Er drohte Nortah damit, ihn zu seinem verräterischen Vater ins Jenseits zu schicken, wenn er ihm nicht aus den Augen trete, und sagte, dass es ihm gleich sei, ob er dem Orden angehöre oder nicht.«

Vaelin schloss die Augen und zwang sich zu fragen: »Wie schwer wurde der Kriegsherr verletzt?«

»Nun ja«, sagte Dentos. »Er wird sich von jetzt an mit der linken Hand den Hintern abwischen müssen.«

»Bei den Ahnen!«, keuchte Caenis.

»Verflucht!«, sagte Barkus.

»Warum hat er ihn nicht getötet?«, fragte Vaelin.

»Weil ich ihn daran gehindert habe«, erwiderte Dentos. »Ich habe seinen nächsten Schlag abgefangen und ihn angefleht, mir sein Schwert zu geben. Ich glaube nicht, dass er mich überhaupt gehört hat. Nortah war vollkommen von Sinnen, ich habe es in seinen Augen gesehen. Wie ein tollwütiger Hund hat er immer wieder versucht, sich auf den Kriegsherrn zu stürzen. Das Schwein kauerte auf den Knien und starrte nur ungläubig seinen blutenden Armstumpf an. Ich habe mit Nortah gekämpft.« Er rieb sich den Bluterguss auf seiner Wange. »Und verloren. Der Kriegsherr hatte Glück, dass in dem Moment seine Wache hereinkam, die den Aufruhr gehört hatte. Nortah hat zwei Männer getötet und die anderen verletzt. Es kamen noch mehr herbeigerannt. Ein paar hat er erschlagen und ist dann zu seinem Pferd gelaufen. Es ist ihm gelungen, unbehelligt durch das gesamte Lager des königlichen Heeres zu reiten. Wer kommt schon auf den Gedanken, dass ein Ordensbruder gerade dem Kriegsherrn eine Hand abgehackt haben könnte? Ich habe mich in der allgemeinen Verwirrung davongeschlichen. Vermutlich wäre ich im Lager nicht mehr sonderlich willkommen gewesen, wenn sich der Staub erst einmal gesetzt hatte. Etwa einen Tag lang habe ich mich im Wald versteckt und bin dann zur Burg zurückgeritten. Unterwegs habe ich Gerüchte über einen Ordensbruder gehört, der den Verstand verloren hat und dem nun das halbe königliche Heer hinterherjagt. Es hieß, er sei als Letztes auf dem Weg nach Westen gesichtet worden.«

»Was bedeutet, dass er eigentlich in eine ganz andere Richtung unterwegs ist«, sagte Barkus. »Sie werden ihn niemals fangen.«

»Das ist eine schlimme Geschichte, Bruder«, sagte Prinz Malcius mit ernster Miene zu Vaelin. »Für gewöhnlich schützt der Orden seine Brüder, aber das hier …« Er schüttelte den Kopf. »Der König wird keine andere Wahl haben, als ein Todesurteil zu sprechen.«

»Dann wollen wir hoffen, dass sich unser Bruder rasch in sichere Gefilde begibt«, sagte Caenis. »Er ist der wahrscheinlich beste Reiter des Ordens und kommt gut in der Wildnis zurecht. Er wird sich vom königlichen Heer nicht so einfach schnappen lassen …«

»Das Heer wird ihn gar nicht schnappen«, sagte Vaelin. Er ging zum Tisch, wo sein Schwert lag, legte sich den Gurt um und zog ihn straff, bevor er sich seinen Umhang über die Schultern warf. Er spürte Sherins Blick auf sich ruhen, vermochte ihr jedoch nicht in die Augen zu sehen. »Bruder Caenis, das Regiment gehört dir. Schicke einen Boten zu Aspekt Arlyn und setze ihn darüber in Kenntnis, dass ich Bruder Nortah verfolge und ihn zur Rechenschaft ziehen werde. Das Regiment wird hier auf die Befehle des Königs warten.«

»Du willst ihn verfolgen?« Barkus wirkte überrascht. »Du hast doch gehört, was der Prinz gesagt hat. Wenn du ihn zurückbringst, wird er gehängt werden. Er ist unser Bruder …«

»Er ist auf der Flucht vor der Justiz des Königs und eine Schande für den Orden. Außerdem bezweifle ich, dass er sich von mir zurückbringen lassen wird.« Er zwang sich, Sherin anzusehen, und suchte nach ein paar Abschiedsworten, aber ihm wollte nichts einfallen. Ihre Augen glänzten, und er konnte sehen, dass sie den Tränen nahe war. *Es tut mir leid,* wollte er sagen, aber er brachte nichts heraus. Die Bürde dessen, was er zu tun hatte, lastete zu schwer auf ihm.

»Wie kommst du überhaupt darauf, dass du ihn finden kannst?«, wollte Barkus wissen. »Er ist ein viel besserer Reiter als du und kennt sich auch besser in der Wildnis aus.«

Aber er wird nicht vom Lied des Blutes geleitet. Es hatte angefangen, als Dentos seine Geschichte begonnen hatte – ein gleichmäßiger Ton, der lauter wurde, wann immer Vaelin an den Norden dachte. »Ich werde ihn finden.«

Er wandte sich um und verneigte sich vor Prinz Malcius. »Mit Eurer Erlaubnis, Hoheit.«

»Ihr geht doch nicht etwa allein?«, fragte der Prinz.

»Ich fürchte, ich muss darauf bestehen.« Er ließ den Blick über seine Brüder schweifen – Barkus war wütend, Caenis verwirrt und Dentos traurig. Er fragte sich, ob sie ihm jemals verzeihen würden. »Kümmert euch um die Männer«, sagte er und verließ den Saal.

SIEBENTES KAPITEL

Die renfaelische Stadt Cardurin war auf einem der Vorberge des nördlichen Gebirges errichtet worden. Während Vaelin sich auf Speiers Rücken in gemächlichem Tempo den Mauern näherte, staunte er über das komplexe Stadtgebilde, die gepflasterten Straßen, die sich in immer engeren und steileren Kurven den Berg hinaufzogen. Zu beiden Seiten erhoben sich hohe, rechteckige Sandsteingebäude, die mit Lehmziegeln gedeckt waren. Die einzelnen Häuserblocks waren durch Brücken miteinander verbunden, geschwungene Bögen, die sich elegant zwischen den Mauern spannten. Er fühlte sich an den Anblick eines steinernen Waldes erinnert.

Von einem Speerträger wurde er mit respektvollem Nicken durch das Tor gewunken. In Renfael hatte der Orden seit jeher hohes Ansehen genossen, woran auch die Vereinigungskriege, im Verlauf derer die Aspekte sich auf die Seite des Königs geschlagen hatten, nichts hatten ändern können. Auf den Straßen jenseits des Tores warfen ihm die Leute neugierige Blicke zu. Er wurde aber nicht offen angestarrt oder gar von jemandem erkannt, wie es zu seinem Leidwesen in Varinsburg häufig geschah.

Er ließ Speier bei einem Stallmeister in der Nähe des Tors zurück, der ihm den Weg zur Mission des sechsten Ordens wies. »Man muss schon etwas klettern, Bruder«, sagte der Mann, nahm Speiers Zügel und wollte dem Pferd über die Nase streicheln.

»Tut das nicht!« Vaelin zog noch gerade rechtzeitig die Hand des Mannes weg, sodass Speiers Zähne ins Leere schnappten. »Er ist ziemlich launisch, und in den letzten zwei Wochen sind wir lange unterwegs gewesen.«

»Oh.« Der Stallmeister wich zurück und grinste Vaelin an. »Ihr seid wahrscheinlich der Einzige, der mit ihm klarkommt, was?«

»Nein, mich beißt er auch.«

Das Missionshaus des sechsten Ordens lag ganz in der Nähe des Berggipfels, und der Stallmeister hatte, was den Aufstieg betraf, nicht übertrieben. Vaelin taten die Beine weh, als er die Glocke an der Missionstür läutete. Der Bruder, der ihm öffnete, war breitschultrig und hatte einen Vollbart. Er blickte Vaelin aus wachen blauen Augen unter buschigen Brauen an.

»Bruder Vaelin?«, fragte er.

Vaelin runzelte überrascht die Stirn. »Werde ich erwartet, Bruder?«

»Vor zwei Tagen ist aus der Hauptstadt ein Reiter eingetroffen. Der Aspekt hat mich über Euer Vorhaben in Kenntnis gesetzt und mir befohlen, Euch jede Unterstützung zu gewähren, solltet Ihr hier vorbeikommen. Ähnliche Schreiben sind vermutlich an sämtliche Missionen im ganzen Land gegangen. Eine traurige Angelegenheit.« Er trat beiseite. »Bitte, Ihr seid gewiss hungrig.«

Vaelin wurde durch einen trübe erleuchteten Korridor und danach mehrere Treppen hinaufgeführt. »Ordenskommandant Artin«, stellte der Bärtige sich vor, während sie die Stufen erklommen. »Tut mir leid, der Aufstieg. Die Renfaeler nennen Cardurin die Stadt der vielen Brücken. Aber eigentlich müsste es die Stadt der zahllosen Treppen heißen.«

»Darf ich fragen, warum Ihr keine Wache an der Tür habt, Bruder?«, erkundigte sich Vaelin.

»Wir brauchen keine. Cardurin ist die sicherste Stadt, in der ich je gewesen bin. Und in der Wildnis gibt es auch keine Gesetzlosen. Das lassen die Lonaker nicht zu.«

»Aber stellen denn nicht die Lonaker selbst eine Gefahr dar?«

»Ach, die kommen nicht hierher. Der Gestank der Stadt gefällt ihnen nicht – ihrer Überzeugung nach verheißt ein schlechter Geruch Unglück. Wenn sie angreifen, dann nehmen sie sich die kleineren Siedlungen an der Grenze vor. Alle paar Jahre gelingt es einem ihrer kriegerischen Anführer, einige Tausend Lonaker für einen größeren Angriff zusammenzurotten, aber selbst dann kommen sie nur selten in die Nähe der Stadtmauern. Auf Belagerungen verstehen sich die Lonaker nicht.«

Vaelin wurde in einen großen Raum geführt, der als Speisesaal der Mission diente, und er aß einen Teller Eintopf, den Bruder Artin aus der Küche hochbrachte. Nach dem Essen breitete der Ordenskommandant eine große Karte auf dem Tisch aus. »Das Werk unserer Brüder aus dem dritten Orden, gerade erst fertig gestellt«, erklärte er. »Eine detaillierte Karte der Grenzlande. Hier.« Er deutete auf das Symbol einer ummauerten Stadt. »Cardurin. Wenn Ihr nach Norden reitet, gelangt Ihr zum Skellanpass, der befestigt ist und dauerhaft von drei Kompanien Brüder bewacht wird. Für einen Flüchtling ist er völlig unüberwindbar. Die Lonaker haben es schon vor einigen Jahrzehnten aufgegeben.«

»Wie kommen sie dann nach Süden?«, fragte Vaelin.

»Durch das Vorgebirge im Westen und Osten. Es ist eine lange Reise, auf der sie leicht verfolgt werden können, aber ihnen bleibt nichts anderes übrig, wenn sie ihre Angriffe fortsetzen wollen. Woher wisst Ihr, dass Euer Bruder ins Land der Lonaker unterwegs ist?«

Er ist nicht mehr mein Bruder, wollte Vaelin sagen, aber er hielt sich zurück. Wann immer er an Nortah dachte, wurde er furchtbar wütend, und es hatte keinen Zweck, seinem Ärger Luft zu machen. »Gibt es einen sicheren Weg dorthin?«, fragte er den Ordenskommandanten, ohne auf dessen Frage einzugehen. »Einen Weg, den ein Alleinreisender nehmen könnte, ohne gesehen zu werden?«

Bruder Artin schüttelte den Kopf. »Die Lonaker merken es immer, wenn wir in ihr Land eindringen, ganz gleich, ob jemand mitten im Winter es allein versucht oder ob eine ganze Kompanie Brüder im Hochsommer den Vorstoß wagt. Sie wissen immer Bescheid. Es hat wohl etwas mit der dunklen Gabe zu tun. Seid gewarnt, Bruder – wenn Ihr ihm dorthin folgt, werdet Ihr früher oder später den Lonakern begegnen.«

Vaelin ließ den Blick über die Karte schweifen, von der Masse aus zerklüfteten Gipfeln, die das Nordgebirge und das Land der Lonaker bildeten, bis zum Skellanpass, der vor einem Jahrhundert befestigt worden war, als der renfaelische Herrscher zu dem Schluss kam, dass die Lonaker eine echte Bedrohung und nicht nur ein ständiges Ärgernis darstellten. Während Vaelin das westliche Vorgebirge betrachtete, wurde das Lied des Blutes in seinem Inneren lauter. Er deutete mit dem Finger auf ein kleines, ihm unbekanntes Symbol auf der Karte. »Was ist das?«

»Die gefallene Stadt? Dorthin wird er nicht gehen. Nicht einmal die Lonaker wagen sich da hinein.«

»Warum?«

»Das ist ein übler Ort, Bruder. Nur Ruinen und Felsgestein. Ich habe die Stadt lediglich einmal aus der Ferne gesehen, und der Anblick hat mir einen Schauder über den Rücken gejagt. Da liegt etwas in der Luft …« Er schüttelte den Kopf. »Ein irgendwie ungutes Gefühl. Die Lonaker nennen sie *Maars Nir-Uhlin Sol*, die Stadt der gestohlenen Seelen. Bei ihnen gibt es viele Geschichten über Menschen, die dorthin gegangen und nicht mehr zurückgekehrt sind. Vor etwa einem Jahr war ein Trupp Brüder des vierten Ordens hier, die nach Leugnern suchten, die in den Norden geflohen waren. Das war nach der Wahl ihres neuen Aspekten und dem Beschluss unseres Ordens, dem Vierten bei der Jagd auf Leugner nicht mehr zu helfen. Sie wollten unbedingt zur gefallenen Stadt reiten, weil sie angeblich Hinweise erhalten hatten, die dorthin führten, auch wenn sie nicht sagen wollten, woher. Meine Warnungen stießen bei ihnen auf taube Ohren. ›Diener des Glaubens müssen sich vor primitivem Aberglauben nicht fürchten‹, sagten sie. Wir haben nur einen von ihnen drei Monate später wiedergefunden, oder vielmehr Teile von ihm, gefroren im Schnee. Etwas muss ihn angegriffen haben. Etwas sehr Hungriges.«

»Vielleicht haben sie sich einfach verirrt und sind erfroren. Ein Wolf oder Bär kann sich über die Leiche hergemacht haben.«

»Das Gesicht des Mannes war zu einem Schrei erstarrt, Bruder. Einen solchen Blick habe ich noch bei keinem Menschen gesehen, ob tot oder lebendig. Er wurde bei lebendigem Leib aufgefressen, und zwar von etwas weit Größerem und Gefährlicherem als einem Wolf. Und Bären hinterlassen keine solchen Spuren.«

Vaelin wandte sich wieder der Karte zu. »Wie viele Tagesritte sind es bis zur gefallenen Stadt?«

Bruder Artin musterte Vaelin mit wachem Blick. »Glaubt Ihr wirklich, dass er dorthin gegangen ist?«

Ich weiß es. »Wie viele Tagesritte?«

»Drei, wenn man sich beeilt. Ich schicke einen Vogel zur Mauer, dass Euch ein Trupp als Begleitung zur Verfügung gestellt wird. Das könnte allerdings ein paar Tage dauern. Ihr könnt Euch so lange hier ausruhen …«

»Ich werde allein reisen, Bruder. Und zwar morgen früh.«

»Allein ins Land der Lonaker? Bruder, das eine unkluge Entscheidung zu nennen, ist noch untertrieben.«

»Enthielt das Schreiben des Aspekten die Anordnung, dass ich nicht allein reisen darf?«

»Nein. Er befahl uns lediglich, Euch zu unterstützen.«

»Nun denn.« Vaelin trat vom Tisch zurück und klopfte Bruder Artin auf die Schulter. »Wenn ich in Eurem Haus übernachten darf und Ihr mir etwas Proviant für die Reise zur Verfügung stellt, so habt Ihr schon genug getan.«

»Wenn Ihr allein dorthin reist, werdet Ihr sterben«, sagte Bruder Artin geradeheraus.

»Dann wollen wir hoffen, dass es mir vorher noch gelingt, meine Mission zu erfüllen.«

◆ ◆ ◆

Das westliche Vorgebirge war felsig und öde und von einer schier endlosen Zahl von Schluchten durchzogen, durch die Vaelin sich einen Weg nach Norden suchen musste. Der Wintereinbruch stand kurz bevor, und die Hügel wurden mit trister Regelmäßigkeit von eisigen Regengüssen heimgesucht. Speier benahm sich widerspenstiger als je zuvor; er warf jedes Mal den Kopf hoch und schnaubte unwillig, wenn Vaelin aufsaß, und selbst die großzügige Menge Zuckerstücke, die Vaelin aus der Vorratskammer der Ordensmission mitgenommen hatte, vermochten ihn nicht gnädiger zu stimmen. Am ersten Tag legte Vaelin kaum mehr als fünfzehn Meilen zurück und schlug unter einer

Felsnase ein Lager auf. Er zog seinen Mantel fest um sich und musste beständig gegen den Wunsch ankämpfen, Bruder Artins eindringlicher Warnung zum Trotz ein Feuer anzuzünden. Als er endlich wegdämmerte, war sein Schlaf unruhig und von Träumen geplagt, an die er sich, als er im trüben Licht des Morgens aufwachte, nur undeutlich erinnern konnte. Das Lied des Blutes war lediglich gedämpft zu hören, aber es führte ihn immer noch eindeutig zu der gefallenen Stadt, wo Nortah ihn mit großer Sicherheit erwarten würde.

Nortah ... Seine Wut kehrte zurück, grimmig und unversöhnlich. *Wie konnte er das bloß tun? WIE KONNTE ER?* Der Zorn war in ihm gewachsen, seit Dentos ihnen seine Geschichte erzählt hatte und ihm voller Entsetzen bewusst geworden war, dass er seinen Bruder suchen und töten musste. Die abgeschlagene Hand von Kriegsherr Al Hestian kümmerte Vaelin wenig – einen Mann, der sich an hilflosen Gefangenen rächen wollte, konnte man nur schwer bedauern. Aber Nortah ... *Er wird kämpfen.* Das wusste er mit schrecklicher Gewissheit. *Er wird kämpfen, und ich werde ihn töten.*

Er aß ein wenig Dörrfleisch zum Frühstück und brach bei leichtem Nieselregen auf. Der Boden war zum Reiten zu steinig, deshalb führte er Speier am Zügel. Er hatte erst wenige Meilen zurückgelegt, als der Lonaker angriff.

Von den Felsen über ihm sprang ein Junge herab, der einen beeindruckenden Salto in der Luft vollführte und dann geschmeidig vor Vaelin auf den Füßen landete. In der einen Hand hatte er einen Knüppel und in der anderen ein langes, gebogenes Messer. Sein Oberkörper war unbekleidet, und er war dürr wie ein Windhund. Vaelin schätzte ihn auf etwa vierzehn oder sechzehn Jahre. Sein Kopf war glattrasiert, und über seinem linken Ohr prangte eine aufwendige Tätowierung. Sein glattes, kantiges Gesicht wirkte entschlossen, als er Vaelin in einer Sprache, die dieser noch nie gehört hatte, eine Herausforderung zurief.

»Es tut mir leid«, sagte Vaelin. »Ich kenne deine Sprache nicht.«

Der junge Lonaker fasste das entweder als Beleidigung oder als eine Annahme seiner Herausforderung auf, denn er ging ohne weitere Umschweife zum Angriff über. Den Knüppel über den Kopf und die Messerhand zum Schlag erhoben, sprang er hoch in die Luft. Es war eine geübte Bewegung, die der Lonaker mit großer Eleganz ausführte.

Vaelin wich dem Knüppel aus und fing die Messerhand des Jungen ab, bevor er ihn mit einem Handkantenschlag gegen die Schläfe außer Gefecht setzte.

Er griff nach seinem Schwert, während er sich nach weiteren Gegnern umsah. Seine Augen glitten über die umliegenden Felsen. *Wo einer ist, sind immer noch mehr*, hatte Bruder Artin ihn gewarnt. Er konnte jedoch nichts entdecken, kein Geräusch, kein Geruch im Wind, nichts, was das leise Prasseln des Regens auf dem Felsgestein gestört hätte. Speier schien ebenfalls nichts wahrzunehmen, denn er begann, an den in Leder gehüllten Füßen des bewusstlosen Jungen zu knabbern.

Vaelin zog ihn weg und hätte sich dafür beinahe einen Tritt mit dem Vorderhuf eingehandelt. Er kauerte sich nieder, um den Jungen zu untersuchen. Sein Atem ging gleichmäßig, und aus Ohren und Nase lief kein Blut. Vaelin lagerte ihn so, dass er nicht an seiner eigenen Zunge ersticken würde, und zog Speier weiter.

Nach rund einer Stunde gingen die Schluchten in etwas über, das Bruder Artin den steinernen Amboss genannt hatte. Es war die merkwürdigste Landschaft, die Vaelin je gesehen hatte – eine weite Ebene aus nacktem Felsgestein, auf der sich kleine Regenwasserpfützen sammelten. Aus der gewellten Oberfläche ragten hier und dort Felsnadeln auf, die wie große, missgestaltete Pilze aussahen. Vaelin konnte nur darüber rätseln, welche Naturkräfte am Werk gewesen waren, um eine solche Landschaft hervorzubringen. Die Cumbraeler behaupteten, ihr Gott hätte die Erde und alles, was sich darauf befand, innerhalb eines Augenblicks erschaffen. Aber als Vaelin die von der Witterung gegrabenen Kanäle in den hoch aufragenden Felsnadeln sah, wurde ihm klar, dass es viele Jahrhunderte gedauert haben musste, bis diese seltsame Landschaft entstanden war.

Er saß wieder auf und ritt im Schritttempo nach Norden, um bis zum Nachteinbruch weitere zehn Meilen zurückzulegen. Im Schutz der größten Felsnadel, die er finden konnte, schlug er sein Lager auf. Wieder zog er seinen Umhang fest um sich und versuchte einzuschlafen. Seine Augenlider begannen gerade herabzusinken, als der junge Lonaker ein zweites Mal angriff.

◆ ◆ ◆

Der Junge schimpfte in seiner unverständlichen Sprache, während Vaelin ihm ein Seil um die Brust band, nachdem er ihm bereits die Hände auf dem Rücken gefesselt hatte. Ein dunkler Bluterguss verunzierte seine Schläfe und ein weiterer erblühte unter seiner Nase, wo Vaelins Fingerknöchel den Nervenpunkt getroffen und ihn bewusstlos geschlagen hatte.

»*Nisha ulniss ne Serantim!*«, schrie der Junge Vaelin an, sein lädiertes Gesicht von Hass verzogen. »*Herin! Garnin!*«

»Ach, sei still«, sagte Vaelin müde und steckte dem Jungen einen Lumpen in den Mund.

Er ließ den gefesselten Lonaker zurück und führte Speier vorsichtig weiter. Der Halbmond spendete zum Glück genügend Licht, sodass er den Boden vor sich erkennen konnte. Er ging so lange, bis er die gedämpften Rufe des Jungen nicht mehr hörte, dann suchte er neben einem großen Felsbrocken Schutz und legte sich zum Schlafen nieder.

◆ ◆ ◆

Am nächsten Tag sah er zum ersten Mal Sonnenschein – einzelne Strahlen, die durch die Wolkendecke fielen und über die gefrorenen Felsen des Amboss tanzten. Die Felsnadeln warfen gewaltige Schatten, und ihre verwitterte Oberfläche schien beinahe zu schimmern. *Das ist wunderschön*, dachte er und wünschte sich, mit einer anderen Absicht hierhergekommen zu sein. Die Last, die sein Herz bedrückte, machte es ihm unmöglich, sich an einfachen Dingen zu erfreuen.

Der Amboss erstreckte sich noch fünf weitere Meilen und ging schließlich in eine Kette niedriger Hügel über, die mit verkrüppelten Kiefern übersät waren, wie sie im Norden überall wuchsen. Sobald Speiers Hufe Gras berührten, galoppierte er unvermittelt los, wobei er ein erleichtertes Schnauben ausstieß. Vaelin gab seinem Drängen nach und ließ ihn laufen. So übellaunig, wie Speier sich sonst benahm, erstaunte es Vaelin, mit welcher Begeisterung er plötzlich über die Hügel preschte. Bei Einbruch der Dämmerung waren sie in Sichtweite der gewaltigen Ebene, auf der die gefallene Stadt lag. Auf der Kuppe des letzten Hügels, wo Vaelin eine gute Sicht auf die Umgebung hatte, schlug er im Schutz einiger Kiefern sein Lager auf.

Er band Speier an einem niedrig hängenden Ast fest und sammelte Holz, stapelte es in einem Steinkreis auf und legte ein paar Kiefernholzspäne als Zündmaterial hinzu. Mit seinem Feuerstein schlug er Funken und blies dann so lange vorsichtig auf die Flammen, bis ein Feuer loderte. Mit überkreuzten Beinen saß er da, das Schwert auf dem Rücken und den Bogen, in den ein Pfeil eingelegt war, in Reichweite. So wartete er. Er hatte bereits am frühen Abend bemerkt, dass er verfolgt wurde, er konnte also getrost Artins Warnung in den Wind schlagen und ein Feuer anzünden.

Die Nacht senkte sich rasch herab. Aufgrund des bedeckten Himmels war die Dunkelheit jenseits des Feuerscheins tief und undurchdringlich. Es dauerte noch eine weitere Stunde, bis das leise Kratzen von Hufen auf Gras einen Besucher ankündigte. Der Mann, der auf sein Lager zukam, war mindestens zwei Meter groß und hatte breite Schultern und muskulöse Arme. Seine Brust wurde von einem Bärenfellwams bedeckt, das ihm bis zur Hüfte reichte. An seinem Gürtel hingen ein Knüppel und ein kleines Beil. Er trug eine Hirschfellhose und Lederstiefel. Wie bei dem Jungen, der Vaelin vor einigen Stunden angegriffen hatte, war auch sein Kopf kahlgeschoren und tätowiert – ein verschlungenes Muster, das um seinen ganzen Schädel herumführte. Seine Arme waren ebenfalls mit Tätowierungen bedeckt: merkwürdige Wirbel und Widerhaken, die sich von den Schultern bis zu den Handgelenken erstreckten. Sein Gesicht war schmal und kantig, wodurch sein Alter schwer zu schätzen war, aber seine dunklen, feindselig dreinblickenden Augen unter der gerunzelten Stirn zeugten von einiger Lebens- und, soweit Vaelin das beurteilen konnte, Kampferfahrung. Er führte ein stämmiges Pony am Zügel, über dessen Rücken eine zappelnde, gefesselte Gestalt lag.

Mit einer Bewegung, die so schnell und geübt war, dass Vaelin mit dem Blick kaum folgen konnte, holte der Lonaker Beil und Knüppel aus dem Gürtel. Er sah zu, wie der Mann die Waffen in den Händen drehte, spürte den Luftzug und kämpfte gegen den Drang an, sein Schwert zu ziehen. Der Mann ließ ihn nicht einen Moment aus den Augen, sein Blick war berechnend und abschätzend. Nach einer Weile knurrte er zufrieden und legte beide Waffen neben dem Feuer auf den Boden. Dann trat er mit erhobenen Händen einen Schritt zurück, wobei sein Blick immer noch feindselig war.

Vaelin schnallte sein Schwert vom Rücken, legte es vor sich hin und hob ebenfalls die Hände. Mit einem erneuten Knurren ging der Lonaker zu dem Pony, zog den gefesselten Jungen von seinem Rücken und ließ ihn unsanft neben Vaelin auf den Boden fallen.

»Das gehört Euch«, sagte er zu Vaelin. Er hatte einen starken Akzent, war aber gut zu verstehen.

Vaelin betrachtete den mit einem Lederstreifen geknebelten Jungen, in dessen Augen Erschöpfung stand. »Ich will es nicht«, sagte er zu dem Lonaker.

Der große Mann musterte ihn einen Moment lang schweigend, dann ging er zur anderen Seite des Feuers und breitete seine Hände darüber aus. »Wenn ein Mann in Frieden mit einem anderen das Feuer teilen will, so ist es unter meinem Volk üblich, ihm Fleisch und etwas zu trinken anzubieten.«

Vaelin griff in seine Satteltaschen und holte etwas Dörrfleisch und einen Trinkschlauch mit Wasser heraus, die er dem Lonaker über das Feuer hinweg zuwarf. Der Mann zog ein kleines Messer aus seinem Stiefel, schnitt sich ein Stück Fleisch ab und verzehrte es rasch. Als er einen Schluck aus dem Trinkschlauch genommen hatte, verzog er jedoch das Gesicht und spuckte auf den Boden. »Wo ist der Wein, den Ihr *Merim Her* so liebt?«, verlangte er zu wissen.

»Ich trinke nur selten Wein.« Vaelin sah zu dem Jungen hinüber. »Wollt Ihr ihm nicht auch etwas zu essen geben?«

»Ob er isst oder nicht, ist Eure Entscheidung. Er gehört Euch.«

»Weil ich ihn besiegt habe?«

»Wenn jemand einen Mann besiegt und ihn am Leben lässt, dann gehört er ihm.«

»Und wenn ich ihn nicht haben will?«

»Dann wird er hier liegen bleiben, bis er verhungert oder von wilden Tieren gefressen wird.«

»Ich könnte seine Fesseln durchschneiden und ihm die Freiheit schenken.«

Der Lonaker lachte rauh. »Für ihn gibt es keine Freiheit. Er ist *varnish*, besiegt, vernichtet und meinem Volk keinen Ziegenschiss mehr wert.« Der Mann musterte den Jungen mit finsterem Blick. »Eine passende Strafe für jemanden, der *Ihr* Wort missachtet und sich von seinem irregeleiteten Stolz zum Ungehorsam verleiten lässt. Schneidet seine Fesseln durch, und er wird auf ewig durch die Wildnis streifen, ohne Waffen und ohne Freunde. Mein Volk wird ihn ächten, und er wird nirgendwo Unterschlupf finden.«

Er sah wieder Vaelin an, und in seinem angespannten Gesicht lag mehr als nur Wut – eine tiefe Empfindung, die sich nicht verbergen ließ. *Sorge. Er hat Angst um den Jungen.*

»Wenn er mir gehört«, sagte Vaelin, »dann kann ich mit ihm machen, was ich will, richtig?«

Der Blick des Lonakers huschte kurz zu dem Jungen zurück. Er nickte.

»Dann schenke ich ihn Euch. Als Dank dafür, dass Ihr mich Euer Land durchqueren lasst.«

Das Gesicht des Lonakers blieb reglos, aber Vaelin sah die Erleichterung in seinen Augen. »Ihr *Merim Her* seid zu weichherzig«, schnaubte er verächtlich. »Schwach und feige. Nur Eure Überzahl macht Euch stark, und das wird nicht ewig so bleiben. Eines Tages werden wir Euch zum Meer zurückdrängen, und die Wellen werden sich von Eurem Blut rot färben.« Er stand auf und ging zu dem Jungen. Mit dem Messer aus seinem Stiefel schnitt er ihm die Fesseln durch. »Ich nehme Euer wertloses Geschenk an, da es alles ist, was Ihr mir zu bieten habt.«

»Gern geschehen.«

Von seinen Fesseln befreit, sank der Junge erschöpft zu Boden. Er wimmerte auf, als der Mann ihn mit einer Ohrfeige und einem Schwall Flüche in seiner eigenen Sprache wieder auf die Beine zerrte. Der Blick des Jungen fiel auf Vaelin, und erneut spiegelten sich Hass und Blutdurst auf seinen Zügen. Er schien sich für einen neuen Angriff bereit zu machen. Der große Lonaker versetzte ihm einen Schlag mit dem Handrücken ins Gesicht, der die Unterlippe des Jungen aufspringen ließ, und schob ihn dann grob zu dem wartenden Pony. Er hob ihn auf den Rücken des Tiers und deutete streng den Hügel hinunter. Der Junge warf Vaelin einen letzten feindseligen Blick zu, bevor er in der Dunkelheit verschwand.

Der Lonaker kehrte zum Feuer zurück und griff nach dem Dörrfleisch, von dem er sich mit finsterer Miene ein weiteres Stück abschnitt.

»Ein guter Vater muss für seinen Sohn viel erleiden«, stellte Vaelin fest.

Der Lonaker funkelte ihn wütend an. »Glaubt ja nicht, dass ich in Eurer Schuld stehe und dass Ihr Euch mit dem Leben meines Sohnes das Recht erkauft hättet, unser Land zu durchqueren. Ihr seid am Leben, weil *Sie* es so will.«

»Sie?«

Der Lonaker schüttelte angewidert den Kopf. »Seit Jahrhunderten kämpft Ihr gegen uns und wisst doch so wenig über uns. *Sie* ist unsere Anführerin und Schutzherrin. *Sie* ist unsere Weisheit und Seele. Unsere Herrscherin und Dienerin.«

Vaelin erinnerte sich an seine geträumte Begegnung mit Nersus Sil Nin im Martisch. Was hatte sie über die Lonaker gesagt? *Ich hätte mir denken können, dass die Hohepriesterin einen Weg finden würde.* »Die Hohepriesterin. Sie ist Eure Anführerin?«

»Hohepriesterin.« Der Lonaker sprach das Wort so aus, als würde er eine unbekannte Speise kosten. »Von mir aus nennt sie so. Eure primitive Sprache eignet sich schlecht, um unsere Gepflogenheiten zu beschreiben.«

»Ihr sprecht meine primitive Sprache sehr gut. Wo habt Ihr sie gelernt?«

Der Lonaker zuckte mit den Achseln. »Bei unseren Angriffen machen wir gelegentlich Gefangene, auch wenn sie uns wenig nützen. Die Männer sind zu schwach, um länger als eine Jahreszeit für uns zu arbeiten. Dann sterben die meisten. Und die Frauen gebären kränkliche Kinder. Aber einmal haben wir einen Mann in einem grauen Gewand gefangen genommen. Er nannte sich Bruder Kellin. Er war ein Heiler und lernte schnell. Nach einer Weile sprach er unsere Sprache so gut wie seine eigene. Ich habe mich von ihm unterrichten lassen.«

»Wo ist er jetzt?«

»Letzten Winter ist er krank geworden. Er war alt, wir haben ihn im Schnee zurückgelassen.«

Vaelin begriff allmählich, warum die Lonaker überall Abscheu erregten. »Eure Hohepriesterin hat also befohlen, mich unbehelligt zu lassen?«

»Eine Botschaft kam vom Berg herab. Einer der *Merim Her* würde allein durch unser Land reisen, der größte Krieger dieses Volkes, der seinem Bruder nach dem Leben trachtet. Ihm darf kein Leid geschehen.«

Der seinem Bruder nach dem Leben trachtet … Anscheinend sieht die Hohepriesterin sehr viel. »Warum?«

»*Sie* erklärt nichts. Die Botschaften, die vom Berg herabkommen, dürfen nicht infrage gestellt werden.«

»Und dennoch hat Euer Sohn versucht, mich zu töten.«

»Die Jungen streben danach, durch verbotene Taten zu Ruhm zu kommen. Er hatte sich ausgemalt, Euch besiegen zu können und dadurch zu Ansehen zu gelangen. Der mächtigste Schwertkämpfer der *Merim Her*, von seinem Messer bezwungen. Wie kann ich die Götter so aufgebracht haben, dass sie mir einen Narren zum Sohn gegeben haben?« Er räusperte sich und spuckte ins Feuer. Dann sah er Vaelin an. »Wieso habt Ihr ihn verschont?«

»Es gab keinen Grund, ihn zu töten. Und grundloses Töten verstößt gegen den Glauben.«

»Bruder Kellin hat oft von Eurem Glauben erzählt, endlose Lügen. Wie kann ein Mensch an etwas glauben, aber keinen Gott haben, der ihn bestraft, wenn er gegen seine Überzeugungen verstößt?«

»Götter sind Trugbilder, und als solche können sie die Menschen nicht bestrafen.«

Der Lonaker biss noch ein Stück Fleisch ab und schüttelte den Kopf, sein Blick beinahe traurig. »Ich habe die Stimme des Feuergottes Nishak vernommen, tief in den dunklen Stätten unter dem rauchenden Berg. Das war kein Trugbild.«

Feuergott? Offenbar hatte der Mann das Echo in einer Höhle für die Stimme eines seiner Götter gehalten. »Was hat er zu Euch gesagt?«

»Viele Dinge. Die nicht für Eure Ohren bestimmt sind, *Merim Her*.« Er warf Vaelin das Dörrfleisch und den Wasserschlauch vor die Füße. »Es bringt Pech, wenn ein Mann seinem Bruder nach dem Leben trachtet. Warum tut Ihr das?«

Vaelin war versucht, die Frage einfach zu übergehen und zu schweigen, bis der Lonaker seiner Wege ging. Es gab nichts mehr, worüber sie sich unterhalten konnten, und die Gesellschaft des Mannes war ihm unangenehm. Aber irgendetwas brachte ihn doch dazu, die Gefühle, die ihn so sehr schmerzten, in Worte zu fassen. *Es ist leichter, einem*

Fremden sein Herz auszuschütten. »Er ist nicht mein richtiger Bruder, sondern mein Bruder im Glauben. Wir gehören demselben Orden an, und er hat ein schlimmes Verbrechen begangen.«

»Und deshalb wollt Ihr ihn töten?«

»Es geht nicht anders. Er wird sich gewiss nicht von mir gefangen nehmen lassen, um sich seiner gerechten Strafe zu stellen. Hat die Hohepriesterin angeordnet, ihn ebenfalls unbehelligt zu lassen?«

Der Lonaker nickte. »Der mit den gelben Haaren ist vor sieben Tagen hier durchgeritten, auf dem Weg nach *Maars Nir-Uhlin Sol.* Habt Ihr vor, ihm dorthin zu folgen?«

»Mir bleibt nichts anderes übrig.«

»Dann werdet Ihr dort sicherlich nur noch eine gelbhaarige Leiche vorfinden. In den Ruinen regiert der Tod.«

»Davon habe ich gehört. Wisst Ihr, was es ist, das in der gefallenen Stadt den Tod bringt?«

Im Gesicht des Lonakers zuckte es verärgert. Furcht war offenbar ein heikles Thema. »Unser Volk geht schon seit mehr als fünf Wintern nicht mehr dorthin. Und auch davor hat uns dieser Ort nie gefallen. Dort liegt etwas in der Luft, das die Seele eines Menschen niederdrückt. Dann begannen die Leichen aufzutauchen. Erfahrene Jäger und Krieger, die von etwas Unsichtbarem zerrissen wurden, ihre Gesichter in Furcht erstarrt. Kein schönes Ende, von einer Bestie getötet zu werden, selbst wenn es eine magische Bestie ist.« Er blickte zu Vaelin hoch. »Wenn Ihr dorthin geht, werdet Ihr bald genauso tot sein wie Euer Bruder.«

»Mein Bruder ist nicht tot.«

Er wusste es, spürte es im Lied des Blutes. Nortah war noch am Leben. Und wartete.

Unvermittelt griff der Lonaker nach seinen Waffen und stand auf, wobei er Vaelin einen feindseligen Blick zuwarf. »Wir haben uns lange genug unterhalten, *Merim Her.* Ich will mich nicht länger mit Eurer Gesellschaft besudeln.«

»Vaelin Al Sorna«, sagte Vaelin.

Der Lonaker musterte ihn misstrauisch. »Was?«

»Das ist mein Name. Habt Ihr auch einen?«

Der Lonaker betrachtete ihn noch einen Moment lang schweigend;

die Feindseligkeit war aus seinem Blick gewichen. Schließlich schüttelte er den Kopf. »Das ist nicht Euer Name.«

Damit verschwand er lautlos in der Dunkelheit jenseits des Feuers.

◆ ◆ ◆

Der Turm musste mindestens zweihundert Fuß hoch sein, und Vaelin konnte nur erahnen, wie beeindruckend er einst gewesen war: ein Pfeil aus rotem Marmor und grauem Granit, der auf den Himmel gerichtet war. Jetzt war es eine von Rissen durchzogene und mit Unkraut überwucherte Straße, die ihn ins Herz der gefallenen Stadt führte. Als er sich die Trümmer genauer ansah, entdeckte er, dass sie ehemals mit schönen Reliefs geschmückt gewesen waren, auf denen zahllose Tiere und nackte, tanzende Menschen abgebildet waren. Die Steinfriese, welche die älteren Gebäude der Hauptstadt zierten, zeigten ausschließlich Kampfszenen – Krieger mit uralten Waffen, die vergessene Schlachten schlugen. Hier gab es keine Schlachten; die Reliefs wirkten fröhlich, oftmals sinnlich, aber niemals gewalttätig.

Die Morgensonne war hinter einer dicken Wolkendecke aufgegangen, die Schnee mit sich brachte. Ein heftiger Wind wehte, der, wie Vaelin wusste, im Laufe des Tages nur noch an Stärke gewinnen würde. Er zog seinen Umhang fester um sich und trieb Speier an. Auch wenn der Hengst weniger widerspenstig war als sonst, hatte Vaelin ihn noch nie so angespannt gesehen. Seine Augen waren weit aufgerissen, und bei dem kleinsten Geräusch wieherte er nervös. Es lag an der Stadt, das wusste Vaelin. Der Lonaker und Bruder Artin hatten nicht übertrieben: An diesem Ort herrschte eine bedrückende Atmosphäre, die immer dichter wurde, je näher er den gezackten Umrissen der Ruinen kam – ein dumpfer Schmerz in seinem Hinterkopf. Das Lied des Blutes hatte sich ebenfalls verändert. Es klang weniger gleichförmig, sondern schriller, drängender.

Er lenkte Speier auf einen zentralen Torbogen zu, unweit des Ortes, wo der umgestürzte Turm einst gestanden haben musste. Sie waren nur wenige Schritt geritten, als Speier plötzlich zu zittern begann. Er riss die Augen noch weiter auf, scheute und warf wild den Kopf hin und her.

»Ganz ruhig!« Vaelin versuchte, den Hengst zu besänftigen, indem er ihm den Hals streichelte, aber das Tier war außer sich vor Furcht, wieherte schrill und warf Vaelin mit einem ruckartigen Aufbäumen ab. Es galoppierte davon, ehe Vaelin nach den Zügeln greifen konnte.

»Komm zurück, du elender Klepper!«, wütete er. Doch die einzige Antwort war fernes Hufgetrappel. »Hätte ihm schon vor Jahren die Kehle durchschneiden sollen«, brummte Vaelin.

»Keine Bewegung, Bruder.«

Nortah stand unter dem teilweise eingestürzten Torbogen. Sein blondes Haar reichte ihm fast bis zu den Schultern, und an seinem Kinn waren die Ansätze eines Bartflaums zu sehen. Statt seines Ordensgewandes trug er eine Antilopenfellhose und ein Lederwams. Abgesehen von dem Jagdmesser in seinem Gürtel war er unbewaffnet. Vaelin hatte Trotz erwartet, gepaart mit Nortahs üblichem spöttischem Gehabe. Deshalb war er überrascht, dass Nortahs Gesichtsausdruck eine tiefe Besorgnis zeigte.

»Bruder«, sprach er Nortah förmlich an, »Aspekt Arlyn befiehlt dir, augenblicklich zum Ordenshaus zurückzukehren …«

Nortah schien ihn kaum zu hören. Mit erhobenen Händen kam er näher, und Vaelin bemerkte, wie sein Blick von ihm abglitt und sich stattdessen auf etwas hinter ihm richtete …

Vaelin wirbelte herum und zog in einer fließenden Bewegung sein Schwert aus der Scheide.

»NEIN!« Nortahs Schrei kam zu spät. Etwas Großes und unglaublich Starkes prallte von der Seite gegen Vaelin – die Wucht presste ihm den Atem aus den Lungen, er verlor sein Schwert und flog gute zehn Fuß durch die Luft, um schließlich hart auf dem Boden aufzuschlagen.

Er griff nach dem Dolch in seinem Stiefel und atmete keuchend ein, wobei er ein heftiges Stechen in der Brust verspürte. Offenbar war mindestens eine seiner Rippen gebrochen. Als er sich aufrichten wollte, schrie er vor Schmerzen und stürzte gleich wieder zu Boden. Ihm war übel, und der Boden unter ihm schwankte. *Mehr als nur eine gebrochene Rippe.* Den Dolch fest umklammert, versuchte er noch einmal hochzukommen und sah Nortah über sich stehen. In Erwartung eines Angriffs wich Vaelin zurück und drehte den Dolch herum, um einen Schlag abzuwehren …

Nortah stand jedoch mit dem Rücken zu ihm. Er hatte die Hände über den Kopf erhoben und winkte hektisch. »NEIN! Nein! Lass ihn in Ruhe!«

Ein Geräusch war zu hören, das an ein Fauchen oder Knurren erinnerte, aber nichts mit dem eines Hundes gemein hatte.

Im Urlisch und im Martisch war Vaelin Wildkatzen begegnet, doch die Bestie, der er sich jetzt gegenübersah, unterschied sich in Größe und Gestalt so sehr von ihnen, dass sie zu einer gänzlich anderen Spezies zu gehören schien. Sie war etwa vier Fuß groß, und ihr schlanker, kräftiger Körper war von einem schneeweißen Fell mit schwarzen Streifen bedeckt. Aus den gewaltigen Pfoten ragten mehr als zwei Zoll lange Klauen, und die grünen Augen in der gestreiften Maske ihres Gesichts funkelten bösartig. Als Vaelin dem Tier in die Augen sah, zischte es und entblößte Reißzähne, die an Dolche aus Elfenbein erinnerten.

»NEIN!«, schrie Nortah und stellte sich zwischen Vaelin und die Raubkatze. »Nein!«

Die Katze knurrte erneut und schlug mit einer Pfote verärgert in die Luft. Dann lief sie nach links, um sich seitlich an Nortah vorbeizuschleichen. Vaelin war erstaunt. *Hat sie etwa Angst vor ihm?*

Ein Klatschen war zu hören, das laut und scharf in der kalten Bergluft widerhallte. Vaelin riss sich vom Anblick der knurrenden Katze los und sah in einiger Entfernung eine junge Frau stehen. Sie war schlank und hatte braune Haare und ein vertrautes, hübsches Gesicht.

»Sella?«, sagte er, worauf ihn eine neue Schmerzwelle überrollte, die seine Sinne trübte. Als er wieder etwas sehen konnte, stand die junge Frau über ihm und lächelte ihn an. Die Katze war an ihrer Seite und schmiegte sich an ihr Bein, während sie ihr Fell streichelte. Hinter ihr sah er noch andere Gestalten aus den Ruinen treten. Es waren Dutzende, Junge und Alte, Männer und Frauen.

»Bruder?« Nortah kniete sich neben ihm nieder. Sein Gesicht war blass vor Sorge. »Bist du verletzt?«

»Ich …« Als er Nortahs besorgten Blick sah, fühlte er Scham in sich aufsteigen. *Ich bin hierhergekommen, um dich zu töten, mein Freund. Was für ein Mann bin ich nur?* »Mir geht es gut«, sagte er und wollte sich aufrichten, nur um wegen des plötzlich aufflammenden heftigen Schmerzes in seiner Brust das Bewusstsein zu verlieren.

Achtes Kapitel

L eise Stimmen weckten ihn, die angespannt klangen.

»… ist eine Gefahr für uns alle«, flüsterte ein Mann aufgebracht.

»Nicht mehr als ich«, antwortete eine vertraute Stimme.

»Ihr seid ebenso ein Flüchtling wie wir alle, Bruder. Er dagegen gehört zu dem Orden, der unseresgleichen tötet.«

»Dieser Mann steht unter meinem Schutz. Ihm darf nichts geschehen.«

»Davon spreche ich ja auch gar nicht. Aber es gibt Möglichkeiten, seinen Schlaf zu verlängern …«

»Dafür ist es ein bisschen spät«, sagte Vaelin und öffnete die Augen.

Er lag auf Fellen in einem großen, leeren Raum, dessen Wände und Decke mit verblassten Gemälden von Tieren und merkwürdigen Meeresgeschöpfen, deren Namen er nicht kannte, reich verziert waren. Auf dem Fußboden befand sich ein großes Mosaik, das einen mit Früchten beladenen Birnbaum zeigte, der von fremden Symbolen und vielfältigen, verschlungenen Mustern umgeben war. Nortah stand mit einem schlanken Mann, der graues Haar und wachsame Augen hatte, neben der Tür.

»Bruder«, sagte Nortah mit einem Lächeln. »Geht es dir gut?«

Vaelin betastete seine Seite, in der Erwartung, dass es wehtun würde, spürte jedoch keinen Schmerz. Als er die Felle herunterzog, stellte er fest, dass nicht einmal ein Bluterguss zu sehen war. Seine Haut war glatt und makellos. »Anscheinend ja. Ich hätte gedacht, dass die Bestie mir mindestens eine Rippe gebrochen hat.«

»Das hat sie auch. Und nicht nur das«, sagte der schlanke Mann. »Flechter hatte die halbe Nacht mit Euch zu tun. Schneetanz ist kein leicht zu beherrschendes Tier, nicht einmal für Sella.«

»Schneetanz?«

»Die Katze«, erklärte Nortah. »Eine Streitkatze, die von der Eishorde zurückgelassen wurde. Offenbar haben einige von ihnen den Fehler begangen, nach ihrer Niederlage gegen den Turmherrn ins Land der Lonaker einzudringen. Sella hat die Katze gefunden, als sie noch ein Jungtier war. Und es heißt, sie sei noch nicht ganz ausgewachsen.«

»Sie ist groß und wild genug, um uns zu beschützen«, sagte der schlanke Mann und schenkte Vaelin einen kalten Blick. »Bis jetzt jedenfalls.«

»Das ist Harlick«, sagte Nortah. »Er fürchtet sich vor dir. So wie die meisten hier.«

»Von wem sprichst du?«

»Die Menschen, die hier leben. Sie sind ein merkwürdiger Haufen.« Er ging in eine Ecke des Raums, wo Vaelins Kleider und Waffen aufgestapelt lagen, und warf ihm ein Hemd zu. »Zieh dich an. Ich führe dich durch die gefallene Stadt.«

Draußen stand die Sonne hoch, wärmte die Luft und vertrieb die Schatten aus den Ruinen. Sie traten aus einem Haus, das, seiner Größe und den Symbolen nach zu urteilen, die in den Türsturz über dem Eingang geritzt waren, einmal ein bedeutsames Gebäude gewesen sein musste.

»Harlick glaubt, dass es eine Bibliothek gewesen ist«, sagte Nortah. »Und er sollte es wissen, schließlich war er mal in der Großen Bibliothek in Varinsburg angestellt. Aber was mit all den Büchern geschehen ist …« Er zuckte mit den Achseln.

»Wahrscheinlich schon vor Ewigkeiten zu Staub zerfallen«, sagte Vaelin. Als er sich umschaute, überwältigte ihn der Eindruck von ausgelöschter Schönheit. Die Eleganz der Gebäude, deren Abglanz noch in ihrer Bauweise und den Verzierungen zu spüren war, hatte unter dem Fall der Stadt stark gelitten. Er entdeckte Kerben in den Fassaden und zerbrochenen Statuen – keine Altersrisse, sondern in den Stein gehauene Narben. Außerdem fiel ihm auf, dass die größeren Bauwerke alle in unterschiedliche Richtungen gestürzt waren, als hätte sie jemand wahllos umgerissen. Die Zerstörung wirkte derart brachial, dass sie nicht nur auf den jahrelangen Zerfall unter dem Einfluss der Elemente zurückzuführen sein konnte.

»Die Stadt wurde angegriffen«, murmelte er. »Und vor vielen Jahrhunderten in Schutt und Asche gelegt.«

»Sella hat das Gleiche gesagt.« Nortahs Miene verfinsterte sich ein wenig. »Sie hat manchmal Träume. Albträume über das, was hier geschehen ist.«

Vaelin wandte sich ihm zu und musterte argwöhnisch sein Gesicht. Nortah hatte sich tatsächlich verändert. An die Stelle der Müdigkeit, die seit ihrer Zeit im Martisch in seinem Blick gelegen hatte, war etwas anderes getreten – etwas, das Vaelin nicht gleich erkannte. *Er ist glücklich.*

»Bruder«, sagte er. »Ich muss dich etwas fragen: Hat sie dich berührt?«

Nortahs Miene wirkte belustigt und wachsam zugleich. »Mein Vater hat mir einmal gesagt, dass es Dinge gibt, über die ein wahrer Edelmann nicht spricht.«

Einen Moment lang wusste Vaelin nicht, ob er neidisch oder wütend darüber sein sollte, mit welcher Leichtigkeit Nortah mit seinen Gelübden gebrochen hatte. Es überraschte ihn selbst, dass er weder das eine noch das andere war. »Ich meinte …«

Klauen kratzten über Stein, und Vaelin kämpfte gegen die Furcht an, die in ihm aufsteigen wollte, als die Streitkatze Schneetanz auf sie zugelaufen kam. Sie sprang über eine umgestürzte Säule und hätte Nortah beinahe von den Füßen gerissen, als sie ihren großen Kopf mit einem lauten Schnurren gegen ihn drückte.

»Hallo, du wilde Bestie«, begrüßte Nortah sie und kraulte sie hinter den Ohren, als würde es sich um ein kleines Kätzchen handeln. Vaelin trat unwillkürlich einen Schritt zurück. Gegen dieses mächtige Tier wirkte sogar Bosko schwach.

»Sie wird dir nichts tun«, versicherte ihm Nortah und streichelte der

Katze das Kinn, während sie den Kopf schief hielt. »Sella wird das nicht zulassen.«

Nortah führte ihn durch die Ruinen zu einer Gruppe von Gebäuden, die weniger verfallen waren als die anderen. Dort lebten etwa dreißig Menschen unterschiedlichen Alters. Auch ein paar Kinder liefen umher. Die meisten der Erwachsenen musterten Vaelin mit einer Mischung aus Furcht und Argwohn, manche sogar offen feindselig. Seltsamerweise schienen sie sich vor Schneetanz nicht zu fürchten; einige der Kinder kamen sogar herbeigelaufen, um die Katze zu streicheln.

»Warum hast du ihm nicht das Schwert abgenommen?«, wollte ein großer Mann mit einem schwarzen Bart von Nortah wissen. Er hielt einen schweren Kampfstab umklammert, und ein kleines Mädchen lugte mit vor Angst und Neugier weit aufgerissenen Augen hinter seinen Beinen hervor.

»Weil mir das nicht zusteht«, erwiderte Nortah in besänftigendem Tonfall. »Und ich würde dir auch raten, es nicht zu versuchen, Rannil.«

Während ihres Rundgangs durch das Lager fiel Vaelin auf, dass die Menschen seinem Blick auswichen. Manche bedeckten sogar ihre Gesichter, obwohl er keinen von ihnen kannte. In seinem Inneren murmelte das Lied des Blutes in einer Tonlage, die er noch nie gehört hatte – es war fast wie ein Wiedererkennen.

Nortah blieb neben einem kräftigen jungen Mann stehen, der ihnen im Gegensatz zu den anderen keinerlei Beachtung schenkte. Er war von mehreren Haufen Schilfrohr umgeben, und seine Hände verflochten geschickt die langen Halme. In der Nähe lagen einige fertige kegelförmige Körbe, die alle nahezu gleich aussahen.

»Das ist Flechter«, sagte Nortah zu Vaelin. »Ihm hast du deine geflickten Rippen zu verdanken.«

»Ihr seid ein Heiler?«, fragte Vaelin den jungen Mann.

Flechter sah mit leerem Blick und einem angedeuteten Lächeln auf seinem breiten Gesicht zu Vaelin hoch. Nach einer Weile blinzelte er, als würde er Vaelin jetzt erst wahrnehmen. »Alles kaputt da drinnen«, sagte er, und die Worte sprudelten so schnell aus ihm hervor, dass Vaelin ihnen kaum folgen konnte. »Knochen und Adern, Muskeln und Organe. Musste heil gemacht werden. Keine leichte Sache.«

»Ihr habt mich wieder gesund gemacht?«, fragte Vaelin.

»Gesund gemacht«, wiederholte Flechter. Er blinzelte erneut und wandte sich dann wieder seiner Arbeit zu. Er blickte nicht auf, als Nortah Vaelin wegzog.

»Ist er schwachsinnig?«, fragte Vaelin.

»Das weiß keiner so genau. Er sitzt den ganzen Tag da und flicht Körbe, ohne viel zu sprechen. Seine Flechtarbeit legt er nur beiseite, wenn jemand geheilt werden muss.«

»Wie kann er die Heilkunst erlernt haben?«

Nortah blieb stehen und rollte an seinem linken Arm den Ärmel seines Hemdes hoch. Über seinen Unterarm verlief eine dünne, kaum sichtbare Narbe. »Als ich aus dem Zelt des Kriegsherrn geflohen bin, hat mich einer seiner Falken mit einer Lanze erwischt. Ich habe die Wunde so gut wie möglich genäht, aber ich bin kein Heiler. Als ich bei den Bergen angekommen war, hatte bereits der Wundbrand eingesetzt – die Haut rund um den Schnitt war schwarz und stank. Bald darauf stieß ich auf diese Menschen hier, und Flechter legte seine Hände auf meinen Arm. Es fühlte sich … warm an, fast wie ein Brennen. Als er mich wieder losließ, sah die Wunde so aus.«

Vaelin blickte zu Flechter hinüber, der inmitten des Schilfrohrs und der Körbe kauerte, und das Lied des Blutes meldete sich in seinem Inneren. »Die dunkle Gabe«, sagte er. Als er seinen Blick über die argwöhnischen Gesichter um ihn herum schweifen ließ, wurde ihm klar, weshalb das Lied einen neuen Ton angenommen hatte. »Alle hier besitzen sie.«

Nortah beugte sich vor und flüsterte ihm ins Ohr: »Und du ebenfalls, Bruder. Wie hättest du mich sonst finden können?« Vaelins erschrockener Gesichtsausdruck entlockte ihm ein Grinsen. »All die Jahre hast du es gut versteckt. Keiner von uns hat etwas geahnt. Aber vor ihr konntest du es nicht verbergen. Sie hat mir erzählt, was du für sie getan hast. Und dafür möchte ich dir herzlich danken. Schließlich wäre ich ihr sonst niemals begegnet. Komm, sie wartet.«

Sie fanden Sella auf einem großen Platz in der Mitte der Stadt. Rauch stieg von einem Lagerfeuer auf, und darüber hing ein großer Topf Suppe. Sie war nicht allein; Speier stand neben ihr und schnaubte glücklich, während sie seine Flanken streichelte. Sein Schnauben verwandelte sich in ein vertrautes ärgerliches Wiehern, als er Vaelin bemerkte – ganz so, als sei er wütend über die Störung.

Sella umarmte Vaelin mit einem herzlichen Lächeln, wenngleich ihm auffiel, dass sie Handschuhe trug und die direkte Berührung mit seiner Haut vermied. Ihre Gesten waren genauso schnell und fließend, wie er es in Erinnerung hatte. *Du bist größer geworden*, sagte sie.

»Du auch.« Er nickte in Speiers Richtung, der jetzt an einem Ginsterbusch knabberte und seinem Herrn betont die kalte Schulter zeigte. »Er mag dich. Sonst hasst er jeden, dem er begegnet.«

Das ist kein Hass, erwiderte sie. *Sondern Wut. Für ein Pferd hat er ein erstaunlich langes Gedächtnis. Er erinnert sich an die Ebenen, wo er aufgewachsen ist. An endlose Grasflächen und einen grenzenlosen Himmel. Er sehnt sich danach, dorthin zurückzukehren.*

Sie hielt inne, um Nortah auf die Lippen zu küssen, als dieser sie in unbekümmerter Vertrautheit an sich zog. Der Anblick erfüllte Vaelin mit leichtem Unbehagen. *Sie hat ihn also tatsächlich berührt.*

Speier wieherte ängstlich, als Schneetanz in Sicht kam, und wäre geflohen, wenn Sella ihm nicht beruhigend den Hals gestreichelt hätte. Sie wandte sich der Streitkatze zu, die mitten in der Bewegung verharrte. Vaelin hörte das Lied des Blutes flüstern, während Sella der Katze tief in die Augen sah. Schneetanz blinzelte und schüttelte verwirrt den Kopf. Dann lief die Katze davon und verschwand zwischen den Ruinen.

Sie wollte mit deinem Pferd spielen, sagte Sella. *Von nun an wird sie sich von ihm fernhalten.* Sie ging zum Feuer und nahm den Topf vom Dreifuß.

»Möchtest du mit uns essen, Bruder?«, fragte Nortah.

Vaelin bemerkte, dass er furchtbar hungrig war. »Sehr gern.«

In dem Topf war Ziegenfleischsuppe, die mit Thymian und Salbei gewürzt war, die in den Ruinen offenbar reichlich wuchsen. Wie üblich schlang Vaelin seine Portion hinunter, ohne sich um Tischsitten zu scheren. Er sah, wie Nortah Sella ansah und entschuldigend mit den Schultern zuckte. Sie lächelte nur und schüttelte den Kopf.

»Wie geht es Dentos?«, fragte Nortah.

»Er ist etwas angeschlagen. Du hättest ihm beinahe den Wangenknochen gebrochen.«

»Er hat mich auch nicht eben sanft behandelt. Die Falken haben ihn also nicht erwischt?«

»Nein, er ist wohlbehalten in die Hohe Burg zurückgekehrt.«

»Das freut mich. Waren sie wütend, er und die anderen?«

»Nein, sie waren besorgt. *Ich* war wütend.«

Nortahs Lächeln wirkte auf einmal wachsam. »Bist du hierhergekommen, um mich zu töten, Bruder?«

Vaelin sah ihm direkt in die Augen. »Ich wusste, dass du nicht freiwillig mitkommen würdest.«

»Du hattest recht. Und nun?«

Vaelin zeigte auf die Kette mit dem Medaillon an Nortahs Hals und bedeutete ihm, sie ihm zu reichen. Nach kurzem Zögern nahm Nortah das kleine Metallmedaillon des blinden Kriegers, zog sich die Kette über den Kopf und reichte sie Vaelin.

»Nun gibt es keinen Grund mehr«, sagte Vaelin und legte sich die Kette um. »Unklugerweise bist du, geschwächt von deiner Wunde, ins Land der Lonaker eingedrungen. Nachdem du mehrere Angriffe der Lonaker abgewehrt hattest, bist du leider einer namenlosen, aber für ihre Wildheit bekannten Bestie zum Opfer gefallen, die die Umgebung der gefallenen Stadt unsicher macht.« Er berührte das Medaillon. »Ich hätte deine Überreste beinahe nicht erkannt, wenn ich nicht das hier gefunden hätte.«

Werden sie dir glauben?, fragte Sella.

Vaelin zuckte mit den Schultern. »Sie haben mir ja auch geglaubt, was ich über dich gesagt habe. Außerdem zählt vor allem die Meinung des Königs, und ich würde denken, dass er mich beim Wort nehmen und nicht weiter nachforschen wird.«

»Der König schenkt dir also tatsächlich Gehör«, sagte Nortah. »Wir haben es schon vermutet. Hat der Kriegsherr überlebt?«

»Anscheinend ja. Das königliche Heer ist nach Asrael zurückgekehrt, und Lord Mustor herrscht jetzt als Erzfürst in der cumbraelischen Hauptstadt.«

»Und die cumbraelischen Gefangenen?«

Vaelin zögerte. Er hatte die Geschichte von Bruder Artin gehört und war sich nicht sicher, wie Nortah auf die Neuigkeiten reagieren würde, kam jedoch zu dem Schluss, dass er ein Recht darauf hatte, die Wahrheit zu erfahren. »Wie du weißt, ist der Kriegsherr bei den Falken sehr beliebt. Nachdem du ihn verletzt hattest, kam es zu einem Aufruhr unter ihnen, und die Gefangenen wurden bis auf den letzten Mann getötet.«

Trauer machte sich auf Nortahs Miene breit. »Dann war also alles umsonst.«

Sella streckte die Hand aus und drückte kurz die seine. *Nicht ganz umsonst,* sagte sie. *Immerhin hast du mich gefunden.*

Nortah zwang sich zu einem Lächeln und stand auf. »Ich sollte jagen gehen.« Er küsste Sella auf die Wange und schulterte Köcher und Bogen. »Unsere Fleischvorräte gehen zur Neige. Außerdem habt ihr euch wahrscheinlich einiges zu erzählen.«

Vaelin sah ihm nach, während er zum Nordrand der Stadt davonging. Nach einer Weile tauchte Schneetanz auf und schloss sich ihm an.

Ich weiß, was du denkst, sagte Sella, als er sich wieder zu ihr umdrehte.

»Du hast ihn berührt«, erwiderte Vaelin.

Ja, aber nicht so, wie du meinst, war ihre Erwiderung. *Du besitzt noch etwas, das mir gehört.*

Vaelin nickte und zog unter seinem Hemdkragen das Seidentuch hervor, das sie ihm einst gegeben hatte. Er band es von seinem Hals los und reichte es ihr, merkwürdig zögerlich. Es hatte ihn so lange begleitet, dass er sich nun gar nicht vorstellen konnte, es herzugeben.

Sella lächelte traurig, als sie es auf den Knien ausbreitete und mit den Fingern über das zarte, mit einem Goldfaden gewebte Muster strich. *Meine Mutter hat das ihr ganzes Leben lang getragen,* sagte sie. *Bei ihrem Tod hat sie es mir vererbt. Seine Botschaft bedeutet den Menschen unseres Glaubens sehr viel. Sieh her.* Sie deutete auf eines der Symbole, die in die Seide gewebt waren, ein Halbmond, der von einem Kreis aus Sternen umgeben war. *Der Mond, das Zeichen der ruhigen Besinnung. Er steht für Vernunft und Gleichgewicht. Und hier.* Sie wies auf einen von Flammen umhüllten goldenen Kreis. *Die Sonne, Quelle von Leidenschaft, Liebe und Zorn.* Ihr Finger fuhr zu dem Baum in der Mitte des Tuchs. *Hier befinden wir uns, zwischen beidem. Aus der Erde emporgewachsen, werden wir von der Sonne gewärmt, während uns der Mond Kühle spendet. Das Herz deines Bruders hat sich zu weit der Sonne angenähert, glutheiß von Zorn* und Bedauern. *Jetzt ist es abgekühlt, und er hat sein Denken wieder auf den Mond ausgerichtet.*

»Aus freien Stücken oder durch deine Berührung?«

Ihr Lächeln wurde etwas zurückhaltender. *Als Schneetanz mir von seiner Ankunft berichtete, habe ich mich vor ihm gefürchtet. Er war von seinem Pferd gefallen und hatte Fieberträume. Die anderen wollten ihn umbringen, aber das habe ich nicht zugelassen. Ich wusste, was er war. Ein Mann mit seinen Fähigkeiten konnte uns nützlich sein, deshalb habe ich ihn berührt.* Sie hielt inne und blickte auf ihre in Handschuhe gehüllten Hände. *Es ist nichts passiert. Zum ersten Mal bin ich jemandem begegnet, über den ich keine Macht hatte, den ich nicht beherrschen konnte.* Eine leichte Röte trat auf ihre Wangen. *Ich kann ihn berühren.*

Und dafür ist er sicher dankbar, dachte Vaelin und musste gegen die plötzlich aufkeimende Eifersucht ankämpfen. »Er steht also nicht unter deinem Einfluss? Er ist kein« – er suchte nach dem passenden Wort – »Sklave?«

Meine Mutter hat das vorausgesagt. Sie hat mir prophezeit, dass ich einmal jemandem begegnen würde, dem meine Berührung nichts anhaben kann, und dass derjenige für mich bestimmt sei. So war es bei den Menschen, die meine Gabe besitzen, schon immer. Dein Bruder ist so frei wie eh und je. Ihr Lächeln schwand, und Mitgefühl trat in ihre Augen. *Freier als du, will mir scheinen.*

Vaelin wandte den Blick ab. »Er hat mir erzählt, was Flechter für ihn getan hat«, sagte er, um das Thema zu wechseln. »Die Menschen hier sind vom Dunklen berührt, nicht wahr?«

Ihre Hände zuckten verärgert, und sie runzelte die Stirn. *Das Dunkle – so nennen es nur die Unwissenden. Die Menschen hier besitzen die unterschiedlichsten Gaben und Fähigkeiten. Aber das ist ein Segen, kein Fluch. Sie sind begabt. Genau wie du.*

Er nickte. »Das ist es, was du vor all den Jahren in mir gesehen hast. Du hast es gewusst, bevor es mir selbst klar wurde.«

Deine Gabe ist äußerst selten und wertvoll. Meine Mutter nannte es den Jägerruf. In der Zeit vor der Vereinigung des Reiches war es als Kriegerblick bekannt. Die Seordah Sil bezeichnen es als ...

»Lied des Blutes«, sagte er.

Sie nickte. *Seit unserer letzten Begegnung ist es noch stärker geworden.*

Ich kann es spüren. Du hast es verbessert, dich mit seinen Melodien vertraut gemacht. Aber du hast trotzdem noch viel zu lernen.

»Kannst du es mir beibringen?« Die Hoffnung, die in seiner Stimme mitschwang, überraschte ihn.

Sie schüttelte den Kopf. *Nein, aber es gibt andere, ältere und weisere Menschen, die dieselbe Gabe besitzen. Sie können dich unterweisen.*

»Wie kann ich sie finden?«

Das Lied kann dich zu ihnen führen. Es wird sie finden. Du musst ihm nur folgen. Aber denk daran, deine Gabe ist sehr selten. Es kann Jahre dauern, bis du jemandem begegnest, der dich unterweisen kann.

Vaelin zögerte, bevor er die nächste Frage stellte. Er hatte das Geheimnis so lange für sich behalten, dass es ihm nun schwerfiel, jemandem davon zu erzählen. »Ich muss dich etwas fragen. Wie kann es sein, dass zwei Männer, denen ich begegnet bin und die inzwischen tot sind, mit derselben Stimme gesprochen haben?«

Ihr Gesicht wirkte auf einmal wachsam, und es dauerte einen Moment, bis sie antwortete. *Wollten sie dir Böses, diese Männer?*

Er dachte an den Attentäter des vierten Ordens und Hentes Mustors mörderische Verzweiflung. »Ja, sie wollten mir Böses.«

Sellas Hände bewegten sich seltsam zögerlich. *Es gibt Geschichten unter den Begabten ... alte Geschichten ... Mythen ... über Begabte, die zurückkehren konnten ...*

Er runzelte die Stirn. »Von wo zurückkehren?«

Von dem Ort, wo alle Reisen enden ... aus dem Jenseits ... vom Tod. Sie schlüpfen in die Körper der Lebenden, tragen sie wie einen Umhang. Ich weiß nicht, ob so etwas tatsächlich möglich ist. Deine Worte sind ... beunruhigend.

»Es waren einmal sieben. Weißt du, was das bedeutet?«

Dass es einmal sieben Orden deines Glaubens gegeben haben soll. Eine alte Geschichte.

»Ist sie wahr?«

Sie zuckte mit den Achseln. *Ich gehöre deinem Glauben nicht an, ich kenne mich mit seiner Geschichte nicht aus.*

Er ließ den Blick über das Lager und seine furchtsamen Bewohner schweifen. »Sind die Menschen hier alle Anhänger deines Glaubens?«

Sie lachte leise auf und schüttelte den Kopf. *Ich bin die Einzige, die dem Pfad der Sonne und des Mondes folgt. Hier gibt es Suchende, Aszenden-*

ten, Anhänger des cumbraelischen Gottes und sogar ein paar Vertreter deines Glaubens. Es ist nicht der Glaube, der uns verbindet, unsere Gaben sind es.

»Hat Erlin all diese Menschen hierhergeführt?«

Einige. Als er mich hierherbrachte, lebten hier nur Harlick und ein paar andere. Die Übrigen kamen später, auf der Flucht vor der Furcht und dem Hass, die unseresgleichen in den Menschen auslösen. Ihre Gaben haben sie hierhergeführt. Dieser Ort. Sie deutete auf die umliegenden Ruinen. Einmal hat hier eine große Macht geherrscht. In dieser Stadt wurden die Begabten beschützt, sogar verehrt. Der Widerhall dieser Zeit ist immer noch stark genug, um uns hierherzurufen. Du spürst das, nicht wahr?

Er nickte. Die Atmosphäre in der Stadt erschien ihm nun, da er ihren Ursprung kannte, weniger bedrückend. »Nortah hat gesagt, du hättest Albträume, die von dieser Stadt handeln. Über das, was hier geschehen ist.«

Nicht immer nur Albträume. Manchmal sehe ich auch, wie es hier vor der Vernichtung ausgesehen hat. Es gab viele Wunder; die Stadt war voller Künstler, Dichter, Sänger und Bildhauer. Sie hatten so viel erreicht, so viel gelernt, dass sie sich für unverwundbar hielten. Sie glaubten, die Begabten unter ihnen würden als Schutz ausreichen. Generationenlang hatten sie in Frieden gelebt und besaßen keine Krieger. Als der Sturm kam, waren sie ihm deshalb hilflos ausgeliefert.

»Der Sturm?«

Vor vielen Jahrhunderten, noch bevor unser Volk an diese Küsten kam, sogar noch vor der Besiedlung durch die Lonaker und die Seordah Sil, gab es viele Städte wie diese, das Land war dicht besiedelt und voller Schönheit. Doch dann kam der Sturm und vernichtete alles. Ein Sturm aus Stahl und finsterer Macht. Die Feinde töteten die Begabten, die gegen sie kämpften, und ließen ihren Hass an dieser Stadt aus, die sie von allen am meisten verabscheuten. Sie hielt inne, und ein Schauer durchlief sie. Schließlich zog sie ihr Schultertuch fester um sich. Die Bewohner der Stadt wurden vergewaltigt und abgeschlachtet, Kinder wurden bei lebendigem Leib verbrannt. Menschen aßen das Fleisch anderer Menschen. Unvorstellbare Greuel haben sich hier zugetragen.

»Wer waren sie? Die Menschen, die das getan haben?«

Sie schüttelte leicht den Kopf. Meine Träume verraten mir nichts darüber, wer sie waren oder woher sie kamen. Wahrscheinlich weil die Bewohner

der Stadt es selbst nicht wussten. Meine Träume sind ein Widerhall des-
sen, was sie erlebt haben. Sie können mir nur zeigen, was die Menschen hier
wussten.

Sie schloss für einen Moment die Augen, um die Erinnerungen zu vertreiben. Dann faltete sie rasch das Tuch auf ihrem Schoß zusammen und reichte es ihm.

»Das kann ich nicht annehmen«, sagte er. »Es hat deiner Mutter gehört.«

Mit ihren behandschuhten Händen ergriff sie die seinen und drückte das Tuch hinein. *Ein Geschenk. Ich verdanke dir viel und habe sonst nichts, was ich dir geben kann.*

◆ ◆ ◆

Am Abend aßen sie gemeinsam ein paar Kaninchen, die Nortah von der Jagd mitgebracht hatte, und erheiterten Sella mit lustigen Geschichten aus ihrer gemeinsamen Zeit beim Orden. Seltsamerweise hatte Vaelin das Gefühl, als seien diese Erlebnisse eine Ewigkeit her, und er kam sich wie ein alter Mann vor, der Geschichten von früher erzählte. Für Nortah war der Orden inzwischen tatsächlich Vergangenheit. Er hatte damit abgeschlossen; Vaelin und seine Brüder waren nicht mehr seine Familie. Er hatte jetzt Sella und die anderen Begabten, die sich in der Ruine verbargen.

»Du weißt, dass ihr hier nicht sicher seid«, sagte Vaelin zu Sella. »Die Lonaker werden sich von eurer Streitkatze nicht ewig einschüchtern lassen. Und früher oder später wird Aspekt Tendris eine größere Expedition hierherschicken, um dem Geheimnis dieses Ortes auf den Grund zu gehen.«

Sie nickte, und ihre Hände bewegten sich rasch im Feuerschein. *Wir werden bald von hier verschwinden müssen. Es gibt noch andere Zufluchtsorte, wohin wir gehen können.*

»Komm mit uns«, schlug Nortah vor. »Schließlich hast du ein größeres Recht, dich dieser merkwürdigen Truppe anzuschließen, als ich.«

Vaelin schüttelte den Kopf. »Ich gehöre dem Orden an, Bruder. Das weißt du.«

»Ich weiß, dass dich nur Krieg und Tod erwarten, wenn du bei ihnen bleibst. Und was glaubst du, was sie tun werden, wenn sie hinter dein Geheimnis kommen?«

Vaelin zuckte mit den Schultern, um sein Unbehagen zu überspielen. Nortah hatte natürlich recht; aber sein Entschluss stand fest. Trotz all der Geheimnisse, die er mit sich herumtrug, trotz des Blutes, das er vergossen hatte, und trotz seiner Sehnsucht nach Sherin und der Schwester, die er niemals kennenlernen würde, gehörte er zum Orden.

Er zögerte, bevor er die nächsten Worte aussprach – er hatte das Geheimnis viel zu lange gehütet und fühlte sich schuldig deswegen. »Deine Mutter und deine Schwestern befinden sich in den Nordlanden«, erzählte er Nortah. »Der König hat dort nach der Hinrichtung deines Vaters einen Unterschlupf für sie gefunden.«

Nortahs Gesicht blieb ausdruckslos. »Wie lange hast du das schon gewusst?«

»Seit der Schwertprüfung. Ich hätte es dir früher sagen sollen. Es tut mir leid. Wie ich hörte, duldet Turmherr Al Myrna auch die Anhänger anderer Glaubensrichtungen in seinem Land. Vielleicht könnt ihr dort Zuflucht finden.«

Mit finsterer Miene starrte Nortah ins Feuer. Sella schlang einen Arm um seine Schultern und legte ihren Kopf an seine Brust. Nortahs Gesichtszüge entspannten sich, während er ihr Haar streichelte. »Ja, du hättest es mir sagen sollen«, erwiderte er an Vaelin gewandt. »Aber danke, dass du es mir jetzt erzählt hast.«

Ein paar Kinder kamen aus der Dunkelheit herbeigelaufen und versammelten sich lachend um Nortah. »Erzähl uns eine Geschichte!«, bettelten sie. »Bitte! Bitte!«

Nortah versuchte, sie abzuwimmeln, und behauptete, er sei zu müde. Aber sie blieben unnachgiebig, bis er schließlich einwilligte. »Was für eine Geschichte wollt ihr denn hören?«

»Von Schlachten!«, rief ein kleiner Junge, als die Kinder sich um das Feuer niederließen.

»Nein, keine Schlachten«, sagte ein junges Mädchen, das Vaelin wiedererkannte. Es war das Kind, das sich bei seinem Rundgang durch das Lager so furchtsam hinter den Beinen seines Vaters versteckt hatte. »Schlachten sind langweilig. Eine Gruselgeschichte!« Sie kletterte auf Sellas Schoß und kuschelte sich in ihre Arme.

Die anderen Kinder stimmten in ihre Bitte ein, und Nortah hob die Hände, wobei er eine gespielt ernsthafte Miene aufsetzte. »Also gut, eine Gruselgeschichte. Aber«, er deutete mit dem Finger auf sie, »dies ist keine Mär für schwache Nerven und schwache Blasen. Es ist eine furchtbare, eine grauenerregende Geschichte, und wenn ich fertig bin, werdet ihr vielleicht meinen Namen verfluchen, weil ich sie euch zu Gehör gebracht habe.« Seine Stimme senkte sich zu einem Flüstern, und die Kinder beugten sich gespannt näher heran. »Es ist die Geschichte vom Hexenbalg.«

Vaelin kannte dieses alte Märchen gut: Eine Hexe aus einem renfaelischen Dorf brachte einen Schmied durch eine List dazu, das Lager mit ihr zu teilen, und aus ihrer Vereinigung entstand ein abscheuliches Geschöpf in der Gestalt eines Menschenjungen, der Verderben über das Dorf und seinem Vater den Tod bringen sollte. Vaelin hielt es für eine seltsame Wahl, denn es wurde häufig erzählt, um vor den Gefahren der dunklen Gabe zu warnen, aber die Kinder lauschten aufmerksam, während Nortah mit der Geschichte begann. »Im dunkelsten Teil des dunkelsten Waldes im alten Renfael, lange vor der Geburt der Königslande, gab es einmal ein Dorf. Und in diesem Dorf lebte eine Hexe, die zwar recht hübsch anzusehen war, jedoch ein Herz besaß, das schwärzer war als die schwärzeste Nacht …«

Vaelin stand leise auf und ging durch die dunklen Ruinen zum Hauptlager, wo ihm aus den behelfsmäßigen Unterkünften argwöhnische Augen entgegenblickten. Einige der Begabten nickten ihm grüßend zu, aber keiner sprach ihn an. *Sie müssen doch wissen, dass ich einer von ihnen bin*, dachte er. *Und dennoch fürchten sie mich.* Er ging zu dem Gebäude weiter, wo er am Morgen aufgewacht war, das Haus, das Nortah als Bibliothek bezeichnet hatte. Durch den Eingang fiel ein schwacher Feuerschein, und er blieb einen Moment vor der Tür stehen, um sich zu vergewissern, dass im Inneren keine Stimmen zu hören waren. Er wollte sich unter vier Augen mit Harlick, dem ehemaligen Bibliothekar, unterhalten.

Als er eintrat, sah er den Mann neben einem Feuer sitzen und lesen. Der Rauch zog durch ein Loch in der Decke ab. Als Vaelin das Feuer genauer betrachtete, fiel ihm auf, dass es von seltsamem Brennmaterial genährt wurde. Anstelle von Holz leckten die Flammen über zusam-

mengerollte schwarze Buchseiten und von Blasen übersäte Ledereinbände. Sein Verdacht wurde bestätigt, als Harlick die letzte Seite seines
Buches umblätterte und es dann in die Flammen warf.

»Mir wurde beigebracht, dass es ein schweres Verbrechen ist, Bücher
zu verbrennen«, sagte Vaelin und erinnerte sich an die vielen Lektionen
über die Bedeutung von Wissen, die seine Mutter ihm erteilt hatte.

Harlick sprang erschrocken auf und machte ein paar Schritte rückwärts. »Was wollt Ihr?«, fragte er, und das Zittern seiner Stimme nahm
den Worte jeden bedrohlichen Ton.

»Mit Euch reden.« Vaelin ließ sich neben dem Feuer nieder und
wärmte sich die Hände. Harlick sagte nichts, sondern stand nur mit
verschränkten Armen da und mied seinen Blick.

»Ihr seid begabt«, fuhr Vaelin fort. »Sonst wärt Ihr sicher nicht hier.«

Harlick funkelte ihn an. »Meintet Ihr nicht ›vom Dunklen befallen‹,
Bruder?«

»Ihr müsst Euch nicht vor mir fürchten. Ich habe Fragen, die ein
gebildeter Mann mir vielleicht beantworten kann. Besonders ein Mann,
der zu den Begabten gehört.«

»Und wenn ich sie nicht beantworten kann?«

Vaelin zuckte mit den Achseln. »Dann werde ich woanders nach
Antworten suchen.« Er nickte in Richtung des Feuers. »Für einen Bibliothekar scheint Ihr Büchern wenig Achtung entgegenzubringen.«

Auf Harlicks Miene machte sich Zorn breit. »Ich habe mein Leben
in den Dienst des Wissens gestellt. Ich werde mich nicht vor jemandem
rechtfertigen, dessen Weg von Leichen gepflastert ist.«

Vaelin neigte den Kopf. »Wie Ihr wünscht. Aber ich würde Euch
trotzdem gerne meine Fragen stellen. Ob Ihr antworten wollt oder
nicht, liegt bei Euch.«

Harlick dachte einen Moment lang nach und stapfte dann zu dem
mit einem Fell bedeckten Schemel neben dem Feuer zurück. Er setzte
sich und blickte Vaelin vorsichtig in die Augen. »Also gut. Fragt.«

»Ist der siebente Orden wirklich zerschlagen?«

Der Mann senkte unvermittelt den Blick, und seine Miene wirkte
erneut furchtsam. Es dauerte lange, bis er antwortete, und seine Worte
waren ein Flüstern: »Seid Ihr hergekommen, um mich zu töten?«

»Ich bin nicht wegen Euch hier. Das wisst Ihr.«

»Aber Ihr sucht nach dem siebenten Orden?«

»Ich stehe im Dienst des Glaubens und des Reiches.« Vaelin runzelte die Stirn, als ihm die Bedeutung von Harlicks Worten klar wurde. »Ihr gehört dem siebenten Orden an?«

Harlick wirkte erschrocken. »Wollt Ihr damit sagen, dass Ihr das nicht wisst? Warum seid Ihr sonst hier?«

Vaelin wusste nicht, ob er lachen oder dem Mann eine Ohrfeige versetzen sollte. »Ich bin hier, weil ich nach meinem entflohenen Bruder gesucht habe«, erklärte er Harlick geduldig. »Ich hatte keine Ahnung, was ich hier vorfinden würde. Ich weiß nur wenig über den siebenten Orden und würde gerne mehr erfahren. Das ist alles.«

Harlicks Miene erstarrte, so als fürchte er, dass ihn jedwede Gefühlsregung verraten könnte. »Würdet Ihr die Geheimnisse Eures Ordens ausplaudern, Bruder?«

»Natürlich nicht.«

»Dann erwartet nicht von mir, dass ich Euch etwas über meinen erzähle. Ich weiß, dass Ihr mich foltern könntet. Aber ich werde Euch nichts sagen.«

Vaelin sah, dass die Hände des Mannes zitterten, und er konnte nicht umhin, seinen Mut zu bewundern. Vaelin hatte den siebenten Orden, wenn er denn noch existierte, für eine schändliche Gruppe von Verschwörern gehalten, die vom Dunklen besessen waren, aber dieser furchtsame, mutige Mann ließ etwas anderes erahnen.

»Hat der siebente Orden den Mord an den Aspekten Sentis und Morvin eingefädelt?«, fragte er barscher als beabsichtigt. »Haben Mitglieder des Ordens versucht, mich während der Laufprüfung zu töten? Haben sie Hentes Mustor dazu gebracht, seinen Vater zu ermorden?«

Harlick zuckte zusammen und stieß ein Geräusch aus, das halb Schluchzen und halb Lachen war. »Der siebente Orden wacht über die Mysterien«, sagte er, und es klang, als würde er etwas nachbeten. »Er übt seine Kunst im Dienst des Glaubens aus. So ist es schon immer gewesen.«

»Vor vielen Jahrhunderten hat es einen Krieg gegeben. Ein Krieg zwischen den Orden, der vom Siebenten begonnen wurde.«

Harlick schüttelte den Kopf. »Der Siebente hat gegen sich selbst Krieg geführt. Er war innerlich zerrissen, und die anderen Orden wurden in den Konflikt hineingezogen. Der Krieg war lang und schrecklich, Tausende sind gestorben. Als er vorbei war, wurden die verbliebenen Mitglieder des siebenten Ordens vom Volk und von den Adligen gefürchtet. Das Konklave entschied, dass der Siebente aufgelöst werden sollte. Sein Ordenshaus wurde zerstört, seine Bücher verbrannt, die Brüder und Schwestern in alle Winde zerstreut. Aber der Glaube verlangt, dass es einen siebenten Orden geben soll, egal, ob er nun sichtbar ist oder nicht.«

»Ihr meint, der Siebente wurde niemals wirklich zerschlagen? Er existiert im Verborgenen weiter?«

»Ich habe Euch schon zu viel erzählt. Stellt mir bitte keine weiteren Fragen.«

»Wissen die Aspekte Bescheid?«

Harlick schloss die Augen und sagte nichts.

Mit einem Mal wurde Vaelin wütend, packte den Mann, riss ihn von dem Schemel und drückte ihn gegen eine Wand. »WISSEN DIE ASPEKTE BESCHEID?«

Harlick zitterte am ganzen Leib, und Worte sprudelten aus ihm hervor. »Natürlich wissen sie Bescheid. Sie wissen alles.«

Erinnerungen kehrten zurück. Die Veränderung in Meister Sollis' Augen, als Vaelin die Worte der Attentäter wiederholt hatte: »Es waren einmal sieben.« Aspektin Eleras ängstliche Miene und der Blick, den sie mit Sollis getauscht hatte, als sie ihnen von Einauges dunklen Fähigkeiten berichtet hatten. Aspekt Arlyns wissender Gesichtsausdruck. *Bin ich ein Narr?*, dachte er. *Dass mir das nicht schon früher aufgefallen ist? Die Aspekte belügen die Gläubigen schon seit Jahrhunderten.*

Er ließ Harlick los und ging zum Feuer zurück. Die Bücher waren inzwischen zu Asche verbrannt, die Ledereinbände lagen gewellt und schwarz verkohlt in der Glut. »Die anderen Begabten wissen es nicht, oder?«, fragte er und sah Harlick an. »Sie wissen nicht, was Ihr seid.«

Harlick schüttelte den Kopf.

»Habt Ihr eine Mission hier?«

»Mehr kann ich Euch nicht erzählen, Bruder.« Harlicks Stimme klang gepresst, aber entschlossen. »Bitte fragt nicht weiter.«

»Wie Ihr wünscht, Bruder.« Vaelin ging zur Tür und blickte hinaus auf die mondbeschienenen Ruinen. »Ich wäre Euch dankbar, wenn Ihr

Bruder Nortahs Überleben Eurem Aspekten gegenüber unerwähnt lassen könntet.«

Harlick zuckte mit den Achseln. »Bruder Nortah geht mich nichts an.« »Ich danke Euch.«

◆ ◆ ◆

Stundenlang schlenderte er durch die Ruinen, überwältigt von Erinnerungen. *Sie haben es die ganze Zeit über gewusst.* Er war sich nicht sicher, ob seine Verwirrung von dem Verrat herrührte oder ob es einen tiefer liegenden Grund dafür gab. *Die Aspekte verkörpern die Tugenden des Glaubens. Sie* sind *der Glaube. Wenn sie gelogen haben …*

»Ich wünschte wirklich, du würdest mit uns kommen.« Er blickte auf und sah Nortah auf den gewaltigen Trümmern einer Statue sitzen. Es dauerte einen Moment, bis Vaelin darin den marmornen Kopf eines bärtigen Mannes erkannte, der tief in Gedanken versunken schien. Wahrscheinlich ein bedeutender Bürger der Stadt, dem man ein Denkmal aus Stein gesetzt hatte. War er ein Philosoph oder ein König gewesen? Vielleicht auch ein Gott. Vaelin lehnte sich gegen die Stirn der Statue und strich mit der Hand über die tiefen Falten darin. Wer oder was immer der Mann gewesen war, er war längst vergessen. Von ihm war nicht mehr als ein großer Steinkopf übrig, der darauf wartete, von den Jahrhunderten in Staub verwandelt zu werden, in einer Stadt, wo niemand überlebt hatte, der sich an seinen Namen erinnern könnte.

»Ich … kann nicht«, antwortete Vaelin schließlich.

»Jetzt klingst du aber nicht mehr so überzeugt.«

»Vielleicht bin ich das auch nicht. Aber es gibt immer noch so vieles, was ich in Erfahrung bringen muss. Und ich werde nur im Orden Antworten finden können.«

»Antworten worauf?«

Es braut sich etwas zusammen. Eine Bedrohung, eine Gefahr für uns alle. Ich spüre es schon seit Langem, auch wenn es mir jetzt erst bewusst geworden ist. Vaelin sprach die Worte nicht aus. Nortah hatte seinen eigenen Weg gewählt, er hatte jetzt eine neue Familie. Vaelin wollte ihn nicht unnötig belasten. »Wir suchen alle nach Antworten, Bruder«, sagte er. »Auch wenn du deine schon gefunden zu haben scheinst.«

»Ja, das habe ich.« Nortah sprang von der Statue und hielt Vaelin sein Schwert hin. »Du solltest das hier ebenfalls mitnehmen. Als weiteren Beweis.«

»Du wirst es vielleicht noch brauchen. Der Weg in die Nordlande ist weit und gefahrvoll. Die Menschen hier werden deinen Schutz benötigen.«

»Es gibt noch andere Möglichkeiten, sich zu schützen. Ich habe mit diesem Schwert genug Blut vergossen. Ich möchte bis zu meinem Lebensende keinen Menschen mehr töten.«

Vaelin nahm das Schwert entgegen. »Wann werdet ihr aufbrechen?«

»Wir sollten noch vor Winteranfang losziehen. Aber es könnte schwierig werden, die anderen zu überzeugen. Manche sind schon seit Jahren hier.« Er hielt inne, und sein Gesichtsausdruck wirkte seltsam verlegen. »Ich habe den Bären nicht getötet.«

»Wie bitte?«

»Während der Wildnisprüfung. Ich habe ihn nicht getötet. Der Unterschlupf, den ich errichtet hatte, ist während des Sturms zusammengebrochen. Ich war verzweifelt und irrte frierend durch den Schnee. Ich entdeckte eine Höhle und dachte, die Ahnen hätten mich zu einer Zuflucht geführt. Leider mochte der Bär, der dort lebte, keine Besucher. Er verfolgte mich meilenweit, bis zum Rand einer Klippe. Ich konnte mich an einem Ast festhalten, der Bär hatte dagegen weniger Glück. Dank ihm hatte ich für eine ganze Weile gut zu essen.«

Vaelin lachte, und das Geräusch wirkte inmitten der Ruinen seltsam unpassend. »Du elender Lügner.«

Nortah grinste. »Neben dem Bogenschießen meine herausragendste Fähigkeit.« Sein Lächeln verblasste. »Ich werde dich und die anderen vermissen. Wegen des Kriegsherrn tut es mir allerdings kein Stück leid.«

Sie gingen zum Lager zurück, stockten das Feuer auf und redeten noch stundenlang über den Orden und ihre Brüder. Als Nortah irgendwann zu der Unterkunft ging, die er sich mit Sella teilte, wickelte Vaelin sich in seinen Mantel, wohl wissend, dass er am nächsten Morgen früh aufwachen und ohne ein Abschiedswort verschwinden würde. Der Grund dafür fiel ihm noch ein, bevor er einschlief: *Ich würde gerne hierbleiben.*

VIERTER TEIL

❖ ❖ ❖

Zusätzlich zu seinen zahlreichen Lügen über die angebliche Niederträchtig-
keit alpiranischer Eindringlinge benötigte König Janus noch eine rechtliche
Grundlage, um seinen Krieg zu rechtfertigen. Eine umfangreiche Suche im
königlichen Archiv förderte ein längst vergessenes Abkommen zutage, das vor
etwa vierhundert Jahren geschlossen wurde. Es handelte sich um einen schon
lange hinfälligen und durchaus nicht ungewöhnlichen Zollvertrag zwischen
dem Herrscher Asraels und den damals noch unabhängigen Stadtstaaten
Untesch und Marbellis. Der Justizminister des Königs fand darin eine Neben-
klausel, in der vereinbart wurde, gemeinsam gegen die meldeneischen Piraten
vorzugehen. Mit Hilfe einer recht freien Übersetzung des alpiranischen Ori-
ginaltexts und einer gehörigen Portion Spitzfindigkeit wurde diese Klausel
solcherart verdreht, dass sie als Einladung verstanden werden konnte, die
Herrschaft über die beiden Städte zu übernehmen. So entstand die Lüge, dass
es sich bei dem Einmarsch lediglich um eine Übernahme von Eigentum
handelte, das dem König bereits gehörte.
Die Invasionsflotte erreichte die alpiranische Küste am sechsundneunzigsten
Tag von Kaiser Alurans Regierungszeit (seine Weisheit und Güte seien geprie-
sen). Wenngleich die Verschlechterung der Beziehungen zwischen unserem
Kaiserreich (möge es ewig bestehen) und den Vereinigten Königslanden einige
kaiserliche Ratgeber schon vorher dazu veranlasst hatte, vor einem möglichen

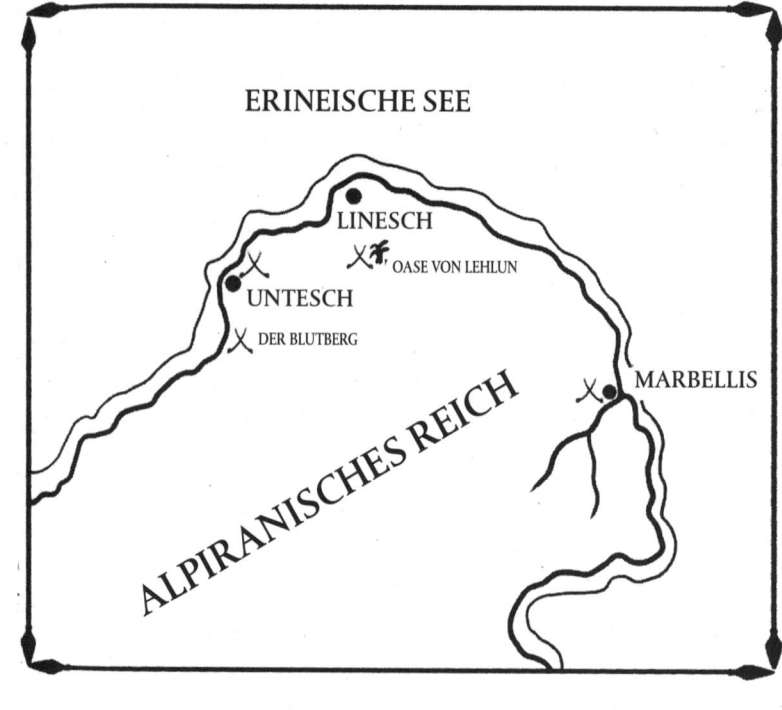

ERINEISCHE SEE

LINESCH

OASE VON LEHLUN

UNTESCH

DER BLUTBERG

MARBELLIS

ALPIRANISCHES REICH

Einmarsch zu warnen, hielten viele diese Befürchtungen wegen König Janus'
recht kleiner Flotte für unbegründet. Der kaiserliche Mathematiker Rerien
Alturs rechnete aus, dass eine Flotte von mindestens fünfzehnhundert Schiffen
nötig wäre, um das königliche Heer zu unserer Küste zu bringen, und die
Königslande verfügten lediglich über knapp fünfhundert, von denen nur die
Hälfte Kriegsschiffe waren. Unglücklicherweise war uns der Verrat der meldeneischen Piratennation (möge der Ozean ansteigen und ihre Inseln verschlingen) verborgen geblieben, denn diese hatten sich bereit erklärt, das Heer
der Königslande über die Erineische See zu befördern. Die Quellen sind sich
uneins über den Preis, den Janus für diesen Dienst entrichtete; die Meinungen
reichen von nicht weniger als drei Millionen Goldstücken bis hin zu dem
Angebot, seine Tochter an einen Meldeneer von angemessenem Rang zu ver-
heiraten. Aber der Preis muss wahrlich hoch gewesen sein, damit die Piraten
ihren Hass auf die Nordmänner vergaßen, die vor zwanzig Jahren ihre Hauptstadt zerstört hatten.

Das größte Unglück bestand darin, dass die Hoffnung des Reiches zu ebendiesem Zeitpunkt zu einem zeremoniellen Besuch des Tempels der Göttin Muisil in Untesch weilte, begleitet von einhundert Mann der berittenen kaiserlichen Garde. Er befand sich daher nur zehn Meilen vom Landungsort entfernt, als ein verängstigter Fischer die Nachricht überbrachte, ein meldeneischer Stoßtrupp von noch nie dagewesener Größe sei an der Küste angelandet. Die Hoffnung des Reiches mobilisierte augenblicklich die Garnison der Stadt, etwa dreitausend berittene Soldaten und fünftausend Speerträger, und brach mitten in der Nacht auf, um den Eindringlingen entgegenzutreten und sie zum Meer zurückzudrängen. Es dauerte mehrere Stunden, bis das Heer versammelt war und gen Küste marschierte. Wenn es nur ein wenig schneller gewesen wäre, hätte die Hoffnung des Reiches vielleicht die Gelegenheit gehabt, den feindlichen Streitkräften, die sich noch an der Küste sammelten, einen ernsten, möglicherweise verheerenden Schlag zu versetzen. Das erste Regiment des königlichen Heeres, das an Land gegangen war, hatte sich jedoch bereits so weit formiert, dass es den schmalen Weg, der durch die Dünen zur Küste führte, verteidigen konnte. An seiner Spitze stand der fanatischste und grausamste Kriegerpriester der Vereinigten Königslande: Vaelin Al Sorna (möge sein Name auf alle Zeit verflucht sein).

— Verniers Alishe Someren,
Der große Erlösungskrieg
Bd. 1 (unredigierte Fassung)
Alpiranisches kaiserliches Archiv —

Verniers' Bericht

»Es muss Euch in der Seele wehgetan haben«, sagte ich, »die Leiche Eures Bruders so … verstümmelt vorzufinden.«

Der Nordmann stand auf, rieb sich die steifen Beine und streckte stöhnend seinen Rücken. »Kein angenehmer Anblick«, stimmte er zu. »Ich habe seine Überreste dem Feuer übergeben und sein Schwert und sein Medaillon zum Orden zurückgebracht. Der König und Aspekt Arlyn glaubten meinem Wort, ohne weitere Fragen zu stellen. Der Kriegsherr war verständlicherweise misstrauischer; er nannte mich einen Verräter und Lügner. Ich glaube, er hätte mich sogar herausgefordert, wenn der König ihn nicht zum Schweigen gebracht hätte.«

»Und die rätselhafte Bestie, die Nortah getötet hat?«, fragte ich. »Habt Ihr je herausgefunden, um was für ein Geschöpf es sich handelte?«

»Es heißt, dass die Wölfe im Norden eine gewaltige Größe erreichen können. Auf den Ostfelsen leben wilde Affen, die doppelt so groß sind wie ein Mensch und Gesichter wie Hunde haben.« Er zuckte mit den Achseln. »In der Wildnis lauern viele Gefahren.« Er ging zu der Treppe, die zum Deck hochführte, und stieg hinauf. »Ich brauche etwas frische Luft.«

Ich folgte ihm in die Nacht hinaus. Der Himmel war wolkenlos, und der Mond schien hell und tauchte die Takelage, die sich in der steifen Meeresbrise wölbte, in ein blasses Blau. Von der Mannschaft waren nur der Steuermann und ein Junge zu sehen, der oben auf dem Hauptmast saß. »Der Kapitän hat Euch befohlen, unter Deck zu bleiben«, knurrte der Steuermann.

»Dann geht und weckt ihn auf«, schlug ich vor, bevor ich mich Al Sorna anschloss. Er stand mit den Unterarmen auf die Reling gestützt da und blickte mit versonnener Miene auf die mondbeschienene See.

»Die Zähne von Moesis«, sagte er und deutete auf eine Ansammlung weißer Flecken in der Ferne, wo sich die Wellen an einer Reihe gezackter Felsen brachen. »Moesis ist der meldeneische Gott der Jagd, eine große Schlange, die einen Tag und eine Nacht lang gegen Margentis gekämpft hat, den gewaltigen Schwertwalgott. Ihr Kampf tobte so heftig, dass das Meer in Aufruhr geriet und die Kontinente auseinandergetrieben wurden. Als es vorbei war und Moesis tot auf den Wellen schwamm, zerfiel sein Leib, und nur seine Zähne blieben übrig. Sein Geist ging in das Meer ein, und als die Meldeneer sich erhoben, um den Wellen zu trotzen, ließen sie sich von ihm lenken, denn seine Zähne wiesen ihnen den Weg zu ihrem Heimatland. Wir befinden uns jetzt in meldeneischen Gewässern, wohin Eure Schiffe niemals vorstoßen, wenn ich mich recht entsinne.«

»Die Meldeneer sind schändliche Piraten«, sagte ich schlicht. »Unsere Schiffe wären leichte Beute für sie.«

»Und dennoch wurde Lady Emerens Schiff hier aufgebracht.«

Ich sagte nichts. Die Sache gab auch mir einige Rätsel auf, über die ich jedoch nicht mit ihm sprechen wollte.

»Wie ich hörte, durften Schiff und Mannschaft weitersegeln«, fuhr er fort. »Nur die edle Dame wurde gefangen genommen.«

Ich hustete. »Die Piraten haben zweifellos erkannt, wie viel Lösegeld sie für sie fordern konnten.«

»Nur dass kein Lösegeld verlangt wurde. Es wurde lediglich gefordert, dass ich komme und gegen ihren besten Kämpen antrete.« Seine Mundwinkel zuckten, und mir wurde klar, dass er mich ködern wollte.

Ich erinnerte mich an Emerens bittere Audienz beim Kaiser nach der Gerichtsverhandlung gegen den Nordmann, bei der sie gefordert hatte, den Urteilsspruch abzuändern. »Ein Menschenleben muss mit einem Menschenleben bezahlt werden«, hatte sie geschrien, ihr schönes Gesicht von Wut verzerrt. »So verlangen es die Götter. Und das Volk. Mein Sohn, dem der Vater genommen wurde, verlangt das. Und ich verlange das, Euer Exzellenz, als Witwe der ermordeten Hoffnung dieses Reiches.«

In der frostigen Stille, die auf ihre Tirade gefolgt war, hatte der Kaiser stumm und reglos auf seinem Thron gesessen, und die anwesenden Wachen und Diener hatten erschrocken und steif vor Beklommenheit zu Boden geblickt. Als der Kaiser schließlich das Wort ergriffen hatte, war seine Stimme tonlos gewesen. Er hatte zu Protokoll gegeben, Lady Emeren hätte seine Majestät beleidigt und sei deshalb bis auf Weiteres vom Hof verbannt. Soweit ich wusste, hatten er und die edle Dame seither kein einziges Wort mehr miteinander gesprochen.

»Ihr könnt Euch in Vermutungen ergehen, so viel Ihr wollt«, sagte ich zu Al Sorna. »Aber wisset, dass der Kaiser keine Intrigen spinnt. Er würde niemals irgendwelchen Rachegelüsten nachgeben. Seine Taten stehen stets im Dienst des Kaiserreiches.«

Der Nordmann lachte. »Euer Kaiser hat mich zum Sterben auf die meldeneischen Inseln geschickt, Euer Lordschaft. Damit die Meldeneer sich an meinem Vater rächen können und die edle Dame den Tod des Mannes erleben kann, der ihren Ehegatten ermordet hat. Ich frage mich, ob es wohl ihr Einfall gewesen ist oder der der Meldeneer.«

Seine Logik war nicht von der Hand zu weisen. Natürlich wurde erwartet, dass er bei dem Kampf sterben würde. Das Ende des Hoffnungstöters wäre das letzte Kapitel in der furchtbaren Geschichte unseres Krieges gegen sein Volk, sozusagen der Epilog jener epischen Auseinandersetzung. Ob der Kaiser daran gedacht hatte, als er das Angebot der Meldeneer annahm, kann ich nicht sagen. Jedenfalls wirkte Al Sorna gänzlich frei von Furcht und seinem Schicksal ergeben. Ich fragte mich, ob er womöglich damit rechnete, das Duell gegen den Schild zu gewinnen, der gerüchteweise der beste Schwertkämpfer sein sollte, der jemals eine Klinge in der Hand gehalten hatte. Die Geschichte des Hoffnungstöters hatte mich von seinen eigenen Fähigkeiten, zu kämpfen und zu töten, überzeugt, doch nach Jahren der Gefangenschaft konnte er sich unmöglich auf der Höhe seiner Kräfte befinden. Und selbst wenn er siegen sollte, würden die Meldeneer den Sohn des Mannes, der ihre Stadt in Schutt und Asche gelegt hatte, höchstwahrscheinlich nicht ungestraft davonkommen lassen. Er war dem Untergang geweiht. Ich wusste das, und er vermutlich auch.

»Wann hat König Janus Euch von seinem Vorhaben erzählt, das Kaiserreich anzugreifen?«, fragte ich, da ich vor dem Anlanden des Schiffs noch so viel wie möglich von seiner Geschichte aus ihm herausholen wollte.

»Etwa ein Jahr, bevor das königliche Heer zur alpiranischen Küste aufbrach. Drei Jahre lang war das Regiment quer durchs Land gezogen, um Aufständische und Gesetzlose zu bekämpfen. Schmuggler an der Südküste, Banden von Halsabschneidern in Nilsael und zahllose Fanatiker in Cumbrael. Wir verbrachten einen ganzen Winter im Norden und kämpften gegen die Lonaker, als diese der Meinung waren, dass es Zeit für einen neuen Überfall sei. Das Regiment wuchs stetig, und zwei weitere Kompanien kamen hinzu. Nach unserem Abenteuer in Cumbrael hatte der König uns ein eigenes Banner gegeben, auf dem die Hohe Burg und ein Wolf zu sehen waren. Deshalb begannen die Männer, sich selbst als Wolfsläufer zu bezeichnen. Ich fand den Namen immer albern, aber den Soldaten schien er zu gefallen. Aus irgendeinem Grund hatten wir großen Zulauf an jungen Männern, von denen manche sogar recht wohlhabend waren, und es bestand keine Notwendigkeit mehr, Gefangene aus den Kerkern zu rekrutieren. Es meldeten sich so viele im Ordenshaus, dass sich der Aspekt sogar gezwungen sah, eine Reihe von Prüfungen einzuführen, in denen Kraft und Schnelligkeit, aber auch die Stärke des Glaubens auf die Probe gestellt wurden. Nur Männer, die fest im Glauben waren und einen kräftigen Körper hatten, wurden in das Regiment aufgenommen. Als wir schließlich die Schiffe der Invasionsflotte bestiegen, hatte ich zwölfhundert Männer unter meinem Befehl – die wahrscheinlich bestausgebildeten und erfahrensten Soldaten des Reiches.« Er betrachtete die schäumenden Wellen, die auf den Schiffsrumpf trafen, und seine Miene verfinsterte sich. »Als der Krieg vorbei war, hatten nur zwei Drittel von ihnen überlebt. Das königliche Heer traf es noch schlimmer – nur etwa jeder zehnte Mann kehrte in die Königslande zurück.«

Das geschah ihnen recht, dachte ich, sprach es jedoch nicht aus. »Was hat er zu Euch gesagt?«, fragte ich stattdessen. »Was für Gründe hat Janus Euch für den Einmarsch genannt?«

Der Nordmann hob den Kopf und blickte zu den Zähnen von Moesis hinüber, die mit dem dunklen Horizont verschmolzen. »Blaustein, Gewürze und Seide«, sagte er bitter. »Blaustein, Gewürze und Seide.«

ERSTES KAPITEL

Der Blaustein ruhte in Vaelins Hand – ein Geschenk des Königs. Das trübe Licht des Halbmonds glänzte auf seiner glatten Oberfläche, und eine dünne, grausilberne Ader zog sich durch das sonst makellose Blau. Es war der größte Blaustein, der je gefunden worden war – die meisten waren kaum größer als eine Weintraube –, und wie Barkus ihm mit kaum verhohlener Gier erklärt hatte, würde er genug Gold einbringen, um damit einen Großteil Renfaels kaufen zu können.

»Hört ihr das?« Dentos' Stimme klang ruhig, aber Vaelin sah das Zucken unter seinem Auge. Es hatte vor einem Jahr angefangen, als sie einen großen Trupp der Lonaker in einer Schlucht im Norden eingekesselt hatten. Wie üblich hatten die Lonaker sich geweigert, die Waffen zu strecken, und sie mit Kampfliedern auf den Lippen angegriffen. Es war eine kurze, aber grausame Auseinandersetzung gewesen, und Dentos hatte sich mittendrin befunden. Er war unverletzt davongekommen – bis auf das Zucken, das vor einem Kampf stets schlimmer zu werden schien. »Es klingt wie Donner.« Er grinste, doch unter seinem Auge zuckte es erneut.

Vaelin steckte den Blaustein ein und ließ den Blick über die weite Ebene schweifen, die sich jenseits der Küste erstreckte. In der Dunkelheit waren das spärliche Gras und die wenigen Büsche, die darauf wuchsen, kaum zu erkennen. Die Nordküste des alpiranischen Reiches schien nicht sehr pflanzenreich zu sein. Hinter ihm vermischte sich der Lärm von Tausenden Gardisten, die sich an der Küste sammelten, mit dem Tosen der Wellen und dem Knarren zahlloser Ruder, während die angeheuerten Meldeneer mit ihren Booten weitere Soldaten an Land brachten. Trotz der vielen Geräusche konnte er es deutlich vernehmen: ein fernes Donnern in der Dunkelheit.

»Das hat ja nicht lange gedauert«, stellte Barkus fest. »Vielleicht wussten sie, dass wir kommen.«

»Diese meldeneischen Hurensöhne.« Dentos räusperte sich und spuckte in den Sand. »Man kann ihnen einfach nicht trauen.«

»Vielleicht haben die Alpiraner auch einfach die Flotte entdeckt«, gab Caenis zu bedenken. »Achthundert Schiffe sind schwer zu übersehen. Und die Garnison von Untesch ist nur wenige Wegstunden von hier entfernt.«

»Es spielt keine Rolle, wie sie es erfahren haben«, sagte Vaelin. »Was zählt, ist, dass sie es wissen und wir heute viel zu tun haben werden. Geht zu euren Kompanien, Brüder. Dentos, ich möchte die Bogenschützen auf dieser Anhöhe dort haben.« Er wandte sich Janril Norin zu, dem einstigen Barden, der nun Trompeter und Standartenträger ihres Regiments war. »Die Männer sollen sich in Kompanien aufstellen.«

Janril nickte. Er hob die Trompete an die Lippen und gab das Signal, sich zu formieren. Die Männer reagierten sofort, sprangen von ihren Ruheplätzen inmitten der Dünen auf und beeilten sich, Aufstellung zu beziehen – zwölfhundert Mann, die in weniger als fünf Minuten ordentliche Reihen bildeten, das Zeichen gut ausgebildeter Berufssoldaten. Dabei wurde nur wenig geredet, und niemand verfiel in Panik. Die meisten hatten schon zahlreiche Einsätze hinter sich, und die neuen Rekruten folgten dem Vorbild der Älteren.

Vaelin wartete, bis sich die Männer gesammelt hatten, und ging dann das Regiment ab, um nach Lücken zu suchen und den Soldaten aufmunternd zuzunicken oder einzelne Männer zu tadeln, die ihr Kettenhemd nicht richtig geschlossen oder ihren Helm schief aufgesetzt hatten. Die Wolfsläufer waren die am leichtesten gepanzerten Soldaten des königlichen Heeres. Statt der üblichen stählernen Brustharnische und breitrandigen Helme trugen sie nur Kettenhemden und mit Eisenplättchen verstärkte Ledermützen. Die leichte Rüstung kam ihnen gut zupass, wenn sie kleine Banden lonakischer Plünderer oder Gesetzloser durch unwegsames Gelände oder dichte Wälder jagten.

Vaelins Inspektion war eigentlich Feldwebel Krelniks Aufgabe, hatte sich jedoch zu einem Ritual vor der Schlacht entwickelt. So konnten die Männer vor dem Durcheinander des Kampfes noch einmal ihren Befehlshaber sehen und waren von dem bevorstehenden Blutvergießen abgelenkt, und Vaelin sparte sich die Mühe, eine anfeuernde Rede halten zu müssen, wie es andere Kommandanten taten. Er wusste, dass sich die Treue der Männer ihm gegenüber hauptsächlich auf Furcht und auf Hochachtung wegen seines stetig wachsenden Ruhmes gründete. Sie mochten ihn zwar nicht, aber er war sich sicher, dass sie ihm gehorchen würden, auch ohne große Reden.

Er blieb vor einem Mann stehen, der einmal als Gallis der Kletterer bekannt gewesen war und nun Unterfeldwebel der dritten Kompanie war. Gallis salutierte knapp. »Euer Lordschaft!«

»Ihr müsst Euch mal wieder rasieren, Unterfeldwebel.«

Gallis grinste. Es war ein alter Witz, denn Gallis war stets unrasiert. »Sollen wir uns für einen Kavallerieangriff bereit machen, Euer Lordschaft?«

Vaelin blickte über die Schulter. Die Landschaft war immer noch in Dunkelheit getaucht, aber das Donnern wurde stetig lauter. »Sieht so aus, Unterfeldwebel.«

»Hoffentlich sind es leichtere Gegner als die Lonaker.«

»Wir werden es bald herausfinden.«

Er ging zum Ende der Reihe, wo Janril Norin mit Speier wartete. Der Trompeter hielt nervös die Zügel und bemühte sich, dem gefürchteten Maul des Hengstes so fern wie möglich zu bleiben. Speier schnaubte, als er Vaelin kommen sah, ließ ihn aber aufsteigen, ohne sich wie sonst verärgert zu schütteln. Vor einem Kampf war das immer so – die bevorstehende Auseinandersetzung schien den Hengst aus irgendeinem Grund zu beruhigen. Trotz seiner Charakterschwächen hatte sich Speier in den vergangenen vier Jahren als brauchbares Schlachtross erwiesen. »Elender Klepper«, sagte Vaelin und klopfte Speier den Hals. Der Hengst gab ein lautes Wiehern von sich und scharrte mit einem Huf im Sand. Die beengten Verhältnisse während der Reise über die Erineische

See hatten ihm zu schaffen gemacht, und er schien sich zu freuen, endlich wieder im Freien zu sein und in eine Schlacht ziehen zu können.

In der Nähe stand ein Trupp aus fünfzig berittenen Aufklärern, die von einem muskulösen jungen Bruder mit einem anziehenden Gesicht und strahlend blauen Augen angeführt wurden. Als er Vaelin sah, lächelte Frentis und hob eine Hand zum Gruß. Vaelin nickte zurück und musste dabei aufkeimende Schuldgefühle unterdrücken. *Ich hätte ihm das irgendwie ersparen sollen.* Aber es war unmöglich gewesen, Frentis in der Heimat zurückzulassen – ein inzwischen als vollwertiges Ordensmitglied anerkannter Bruder mit jetzt schon berühmten Fähigkeiten stellte eine viel zu bedeutsame Ergänzung für ihr Regiment dar.

Janril Norin stieg rasch auf sein eigenes Pferd und kam an Vaelins Seite geritten. »Bereit machen für den Kavallerieangriff«, sagte Vaelin zu ihm. Janril gab das Signal: drei kurze Trompetenstöße, gefolgt von einem langen. Bewegung kam in die Reihen der Männer, als die Soldaten nach den Krähenfüßen griffen, die in ihren Gürteln steckten. Die Wurfeisen waren Caenis' Einfall gewesen, als die Lonaker vor einiger Zeit dazu übergegangen waren, die Patrouillen ihres Regiments auf ihren kräftigen Ponys anzugreifen. Sie hatten erstaunlich gute Wirkung gezeigt, so gut, dass die Lonaker ihre Taktik bald aufgegeben hatten. Aber würden sie auch gegen die Alpiraner etwas ausrichten können?

Mit einem Mal verstummte das Donnern in der Dunkelheit. Im schwachen Licht der herannahenden Morgendämmerung konnte Vaelin sie nun undeutlich erkennen: eine lange Reihe berittener Soldaten. Der Atem der Pferde stand in dampfenden Wolken in der kühlen Luft, und hier und da blitzten gezogene Säbel und Lanzenspitzen auf. Rasch unternahm er es, ihre Anzahl zu schätzen, was seine Stimmung nicht eben verbesserte.

»Es müssen über tausend sein, Euer Lordschaft«, sagte Janril, dessen kräftige, melodische Stimme angespannt klang. In den vergangenen vier Jahren hatte er sich viele Male als mutiger Kämpfer erwiesen, aber das Warten vor einer Schlacht konnte selbst den Besonnensten unter ihnen nervös machen.

»Eher zweitausend«, knurrte Vaelin. »Und das sind nur die, die wir sehen können.« Zweitausend oder mehr ausgebildete Berittene gegen zwölfhundert Infanteriesoldaten. Die Chancen standen nicht gut. Vaelin blickte über die Schulter auf die Dünen, in der Hoffnung, die Speerspitzen des königlichen Heeres auftauchen zu sehen. Die Reiter, die er losgeschickt hatte, mussten den Kriegsherrn inzwischen erreicht haben, aber er bezweifelte, dass Al Hestian sich allzu sehr beeilen würde, Unterstützung zu schicken. Der Mann stand Vaelin immer noch feindselig gegenüber, und jedes Mal, wenn er das Pech hatte, ihm zu begegnen, sah er das Funkeln in seinen Augen, das dem des eisernen Hakens, den der Kriegsherr nun anstelle seiner Hand trug, auf beunruhigende Weise glich. *Würde er eine Niederlage riskieren, nur damit ich sterbe?*

Die alpiranischen Reiter standen reglos und schimmernd in der Morgendämmerung, während sie sich innerlich für den Angriff bereit machten. Eine einzelne Stimme war zu hören, die Befehle oder aufmunternde Worte schrie, und die Reiter antworteten mit einem vielstimmigen Ruf: »SHALMASH!«

»Das bedeutet ›Sieg‹, Herr«, sagte Janril, dessen Oberlippe von Schweiß glänzte. »Shalmash. Ich bin in meinem Leben schon einigen Alpiranern begegnet.«

»Gut zu wissen.«

Die Alpiraner setzten sich in Bewegung, langsam zunächst, doch dann steigerten sie rasch ihr Tempo. Drei Reihen näherten sich ihnen in gleichmäßiger Anordnung. Die Männer trugen Kettenpanzer, Helme mit Spitzen und weiße Umhänge. Ihre Disziplin war beeindruckend – nicht ein Reiter tanzte aus der Reihe, und sie ritten alle mit derselben Geschwindigkeit. Vaelin hatte nur selten ein besser ausgeführtes Manöver gesehen; selbst die berittene Garde des Königs hätte ihre Schwierigkeiten, es ihnen in freiem Gelände gleichzutun. Als sie bis auf zweihundert Schritt herangekommen waren, ertönten erneut Rufe und Trompetenstöße, und sie gingen mit gesenkten Lanzen zum Angriff über. Die Reiter beugten sich vor und trieben ihre Reittiere an. Die präzise ausgerichteten Reihen lösten sich auf und verwandelten sich in eine Masse aus Pferdeleibern und Stahl, die wie eine gewaltige gepanzerte Faust auf das Regiment zugedonnert kam.

Es mussten keine weiteren Befehle erteilt werden; die Wolfsläufer waren mit Situationen wie dieser vertraut, wenn sie auch noch nie eine Schlacht von solchen Ausmaßen geschlagen hatten. Die erste Reihe der Soldaten trat vor und warf ihre Krähenfüße, so weit sie konnte. Dann knieten sie sich nieder, damit die zweite Reihe und schließlich die dritte das Manöver wiederholen konnte. Der Boden vor ihnen war nun mit spitzen Metalldornen übersät, denen die heranrückenden Reiter nicht ausweichen konnten. Das erste Pferd stürzte bereits fünfzig Meter vor ihrer Linie und riss noch ein weiteres mit sich, als es mit blutigen Hufen wiehernd zu Boden ging. Die nachfolgenden Reiter mussten ihre Pferde zügeln, wenn sie nicht selbst stürzen wollten. Der Angriff der Alpiraner geriet ins Stocken, als überall Pferde zu Boden gingen oder sich vor Schmerz aufbäumten. Ihr Vorrücken verlangsamte sich, auch wenn der Schwung so vieler galoppierender Pferde sie weiter vorwärtstrug.

Auf den Dünen hinter Vaelin wählte Dentos diesen Zeitpunkt, um seinen Bogenschützen den Befehl zum Schießen zu geben. Über die Jahre war ihre Kompanie aus Bogenschützen auf zweihundert Mann angewachsen, und die nur langsam nachzuladenden Armbrüste waren sämtlich gegen Ordensbögen ausgetauscht worden. Die Männer waren fähige und erfahrene Altgediente, und sie mähten mit ihrer ersten Salve mindestens fünfzig Reiter nieder. Der alpiranische Angriff, der zunächst ins Stocken geraten war, kam unter dem gnadenlosen Pfeilhagel nun völlig zum Erliegen. Von den drei stolzen Reihen war nur noch ein Durcheinander aus zuckenden Lanzen und sich aufbäumenden Pferden geblieben.

Vaelin nickte Janril zu, und dieser gab drei lange Trompetenstöße von sich, die das Signal zum Angriff des gesamten Regiments gaben. Ein Ruf erhob sich von den Reihen, und alle vier Kompanien stürmten mit erhobenen Streitäxten vorwärts. Viele der alpiranischen Reiter ließen ihre Lanzen fallen und griffen stattdessen zu den Säbeln, um sich zu verteidigen. Stahlklingen trafen klirrend aufeinander. Vaelin konnte Barkus im Kampfgetümmel sehen; seine verhasste zweischneidige Axt hob und senkte sich stetig und mähte Soldaten und Pferde gleichermaßen nieder. Zur Linken hatte Caenis seine Kompanie in einem schrägen Angriff zum Rand der alpiranischen Linie geführt, um diese einzukesseln und zu verhindern, dass die Gegner an der Flanke des Regiments vorbeiritten.

Während beide Seiten miteinander rangen, sah Vaelin mit geübtem Auge zu und wartete auf den unvermeidlichen Moment, wenn sich das Blatt entweder zu ihren Gunsten oder zu denen ihres Gegners wenden würde. Er hatte es inzwischen schon viele Male beobachtet – Männer schlugen mit unbeherrschter Wildheit aufeinander ein, um sich dann unvermutet umzudrehen und die Flucht zu ergreifen, als hätte irgendein Urinstinkt sie vor einer bevorstehenden Niederlage gewarnt. Doch so wie die alpiranische Kavallerie mit ihren weißen Umhängen trotz ihrer wachsenden Verluste und des anhaltenden Pfeilhagels weiter auf die Wolfsläufer einhackte, war kein plötzlicher Rückzug zu erwarten. Diese Männer waren äußerst diszipliniert und, soweit er das beurteilen konnte, bereit, notfalls bis zum bitteren Ende zu kämpfen. Das Regiment hatte schon viele Gegner getötet, blieb aber weiter in der Unterzahl, und für die Alpiraner sah es an der rechten Flanke, wo die Kompanie von Bruder Inish unter dem Druck nachzugeben begann, recht gut aus. Die Reiter stürzten sich ins Getümmel, um die in Bedrängnis geratene Infanterie zu dezimieren. Dentos' Bogenschützen setzten ihren Beschuss fort, aber bald würden ihnen die Pfeile ausgehen, während die Alpiraner immer noch über jede Menge Männer verfügten.

Vaelin blickte noch einmal hinter sich, konnte in den Dünen jedoch kein Anzeichen von nahender Verstärkung entdecken. *Wenn ich das hier überlebe, werde ich Lord Al Hestian umbringen.* Er zog sein Schwert und ließ den Blick erneut über das Schlachtfeld schweifen. In der Mitte des alpiranischen Heers entdeckte er einen großen Wimpel aus blauer Seide, der von einem silbernen Rad geschmückt war. Er winkte Frentis zu und deutete mit dem Schwert auf den Wimpel. Frentis nickte, zog sein eigenes Schwert und befahl seinen Männern, ihm zu folgen.

»Bleib dicht bei mir«, sagte Vaelin zu Janril, während er Speier zum Galopp antrieb. Frentis und sein Spähertrupp ritten hinterher. Vaelin führte sie um Bruder Inishs ins Wanken geratene Kompanie herum und hielt dabei genügend Abstand zum Kampfgeschehen, um nicht zu früh in die Schlacht hineingezogen zu werden. Dann wendete er scharf und hielt auf die ungeschützte alpiranische Flanke zu. *Fünfzig Reiter gegen zweitausend. Und dennoch – eine Otter kann einen Ochsen töten, wenn sie die richtige Ader findet.*

Der erste Alpiraner, den er erschlug, war ein kräftiger Mann mit tiefschwarzer Haut und einem sorgfältig gestutzten Bart unter dem Kinnbügel seines Helms. Er war ein hervorragender Reiter und Schwertkämpfer, der flink sein Pferd herumzog und seinen Säbel hob, als er

Vaelin heranstürmen sah. Die Sternensilberklinge trennte ihm den Arm über dem Ellbogen ab. Speier bäumte sich auf und biss das alpiranische Pferd. Der Reiter fiel aus dem Sattel und verschwand unter Speiers Hufen; Blut spritzte aus seinem Armstumpf hervor. Vaelin ritt weiter und machte einen zweiten Reiter nieder. Er schlug ihm ein Bein ab und hieb dann auf sein Gesicht ein, bis er aus dem Sattel fiel. Sein Unterkiefer hing lose herab, und sein Schrei wurde von dem Blut erstickt, das aus seinem Mund strömte. Ein dritter Reiter kam mit gesenkter Lanze auf Vaelin zugaloppiert, sein Gesicht von Wut und Blutdurst gerötet. Vaelin brachte Speier zum Stehen und drehte sich im Sattel, sodass ihn die Lanzenspitze um wenige Zentimeter verfehlte. Dann hob er das Schwert und ließ es auf den Hals des angreifenden Pferdes niedersausen. Das Tier ging blutüberströmt zu Boden. Der Reiter sprang aus dem Sattel und zog seinen Säbel. Speier bäumte sich erneut auf, und seine Hufe trafen den Alpiraner, sodass sein Helm davonflog.

Vaelin hielt inne, um die Wucht ihres Angriffs abzuschätzen. In der Nähe stieß Frentis gerade sein Schwert durch die Brust eines unberittenen Alpiraners, während sich der Rest des Spähtrupps durch das alpiranische Heer hackte. Allerdings sah er auch drei blaugekleidete Leichen inmitten des Gemetzels auf dem Boden liegen. Als er zu Bruder Inishs Kompanie hinübersah, stellte er fest, dass sie sich wieder etwas gefangen hatte. Die Alpiraner rückten nicht mehr ganz so schnell vor.

Ein Warnruf von Frentis holte ihn in den Kampf zurück. Ein weiterer Alpiraner kam mit gezogenem Säbel auf ihn zugeprescht, um dann abrupt aus dem Sattel zu fallen, als ihn ein gut gezielter Pfeil in die Brust traf. Das Pferd des Mannes stürmte jedoch mit furchtsam aufgerissenen Augen weiter auf Vaelin zu. Es rannte gegen Speiers Flanke, und sie wurden von der Wucht des Aufpralls zu Boden gerissen.

Speier richtete sich schnell wieder auf und schnappte nach dem anderen Pferd, das sogleich die Flucht ergriff. Wutschnaubend lief Speier hinter ihm her. Vaelin musste seinerseits den entschlossenen Säbelhieben eines Alpiraners auf einem grauen Hengst ausweichen, der ihm arg zusetzte, bis Frentis dazwischengeritten kam und den Mann mit seinem Schwert niederstach. »Warte, Bruder!«, rief Frentis über den Lärm hinweg und zügelte sein Reittier, um abzusteigen. »Nimm mein Pferd.«

»Nein, bleib im Sattel!«, rief Vaelin zurück und deutete erneut auf den hohen Wimpel in der Mitte des alpiranischen Heeres. »Kämpf weiter!«

»Aber, Bruder …«

»LOS!« Frentis zögerte noch einen Moment, bevor er schließlich wegritt. Kurz darauf hatte das Schlachtengetümmel ihn verschluckt.

Vaelin blickte sich um und sah, dass Janril ebenfalls sein Pferd verloren hatte, das unweit von ihm tot am Boden lag. Der Barde war am Bein verletzt und stützte sich auf die Standarte des Regiments. Dabei schlug er unbeholfen nach allen Alpiranern, die ihm zu nahe kamen. Vaelin eilte an seine Seite, wich einigen Lanzen aus und schleuderte ein Wurfmesser in das Gesicht eines Reiters, der gerade seinen Säbel hob, um ihn auf den Barden niedersausen zu lassen. Mit einem Aufschrei drehte der Mann ab, die Hand an dem Messer in seiner Wange.

»Janril!« Vaelin konnte den Barden gerade noch auffangen, als dieser zu Boden sank. Sein Gesicht war kreidebleich und schmerzerfüllt.

»Es tut mir leid, Herr«, sagte Janril. »Ich bin kein so schneller Reiter wie Ihr …«

Vaelin schob ihn rasch zur Seite, als ein Alpiraner auf sie zugaloppiert kam. Die Lanze des Mannes zerfurchte die Erde, und Vaelin hackte die Lanze entzwei, zog dann das Schwert herum und hieb es ins Bein des Mannes. Er griff nach den Zügeln des Pferdes, um das Tier zum Stehen zu bringen, während sein Besitzer mit einem Schrei aus dem Sattel fiel. Vaelin bemühte sich, das verängstigte Ross so gut wie möglich zu beruhigen, und hievte dann Janril auf seinen Rücken. »Zurück zum Strand«, befahl er. »Such Schwester Gilma.« Er klopfte dem Pferd mit dem Schwert auf die Flanke, um es anzutreiben. Der Barde schwankte gefährlich im Sattel, während das Ross sich einen Weg durch das Kampfgeschehen suchte.

Vaelin nahm die Standarte und rammte sie in den Boden; das Symbol des Falken flatterte in der steifen Morgenbrise. *Verteidigt die Fahne,* dachte er und musste unwillkürlich lächeln. *Genau wie in der Kampfprüfung.*

In etwa zwanzig Metern Entfernung bemerkte Vaelin einen Aufruhr in den Reihen der Alpiraner. Die Männer zügelten ihre Pferde und machten Platz, um einen Reiter auf einem prachtvollen weißen Schlachtross durchzulassen, der laute Befehle rief. Der Reiter trug einen weiß lackierten Brustharnisch, der mit einem verschlungenen goldenen Muster verziert war, das an das Symbol des Rades auf dem Wimpel erinnerte. Er trug keinen Helm, und sein bärtiges, dunkelhäutiges Gesicht war von Wut verzerrt. Seltsamerweise schienen die Männer um ihn herum ihn zurückhalten zu wollen. Einer griff sogar nach seinen Zügeln, wich jedoch gehorsam zurück, als der weißgekleidete Mann ihn barsch zurechtwies. Er ritt weiter, blieb dann kurz stehen, um seinen Säbel herausfordernd auf Vaelin zu richten, und ging schließlich zum Angriff über.

Vaelin wartete in Kampfhaltung mit gesenktem Schwert. Sein Atem ging ruhig und gleichmäßig. Der weißgekleidete Mann kam mit zusammengebissenen Zähnen auf ihn zugepresst. Wut brannte in seinen Augen. *Zorn*, erinnerte Vaelin sich an Meister Sollis' Worte – eine Lektion, die dieser ihm vor vielen Jahren erteilt hatte –, *Zorn kann tödlich sein. Greift man einen kampfbereiten Gegner wütend an, ist man tot, bevor man den ersten Schlag geführt hat.*

Wie immer hatte Sollis recht. Dieser Mann mit seiner prachtvollen weißen Rüstung und seinem herrlichen Ross, dieser mutige, zornige Mann, war bereits tot. Sein Mut, seine Waffen, seine Rüstung bedeuteten nichts. Er hatte im Moment seines Angriffs selbst sein Todesurteil gesprochen.

Es war eine der gefährlichsten Lektionen gewesen, die sie von dem verrückten alten Meister Rensial gelernt hatten – wie man den direkten Angriff eines berittenen Gegners abwehrt. »Wenn ihr zu Fuß seid, hat ein berittener Gegner nur einen Vorteil«, hatte der Pferdemeister mit dem irren Blick auf dem Übungsplatz zu ihnen gesagt. »Sein Pferd. Nehmt ihm sein Pferd, und er ist ein Mann wie jeder andere.« Danach hatte er sie eine Stunde lang mit einem flinken Jagdpferd über den Übungsplatz gescheucht und versucht, sie über den Haufen zu reiten. »Abtauchen und abrollen!«, hatte er mit seiner schrillen Stimme gerufen. »Abtauchen und abrollen!«

Vaelin wartete, bis der Säbel seines Gegners nur noch eine Armlänge entfernt war, dann trat er einen Schritt nach rechts, tauchte an den donnernden Hufen vorbei und rollte sich ab. Er zog das Schwert herum und hieb es dem Schlachtross ins Hinterbein. Blut spritzte auf, als das Pferd mit einem lauten Wiehern zu Boden ging. Der weißgekleidete

Mann kam gerade auf die Beine, als Vaelin über das mit den Hufen um sich schlagende Tier hinwegsprang. Er schlug den Säbel seines Widersachers mit dem Schwert beiseite und ließ es dann auf den lackierten Brustharnisch niedersausen, der unter der Wucht des Schlags aufplatzte. Der Mann stürzte zu Boden, hustete Blut und starb.

Und die Alpiraner erstarrten.

Gehobene Säbel sanken herab, angreifende Reiter zügelten ihre Pferde und blickten entsetzt zu Vaelin hinüber, der über der Leiche des weißgekleideten Mannes stand. Sämtliche Alpiraner im Umkreis hörten auf zu kämpfen, ihre Gesichter ungläubig verzogen, während sie weiter von Pfeilen getroffen oder von den Wolfsläufern angegriffen wurden.

Vaelin sah auf die Leiche hinab. Das gespaltene goldene Rad auf dem blutigen Brustharnisch glänzte trübe im Licht der Morgendämmerung. *Womöglich ein bedeutender Mann?*

»*Eruhin Makhtar!*« Diese Worte rief ein unberittener Alpiraner, der auf Vaelin zugestolpert kam und sich dabei eine Wunde an einem Arm hielt. Tränen liefen ihm über das blutige Gesicht. In seiner Stimme lag etwas, das über reine Wut hinausging – eine derart tiefe Verzweiflung, wie Vaelin sie nur selten gehört hatte. »*Eruhin Makhtar!*« Worte, die er in den kommenden Jahren noch tausend Mal hören sollte.

Der Verwundete taumelte weiter vorwärts, und Vaelin machte sich schon bereit, ihn mit dem Schwertknauf bewusstlos zu schlagen, schließlich war er unbewaffnet. Aber er griff nicht an, sondern stolperte, schluchzend wie ein Kind, an Vaelin vorbei zu der Leiche des weißgekleideten Mannes. »*Eruhin ast forgallah!*«, heulte er. Völlig entgeistert sah Vaelin zu, wie der Mann einen Dolch aus seinem Gürtel zog und ihn sich ohne Zögern in die eigene Kehle rammte. Er fiel auf die Leiche, während das Blut aus seiner Wunde strömte.

Der Selbstmord schien den Bann gebrochen zu haben, unter dem die Alpiraner gestanden hatten. Mit einem Mal erhob sich ein wilder Schrei aus ihren Reihen, und alle Augen richteten sich auf Vaelin. Säbel und Lanzen wurden gehoben, als die Gegner ihre Benommenheit abschüttelten und langsam auf Vaelin zukamen, mörderischer Hass spiegelte sich in den Gesichtern.

In diesem Moment ertönte ein Geräusch wie von tausend Hämmern, die auf tausend Ambosse trafen, und erneut kam Aufruhr in die Reihen der Alpiraner. Vaelin sah, wie einige Männer von dem, was das Heer da von hinten traf, in die Luft geschleudert wurden. Die Alpiraner rissen ihre Pferde herum, um sich der neuen Bedrohung zu stellen, aber es war zu spät – der Keil aus poliertem Stahl war bereits tief in ihre Heerschar vorgedrungen.

Eine ungeschlachte, von Kopf bis Fuß gepanzerte Gestalt auf einem großen schwarzen Streitross bahnte sich einen Weg durch die Reihen der Alpiraner. Ihr Streitkolben tanzte auf und ab und mähte Männer wie Pferde gleichermaßen nieder. Hinter dem Mann folgten Hunderte gepanzerte Soldaten, die ihre Langschwerter und Streitkolben mit tödlicher Wildheit schwangen. Die wütenden Alpiraner wehrten sich nach Kräften – mehr als nur ein paar Ritter verschwanden unter den trampelnden Hufen ihrer Pferde –, aber sie besaßen weder genügend Männer noch genügend Stahl, um einem solchen Ansturm lange standhalten zu können. Bald war es vorbei, die Alpiraner entweder tot oder verwundet. Keiner von ihnen hatte die Flucht ergriffen.

Die ungeschlachte Gestalt auf dem schwarzen Ross hängte den Streitkolben an den Sattel und kam zu Vaelin getrabt. Sie schob das Visier ihres Helms hoch, und ein breites, wettergegerbtes Gesicht mit einer zweimal gebrochenen Nase und tiefen Falten um die Augen kam zum Vorschein.

Vaelin verbeugte sich förmlich. »Erzfürst Theros.«

»Lord Vaelin.« Der Erzfürst von Renfael ließ den Blick über das Blutbad schweifen und lachte rauh. »Du bist sicher noch nie so froh gewesen, einen Renfaeler zu sehen, was, mein Junge?«

»In der Tat, Erzfürst.«

Ein großgewachsener junger Ritter kam an die Seite des Erzfürsten geritten, sein hübsches Gesicht mit Schweiß und Blut verschmiert. Seine dunkelblauen Augen musterten Vaelin mit unverhohlener Feindseligkeit.

»Lord Darnel«, begrüßte Vaelin ihn. »Dank an Euch und Euren Vater, auch im Namen meiner Männer.«

»Ihr seid also noch am Leben, Sorna«, erwiderte der junge Ritter. »Nun, zumindest den König wird das freuen.«

»Halt den Mund, Bursche!«, fauchte Lord Theros. »Verzeiht, Lord

Vaelin. Der Junge ist verzogen. Ich gebe seiner Mutter die Schuld. Drei Söhne hat sie mir geboren, und er ist der Einzige, der lebend zur Welt kam. Die Ahnen mögen mir beistehen.«

Vaelin sah, wie die Hände des jungen Ritters sich um den Griff seines Langschwertes krallten und seine Wangen sich vor Wut röteten. *Noch ein Sohn, der seinen Vater hasst,* dachte er. *Eine weitverbreitete Krankheit.*

»Wenn Ihr mich entschuldigt, Euer Lordschaft.« Er verneigte sich erneut. »Ich muss mich um meine Männer kümmern.«

Während er zum Strand zurückkehrte und dabei über die Leichen und Sterbenden auf dem Schlachtfeld hinwegstieg, holte er noch einmal den Blaustein hervor. Er hob ihn ins Licht der aufgehenden Morgensonne und dachte an den Tag, als der König ihm den Stein aufgezwungen hatte, den Tag, als Lord Darnel ihn hassen gelernt und Prinzessin Lyrna geweint hatte.

Den Tag, als das Lied des Blutes verstummt war.

»Blaustein, Gewürze und Seide«, sagte er leise.

ZWEITES KAPITEL

Die renfaelischen Ritterspiele waren erst vor Kurzem Teil des Jahrmarkts zur Sommersonnenwende geworden, erfreuten sich jedoch unter dem Volk bereits großer Beliebtheit. Die Menge brüllte vor Begeisterung über ein besonders spektakuläres Turnier, als Vaelin zum königlichen Pavillon ging, die Kapuze tief ins Gesicht gezogen, damit ihn niemand erkannte. Auf dem Turnierplatz fiel gerade ein Ritter inmitten einer Wolke von Splittern aus dem Sattel, und sein Gegner warf seine zerbrochene Lanze in die Menge.

»Der reiche Sack wird ganz bestimmt nicht mehr aufstehen!«, sagte ein Mann mit rotem Gesicht, und Vaelin fragte sich, ob es wirklich das Spektakel des Kampfes war, das die Menschen begeisterte, oder nicht eher die Aussicht darauf, dass dabei Adlige verletzt wurden.

Die Wachen am Eingang des Pavillons verneigten sich tiefer vor ihm, als sein Rang es erfordert hätte, und warfen nur einen flüchtigen Blick auf das Schreiben des Königs, das er ihnen zeigte. Sie öffneten ihm augenblicklich die Zeltklappe und ließen ihn eintreten. Er war erst seit zwei Tagen aus dem Norden zurück, aber das Gerücht über seinen dem Vernehmen nach gewaltigen Sieg über die Lonaker hatte schon die Runde gemacht.

Nachdem er seine Waffen abgelegt hatte, wurde er zur Loge des Königs geführt, wo er Prinzessin Lyrna allein vorfand, was ihn jedoch nicht weiter überraschte. »Bruder.« Sie begrüßte ihn mit einem Lächeln und hielt ihm ihre Hand hin, damit er sie küssen konnte. Die Geste verwirrte ihn etwas, da sie ihm noch nie ein solches Zeichen ihrer Gunst gegeben hatte, und das auch noch vor den versammelten Bürgern der Hauptstadt. Dennoch beugte er das Knie und küsste ihren Handrücken. Ihre Haut war wärmer, als er erwartet hatte, und zu seiner Verärgerung genoss er die Empfindung.

»Euer Hoheit«, sagte er, als er sich aufrichtete, und bemühte sich um einen gleichmütigen Tonfall, was ihm jedoch nicht ganz gelang. »Euer Vater hat mich hierhergerufen …«

Sie winkte ab. »Er wird gewiss bald hier sein. Wie ich hörte, hat er seinen Lieblingsumhang verlegt, ohne den er in letzter Zeit nicht mehr das Haus verlässt.« Sie deutete auf den Stuhl neben sich. »Wollt Ihr nicht Platz nehmen?«

Er setzte sich und richtete, um sich abzulenken, den Blick auf die Ritterspiele. Zwei Gruppen von jeweils etwa dreißig Mann versammelten sich gerade an den gegenüberliegenden Enden des Turnierplatzes, eine unter einem rotweiß karierten Banner mit einem Adlermotiv, die andere unter einer Flagge, auf der ein roter Fuchs vor grünem Hintergrund zu sehen war.

»Der Nahkampf ist der Höhepunkt des renfaelischen Turniers«, erklärte die Prinzessin. »Der rote Fuchs ist das Banner von Baron Hughlin Banders, der Mann dort in der rostigen Rüstung, der einst der wichtigste Anhänger von Erzfürst Theros gewesen ist. Der Adler gehört Lord Darnel, dem Erben des Erzfürsten. Es heißt, mit dem Kampf soll ein schon länger bestehender Zwist zwischen den beiden beigelegt werden.« Sie nahm von einem Tischchen ein weißes Seidentuch. »Ich wurde darum gebeten, dieses Tuch demjenigen der vielen Schwachköpfe auf dem Platz zu geben, den ich für den fähigsten Kämpfer halte. Der Anblick von Männern in stählernen Rüstungen, die sich gegenseitig bewusstlos schlagen, soll wohl mein weibliches Herz in Wallung bringen.«

»Ein bemerkenswerter Irrtum, Hoheit.«

Sie wandte sich ihm mit einem halben Lächeln zu. »Einer, den Ihr sicherlich niemals begehen würdet, Bruder.«

»Ich hoffe nicht.« Er sah zu, wie beide Seiten Aufstellung bezogen, sich gegenseitig begrüßten und dann in vollem Galopp mit wirbelnden Schwertern und Streitkolben losritten. Die Männer trafen mit einem solchen Getöse aufeinander, dass Vaelin und die Prinzessin zusammenzuckten. Der folgende Kampf war ein Durcheinander aus Waffengeklirr und aus dem Sattel stürzenden Rittern. Vaelin wusste, dass die Männer eigentlich nur mit der Breitseite der Klinge zuschlagen durften, aber die meisten schienen sich nicht an diese Regel zu halten, und er sah bereits mindestens drei gepanzerte Gestalten reglos am Boden liegen.

»So sieht also eine Schlacht aus«, bemerkte Lyrna.

»In gewisser Weise ja.«

»Und, was haltet Ihr von ihm? Dem Erben des Erzfürsten?«

Vaelin beobachtete, wie Lord Darnel den Knauf seines Schwertes gegen den Helm eines Gegners schlug. Der Mann stürzte auf die aufgewühlte Erde, und das Blut trat aus seinem Visier hervor. »Er kämpft gut, Hoheit.«

»Aber sicherlich nicht so gut wie Ihr. Und er besitzt weder Eure Klugheit noch Eure Rechtschaffenheit. Frauen teilen mit ihm das Lager wegen der Macht und des Reichtums, die er besitzt, nicht aus Liebe. Und Männer folgen ihm aus Pflichtbewusstsein oder weil sie dafür bezahlt werden, nicht aus Hochachtung.« Sie hielt inne, und leichte Verärgerung spiegelte sich auf ihrem Gesicht. »Dennoch glaubt mein Vater, dass er einen guten Ehemann für mich abgeben würde.«

»Euer Vater will sicherlich nur das Beste für Euch …«

»Mein Vater will, dass ich heirate und Kinder bekomme. Er will den Palast mit schreienden Al Nieren-Bälgern füllen, die mit dem Erzfürsten von Renfael blutsverwandt sind. Damit wäre sein Bündnis ein für alle Mal besiegelt. Was habe ich nicht alles für dieses Land getan, und dennoch sieht mein Vater in mir nur eine Zuchtstute.«

»Der Katechismus der Vereinigung ist eindeutig, Hoheit. Niemand, weder Mann noch Frau, darf gezwungen werden, gegen seinen Willen zu heiraten.«

»Mein Wille?« Sie lachte bitter. »Mit jedem Jahr, das ohne eine Heirat vergeht, zählt mein Wille weniger. Ihr habt Euer Schwert, Eure Messer und Euren Bogen. Meine einzigen Waffen sind mein Verstand, mein Antlitz und das Versprechen auf Macht, das meinem Leib innewohnt.«

Die Offenheit ihres Gesprächs beunruhigte Vaelin. Wo war die Anspannung, das Wissen um ihre gemeinsame Schuld? *Vergiss es nicht,* ermahnte er sich selbst. *Vergiss nicht, wer sie ist. Was wir getan haben.* Er sah den abschätzenden Blick, mit dem sie Lord Darnel im Kampf beobachtete, die kaum verhohlene Abscheu in ihrer Miene. »Hoheit«, sagte er. »Ihr habt dieses Treffen sicher nicht nur eingefädelt, um meine Meinung über einen Mann zu erfahren, den Ihr ohnehin nicht heiraten wollt. Habt Ihr mir vielleicht noch etwas anderes mitzuteilen?«

»Wenn Ihr das Aspektenmassaker meint, so muss ich Euch leider sagen, dass sich meine Meinung dazu nicht geändert hat. Allerdings bin ich noch auf eine weitere interessante Einzelheit gestoßen. Habt Ihr schon einmal vom siebenten Orden gehört?«

Sie musterte sein Gesicht sehr aufmerksam, und er wusste, dass sie erkennen würde, wenn er log. »Es gibt Geschichten darüber.« Er zuckte mit den Achseln. »Legenden. Es soll einmal einen Orden gegeben haben, der sich mit der Erforschung des Dunklen befasste.«

»Ihr glaubt also nicht daran?«

»Die Historie überlasse ich Bruder Caenis.«

»Das Dunkle.« Die Prinzessin ließ sich das Wort auf der Zunge zergehen. »Ein faszinierendes Thema. Reiner Aberglaube natürlich, der sich aber in der Geschichte erstaunlich hartnäckig hält. Ich bin einmal in die Große Bibliothek gegangen und habe mir sämtliche Bücher zu dem Thema heraussuchen lassen. Wie es sich ergab, waren die meisten der älteren Bücher gestohlen, was einen kleinen Aufruhr verursachte.«

Vaelin musste an Bruder Harlick in der gefallenen Stadt denken und wie er Bücher ins Feuer geworfen hatte. »Und was hat diese Legende mit dem Aspektenmassaker zu tun?«

»Über dieses bedauerliche Ereignis sind zahlreiche Geschichten im Umlauf. Ich habe mir die Mühe gemacht, sie alle zu sammeln, heimlich natürlich. Die meisten sind Unfug und voller Übertreibungen, die mit jedem Weitererzählen haarsträubender werden, besonders was Eure Rolle dabei betrifft, Bruder. Wusstet Ihr, dass Ihr im Alleingang zehn Attentäter getötet habt, die mit magischen Klingen bewaffnet waren, die ihren Opfern das Blut aussaugen?«

»Daran kann ich mich gar nicht erinnern, Hoheit.«

»Das hatte ich schon vermutet. Aber auch wenn die Geschichten Unfug sind, enthalten sie doch einen gemeinsamen Kern: Bei allen ist in irgendeiner Weise das Dunkle mit im Spiel, und die phantasievolleren enthalten sogar Anspielungen auf den siebenten Orden.«

Trotz seiner Skepsis musste er ihren Scharfsinn doch bewundern. Was er zuvor für reine Durchtriebenheit gehalten hatte, war nur eine Facette ihres wachen Geistes. In den vergangenen drei Jahren hatte er oft über die Bedeutung von Harlicks Geständnis in der gefallenen Stadt nachgedacht und versucht, in der ganzen Sache einen Sinn zu erkennen. Aber nichts passte zusammen: der Verrat der Aspekte an den Gläubigen, Einauges Kräfte, die vertraute Stimme, die aus Hentes Mustors Mund gekommen war. So sehr er sich auch bemühte, er konnte einfach keine Verbindung entdecken. Wenngleich er ständig das Gefühl hatte, dass es einen größeren Zusammenhang gab, der sich ihm und selbst dem Lied des Blutes entzog. *Könnte sie ihn erkennen? Und wenn ja, durfte er ihr dieses Wissen anvertrauen?* Vertrauen konnte er ihr keinesfalls, das wusste er. Aber sie könnte ihm dennoch nützlich sein.

»Sagt mir, Hoheit«, erwiderte er. »Warum würde ein gebildeter Mann ein Buch lesen und es dann sofort ins Feuer werfen?«

Verwirrt runzelte sie die Stirn. »Spielt das eine Rolle?«

»Würde ich Euch fragen, wenn nicht?«

»Nein. Ihr würdet mich sicherlich gar nichts fragen, wenn es nicht unbedingt nötig wäre.«

Die Zahl der kämpfenden Ritter auf dem Turnierplatz war auf ein knappes Dutzend geschrumpft. Lord Darnel tauschte jetzt Schläge mit Baron Banders aus, dessen verrostete Rüstung der Wildheit seiner Angriffe offenbar keinen Abbruch tat.

»Wenn dieser Mann wahrhaft gebildet ist«, fuhr die Prinzessin fort, als hätte sie zwischendurch nichts gesagt, »dann muss das Verbrennen eines Buches für ihn ein furchtbares Verbrechen sein. In der Geschichte wurden des Öfteren Bücher vernichtet. König Lakril der Wahnsinnige hat einmal sämtliche Bücher in Varinsburg verbrannt und jeden Untertan, der lesen konnte, für treulos erklärt und hinrichten lassen. Zum Glück hat ihn der sechste Orden bald darauf einen Kopf kürzer gemacht. Dennoch war Lakrils Wahnsinn nicht unbegründet. Der

Wert eines Buches liegt in dem Wissen, das es enthält, und Wissen ist immer gefährlich.«

»Ein Buch zu verbrennen beseitigt also die Gefahr, die von seinem Inhalt ausgeht.«

»Möglicherweise. Ihr habt gesagt, der Mann sei gebildet. Wie gebildet?«

Vaelin zögerte. Er wollte der Prinzessin keinen Namen nennen. »Er war einmal Gelehrter in der Großen Bibliothek.«

»Dann ist er tatsächlich sehr gebildet.« Sie schürzte die Lippen. »Wusstet Ihr, dass ich niemals ein Buch zweimal lese? Das ist nicht nötig, weil ich mich an jedes einzelne Wort erinnern kann.«

Ihr Tonfall war so beiläufig, dass es nicht nach Prahlerei klang. »Jemand mit derselben Fähigkeit müsste Bücher, noch dazu gefährliche, also nicht behalten. Wenn er sie einmal gelesen hat, ist er im Besitz des Wissens darin.«

Sie nickte. »Vielleicht hat der Mann also versucht, das Wissen zu bewahren, anstatt es zu vernichten.«

Das war es also, was Harlick tat. Er stahl Bücher über das Dunkle aus der Großen Bibliothek. Dann vernichtete er sie, um das darin enthaltene Wissen unzugänglich zu machen. Aber zuvor las er sie, um das Wissen zu bewahren, zu schützen. Aber wozu?

»Ihr werdet es mir nicht sagen, oder?«, fragte die Prinzessin. »Wer er war. Wo Ihr ihm begegnet seid?«

»Es war nur ein merkwürdiges Vorkommnis, dessen Zeuge ich geworden bin …«

»Ich weiß, dass Ihr die Achtung, die ich Euch entgegenbringe, nicht erwidert, Bruder. Dass Ihr keine hohe Meinung von mir habt. Aber meine Meinung über Euch gründete sich stets auf dem Wissen, dass Ihr mich nicht belügt. Eure Worte mögen nicht immer den Hofetiketten angemessen sein, aber sie entsprechen der Wahrheit. Sagt mir bitte auch jetzt die Wahrheit.«

Er begegnete ihrem Blick und bemerkte zu seiner Entgeisterung Tränen in ihren Augen. *Sind sie echt? Kann das sein?* »Ich weiß nicht, ob ich Euch vertrauen kann«, erwiderte er schlicht. »Wir haben einmal gemeinsam etwas Schreckliches getan …«

»Ich habe es nicht gewusst«, flüsterte sie. Sie beugte sich näher heran, und ihr Tonfall klang eindringlich. »Linden hat mir von diesem verrückten Einfall erzählt, einen Feldzug in den Martisch zu unternehmen. Mein Vater befahl mir, sein Vorhaben gutzuheißen. Ich habe Linden keine Versprechungen gemacht. Ich habe ihn geliebt, aber eher so wie eine Schwester einen Bruder liebt. Seine Liebe zu mir ging über geschwisterliche Gefühle jedoch weit hinaus, und er hat gehört, was er hören wollte. Ich schwöre Euch, die wahren Plänen meines Vaters waren mir unbekannt. Schließlich habt *Ihr* den Feldzug begleitet, und ich wusste, dass Ihr niemals einen Mord begehen würdet.« Tränen strömten aus ihren Augen und liefen über ihre runden Wangen. »Ich habe Nachforschungen angestellt, Vaelin. Ich weiß, dass Ihr ihn nicht ermordet, sondern ihm ein schreckliches Ende erspart habt. Ich erzähle Euch das, weil Ihr mir jetzt glauben müsst. Ihr müsst mir vertrauen. Ihr dürft nicht tun, was mein Vater heute von Euch verlangen wird.«

»Was wird er denn von mir verlangen?«

»Prinzessin Lyrna Al Nieren!« Eine starke, befehlsgewohnte Stimme. Die Stimme eines Königs. Vaelin hatte Janus seit über einem Jahr nicht mehr gesehen und musste feststellen, dass er noch stärker gealtert war – die Falten in seinem Gesicht waren tiefer, die kupferfarbene Mähne seines Haars von noch mehr grauen Strähnen durchsetzt und sein Rücken gebeugter. Dennoch besaß er nach wie vor die Stimme eines Königs. Die Prinzessin und Vaelin standen auf und verbeugten sich, wobei Vaelin der plötzlichen Stille gewahr wurde, die sich in der Menge ausgebreitet hatte.

»Tochter des Hauses Al Nieren«, fuhr der König fort. »Prinzessin der Vereinigten Königslande und zweite Thronfolgerin.« Eine dünne, altersfleckige Hand tauchte aus dem hermelinbesetzten Umhang des Königs auf und deutete auf den Turnierplatz. »Ihr vergesst Eure Pflichten.«

Vaelin wandte sich um und sah Lord Darnel mit gebeugtem Knie vor dem königlichen Pavillon kauern. Hinter ihm stolperten die besiegten Ritter vom Turnierplatz oder wurden davongetragen, Baron Banders in seiner rostigen Rüstung unter ihnen. Trotz der ehrerbietigen Verbeugung hatte Lord Darnel den Kopf nicht gesenkt. Seinen Helm hatte er abgesetzt, und seine Augen bohrten sich in die Vaelins. Mühsam beherrschte Wut lag darin.

Lyrna wischte sich rasch die Tränen aus dem Gesicht und verbeugte sich erneut. »Vergebt mir, Vater«, sagte sie in betont fröhlichem Tonfall. »Ich habe mich schon so lange nicht mehr mit Lord Vaelin unterhalten …«

»Lord Vaelin ist nicht derjenige, der hier Eure Aufmerksamkeit verlangt, Prinzessin.«

Ein wütender Ausdruck huschte über ihre Züge, doch sie beherrschte sich sogleich wieder und schenkte dem König ein gezwungenes Lächeln. »Natürlich.« Sie drehte sich um und winkte Lord Darnel mit dem Seidentuch zu sich. »Gut gekämpft, Euer Lordschaft.«

Lord Darnel verneigte sich steif, ergriff das Tuch mit der gepanzerten Hand und zuckte sichtlich zusammen, als die Prinzessin ihre Hand zurückzog, ohne sie ihm zum Kuss darzubieten. Er trat zurück und musterte Vaelin erneut. »Wie ich hörte, Lord Vaelin«, sagte er mit vor Wut zitternder Stimme, »ist es Brüdern des sechsten Ordens nicht gestattet, Herausforderungen anzunehmen.«

»Das ist richtig, Euer Lordschaft.«

»Sehr bedauerlich.« Der Ritter verneigte sich noch einmal vor Lyrna und dem König und verließ dann den Turnierplatz, ohne sich ein weiteres Mal umzublicken.

»Mir scheint, der hübsche Junge mag Euch nicht besonders«, stellte der König fest.

Vaelin begegnete dem Blick des Königs und sah dieselbe lauernde Berechnung darin wie bei ihrer ersten schicksalhaften Begegnung. »Daran bin ich inzwischen gewöhnt, Hoheit.«

»Aber wir mögen Euch, nicht wahr, meine Tochter?«, fragte der König Lyrna.

Ihr Gesicht war ausdruckslos, als sie stumm nickte.

»Vielleicht sogar ein bisschen zu sehr. Als sie noch klein war, fürchtete ich, ihr Herz könnte zu kalt sein, um jemals für einen Mann zu entbrennen. Jetzt wünsche ich mir beinahe diese Kälte zurück.«

An peinliche Situationen war Vaelin nicht gewöhnt, und er fand sie schwer erträglich. »Ihr habt nach mir schicken lassen, Hoheit.«

»Ja.« Der König hielt den Blick noch einen Moment lang auf Lyrna gerichtet. »Ja, das habe ich.« Er drehte sich um und deutete auf die Tür des Pavillons. »Es gibt da jemand, den ich Euch vorstellen möchte. Und Ihr, Tochter, bleibt bitte hier und versucht, unseren versammelten Untertanen ein gutes Beispiel zu sein, auch wenn es Euch schwerfallen mag.«

Die Stimme der Prinzessin klang gleichmütig, als sie erwiderte: »Jawohl, Vater.«

Vaelin beugte das Knie, ergriff ihre Hand, als sie sie ihm hinhielt, und drückte einen weiteren Kuss auf ihre warme Haut. *Auch jemand, dem man nicht vertraut, kann sich als nützlich erweisen.* »Hoheit«, sagte er, als er sich aufrichtete, wobei er sich der Anwesenheit des Königs nur zu bewusst war. »Ich glaube, Ihr irrt Euch.«

»Was meint Ihr?«

Es gehörte sich durchaus nicht – ein empörender Bruch mit der Etikette –, aber er beugte sich dennoch vor und küsste die Prinzessin auf die Wange. Dabei flüsterte er ihr ins Ohr: »Das Dunkle ist kein Aberglaube. Hört Euch im Westviertel nach der Geschichte des Einäugigen um.«

◆ ◆ ◆

»Wollt Ihr meine Geduld auf die Probe stellen, junger Falke?«

Von nur zwei Wachen begleitet verließen sie den Pavillon. Der König schlurfte durch den Schlamm, der den Rand seines Hermelinumhangs beschmutzte. Er wirkte irgendwie kleiner, vom Alter geschrumpft – sein Kopf reichte kaum bis zu Vaelins Schulter.

»Inwiefern, Hoheit?«, fragte Vaelin.

Der König wandte sich ihm abrupt zu. »Wage es ja nicht, mit mir zu spielen, Junge!« Er funkelte Vaelin an.

Vaelin begegnete seinem Blick. Der König mochte immer noch die Eule sein, aber Vaelin war keine Maus mehr. »Missfällt Euch die Freundschaft, die mich mit Prinzessin Lyrna verbindet, Majestät?«

»Ihr seid nicht mit ihr befreundet. Ihr könnt sie nicht ausstehen, und das aus gutem Grund.« Der König legte den Kopf schief und betrachtete Vaelin nachdenklich. »Sie wollte Euch den hübschen Jungen zeigen, um Eure Eifersucht zu wecken, habe ich recht?«

Keschet. Vaelin erinnerte sich an Prinzessin Lyrnas Worte in Al Hestians Garten. *Der Lügnerangriff. Man verbirgt eine List hinter einer anderen.* Lord Darnel war ein Ablenkungsmanöver, etwas, womit ihr

Vater rechnete. *Ihr dürft nicht tun, was mein Vater heute von Euch verlangen wird.*

Er zuckte mit den Achseln. »Das ist möglich.«

»Was habt Ihr zu ihr gesagt? Ich weiß, dass Ihr es nicht bloß auf einen Kuss abgesehen hattet.«

Vaelin lächelte verlegen. »Ich habe gesagt, dass Schönheit schwindet und damit auch die Gelegenheit.«

Der König gab ein Knurren von sich und stapfte weiter gebückt durch den Schlamm. »Ihr solltet sie nicht verärgern. Ihr dürft keine Feinde werden. Dem Land zuliebe, verstanden?«

»Verstanden, Euer Majestät.«

»Sie wird ihn nicht heiraten, oder?«

»Ich bezweifle es.«

»Hab ich's doch gewusst.« Der König seufzte schicksalsergeben. »Wenn der Bursche nur nicht so ein Holzkopf wäre. Es ist nicht leicht, eine kluge Tochter zu haben. Ein Widerspruch gegen die Natur, dass so viel Schönheit mit solchem Scharfsinn gepaart ist. Nach meiner Erfahrung sind wahrhaft schöne Frauen entweder liebreizend oder gehässig. Ihre Mutter, meine liebe, verstorbene Königin, war eine berühmte Schönheit und von großer Gehässigkeit, besaß aber zum Glück nur wenig Verstand.«

Das ist keine echte Offenheit, dachte Vaelin. *Sondern wieder nur eine Maske. Er täuscht Ehrlichkeit vor, um mich in eine weitere Falle zu locken.*

Sie kamen zu einer Kutsche mit vergoldeten Holzschnitzereien und schwarzen Samtvorhängen an den Fenstern. Ein Gespann aus vier Apfelschimmeln wartete davor. Der König bedeutete Vaelin, die Tür zu öffnen, und stieg stöhnend vor Anstrengung hinein. Dann winkte er, dass Vaelin ihm folgen möge. Der König ließ sich auf die weiche Lederbank sinken und klopfte mit der knochigen Faust gegen die Kutschwand. »Zum Palast! Aber nicht zu schnell.«

Draußen war das Klatschen einer Peitsche zu hören, und die Kutsche setzte sich ruckelnd in Bewegung. »Diese Kutsche und die Pferde waren ein Geschenk von Lord Al Telnar«, erklärte der König. »Erinnert Ihr Euch an ihn?«

Vaelin sah den reich gekleideten Mann aus der Ratskammer vor sich. »Den Minister der königlichen Werke.«

»Ja, ein selbstsüchtiger Prahlhans. Er wollte, dass ich einen Teil der Ländereien des Erzfürsten von Cumbrael beschlagnahme, als Strafe für den Aufstand seines Bruders. Natürlich erklärte er sich großzügig bereit, die Last des Amtes als Verwalter zu übernehmen, zusammen mit der Pacht, die die Bewohner des Landstrichs zahlen. Ich habe mich bei ihm für die Kutsche bedankt und einen Teil seiner eigenen Ländereien beschlagnahmt, deren Pacht jetzt an Erzfürst Mustor geht. Der sollte also fürs Nächste mit Wein und Huren versorgt sein. Lord Al Telnar wird so schnell nicht vergessen, dass ein wahrer König nicht käuflich ist.«

Der König griff in seinen Umhang und zog einen etwa apfelgroßen Lederbeutel hervor. »Hier.« Er warf ihn Vaelin zu. »Wisst Ihr, was das ist?«

Vaelin öffnete den Beutel und fand darin einen großen blauen Stein, der von einer grauen Ader durchzogen war. »Ein Blaustein. Ein ziemlich großer.«

»Ja. Der größte, der jemals gefunden wurde. Vor etwas mehr als siebzig Jahren wurde er in den Minen in den Nordlanden entdeckt, als mein Großvater, der zwanzigste Herrscher von Asrael, dort den Turm gebaut und die erste Kolonie errichtet hat. Habt Ihr eine Ahnung, was der Stein wert ist?«

Vaelin betrachtete erneut den Stein, auf dessen glatter Oberfläche das Lampenlicht glänzte. »Sehr viel, Hoheit.« Er schloss den Beutel und hielt ihn dem König hin.

Der alte Mann machte keine Anstalten, ihn entgegenzunehmen. »Behaltet ihn. Das Geschenk eines Königs an seinen besten Schwertkämpfer.«

»Ich habe keine Verwendung für Reichtümer, Hoheit.« *Auch ich bin nicht käuflich.*

»Selbst ein Bruder des sechsten Ordens kann hin und wieder etwas Geld gebrauchen. Bitte betrachtet ihn als Glücksbringer.«

Vaelin hängte sich den Beutel mit dem Stein an seinen Gürtel.

»Blaustein ist das wertvollste Mineral der Welt«, fuhr der König fort. »Er ist bei allen Völkern heiß begehrt – bei den Alpiranern ebenso wie bei den Volarianern und den Kaufmannskönigen des Fernen Westens. Er erzielt einen höheren Preis als Silber, Gold oder Diamanten, und die reichsten Vorkommen befinden sich in den Nordlanden. Natürlich haben die Königslande noch andere Dinge zu bieten – cumbraelischen Wein, asraelischen Stahl und so weiter –, aber mit Blaustein habe ich meine Flotte gebaut und das königliche Heer eingerichtet, die beiden Nägel, die das Land zusammenhalten. Turmherr Al Myrna berichtete mir vor Kurzem, dass die Blausteinadern langsam zur Neige gehen. In zwanzig Jahren wird nicht mehr genug übrig sein, um die Bergleute zu bezahlen, die den Blaustein abbauen. Und was werden wir dann tun, junger Falke?«

Vaelin zuckte mit den Achseln. Vom Handel verstand er nicht viel. »Wie Ihr schon sagtet, Hoheit, das Land hat noch andere Dinge zu bieten.«

»Aber nicht genug. Ich müsste Adlige und Volk mit so hohen Steuern belegen, dass sie mich und meine Kinder mit Freuden an den Palastmauern aufknüpfen würden. Ihr habt gesehen, wie schnell im Land Unruhen ausbrechen, selbst wenn das Heer seine Pflicht erfüllt. Könnt Ihr Euch vorstellen, wie viel Blut fließen würde, wenn es einmal so weit ist? Nein, wir brauchen mehr. Wir brauchen Gewürze und Seide.«

»Gewürze und Seide, Majestät?«

»Die Haupthandelsroute für Gewürze und Seide verläuft durch die Erineische See. Gewürze kommen aus den südlichen Provinzen des alpiranischen Reiches und Seide aus dem Fernen Westen. In den alpiranischen Häfen an der Nordküste des Kaiserreiches treffen sie aufeinander. Jedes Schiff, das dort anlegt, muss dem Kaiser einen Anteil an seiner Fracht als Gebühr entrichten. Die alpiranischen Kaufleute sind durch diesen Handel reich geworden. Manche sind inzwischen wohlhabender als die Kaufmannskönige des Fernen Westens, und sie alle zahlen Tribut an den Kaiser.«

Vaelins Unbehagen verstärkte sich. *Er kann doch nicht ernsthaft darüber nachdenken?* »Ihr wollt diesen Handel in unsere Häfen locken?«, fragte er.

Der alte Mann schüttelte den Kopf. »Wir haben zu wenige Häfen, die noch dazu viel zu klein sind. Unsere Küsten werden von zu vielen Stürmen heimgesucht, und wir befinden uns zu weit im Norden, um viel Handel anzulocken. Wenn wir ihn wollen, werden wir ihn uns nehmen müssen.«

»Hoheit, ich kenne mich in der Geschichte nicht besonders gut aus, aber ich kann mich nicht entsinnen, dass dieses Land oder eines der Erzlehen je von einer alpiranischen Invasion oder einem Überfall bedroht gewesen wäre. Zwischen unseren Völkern herrscht seit jeher Friede. Der Katechismus besagt, dass Krieg nur zur Verteidigung von Land, Leben oder Glauben gerechtfertigt ist.«

»Die Alpiraner sind Gottesgläubige, nicht wahr? Ein ganzes Kaiserreich voller Leugner.«

»Der Glaube kann nur freiwillig angenommen werden. Man darf ihn niemandem aufzwingen, schon gar nicht einem ganzen Kaiserreich.«

»Aber die Alpiraner hecken Komplotte aus, um ihre Götter in unser Land zu bringen und unseren Glauben zu unterwandern. Sie haben ihre Spione überall, getarnt als Kaufleute, die ketzerische Reden schwingen und unsere Kinder mit ihren finsteren Bräuchen in Versuchung führen. Und dabei wächst ständig ihr Heer, der Kaiser baut mehr und mehr Schiffe.«

»Entspricht irgendetwas davon der Wahrheit?«

Der König schenkte ihm ein kleines Lächeln, und seine Eulenaugen funkelten. »Das wird es.«

»Ihr erwartet, dass das ganze Land diesen Unfug glauben wird?«

»Die Menschen glauben, was sie glauben wollen, ob es nun wahr ist oder nicht. Denkt an das Aspektenmassaker. Wie viele Leugner und mutmaßliche Leugner sind da den Aufständen zum Opfer gefallen, nur aufgrund eines Gerüchts? Wenn man den Menschen die richtigen Lügen auftischt, werden sie sie glauben.«

Vaelin betrachtete den König schweigend, während die Kutsche über das Kopfsteinpflaster des Nordviertels hinwegratterte, und eine eisige Erkenntnis durchströmte ihn. *Es ist ihm ernst damit. Er will das wirklich tun.* »Was wollt Ihr von mir, Hoheit? Warum erzählt Ihr mir das alles?«

Der König breitete seine knochigen Hände aus. »Ich brauche natürlich Euer Schwert. Ohne den berühmtesten Kämpfer des Reiches kann ich nicht in den Krieg ziehen, nicht wahr? Was würde das Volk denken, wenn Ihr Euch weigert, das Schwert des Glaubens ins Reich der Leugner zu tragen?«

»Ihr erwartet, dass ich nur aufgrund einer Handvoll Lügen einen Krieg mit einem Volk anfange, mit dem das Land sonst keine Schwierigkeiten hat?«

»Genau das erwarte ich.«

»Und warum sollte ich das tun?«

»Weil Loyalität Eure Stärke ist.«

Er sah Linden Al Hestians Gesicht vor sich, das kalkweiß wurde, während das Blut aus dem Schnitt an seinem Hals strömte … »Loyalität ist nur eine Lüge, mit der Ihr die Unachtsamen in eine Falle lockt.«

Der König runzelte die Stirn. Zunächst wirkte er wütend, doch dann lachte er laut. »Aber natürlich. Was glaubt Ihr, wozu die Königsherrschaft sonst gut ist?« Seine Fröhlichkeit legte sich sogleich wieder. »Aber Ihr vergesst unser Abkommen. Ich befehle, und Ihr gehorcht. Erinnert Ihr Euch?«

»Unser Abkommen ist bereits gebrochen, Hoheit. Ich habe im Martisch nicht Eure Befehle befolgt.«

»Und dennoch weilt Linden Al Hestian im Jenseits, von Eurer Klinge getötet.«

»Er hat gelitten, ich musste seinen Qualen ein Ende setzen.«

»Ja, eine günstige Fügung.« Der König machte eine verärgerte Handbewegung. Offenbar langweilte ihn das Thema. »Es spielt keine Rolle, Ihr habt ein Abkommen mit mir geschlossen. Ihr gehört mir, junger Falke. Eure Zugehörigkeit zum Orden ist nur noch eine Farce, das wisst Ihr so gut wie ich. Ich befehle, und Ihr gehorcht.«

»Nicht, wenn es um einen Krieg gegen das alpiranische Reich geht. Und Ihr mir keinen besseren Grund nennen könnt, als dass es einen Mangel an Blaustein geben wird.«

»Ihr weigert Euch?«

»Jawohl. Lasst mich hinrichten, wenn es sein muss. Ich werde keine Einwände erheben. Aber Eure finsteren Pläne habe ich satt.«

»Euch hinrichten?« Janus lachte erneut, diesmal sogar noch lauter. »Wie edel von Euch, besonders, da Ihr wisst, dass ich das nicht tun kann, ohne einen Volksaufstand zu verursachen und mir den Orden zum Feind zu machen. Und meine Tochter würde mich noch mehr hassen.«

Abrupt zog der König den Samtvorhang zur Seite, und ein Strahlen erschien auf seinen Zügen. »Ah, die Bäckerei der Witwe Nornah.« Er klopfte ein weiteres Mal gegen die Kutschwand und rief mit seiner Befehlsstimme: »ANHALTEN!«

Der König verließ die Kutsche und winkte die beiden Soldaten der berittenen Garde fort, die ihm beim Aussteigen behilflich sein wollten. Er zeigte Vaelin ein kindliches Grinsen. »Kommt, junger Falke, begleitet mich. Der beste Kuchen der Stadt, vielleicht sogar des ganzen Erzlehens. Gönnt einem alten Mann seine Schwäche.«

In der Bäckerei der Witwe Nornah war es warm, und es roch herrlich nach frisch gebackenem Brot. Als die Witwe den König erblickte, kam sie hinter der Theke hervorgeeilt. Sie war eine große, gedrungene Frau mit von der Hitze geröteten Wangen und mehlbeflecktem Haar. »Majestät! Welch eine Ehre, dass Ihr erneut mein bescheidenes Geschäft besucht!«, rief sie, verbeugte sich ungeschickt und schob ihre erschrockenen Kunden beiseite. »Aus dem Weg! Macht Platz für den König!«

»Verehrte Dame.« Der König ergriff die Hand der Witwe und küsste sie, worauf sich ihre Wangen noch mehr röteten. »Eine Gelegenheit, Euren Kuchen zu genießen, kann ich mir doch nicht entgehen lassen. Außerdem ist Lord Vaelin hier neugierig. Er hat nur selten Zeit für Kuchen, nicht wahr, Bruder?«

Vaelin sah, wie die Witwe ihn betrachtete, als wollte sie sich seine Gesichtszüge ganz genau einprägen. Und auch ihre Kunden, die inzwischen sämtlich das Knie gebeugt hatten, warfen ihm verstohlene Blicke zu. Beinahe verabscheute er sie für ihre Bewunderung. »Von Kuchen habe ich wahrlich wenig Ahnung, Hoheit«, erwiderte er und hoffte, dass ihm seine Verärgerung nicht anzumerken war.

»Habt Ihr vielleicht einen Raum hinten, wo wir Eure Schöpfungen genießen können?«, fragte der König die Witwe. »Ich möchte Euer Geschäft nicht weiter stören.«

»Natürlich, Hoheit. Natürlich.«

Sie führte sie in eine Art Lagerraum, in dem Regale mit Gläsern standen und Mehlsäcke an den Wänden lehnten. In der Mitte befand sich ein Tisch mit Stühlen. Daran saß eine dralle junge Frau in einem grellbunten Kleid aus billigem Stoff, deren Haare rot gefärbt waren. Auch ihre Lippen waren rot angemalt, und ihre Bluse stand am Hals offen und enthüllte den Ansatz ihres üppigen Busens. Als der König eintrat, stand sie auf und verbeugte sich anmutig. »Majestät.« Ihre Stimme klang rauh, und sie verkürzte die Vokale. Die Stimme einer Frau von der Straße.

»Derla«, begrüßte der König sie, bevor er sich der Bäckerin zuwandte. »Die Apfeltörtchen bitte, Mistress Nornah. Und etwas Tee, wenn's geht.«

Die Witwe verbeugte sich und ging hinaus, wobei sie die Tür hinter sich schloss. Der König ließ sich auf einem Stuhl nieder und bedeutete der drallen Frau aufzustehen. »Derla, das ist Lord Vaelin Al Sorna, weithin bekannter Bruder des sechsten Ordens und Schwert des Königs. Vaelin, das ist Derla, eine nichtsnutzige Hure und hochgeschätzte Spionin in meinem Dienst.«

Die Frau musterte Vaelin eingehend, und ein kleines Lächeln umspielte ihre Mundwinkel. »Eine Ehre, Lord Vaelin.«

Vaelin nickte ihr zu. »Verehrte Dame.«

Ihr Lächeln wurde breiter. »Wohl kaum.«

»Mach dir gar nicht erst die Mühe mit ihm, Derla«, riet der König. »Bruder Vaelin ist ein treuer Anhänger des Glaubens.«

Sie zog eine angemalte Augenbraue hoch und schürzte die Lippen. »Wie schade. Einige meiner besten Kunden stammten aus den Orden. Besonders aus dem dritten – eine rallige Bande, diese Bücherwürmer.«

»Ist sie nicht ein Juwel?«, fragte der König. »Eine Frau mit wachem Verstand, die keinerlei moralische Skrupel besitzt. Und mitunter recht aufbrausend sein kann. Wie viele Messerstiche hast du diesem Kaufmann versetzt, Derla? Ich erinnere mich nicht mehr so genau.«

Vaelin betrachtete Derlas Gesicht, doch ihr Gleichmut wirkte nicht aufgesetzt. »Es müssen wohl so um die fünfzig gewesen sein, Majestät.« Sie zwinkerte Vaelin zu. »Der Hundesohn wollte mich totschlagen und meine Leiche schänden.«

»Ja, ein wahrhaft abartiger Kerl«, stimmte der König zu. »Aber reich und bei Hofe sehr beliebt. Als ich deinen Nutzen erst einmal erkannt hatte, war es nicht gerade billig, deinen angeblichen Selbstmord einzufädeln und dich freizulassen.«

»Wofür ich Euch auf ewig dankbar bin, Hoheit.«

»Und zu Recht. Wisst Ihr, Vaelin, es ist die Pflicht des Königs, die Begabtesten unter seinen Untertanen ausfindig zu machen und sie in seine Dienste zu stellen. Spione wie Derla, die mir direkt Bericht erstatten, habe ich in allen vier Erzlehen. Sie werden reichlich mit Gold belohnt und mit dem Wissen, dass ihre Arbeit dazu beiträgt, die Sicherheit des Reiches zu bewahren.« Der König wirkte plötzlich erschöpft. Er stützte sein Kinn in die Hand und rieb sich die müden Augen. »Dein Bericht von letzter Woche«, sagte er zu Derla. »Wiederhole ihn bitte für Lord Vaelin.«

Derla nickte und begann, in förmlichem, geübtem Ton zu sprechen. »Am siebenten Tag des Monats Prensur befand ich mich in einer Gasse hinter der Taverne »Zum wilden Löwen« und beobachtete ein Haus, von dem ich wusste, dass es häufig von den Leugnern der Aszendentensekte besucht wird. Etwa um Mitternacht betraten zahlreiche Menschen das Haus, darunter auch ein hochgewachsener Mann, eine Frau und ein Mädchen von etwa fünfzehn Jahren, die gemeinsam eintrafen. Nachdem sie ins Haus gegangen waren, verschaffte ich mir über den Kohleschacht Zutritt zum Keller des Hauses. Von dort konnte ich die ketzerischen Riten belauschen, die im Raum darüber abgehalten wurden. Nach etwa zwei Stunden gewann ich den Eindruck, dass das Treffen kurz vor seinem Ende stand, verließ den Keller und kehrte in die Gasse zurück, wo ich dieselben drei Menschen zusammen weggehen sah. Etwas an dem hochgewachsenen Mann kam mir bekannt vor, deshalb entschloss ich mich, ihnen zu folgen. Sie gingen ins Nordviertel, wo sie ein großes Haus gegenüber der Mühle an der Wächtersbiege betraten. Als der Mann in das Haus ging, fiel Lampenschein aus dem Inneren auf sein Gesicht und ich erkannte Lord Kralyk Al Sorna, ehemals Kriegsherr und Erstes Schwert des Königs.«

Sie musterte Vaelin gleichmütig, in ihrem Blick lagen weder Furcht noch Sorge. Der König fuhr sich träge über seine grauen Bartstoppeln. »Mit den Leugnern ist es nicht immer so gewesen, wisst Ihr?«, sagte er. »In meiner Kindheit lebten sie unter uns, zwar misstrauisch beäugt, aber unbehelligt. Mein erster Schwertkampflehrer war ein Suchender und ein guter Mann. Die Orden warnten vor den Leugnern, hinderten sie aber nicht an der Ausübung ihres Glaubens. Schließlich sind wir ein Land von Verbannten, die vor Jahrhunderten von denen, die uns unseres Glaubens wegen töten wollten, an diese Küsten getrieben wurden. Natürlich war unser Glaube stets die vorherrschende Religion, aber es gab daneben auch noch andere. Und wenngleich das den Strenggläubigen nicht gefiel, war es dem Volk im Großen und Ganzen doch eher gleichgültig. Dann kam die Rote Hand.«

Die Hand des Königs wanderte zu dem Muster aus hellroten Flecken an seinem Hals, und sein Blick schweifte in die Ferne. »Den Namen erhielt die Krankheit wegen der Spuren, die sie hinterlässt, wie eine Klaue, die sich in den Hals eines Menschen gekrallt hat. Wenn jemand diese Flecken bekam, wusste man, dass er so gut wie tot war. Stellt Euch vor, Vaelin: ein ganzes Land, das innerhalb weniger Monate entvölkert wird. Ganz gleich, ob Mann, Frau oder Kind, ob reich oder arm. Stellt Euch vor, wie es wäre, wenn die Hälfte der Menschen in Eurem Umfeld plötzlich nicht mehr ist. Wenn die Menschen an einer zehrenden Krankheit sterben, die sie qualvoll verenden lässt, während sie sich die Seele aus dem Leib kotzen. Die Leichen stapelten sich wie Heuhaufen, niemand war sicher. Die Furcht wurde der einzige Glaube. Das konnte keine einfache Seuche sein. Sie musste etwas mit dem Dunklen zu tun haben. Und so richteten sich die Blicke der Menschen auf die Leugner. Sie litten genauso unter der Krankheit wie wir, aber weil sie weniger waren, erweckte es den Eindruck, als würden sie weniger leiden. Die Menschen rotteten sich zusammen, durchkämmten Städte und Dörfer, machten Jagd auf Leugner und ermordeten sie. Manche Sekten wurden ganz ausgelöscht, ihr Glaube ging für immer verloren. Alle anderen wurden gezwungen, im Verborgenen zu leben. Als die Rote Hand in ihrem Wüten nachließ, waren nur noch unser Glaube und der cumbraelische Gott übrig. Die übrigen Religionen wurden fortan im Geheimen ausgeübt, in ständiger Furcht vor Entdeckung.«

Der König fasste sich wieder und musterte Vaelin mit kalter Berechnung. »Euer Vater scheint sich einen ungesunden Zeitvertrieb gewählt zu haben, junger Falke.«

Das Lied des Blutes war wieder da, laut und schrill und stärker, als er es jemals erlebt hatte. Seine Bedeutung war klar. Eine große Gefahr lag in der Luft. Und sie ging von dem Wissen aus, das diese Spionin und Hure besaß. Und von dem, was der König vorhatte. Doch noch größer war die Gefahr, die das Lied des Blutes selbst darstellte, denn es drängte ihn, sie beide zu töten.

»Ich habe keinen Vater«, presste er zähneknirschend hervor.

»Mag sein. Aber eine Schwester habt Ihr wohl. Ein bisschen jung, um mit herausgerissener Zunge an der Stadtmauer aufgehängt zu werden, nachdem der vierte Orden in der Schwarzfeste mit ihr fertig ist. Ihre Mutter würde wahrscheinlich einen Platz neben ihr erhalten, sodass sie gemeinsam unverständliche Laute lallen können, bis sie vor Hunger geschwächt sind und die Krähen ihnen bei lebendigem Leib das Fleisch von den Knochen picken. Ihr wolltet einen besseren Grund? Hier habt Ihr ihn.«

Dunkle Augen, die den seinen glichen, kleine Hände, die ein Sträußchen Winterblumen umklammert hielten. *Mama hat gesagt, dass du bei uns leben und mein Bruder sein wirst ...*

Das Lied des Blutes heulte schrill auf. Seine Hände zuckten. *Ich habe noch nie eine Frau getötet,* dachte er. *Und auch noch keinen König.* Als er den alten Mann vor sich sah, der sich gähnend die schmerzenden Knie rieb, wurde ihm bewusst, wie einfach es wäre, ihm das Genick zu brechen. Wie *befriedigend ...*

Er ballte die Hände zu Fäusten, um das Zucken zu unterdrücken, und ließ sich am Tisch nieder. Das Lied des Blutes war plötzlich verstummt.

»Ich glaube«, sagte der König und richtete sich auf, »ich werde heute doch auf den Kuchen verzichten. Bitte genießt ihn mit meiner besten Empfehlung.« Er legte Vaelin eine knochige Hand auf die Schulter. *Die Klaue einer Eule.* »Ich muss Euch sicherlich keine Ratschläge geben, was Ihr Aspekt Arlyn erzählen könnt, wenn er Euch aufsucht.«

Vaelin sah ihn nicht an, aus Furcht, das Lied könnte sich wieder regen, und schüttelte nur steif den Kopf.

»Wunderbar. Derla, bleib doch bitte noch. Lord Vaelin wird gewiss noch Fragen haben.«

»Selbstverständlich, Hoheit.« Derla verbeugte sich erneut anmutig, als der König ging. Vaelin blieb sitzen.

»Darf ich mich zu Euch setzen, Lord Vaelin?«, fragte Derla.

Er sagte nichts, deshalb nahm sie einfach ihm gegenüber Platz. »Einem solch hochrangigen Adligen wie Euch begegne ich nicht oft«, sagte sie. »Auch wenn ich natürlich schon mit vielen Adligen ins Geschäft gekommen bin. Seine Hoheit ist stets an ihren Vorlieben interessiert, je abartiger, desto besser.«

Vaelin blieb immer noch stumm.

»Ich frage mich, ob die Geschichten über Euch der Wahrheit entsprechen«, fuhr sie fort. »Wenn ich Euch so sehe, dann glaube ich es fast.« Sie wartete darauf, dass er etwas sagte, und rutschte unruhig auf ihrem Stuhl hin und her, als er weiter schwieg. »Die Bäckerin lässt sich Zeit mit dem Kuchen.«

»Sie wird keinen Kuchen bringen«, sagte Vaelin zu ihr. »Und ich habe auch keine Fragen mehr. Er hat Euch befohlen zu bleiben, damit ich Euch umbringen kann.«

Er begegnete ihrem Blick, und zum ersten Mal sah er eine echte Empfindung darin: Furcht.

»Die Witwe Nornah hat zweifellos Erfahrung damit, unauffällig Leichen fortzuschaffen«, erklärte er. »Wahrscheinlich hat der König schon oft ahnungslose Narren hierhergeführt. Narren wie uns beide.«

Ihr Blick huschte zur Tür und dann wieder zurück zu ihm. Sie verzog den Mund und musste sich offenbar eine Herausforderung verkneifen. Sie wusste, dass sie im Kampf gegen ihn nicht bestehen konnte. »Ich bin nicht wehrlos.«

»In Eurem Korsett bewahrt Ihr ein Messer auf und ein weiteres an Eurem Rücken. Und die Nadel in Eurem Haar ist vermutlich auch recht spitz.«

»Ich habe König Janus fünf Jahre lang treu gedient ...«

»Das kümmert ihn nicht. Das Wissen, das Ihr besitzt, ist zu gefährlich.«

»Ich habe Geld ...«

»Für Reichtümer habe ich keine Verwendung.« Der Beutel mit dem Blaustein wog schwer an seinem Gürtel. »Nicht im Geringsten.«

»Also gut.« Sie lehnte sich zurück und hob ihre Röcke, um ihre geöffneten Knie zu entblößen. Das kleine Lächeln umspielte wieder ihre Mundwinkel, und es wirkte nicht aufrichtiger als zuvor. »Dann seid wenigstens so freundlich, es *vor* meinem Tod mit mir zu treiben und nicht hinterher.«

Er musste ein Lachen unterdrücken. Dann wandte er den Blick ab und faltete die Hände auf dem Tisch. »Vor mir seid Ihr sicher, aber nicht vor ihm. Verlasst die Stadt, am besten gleich das Land, wenn es Euch möglich ist. Und kehrt niemals zurück.«

Sie erhob sich langsam und ging vorsichtig zur Tür. Mit einer Hand griff sie nach der Türklinke, die andere hatte sie hinter dem Rücken versteckt – zweifellos hielt sie damit ihr Messer umklammert. Bevor sie die Tür öffnete, blieb sie noch einmal stehen. »Euer Vater kann sich glücklich schätzen, einen solchen Sohn zu haben, Euer Lordschaft.« Damit war sie verschwunden, und die Tür schlug quietschend hinter ihr zu.

»Ich habe keinen Vater«, sagte er leise in den leeren Raum hinein.

Drittes Kapitel

Jenseits der alpiranischen Küste ging das Buschland in eine öde Wüstenei über. Ein starker Wind wehte von Süden her, wirbelte den Sand auf und ließ ihn wie Geistererscheinungen über die Dünen wandern. Die Soldaten hielten sich am Rand der Wüste und marschierten in einer mehr als zwei Meilen langen Kolonne auf Untesch zu. Der Anblick des Heers erinnerte Vaelin an eine große Schlange, die er einmal auf einem Schiff aus dem Fernen Westen aus einem Käfig hatte kriechen sehen. Sie hatte die gesamte Breite des Decks eingenommen, und ihre Schuppen hatten in der Sonne gefunkelt wie jetzt die Speere des königlichen Heeres.

Er kauerte auf einer mit Steinen übersäten Anhöhe ein paar Meilen vor der Spitze der Kolonne und nahm einen Schluck aus seiner Feldflasche, während Speier in der Nähe an den spärlichen Blättern eines Wüstengewächses knabberte. Frentis und sein Spähtrupp – zumindest was von ihnen nach der Schlacht an der Küste übrig war – hatten auf der Anhöhe ihr Lager aufgeschlagen und behielten den östlichen Horizont im Auge.

Vaelin dachte an die Schlacht vor zwei Tagen, an den weißgekleideten Krieger und die Männer, die nach dem Kampf gekommen waren, um die Herausgabe des Leichnams zu erbitten. Vier Gardisten des Kaisers waren aus der Wüste aufgetaucht und hatten mit ernster Miene verlangt, den Kriegsherrn zu sprechen. Al Hestian war mit den hochrangigsten Offizieren des Heers zu ihnen geritten und hatte sie unter großem Brimborium begrüßt, worauf die Alpiraner jedoch nicht weiter eingegangen waren. Dann hatte Al Hestian die Ankündigung des Königs verlesen, dass er die drei Städte Untesch, Linesch und Marbellis zu annektieren gedachte. Einer der Gardisten, ein kräftiger Mann mit aschgrauem Haar, hatte ihn mittendrin unterbrochen und nahezu akzentfrei in ihrer Sprache gesagt: »Lasst das Geschwafel, Nordmann. Wir sind hier, um den Leichnam des *Eruhin* abzuholen. Gebt ihn heraus oder tötet uns. Wir werden nicht ohne ihn gehen.«

Al Hestian rang sichtlich um Fassung, das Gesicht vor Wut gerötet. »Wer ist dieser *Eruhin*?«

»Der Weißgekleidete«, sagte Vaelin. Er war zu den Verhandlungen nicht eingeladen worden, war aber dennoch mitgeritten, weil er wusste, dass der Kriegsherr sich nicht die Blöße geben und ihn wegschicken würde, nicht bei einem solch denkwürdigen Anlass wie der ersten Begegnung mit dem Gegner. »Der *Eruhin*, ja?«, fragte er den Gardisten.

Der Gardist sah ihn an und musterte ihn von Kopf bis Fuß. »Wart Ihr es? Habt Ihr ihn getötet?«

Vaelin nickte. Ein anderer Gardist zog knurrend seinen Säbel, wurde jedoch von dem Grauhaarigen streng zurechtgewiesen.

»Wer war er?«, fragte Vaelin.

»Sein Name war Seliesen Maxtor Aluran«, erwiderte der Gardist. »Er war der *Eruhin*, die Hoffnung des Reiches, in Eurer Sprache. Der vom Kaiser auserwählte Thronerbe.«

»Unser Beileid an Euren Kaiser«, mischte sich der Kriegsherr ein. »Ein solch tragischer Verlust ist natürlich sehr bedauerlich, aber wir sind lediglich hier, um in Besitz zu nehmen, was rechtmäßig uns …«

»Ihr seid hier, um zu erobern und zu plündern, Nordmann«, unterbrach ihn der Grauhaarige. »In diesem Land erwartet Euch nur der Tod. Es wird keine weiteren Gespräche oder Verhandlungen geben. Wir werden Euch alle töten, so wie Ihr die Hoffnung unseres Landes zunichte gemacht habt. Erwartet keine Gnade. Und jetzt gebt uns den Leichnam.«

Lord Darnel nahm einen Schluck Wein aus seiner Feldflasche und spuckte ihn auf die Hufe des Pferdes des Gardisten. »Mit seiner Unhöflichkeit verstößt er gegen die Regeln einer Verhandlung«, sagte er an Al Hestian gewandt. »Ich sage, er hat sein Leben verwirkt.«

»Nein, hat er nicht.« Vaelin ritt zwischen die beiden Parteien und sagte zu dem Gardisten: »Kommt, ich führe Euch zu dem Leichnam.«

Die Wut des Kriegsherrn und Lord Darnels Hass waren deutlich spürbar, als er mit den Gardisten wegritt, und er musste an etwas denken, das Aspekt Arlyn einmal zu ihm gesagt hatte: *Männer, die von sich selbst eingenommen sind, hassen jeden, der sie in schlechtem Licht erscheinen lässt.*

Als sie bei dem Leichnam angekommen waren, stiegen die Gardisten ab und hievten den Toten auf ein Packpferd. Der Grauhaarige schnallte den Leichnam fest und wandte sich dann mit Tränen in den Augen Vaelin zu. »Wie ist Euer Name?«, verlangte er mit rauher Stimme zu wissen.

Vaelin sah keinen Grund, ihn zu verschweigen. »Vaelin Al Sorna.«

»Euer Taktgefühl schmälert nicht meinen Hass auf Euch, Vaelin Al Sorna, *Eruhin Makhtar*, Hoffnungstöter. Meine Ehre verlangt, dass ich mich umbringe, aber mein Hass erhält mich am Leben. Von jetzt an wird, solange ich atme, mein einziges Ziel sein, Euch zu töten. Mein Name ist Neliesen Nester Hevren, Hauptmann der zehnten Kohorte der kaiserlichen Garde. Vergesst ihn nicht.«

Damit waren er und seine Kameraden aufgesessen und weggeritten.

Manchmal verlangt der Glaube uns alles ab, was wir zu geben vermögen. Wieder die Worte des Aspekten, die dieser im letzten Winter gesprochen hatte, als er mit Vaelin über den schneebedeckten Übungsplatz gelaufen war und dieser ihm vom Vorhaben des Königs berichtet hatte. Es war kalt gewesen an jenem Tag, kälter als es selbst für den Monat Weslin üblich war, und die Novizen waren durch den Schnee gestolpert, während sie rannten und kämpften und die Stockschläge ihrer Meister über sich ergehen ließen.

»Dies wird ein Krieg werden, wie wir ihn noch nie erlebt haben«, hatte der Aspekt gesagt, und sein Atem hatte in Wolken vor seinem Gesicht gestanden. »Wir werden große Opfer bringen müssen. Viele unserer Brüder werden nicht zurückkehren. Ist dir das klar?«

Vaelin nickte. Er hatte dem Aspekten lange zugehört und wusste nun nicht mehr, was er noch erwidern sollte.

»Aber *du* musst zurückkehren, Vaelin. Kämpfe so rücksichtslos wie nötig und töte so viele Männer, wie du musst. Ganz gleich, wie viele deiner Soldaten und Brüder fallen, du musst in die Königslande zurückkehren.«

Vaelin nickte erneut, und der Aspekt lächelte – zum ersten Mal, seit Vaelin vor vielen Jahren durch das Tor des Ordenshauses getreten war. Irgendwie ließ es ihn altern, die Falten um seine Augen und seine dünnen Lippen traten deutlich hervor. Er hatte noch nie zuvor alt ausgesehen.

»Manchmal erinnerst du mich sehr an deine Mutter«, hatte der Aspekt traurig gesagt und sich dann abgewandt, um zum Ordenshaus zurückzugehen. Seine hochgewachsene Gestalt hatte sich mit sicherem Schritt durch den Schnee bewegt.

Bosko kam die Anhöhe hochgelaufen, wobei er eine Staubwolke aufwirbelte. In seinem Maul hing ein toter Hase. Die großen, langbeinigen Tiere lebten zahlreich im Buschland, und genau wie Bosko hatten auch die Soldaten des königlichen Heeres sich schon bald auf die leichte Beute gestürzt. Der Sklavenhund ließ den Hasen zu Vaelins Füßen fallen und gab sein charakteristisches rauhes Bellen von sich.

»Danke, du alberner Hund.« Vaelin streichelte ihm den Hals. »Aber du kannst ihn behalten.« Er hob den Hasen hoch und warf ihn den Hügel hinunter, worauf Bosko mit einem freudigen Jaulen hinterherrannte.

»Sonst lässt du ihn doch immer zu Hause, wenn wir zu einem Feldzug aufbrechen«, sagte Frentis, ließ sich neben Vaelin nieder und öffnete seine Feldflasche.

»Ich dachte, es würde ihm guttun, neues Jagdgebiet zu erkunden.«

»Das war also der Sohn des Kaisers, ja?«, fragte Frentis. »Der Mann in der weißen Rüstung.«

»Sein auserkorener Erbe. Offenbar wählt der Kaiser seinen Thronfolger unter seinen Untertanen.«

Frentis runzelte die Stirn. »Und wie genau macht er das?«

»Es hat irgendetwas mit ihren Göttern zu tun, glaube ich.«

»Vielleicht hätte er dann einen besseren Kämpfer wählen sollen. Der Dummkopf konnte ja nicht mal gerade auf seinem Pferd sitzen.« Trotz des unbekümmerten Tonfalls seines Bruders spürte Vaelin seine Besorgnis. »Was hatte er überhaupt in der Schlacht zu suchen?«

»Mach dir keine Gedanken wegen mir, Bruder.« Er zeigte Frentis ein Grinsen. »Der Vorfall hat mich nicht so stark getroffen.«

Frentis nickte und richtete den Blick auf die weite Wüstenlandschaft im Süden. »Ich bin mir nicht sicher, warum der König dieses Land unbedingt besetzen will. Hier gibt's nur Staub und Gestrüpp. Ich habe bisher noch nicht einen Baum gesehen.«

»Wir sind hier, um das in Besitz zu nehmen, was durch ein altes Abkommen rechtmäßig uns gehört, und um uns für die Übeltaten zu rächen, die das ketzerische Kaiserreich gegen uns begangen hat.«

»Ja, darüber habe ich mir so meine Gedanken gemacht. Weißt du, die einzigen Alpiraner, die ich je zu Gesicht bekommen habe, waren Seemänner und Kaufleute im Hafen. Sie waren zwar merkwürdig gekleidet, unterschieden sich aber sonst nicht von den anderen Seemännern und Kaufleuten. Sie waren hinter Huren und Geld her, wie das bei solchen Männern eben üblich ist, und dabei waren sie sogar noch ein bisschen höflicher als die meisten anderen. Ich kann mich nicht erinnern, dass irgendeines der anderen Straßenkinder entführt und bei dunklen Ritualen gequält worden wäre – außer mir natürlich, und Einauge war kein Alpiraner.«

»Stellst du etwa das Wort des Königs infrage, Bruder?«

Frentis' Hand wanderte unter seinen Umhang, wo sie zweifellos wieder über das Muster der Narben auf seiner Haut strich. »Seines und das von jedem anderen, wenn ich denke, dass es notwendig ist.«

Vaelin lachte. »Sehr gut, weiter so.«

»Lord Vaelin!«, rief in diesem Moment einer der Späher und deutete auf den östlichen Horizont.

Vaelin ging zur anderen Seite der Anhöhe und blickte in die Ferne, wo er jedoch nur ein blasses Schimmern in der heißen Luft sah, die von dem sonnenwarmen Sand aufstieg. »Was habt ihr entdeckt?«

»Ich sehe es.« Frentis hatte sein Fernrohr ans Auge gehoben. Es war ein teures Instrument mit Messingröhren und einem Futteral aus Haifischleder. Vaelin hielt es für das Beste, ihn nicht danach zu fragen, woher er es hatte, wenngleich er sich erinnerte, dass der Kapitän der meldeneischen Galeere, mit der sie an diese Küste gelangt waren, ein ganz ähnliches Instrument besessen hatte. Wie Barkus hatte auch Frentis seine diebischen Neigungen nie ganz abgelegt.

»Wie viele sind es?«

»Wie du weißt, bin ich nicht gut im Schätzen, Bruder. Aber ich will Staub fressen, wenn es nicht mindestens so viele Männer sind wie wir und noch ein Drittel mehr.«

◆ ◆ ◆

»Ich weiß, dass Ihr wisst, wo er sich versteckt hält.« Der Blick des Kriegsherrn war düster und feindselig.

»Euer Lordschaft?« Vaelin war von dem Spektakel auf der Ebene vor ihnen abgelenkt: Tausende alpiranische Soldaten, die in Angriffsformation stetig auf die Anhöhe zumarschierten, auf der sie sich befanden. Der Kriegsherr hatte Vaelin befohlen, sein gesamtes Regiment zu der Anhöhe zu bringen und seine Standarte auf einer möglichst hohen Stange aufzupflanzen. Auf dem westlichen Abhang, außer Sichtweite der Alpiraner, befanden sich fünftausend cumbraelische Bogenschützen. Offiziell waren sie der Beitrag des Erzfürsten Mustor zu ihrem Feldzug, ein Zeichen der Verbundenheit nach dem, was inzwischen als Thronräuberaufstand bezeichnet wurde. In Wahrheit waren sie jedoch Söldner, die ihre Fertigkeiten gegen entsprechende Entlohnung in den Dienst des Königs gestellt hatten – cumbraelische Adlige suchte man unter ihnen vergebens. Beiderseits der Anhöhe hatten die Fußsoldaten des königlichen Heers in einzelnen Regimentern zu jeweils vier Reihen Aufstellung bezogen. Den Abschluss bildete das Kontingent aus Nilsael, fünftausend Soldaten der leichten Infanterie, die zur Rechten von den zehntausend Reitern der Kavallerie des königlichen Heers und zur Linken von den renfaelischen Rittern flankiert wurden. Hinter ihnen standen vier berittene Kompanien des sechsten Ordens, zusammen mit Prinz Malcius, der drei Kompanien der berittenen Garde des Königs befehligte. Es war das größte Heer, das von den Vereinigten Königslanden je aufgestellt worden war, und es würde schon bald seine erste Schlacht schlagen – was den Kriegsherrn allerdings nicht weiter zu kümmern schien.

»Der Hurensohn, der mir das angetan hat.« Al Hestian hob den rechten Arm, und der mit Widerhaken versehene Dorn, der aus der Lederhülle an seinem Armstumpf ragte, funkelte in der grellen Mittagssonne.

Sein Blick war auf Vaelin gerichtet, ohne dem heranrückenden alpiranischen Heer Beachtung zu schenken. »Al Sendahl. Ich weiß, dass er nicht von irgendeiner mythischen Bestie zerfetzt wurde.«

Es hatte Vaelin überrascht, dass der Kriegsherr auf der Anhöhe Stellung bezogen hatte, obgleich er von hier aus natürlich eine gute Sicht auf das Schlachtfeld hatte. Noch mehr überraschte ihn allerdings, dass er ausgerechnet jetzt auf Nortah zu sprechen kam. »Euer Lordschaft, vielleicht können wir dieses Gespräch verschieben ...«

»Ich weiß, dass Ihr meinen Sohn nicht nur aus Mitleid getötet habt«, fuhr der Kriegsherr fort. »Ich weiß, wer ihm Böses wollte und dass Ihr im Auftrag desjenigen gehandelt habt. Ich werde Al Sendahl finden, das verspreche ich Euch, und mich an ihm rächen. Ich werde diesen Krieg für den König gewinnen, und dann werde ich mich auch an Euch rächen.«

»Wenn Ihr nicht so versessen darauf gewesen wärt, hilflose Gefangene zu ermorden, hättet Ihr noch Eure Hand und ich hätte meinen Bruder. Euer Sohn war mein Freund, und ich habe ihn getötet, um ihm Qualen zu ersparen. Der König ist in beiden Fällen mit meinem Bericht zufrieden, und als Diener der Krone und des Glaubens habe ich dem nichts weiter hinzuzufügen.«

Sie musterten einander in eisigem Schweigen. Die Gesichtszüge des Kriegsherrn zitterten vor Wut. »Von mir aus versteckt Euch hinter dem Orden und dem König«, fauchte Al Hestian mit zusammengebissenen Zähnen. »Das wird Euch nichts nützen, wenn dieser Krieg gewonnen ist. Euch nicht und auch nicht Euren Brüdern. Die Orden sind eine Geißel der Königslande – lauter nichtsnutziges Gesindel, das sich für etwas Besseres hält ...«

»Vater!« Der Ausruf stammte von einem großgewachsenen jungen Mann mit zarten Gesichtszügen, der in der Nähe stand. Seine Miene wirkte peinlich berührt. Er trug die Uniform eines Hauptmanns der siebenundzwanzigsten Kavallerie. Sein Brustharnisch war mit einer schwarzen Feder geschmückt, und auf dem Rücken trug er ein Langschwert mit einem Blausteinknauf. In seinem Gürtel steckte außerdem ein volarianisches Kurzschwert. »Der Feind scheint keine Zeit zu verlieren«, sagte Alucius Al Hestian und deutete mit dem Kopf auf das Heer, das über die Ebene auf sie zumarschiert kam.

Vaelin hätte erwartet, dass der Kriegsherr seinen Sohn zurechtweisen würde, stattdessen verstummte er jedoch. Mit einem letzten grimmigen Blick in Vaelins Richtung ging er zu seiner Standarte, einer eleganten scharlachroten Rose, die so gar nicht zum Charakter ihres Besitzers passen wollte. Seine Leibwache aus Schwarzen Falken bildete einen schützenden Kreis um ihn und beobachtete die Wolfsläufer misstrauisch. Die beiden Regimenter empfanden eine starke Abneigung gegeneinander, und wenn Soldaten beider Seiten in der Hauptstadt zufällig aufeinandertrafen, kam es nicht selten zu Auseinandersetzungen in Tavernen oder auf den Straßen. Vaelin sorgte stets dafür, dass sie während des Marsches weit voneinander entfernt blieben.

»Das wird ein ordentliches Stück Arbeit«, sagte Alucius betont heiter. Vaelin war enttäuscht gewesen, als er erfahren hatte, dass Alucius eine Stelle im Regiment seines Vaters angenommen hatte. Er hatte gehofft, der junge Dichter sei nach der Schlacht um die Hohe Burg des Kämpfens überdrüssig geworden. In den vergangenen Jahren waren sie sich gelegentlich begegnet, wenn Vaelin wieder einmal vom König zu irgendwelchen überflüssigen Zeremonien in den Palast gerufen worden war, und hatten Höflichkeiten ausgetauscht. Vaelin wusste, dass Alucius seine Gabe zurückgewonnen hatte. Seine Werke waren in den Königslanden inzwischen weithin bekannt, und er wurde von jungen Frauen umschwärmt. Seine Augen waren jedoch immer noch voller Trauer – eine Nachwirkung der Erlebnisse in der Hohen Burg.

»Euer Brustharnisch könnte enger sitzen«, sagte Vaelin zu ihm. »Und könnt Ihr das Ding auf Eurem Rücken überhaupt aus der Scheide ziehen?«

Alucius rang sich ein Lächeln ab. »Stets der Lehrer, wie?«

»Warum seid Ihr hier, Alucius? Hat Euer Vater Euch dazu gezwungen?«

Das falsche Lächeln des Dichters schwand. »Mein Vater hat gesagt, ich soll bei meinen Kritzeleien und meinen blaublütigen Huren bleiben. Manchmal habe ich das Gefühl, dass ich meine dichterische Begabung ihm verdanke. Allerdings konnte ich ihn davon überzeugen, dass eine Chronik seines glorreichen Feldzuges, noch dazu verfasst vom gefeiertsten jungen Dichter des Landes, den Ruhm unserer Familie mehren würde. Macht Euch wegen mir keine Gedanken, Bruder. Es ist mir verboten, mich weiter als eine Armlänge von seiner Seite zu entfernen.«

Vaelin betrachtete das näher rückende alpiranische Heer, die zahllosen Flaggen der Kohorten, die wie ein seidener Wald aus der Menge der Soldaten aufragten, während ihre Trompeten und Kampfgesänge immer lauter wurden. »Auf diesem Schlachtfeld wird es keinen sicheren Ort geben«, sagte er und nickte in Richtung des Kurzschwertes an Alucius' Gürtel. »Wisst Ihr noch, wie man das gebraucht?«

»Ich übe jeden Tag.«

»Gut, dann bleibt dicht bei Eurem Vater.«

»Das werde ich.« Alucius hielt ihm seine Hand hin. »Es ist mir eine Ehre, erneut gemeinsam mit Euch zu dienen, Bruder.«

Vaelin ergriff seine Hand und drückte sie stärker als beabsichtigt, wobei er dem Dichter in die Augen sah. »Bleibt bei Eurem Vater.«

Alucius nickte und ging schließlich mit einem verlegenen Lächeln zum Kriegsherrn zurück.

Komplotte über Komplotte, dachte Vaelin, während er sich die Worte des Kriegsherrn durch den Kopf gehen ließ. *Janus verspricht dem Kriegsherrn meinen Tod als Belohnung für einen gewonnenen Krieg. Ich kann meine Schwester retten und der Kriegsherr seinen Sohn rächen.* Wie viele Versprechen und wie viel List musste es den König gekostet haben, um dieses Heer an die Küste des alpiranischen Reiches bringen zu können? Die Verhandlungen mit dem Erzfürsten Theros, damit dieser so viele seiner besten Ritter mit in den Kampf nahm. Der unbekannte Preis, der mit den Meldeneern ausgehandelt worden war, damit sie das Heer übers Meer brachten. Ob Janus wohl jemals den Überblick über das Netz aus Intrigen verlor, das er spann? Aber das schien wenig wahrscheinlich. Janus würde seine Pläne genauso wenig vergessen wie Prinzessin Lyrna die Bücher, die sie gelesen hatte. Vaelin musste wieder an den Aspekten denken und an die Befehle, die dieser ihm gegeben hatte. Das Netz, das der alte Mann spann – wiewohl äußerst vielschichtig –, war nichts im Vergleich zu dem des Königs.

◆ ◆ ◆

»*ERUHIN MAKHTAR!*«

Der Ruf erscholl vom gesamten Regiment, und er war laut genug, um zu den heranrückenden Alpiranern hinüberzuschallen und ihre eigenen Rufe und Kampfgesänge zu übertönen.

»*ERUHIN MAKHTAR!*« Die Männer schwangen ihre Streitäxte, deren Klingen in der Sonne funkelten, und riefen im Chor die Worte, die sie gelernt hatten. »*ERUHIN MAKHTAR!*« Auf der Kuppe des Hügels schwenkte Janril die Standarte, die an einer zwanzig Fuß hohen Stange befestigt war, und der im Wind flatternde Wolf war von der ganzen Ebene aus zu sehen. »*ERUHIN MAKHTAR!*«

Die alpiranischen Kohorten, die dem Hügel am nächsten waren, reagierten bereits. Ihre Reihen gerieten in Unordnung, während die Soldaten, angestachelt vom Spott ihres Gegners, ihre Schritte beschleunigten, ohne auf den Rhythmus ihrer Trommeln zu achten. »*ERUHIN MAKHTAR!*«

Der Kriegsherr hatte recht, dachte Vaelin, als er sah, wie die Disziplin der ersten alpiranischen Kohorte sich aufzulösen begann. Unter wütendem Gebrüll rannten die Männer auf den Hügel zu. *Der Gardist hat uns eine Waffe in die Hand gegeben. Die Worte und das Banner. Eruhin Makhtar. Der Hoffnungstöter ist hier – kommt und holt ihn euch.*

Und das taten sie auch. Die Kohorten zu beiden Seiten der angreifenden Alpiraner folgten ihrem Beispiel, und der Wahnsinn griff auf das ganze Heer entlang seinen Reihen über, während mehr und mehr Soldaten ihre Disziplin vergaßen und auf den Hügel losstürmten.

»Wir brauchen nicht mehr zu warten«, sagte Vaelin zu Dentos. Er hatte bei den Bogenschützen Stellung bezogen, seinen eigenen Bogen schussbereit in den Händen. »Schießt, sobald sie in Reichweite sind. Vielleicht rennen sie dann noch schneller.«

Dentos hob seinen Bogen und zielte sorgfältig, während seine Männer seinem Beispiel folgten. Dann zog er die Sehne aus und löste sie. Sein Pfeil jagte den angreifenden Alpiranern entgegen, gefolgt von einer Wolke aus weiteren zweihundert Pfeilen. Männer stürzten zu Boden. Manche rappelten sich wieder auf und liefen weiter, andere blieben liegen. Vaelin glaubte, einige zu sehen, die noch versuchten, sich weiterzuschleppen, obwohl ihnen Pfeile in Brust oder Hals steckten. Er schoss kurz hintereinander vier Pfeile ab. Der Pfeilhagel ging nun erst richtig los, während das Regiment weiter seinen Spottruf wiederholte: »*ERUHIN MAKHTAR!*«

Mindestens einhundert Alpiraner mussten bereits gefallen sein, als ihre Gegner den Hügel halb hinauf waren, aber die Wucht ihres Angriffs ließ dennoch nicht nach. Wenn überhaupt, dann liefen sie nur noch schneller. Am Hang des Hügels herrschte jetzt ein Gewühl aus Kämpfenden, die den Hügel erklimmen wollten, um den Hoffnungstöter zu erschlagen. Die gesamte alpiranische Heeresformation war durch den Angriff in Unordnung geraten – die Kohorten an den Seiten strauchelten, weil sie sich unschlüssig darüber waren, ob sie das königliche Heer vor ihnen angreifen oder auch zum Hügel stürmen sollten. *Diese Schlacht ist bereits gewonnen,* wurde Vaelin klar. Das alpiranische Heer glich einem Ochsen, der mit einem Haufen frischen Heus ins Schlachthaus gelockt wurde. *Was bleibt, ist nur noch das Schlachten.* Seinen Charakterschwächen zum Trotz besaß der Kriegsherr offenbar ein gutes taktisches Gespür.

Als die Welle der angreifenden Alpiraner bis auf zweihundert Schritt herangerückt war, gab der Kriegsherr den cumbraelischen Bogenschützen das Signal, zur Hügelkuppe vorzurücken. Mit gezogenen Langbögen kamen sie angelaufen, griffen nach den zahllosen Pfeilen, die zuvor bereits in den sandigen Boden der Hügelkuppe gesteckt worden waren, und begannen, wie es ihnen befohlen worden war, ohne Vorwarnung zu schießen.

Vaelin hatte des Öfteren gegen Cumbraeler gekämpft und kannte ihre Fähigkeiten im Umgang mit dem Langbogen. Noch nie hatte er jedoch gesehen, wie sie einen Pfeilhagel entfesselten. Ein Zischen war zu hören wie der Atem einer großen Schlange, als fünftausend Pfeile der Menge der Angreifer entgegenjagten. Schmerzens- und Angstschreie hallten vom Gegner herüber. Über fünfhundert Mann wurden von den Pfeilen niedergemäht. Die Luft über Vaelins Kopf war von dichten Pfeilwolken erfüllt, während die Cumbraeler weiterschossen. Er warf einen Blick über die Schulter und bewunderte die Schnelligkeit, mit der sie die Pfeile aus dem Boden zogen, sie in ihre Bögen einlegten und abschossen. Ein Mann schickte fünf Pfeile in die Luft, bevor der erste zum Boden herabgeflogen kam.

Der Pfeilhagel verlangsamte den Ansturm der Alpiraner, die nun erst über ihre toten oder verwundeten Kameraden hinwegsteigen mussten. Sie hatten ihre Schilde angehoben, um sich vor dem tödlichen Regen zu schützen, doch das schien ihnen wenig zu nützen. Dennoch rückten sie, von ihrer Wut angestachelt, weiter vor. Manche stolperten sogar noch vorwärts, obwohl bereits mehrere Pfeile aus ihren Kettenhemden ragten. Als sie sich der Hügelkuppe bis auf fünfzig Fuß genähert hatten, gab der Kriegsherr den Regimentern an den Hügelflanken den Befehl vorzurücken. Im Eilschritt griffen die Soldaten mit gesenkten Speeren an und trieben die in Unordnung geratene alpiranische Linie zurück. Die alpiranischen Kohorten gerieten ins Wanken, erholten sich jedoch bald wieder und hielten die Stellung, während berittene Bogenschützen des Gegners von hinten über die Köpfe ihrer kämpfenden Kameraden hinweg Pfeile auf das königliche Heer abschossen.

Zur Rechten erhob sich eine Staubwolke – die alpiranischen Reiter sammelten sich, um einen Gegenangriff auf die Flanke des königlichen Heers zu führen. Der Kriegsherr bemerkte die Gefahr und ließ der eigenen Kavallerie das Signal zum Vorrücken geben. In die geordneten Reihen der Reiter kam Bewegung, und noch mehr Staub wurde aufgewirbelt, als sie der alpiranischen Kavallerie entgegenritten. Das misstönende Tröten von einhundert Trompeten gab das Zeichen zum Angriff, und zehntausend Pferde stürmten auf die alpiranischen Schlachtrösser zu. Beide Seiten trafen mit einem gewaltigen Scheppern aufeinander. Durch den aufgewirbelten Staub war vom Kampfgewühl selbst nur wenig zu sehen – hier und da erhaschte Vaelin einen Blick auf zu Boden stürzende Männer oder sich aufbäumende Pferde und sich kreuzende Klingen. Es war unmöglich, den Verlauf des Kampfes abzuschätzen. Immerhin schien der alpiranische Vorstoß abgefangen worden zu sein. Die Fußsoldaten des königlichen Heers setzten unermüdlich ihren Angriff fort, und zur Rechten begann die Linie der Alpiraner bereits unter dem Druck nachzugeben.

Wer immer das Heer der Alpiraner befehligte, bemühte sich etwas verspätet darum, die Kontrolle über seine Streitkräfte zurückzugewinnen, und schickte seine Infanteriereserven nach vorn – fünf Kohorten, die sich dem königlichen Heer entgegenstellten. Aber es war vergebens, die alpiranische Front schwankte, und die Soldaten des königlichen

Heers strömten durch die entstandene Lücke, um die Alpiraner von hinten anzugreifen. Die gesamte Flanke brach innerhalb weniger Minuten unter dem Druck zusammen. Diese Gelegenheit ließ sich der Kriegsherr nicht entgehen und schickte die Ritter von Erzfürst Theros ins Feld. Die gepanzerten Männer und Pferde machten die Überreste des alpiranischen Heers auf der rechten Seite nieder, um dann zu wenden und sich auf die Gegner zu stürzen, die sich trotz des cumbraelischen Pfeilhagels immer noch am Fuße des Hügels drängten.

Zur Linken geriet die Front der Alpiraner nun ebenfalls ins Schwanken, als die Soldaten sahen, wie ihre Kameraden am Hügel niedergemäht wurden. Eine ganze Kohorte wurde von Panik erfasst und ergriff, den Rufen ihrer Anführer zum Trotz, die Flucht. Das königliche Heer stieß in die Lücke, und noch mehr Kohorten suchten das Weite, als die gesamte Flanke zu bröckeln begann. Bald strömten Tausende von Alpiranern über die Ebene davon und wirbelten eine so gewaltige Staubwolke auf, dass davon sogar die Sonne verdunkelt und die Schlacht in Schatten getaucht wurde.

Auf dem Abhang vor Vaelin versuchten die letzten überlebenden Alpiraner, dem Pfeilhagel und dem Ansturm der renfaelischen Ritter zu entkommen. Viele waren offenbar zu erschöpft, um wegzulaufen, und stolperten einfach nur davon, wobei sie sich ihre Wunden hielten. Sie hatten nicht einmal mehr die Kraft, sich zu verteidigen, wenn die Ritter mit Streitkolben oder Langschwertern auf sie einschlugen. Hier und da gab es noch ein paar Männer, die verbissen weiterkämpften – kleine Inseln des Widerstands inmitten eines Meers aus Pferden und Stahl –, aber sie waren bald überwältigt. Nicht ein einziger Gegner hatte es bis auf die Hügelkuppe geschafft, und die Wolfsläufer hatten nicht einen Soldaten verloren.

Zur Rechten zeugte die gewaltige Staubwolke davon, dass der Kampf gegen die alpiranische Kavallerie noch anhielt, und der Kriegsherr schickte die Ordenskompanien ins Gefecht. Die Brüder mit ihren blauen Umhängen wurden rasch vom Staub verschluckt, und es dauerte nur wenige Minuten, bis aus der Wolke alpiranische Reiter auftauchten, die gen Westen davongaloppierten. Von den vielen tausend Reitern, welche die Flanke des königlichen Heers hatten angreifen wollen, waren nur noch wenige hundert übrig.

Vaelin blickte zur blassen Scheibe der Sonne hoch, die vom Staub rot gefärbt war. *Du wirst der Ernte des Todes unter einer blutroten Sonne beiwohnen* ... Worte aus einem Traum, gesprochen von dem Geist Nersus Sil Nins. Die Vorstellung, dass dieser Traum ein Omen seiner Zukunft sein könnte, erfüllte ihn mit einem Frösteln. Ein Leichnam im Schnee – die sterblichen Überreste von jemand, den er geliebt und den er getötet hatte ...

»Bei den Ahnen!«, stieß Dentos neben Vaelin aus, der das Spektakel mit einer Mischung aus Ehrfurcht und Abscheu betrachtete. »So etwas habe ich noch nie gesehen!«

»Und das wirst du auch so bald nicht wieder«, antwortete Vaelin und schüttelte den Kopf, um die Traumbilder loszuwerden. »Heute haben wir lediglich gegen die gesammelten Streitkräfte der Garnisonen an der Nordküste gekämpft. Wenn das wahre Heer des Kaisers gen Norden marschiert kommt, werden wir sicher keinen so leichten Sieg erringen.«

Viertes Kapitel

D as Anwesen des Statthalters von Untesch befand sich auf einem malerischen Hügel, von dem aus man den Hafen überblicken konnte, wo die Masten der Handelsflotte der Stadt aus dem Wasser ragten wie ein versunkener Wald. Im Garten des Anwesens reihten sich Olivenbäume aneinander, Statuen erfreuten das Auge, und Akazien säumten Alleen. All das wurde von einer kleinen Armee von Gärtnern gepflegt, die ihr Tagewerk ohne Unterbrechung fortsetzten, selbst nachdem der Kriegsherr hier sein Quartier aufgeschlagen hatte. Die Dienerschaft hatte allgemein so reagiert und ging schweigend und unterwürfig ihren Pflichten nach, weshalb der Kriegsherr sich jedoch nicht unbedingt sicherer fühlte. Seine Leibwachen beobachteten alles und jeden mit finsteren Blicken, und seine Mahlzeiten wurden zweifach vorgekostet, bevor sie ihm aufgetragen werden durften. Der stumme Gehorsam der Dienerschaft des Anwesens spiegelte sich weitgehend im Verhalten der Stadtbevölkerung wider. Einige Dutzend verwundete Soldaten – Überlebende der »Schlacht am Blutberg«, wie die Auseinandersetzung inzwischen genannt wurde – hatten Schwierigkeiten gemacht und einen schlecht organisierten Angriff auf das Haupttor unternommen, während das Heer des Königs einmarschierte, doch keiner von ihnen kam mit dem Leben davon. Im Wesentlichen

verhielten sich die Alpiraner jedoch ruhig, offenbar auf Befehl des Statthalters, der, bevor er zusammen mit seiner Familie Gift nahm, dazu
aufgefordert hatte, keinen Widerstand zu leisten. Augenscheinlich hatte er bei der Schlacht am Blutberg den Befehl geführt und wollte sein
Gewissen nach diesem Massaker nicht noch mehr belasten, bevor er
den Göttern unter die Augen trat.

Trotz des friedlichen Verhaltens der Menschen konnte Vaelin die
Feindseligkeit des Volkes in jedem Blick sehen, der ihm galt. Die Menschen schlurften beschämt durch die Straßen, gingen ihren Geschäften
nach und vermieden es, einander in die Augen zu schauen. Viele von
ihnen hatten auf dem Blutberg zweifellos Söhne und Ehemänner verloren, und sie pflegten schweigend ihren Groll, während sie auf die
unvermeidliche Reaktion des Kaisers warteten. Die Stimmung war al-
lenthalben bedrückend, wozu das königliche Heer nicht unwesentlich
beitrug, denn bis die Soldaten schließlich in die Stadt einzogen, war die
Freude über den Sieg verflogen, vor allem auch, weil der Kriegsherr die
Entscheidung getroffen hatte, die Schwerverletzten auf dem Schlachtfeld zurückzulassen. Zu allem Überfluss war es ihnen verboten, die neu
eroberte Stadt der Königslande zu plündern. Am Tag ihrer Ankunft
waren auf dem zentral gelegenen Marktplatz drei Galgen errichtet worden, und bei den Leichen, die daran baumelten, handelte es sich um
Angehörige des königlichen Heers. Um den Hals trugen sie Schilder,
die den einen als Dieb kennzeichneten, den zweiten als Fahnenflüchti-
gen und den dritten als Frauenschänder. Die Befehle des Königs hatten
keinen Zweifel daran gelassen, dass sie die Städte erobern und nicht
zerstören sollten, und der Kriegsherr sorgte rücksichtslos dafür, dass
diese Befehle ohne Widerspruch ausgeführt wurden. Die Männer hatten ihm den Spitznamen »Blutrose« gegeben – eine makabre Anspie-
lung auf sein Familienwappen. Anscheinend wurden Al Hestians Füh-
rungsqualitäten nur noch von seinem Talent übertroffen, sich den Hass
seiner Männer zuzuziehen.

Vaelin lenkte Speier die von Akazien gesäumte Allee entlang, die
vom Tor des Anwesens zum Vorplatz führte, stieg ab und hielt die Zügel einem Stallburschen hin. Dieser stand reglos da, den Kopf gesenkt,
die Augen auf den Boden gerichtet, und seine Haut glänzte schweiß-
feucht in der nachmittäglichen Sonne. Vaelin entging nicht, dass seine

Hände zitterten. Er sah sich um und stellte fest, dass die anderen Stallburschen die gleiche Haltung eingenommen hatten – sie weigerten sich beharrlich, ihn oder Speier anzusehen. *Eruhin Makhtar*, dachte er mit einem Seufzen und band Speier an einem Pfosten fest, von dem aus das Pferd den Futtertrog erreichen konnte.

Der Rat tagte bereits in der Haupthalle, einem weitläufigen, mit Marmor ausgekleideten Raum. Boden und Wände waren mit eindrucksvollen Mosaiken verziert, welche die Legenden der bedeutendsten alpiranischen Götter zeigten. Wie üblich war der anfänglich ruhige Meinungsaustausch bald zu einem hitzigen Wortwechsel ausgeartet. Baron Banders, der einst vor Vaelins Augen auf dem Jahrmarkt zur Sommersonnenwende von Lord Darnel bewusstlos geschlagen worden war und inzwischen seine Stellung als wichtigster Anhänger des Erzfürsten Theros wiedererlangt hatte, und der Erzfürst selbst, der Anführer des nilsaelischen Kontingents, beschimpften einander lautstark. Die Worte »nach Mist stinkender Emporkömmling« und »pferdeschändender Dummkopf« waren aus dem Tumult zu hören, während die beiden sich wechselseitig den Finger in die Brust stießen und die Hände ihrer Gefährten abschüttelten, die sie zurückzuhalten suchten. Zwischen den Nilsaelern und den übrigen Soldaten war es seit der Schlacht am Blutberg zu einigen Feindseligkeiten gekommen – die Truppen der Nilsaeler hatten den Befehl zum Angriff erst erhalten, als sich der Gegner bereits auf der Flucht befand, und die meisten ihrer Soldaten schienen mehr daran interessiert gewesen zu sein, die Leichen der Alpiraner zu plündern, als daran, der geschlagenen Armee nachzusetzen.

»Ihr kommt spät, Lord Vaelin.« Die Stimme des Kriegsherrn schnitt durch den Aufruhr und brachte alle zum Schweigen.

»Ich musste weit reiten, Euer Lordschaft«, erwiderte Vaelin. Al Hestian hatte ihm befohlen, sein Lager fünf Meilen vor den Stadtmauern bei einer Oase aufzuschlagen, vorgeblich, um die Wasserversorgung für den nächsten Marsch zu sichern, aber auch als vernünftige Vorkehrung gegen die möglicherweise gewalttätige Reaktion der Stadtbewohner auf Vaelins fortgesetzte Anwesenheit innerhalb der Stadtmauern. Außerdem gab das dem Kriegsherrn die Gelegenheit, ihn jedes Mal, wenn er den Rat einberief, wegen seines verspäteten Eintreffens zu tadeln.

»Dann reitet schneller«, erklärte ihm der Kriegsherr barsch. »Genug jetzt«, befahl er den beiden zänkischen Herren, die einander in wütendem Schweigen anstarrten. »Spart Euch Eure Kraft für unsere Feinde auf. Und bevor Ihr fragt, Baron Banders: Nein, ich werde das Verbot wider die Duelle nicht aufheben. Nehmt endlich Platz.«

Vaelin setzte sich auf den einzigen noch verbliebenen Stuhl und ließ den Blick über die Runde schweifen. Prinz Malcius und Erzfürst Theros waren ebenso anwesend wie der Großteil der Hauptleute, außerdem ein vergleichsweise rangniedriger Bruder aus dem sechsten Orden, der allerdings in der Ordenshierarchie eine deutlich höhere Stellung einnahm als Vaelin. Meister Sollis war so schlank wie eh und je, und nur wenige neue Falten zeigten sich auf seiner Stirn. Ein wenig Silber in den kurz geschnittenen Haaren sprach von den Jahren, die verstrichen waren. Seine kalten grauen Augen betrachteten Vaelin weder mit Wärme noch mit Feindseligkeit. In den Jahren seit der Schwertprüfung waren sie einander nur einmal im Ordenshaus begegnet, als der Aspekt Vaelin zu sich gerufen hatte, um sich von den jüngsten Übergriffen der Lonaker berichten zu lassen, und sie hatten sich damals nur flüchtig begrüßt. Vaelin wusste, dass Sollis inzwischen eine Kompanie Brüder befehligte, aber er hatte sich nicht die Mühe gemacht, ihn aufzusuchen. Er fürchtete, beim Anblick des Schwertmeisters könnte ihn erneut der Zorn überwältigen, wenn die Erinnerungen an die Prüfung zurückkehrten. *Meine Frau*, hatte Urlian Jurahl mit seinem letzten Atemzug gehaucht. *Meine Frau …*

»Ich habe Euch hier zusammengerufen«, hob der Kriegsherr an, »um Befehle für den nächsten Abschnitt unseres Feldzugs zu erteilen.« Er sprach mit leicht theatralischer Miene und betonte jedes seiner Worte, auch wenn er den Eindruck ein wenig damit verdarb, dass er zu seinem Sohn hinüberblickte, der an einem Schreibtisch außerhalb der Runde saß – offenbar wollte er sich vergewissern, dass dieser auch fleißig mitschrieb. Alucius warf seinem Vater ein Lächeln zu und kritzelte ein oder zwei Zeilen in sein in Leder gebundenes Buch. Vaelin entging nicht, dass er sofort damit aufhörte, als sich Al Hestian wieder dem Rat zuwandte.

»Wir haben den vielleicht größten Sieg in der Geschichte der Königslande errungen«, fuhr der Kriegsherr fort. »Aber nur ein Narr könnte glauben, der Krieg sei vorbei. Wir müssen schnell zuschlagen, wenn wir die Befehle unseres Königs ausführen wollen. In sechs Monaten werden die Winterstürme über die Erineische See hinwegfegen, und dann werden wir froh sein, wenn wir noch hin und wieder Nachschub erhalten. Linesch und Marbellis müssen bis dahin in unserer Hand sein. Der König hat mich wissen lassen, dass noch in diesem Monat Verstärkung in Untesch anlegen wird, insgesamt sieben frische Regimenter, fünf zu Fuß und zwei zu Pferde. Sie werden unsere Verluste ausgleichen und als Garnison in der Stadt dienen, um einer Belagerung vorzubeugen. Sobald sie hier eintreffen, marschieren wir. Bleibt uns nur noch zu entscheiden, wohin. Glücklicherweise verfügen wir über neue Erkenntnisse, die uns helfen werden, eine Strategie zu entwickeln.« Er drehte sich zu Sollis um. »Bruder?«

Sollis' Stimme war rauher, als Vaelin sie in Erinnerung hatte – all die Jahre, die er Befehle gebellt hatte, waren ihr nicht gut bekommen. »Auf Anweisung des Kriegsherrn habe ich ausgekundschaftet, wie es um die Verteidigung von Linesch und Marbellis steht«, hob Sollis an. »Das Ausmaß der Befestigung und die Zahl der sichtbaren Truppen legen nahe, dass sich die Überreste der Armee, die am Blutberg besiegt wurde, nach Marbellis zurückgezogen haben. Als größte Stadt an der Nordküste bietet sie den besten Schutz. Den vielen verlassenen Häusern und Dörfern in der Umgebung nach zu urteilen, hat sich auch die gemeine Bevölkerung dorthin geflüchtet. Also stehen den Alpiranern mehr Soldaten zur Verfügung, die aber mit Proviant versorgt werden müssen. Im Vergleich scheint Linesch weniger gut vorbereitet zu sein. Ich habe nur einige Dutzend Wachen auf den Mauern gezählt, und die Garnison bleibt in der Stadt und geht nicht auf Patrouille. Die Mauern sind in schlechtem Zustand, auch wenn anscheinend einige Anstrengungen unternommen wurden, dem abzuhelfen. Es gibt jedoch keinerlei Befestigungen, und der Graben um die Mauer wurde auch nicht tiefer ausgehoben.«

»Da müssen wir wohl nur noch zugreifen, was?«, äußerte sich Erzfürst Theros. »Linesch zuerst, und dann auf nach Marbellis.«

»Nein«, entgegnete der Kriegsherr. Er nahm eine nachdenkliche Haltung ein und strich sich mit dem Finger über das Kinn – Vaelin war sich sicher, dass er sich schon vor dem Treffen für eine Strategie entschieden hatte. »Nein. Linesch scheint ein leichtes Ziel zu sein, aber das würde uns wertvolle Wochen kosten. Von Untesch nach Marbellis ist es nicht so weit, und Marbellis ist der Dreh- und Angelpunkt, von dem abhängen wird, ob unsere Anstrengungen letztlich erfolgreich sein werden. Unser Vorgehen ist klar, wir müssen das Heer aufteilen. Lord Vaelin.«

Vaelin erwiderte den Blick des Kriegsherrn und wünschte sich vielleicht zum tausendsten Mal, das Lied des Blutes hätte ihn nicht im Stich gelassen. In Augenblicken wie diesem vermisste er seinen Rat sehr. »Euer Lordschaft?«

»Ihr werdet den Befehl über drei Infanterieregimenter übernehmen, über die Truppen von Graf Marven und ein Fünftel der cumbraelischen Bogenschützen. Ihr werdet umgehend nach Linesch aufbrechen, die Stadt stürmen und gegen jede Belagerung halten. Prinz Malcius und seine Leibwache werden in Untesch bleiben, um diese Stadt nach dem Gesetz der Königslande zu regieren. Die Hauptstreitmacht wird, sobald die Verstärkung des Königs eintrifft, nach Marbellis marschieren. Damit werden noch vor Wintereinbruch alle drei Städte in unserer Hand sein.«

Einen Moment lang herrschte betretenes Schweigen. Mehrere der Anwesenden zeigten Überraschung oder Verwirrung, aber Prinz Malcius war der Erste, der seiner Meinung Ausdruck verlieh. »Ich soll hier bleiben, während sich das königliche Heer in noch größere Gefahr begibt?«

»Das war nicht meine Entscheidung, Hoheit. König Janus hat mir, bevor wir losgesegelt sind, unmissverständliche Befehle erteilt. Ich habe Niederschriften davon, falls Ihr sie sehen wollt.«

Der Prinz biss die Zähne zusammen, und Vaelin sah, wie er darum rang, angesichts dieser Demütigung nicht die Beherrschung zu verlieren. Nach kurzem Zögern sprach er mit erstickter Stimme weiter: »Ihr erwartet, dass Lord Vaelin mit kaum achttausend Mann eine Stadt erobert?«

»Eine schlecht verteidigte Stadt, nach übereinstimmenden Berichten«, entgegnete der Kriegsherr. »Außerdem bin ich überzeugt, dass ein so vielgepriesener Befehlshaber wie Lord Vaelin dieser Aufgabe gewachsen ist.«

Graf Marven hustete mehrmals und wurde rot. Sein Kopf war nach nilsaelischem Brauch kahlgeschoren, und er trug einen Goldring in seinem verstümmelten linken Ohr, wodurch er wie ein Bandit aussah – was er mit dem Großteil seiner Männer gemeinsam hatte. »Euer Lordschaft«, redete er Al Hestian an. »Ich möchte Lord Vaelin nicht zu nahe treten, aber mein Rang …«

»Der Rang hat keine Bedeutung, wenn er an Können und Erfahrung gemessen wird«, fiel ihm der Kriegsherr ins Wort. »Lord Vaelin hat zahlreiche Schlachten geschlagen und ist siegreich daraus hervorgegangen, während Ihr, wenn ich mich nicht täusche, bisher nur an Scharmützeln mit Gesetzlosen teilgenommen habt, welche die Straßen Eures Erzlehens unsicher machen.«

Graf Marven blickte finster drein, doch sein Mund blieb, trotz seines offensichtlichen Zorns, geschlossen.

»Ich kann nicht glauben, dass mein Vater diesen Plan gutheißen würde«, sagte Prinz Malcius.

»König Janus hat *mir* den Befehl über diese Armee anvertraut, Hoheit.« Al Hestian war hörbar um Höflichkeit bemüht, aber seine Abneigung gegenüber dem Prinzen, die mit ganzer Heftigkeit erwidert wurde, war geradezu greifbar.

Die Auseinandersetzung nahm ihren Gang und wurde immer lauter, während Vaelin über den Plan nachgrübelte. Sollis' Bericht zufolge würde es nicht schwierig sein, die Stadt einzunehmen, aber sie zu halten, war eine andere Sache. Bisher waren die alpiranischen Streitkräfte mit keinem Wort erwähnt worden, obwohl sie gewiss längst nach Norden marschierten, und Linesch befand sich am äußersten Ende der Hauptroute durch die Berge, die den Ostrand der Wüste säumten. Dort würden die Alpiraner mit großer Wahrscheinlichkeit als Erstes zuschlagen, bevor sie sich Marbellis zuwandten, und die Anwesenheit des Hoffnungstöters wäre eine zusätzliche Verlockung. Die Stadt als eine angreifbare Stellung zu bezeichnen, war noch untertrieben, und das wusste der Kriegsherr nur zu gut.

Auf diese Weise beseitigt er einen Rivalen, der ihm den Ruhm streitig machen könnte, dachte Vaelin bei sich. *Die Alpiraner werden mit ganzer Macht über Linesch herfallen, um sich am Hoffnungstöter zu rächen, und dabei zahlreiche Verluste hinnehmen, während er ewigen Ruhm erntet, indem er Marbellis erobert und gegen eine Belagerung hält. Ich wäre angreifbar, und die Alpiraner würden seinen Rachedurst für ihn stillen.* Er runzelte die Stirn und musste an die Anweisungen des Aspekten denken. *Angreifbar … vom Hauptteil der Armee und von neugierigen Augen entfernt. Eine verlockende Beute …*

»Ich kann nur zustimmen – das ist ein ausgezeichneter Plan«, sagte er gutgelaunt, und der lauter gewordene Streit verstummte.

Prinz Malcius starrte ihn entsetzt an. »Euer Lordschaft?«

»Kriegsherr Al Hestian muss eine schwierige Entscheidung treffen. Niemand hier wird nach unseren jüngsten Siegen seine strategischen Fähigkeiten infrage stellen. Wir sollten jetzt nicht den Glauben an ihn verlieren. Ich werde seiner Weisung nur zu gerne folgen, und« – er verneigte sich achtungsvoll vor Al Hestian – »ich danke dem Kriegsherrn für die Ehre.«

◆ ◆ ◆

»Du weißt, dass das eine Falle ist, oder?«

Vaelin löste Speiers Zügel vom Pfosten und führte ihn, ohne Sollis anzuschauen, auf den Kiesweg. »Ich weiß viele Dinge, Meister.«

»Bruder.« Sollis verbesserte sich: »Ordenskommandant, wenn es denn sein muss. Die Tage, als du ›Meister‹ zu mir sagen musstest, sind lange vorbei.«

»Und doch« – Vaelin zog den Sattelgurt nach und wischte den Staub von Speiers Flanke – »kommt es mir vor, als sei es gestern gewesen.«

»Du bist kein Kind mehr, Vaelin. Für ein Schwert des Königs ist es nicht angemessen, zu schmollen.«

Vaelin fuhr herum und starrte Sollis zornig an. Dieser erwiderte seinen Blick, ohne einen Schritt zurückzuweichen: Er war einer der wenigen Männer, die nie Angst vor ihm haben würden. Vaelin wusste, dass ihm die Gesellschaft dieses Mannes hätte willkommen sein müssen, aber die Schwertprüfung hing zwischen ihnen wie ein Fluch.

»Ich habe meine Befehle vom Aspekten«, erklärte er Sollis. »Wie Ihr gewiss auch. Ich versuche lediglich, ihnen Folge zu leisten.«

»Der Aspekt hat mir befohlen, mich zusammen mit meiner Kompanie diesem Narrenhaufen anzuschließen. Einen Grund hat er mir nicht genannt.«

»Tatsächlich? Mir hat er mehr erzählt, als ich wissen wollte.« Vaelin betrachtete Sollis' Gesicht und suchte darin nach einer Reaktion auf seine Worte. »Was wisst Ihr über den siebenten Orden, Bruder? Was könnt Ihr mir über den Wartenden verraten? Was habt Ihr über das Aspektenmassaker herausgefunden?«

Sollis blinzelte. Das war seine einzige Reaktion. »Nichts. Nichts, was du nicht bereits weißt.«

»Dann überlasst mich meinem Schicksal.« Er setzte einen Fuß in den Steigbügel und schwang sich in den Sattel. Auf Sollis' Gesicht zeichnete sich etwas ab, was Vaelin dort niemals zu sehen erwartet hatte: Unsicherheit. »Falls Ihr die Königslande wiedersehen werdet und ich nicht«, sagte Vaelin, »dann richtet dem Aspekten aus, dass ich mein Möglichstes getan habe. Die Aspekte sollten sich, alle sieben von ihnen, mit Prinzessin Lyrna beratschlagen. Sie ist die Hoffnung der Königslande.«

Er gab Speier die Sporen und galoppierte davon, wobei er eine Staubwolke hinter sich aufwirbelte. Die Endgültigkeit dessen, was ihm bevorstand, ließ ihn frohlocken. *Linesch – in Linesch werde ich Antworten finden.*

♦ ♦ ♦

»Das war wirklich ein kluger Plan.«

Holus Nester Aruan, Statthalter von Linesch, war ein beleibter Mann von etwa fünfzig Jahren, der an jedem seiner fleischigen Finger einen mit Edelsteinen besetzten Ring trug, und in seinem Gesicht mischte sich der Ausdruck von Furcht und Wut. Sie hatten ihn in einer kleinen Studierstube gefunden, die vom Hauptflur des Anwesens abging, und an seinem Handgelenk bildete sich ein blauer Fleck, der daher rührte, dass Frentis ihm einen Dolch entrissen hatte. Auf Vaelins Bemerkung hin erwiderte er nichts, sondern spuckte lediglich auf das prachtvolle Bodenmosaik, schloss die Augen und stieß einen schweren Seufzer aus. Offenbar hatte er mit seinem Leben abgeschlossen.

»Mutiger Bursche, was?«, bemerkte Dentos.

»Eine Bresche in der Mauer zu lassen«, fuhr Vaelin fort. »Und nur so zu tun, als wolltet Ihr sie ausbessern, während Ihr dahinter einen Graben mit spitzen Pfählen anlegt, in den wir hineinfallen sollten. Wirklich schlau.«

»Bringt es endlich hinter Euch und tötet mich«, krächzte der Statthalter. »Meine Ehre hat auch so schon genug gelitten, ohne dass ich mir Eure nichtssagenden Platitüden anhören muss.« Er schnüffelte vernehmlich und rümpfte die Nase. »Riechen alle Nordmänner nach Scheiße?«

Vaelin blickte an seinen furchtbar verdreckten Kleidern hinab. Frentis und Dentos waren ähnlich schmutzig und verströmten einen kaum weniger abscheulichen Gestank. »Eure Abwasserkanäle müssten einmal wieder instand gesetzt werden«, erwiderte er. »Sie sind an mehreren Stellen verstopft.«

Der Statthalter stieß ein leises Ächzen aus und verzog das Gesicht, als ihm klar wurde, was Vaelin soeben gesagt hatte. »Der Ablauf im Hafen.«

»Fürwahr. Bei Ebbe war er leicht zugänglich, nachdem erst einmal die Gitterstäbe entfernt waren. Bruder Frentis hat vier Nächte damit zugebracht, über den Sand zu schleichen und den Mörtel wegzukratzen.« Vaelin ging zum Fenster und winkte zum Turm über dem Haupttor hinüber. In der Finsternis war deutlich eine brennende Fackel zu erkennen, die sich hin und her bewegte. »Das Signal, welches das Gelingen unseres Unternehmens bestätigt. Die Mauern befinden sich in unserer Hand, und die Garnison ist festgesetzt. Die Stadt gehört uns, Euer Lordschaft.«

Der Statthalter musterte Vaelin eingehend. »Ein hochgewachsener Krieger in einem blauen Umhang«, murmelte er, und seine Augen wurden schmal. »Die Augen schwarz und so gerissen wie die eines Schakals. *Der Hoffnungstöter.*« Trauer hielt auf seiner Miene Einzug. »Mit Eurer Ankunft hier habt Ihr das Todesurteil über uns alle gesprochen. Sobald der Kaiser erfährt, dass Ihr Euch in unseren Mauern aufhaltet, werden seine Vasallen die Stadt in Schutt und Asche legen.«

»Das wird nicht geschehen«, versicherte ihm Vaelin. »Mein König wäre sehr zornig, würde ich zulassen, dass seine neu erworbenen Ländereien verwüstet werden.«

»Euer König ist ein Wahnsinniger, und Ihr seid ein tollwütiger Hund.«

Frentis' Augen blitzten. »Passt bloß auf, was Ihr …«

Vaelin hob die Hand und gebot ihm zu schweigen. »Wenn es Euer Gewissen beruhigt, mich zu beleidigen, dann nur zu. Aber erlaubt mir wenigstens, Euch unsere Bedingungen darzulegen.«

Der Statthalter runzelte die Stirn. »Bedingungen? Was für Bedingungen denn? Ihr habt die Stadt bereits erobert!«

»Ihr und Eure Mitbürger seid nun Untertanen der Vereinigten Königslande, mit allen Rechten und Privilegien, die das mit sich bringt. Wir sind nicht als Sklavenhalter und Diebe gekommen. Dies ist ein florierender Hafen, und König Janus wünscht, dass das auch so bleibt. Die derzeitige Verwaltung soll so wenig wie möglich bei ihrer Arbeit gestört werden.«

»*Hasta!*« Von der Tür her erscholl ein Schrei, und ein Mädchen kam in das Zimmer gestürzt. Sie war etwa fünfzehn Jahre alt und trug ein weißes Baumwollkleid. Ihre Augen waren vor Angst weit aufgerissen, und in ihrer Hand hielt sie ein kleines Messer umklammert. Frentis wollte sie abfangen, aber Vaelin winkte ihn zurück. Sie eilte an die Seite des Statthalters, stellte sich vor ihn und funkelte Vaelin trotzig an, wobei sie mit dem Messer herumfuchtelte. Sie sprach mit starkem Akzent, sodass es einen Moment dauerte, bis er ihre Worte verstand. »Lasst meinen Vater in Ruhe!«

Der Statthalter legte dem Mädchen die Hände auf die Schultern und flüsterte ihr etwas ins Ohr. Tränen standen ihr in den Augen, und das Messer zitterte in ihrer Hand. Vaelin entging nicht, mit welcher Behutsamkeit der Statthalter sie beruhigte, ihr das Messer abnahm und sie an sich zog, als sie weinend zusammenbrach.

»In Untesch«, sagte Vaelin, »hat der Statthalter seine Familie genötigt, mit ihm gemeinsam zu sterben. In diesem Land herrschen seltsame Sitten.«

Der Statthalter sah ihn feindselig an.

»Wie alt ist sie?«, fragte Vaelin. »Ist sie Euer einziges Kind?«

Der Statthalter blieb ihm die Antwort schuldig, aber er drückte seine Tochter noch fester an sich.

»Sie hat von mir oder meinen Männern nichts zu befürchten«, erklärte ihm Vaelin. »Ihr Befehl lautet, nach Möglichkeit jedes Blutvergießen zu vermeiden. Sie werden auf streng begrenztem Gebiet ihr Quartier beziehen, und sie werden nicht auf den Straßen patrouillieren. Wir bezahlen für jeglichen Proviant und alle anderen Güter, die wir benötigen. Falls einer meiner Männer einen Eurer Bürger misshandelt, werdet Ihr mir das melden, und ich werde ihn hinrichten lassen. Ihr werdet weiterhin die Verwaltung der Stadt innehaben und Euch um die Bedürfnisse der Bevölkerung kümmern. Fällige Steuern werden weiter eingetrieben. Bruder Caenis, einer meiner Offiziere, wird sich morgen mit Euch treffen, um die Einzelheiten zu besprechen. Sind wir uns einig, Euer Lordschaft?«

Der Statthalter strich seiner Tochter übers Haar und nickte knapp. Die Scham trieb ihm die Tränen in die Augen. Vaelin verbeugte sich förmlich vor ihm. »Bitte verzeiht den Einmarsch. Wir werden unsere Unterhaltung bald fortsetzen.«

Sie wollten gerade hinausgehen, als es ihn überkam – das Lied des Blutes, wie ein Hammerschlag in seinem Geist, lauter und deutlicher als jemals zuvor. Vaelin schmeckte Eisen und leckte sich über die Oberlippe – das Blut floss ihm aus der Nase. Er spürte, wie ihm kalt wurde, er stolperte und fiel auf die Knie. Dentos streckte die Hand nach ihm aus, während Blut auf das Mosaik spritzte. Ein feuchtes Gefühl auf seinen Wangen verriet ihm, dass er auch aus den Ohren blutete.

»Bruder?« Dentos' Stimme war schrill vor Schreck. Frentis war nahe daran, in Panik zu verfallen; er hatte sein Schwert gezogen und warf dem Statthalter einen warnenden Blick zu. Dieser betrachtete Vaelin mit einer Mischung aus Entsetzen und Verwirrung.

Die Welt verschwamm vor Vaelins Augen, Nebel und Dunkelheit schlossen ihn ein. Von fern ertönte ein Geräusch, das rhythmische Hämmern von Metall auf Stein, und er glaubte zu sehen, wie ein Meißel auf einen Marmorblock herabsauste. Der Meißel wurde immer schneller und schneller, weit schneller, als ein Mensch ihn führen konnte, und aus dem Stein schälte sich ein Gesicht heraus …

GENUG! Die Stimme sang ein Lied des Blutes, das wusste er unwillkürlich. Ein weiteres Lied. Es klang anders als das seine, fremdartiger und beherrschter. Eine zweite Stimme, die in seinem Kopf sprach. Das Marmorgesicht löste sich auf und trieb wie Sand im Wind davon, das Hämmern des Meißels verstummte, ohne wiederzukommen.

Euer Lied ist ungeschult, sagte die Stimme. *Das macht Euch angreifbar. Ihr solltet Euch vorsehen. Nicht jeder Sänger ist auch ein Freund.*

Er versuchte zu antworten, erstickte jedoch an seinen eigenen Worten. *Das Lied,* wurde ihm klar. *Er kann nur das Lied hören.* Er mühte sich, die Melodie heraufzubeschwören, eine Antwort zu singen, aber er brachte lediglich ein erschrockenes Trillern zustande.

Habt keine Angst vor mir, sagte die Stimme. *Sucht mich auf, wenn Ihr Euch erholt habt. Ich habe etwas für Euch.*

Er nahm seine ganze verbliebene Kraft zusammen und sang ein einziges Wort. *Wo?*

Das Bild von Meißel und Stein kehrte zurück, aber dieses Mal war der Marmorblock unversehrt, das Gesicht, das er enthielt, noch verborgen. Der Meißel lag wartend obendrauf. *Du weißt, wo.*

FÜNFTES KAPITEL

E r wurde von einem Gestank geweckt, der noch schlimmer war
als der in den Abwasserkanälen Lineschs. Etwas Nasses, Rauhes
kratzte ihm übers Gesicht, und auf seiner Brust hockte etwas, das ihn
zu erdrücken drohte.

»Runter von ihm, du dreckiges Vieh!« Auf Schwester Gilmas strengen Befehl hin öffnete er zögerlich die Augen und sah Bosko. Der Sklavenhund stieß zur Begrüßung ein heiseres Bellen aus.

»Hallo, du dumme Töle«, ächzte Vaelin.

»RUNTER!« Schwester Gilmas Schrei tat seine Wirkung: Bosko
sprang vom Bett und verzog sich mit einem mürrischen Winseln in
eine Ecke. Er war der Schwester stets mit misstrauischem Respekt begegnet, vielleicht, weil sie niemals auch nur die geringste Furcht vor
ihm zeigte.

Vaelin schaute sich im Zimmer um. Es war fast leer, bis auf das Bett
und einen Tisch, auf dem Schwester Gilma verschiedene Fläschchen
und Schatullen bereitgestellt hatte, die ihre Heilmittel enthielten. Durch
das offene Fenster drangen die Schreie der Möwen herein und eine Brise, die den Geruch von Salz und Fisch mit sich brachte.

»Bruder Caenis hat die früheren Amtsräume der Handelsflotte in
Beschlag genommen«, erklärte Schwester Gilma. Sie legte ihm eine

Hand auf die Stirn und tastete an seinem Handgelenk nach seinem Puls. »Sämtliche Straßen dieser Stadt führen zum Hafen, und das Gebäude stand leer – das ideale Hauptquartier. Euer Hund war völlig außer sich, bis wir ihn ins Zimmer hineinließen. Er hat die ganze Zeit über hier ausgeharrt.«

Vaelin brummte etwas Unverständliches und leckte sich über die trockenen Lippen. »Wie lange?«

Die Schwester musterte ihn argwöhnisch mit ihren hellblauen Augen, bevor sie zum Tisch hinüberging, eine grünliche Flüssigkeit in einen Becher goss und ein weißes Pulver darunterrührte. »Fünf Tage«, sagte sie, ohne sich umzudrehen. »Ihr habt viel Blut verloren. Ich hätte nicht für möglich gehalten, dass ein Mensch so viel Blut verlieren und am Leben bleiben kann.«

Sie kicherte leise, und als sie sich umdrehte, schenkte sie ihm – wie so oft – ein strahlendes Lächeln und hielt ihm den Becher an die Lippen. »Trinkt das.«

Die Mixtur schmeckte bitter, aber nicht unangenehm, und er spürte sofort, wie seine Erschöpfung nachließ. *Fünf Tage.* Ihm war jegliches Zeitgefühl abhandengekommen, und er konnte sich nicht an irgendwelche Träume oder Wahnvorstellungen erinnern. *Fünf verlorene Tage. Was war geschehen?* Die Stimme, das andere Lied des Blutes, er konnte es noch immer hören, ein schwacher, aber anhaltender Ruf. Sein eigenes Lied antwortete ihm, und das Bild von dem Marmorblock mit dem Meißel stand ihm noch lebhaft vor Augen. Die Worte, die Sella in der gefallenen Stadt gesprochen hatte, erhielten jetzt einen Sinn. *Es gibt andere, ältere und weisere Menschen, die dieselbe Gabe besitzen. Sie können dich unterweisen.*

»Ich muss …« Er stemmte sich hoch und versuchte, die Decke beiseitezuziehen.

»Nein!« Gilmas Tonfall duldete keinen Widerspruch, und sie drückte ihn zurück auf das weiche Bett. Vaelin stellte fest, dass er nicht die Kraft hatte, sich ihr zu widersetzen. »Auf gar keinen Fall, Bruder. Ihr bleibt hier liegen und ruht Euch aus.« Sie deckte ihn wieder zu. »In der Stadt herrscht Ruhe. Bruder Caenis hat alles unter Kontrolle. Es gibt nichts, was Eurer Aufmerksamkeit bedürfte.«

Sie trat einen Schritt zurück, und ausnahmsweise war ihr Gesicht völlig ernst. »Bruder, habt Ihr irgendeine Ahnung, was mit Euch geschehen ist?«

»So etwas habt Ihr noch nie erlebt, oder?«

Sie schüttelte den Kopf. »Nein, das habe ich nicht. Wenn jemand blutet, muss es eine Verletzung geben – einen Schnitt, eine Wunde, irgendetwas. Ihr habt nicht die geringste Verletzung. Eine Schwellung im Gehirn, die eine solche Blutung verursacht, hätte tödlich sein müssen, und doch lebt Ihr. Unter den Männern gingen wilde Gerüchte um, Statthalter Aruan hätte Euch mit einem dunklen Fluch belegt, um Euch zu töten. Caenis musste vor dem Anwesen des Statthalters Wachen aufstellen und einige Soldaten auspeitschen lassen, bevor sie sich wieder beruhigten.«

Auspeitschen?, dachte er bei sich. *Ich musste nie jemanden auspeitschen lassen.* »Ich weiß es nicht, Schwester«, erwiderte er offen. »Ich weiß nicht, warum das geschehen ist.« *Ich weiß nur, was es verursacht hat.*

◆ ◆ ◆

Es dauerte noch zwei weitere Tage, bis Schwester Gilma ihn entließ, wenngleich mit der eindringlichen Ermahnung, sich nicht zu überanstrengen und auf jeden Fall zwei Krüge Wasser täglich zu trinken. Er rief im obersten Stockwerk des Torhauses einen Rat der Hauptleute zusammen, denn von dort aus konnte er überblicken, welche Fortschritte die Befestigung der Stadt machte. Von der Baustelle erhob sich eine dichte Staubwolke – die Männer plagten sich, den Graben zu vertiefen, der die Stadt umgab, und die Mauern zu reparieren, die jahrzehntelang vernachlässigt worden waren.

»Wenn alles fertig ist, wird er fünfzehn Fuß tief sein«, erklärte Caenis und deutete auf den Graben. »Bisher sind wir bei neun Fuß. An der Mauer geht die Arbeit langsamer voran. Unsere kleine Armee verfügt nicht über allzu viele erfahrene Steinmetze.«

Vaelin spuckte den Staub aus seinem trockenen Hals und trank einen Schluck Wasser aus seiner Feldflasche. »Wie lange?«, fragte er, äußerst verärgert über seine heisere Stimme. Er wusste, dass er nicht eben den besten Eindruck machte – er hatte Ringe unter den Augen, und seine Haut war bleich und schweißbedeckt. Die Besorgnis im Blick seiner Brüder entging ihm nicht, und Graf Marven und die anderen Hauptleute musterten ihn zweifelnd. *Sie fragen sich, ob ich in der Lage bin, den Befehl zu führen*, dachte er. *Vielleicht mit gutem Grund.*

»Mindestens noch zwei Wochen«, erwiderte Caenis. »Es würde schneller gehen, wenn wir Arbeiter aus der Stadt einberufen könnten.«

»Nein«, erwiderte Vaelin entschieden. »Wenn wir diese Leute regieren wollen, müssen wir ihr Vertrauen gewinnen. Ihnen eine Schaufel in die Hand zu drücken und sie zu Knochenarbeit zu zwingen, ist bestimmt nicht der richtige Weg.«

»Meine Männer sind hierhergekommen, um zu kämpfen, Euer Lordschaft«, sagte Graf Marven betont höflich. Seine Augen jedoch funkelten berechnend. »Diese Graberei ist einem Soldaten wohl kaum angemessen.«

»Ich finde durchaus, dass sie einem Soldaten gut ansteht, Euer Lordschaft«, erwiderte Vaelin. »Es wird sich noch genug Gelegenheit finden zu kämpfen. Sagt allen Querulanten, sie haben meinen Segen, die Stadt zu verlassen. Nach Untesch sind es nur sechzig Meilen durch die Wüste. Vielleicht finden sie dort ein Schiff, das sie nach Hause bringt.«

Eine Welle der Erschöpfung drohte ihn zu überwältigen, und er stützte sich auf die Zinnen, um zu verbergen, wie unsicher er auf den Beinen war. All die tausend Kleinigkeiten, die seine Verbündeten wie seine Untergebenen ihm vortrugen und um die er sich als Oberbefehlshaber kümmern musste, verdrossen ihn zunehmend. Seine Verärgerung nahm noch zu, weil das Lied des Blutes ihn zu der Stimme rief und zu dem Marmorblock, der sich, wie er wusste, irgendwo in der Stadt befand.

»Ist Euch nicht wohl, Euer Lordschaft?«, fragte Graf Marven unverblümt.

Vaelin widerstand dem Drang, dem Nilsaeler ins Gesicht zu schlagen, und drehte sich zu Bren Antesch um, dem stämmigen Bogenschützen, der die cumbraelische Einheit befehligte. Unter den Hauptleuten war er der wortkargste – bei ihren Zusammenkünften sprach er nur selten, und sobald Vaelin die Anwesenden entließ, war er der Erste, der hinausging. Sein Gesicht war stets ausdruckslos, und es war offensichtlich, dass es ihm gleichgültig war, was die anderen von ihm hielten, obschon er nicht zeigte, inwieweit es ihn verstimmte, unter einem

Mann zu dienen, den die Cumbraeler noch immer als Dunkelklinge bezeichneten. »Und Eure Männer, Hauptmann?«, fragte er ihn. »Irgendwelche Beschwerden?«

Antesch verzog keine Miene, als er antwortete, wobei er, wie Vaelin vermutete, aus den Zehn Büchern zitierte. »Rechtschaffene Arbeit bringt uns der Liebe des Weltvaters näher.«

Vaelin brummte etwas Unverständliches und wandte sich an Frentis. »Haben die Patrouillen etwas gemeldet?«

Frentis schüttelte den Kopf. »Nichts, Bruder. Alle Marschrouten sind frei. Keine Späher oder Spione in den Bergen.«

»Vielleicht ist Marbellis doch ihr erstes Ziel«, warf Lord Al Cordlin ein, der Kommandant des dreizehnten Fußregiments, das als die Blauhäher bekannt war, weil sich die Soldaten himmelblaue Federn auf ihre Brustharnische malten. Er war ein kräftig gebauter, aber einigermaßen nervöser Mann, dessen Arm noch in einer Schlinge steckte, nachdem er ihn sich in der Schlacht am Blutberg gebrochen hatte, wo er ein Drittel seiner Männer in einem erbitterten Kampf an der rechten Flanke verloren hatte. Vaelin vermutete, dass ihm die Lust auf weitere Schlachten vergangen war, und er konnte es ihm nicht verübeln.

»Wie lässt sich die Zusammenarbeit mit dem Statthalter an?«, fragte er Caenis.

»Leidlich gut, auch wenn er mit den Zähnen knirscht. Bisher ist es ihm gelungen, die Leute ruhig zu halten, und er hat vor der Handelsgilde und dem Bürgerrat gesprochen und sie aufgefordert, sich in die Verhältnisse zu fügen. Mir hat er erklärt, die Gerichte und die Steuereintreiber würden ihrer Arbeit nachgehen, so weit die Umstände das zuließen. Die Geschäfte gehen natürlich schlecht. Die meisten alpiranischen Schiffe sind aufs Meer hinausgesegelt, als bekannt wurde, dass wir die Stadt eingenommen haben. Die übrigen weigern sich zu segeln und drohen damit, ihre Schiffe in Brand zu stecken, falls wir versuchen sollten, sie zu kapern. Die Volarianer und die Meldeneer scheinen allerdings darauf erpicht, aus dieser Gelegenheit Gewinn zu schlagen. Die Preise für Gewürze und Seide sind in die Höhe geschossen, was bedeutet, dass sie sich in den Königslanden wahrscheinlich verdoppelt haben.«

Lord Al Trendil, der Kommandant des sechzehnten Regiments, stieß ein unterdrücktes Schnauben aus. Vaelin hatte es der Armee verboten, am örtlichen Handel in irgendeiner Form teilzunehmen, weil er befürchtete, man könnte sie der Korruption bezichtigen. Damit hatte er die wenigen Adeligen unter seinem Befehl schwer enttäuscht, denn diese hatten vorgehabt, ihr Geld gewinnbringend anzulegen.

»Wie steht es um die Nahrungsmittelvorräte?«, fragte Vaelin, ohne Al Trendil irgendwelche Beachtung zu schenken.

»Könnte nicht besser sein«, versicherte ihm Caenis. »Die reichen mindestens für eine Belagernug von zwei Monaten, und sogar länger, wenn sie sorgfältig rationiert werden. Die Wasserversorgung der Stadt stammt überwiegend aus Brunnen und Quellen innerhalb der Mauern, da gibt es also auch keine Probleme.«

»Vorausgesetzt, niemand vergiftet sie«, sagte Bren Antesch.

»Sehr richtig, Hauptmann.« Vaelin nickte Caenis zu. »Stell an den größeren Brunnen Wachen auf.« Er straffte die Schultern und stellte fest, dass das Schwindelgefühl nachgelassen hatte. »Wir treffen uns in drei Tagen wieder. Danke für Eure Aufmerksamkeit.«

Die Hauptleute gingen hinaus und ließen Caenis und Vaelin allein auf der Festungsmauer zurück. »Geht es dir gut, Bruder?«, fragte Caenis.

»Ich bin nur ein wenig müde, sonst nichts.« Er blickte in die Wüste hinaus; am Horizont zitterte die Luft in der Mittagshitze. Er wusste, dass dort in absehbarer Zeit das alpiranische Heer aufmarschieren würde. Die Frage war nur, wie lange es dauern würde, bis es eintraf. Würde ihm genügend Zeit bleiben, um seine Mission zu vollenden?

»Glaubst du, Al Cordlin hat recht?«, wollte Caenis wissen. »Gewiss belagert der Kriegsherr inzwischen Marbellis. Immerhin ist das die größte Stadt an der Nordküste.«

»Der Hoffnungstöter befindet sich nicht in Marbellis«, sagte Vaelin. »Der Plan des Kriegsherrn ist wohlüberlegt. Er hat in Marbellis freie Hand, während das Heer des Kaisers mit uns beschäftigt ist. Darüber sollten wir uns keine Illusionen machen.«

»Wir werden uns behaupten«, sagte Caenis mit ausdrucksloser Stimme.

»Dein Optimismus gereicht dir zur Ehre, Bruder.«

»Der König benötigt diese Stadt, um seine Pläne in die Tat umzusetzen. Wir unternehmen lediglich den ersten Schritt auf einer glorreichen Reise, um die Vereinigten Königslande ihrer Bestimmung zuzuführen. Bald werden die Regionen, die wir erobern, zum fünften Erzlehen der Königslande werden, vereinigt unter dem Schutz von König Janus und seinen Nachfahren, frei vom Unverstand, vom Aberglauben und von der Unterdrückung des Kaisers. Wir *müssen* uns behaupten.«

Vaelin suchte nach Ironie in Caenis' Worten, aber da war nichts außer unerschütterlicher Königstreue. Nicht zum ersten Mal war er versucht, seinem Bruder alles zu erzählen, was während seiner Treffen mit dem König geschehen war. Ob Caenis' Ergebenheit Bestand haben würde, wenn er das wahre Wesen des alten Mannes kannte? Wie immer beherrschte Vaelin sich jedoch. Für Caenis war die Königstreue alles, was er hatte – sie war sein Schutz vor den vielen Ungewissheiten und Lügen, die der Dienst am Glauben mit sich brachte. Warum Caenis seinem Herrscher so ergeben war, hatte Vaelin nie begreifen können, aber er wollte ihn nur ungern seines Selbstschutzes berauben, auch wenn dieser auf Illusionen gründete.

»Natürlich werden wir uns behaupten«, versicherte er Caenis mit einem grimmigen Lächeln. *Ob das irgendetwas ändert, ist eine andere Sache,* fügte er in Gedanken hinzu.

Er schritt zur Treppe an der Rückseite der Festungsmauer. »Ich glaube, ich mache einen Rundgang durch die Stadt. Bisher habe ich noch kaum etwas von ihr gesehen.«

»Ich rufe ein paar Wachen. Besser, du bist nicht alleine unterwegs.«

Vaelin schüttelte den Kopf. »Keine Sorge, Bruder. So schwach bin ich nicht, dass ich mich nicht selbst verteidigen könnte.«

Caenis wirkte nicht überzeugt, aber er nickte trotzdem. »Wie du wünschst. Ach ja!«, rief er, als Vaelin den Fuß auf die oberste Stufe setzte. »Der Statthalter hat darum gebeten, dass wir eine Heilerin zu ihm schicken. Offenbar ist seine Tochter krank geworden, und die hiesigen Ärzte wissen nicht mehr weiter. Ich habe Schwester Gilma heute Morgen gebeten, ihm den Gefallen zu tun. Vielleicht fördert das die Beziehungen zwischen uns.«

»Nun, wenn es jemandem gelingen kann, dann ihr. Richte dem Statthalter bitte meine besten Genesungswünsche für seine Tochter aus, ja?«

»Selbstverständlich, Bruder.«

◆ ◆ ◆

Die Frau, welche die Tür zur Werkstatt des Steinmetzes öffnete, musterte Vaelin mit unverhüllter Feindseligkeit. Ihre Stirn war gerunzelt, und sie hatte die dunklen Augen argwöhnisch zusammengekniffen. Sie schien etwa dreißig Jahre alt zu sein und hatte das lange dunkle Haar zu einem Pferdeschwanz gebunden; eine staubige Lederschürze schmiegte sich an ihre schlanke Gestalt. Hinter ihr war das rhythmische Hämmern von Metall auf Stein zu hören.

»Einen schönen guten Tag, Madame«, sagte Vaelin. »Bitte entschuldigt die Störung.«

Die Frau verschränkte die Arme und antwortete ihm in knappen Worten auf Alpiranisch. Ihr Tonfall legte nahe, dass sie ihn nicht auf einen Eistee hereingebeten hatte.

»Ich … ich wurde hierhergerufen«, fuhr er fort, wobei ihr strenger Blick ihm nicht verriet, ob sie ihn verstand. Ihre Lippen waren zusammengepresst, ihre Miene ausdruckslos.

Vaelin schaute sich auf der weitgehend menschenleeren Straße um und fragte sich, ob er die Vision vielleicht falsch gedeutet hatte. Aber das Lied des Blutes war unnachgiebig gewesen, seine Melodie äußerst bestimmt. Es hatte ihn genötigt, durch die Straßen zu eilen, und war erst leiser geworden, als er auf diese Tür unter dem Zeichen von Hammer und Meißel gestoßen war. Er widerstand dem Drang, die Frau wegzuschieben und einfach hineinzugehen, und zwang sich zu einem Lächeln. »Ich habe etwas Geschäftliches zu besprechen.«

Ihr Blick wurde noch finsterer, und sie sprach mit starkem Akzent, aber unmissverständlichen Worten: »Nordmänner haben hier nichts verloren.«

Vaelin spürte, wie das Lied des Blutes sich leise regte, und dann hörte das Hämmern in der Werkstatt auf. Eine Männerstimme rief etwas auf Alpiranisch, und die Frau verzog ungehalten das Gesicht, bevor sie Vaelin ansah und beiseitetrat. »Viele Dinge hier sind heilig«, sagte sie, während er an ihr vorbeiging. »Die Götter werden Euch verfluchen, wenn Ihr etwas stehlt.«

Das Innere der Werkstatt war riesig, die Decke hoch, und der Marmorboden erstreckte sich über dreißig Quadratschritte. Sonnenlicht fiel durch offene Oberlichter und erhellte einen Raum voller Statuen. Ihre Größe war vielfältig – manche von ihnen waren nur zwei Fuß hoch, andere lebensgroß, und eine maß mindestens zehn Fuß und stellte einen unglaublich muskulösen Mann dar, der mit einem Löwen rang. Vaelin war von der Lebendigkeit der Gestalt beeindruckt, von der Präzision, mit der sie aus dem Stein gehauen war; der Riese und der Löwe schienen im Augenblick des Kampfes buchstäblich erstarrt zu sein. Nahebei stand eine kleinere Statue, eine lebensgroße Frau von faszinierender Schönheit; sie hatte die Arme zum Gebet erhoben, und auf ihren Gesichtszügen lag tiefste Trauer.

»Herlia, die Göttin der Gerechtigkeit, wie sie bei ihrem ersten Urteilsspruch weint.«

Als Vaelin die Stimme hörte, schwoll das Lied des Blutes zu einem schrillen Ton an, nicht um ihn zu warnen, sondern um den Neuankömmling zu begrüßen. Der Mann hatte die Hände in die Hüften gestemmt, und aus den Taschen seiner Schürze lugten Hammer und Meißel hervor. Er war klein, aber gut gebaut, die bloßen Arme muskelbepackt. Sein Gesicht war kantig, mit hohen Wangenknochen und mandelförmigen Augen, und wo seine Haut nicht von Staub bedeckt war, schimmerte sie leicht golden.

»Ihr seid kein Alpiraner«, sagte Vaelin.

»Ihr ebenso wenig«, erwiderte der Mann mit einem Lachen. »Und doch sind wir beide hier.« Er wandte sich zu der Frau um und sagte etwas auf Alpiranisch. Sie warf Vaelin noch einen wütenden Blick zu und verschwand dann im hinteren Bereich der Werkstatt.

Vaelin deutete mit einem Kopfnicken auf die Statue. »Warum ist sie so traurig?«

»Sie hat sich in einen Sterblichen verliebt, aber seine Leidenschaft hat ihn dazu getrieben, eine entsetzliche Tat zu begehen, und so musste sie über ihn urteilen und ihn tief unter die Erde verbannen, wo er auf ewig an einen Fels gekettet sein wird, während sein Fleisch von den Würmern gefressen wird.«

»Muss ein schreckliches Verbrechen gewesen sein.«

»In der Tat. Er hat ein magisches Schwert gestohlen und einen Gott erschlagen, weil er in ihm einen Nebenbuhler sah. Dabei war es Herlias Bruder, Ixtus, Gott der Träume. Wenn wir jetzt unter Albträumen leiden, dann ist das der Schatten des gefallenen Gottes, der sich an den Sterblichen rächt.«

»Götter sind Trugbilder. Aber es ist eine gute Geschichte.« Er streckte die Hand aus. »Vaelin Al Sorna …«

»Bruder des sechsten Ordens, Schwert der Vereinigten Königslande und derzeit Befehlshaber der fremdländischen Armee, die unsere Stadt besetzt hält. Ein wirklich interessanter Bursche. Aber das sind wir Sänger meistens. Das Lied führt uns auf viele verschiedene Wege.« Der Mann schüttelte ihm die Hand. »Ahm Lin, Steinmetz, zu Euren Diensten.«

»Ist das alles Euer Werk?«, fragte Vaelin und deutete auf die zahlreichen Statuen.

»Mehr oder minder.« Ahm Lin wandte sich um und schritt tiefer in die Werkstatt hinein. Vaelin folgte ihm, und sein Blick nahm die phantastischen Formen in sich auf, die scheinbar endlose Vielfalt der Motive. »Sind das alles Götter?«, wollte er wissen.

»Bis auf wenige Ausnahmen. Das hier …« Ahm Lin blieb neben der Büste eines ernst dreinblickenden Mannes mit Hakennase und breiter, tief zerfurchter Stirn stehen. »Das ist Kaiser Cammuran, der erste Mann, der auf dem Thron des alpiranischen Reiches saß.«

»Er wirkt bekümmert.«

»Er hat auch allen Grund dazu. Sein Sohn hat versucht, ihn zu töten, als er begriff, dass er nicht der nächste Kaiser sein würde. Die Idee, den Nachfolger aus den Reihen des Volkes zu erwählen, mit der Hilfe der Götter natürlich, war ein dramatischer Bruch mit der Tradition.«

»Was ist aus dem Sohn geworden?«

»Der Kaiser hat ihm seine Güter genommen, ihm die Zunge herausschneiden und ihn blenden lassen, und dann hat er ihn ausgestoßen, damit er sein Leben als Bettler fristet. Die meisten Alpiraner sind der Meinung, dass er viel zu nachsichtig mit ihm war. Die Alpiraner sind brave Leute, höflich und großzügig, aber sie können sehr nachtragend sein. Das solltet Ihr nicht vergessen, Bruder.« Er warf Vaelin einen kurzen Blick zu, als dieser nicht antwortete. »Ich muss zugeben, ich bin überrascht, dass Euer Lied Euch hierhergeführt hat. Ihr wisst doch bestimmt, dass Euer Feldzug zum Scheitern verurteilt ist.«

»Mein Lied war … in letzter Zeit etwas widersprüchlich. Seit Langem schon hält es sich sehr zurück. Bis ich Eure Stimme hörte, hatte es ein Jahr lang geschwiegen.«

»Geschwiegen?« Ahm Lin schien bestürzt, und sein Blick wurde neugierig. »Wie war das?« Fast klang er neidisch.

»Als hätte ich einen Arm oder ein Bein verloren«, entgegnete Vaelin ganz ehrlich. Zum ersten Mal wurde ihm die ganze Tragweite des Verlustes bewusst, den er empfunden hatte, als das Lied verstummt war. Erst jetzt, nachdem es wieder zurückgekehrt war, beugte er sich der Wahrheit, dass das Lied keine Heimsuchung war. Sella hatte recht gehabt: Es war eine Gabe, und er hatte sie schätzen gelernt.

»Hier sind wir.« Ahm Lin breitete die Arme aus, als sie im rückwärtigen Teil der Werkstatt anlangten, wo eine große Bank mit einer verwirrenden Vielzahl ordentlich zurechtgelegter Werkzeuge stand: Hämmer, Meißel und seltsam geformte Gerätschaften, deren Name Vaelin nicht kannte. Unweit davon lehnte eine Leiter an einem großen Marmorblock, aus dem eine teilweise fertiggestellte Statue hervortrat. Vaelin blieb zutiefst erschrocken stehen. Die Schnauze, die Ohren, das mit großer Kunstfertigkeit herausgearbeitete Fell … und die Augen, die unverwechselbaren Augen. Sein Lied sang einen hellen, warmen Ton, als es den Wolf wiedererkannte. Den Wolf, der ihm im Urlisch das Leben gerettet hatte. Den Wolf, der vor dem Haus des fünften Ordens eine Warnung geheult hatte, als Schwester Henna ihren Anschlag unternahm. Den Wolf, der ihn im Martisch davon abgehalten hatte, einen Mord zu begehen.

»Ah …« Ahm Lin rieb sich die Schläfen und verzog gequält das Gesicht. »Euer Lied ist wirklich stark, Bruder.«

»Verzeihung.« Vaelin konzentrierte sich und versuchte, das Lied zu beruhigen, aber es dauerte einige Sekunden, bevor es verklang. »Ist das ein Gott?«, fragte er Ahm Lin, während er zu dem Wolf aufblickte.

»Nicht ganz. Er gehört zu den Geschöpfen, die von den Alpiranern ›die Namenlosen‹ genannt werden. Er spielt in vielen Göttergeschichten eine Rolle, als Führer, Beschützer, Krieger und Rachegeist. Aber er selbst hat keinen Namen. Er heißt immer nur ›der Wolf‹, und er wird ebenso geachtet wie gefürchtet.« Er musterte Vaelin mit durchdringendem Blick. »Ihr habt ihn schon einmal gesehen, nicht wahr? Und nicht in Stein gemeißelt.«

Vaelin zögerte, dem Mann allzu viel zu verraten, einem Fremden, dessen Lied ihn schließlich fast getötet hätte. Aber die Herzlichkeit, mit der sein eigenes Lied ihn willkommen geheißen hatte, wog schwerer als sein Misstrauen. »Er hat mich gerettet. Zweimal vor dem Tod, und einmal vor etwas Schlimmerem.«

Auf Ahm Lins Gesicht war ganz kurz so etwas wie Angst zu sehen, aber er rang sich rasch wieder ein Lächeln ab. »›Interessant‹ scheint mir kein Begriff zu sein, der Euch angemessen beschreibt, Bruder. Das ist für Euch.« Er deutete auf eine Werkbank, auf der ein Marmorklotz ruhte, auf dem wiederum ein Meißel lag – ein formvollendeter Würfel, genau wie in der Vision, als Ahm Lins Lied Vaelin von den Beinen gerissen hatte. Der weiße Marmor fühlte sich kalt und glatt an, als Vaelin mit den Fingern darüberstrich.

»Das habt Ihr für mich erworben?«, fragte er.

»Vor vielen Jahren. Mein Lied ließ daran keinen Zweifel. Was auch immer darin verborgen sein mag, wartet schon sehr lange darauf, von Euch freigesetzt zu werden.«

Wartet … Vaelin legte die flache Hand auf den Stein und spürte, wie das Lied anschwoll, die Melodie eine Mischung aus Warnung und Gewissheit. *Der Wartende.*

Er nahm den Meißel und setzte die Spitze vorsichtig an den Stein an. »Das habe ich noch nie getan«, erklärte er Ahm Lin. »Ich kann nicht einmal einen vernünftigen Spazierstock schnitzen.«

»Euer Lied wird Euch die Hand führen, ganz so wie mein Lied die meine. Diese Statuen entspringen nicht nur meiner Kunstfertigkeit, sie sind auch ein Werk des Liedes.«

Er hatte recht – das Lied wurde lauter und klarer und führte den Meißel über den Stein. Vaelin nahm einen Fäustel von der Bank, klopfte damit leicht auf den Kopf des Meißels und schlug ein kleines Stück Marmor aus dem Rand des Würfels. Das Lied schwoll an, und seine Hand bewegte sich. Ahm Lin und seine Werkstatt verblassten, während die Arbeit ihn ganz einnahm. Kein Gedanke schweifte ihm durch den Kopf, nichts lenkte ihn ab, es gab nur noch das Lied und den Stein. Er hatte kein Zeitgefühl und nahm die Welt um sich herum nicht mehr wahr, bis ihn jemand grob an der Schulter schüttelte.

»Vaelin!« Als er nicht reagierte, schüttelte Barkus ihn noch einmal. »Was zum Teufel machst du da?«

Vaelin betrachtete das Werkzeug in seinen mit Staub bedeckten

Händen und bemerkte erst jetzt, dass er seinen Umhang und seine Waffen nicht mehr trug, ohne dass er sich daran erinnern konnte, sie abgelegt zu haben. Der Stein hatte sich grundlegend verändert – die obere Hälfte war nun eine grob behauene Kuppel mit zwei flachen Vertiefungen in der Mitte und der Andeutung eines Kinns am Sockel.

»Du stehst hier rum und hämmerst auf diesen Stein ein, ohne Waffen und ohne Wachen.« Barkus klang mehr bestürzt als wütend. »Der erstbeste Alpiraner hätte dir einen Dolch in den Rücken stoßen können, ohne auch nur ins Schwitzen zu kommen.«

»Ich …« Vaelin blinzelte ihn verwirrt an. »Ich habe …« Er verstummte, als ihm bewusst wurde, wie sinnlos jeder Erklärungsversuch war.

Ahm Lin und die Frau, die ihm die Tür geöffnet hatte, standen in der Nähe, und die Frau starrte die beiden Soldaten, die Barkus mitgebracht hatte, wütend an. Ahm Lin dagegen wirkte völlig gelassen und fuhr lediglich wie beiläufig mit einem Wetzstein über die Schneide eines seiner Meißel, wobei er Vaelin die Andeutung eines Lächelns zeigte, in dem so etwas wie Bewunderung mitschwang.

Barkus' Blick wanderte zwischen dem Marmorblock und Vaelin hin und her, und auf seiner Stirn bildete sich eine tiefe Falte. »Was soll denn das sein?«

»Das spielt jetzt keine Rolle.« Vaelin griff nach einem Tuch und breitete es über den Stein. »Was willst du, Bruder?« Es gelang ihm nicht, seine Verärgerung aus seiner Stimme herauszuhalten.

»Schwester Gilma braucht dich. Im Haus des Statthalters.«

Vaelin schüttelte ungeduldig den Kopf und nahm wieder den Fäustel zur Hand. »Um den Statthalter soll sich Caenis kümmern. Sag ihm das.«

»Das habe ich bereits getan. Die Schwester hat ausdrücklich nach dir verlangt.«

»Das kann doch bestimmt warten …« Barkus' Finger schlossen sich fest um sein Handgelenk. Er legte seine Lippen an Vaelins Ohr und flüsterte drei Worte, worauf dieser den Fäustel fallen ließ und ohne einen weiteren Einwand nach Umhang und Waffen griff, obwohl das Lied des Blutes nachdrücklich seinem Unmut Ausdruck verlieh.

◆ ◆ ◆

»Die Rote Hand.« Schwester Gilma stand auf der anderen Seite des Gittertores, welches das Anwesen des Statthalters vom Rest der Welt abschnitt – sie hatte ihnen beiden verboten, auch nur einen Schritt näher zu kommen. Ihr Gesicht war bleich, und ihre Augen, die sonst immer leuchteten, waren angsterfüllt. »Bisher nur die Tochter des Statthalters, aber dabei wird es nicht bleiben.«

»Seid Ihr sicher?«, wollte Vaelin wissen.

»Jeder Angehörige des fünften Ordens kennt die Anzeichen dieser Krankheit. Es besteht nicht der geringste Zweifel, Bruder.«

»Ihr habt das Mädchen untersucht? Habt Ihr sie berührt?«

Gilma nickte wortlos.

Vaelin unterdrückte die Verzweiflung, die ihm die Brust aufzureißen drohte. *Jetzt bloß keine Schwäche zeigen.* »Was braucht Ihr?«

»Das Anwesen muss abgeriegelt und bewacht werden. Niemand darf herein oder hinaus. Ihr müsst wachsam sein, ob sich in der Stadt selbst irgendjemand angesteckt hat. Meine Gehilfen wissen, worauf sie achten müssen. Jeder Kranke muss sofort hierhergebracht werden, wenn es sein muss mit Gewalt. Beim Umgang mit ihnen müssen Masken und Handschuhe getragen werden. Außerdem müsst Ihr die Stadt abriegeln – kein Schiff darf den Hafen, keine Karawane die Stadt verlassen.«

»Das wird eine Panik auslösen«, warnte Caenis. »Der Roten Hand sind im Laufe der Jahre ebenso viele Alpiraner zum Opfer gefallen wie Einwohner der Königslande. Wenn sich das herumspricht, werden die Leute versuchen zu fliehen.«

»Dann werdet Ihr sie daran hindern müssen«, erwiderte Schwester Gilma tonlos. »Wir dürfen auf keinen Fall zulassen, dass sich die Seuche weiter ausbreitet.« Sie richtete den Blick auf Vaelin. »Ihr versteht das, Bruder? Ihr müsst alles tun, was erforderlich ist!«

»Ich verstehe nur zu gut, Schwester.« Durch den Schleier seines Schmerzes stieg eine dunkle Erinnerung an die Oberfläche – Sherin in der Hohen Burg. Er dachte nicht gern an diese Zeit zurück, das Gefühl des Verlusts war einfach zu stark. Nun aber rang er darum, sich an die Worte zu erinnern, die sie an jenem Morgen nach dem Tod von Hentes Mustor gesagt hatte. Die Anhänger des Thronräubers hatten sie mit falschen Berichten über einen Ausbruch der Roten Hand in Warnsheim in eine Falle gelockt. *Ich habe an einem Heilmittel gearbeitet …*

»Schwester Sherin«, sagte er. »Sie hat mir einmal erzählt, dass sie ein Heilmittel für die Krankheit hat.«

»Ein mögliches Heilmittel, Bruder«, erwiderte Gilma. »Das bisher nur in der Theorie seine Wirkung tut. Außerdem übersteigt es meine Fähigkeiten, eine solche Formel auszuarbeiten.«

»Wo ist Schwester Sherin derzeit stationiert?« Vaelin gab nicht auf.

»Im Ordenshaus, soweit ich weiß. Sie ist inzwischen zur Heilmeisterin aufgestiegen.«

»Zwanzig Tage bei gutem Wind«, sagte Caenis. »Und zwanzig Tage zurück.«

»Für ein Schiff der Alpiraner oder der Königslande«, sinnierte Vaelin halblaut und drehte sich wieder zu Gilma um. »Schwester, bittet den Statthalter, eine Erklärung zu verfassen, die Eure Maßnahmen bestätigt und der Stadtbevölkerung gebietet, mit uns zusammenzuarbeiten. Bruder Caenis wird veranlassen, dass sie abgeschrieben und in der Stadt verteilt wird.« Und an Caenis gewandt: »Bruder, sorge dafür, dass an den Toren und vor dem Anwesen Wachen aufgestellt werden. Verdopple die Wachen auf den Mauern. Setze unsere Männer nur dort ein, wo es möglich ist.« Er sah Schwester Gilma an und zwang sich zu einem ermutigenden Lächeln. »Was ist Hoffnung, Schwester?«

»Hoffnung ist der Kern des Glaubens. Wer die Hoffnung fahren lässt, verleugnet den Glauben.« Sie lächelte kaum merklich. »Ich habe in meinem Quartier bestimmte Instrumente und Heilmittel. Mir wäre daran gelegen, wenn sie mir jemand bringen würde.«

»Ich werde mich darum kümmern«, versicherte Caenis.

Vaelin wandte sich um und eilte den mit Steinen gepflasterten Pfad entlang. »Was ist mit dem Hafen?«, rief Caenis ihm nach.

Vaelin blickte nicht zurück. »Um den Hafen kümmere ich mich.«

◆ ◆ ◆

Der meldeneische Kapitän, der Vaelin am Tisch gegenübersaß, war ein kleiner, gedrungener Mann mit schmalem Gesicht. Seine Stirn war gerunzelt, und er musterte den Ordensbruder argwöhnisch. Seine Hände, die zu Fäusten geballt nebeneinander auf dem Tisch lagen, waren in weiches Leder gehüllt. Die beiden Männer befanden sich im Kartenzimmer des alten Gebäudes der Handelsgilde, und mit Ausnahme von Frentis, der die Türe bewachte, waren sie allein. Draußen brach die Nacht herein, und bald würde die Stadt schlafen, noch immer nichts davon ahnend, welche Krise sie am nächsten Morgen erwartete. Falls der Kapitän irgendetwas dagegen einzuwenden hatte, wie er und seine Mannschaft aus ihren Kojen geholt, nackt ausgezogen und von Schwester Gilmas Gehilfen untersucht worden waren, bevor Soldaten sie hierhergeführt hatten, dann behielt er es für sich.

»Ihr seid Carval Nurin?«, fragte Vaelin. »Kapitän des *Roten Falken?*«

Der Mann nickte bedächtig. Sein Blick ging fortwährend zwischen Vaelin und Frentis hin und her, wobei er ab und an auf ihren Schwertern verweilte. Vaelin hatte nicht vor, das Missbehagen des Kapitäns zu lindern – es war durchaus in seinem Sinne, dass er Angst hatte.

»Euer Schiff ist angeblich das schnellste im Hafen«, fuhr Vaelin fort. »Der windschnittigste Rumpf, der in den Werften der meldeneischen Inseln jemals gebaut wurde, heißt es.«

Carval Nurin neigte erneut den Kopf, schwieg jedoch weiterhin.

»Ihr habt den Ruf, weder ein Pirat noch ein unehrlicher Mann zu sein, was für einen Kapitän von den Inseln eher ungewöhnlich ist.«

»Was wollt Ihr von mir?« Die Stimme des Mannes war rauh, geradezu eine Reibeisenstimme, und Vaelin bemerkte den blassen Rand einer Narbe, die unter dem schwarzen Tuch hervorschaute, das der Kapitän um den Hals trug. Auch wenn er kein Pirat war, hatte er auf den Meeren offenbar bereits einiges erlebt.

»Ich möchte Euch anheuern«, erwiderte Vaelin freundlich. »Wie schnell könnt Ihr nach Varinsburg gelangen?«

Das Missbehagen des Kapitäns schien ein wenig nachzulassen, aber noch immer verdüsterte Argwohn seine Miene. »Einmal hab ich's in fünfzehn Tagen geschafft. Udonor hat uns damals günstige Nordwinde geschickt.«

Udonor war, wie Vaelin wusste, einer der meldeneischen Götter, der über die Winde herrschte. »Geht es auch noch schneller?«

Nurin zuckte mit den Achseln. »Vielleicht. Mit leerem Frachtraum und ein paar zusätzlichen Matrosen. Und zwei Ziegen für Udonor natürlich.«

Unter den Meldeneern war es Brauch, vor einer gefährlichen Reise

Tiere zu opfern. Bevor ihre Invasionsflotte den Hafen verlassen hatte, war Vaelin bei einer Massenschlachtung zugegen gewesen. Dabei war so viel Blut geflossen, dass das Wasser des Hafens hinterher rot gefärbt war.

»Die Ziegen besorgen wir«, sagte er und bedeutete Frentis herüberzukommen. »Bruder Frentis wird Euch zusammen mit zwei Mann begleiten. Ihr werdet sie nach Varinsburg bringen und dort einen weiteren Passagier an Bord nehmen. Dann werdet Ihr hierher zurückkehren. Die ganze Fahrt darf nicht mehr als fünfundzwanzig Tage dauern. Ist das möglich?«

Nurin dachte einen Moment nach und nickte schließlich. »Möglich schon. Aber nicht mit meinem Schiff.«

»Warum nicht?«

Nurin öffnete seine Hände und zog ganz langsam die Handschuhe aus; zum Vorschein kam Haut, die von den Fingerspitzen bis zu den Handgelenken fleckig und verfärbt war. »Sagt mir, Landratte …«, erwiderte er und hob die Hände hoch. »Habt Ihr jemals mit bloßen Händen auf ein Feuer eingeschlagen, während Eure Schwester und Eure Mutter verbrannten?« Ein grimmiges Lächeln entstellte die Züge des Meldeneers. »Nein, mein Schiff wird nicht in Euren Diensten segeln. Die Alpiraner nennen Euch den Hoffnungstöter, aber für mich seid Ihr das Balg des Mannes, der unsere Hauptstadt in Schutt und Asche gelegt hat. Die Schiffsherren mögen sich zu Huren Eures Königs gemacht haben, aber ich werde das nicht tun. Womit Ihr mir auch immer drohen mögt, ich werde nicht …«

Der Blaustein machte ein dumpfes Geräusch, als Vaelin ihn auf den Tisch knallte. Er drehte ihn zwischen den Fingern, und der Lampenschein flackerte über seine von silbernen Adern durchzogene Oberfläche. Carval Nurin betrachtete ihn mit Erstaunen und unverhohlener Gier.

»Um Eure Mutter und Eure Schwester tut es mir leid«, sagte Vaelin. »Und um Eure Hände auch. Das muss sehr schmerzhaft gewesen sein.« Der Blaustein tanzte über den Tisch, und Nurin wandte nicht eine Sekunde den Blick davon ab. »Aber ich vermute, dass Ihr in erster Linie Geschäftsmann seid, und Gefühle sind da kein guter Ratgeber.«

Nurin schluckte, und seine vernarbten Hände zuckten. »Wie viel bekomme ich?«

»Wenn Ihr innerhalb von fünfundzwanzig Tagen zurückkehrt, alles.«

»Ihr lügt!«

»Hin und wieder, aber nicht jetzt.«

Da hob Nurin endlich den Blick und sah Vaelin in die Augen. »Wer bürgt mir dafür?«

»Ich mit meinem Wort als Bruder des sechsten Ordens.«

»Auf Euer Wort und Euren Orden gebe ich einen feuchten Kehricht! Das Gerede von Euch Geisteranbetern bedeutet mir nichts.« Nurin zog die Handschuhe wieder an und runzelte nachdenklich die Stirn. »Ich möchte eine unterschriebene Garantie, vom Statthalter bezeugt.«

»Der Statthalter ist … leidend. Aber ich bin sicher, dass der Großmeister der Handelsgilde uns gerne diesen Gefallen tun wird. Genügt Euch das?«

◆ ◆ ◆

Der *Rote Falke* unterschied sich grundlegend von den Schiffen, die Vaelin sonst kannte. Er war vergleichsweise klein, mit einem schmalen Rumpf und drei Masten anstatt der üblichen zwei. Dabei hatte er nur zwei Decks, und die Mannschaft beschränkte sich auf zwanzig Mann.

»Wurde für den Teehandel gebaut«, erklärte Carval Nurin, als Vaelin eine Bemerkung über die Bauart machte. »Je frischer er ist, umso mehr Profit macht man dabei. Für eine kleine Ladung frischen Tee erzielt man den dreifachen Preis wie für das Zeug, das in großer Menge transportiert wird. Je schneller man von einem Hafen zum anderen gelangt, umso mehr Geld verdient man.«

»Keine Ruder?«, fragte Frentis. »Ich dachte, alle meldeneischen Schiffe wären mit Rudern ausgerüstet?«

»Ich hab schon welche.« Nurin deutete auf die versiegelten Bullaugen entlang des Unterdecks. »Aber die brauchen wir nur, wenn der Wind ausbleibt, was in den nördlichen Gewässern eher selten vorkommt. Dem *Falken* reicht schon die schwächste Brise, um vorwärtszukommen.«

Der Kapitän hielt inne und ließ den Blick über den Hafen schweifen. Schweigend und leer lagen die Schiffe vor Anker, bewacht von Wolfsläufern, die auf dem Kai einen Kordon bildeten. Die Mannschaften waren noch in der Nacht an Land beordert worden, was nicht ohne Ärger abgegangen war, und jetzt pflegten sie ihre blauen Flecke in einem bewachten Lagerhaus ganz in der Nähe. »Kann mich nicht erinnern, dass es im Hafen von Linesch jemals so ruhig war«, bemerkte Nurin.

»Der Krieg ist schlecht für den Handel, Kapitän«, erwiderte Vaelin.

»In den letzten Wochen haben die Schiffe nach Belieben an- und abgelegt, und jetzt ankern sie leer, und die Mannschaften sind eingesperrt. Und trotzdem darf der *Falke* segeln …«

»Wir können nicht zu vorsichtig sein.« Vaelin klopfte ihm leutselig auf den Rücken, was ein Schaudern ängstlicher Abscheu hervorrief. »Hier treiben sich haufenweise Spione herum. Wann segelt Ihr, Kapitän?«

»In einer Stunde, wenn die Flut günstig ist.«

»Dann lasst Euch von mir nicht davon abhalten, die letzten Vorbereitungen zu treffen.«

Nurin verkniff sich eine abschätzige Antwort, nickte und schritt den Laufsteg hinauf, um seine Mannschaft mit einem Schwall von Flüchen und Befehlen zu überschütten.

»Glaubst du, er weiß Bescheid?«, fragte Frentis.

»Er ahnt etwas, ist sich aber nicht sicher.« Vaelin sah Frentis mit einem entschuldigenden Lächeln an. »Ich würde dir ja mehr Männer mitgeben, aber das würde ihn nur noch misstrauischer machen. Haben Schwester Gilmas Gehilfen dir erklärt, worauf du achten musst?«

Frentis nickte. »Schwellungen im Nacken, Schweiß, Schwindelgefühl und Ausschläge an den Armen. Wenn einer der Männer sich angesteckt hat, zeigt sich das innerhalb von drei Tagen.«

»Gut. Du weißt, Bruder, dass dieses Schiff nicht in Varinsburg oder sonst irgendwo anlegen darf, wenn ein Mannschaftsmitglied auch nur die geringsten Symptome zeigt.«

Frentis nickte. Vaelin konnte an ihm weder Furcht noch Widerwillen bemerken. Das Lied des Blutes sprach nur von einem grundlegenden und unerschütterlichen Vertrauen, einer fast vernunftwidrigen Treue. Den dünnen, zerlumpten Jungen, der ihn vor all den Jahren um seine Unterstützung angefleht hatte, gab es nicht mehr. Er war zu einem erfahrenen und furchtlosen Krieger geschmiedet worden, der niemals einen Befehl infrage stellen würde. Es gab Zeiten, da empfand Vaelin es mehr als Last denn als Segen, dass Frentis zu seinen Untergebenen zählte. Er war eine Waffe, die man nur mit großer Vorsicht einsetzen durfte, denn wenn er erst einmal entfesselt war, gab es kein Halten mehr.

»Es ... tut mir leid, dass das notwendig ist, Bruder«, sagte er. »Wenn es irgendeinen anderen Weg gäbe ...«

»Eine Sache hast du mir nie beigebracht«, sagte Frentis.

Vaelin runzelte die Stirn. »Was denn?«

»Du wolltest mich lehren, mit einem Wurfmesser umzugehen. Damals war ich der Meinung, ich brauchte deine Unterweisung nicht. Aber ich hatte mich geirrt.«

»Du hast es seither weit gebracht.« Plötzlich hatte Vaelin ein schlechtes Gewissen. All die Schlachten, die dieser junge Mann, der ihm blind vertraute, geschlagen hatte, all die Verletzungen, die er erlitten hatte. All die Menschen, die er getötet hatte. »Du wolltest ein Bruder sein«, sagte er, wobei ihm sicher deutlich anzuhören war, wie schuldig er sich fühlte. »Haben wir dich richtig behandelt?«

Zu seiner Überraschung lachte Frentis. »Richtig behandelt? Wann hast du jemals etwas falsch gemacht?«

»Einauge hat dir Narben beigebracht. Während der Prüfungen hast du dich verletzt. Du bist mir hierher gefolgt, in den Krieg.«

»Was wäre sonst aus mir geworden? Ich hätte Hunger gelitten und mich ängstlich in einer Gasse verkrochen, wo mir früher oder später jemand die Gurgel durchgeschnitten hätte!« Frentis packte ihn an der Schulter. »Jetzt habe ich Brüder, die ihr Leben für mich geben würden, so wie ich für sie. Jetzt habe ich einen Glauben.« Sein Lächeln war grimmig, unerschütterlich in seiner Überzeugung. »Was ist der Glaube, Bruder?«

»Der Glaube ist alles. Der Glaube beherrscht uns und befreit uns. Der Glaube prägt mein Leben, in dieser Welt und im Jenseits.« Während er das sagte, wunderte sich Vaelin, wie überzeugt er selbst klang, wie unerschütterlich sein eigener Glaube war. Inzwischen hatte er so viel von der Welt gesehen, so viele Götter, und doch kamen ihm die Worte mit absoluter Überzeugung über die Lippen. *Ich habe die Stimme meiner Mutter gehört ...*

SECHSTES KAPITEL

Die Tage, nachdem der *Rote Falke* abgelegt hatte, verflossen in angespannter Eintönigkeit. Vaelin traf sich jeden Morgen mit Schwester Gilma am Tor des Anwesens. Bisher war die Zofe der Tochter der einzige neue Fall gewesen, eine Frau in mittleren Jahren, welche die Woche aller Erwartung nach nicht überstehen würde. Das Mädchen selbst ertrug die Symptome dank ihrer Jugend mit großer Tapferkeit, aber es war unwahrscheinlich, dass sie das Ende des Monats erleben würde.

»Und Ihr, Schwester?«, fragte er jeden Morgen. »Geht es Euch gut?«

Schwester Gilma zeigte ihm jedes Mal ein strahlendes Lächeln und nickte leicht. Er fürchtete sich vor dem Tag, an dem er den Pfad zum Tor hinaufsteigen und sie dort nicht antreffen würde.

Nachdem sich die Nachricht vom Ausbruch der Krankheit in der Stadt herumgesprochen hatte, ließ sich die Angst förmlich mit den Händen greifen, auch wenn die Reaktionen sehr unterschiedlich waren. Manche, in erster Linie die reicheren Bürger, rafften ihre Wertsachen zusammen und begaben sich mit ihren engsten Verwandten schnurstracks zum nächsten Stadttor, wo sie allerdings abgewiesen wurden. Daraufhin drohten sie den Wachleuten oder versuchten, sie zu bestechen. Als das alles nichts fruchtete, unternahmen einige von ihnen bei Einbruch der Nacht zusammen mit bewaffneten Dienern einen Ausfall. Für die Wolfsläufer war es ein Leichtes, den Angriff abzuwehren, wobei vor allem die Knüppel zum Einsatz kamen, die Caenis in weiser Voraussicht hatte verteilen lassen, als die Krise ausbrach. Zum Glück kam niemand zu Tode, aber die Stimmung der städtischen Oberschicht blieb gereizt und war, was kaum verwunderlich war, zunehmend von Verzweiflung geprägt. Manche Edelleute verrammelten Türen und Fenster ihrer Häuser, verweigerten allen Besuchern den Einlass und schossen sogar mit Pfeilen und Armbrustbolzen auf Eindringlinge.

Die ärmeren Leute hatten zwar genauso Angst, ertrugen diese aber mit weit größerer Gelassenheit. Bisher war es noch zu keinen Unruhen gekommen. Im Großen und Ganzen gingen die Menschen ihrem gewohnten Tagewerk nach, wobei sie allerdings so wenig Zeit wie möglich auf den Straßen oder in Gesellschaft ihrer Nachbarn zubrachten. Alle unterwarfen sich den regelmäßigen Untersuchungen auf Anzeichen der Krankheit mit schicksalergebener Verzagtheit. In der Stadt selbst hatte es noch keine Fälle gegeben, obwohl Schwester Gilma glaubte, dass das nur eine Frage der Zeit war.

»Die Rote Hand bricht immer zuerst in Hafenstädten aus«, sagte sie eines Morgens. »Irgendein Schiff schleppt die Krankheit von jenseits des Meeres ein. Gewiss ist sie so auch hierhergelangt. Statthalter Aruan hat mir erzählt, das Mädchen sei regelmäßig zum Kai gegangen, um zuzuschauen, wie die Schiffe an- und ablegten. Falls Ihr auf einen weiteren Fall stoßt, wird es sich bei dem Erkrankten höchstwahrscheinlich um einen Seemann handeln.«

So verängstigt die Stadtbevölkerung war, am meisten sorgte sich Vaelin um seine Soldaten. Die Disziplin der Wolfsläufer war tadellos, aber die anderen wurden merklich unruhiger. Zwischen Graf Marvens Nilsaelern und den cumbraelischen Bogenschützen war es zu einigen üblen Schlägereien gekommen. Auf beiden Seiten hatte es ernsthafte Verletzungen gegeben, sodass Vaelin sich gezwungen gesehen hatte, die Anstifter auspeitschen zu lassen. Desertiert waren bisher jedoch nur Angehörige des königlichen Heers; fünf von Lord Al Cordlins Blauhähern hatten sich mit geraubtem Proviant über die Mauer gestohlen, wahrscheinlich in der Hoffnung, es bis nach Untesch zu schaffen.

Vaelin war versucht gewesen, sie in der Wüste krepieren zu lassen, aber er wusste, dass er ein Exempel statuieren musste, deshalb schickte er ihnen Barkus mit einem Spähtrupp hinterher. Nach zwei Tagen kehrte dieser mit den Leichen zurück – Vaelin hatte ihm aufgetragen, das Urteil vor Ort zu vollstrecken, um das Spektakel einer öffentlichen Hinrichtung zu vermeiden. Die Leichen ließ er in Sichtweite des Haupttors verbrennen, damit die Wachen auf der Mauer begriffen, was ihnen bei einem Fluchtversuch blühte, und es an ihre Kameraden weitererzählten.

An den Nachmittagen inspizierte Vaelin die Mauern und Stadttore und zwang den Männern Gespräche auf, auch wenn diese sich in seiner Gegenwart offensichtlich unwohl fühlten. Die Soldaten des königlichen Heers zuckten mit keiner Wimper und begegneten ihm mit der allergrößten Hochachtung, die Nilsaeler schauten finster drein, und den Cumbraelern war der Anblick der Dunkelklinge sichtlich zuwider, aber Vaelin nahm sich Zeit für sie alle, fragte nach ihren Familien und wollte wissen, was für einen Beruf sie vor dem Krieg ausgeübt hatten. Die Antworten unterschieden sich nicht im Mindesten von den knappen Erwiderungen, die Soldaten stets für ihre leutseligen Befehlshaber bereithielten, aber er wusste, dass es nicht darauf ankam, sich mit ihnen anzufreunden, sondern darauf, ihnen zu zeigen, dass er keine Angst hatte.

Eines Tages stieß er in der Nähe des Westtors auf Bren Antesch, der seine Augen gegen das grelle Sonnenlicht abschirmte und zu einem Vogel hinaufblickte, der über ihnen seine Kreise zog.

»Ein Geier?«, fragte Vaelin.

Wie es seine Gewohnheit war, hielt sich der Anführer der Cumbraeler nicht mit einer förmlichen Begrüßung auf, etwas, worüber sich Vaelin – zu seinem eigenen Erstaunen – nicht im Mindesten ärgerte. »Ein Falke«, erwiderte er. »Wie ich bisher noch keinen gesehen habe. Sieht ein wenig aus wie die Flinkflügel in meiner Heimat.«

Von allen Hauptleuten hatte sich Antesch von der Krise am wenigsten aus der Ruhe bringen lassen – er hatte seine Männer beschwichtigt und ihnen versichert, dass für sie keine Gefahr bestehe. Auf sein Wort gaben sie offenbar eine ganze Menge, denn keiner der Bogenschützen hatte versucht zu desertieren.

»Ich wollte Euch danken«, sagte Vaelin. »Die Disziplin Eurer Männer ist bewundernswert. Allem Anschein nach vertrauen sie Euch sehr.«

»Auch Euch vertrauen sie, Bruder. Fast so sehr wie sie Euch hassen.«

Vaelin sah keinen Anlass, dieser Aussage zu widersprechen. Er trat zu Antesch an die Zinne. »Ich muss sagen, dass es mich überrascht, wie viele Männer der König aus Eurem Lehen anwerben konnte.«

»Als Sentes Mustor den Thron des Erzlehens bestieg, hob er zu allererst das Gesetz auf, das von seinen Untertanen verlangte, täglich mit dem Bogen zu üben. Damit ging auch die monatliche Besoldung verloren. Die meisten meiner Männer sind Bauern, und der Sold war ihnen äußerst willkommen. Ohne ihn haben viele ihrer Familien nicht genug zu essen. Sie hassen König Janus zwar von ganzem Herzen, aber davon werden ihre Kinder nicht satt.«

»Glaubt Ihr wirklich, dass ich die Dunkelklinge aus Euren Zehn Büchern bin?«

»Ihr habt den Schwarzen Pfeil und die Wahrklinge erschlagen.«

»Genau genommen war es Bruder Barkus, der Hentes Mustor getötet hat. Und bis heute weiß ich nicht mit letzter Gewissheit, ob der Mann, den ich im Martisch getötet habe, wirklich der Schwarze Pfeil war.«

Der cumbraelische Hauptmann zuckte mit den Schultern. »Wie dem auch sei, im Vierten Buch steht, dass kein gottesfürchtiger Mann die Dunkelklinge töten kann. Ich muss sagen, Bruder, die Beschreibung passt auf Euch sehr gut. Und was den Einsatz der dunklen Gabe betrifft ... Nun ja, wer vermag das schon zu sagen?« Antesch musterte ihn mit verhaltener Miene, als befürchte er, sich zu weit vorgewagt zu haben und deswegen zurechtgewiesen zu werden.

Vaelin hielt es für angebracht, das Thema zu wechseln. »Und Ihr, Sir? Habt Ihr Euch auch anwerben lassen, damit Eure Kinder satt werden?«

»Ich habe keine Kinder. Und keine Frau. Nur meinen Bogen und die Kleider, die ich am Leib trage.«

»Was ist mit dem Gold des Königs? Das habt Ihr doch bestimmt auch noch.«

Antesch wandte, sichtlich aufgewühlt, den Blick ab und tat so, als würde er den Himmel nach dem Falken absuchen. »Ich ... ich habe es verloren.«

»Soweit ich weiß, bekommt jeder Mann vorab zwanzig Goldstücke. Das ist eine ganze Menge, um es zu verlieren.«

Antesch ging nicht darauf ein. »Wolltet Ihr noch etwas von mir, Bruder?«

Das Lied des Blutes regte sich für einen kurzen Moment, nur ein leises Missbehagen, keine schrille Warnung vor einem bevorstehenden Angriff. *Er verbirgt etwas.* »Ich würde gerne mehr über die Dunkelklinge erfahren«, sagte Vaelin. »Wenn Ihr mir so viel anvertrauen wollt.«

»Dazu müsstet Ihr mehr über die Zehn Bücher erfahren. Habt Ihr keine Angst, dass Eure Seele von solchem Wissen Schaden nehmen könnte? Oder dass Ihr Euren Glauben verlieren könntet?«

Die Worte des Cumbraelers riefen Vaelin Hentes Mustor ins Gedächtnis, und wieder sah er das schlechte Gewissen und den Wahnsinn in den Augen des Thronräubers. Das Lied des Blutes schwoll ein wenig an. *Hat Antesch ihn gekannt? War er einer seiner Anhänger?* »Ich bezweifle, dass die Seele eines Menschen von irgendwelchem Wissen Schaden nehmen kann. Und wie ich Eurer Wahrklinge erklärt habe – so schnell verliere ich meinen Glauben nicht.«

»Im Ersten Buch steht, dass wir jeden, der es hören möchte, die Wahrheit über die Liebe des Weltvaters lehren sollen. Sucht mich ein andermal auf, und ich werde Euch mehr erzählen, wenn Ihr es wünscht.«

◆ ◆ ◆

Abends begab Vaelin sich stets in Ahm Lins Werkstatt, wo die Frau des Steinmetzes ihnen mit finsterer Miene Tee einschenkte, während der Meister Vaelin darüber aufklärte, was es mit dem Lied des Blutes auf sich hatte.

»Mein Volk nennt es die ›Himmelsmusik‹«, erklärte Ahm Lin eines Abends. Sie saßen in der Werkstatt und tranken Tee aus Porzellanschälchen, direkt neben der Statue des Wolfs, die bei jedem von Vaelins Besuchen lebensechter wirkte, wodurch er sich ein wenig unbehaglich fühlte. Die Frau des Steinmetzes ließ Vaelin nicht in das eigentliche Haus, wohin sie sich stets zurückzog, nachdem sie Tee eingeschenkt hatte. Einmal hatte er den Fehler begangen vorzuschlagen, sie könnten sich selbst einschenken, worauf sie ihn so wütend angeschaut hatte, dass er danach lieber abwartete, bis Ahm Lin einen Schluck aus seiner Tasse trank, aus Angst, die Frau könnte den Tee vergiftet haben.

»Euer Volk?«, fragte Vaelin. Er hatte bereits vermutet, dass der Steinmetz aus dem Fernen Westen stammte, aber über jene Gegend wusste er nur wenig, von den phantasiereichen Geschichten der Seeleute einmal abgesehen, die von einem riesigen Land mit endlosen Feldern und großen Städten erzählten, wo die Kaufmannskönige regierten.

»Ich wurde in der Provinz Chin-Sah geboren, unter der huldvollen Herrschaft des großen Kaufmannskönigs Lol-Than, eines Mannes, der die besonderen Begabungen seiner Untertanen zu schätzen wusste. Als die Dorfältesten meine Talente entdeckten, wurde ich im Alter von zehn Jahren aus meiner Familie fortgeholt und an den königlichen Hof gebracht, um die Himmelsmusik zu erlernen. Ich weiß noch, dass ich entsetzliches Heimweh hatte. Dennoch versuchte ich nicht ein einziges Mal davonzulaufen. Das Gesetz schrieb vor, dass der Vater für den Verrat seines Sohnes büßen sollte, und ich wollte nicht, dass mein Vater für meinen Ungehorsam bestraft würde, obwohl ich mich danach sehnte, in seine Werkstatt zurückzukehren und wieder Steine zu bearbeiten. Er war selbst Steinmetz, müsst Ihr wissen.«

»Die dunkle Gabe gilt in Eurer Heimat nicht als schändlich?«

»Im Gegenteil – sie wird als Segen betrachtet, als Geschenk des Himmels. Eine Familie mit einem begabten Sohn kann großes Ansehen erlangen.« Er biss sich auf die Lippen. »So hieß es jedenfalls.«

»Also wurde Euch das Lied gelehrt? Ihr wisst, wie man sich seiner bedient und woher es kommt?«

Ahm Lin lächelte traurig. »Das Lied kann man nicht lernen, Bruder, und es hat auch keinen Ursprung. Es geht einfach aus Eurem Wesen hervor. Euer Lied ist kein eigenes Geschöpf, das in Euch lebt. *Ihr* seid das Lied.«

»Das Lied meines Blutes«, murmelte Vaelin und musste an die Worte denken, die Nersus Sil Nin im Martisch gesprochen hatte.

»Diese Bezeichnung höre ich nicht zum ersten Mal, und sie trifft es sehr gut.«

»Aber wenn es nicht erlernt werden kann, was wurde Euch dann beigebracht?«

»Beherrschung, Bruder. Wie bei jedem anderen Lied, muss man es üben, immer wieder, bis man es ganz gemeistert hat. Meine Lehrerin war eine alte Frau namens Shin-La. Sie war so alt, dass sie in einer Sänfte durch den Palast getragen werden musste, und wenn etwas weiter als eine Handbreit von ihrer Nase entfernt war, konnte sie es nicht sehen. Aber ihr Lied …« Er schüttelte voll Staunen den Kopf, während er an damals zurückdachte. »Ihr Lied war wie Feuer – es brannte so hell und laut, dass man davon gleichzeitig blind und taub wurde. Als sie mir das erste Mal etwas vorsang, wäre ich beinahe in Ohnmacht gefallen. Sie kicherte und taufte mich ›Ratte‹, ›kleine, singende Ratte‹, *Ahm Lin* in der Sprache meines Volkes.«

»Sie scheint eine strenge Lehrerin gewesen zu sein«, bemerkte Vaelin, der sich an Meister Sollis erinnert fühlte.

»Streng, das ja, aber es gab so viel, was sie mir beibringen wollte, und ihr blieb nur noch so wenig Zeit. Unsere Begabung ist äußerst selten, Bruder, und während ihres ganzen langen Lebens, in dem sie dem Kaufmannskönig gedient hatte und seinem Vater vor ihm, war sie nicht einem einzigen anderen Sänger begegnet. Ich sollte ihren Platz einnehmen. Ihre Lehrstunden waren streng und schmerzhaft. Sie benötigte keinen Stock, um mich zu schlagen, ihr Lied verursachte mir schon genug Qualen. Als Erstes lehrte sie mich die Wahrheitssuche. Meist wurden zwei Männer hereingebracht, von denen der eine irgendein Verbrechen begangen hatte. Beide beteuerten ihre Unschuld, und Shin-La fragte mich, wer von ihnen log. Jedes Mal, wenn ich mich irrte, und ich irrte mich oft, bestrafte sie mich mit dem schmerzhaften Auflodern ihres Liedes. ›Die Wahrheit ist der Kern des Liedes, Ratte‹, sagte sie dann. ›Wenn du die Wahrheit nicht hören kannst, kannst du nichts hören.‹ Als ich schließlich die Kunst beherrschte, die Wahrheit zu hören, wurden die Lehrstunden immer komplexer. Ein Diener erhielt etwas Wertvolles, einen Edelstein oder ein anderes Schmuckstück, und sollte es irgendwo im Palast verstecken. Wenn ich es bis zum Abend nicht fand, durfte der Diener es behalten, und ich wurde für den Verlust bestraft. Oder eine große Gruppe von Menschen lief auf dem Hof umher und unterhielt sich lautstark, wobei einer von ihnen einen Dolch unter seinem Gewand verbarg. Ich hatte nur fünf Minuten Zeit, um ihn zu finden, bevor ihr Lied mich ebenso traf wie der Dolch unseren Herrn getroffen hätte. Denn ich hatte ihm, wie sie nie müde wurde, mir vorzuhalten, alles zu verdanken, und wenn ich ihn im Stich ließ, würde ewige Schande auf mir lasten.«

»Der Kaufmannskönig hat sich Eures Liedes bedient?«

»Allerdings. Im Fernen Westen ist nichts wichtiger als der Handel. Wer sich darauf versteht, wird ein großer Mann, vielleicht sogar ein Herrscher über seinesgleichen, und erfolgreicher Handel erfordert Wissen, vor allem Wissen, das andere zu verbergen trachten.«

»Ihr wart ein Spion?«

Ahm Lin schüttelte den Kopf. »Ich war lediglich ein stiller Zeuge, wenn reiche, bedeutende Männer über ihre Geschäfte sprachen. Anfangs hieß mich Lol-Than, in einer Ecke des Thronsaals zu sitzen, wo ich mit seinen Kindern spielte; wenn jemand sich darüber wunderte, wurde ihm erklärt, ich sei ein Schützling des Königs, der verwaiste Sohn eines entfernten Verwandten. Die meisten Leute gingen natürlich davon aus, ich sei sein Bastard, eine unbedeutende, aber trotzdem angesehene Position bei Hofe. Während ich mit den Kindern spielte, kamen und gingen Männer, die vor dem König katzbuckelten und ihm umständlich erklärten, wie hoch sie ihn achteten und wie sehr sie sich schämten, den Palast mit ihrer unwürdigen Anwesenheit zu beschmutzen. Mir fiel auf, dass die Männer sich umso mehr im Staub wälzten, je vornehmer ihre Tracht und je größer ihr Gefolge war. Lol-Than versicherte ihnen für gewöhnlich, er sei in keiner Weise gekränkt, und es täte ihm leid, dass er ihnen keinen würdigeren Empfang bereiten konnte. Mitunter dauerte es eine Stunde oder mehr, bis der wahre Grund eines solchen Besuches offenbar wurde, und fast immer ging es um Geld. Die einen wollten es leihen, den anderen schuldete man es, und alle begehrten es. Während sich die Männer mit dem König unterhielten, hörte ich zu. Am Ende versprach der König ihnen eine rasche Antwort und entschuldigte sich, dass er so unhöflich sei, ihre Bitte nicht sogleich zu erfüllen, und nachdem sie gegangen waren, fragte er mich, was die Himmelsmusik während des Gesprächs gesungen hatte.

Da ich kaum mehr als ein Kind war, hatte ich keine Ahnung, wie wichtig diese Angelegenheiten wirklich waren, aber mein Lied musste nicht wissen, warum jemand log oder betrog oder seinen Hass hinter einem respektvollen Lächeln verbarg. Lol-Than wusste natürlich, worum es ging, und dieses Wissen wies ihm den Weg hin zu Gewinn oder Verlust oder, manchmal, zum Henkersblock.

Und so brachte ich mein Leben im Palast des Kaufmannskönigs zu, lernte von Shin-La und ließ Lol-Than wissen, ob mein Lied eine Aussage für wahr befunden hatte. Ich hatte nur wenige Freunde, und diese waren von den Höflingen, die zu meinen Vormündern bestellt worden waren, sorgfältig ausgesucht worden – ein langweiliger Haufen zum größten Teil, glückliche, aber bedingungslos gehorsame Kinder aus unbedeutenden Kaufmannsfamilien, die für ihren Nachwuchs einen Platz am Hof erkauft hatten. Mit der Zeit wurde mir klar, dass meine Kameraden mit mir spielen durften, gerade weil sie nicht besonders klug waren und es ihnen an Arglist und Abgefeimtheit mangelte. Freunde mit einem schärferen Verstand hätten mich vielleicht auf andere Gedanken gebracht und mir vor Augen geführt, dass dieses angenehme Leben in Überfluss und Reichtum in Wirklichkeit nichts anderes war als ein kunstvoll verzierter Käfig und ich ein Sklave, der darin festgehalten wurde.

Natürlich wurde ich, als ich zum Jüngling heranwuchs und körperliche Gelüste mich heimsuchten, für meine Arbeit belohnt. Mir standen Mädchen zur Verfügung und auch Jungen, köstliche Weine und die unterschiedlichsten seligmachenden Tränke, wenn mir danach war, allerdings nie so viel, dass ich das Lied nicht mehr gehört hätte. Als ich schließlich zu alt war, um weiter mit Lol-Thans Kindern zu spielen, wurde ich seinen Schreibern zugeteilt, von denen stets mindestens drei bei seinen Versammlungen zugegen waren, und niemand schien aufzufallen, wie unzureichend ich die Schreibkunst beherrschte und wie unleserlich war, was ich zu Papier brachte. Das Leben in meinem Käfig war einfach, und was außerhalb der Mauern geschah, die mich umgaben, bekümmerte mich nicht. Dann starb Shin-La.«

Sein Blick schweifte in die Ferne, verlor sich, von Trauer verdüstert, in Erinnerungen. »Für einen Sänger ist es nicht leicht, das Todeslied eines anderen Sängers zu hören. So laut, wie es war, wunderte ich mich, dass nicht die ganze Welt es hören konnte. In dem Schrei lag eine solche Wut, eine solche Verzweiflung, dass ich ins Taumeln geriet und das Bewusstsein verlor. Manchmal glaube ich, dass sie versucht hat, mich mit sich fortzureißen, nicht aus Boshaftigkeit, sondern weil sie es für ihre Pflicht hielt. Als ich ihr letztes Lied hörte, wurde mir klar, dass ihre Ergebenheit gegenüber Lol-Than eine Lüge war, eine sorgsam gehütete Lüge, denn es war ihr gelungen, diese Tatsache in all den Jahren, die sie mich unterrichtet hatte, aus ihrem Lied herauszuhalten. Ihr letztes Lied war der Schrei eines Sklaven, der seinem Herrn nicht hatte entkommen können und mich nicht alleine dort zurücklassen wollte. Und sie zeigte mir etwas, eine Vision, die von dem Lied heraufbeschworen wurde – ein Dorf, das in Trümmern lag und von Leichen übersät war. Mein Dorf.«

Er schüttelte den Kopf, und die Traurigkeit, die in seiner Stimme mitschwang, zeugte davon, dass Vaelin der Erste war, der diese Geschichte zu hören bekam. »Ich war entsetzlich blind gewesen«, fuhr Ahm Lin nach kurzem Innehalten fort. »Ich hatte nicht begriffen, dass meine Begabung nur dann wirklich wertvoll war, wenn niemand davon wusste. Niemand außer Lol-Than und der alten Frau, deren Platz ich einnehmen sollte. Ich musste an all die Menschen denken, die Shin-La während ihres Unterrichts benutzt hatte, all die mutmaßlichen Verbrecher und Diener. Hunderte müssen es im Laufe der Jahre gewesen sein. Und ich wusste, dass sie, nachdem sie von meiner Begabung erfahren hatten, nicht weiterleben durften. Ich hatte sie getötet, alleine indem ich mich im selben Raum mit ihnen aufhielt. Nachdem Shin-La mich aus meiner Unwissenheit aufgeschreckt hatte, stellte ich fest, dass eine völlig neue Empfindung in meiner Seele brannte.« Er wandte sich Vaelin zu, ein merkwürdiges Funkeln in den Augen – wie ein Mann, der sich daran erinnert, einst dem Wahnsinn verfallen gewesen zu sein. »Wisst Ihr, was es bedeutet, zu hassen, Bruder?«

Vaelin dachte daran, wie sein Vater im Morgennebel verschwunden war. Er dachte an Prinzessin Lyrnas Tränen und daran, wie er sich kaum hatte beherrschen können, dem König nicht das Genick zu brechen. »Unser Katechismus des Glaubens lehrt uns, dass Hass eine Bürde für die Seele ist. Ich musste feststellen, dass darin viel Wahres liegt.«

»Der Hass lastet einem Menschen auf der Seele, das ist wahr, aber er kann auch eine befreiende Wirkung haben. Mit meinem Hass gerüstet, hörte ich Lol-Than und seinen Besuchern aufmerksamer zu und fing an, das, was gesprochen wurde, mit großer Sorgfalt mitzuschreiben. Allmählich wurde mir klar, wie gewaltig sein Reich war – er besaß tausend Schiffe und war an weiteren tausend in irgendeiner Form beteiligt. Ich erfuhr von Minen, in denen Gold, Edelsteine und Erze abgebaut wurden, von riesigen Feldern, die seinen eigentlichen Reichtum darstellten, die zahllosen Morgen Land, auf denen Weizen und Reis gediehen und die die Grundlage jedes Geschäftsvorgangs bildeten, den er tätigte. Und während ich immer mehr Wissen zusammentrug, grübelte ich über meinen Aufzeichnungen und suchte nach einer Schwachstelle in diesem weitläufigen Handelsnetz. Vier weitere Jahre vergingen, während denen ich lernte und suchte, nur wenig abgelenkt von den Annehmlichkeiten des Hofes. Meine Vormünder, von denen ich jetzt wusste, dass sie meine Gefängniswärter waren, ließen mich weitgehend unbehelligt, denn sie sahen in meinem neu entdeckten Lerneifer keine Gefahr, und in all der Zeit geriet die Wahrhaftigkeit meines Liedes nie ins Wanken, und ich berichtete Lol-Than getreulich, was es mir verriet, jede Täuschung und jedes Geheimnis, und sein Vertrauen wuchs mit jedem Plan und jedem Betrug, den ich aufdeckte, sodass ich mehr wurde als nur sein Wahr-Sager. Mit der Zeit schenkte er mir als seinem Schriftführer so großes Vertrauen wie ein Mann seines Schlages es nur vermag, und mein Wissen mehrte sich. Immer weitere Fäden des Netzes wurden für mich sichtbar, und die ganze Zeit über wartete ich und suchte, ohne fündig zu werden. Der Kaufmannskönig kannte sein Geschäft allzu gut, sein Netz war makellos. Er würde es sofort bemerken, wenn ich ihn anlog, und meinem Leben ein rasches Ende setzen.

Es gab Zeiten, da zog ich in Erwägung, einfach einen Dolch zu nehmen und ihn dem König ins Herz zu stoßen. Hinreichend Gelegenheit bot sich mir, aber ich war noch jung, und obgleich mein Hass mich aufzuzehren drohte, wollte ich doch leben. Ich war ein Feigling, ein Gefangener, dessen Los umso ärger war, weil er um die gewaltige Größe seines Gefängnisses wusste. Verzweiflung begann an meinem Herzen zu nagen. Ich ließ mich wieder gehen, suchte Erlösung im Wein, in Drogen und in der Fleischeslust, und wenn die Fremdlinge nicht gekommen wären, hätte das meinen Tod bedeutet.

In all den Jahren in Lol-Thans Palast hatte ich nicht einen Fremdling gesehen. Natürlich hatte ich Geschichten über sie gehört – sonderbare Menschen mit heller oder dunkler Haut, die aus dem Osten kamen und so unzivilisiert waren, dass allein ihre Anwesenheit im Reich des Kaufmannskönigs eine Beleidigung war und nur geduldet wurde, weil die Frachten, die sie mit sich führten, so wertvoll waren. Die Gesandtschaft, die eingetroffen war, um mit Lol-Than zu verhandeln, kam mir gewiss fremdartig vor, mit ihren seltsamen Kleidern und ihrer unverständlichen Sprache, ganz zu schweigen von ihren unbeholfenen Versuchen, die Hofsitte einzuhalten. Und zu meinem Erstaunen war eine Frau darunter, eine Frau mit einem Lied.

Die einzigen Frauen, die dem Kaufmannskönig unter die Augen treten durften, waren seine Gattinnen, seine Töchter und seine Konkubinen. In meiner Heimat spielen Frauen im Geschäftsleben keine Rolle, und ihnen ist es verboten, Grundbesitz zu erwerben. Der Dolmetscher ließ mich wissen, dass diese Frau von hoher Geburt sei und dass es für ihr Volk eine schwere Beleidigung wäre, würde man ihr den Einlass verweigern. Der Profit, den Lol-Than sich von den Angeboten der Fremdlinge erhoffte, musste wahrlich groß sein, dass er der Frau gestattete, seinen Audienzsaal zu betreten.

Der Dolmetscher übersetzte ihre Worte, aber ich konnte ihnen kaum folgen, denn das Lied der Frau erfüllte meinen Geist, und ich konnte meinen Blick nicht von ihr abwenden. Sie war wunderschön, Bruder, aber ihre Schönheit war die eines Leoparden. Ihre Augen funkelten, ihr schwarzes Haar glänzte wie poliertes Ebenholz, und ihr Lächeln sprach, als sie mein Lied hörte, von grausamer Erheiterung.

›Das schlitzäugige Schwein hat also auch einen Sänger‹, sagte ihr Lied aus, und das dumpfe Lachen, das darin mitschwang, ließ mich zittern. Sie besaß Macht, das konnte ich spüren, und ihr Lied war stärker als das meine. Shin-La wäre ihr vielleicht gewachsen gewesen, aber nicht ich – die Ratte war einer Katze begegnet und wusste sich nicht zu helfen. ›Was kannst du mir verraten, frage ich mich?‹, sang sie in meinem Geist. Das Lied tauchte immer tiefer ein, griff mit brutaler Leichtigkeit in mein Gedächtnis und zerrte all meinen Hass und meine Ränke ans Tageslicht. Mein angestrebter Verrat schien ihren Beifall zu finden, und ihr Lied wurde wild und triumphierend. ›Und der Rat hat behauptet, das würde schwierig werden‹, sang sie. Ihr Blick ruhte noch ein wenig länger auf mir. ›Wenn du den Tod des Kaufmannskönigs wünschst, dann sage ihm, er soll unser Angebot ablehnen.‹ Dann war das Lied fort; sie hatte sich aus meinem Geist zurückgezogen und nur eine eisige Gewissheit zurückgelassen. Sie war hier, um Lol-Than zu töten, falls er sich ihren Wünschen widersetzte, und sie *wollte* ihn auch töten, der Ausgang der Verhandlungen war ihr gleichgültig. Sie war um die halbe Welt gereist, weil sie auf Blut aus war, und sie würde ihr Vorhaben ausführen, koste es, was es wolle.« Ahm Lins Gesicht war starr von dem erinnerten Schmerz. »Manchmal lässt uns das Lied den Geist eines anderen berühren, und in all den Jahren habe ich bestimmt Tausende berührt, aber nie habe ich etwas empfunden, was sich mit den düsteren Gedanken dieser Frau hätte vergleichen lassen. Noch Jahre später hatte ich Albträume, Schreckensbilder suchten mich heim, Visionen von wildem Gemetzel, von mit sadistischer Präzision ausgeführten Morden, von Gesichtern, die schrien oder vor Angst erstarrt waren, Männer, Frauen, Kinder. Und ich sah Orte, die ich nie besucht hatte, hörte Sprachen, die ich nicht verstand. Ich glaubte, dem Wahnsinn anheimzufallen, bis ich begriff, dass sie einige ihrer Erinnerungen in mir zurückgelassen hatte, entweder aus Gleichgültigkeit oder aus beiläufiger Arglist. Mit der Zeit verblassten sie, größtenteils jedenfalls. Doch noch heute gibt es Nächte, in denen ich schreiend erwache und meine Frau mich in den Armen hält, während ich hemmungslos weine.«

»Wer war sie?«, fragte Vaelin. »Woher kam sie?«

»Der Name, den der Dolmetscher genannt hatte, war falsch, das spürte ich schon, bevor ich ihr Lied hörte, und die Erinnerungen, die sie zurückließ, enthielten keinen Hinweis auf ihren Namen oder ihre Familie. Ihr Herkunftsland sagte mir damals nichts, aber die Delegation überbrachte Grüße vom Hohen Rat des volarianischen Reiches. Was ich seither über die Volarianer erfahren habe, führt mich zu der Schlussfolgerung, dass sie wohl am ehesten dort zu Hause gewesen sein dürfte.«

»Habt Ihr es getan? Habt Ihr dem Kaufmannskönig geraten, das Angebot abzulehnen?«

Ahm Lin nickte. »Ohne das geringste Zögern. So bestürzt ich auch war, mein Hass hatte nicht im Mindesten nachgelassen. Ich erklärte ihm, die Gesandten würden ihn in einem fort nur anlügen und ihre Ränke hätten zum Ziel, seine Schatzkammern zu leeren und sich selbst zu bereichern. In Wirklichkeit verstand ich kaum etwas von dem, was sie vorschlugen, und ich wusste auch nicht, ob sie es ehrlich meinten. Aber wie immer vertraute er ohne Vorbehalt meinem Urteil.«

»Und hat die Frau ihr Wort gehalten?«

»Erst dachte ich, sie hätte mich hintergangen. Lol-Than ließ sie am nächsten Morgen wissen, wie er sich entschieden hatte, woraufhin sie und ihre Gefolgschaft an Bord ihres Schiffs zurückkehrten und davonsegelten. Lol-Than schien sich bester Gesundheit zu erfreuen und machte den Eindruck, als würde das auch so bleiben. Enttäuschung und Furcht drückten mich nieder. Zum ersten Mal hatte ich den Kaufmannskönig angelogen. Er würde mir bestimmt auf die Schliche kommen, und dann würde ich eines grässlichen Todes sterben. Ein Monat verging, während ich meine Angst verzweifelt zu verbergen suchte, aber dann wurde Lol-Than ganz allmählich krank. Am Anfang war kaum etwas zu merken, er hatte einen leichten, aber hartnäckigen Husten, den natürlich niemand zu erwähnen wagte, später wurde er zunehmend blasser, seine Hände fingen an zu zittern, und nur wenige Wochen danach hustete er Blut und wurde von Anfällen geistiger Umnachtung heimgesucht. Als er schließlich starb, war er nur noch ein abgemagertes Bündel aus Haut und Knochen, das nicht einmal mehr seinen eigenen Namen wusste. Ich empfand kein Mitleid mit ihm.

Natürlich hatte er einen Thronerben. Sein dritter Sohn Mah-Lol folgte ihm nach, denn seine ersten beiden Söhne waren noch als junge Männer stillschweigend vergiftet worden, als sich abzeichnete, dass ihnen der Geschäftssinn ihres Vaters fehlte. Mah-Lol erwies sich als wahrer Sohn seines Vaters – er war äußerst klug, bestens ausgebildet und verfügte über den Scharfsinn und die Rücksichtslosigkeit, deren es bedarf, um auf dem Thron zu bestehen. Zu meiner großen Freude wusste er jedoch nichts von meiner Begabung. Lol-Thans Krankheit hatte verhindert, dass er seinen Sohn darüber aufgeklärt hatte, worin meine Rolle bei Hofe bestand. Für Mah-Lol war ich lediglich ein besonders vertrauenswürdiger Schriftführer, und dafür hatte er seine eigenen Leute. Ich wurde in die Palastbuchhaltung versetzt, aus meinen vornehmen Gemächern verbannt und erhielt nur noch einen Bruchteil des Lohns, der mir bisher vergönnt gewesen war. Offenbar wurde von mir erwartet, dass ich angesichts dieses schändlichen Standesverlustes Selbstmord beging, wie es viele von Lol-Thans Dienern, die jetzt nicht mehr gebraucht wurden, bereits getan hatten. Stattdessen ging ich einfach fort. Dem Wachmann am Palasttor erklärte ich, ich hätte eine Besorgung zu machen, und er würdigte mich kaum eines Blickes. Ich war zweiundzwanzig Jahre alt und zum ersten Mal ein freier Mann. Das war der großartigste Augenblick meines Lebens!

Die Freiheit schlug sich auch in meinem Lied nieder. Es schwang sich in schwindelerregende Höhen empor, stets auf der Suche nach neuen Wundern. Ich folgte der Musik bis an die Grenzen von Mah-Lols Reich und darüber hinaus. Sie führte mich zu einem Steinmetz in einem kleinen Dorf hoch oben in den Bergen, der, da er keine Söhne oder Lehrlinge hatte, einwilligte, mich sein Handwerk zu lehren. Ich glaube, die Schnelligkeit, mit der ich es lernte, beunruhigte ihn etwas, von der ungewöhnlichen Güte meiner Arbeit ganz zu schweigen, und er schien erleichtert, als sich abzeichnete, dass er mir nichts mehr beibringen konnte, und ich weiterzog.

Das Lied führte mich zu einem Hafen, wo ich ein Schiff bestieg, das gen Osten segelte. Während der nächsten zwanzig Jahre reiste ich umher, von Stadt zu Stadt, von Dorf zu Dorf, und arbeitete an Häusern, Palästen und Tempeln. Ein Jahr verbrachte ich sogar in den Königslanden, wo ich Wasserspeier für das Schloss eines nilsaelischen Adligen anfertigte. Mir fehlte es nie an etwas, denn in mageren Zeiten führte mich das Lied zu Nahrung und Arbeit, und wenn Gefahr drohte, zeigte es mir, wohin ich mich ungestört zurückziehen konnte. Ich habe es nie infrage gestellt, mich ihm nie widersetzt. Vor fünf Jahren bin ich hierhergekommen, wo Shoala, meine hoch geschätzte Gattin, sich abmühte, die Werkstatt ihres verstorbenen Vaters weiterzuführen. Sie verfügte über die notwendigen Fähigkeiten, aber wohlhabende Alpiraner machen nur ungern Geschäfte mit Frauen. Seither lebe ich hier. Mein Lied hat mir nicht ein einziges Mal nahegelegt, ich solle weiterziehen, und dafür bin ich dankbar.«

»Selbst jetzt?«, erwiderte Vaelin verwundert. »Da die Rote Hand in der Stadt ausgebrochen ist?«

»Hat Euer Lied seine Stimme erhoben, als Ihr vom Ausbruch der Krankheit erfahren habt?«

Vaelin erinnerte sich nur zu gut an die Verzweiflung, die er angesichts des Schicksals empfunden hatte, das Schwester Gilma wahrscheinlich bevorstand. Aber das Lied des Blutes hatte sich dabei nicht bemerkbar gemacht. »Nein. Nein, hat es nicht. Heißt das, dass keine Gefahr besteht?«

»Wohl kaum. Es heißt nur, dass wir, aus welchem Grund auch immer, da sind, wo wir hingehören.«

»Das hier ist …«, Vaelin suchte nach den richtigen Worten, »… unsere Bestimmung?«

Ahm Lin zuckte mit den Schultern. »Wer weiß das schon, Bruder? Davon verstehe ich nichts. Aber mir ist im Laufe meines Lebens so viel Zufälliges und Unerwartetes widerfahren, dass ich allmählich bezweifle, dass es so etwas wie Bestimmung überhaupt gibt. Wir sind selbst dafür verantwortlich, wohin unser Weg uns führt. Das Lied ist uns dabei lediglich eine Hilfe. Das Lied seid Ihr selbst, denkt daran. Ihr könnt es nicht nur hören, sondern auch selber singen.«

»Wie das?« Vaelin beugte sich vor, von dem Hunger nach Wissen beunruhigt, der, wie er wusste, in seiner Stimme mitschwang. »Wie kann ich singen?«

Ahm Lin deutete auf die Werkbank, auf welcher der halbfertige Stein lag, an dem Vaelin seit seinem ersten Besuch nicht mehr gearbeitet hatte. »Ihr habt bereits angefangen. Ich vermute, dass Ihr schon seit Langem singt, Bruder. Das Lied lässt uns nach den unterschiedlichsten Werkzeugen greifen, nach der Feder, dem Meißel … oder dem Schwert.«

Vaelin warf einen kurzen Blick auf sein Schwert, das in Reichweite an der Tischkante lehnte. *Habe ich das während all der Jahre getan? Mir einen Weg durch das Leben gehauen? Waren all das Blutvergießen, all die Menschen, die ich erschlagen habe, nur Strophen eines Liedes?*

»Warum habt Ihr sie nicht fertiggestellt?«, wollte Ahm Lin wissen. »Die Skulptur?«

»Wenn ich wieder zu Hammer und Meißel greife, werde ich beides nicht mehr weglegen, bis das Werk vollbracht ist. Und die derzeitigen Ereignisse erfordern meine ganze Aufmerksamkeit.« Er wusste, dass das nur die halbe Wahrheit war. Die grob aus dem Stein gehauenen Gesichtszüge waren ihm im Laufe der Arbeit immer bekannter vorgekommen, eine bestürzende Erfahrung, der er sich entzogen hatte. Noch konnte er sie nicht zuordnen, aber er befürchtete, dass ihm das Gesicht, wenn es denn fertig war, nur allzu vertraut sein würde.

Somit war der Ausbruch der Roten Hand ihm fast schon ein willkommener Grund gewesen, diesen Augenblick endgültiger Klarheit hinauszuzögern.

»Es ist nicht ratsam, das Lied zu missachten, Bruder«, ermahnte ihn Ahm Lin. »Ihr erinnert Euch bestimmt noch daran, welchen Schaden ich angerichtet habe, als ich Euch das erste Mal rief? Was meint Ihr, warum ist das wohl so gekommen?«

»Mein Lied war verstummt.«

»Das ist richtig. Und weshalb?«

Der zum Zerbrechen schwache Hals des Königs … Die gefährlichen Geheimnisse der Hure … »Es hat etwas von mir verlangt, etwas Schreckliches. Als ich das nicht tun konnte, verstummte mein Lied. Ich dachte, es hätte mich gänzlich im Stich gelassen.«

»Das Lied ist nicht nur Euer Führer, sondern auch Euer Schutz. Ohne es seid Ihr anderen gegenüber, die ebenso begabt sind wie wir, wehrlos, wie ich zum Beispiel gegenüber dieser volarianischen Frau. Vertraut mir, Bruder, ihr wollt Ihr Euch nicht ausliefern.«

Vaelin betrachtete den Marmorblock, ließ den Blick über das nur angedeutete Profil schweifen. »Sobald der *Rote Falke* zurückkehrt«, sagte er. »Dann werde ich es fertigstellen.«

◆ ◆ ◆

Zwanzig Tage nachdem der *Rote Falke* abgelegt hatte, kam es zu einem Aufstand unter den Seeleuten. Sie brachen aus ihren behelfsmäßigen Gefängnissen im Speicherviertel aus, töteten die Wachleute und unternahmen einen gut vorbereiteten Angriff auf den Hafen. Caenis reagierte umgehend, befahl zwei Kompanien der Wolfsläufer, den Hafen zu halten, und kommandierte die Männer von Graf Marven ab, um die umliegenden Straßen abzuriegeln. Cumbraelische Bogenschützen bezogen auf den Dächern Stellung und machten Dutzende Seeleute nieder, deren Vorstoß angesichts der disziplinierten Abwehr rasch ins Wanken geriet, worauf sie stadteinwärts flohen. Caenis befahl seinen Männern sofort, zum Gegenangriff überzugehen, und die kurze, wenn auch blutige Revolte war schon fast niedergeschlagen, als Vaelin am Schauplatz der Ereignisse eintraf.

Caenis war gerade in einen Zweikampf mit einem hochgewachsenen Meldeneer verwickelt; der bullige Kerl schlug mit einem primitiven Knüppel nach dem schlanken Bruder, der ihn umtänzelte und ihm mit dem Schwert immer wieder blutige Wunden an den Armen und im Gesicht zufügte. »Gib auf!«, befahl er, als seine Klinge sich in den Unterarm seines Gegners grub. »Es ist vorbei!«

Der Meldeneer stieß einen Schmerzensschrei aus und verdoppelte seine Anstrengungen, wobei sein Knüppel, ohne etwas auszurichten durch die Luft sauste, während Caenis seinen grimmigen Tanz fortsetzte. Vaelin spannte seinen Bogen, legte einen Pfeil auf und schoss ihn dem Mann aus einer Entfernung von vierzig Schritt glatt durch den Hals. Er hatte schon schlechter getroffen.

»Das ist nicht der Zeitpunkt für Halbheiten«, erklärte er Caenis, während er über die Leiche hinwegstieg und sein Schwert zog. Keine Stunde später war alles vorbei, fast zweihundert Seeleute waren tot und mindestens so viele verletzt. Die Wolfsläufer hatten fünfzehn Mann verloren, unter ihnen ein ehemaliger Taschendieb mit dem Spitznamen »Stipper«, einer der dreißig Auserwählten, die schon im Martisch dabei gewesen waren. Die Seeleute wurden wieder in die Lagerhäuser getrieben, und Vaelin ließ die Kapitäne, die den Kampf überlebt hatten, zum Hafen bringen. Ungefähr vierzig Mann waren es, alle mit den für ihren Beruf typischen wettergegerbten Gesichtszügen. Sie mussten sich am Hafenbecken mit gefesselten Armen in einer Reihe vor Vaelin niederknien, und die meisten starrten ihn mit trüber Furcht oder offener Auflehnung an.

»Euer Handeln war dumm und selbstsüchtig«, erklärte ihnen Vaelin. »Wäre es euch gelungen, eure Schiffe zu erreichen, hättet ihr die Seuche in hundert andere Häfen getragen. Ich habe bei dieser jämmerlichen Farce gute Männer verloren. Am liebsten würde ich euch alle hinrichten lassen, aber das werde ich nicht tun.« Er wies auf den Hafen, wo die zahlreichen Schiffe der städtischen Handelsflotte vor Anker lagen. »Es heißt, die Seele eines Kapitäns ruht in seinem Schiff. Ihr habt fünfzehn meiner Männer getötet. Als Wiedergutmachung verlange ich fünfzehn Seelen.«

Es dauerte eine ganze Weile, bis Soldaten des königlichen Heers mit mehreren Ruderbooten die Schiffe aus dem Hafen geschleppt und sie ein Stück vom Ufer entfernt wieder vor Anker hatten gehen lassen. Dann wurde Pech über die Decks verteilt und Segel und Takelage mit Lampenöl getränkt. Dentos' Bogenschützen schossen lodernde Pfeilgarben ab, und bei Einbruch der Nacht brannten fünfzehn Schiffe – riesige Flammenzungen leckten himmelwärts und ließen die Sterne verblassen.

Vaelin musterte die Kapitäne eingehend und empfand eine fade Befriedigung angesichts der Trauer, die sich auf ihren Gesichtern spiegelte; manche von ihnen hatten Tränen in den Augen. »Wenn so etwas noch einmal geschieht«, sagte er, »werde ich euch und eure Mannschaften an die Masten binden lassen, bevor ich die ganze Flotte in Brand stecke.«

◆ ◆ ◆

Am nächsten Morgen ging Vaelin wie immer zum Tor des Anwesens und traf dort Statthalter Aruan an. Schwester Gilma war nirgends zu sehen, und eisige Furcht schlug ihre Klauen in sein Herz.

»Wo ist die Schwester?«, fragte er.

Das einst so fleischige Gesicht des Statthalters war von Sorgenfalten gezeichnet, und er hatte in kurzer Zeit viel Gewicht verloren. Er zeigte aber noch keine Symptome der Roten Hand. Er hatte den Blick gesenkt, und seine Stimme war kraftlos. »Sie ist gestern Abend der Krankheit erlegen, weit schneller als meine Tochter und ihre Zofe. Ich weiß noch, dass meine Mutter einmal erzählt hat, so hätte die Seuche schon vor Jahren ihren Verlauf genommen. Manche halten tagelang durch, manche wochenlang, andere ereilt es schon nach wenigen Stunden. Eure Schwester hat mir nicht erlaubt, zu meiner Tochter zu gehen, und sich ganz allein um sie gekümmert. Meinen Dienern und mir war es verboten, diesen Flügel des Gebäudes auch nur zu betreten. Sie sagte, das sei notwendig, damit sich die Krankheit nicht weiter ausbreitet. Gestern Abend habe ich sie halb ohnmächtig auf der Treppe gefunden. Sie verbot mir, sie anzufassen, und kroch aus eigener Kraft zurück in das Zimmer meiner Tochter ...« Er verstummte, als er sah, wie sich Vaelins Miene verdüsterte.

»Ich habe erst gestern mit ihr gesprochen«, sagte Vaelin unsinnigerweise. Er suchte im Gesicht des Statthalters nach Anzeichen dafür, dass er sich irrte, sah jedoch nur Erschöpfung und Trauer. Mit heiserer Stimme stellte er eine letzte, überflüssige Frage: »Ist sie wirklich tot?«

Der Statthalter nickte. »Die Zofe ebenfalls. Meine Tochter klammert sich noch an ihr Leben. Die Leichen haben wir verbrannt, wie die Schwester es uns aufgetragen hat.«

Vaelin betrachtete die weißen Knöchel von Aruans Händen, die das schmiedeeiserne Tor umklammerten. *Gilma ... Gilma mit den leuchtenden Augen, die so gerne lachte. Tot und ein Raub der Flammen innerhalb weniger Stunden, während ich mich mit diesen närrischen Seeleuten herumgeschlagen habe.*

»Hat sie noch etwas gesagt?«, fragte er. »Hat sie eine letzte Botschaft hinterlassen?«

»Sie ist sehr schnell gestorben, Euer Lordschaft. Sie bat uns, Euch auszurichten, Ihr sollt Euch an ihre Anweisungen halten, und Ihr würdet Euch im Jenseits wiedersehen.«

Vaelin sah den Statthalter lange an. *Er lügt. Sie hat überhaupt nichts gesagt. Sie ist einfach nur krank geworden und gestorben.* Trotzdem war er dankbar für diese wohlgemeinte Täuschung. »Vielen Dank, Euer Lordschaft. Braucht Ihr irgendetwas?«

»Noch etwas Salbe für den Ausschlag meiner Tochter. Vielleicht auch ein paar Flaschen Wein. Das hält die Diener bei Laune, und unsere Vorräte gehen allmählich zur Neige.«

»Ich werde mich darum kümmern.« Vaelin ließ das Tor los und wandte sich zum Gehen.

»Gestern Abend hat es ein großes Feuer gegeben«, sagte der Statthalter. »Draußen auf dem Meer.«

»Die Seeleute haben einen Aufstand angezettelt und einen Fluchtversuch unternommen. Zur Strafe habe ich einige ihrer Schiffe angezündet.«

Er hatte erwartet, dass der Statthalter ihm Vorhaltungen machen würde, doch dieser nickte nur. »Eine angemessene Reaktion. Allerdings rate ich Euch, die Handelsgilde zu entschädigen. Während ich hier eingesperrt bin, vertreten sie die Bürgerschaft in der Stadt. Da ist es besser, sie nicht zu verärgern.«

Vaelin hatte eher Lust, jeden Kaufmann auspeitschen zu lassen, der in seiner Hörweite die Stimme erhob, begriff jedoch, dass der Statthalter durchaus recht hatte. »Das werde ich.« Aus irgendeinem Grund sah er sich genötigt, noch etwas hinzuzufügen, den Statthalter für seine freundlich gemeinte Lüge zu belohnen. »Wir werden nicht lange hier sein, Euer Lordschaft. Vielleicht nur noch wenige Monate. Wenn das Heer des Kaisers eintrifft, wird es ein großes Blutbad geben, aber ob wir nun siegen oder unterliegen, wir werden bald fort sein, und dann gehört die Stadt wieder Euch.«

Die Miene des Statthalters zeigte eine Mischung aus Verblüffung und Zorn. »Warum, im Namen der Ahnen, seid Ihr dann überhaupt hierhergekommen?«

Vaelin blickte auf die Stadt hinaus. Das Licht der Morgensonne tanzte über die Häuser und leeren Straßen, die unter ihm lagen. Jenseits des Hafens schimmerte das Meer in goldenem Glanz, weiß gischtende Wellen rauschten dem Ufer entgegen, der Himmel war wolkenlos blau … und Schwester Gilma war tot, zusammen mit Tausenden anderen, und weitere Tausende würden noch sterben. »Ich muss mich noch um etwas kümmern«, sagte er und ging davon.

◆ ◆ ◆

Er fand Dentos oben auf dem Leuchtturm am Ende der Mole, welche die linke Schulter des Hafeneingangs bildete. Er saß am Rand des Flachdachs, ließ die Beine baumeln, starrte aufs Meer hinaus und nippte hin und wieder an einem Fläschchen Bruderfreund. Nahebei lagen sein Bogen und sein – leerer – Köcher. Vaelin setzte sich neben ihn, und Dentos reichte ihm die Flasche.

»Du bist nicht gekommen, um die Worte zu hören, die für unsere Schwester gesprochen wurden«, sagte er, trank einen kleinen Schluck, gab die Flasche zurück und verzog das Gesicht, als ihm der mit Rotblüte versetzte Brandy den Hals hinunterrann.

»Ich habe selbst ein paar Worte gesprochen«, murmelte Dentos. »Sie hat mich gehört.«

Vaelin blickte hinunter zum Fuß des Leuchtturms, wo zahlreiche leblose Möwen auf dem Wasser trieben. Sie alle waren fein säuberlich von einem Pfeil aufgespießt. »Sieht so aus, als hätten die Möwen dich auch gehört.«

»Ich hab geübt«, sagte Dentos. »Ich kann diese verfluchten Aasfresser nicht leiden. Immer dieses Geschrei! Flugratten hat mein Onkel Groll sie genannt. Er war Seemann.« Er räusperte sich, lachte und trank noch einen Schluck. »Gut möglich, dass ich ihn gestern Abend umgebracht hab. Ich hab vergessen, wie der Schweinehund aussieht.«

»Wie viele Onkel hast du eigentlich, Bruder? Das habe ich mich schon immer gefragt.«

Dentos' Miene verdüsterte sich, und eine ganze Weile schwieg er. Als er schließlich antwortete, klang seine Stimme so ernst, wie Vaelin es noch nie gehört hatte. »Keinen einzigen.«

Vaelin runzelte verwirrt die Stirn. »Was ist mit dem, der Kampfhunde hatte? Und mit dem, der dir das Bogenschießen beigebracht hat …?«

»Das habe ich mir selber beigebracht. In unserem Dorf gab es einen Meisterjäger, aber das war nicht mein Onkel, genauso wenig wie der gemeine Mistkerl mit den Hunden. Keiner von denen war mein Onkel.« Er zeigte Vaelin ein trauriges Lächeln. »Meine geliebte Frau Mama war die Dorfhure, Bruder. Die vielen Leute, die an unserer Tür klopften, nannte sie alle Onkel, und sie mussten nett zu mir sein, sonst hätte meine Mutter sie nicht in ihr Bett gelassen. Jeder von ihnen könnte mein Vater sein. Hab nie rausgefunden, welcher, aber darauf geb ich auch keinen Hundefurz. Das war ein ziemlich nichtsnutziger Haufen. Meine Mutter hat sich immer gut um mich gekümmert, auch wenn sie eine Hure war. Ich musste nie hungern, und ich hatte immer was zum Anziehen, im Unterschied zu manchen anderen Kindern im Dorf. Schlimm genug, der Welpe einer Hure zu sein, aber wenn du dann auch noch von den anderen beneidet wirst … Es war allgemein bekannt, dass jeder der rund dreißig Männer im Dorf mein Vater sein konnte, also riefen mich die anderen Kinder ›Wessen Bastard?‹. Zum ersten Mal hab ich das gehört, da war ich ungefähr vier. ›Wessen Bastard? Wessen Bastard? Wo hast du deine Schuhe her, Wessen Bastard?‹ Und so ging das weiter, Jahr um Jahr. Da gab es einen Burschen, der Sohn von Onkel Bab, ein fieser kleiner Scheißkerl, der fing immer damit an. Eines Tages warfen er und seine Bande irgendwelche Sachen nach mir, darunter auch spitze Gegenstände. Ich bekam einen Haufen Kratzer ab und wurde stinksauer. Also nahm ich meinen Bogen und schoss dem Burschen einen Pfeil durchs Bein. Tat mir bestimmt nicht leid, als er anfing zu bluten und rumzuheulen. Danach …« Er zuckte mit den Achseln. »Danach konnte ich da nicht mehr bleiben. Niemand würde den Bastard der Dorfhure zum Lehrling nehmen, vor allem wenn er auch noch ein gefährlicher Bastard ist. Also hat mich meine Mama zum Orden gegeben. Ich weiß noch gut, wie ich geheult hab, als der Karren mich fortholte. Ich bin nie wieder zurückgegangen.«

Während er Dentos dabei beobachtete, wie er einen Schluck aus der Flasche trank, fiel Vaelin auf, wie alt er aussah. Tiefe Falten hatten sich in seine Stirn gegraben, und sein kurzgeschnittenes Haar war an den Schläfen vorzeitig ergraut. Die Jahre mit der Waffe und das harte Leben hatten ihm zugesetzt, und seine Trauer um Schwester Gilma war mit Händen greifbar. Von allen Brüdern war sie ihm am nächsten gewesen. *Wenn wir in die Königslande zurückkehren, werde ich den Aspekt bitten, ihm eine Stellung im Ordenshaus zu geben*, entschied Vaelin. In dem Moment wurde ihm klar, wie unwahrscheinlich es war, dass sie die Königslande jemals wiedersehen würden. Er konnte Dentos nichts anderes bieten als weitere Gelegenheiten, ein blutiges Ende zu finden. Wieder wandten sich seine Gedanken dem Marmorblock zu, der in Ahm Lins Werkstatt auf ihn wartete. Er hatte schon zu lange gezaudert. Es war an der Zeit, seine Aufgabe zu erfüllen. Falls ihm das gelang, bevor das alpiranische Heer vor den Mauern stand, konnte ein weiteres Blutbad vielleicht abgewendet werden. Wenn er denn bereit war, den Preis dafür zu entrichten.

Er stand auf und legte Dentos zum Abschied die Hand auf die Schulter. »Ich habe zu tun …«

Dentos' müde Augen leuchteten plötzlich auf, und sein Finger schoss vor und deutete zum Horizont. »Ein Segel! Siehst du es auch, Bruder?«

Vaelin beschirmte die Augen und ließ den Blick übers Meer schweifen. Ein winziger Fleck zeichnete sich zwischen Wasser und Himmel ab – aber es war unverkennbar ein Segel. Der *Rote Falke* war zurück.

◆ ◆ ◆

Kapitän Nurin kam als Erster den Laufsteg herunter. Sein schmales, wettergegerbtes Gesicht war vor Erschöpfung ganz eingefallen, aber in seinen Augen glomm Siegesfreude, ebenso wie die Habgier, an die sich Vaelin von ihrem ersten Treffen her so gut erinnerte. »Einundzwanzig Tage!«, frohlockte er. »Das hätte ich so spät im Jahr nicht für möglich gehalten, aber Udonor hat unsere Gebete erhört und uns mit frischem Wind gesegnet. Wir hätten es in achtzehn geschafft, wären wir in Varinsburg nicht so lange aufgehalten worden. Außerdem hatten wir auf dem Rückweg einen Haufen Passagiere.«

»Einen Haufen Passagiere?«, fragte Vaelin. Sein Blick war auf den Laufsteg gerichtet, wo er jeden Moment eine schlanke, dunkelhaarige Gestalt zu sehen erwartete.

»Neun, alles in allem. Warum allerdings ein Mädchen, das mir kaum bis zur Schulter reicht, von sieben Männern bewacht werden muss, ist mir ein Rätsel.«

Vaelin wandte sich stirnrunzelnd zu ihm um. »Bewacht?«

Nurin zuckte mit den Schultern und deutete zum Laufsteg hinüber. »Seht selbst.«

Der stämmige Mann, der den Laufsteg herunterkam, hatte ein breites, ungeschlachtes Gesicht, und der finstere Blick, mit dem er Vaelin und die Wolfsläufer musterte, trug nicht dazu bei, es freundlicher erscheinen zu lassen. Weit befremdlicher war allerdings, dass er die schwarze Robe des vierten Ordens trug und in seinem Gürtel ein Schwert steckte.

»Bruder Vaelin?«, fragte er mit einer Stimme, der jegliche Höflichkeit abging.

Vaelin nickte, und das wachsende Unbehagen ließ ihn darauf verzichten, den Neuankömmling zu begrüßen.

»Ordenskommandant Iltis«, stellte sich der Mann in der schwarzen Robe vor. »Kompanie zum Schutz des Glaubens im vierten Orden.«

»Von Euch habe ich noch nie gehört«, erwiderte Vaelin. »Wo sind Schwester Sherin und Bruder Frentis?«

Bruder Iltis blinzelte – ganz offensichtlich war er es nicht gewohnt, so respektlos behandelt zu werden. »Die Gefangene und Bruder Frentis sind an Bord des Schiffs. Wir haben so manches zu besprechen, Bruder. Gewisse Übereinkünfte müssen getroffen werden ….«

Vaelin hatte nur ein Wort gehört. »Gefangene?« Seine Stimme war leise, aber es lag eine deutliche Drohung darin. Bruder Iltis blinzelte erneut, und sein finsterer Blick wich einem verunsicherten Stirnrunzeln. »Was für eine … Gefangene?«, knurrte Vaelin.

Holz knarrte, und er drehte sich um. Ein weiterer Bruder des vierten Ordens kam den Laufsteg herunter, ebenfalls mit einem Schwert bewaffnet. An einer Kette führte er eine dunkelhaarige junge Frau. Sherin war blasser, als Vaelin sie in Erinnerung hatte, und auch ein wenig dünner, aber das fröhliche, offene Lächeln, das ihr Gesicht erstrahlen ließ, als ihre Blicke sich trafen, war unverändert. Weitere fünf Brüder folgten ihr auf den Kai, stellten sich rechts und links von ihr auf und betrachteten Vaelin und die Wolfsläufer voller Misstrauen. Frentis kam als Letzter herunter, das Gesicht schamvoll gerötet, den Blick abgewandt.

»Schwester.« Vaelin trat einen Schritt auf Sherin zu, doch Iltis stellte sich ihm in den Weg.

»Der Gefangenen ist jeglicher Umgang mit den Gläubigen untersagt.«

»Tretet beiseite!«, fauchte Vaelin, wobei er jede Silbe einzeln betonte.

Iltis wurde sichtlich blass, wich aber nicht von der Stelle. »Ich habe meine Befehle, Bruder.«

»Was soll das bedeuten?«, verlangte Vaelin zu wissen. In seiner Brust stieg Zorn empor. »Warum ist unsere Schwester auf diese Weise gefesselt?«

Sherin hob hinter Iltis die Hände und lächelte reuevoll. »Es tut mir leid, dass du mich wieder in Ketten antriffst …«

»Die Gefangene hat nicht zu sprechen, es sei denn, es wird ihr ausdrücklich gestattet!«, bellte Iltis, fuhr zu Sherin herum und zerrte an der Kette. Sherin verzog das Gesicht – die Fesseln hatten ihr die Handgelenke wundgescheuert. »Die Gefange wird die Ohren der Gläubigen nicht länger mit ihren ketzerischen Reden beschmutzen!«

Sherin warf Vaelin einen flehentlichen Blick zu. »Bitte lass ihn am Leben.«

SIEBENTES KAPITEL

S ie war wütend, das war nicht zu übersehen. Ihre Gesichtszüge waren zu Stein erstarrt, und sie wich, während sie den Pfad zum Anwesen des Statthalters hinaufgingen, fortwährend Vaelins Blick aus. Die Truhe mit ihren Heilmitteln lastete ihm schwer auf der Schulter.

»Ich habe ihn nicht getötet«, sagte er schließlich, als er die Stille nicht mehr aushielt.

»Weil Bruder Frentis dich daran gehindert hat«, erwiderte sie mit funkelnden Augen.

Natürlich hatte sie recht. Wäre Frentis ihm nicht in den Arm gefallen, hätte er Bruder Iltis auf dem Kai zu Tode geprügelt. Die anderen Brüder des vierten Ordens waren so unklug gewesen, nach ihren Schwertern zu greifen, als Vaelin ihren Kommandanten zu Boden geschlagen hatte, worauf die Wolfsläufer sie ohne großes Federlesen entwaffnet hatten. So konnten sie nur hilflos zuschauen, wie Vaelin Iltis seine Faust in die verzerrten und zunehmend blutigen Gesichtszüge drosch, ohne auf Sherins Flehen zu hören. Er hielt erst inne, als Frentis ihn gewaltsam wegschleppte.

»Was hat das zu bedeuten?«, hatte er geknurrt, während er sich losriss. »Wie konntest du das zulassen?«

Frentis hatte so beschämt und elend gewirkt, wie Vaelin ihn noch nie gesehen hatte. »Der Aspekt hat es so befohlen, Bruder«, hatte er mit leiser Stimme erwidert.

»Verzeihung!« Sherin hatte mit ihren Ketten gerasselt und Vaelin wütend angestarrt. »Meinst du, ihr könntet mich befreien, damit ich mich um unseren Bruder kümmern kann, bevor er verblutet?«

Und so hatte sie sich um Bruder Iltis gekümmert. Auf ihren Befehl hin war ihre Truhe aus dem Schiff geholt worden, und sie hatte seine aufgeplatzte Haut mit Salbe bestrichen und die klaffende Wunde an seiner Stirn genäht – Vaelin hatte seinen Kopf auf das Pflaster geknallt. Sie arbeitete schweigend, und ihre Hände bewegten sich so geschickt, wie er es in Erinnerung hatte, aber ihr war anzumerken, dass sie ihren Zorn nur mit Mühe im Zaum hielt.

Das hat ihr nicht gefallen, dachte Vaelin bei sich. *Sie sieht nicht gerne, wozu ich fähig bin.*

»Bring diese Männer ins Gefängnis«, wies er Frentis an und deutete auf die Brüder des vierten Ordens. »Wenn sie dir irgendwelche Schwierigkeiten bereiten, dann lass sie auspeitschen.«

Frentis nickte, zögerte jedoch. »Bruder, was unsere Schwester betrifft ...«

»Darüber reden wir später.«

Frentis nickte erneut und übernahm das Kommando über die Gefangenen.

Kapitän Nurin, der immer noch in der Nähe stand, räusperte sich vernehmlich. »Was ist?«, fauchte Vaelin.

»Unsere Übereinkunft, Euer Lordschaft«, sagte der drahtige Kapitän. Der Ausbruch von Gewalt hatte ihn zutiefst verunsichert, aber er wollte sich nicht einschüchtern lassen und blickte Vaelin tapfer in die Augen. »Die wir vor Zeugen getroffen haben.«

»Oh.« Vaelin zerrte den Beutel mit dem Blaustein von seinem Gürtel und warf ihn Nurin zu. »Überlegt Euch gut, wofür Ihr das Geld ausgebt. Feldwebel!«

Der angesprochene Wolfsläufer nahm Haltung an. »Euer Lordschaft?«

»Kapitän Nurin und seine Mannschaft werden zu den anderen Seeleuten gesperrt. Durchsucht das Schiff gründlich, nur für den Fall, dass sich an Bord jemand versteckt.«

Der Feldwebel salutierte zackig und schritt davon, wobei er Befehle bellte.

»Wieso werden wir eingesperrt, Euer Lordschaft?« Nur widerwillig hob Nurin den Blick von dem Blaustein, den er mit seiner Faust umklammert hielt. »Ich habe dringende Geschäfte zu erledigen …«

»Das mag wohl sein, Kapitän. Allerdings ist die Rote Hand in der Stadt ausgebrochen, und so müsst Ihr uns noch eine Weile Gesellschaft leisten.«

Die Habgier in den Augen des Kapitäns wich von einem Moment auf den nächsten nackter Angst, und er taumelte einige Schritte zurück. »Die Rote Hand? Hier?«

Vaelin drehte sich zu Schwester Sherin um und schaute zu, wie sie die Naht abband und mit einer kleinen Schere die abstehenden Fäden glattschnitt. »Ja«, murmelte er. »Aber nicht mehr lange, vermute ich.«

»Ich habe dir schon einmal gesagt«, entgegnete Sherin, als sie auf dem Pfad zum Anwesen des Statthalters einen Augenblick verharrten, »hier stirbt niemand, wenn ich es verhindern kann. Und das meine ich ernst, Vaelin.«

»Tut mir leid«, sagte er aufrichtig. Er hatte ihr wehgetan, denn sie hatte jeden Schlag gespürt, mit dem er Iltis verletzt hatte. Sie hatte mit ansehen müssen, wie er sich in ein wildes Tier verwandelt hatte.

Sie seufzte, und ihre Miene entspannte sich ein wenig. »Erzähl mir, was du über die Rote Hand weißt. Wie viele sind bereits gestorben?«

»Bisher nur Schwester Gilma und eine Zofe im Haus des Statthalters. Seine Tochter ist noch am Leben – jedenfalls war sie das gestern noch.«

»Keine weiteren Fälle? Keine Anzeichen dafür irgendwo sonst in der Stadt?«

Er schüttelte den Kopf. »Wir haben uns peinlich genau an Schwester Gilmas Anweisungen gehalten.«

»Dann hat sie durch ihr rasches Eingreifen möglicherweise die Stadt gerettet.«

Sie erreichten das Tor des Anwesens, wo einer der Wachmänner die Glocke läutete, um den Statthalter herbeizurufen. Vaelin betrachtete nachdenklich die nur schwach erleuchteten Fenster des Hauses. Seit Schwester Gilmas Tod wirkte das Gebäude noch weit unheimlicher auf ihn, wozu der ungepflegte Garten das Seinige beitrug. Halb erwartete er, dass niemand auf das Läuten reagierte, weil die Rote Hand im Haus nun doch endlich um sich gegriffen hatte, sodass es nur noch eine leere Hülle war, die es in Brand zu stecken galt. Er schämte sich, als er feststellte, dass er fast hoffte, es wäre alles vorbei, ohne dass es irgendwo anders in der Stadt zu Ausbrüchen gekommen war – dann müsste sich auch Sherin nicht der Gefahr aussetzen, das Haus zu betreten.

»Ist das der Statthalter?«, fragte sie.

»Das ist er.« Vaelins beschämende Hoffnung verblasste, als die behäbige Gestalt von Statthalter Aruan aus dem Haus trat. »Er hasst uns, aber er liebt seine Tochter. Das hat ihn auch dazu veranlasst, die Stadt in meine Hände zu geben.«

»Du hast ihm gedroht?« Sherin starrte ihn mit offenem Mund an. »Bei den Ahnen, der Krieg hat ein Ungeheuer aus dir gemacht.«

»Ich hätte ihr nie etwas getan …«

»Sprich nicht weiter, Vaelin.« Sie schüttelte den Kopf, schloss voller Abscheu die Augen und wandte sich ab. »Bitte, hör einfach auf zu reden.«

Während der Statthalter näher kam, herrschte eisiges Schweigen zwischen ihnen. Die Wachmänner waren so rücksichtsvoll gewesen, ein paar Schritte zurückzutreten, und Vaelin spürte Sherins Zorn wie einen Dolch. Als der Statthalter heran war, stellte Vaelin die beiden einander vor und öffnete das schwere Vorhängeschloss, mit dem das Tor gesichert war. »Sie wird immer schwächer«, sagte Aruan und wuchtete das Tor auf. In seiner Stimme schwangen Hoffnung und Verzweiflung mit. »Gestern Abend konnte sie noch sprechen, aber heute Morgen …«

»Dann sollten wir nicht länger hier verweilen, Euer Lordschaft. Wenn Ihr mir damit helfen könntet …«

Vaelin stellte die Truhe ab, und Schwester Sherin und der Statthalter hievten sie gemeinsam hoch und machten sich auf den Weg zum Haus. Sherin sagte zum Abschied kein Wort.

»Wie lange wird es dauern, Schwester?«, rief Vaelin ihr nach.

Sherin hielt an und schaute zu ihm zurück, wobei ihr Gesicht nicht die leiseste Gefühlsregung zeigte. »Ich benötige einige Stunden, um das Heilmittel vorzubereiten. Ist es erst einmal verabreicht, wirkt es sofort. Komm morgen früh wieder.« Sie wandte sich um und ging.

»Warum haben sie dir Ketten angelegt?«, rief er, bevor sie außer Hörweite war. »Warum standest du unter Bewachung?«

Dieses Mal blickte sie starr geradeaus, als sie antwortete, und ihre Stimme war so leise, dass er sie fast nicht verstanden hätte. »Weil ich versucht habe, dich zu retten.«

◆ ◆ ◆

Er schickte die Wachen fort und ließ sich nieder, um zu warten. Der kühle Wind, der vom Meer her wehte, kündete vom baldigen Wintereinbruch, und er zündete ein Feuer an und wickelte sich in seinen Umhang. Die Stunden zogen sich hin, während er über Sherins Worte nachgrübelte. Wie wütend sie gewesen war! *Weil ich versucht habe, dich zu retten …*

Während die Sonne sich dem Horizont näherte und allmählich verblasste, trat irgendwann Frentis zu ihm und warf noch etwas Holz ins Feuer. Vaelin blickte zu ihm auf, sagte jedoch nichts.

»Ordenskommandant Iltis wird überleben«, flüsterte Frentis. »Den Ahnen sei's geklagt. Sprechen kann er allerdings noch nicht, nur grunzen und stöhnen. Sein Kiefer hat einiges abbekommen. Was aber kein Verlust ist – ich musste mir während der Reise genug von seinem Gequatsche anhören.«

»Du hast gesagt, du hättest auf Befehl des Aspekten hin zugelassen, dass sie so behandelt wird«, sagte Vaelin. »Warum das?«

Frentis sah ihn mit gequälter Miene an, denn was er darauf zu erwidern hatte, wollte Vaelin ganz bestimmt nicht hören. »Schwester Sherin ist des Verrats an den Königslanden überführt worden, und sie hat unseren Glauben geleugnet.«

Sherin in der Schwarzfeste. Allein die Vorstellung weckte schwere Schuldgefühle in ihm. *Was hatte sie dort wohl alles erlitten?*

»Ich bin direkt zu Aspektin Elera gegangen, nachdem wir angelegt hatten«, fuhr Frentis fort. »Wie du mich angewiesen hast. Als sie hörte, was ich zu sagen hatte, sind wir zu Aspekt Arlyn gegangen. Ihr ist es gelungen, den König zu überreden, die Schwester aus dem Palast zu entlassen.«

»Aus dem Palast? War sie nicht in der Schwarzfeste?«

»Offenbar wurde sie dort anfangs festgehalten, als der vierte Orden sie verhaftete, aber Prinzessin Lyrna hat sie dort rausgeholt. Anscheinend ist sie einfach da reinmarschiert und hat verlangt, dass die Schwester ihrer Obhut anvertraut wird. Der Aufseher dachte, sie handle auf Befehl des Königs, also hat er ihr Schwester Sherin ausgeliefert. Gerüchten zufolge war Aspekt Al Tendris fuchsteufelswild, als er davon erfuhr, aber was hätte er schon dagegen tun sollen? Schwester Sherin war weiterhin in Gefangenschaft, nur eben in einem angenehmeren Gefängnis.«

»Was soll sie denn getan haben, dass irgendwer ihr unterstellt, sie habe Verrat begangen? Davon, dass sie den Glauben verleugnet haben soll, wollen wir gänzlich schweigen.«

»Sie hat sich gegen den Krieg ausgesprochen. Und auch nicht nur einmal. Unablässig, gegenüber jedem, der es hören wollte. Sie hat behauptet, der Krieg gründe auf Lügen und laufe dem Glauben zuwider. Du und all die anderen seien völlig grundlos in den Tod geschickt worden. Was alles keine weitere Rolle gespielt hätte, wenn das irgendein Niemand gewesen wäre, der da große Reden schwang, aber in den ärmeren Vierteln der Hauptstadt ist die Schwester wohlbekannt und auch beliebt, schließlich hat sie zahllosen Menschen geholfen. Wenn sie etwas sagt, hören die Leute ihr zu. Offenbar gefiel das, was sie sagte, weder dem König noch dem vierten Orden.«

Schmiedete der Alte wieder seine Ränke?, fragte sich Vaelin. Möglicherweise wusste er von Vaelins Zuneigung zu Sherin, und ihre Verhaftung war nur ein weiteres Mittel, Druck auf ihn auszuüben. Aber das schien ihm eher unwahrscheinlich, denn Janus hatte sich bereits seines Gehorsams versichert. Sherins Verhaftung schien aus reiner Furcht geboren; eine Stimme, die sich gegen den Krieg erhob, konnte ihn gewiss nicht verhindern. Vaelin wusste nur zu gut, wie skrupellos der König sein konnte, aber eine beliebte Schwester des fünften Ordens in aller Öffentlichkeit zu verhaften, entsprach nicht seiner ansonsten so raffinierten, hinterlistigen Vorgehensweise. *Bestimmt hat er erst auf anderem Wege versucht, sie zum Schweigen zu bringen oder ihre Loyalität zu erkaufen,* überlegte Vaelin. *Aber sie verfügte über die Stärke, ihm zu widerstehen. Im Gegensatz zu mir.*

»Der König hat Sherins Entlassung nur unter der Bedingung zugestimmt, dass sie in Ketten gelegt und ununterbrochen bewacht wird«, fuhr Frentis fort. »Außerdem ist es ihr verboten, ohne ausdrückliche

Erlaubnis mit irgendjemandem zu sprechen.« Frentis zog einen Umschlag unter seinem Umhang hervor und reichte ihn Vaelin. »Die Einzelheiten findest du hier. Aspekt Arlyn sagte, wir sollen uns daran halten …«

Vaelin nahm den Umschlag entgegen, warf ihn ins Feuer und schaute zu, wie das Wachs des königlichen Siegels in den Flammen Blasen warf und zerging.

»Sieht so aus, als hätte der König Schwester Sherin begnadigt und ihre sofortige Freilassung angeordnet«, erklärte er Frentis in einem Tonfall, der keinen Widerspruch duldete. »In Anerkennung ihrer langen Jahre im Dienste der Königslande und des Glaubens.«

Frentis' Blick huschte zu dem verkohlten Umschlag hinüber, blieb aber nicht darauf ruhen. »Das versteht sich von selbst, Bruder.« Nervös trat er von einem Fuß auf den anderen – offenbar überlegte er, ob er noch etwas anderes sagen sollte.

»Was ist, Bruder?«, ermunterte Vaelin ihn müde.

»Kurz bevor wir abgelegt haben, kam ein Mädchen an den Kai. Sie hat mich gebeten, dir das hier zu geben.« Wieder glitt seine Hand unter den Umhang, und dieses Mal holte er ein kleines, in einfaches Papier eingeschlagenes Päckchen hervor. »Sie war ziemlich hübsch. Fast hab ich es bereut, dass ich dem Orden beigetreten bin.«

Vaelin nahm das Päckchen entgegen und öffnete es. Zum Vorschein kamen zwei dünne Holzklötzchen, die mit blauem Seidenband umwickelt waren. Dazwischen befand sich eine einzelne Winterblume, flachgedrückt auf weißem Karton. »Hat sie irgendetwas gesagt?«

»Nur dass sie ihren Dank aussprechen möchte. Aber nicht, wofür.«

Zu seiner eigenen Überraschung musste Vaelin lächeln. »Danke, Bruder.« Er wickelte das Band wieder um die Holzklötzchen und ließ sie in seiner Tasche verschwinden. »Du hast nicht zufällig etwas zu essen mitgebracht? Ich habe ordentlich Hunger.«

Frentis stapfte noch einmal den Hügel hinunter und kehrte eine halbe Stunde später mit Caenis, Barkus und Dentos zurück, die mit Proviant und zusammengerollten Decken beladen waren.

»Ich hab seit Wochen nicht mehr unter den Sternen geschlafen«, erklärte Caenis. »Irgendwie hat es mir gefehlt.«

»Klar doch«, erwiderte Barkus gedehnt und faltete seine Decke auseinander. »Mein Rücken hat ganz furchtbar Sehnsucht nach der harten Erde und den plötzlichen Regenfällen.«

»Habt ihr denn keine Pflichten?«, wollte Vaelin wissen.

»Wir haben beschlossen, uns vor ihnen zu drücken, *Euer Lordschaft*«, erwiderte Dentos. »Werdet Ihr uns jetzt auspeitschen lassen?«

»Kommt darauf an, was ihr mir zu essen mitgebracht habt.«

Sie brieten eine Ziegenkeule über dem Feuer und aßen Brot und Datteln dazu. Dentos öffnete eine Flasche Roten aus Cumbrael und reichte sie herum. »Das ist die letzte«, sagte er mit Bedauern in der Stimme. »Ich hab Feldwebel Gallis zwanzig Stück einpacken lassen, bevor wir aufgebrochen sind.«

»Irgendwie trinken die Männer im Krieg mehr«, stellte Caenis fest.

»Warum wohl?«, knurrte Barkus.

Für eine Weile war es fast so wie damals, als sie mit Meister Hutril in den Wald gegangen waren und dort ihr Lager aufgeschlagen hatten – junge Kerle, die einander am Feuer foppten und Geschichten erzählten. Allerdings waren sie inzwischen weniger, und der Spott hatte einen bitteren Beigeschmack. Selbst Frentis, der auf seine Art der argloste unter ihnen war, neigte immer mehr zu zynischen Äußerungen. Er berichtete ihnen, dass die Verliese wieder leer seien, weil der König versuche, seinem Heer weitere Regimenter anzugliedern. »Noch mehr Halsabschneider, denen demnächst irgendwer den Hals abschneidet.«

»Scheint mir angemessen«, sagte Caenis. »Wer den Frieden des Königs nicht wahrt, sollte gezwungen sein, Wiedergutmachung zu leisten. Was wäre dafür besser geeignet als Kriegsdienst? Und ich muss sagen, ehemalige Banditen geben hervorragende Soldaten ab.«

»Sie haben keine Illusionen«, pflichtete Barkus ihm bei. »Und stellen keine Ansprüche. Wenn du dein ganzes Leben im Elend verbracht hast, kommt dir das Dasein als Soldat gar nicht so übel vor.«

»Frag doch mal die armen Schweinehunde, die wir auf dem Blutberg zurückgelassen haben, wie ihnen das Soldatenleben gefallen hat«, sagte Dentos.

Barkus zuckte mit den Schultern. »Wer wie ein Soldat lebt, stirbt wie ein Soldat. Wenigstens werden sie bezahlt. Und was kriegen wir?«

»Wir dienen dem Glauben«, erwiderte Frentis. »Mir genügt das.«

»Ah, aber du bist noch jung an Körper und Geist. Warte noch ein, zwei Jahre, dann greifst auch du wie wir anderen nach einem Fläschchen Bruderfreund, um die lästigen Fragen zum Schweigen zu bringen.« Barkus setzte die Weinflasche an die Lippen und verzog enttäuscht das Gesicht, als der letzte Tropfen herausrann. »Bei den Ahnen, wäre ich doch nur betrunken!«, knurrte er und schleuderte die Flasche in die Finsternis.

»Glaubst du denn nicht an das, wofür wir kämpfen?«, fuhr Frentis fort.

»Wir kämpfen, damit der König seine Steuereinnahmen verdoppeln kann, o du unschuldiger Bengel.« Barkus zog ein Fläschchen Bruderfreund unter seinem Umhang hervor und nahm einen tiefen Schluck. »Schon besser.«

»Das ist doch nicht wahr«, widersprach Frentis. »Ich meine, ich weiß, dass diese ganzen Geschichten, von wegen die Alpiraner würden unsere Kinder stehlen, ein Haufen Pferdemist sind, aber wir bringen den Leuten hier doch den Glauben, oder nicht? Sie brauchen uns. Deshalb hat der Aspekt uns doch hierhergeschickt.« Sein Blick richtete sich auf Vaelin. »Hab ich recht?«

»Natürlich hast du recht«, sagte Vaelin im Brustton der Überzeugung. »Unser Bruder sieht hinter den lautersten Handlungen die niedrigsten Beweggründe.«

»Lauter?« Barkus lachte lange und herzlich. »Was, bitte, ist an alldem lauter? Wie viele Leichen liegen wegen uns dort draußen in der Wüste? Wie viele Witwen und Waisen und Krüppel haben wir zu verantworten? Und was ist mit dieser Stadt? Meint ihr, es ist Zufall, dass die Rote Hand sich ausbreitet, jetzt, wo wir sie erobert haben?«

»Wenn wir sie mit uns gebracht hätten, wären wir auch von ihr heimgesucht worden«, entgegnete Caenis in barschem Tonfall. »Manchmal redest du einen Haufen Unsinn, Bruder.«

Während sie sich weiter zankten, blickte Vaelin zu dem Herrenhaus hinüber. In einem der oberen Fenster brannte ein schwaches Licht, und hinter den Vorhängen bewegten sich verschwommene Schatten. Wahrscheinlich war es Sherin, die ihrer Aufgabe nachging. Urplötzlich spürte er Besorgnis in sich aufsteigen – wie verletzlich sie doch war! Falls ihr Heilmittel seine Wirkung verfehlte, war sie der Roten Hand schutzlos ausgeliefert. Wie Schwester Gilma. Dann hatte er sie in den Tod geschickt … und sie war so wütend gewesen.

Schließlich erhob er sich und schritt zum Tor, den Blick auf das gelbe Rechteck des Fensters gerichtet. Er fühlte sich furchtbar hilflos, von seinem schlechten Gewissen ganz zu schweigen. Ehe er sich's versah, drehte er bereits den Schlüssel im Schloss. *Wenn das Mittel seine Wirkung tut, besteht keine Gefahr. Wenn nicht, kann ich nicht hierbleiben, während sie stirbt …*

»Bruder?«, erklang Caenis' mahnende Stimme.

»Ich muss …« Das Lied des Blutes schwoll an, ein Schrei in seinem Kopf, und er sank auf die Knie. Er klammerte sich an das Tor, um sich auf den Beinen zu halten, und spürte Barkus' starke Hände auf seinen Schultern.

»Vaelin? Ist es wieder die Fallsucht?«

Trotz der rasenden Kopfschmerzen stellte Vaelin fest, dass er ohne Hilfe stehen konnte, und er schmeckte auch kein Blut im Mund. Als er sich über Nase und Augen wischte, blieb seine Hand trocken. *Es ist nicht dasselbe, aber das ist Ahm Lins Lied.* Da überkam ihn eine plötzliche, Übelkeit erregende Erkenntnis, und er riss sich von Barkus los und suchte mit Blicken die dunkle Silhouette der Stadt ab. Er wurde rasch fündig – im Handwerkerviertel loderten Flammen wie ein Leuchtfeuer. Ahm Lins Werkstatt brannte.

◆ ◆ ◆

Die Flammen züngelten bereits hoch in den Himmel, als sie dort eintrafen – das Dach der Werkstatt war eingestürzt, und die schwarzen Balken glichen abgebrannten Streichhölzern. Die Hitze war so stark, dass sie sich der Tür nicht einmal auf zehn Schritt nähern konnten. Die Anwohner hatten eine Kette gebildet und reichten einander Eimer vom nächstgelegenen Brunnen weiter, aber das Wasser, das sie in das Inferno schütteten, zeigte kaum Wirkung. Vaelin drängte sich zwischen den Menschen hindurch und schaute sich verzweifelt um. »Wo ist der Steinmetz?«, fragte er laut. »Ist er noch drinnen?«

Die Leute wichen ängstlich vor ihm zurück und warfen ihm feindselige Blicke zu. Er bat Caenis, nach dem Steinmetz zu fragen, und einige Hände deuteten auf eine Menschenansammlung ganz in der Nähe. Ahm Lin lag auf der Straße, den Kopf im Schoß seiner weinenden Frau. Auf seinem Gesicht und an seinen Armen schillerten schlimme Verbrennungen. Vaelin kniete sich neben ihn und legte ihm behutsam die Hand auf die Brust, um zu sehen, ob er noch atmete.

»Verschwindet!« Ahm Lins Frau schlug nach ihm und erwischte ihn am Kinn. »Lasst ihn in Ruhe!« Ihr Gesicht war schwarz vor Ruß und ganz bleich vor Trauer und Zorn. »Ihr seid schuld! Ihr seid schuld, Hoffnungstöter!«

Ahm Lin hustete und krümmte sich auf dem Boden, während er um Atem rang. Schließlich öffnete er die Augen. »*Nura-lah!*«, schluchzte seine Frau und zog ihn an sich. »*Erha ne almash.*«

»Danke den Namenlosen, nicht den Göttern«, krächzte Ahm Lin. Sein Blick fiel auf Vaelin, und er winkte ihn heran und flüsterte ihm ins Ohr. »Mein Wolf, Bruder ...« Seine Augenlider zuckten, und er verlor das Bewusstsein. Vaelin seufzte erleichtert, als er sah, dass sich seine Brust weiter hob und senkte.

»Lass ihn ins Gildehaus bringen«, befahl er Dentos. »Und hol eine Heilerin.«

Während sie Ahm Lin davontrugen – seine Frau hielt noch immer seine Hand umklammert –, trat Caenis zu ihm. »Sie haben den Mann gefunden, der das getan hat«, sagte er und deutete auf eine weitere Menschenansammlung. Vaelin eilte hinüber und drängte sich durch die Menge. Auf dem Pflaster lag eine übel zugerichtete Leiche. Er drehte sie mit dem Fuß auf den Rücken, doch das zerschrammte Gesicht war ihm unbekannt. Es war das Gesicht eines Alpiraners.

»Wer ist das?«, fragte er und ließ den Blick über die Menge schweifen, während Caenis übersetzte. Nach kurzem Zögern trat ein dunkelhäutiger Mann vor und sprach ein paar Worte, wobei er Vaelin ängstlich ansah.

»Der Steinmetz ist ein angesehener Mann«, berichtete Caenis. »Seine Arbeit gilt als heilig. Dieser Schuft hatte keine Gnade zu erwarten.«

»Ich habe gefragt, wer das ist«, entgegnete Vaelin mit heiserer Stimme.

Caenis wiederholte die Frage in stockendem, aber korrektem Alpiranisch, doch der Mann schüttelte nur den Kopf. Fragen an die übrigen Schaulustigen brachten genauso wenig zutage. »Anscheinend weiß niemand seinen Namen, aber er diente in einem der größeren Häuser. Bei dem Ausbruchsversuch vor ein paar Wochen hat er einen Schlag auf den Kopf abbekommen, und seither war er nicht mehr derselbe.«

»Wissen die Leute, warum er das getan hat?«

Daraufhin erhob sich allgemeines Gemurmel. »Jemand hat gesehen, wie er mit einer brennenden Fackel auf der Straße stand«, sagte Caenis. »Er hat gerufen, der Steinmetz sei ein Verräter. Dass der Steinmetz mit dir befreundet ist, hat offenbar nicht allen Leuten gefallen, aber mit so etwas hat niemand gerechnet.«

Vaelin ließ sich vom Lied des Blutes leiten, während er die Umstehenden genauer in Augenschein nahm. *Die Gefahr ist noch nicht gebannt. Jemand hier hatte seine Hand im Spiel.*

Das Poltern einstürzenden Mauerwerks ließ ihn herumfahren. Die Wände der Werkstatt fielen in sich zusammen – die Balken, die sie hielten, waren ein Raub der Flammen geworden. Zum Vorschein kamen zahlreiche Statuen: Götter, Helden und Kaiser standen gleichmütig in den Flammen. Das Murmeln der Menge wich ehrfürchtigem Schweigen, und ein paar Menschen sprachen Gebete.

Er ist nicht da, erkannte Vaelin in dem Moment. Schweißtropfen bildeten sich auf seiner Stirn, als er näher an die Feuersbrunst herantrat. *Der Wolf ist fort.*

◆ ◆ ◆

Am nächsten Morgen stapfte er unter dem teilnahmslosen Blick der geschwärzten, aber ansonsten unversehrten Götter, durch Asche und Trümmer. Es hatte Stunden gedauert, bis das Feuer heruntergebrannt war, trotz der zahllosen Wassereimer, welche die Anwohner und herbeigeeilte Soldaten auf die Flammen geschüttet hatten. Als sich abzeichnete, dass die umliegenden Häuser nicht mehr in Gefahr waren, gebot Vaelin den Bemühungen Einhalt. Im Morgengrauen hatte er den Marmorklotz gesucht, der ein solch großes Geheimnis hütete, aber gefunden hatte er nur Asche und ein paar geborstene Marmorstücke, die alles Mögliche gewesen sein konnten. Das Lied des Blutes pochte ihm in einem fort schwermütig im Hinterkopf. *Vergeblich*, dachte er. *Es war alles vergeblich.*

»Müde siehst du aus.« Sherin stand, blass und in einen grauen Umhang gekleidet, inmitten der Rauchschwaden, die von der verkohlten Ruine aufstiegen. Ihre Miene war noch immer verschlossen, aber es lag kein Zorn mehr darin, nur Erschöpfung.

»Wie du auch, Schwester.«

»Das Heilmittel hat seine Wirkung getan. Das Mädchen wird in wenigen Tagen wieder gesund sein. Ich dachte, das interessiert dich vielleicht.«

»Danke.«

Sie nickte kaum merklich. »Es ist noch nicht ganz überstanden. Wir müssen nach weiteren Fällen Ausschau halten, aber ich bin überzeugt, dass wir alles unter Kontrolle haben. Noch eine Woche, und die Stadt kann ihre Tore wieder öffnen.«

Sie ließ den Blick über die Trümmer schweifen und schien erst jetzt die Statuen zu bemerken. Die riesige Gestalt des mit einem Löwen kämpfenden Mannes zog besonders ihre Aufmerksamkeit auf sich.

»Martual, der Gott der Tapferkeit«, erklärte ihr Vaelin. »Im Kampf mit dem namenlosen großen Löwen, der die südlichen Ebenen verwüstet hat.«

Sie streckte die Hand aus und strich über den unglaublich muskulösen Unterarm des Gottes. »Er ist wunderschön.«

»Ja, das ist er. Ich weiß, dass du müde bist, Schwester, aber ich wäre dir dankbar, wenn du den Mann untersuchen könntest, der all das geschaffen hat. Er hat im Feuer schwere Verbrennungen erlitten.«

»Natürlich. Wo kann ich ihn finden?«

»Im Gildehaus am Hafen. Ich habe dort ein Quartier für dich einrichten lassen. Ich zeige es dir.«

»Das finde ich gewiss auch allein.« Sie wandte sich zum Gehen, hielt dann aber inne. »Statthalter Aruan hat mir erzählt, wie du dich in der Nacht, als du die Stadt eingenommen hast, seiner Unterstützung versichert hast. Ich fürchte, ich habe zu schnell ein Urteil gefällt.«

Sie blickte ihm in die Augen, und er verspürte den vertrauten Schmerz in seiner Brust, doch dieses Mal erwärmte er ihn und ließ die Totenklage verstummen, die das Lied des Blutes in ihm angestimmt hatte. Er lächelte, auch wenn er, wie die Ahnen wussten, nur wenig Grund dazu hatte.

»Du bist auf Befehl seiner Majestät freigelassen worden«, sagte er. »Bruder Frentis hat ein königliches Sendschreiben überbracht.«

»Tatsächlich?« Sie zog eine Augenbraue hoch. »Darf ich es sehen?«

»Leider ist es verloren gegangen.« Er wies mit einer unbestimmten Geste auf die qualmenden Trümmer.

»Wie ungeschickt! Das bin ich von dir gar nicht gewohnt, Vaelin.«

»Ach, ich bin oft ungeschickt, in Worten wie in Taten.«

Ein Lächeln hellte Sherins Miene auf, bevor sie den Blick abwandte. »Ich kümmere mich besser um deinen Künstler-Freund.«

◆ ◆ ◆

Sieben Tage später wurden die Tore wieder geöffnet. Außerdem gab Vaelin den Befehl, die Seeleute freizulassen, allerdings nur eine Mannschaft nach der anderen. Kaum jemand war überrascht, dass die meisten baldmöglichst den Hafen verließen. Der *Rote Falke* war unter den ersten Schiffen, die ablegten – Kapitän Nurin trieb seine Mannschaft zu größter Eile an, als befürchte er, Vaelin könnte versuchen, ihm im letzten Moment den Blaustein wieder abzunehmen.

Einige der reicheren Bürger beschlossen ebenfalls, die Stadt zu verlassen, denn so schnell wollte sich die Angst vor der Roten Hand nicht wieder legen. Vaelin gelang es, den ehemaligen Arbeitgeber des Mannes abzufangen, der Ahm Lins Werkstatt in Brand gesteckt hatte, einen vornehm gekleideten, wenn auch etwas schmuddeligen Gewürzhändler, dem es sichtlich missfiel, am Osttor festgehalten und ausgefragt zu werden. Seine Familie und die übrigen Diener warteten in der Nähe, und seine Packpferde waren mit den verschiedensten Wertsachen beladen.

»Sein Name war Zimmermann, soweit ich weiß«, sagte der Kaufmann. »Kein Mensch kann von mir erwarten, dass ich mich an jeden Diener erinnere, den ich beschäftige. Ich bezahle Leute dafür, dass sie mir das Erinnern abnehmen.« Der Gewürzhändler beherrschte die Sprache der Königslande fehlerfrei, aber in seinem Tonfall lag eine solche Geringschätzung, dass Vaelin ihm am liebsten eine Ohrfeige verpasst hätte, um ihm auf die Sprünge zu helfen. Der arme Kerl hatte jedoch solche Angst, dass Vaelin davon absah.

»Hatte er eine Frau?«, fragte er stattdessen. »Familie?«

Der Kaufmann zuckte mit den Achseln. »Ich glaube nicht, denn er hat seine Freizeit meist damit zugebracht, hölzerne Götterbildnisse zu schnitzen.«

»Ich habe gehört, dass er verletzt wurde – er hat einen Schlag auf den Kopf abbekommen?«

»Da war er nicht der Einzige.« Der Kaufmann schob einen Ärmel seines Seidengewandes hoch, um eine genähte Wunde an seinem Unterarm zu entblößen. »Eure Männer haben in jener Nacht von ihren Knüppeln reichlich Gebrauch gemacht.«

»Mich interessiert der Zimmermann«, hakte Vaelin nach.

»Er hat einen Schlag auf den Kopf abbekommen, offenbar einen ziemlich üblen. Meine Männer haben ihn bewusstlos nach Hause getragen. Fürwahr, wir dachten, er sei tot, aber er lag mehrere Tage im Bett und atmete kaum mehr. Schließlich ist er einfach aufgewacht, als sei nichts geschehen. Meine Diener hielten das für ein Werk der Götter, die ihm für seine Schnitzereien dankten. Am nächsten Morgen war er fort, ohne dass er ein Wort gesagt hätte.« Der Kaufmann schaute zu seiner wartenden Familie hinüber, und seine Hände zitterten vor Angst und Ungeduld.

»Ich weiß, dass Euch keine Schuld trifft«, erklärte Vaelin dem Kaufmann und trat beiseite. »Viel Glück auf Eurer Reise.«

Der Gewürzhändler war bereits losgestürzt und rief Befehle, um seinen Haushalt in Bewegung zu setzen.

Er lag mehrere Tage im Bett, sinnierte Vaelin, und das Lied des Blutes regte sich, ließ einen klaren Ton des Wiedererkennens hören. Vaelin hatte das wohlvertraute Gefühl, blind nach etwas zu tasten, nach einer Antwort auf die zahlreichen Geheimnisse seines Lebens, aber wieder lag sie außerhalb seiner Reichweite. Er spürte Enttäuschung in sich aufsteigen, und das Lied des Blutes zauderte. *Das Lied seid Ihr selbst,* hatte Ahm Lin gesagt. *Ihr könnt es nicht nur hören, sondern auch selber singen.* Er versuchte, seine innere Ruhe wiederzufinden, das Lied deutlicher zu hören, es gezielt auszurichten. *Das Lied bin ich – mein Blut, mein Wollen, meine Jagd.* Es schwoll in ihm an, dröhnte ihm in den Ohren, eine Kakophonie der Gefühle; verschwommene Bilder huschten so schnell durch seinen Geist, dass er sie nicht festhalten konnte. Gesprochene und ungesprochene Worte erhoben sich zu einem unverständlichen Gemurmel, Lügen und Wahrheit vermischten sich zu einem wilden Durcheinander.

Ich brauche Ahm Lins Rat, dachte er, während er sich weiter bemühte, dem misstönenden Lärm eine gewisse Harmonie aufzuzwingen. Wieder schwoll das Lied an und wurde dann leiser, bis er nur noch einen einzigen klaren Ton vernahm, und dabei erhaschte er einen kurzen Blick auf den Marmorklotz. Der Meißel nahm, von unsichtbarer Hand geführt, seine unfassbar flinke Arbeit auf, ein Gesicht kam zum Vorschein ... und dann war es fort, der Block schwarz und zerborsten unter den Trümmern der Werkstatt.

Vaelin stolperte zu einer nahe gelegenen Treppe und sank darauf nieder. Allem Anschein nach hatte es nur eine Gelegenheit gegeben, die Botschaft zu erkennen, die der Klotz enthielt. Diese Strophe war jedoch verklungen, und er bedurfte einer neuen Melodie.

ACHTES KAPITEL

Um Mitternacht wurde er ans Tor gerufen – Janril Norin kam in sein Zimmer im Gildehaus gehumpelt, um ihn zu wecken.

»Auf der Ebene haben sich zahlreiche Reiter versammelt«, sagte der Barde. »Bruder Caenis hat um Eure Anwesenheit gebeten.«

Rasch schnallte er sich sein Schwert um, und nachdem er Speier bestiegen hatte, war er in fünf Minuten zum Torhaus galoppiert. Caenis war bereits dort und gab den Befehl, weitere Bogenschützen auf den Mauern zu postieren. Gemeinsam stiegen sie zum Wehrgang hinauf, wo einer der Nilsaeler von Graf Marven auf die Ebene hinausdeutete.

»Fast fünfhundert von den Burschen, Euer Lordschaft«, sagte er mit einer Stimme, die vor Angst ganz schrill war.

Vaelin klopfte ihm beruhigend auf die Schulter und trat an die Zinnen. Von dort blickte er auf ein kleines Heer bewaffneter Reiter hinab; Stahl schimmerte bläulich im schwachen Schein der Mondsichel. An der Spitze des Heeres saß eine korpulente Gestalt in einer mit Rostflecken übersäten Rüstung auf ihrem Pferd. »Macht ihr dieses verfluchte Tor auch irgendwann mal auf?«, rief Baron Banders. »Meine Männer sind hungrig, und ich hab Blasen am Arsch.«

◆ ◆ ◆

Nachdem er seine Rüstung abgelegt hatte, wirkte der Baron zwar kleiner, aber dafür nicht weniger angriffslustig. »Igitt!« Er spuckte einen Mundvoll Wein auf den Boden des Gemaches im Gildehaus, das als Speisesaal diente. »Alpiranische Pisse. Habt Ihr denn keinen Cumbraeler, den ihr einem Ehrengast anbieten könnt?«

»Ich fürchte, meine Brüder und ich haben unsere Vorräte aufgebraucht, Herr Baron«, erwiderte Vaelin. »Verzeiht uns.«

Banders zuckte mit den Schultern, griff nach dem Brathähnchen auf dem Tisch, riss einen Schenkel ab und schlug die Zähne hinein. »Immerhin ist es Euch gelungen, nicht gleich die ganze Stadt in Schutt und Asche zu legen«, fuhr er mit vollem Mund fort. »Die Einheimischen haben offenbar keinen großen Widerstand geleistet.«

»Wir haben die Stadt im Geheimen erobert. Der Statthalter hat sich als pragmatischer Mann erwiesen. Es ging fast ohne Blutvergießen ab.«

Die Miene des Barons wurde ernst, und er hielt einen Moment inne, bevor er sein Essen hinunterspülte und die Hand nach dem nächsten Hühnerschenkel ausstreckte. »Von Marbellis kann ich dasselbe nicht behaupten. Ich dachte schon, die Stadt hört gar nicht mehr auf zu brennen.«

Vaelins Unbehagen wuchs. Es war an sich schon beunruhigend, dass der Baron so unerwartet hier aufgetaucht war, und jetzt brachte er anscheinend auch noch schlechte Nachrichten. »Die Belagerung war schwierig?«

Banders stieß ein verächtliches Schnauben aus und schenkte sich Wein nach. »Vier Wochen lang mussten wir mit Belagerungsgerät gegen die Mauern anrennen, um auch nur eine Bresche hineinzureißen. Jede Nacht haben die Alpiraner Ausfälle unternommen, kleine Trupps von Männern mit Dolchen, die sich hinter unsere Linien schlichen, den Soldaten die Kehle durchschnitten und Löcher in Wasserfässer bohrten. Jede verfluchte Nacht war eine schlaflose Prüfung. Die Ahnen allein wissen, wie viele Männer wir verloren haben. Dann hat der Kriegsherr drei ganze Regimenter in die Bresche geschickt. Vielleicht fünfzig Mann sind davon wieder zurückgekehrt, alle verletzt. Die Alpiraner hatten Fallen aufgestellt, Gruben mit Spießen und dergleichen. Während das königliche Heer von diesen Gruben aufgehalten wurde, warfen die Soldaten von den Mauern in Öl getränkte Reisigbündel herab. Die Bogenschützen steckten sie mit brennenden Pfeilen in Brand.« Er hielt inne und schloss die Augen, wobei ihn ein leiser Schauder durch-lief. »Die Schreie konnte man noch Meilen entfernt hören.«

»Die Stadt wurde also nicht eingenommen?«

»Und ob sie genommen wurde! Wieder und immer wieder, wie eine billige Hure.« Banders rülpste. »Die Blutrose hat seine Wunden geleckt und einen klugen Plan geschmiedet. In Wahrheit war sein Angriff auf die Bresche, so vermute ich, ein großangelegtes Täuschungsmanöver, ein Opfer, um die Alpiraner zu überzeugen, sie hätten es mit einem Narren zu tun. Zwei Nächte später zog er vor der Bresche vier Regi-menter zusammen, während er die übrige Infanterie mit Sturmleitern gegen die Ostmauern anrennen ließ. Er spekulierte darauf, dass die Alpiraner ihre ganzen Kräfte auf die Bresche konzentrieren würden, sodass nicht genügend Männer zurückblieben, um die Mauern zu ver-teidigen. Wie sich herausstellte, hatte er recht. Es hat die ganze Nacht gedauert, und der Preis war hoch, aber am Morgen gehörte die Stadt uns, jedenfalls das, was von ihr übrig war.«

Banders verstummte und wandte sich seiner Mahlzeit zu. Vaelin ließ ihn essen und betrachtete nachdenklich die rostige Rüstung des Barons. Er sah sie heute zum ersten Mal aus der Nähe und stellte fest, dass jener Teil des Stahls, der nicht vom Rost zerfressen war, wie frisch poliert schimmerte, während der Rost selbst eine merkwürdig wäch-serne Beschaffenheit aufwies.

»Das ist Farbe«, sagte er schließlich.

»Mmmm?« Banders warf einen Blick auf seine Rüstung und grum-melte: »Ach das. Ein Mann sollte den Legenden gerecht werden, die sich um ihn ranken, findet Ihr nicht?«

»Die Legende vom rostigen Ritter?«, fragte Vaelin. »Davon habe ich noch nie etwas gehört, Euer Lordschaft.«

»Ah, aber Ihr stammt auch nicht aus Renfael.« Banders grinste breit. »Mein Vater war ein fröhlicher, gutherziger Kerl, allerdings mit einer gewissen Vorliebe fürs Würfelspiel und für die Dirnen, weshalb er nicht in der Lage war, mir mehr als eine verfallene Burg und eine rostige Rüs-tung zu hinterlassen, und die musste ich dann auch tragen, als seine Lordschaft uns zum Krieg einberief. Zum Glück hat mir mein Vater auch einiges Geschick mit der Lanze vererbt, und so wuchs mein An-sehen mit jeder Schlacht und mit jedem Turnier. Ich wurde als der Rostritter bekannt, und die gemeinen Leute liebten mich für meine Armut. Die Rüstung wurde zu meinem Wappenzeichen, auch weil sie im Kampfgewühl leicht auszumachen ist. Nicht nur die Bauern hatten damit etwas, dem sie zujubeln konnten, sondern auch meine Männer, jedenfalls als ich es mir leisten konnte, welche anzuheuern.«

»Das ist also nicht Eure ursprüngliche Rüstung?«

Banders brach in lautes Gelächter aus. »Bei den Ahnen, nein! Bruder, die war schon vor Jahren so rostig, dass sie zu nichts mehr taugte. Selbst die beste Rüstung hält selten länger als ein paar Jahre, der Kampf und das Wetter fordern ihren Tribut. In Renfael haben wir eine Redensart: Wenn du reicher werden willst als ein Lord, werde Waffenschmied.« Er kicherte und schenkte sich Wein nach.

»Warum seid Ihr hier, Herr Baron?«, fragte Vaelin. »Bringt Ihr uns eine Nachricht vom Kriegsherrn?«

Die Miene des Barons wurde augenblicklich wieder ernst. »Jawohl. Und außerdem bringe ich mich und meine Männer. Dreihundert Ritter und zweihundert bewaffnete Gefolgsleute, von allerlei Knappen begleitet, wenn Ihr uns haben wollt.«

»Ihr und Eure Männer seid uns sehr willkommen, aber wird nicht Erzfürst Theros Eure Dienste brauchen?«

Banders stellte sein Weinglas ab, seufzte schwer und blickte Vaelin in die Augen. »Ich wurde aus den Diensten des Erzfürsten entlassen, Bruder. Nicht zum ersten Mal, aber, wie ich vermute, zum letzten Mal. Der Kriegsherr hat mir befohlen, mich und meine Männer Eurem Befehl zu unterstellen.«

»Ihr habt Euch mit dem Erzfürsten zerstritten?«

»Nein, nicht mit ihm.« Banders' Mund war zu einem dünnen, unnachgiebigen Strich geworden, und Vaelin hielt es für das Beste, die Angelegenheit auf sich beruhen zu lassen.

»Und der Befehl des Kriegsherrn?«

Der Baron zog einen versiegelten Brief unter seinem Hemd hervor und warf ihn auf den Tisch. »Ich kenne den Inhalt, Ihr braucht ihn also nicht zu lesen. Ihr seid angewiesen, die Stadt gegen eine bevorstehende Belagerung zu sichern. Patrouillen des Ordens aus Marbellis haben ein großes Heer von Alpiranern gesichtet, das sich auf dem Weg nach Norden befindet. Offenbar beabsichtigen sie, Marbellis zu umgehen und

unverzüglich Linesch zurückzuerobern.« Er trank einen weiteren großen Schluck Wein, wischte sich den Mund ab und rülpste erneut. »Mein
Rat lautet, Bruder: Beschlagnahmt die Handelsflotte und segelt zusammen mit Euren Männern zurück in die Königslande. Es besteht nicht
die geringste Hoffnung, diese Stadt gegen ein solches Heer zu halten.«

◆ ◆ ◆

»Wenigstens zehn Kohorten Infanterie, weitere fünf Kohorten zu Pferde und haufenweise Barbaren aus den Südprovinzen des Reichs. Insgesamt fast zwanzigtausend Mann.« Banders' Stimme klang unbeschwert,
aber alle Anwesenden konnten hören, wie sehr das Gesagte an ihm
zehrte. Vaelin hatte seine Hauptleute zu einem Kriegsrat im Gildehaus
zusammengerufen, nachdem er Caenis gebeten hatte, das Stadtarchiv
nach der größten und genauesten Karte der Nordküste des alpiranischen Reiches zu durchsuchen.

»Ich hätte mit mehr gerechnet«, sagte Caenis. »Das Heer des Kaisers
soll unermesslich groß sein.«

»Es sind auch mehr, Bruder«, versicherte ihm Banders. »Das ist nur
die Vorhut. Die wenigen Gefangenen, die wir in Marbellis gemacht haben, waren nur zu gerne bereit, das zu bestätigen. Die Streitmacht, die
auf diese Stadt zumarschiert, ist die Elite des alpiranischen Heers. Die
beste Infanterie und Kavallerie, die der Kaiser aufzubieten hat – alles
Altgediente der Grenzkriege mit den Volarianern. Und auch die Barbaren solltet Ihr nicht unterschätzen, das sind geborene Krieger. Es heißt,
sie verbringen ihr Leben damit, den Kaiser anzubeten und bei der geringsten Kränkung übereinander herzufallen, bis sie der Ruf der Schlacht
ereilt. Dem Vernehmen nach mögen sie geschlagene Feinde ganz besonders.«

»Belagerungsgerät?«, wollte Vaelin wissen.

Banders nickte. »Zehn Katapulte, und sie sind weit größer und
schwerer als die unseren. Damit können sie einen Felsen von der Größe
eines Moschusochsen dreihundert Schritt weit schleudern.«

Vaelin sah in die Runde, um die Reaktionen seiner Hauptleute auf
die Worte des Barons abzuschätzen. Graf Marven hatte sich eisern im
Griff, stets darauf bedacht, ja keine Gefühle zu verraten, die seinen ei-

fersüchtig gehüteten Status untergraben könnten. Oberhauptmann Al Cordlin war sichtlich blass geworden und hielt sich den erst kürzlich geheilten Arm; auf seiner Oberlippe bildete sich ein dünner Schweißfilm. Oberhauptmann Al Trendil strich sich in Gedanken versunken übers Kinn und blickte in die Ferne. Wahrscheinlich überlegte er, ob es ihm gelingen konnte, mit der ganzen Beute, die er in Untesch gemacht hatte, die Flucht zu ergreifen. Nur Bren Antesch schien das alles nicht zu beeindrucken. Er hatte die Arme verschränkt und musterte Banders mit nur schwachem Interesse.

»Wie viel Zeit bleibt uns?«, fragte Caenis den Baron.

»Bruder Sollis hat sie etwa hier gesehen.« Banders tippte mit dem Finger auf die Karte, die auf dem Tisch ausgebreitet war, und zwar auf eine Stelle etwa zwanzig Meilen südlich von Marbellis. »Das war vor zwölf Tagen.«

»Ein Heer dieser Größe legt nicht mehr als fünfzehn Meilen am Tag zurück«, grübelte Graf Marven in bemüht gelassenem Tonfall. »In der Wüste eher weniger.«

»Damit bleiben uns noch ungefähr zwei Wochen«, sagte Oberhauptmann Al Cordlin mit schriller Stimme und hustete mehrmals, bevor er weitersprach. »Genügend Zeit, Euer Lordschaft.«

Vaelin sah ihn stirnrunzelnd an. »Genügend Zeit wofür?«

»Für eine Evakuierung natürlich.« Al Cordlin ließ den Blick hilfesuchend in die Runde schweifen. »Ich weiß, dass nicht genügend Schiffe übrig sind, um alle Männer an Bord zu nehmen, aber für die befehlshabenden Offiziere reicht es allemal. Die Soldaten können nach Untesch marschieren ...«

»Unser Befehl lautet, diese Stadt zu halten«, erklärte ihm Vaelin.

»Gegen zwanzigtausend Angreifer?« Al Cordlin stieß ein kurzes, leicht hysterisches Lachen aus. »Das sind mehr als dreimal so viele wie wir, und dann auch noch Elitesoldaten. Es wäre Wahnsinn ...«

»Oberhauptmann Al Cordlin, Ihr seid mit sofortiger Wirkung Eures Kommandos enthoben.« Vaelin wies mit einem Kopfnicken zur Tür. »Verlasst diesen Raum. Morgen früh werdet Ihr in den Hafen geleitet, von wo Euch ein Schiff in die Königslande zurückbringen wird. Bis dahin steht Ihr unter Arrest – ich möchte nicht, dass Ihr die Männer mit Eurer Feigheit ansteckt.«

Al Cordlin wich einen halben Schritt zurück und stammelte unsinniges Zeug. »Das ist … Es gibt keinen Grund, mich so zu beleidigen. Mein Regiment wurde mir vom König persönlich unterstellt …«

»Verschwindet.«

Der Lord sah die anderen Hauptleute ein letztes Mal bestürzt an, stieß jedoch nur auf Gleichgültigkeit oder argwöhnisches Unbehagen, bevor er zur Tür stürzte und hinausging. »Möchte mir sonst noch jemand raten, die Stadt evakuieren zu lassen? Meine Reaktion wird die gleiche sein«, erklärte Vaelin dem Rat. »Ich hoffe, daran besteht kein Zweifel.«

Er wandte seine Aufmerksamkeit wieder der Landkarte zu, ohne den zustimmenden Erwiderungen Beachtung zu schenken. Wieder einmal fiel ihm auf, wie karg diese Gegend war, und er fragte sich, wie drei große Städte wie Untesch, Linesch und Marbellis am Rande der Wüste Überleben finden konnten. *Nur Staub und Gestrüpp,* wie Frentis gesagt hatte. *Ich habe bisher noch keinen Baum gesehen …* »Keine Bäume.«

»Euer Lordschaft?«, fragte Baron Banders.

Vaelin blieb ihm eine Erwiderung schuldig und konzentrierte sich weiter ganz auf die Landkarte. Etwas regte sich in seinem Geist, der Keim einer Strategie, vom leisen Murmeln des Liedes genährt, das lauter wurde, als sein Blick auf ein Symbol etwa dreißig Meilen südlich der Stadt fiel: ein Palmenhain, der einen kleinen Teich umgab. »Was ist das?«, fragte er Caenis.

»Die Oase von Lehlun, Bruder. Die einzige größere Wasserquelle an der südlichen Karawanenstraße.«

»Was bedeutet«, warf Graf Marven ein, »dass die alpiranische Armee auf ihrem Weg nach Norden dort Halt machen muss.«

»Habt Ihr vor, das Wasser zu vergiften, Euer Lordschaft?«, wollte Oberhauptmann Al Trendil wissen. »Eine ausgezeichnete Idee. Ein Tierkadaver würde genügen …«

»Ich werde nichts dergleichen tun«, erwiderte Vaelin, während er weiter auf das Lied des Blutes hörte und seine Pläne allmählich Gestalt annahmen. *Die Risiken sind groß, und der Preis …*

»Wir sollten die Stadt abriegeln, Euer Lordschaft«, sagte Graf Marven und beendete damit das Schweigen, das, wie sich Vaelin erst jetzt bewusst wurde, bereits mehrere Minuten gedauert hatte. »Die Karawanen, die nach Süden ziehen, werden dem Feind gewiss berichten, über wie viele Soldaten wir verfügen.«

»Seit die Gefahr durch die Rote Hand vorüber ist, haben bereits zahlreiche Menschen die Stadt verlassen«, sagte Vaelin. »Ich wäre sehr überrascht, wenn der Oberbefehlshaber der Alpiraner nicht schon jetzt genau wüsste, was ihn hier erwartet. Außerdem könnte es zu unserem Vorteil sein, wenn er uns für schwach hält. Ein allzu selbstsicherer Feind neigt dazu, unvorsichtig zu sein.«

Er warf einen letzten Blick auf die Karte und trat vom Tisch zurück. »Baron Banders, Ihr müsst mir verzeihen, dass ich Euch bitte, wieder in den Sattel zu steigen, nachdem Ihr eben erst hier eingetroffen seid, aber ich werde Eure Ritter morgen brauchen.« Er wandte sich an Caenis. »Bruder, halte bei Morgengrauen einen Spähtrupp bereit – ich werde selbst den Befehl übernehmen. Während meiner Abwesenheit regierst du über die Stadt. Setz alles daran, den Graben entlang der Mauern zu vertiefen und doppelt so breit zu machen.«

»Ihr gedenkt, einem Heer von zwanzigtausend Mann mit ein paar hundert Soldaten aufzulauern?« Graf Marven klang fassungslos. »Was hofft Ihr, damit zu erreichen?«

Vaelin schritt bereits zur Tür. »Eine Axt ohne Kopf ist nur noch ein Stock.«

◆ ◆ ◆

Weiter landeinwärts erhob sich der Wüstensand zu mächtigen Dünen, die sich bis zum Horizont erstreckten wie eine sturmgepeitschte See, die unter einem wolkenlosen Himmel zu Gold erstarrt war. Die Sonne brannte so sehr, dass man tagsüber unmöglich marschieren konnte, und so sahen sie sich gezwungen, nachts zu reiten und bei Tage in den Zelten Schutz zu suchen, während die Ritter murrten und ihre Streitrösser leise wieherten und mit den Hufen stampften, weil sie eine solche Hitze nicht gewohnt waren.

»Die Kerle machen vielleicht einen Lärm«, beschwerte sich Dentos bereits am zweiten Tag.

Vaelin schaute zu einer Gruppe von Rittern hinüber, die beim Würfelspiel fast miteinander in Streit geraten waren. Unweit davon schimpfte ein anderer Ritter seinen Knappen aus, weil dieser seinen Brustharnisch offenbar nicht auf Hochglanz poliert hatte. Dentos hatte recht – diese Ritter taugten als Soldaten, die im Geheimen agieren sollten, nur wenig. Er hätte sie nur zu gerne gegen eine Kompanie Ordenskrieger eingetauscht, aber leider waren keine Brüder greifbar, und er brauchte die Kavallerie, um seinen Plan umzusetzen.

»Das sollte keine Rolle spielen«, sagte er. »Sie müssen nur einen Angriff reiten.« *Auch wenn ich nicht weiß, wie viele von ihnen hinterher noch übrig sein werden.*

»Was ist mit Spähtrupps?«, fragte Frentis. »Die Alpiraner wären Narren, würden sie ihre Flanken nicht bewachen.«

»So weit von der Stadt entfernt hoffe ich darauf, dass sie genau diesen Fehler begehen werden. So oder so bleiben wir nur einen Tag hier in der Gegend. Sollte eine Patrouille auf uns stoßen, müssen wir sie zum Schweigen bringen und hoffen, dass sie bei Einbruch der Dunkelheit nicht vermisst wird.«

Es dauerte noch zwei weitere Nächte, bis die Oase in Sicht kam und zwischen den Dünen, über denen die Hitze waberte, allmählich feste Gestalt annahm. Ihre Größe überraschte Vaelin, denn er hatte wenig mehr als einen Teich mit ein paar Palmen erwartet. Vor ihnen lag ein kleiner See, der von üppiger Vegetation gesäumt war, ein grünblaues Juwel von unwiderstehlicher Anziehungskraft.

»Von den Alpiranern keine Spur, Bruder«, stellte Frentis fest und schloss zu dem Spähtrupp auf, der am Fuß einer Düne angehalten hatte, um die Oase in Augenschein zu nehmen. »Sieht so aus, als seien wir ihnen zuvorgekommen, wie du gesagt hast.«

»Karawanen?«, wollte Vaelin wissen.

»Weit und breit keine zu sehen.«

»Wir haben auf unserem Ritt nach Norden kaum einen einzigen Händler erblickt, Euer Lordschaft«, sagte Baron Banders. »Der Krieg ist nicht gut fürs Geschäft. Es sei denn, man handelt mit geschliffenem Stahl.«

Vaelin ließ den Blick über die Wüste schweifen und entdeckte schließlich eine hohe Düne zwei Meilen westlich von ihrem Standort. »Dort drüben«, sagte er und deutete mit dem Finger darauf. »Wir schlagen unser Lager am Westhang auf. Kein Feuer, und ich wäre sehr dankbar, Herr Baron, wenn Ihr Euren Männern verbieten würdet, allzu viel Lärm zu machen.«

»Ich werde tun, was ich kann, Euer Lordschaft. Aber das sind keine Bauern, müsst Ihr wissen. Ich kann sie nicht einfach auspeitschen lassen.«

»Vielleicht solltet Ihr das mal tun, Euer Lordschaft«, schlug Dentos vor. »Um sie daran zu erinnern, dass sie genauso bluten wie wir Bauern.«

»Ihr Blut wird fließen, wenn die Alpiraner anrücken«, fauchte Banders, und sein ohnehin rotes Gesicht färbte sich noch dunkler.

»Das reicht«, ging Vaelin dazwischen. »Bruder Dentos, du begleitest Bruder Frentis. Holt so viel Wasser, wie ihr tragen könnt, und hinterlasst möglichst keine Spuren. Unsere Feinde sollen glauben, dass hier in den letzten Wochen nichts Größeres als eine Gewürzkarawane durchgekommen ist.«

◆ ◆ ◆

Es vergingen noch mehr als zwei Tage, bis das Heer des Kaisers auftauchte. Zwei gewaltige Staubsäulen, die sich im Süden am Horizont erhoben, kündeten von seiner Ankunft. Vaelin, Frentis und Dentos lagen auf einer hohen Düne, um zu beobachten, wie es auf die Oase zurollte. Die Kavallerie wurde als Erstes sichtbar, kleine Trupps von Vorreitern, gefolgt von langen Reihen, in denen jeweils zwei Pferde nebeneinander liefen. Vaelin zählte vier Regimenter von Lanzenreitern sowie genauso viele berittene Bogenschützen. Die Disziplin und Effizienz der Soldaten war beeindruckend, was sich daran zeigte, wie schnell sie ihr Lager aufschlugen – kaum eine Stunde nach ihrer Ankunft standen Zelte zwischen den Palmen, und erste Lagerfeuer brannten. Vaelin lieh sich von Frentis ein Fernglas und hielt in dem Gewühl nach Offizieren und Feldwebeln Ausschau; ihm entging nicht, dass sie ihre Männer völlig im Griff hatten, während sie in einem engen und wohlplazierten Kreis Posten aufstellten. *Altgediente, ohne Frage,* dachte er bei sich, und er bereute, dass ihm vor ihrem Aufbruch keine Zeit geblieben war, Sherin Lebewohl zu sagen. Obwohl er bei ihrem letzten Treffen gespürt hatte, dass sie ihm wieder etwas wohlgesonnener war, gab es doch noch eine Menge, was er ihr erklären musste.

Er richtete das Fernrohr auf die zweite Staubwolke, die sich im Süden erhob. Nach und nach nahm die alpiranische Infanterie, schwankenden Strichmännchen gleich, in der Wüstenhitze Gestalt an.

Die Fußtruppen brauchten über eine Stunde, bis sie in Reih und Glied in die Oase einmarschiert waren und ihr Lager aufgeschlagen hatten. Die Schätzungen von Meister Sollis waren eher noch zurückhaltend gewesen; sie hatten es hier sogar mit zwölf Kohorten Infanterie zu tun, womit die alpiranischen Streitkräfte aus wenigstens dreißigtausend Mann bestanden. Vaelin fragte sich ganz kurz, ob Oberhauptmann Al Cordlin nicht doch recht gehabt hatte.

»Siehst du das?« Frentis deutete auf ein großes Zelt, das am Nordufer des Sees aufgeschlagen worden war. »Ihr Kriegsherr vielleicht?«

Vaelin hob das Fernrohr und blickte in die Richtung. Eine Gruppe von Soldaten stellte eine hohe Standarte auf, an der ein rotes Banner flatterte. Auf dem Banner prangte ein Emblem mit zwei gekreuzten Säbeln in Schwarz. Die Aufsicht führte ein hochgewachsener Mann mit strengen, tiefschwarzen Gesichtszügen und grau meliertem Haar. *Neliesen Nester Hevren, Hauptmann der zehnten Kohorte der kaiserlichen Garde. Offenbar will er sein Versprechen einhalten.*

Vaelin schaute zu, wie der Hauptmann sich umdrehte und sich vor einem untersetzten Mann verbeugte, der stark hinkte. Er trug eine alte, aber noch brauchbare Uniform und am Gürtel einen Kavalleriesäbel. Sein Kopf war kahlrasiert und seine Haut olivenfarben, er stammte also wohl aus den nördlichen Provinzen. Er hörte Hevren einige Momente aufmerksam zu, während der Hauptmann Bericht zu erstatten schien, brachte ihn dann mit einer abschätzigen Handbewegung zum Schweigen und stapfte zum Zelt hinüber, ohne ihm einen weiteren Blick zu gönnen.

»Nein, der Hinkende ist der Kriegsherr«, sagte Vaelin. Ihm entging nicht, dass Hevrens Schultern erschöpft herabsanken, bevor er sich wieder aufrichtete und davonmarschierte. *Gedemütigt*, überlegte er. *Gemieden, weil du die Hoffnung des Reiches nicht hast retten können. Ich wüsste nur zu gern, was du deinem Herrn vorgeschlagen hast. Wolltest du mehr Spähtrupps ausschicken, mehr Wachen aufstellen? Weil du weißt, wie gerissen der Hoffnungstöter ist? Und er hat nicht auf dich gehört, habe ich recht?* Zum ersten Mal, seit er die Stadt verlassen hatte, besserte sich Vaelins Laune.

Es war früher Abend, als die Katapulte in Sichtweite kam. Vaelin hatte die schwache Hoffnung gehegt, Banders könnte übertrieben haben, als er Sollis' Bericht wiedergab, aber jetzt wurde ihm klar, dass der Baron die Wahrheit gesprochen hatte. Das königliche Heer verfügte ebenfalls über Belagerungsmaschinen – Mangonelen und Katapulte, um Felsbrocken oder Feuerkugeln auf oder über Burgmauern zu schleudern –, aber keine davon konnte es mit der offensichtlichen Durchschlagskraft der Geräte aufnehmen, die der Kaiser wider die Mauern von Linesch geschickt hatte. In der aufziehenden Abenddämmerung glichen sie schwerfälligen Riesen; ihre mit Gewichten beschwerten Arme schaukelten hin und her, während mächtige Ochsengespanne sie vorwärtszogen.

Die Katapulte wurden von etwa dreitausend Mann begleitet, und ihre lockere Formation und das Fehlen jeglicher Uniformen legte nahe, dass es sich dabei um die Barbaren handelte, von denen Banders erzählt hatte. Ihre Tracht hatte ganz unterschiedliche Farben, von grellroter Seide und blau gefiedertem Kopfschmuck bis zu nüchternen schwarzen und blauen Gewändern ohne jeden Zierrat. Ihre Waffen und Rüstungen waren ebenso vielfältig. Vaelin entdeckte einige Brustharnische und Kettenhemden, doch den meisten schien ein Holzschild mit einem rätselhaften Symbol darauf zu genügen. Bewaffnet waren sie zumeist mit langen Speeren, deren Spitze aus einer gezackten Klinge bestand, und Streitkolben und Knüppeln mit scheußlichen Stacheln, die sie, zusammen mit Dolchen und Kurzschwertern, am Gürtel trugen.

Vaelin beobachtete, wie die Ochsen die Katapulte zum Südrand der Oase schleppten, worauf die Treiber ihre Gespanne losmachten und zum Wasser führten, während die Barbaren um die riesigen Gerätschaften herum ihr Lager aufschlugen.

»Das sind eine Menge Barbaren, die wir da niedermachen müssen«, gab Dentos zu bedenken.

»Wenn alles klappt, wird das gar nicht nötig sein.« Vaelin reichte Frentis das Fernrohr zurück. »Lasst uns die Pferde bepacken. Wir rücken bei Mondaufgang aus.«

◆ ◆ ◆

Speier erwies sich, was Vaelin nicht im Mindesten überraschte, für die Rolle eines Packpferdes als völlig ungeeignet. Die Laune des Hengstes verschlechterte sich zusehends, als Vaelin versuchte, ihm ein Bündel auf den Rücken zu hieven – er stampfte mit den Hufen auf, ohne auf Vaelins Füße Rücksicht zu nehmen. Er musste ihm mehrere kostbare Minuten lang gut zureden, ihm drohen und ihn mit Zuckerstückchen bestechen, bevor er sich wieder so weit beruhigte, dass er ihm das Bündel auf den Rücken schnallen konnte; inzwischen stand die Mondsichel bereits hoch am Himmel.

»Warum du diese Bestie immer noch behältst, ist mir ein Rätsel, Bruder«, brummte Dentos, wobei seine Stimme von dem Musselinhalstuch gedämpft wurde, das seine untere Gesichtshälfte bedeckte.

»Er ist eine Kämpfernatur«, erwiderte Vaelin. »Das macht die blauen Flecken mehr als wett.« Er ließ den Blick über den Spähtrupp schweifen, der sich vor ihm versammelt hatte; alle waren sie in weiße Musselingewänder gekleidet, wie sie für die Kaufleute typisch waren, die Gewürze und andere Kostbarkeiten durch die Wüste zu den Hafenstädten im Norden brachten. Die Pferde waren mit großen Bündeln beladen, und diese waren vollgestopft mit den roten, runden Tontöpfen, wie sie für den Gewürztransport verwendet wurden; allerdings enthielten sie in jener Nacht etwas anderes. Vaelin wusste, dass sie ein erfahrenes Auge nicht würden täuschen können, denn ihre Reittiere waren zu groß, und ihre Kleidung wies zu viele sonderbare Einzelheiten auf, nicht zuletzt die verborgenen Waffen, die sich unter dem Stoff abzeichneten. Aber für die Dauer von wenigen entscheidenden Augenblicken sollte ihr Aufzug im Dunkeln überzeugend genug sein. Hoffte er jedenfalls.

Er blickte nach Norden und betrachtete die Karawanenstraße, die sich durch die Dünen zur Oase schlängelte. Im Mondschein war die Wüste ein seltsamer Anblick, denn der Sand wirkte wie mit Silber überzogen. Da es inzwischen deutlich kühler geworden war, glaubte Vaelin sich fast auf einem Schneefeld zu befinden, was ihm wieder den halb vergessenen Traum ins Gedächtnis rief, das grausame Gespött von Nersus Sil Nin, eine im Schnee allmählich starr werdende Leiche …

»Bruder?«, riss ihn Frentis aus seinen Gedanken.

Vaelin schüttelte den Kopf, um die Vision loszuwerden, dann wandte er sich dem Spähtrupp zu und hob die Stimme. »Ihr wisst alle, wie wichtig unsere Mission ist. Wenn wir damit fertig sind, dann reitet, ohne euch umzusehen, nach Linesch. Sie werden uns wie ausgehungerte Wölfe auf den Fersen sein, also bleibt auf keinen Fall stehen.«

Er wandte sich wieder nach Norden und zog an Speiers Zügel. »Na los, du elender Klepper.«

Sie zündeten ihre Fackeln an, näherten sich der Oase in langsamem Tempo und riefen den Barbaren, die südlich der Zelte Wache hielten, die alpiranischen Begrüßungen zu, die sie auswendig gelernt hatten. Bald sahen sie sich einer großen Anzahl schlanker, hochgewachsener Männer gegenüber, deren Haut wie poliertes Ebenholz glänzte und deren Kleidung eine Mischung aus rot gefärbtem Stoff und locker angelegten Rüstungsteilen aus Elfenbein war. Alle trugen sie die langen Speere mit den gezackten Spitzen, die Vaelin von Weitem ausgemacht hatte. Sie waren ganz offensichtlich misstrauisch, aber nicht allzu beunruhigt, und Vaelin war erleichtert, dass bei ihrer Ankunft kein Tumult ausbrach. Fünf der Barbaren stellten sich ihnen, als sie das Lager fast erreicht hatten, in den Weg, die Speere erhoben, jedoch ohne übermäßig bedrohlich zu wirken.

»*Ni-rehl ahn!*«, begrüßte Dentos die Männer. Neben Caenis sprach er noch am besten Alpiranisch, wenn auch ganz bestimmt nicht flüssig. Obwohl er in den wenigen Stunden, bevor sie aus Linesch aufgebrochen waren, von Caenis ausgiebig vorbereitet worden war, würde es ihm wohl kaum gelingen, jemanden zu täuschen, der an der Nordküste geboren war. Es war zu ihrem Glück, dass die Barbaren aus den Südprovinzen stammten und wahrscheinlich noch weniger von dem hiesigen Dialekt verstanden als sie.

Einer der Barbaren schüttelte verwirrt den Kopf und sagte etwas in seiner eigenen Sprache zu seinen Kameraden, die mit einem Schulterzucken antworteten.

»*Unterah.*« Dentos rief ihnen das Wort für »Händler« zu, klopfte sich auf die Brust und wies dann mit großer Geste auf die behelfsmäßige Karawane. »*Onterish.*« Gewürze.

Der Barbar, der gesprochen hatte, trat neben Dentos und nahm die Reiter genauer in Augenschein. Er näherte sich Vaelin, ohne dessen leutseliges Kopfnicken zu beachten, und musterte Speier eingehend.

Seine Augen wurden schmal, als er die zahlreichen Narben bemerkte, die Beine und Flanken des Streitrosses bedeckten.

Einer der anderen Barbaren stieß einen Schrei aus, und der Mann, der Vaelin gegenüberstand, wich rasch zurück, packte seinen Speer fester und duckte sich kampfbereit. Vaelin hob beschwichtigend die Hände und deutete nach Westen. Der Barbar riskierte einen Blick über die Schulter und richtete sich verwirrt auf, als er sah, wie eine große Zahl Fackeln aus der Wüste auftauchte, rund dreihundert tränenförmige Flammenzungen, die in der Finsternis flackerten, begleitet von dem verräterischen Grollen eines Kavallerieangriffs und dem Schallen von Trompeten.

Der Barbar drehte sich zu seinen Kameraden um, wohl um einen Befehl auszustoßen, starb jedoch, als sich ihm Vaelins Wurfmesser in den Nacken bohrte. Das Sirren von Bogensehnen und das Pfeifen geworfener Klingen erfüllten die Luft, während der Spähtrupp seine Waffen hervorriss und die übrigen Wachen ins Jenseits beförderte.

»Löscht die Fackeln! Und auf zu den Katapulten!«, bellte Vaelin, zog an Speiers Zügeln und trieb ihn zum Trab an.

Während sie ins Lager liefen, brach um sie herum wilder Kampfeslärm aus – Baron Banders' Ritter krachten wie ein Donnerschlag in die hastig errichtete Verteidigungslinie der Barbaren hinein, gefolgt vom vertrauten Wiehern der Pferde und dem Scheppern der Schwerter. Die Barbaren suchten ihre Waffen zusammen und stürmten den Angreifern entgegen; Schlachtrufe und der schrille Schall ihrer eigenen Hörner riefen sie herbei. Bis Vaelins Trupp die Zelte erreicht hatte, hatten sich die meisten bereits ins Schlachtengetümmel gestürzt, und diejenigen, die zurückgeblieben waren, wurden rasch niedergemacht.

Bei den Katapulten war niemand mehr, der sie hätte verteidigen können, mit Ausnahme der Handwerker, die sich um sie kümmerten, überwiegend Männer in fortgeschrittenem Alter, die Lederkittel trugen und außer einigem Zimmermannswerkzeug kaum Waffen greifbar hatten. Vaelin tat es leid, dass sie nicht so vernünftig waren zu fliehen, und er tötete einen, der mit einem Hammer nach ihm schlug. Einem weiteren hieb er die halbe Hand ab.

»Verschwinde von hier!«, rief er dem Verletzten zu, schob sein Schwert in die Scheide und löste das Bündel mit den Tontöpfen von

Speiers Rücken. Doch der Handwerker blickte ihn nur bestürzt an, bis er so viel Blut verloren hatte, dass er zu Boden sackte. Vaelin stieß einen Fluch aus und ließ ihn liegen. Dann öffnete er das Bündel und schleppte die Töpfe so schnell wie möglich zum nächstbesten Katapult. Sie zerbrachen an dem massiven Holzrahmen und verspritzten ihren klaren, dickflüssigen Inhalt über seine Oberfläche. Vaelin leerte rasch sein Bündel und schleppte dann ein weiteres zu einem zweiten Katapult, das bereits zum Teil von Frentis, der ihm ein wildes Grinsen schenkte, übergossen worden war.

»Das wird ein ziemliches Feuerwerk, Bruder.«

»Da hast du wohl recht.« Vaelin leerte das zweite Bündel und verschaffte sich einen Überblick darüber, wie die anderen Soldaten vorankamen. Zufrieden betrachtete er die zerschmetterten Überreste zahlreicher Töpfe, die um alle zehn Katapulte verstreut lagen. »Gut, das reicht!«, rief er. »Zündet sie an.«

Sie wichen etwa zwanzig Schritt zurück, wobei Vaelin den verletzten Handwerker hinter sich herschleifte; er wollte ihn nur ungern den Flammen überlassen. Dentos und Frentis griffen zu ihren Bögen, zündeten die Feuerpfeile an und schossen sie auf die Katapulte. Das Lampenöl entzündete sich sofort, und bald wüteten mitten im Lager zehn gewaltige Brände. Innerhalb von Sekunden loderten Flammen an den zehn Katapulten empor, Seile und Verbindungsstricke zerfielen in der Hitze, und die riesigen Katapultarme stürzten herab wie Kiefern bei einem Waldbrand.

Die Flammen waren so hell, dass sie den Kampf, der auf der Westseite der Oase tobte, aus der Finsternis rissen.

Baron Banders sammelte seine Männer inzwischen zum Rückzug, obwohl die kriegslüsternen Barbaren keineswegs in Stimmung waren, sie ziehen zu lassen. Vaelin sah, wie mehrere Ritter von ihren Pferden gezerrt wurden, während sie vergeblich versuchten, aus dem Kampfgetümmel zu fliehen.

Er schwang sich auf Speiers Rücken und zog sein Schwert. »Reitet zur Stadt!«, rief er seinem Spähtrupp zu.

»Und du, Bruder?«, fragte Frentis.

Vaelin wies mit einer Kopfbewegung zu ihrer Kavallerie hinüber. »Der Baron kann Hilfe gebrauchen. Ich werde euch bald folgen.«

»Lass mich …«

Er sah Frentis mit einem Blick an, der keinen Widerspruch duldete. »Führe deine Männer nach Hause, Bruder!«

Frentis verkniff sich eine ohne Zweifel schneidende Erwiderung und nickte. »Wenn du nicht innerhalb von zwei Tagen zurück bist …«

»Dann komme ich überhaupt nicht mehr, und du wirst dich dem Befehl von Bruder Caenis unterstellen.« Vaelin gab Speier die Sporen und galoppierte dem Kampfgeschehen entgegen. Dabei spürte er, wie das Streitross unter ihm erwartungsvoll die Muskeln anspannte. Er hielt sich am Rand des Getümmels und führte Streich um Streich wider die Barbaren, die ihn nicht kommen sahen. Sobald sie ihm jedoch entgegenstürmten, ritt er weiter, um sein Glück anderorts zu versuchen, wobei er sich immer wieder Mühe gab, ihren Zorn auf sich zu lenken und den Rittern etwas Entlastung zu verschaffen. »*Eruhin Makhtar!*«, rief er in der Hoffnung, dass sie wussten, was das bedeutete. »Ich bin der *Eruhin Makhtar!* Kommt und tötet mich!«

Zumindest einige der Barbaren schienen ihn nur zu gut zu verstehen – jedenfalls jagten sie ihm mit wilder Entschlossenheit nach und warfen ihre Speere und Beile mit manchmal beunruhigender Treffsicherheit. Einer von ihnen rannte ihm mit erstaunlicher Geschwindigkeit nach, als er Speier herumriss, um ein weiteres Mal zum Angriff überzugehen, und sprang mit erhobener Kriegskeule hinter ihm aufs Pferd, nur um sogleich mit einem Pfeil in der Brust wieder herunterzustürzen.

»Ich glaube nicht, dass wir noch länger hier verweilen sollten!«, rief Dentos, legte einen weiteren Pfeil ein und ließ ihn durch die Luft sirren. Ein Barbar kam nur wenige Schritte von ihnen entfernt ins Straucheln und ging zu Boden, während Dentos zu Vaelin aufschloss.

»Hatte ich dir nicht befohlen, in die Stadt zurückzureiten?«

»Nein, das war Frentis.« Dentos schoss einen weiteren Pfeil ab und duckte sich unter einem Speer weg. »Wir müssen wirklich von hier verschwinden.«

Vaelin blickte zum Kampfgetümmel hinüber und sah, wie eine breitschultrige Gestalt in blutüberströmter Rüstung das Gedränge hinter sich ließ – der Baron trat als Letzter den Rückzug an. Vaelin deutete nach Westen, und sie gaben ihren Rössern die Sporen. Die noch immer in Flammen gehüllten Katapulte warfen lange Schatten über den Sand, die alsbald verblassten, während sie in der Wüste verschwanden.

◆ ◆ ◆

Sie ritten die ganze Nacht hindurch, wobei sie sich westwärts hielten, bis die Sonne aufging. Dann wandten sie sich nach Norden und stiegen erst ab, um neben den Pferden herzugehen, als die Hitze unerträglich wurde. Sie nahmen den Pferden jegliche unnötige Last ab und warfen ihre Kettenhemden weg, behielten jedoch ihre Waffen und die verbliebenen Feldflaschen mit Wasser.

»Keine Spur von irgendwelchen Verfolgern«, sagte Dentos und beschirmte seine Augen, während er den südlichen Horizont absuchte. »Jedenfalls bisher noch nicht.«

»Die kommen schon noch«, versicherte ihm Vaelin. Er hielt Speier eine Feldflasche ans Maul, und das Pferd packte sie mit den Zähnen und schlürfte den Inhalt mit wenigen Schlucken hinunter. Vaelin wusste nicht, wie lange der Hengst in dieser Hitze noch durchhalten würde. Tiere, die aus dem Norden stammten, hatten unter den Witterungsbedingungen der Wüste schwer zu leiden – Speiers Flanken waren von Schaum bedeckt, seine sonst hell leuchtenden Augen wirkten matt und misstrauisch.

»Wenn wir Glück haben, folgen sie der Spur des Barons«, fuhr Dentos fort. »Schließlich erwartet sie dort üppigere Beute.«

»Ich glaube, wir hatten letzte Nacht schon mehr Glück, als uns zusteht, findest du nicht?« Vaelin wartete, bis Speier ausgetrunken hatte, und packte dann wieder die Zügel. »Wir gehen zu Fuß weiter. Wenn wir in dieser Hitze nicht reiten können, können sie das auch nicht.«

Es war früher Abend, als sie es sahen, klein und schwach in der Ferne, aber es war ganz unzweifelhaft da.

»Fünfzehn Meilen vielleicht«, überlegte Dentos laut, während er die Staubwolke betrachtete.

»Eher zehn.« Vaelin schwang sich in den Sattel und zog eine Grimasse, als Speier ein verärgertes Schnauben ausstieß. »Anscheinend können sie bei dieser Hitze doch reiten.«

Sie behielten fast die ganze Nacht hindurch einen leichten Galopp bei, denn sie wollten die Pferde nicht zuschanden reiten. Dabei blickten sie immer wieder nach Süden, wo sie nur die Wüste und den sternenübersäten Himmel sahen, doch sie wussten, dass ihre Verfolger ihnen mit jeder Meile näher kamen.

Im Morgengrauen zeichnete sich die Nordküste am Horizont ab, und die Wüste wich erstem Gestrüpp. Sechs Meilen weiter östlich schimmerten die weißen Mauern von Linesch in der Morgensonne.

»Bruder«, sagte Dentos leise.

Vaelin wandte sich nach Süden um. Die Staubwolke war inzwischen größer geworden, die Reiter waren jetzt deutlich erkennbar. Er beugte sich vor, tätschelte Speier den Hals und flüsterte ihm ins Ohr: »Verzeih mir.« Dann rammte er dem Pferd die Fersen in die Flanken und trieb es zu höchster Anstrengung an. Eigentlich hatte er erwartet, dass es erschöpft sein würde, aber es schien sogar erleichtert zu sein, endlich zeigen zu können, was noch in ihm steckte, und schnaubte vor Wut oder vor Vergnügen. Seine Hufe donnerten über den trockenen Boden, und bald lag Dentos ein ganzes Stück zurück, und zwar so weit, dass Vaelin sich gezwungen sah, nach vier Meilen sein Pferd zu zügeln. Sie hatten den Kamm eines kleinen Hügels erreicht, von wo aus sie die Ebene überblicken konnten. Die Stadttore standen offen, und ein Spalier Reiter trabte hindurch; das Sonnenlicht funkelte auf ihrer Rüstung.

»Der Baron hat es also geschafft«, stellte Vaelin fest, als Dentos zu ihm aufschloss.

»Wenigstens einer.« Dentos stellte eine Feldflasche auf den Kopf und ließ sich das Wasser übers Gesicht laufen. Hinter ihnen kamen ihre Verfolger rasch näher. Dentos hatte recht – sie würden es nicht schaffen.

»Hier«, sagte Vaelin und machte Anstalten abzusteigen. »Ich habe das schnellere Pferd. Sie haben es auf mich abgesehen.«

»Sei kein Narr, Bruder«, sagte Dentos müde. Er löste seinen Bogen vom Sattel, legte einen Pfeil ein und ließ sein Pferd umdrehen, sodass er den herangaloppierenden Reitern entgegensah. Vaelin wusste, dass es ihm nicht gelingen würde, ihm das auszureden.

»Es tut mir leid, Bruder«, sagte er schuldbewusst. »Dieser törichte Krieg – ich ...«

Dentos hörte ihm nicht zu, sondern schaute nach Süden, wobei er erstaunt die Stirn runzelte. »Ich wusste gar nicht, dass es die hier auch gibt. Ganz schön großer Bursche, was?«

Vaelin folgte seinem Blick und spürte, wie das Lied des Blutes in ihm aufbrandete – nicht weit entfernt kauerte ein großer grauer Wolf. Das Tier starrte ihn ausdruckslos mit jenen grünen Augen an, an die er sich von ihrer ersten Begegnung im Urlisch noch so gut erinnerte. »Du kannst ihn sehen?«, fragte er.

»Natürlich. Wie auch nicht?«

Das Lied des Blutes schäumte inzwischen, schrie ihm mit sich überschlagender Stimme eine Warnung zu. »Dentos, reite zur Stadt.«

»Ich gehe nirgendwo hin …«

»Hier geschieht gleich etwas! Bitte, geh einfach!«

Dentos wollte ihm noch einmal widersprechen, aber eine große, dunkle Wolke, die sich im Süden am Horizont abzeichnete, erregte seine Aufmerksamkeit. Sie erhob sich von der Wüste mindestens eine Meile himmelwärts und verschluckte in ihrem wogenden Zorn das Sonnenlicht, während sie auf die Stadt zuraste. Ganze Dünen verschwanden, von der Wolke an ihre hungrige Brust gerissen.

Nur wenige Schritt entfernt bohrte sich ein Pfeil in die Erde. Vaelin wandte sich um und sah, dass ihre Verfolger kaum noch fünfzig Schritt entfernt waren. Es waren mindestens hundert Mann, denen eine Garbe Pfeile vorausging, die sie in vollem Galopp abgeschossen hatten, alles in dem verzweifelten Versuch, die wilde Jagd zu beenden, bevor der Sandsturm sie erreichte.

»REITE!«, schrie Vaelin, packte Dentos' Zügel und zerrte ihn hinter sich her, wobei er Speier die Fersen in die Flanken rammte. Pfeile regneten auf sie nieder, während sie auf die Stadt zupreschten. Der Sturm holte sie ein, bevor sie ein Drittel der Strecke zurückgelegt hatten – der Sand schlug ihnen wie eine Wolke spitzer Nadeln entgegen. Dentos' Pferd bäumte sich auf, und Vaelin musste seine Zügel loslassen; Pferd und Reiter verschwanden in dem roten Wirbel. Er wollte nach ihm rufen, drohte jedoch fast an dem Sand zu ersticken. Es gelang ihm kaum, sein eigenes Gesicht zu schützen, während er sich an Speier klammerte und blind durch den Sturm galoppierte.

Voller Verzweiflung wandte er sich dem Lied des Blutes zu, versuchte es zu beruhigen, so weit die Herrschaft darüber zurückzuerlangen, dass er seine Melodie führen, dass er singen konnte. Anfangs war es nur ein misstönendes Kreischen – der Anblick des Wolfes hatte ihn völlig aus der Fassung gebracht. Doch je mehr er seinen Willen durchsetzte, umso mehr verebbte das Chaos, und einige helle Töne erklangen in dem Sturm, der in seinem Verstand tobte. *Dentos!*, rief er, darum bemüht, das Lied wie einen Greifhaken im Sturm auszuwerfen. *Finde ihn!*

Das Lied veränderte sich erneut, weitere Töne kamen hinzu, und die Musik wurde melodiöser, fast schon heiter, aber da schwang noch etwas anderes mit, ein seltsamer Ton, der Vaelin völlig unbekannt war. Die Erkenntnis traf ihn wie ein Schlag. *Das ist gar nicht mein Lied! Es ist nicht das Lied eines Menschen!*

Wer bist du?, sang er.

Das andere Lied veränderte sich wieder, und die Musik wurde von einem ungeduldigen Knurren verdrängt.

Bitte!, flehte er. *Mein Bruder …*

Das Knurren des Wolfs wurde in seinem Kopf zu einem Schrei, der so laut war, dass es ihn fast aus dem Sattel geschleudert hätte. Speier wieherte und bäumte sich erschrocken auf, während Vaelin sich verzweifelt an den Sattel klammerte und spürte, wie ihm Blut aus der Nase lief. *NEIN!*, schrie er mit jeder Faser seines Seins, mit der ganzen Kraft, die er in das Lied legen konnte. *ICH WILL DEINE HILFE NICHT!*

Sofort legte sich der Sturm, der Wind, der ihm eben noch den Sand ins Gesicht geblasen hatte, wurde zu einer leichten Brise, und der Sand sank langsam herab und machte dabei ein Geräusch wie tausend flüsternde Stimmen. Durch den sich auflösenden Dunst sah er, keine zehn Meter entfernt, die dunklen Umrisse eines Reiters. An dem Schwert auf seinem Rücken erkannte er, dass es Dentos war. Erleichterung drohte Vaelin zu überwältigen, während er zu seinem Bruder hinübertrabte und die Hand ausstreckte, um ihn an der Schulter zu packen.

»Jetzt ist nicht der richtige Zeitpunkt, um auszuruhen, Bruder …«

Dentos kippte aus dem Sattel und landete mit einem dumpfen Schlag auf der Erde. Seine Augen waren offen, sein Gesicht leichenblass, und aus der Brust ragte der Pfeil, der ihn getötet hatte, der stählerne Widerhaken war noch nass von seinem Blut.

◆ ◆ ◆

Später erzählten sie ihm, dass er völlig reglos dagesessen hatte, während er wie eine von Ahm Lins Schöpfungen aus dem abebbenden Sandsturm aufgetaucht war. Die Wachleute auf den Mauern hatten nach ihm gerufen, und Caenis hatte sich verzweifelt bemüht, das Tor ein weiteres Mal öffnen zu lassen. Ihre alpiranischen Verfolger, die vom Sturm zerstreut worden waren, hatten ihre Orientierung bald wiedergefunden und sich dem erstarrten Hoffnungstöter rasch genähert. Einer von ihnen war bis auf zwanzig Schritt an ihn herangaloppiert, mit schussbereitem Bogen tief über den Nacken seines Pferdes gebeugt, die Zähne zu einem triumphierenden Grinsen gebleckt. Bren Antesch war auf die Zinnen des Wachhauses gesprungen, hatte dem Reiter einen Pfeil durch die Brust geschossen und seinen Bogenschützen mit heiserer Stimme einen Befehl zugerufen. Tausend Pfeile waren von den Mauern aufgestiegen und wie schwarzer Hagel auf die Alpiraner niedergegangen. Fast einhundert Reiter waren von einer einzigen Salve niedergemäht worden.

Vaelin hatte von alldem nichts mitbekommen. Für ihn gab es nur Dentos, sein leeres, lebloses Gesicht und die Pfeilspitze aus funkelndem Metall, die aus dem geronnenen Blut auf seiner Brust herausragte. Stimmen riefen ihn zu den Mauern, doch er hörte nichts. Caenis und Barkus sprinteten durch das Tor hinaus und blieben bestürzt stehen. Vaelin hörte weder ihre Klagerufe noch ihre Fragen. *Dentos und der Pfeil …*

»Vaelin.«

Die einzige Stimme, die zu ihm hatte durchdringen können. Sherin stand neben ihm und umfasste sein Handgelenk; seine Knöchel waren weiß, so fest hielt er die Zügel umklammert. »Vaelin, bitte.«

Er blickte zu ihr hinab, stärkte sich am Anblick ihres Mitgefühls, und der ihm wohlvertraute Schmerz in seiner Brust vertrieb die Taubheit und ließ verzweifelte Sehnsucht und grenzenlose Scham an ihre Stelle treten. »Ich bin ein Mörder«, sagte er, wobei er jedes Wort mit kalter Präzision aussprach.

»Nein …«

»Ich bin ein Mörder.« Behutsam zog er seine Hand zurück und trieb Speier im Schritttempo durch das Tor und in die Stadt hinein.

Neuntes Kapitel

E r blieb zwei Tage lang in seinem Zimmer, wo er sich vollständig angekleidet auf sein Bett geworfen hatte. Janril klopfte und stellte ihm etwas zu essen vor die Tür, aber er schenkte dem keine Beachtung. Caenis, Barkus und Frentis kamen nacheinander und riefen ihm etwas durch die Tür zu, doch er hörte sie kaum. Er hatte nicht das Bedürfnis zu schlafen, verspürte weder Hunger noch Durst. Es gab nur Dentos und die Pfeilspitze – und das Lied, das mächtige, unfassbare Lied des Wolfes, das ihm wie ein Echo ohrenbetäubend durch den Kopf hallte. Und die Wahrheit natürlich, die entsetzliche Wahrheit. *Ich bin ein Mörder.*

Er wusste noch zu gut, wie er zu Dentos gegangen war, um ihn zu bitten, an der Mission teilzunehmen. »Zu Pferde bist du der beste Bogenschütze, den wir haben ...«, hatte er ihm erklärt, aber Dentos hatte bereits angefangen, seine Ausrüstung zusammenzupacken.

»Nortah war besser«, sagte er und spannte die Sehne auf seinen Bogen.

»Nortah ist tot.«

Dentos hatte nur gelächelt, und zum ersten Mal wurde Vaelin klar, dass er seiner Lüge nie geglaubt hatte – der Geschichte über das, was Nortah widerfahren war. Wie viel hatte er sonst noch gewusst? Was für Geheimnisse hatte er gehütet? Sein ganzes Wissen war nun verloren, vom Pfeil eines Fremden geraubt, eines Barbaren, der wahrscheinlich glaubte, er hätte den Hoffnungstöter erwischt. Vaelin fragte sich, ob der Schütze glücklich gewesen war, als er im Pfeilhagel der Cumbraeler gestorben war – vielleicht hatte er erwartet, die Götter würden ihm einen Heldenempfang bereiten. Die Enttäuschung war bestimmt schrecklich gewesen.

Am zweiten Tag erregte schließlich gegen Abend ein Kratzen an der Tür seine Aufmerksamkeit, begleitet von einem wehmütigen Winseln. Er blinzelte, schaute sich mit verschwommenem Blick im Zimmer um und wurde sich seines eigenen Gestanks bewusst, während er sich über die Bartstoppeln rieb. »Ich brauche ein Bad«, murmelte er, stand auf und öffnete die Tür. Bosko riss ihn mit seinem Gewicht zu Boden, und seine rauhe Zunge fuhr ihm mit verzweifelter Zuneigung über Gesicht und Kinn. »Schon gut, du verrückte Töle!«, ächzte Vaelin und wuchtete den Sklavenhund mit einiger Anstrengung von sich herunter. »Mir geht's gut.«

»Wirklich?« Sherin stand mit verschränkten Armen in der Tür, und ihre Miene spiegelte den Ernst wider, an den er sich von ihrer ersten Begegnung erinnerte. »Du siehst ziemlich furchtbar aus.«

Sie wandte sich um und stieg die Treppe hinunter. Wenige Minuten später kehrte sie mit einem Stofftuch und einer dampfenden Schüssel mit Wasser zurück. Sie schloss die Tür und setzte sich aufs Bett, während er sich bis auf die Hose auszog und wusch. Bosko hatte Sherin seinen Kopf in den Schoß gelegt, und sie kraulte ihn hinter den Ohren. Ihr Blick war auf Vaelins Oberkörper gerichtet, vor allem auf seine Narben, und ihr Mitleid war geradezu greifbar. »Nichts, was ich mir nicht ehrlich verdient hätte«, erklärte er ihr und griff nach dem Rasiermesser. »Das und noch viel mehr.«

»Also verachtest du dich jetzt?« In ihrer Stimme schwang Zorn mit. Ganz offensichtlich hatte sie ihm doch noch nicht verziehen, dass er Ordenskommandant Iltis verprügelt hatte.

»Was ich alles getan habe. Der Krieg …« Er verstummte und schloss kurz die Augen, bevor er sich das Gesicht einseifte und das Rasiermesser ansetzte.

»Nein, nein.« Sherin erhob sich, trat zu ihm und nahm ihm das Rasiermesser ab. »Du hast nicht geschlafen, und deine Hände zittern.« Sie zog einen Hocker heran und bedeutete ihm, darauf Platz zu nehmen. »Keine Angst, ich habe das schon oft genug getan.« Bald sah er ein, dass viele Barbiere sie um die Gewandtheit beneidet hätten, mit der sie das Rasiermesser führte. Die Klinge glitt mit flinker Präzision über seine Haut, und ihre Heilerinnenhände waren sanft und wohltuend. Für einen Moment ließ ihn ihr Duft alles vergessen, Trauer und Verzweiflung schwanden in ihrer Nähe dahin. Er wusste, dass er sie bitten sollte zu gehen, weil es sich nicht gehörte, aber er war viel zu berauscht, als dass ihn das gekümmert hätte.

»Na also.« Sie trat einen Schritt zurück, fuhr ihm mit dem Finger übers Kinn und sah ihn mit einem strahlenden Lächeln an. »Viel besser.«

Nichts hätte er lieber getan, als sie wieder an sich zu ziehen, aber stattdessen griff er nach dem Tuch und wischte sich die restliche Seife ab. »Vielen Dank, Schwester.«

»Bruder Dentos war ein guter Mann«, sagte sie. »Es tut mir leid.«

»Er war der Sohn einer Hure, und in dem Dorf, wo er aufwuchs, hassten ihn alle. Für ihn gab es auf der Welt keine andere Rolle, als im Dienste des Ordens zu kämpfen und zu sterben. Aber du hast recht, er war ein guter Mann, und er hatte ein längeres Leben und einen besseren Tod verdient.«

»Warum bist du hierhergekommen, Vaelin?« Ihre Stimme war leise, und jeglicher Zorn war daraus gewichen – jetzt klang sie nur noch traurig. »Du verachtest den Krieg, das weiß ich. Deine Fähigkeiten sind, wie die meinen, nicht dafür bestimmt. Wir sollten dem Glauben dienen, Menschen gegen Habgier und Grausamkeit verteidigen. Was verteidigen wir hier? Was hat der König versprochen, womit hat er gedroht, dass du dich darauf einlässt?«

Die Versuchung zu lügen, sich wie seit Jahren hinter Geheimnissen zu verbergen, war nur noch ein schwaches Flüstern, und er hatte das undeutliche Gefühl, einen unerforschten Pfad zu betreten. Aber das Bedürfnis, ihr die Wahrheit zu sagen, war einfach zu stark. Wenn er sie schon nicht halten konnte, dann würde er wenigstens etwas Trost darin finden, sich ihr anzuvertrauen. »Er hat herausgefunden, dass mein Vater ein Leugner geworden ist. Er gehört der Aszendentensekte an, glaube ich. Was auch immer das bedeutet.«

»Wir lassen unsere Blutsbande hinter uns, wenn wir uns dem Dienst am Glauben verschreiben.«

»Tatsächlich? Hast du das getan? Deine Barmherzigkeit hat irgendwo ihren Ursprung, Schwester. Auf den Straßen, von denen du herkommst, unter den Armen, die du rettest. Lassen wir wirklich jemals etwas hinter uns?«

Sie schloss die Augen, neigte den Kopf und schwieg.

»Tut mir leid«, sagte er. »Deine Vergangenheit geht mich nichts an. Ich wollte nicht ...«

»Meine Mutter war eine Diebin«, sagte sie und begegnete seinem Blick mit offener Miene; ihre Stimme hatte plötzlich einen rauhen, fremdartigen Akzent. »Sie war die beste Taschendiebin im ganzen Viertel. Ihre Hände waren blitzschnell – sie konnte einem Kaufmann den Ring so flink vom Finger ziehen, wie eine Schlange eine Ratte packt. Meinen Vater habe ich nicht gekannt. Er soll ein Soldat gewesen sein, der in irgendeinen Krieg zog und nie wiederkam. Aber bevor meine Mutter ihr Handwerk lernte, hat sie sich als Hure versucht, so viel weiß ich. Sie hat mir alles beigebracht, verstehst du. Ich hätte die richtigen Hände dafür, hat sie gesagt.« Sie betrachtete ihre Hände, und die schlanken Finger ballten sich zur Faust. »Ich war ihr kleiner Liebling, ihre Kumpanin, wie sie es ausdrückte, und eine Diebin muss niemals ihren Körper feilbieten. Allerdings war ich, wie sich herausstellte, doch nicht ganz so begabt, wie sie glaubte. Ein fetter alter Geldsack erwischte mich dabei, wie ich seiner fetten alten Frau eine Brosche stahl. Er prügelte mit dem Stock auf mich ein, worauf meine Mutter mit einem Messer über ihn herfiel. ›Niemand schlägt meine Sherry!‹, sagte sie. Sie hätte fliehen können, aber sie ist geblieben.« Sherin schlang die Arme um ihre Brust. »Sie ist geblieben, allein mir zuliebe. Als die Stadtwachen kamen, stach sie noch immer auf die Leiche ein. Am nächsten Tag wurde sie aufgehängt. Ich war da elf Jahre alt. Als das passiert war, hockte ich mich irgendwohin und wartete auf den Tod. Ich konnte nicht mehr stehlen, weißt du. Es ging einfach nicht mehr. Und etwas anderes hatte ich nicht gelernt. Keine Mutter, kein Broterwerb. Ich war am Ende. Am nächsten Morgen fragte mich eine hübsche Dame in einer grauen Robe, ob ich Hilfe brauche.«

Später konnte er sich nicht mehr daran erinnern, aufgestanden zu sein und sie an sich gezogen zu haben, aber ihr Kopf ruhte plötzlich an seiner Brust, und ihr stockte der Atem, während sie mit den Tränen kämpfte. »Es tut mir leid, Schwester ...«

Sie holte tief Luft, und ihr Schluchzen wurde leiser, als sie zu ihm aufschaute und mit schiefem Lächeln flüsterte: »Ich bin nicht deine Schwester.« Dann drückte sie ihre Lippen auf die seinen.

◆ ◆ ◆

»Du schmeckst« – Sherins Zunge huschte über seine Brust – »nach Sand und Schweiß.« Sie rümpfte die Nase. »Und du riechst nach Rauch.«

»Tut mir leid ...«

Sie kicherte ein wenig und beugte sich vor, um ihn auf die Wange zu küssen, bevor sie sich wieder, nackt wie sie war, an ihn schmiegte und den Kopf auf seine Brust legte. »Ich beschwere mich ja nicht.«

Seine Hände strichen über ihre schlanken, geschmeidigen Schultern, worauf sie ein lustvolles Seufzen ausstieß. »Ich habe gehört, dass es einiger Erfahrung bedarf, um daran wirklich Vergnügen zu finden«, sagte er.

»Und ich habe gehört, dass ich, wenn ich mein Leben dem Glauben widme, gegenüber den Verlockungen solcher Freuden blind sein werde.« Sie küsste ihn erneut, länger dieses Mal, leckte ihm genüsslich über die Lippen. »Offenbar kann man nicht alles glauben, was man so hört.«

Sie lagen bereits seit Stunden beieinander und hatten sich mit leiser, inniger Leidenschaft geliebt. Bosko hielt vor der Tür Wache, um etwaige Besucher fernzuhalten. Es war ein wunderbares, betörendes Gefühl, sie zu spüren, die Liebkosung ihres Atems, während er sich in ihr bewegte – all das war überwältigend. Obwohl er traurig war und ein schlechtes Gewissen hatte, obwohl er wusste, was außerhalb dieses Gemachs auf ihn wartete, war er für den Augenblick und vielleicht zum ersten Mal in seinem Leben richtig glücklich.

Das schwache Licht der Morgendämmerung drang durch die Fensterläden herein, und er konnte ihr Gesicht deutlich erkennen, ihr zufriedenes Lächeln, als sie den Kopf hob. »Ich liebe dich«, sagte er und fuhr ihr mit den Fingern durchs Haar. »Ich habe dich schon immer geliebt.«

Ihre Hand wanderte über die harten Muskeln an seiner Brust und seinem Bauch. »Wirklich? Obwohl wir all die Jahre getrennt waren?«

»Ich glaube nicht, dass eine solche Liebe wirklich schwächer werden kann.« Er umfasste zärtlich ihre Hand. »Die Schwarzfeste. Warst du … haben sie dir wehgetan?«

»Nur wenn entsetzliche Angst so etwas wie Folter ist. Ich war bloß eine Nacht dort, aber was ich da gehört habe …« Ein Schauder ergriff sie, und er drückte ihr einen Kuss auf die Stirn.

»Tut mir leid, aber ich musste es wissen. Deine Worte müssen großen Einfluss gehabt haben, dass sie dem König und Aspekt Tendris solche Sorgen bereiteten.«

»Dieser Krieg ist mehr als nur ein Irrtum, Vaelin. Er befleckt unsere Seelen. Und er verstößt in jeder Hinsicht gegen unseren Glauben. Ich musste meine Stimme erheben. Niemand sonst hat es getan, nicht einmal Aspektin Elera, obwohl ich sie darum angefleht habe. Also habe ich mich auf die Marktplätze begeben und es allen zugerufen, die des Weges kamen. Zu meiner Überraschung blieben nicht wenige stehen, vor allem in den ärmeren Vierteln. Was ich sagte, wurde niedergeschrieben und mit den neuen Vorrichtungen aus Tinte und Holzplatten, die der dritte Orden verwendet, vervielfältigt. In immer größerer Zahl wurden Flugblätter in Umlauf gebracht, auf denen Dinge standen wie: ›Beendet den Krieg und rettet den Glauben.‹«

»Klingt einleuchtend.«

»Danke. Zwei Wochen vergingen, bis sie mich holen kamen. Bruder Iltis und seine Männer stürmten mit einem königlichen Haftbefehl das Ordenshaus. Bruder Iltis ist, wie du schon festgestellt hast, kein besonders liebenswürdiger Mensch, und es hat ihm großes Vergnügen bereitet, mir in allen Einzelheiten darzulegen, was mir in der Schwarzfeste bevorstand. In jener Nacht lag ich wach und lauschte den Schreien. Als die Zellentür aufging, wäre ich vor Angst fast in Ohnmacht gefallen, aber es war Prinzessin Lyrna mit sauberen Kleidern und einem königlichen Dekret, mich in ihre Obhut zu entlassen.«

Lyrna. Was sie damit wohl beabsichtigte? »Dann stehe ich in ihrer Schuld.«

»Und ich ebenfalls. Menschen, die so gütig und tapfer sind, gibt es nur wenige. Sie hat dafür gesorgt, dass ich alles bekam, was ich brauchte, ein schönes Zimmer ganz für mich allein, Bücher und Pergamente. Wir haben viele Stunden in ihrem geheimen Garten mit Gesprächen verbracht. Sie ist ein wenig einsam, glaube ich. Als ich sie verließ, um deinem Ruf zu folgen, hat sie sogar geweint. Ich soll dich übrigens ganz herzlich von ihr grüßen.«

»Wie liebenswürdig von ihr.« Er wollte unbedingt das Thema wechseln. »Was hat er dir vorgeschlagen? Janus? Er hat doch sicher versucht, irgendeine Übereinkunft mit dir zu treffen.«

»Na ja, ich habe ihn nur einmal gesehen. Smolen, der Hauptmann der königlichen Leibwache, hat mich in sein Gemach geführt. In der Stadt und im Palast gingen Gerüchte um, er sei krank, und das war ihm auch anzusehen – er hatte ganz graue Haut und ist entsetzlich hager geworden. Wahrscheinlich das Alter und die Schwindsucht. Ich habe ihm angeboten, ihn zu untersuchen, aber er sagte, er hätte Ärzte genug. Dann hat er mich eine Weile lang angestarrt und mir am Ende nur eine Frage gestellt. Als ich ihm darauf antwortete, lachte er und befahl dem Hauptmann, mich in die Gemächer von Prinzessin Lyrna zurückzubringen. Es war ein trauriges Lachen, als hätte er vieles zu bereuen.«

»Was hat er dich gefragt?«

Sie erhob sich auf die Knie, und die Decke glitt zurück und enthüllte ihre schlanke Gestalt. Ihre Augen funkelten, und da bemerkte er, dass sie weinte. »Er fragte mich, ob ich dich liebe. Ich sagte ja. Was auch der Wahrheit entspricht.« Sie strich ihm mit zitternden Fingern übers Gesicht. »Wirklich. Ich hätte mit dir fortgehen sollen, als du mich darum gebeten hast, vor all den Jahren.«

An jenem Morgen, als er nach der qualvollen Heilung aufgewacht war, nach dem Aspektenmassaker, als sie ihm das Leben gerettet hatte. »Ich dachte, das sei ein Traum gewesen.«

»Dann haben wir ihn gemeinsam geträumt.« Ihre Hand hielt mitten in der Bewegung inne, und ihr Tonfall wurde zögerlich. »Und wir können ihm auch wieder neues Leben einhauchen. Für mich ist in den Königslanden kein Platz mehr, und es gibt eine ganze Welt, auf die ich neugierig bin. Lass sie uns zusammen erkunden! Vielleicht finden wir einen Ort, wo es keine Könige gibt und keinen Krieg, keine Menschen, die einander aufgrund ihres Glaubens töten oder für Geld.«

Er zog sie an sich und schloss sie in seine Arme. Wie warm sie doch war, und wie ihre Haare dufteten! »Erst muss ich hier noch etwas tun. Etwas, das keinen Aufschub duldet.«

Er spürte, wie sie sich versteifte. »Wenn du glaubst, diesen Krieg gewinnen zu können, dann gibst du dich einer törichten Hoffnung hin. Das alpiranische Reich erstreckt sich über Tausende von Meilen, von der Wüste bis zu den in Eis gehüllten Bergen, und darin leben mehr Menschen, als es am Himmel Sterne gibt. Wenn es dir gelingt, eine Armee zurückzuschlagen, wird der Kaiser alsbald die nächste schicken, eine nach der anderen.«

»Nein, es geht nicht um den Krieg. Der Aspekt hat mich mit einer Aufgabe betraut. Und davor kann ich nicht weglaufen, auch wenn ich das gerne tun würde. Wenn es vorbei ist, gehören unsere Träume ganz allein uns.«

Sie schmiegte sich fester an ihn, legte ihm die Lippen ans Ohr und flüsterte: »Versprochen?«

»Versprochen.« Er meinte es ernst, von ganzem Herzen, und konnte nicht begreifen, warum es ihm wie eine Lüge vorkam.

Auf dem Flur ertönte ein lautes Knurren, das sie aus ihrer Zweisamkeit riss. Janril Norin rief durch die Tür nach Vaelin, wobei seiner Stimme anzuhören war, dass es ihm nicht im Mindesten gefiel, einem wütenden Sklavenhund trotzen zu müssen.

Sherin fuhr sich mit der Hand an den Mund und unterdrückte ein Lachen. Dann verschwand sie unter der Decke, während Vaelin nach seiner Hose griff. »Was ist?«, fragte er und öffnete die Türe.

»Vor dem Tor steht ein Alpiraner und fordert Euch zum Kampf, Euer Lordschaft.« Janril ließ den Blick kurz durch das Zimmer schweifen, bevor er seine Aufmerksamkeit wieder dem noch immer knurrenden Bosko zuwandte. »Hauptmann Antesch hat vorgeschlagen, ihn zu teeren und zu federn, aber Bruder Caenis meinte, Ihr wollt ihn vielleicht lebend.«

»Wie sieht er aus, dieser Alpiraner?«

»Ein großer Kerl mit ein paar grauen Haaren. Gekleidet ist er wie die Reiter, gegen die wir am Strand gekämpft haben. Anscheinend geht es ihm nicht besonders gut – er kann sich kaum im Sattel halten. Wahrscheinlich treibt er sich schon zu lange in der Wüste herum.«

»Wie viele Männer hat er bei sich?«

»Keine, Euer Lordschaft. Er ist allein, ob Ihr's glaubt oder nicht.«

»Richtet Bruder Frentis aus, er soll den Spähtrupp zusammenrufen, und sagt Bruder Caenis, dass ich gleich bei ihm sein werde.«

»Euer Lordschaft.«

Vaelin schloss die Tür und suchte seine Kleider zusammen.

»Wirst du gegen ihn kämpfen?«, fragte Sherin und schlüpfte unter der Decke hervor.

»Nein, und das weißt du.« Er zog sein Hemd an und beugte sich zu ihr, um sie zu küssen. »Du musst mir einen Gefallen tun.«

♦ ♦ ♦

Hauptmann Neliesen Nester Hevren saß vornübergebeugt im Sattel, das unrasierte Gesicht von grenzenloser Erschöpfung gezeichnet. Als die Tore aufschwangen und er Vaelin erblickte, breitete sich grimmige Genugtuung auf seinen Gesichtszügen aus.

»Habt Ihr den Mut gefunden, es mit mir aufzunehmen, Nordmann?«, rief er Vaelin entgegen.

»Mir blieb keine andere Wahl, sonst hätten meine Männer jegliche Achtung vor mir verloren.« Vaelin spähte an dem Hauptmann vorbei in die Wüste hinaus. »Wo ist Euer Heer?«

»Das sind alles Narren, und ihr Anführer ist ein Feigling!«, fauchte Hevren. »Ihm fehlt der Mut, das zu tun, was getan werden muss. Die Götter sollen Everen verfluchen, diesen in der Wüste geborenen Ab-schaum. Der Kaiser wird seinen Kopf fordern.« Er richtete den Blick auf Vaelin, und reiner, ungezügelter Hass lag darin. »Aber erst werde ich Euch besiegen, Hoffnungstöter!«

Vaelin neigte den Kopf. »Wie Ihr wünscht. Wollt Ihr absteigen, oder soll es später heißen, dass Ihr Euch eines unbilligen Vorteils bedient habt?«

»Das habe ich nicht nötig.« Hevren glitt unter Schwierigkeiten aus dem Sattel. Aus seinen Kleidern rieselte Wüstensand, und sein Pferd stieß ein erleichtertes Schnauben aus. Vaelin vermutete, dass er seit Ta-gen im Sattel saß, und ihm entging nicht, dass seine Beine nachgaben, bevor er sich aufrichtete.

»Hier.« Vaelin nahm seine Feldflasche von der Schulter, entfernte den Deckel und trank einen Schluck. »Stillt Euren Durst, sonst heißt es, *ich* hätte mich eines unbilligen Vorteils bedient.« Er schraubte den Deckel wieder zu und warf die Feldflasche zu Hevren hinüber.

»Von Euch brauche ich nichts«, sagte Hevren, aber Vaelin sah, wie seine Hand mit der Feldflasche zitterte.

»Dann könnt Ihr hierbleiben und verrotten«, erwiderte er und wandte sich zum Gehen.

»Wartet!« Hevren öffnete die Flasche, stürzte ihren Inhalt hinunter und warf sie beiseite. »Genug geredet, Hoffnungstöter.« Er zog seinen Säbel, nahm Kampfhaltung an und wischte sich ein paar Schweißtropfen von der Stirn, die sich dort plötzlich gebildet hatten.

»Es tut mir leid, Hauptmann«, entgegnete Vaelin. »Es tut mir leid um die Hoffnung Eures Reiches, es tut mir leid, dass wir hierhergekommen sind, und es tut mir leid, dass ich Euch nicht den Tod geben kann, nach dem Ihr Euch sehnt.«

»Ich habe gesagt: Genug geredet!« Hevren trat einen Schritt vor und holte mit dem Säbel aus, blieb dann jedoch stehen und blinzelte verwirrt. Seine Augen wurden glasig.

»Zwei Teile Baldrian, ein Teil Königswurz und eine Prise Kamille, um den Geschmack zu überdecken.« Vaelin hielt den Deckel der Feldflasche hoch, den er gegen den mit Sherins Schlaftrunk vertauscht hatte. »Tut mir leid.«

»Ihr …« Hevren stolperte ein paar Schritte vorwärts, bevor er vornüberfiel. »Nein!«, ächzte er und versuchte verzweifelt, sich aufzurappeln. »Nein …« Er zappelte noch einen Moment und blieb dann reglos liegen.

»Bringt ihn irgendwohin, wo er es einigermaßen bequem hat«, rief Vaelin zu den nilsaelischen Wachmännern hinauf, die die Mauern bemannten. »Aber sperrt ihn sicher ein und durchsucht ihn gründlich nach Waffen.«

Frentis kam mit dem Spähtrupp angeritten und zügelte sein Pferd unter dem Bogen des Torhauses. »Da hast du dich ja mächtig verausgabt«, stellte er fest, während die Nilsaeler den bewusstlosen Hevren davontrugen.

»Ich habe ihm schon genug weggenommen«, erwiderte Vaelin. »Sein

Heer ist nirgendwo in Sicht. Reitet nach Westen und seht, ob ihr irgendwo ihre Fährte aufnehmen könnt.«

»Glaubst du, dass sie auf Untesch vorrücken?«

»Entweder das, oder sie marschieren nach Marbellis zurück. Folgt ihnen nicht mehr als einen Tag und geht kein Risiko ein. Wenn ihr entdeckt werdet, dann kehrt sofort um.«

Frentis nickte und gab seinem Pferd die Sporen. Der Spähtrupp folgte ihm dichtauf. Vaelin schaute ihnen nach, während sie nach Westen ritten, und bemühte sich, das leise Unbehagen zu ignorieren, mit dem sich das Lied des Blutes regte.

◆ ◆ ◆

Die Nacht brach herein, und von Frentis keine Spur. Vaelin wartete auf dem Wehrgang über dem Torhaus, blickte auf die Wüste hinaus und bewunderte nicht zum ersten Mal den klaren Himmel und die Vielzahl von Sternen, die über dem nachtschwarzen Sand funkelten.

»Du machst dir Sorgen um ihn.« Sherin stand plötzlich neben ihm und strich ihm ganz kurz über den Handrücken, bevor sie die Arme unter ihrem Umhang verschränkte.

»Er ist mein Bruder«, erwiderte er. »Der Hauptmann schläft noch?«

»Wie ein Kind. Dafür, dass er mehrere Tage in der Wüste zugebracht und dabei nur wenig getrunken hat, geht es ihm einigermaßen gut.«

»Halte dich von ihm fern, wenn er aufwacht. Er wird vor Wut toben.«

»Er hasst dich sehr.« In ihrer Stimme schwang Bedauern mit. »Sie alle hassen dich, diese Menschen, obwohl du so viel für sie getan hast …«

»Ich habe ihren Thronfolger ermordet und ein fremdes Heer in ihre Stadt gebracht. Und wahrscheinlich auch die Rote Hand. Sollen sie mich hassen – ich habe es verdient.«

Sie trat dichter an ihn heran und warf dem Wachmann, der ganz in der Nähe stand und eingehend den Dreck unter seinen Fingernägeln betrachtete, einen argwöhnischen Blick zu. »Die Genesung des Steinmetzes macht gute Fortschritte, aber er hat von den Verbrennungen noch starke Schmerzen. Ich helfe ihm, so gut ich kann, aber er redet im Schlaf wirres Zeug, und das manchmal in irgendwelchen Sprachen, die ich nicht kenne.« Sie sah ihn fragend an. »Aber das, was ich davon verstehe …«

Er hob eine Augenbraue. »Was sagt er?«

»Er spricht über ein Lied, über Sänger, über einen lebendigen Wolf, der aus Stein gefertigt ist, über eine gemeine, gefährliche Frau. Und über dich, Vaelin. Vielleicht ist das alles nur Unsinn, die Wahnvorstellungen eines unter Medikamenten stehenden Träumers, aber es macht mir Angst. Und du weißt, dass ich mich nicht so schnell fürchte.«

Er legte ihr einen Arm um die Schultern und zog sie an sich, ohne den erschrockenen Blick zu beachten, mit dem sie zu dem Soldaten hinüberschaute. »Was spielt das jetzt noch für eine Rolle?«, fragte er.

»Deine Stellung hier, deine Bestimmung.«

»Sollen sie doch einen Aufstand machen, wenn ihnen danach ist.« Er hob die Stimme, sodass der Wachmann ihn hören konnte, obwohl dieser sich alle Mühe gab, seine Aufmerksamkeit auf etwas anderes zu richten. Vaelin wusste nur zu gut, dass sich das bis zum Morgen in sämtlichen Kasernen herumsprechen würde. Es war ihm gleichgültig.

»Lass das.« Sherin befreite sich aus seiner Umarmung, musste sich aber anstrengen, ein Lächeln zu unterdrücken.

Der Wachmann räusperte sich, und als Vaelin sich zu ihm umdrehte, deutete er in die Wüste hinaus. »Der Spähtrupp kehrt zurück, Euer Lordschaft.«

Die Tore schwangen auf, und die Reiter trabten erschöpft hindurch. Vaelin stellte erschrocken fest, dass Frentis nicht unter ihnen war. »Das Heer der Alpiraner stand weniger als zehn Meilen vor Untesch, als wir sie einholten, Euer Lordschaft«, erklärte Feldwebel Halkin, Frentis' rechte Hand. »Daraufhin beschloss Bruder Frentis, weiterzureiten und Prinz Malcius vor der Gefahr zu warnen. Uns hat er befohlen, hierher zurückzukehren und Euch Bericht zu erstatten.«

Vaelin drückte ganz kurz Sherins Hand und eilte dann in Richtung Stallungen, wobei er über die Schulter rief: »Holt Bruder Barkus und Bruder Caenis!«

ZEHNTES KAPITEL

S o viel dazu«, sagte Barkus.

»Ganz schön gerissen«, murmelte Caenis. »Offenbar haben wir diesen Alpiraner unterschätzt.«

Eine dichte Rauchwolke hing über Untesch und trübte das Licht der Morgensonne. Der Boden vor den Mauern war von Hunderten von Leichen übersät, und zahllose Sturmleitern reichten zu den Zinnen hinauf. Durch den Qualm sah Vaelin ein Banner im Wind flattern, schwarze Säbel gekreuzt auf rotem Hintergrund, wie in der Oase. Der Kriegsherr der Alpiraner hatte sich nicht auf eine langwierige Belagerung eingelassen, sondern mit aller Macht angegriffen und dabei entsetzliche Verluste in Kauf genommen, um die Stadt für den Kaiser zurückzuerobern. Untesch war gefallen. Prinz Malcius und Frentis waren tot oder in Gefangenschaft.

Ich bin ein Mörder ...

»Das erzählen wir den Männern besser nicht«, sagte Caenis. »Es wäre schlecht für die Moral der Truppe ...«

»Nein«, erwiderte Vaelin. »Wir sagen ihnen die Wahrheit. Sie wissen, dass ich sie niemals anlügen würde. Vertrauen ist wichtiger, als frei von Angst zu sein.«

»Vielleicht ist es ihm gelungen zu fliehen«, gab Barkus zu bedenken, auch wenn er nicht eben überzeugt klang. »Auf einem Schiff oder so.«

Vaelin schloss die Augen, darum bemüht, Ordnung in seine Gedanken zu bringen und das Lied des Blutes auszusenden, wie vor wenigen Tagen, als er Dentos in dem Sandsturm aus den Augen verloren hatte. Vergeblich – er hörte nur einen einzelnen gleichbleibenden Ton. »Er ist nicht hier«, flüsterte er und spürte Hoffnung in sich aufkeimen. Halb hatte er erwogen, bis zur Dunkelheit zu warten und dann irgendwie über die Mauern zu klettern, um Frentis im Durcheinander nach der Schlacht aufzuspüren, auch wenn er sich darüber im Klaren war, dass er dabei sehr wahrscheinlich sein Leben lassen würde. *Aber wenn er nicht hier ist, wo ist er dann? Er hätte den Prinzen bestimmt nicht im Stich gelassen.*

»Späher«, sagte Caenis und deutete auf die Ebene vor der Stadt, wo ein Trupp Reiter auf sie zugaloppiert kam und dabei eine dichte Staubwolke aufwirbelte.

»Nicht mehr als ein Dutzend.« Barkus zog seine Axt aus dem Sattel und löste die Lederscheide von der Klinge. »Eine gute Gelegenheit, den Prinzen und unseren Bruder zu rächen.«

»Lass gut sein.« Vaelin zog an Speiers Zügeln und wandte der Stadt den Rücken zu. »Los, reiten wir!«

◆ ◆ ◆

Während sie sich auf den Ansturm des Feindes vorbereiteten, verging ein weiterer Monat. Vaelin ließ die Männer mit der Waffe üben, bis sie fast vor Erschöpfung umfielen. Ihm kam es darauf an, dass jeder Mann genau wusste, wo er auf der Mauer Stellung beziehen sollte. Er wollte nicht schon beim ersten Angriff einen Großteil seiner Soldaten verlieren. Und er wusste, dass sie Angst hatten und ihm zunehmend feindselig gesonnen waren, doch ihm fiel nichts Besseres ein, als die Disziplin noch weiter zu verschärfen. Zu seiner Überraschung beging jedoch niemand Fahnenflucht, selbst nachdem Barkus von einem Erkundungsritt nach Marbellis zurückgekehrt war und berichtete, dass auch diese Stadt gefallen war.

»Da liegt alles in Trümmern«, erzählte der breitschultrige Bruder und schwang sich von seinem Pferd. »Die Mauern sind an sechs Stellen niedergerissen, die Hälfte der Häuser ist ausgebrannt, und vor den Mauern lagern mehr Alpiraner, als ich zählen konnte.«

»Gefangene?«, fragte Vaelin.

Die für gewöhnlich so heitere Miene des Bruders war düster. »Auf den Mauern waren Pfähle aufgestellt. Viele, viele Pfähle. Und auf jedem steckte ein Kopf. Falls sie irgendjemanden verschont haben, habe ich es nicht gesehen.«

Der Kriegsherr … Alucius … Meister Sollis …

»Was waren wir doch für Narren, dass wir dem Befehl des alten Schafskopfs gefolgt und hierhergekommen sind«, sagte Barkus.

»Ruh dich erst mal aus, Bruder«, wies Vaelin ihn an.

Nächtens schlich sich Sherin zu ihm, und wenn sie einander liebten und hinterher aneinandergeschmiegt dalagen, empfand er große Erleichterung. Manchmal weinte sie, obwohl sie versuchte, ihr leises Schluchzen vor ihm zu verbergen. »Ganz ruhig«, flüsterte er dann. »Bald ist alles vorbei.«

Nach einer Weile ließ ihr Schluchzen dann nach und verstummte schließlich ganz, und sie küsste mit verzweifelter Leidenschaft sein Gesicht. Wie alle anderen Menschen in der Stadt wusste auch sie nur zu gut, was ihnen bevorstand. Die Alpiraner würden wie eine Welle über die Mauern branden, und er und alle anderen Untertanen des Königs, die ihre Waffen erhoben, würden sterben.

»Wir können fortgehen«, flehte sie ihn eines Nachts an. »Im Hafen liegen noch ein paar Schiffe. Wir können einfach davonsegeln.«

Seine Hand strich ihr über die glatte Stirn, über die sanfte Rundung ihrer Wange und die anmutige Linie ihres Kinns. Es war wundervoll, ihr Gesicht zu berühren und zu spüren, wie sie jedes Mal erschauerte, bevor ihr die Röte in die Wangen stieg. »Denk an mein Versprechen, Liebste«, sagte er und tupfte mit dem Daumen eine Träne aus ihrem Auge.

Am nächsten Morgen machte er einen Rundgang über die Mauern, als Caenis zu ihm trat und berichtete, dass Schiffe aus den Königslanden den Hafen anliefen. »Wie viele?«

»Fast vierzig.« Sein Bruder schien sich nicht weiter zu wundern. Die Möglichkeit, dass der König sie ohne Unterstützung ihrem Schicksal überlassen könnte, schien ihm gar nicht in den Sinn gekommen zu sein. »Wir erhalten Verstärkung.«

◆ ◆ ◆

»Die Männer reden«, sagte Caenis, während sie am Kai warteten und zuschauten, wie das erste Schiff an der Mole vorbei in den Hafen hineinsteuerte. Ihm war anzuhören, dass er sich unbehaglich fühlte, aber davon ließ er sich nicht bremsen. »Über Schwester Sherin.«

Vaelin zuckte mit den Schultern. »Sollen sie doch. Wir waren nicht unbedingt zurückhaltend.« Er sah Caenis an und bereute sofort, wie leichtfertig er geantwortet hatte. »Ich liebe sie, Bruder.«

Caenis mied seinen Blick und erwiderte merklich bedrückt: »Nach den Grundsätzen des Ordens bist du nicht mehr mein Bruder.«

»Vortrefflich! Dann solltest du mich umgehend absetzen. Ich überlasse dir die Stadt nur allzu gerne …«

»Deine Stellung als Oberhauptmann des Regiments und Kommandant der Garnison wurde dir vom König gegeben, nicht vom Orden. Ich habe nicht die Macht, dich abzusetzen. Ich kann nur dem Aspekten deine … deine Verfehlung melden, auf dass er darüber urteile.«

»Wenn ich denn so lange überlebe.«

Caenis deutete auf die nahenden Schiffe. »Wir erhalten Verstärkung. Der König hat uns nicht im Stich gelassen. Ich glaube, so schnell werden wir nicht sterben.«

In der Ferne sah Vaelin den Hauptteil der Flotte träge auf den Wellen tanzen. *Warum bleiben sie dort draußen?*, fragte er sich. Und ganz allmählich dämmerte ihm, was das bedeutete – das Schiff, das langsam näher kam, lag so hoch im Wasser, dass es unmöglich Verstärkung an Bord haben konnte.

Seeleute warfen den Soldaten auf dem Kai Taue zu, und das Schiff wurde an Pollern festgezurrt. Rasch senkte sich ein Laufsteg über die Reling herab. Vaelin hatte einen hohen Offizier des königlichen Heers erwartet, doch zu seiner Überraschung stapfte eine Gestalt in einer vornehmen Adelstracht auf unsicheren Beinen vom Schiff ans Ufer. Es dauerte einen Moment, bis sich Vaelin den Namen des Mannes ins Gedächtnis gerufen hatte: Kelden Al Telnar, ehemaliger Minister der königlichen Werke. Der Mann, der ihm folgte, entsprach eher Vaelins Erwartungen – er war hochgewachsen, in ein schlichtes blauweißes Gewand gekleidet und hatte einen ordentlich gestutzen Bart und mahagonifarbene Haut.

»Lord Vaelin.« Al Telnar verbeugte sich, als Vaelin vortrat, um ihn zu begrüßen.

»Euer Lordschaft.«

»Darf ich vorstellen: Lord Merulin Nester Velsus, Erzankläger des alpiranischen Reiches, derzeit amtierender Botschafter am Hofe von König Janus.«

Vaelin verneigte sich vor dem Neuankömmling. »Ankläger, ja?«

»Eine schlechte Übersetzung«, erwiderte Merulin Nester Velsus in der Sprache der Königslande, die er offenbar fast fehlerfrei beherrschte. Sein Tonfall war kühl, und er musterte Vaelin mit dem Blick eines Raubvogels. »Genau genommen entscheide ich im Auftrag des Kaisers über Recht und Unrecht.«

Vaelin wusste später nicht mehr, wann er in lautes Gelächter ausgebrochen war, aber es dauerte eine ganze Weile, bis er seine Fassung wiedererlangt hatte. Schließlich wandte er sich mit ernster Miene Al Telnar zu. »Ich gehe davon aus, Ihr habt einen königlichen Befehl für mich?«

◆ ◆ ◆

»Ihr habt die Befehle verstanden, Euer Lordschaft?« Al Telnar war nervös – auf seiner Oberlippe hatte sich ein dünner Schweißfilm gebildet, und er hatte die Hände auf dem Tisch gefaltet. Aber seine offensichtliche Befriedigung, an einem Augenblick von solcher Tragweite beteiligt zu sein, war anscheinend stärker als die Bangigkeit, die er empfinden mochte, weil er einem bekanntermaßen gefährlichen Mann solche Befehle überbringen musste.

Vaelin nickte. »Völlig.« Sie befanden sich im Ratssaal der Handelsgilde, und außer dem hochgewachsenen alpiranischen Erzankläger und Al Telnar war niemand anwesend. Das Fehlen von Zeugen hatte Al Telnar verärgert, und er hatte gefragt, warum keine Schreiber das Verfahren aufzeichneten. Vaelin hatte sich nicht einmal um eine Antwort bemüht.

»Ich habe das Wort des Königs schriftlich vorliegen.« Al Telnar griff nach einer Ledermappe und zog einen Stapel Papiere heraus, die das königliche Siegel trugen. »Wenn Ihr selbst …«

Vaelin schüttelte den Kopf. »Ich habe gehört, dass der König nicht wohlauf ist. Hat er Euch diese Befehle persönlich übergeben?«

»Nun ja, nein. Prinzessin Lyrna ist zur Kämmerin ernannt worden, natürlich nur, bis der König wieder bei Kräften ist.«

»Aber seine Krankheit hindert ihn nicht daran, Befehle zu erteilen?«

»Prinzessin Lyrna machte auf mich den Eindruck einer sehr pflichtbewussten Tochter«, warf Lord Velsus ein. »Wenn es Euch ein Trost ist – ich habe einen beträchtlichen Widerwillen in ihrem Auftreten wahrgenommen, als sie die Worte ihres Vaters verkündete.«

Vaelin wollte es nicht gelingen, ein Kichern zu unterdrücken. »Habt Ihr jemals *Keschet* gespielt, Euer Lordschaft?«

Velsus' Augen wurden schmal, und er beugte sich wütend über den Tisch. »Ich verstehe nicht, was Ihr damit sagen wollt, aber Ihr seid ein ungehobelter Barbar, und es ist mir gleichgültig. Euer König hat sein Wort gegeben. Werdet Ihr Euch daran halten?«

»Ähem.« Al Telnar räusperte sich. »Prinzessin Lyrna hat mich gebeten, Euch etwas von Eurem Vater auszurichten, Euer Lordschaft.« Er stockte angesichts des durchdringenden Blicks, den Vaelin auf ihn gerichtet hielt, sprach jedoch tapfer weiter. »Allem Anschein nach geht es auch ihm nicht besonders gut. Die eine oder andere Alterskrankheit, wie mir gesagt wurde. Allerdings hat die Prinzessin mir versichert, dass sie alles tun wird, um ihn am Leben zu erhalten. Und sie hofft, dass ihr das noch lange gelingt.«

»Wisst Ihr, warum sie Euch auserwählt hat, Euer Lordschaft?«, fragte Vaelin.

»Ich bin davon ausgegangen, dass sie erkannt hat, was für gute Dienste ich geleistet …«

»Sie hat Euch auserwählt, weil es für die Königslande kein Verlust wäre, falls ich Euch töten würde.« Er wandte Al Telnar den Rücken zu. »Wartet draußen. Ich habe mit Lord Velsus einiges zu klären.«

Als er mit dem alpiranischen Erzankläger allein war, spürte er dessen Hass wie Feuer – er loderte förmlich in seinen Augen. Al Telnar mochte an der Bedeutung des Augenblicks Gefallen finden, aber es war offensichtlich, dass es Lord Velsus gleichgültig war, wie die Geschichts-schreiber urteilen würden. Ihm war es um Gerechtigkeit zu tun. Oder um Rache?

»Ich habe gehört, dass er ein ehrenwerter Mann war«, sagte Vaelin. »Die Hoffnung Eures Reiches.«

Velsus sah ihn zornig an, und seine Stimme war ein heiseres Kräch-zen. »Ihr werdet die Größe des Mannes, den Ihr getötet habt, niemals begreifen. Geschweige denn die ungeheuerliche Tragweite dessen, was Ihr getan habt.«

Vaelin musste daran denken, wie der Thronfolger in seiner weißen Rüstung unbeholfen auf ihn zugaloppiert war, unter völliger Missach-tung seiner eigenen Sicherheit. War das Größe gewesen? Tapferkeit gewiss, es sei denn, der Thronfolger hatte sich auf das sagenhafte Wohl-wollen der Götter verlassen. So oder so, in der Raserei des Gefechts war keine Zeit für Bewunderung oder Überlegung gewesen. Die Hoffnung des alpiranischen Reiches war ein Gegner wie jeder andere gewesen, und er hatte ihn töten müssen. Er bereute es, aber ein schlechtes Gewis-sen hatte er deswegen noch lange nicht. Auch das Lied des Blutes regte sich nicht, wenn er daran zurückdachte.

»Ich habe diesen Krieg mit vier Brüdern begonnen«, erklärte er Vel-sus. »Jetzt ist einer tot und ein weiterer verschollen. Die beiden, die noch übrig sind …« Er hielt inne. *Die beiden, die übrig sind …*

»Eure Brüder kümmern mich nicht«, erwiderte Velsus. »Die Barm-herzigkeit des Kaisers bereitet mir Höllenqualen. Wenn es nach mir ginge, würde ich Euer ganzes Heer auspeitschen und in die Wüste trei-ben lassen, als Festmahl für die Geier.«

Vaelin blickte ihm direkt in die Augen. »Wenn nur der geringste Ver-such unternommen wird, meine Männer daran zu hindern, die Stadt zu verlassen …«

»Der Kaiser hat sein Wort gegeben, und es wurde unter Zeugen nie-dergeschrieben. Es kann nicht gebrochen werden.«

»Wäre es gegen den Willen der Götter, das zu tun?«

»Nein, es wäre gegen das Gesetz. Unser Reich gründet auf Gesetzen, Barbar. Gesetze, an die selbst die Größten unter uns gebunden sind. Der Kaiser hat sein Wort gegeben.«

»Dann bleibt mir wohl nichts anderes übrig, als Euch zu vertrauen.

Ich möchte jedoch betonen, dass Statthalter Aruan uns während unseres Aufenthalts hier in keinster Weise unterstützt hat. Er ist ganz und gar der treue Diener des Kaisers geblieben.«

»Der Statthalter wird gewisslich selbst Zeugnis ablegen.«

Vaelin nickte. »Nun gut.« Er erhob sich vom Tisch. »Dann also morgen bei Tagesanbruch, eine Meile südlich vom Haupttor. Ich vermute, dass einige alpiranische Truppen in der Nähe auf Eure Befehle warten. Es wäre von Vorteil, wenn Ihr die Nacht bei ihnen verbringen würdet.«

»Wenn Ihr glaubt, ich würde Euch aus den Augen lassen, bis …«

»Möchtet Ihr, dass ich Euch mit der Peitsche aus der Stadt jage?« Sein Tonfall war sanft, aber dem Alpiraner konnte nicht entgehen, dass er es ernst meinte.

Velsus' Gesichtszüge zitterten, vor Wut wie vor Angst. »Wisst Ihr, was Euch erwartet, Barbar? Wenn ich Euch erst zu fassen bekomme …«

»Ich muss mich auf das Wort Eures Kaisers verlassen. Ihr müsst Euch auf das meine verlassen.« Vaelin wandte sich zur Tür. »Wir haben einen Hauptmann der kaiserlichen Garde in Gewahrsam. Ich werde ihn auffordern, Euch zu begleiten. Bitte verlasst die Stadt innerhalb von einer Stunde. Und wenn Ihr wollt, könnt Ihr Lord Al Telnar gerne mitnehmen.«

◆ ◆ ◆

Er ließ die Männer auf dem Hauptplatz in Reih und Glied antreten, und alle warteten sie auf seine Worte – renfaelische Ritter und Knappen, cumbraelische Bogenschützen, nilsaelische und königliche Soldaten. An seiner Abneigung gegen große Reden hatte sich allerdings nichts geändert, und er kam ohne Umschweife zur Sache.

»Der Krieg ist vorbei!«, erklärte er den Männern, wobei er auf einem Karren stand und mit so lauter Stimme sprach, dass auch die hinteren Ränge ihn noch deutlich hören konnten. »Seine Hoheit König Janus hat vor drei Wochen einem Vertrag mit dem alpiranischen Kaiser zugestimmt. Uns wurde befohlen, die Stadt zu verlassen und in die Königslande zurückzukehren. In ebendiesem Moment legen Schiffe im Hafen an, um uns nach Hause zu bringen. Ihr werdet kompanieweise zum Hafen marschieren und nur eure Bündel und Waffen mitnehmen. Wer sich alpiranischen Besitz aneignet, wird hingerichtet.« Kurz ließ er den Blick über die Reihen schweifen. Kein Jubel ertönte, lediglich Erleichterung machte sich auf fast allen Gesichtern breit. »Im Namen von König Janus danke ich euch für euren Einsatz. Rührt euch und wartet auf eure Befehle.«

»Ist es wirklich vorbei?«, fragte Barkus, als Vaelin von dem Karren herunterstieg.

»Aus und vorbei«, versicherte er ihm.

»Was hat den alten Narren veranlasst aufzugeben?«

»Prinz Malcius liegt tot in Untesch, der Großteil des Heeres wurde vor Marbellis niedergemacht, und in den Königslanden braut sich Ärger zusammen. Ich vermute, dass er so viel von seinem Heer retten möchte wie möglich.«

Vaelin bemerkte, dass Caenis in der Nähe stand, vielleicht der einzige Mann, der nicht in das erleichterte Gemurmel mit einstimmte. Auf dem schmalen Gesicht seines Bruders zeichnete sich eine Mischung aus Verwirrung und, ja, Trauer ab. »Sieht so aus, als würde die Ausweitung der Vereinigten Königslande ein Traum bleiben, Bruder«, sagte Vaelin mit leiser Stimme.

Caenis' Blick ging in die Ferne, als stünde er unter Schock. »Er macht keine Fehler«, flüsterte er. »Er macht nie Fehler …«

»Wir gehen nach Hause!« Vaelin legte ihm die Hände auf die Schultern und schüttelte ihn. »In ein paar Wochen wirst du wieder im Ordenshaus sein.«

»Scheiß auf das Ordenshaus«, sagte Barkus. »Ich verzieh mich in die nächstbeste Hafenschenke, wo ich so lange bleiben werde, bis diese verfluchte Farce ein Ende hat.«

Vaelin packte beide bei den Händen. »Caenis, deine Kompanie nimmt das erste Schiff. Barkus, du nimmst das zweite. Ich werde für Ordnung sorgen, solange die restlichen Männer an Bord gehen.«

◆ ◆ ◆

Lord Al Telnar entschied sich, das erste Schiff nach Hause zu nehmen, anstatt auf den Höhepunkt des historischen Augenblicks zu warten. Sein Gesicht war starr vor Verbitterung, als Vaelin ihm am Landungssteg in den Weg trat. »Erzählt meinem Bruder nichts von dem Vertrag, bevor ihr die Königslande erreicht habt.« Er blickte zu Caenis hinüber, der im Bug des Schiffes stand und immer noch äußerst unglücklich wirkte. Sie hatten alle viel verloren in diesem Krieg, Freunde und Brüder, aber Caenis war seine Wahnvorstellung abhandengekommen, sein Traum von Janus' Größe. Vaelin fragte sich, ob seine Verzweiflung in Hass umschlagen würde, wenn er alle Einzelheiten des Vertrags erfuhr.

»Wie Ihr wünscht«, erwiderte Al Telnar knapp. »Noch etwas, Euer Lordschaft, oder kann ich gehen?«

Vaelin hatte das Gefühl, ihm eine Botschaft für Prinzessin Lyrna mitgeben zu müssen, stellte jedoch fest, dass er ihr nichts zu sagen hatte. So wie er kein schlechtes Gewissen hatte, den Thronfolger des alpiranischen Reiches getötet zu haben, war er jetzt auch, zu seiner eigenen Verwunderung, nicht mehr wütend auf sie.

Er trat beiseite, um Al Telnar an Bord zu lassen, und winkte Caenis, während der Laufsteg eingezogen wurde und das Schiff sich langsam vom Kai entfernte. Caenis winkte ganz kurz zurück, bevor er sich abwandte. »Lebe wohl, Bruder«, flüsterte Vaelin.

Barkus war als Nächster an der Reihe. Er trieb seine Männer mit Kraftausdrücken zur Eile an, konnte jedoch nicht den gequälten Blick verbergen, der seit seiner Rückkehr aus Marbellis in seinen Augen lag. »Na los, etwas schneller, ihr Burschen. Die Huren und Schankwirte warten nicht ewig.« Seine Maske entglitt ihm ein wenig, als Vaelin näher kam, sein Gesicht wurde angespannt, und er rang mit den Tränen. »Du kommst nicht mit, habe ich recht?«

Vaelin lächelte und schüttelte den Kopf. »Ich kann nicht, Bruder.«

»Schwester Sherin?«

Er nickte. »Auf uns wartet ein Schiff, das uns in den Fernen Westen bringen wird. Ahm Lin kennt einen ruhigen Winkel der Welt, wo wir in Frieden leben können.«

»Frieden ... wie das wohl ist? Glaubst du, es wird dir gefallen?«

Vaelin lachte. »Keine Ahnung.« Er streckte die Hand aus, doch Barkus beachtete sie nicht, sondern drückte ihn stattdessen fest an sich.

»Soll ich dem Aspekten irgendetwas ausrichten?«, fragte er, als er zurücktrat.

»Nur dass ich beschlossen habe, den Orden zu verlassen. Die Münzen kann er behalten.«

Barkus nickte, packte seine verhasste Axt und schritt ohne einen Blick zurück den Laufsteg hinauf. Während das Schiff ablegte, stand er so reglos wie eine von Ahm Lins Statuen auf dem Vorderdeck, ein großer, edler Krieger, zu Stein erstarrt. In den kommenden Jahren würde Vaelin stets so an ihn zurückdenken.

Er blieb auf dem Kai und schaute zu, wie sie alle davonfuhren. Lord Al Trendil jagte sein Regiment mit einem Schwall gehässiger Beleidigungen aufs Schiff und verbeugte sich nur sehr flüchtig vor Vaelin, bevor er ihnen folgte. Offenbar konnte er ihm nicht verzeihen, dass er ihm untersagt hatte, sich am Krieg zu bereichern. Graf Marvens Nilsaeler kletterten mit unverhohlenem Eifer an Bord, wobei ein paar Vaelin ein fröhliches Lebewohl zuriefen, bevor sie davonsegelten. Der Graf selbst wirkte außergewöhnlich gutgelaunt. Nachdem nun keine Gelegenheit mehr bestand, sich in der Schlacht auszuzeichnen, schien er auch keinen Grund mehr zu sehen, Vaelin feindlich gesonnen zu sein. »Ich habe mehr Männer bei Prügeleien verloren als im Kampf«, sagte er und reichte Vaelin die Hand. »Und dafür schuldet mein Lehen Euch besonderen Dank, Euer Lordschaft.«

Vaelin schlug ein. »Was werdet Ihr jetzt tun?«

Marven hob die Schultern. »Wahrscheinlich wieder Banditen jagen und auf den nächsten Krieg warten.«

»Ihr werdet mir verzeihen, wenn ich hoffe, dass Ihr lange warten müsst.«

Der Graf stieß ein heiseres Lachen aus und schlenderte an Bord. Auf Deck nahm er von seinen Männern eine Flasche Wein entgegen und stimmte in ihr Lied ein, während sich das Schiff langsam vom Kai entfernte.

Den Wüstenwind hör laut ich klagen,
Bis uns die Wellen wieder tragen.
Aufs weite Meer fahrn wir hinaus,
Zur Liebsten und zum Siegesschmaus.

Baron Banders und seine Ritter schleppten sich an Bord, die schwere Last ihrer zerlegten Rüstungen auf dem Rücken. Von allen Truppen war unter ihnen die Stimmung am gemischtesten. Einige weinten über den Verlust der herrlichen Streitrösser, die sie zurücklassen mussten, andere waren offensichtlich betrunken und lachten aus vollem Halse.

»Ohne Rüstung und Pferde geben sie ein jämmerliches Schauspiel ab, was?«, bemerkte Baron Banders. Seine Rüstung mit dem unechten Rost ruhte auf den Schultern eines bedauernswerten Knappen, der mehrmals stolperte, bevor er endlich das Deck erreichte.

»Das sind gute Männer«, erwiderte Vaelin. »Ohne sie wäre diese Stadt gefallen, und keiner von uns würde nach Hause zurückkehren.«

»Das ist allerdings wahr. Wenn Ihr wieder in den Königslanden seid, dann besucht mich bitte. Auf meinem Gut steht stets ein gedeckter Tisch bereit.«

»Das werde ich, nur zu gerne.« Er schüttelte dem Baron die Hand. »Ihr solltet wissen, dass Al Telnar uns Einzelheiten über die Vorfälle in Marbellis mitgeteilt hat. Anscheinend ist es dem Kriegsherrn und ein paar anderen gelungen, sich bis zum Hafen durchzuschlagen, als die Mauer fiel. Etwa fünfzig Mann konnten fliehen. Erzfürst Theros war nicht unter ihnen, dafür aber sein Sohn.«

Der Baron lachte freudlos und sagte mit grimmiger Miene: »Die Ratten bleiben, so scheint es, immer irgendwie am Leben.«

»Verzeiht mir, Baron, aber was ist in Marbellis geschehen, dass der Erzfürst Euch entlassen hat? Das habt Ihr mir nie erzählt.«

»Als wir uns endlich bis in das wüsteste Schlachtengetümmel vorgekämpft hatten, trauten wir unseren Augen nicht. Nicht nur alpiranische Soldaten wurden da niedergemetzelt, sondern auch Frauen und Kinder …« Er atmete tief durch. »Ich erwischte Darnel und zwei seiner Ritter dabei, wie sie ein Mädchen missbrauchten, direkt neben den Leichen ihrer Eltern. Sie war bestimmt nicht älter als dreizehn. Die beiden anderen habe ich getötet, aber als ich Darnel das Gemächt abschneiden wollte, schlug mich der Erzfürst mit seinem Streitkolben nieder. Am nächsten Tag erklärte er mir: ›Er ist ein Dreckskerl, ganz ohne Frage, aber er ist auch mein einziger Sohn.‹ Und so hat er mich zu Euch geschickt.«

»Gebt auf Euch acht, wenn Ihr auf Euer Anwesen zurückkehrt. Lord Darnel scheint mir kein nachsichtiger Mensch zu sein.«

»Das bin ich auch nicht«, erwiderte Banders mit einem grimmigen Lächeln.

Die Feldwebel Krelnik, Gallis und Janril Norin gehörten zu den letzten Wolfsläufern, die aufbrachen. Vaelin schüttelte jedem von ihnen die Hand und dankte ihnen für ihren Einsatz. »Die zehn Jahre sind noch nicht um«, sagte er zu Gallis. »Aber wenn du entlassen werden willst, steht das in meiner Macht.«

»Wir sehen Euch in den Königslanden, Euer Lordschaft!«, erwiderte Gallis, salutierte und marschierte, dicht gefolgt von Krelnik und Norin, auf das Schiff.

Die cumbraelischen Bogenschützen gingen als Letzte an Bord. Vaelin hatte angeboten, sie den Renfaelern vorzuziehen, damit sie nicht befürchten mussten, er könnte sie den Alpiranern ausliefern, aber Bren Antesch hatte zu seiner Überraschung darauf bestanden, dass sie warteten, bis alle anderen fort waren. Vaelin hielt es immerhin für möglich, dass sie es auf ihn abgesehen hatten, schließlich war er nun alleine mit tausend Mann, die ihn als Feind ihres Gottes ansahen, aber sie stapften alle den Laufsteg hinauf, ohne dass es Ärger gegeben hätte, wobei die meisten ihm keine Beachtung schenkten oder ihm lediglich argwöhnisch zunickten.

»Sie sind froh, dass sie mit dem Leben davongekommen sind«, sagte Antesch, als er Vaelins Miene sah. »Aber sie werden einen Teufel tun, es zuzugeben. Und ich ebenso wenig.« Er verneigte sich, und da wurde Vaelin bewusst, dass er das zum ersten Mal tat.

»Nichts für ungut, Hauptmann.«

Antesch straffte die Schultern, schaute zu dem wartenden Schiff hinüber und sah dann wieder Vaelin an. »Das ist das letzte Schiff, Euer Lordschaft.«

»Ich weiß.«

Antesch zog eine Augenbraue hoch, als ihm klar wurde, was das bedeutete. »Ihr habt nicht vor, in die Königslande zurückzukehren.«

»Ich habe anderorts zu tun.«

»Bleibt nicht zu lange hier. Die Alpiraner würden Euch nur zu gerne an den Kragen gehen.«

»Entspricht das nicht dem, was die Prophezeiung der Dunkelklinge weissagt?«

»Wohl kaum. Die Dunkelklinge wird von einer Zauberin verführt, die sich zur Königin aufschwingt, weil sie über die Macht verfügt, aus dem Nichts Feuer heraufzubeschwören. Gemeinsam bringen sie schreckliches Unheil über die Welt, bis ihn das Feuer verschlingt, während sie sich ihrer entsetzlichen Leidenschaft hingeben.«

»Nun, wenigstens etwas, dem ich entgegensehen kann.« Er erwiderte Anteschs Verbeugung. »Viel Glück, Hauptmann.«

»Ich muss Euch noch etwas gestehen«, sagte Antesch, und seine für gewöhnlich ausdruckslose Miene verdüsterte sich. »Ich habe nicht immer Antesch geheißen. Früher hatte ich einen anderen Namen – einen, der Euch vertraut ist.«

Das Lied des Blutes schwoll an, nicht um ihn zu warnen, sondern eindeutig triumphierend. »Sprecht«, sagte er.

◆ ◆ ◆

Ahm Lins Verbrennungen waren gut verheilt, aber die Narben würde er sein Leben lang tragen. Ein großer runzliger Fleck verunstaltete die rechte Seite seines Gesicht von der Wange bis zum Hals, und auf Armen und Brust hatte er ähnliche Narben. Trotzdem war er so leutselig wie eh und je, auch wenn er seine Trauer über das, worum Vaelin ihn bat, nicht verbergen konnte.

»Sie hat sich hingebungsvoll um mich gekümmert«, sagte er. »Ihr so etwas anzutun …«

»Würdet Ihr für Eure Gattin nicht dasselbe tun?«, fragte Vaelin.

»Ich würde meinem Lied folgen, Bruder. Könnt Ihr das von Euch behaupten?«

Vaelin dachte an die klare, triumphierende Melodie, zu der das Lied des Blutes angeschwollen war, als er Anteschs Worten gelauscht hatte. »Mehr denn je.« Er erwiderte den Blick des Steinmetzes. »Werdet Ihr tun, worum ich Euch bitte?«

»Offenbar sind unsere Lieder im Gleichklang, also bleibt mir keine andere Wahl.«

Sherin klopfte an die Tür und trat ein, eine Schüssel Suppe in der

Hand. »Er muss essen«, sagte sie, stellte die Schüssel neben das Bett und wandte sich Vaelin zu. »Und du musst mir packen helfen.«

Vaelin berührte Ahm Lin flüchtig an der Hand – eine Geste der Dankbarkeit – und folgte ihr aus dem Zimmer. Sie hatte das Quartier von Schwester Gilma im Keller des Gildehauses übernommen und war damit beschäftigt, die zahllosen Flaschen und Kisten mit Heilmitteln zu ordnen und zu überlegen, was sie davon mitnehmen wollte. »Ich habe eine kleine Truhe für deine Sachen besorgt«, erklärte sie ihm und ging zu einem Regal hinüber, wo sie mit der Hand über eine Reihe von Flaschen strich; einige nahm sie heraus, andere ließ sie stehen.

»Ich habe nur das«, erwiderte er, nahm ein Bündel aus seinem Umhang und reichte es ihr: die Holzklötzchen mit der gepressten Winterblume, die Frentis ihm gebracht hatte, in Sellas Halstuch eingeschlagen. »Nicht eben eine üppige Mitgift, ich weiß.«

Behutsam knotete sie das Halstuch auf, wobei sie kurz innehielt und das verschlungene Muster darauf bewunderte. »Das ist wunderschön. Woher hast du das?«

»Ein Dankesgeschenk von einer hübschen Jungfer.«

»Sollte ich eifersüchtig sein?«

»Kaum. Zwischen uns liegt eine halbe Welt, und wahrscheinlich ist sie inzwischen mit einem blonden Burschen verheiratet, den wir beide gekannt haben.«

Sherin klappte die Holzklötzchen auseinander. »Eine Winterblume.«

»Von meiner Schwester.«

»Du hast eine Schwester? Eine leibliche Schwester?«

»Ja. Ich bin ihr nur einmal begegnet. Wir haben uns über Blumen unterhalten.«

Sie streckte den Arm aus und umfasste seine Hand, und er verspürte ein so überwältigendes Verlangen, dass er beinahe alles vergessen hätte, worum er Ahm Lin gebeten hatte, den Aspekten, den Krieg, die ganze blutige Geschichte. Beinahe.

»Statthalter Aruan hat veranlasst, dass für uns ein Schiff zum Auslaufen fertiggemacht wird. Aber wir haben noch ein paar Stunden.« Er setzte sich an den Tisch, auf dem Sherin ihre Heiltränke zubereitete, und zog den Korken aus einer Weinflasche. »Sehr wahrscheinlich die letzte Flasche cumbraelischen Rotweins in der ganzen Stadt. Ich möchte dich bitten, sie zusammen mit einem ehemaligen Oberhauptmann des fünfunddreißigsten Fußregiments, Schwert des Königs und Bruder des sechsten Ordens, zu trinken.«

Ihre Stirn legte sich in Falten. »Habe ich mich mit einem Säufer eingelassen?«

Er griff nach zwei Bechern und schenkte großzügig ein. »Trink einfach, Frau.«

»Jawohl, Euer Lordschaft!«, erwiderte sie mit gespielter Unterwürfigkeit, ließ sich ihm gegenüber nieder und hob den Becher. »Hast du es ihnen gesagt?«

»Nur Barkus. Die anderen glauben, ich folge ihnen auf dem letzten Schiff.«

»Wir könnten immer noch zurückkehren. Jetzt, wo der Krieg vorbei ist …«

»Für uns ist in den Königslanden kein Platz mehr, das hast du selbst gesagt.«

»Aber du gibst so viel auf!«

Er ergriff ihre Hand. »Ich verliere nichts und gewinne alles.«

Sie lächelte und nippte an ihrem Wein. »Und der Auftrag, den dir der Aspekt gestellt hat – ist er erfüllt?«

»Noch nicht ganz. Aber bis wir von hier fortgehen, wird er es sein.«

»Kannst du es mir jetzt verraten? Darf ich es endlich wissen?«

Er drückte ihre Hand. »Warum nicht.«

◆ ◆ ◆

Es war ein kalter Tag gewesen, sogar für den Monat Weslin. Aspekt Arlyn hatte am Rand des Übungsplatzes gestanden und zugeschaut, wie Meister Haunlin eine Gruppe von Novizen im Umgang mit dem Stab unterrichtete. Angesichts ihres Alters und ihrer geringen Zahl vermutete Vaelin, dass es sich um Brüder handelte, die das dritte Jahr überstanden hatten. Ein Stück entfernt versuchte der verrückte Rensial, eine weitere Gruppe von Jungen niederzureiten; seine schrille Stimme trug weit in der kalten Luft.

»Bruder Vaelin«, begrüßte ihn der Aspekt.

»Aspekt. Ich bitte im Namen des fünfunddreißigsten Fußregiments um Quartier für die Wintermonate.« Der Aspekt bestand darauf, dass er jedes Mal, wenn das Regiment zum Ordenshaus zurückkehrte, förmlich darum gebeten wurde, ihnen Quartier zu geben. Damit sollte die Tatsache hervorgehoben werden, dass das Regiment, trotz der Finanzierung und Ausrüstung durch den Orden, ein Teil des königlichen Heers war.

»Stattgegeben. Wie war es in Nilsael?«

»Kalt, Aspekt.« Sie hatten einen Großteil der letzten drei Monate an der Grenze zwischen Nilsael und Cumbrael zugebracht und eine besonders brutale und fanatische Bande von Gottesanbetern gejagt, die sich »Söhne der Wahrklinge« nannte. Zu ihren weniger ersprießlichen Angewohnheiten gehörte es, nilsaelische Kinder zu entführen und zwangszubekehren, was oft mit Misshandlungen einherging und nicht selten mit dem Tod der Konvertiten endete, wenn diese sich als zu widerspenstig erwiesen. Die Verfolgung durch das Hügelland und die Täler des südlichen Nilsaels war schwierig gewesen, aber das Regiment war der Bande mit solcher Beharrlichkeit nachgesetzt, dass diese aus kaum noch dreißig Mann bestand, als es ihnen schließlich gelang, sie in einer Schlucht in die Enge zu treiben. Die Fanatiker töteten die verbliebenen Gefangenen, einen achtjährigen Jungen und ein neunjähriges Mädchen, die sie wenige Tage zuvor von einem nilsaelischen Bauernhof geraubt hatten, und schossen mit Pfeilen auf die Wolfsläufer, während sie Gebete an ihre Götter sangen. Vaelin überließ es Dentos und seinen Bogenschützen, sie bis auf den letzten Mann auszulöschen, und verspürte deswegen, wie er feststellte, nicht die leisesten Gewissensbisse.

»Irgendwelche Verluste?«, wollte der Aspekt wissen.

»Vier Tote, zehn Verletzte.«

»Das ist bedauerlich. Und was habt Ihr über diese, wie hießen sie noch, Söhne der Wahrklinge herausgefunden?«

»Sie hielten sich für Anhänger von Hentes Mustor, von dem viele Cumbraeler glauben, er habe die prophezeite Wahrklinge aus dem Fünften Buch verkörpert.«

»Ach ja. Offenbar ist in Cumbrael ein elftes Buch im Umlauf, das ›Buch der Wahrklinge‹, das vom Leben und Martyrium des Thronräubers erzählt. Die Bischöfe Cumbraels haben es als ketzerisch verdammt, aber viele ihrer Anhänger möchten es unbedingt lesen. Das ist immer so in solchen Fällen – verbrenne ein Buch, und aus der Asche werden tausend Exemplare gedruckt. Daraus, dass wir einen Verrückten getötet haben, wuchs der cumbraelischen Kirche offenbar ein weiterer Zweig. Das entbehrt nicht einer gewissen Ironie, findet Ihr nicht auch?«

»Sehr sogar, Aspekt.« Er zögerte und sammelte Kraft für das, was er sagen musste, aber wie immer war der Aspekt ihm einen Schritt voraus.

»König Janus möchte, dass ich seinem Krieg meine Unterstützung angedeihen lasse.«

Erwischt Euch jemals irgendetwas auf dem falschen Fuß?, fragte sich Vaelin. »Ja, Aspekt.«

»Seid ehrlich, Vaelin – glaubt Ihr, dass in jeder Gasse und hinter jedem Busch ein alpiranischer Spion lauert und seinem Heer den Weg in unser Land ebnet?«

»Nein, Aspekt.«

»Und glaubt Ihr, dass alpiranische Leugner unsere Kinder entführen, um sie in unsäglichen Ritualen zu schänden?«

»Nein, das glaube ich nicht, Aspekt.«

»Und doch kommt Ihr zu mir, um mich zu bitten, den König zu unterstützen?«

»Ich komme, um Euch um Rat zu fragen. Der König hat damit gedroht, meinen Vater und seine Familie zu töten, wenn ich ihm nicht gehorche, aber ich kann nicht Tausende einem sinnlosen Krieg opfern, nur um sie zu retten. Es muss einen Weg geben, den König von seinem Kurs abzubringen – irgendeine Möglichkeit, Druck auf ihn auszuüben. Wenn sämtliche Orden sich darauf verständigen könnten, mit einer Stimme zu sprechen …«

»Die Zeit, in der sich die Orden auf irgendetwas verständigen konnten, ist lange vorbei. Aspekt Tendris wünscht den Krieg gegen die Ungläubigen so sehnsüchtig herbei wie ein Säufer das Bier, und unsere Brüder des dritten Ordens verlieren sich in Büchern und beobachten das Weltgeschehen aus kühler Distanz. Der fünfte Orden greift traditionell nicht in die Politik ein, und was den ersten und zweiten betrifft – für sie ist die Kommunion mit ihrer Seele und den Seelen der Verstorbenen weit wichtiger als alle irdischen Belange.«

»Aspekt, mir ist zu Ohren gekommen, dass es noch einen weiteren

Orden gibt, der womöglich mächtiger ist als alle anderen zusammengenommen.«

Vaelin hatte damit gerechnet, dass der Aspekt mit Bestürzung reagieren würde, doch er zog nur eine Augenbraue hoch. »Anscheinend werden heute alle Geheimnisse gelüftet, Bruder.« Er faltete die Hände, ließ sie in den Ärmeln seines Gewands verschwinden und drehte sich um, wobei er Vaelin mit einem Kopfnicken bedeutete, ihm zu folgen. »Kommt, begleitet mich ein Stück.«

Der gefrorene Boden knirschte unter ihren Füßen, während sie schweigend einherschritten. Vom Übungsplatz hallten Siegesschreie und Schmerzenslaute herüber. Wie gut er sich daran noch erinnerte! Eine plötzliche Sehnsucht nach vergangenen Zeiten überkam ihn. So lang und voller Leiden die Jahre in diesen Mauern auch gewesen sein mochten, so war damals doch vieles einfacher gewesen – kein König hatte gegen ihn intrigiert, keine Geheimnisse des Glaubens hatten Finsternis und Verwirrung in sein Leben getragen.

»Wie seid Ihr an dieses Wissen gelangt?«, fragte der Aspekt schließlich.

»Ich bin im Norden einem Mann begegnet, dem Bruder eines Ordens, den die Gläubigen lange für einen Mythos hielten.«

»Er hat Euch vom siebenten Orden erzählt?«

»Nicht ganz freiwillig, und auch nur bis zu einem gewissen Punkt. Immerhin hat er mir bestätigt, dass der Fortbestand des siebenten Ordens ein Geheimnis ist, von dem alle Aspekte wissen. Angesichts des jüngsten Zerwürfnisses mit dem vierten Orden vermute ich allerdings, dass Aspekt Tendris weiterhin ahnungslos ist.«

»Wohl wahr, und es ist von entscheidender Bedeutung, dass er es auch bleibt. Seid Ihr nicht auch dieser Meinung?«

»Gewiss, Aspekt.«

»Was wisst Ihr über den siebenten Orden?«

»Dass er zum Dunklen steht wie wir zum Krieg und wie der fünfte Orden zur Heilkunst.«

»Das stimmt, auch wenn unsere Brüder und Schwestern des siebenten Ordens nicht vom Dunklen sprechen. Sie betrachten sich als Hüter eines Geheimwissens, das sich zum größten Teil nicht in Namen oder Kategorien fassen lässt.«

»Und werden sie dieses Wissen einsetzen, um uns zu helfen?«

»Natürlich – das haben sie schon immer, und das tun sie bis heute.«

»Der Mann, dem ich im Norden begegnet bin, sprach von einem Krieg innerhalb des Glaubens, von Angehörigen des siebenten Ordens, die von ihrer Macht korrumpiert werden.«

»Korrumpiert oder in die Irre geführt. Wer vermag das schon zu sagen? Es gibt vieles, das im Laufe der Jahre in Vergessenheit geraten ist. Sicher ist jedenfalls, dass der siebente Orden über Wissen verfügt, das besser im Verborgenen bleiben sollte, und dass es seinen Mitgliedern irgendwie gelungen ist, ins Jenseits vorzudringen und etwas zu berühren, einen Geist oder ein Geschöpf von solcher Macht und Bösartigkeit, dass unser Glauben und die Königslande in Gefahr standen, zerstört zu werden.«

»Aber die Gefahr wurde abgewendet?«

»›Eingedämmt‹ wäre wohl zutreffender. Sie lauert noch immer dort im Jenseits, und sie hat Anhänger, die ihren Befehlen Folge leisten, Ränke schmieden und auch morden.«

»Das Aspektenmassaker.«

»Das und noch mehr.«

Vaelin dachte an seinen Kampf mit Einauge unter der Stadt zurück und an das, was dieser Frentis gesagt hatte, als er ihm das veschlungene Narbenmuster in die Brust geritzt hatte. »Der Wartende.«

Dieses Mal konnte der Aspekt seine Überraschung nicht verbergen. »Ihr habt sehr viel herausgefunden!«

»Wer ist es?«

Der Aspekt zögerte, wandte sich dann um und beobachtete die Novizen auf dem Übungsplatz. »Vielleicht ist es Meister Rensial, und sein scheinbarer Wahnsinn diente all die Jahre nur dazu, seine wahren Absichten zu verschleiern. Oder es ist Meister Haunlin, der nie erzählt hat, woher seine Verbrennungen stammen. Oder vielleicht seid Ihr es?« Der Aspekt drehte sich um und musterte Vaelin mit stechendem Blick. »Könnte es denn eine bessere Verkleidung geben? Der Sohn des Kriegsherrn, unwahrscheinlich tapfer, anscheinend ohne jegliche Schwäche, von allen Gläubigen geliebt. Eine bessere Tarnung kann man sich nicht vorstellen.«

Vaelin nickte. »Wohl wahr. Ihr seid der Einzige, der in der Lage wäre, das noch zu übertreffen, Aspekt.«

Der Aspekt blinzelte kurz, wandte sich dann wieder um und setzte seinen Spaziergang fort. »Worauf ich hinaus will: Er hält sich allzu sehr im Verborgenen, und was der siebente Orden auch unternommen hat, es ist ihm nicht gelungen, ihn zu enttarnen. Er könnte ein Ordensbruder sein oder ein Soldat in Eurem Regiment. Oder sogar jemand, der überhaupt nicht mit dem Orden in Verbindung steht. Die Prophezeiungen sprechen nur sehr vage über das Wie, doch am Was lassen sie keinen Zweifel: Der Wartende beabsichtigt, diesen Orden zu zerstören.«

Vaelin runzelte verwirrt die Stirn. Prophezeiungen waren nicht Teil des Glaubens. Propheten und ihre Visionen waren die Domäne von Ketzern, von Gottesverehrern und Leugnern, die sich an einen Aberglauben klammerten, den sie mit Weisheit verwechselten. »Prophezeiungen, Aspekt?«

»Der Wartende wurde uns vor vielen Jahren vom siebenten Orden vorhergesagt. Manche seiner Angehörigen besitzen die Fähigkeit, in die Zukunft zu schauen oder wenigstens einen Blick auf die wechselhaften finsteren Wolken zu werfen, aus denen die Zukunft besteht – so wurde es mir jedenfalls erklärt. Es ist selten, dass mehrere solcher Visionen miteinander übereinstimmen und zu einem erkennbaren Ganzen verschmelzen, aber über zwei Dinge sind sie sich einig: Wir werden nur eine Chance haben, den Wartenden aufzuspüren, und wenn uns das nicht gelingt, wird dieser Orden vernichtet werden, und ohne ihn sind auch der Glaube und die Königslande dem Untergang geweiht.«

»Aber wir haben eine Chance, ihn aufzuhalten?«

»Eine einzige, ja. Der letzte Bruder, der eine Prophezeiung dazu gemacht hat, lebte vor über einem Jahrhundert. Es heißt, er sei in Trance geraten und habe seine Visionen in einer Schrift aufgezeichnet, die präziser und kunstvoller war als alles, was die Schreiber der Königslande zustande bekommen, und das, obwohl er eigentlich weder lesen noch schreiben konnte. Kurz vor seinem Tod griff er erneut zur Feder und hinterließ eine kurze Nachricht: ›Krieg wird den Wartenden entlarven, wenn ein König seine Armee ausschickt, um unter der Wüstensonne zu kämpfen. Er wird versuchen, seinen eigenen Bruder zu ermorden, und dabei vielleicht selbst den Tod finden.‹«

Seinen eigenen Bruder ermorden …

»Ihr habt zwei Anschläge auf Euer Leben überstanden, noch während Ihr Euch in der Ausbildung befunden habt«, fuhr der Aspekt fort. »Wir glauben, dass beide von Menschen unternommen wurden, die in den Diensten jener bösartigen Wesenheit standen, die im Jenseits lauert. Aus irgendeinem Grund wünscht sie sich inständig Euren Tod.«

»Wenn der Wartende sich innerhalb des Ordens versteckt hält, warum tötet er mich dann nicht einfach selbst?«

»Entweder hatte er dazu bisher noch keine Gelegenheit. Oder er hätte damit riskiert, sich zu erkennen zu geben, und er hat noch viel zu tun. Aber im Durcheinander des Krieges, während sowieso überall Menschen sterben, versucht er es vielleicht.«

Vaelin verspürte ein Frösteln, das nicht von dem eisigen Wind herrührte, der über den Übungsplatz wehte. »Der Krieg des Königs ist unsere Chance?«

»Unsere einzige Chance.«

»Von einem Mann vorhergesagt, der seine Prophezeiung vor über hundert Jahren auf ein Pergament gekritzelt hat. Allein auf dieser Grundlage wollt Ihr den Orden in einen Krieg führen?«

»Nach allem, was Ihr gesehen und erfahren habt – zweifelt Ihr da wirklich noch? Dieser Krieg wird ausbrechen, ob wir ihn nun unterstützen oder nicht. Der König hat die Weichen gestellt, und er wird sich nicht mehr umstimmen lassen.«

»Wenn das geschieht, ist es möglich, dass die Königslande ohnedies untergehen.«

»Und wenn nicht, werden sie ganz bestimmt untergehen. Nicht einander bekriegende Erzlehen erwarten uns dann, sondern verbrannte Erde, abgestorbene Wälder und grenzenlose Leichenfelder überall. Was, meint Ihr, bleibt uns anderes übrig?«

◆ ◆ ◆

»Darauf fiel mir keine Antwort ein«, erklärte Vaelin Sherin und fuhr mit dem Daumen über die weiche Haut ihrer Hand. »Er hatte recht. So grässlich es war, er hatte recht. Er führte mir vor Augen, dass dieser Krieg anders sein würde als alles, was wir je erlebt hatten. Wir würden große Opfer bringen müssen. Aber ich musste zurückkehren, ganz gleich, wie viele meiner Männer und Brüder fielen, ich musste in die Königslande zurückkehren, sobald ich meine Aufgabe ausgeführt hatte. Im Davongehen sagte er noch, dass ich ihn an meine Mutter erinnere. Ich habe mich oft gefragt, wie sie sich kennengelernt haben, und jetzt werde ich es wohl nie erfahren.«

Sherins Kopf ruhte auf dem Tisch, die Augen geschlossen, die Lippen leicht geöffnet, während ihre Hand noch das Weinglas hielt, das er ihr gereicht hatte. »Zwei Teile Baldrian, ein Teil Königswurz und eine Prise Kamille, um den Geschmack zu überdecken«, sagte er und strich ihr übers Haar. »Bitte versuch, mich nicht zu hassen.«

◆ ◆ ◆

Er legte ihr ihren Umhang um, schob das Halstuch mit den Holzklötzchen in eine Innentasche und trug sie zum Hafen hinunter. Wie leicht und verletzlich sie war! Ahm Lin wartete am Kai neben einem großen Handelsschiff; seine Frau hielt seine Hände umklammert, und mit tränennassen Augen schaute sie zu der Stadt zurück, die sie wahrscheinlich nie wiedersehen würde. Statthalter Aruan verhandelte mit dem Kapitän, einem stämmigen Mann, der erschrocken aufblickte, als er Vaelin bemerkte. Möglicherweise hatte er zu den Seeleuten gehört, die nach dem Ausbruchsversuch gezwungen worden waren, mit anzusehen, wie ihre Schiffe abbrannten – daran konnte Vaelin sich nicht mehr erinnern. Der Kapitän beendete sein Gefeilsche mit dem Statthalter jedoch rasch und stapfte den Laufsteg hinauf.

»Der Preis ist verabredet«, sagte der Statthalter zu Ahm Lin. »Sie segeln direkt in den Fernen Westen, und der erste Hafen, an dem sie anlegen, ist …«

»Es ist besser, wenn ich das nicht weiß«, fiel ihm Vaelin ins Wort.

Ahm Lin trat vor und nahm ihm Sherin ab, was für seine muskulösen Steinmetzarme ein Leichtes war.

»Sag ihr, dass sie mich getötet haben«, flüsterte Vaelin. »Während das Schiff abgelegt hat, kam die kaiserliche Garde herbeigestürmt und hat mich getötet.«

Der Steinmetz nickte widerstrebend. »Wie das Lied es verlangt, Bruder.«

»Sie könnte hierbleiben«, schlug Statthalter Aruan vor. »Schließlich schuldet die Stadt ihr viel. Sie wäre nicht in Gefahr.«

»Glaubt Ihr wirklich, Lord Velsus wird ebenso dankbar sein wie Ihr, Statthalter?«, entgegnete Vaelin.

Aruan seufzte. »Wahrscheinlich nicht.« Er zog einen Lederbeutel aus dem Gürtel und reichte ihn Shoala. »Für sie, wenn sie aufwacht. Mit meinem untertänigsten Dank.«

Die Frau nickte, warf Vaelin einen letzten hasserfüllten Blick zu, wandte sich dann um und schritt den Laufsteg hinauf.

Vaelin streckte den Arm aus und fuhr Sherin ein letztes Mal mit den Fingern durchs Haar, darum bemüht, ihr schlafendes Gesicht für immer seinem Gedächtnis einzuprägen. »Sorge gut für sie«, sagte er zu Ahm Lin.

Der Steinmetz lächelte. »Mein Lied weist mir keinen anderen Weg.« Er machte Anstalten, sich umzudrehen, hielt dann aber inne. »In meinem Lied schwingt kein einziger Ton des Abschieds mit, Bruder. Fast glaube ich, dass wir eines Tages wieder gemeinsam singen werden.«

Vaelin nickte und trat zurück, während Ahm Lin Sherin auf das Deck trug. Dann sah er gemeinsam mit dem Statthalter zu, wie sich das Schiff vom Kai entfernte und mit der Flut an der Mole vorbeiglitt. Die Segel entrollten sich, und es wurde vom Nordwind davongetragen. Er wartete und schaute ihm nach, bis es nur noch ein Fleck am Horizont und schließlich ganz verschwunden war, und zurück blieb nur noch das Meer und der Wind.

Schließlich löste er sein Schwert vom Gürtel und hielt es Aruan hin. »Statthalter Aruan, die Stadt gehört wieder Euch. Ich habe den Befehl erhalten, jenseits der Mauern auf Lord Velsus zu warten.«

Aruan betrachtete das Schwert, machte jedoch keine Anstalten, es entgegenzunehmen. »Ich werde für Euch sprechen, ich verfüge am kaiserlichen Hof über einigen Einfluss. Der Kaiser ist für seine Barmherzigkeit bekannt …« Seine Stimme geriet ins Stocken, vielleicht weil ihm bewusst wurde, wie leer seine Worte klangen. Nach kurzem Zögern sprach er weiter. »Danke, dass Ihr meiner Tochter das Leben gerettet habt, Euer Lordschaft.«

»Nehmt es«, beharrte Vaelin und hob das Schwert. »Mir ist es lieber, Ihr habt es, und nicht Lord Velsus.«

»Wie Ihr wünscht.« Der Statthalter nahm das Schwert in seine plumpen Hände. »Kann ich sonst noch irgendetwas für Euch tun?«

»Nun, wenn es Euch nichts ausmacht – mein Hund …«

FÜNFTER TEIL

◆ ◆ ◆

Während längerer Partien zeigt sich, sofern der Lügnerangriff oder eine der anderen Eröffnungen, die oben beschrieben wurden, fruchtlos bleiben, die ganze Komplexität des Keschet. In den folgenden Kapiteln werden wir die wirkungsvollsten Strategien behandeln, die bei einer längeren Partie sinnvollerweise zum Einsatz kommen, angefangen mit dem Bogenschützentausch, der seinen Namen von einem Manöver der bewaffneten alpiranischen Reiter hat. Wie beim Lügnerangriff geht es hierbei darum, den Gegner zu täuschen, was aber auch das Potenzial birgt, unvorhergesehene Möglichkeiten auszunutzen. Ein erfahrener Spieler kann gegen zwei Ziele gleichzeitig offensiv vorgehen, sodass sein Gegner im Unklaren bleibt, worauf er es letztlich abgesehen hat, bis sich die erspießlichste Gelegenheit ergibt.

— Autor unbekannt, *Keschet: Regeln und Strategien*,
Große Bibliothek der Vereinigten Königslande —

VERNIERS' BERICHT

»Und?«

Al Sorna war verstummt, nachdem er seinen letzten Wortwechsel mit dem Statthalter wiedergegeben hatte. »Und was?«, fragte er.

Ich biss die Zähne zusammen – es half nichts, sich aufzuregen. Allerdings wurde mir in zunehmendem Maße klar, dass der Nordmann nicht wenig Gefallen daran fand, in Rätseln zu sprechen. »Und was ist dann geschehen?«

»Das wisst Ihr doch. Ich wartete vor den Mauern, und am Morgen kam Lord Velsus mit einer Einheit der kaiserlichen Garde und nahm mich in Gewahrsam. Prinz Malcius wurde, wie der Vertrag es vorsah, den Königslanden unversehrt ausgeliefert. Kurz darauf starb Janus. In Eurer Geschichte habt Ihr das Verfahren gegen mich bis ins kleinste Detail beschrieben. Was habe ich dem noch hinzuzufügen?«

Natürlich hatte er recht; soweit die Geschichtsschreibung es berichten konnte, hatte er mir alles erzählt, was ihm widerfahren war, einschließlich zahlreicher bisher unbekannter Einzelheiten. Er hatte dargelegt, wie es zum Ausbruch des Krieges gekommen war, und mir die Königslande beschrieben, die für ihn verantwortlich waren. Aber ich war trotzdem der Überzeugung, dass da noch mehr war, und konnte einfach das Gefühl nicht loswerden, dass seine Erzählung unvollständig war. Ich erinnerte mich an Augenblicke, als seine Stimme ins Stocken geriet, nur ganz leicht, aber doch so sehr, dass ich argwöhnte, dass er mir etwas vorenthielt – Wahrheiten vielleicht, die er nicht zu enthüllen gedachte. Während ich die Worte betrachtete, die so zahlreich die Bögen bedeckten, und die Bögen, die sich so zahlreich neben meiner Schlafstatt stapelten, verfinsterte sich meine Laune angesichts der Arbeit, deren es bedürfen würde, all das nachzuprüfen, der umfassenden Nachforschungen, die ich würde anstellen müssen, um eine solche Geschichte zu erhärten. Was ist an alldem wahr?, fragte ich mich.

»Also«, sagte ich und schob die Bögen zusammen, wobei ich darauf achtete, sie nicht durcheinanderzubringen. »Das ist die Antwort auf die Frage, wie es zum Krieg kam? Die Torheit eines verzweifelten alten Mannes?«

Al Sorna hatte sich auf seiner Schlafstatt niedergelassen und die Hände hinter dem Kopf verschränkt. Die Augen hatte er auf die Planken über uns gerichtet, und seine Miene war düster und abwesend. Er gähnte. »Mehr kann ich Euch nicht erzählen, Euer Lordschaft. Wenn Ihr mir jetzt ein wenig Ruhe gönnen wollt? Morgen wartet der sichere Tod auf mich, und ich würde es vorziehen, ihm ausgeschlafen entgegenzutreten.«

Ich blätterte in meinen Aufzeichnungen, und meine Feder wählte jene Passagen aus, von denen ich annahm, dass er mir etwas vorenthalten hatte. Zu meiner Bestürzung waren es mehr, als mir lieb war, von einigen Widersprüchen ganz zu schweigen. »Ihr behauptet, Ihr hättet Prinzessin Lyrna nie wiedergesehen«, sagte ich. »Und dennoch habt Ihr erzählt, sie sei auf dem Jahrmarkt zur Sommersonnenwende anwesend gewesen, auf dem Euch König Janus in seine kriegstreiberischen Pläne hineingezogen hat.«

Er seufzte, sah mich jedoch nicht an. »Wir haben uns nur flüchtig gegrüßt. Das hielt ich nicht für erwähnenswert.«

Eine vage Erinnerung stieg in mir auf, ein Fragment meiner eigenen Nachforschungen, die ich während der Vorarbeiten zu meiner Geschichte des Krieges angestellt hatte. »Was geschah mit dem Steinmetz?«

Er zögerte nur kurz, aber das verriet mir schon sehr viel. »Steinmetz?«

»Der Steinmetz, mit dem Ihr Euch in Linesch angefreundet habt. Sein Haus wurde deswegen niedergebrannt. Als ich Nachforschungen über die Zeit Eurer Besetzung anstellte, war diese Geschichte weithin bekannt. Trotzdem habt Ihr ihn nicht erwähnt.«

Er rollte sich herum und zuckte mit den Schultern. »Eine Freundschaft war das wohl kaum. Ich wollte, dass er eine Janus-Statue für den Marktplatz schuf. Um den Besitzansprüchen des Königs auf die Stadt Geltung zu verschaffen.

Natürlich weigerte er sich. Was irgendwen nicht daran gehindert hat, sein Haus anzustecken. Ich glaube, er und seine Frau verließen die Stadt, als der Krieg vorbei war, aus gutem Grund, wie mir scheint.«

»Und die Schwester Eures Glaubens, welche die rote Pest daran hinderte, sich in der Stadt auszubreiten?«, hakte ich nach. Allmählich wurde ich richtig wütend. »Was ist mit ihr? Die Stadtbewohner, mit denen ich gesprochen habe, priesen ihre Liebenswürdigkeit. Ihr sollt enge Freunde gewesen sein. Vielleicht sogar Geliebte.«

Er schüttelte müde den Kopf. »Das ist doch absurd. Was aus ihr geworden ist? Sie wird wohl mit dem Heer in die Königslande zurückgekehrt sein.«

Er log, davon war ich überzeugt. »Warum erzählt Ihr mir überhaupt Eure Geschichte, wenn Ihr nicht beabsichtigt, völlig offen zu sein? Wollt Ihr mich zum Narren halten, Hoffnungstöter?«

Al Sorna stieß ein heiseres Lachen aus. »Ein Narr ist ein Mann, der glaubt, er sei kein Narr. Lasst mich schlafen, Euer Lordschaft.«

◆ ◆ ◆

In den zwanzig Jahren seit der Zerstörung ihrer Hauptstadt hatten sich die Meldeneer unermüdlich bemüht, sie wieder aufzubauen, und zwar in größerem Maßstab und weit kunstvoller als zuvor. Vielleicht wollten sie mit architektonischen Heldentaten zeigen, dass sie sich so schnell nicht geschlagen gaben. Die Stadt säumte den weitläufigen natürlichen Hafen am Südufer von Ildera, der größten Insel des Archipels. Der Blick des Besuchers ging über Marmormauern und rot gedeckte Dächer, zwischen denen sich Säulen zu Ehren der zahlreichen Meeresgötter der Inselbewohner erhoben. Ich hatte gelesen, dass Al Sornas Vater, ein ebenso furchteinflößender Mann wie sein Sohn, diese Säulen umstürzen ließ, als sein Heer ans Ufer stürmte und Feuer und Vernichtung mit sich brachte. Augenzeugen sprechen von Soldaten der Königslande, die auf gefallene Statuen pinkelten und siegestrunken riefen: »Götter sind Trugbilder!«, während die Stadt um sie herum niederbrannte.

Falls Al Sorna angesichts der Zerstörung, die seine Familie angerichtet hatte, irgendwelche Reue empfand, verbarg er sie gut. Er sah der Stadt, die rasch näher kam, nur mit schwachem Interesse entgegen, das verhasste Schwert in der einen Hand, die andere auf die Reling gestützt, von der Besatzung weitgehend ignoriert. Es war ein wolkenloser Tag, und das Schiff glitt mühelos durch das stille Wasser; die Segel waren gerefft, und die Rojer legten sich in die Riemen, während der Bootsmann sie mit wüsten Beschimpfungen antrieb.

Wir grüßten einander nicht, als ich zu ihm trat. Mir schwirrte noch immer der Kopf vor Fragen, aber eine eisige Faust hatte sich um mein Herz geschlossen, wusste ich doch nur zu gut, dass er mir keine Antworten geben würde. Welchen Zweck er auch immer damit verfolgt hatte, mir seine Geschichte zu erzählen, er war erfüllt. Mehr würde er mir nicht verraten. Ich hatte fast die ganze Nacht wach gelegen und war in Gedanken seine Erzählung durchgegangen, doch anstatt Antworten zu finden, war ich nur auf neue Fragen gestoßen. Ob er wohl beabsichtigt hatte, auf grausame Weise Rache für das strenge Urteil zu nehmen, das meine Geschichte des Krieges über ihn und sein Volk gefällt hatte? Doch obwohl ich keine Zuneigung zu ihm empfand, wusste ich, dass er eigentlich nicht rachsüchtig war. Ein tödlicher Feind, das ohne Zweifel, aber kein nachtragender.

»Könnt Ihr damit noch umgehen?«, fragte ich schließlich, als ich die Stille leid war.

Er betrachtete das Schwert in seiner Hand. »Das werden wir bald herausfinden.«

»Offenbar beharrt der Schild auf einem fairen Wettstreit. Sie werden Euch also vermutlich ein paar Tage geben, um zu üben. So viele Jahre der Untätigkeit machen Euch wohl kaum zu einem furchterregenden Gegner.«

Seine schwarzen Augen funkelten, als er mich leicht belustigt musterte. »Wie kommt Ihr darauf, ich könnte untätig gewesen sein?«

Ich zuckte mit den Achseln. »Was hättet Ihr fünf Jahre lang in Eurer Zelle auch tun sollen?«

Er wandte sich wieder zu der Stadt um, seine Erwiderung ein unbestimmtes Flüstern, das fast vom Wind übertönt worden wäre. »Singen.«

◆ ◆ ◆

Am Hafen ging niemand mehr seiner Arbeit nach, als wir am Kai festmachten. Sämtliche Hafenarbeiter, Fischer, Matrosen und Huren unterbrachen ihre Tätigkeit und drehten sich nach dem Sohn jenes Mannes um, der ihre Stadt in Schutt und Asche gelegt hatte. Die Stille war erdrückend, und selbst das fortwährende Geschrei der Möwen schien in den Hintergrund zu treten angesichts *des Hasses, dem zwar niemand offen Ausdruck verlieh, der jedoch allen ins Gesicht geschrieben stand. Nur eine einzige Gestalt in dem Gedränge schien dieser Stimmung gegenüber immun zu sein, ein hochgewachsener Mann, der mit weit ausgebreiteten Armen am Fuß des Laufstegs stand und lächelte. »Willkommen, meine Freunde, willkommen!«, rief er mit einem tiefen, volltönenden Bariton.*

Während ich zum Kai hinabstieg, musterte ich ihn eingehend – er trug ein teures blaues Seidenhemd, das seinen breiten Oberkörper zur Geltung brachte, und in seinem Gürtel steckte ein Säbel mit goldenem Griff. Sein langes honigblondes Haar flatterte im Wind wie eine Löwenmähne. Er war schlicht und ergreifend der imposanteste Mann, dem ich je begegnet war. Im Unterschied zu Al Sorna stimmte seine Erscheinung vollkommen mit seinem Ruf überein, und ich wusste seinen Namen, bevor er ihn genannt hatte: Atheran Ell-Nestra, Schild der Inseln, der Mann, gegen den der Hoffnungstöter würde kämpfen müssen.

»Lord Verniers, habe ich recht?«, begrüßte er mich, und meine Hand verschwand in der seinen. »Eine große Freude, Sir. Eure Geschichtsbücher haben auf meinen Regalen einen Ehrenplatz.«

»Ich danke Euch.« Al Sorna schritt hinter mir den Laufsteg herunter, und ich wandte mich zu ihm um. »Das ...«

»... ist Vaelin Al Sorna«, schloss Ell-Nestra und verbeugte sich tief vor dem Hoffnungstöter. »Die Geschichten Eurer Taten eilen Euch voraus ...«

»Wann kämpfen wir?«, fiel Al Sorna ihm ins Wort.

Ell-Nestras Augen wurden kaum merklich schmaler, doch er lächelte weiterhin unbeirrt. »In drei Tagen, Euer Lordschaft. Wenn es Euch gefällt.«

»Das tut es nicht. Ich möchte diese Farce so schnell wie möglich hinter mich bringen.«

»Ich hatte den Eindruck, dass Ihr Euch auf Wunsch des Kaisers länger von den Strapazen des Krieges erholt habt. Benötigt Ihr keine Zeit, um Eure Fertigkeiten aufzufrischen? Es ginge mir gegen die Ehre, würden die Leute später sagen, mir wäre ein allzu leichter Sieg zugefallen.«

Während ich beobachtete, wie sie einander anstarrten, wurde mir bewusst, wie unterschiedlich sie waren. Obwohl beide von ähnlicher Gestalt waren, hätten Ell-Nestras männliche Schönheit und sein strahlendes Lächeln Al Sornas strenges, kantiges Gesicht eigentlich weit in den Schatten stellen müssen. Aber dem Hoffnungstöter war etwas eigen, das dem gebieterischen Auftreten des

Inselbewohners trotzte, eine ihm angeborene Haltung, die es unmöglich machte, ihn herabzusetzen. Ich kannte den Grund natürlich, sah ihn in Ell-Nestras aufgesetzter Freundlichkeit, in der Art und Weise, wie er seinen Gegner von Kopf bis Fuß musterte. Der Hoffnungstöter war der gefährlichste Mann, gegen den er je antreten würde, und das wusste er.

»Ich kann Euch versichern«, sagte Al Sorna, »niemand wird jemals behaupten, Euch sei ein allzu leichter Sieg zugefallen.«

Ell-Nestra neigte den Kopf. »Also gut, morgen um die Mittagszeit.« Er deutete auf eine Gruppe Männer, finster dreinblickende Seeleute, die mit den unterschiedlichsten Waffen behängt waren und den Hoffnungstöter mit offener Feindseligkeit anstarrten. »Meine Mannschaft wird Euch zu Eurem Quartier geleiten. Ich rate Euch, unterwegs nicht zu verweilen.«

»Lady Emeren«, fragte ich, als er Anstalten machte davonzugehen. »Wo ist sie?«

»In meinem Haus. Wo es ihr an nichts fehlt, wie Ihr morgen selbst sehen werdet. Sie lässt Euch natürlich herzlich grüßen.«

Was eine unverhohlene Lüge war. Ich fragte mich, was sie ihm von mir erzählt hatte und in was für einem Verhältnis die beiden zueinander standen. War es vielleicht mehr als nur ein Zweckbündnis zwischen zwei rachsüchtigen Menschen?

Unser Quartier entpuppte sich als rauchgeschwärztes Gebäude in der Stadtmitte. Das sehr sauber gearbeitete Mauerwerk und das ruinierte Bodenmosaik deuteten darauf hin, dass dies früher eine recht vornehme Wohnstätte gewesen war. »Das Haus gehörte dem Schiffsherrn Otheran«, lautete die barsche Antwort eines der Seemänner auf meine Nachfrage. »Dem Vater des Schildes.« Er hielt inne und bedachte Al Sorna mit einem zornigen Blick. »Er ist im Feuer umgekommen. Der Schild hat befohlen, dass das Haus in diesem Zustand belassen wird, als Erinnerung für ihn und das Volk.«

Al Sorna schien nicht zuzuhören, sondern schaute sich stattdessen mit abwesendem Blick die grau-schwarzen Wände an.

»In der Küche steht etwas zu essen bereit«, erklärte mir der Seemann. »Die Treppe dort drüben führt in die oberen Stockwerke. Wir sind draußen, falls Ihr irgendetwas braucht.«

Wir aßen an einem großen Mahagonitisch im Salon, einem sonderbar makellosen Möbelstück in einem so heruntergekommenen Haus. In der Küche hatte ich Käse, Brot und geräuchertes Fleisch gefunden, zusammen mit einem

äußerst süffigen Wein, der, wie Al Sorna erkannte, von den südlichen Wein-
bergen Cumbraels stammte.

»Warum nennen sie ihn ›den Schild‹?«, wollte er wissen und schenkte sich
einen Becher Wasser ein. Mir war nicht entgangen, dass er den Wein kaum
angerührt hatte.

»Nach dem Überfall Eures Vaters gelangten die Meldeneer zu der Feststellung, dass ihre Verteidigung zu wünschen übrig ließ. Jeder Schiffsherr musste
daraufhin fünf Schiffe zur Verfügung stellen, und diese Flotte patrouilliert nun
fortwährend um die Inseln. Der Kapitän, dem die Ehre zuteil wird, diese Flotte zu befehligen, wird ›Schild der Inseln‹ genannt.« Ich hielt inne und musterte ihn aufmerksam. »Glaubt Ihr, dass Ihr ihn besiegen könnt?«

Sein Blick schweifte durch den Salon und blieb schließlich bei den Überresten eines Wandgemäldes haften; die einst kräftigen Farben waren von schwarzen Streifen verunstaltet. »Sein Vater muss ein reicher Mann gewesen sein,
wenn er einen Künstler aus dem Kaiserreich hat holen lassen, um ein Wandbild
seiner Familie zu malen. Der Schild hatte drei Brüder, die alle älter waren als
er, und doch wusste er, dass sein Vater ihn mehr liebte als die anderen.«

Die Bestimmtheit, mit der er das sagte, war mir nicht geheuer und veranlasste mich zu der Vermutung, dass wir, während wir aßen, von den Geistern
der ermordeten Familie des Schildes umgeben waren. »Ihr erkennt viel in ver-
blasster Farbe.«

Er stellte seinen Becher hin und schob den Teller beiseite. Falls das seine
letzte Mahlzeit gewesen war, hatte er sie nicht unbedingt mit großem Appetit
verzehrt. »Was werdet Ihr mit der Geschichte tun, die ich Euch erzählt habe?«

Die unvollendete Geschichte, die Ihr mir erzählt habt, dachte ich bei
mir, sagte jedoch: »Sie hat mir viel zu denken gegeben. Allerdings bezweifle
ich, dass ich viele meiner Leser überzeugen kann, der Krieg sei nur das Werk
eines närrischen alten Mannes gewesen.«

»Janus war ein Intrigant, ein Lügner und, gelegentlich, ein Mörder. Aber
war er wirklich ein Narr? Obwohl in diesem entsetzlichen Krieg so viel Blut
und Gold im Sand verloren gingen, bin ich mir immer noch nicht sicher, ob
alldem nicht ein gewaltiger Plan zugrunde lag, der so komplex ist, dass ich
ihn nicht begreifen kann.«

»Wenn Ihr von Janus sprecht, erzählt Ihr von einem herzlosen, hinterhäl-
tigen alten Mann, und doch höre ich keinen Zorn in Eurer Stimme. Hasst Ihr
den Mann nicht, der Euch verraten hat?«

»Verraten? Janus fühlte sich immer nur seinem Vermächtnis verpflichtet, den Vereinigten Königslanden, die auf ewig vom Haus Al Nieren regiert werden sollten. Das war sein einziger Ehrgeiz. Würde ich ihn dafür hassen, müsste ich auch den Skorpion hassen, weil er mich sticht.«

Ich leerte meinen Weinbecher und griff nach der Flasche. Allmählich fand ich Gefallen an den Früchten Cumbraels, und ich verspürte den Wunsch, mich zu betrinken. Der anstrengende Tag und die Aussicht, morgen einem Kampf auf Leben und Tod beizuwohnen, bereiteten mir Magengrimmen. Ich hatte schon früher Menschen sterben sehen, Verbrecher und Verräter, die auf Befehl des Kaisers hingerichtet worden waren, aber so sehr ich diesen Mann auch hasste, seinem gewaltsamen Ende sah ich nicht mehr mit Vorfreude entgegen.

»Was werdet Ihr tun, wenn Ihr morgen den Sieg davontragt?«, fragte ich, wobei ich bemerkte, dass ich bereits eine schwere Zunge hatte. »Werdet Ihr in die Königslande zurückkehren? Glaubt Ihr, König Malcius wird Euch willkommen heißen?«

Er stieß sich vom Tisch ab und stand auf. »Ich glaube, wir wissen beide, dass ich hier keinen Sieg erringen werde, ganz gleich, was morgen geschieht. Gute Nacht, Euer Lordschaft.«

Ich schenkte mir nach und lauschte seinen Schritten; er ging die Treppe hinauf in eines der Schlafzimmer. Mich wunderte, dass er schlafen konnte – ich selbst würde ohne die Hilfe des Weines heute Nacht keine Ruhe finden. Und doch wusste ich, dass er tief und fest schlafen würde, von keinen Albträumen heimgesucht, von keinem schlechten Gewissen geplagt.

»Hättest du ihn gehasst, Seliesen?«, fragte ich laut und hoffte, dass sich mein Freund unter den Geistern befand, die sich in diesem Haus drängten. »Ich bezweifle es. Stoff für ein weiteres Gedicht, das ja. Du hast die Gesellschaft dieser schwertschwingenden Grobiane immer genossen, auch wenn du nie einer von ihnen sein konntest. Ihre Kniffe hast du gelernt und reiten und wie man mit dem Säbel, den sie dir gegeben haben, hübsche Muster in die Luft malt. Aber kämpfen gelernt hast du nie, habe ich recht?« Jetzt kamen die Tränen. Hier war ich, ein betrunkener Schreiberling, der in einem Haus voller Geister saß und weinte. »Du hast nie kämpfen gelernt, du Narr.«

◆ ◆ ◆

Zu den wenigen Sehenswürdigkeiten, welche die meldeneischen Inseln dem gebildeten Besucher zu bieten haben, zählen die zahlreichen beeindruckenden Ruinen, die sich entlang der Küste der größeren Inseln befinden. Obwohl sie hinsichtlich Größe und Zweck ganz verschieden sind, haben sie doch eine gleichförmige Gestalt, die nahelegt, dass sie von einer einzigen Kultur errichtet wurden, einem uralten Volk, das über eine ästhetische Ausgereiftheit und Eleganz verfügte, die den modernen Bewohnern des Archipels völlig abgeht.

Das bei Weitem eindrucksvollste Beispiel dieser einst großartigen Architektur ist das Amphitheater, das etwa zwei Meilen von der Hauptstadt entfernt gelegen ist. Aus einer Vertiefung in den gelben, von roten Adern durchzogenen Marmorklippen an der Südküste der Insel gemeißelt, hat das Amphitheater allen Verheerungen nachfolgender Generationen widerstanden, auch wenn die Inselbewohner ansonsten wenig Zurückhaltung üben, wenn es darum geht, antike Stätten zu plündern, sofern sie Baumaterial benötigen. Das Amphitheater gleicht einer großen Schüssel mit terrassenförmig angelegten Sitzreihen, die auf eine ovale Bühne hinunterblicken, wo einst Gedichte und Dramen vorgetragen wurden, ohne Zweifel zur Freude eines aufgeklärteren Publikums. Heute dient es als Schauplatz für öffentliche Hinrichtungen oder für Kämpfe auf Leben und Tod.

Kaum dass der Morgen graute, waren wir von der Mannschaft des Schildes geweckt worden. Die Männer erklärten uns, es sei wohl am besten, wir würden uns in das Amphitheater begeben, bevor die Bevölkerung erwachte und sich auf den Straßen drängte, um dem Sohn ihres Erzfeindes ihren Hass entgegenzuschreien.

Wie ich erwartet hatte, zeigte Al Sorna keinerlei Besorgnis, während wir warteten, bis die Sonne ihren höchsten Punkt am Himmel erreichte. Mit seinem Schwert neben sich saß er auf einer Sitzbank in der untersten Reihe und blickte auf das Meer hinaus. Vom Süden her wehte eine steife Brise, aber der Himmel war klar, und es würde wahrscheinlich keinen Regen geben. Ich fragte mich, ob Al Sorna wohl meinte, dass dies ein guter Tag sei, um dem Tod entgegenzutreten.

Lady Emeren traf eine Stunde vor Mittag ein, begleitet von zwei weiteren Mannschaftsangehörigen des Schildes, wie stets in ein einfaches weißschwarzes Gewand gekleidet, ihre zarten Gesichtszüge weder von Schminke noch von Schmuck verschönert. Der Saphirring, den sie am Finger trug, war das einzige äußere Zeichen ihres Ranges. Ihre angeborene Würde und ihre Haltung waren jedoch unverändert. Ich erhob mich, um sie zu begrüßen, als sie in das Oval der Arena schritt, und verbeugte mich förmlich. »Lady Emeren.«

»Lord Verniers.« Ihre Stimme war noch immer so wohltönend, wie ich sie in Erinnerung hatte, und sie sprach mit dem melodischen Tonfall, der diejenigen auszeichnet, die am Hof des Kaisers aufgewachsen sind. Wieder war ich von ihrer Schönheit beeindruckt, von ihrer makellosen Haut, den vollen Lippen und den leuchtend grünen Augen. Sie galt schon lange als Ideal alpiranischer Weiblichkeit, ebenso pflichtbewusst wie wohlgestaltet, die Tochter einer vornehmen Adelsfamilie, seit frühester Kindheit vom Kaiser begünstigt, zusammen mit seinen Söhnen am Hof erzogen, eine Tochter seines Herzens, wenn auch nicht seines Blutes. Als sich Seliesens Bestimmung erfüllte, war es unvermeidlich, dass die beiden heirateten. Wer sonst wäre schließlich ihrer würdig gewesen?

»Ihr seid wohlauf?«, fragte ich. »Ihr seid auf keine Weise schlecht behandelt worden, hoffe ich.«

»Mir fehlt es an nichts.« Ihr Blick fiel auf den Hoffnungstöter, und wieder sah ich den Ausdruck eisigen, grenzenlosen Grolls, der immer dann, wenn sie von Al Sorna sprach, ihre vollkommenen Gesichtszüge entstellte. Al Sorna erwiderte ihren Blick mit einem knappen Kopfnicken, wobei seine Miene nur schwaches Interesse zeigte.

»Ihr habt keine Wachen bei Euch«, stellte Lady Emeren fest.

»Der Gefangene hat dem Kaiser sein Wort gegeben, dass er die Herausforderung des Schildes annehmen wird. Wachen wurden nicht für nötig erachtet.«

»Verstehe. Meinem Sohn geht es gut?«

»Jawohl. Als ich ihn das letzte Mal sah, spielte er vergnügt. Ich weiß, dass er sich nach Eurer Rückkehr sehnt. Wie wir alle.«

Ihre Augen funkelten mich an, und in ihnen loderte fast derselbe Hass, den sie für den Hoffnungstöter empfand, und ich musste feststellen, dass ich ihrem Blick nicht standhalten konnte. Sie hat es immer gewusst, erinnerte ich mich. Wie kann sie mich da auch nicht hassen?

»Wenn ich ins Kaiserreich zurückkehre, werden mein Sohn und ich weiterhin in stiller Zurückgezogenheit leben«, sagte Lady Emeren. »Es ist nicht mein Wunsch, an den Hof zurückzukehren. Und ich erwarte auch keinen Dank dafür, dass ich meinem Gemahl endlich Gerechtigkeit habe widerfahren lassen.«

Ich seufzte schwer. »Dann ist es also wahr? Was hier geschieht, ist Euer Tun?«

»Die Meldeneer verlangen ebenso nach Gerechtigkeit. Der Schild hat mit ansehen müssen, wie seine Eltern und seine Brüder im Feuer zu Tode kamen. Er brauchte nicht erst dazu überredet zu werden, meinem Vorschlag zuzustimmen. Diese Nordmänner verfügen über die seltene Gabe, in anderen Hass zu schüren.«

»Glaubt Ihr wirklich, dass Euer Hass mit ihm sterben wird? Was, wenn nicht? Wo werdet Ihr dann Trost finden?«

Ihre grünen Augen wurden schmal. »Haltet mir keine Vorträge, Schreiber. Ihr seid ein gottloser Mann, das wissen wir beide.«

»Ihr sucht also jetzt Trost bei den Göttern? Fleht tauben Stein um Geschenke an? Seliesen hätte geweint ...«

Ihr Saphirring hinterließ einen Schnitt auf meiner Wange, als sie mir eine Ohrfeige versetzte. Ich taumelte einen Schritt zurück. Sie war eine starke Frau und sah keinen Grund, sich zurückzuhalten. »Wagt es nicht, den Namen meines Gemahls auszusprechen!«

Mir ging so manches durch den Kopf, während ich dastand und mir das blutige Gesicht hielt – wütende, abscheuliche Worte, deren Aufrichtigkeit sie bis ins Mark getroffen hätten. Aber als ich ihren flammenden Blick erwiderte, spürte ich, wie mir die Worte in der Brust erstarben, mein Zorn schrumpfte und wurde von der Meeresbrise davongetragen, verdrängt von tiefem Mitleid, das, wie ich wusste, schon lange in meiner Seele gewartet hatte.

Ich verneigte mich ein weiteres Mal förmlich. »Es tut mir leid, wenn ich Euch Kummer bereitet habe, edle Dame.« Ich wandte mich um, ging zum Hoffnungstöter hinüber und setzte mich neben ihn, zwei Schuldige, die ihr Urteil erwarteten.

»Ich kann das nähen, wenn Ihr wollt«, bot Al Sorna an, als er sah, dass ich mir ein Seidentaschentuch auf die Wange drückte. »Sonst bleibt eine Narbe zurück.«

Ich schüttelte den Kopf und schaute zu, wie Lady Emeren am entfernten Ende der ersten Sitzreihe Platz nahm, wobei sie sorgsam darauf achtete, meinem Blick auszuweichen. »Die habe ich verdient.«

Kurz darauf traf der Schild an der Spitze einer Kompanie von Speerträgern ein, die sich beeilten, überall am Rand der Arena Stellung zu beziehen. Zweifelsohne legte er wert darauf, ohne die Unterstützung der Menschenmenge, die inzwischen anfing, die Ränge zu füllen, Rache zu nehmen. Die Stimmung war eher angespannt als feierlich, und aller Augen bohrten sich in den Rücken Al Sornas, aber keine Beschimpfungen oder Buhrufe wurden laut, was mich zu der Frage veranlasste, ob der Schild nicht Sorge getragen hatte, dass dieses Ereignis zumindest ansatzweise zivilisiert vonstatten ging.

Was für eine Komödie das doch ist, *dachte ich bei mir*. Einen Mann für ein Verbrechen zu begnadigen, das er begangen hat, um dann Vergeltung für etwas an ihm zu üben, für das er nicht verantwortlich ist.

Die Schiffsherren trafen als Letzte ein, acht Männer in mittlerem und fortgeschrittenem Alter, in Gewänder gekleidet, die auf den Inseln vermutlich für vornehm galten. Das waren die Wohlhabenden des Archipels, und sie gehörten allein deswegen dem Rat an, weil sie zahlreiche Schiffe besaßen – eine einzigartige Regierungsform, welche die letzten vier Jahrhunderte überraschend gut überstanden hatte. Sie nahmen auf dem langen erhöhten Podium auf der anderen Seite der Arena Platz, wo acht Stühle aus Eichenholz für sie bereitstanden.

Einer der Schiffsherren blieb stehen, ein drahtiger Mann, der einfacher gekleidet war als die anderen, aber an beiden Händen weiche Lederhandschuhe trug. Ich spürte, wie Al Sorna neben mir sein Gewicht verlagerte. »Carval Nurin«, *sagte er.*

»Der Kapitän des Roten Falken«, *erinnerte ich mich.*

Al Sorna nickte. »Mit Blaustein kann man anscheinend eine Menge Schiffe kaufen.«

Nurin wartete, bis sich das allgemeine Gemurmel gelegt hatte, und sein ausdrucksloser Blick ruhte einen Moment auf Al Sorna, bevor er die Stimme erhob. »Wir sind gekommen, um einem Zweikampf beizuwohnen. Der Rat der Schiffsherren erkennt in aller Form an, dass dieses Duell fair und rechtens ist. Niemand wird dafür bestraft, wenn er heute Blut vergießt. Wer spricht für den Herausforderer?«

Einer der Seeleute des Schilds trat vor, ein großer, bärtiger Mann mit einem blauen Tuch auf dem Kopf, das seine Stellung als Erster Offizier kennzeichnete. »Ich, Euer Lordschaft.«

Nurin richtete den Blick auf mich. »Und für den Herausgeforderten?«

Ich erhob mich und schritt in die Mitte der Arena. »Ich.«

Nurins Miene verdüsterte sich – ihm war nicht entgangen, dass ich ihn nicht mit seinem Ehrentitel angesprochen hatte. Aber aus der Fassung brin-

gen ließ er sich nicht. »Das Gesetz verlangt, dass wir beide Parteien fragen, ob diese Angelegenheit auch ohne Blutvergießen beigelegt werden kann.«

Der Seemann ergriff als Erster das Wort und wandte sich mit erhobener Stimme an die Zuschauermenge anstatt an die Schiffsherren. »Die Schmach, die mein Kapitän erlitten hat, ist zu groß. Obwohl er von Natur aus ein friedliebender Mann ist, schreien die Seelen seiner ermordeten Verwandten nach Rache!«

Ein zustimmendes Knurren ging durch die Menge und drohte zu wütendem Gebrüll zu werden, bis ein finsterer Blick Carval Nurins die Menschen zum Schweigen brachte. Er sah auf mich herab. »Möchte der Herausgeforderte diese Angelegenheit friedlich beilegen?«

Ich wandte mich um, musste jedoch feststellen, dass Al Sorna den Blick himmelwärts gerichtet hatte. Ich schaute ebenfalls nach oben und sah über uns einen Vogel, einen Seeadler, der Flügelspannweite nach zu urteilen. Er zog am wolkenlosen Himmel seine Kreise, von der warmen Luft getragen, die von der Klippe aufstieg, weit über uns, weit über diesem schäbigen öffentlich stattfindenden Mord. Denn inzwischen hatte ich begriffen, dass das keine Gerechtigkeit war, sondern Mord.

»Euer Lordschaft!«, rief Carval Nurin ungeduldig.

Ich beobachtete, wie der Adler die Flügel anlegte und sich an der Klippe vorbei in die Tiefe stürzte. Wunderschön. »Bringen wir es hinter uns«, sagte ich und schritt mit gesenktem Kopf zu meinem Platz zurück.

Als ich mich neben Al Sorna setzte, sah dieser mich mit seltsamer Miene an. Vielleicht amüsierte es ihn, dass ich mich weigerte, bei dieser Farce mitzuspielen. Später fragte ich mich in schwachen Augenblicken manchmal, ob er mir nicht einen gewissen Respekt entgegenbrachte, mich vielleicht sogar ein wenig bewunderte. Aber das wäre natürlich völlig abwegig.

»Die Kämpfer mögen ihre Plätze einnehmen!«, verkündete Carval Nurin.

Al Sorna stand auf und griff nach seinem verhassten Schwert. Ganz kurz zögerte er, als sich seine Hand um das Heft schloss. Ich bemerkte, wie er die Finger spielen ließ, bevor er die Klinge aus der Scheide zog. Sein Gesicht war jetzt völlig ausdruckslos, und die dunklen Augen schienen das Leuchten des Stahls in der Sonne begierig in sich aufzunehmen. Dann legte er die Scheide neben mich und schritt in die Mitte der Arena.

Der Schild trat mit blankgezogenem Säbel vor. Das blonde Haar hatte er mit einem Lederriemen nach hinten gebunden, und er trug eine einfache Seemannstracht – ein weißes Baumwollhemd, Wildlederhosen und feste Leder-stiefel. Seine Kleider mochten schlicht sein, aber er trug sie wie ein Prinz, so-dass er den Putz der Schiffsherren mühelos in den Schatten stellte. Er strahlte eine solche Vornehmheit und körperliche Präsenz aus, dass er einem Löwen glich, der Gerechtigkeit für seinen verletzten Stolz suchte. Die gute Laune, die er im Hafen zur Schau gestellt hatte, war verschwunden, und er betrachtete Al Sorna mit eisigen Raubtieraugen.

Al Sorna blieb ihm gegenüber stehen und erwiderte seinen Blick ohne das geringste Zaudern – wieder zeigte er jene mühelose Haltung, die es unmöglich machte, ihn herabzusetzen. Er hielt das Schwert gesenkt, die Beine in einer Linie mit seinen Schultern gespreizt, den Rücken leicht gebeugt.

Carval Nurin erhob erneut die Stimme. »Beginnt!«

Es geschah fast, bevor Nurins Befehl verklungen war, so schnell, dass es einen Augenblick dauerte, bis ich – und die Zuschauer – begriffen, was vor-gefallen war. Al Sorna bewegte sich. Er bewegte sich auf eine Art und Weise, wie ich es noch bei keinem Menschen gesehen hatte, wie ein Adler, der sich an einer Klippe vorbei in die Tiefe fallen lässt, oder wie die Schwertwale, die sich auf die Lachse gestürzt hatten, als wir Linesch verlassen hatten, ein fließendes Vorwärtsgleiten, und dann zuckte seine blitzende Klinge ein einziges Mal durch die Luft.

Der Säbel des Schildes war offenbar aus erstklassigem Stahl gefertigt, je-denfalls dem Klirren nach zu urteilen, mit dem er über den Boden der Arena schlitterte. Ell-Nestra stand unbewaffnet und wehrlos da.

Die Stille war allumfassend.

Al Sorna richtete sich auf und zeigte seinem Gegner ein grimmiges Lä-cheln. »Ihr habt ihn falsch gehalten.«

Auf dem Gesicht des Schildes spiegelte sich ganz kurz entweder etwas wie Zorn oder Furcht, aber er beherrschte sich sofort wieder. Wortlos erwartete er den Tod.

»In Eurem Haus wurde viel gelacht«, sagte Al Sorna. »Wenn Euer Vater von fernen Ufern zurückkehrte und Geschenke und abenteuerliche Geschich-ten mitbrachte, habt Ihr Euch zusammen mit Euren Brüdern um ihn versam-melt und zugehört, wobei Ihr seine Männlichkeit bewundertet und Euch seiner Liebe erfreutet. Aber er erzählte Euch nie von den Morden, die er beging, von den ehrlichen Matrosen, die er vom Deck ihrer Schiffe hinunterwarf, den Hai-en zum Fraß. Oder von den Frauen, an denen er sich verging, wenn er mit seinen Kumpanen die Südküste der Königslande überfiel. Ihr habt Euren Vater geliebt, aber Ihr habt eine Lüge geliebt.«

Der Schild entblößte seine Zähne zu einer wilden Grimasse des Hasses. »Bringt es zu Ende!«

»Es war nicht Euer Fehler«, fuhr Al Sorna fort. »Ihr wart noch halbwüchsig. Es gab nichts, was Ihr hättet tun können. Deswegen war es die richtige Entscheidung, die Flucht zu ergreifen …«

Jetzt verlor der Schild endgültig seine Selbstbeherrschung und stieß ein wutentbranntes Brüllen aus. Er stürzte sich auf Al Sorna und versuchte, ihm die Hände um den Hals zu legen. Der Nordmann wich zur Seite hin aus und schlug dem Schild eine Handfläche gegen die Schläfe. Ell-Nestra ging zu Boden und blieb reglos liegen.

Al Sorna wandte sich um, schritt zu seinem Platz zurück, nahm die Scheide und schob das Schwert hinein. Die Zuschauer begannen allmählich zu begreifen, was vorgefallen war, und ich wusste nur zu gut, dass ihre Erschütterung bald in Zorn umschlagen würde.

»Der Kampf ist noch nicht beendet, Lord Vaelin!«, rief Carval Nurin über das lauter werdende Stimmengewirr hinweg.

Al Sorna drehte sich um und ging zu Lady Emeren hinüber, die tief bestürzt dasaß und ihn mit ausdrucksloser Miene anstarrte. »Edle Dame, seid Ihr bereit, diesen Ort hinter Euch zu lassen?«

»Dies ist ein Kampf auf Leben und Tod!«, schrie Nurin. »Wenn Ihr diesen Mann am Leben lasst, entehrt Ihr ihn in den Augen der Inseln für alle Zeiten.«

Al Sorna wandte sich mit einer anmutigen Verbeugung von Lady Emeren ab. »Ehre?«, fragte er Nurin. »Ehre ist nur ein Wort. Man kann es weder essen noch trinken, und doch redet alle Welt, wohin ich auch komme, unablässig davon, und für jeden bedeutet sie etwas anderes. Für die Alpiraner dreht sich alles um Pflichterfüllung. Die Renfaeler setzen sie mit Tapferkeit gleich. Auf diesen Inseln bedeutet es offenbar, einen Sohn für die Verbrechen seines Vaters zu töten, und wenn dieser Plan scheitert, einen hilflosen Mann abzuschlachten.«

So sonderbar das klingen mag, aber die Menschenmenge verstummte, als der Hoffnungstöter sprach. Obwohl seine Stimme nicht besonders laut war, trug sie in dem Amphitheater mühelos, und der Zorn und der Blutrausch der Zuschauer flauten allmählich ab.

»Ich habe für die Taten meines Vaters keine Entschuldigung zu bieten.

Ebenso wenig steht es in meiner Macht, sie zu bereuen. Er hat auf Befehl des Königs eine Stadt niedergebrannt. Das war ungerecht, aber ich war nicht daran beteiligt. So oder so – wenn wir hier Blut vergießen, wird das einen Mann, der vor drei Jahren friedlich im Kreis seiner Familie gestorben ist, nicht anfechten. An einem Leichnam, der längst dem Feuer überantwortet wurde, kann man keine Rache nehmen. Jetzt gebt mir, weshalb ich gekommen bin, oder tötet mich.«

Mein Blick wanderte zu den Wachmännern mit den Speeren, und ich sah, wie sie einander zögerlich ansahen und sich dann zu der Menge umwandten, in der sich verwirrtes Gemurmel breitmachte.

»TÖTET IHN!«, fauchte Lady Emeren und stürmte auf Al Sorna zu, einen Finger anklagend erhoben. »TÖTET DIESEN BLUTRÜNSTIGEN BARBAREN!«

»Du hast hier keine Stimme, Frau!«, erklärte Nurin ihr mit vorwurfsvoller Stimme. »Diese Angelegenheit ist Männersache.«

»Männer?« Sie lachte unwirsch, fast hysterisch. »Der einzige Mann hier liegt bewusstlos im Staub und wartet vergebens darauf, dass ihn jemand rächt. Feiglinge seid ihr, alle miteinander. Verräterischer Piratenabschaum! Wo ist die Gerechtigkeit, die mir versprochen wurde?«

»Euch wurde ein Kampf Mann gegen Mann versprochen«, entgegnete Nurin. Er sah Al Sorna lange an, bevor er den Blick zu der Zuschauermenge erhob und mit lauter Stimme erklärte: »Und dieser Kampf ist beendet! Wir sind Piraten, das ist wahr, denn die Götter gaben uns die Meere als Jagdgründe, aber sie gaben uns auch das Gesetz, nach dem wir diese Inseln regieren, und dieses Gesetz gilt für alles und jeden, oder es ist bedeutungslos. Vaelin Al Sorna hat diesen Kampf mit fairen Mitteln gewonnen. Er hat auf diesen Inseln kein Verbrechen begangen und kann gehen, wohin er will.« Er wandte sich wieder zu Lady Emeren um. »Piraten mögen wir sein, aber Abschaum sind wir nicht. Auch Ihr, edle Dame, könnt gehen, wohin es Euch behagt.«

◆ ◆ ◆

Wir wurden auf die Mole hinausgeleitet und mussten dort warten, bis geklärt war, auf welchem der wenigen fremdländischen Schiffe, die derzeit im Hafen lagen, wir mitfahren sollten. Ein Trupp Speerträger stand am Kai entlang Wache, um die Stadtbewohner daran zu hindern, im letzten Moment noch

Rache an uns zu nehmen. Allerdings wirkte die Stimmung des Volkes nach dem Kampf eher verhalten auf mich, nicht so sehr aufgebracht, sondern enttäuscht. Die Wachmänner schenkten uns keine Beachtung, und es war offensichtlich, dass wir ohne große Umstände verabschiedet werden sollten. Ich muss sagen, dass es eine äußerst unangenehme Situation war, mit den beiden dort auszuharren: Lady Emeren schlich, die Arme starr vor der Brust verschränkt, über die Planken, Al Sorna saß auf einem Gewürzfass, und ich betete, die Gezeiten mochten uns gewogen sein und uns bald von hier fortführen.

»Diese Sache ist noch lange nicht zu Ende, Nordmann!«, brach es aus Lady Emeren hervor, nachdem sie eine Stunde lang auf und ab gegangen war. Sie blieb dicht vor ihm stehen und starrte ihn wütend an. »Glaubt ja nicht, Ihr könntet mir entkommen. So groß diese Welt auch ist, vor mir könnt Ihr Euch …«

»Es ist eine entsetzliche Sache«, fiel ihr Al Sorna ins Wort, »wenn Liebe in Hass umschlägt.«

Ihre finstere Miene erstarrte, als hätte er ihr einen Dolch in die Brust gerammt.

»Ich habe einmal einen Mann gekannt«, fuhr Al Sorna fort, »der eine Frau sehr liebte. Aber er musste eine Aufgabe erfüllen, eine Aufgabe, von der er wusste, dass sie ihn das Leben kosten und auch seiner Geliebten das Ende bringen würde, wenn sie bei ihm blieb. Also überlistete er sie und sorgte dafür, dass sie weit fortgebracht wurde. Manchmal versucht dieser Mann, seine Gedanken über den Ozean zu schicken, weil er wissen möchte, ob die Liebe, die sie füreinander empfanden, in Hass umgeschlagen ist, aber er spürt nur den fernen Widerhall einer wilden Leidenschaft, ein Leben, das hier gerettet, eine Gefälligkeit, die dort erwiesen wurde, wie Rauch, der einer lodernden Fackel nachfolgt. Und so fragt er sich: Hasst sie mich? Denn sie hat ihm viel zu verzeihen, und zwischen Liebenden« – sein Blick wanderte von ihr zu mir – »ist Verrat stets die schwerste Sünde.«

Der Schnitt auf meiner Wange brannte, und in meiner Brust mischten sich Schuldgefühle und Trauer mit einer Flut von Erinnerungen. Seliesen, wie er zum ersten Mal bei Hofe erschien; sein Lächeln, das so hell leuchtete wie die Sonne; der Kaiser, der mir die Ehre erwies, ihn in Hofangelegenheiten einweihen zu dürfen; seine ersten mühseligen Versuche, den Anstandsregeln zu folgen; wie ich bis tief in die Nacht hinein seinen neuesten Gedichten lauschte; die erbitterte Eifersucht, als Emeren ihren Gefühlen Ausdruck verlieh; und die beschämende Siegesfreude, als er anfing, zugunsten von mir auf ihre Gesellschaft zu verzichten. Nach seinem Tod ... nach seinem Tod glaubte ich, die Trauer würde mich dahinraffen.

Al Sorna hatte all das gesehen, da war ich mir sicher. Irgendwie blieb seinen pechschwarzen Augen nichts verborgen.

Al Sorna erhob sich und trat zu Lady Emeren, die erschrocken zusammenzuckte – nicht aus Hass, sondern aus Angst. Was hatte er noch gesehen? Was würde er noch sagen? Er kniete sich vor ihr nieder und sprach in klarem, förmlichen Tonfall: »Edle Dame, ich bitte Euch um Verzeihung, dass ich Eurem Gemahl das Leben genommen habe.«

Sie brauchte einen Moment, um ihrer Furcht Herr zu werden. »Bietet Ihr mir das Eure als Entschädigung an?«

»Das kann ich nicht, edle Dame.«

»Dann ist Eure Entschuldigung so leer wie Euer Herz, Nordmann. Und mein Hass ist ungetrübt.«

Sie fanden ein Schiff aus den Nordlanden für Al Sorna – Schiffe aus den nördlichsten Besitzungen der Vereinigten Königslande genossen offenbar das Privileg, in meldeneischen Gewässern vor Anker gehen zu dürfen, was seinen Landsleuten sonst verwehrt war. Ich hatte ein wenig über die Nordlande gehört und gelesen, unter anderem, dass dort Menschen unterschiedlichster Abstammung zu Hause seien, und war deshalb nicht überrascht, dass die Mannschaft des Schiffes aus dunkelhäutigen Männern mit breiten Gesichtern bestand, wie sie in den südwestlichen Provinzen des Kaiserreichs weit verbreitet waren. Ich begleitete Al Sorna zur Anlegestelle des Schiffes und ließ Lady Emeren am Ende der Mole zurück. Sie starrte aufs Meer hinaus und weigerte sich, den Nordmann mit einem weiteren Wort zu beehren.

»Ihr solltet beherzigen, was sie gesagt hat«, erklärte ich ihm, während wir uns dem Laufsteg näherten. »Ihr Rachefeldzug wird hier nicht enden.«

Er blickte zu der reglosen Gestalt von Lady Emeren hinüber und seufzte. »Dann hat sie unser Mitleid verdient.«

»Wir glaubten, Euch in den Tod zu schicken, aber stattdessen haben wir Euch die Freiheit geschenkt. Wie Ihr bestimmt gewusst habt. Ell-Nestra hatte nie eine Chance. Warum habt Ihr ihn nicht getötet?«

Seine schwarzen Augen richteten sich mit jenem durchdringenden, fragenden Blick auf mich, von dem ich wusste, dass er viel zu viel sah. »Während meiner Verhandlung hat mich Lord Velsus gefragt, wie viele Leben ich genommen habe. Ich konnte es ihm nicht sagen. Ich habe oft getötet, gute wie schlechte Menschen, Feiglinge und Helden, Diebe und ... Dichter.« Er senkte den Blick, und ich fragte mich, ob das die Entschuldigung war, auf die ich gehofft hatte. »Sogar Freunde. Und ich bin es leid.« Er betrachtete das Schwert in seiner Hand. »Ich hoffe, dass ich es nie wieder werde ziehen müssen.«

Er verweilte nicht, bot mir keinen Handschlag, sondern drehte sich einfach um und ging den Laufsteg hinauf. Der Kapitän des Schiffs begrüßte ihn mit einer tiefen Verbeugung, und unverhüllte Ehrfurcht stand in seinem Gesicht wie in den Gesichtern seiner Mannschaftsleute. Die Legende des Nordmanns hatte sich offensichtlich weit verbreitet. Obwohl diese Männer aus einer Region stammten, die vom Kerngebiet der Königslande weit entfernt war, bedeutete sein Name ihnen viel, das war unverkennbar. Was steht ihm bevor?, fragte ich mich. In einem Land, wo er nicht länger nur ein einfacher Sterblicher ist?

Das Schiff legte keine Stunde später ab und ließ die Hälfte seiner Ladung auf dem Kai zurück – so eilig hatte es die Besatzung, ihre Trophäe in Sicherheit zu bringen. Ich stand zusammen mit Lady Emeren am Ende der Mole und schaute zu, wie der Hoffnungstöter davonsegelte. Eine ganze Weile konnte ich ihn noch sehen, eine hochgewachsene Gestalt, die im Bug stand. Ich bilde mir ein, dass er mindestens einmal zu uns zurückblickte, aber aus der Entfernung konnte ich mir nicht sicher sein. Nachdem das Schiff den Hafen hinter sich gelassen hatte, entrollte es seine Segel, und so war es bald hinter der Landzunge verschwunden. Es nahm Kurs Richtung Osten, darum bemüht, schnellstmöglich an sein Ziel zu gelangen.

»Ihr solltet ihn vergessen«, sagte ich zu Lady Emeren. »Diese Versessenheit wird noch Euer Untergang sein. Fahrt nach Hause und kümmert Euch um Euren Sohn. Ich flehe Euch an!«

Zu meinem Entsetzen weinte sie – Tränen rannen ihr aus den Augen, obwohl ihr Gesicht bar jeglichen Ausdrucks war. Ihre Stimme war ein Flüstern, wenn auch so erbittert wie eh und je. »Nicht, bis die Götter mich zu sich rufen, und selbst dann werde ich einen Weg finden, mich durch den Schleier an ihm zu rächen.«

ERSTES KAPITEL

E r nahm Speier und ritt westwärts, wobei er sich in Küstennähe hielt und nachts sein Lager im Windschatten hoher, grasbestandener Hügel aufschlug. Er sammelte Treibholz, um Feuer zu machen, und schnitt Gras, um es anzuzünden. Das Feuer loderte hell empor, und Funken stiegen wie Glühwürmchen in den frühabendlichen Himmel. In der Ferne schienen die Lichter von Linesch noch heller zu leuchten, und er konnte Musik hören, die sich mit zahlreichen jubelnden Stimmen vermischte.

»Nach allem, was wir für sie getan haben«, sagte er zu Speier und hielt dem Streitross ein Zuckerstückchen hin. »Krieg, Seuche und Monate voller Angst. Kaum zu glauben, dass sie froh waren, als wir abzogen.«

Falls Speier etwas für Ironie übrig hatte, zeigte er das lediglich mit einem ungehaltenen Schnauben, bevor er den Kopf wegdrehte. »Warte.« Vaelin griff nach den Zügeln, löste das Zaumzeug und hob den Sattel vom Rücken des Pferdes. Von seiner Last befreit galoppierte Speier über die Dünen davon, tänzelte durch den Sand und warf den Kopf in den Nacken. Vaelin schaute zu, wie er in der Brandung spielte, während der Himmel allmählich dunkler wurde und ein leuchtend heller Mond aufging, der die Dünen in ein vertrautes Silberblau tauchte. *Wie Schneeverwehungen mitten im Winter.*

Speier kam zurückgetrottet, als das letzte Tageslicht verblasste, und blieb erwartungsvoll am Rand des Lichtkreises stehen, den das Feuer warf – um diese Zeit wurde er sonst immer gestriegelt und angebunden. »Nein«, sagte Vaelin. »Hier trennen sich unsere Wege.«

Speier wieherte unsicher und wirbelte mit den Vorderhufen Sand auf.

Vaelin ging zu ihm, schlug ihm mit der offenen Hand auf die Flanke und stolperte einen Schritt rückwärts, um dem Tritt auszuweichen, mit dem Speier sich revanchieren wollte. Jetzt klang sein Wiehern reichlich wütend, und er bleckte die Zähne. »Hau schon ab, du Mistvieh!«, rief Vaelin und gestikulierte wild. »Verschwinde!«

Und weg war er – ein verschwommener Fleck, der über den silberblauen Sand galoppierte und zum Abschied ein letztes Mal wieherte. »Leb wohl, du elender Klepper«, flüsterte Vaelin mit einem Lächeln.

Es gab nur wenig, mit dem er sich hätte die Zeit vertreiben können, also saß er einfach da, warf von Zeit zu Zeit etwas Holz ins Feuer und dachte an jenen Tag zurück, an dem er auf der Festungsmauer der Hohen Burg gestanden und zugeschaut hatte, wie Dentos sich ohne Nortah dem Tor näherte. Da hatte er gewusst, dass alles anders werden würde. *Nortah … Dentos … Zwei Brüder habe ich verloren, und jetzt verliere ich noch einen weiteren.*

Der Wind wechselte kaum merklich die Richtung und brachte den schwachen Geruch von Schweiß und Salz mit sich. Er schloss die Augen und hörte, wie Füße über den Sand scharrten. Sie näherten sich von Westen her, ohne auch nur den Anschein zu erwecken, sie wollten sich anschleichen. *Und warum auch? Schließlich sind wir Brüder.*

Er öffnete die Augen und betrachtete die Gestalt, die ihm gegenüberstand. »Hallo, Barkus.«

Barkus ließ sich am Feuer nieder und hob die Hände, um sie an den Flammen zu wärmen. Seine muskulösen Arme waren nackt – er trug lediglich eine Baumwollweste und Hosen; seine Füße waren der Stiefel verlustig gegangen und seine Haare ganz verfilzt vom Meerwasser. Bewaffnet war er lediglich mit seiner Axt, die er sich mit Lederriemen auf den Rücken gebunden hatte. »Bei den Ahnen!«, ächzte er. »So kalt war mir seit unserem Feldzug im Martisch nicht mehr.«

»War wohl eine ziemlich anstrengende Paddelei, was?«

»Das kannst du laut sagen. Wir waren bereits drei Meilen vom Ufer entfernt, bevor mir klar wurde, dass du mich übertölpelt hast, Bruder. Der Kapitän wollte nicht gleich einsehen, dass er mit seinem Schiff wieder zurücksegeln sollte.« Er schüttelte den Kopf, und von seinem langen Haar spritzten Tröpfchen in alle Himmelsrichtungen. »Wie konnte ich nur glauben, dass du mit Schwester Sherin in den Fernen Westen segelst! Als ob du dir eine Gelegenheit entgehen lassen würdest, dich zu opfern …«

Vaelin beobachtete Barkus' Hände und stellte fest, dass sie nicht im Mindesten zitterten, obwohl es so kalt war, dass ihm der Atem vor dem Gesicht stand.

»So lautet die Übereinkunft, habe ich recht?«, fuhr Barkus fort. »Wir bleiben am Leben, und dafür bekommen sie dich.«

»Und Prinz Malcius kehrt in die Königslande zurück.«

Barkus runzelte die Stirn. »Er lebt?«

»Ich bin sehr sparsam mit der Wahrheit umgegangen, damit ihr ohne größeres Theater die Stadt verlasst.«

Der breitschultrige Bruder stieß erneut ein Ächzen aus. »Wie lange, bis sie dich holen kommen?«

»Bis zum Morgengrauen.«

»Genug Zeit, um ein wenig auszuruhen.« Er nahm die Axt vom Rücken und legte sie in Reichweite. »Wie viele, meinst du, werden sie schicken?«

Vaelin zuckte mit den Schultern. »Danach habe ich nicht gefragt.«

»Gegen uns beide sollten sie besser ein ganzes Regiment aufbieten.« Er schaute verwirrt zu Vaelin hinüber. »Wo ist dein Schwert, Bruder?«

»Das habe ich Statthalter Aruan gegeben.«

»Nicht eben ein besonders kluger Einfall. Wie willst du denn jetzt kämpfen?«

»Gar nicht. Gemäß dem Wort des Königs werde ich mich in alpiranischen Gewahrsam begeben.«

»Die werden dich umbringen!«

»Das glaube ich nicht. Im Fünften Buch des cumbraelischen Gottes steht, dass ich noch viele Menschen ermorden werde.«

»Pah!« Barkus spuckte ins Feuer. »Prophezeiungen sind Bockmist. Abergläubisches Zeug für Gottesanbeter. Du hast ihnen die Hoffnung geraubt, also töten sie dich. Die einzige Frage ist nur, wie lange sie sich damit Zeit lassen werden.« Er blickte Vaelin in die Augen. »Ich kann nicht tatenlos zuschauen, wie sie dich mitnehmen, Bruder.«

»Dann geh.«

»Du weißt, dass ich das genauso wenig tun kann. Findest du nicht, dass du nicht bereits genügend Brüder verloren hast? Nortah, Frentis, Dentos …«

»Genug!« Vaelins Stimme schnitt mit der Schärfe eines Dolches durch die Nacht.

Barkus zuckte erschrocken zurück und starrte ihn verwundert an. »Bruder, ich …«

»Hör einfach auf.« Vaelin betrachtete das Gesicht seines Gegenübers mit aller Aufmerksamkeit, die er aufbringen konnte, suchte nach dem leisesten Hinweis, dass Barkus sich zusammenreißen musste, um nicht die Fassung zu verlieren. Aber da war nichts, und das machte ihn fuchsteufelswild. Er bemühte sich, seinen Zorn zu bändigen, denn er wusste, dass er an ihm zugrunde gehen würde. »Wenn du so lange darauf gewartet hast, mir das zu sagen, warum zeigst du mir nicht dein wahres Gesicht?«

Barkus verzog die Miene – eine makellose Zurschaustellung beschämter Besorgnis. »Vaelin, ist mit dir alles in Ordnung?«

»Hauptmann Antesch hat mir etwas verraten, bevor er aufgebrochen ist. Möchtest du wissen, was?«

Barkus breitete unsicher die Arme aus. »Wenn du meinst.«

»Offenbar ist Antesch nicht sein richtiger Name. Was kaum überraschend ist. Bestimmt hielten es viele Cumbraeler, die bei uns angeheuert haben, für notwendig, einen falschen Namen zu verwenden, entweder weil sie früher Verbrecher waren, oder weil sie sich schämten, unser Geld anzunehmen. Überraschend dagegen ist, dass wir beide seinen Namen schon einmal gehört haben.«

Noch immer blieb Barkus' Miene ausdruckslos. Noch immer wirkte er ehrlich besorgt um seinen Bruder.

»Bren Antesch war einst seiner Gottheit hörig«, erklärte Vaelin. »So groß war seine Loyalität, dass er für sie tötete und andere um sich scharte, die ebenso danach dürsteten, ihrem Gott zu Ehren das Blut von Ketzern zu vergießen. Schließlich führte er sie in den Martisch, wo die meisten von ihnen von unserer Hand starben, was zur Folge hatte, dass er seinen Glauben infrage stellte, sich von seinem Gott lossagte, das Gold des Königs nahm und es unter den Familien seiner gefallenen Männer verteilte. Dann suchte er als Soldat in der Fremde den Tod, darum bemüht, den Namen zu vergessen, den er sich im Martisch erworben hatte: Schwarzer Pfeil. Bren Antesch war einst der Schwarze Pfeil. Und er hat mir versichert, dass er nie einen Brief seines Erzfürsten besaß, der ihm freies Geleit gab, und seine Männer ebenso wenig.«

Barkus rührte sich nicht, und sein Gesicht war völlig ausdruckslos geworden.

»Erinnerst du dich noch an die Briefe, Bruder?«, fragte Vaelin. »Die Briefe, die du an der Leiche des Bogenschützen fandest, den ich getötet hatte? Die Briefe, die dazu führten, dass wir gegen Cumbrael in den Krieg zogen?«

Nur die Haltung seines Kopfes veränderte sich leicht, seine Schultern sanken herab, und seine Lippen kräuselten sich – aber plötzlich war Barkus fort, wie Rauch, der vom Wind davongetragen worden war. Als er sprach, wunderte Vaelin sich nicht, dass er eine ihm wohlvertraute Stimme hörte, die Stimme zweier toter Männer. »Glaubst du wirklich, du wirst einer Feuerkönigin dienen, Bruder?«

Vaelin spürte, wie ihn die Verzweiflung zu übermannen drohte. Bis zuletzt hatte er die Hoffnung genährt, dass er sich irrte, dass Antesch gelogen hatte und sein Bruder noch immer der edle Krieger war, der mit der Morgenflut davongesegelt war. Jetzt hatte er diese Hoffnung jedoch endgültig verloren, und sie beide saßen allein am Strand, und der Tod näherte sich ihnen mit raschen Schritten. »Ich habe mir sagen lassen, es gäbe keine Prophezeiungen«, erwiderte er.

»Prophezeiungen?« Das Ding, das Barkus gewesen war, stieß ein heiseres, hässliches Lachen aus. »Wie wenig du begreifst! Wie unwissend ihr alle seid, die ihr eure läppischen Weisheiten auf Pergament kritzelt und sie heilige Schriften nennt, obwohl sie nur das Gegeifer der Wahnsinnigen und Machtgierigen sind!«

»Während der Wildnisprüfung. Hast du dich damals seiner bemächtigt?«

Das Ding, das Barkus' Gesicht trug, grinste breit. »Er wollte unbedingt am Leben bleiben. Dass er Jennis fand, war ein Geschenk des Lebens, aber seine brüderlichen Gefühle verhinderten, dass er tat, was getan werden musste.«

»Er hat Jennis' Leichnam gefunden, ohne Umhang.«

Das Ding lachte erneut, ein rauher, kratzender Laut – offenbar fand es Gefallen an der Grausamkeit. »Seinen Körper und seine Seele! Jennis war noch am Leben, wenn auch halb erfroren, und mit seinen letzten Atemzügen flehte er Barkus an, ihm zu helfen. Natürlich konnte er nichts tun, und er hatte solchen Hunger. Der Hunger macht seltsame Dinge mit einem Menschen. Er erinnert ihn daran, dass er nur ein Tier ist, ein Tier, das essen muss, und Fleisch ist Fleisch. Die Versuchung bereitete ihm Übelkeit, der Hunger trieb ihn über die Grenzen des Wahnsinns hinaus, und so irrte er im Schnee umher und legte sich schließlich zum Sterben nieder.«

Hentes Mustor; Einauge; der Zimmermann, der Ahm Lins Haus in Brand gesteckt hatte – alle waren sie dem Tode nahe gewesen. »Der Tod ist dein Einfallstor.«

»Sie rufen uns, über den verhassten Abgrund hinweg, der Klageruf einer Seele kurz vor dem Tod, wie ein verirrtes Schaf, das einen Wolf anlockt. Nicht aller können wir uns bemächtigen, nur derjenigen, in denen der Same der Arglist bereits angelegt ist, das Streben nach Macht.«

»Barkus war nicht im Mindesten arglistig.«

Wieder das gehässige Kichern. »Wenn es einen Menschen gibt, der keine Arglist im Herzen birgt, bin ich ihm noch nicht begegnet. Barkus hat die seine so gut versteckt, dass er selbst kaum von ihr wusste. Aber sie schwärte wie eine Made in seiner Seele und wartete darauf, gefüttert zu werden, wartete auf mich. Sein Vater war schuld daran, verstehst du, sein Vater, der ihn weggeschickt hat, der ihn hasste und um seine Gabe beneidete. Er sah die wunderbaren Dinge, die der Junge mit Metall tun konnte, und gierte nach dieser Macht. So ergeht es uns allen, die wir über eine Gabe verfügen. Stimmst du mir da nicht zu, Bruder?«

»Warst du immer er? Jedes Wort, das er seither gesprochen, alles, was er getan hat, jede Liebenswürdigkeit? Das kann ich einfach nicht glauben.«

Das Ding zuckte mit den Schultern. »Glaub, was du willst. Sie sind dem Tod nahe, wir bemächtigen uns ihrer, und von dem Augenblick an gehören sie uns. Wir wissen, was sie wissen, und das macht es so einfach, die Täuschung aufrechtzuerhalten.«

Das Lied des Blutes regte sich, ein leiser Misston. »Du lügst. Hentes Mustor stand nicht gänzlich unter deinem Einfluss, habe ich recht? Deshalb hast du ihn getötet, bevor er mir die Lügen erzählen konnte, die du ihm mit der Stimme seines Gottes eingeflüstert hast. Und als du Aspektin Elera töten wolltest, standen drei Männer unter deinem Joch, und trotzdem haben sie alle einzeln angegriffen. Wahrscheinlich hat diese Sache mit Aspekt Corlin im Haus des vierten Ordens deine Fähigkeiten überstrapaziert. Ich glaube nicht, dass du mehr als einen Geist gleichzeitig beherrschen kannst, und ich würde wetten, dass es möglich ist, sich deinem Zugriff zu entziehen.«

Das Ding neigte Barkus' Kopf. »Der Kriegerblick ist wahrhaftig eine mächtige Gabe. Bald wirst du dem Tod nahe sein, und einer von uns wird sich deiner bemächtigen. Lyrna liebt dich, Malcius vertraut dir. Wer wäre besser geeignet, sie während der schwierigen Jahre, die uns bevorstehen, mit Rat und Tat zu unterstützen? Welche Form der Arglist lauert wohl in deiner Brust? Dein Meister Sollis vielleicht? Janus und seine fortwährenden Intrigen? Oder ist es der Orden? Schließlich haben sie dich hierhergeschickt, um mich aus der Reserve zu locken, und dabei haben sie dir die Frau geraubt, die du liebst. Sag mir, dass du ohne Arglist bist, Bruder.«

»Wenn du es auf mein Lied abgesehen hast, warum hast du dann zweimal versucht, mich zu töten? Während der Laufprüfung haben Meuchelmörder im Urlisch versucht, mich zu ermorden. In der Nacht des Aspektenmassakers kam Schwester Henna in mein Zimmer.«

»Was will ich mit Attentätern? Und Hennas Mission wurde in großer Eile ersonnen, weil es uns verdross, dass du dich ausgerechnet in jener Nacht im Haus des fünften Ordens aufhieltest. Damals wussten wir noch nicht, was für eine Fähigkeit du uns zu bieten hast. Ach übrigens, sie lässt dich recht herzlich grüßen. Es tut ihr leid, dass sie nicht hier sein kann.«

Vaelin lauschte auf das Lied, weil er nicht weiterwusste, hörte jedoch nichts. Dieses Ding log nicht. »Wenn nicht du, wer dann?« Kaum hatte er die Worte gesprochen, fiel es ihm auch schon ein – ein verzweifelter Akkord des Liedes verriet es ihm: Bruder Harlicks Furcht in der gefallenen Stadt. *Seid Ihr gekommen, um mich zu töten?* »Der siebente Orden«, murmelte er halblaut.

»Hast du wirklich geglaubt, das wären nur ein paar harmlose Mystiker, die sich im Dienst deines absurden Glaubens abplagen? Sie haben eigene Pläne, eigene Mittelsmänner. Mach dir keine Illusionen: Sie werden nicht zögern, dich zu töten, falls du dich ihnen entgegenstellen solltest.«

»Warum haben sie mich dann seither nicht mehr angegriffen?«

Das Ding verlagerte sein Gewicht und konnte dabei sein Unbehagen nicht verbergen. »Sie warten auf den rechten Augenblick.«

Noch eine Lüge, wie ihm das Lied des Blutes bestätigte. *Der Wolf. Der siebente Orden hat seine Attentäter auf mich angesetzt, aber der Wolf hat sie getötet.* War das für sie der Beweis für irgendeine dunkle Gnade gewesen, für einen Schutz, den ihm eine Macht gewährte, die sie fürchteten? Fragen über Fragen. Und wie immer nahmen sie kein Ende.

»Warst du einmal ein Mensch?«, fragte er. »Hattest du einen Namen?«

»Den Lebenden bedeuten Namen viel, aber für diejenigen, die den kalten Schauer des Abgrunds gespürt haben, gleichen sie den Phantasiegespinsten kleiner Kinder.«

»Also hast du einmal gelebt. Du hattest einen eigenen Körper.«

»Einen Körper? Ja, ich hatte einen Körper. Von der Wildnis zerschunden und vom Hunger geplagt, auf Schritt und Tritt von Hass verfolgt. Ich hatte einen Körper, der von einer geschändeten Mutter geboren wurde, die als Hexe verschrien war. Wir wurden verjagt, weil sie Macht über den Wind besaß. Der Mann, der mich gezeugt hatte, log und behauptete, sie hätte ihn mithilfe der dunklen Gabe genötigt, ihr beizuliegen. Und er hätte sich geweigert zu bleiben, sobald der Zauber nachließ. Deshalb hätte sie aus Rache ihre Gabe eingesetzt, um die Ernte zu vernichten. Mit Steinen und fauligem Unrat jagte man uns in den Wald, wo wir wie Tiere lebten, bis der Hunger und die Kälte sie mir raubten. Aber ich lebte weiter, mehr Vieh als Mensch, vergaß Sprache und Sitte, vergaß alles außer Rache. Und schließlich habe ich Rache genommen, und zwar mit aller Macht.«

»Er rief Blitze vom Himmel herab«, zitierte Vaelin. »Und das Dorf ging in Flammen auf. Die Menschen flohen zum Fluss, doch er ließ diesen von Regen anschwellen und über die Ufer treten, sodass sie mit den

Fluten fortgerissen wurden. Und noch immer war sein Rachedurst nicht gestillt. Er rief einen Sturmwind aus dem hohen Norden herab und hüllte die Menschen in Eis.‹«

Das Ding lächelte auf eine Weise, die so bar jeder Reue war, dass sich Vaelin die Haare sträubten. Es war ein Lächeln, aus dem Begeisterung über die begangenen Grausamkeiten sprach. »Ich kann noch immer sein Gesicht sehen – mein Vater starrte, im Eis eingefroren, aus der Tiefe des Flusses zu mir hoch. Ich habe auf ihn draufgepisst.«

»Das Hexenbalg«, flüsterte Vaelin. »Diese Geschichte ist bestimmt drei Jahrhunderte alt.«

»Zeit ist ebenso eine Illusion wie dein Glaube, Bruder. Wer in den Abgrund blickt, sieht, wie unermesslich groß alles ist und gleichzeitig wie klein. Dabei kommt einen das Grauen ebenso an wie das Staunen.«

»Was ist das? Der Abgrund, von dem du sprichst?«

Das Lächeln des Dings wurde wieder heimtückisch. »Dein Glaube nennt es das Jenseits.«

»Du lügst!«, fauchte Vaelin, obwohl das Lied des Blutes sich nicht regte. »Das Jenseits ist ein Ort ewigen Friedens, vollkommener Weisheit und erhabener Einheit mit den unvergänglichen Seelen der Ahnen.«

Die Lippen des Dings zuckten für einen Moment, und dann brach es in schallendes Gelächter aus, das weithin über Strand und Meer hallte. Vaelin spürte, dass seine Hand sich nach dem Dolch in seinem Stiefel auszustrecken suchte, und er widerstand der Versuchung nur mit Mühe. *Noch nicht …*

»Oh.« Das Ding schüttelte den Kopf und wischte sich die Tränen aus den Augen. »Was bist du doch für ein Narr, Bruder.« Das Gesicht, das einst das seines Bruders gewesen war, glich im Feuerschein einer roten Maske. Das Ding zischte: *»Wir sind die Ahnen!«*

Vaelin wartete auf den Widerspruch des Liedes, aber er hörte nichts außer eisigem Schweigen. Das war unmöglich, eine Blasphemie, aber in den Worten des Dings schwang keine Lüge mit. »Die Ahnen harren unser im Jenseits«, zitierte er und verachtete sich dafür, wie verzweifelt seine Stimme klang. »Seelen, die in einem erfüllten, tugendhaften Leben nach Höherem strebten, entbieten uns Weisheit und Barmherzigkeit …«

Wieder lachte das Ding, fast außer sich vor Heiterkeit. »Weisheit und

Barmherzigkeit. Unter den Seelen im Abgrund finden sich nicht mehr Weisheit und Barmherzigkeit als unter einer Meute Schakale. Wir hungern, und wir fressen, und der Tod ist unser Fleisch.«

Vaelin schloss fest die Augen und setzte seinen Vortrag fort, wobei sich die Worte, während sie ihm über die Lippen kamen, beinahe überschlugen. »Was ist der Tod? Der Tod ist das Tor zum Jenseits, wo die Ahnen euch erwarten. Er ist Ende und Anfang zugleich. Fürchtet ihn und heißt ihn willkommen ...«

»Der Tod bringt uns frische Seelen, über die wir Macht erlangen, frische Körper, die wir unserem Willen unterwerfen können, an denen wir unsere Lust stillen und somit seinem Vorhaben dienen können ...«

»Was ist der Leib ohne die Seele? Verdorben Fleisch, mehr nicht. Stirbt ein geliebter Mensch, dann übergebt seine Hülle dem Feuer ...«

»Der Körper ist alles. Eine Seele ohne Körper ist ein armseliger, verkümmerter Widerhall eines Lebens ...«

»ICH HABE DIE STIMME MEINER MUTTER GEHÖRT.« Vaelin war aufgesprungen, den Dolch in der Hand. Er nahm Kampfhaltung an, die Augen auf das Ding jenseits des Feuers gerichtet. »Ich habe die Stimme meiner Mutter gehört.«

Das Ding, das einmal Barkus gewesen war, erhob sich langsam und griff nach seiner Axt. »Das geschieht manchmal – die Begabten können uns hören, den Ruf der Seelen aus dem Abgrund. Zumeist ein flüchtiger Widerhall des Schmerzes und der Angst. So hat das alles angefangen, musst du wissen, dein Glaube. Vor mehreren Jahrhunderten hörte ein ungewöhnlich begabter Volarianer ein Stimmengebrabbel aus dem Abgrund, darunter ganz unmissverständlich die Stimme seiner verstorbenen Frau. Er machte es sich zur Aufgabe, überall davon zu erzählen, dass es ein Leben jenseits der täglichen Mühen gab. Die Leute hörten ihm zu, die Nachricht verbreitete sich weiter, und so entstand dein Glaube – auf dem Fundament einer Lüge errichtet, dass es für demütigen Gehorsam in diesem Leben einen Lohn im nächsten gibt.«

Vaelin rang darum, seiner Verwirrung Herr zu werden. Noch immer wünschte er sich mit aller Macht, das Lied des Blutes möge sprechen und die Worte dieses Dings Lügen strafen. Holz knackte im Feuer, die Wellen brandeten ans Ufer, und Barkus musterte ihn mit dem kühlen, leidenschaftslosen Blick eines Fremden.

»Was für ein Vorhaben?«, wollte Vaelin wissen. »Du hast von seinem Vorhaben gesprochen. Wer ist er?«

»Du wirst ihn schon bald kennenlernen.« Das Ding, das einmal Barkus gewesen war, umfasste den Schaft seiner Axt mit beiden Händen und hielt sie hoch, sodass die Schneide im Mondschein schimmerte. »Diese Waffe habe ich für dich gemacht, Bruder. Oder sollte ich eher sagen: Ich habe Barkus erlaubt, sie zu machen. Er sehnte sich immer so sehr nach Hammer und Amboss, auch wenn er mannhaft Widerstand leistete, bis ich ihm seine Zurückhaltung nahm. Sie ist wunderschön, findest du nicht? Ich habe so oft getötet und mit so vielen verschiedenen Waffen, aber ich muss zugeben, diese hier ist die beste. Mit ihr kann ich dich genauso leicht an den Rand des Todes bringen wie mit der Klinge eines Wundarztes. Du wirst bluten, dein Leben wird dahinschwinden, und deine Seele wird sich dem Abgrund entgegenrecken. Und dort wird er auf dich warten.« Das Lächeln, mit dem das Ding Vaelin ansah, war jetzt betrübt, fast traurig. »Du hättest dein Schwert wirklich nicht hergeben sollen, Bruder.«

»Andernfalls hättest du nicht so bereitwillig geredet.«

Das Lächeln des Dings verschwand. »Genug davon.«

Mit erhobener Axt sprang es über das Feuer, wobei es ein wütendes Knurren ausstieß. Etwas Großes und Schwarzes warf sich ihm entgegen, schlug die Zähne in seinen Arm und warf den Kopf hin und her, während sie gemeinsam im Feuer landeten und dabei einen Funkenregen aufwirbelten. Vaelin sah, wie die verhasste Axt erst einmal und dann ein weiteres Mal herabsauste, hörte das zornige Aufheulen des Sklavenhundes, als sich die Schneide in sein Fleisch grub. Und dann erhob sich das Ding, das einmal Barkus gewesen war, aus den Überresten des Feuers. Seine Haare und Kleider standen in Flammen, sein linker Arm hing nutzlos herab – Boskos Biss hatte ihn fast abgetrennt. Aber der rechte Arm war unversehrt, und er hielt noch immer die Axt umklammert.

»Ich habe den Statthalter gebeten, ihn bei Einbruch der Dunkelheit freizulassen«, erklärte Vaelin.

Das Ding brüllte vor Schmerz und Wut, und die Axt beschrieb einen silbernen Bogen. Vaelin duckte sich unter der Schneide hindurch und stieß dem Ding seinen Dolch in die Brust, an der Stelle, wo sich das

Herz befand. Wieder brüllte es und schwang mit unmenschlicher Schnelligkeit die Axt. Vaelin ließ den Dolch in der Brust stecken, packte den Schaft des Beils mitten in der Luft und schlug dem Ding mit dem Handrücken ins Gesicht, gefolgt von einem Tritt in den Unterleib. Das Ding rührte sich kaum von der Stelle, sondern versetzte Vaelin einen schmerzhaften Kopfstoß. Vaelin taumelte über den Sand und fiel auf den Rücken.

»Eine Sache habe ich dir verschwiegen, Bruder«, sagte das Ding und stürzte mit erhobener Axt vorwärts. »Wenn du dich mit Barkus im Nahkampf geübt hast, habe ich stets dafür gesorgt, dass er sich zurückhielt.«

Vaelin rollte sich zur Seite hin weg, als die Axt sich in den Sand grub, warf sich herum und versetzte dem Ding einen Tritt gegen die Schläfe. Dann sprang er auf, während es den Schmerz abschüttelte und erneut die Axt herabsausen ließ. Die Schneide ging jedoch ins Leere, denn Vaelin setzte über die Axt hinweg und griff nach seinem Dolch in der Brust des Dings. Er stieß erneut zu und wich der Schneide um Haaresbreite aus.

Das Ding, das einmal Barkus gewesen war, starrte ihn bestürzt an. Rauch stieg von seiner verbrannten Haut auf, und von seinem zerbissenen Arm tropfte Blut in den Sand. Es ließ die Axt fallen. Legte die Hand auf den rasch größer werdenden Fleck auf seiner Weste. Starrte seine rot glänzenden Finger an. Und sank dann langsam zu Boden.

Vaelin schritt an ihm vorbei und hob die Axt auf, wobei er den heftigen Widerwillen niederringen musste, den er dabei empfand. *Habe ich dich deshalb immer so sehr gehasst? Weil das letztlich dein Zweck war?*

»Gut gemacht, Bruder.« Das Ding, das einmal Barkus gewesen war, bleckte blutige Zähne – ein Grinsen grenzenloser Niedertracht. »Wenn du mich das nächste Mal tötest, werde ich vielleicht das Gesicht eines Menschen tragen, den du noch weit mehr liebst.«

Die Axt war leicht, erstaunlich leicht sogar, und außer einem leisen Flüstern war nichts zu hören, als er damit zuschlug. Sie schnitt so mühelos durch Haut und Knochen wie durch Luft. Der Kopf seines ehemaligen Bruders rollte über den Sand und blieb reglos liegen.

Er warf die Axt beiseite und zog Bosko aus den erlöschenden Überresten des Feuers. Dann häufte er Sand auf die schwelenden Verbrennungen, riss Fetzen aus seinem Hemd und presste sie auf die tiefen Schnitte in seiner Flanke. Der Sklavenhund wimmerte und leckte Vaelin kraftlos die Hand. »Es tut mir leid, du dumme Töle.« Tränen traten ihm in die Augen, und es gelang ihm nicht, ein Schluchzen zu unterdrücken. »Es tut mir leid.«

◆ ◆ ◆

Er begrub sie weit auseinander – aus irgendeinem Grund schien ihm das angemessen. Für Barkus sprach er keine Worte, denn er wusste, dass sein Bruder schon vor Jahren gestorben war, und er war sich auch nicht mehr sicher, ob er etwas sagen konnte und sich dabei nicht wie ein Lügner vorkommen würde. Als die Sonne aufging, nahm er die Axt und ging zum Wasser hinunter. Die Flut kam an diesem Morgen schnell herein, und die Brecher gischteten landeinwärts. Er hob die Axt, und zu seiner Überraschung stellte er fest, dass seine Abscheu ebenso wie der dunkle Makel, der darauf gelastet hatte, mit dem Tod des Mannes, der sie gefertigt hatte, verflogen waren. Kunstvoll gearbeitet funkelte die Schneide in der Sonne, aber jetzt war sie nur noch ein Stück Metall. Er schleuderte sie mit ganzer Kraft ins Meer und schaute zu, wie sie sich mehrmals überschlug, bevor sie fast lautlos ins Wasser eintauchte.

Vaelin wusch sich in der Brandung, bevor er zu seinem behelfsmäßigen Lager zurückkehrte und die Blutflecken mit Sand überdeckte, so gut es eben ging. Dann stapfte er zur Straße und folgte ihr in Richtung Linesch. Etwa eine Stunde später erreichte er den vereinbarten Ort. Die Wüstenhitze machte sich bereits deutlich bemerkbar. Er suchte sich einen Platz in der Nähe eines Meilensteins und setzte sich nieder.

Das Lied des Blutes schwoll in ihm an, eine neue Melodie, weit stärker und klarer als zuvor. Während sich die Gedanken in seinem Kopf überschlugen, stellte er fest, dass die Musik sich veränderte – sie wurde traurig, wenn er an Boskos letztes Winseln dachte, bombastisch, wenn er in Gedanken noch einmal den Kampf mit dem Ding durchspielte, das einmal Barkus gewesen war, und die Musik wurde von Bildern begleitet, von Geräuschen und Gefühlen, von denen er wusste, dass es nicht die seinen waren. Er begriff, dass er zum ersten Mal wirklich über das Lied gebot … dass es ihm endlich gelang zu singen.

Irgendwo an einem Ort, der kein Ort war, schrie etwas, schrie und flehte eine unsichtbare Hand um Vergebung an – eine Hand, die grenzenlosen Schmerz zufügte und dabei weder Barmherzigkeit noch Arglist empfand.

In einem Palast weit im Norden schrieb eine junge Frau die Worte nieder, mit denen sie ihren Bruder bei seiner Rückkehr begrüßen würde, eine wohlbedachte Rede, die Trauer und Treue gekonnt miteinander verband. Als sie mit ihrem Werk zufrieden war, legte sie die Feder beiseite, befahl ihrer Kammerzofe, ihr eine Stärkung zu holen, und ließ, kaum war sie allein, ihr makellos schönes Gesicht in die Hände sinken und weinte.

Im Westen blickte eine andere junge Frau aufs Meer hinaus und weigerte sich zu weinen. In den Händen hielt sie zwei Holzklötzchen, die in einen kunstvoll verzierten Seidenschal eingeschlagen waren. Unter ihr klatschten Wellen gegen den Schiffsrumpf, und Gischt spritzte zu ihr auf. Ihr juckte es in den Händen, das Bündel ins Wasser zu werfen; Zorn brannte in ihr und ein herber Schmerz, dem sie nicht entkommen konnte, obwohl sie die Gedanken verabscheute, die er heraufbeschwor. Der Wunsch, Rache zu nehmen, war ihr fremd, denn sie hatte ihn noch nie empfunden. Hinter ihr ertönte ein Schmerzensschrei, und als sie sich umwandte, sah sie einen Matrosen, der aus der Takelage aufs Deck gestürzt war. Er hielt ein gebrochenes Bein umklammert und fluchte lautstark in einer Sprache, die sie nicht verstand. »Bleibt liegen!«, rief sie und eilte an seine Seite, wobei sie die Holzklötzchen wieder in den Falten ihres Umhangs verschwinden ließ.

An Bord eines anderen Schiffes, das über einen anderen Ozean segelte, saß, schweigsam und reglos, ein junger Mann, sein Gesicht eine ausdruckslose Maske. Obwohl er sich nicht bewegte, rief er in seinen Mitreisenden große Angst hervor, denn die Befehle ihres Herrn hatten keinen Zweifel daran gelassen, dass, wer ihn störte, einen raschen Tod sterben würde. Obwohl der junge Mann einer Statue glich, brannten die Narben auf seiner Brust und bereiteten ihm fortwährend Höllenqualen.

Vaelin bündelte das Lied in einem einzigen klaren Ton und schickte diesen über die Wüsten hinaus, über die Dschungel und Meere, die sie voneinander trennten: *Ich werde dich finden, Bruder.*

Der junge Mann versteifte sich, und seine Bewacher sahen einander ängstlich an, bevor sie wieder den Blick geradeaus richteten und sich um eine möglichst gleichgültige Haltung bemühten.

Die Vision verblasste und das Lied verklang, und so saß Vaelin in der sengenden Sonne, während sich im Osten eine Staubwolke erhob, aus der sich alsbald ein Trupp Reiter löste. An seiner Spitze preschte Erzankläger Velsus über den Sand – er konnte es kaum erwarten, sich seiner Beute zu bemächtigen.

Anhang I
Dramatis Personae

DIE VEREINIGTEN KÖNIGSLANDE

Das Königshaus Al Nieren
Janus Al Nieren – Herrscher über die Königslande
Malcius Al Nieren – Janus' Sohn, Prinz der Königslande und Thronerbe
Lyrna Al Nieren – Janus' Tochter, Prinzessin der Königslande

Das Adelshaus Sorna
Kralyk Al Sorna – Erstes Schwert des Königs, ehemaliger Kriegsherr und Anführer des königlichen Heeres
Vaelin Al Sorna – Kralyks Sohn, Bruder des sechsten Ordens
Alornis Dinal – Kralyks uneheliche Tochter

Das Adelshaus Myrna
Vanos Al Myrna – Schwert des Königs, Turmherr der Nordlande
Dahrena Al Myrna – lonakisches Findelkind, Vanos' Adoptivtochter

Das Adelshaus Sendahl
Artis Al Sendahl – Erster Minister des Vereinigten Rates
Nortah Al Sendahl – Artis' Sohn, Bruder des sechsten Ordens und
Vaelins Gefährte

Das Adelshaus Hestian
Lakrhil Al Hestian – Oberhauptmann des siebenundzwanzigsten
berittenen Regiments des Königs, später Kriegsherr und Anführer
des königlichen Heeres
Linden Al Hestian – Lakrhils Sohn, Oberhauptmann des fünfunddreißigsten Fußregiments des Königs, mit Vaelin befreundet
Alucius Al Hestian – Lakrhils zweitgeborener Sohn, Dichter

DIE ORDENSHÄUSER

Der sechste Orden
Gainyl Arlyn – Aspekt des sechsten Ordens, Vaelins Vorgesetzter
Sollis – Schwertmeister und Kommandant des sechsten Ordens,
Vaelins Lehrer
Caenis Al Nysa – drittgeborener Sohn des Hauses Nysa, Bruder des
sechsten Ordens, Vaelins Gefährte
Barkus Jeshua – Sohn eines nilsaelischen Schmieds, Bruder des sechs-
ten Ordens, Vaelins Gefährte
Dentos – Bruder des sechsten Ordens, Vaelins Gefährte
Frentis – Straßenjunge und Taschendieb, später Bruder des sechsten
Ordens, mit Vaelin befreundet
Makril – Bruder des sechsten Ordens, berühmter Fährtenleser und
später Ordenskommandant
Rensial – Pferdemeister
Chekril – Hundemeister
Hutril – Jagdmeister
Jestin – Schmiedemeister

Der fünfte Orden
Elera Al Mendah – Aspektin des fünften Ordens
Sherin – Schwester des fünften Ordens, später Heilmeisterin, mit
Vaelin befreundet
Gilma – Schwester des fünften Ordens, Heilerin des fünfund-
dreißigsten Fußregiments
Harin – Meister für Knochenheilkunde im fünften Orden
Sellin – Veteran des fünften Ordens, Torhüter des Ordenshauses

ANDERE

Bosko – volarianischer Sklavenhund, Vaelins Begleiter
Speier – übellauniges Schlachtross, Vaelins Reittier
Nirka Smolen – Hauptmann der dritten Kompanie der berittenen
Garde des Königs
Sentes Mustor – Thronerbe des Erzfürsten von Cumbrael, ein Trun-
kenbold
Hentes Mustor – Sentes' jüngerer Bruder, genannt die Wahrklinge
Lartek Al Molnar – Finanzminister des Vereinigten Rates
Dendrish Hendrahl – Aspekt des dritten Ordens
Tendris Al Forne – Bruder des vierten Ordens und Diener des Rates
für ketzerische Verfehlungen, später Aspekt des vierten Ordens
Liesa Ilnien – Aspektin des zweiten Ordens
Theros Linel – Erzfürst von Renfael, Janus' Vasall
Darnel Linel – Theros' Sohn und Thronerbe von Renfael
Banders – Ritter und Baron von Renfael, Anhänger von Theros
Gallis – Kletterer und Gesetzloser, später Feldwebel im fünfund-
dreißigsten Fußregiment
Janril Norin – ehemaliger Barde, später Standartenträger des fünf-
unddreißigsten Fußregiments
Bren Antesch – Hauptmann der cumbraelischen Bogenschützen
während des alpiranischen Krieges
Graf Marven – Hauptmann des nilsaelischen Kontingents während
des alpiranischen Krieges

DAS ALPIRANISCHE KAISERREICH

Aluran Maxtor Selsus – der Kaiser

Seliesen Maxtor Aluran (*Eruhin*, die Hoffnung des Reiches) – Alurans Adoptivsohn, erwählter Thronerbe des Kaisers

Emeren Nasur Ailers – Seliesens Gemahlin

Verniers Alishe Someren – kaiserlicher Geschichtsschreiber

Neliesen Nester Hevren – Hauptmann der kaiserlichen Garde

Holus Nester Aruan – Statthalter von Linesch

Merulin Nester Velsus – Erzankläger des Kaisers

Ahm Lin – Steinmetz aus dem Fernen Westen

ANHANG II
DIE REGELN DES KESCHET

Keschet wird von zwei Spielern auf einem Brett mit einhundert Spielfeldern gespielt. Jeder Spieler beginnt das Spiel mit einem Kaiser, einem General, einem Gelehrten, zwei Kaufleuten, drei Dieben, vier Lanzenreitern, fünf Bogenschützen und acht Speerträgern.

Zu Beginn des Spiels darf der Spieler eine beliebige Spielfigur auf ein Feld seiner Wahl in den ersten drei Reihen seiner Spielfeldseite setzen. Der Gegenspieler tut danach das Gleiche. Daraufhin werden abwechselnd alle restlichen Spielfiguren auf dem Brett verteilt. Der Spieler, der die erste Figur gesetzt hat, macht den ersten Zug.

Eine Spielfigur gilt als geschlagen, wenn eine gegnerische Spielfigur auf ihr Feld gesetzt wird. Das Spiel ist gewonnen, wenn der Kaiser geschlagen wird oder als einzige Figur eines Spielers auf dem Brett verbleibt.

Alle Spielfiguren, die sich auf einem Feld direkt neben dem Gelehrten befinden, gelten als geschützt und dürfen nicht geschlagen werden.

Der Gelehrte darf ein oder zwei Felder in jede beliebige Richtung vorgerückt werden.

Der Kaiser darf bis zu vier Felder in jede beliebige Richtung vorgerückt werden.

Der General darf bis zu zehn Felder in jede beliebige Richtung vorgerückt werden.

Der Bogenschütze darf bis zu sechs Felder vertikal oder horizontal vorgerückt werden.

Der Dieb darf ein Feld in jede beliebige Richtung vorgerückt werden. Spielfiguren, die vom Dieb geschlagen werden, gehen in den Besitz des gegnerischen Spielers über.

Der Speerträger darf bis zu zwei Felder vertikal oder horizontal vorgerückt werden.

Der Lanzenreiter darf bis zu zehn Felder diagonal vorgerückt werden.

Der Kaufmann darf entweder ein Feld in jede beliebige Richtung oder horizontal, vertikal oder diagonal zu jedem freien Feld direkt neben dem Kaiser vorgerückt werden, wenn der Weg dorthin nicht von einer anderen Spielfigur verstellt wird.

DANKSAGUNG

Ein herzliches Dankeschön an meine Lektorin Susan Allison dafür, dass sie einem Niemand wie mir eine Chance gegeben hat, und an Paul Field, der die vielen Fehler, mit denen das ursprüngliche Manuskript gespickt war, korrigiert hat und dafür nicht einmal eine Bezahlung annehmen wollte. Darüber hinaus stehe ich zutiefst in der Schuld all jener Autoren, deren Fantasy-Werke ich über die Jahre gelesen habe, insbesondere in der des großartigen, unlängst verstorbenen David Gemmell, in dessen gewaltigen Schatten ich mit Freuden als Knecht walte.

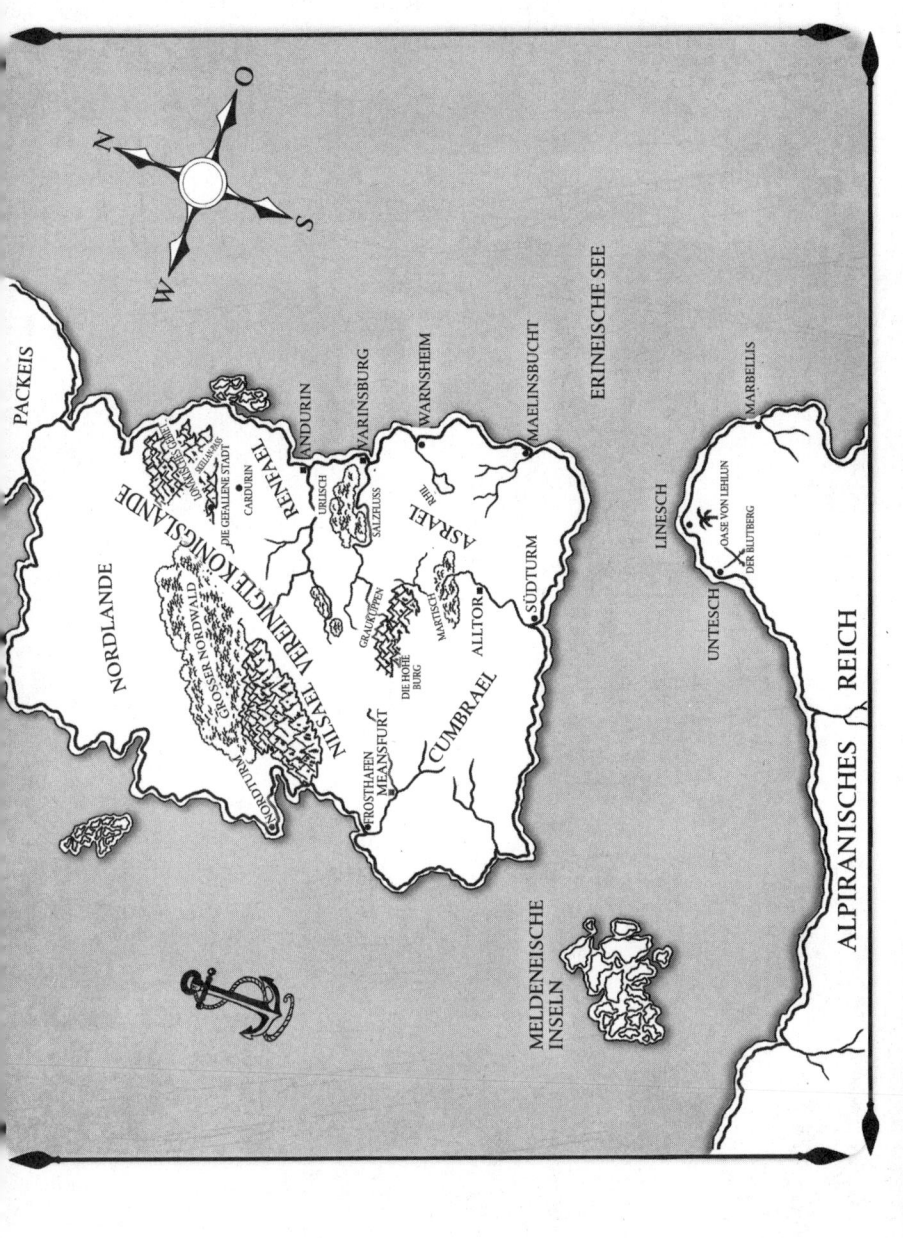